读 ADR | 文艺家

燃烧之城

CITY ON FIRE

[美]加思·里斯克·霍尔伯格 著

霍尔 黄瑶 译

上海文化出版社

致伊莉斯
感谢信任

"你宝贵的秩序就像那盏细瘦的铁灯,丑陋、无用;而无政府状态富足、活跃,可以自我繁殖——这就是无政府主义,金碧辉煌的无政府主义。"

"都一样。"塞姆耐心答道,"如今你借着灯光看到了这棵树,不知道你何时能借着这棵树看见灯。"

——G.K. 切斯特顿
《代号星期四》

序言

在纽约，万物皆可配送，这已然渗透我的生活。此时正值仲夏，生命步入中年。我在西十六街一间荒废已久的公寓里，听着隔壁房间的冰箱发出温和的轰鸣声。冰箱里只有房东去海滨前留下的半条过期黄油，不过，只要我想，用不了四十分钟，我就能吃到想要的任何东西。我年轻时——或者说比现在年轻时——连药品都可以配送，商务名片上那个212开头的电话号码和孤零零的"送货"二字，通常，还会有扯淡的按摩广告。没想到这些我竟都忘了。

话说回来，此时，此地，这座城市早已不一样，或者说是人们想要不一样的东西。联合广场上能为接头交易打掩护的灌木丛已消失，随之不在的还有曾方便联系药贩子的公共电话。昨天下午，我散步经过那里，看见成群的现代舞者正在刚萌发出新芽的树下以慢动作再现一场骚动。太阳洒下酒红色的日光，人们以家庭为单位坐在毯子上，井然有序。公共艺术与公共生活难解难分，随处可见：喷满波点花纹的车子无所事事地驶过坚尼街[1]，报刊亭被装修成系着缎带的礼物。仿佛梦境也能成为经验菜单上的选项，被一一列举。说来也奇怪，以理性考量每一种欲望——眼前这座城市偌大缤纷却大同小异——反倒在无形中提醒你：你在这里找不到自己真正渴望的任何东西。

自从六周前来到这里，我就产生了一种想法，并苦苦追寻至今。那时候，我还不知该如何描述表达这种想法，不过眼下，我觉得它类似于一种见识，即凡事随时都可能生出变数。

我曾在纽约生活，跳过旋转栅门，在垃圾堆里寻过宝，也去市中心砸过陌生人的车——那些日子里的那种想法是我人生的基调。最近，它只会偶尔到访，而且稍纵即逝。尽管如此，我还是同意整个9月都代为照看这间屋子，希望一个月足矣。房屋的布局如同早期电子游戏里的方块：次卧和客厅在最前面，后面是餐厅和主卧，厨房像一条尾巴。此刻，我正坐在餐厅里和这段序言较劲，高大的玻璃窗外暮色渐沉。烟灰缸和文件胡乱堆在我面前，

---

[1] Canal Street，向西穿过曼哈顿下城。

似乎全都不属于我。

到目前为止，我最喜欢的还是这里的门廊。穿过厨房，通过侧门，高耸的支柱便立于眼前，有一瞬间你会觉得自己仿佛置身于南塔克特岛。两棵纺锤形的银杏树下，是青苔满布的公园长椅，深绿色木料下是银杏叶铺就的地毯。"天井"是我一贯偏爱的字眼，虽然"通风井"可能也适用：公寓住宅的高墙直冲天空，任谁也探不到顶。街对面的砖石上白灰正在剥落。遥想那些夜晚，我又一次下定决心，要彻底放弃这个写作计划，但我只是又一次走到室外，看着自然光线随日落流转，变得柔和。又是一片无雨的天空。手机在口袋里振动，我不予理睬，只是看着树枝的影子伸向远方，碧空中飞机尾部的拉烟渐行渐宽。飘浮在大街上空的警报、嘈杂的车流和无线电广播，与记忆中的警报、车流和无线电广播并无二致。别人家的窗里，电视亮了起来，没人费心去拉上百叶窗。我再一次感到那些把我的生活围起来的条条框框——横在过去与现在之间，里里外外之间——正在消融。或许，我也能被快递到什么地方。

毕竟，从天井看到的一切1977年便有了；不是这一年就是那一年，尔后的一切都还没有发生。一杯莫洛托夫鸡尾酒倾洒；一位杂志记者跑着穿过墓地；烟火工的女儿坐在积雪的长椅边缘，孤独地守夜。如果这些证据足以证明哪怕一件事，那就是，不存在一座单一的城市；即便有，它也是朝同一点移动的成千上万种变体的集合。或许只是痴心妄想，但我还是忍不住幻想，那座城和我的失落之城之间的通道已得到不完全的修复，当我把头探出安全出口，看向那一方自由的天空时，我能够短暂地忘却那些令我在意的伤疤。然后你出现了：你难道不愿以某种方式留下来陪我吗？你说，谁还不是一样，仍梦想着一个不同于这里的世界？但如果这意味着放弃纽约，放弃曾经的希望之地，放弃无数种疯狂、神秘却百无一用的美丽，那么，即便现在，我们中又有谁真的放下了呢？到头来，谁又能真的放弃希望？

目录

BOOK 1　我们遇到了敌人，他就是我们自己 — 1
　　　　　插曲·家族事业

BOOK 2　私生活的片段 — 123
　　　　　插曲·烟火工（第一部分）

BOOK 3　自由高地 — 249
　　　　　插曲·死亡之履行不能，为生者之所思所想

BOOK 4　单子 — 441
　　　　　插曲·桥梁与隧道

BOOK 5　恶魔弟弟 — 543
　　　　　插曲·"证据"

BOOK 6　三种绝望 — 605
　　　　　插曲·烟火工（第二部分）

BOOK 7　在黑暗中 — 649

后记 — 769

鸣谢 — 775

BOOK 1

我们遇到了敌人，他就是我们自己

[1976 年 12 月—1977 年 1 月]

群居的生活拢起我的夜；

死神的亲吻，生命的怀抱。

——电视乐队

《华盖月亮》

01

一棵圣诞树出现在第十一大道上。更准确地说,是试图出现。它歪七扭八地被缠在人行横道上一辆遭人遗弃的购物车里,颤抖着,直立着,摇摆着,像要化作一团火焰。至少,在默瑟·古德曼眼里就是这样,此刻的他正在奋力营救卡在购物车网眼里的巨大树冠。近日来,一切都岌岌可危。街道对面,当地一些疯子趁夜生火熏黑了卸货平台;阳光下,妓女们戴着从一元店买来的太阳眼镜,四下张望,静候夜晚降临。陡然间,默瑟脑中浮现出这样的画面:树的这一端,黑人男子全力后退,他身穿灯芯绒上衣,戴着眼镜;树的另一端,蓬头垢面的白人男孩身穿一件机车夹克,猛地向前拽拉树干,好让购物车快点前进。信号灯从"止步"变为"通行",两人在你拉我推的配合下奇迹般地穿过了马路。

"我知道你很生气,"默瑟说,"但你能不能别走得这么急?"

"我急了吗?"威廉反问。

"别人都在看你。"

不管是作为朋友还是邻居,他们看起来都不大可能是一路人。刚才那个在林肯隧道匝道旁售卖"童子军"圣诞树的男子之所以迟迟不愿接过他们递来的现金,也许就是这个原因。这也解释了为什么默瑟不邀请威廉一起回老家过圣诞节,而不得不留在这里陪他。他们俩一个是棕色皮肤、软弱无力的中产阶级,另一个是清瘦结实、脸色苍白的朋克,是什么神秘力量把这两个人撮合在了一起?

是威廉选了待售圣诞树中最大的一棵。默瑟劝他再考虑考虑,他们的屋子已没有多少空间,再说这里距离公寓还隔着六个街区。但这是威廉对默瑟起初提议买树的惩罚。他从口袋里掏出一卷钞票,抽出两张十美元,用挖苦的语气宣布:"我抬树根。"声音大到正好能让那个卖树的家伙听到。在模糊难辨的喘息声间,他又补充道,"你知道……上帝会把我们两个都丢进火坑里的。我想,那应该是……《利未记》里的某个段落。"不是那本圣约书[a],何况我们都好几个星期没有一起犯下什么罪过了,默瑟本想提出抗议,但他决计不再上钩。"童子军团长"就在一百码远的地方,他们正站在一排松树的尽头睨视这里。

---

[a] 圣约书,指基督教的《旧约全书》或《新约全书》。上文提到的《利未记》为《旧约全书》中的一卷。

[4]

　　渐渐地，街道上的人越来越少。通常在这个时段，地狱厨房街区[b]往往碎石满地，只见燃烧殆尽的汽车底盘，偶尔还会有靠擦车行乞的"抹车仔"四处游荡。这俨然就像一颗炸弹爆炸之后，空留一群无家可归的人，而这恰是地狱厨房20世纪60年代前后的主要卖点，至少对于威廉·汉密尔顿-斯威尼来说就是这样。实际上，就在默瑟搬来的几年前，这里的确发生过一次爆炸。一家以首字母缩写命名的联合企业（他永远记不住它的名字），在尚未倒闭的最后一家工厂门外引爆了一辆卡车，为改建更多的破烂公寓腾出了空间。他们两人居住的大楼原先是尼克博克薄荷糖的制造厂。从某种角度来看，这里几乎没有什么变化。从商用到家用的转换十分草率，有可能还是非法的。地板间还残留着粉末状的工业废渣，无论你如何奋力擦洗，那一丝倒胃口的薄荷油味道就是挥之不去。

[b] 地狱厨房，纽约曼哈顿西岸的一个街区，早年歪楼危房林立，是劳工阶层的聚居地。

　　货梯又坏了，或者说依旧是坏的。他们花了半个小时才把树抬到五楼。威廉的夹克衫上沾满了树液。他的画板已经挪去了他位于布朗克斯区的工作室里，但不管怎么尝试，唯一能摆下这棵树的位置只有起居区的窗前，生生阻挡了入室的光线。对此早有预感的默瑟事先置备好了活跃气氛的东西：用来钉到墙上的彩灯、一条树裙和一盒零度蛋奶酒，他把它们摆在台面上。但威廉只是坐在日式床垫上生闷气，抱着碗，嚼着橡皮软糖，胸口上还趴着他那只自以为是的猫咪，厄撒·K.。"还好你没把托儿所也买回来。"他说。默瑟感到一阵刺痛，一部分原因在于他当时正打算把智者雕像固定到水池下方，那是随着他妈妈的爱心包裹一并寄来的。他看到了那一沓信件。

　　他可以确定，他今早特意把它们散落在了暖气片上某个显眼的位置，坐等它们被发现。通常，默瑟是不会容忍这种事的——就算只是经过从厄撒·K.身上掉落的毛球，他也必须取来畚箕非将其清理掉不可——但那个未开启的信封被夹在美洲信用卡之家寄来的第二封、第三封通知单之间，烂了快一个星期了。他希望就在今天，威廉能觉察到它的存在，终结这一切。他重新将那些信件整理了一遍，把那个信封放在最上面，丢回到暖气片上。而这时，威廉站起身，往一坨绿色的橡皮软糖上倒了些蛋奶酒，像在制作某种未来谷类食品。"冠军的早餐。"他说。

　　问题就在这里，在忽视自己不想注意的东西方面，威廉颇有天分。再举个信手拈来的例子：今天，1976年的平安夜，也是默瑟从佐治亚州阿尔塔纳小镇来到纽约的第十八个月的纪念日。哦，我知道亚特兰大。人们以前常会用轻快活泼又高人一等的态度向他保证。不，他会纠正他们，阿——尔——塔——纳，但他终究还是放弃了费心去解释。毕竟"天真"比"较真"容易得多。他家里人都以为他北上是为了到格林威治村[c]的温塞斯拉斯-知更鸟女校教授二年级英语。当然，除此之外，他还野心勃勃地想要创作伟大的美国小说（他的热情仍未熄灭，尽管是出于不同的理由）。至于更深层次的原因……最简单的说法就是，他遇到了某个人。

在威廉之前，默瑟对情义的理解体现为一种强压在双方当事人身上的庞大引力场，责任与责难充斥其间。而眼前的这个人可以连续几周不回默瑟的电话，同时不觉得自己有一丁点儿道歉的必要。这个白人在第一百二十五街上闲逛，好像这地方是属于他的。即便是在两人开始合租之后，三十三岁的他还总是一觉睡到下午三点。威廉会在他想去的时候去做他想做的事情，他对此事的严格践行有如天启。

不过近来，自由的代价似乎开始显现——拒绝回首过去。谈起自己遇见默瑟之前的生活，威廉只会一笔带过：70年代初期那段经历不堪回首，却落下贪吃甜食的后遗症；那些他拒绝展示给默瑟、也不让任何潜在买家看到的画作；那支已经解散了的摇滚乐队，他的机车夹克背面是他用金属衣架煅烧上去的乐队名字"追忆往昔"。还有他的家庭？他只字不提。很长一段时间，默瑟丝毫不曾把威廉与汉密尔顿-斯威尼家的那些人联系在一起。这有点像是遇到一个名叫弗兰克·特库姆塞·谢尔曼的人，却没有想到去打听他和那位谢尔曼将军[d]是不是亲戚。不管什么时候，只要听到有人在他面前提起汉密尔顿-斯威尼公司，威廉都会愣住，仿佛刚刚在汤里发现了一片指甲，尝试着在不引起邻座恐慌的情况下捞出来。默瑟告诉自己，不管威廉是个无名小卒还是名门望族，他的态度都不会产生一丝一毫的变化。可是，他很难不好奇。

那是那日之前的事了。这个月初，学校初中部举办了一场跨信仰的节日演出——由于无法要求所有教员参加，教务长在最后一刻叫停了活动。四十

[c] 格林威治村，位于纽约市曼哈顿南部下西城，是作家、艺术家和理想主义者的聚集地。

[d] 威廉·特库姆塞·谢尔曼（1820—1891），美国南北战争时期联邦军著名将领，陆军上将。

分钟过去了，默瑟还在用无穷无尽的节目单来分散自己的注意力。一个名字赫然映入眼帘。借助礼堂昏暗的灯光，他用手指着又扫了一遍印刷物上的那排字：凯特·汉密尔顿－斯威尼·兰姆莱特（童声合唱）。默瑟今年二十四岁，是这里最年轻的老师，也是这里唯一的非裔美国人。他通常只待在高中部，因为初中部的小不点儿们都只当他是一名衣着体面的清洁工。尽管如此，谢幕之后，他还是找了一位在幼儿园任教的同事问询。她指了指后台入口附近的那群普世教会的淘气鬼。"凯特"显然也在其中，是她班上的学生。"她家里不会碰巧有个叫威廉的人吧？"

"你是说她哥哥威尔吗？我记得他应该是在上城区的某所学校里上五六年级。那里男女同校，真想不通他们为什么不把凯特也送过去。"这位同事似乎发觉自己讲错了什么，突然自行打住，"你问这些做什么？"

"哦，没什么。"他回答，转身准备离开。正如他想象的那样：这不过是一场误会，一个巧合，一件他已经尽力在忘记的事。

但福克纳不是说过吗，过去甚至不曾过去？上周，本学期的最后一日，获过奖学金的女孩不慌不忙，最后一个交卷，结束了她的最后一场期末考试。这时，一位神色慌张的白人女子赫然出现在教室门口。她有着所有既标致又年轻的母亲的那种特质，身上的那条短裙可能比默瑟衣柜里的所有衣服加起来都贵，这让她看起来十分眼熟。当然不只是因为她的衣着，可是具体是什么他又无法断定。"有什么我可以帮忙的吗？"

她看了眼手中的字条，又和他门上的名牌核对了一下："古德曼先生？"

"是我。"或者，我就是？很难说。他双手叠放在书桌上，尽量做出毫无威胁的表情。这是他应付母亲们时的习惯。

"我不知道怎样才能把这件事说得婉转一些。凯特·兰姆莱特是我的女儿，她的老师和我提起，你在上周的演出后问了几个与她有关的问题？"

"哦，天哪，"他涨红了脸，"是我搞混了，不过我无论如何都该道歉……"就在这时，他看出来了：尖尖的下巴、惊恐的蓝眼睛，她简直是女版的威廉，只不过她的头发是赤褐色而不是黑色的，清爽的短发造型。当然了，还有时髦的着装。

"我想，你问的是凯特的舅舅，我们是用他的名字为她哥哥命名的。这孩子还不知道这件事情，也没有见过他。我是说，我的弟弟，威廉·汉密尔顿-斯威尼。"和她颤抖的声音相反，她伸出的那只手倒很沉稳，"我是里根。"

小心，默瑟心想。在知更鸟学校，拥有一个Y染色体显然对他已经很不利了，而且无所谓他们雇用他时如何保证，身为黑人绝不是什么有利的事。在向左太多、向右又太少的两难局面中，他努力维持着一种不善交际的无性形象。他的同事都以为他仅以书本为伴。尽管如此，他还是回味了一下她的名字："里根。"

"我能不能问问，你为什么对我弟弟感兴趣？他没欠你钱吧，不会吧？"

"天哪，没有。不是那样的。他是我……一个朋友。我只是不知道他还有个姐姐。"

"我们不怎么来往，已经好多年没说过话了。其实，我不知道怎么才能找到他。我讨厌强迫别人，但或许我可以把这个留给你？"她走过来，把她说的那件东西放在书桌上，又返身回去。一阵轻微的痛楚传遍他全身。在替威廉藏匿往事的沉寂汪洋中，一根桅杆出现了，只为了向着地平线饱风航行。

等一下，他心想，于是说："其实我正打算去休息室买杯咖啡，你需要来点儿什么吗？"

焦虑或悲戚的神情停在她的脸上，深不可测又无所不在。她真的令人印象深刻，就是有点偏瘦。大部分成年人在悲伤时似乎都倾向于把真实感受藏起来，从而变得苍老，失去吸引力。这也许就是物竞天择，以便人类从那些不为所动的人种中逐渐衍生出一个优等民族。如果真是这样，汉密尔顿-斯威尼家族的基因肯定已经被筛掉了。"不了，"她终于答道，"我得把孩子们送到他们的父亲那里。"她指了指信封，"如果你刚好能在新年之前见到威廉，把那个交给他，告诉他我需要他……我需要他今年到那里去。"

"需要他到哪里去？啊，对不起，这显然不关我的事。"

"很高兴见到你，古德曼先生。"她在门口停下脚步，"没什么好担心的，我只是很高兴有人陪着他。"

他还来不及问她暗指什么，她已经离开了。他悄然溜到走廊上，目送她离去。她的鞋跟敲打着投射在正方形瓷砖上的光晕。然后，他低头看了看手中密封的信。上面没有邮戳，本该写有地址的地方有涂改液的痕迹，以及一行草体手书：威廉·汉密尔顿-斯威尼Ⅲ。没想到威廉的名字里还有个罗马数字。

圣诞节那天早上，他满怀愧疚地醒来。多睡一会儿也许有所助益，但多年来养成的巴甫洛夫式习惯使赖床成为不可能。往年这个时候，妈妈会趁天还没亮就钻进他们的卧室，把塞满佛罗里达橙子和廉价小玩意儿的长袜放在他和 C.L. 的床脚，然后等儿子们醒来，装出很吃惊的样子。从理论上来讲，他已是个成年人，不该有什么长袜了。威廉还打着鼾，他又那样躺了很久，简直有一个世纪之久，木然盯着干板墙上移动的光线。那是威廉之前草草钉上去的，为了在跃层上未经区隔的空间里切出一个睡觉的角落，却一直没有腾出空闲粉刷它。床垫旁，唯一带了点家庭氛围的物品就是一幅未完成的自画像和一面全身镜。镜身与床铺平行。威廉有时会望向镜子，似有心事，但默瑟知道，这也是他不该过问的事情之一。他为什么就不能尊重这些沉默是金的瞬间呢？但事与愿违，这些事拉着他越窥越近，直到他意识到，为了保护威廉的秘密，他也必须守住自己的秘密。

不过，圣诞节的意义在于不再苦恼和逃避。气温稳步下降，而威廉最厚实的外套就是那件"追忆往昔"，所以默瑟决定送他一件派克大衣，希望它能化作信封，将他包裹，无论他去到哪里都为他御寒。过去的五个月，他每月都会从工资里拿出一部分钱，如今终于存够了五十美元。他带着钱走进布鲁明戴尔百货，一身被威廉戏称为教师制服的打扮——领带、轻便短上衣、肘部垫布——显然没能说服销售员他是个正经顾客。事实上，留着老鼠胡子的商场保安已经跟了他一路，从外套区走到男装区，从男装区进入礼服区。但或许是天意，否则默瑟发现不了那件软领纽扣长款大衣。迷人的茶色，仿佛是用小猫的细毛纺成的质地。四颗扣子，三个内置口袋，可以装画笔、钢笔和画板。大衣的领子、腰带以及主体分别由三种深浅不一的羊羔毛制成。它耀眼得足以让威廉穿上它，而且出奇地暖和。当然，价格也超出了默瑟的预期，但他怀着如痴如醉的叛逆和难以控制的狂喜走向收银台，紧接着，走到礼品包装处。在那里，他们用印满金色字母"B"的包装纸把衣服紧紧包了起来。一个半星期以来，它一直被藏在床下。默瑟再也等不下去了，他假装咳嗽，很快就吵醒了威廉。

煮上咖啡，点亮圣诞树彩灯，默瑟把盒子放到威廉的大腿上。

"天啊，这东西真沉。"

默瑟拂去一团灰尘："打开呀。"

他仔细盯着威廉。伴着一声微弱的气音，盒盖开启。内包装纸沙沙作响。"一件大衣。"威廉本想试着再加上一个叹号,但众所周知,如果你收到礼物的第一反应是陈述物品名称,那就意味着你很失望。

"试试吧。"

"套在睡袍外面?"

"你早晚要试的。"

威廉这才吐出一句合宜的话来:他需要一件大衣,它很漂亮。他走进他们睡觉的角落,并在那里停留了许久。默瑟几乎能听到他在镜子前转身的声音,以此判断自己该作何感受。"这很不错。"他说。

至少看上去很不错。立领能凸显威廉精致的五官,天生带了贵族气质的颧骨。"你喜欢吗?"

"约瑟的神奇彩衣[e],"威廉突然演起哑剧,他面对"镜头",轻拍口袋,摆出一系列姿势,"像是把按摩浴缸穿在了身上。不过现在轮到你了,默瑟。"

房间另一头,彩灯灯泡在正午阳光的衬托下闪烁着微暗的光,除了猫毛和几根针之外,树裙上空空如也。前一晚,默瑟已经在和妈妈通电话时打开了她送的礼物。从她也签了 C.L. 和老爹的名字这一点上来看,那两位应该是忘了或者拒绝分别寄礼物过来。他早寒了心,不指望威廉会为自己准备什么,可威廉此刻却护送着一个包裹,从睡觉的角落走了过来。包裹已被他用报纸包好,只不过一看就是他在醉醺醺的情况下干的活。"轻拿轻放。"他说着将包裹放到地板上。

一直以来,威廉不是只把他当成……一股枪油的气味在他撕掉包装纸的瞬间向他袭来。一格一格整齐排列着的白色按键露了出来:是一台打字机。

"这是电动的。我在市中心一间当铺里发现了它,跟新的一样。它应该会快很多。"

"你不用这么破费的。"默瑟说。

"你那台打字机就是堆垃圾。如果它是一匹马,你真该开枪打死它。"

不是,他真的不该这么做,尽管默瑟没有勇气告诉威廉,他的写作进展缓慢——更准确地说,是毫无进展——这和他的设备没有半点关系,至少从

[e] 出自安德鲁·劳埃德·韦伯的音乐剧《约瑟与神奇彩衣》,故事取材于《旧约全书》的《创世记》,讲述了备受父亲雅各宠爱的约瑟遭十一个兄弟妒忌,在牧羊时被贩去埃及,幸得法老解梦,才得以成功度过七年饥荒。

传统意义上来说是这样的。为了避免继续遮遮掩掩,他搂住了威廉。隔着华丽的大衣,他身体的温度穿透过来。然后,威廉肯定是瞥到了烤箱上的钟:"该死,你介意我打开电视吗?"

"别和我说有什么比赛直播,今天可是过节。"

"我知道你会理解的。"

默瑟在威廉旁边坐下,陪他看了一会儿他心爱的体育节目,但对他而言,电视里的橄榄球赛还不如微型舞台上的跳蚤杂技有趣、容易理解呢。于是,他起身走向简易厨房,做起了圣诞节"十字绣"。伴着人群发出的嘘声、大肆吹捧双刃剃刀和威尔维塔牌芝士贝壳面的广告,默瑟为火腿浇上汁,将甘薯切成小块,还把葡萄酒打开来醒酒。他自己是不喝酒的——他见识过酒精对C.L.大脑造成的伤害——可他觉得红酒也许能帮威廉振作精神。

热气从双眼灶上升腾而起。他推开窗,惊起栖落在窗外天竺葵花盆上的鸽子。冬日的花盆光秃秃的。好吧,其实就是煤渣砖。鸟儿们飞入老旧工厂的夹缝,时而消失在阴影中,时而挺近光明。当他再次望向威廉时,那件长款大衣已经被放回了盒子里,盒子搁在床垫旁的地板上,而那袋特大包装的橡皮软糖几乎空了。他感觉自己正在变成他的母亲。

他们在球赛中场休息时一起坐下,膝盖上托着餐盘。默瑟本以为球赛的这段间隙,威廉能暂时关掉电视,可他甚至没有调小音量,也没有移开目光。"番薯真好吃。"他说道。好比雷鬼音乐和阿波罗剧院的"业余者之夜"[f],南部黑人的传统食物也是威廉认同黑人文化、"爱屋及乌"的选择之一。

[f] 剧院的一个表演节目,迈克·杰克逊的首次登台表演就是在这里。

"你能不能不要像那样看我?"

"像哪样?"

"像我弄死了你的小狗一样。如果今天没能达到你的某种预期,我很抱歉。"

默瑟并没有意识到自己一直在盯着他看,他把目光移向铝制底座上已经开始脱水的圣诞树。

"这是我离开家之后的第一个圣诞节,"他说,"如果试着保留几项传统会让我看上去像个幻想家,那我就是个幻想家。"

"你有没有意识到,你还在称那里是'家'?"威廉用餐巾轻轻擦了擦嘴角。啊，他的餐桌礼仪，与之不搭，却优雅。默瑟早该窥出端倪的。"要知道我们都是成年人了，默瑟，我们应该创造属于我们的传统。为了庆祝圣诞，我们可以在迪斯科舞厅泡上十二晚，也可以每顿午餐都吃牡蛎。只要我们愿意。"

默瑟说不好威廉的这席话带了几分真心，说不定他只是想赢得这场争论。

"你是认真的吗，威廉？牡蛎？"

"明说吧，亲爱的，这些都是为了你试图让我看见的那个信封，对不对？"

"你不打算拆开它吗？"

"我为什么要那么做？里面又没有什么东西能让我感觉比现在更好。见鬼！"

几秒钟后，他才反应过来，威廉说的是橄榄球赛。第三节的开场有些令人不快。

"你知道我是怎么想的吗？我想你已经知道里面的内容了。"默瑟其实也这么想，至少，他有自己的猜想。

他走过去拿起信封，把它举到电视前。信封透出一片阴影，就像X光底片里最关键的秘密。

"我猜这是你家人寄给你的。"他说。

"我想知道的是，没有邮戳它是怎么被寄到这里来的？"

"我想知道的是，为什么它对你是一种威胁？"

"你这个样子我没法和你说话，默瑟。"

"我为什么就不能有主导权？"

"你心里清楚，我不是说这个。"

现在轮到默瑟思考自己到底有多么言不由衷，又是多么渴望胜利了。有那么一瞬，他能看见炊具、书架（书本都按字母顺序排好）、圣诞树，一切威廉为他置办的物质设施都是真的。但情感上的东西呢？反正，他说得太过了，已然覆水难收。"这就是你想要的，你的生活一成不变，而我则像葡萄藤一样围着你转。"

威廉的双颊冒出了苍白的小点。当他的内心世界与外在生活的分界出现裂口时，它们就会出现。那一刻，他本可以跃过咖啡桌的。那一刻，默瑟本可以欣然接受。这本可以证明,对于威廉来说,比起那份泰然自若,默瑟才是更重要的。而从愤怒转为平和,本可以是件轻而易举的事。只可惜,威廉把手伸向了新大衣。

"我出去一趟。"

"今天是圣诞节。"

"还有另一种过节的方式,默瑟。我们可以享受独处。"

默瑟事后得出结论,贪婪是万恶之源。门关上了,剩下他一人,还有几乎没被碰过的食物。他没了胃口。下午微弱的阳光被圣诞树和蒙住窗玻璃的煤烟灰遮挡,显得更加昏暗了,有点儿世界末日的感觉,就连从窗缝钻进屋来的冷风也末日感十足。每当卡车经过的时候,葡萄酒柳条套筒上因磨损而翘起的一端都会颤抖起来,像某种精密地震仪上的测针。是的,不管是从个人还是世界历史的角度来看,一切都在崩塌。他看了一会儿荧屏上奔跑的球衣,假装这真能让他分心。不过,说真的,他已经有打算了,他会用小小的扳手敲开后脑勺,手动调整好心态,然后听任自己继续这样生活下去,即便威廉真的会在圣诞节这一天弃他而去。

― ― ― ― ― ― ―

02

最近,十七岁的查理·维斯巴格尔在外貌上花费掉了大把时间。他自认不是虚荣之人,也不是特别自恋,可一想到能再次见到萨姆,他就乖乖地回到了镜子前。这很有趣:爱情本该将人拉出自我封闭的国度,可他对她的爱——如同他这个夏天发现的音乐,或是他有意的心智错乱——却总有办法将他抛回孤独的彼岸。这就好比世界试图教训他一番,而他应战的方式是拒绝吸取教训。

他从音响旁的架子上取下一张唱片,在唱针上压了枚一美分硬币,以防它跳针。这是追忆往昔乐队于1974年发行的第一张黑胶唱片。额外提一件小事:乐队在这张唱片发行几个月后便解散了,所以该乐队的第一张唱片也是他们的最后一张唱片。强劲的和弦从扬声器中喷薄而出。他从堆有大量被他遗弃的儿时衣物的架子上取下一个圆形的黑色盒子,盒盖上积满灰尘,如同冷汤上漂着油膜。他朝盒盖吹了吹，却没能吹走上面的脏东西，反倒吃了一嘴的扬尘。于是随手拿起手边最近的东西———只蜷缩在床头柜底部的旧棒球手套，揩去灰尘。

虽然他知道盒子里装的是什么，但每次看到爷爷的这顶黑色裘皮帽，他还是会感到一阵落寞，仿佛无意间发现一个鸟巢，里面却没有鸟。他的母亲称这顶帽子为"陈旧的乡巴佬帽子"。她说，戴维，他非得又戴上那顶陈旧的乡巴佬帽子吗？但对查理来说，它永远都是"曼哈顿帽"，很多年前，爷爷每次带他进城都会戴着它——每年12月，就他们俩。他们借口去看游骑兵队[a]的比赛，实则是去看无线电音乐厅的圣诞奇观秀[b]，他逼查理发誓，这件事不能让第三个人知道。老人来自比亚韦斯托克[c]，过去是个粗鲁的莽汉，总爱在人群中横冲直撞。老实说，查理不明白如此鬼鬼祟祟有何意义，反正也没人会相信他的爷爷竟愿意花钱去看非犹太籍踢踏舞者的歌舞秀。演出结束后，祖孙俩还会去洛克菲勒中心。他们能在冰场上方站上一个小时，看别人滑冰。查理穿得不多，抵不住低温侵袭，但他知道最好不要抱怨。终于，爷爷伸出手，摊开长满茧子的手掌，掌心有一块裹在蜡纸里的奶油硬糖。查理毫无头绪，不知道他从哪里变出来的，可是，就像发现被偷偷运出战区的最后一件传家宝，这枚糖果因为曾用心藏匿而更显珍贵。

[a] 游骑兵队，纽约一支职业冰上曲棍球队，隶属于国家冰球联盟（NHL）东部赛区大都会分区。

[b] 圣诞奇观秀，纽约无线电音乐厅自1933年以来每年圣诞期间都会上演的节目，由飞天圣诞老人和纽约火箭女郎舞团表演节日踢踏舞。

[c] 比亚韦斯托克，波兰东北部城市，比亚韦斯托克省省会。

[d] 光明节，又称修殿节、烛光节、哈努卡节等，是犹太教节日。

事实上，爷爷是心疼他。自打查理的双胞胎弟弟们奇迹般地降生以来，他这个长子就被冷落在侧。没人愿意承认这一事实，爷爷却有意要弥补他——查理对这样的坦诚心怀感激。今年，他曾提出去蒙特利尔过光明节[d]，可当时母亲和爷爷还在为父亲的离世互相责备，落得两败俱伤。唯一能陪伴查理的就只有这顶帽子了。

他惊讶地发现，自己的头围如今已差不多赶上记忆中爷爷的大脑袋了。他在衣柜的镜子前搔首弄姿，向右四十五度角侧身。他吃不准萨姆会怎么看他，因为除了这顶帽子，他现在浑身上下只穿了一条贴身短内裤和一件T恤衫，在他和镜子之间，既诱人又恶心的烟雾正来往变幻。他看着自己修长的雪白四肢和脸颊上犹太特征不足的茸毛，荷尔蒙的火花一闪而过。最近，就连校车座位的隆隆声、婴儿润肤油的香气、外形带点性暗示的什物，都能刺激他。他的哮喘也是个问题。还有他那一头蛤蜊番茄汁颜色的红发。他向下拽了拽帽檐，挺起小鸟前胸似的胸腔，为了隐藏右侧大腿上冒出的痘他换了个姿势。（人的大腿上真有可能长痘吗？）他把自己和黑胶唱片封套上的人进行了一番比较：上面有三个男子，和他一样形销骨立、朴实无华；还有个样貌吓人的异装癖。他不认为这顶帽子适合他们中的任何人，但无关紧要。他觉得帽子很好看。

他之所以特意取它出来还有一个原因：它与当下的经典品位迥然不同。在宽广而平凡的长岛中部，1976 年盛行滑雪，人们会在滑雪后开展社交活动。穿搭诀窍在于虚张声势，让自己看上去有如上学途中完成了一段障碍滑雪赛：腈纶毛衫、编织帽、羽绒夹克拉链上别一张缆车套票。那些泛黄的淡季套票透着伤感，是查理得知度假村名称的唯一途径，一般说来，他的民族是不滑雪的。至于爷爷的帽子……算了，他还不如戴顶撒了粉的假发呢。但是，萨姆教过他朋克的意义。要叛逆。要颠覆。在老妈毁掉一切之前，他们一起度过了那个不安分的夏季，数十次相约进城，这些回忆在他心中翻滚，令他久久回味，心情一如他上周接到萨姆电话时那般甜蜜。但快乐竟能如此迅速地重新陷入往常的泥淖，混杂着紧张与后悔的心情，就像是那些他准备好的、没准备好放手的东西将会通通被人夺走。

他把唱片翻到第二面，说不定歌曲中还有什么他不慎错过的重复乐段，或是唱段间还有什么细微差别他尚未记熟。唱片名为《黄铜战略》，是萨姆最喜欢的。乐队主唱曾令她痴狂，那个身穿皮夹克、梳着莫西干头、从袖口伸出一根中指的小个子。现在，这张唱片也成了查理的最爱。今年秋天，他反复播放，一遍又一遍。自《Z 型星团》[e] 以来，他还从未如此认同过什么音乐。是的，他也很寂寞。是的，他也了解伤痛。

[e] 大卫·鲍伊（1947—2016）发行于 1972 年的概念专辑，全称为 The Rise and Fall of Ziggy Stardust and the Spiders from Mars。《Z 型星团》也是该专辑中的一首歌。

是的，父亲葬礼那天下午，他侧身躺在阁楼的地板上，听着屋外热风从林间穿过。是的，他听说了，树叶黄了。他早就怀疑，或许一切真的没有意义。是的，那一年他坐在阁楼的窗户边，一条腿挂在窗外，想象着自己的脑袋如水球般在开裂的水泥路面上爆开。不过，是的，他克制住了冲动，出于某种原因，他将自己拉了回来。而这或许就是原因所在，他与追忆往昔乐队遇见得太晚，错过了去现场看他们表演的机会。现在，乐队正为了一场新年晚会重组，况且萨姆还说她认识代替比利·斯里-斯迪克斯出任主唱的那个家伙。据她说，现场压轴部分还策划了烟火表演。"那个家伙"固然让人恼火，但她不是在电话里承认了吗，她需要他——她需要查理？

他最后一次经过衣橱前，窗台上已经开始积雪。发抖是缺乏男子气概的表现，他决定忘掉寒冷。再说，长衬裤会让他看起来不够性感。如果今晚，两人会如他所愿在洒满月光的房间中独处，萨姆拉开他的外裤拉链——总之，他不想搞砸。（当然，对方会认为他在裤子里藏了只陈旧的大号木马，也不失为一种可能。）折中之下，他决定在牛仔裤里穿一条睡裤。那样能让牛仔裤看上去更紧，好像他就是"雷蒙斯第五人"[f]。他取出吸入器深吸了一口，关掉音乐，把包扛在肩上。

楼上，他的母亲正在洗碗。双胞胎坐在她脚边蜷起的油毡上，来回推拉着一个玩具。查理看到一个火柴盒小车，上面躺着一个可动人偶，像行李一样被橡皮筋绑在车顶。"他病了。"伊奇主动解释道。艾伯模仿起"呜——呜——"的救护车警报声。查理沉着脸。母亲这才注意到他，等她转过身来，他能想见自己浑身上下写满谎言与欺瞒的样子，可她没有回头。她的脑袋和壁挂式电话之间连着一根卷曲的电话线。"是你吗，亲爱的？"她问。然后对着电话那头说："他刚进来。"他应该问问她在跟谁说话的。可是，他已经知道答案了。

"嗯，我这就走。"他小心翼翼地说。

她用肩膀和脸颊夹住听筒，双臂在冒着热气的水池中继续洗洗涮涮，问道："需要我送你吗？"

"只不过是去米基家，走路就可以了。"

"这雪越下越大，一时半会儿停不了的。"

"妈妈，我没事。"

"那恐怕我们得明年再见了。"

和每年一样，这句玩笑话再次让他困惑了两三秒，使他想起第一个在圣帕特里克节[g]那天招了他一把的女孩。即便在理解了话中意思之后，他还是有种苦涩溢满嗓子的感觉。他真正想要的是她转过身来，看着他，劝他别出门。可为什么呢？他不过是打算溜出去过夜，黎

[f] "The fifth Ramone"是雷蒙斯乐队的照明总监、平面设计师阿图罗·韦嘉的外号。韦嘉为雷蒙斯设计了其著名的乐队标志。

[g] 圣帕特里克节，每年3月17日，为纪念爱尔兰守护神圣帕特里克而设立的节日，也称"绿帽子节"。美国自1737年开始庆祝这个节日。

明前就会回来。何况一切都不会改变，因为一切都不曾改变。

屋外，挣脱了家中纷繁复杂的魔咒，他的动作轻盈了不少。他从车库一头取出自己的自行车，将旅行袋放在暖气片后藏好。袋子里装着他为掩人耳目而从卧室地板上捡的几件脏衣服。此时此刻，雪越积越厚，在人行道上被不断踩压形成一层弱纹理蜡纸般的冰层。车胎在他身后留下黑色的弧形深痕。经过一盏街灯，他看见前方路面闪现一只怪兽倒影：细长下身，宽阔的肩膀，还立着鬃毛（那是他笨拙的夹克衫和毛茸茸的帽子）。他眯起双眼，逆着刀剑般的风雪继续骑行。

尽管乡委会已竭尽全力，花山镇还是没能摆脱自己原有的样貌。白天，它伪装成一座潦倒的城市，有一家花店、一家婚纱店和一家不太景气的唱片行；到了夜里，人们在点亮铺面的同时也照亮这座镇子真正的危机所在。按摩房，文身店，枪支店，当铺。在一家空无一人的熟食店门外，电动圣诞老人随着《铃儿响叮当》僵硬地摆动着上肢，双腿拴在了栏杆上。查理的双手已经失去知觉。他停下车，走进店去囫囵灌下一杯咖啡。十分钟后，当他不得不将自行车藏进车站边的灌木丛时才陡然反应过来：他真该买把车锁了。

他在站台另一端的一束灯光下发现了萨姆。他已有半年没见她了，可他还是能从她手夹烟卷、啃咬大拇指甲的动作看出，有什么事正困扰着她。（或许，他早该知道了，凭借两人之间的心灵感应。自从被禁足以来，有多少个夜晚他整宿不眠，在心里和她说话？但你稍事思考便知，那些感应、直觉，以及他多次想象过的其他所有超能力都不存在。在现实生活中，没有人能透视墙壁，没有人能让时间倒流。在那件事情发生之后，他才明白过来。）在他急匆匆走向她的过程中，她竟然没发现他在雪地上摔了一跤，这令他吃惊。眼看他就要走到她跟前，她仍出神地望着容易被看成月亮的车站时钟，和天边那个逐渐消失的白点。他想用手臂环抱她，可惜角度不对，他顺势捶了她肩膀一拳——力道太弱，丝毫没传达出该有的爱意。较之那些情场老手真是差远了，于是他轻快地舞动身体，拍打空气，假装方才只是意外碰到她而已。欸！哦！来吧！终于，那张被他放在心里许久的脸转了过来：炙热的深色双瞳，银质鼻环搭配上翘的鼻尖，以及为电影而生的、略显宽大的嘴。声音正从唇间传出："好久不见。"她因抽烟而沙哑的嗓音是她身上最迷人的地方。

"是啊，没错，我一直都很忙。"

"我以为你被禁足了，查理。"

"这话也没错。"

她的手伸向那顶裘皮帽，上下打量他的头发，他感到双颊微微发烫。那头悲剧性自毁式发型间接导致了他被"放逐"。你看上去就像个精神病人，他母亲是这样说的。现在，它们几乎都长回来了。与此同时，萨姆的发型也换了花样，剪成了男孩子气的短发，还从琥珀色染成了黑色。她几乎和查理一样高，身穿一件深色运动外套，遮掩了身体曲线。这让她看上去就像是《群马》——他们第二喜欢的专辑——封面上的帕蒂·史密斯[h]。不过，她已去城里上大学，她现在都在听些什么呢？被问及宿舍生活时，她表示只能勉强挨过。他把帽子递了过去，问她："想戴戴看吗？能暖和一点。"

[h] 帕蒂·史密斯（1946—），美国"朋克教母"、诗人、画家、艺术家，20世纪70年代纽约朋克摇滚运动的先锋人物之一。《群马》（Horses）是史密斯于1975年发行的首张录音室专辑。

"没事，我只等了十五分钟。"

"路很滑，而且我不得不停下来喝杯咖啡。抱歉，没能搞到车。"他不提她烟不离手的毛病对哮喘病人的危害有多致命，相对地，她也假装无视他取出那支愚蠢的吸入器，吸上一大口哮喘雾剂。"我妈以为我住在米基·沙利文家，这么一来，你也知道她是活在哪个星球上的人了。"萨姆已经转过身去，看着铁轨蜿蜒消失在黑暗里。一道光闪烁着驶向他们，如同进入本垒板的超高速滑球。八点三十三分，开往宾州火车站。再过几个小时，时代广场上的水晶球就会落下，整个纽约的男男女女都会转向那个靠自己最近的人，交换一个纯洁的吻——可能也没那么纯洁。上车时查理胸口一阵发紧，他骗自己这只是因为咖啡因。"我压根儿不在乎米基会怎么想，那浑蛋就连在食堂里照面都不愿跟我点个头，打声招呼。"米基、查理，还有萨曼莎，三人同龄，他们本可以做高中同学的，可萨姆却被父亲送进了修道院读小学，后来她又被送去纽约一所体面的私立中学。那个令人畏惧的男人、制作烟火的天才，他这么做恐怕是对的：萨姆只比他们俩大六个月，但聪慧过人，她跳过了六年级直接升学，如今已是纽约大学的一名在读生。而查理和米基都是只得"C"的差生，已经不再是朋友。或许他该找一个更愿意为他今晚的行踪提供不在场证明的人，因为如果母亲明天上午致电沙利文一家表示感谢（倒不是说她真会想到要这么做，只是说如果），那他的麻烦可就大了。一堆热气腾腾、臭气熏天的麻烦。要是她知道他是如何搞到钱,买了这两张进城的往返车票的,他又要倒大霉了。他会被关在房间里直到 1980 年。"你拿到票了吗?"

"我以为是你买票。"她说。

"我是说'追忆往昔'的票。"

她从口袋里掏出一张皱巴巴的传单。

"它现在叫'无中生有'了。主唱换了,乐队名字也跟着换了。"一瞬间,她看起来有些落寞,"又不是歌剧,不用凭票入场。"

他跟在她身后通过过道,头顶上是抖动的灯光。他的胃不好,不能倒着坐,但他踌躇了很久才提醒她这件事。再一次,她眉头微微蹙起。他担心自己已经搞砸了这次约会(他忍不住这么想)。可她只是推开门,领着他朝下一节车厢走去。

那晚的长岛铁路是孩子们的天下,连成年人也变成了孩子。车厢未满,过道两边,到处是一小群一小群的狂欢者,每个小群之间总能空出几排作为缓冲地带。为庆祝建国二百周年特制的红蓝座椅一览无余。他们说起话来完全没有成年人应有的低沉,而是为了先发制人,就是要你无意中听到,仿佛在说,我不怕你。查理也不确定,纳苏县今晚将会有多少母亲不知孩子身在何处——又有多少母亲干脆放孩子自由。列车员刚一经过,啤酒就开始在人群中传递,还有人带了台晶体管收音机,音量很大,劣质音响里传出近似于饥渴呻吟的杂音。很可能是齐柏林飞艇[i]——那些充斥着托尔金[j]式词汇和中土大陆低吟的唱段曾是查理大一期间打工洗车行的背景音乐。直到这个夏天,萨姆公开谴责罗伯特·普兰特是个爱作秀的隐性厌女症患者,查理便也对外宣称不再听他们的歌。她就是这样,态度鲜明,火力全开。可此刻,她沉默不语,这反倒让他乱了阵脚。几排开外,一个男孩假装朝他们扔啤酒罐,查理也像个幼稚鬼那样,假意伸手接住"罐子"。那孩子的朋友们都笑了。"预科生。"查理咕哝了一句,自认为讽刺意味十足。可惜音量太小,压根儿没人听见。他往后一倒,陷进方向朝前的座椅靠背里,制造出皱褶和噪声。萨姆再次转过头去,凝视着玻璃窗外皇后区闪

[i] 齐柏林飞艇,英国摇滚乐队,成立于 1968 年,被奉为硬摇滚和重金属乐的开山鼻祖之一。下文中的罗伯特·普兰特(1948—)曾是该乐队主唱。

[j] J.R.R. 托尔金(1892—1973),英国作家、诗人、语言学家,奇幻文学之父,著有《霍比特人》《魔戒》《精灵宝钻》等作品。书中表达的反战思想、政治隐喻对战后年青一代极具吸引力,也影响了当时一众音乐家。齐柏林飞艇就从《魔戒》中汲取灵感创作过不少歌曲。

烁的灯光，眼看着那些灯光在自己的一呼一吸间化作团团鬼火。

"嘿，你还好吗？"他开口道。

"为什么这么问？"

"要知道，今天可是圣诞节。你看起来心不在焉的，好像没什么过节的兴致。再说了，你难道不该多记录些东西供你的'杂志'备用吗？"过去的一年里，她一直在独立发行一份同好杂志，以记录本市朋克音乐现场为主；杂志用手刻蜡纸油印的方式印制而成。这是她——或者说曾经的她——生活中十分重要的一部分。"你的相机呢？"

她叹了口气，答道："我不知道，查理，我想我把它落在某个地方了。不过我给你带了这个。"她从大腿上的军用旅行袋中掏出一个棕色瓶子，没有标签，看上去黏糊糊的，"这是我能找到的唯一一瓶酒，眼下酒柜里只剩水了。"

他嗅了嗅瓶塞，是桃子味道的杜松子酒。他把瓶子举到唇边，希望上面没沾太多细菌，"你确定你没事？"

"知道吗？你是唯一问过我这个问题的人。"她把头靠在他的肩膀上。他还是看不出她在想些什么，但酒精的作用已经抵达他的五脏六腑。亲吻她——用罗伯特·普兰特的话说，搞定她——似乎再次有了可能。在接下来的旅途中，他不得不想象福特总统颤抖的两颊，以防自己的下体猛地膨胀起来。

然而，到了宾州车站[k]，萨姆的焦虑卷土重来。她硬挤过散发着热狗味儿的人群，那些面孔在她的脸旁飞速移动，快到眼睛无法辨认。查理醉醺醺的。他感觉有一道巨大的光束从身后照射过来，点燃了前方她后脑勺的每一根黑发、她的那些耳环、她有趣却无精打采的精灵耳尖——就好像有一支电影摄制组紧跟其后为她打灯。那些光不像是被什么东西反射回来，而是从那东西的体内发出。从她的体内。

[k] 即纽约宾夕法尼亚车站，英文简称 Penn Station，位于美国纽约市曼哈顿中城的地下铁车站。众多通勤铁路，包括长岛铁路也使用该站。

他们幸运地跳上一辆乘客稀少、开往法拉布什大道方向的 2 路快轨列车。每经过一个车站，列车都会踩着列车员口中含混不清的音节"法拉——布什，法拉——布什"呼啸而过。萨姆扭过身坐着。加速后移的站台梁柱将夜晚的灯光切割成碎片。查理第一次注意到，她后颈处有一个小小的刺青，像笨拙的孩子胡乱涂鸦的王冠。可他不愿问她文身的事，不想提醒她，他对现在的她一无所知。他松开扶手，把手揣进口袋，站定，试图受住每一次颠簸来袭。法拉——布什，法拉——布什。这是她以前教他的一个游戏，名为"地铁冲浪"，谁先失去重心谁输。"看好了。"他说。她没反应，他又试了一次，说，"来玩一轮啊。"

"现在不是时候。"她声音里惯有的母性和宠溺消失了。对于今晚，他再一次感觉到无力，如同刚才站台上破碎的光。

"五局三胜。"

"你有时候真的很幼稚，查尔斯。"

"你知道我不喜欢这个称呼。"

"好吧，那就别表现得像个查尔斯！"

她大声说出这句话，令他羞愧难当。不明真相的人也许以为她不喜欢他。他猛地在她对面坐下，仿佛已自说自话地做了决定，这里就是他的归宿了。到达第十四街，一扇门挡住了去路，只留下一道非常狭窄的缝隙供人下车。当然，作为一位绅士，他让她先走，她连句谢谢也没说。之后换慢车又坐了一站才到了克里斯托弗街。在他被"收监"之前，他们常来这里吃冰激凌，喝她老爸的威士忌；下午喝得有点蒙时，他就会戏弄那些出入性用品商店的人，借此打发时间。一路向南，大厦如王国般崛起。傍晚那会儿，天空还像一张橙蓝相间的大鼓皮，因敲击而震颤不已，在他们头顶上方延展开去，现在，它正一小片一小片地剥落、下坠。他的两层裤子里像着了火一般。他告诉她，他要小便。

"我们在赶时间，查理。"

最终，他还是钻进了一家比萨饼店的厕所。门口挂着提示牌：谢绝外人使用。锁上门，脱掉两条裤子，把睡裤塞进夹克衫口袋，重新穿上外裤，他出了厕所向店外走去。柜台边的伙计一路瞪着他。

"你知道的，要是你继续这样下去……"她开口说道。

"哪样？"

"就这样，你一直焦虑地盯着我，我能感觉到。还有，上点儿心吧，你挡住人行道了。"

没错，他发现了，他的确挡住人行道了。横穿西村与东村之间的街区，随处可见游客和疯子，还有其他纽约大学学生的身影。不过，她什么时候开始在意礼节这种事情了？

"萨姆，我感觉你在对我发脾气，可是，我明明什么都没做。"

"你想从我身上得到什么，查理？"

"我什么也不想要。"他回答，险些发起牢骚来，"是你打电话给我的，记得吗？我只想和你重新做回哥们儿。"

她想了一下，没有说话。要是这时他能做点什么，比如像三年级学生那样故弄玄虚地和她握手——朝一只手掌吐口唾沫，画个十字——他早就那么做了。"好吧，"她说，"先去我们要去的地方再说，好吗？"

他们要去的地方位于包厘街。在格外破败的某路段矗立着一座落满鸽子屎的旧银行大楼，柱廊上布满涂鸦。要是换作以前，萨姆定会举着相机拍个不停。队伍已经排出一扇侧门外，他们在队尾一盏闪烁不定的街灯下停住脚步。前方不远处，一个脸上别着安全别针的高个儿男孩朝查理挤了挤眼睛。他很像萨姆的一个朋友，打扮得好似妖魔鬼怪，他见过他一次，就在这附近。查理在意起自己的帽子来，如果真是那家伙，他必须在他发现他们之前把帽子摘掉——可是灯灭了。它嗡嗡作响，又重新亮起，他用手肘碰了碰萨姆，问："嘿，那不是你的熟人吗？"

她不安地环顾四周："谁？"安全别针男孩已被这栋建筑吞入腹中，她的目光落在了另一个男人身上。他的身材、体形都和工业用冰箱差不多，负责开关那扇钢化防火门，对于进进出出的人从不多看一眼。"哦，那是比莱。"她简直是在收集各色年长男子，以及各种意味不明的关系。这位比莱拥有大片文身，黑色墨水从脖子一直延伸到他如太妃糖般棕褐色的脸上，就像印第安人出征前涂遍全身的油彩。他通身皮衣皮裤，戴着一枚状似剃刀的耳钉。"他是这儿的保镖。"

"我没有身份证。"查理咬牙低声说。

"你要身份证做什么？淡定，跟我走。"

他把帽子压得更低了些，几乎遮住眼睛，看着像既无所适从又不得不强打精神的样子。结果，他伪装成大人的努力还是白费了。保镖送上一个熊抱，把萨姆高高举起。他咧开那张粉红色的大嘴，说："我以为今晚见不到你了，甜心。"

"我有好多地方要去，还有好多人要见。"她说，"你知道的，就这么回事儿。"

"这竹竿儿是谁？"他朝查理所在的方位抬了抬下巴，目光却没有离开萨姆。

"查尔斯。"

"戴帽子的查尔斯看上去像个缉毒警察。"

"放心,查尔斯没有问题。打个招呼,查尔斯。"

查理嘟囔了句什么,并没有伸出手。他对黑人普遍心存恐惧,尤其是面前这位。他做掉查理就跟点燃一把火柴一样轻而易举。至于他究竟是个皮肤不够黝黑的黑人,还是什么土耳其人,说真的,那些刺青扰乱,使人很难分辨。

"听着,"萨姆说着凑过去,"有没有什么人来找过我?"

"找你?"

"对,有……有没有人向你问起过我?预科生的打扮?很帅?三十多岁的样子?和这里很不搭?"她身上消融的冰雪在灯下闪着光,她似乎在发抖,一脸期待。查理尽可能保持面无表情。永远别让他们看到你在流血——七日服丧期后一周,爷爷搭乘 DC-10(飞机型号)离开前曾这样说。

与此同时,一种类似同情的情绪在保镖快活的脸上一闪而过,如同询问"你家长去哪儿了"时会有的表情。"我不知道,甜心,我是八点钟上岗的。就像我刚刚说的,我没想到你会来。"

"查理,"她说,"你能不能在这里和比莱待一会儿,我好进去查点儿事情?"于是他留在原地等她。重心在双脚之间来回转移,他正试图不动声色地与那个保镖拉开一段距离。鸽子在街灯弯曲的颈部伏窝孵化后代。一个无须将脸部涂白就神似哑剧演员的人跌跌撞撞地从门口摔了出来,跌倒在结冰的人行道上。她笑啊,笑啊。查理想上前问问她是否需要帮助,但所有人都原地不动,不动声色。保镖耸了耸肩,好似在说,你又能拿她怎么办?

确实,他算个什么东西啊?建国二百周年的夏天,萨姆出现的这个夏天,海浪向他逼近,倏忽之间将他贫乏的人生唤醒。他乘着攀爬上升的海浪行至高空,强忍住恐惧,抬眼瞩望海滩。然而,和所有海浪一样,他的也终于退去,到头来他还是和过去一样恐高。那件事后,他曾见到过她一次,从母亲已严令禁止他再驾驶的那辆旅行车里。他坐在副驾驶座上,她坐在曼哈赛特的一个公交车站里等车。也许当时他们看见了彼此,可他内心有股不知名的力量令他畏缩,她也一样——那部分的她,诚如他眼前所见,如今依然徜徉在此,骑着层叠的海浪验视这座城市,想看看它是否足够强大,足以撑起她的灵魂。冷静,他告诉自己。冷静就好。

"查理，听我说，"萨姆再次出现时说，"如果我不得不去趟上城区，必须留你一个人在这儿待一个小时，你不会介意吧？"

当然，他愿意为她做任何事情。只要她需要，他可以为她错过"追忆往昔"，或是随便哪支爱瞎折腾的新乐队。可倘若她需要他什么也别做，那该怎么办呢？"搞什么鬼，萨姆？我以为你想和我一起跨年呢。"

"我是想啊，可要是害你错过第一段的演出，我会更加后悔。我只是……眼下有个问题，我没法再任它拖延下去了。"仓库墙壁的另一头，一阵鼓点响起，唱片录音停了，由此切换至现场演出。"开始了，你会没事的，对吧？"她又转身对保镖说，"比莱，你能照顾一下查理吗？"

"他不能照顾自己吗？查理是低能还是怎么着？"

"这太混蛋了。"查理这句话并没有特别针对谁。

"比莱——"

保镖伸出手，用他粗壮的拇指和食指钳住查理的帽檐。爷爷的帽子被他掀起一些，好让查理能看到他的眼睛。"你知道我不过是和你开玩笑，老大。"他说。

查理没有理睬他，他的注意力都在萨姆身上。"你就这么不愿说'我需要你，查理'吗？"

"我确实需要你，查理。我会需要你的。听着，如果我十一点还没回来，你就来找我。我们十二点四十五分在第七十二街印第安纳波利斯站的长凳那里见面，你知道那地方在哪儿吧？"

"我当然知道。"其实他毫无头绪。

"不管怎样，我发誓，我们会一起迎接新年的。"她把手伸进他的保暖耳罩和脸颊之间，如同酷热天气中感受一汪冰凉的池水。自从两人在长岛铁路的站台上见面以来，她似乎第一次真正看见了他。然后，她转身离开。尽管她还保守着她的秘密，他仍选择相信她。他相信这个狂野而自由的生物是有可能需要他的，可她已经走了。名叫比莱的保镖推开了门。查理回想起一辆车门大敞的轿车，那辆车在学校停车场上呼啸而过，卷起沙尘；车里有人在喊，来吧，维斯巴格尔，跳上来。不过记忆已不再真实——连同数月前他在东三街那座诡异房子的地下室里亲吻萨姆的画面也失真了。在她留下的真空之中，唯一真实的是方才她与他肌肤相亲的触感，以及此刻俱乐部深处传来的咆哮的音乐。

03

地球上没有什么地方比新年前夕的格里斯蒂斯超市更荒凉。欧芹的嫩枝无力地附着在杂货筐的孔眼里；日光灯发出阴郁的荧光，其中一只暗着，像一颗坏死的牙齿；中风老人排在结账队伍的最前端，颤抖着打开自己的零钱袋。你最不想在这种地方盘点自己的生活。事实上，在过去十年的大部分时间里，基斯·兰姆莱特设法避开了一切与杂货有关的日常活动。他每天清晨前往兰姆莱特资本联合公司上班，然后在这个时间——晚上七八点钟——回到家中。届时冰箱往往已被重新装满，仿佛无须打开冰箱门，莴苣就会在里头发芽生长，而里根会出现在冰箱旁边，断言道："你连商店在哪儿都不知道。"事实并非如此，基斯知道。他只是记不住街道的序号：是在第六十五街和第六十四街之间，还是第六十四街和第六十三街之间？他经常经过它的门口，可它却没有在他的意识里占过任何位置，和他办公室的分机号码一样，因为他从没机会拨打它们。现在，他开始尝试与格里斯蒂斯超市相处，就像尝试接近一个令你非常恼火的人那样：由内而外地、深入地去了解。他正这么想着的时候，前方收银柜的抽屉猛地弹出来，发出一声铃响。

不，里根是对的，一如既往。要在美国获得成功，体验派表演法倒是可以借鉴。你会拿到一个独立、明确的问题去钻研，如果你的演技足够高明，你就有办法说服自己这是一个至关重要的角色、一个至关重要的问题。与此同时，那些达不到标准的演员会在后台急匆匆地跑来跑去，用力拽着绳索，确保在你向月亮致辞时，它能够出现在那里。你告诉自己，你是唯一一个一直在工作的人，虽然幕布后方总有响动，总有一群动作轻柔而敏捷的老鼠。近来，基斯曾多少次下定决心要将自己的手下败将——那些不起眼的配角——铭记在心，做一个更加善良、更加合格的基督徒。然而，对格里斯蒂斯超市的某些过敏反应似乎限制了他。超市的灯光带着一抹俗艳的绿色，光线所及之处，看上去都是病恹恹的。这大概是超市想利用放射线照射食物以延长贮存时间，以阻止肉眼不可见的孢子在基斯的单身汉食谱——椒盐脆饼干、萨布列特香肠和蓬松的小圆面包——表面蔓延开，直到他离开商店。如果他有办法离开的话。

队首的老人已经蹒跚地走出了大门，队列里剩下的全是女人。她们或是凝视着地上沾有污点的褪色瓷砖，或是盯着杂志架上的肥皂剧明星。正前方,一个未成年妈妈,几缕头发从她随手一把抓扎起来的马尾里跑了出来,这是没时间做发型的人固有的发型。她又怀孕了。她似乎没有看到女儿正用力拽着她坠在身后的围巾,求她买一块杏仁牛奶巧克力。在那个瞬间,幕布眼看就要开启,基斯的心荡漾起来……他想象,那是他坠在身后的围巾,那是他的小女儿,想象他的手会理所当然地抓起一板巧克力。但是,他认为自己有更重要的事情要做,而小女孩似乎也读懂了这一点。当他朝她露出意在安慰的微笑时,她紧紧贴上母亲的大腿,把脸藏了起来。年轻的母亲回头瞥了他一眼,表情显然在说:变态。

  时间好像过去了几个世纪那么长,他才终于来到收银员面前。孩子们有时称其为结账的。威尔说他长大后想当个结账的,那是他三四岁时的心愿。那时候,里根还终日在家陪他,将与董事会相关的一切业务拒之门外。对此,她显得有些窘困,尽管基斯并没有不赞成的意思。"你昨天可不是这么说的,亲爱的。告诉爸爸你昨天是怎么说的。"基斯感觉某种东西正涌上心头。他想要成为父亲那样的人!但威尔不予回应,里根便开口道:"消防车,他想要当一辆消防车。"好吧,他当然会这么想,作为一个四岁或者不管几岁的孩子,他怎么可能理解财富顾问是做什么的呢?连基斯自己也不理解。不过,这可以作为某个瞬间,某个家庭生活的瞬间,在他忙着站在舞台中央扮演成功人士的空当被偷偷塞进幕布后方。而此时此刻,他正试图与眼前为其结账的少女四目相接,努力记住她和自己一样真实,他又在重蹈覆辙了。他还是只想着自己,想着他该如何去接下来要去的地方,想着他就要迟到了。

  事实上,他一直在为缺席汉密尔顿-斯威尼家族一年一度的晚宴找借口。埃默里舅舅亲自给他发了邀请函,可又怎样呢?他连和里根见面交接孩子那短短五分钟的"幕间剧"都无法忍受。虽然他们在数百名的宾客中是有可能避开彼此的,但他知道这永远不会发生。里根会紧傍其右,说教着"既然两人都是成年人,就应该表现得像个成年人"的话,可实际上,他们的相处无异于一种自我惩罚。他也是最近才明白过来,长久以来,她一直都在自我惩罚。

  如今她已经带着威尔和凯特搬去了布鲁克林,尽管如此,他却开始觉得自己也在接受惩罚。他像个幽灵一样在老公寓里徘徊,无力改变自己看到的任何东西。书架上少了她一半的藏书,剩下的那一半有的在书架上叠成一堆，有的索性掉落在地。她把台灯也带走了，还有数不清的相框。有时候，在漆黑的夜里，他会幻听，听到孩子们穿着袜子在楼道里滑行。要不是里根终于得知了他带情人来过公寓，他们本该依然住在这里。他在向里根忏悔时就透露了这一信息，因为他知道这将带来怎样的伤痛。（好吧，除了这一点，还有她的年龄、她的名字。）

　　他发誓再也不会把萨曼莎带到这里来了，自从与她一刀两断之后，他拒绝接听她的电话。然而，就在这个星期的早些时候，她竟然打通了他办公室的电话。她居然有办法找到他的电话号码——就连他自己也不记得的那一串。她要到城里来跨年，他们能不能见上一面？一想到她，或是她的幻影——穿着白色纯棉内裤跪在沙发上，手肘撑着扶手，回头望向他，像是在挑衅——他就情不自禁了。"我们得谈谈。"她说，"顺便提一句，我没怀孕。不过这真的很重要。"他回答说岳父岳母会在晚宴上等他。从严格意义上来说，此话不假，另外，这么说也是免得她以为自己毁了他的人生，他需要让她明白一切如常。不过，他又补充说，他或许能在晚上提早为她腾出些时间。"不用担心，基斯。"她说，"在我看来，你没那么不可抗拒，而且我会带上一个朋友。"两人就此约定，晚上九点半在市中心一家名为"地窖"的夜店见一面。

　　夜间的凉风将他从出神的状态中唤回来。初雪过境，大街上悄然无声。他停下来，站了一会儿，吸入冰凉的空气，侧耳倾听。雪花正小心翼翼地拍打着紧贴他臀部垂下的购物袋。半个街区外，一个推着购物车的人影摇摇晃晃地出现在人行横道上。信号灯在"止步"那一挡闪烁着，把周遭的雪映成红色。再往北，基斯看到打着前灯的出租车略拥挤地加速朝坡下驶来。在这样的天气里，司机们能看清路况吗？

　　他及时赶到那位受困的购物者身边，推着他疾步穿过马路。原来是之前超市里的那位老人，他有点儿谢顶，戴着一顶脏兮兮的渔夫帽。"我的天，你可得多加小心啊。"基斯说。老人抬起头来，隔着厚厚的镜片朝他眨了眨眼睛，双眼湿润、一脸茫然，像极了农场里的动物。他用尖厉的嗓音说了些什么，听着像西班牙语，但辅音都被吞掉了。基斯发现自己正在用慢了半拍、夹着口音的英语答复他，仿佛这能让自己的语言更容易理解。最终，借助荒谬的手势——指东指西、用手比画着某些数字——他弄明白了，老人就住在几个街区以南的地方。

实际上，老人住的地方远不止这段距离，他明显也是可以自己向前行进的，但在基斯的搀扶下，在越飘越大的飞雪中，他的脚步迈得细碎而跟跄。刚开始的几百码，两人花了十分钟才走完，穿越第五十九街的速度就更慢了。基斯甚至怀疑对方其实是在害怕他并不是来帮忙的——老人可能以为自己被绑架了。他默默地向路人求助，可他们还有自己的事情要做，而且，既然知道老人会给自己拖后腿，他们会假装没看见他的。显而易见，这是上帝的意思，基斯必须对这位老人负责。

等两人到达中央车站东侧的无人区时，基斯的双手已经麻木，打湿的杂货袋也要从中间断开了。他不知道现在的时间，萨曼莎可能已经放弃等他了。终于，在一栋破败的建筑前，老人停住了脚步。"是这里吗？"基斯问道，"这里就是你要去的地方？"他又用西班牙语问了一遍，"你家？这座房子？"基斯试探性地松开了他的袖子。老人重重地靠在垃圾桶前的小型护栏上。也不知道垃圾桶里有什么值得这些护栏维护的。老人的双手环绕着栏杆。"*Zay hallah ear*。"他说，至少听上去是这样。他舔了舔嘴唇上的唾沫。

眼前的景象似曾相识，基斯抖了抖身子，想要摆脱这种感觉。"来吧，先生，让我送你进去。"

可老人不愿松手。"*Day allah here*。"他坚持着。还是说这是个疑问句？他朝基斯身后望去，睁大的双眼中充满了恐惧。一辆吉卜赛人驾驶的出租车驶过湿滑的路面。顽固的老东西。基斯自行走开了，他步入大楼前厅，四处张望，希望能找到认识老人的人一起劝他进去，假设这里真是他居住的大楼的话。墙壁一侧，他看到了被烟熏毁的地毯和几摞泛黄的电话簿。电梯停在了四层，可一个人影也没有。到底是谁这么狠心，把一位精神错乱的老人丢在这种地方？

他没来由地想起某年圣诞节他买给威尔的那本《一千零一夜》，更确切地说，是里根代表他买的。烫金的封面，整版的水彩插图，装订处的胶水味道。有时候，他若是能够及时赶回家，还得为威尔念上一段。威尔一遍又一遍地求他读同一则故事。故事讲的是，一个老人请旅行者背他过河，他一跳上旅行者的后背就拒绝下来。威尔并未因此感到不安，基斯却觉得毛骨悚然，尤其是看到那幅插图：老人有着淡蓝色的皮肤，两条肌肉发达的腿紧紧勒着旅行者的胸膛，勒得如今已沦为奴隶的恩人喘不过气来。他不确定，这可能是一则有关父权或者浪漫爱情的寓言。他也不记得咒语最终是如何破解的，反正故事中的所有诅咒都会在合适的时刻破除。这不会只是故事的特色吧？

突然间，一个年轻的女子出现在他身旁，犹如从雪地里凭空冒出来的。她双唇丰满，不是多米尼加人就是柏林克人[a]，穿着丝毫不御寒的短裙和渔网袜。"伊西多，"她说道，"你这个坏家伙。"她哄老人离开铁栅栏，就像从棚架上摘下一朵玫瑰，"你跟这位优雅的绅士耍花招了，对不对？"如此距离之下，老人因中风引起的痉挛更像是得胜后的摇头晃脑。她朝基斯转过身来。他发现她根本就不年轻，估计与他年纪相仿，涂着厚厚的腮红和睫毛膏，以至于在过往车辆的前灯照射下，她看上去像个色情电影中的临时演员。她的腰带和派克大衣之间堆着一圈肥肉，就像是她的制造商在她身上留下的多余材料，但这只会让他对她越发怜惜。"他就是会对别人做这种事，我也不知道为什么。他能走路。"她说。两人目送老人迈着内八字小步向大楼门口挪去。她竖起一根涂着指甲油的手指，在耳边打了个圈，用西班牙语说："疯子。"再一次地，她上下打量了基斯一番，然后轻快地大步朝转角处走去。

[a] 柏林克，隶属于波多黎各。

望着她离去，基斯的心蓦然被一个天大的笑话击中：他知道这片街区。就在那个转角处，有一家脱衣舞俱乐部叫"全速前进"，他过去常带萨曼莎光顾的计时宾馆则在俱乐部隔壁。夜总会下班的舞女和从第三大道走来的异装癖男妓常常汇集在宾馆门外。他瞟了眼雪地，一瞬间泄了气。下城区也好，上城区也罢，他的任何决定难道有过任何意义吗？他把手里那袋东西丢进一个破破烂烂的垃圾桶，起身跟上前方脱衣舞女郎的脚步。他告诉自己，有人已经为他做了这个决定，也并非他的大脑在提醒他，越是想把罪恶抛向身后的大街，越会害他陷得更深。白雪在他四周飘落的声音听起来仿佛挂毯背后的脚步声，仿佛从喉咙里发出的丝丝笑声——如果不是来自天父，那么或许是他的一位天使，大天使、权天使、座天使、主天使、力天使、炽天使……作为昔日斯坦福德唱诗班的少年歌者，他将这些名字铭记于心。最后一个叫什么来着？一只鸟总在他的头顶盘旋，飞过一座又一座屋顶。哦，对了，智天使，丘比特，那个笑呵呵的小男孩。

04

他起初到那里去是为了什么呢？为什么选这一天，还专挑这个时候？（在这些疑问背后，是一个永恒而虚弱的声音：为什么我是我，为什么我一无所有？）很快，威廉·汉密尔顿-斯威尼就会有理由重提这些问题。不过，到时候他还是会这样解释自己去中央车站的原因：为了独处。他对默瑟也这样说。多年来，每当需要思考或不愿思考，需要行动或不愿行动时，他都会来这里。诚然，这里难以名状的建筑奇观也曾令年少时的他惊叹不已：拱门、壁式烛台、绘有蓝色十二宫图的拱形圆顶。星象位于万物正中央，鸽子栖息于繁星之间。尘垢早已侵蚀了壁画的色彩，广告糟蹋了建筑的线条，唯一不变的是穿梭其间的人。每个人都是如此，个体的生活在群体中越磨越窄，直至逝于人海、融为微尘。身处那栋以他的家族姓氏冠名的四十层办公大厦附近，他原本很有可能撞见一些丑闻或憾事，但他在车站偶遇的任何一位父亲的下属都不曾在上楼途中垂下目光。他们双眼匆匆扫过出发时间告示牌便冲进了火车。要说真有什么差别的话，那就是，多年的时光将威廉的默默无闻渲染得更加生动和完整了。以他如今混迹的圈子为界（如果他搬去的地方还能算圈子的话），越过第十四街以北，至少超出第八大道以东的范围，他就会彻底跌出地球边缘。

此刻，他站在楼梯间附近，等待见证这个信封背负的背叛将如何使他动摇。他想起默瑟悲伤的眼神，眼看对母亲的回忆马上要占据脑海，幸好，他立刻想到一位绘画老师的教诲：置身世界之外，让双眼忘记所见之物。感知即所有。他察觉到裤腿上沾染了电动扶梯上的油污。通往街面的大门猛地打开，圣诞老人救世军[a]一拥而入，摇铃声顿时四起。金色纸片伴着逐渐暗淡的晚霞撒落，混杂着纸屑、烟蒂和人们的皮屑散落一地。人群中洋溢起意料之中的节日喜庆，可就连这些欢快的脸孔也只是虚无。说真的，这些可怜的乘客行色匆匆，提着在最后关头才收拾出来的行李，心已然回到了韦斯切斯特[b]，脚踩着毛茸茸的拖鞋，观赏着燃烧的圣诞柴。威廉心想，只有极少数的灵魂真正在此停留，比如潜伏在通往7号列车的拱门周围的高大朋克——索罗门·格兰迪。

即便没有满脸的安全别针、炫目的白色冰球服或肩上的筒状行李袋，他

[a] Salvation Army，国际性慈善公益组织，经常会举办一些社会公益和社区服务活动。

[b] 韦斯切斯特，美国纽约州的一个县，富人聚居区。

也很难不引人注意。他身高六英尺六英寸，脸色比往常更显苍白，有着一张像兔子一样收紧的小嘴。此时他正死死盯着地板，这让威廉松了口气。紧接着，仿佛觉察到什么危险，他抬起头。干脆假装没看见对方？有些说不过去吧。要是人们能开诚布公地承认他们憎恨彼此，这个世界该多简单啊！从另一方面来说，这是不可能的。撇开乌托邦不谈，威廉还是遵守一定社交礼仪的。"索尔！"他喊出声，努力显得热情些。

"比利。"

"这世上有这么多终点站……"索尔已经在寻找出口了，说明威廉目前略胜一筹。索尔是个咄咄逼人的朋克，光头，身上许多地方都穿了孔、刺了青（他脖子上的那个是新文身吗？），穿一件印着流浪者队标的运动衫。可是，按理说他应该很反对法西斯式的团队运动才对。威廉忽然想起自己身上这件大衣，这件走路时会拖地的可笑长外套。这百分之百会传到他昔日宿敌——尼基·查奥斯的耳朵里。要知道，索尔可是他的小兵，会为他斟酒沏茶，将他奉为神的化身。应对这种状况的秘诀在于继续采取攻势，让索尔无暇注意他的衣着。"采购回来晚了？"

"什么？哦。"索尔瞥了眼自己的行李袋，仿佛看向一只骑在他身上的丛林猎食者，"没有，呃……是冰球训练。离得最近的免费冰场在皇后区那边。"

"圣诞节还训练？没想到你真会打冰球。"

"哦，我会打。"没有人会在索罗门·格兰迪机智的应答中找出毛病。

"我猜你一直很有成为'打手'的潜质，"威廉说，"不过打球前可别忘了把那些钉啊环啊都取下来。"对方不予理睬，"话说回来，乐队怎么样了？尼基还好吗？"

这下索尔真被激怒了：为什么所有人都以为他会知道尼基近来如何？

"开玩笑的。我只是想知道，没了乐队，你们几个过得怎样。"

"人总是要工作的。"

"我可不记得尼基属于这类人。听说他最近在尝试画画？"

"这不是和你一样嘛，比利，假装无论周遭的世界再怎么糟糕，画画依然重要。"回想起尼基关于艺术与文化对决的老生常谈，索尔似乎放松了不少。事实上，他满脸算计的痕迹，通常这种表情在大多数人脸上只会一闪而过，"不过我猜，尼基有意和大家取得联系，我们正在准备重组乐队。"

"你们组得起来才怪。"

自成立以来，追忆往昔乐队一直是威廉的心头肉。好吧，是他和维纳斯·德·尼龙的心头肉。他们在1973年那个朦胧的夏天组建起这支乐队。威廉草草拟了一份声明，写了几首歌，还招募来几个朋友担起节奏乐器的重任。维纳斯从跳蚤市场淘来几件陈旧的保龄球衣，将它们重新缝制成仿军装的样式。威廉所在的那栋楼里住着一名机车党"地狱天使"的成员，时不时地会去一家夜店看门，他们便穿上新制服，去那里演出。乐队早期只有四人，后来才破例让尼基·查奥斯加入。他坚称乐队和声中还需要吉他的加入，尽管他也就那点音乐鉴赏力，在其衬托之下，贝斯手纳斯达诺维奇都能比得上查理·明格斯这位爵士乐的标杆人物了。不，尼基之所以想要弹吉他是因为威廉弹吉他，他想要画画也是因为威廉画画。有时候你会觉得，尼基·查奥斯真正想要的不过是成为一个超越威廉的威廉，虽然威廉也在尽最大努力成为别人。索尔换了一边肩膀扛他的背包，面部稍显扭曲："这是真的，尼基预定了一场新年晚会，一场复出公演。"

　　"他为什么要这么做？你们一个乐队元老都没有。"

　　"这回，我们搞到了真正的功放系统。"

　　是"偷"来了才对吧。这就是索尔。看看他那身干净得令人起疑的冰球制服吧，再看看他沾满泥巴的靴子和藏污纳垢的长指甲。

　　"况且，我们还有大麦克。"

　　啊，所以说，他的鼓手也被他们偷了。如果他们连大麦克都拿下了，还会有谁挡在他们前面呢？维纳斯已经洗手不干了，而纳斯达诺维奇没有立场再拒绝。顷刻间，威廉忘了自己还在试图坚持什么。反正对于别人说出他是个独裁者的事实，尼基一向无动于衷。"好吧，但你们得换个队名。"

　　"什么？"

　　"告诉他，他可以用'大麦克'，但是'追忆往昔'这个名字是属于我的。"

　　"可我们需要这个名字，老兄。你以为我们是靠什么拿下在'地窖'的演出的？"

　　"我相信你们会有办法的，尼基一向能言善辩。"

　　霎时，一种无助的表情爬上对方的脸庞，唤起他们之间从未真正存在过的友情。"你应该过来看看；真的，你会大吃一惊的。"

　　"我没准真会去。等等……你是不是少了什么东西？"

　　"什么？"

"你的球棍。"他伸手探向索尔宽厚的肩膀上本该插着球棍的地方。他沙沙作响的大衣肯定蓄满了静电,因为两人之间忽地迸出一团火星,响声则淹没在站内的各种噪声里。奇怪的是,时间似乎慢了下来。在索尔毫不夸张地惊跳而起时,你能看见恐惧在他吓得惨白的脸后咧开大嘴。不过很快,他强迫自己像从前的格兰迪那样冷笑起来。

"断了,我拿它砸碎了一个家伙的脑袋。他把我惹毛了。"

"我猜也是。"威廉说,"不管怎样,我们会再见的。"在对彼此之后还会重逢——也许就是新年?——表示认可之后,索尔急匆匆地走去通往市区方向的六号站台。

该死的节日,威廉心想。表面上,这是个反思自己人生的机会,可是,当不断有人强拉着你做回曾经的那个自己时,你该如何实现自我反思呢?比方说,他知道自己现在无法抑制对尼基·查奥斯的好奇心,可即便如此,几分钟后,他就会回到地下一层的浴室里,寻求各式各样的"甜蜜的解脱"。老实说,这大概是他起初到这里来的真正原因。不过,撇开有关冰球的废话不谈,索尔·格兰迪,也就是索罗门·格兰迪,他又是为什么而来?

─ ─ ─ ─ ─ ─ ─ ─ ─ ─

05

默瑟拆开那捆细瘦的手稿,把它们正面朝下平摊在咖啡桌上,然后将一页 A4 纸卷进全新的 IBM 电动打字机滚筒里。打字机发出控诉般的哼鸣。过去半年里,这一系列动作几乎成了他的日课,至少他希望威廉这么想。如果他下课回到家中,发现威廉去了布朗克斯专心经营自己的伟大事业——一幅名为《证据 I 与证据 II》的折合式双联画——就还好说,默瑟也可以利用这段时间在小说的葡萄园里耕耘一番。如果稍后在晚餐桌上,默瑟拒绝讨论当天的进展,那是因为不泄露任何细节是他一贯的原则,而不是因为这些细节根本不存在。其实,他通常只是在自己那台残破的奥利维地牌打字机旁坐下,就像他当年还在阿尔塔纳时那样。大部分时候,他多半是懒洋洋地倚着日式床垫,读一本残缺不全的普鲁斯特的小说。瓶颈,他这样以为。然而,创作瓶颈又何时阻碍过马塞尔·普鲁斯特？那不过是失败的同义词罢了。一旦他开始触碰这些尚未被触碰的按键，火焰就会席卷他的小脑，燃烧的字母从他指间飞出又飘落，将书稿付之一炬。等到威廉回来的时候，一个圣诞奇迹已经完满收官——再不必搞什么两面派，数月的不思进取就这样化作一件艺术品。

可事情并不会像小说里写的那样，接下来什么也没发生。最后一抹阳光如送葬队伍般一步一寸依次掠过二手家具、《绅士爱美人》的电影海报、侧卧在竖着"兔子耳朵"的米罗华电视上的虎斑猫、按厨房大小裁切得当的康格里莫地砖，以及挂在水池上的一面小镜子——浴室在外面的走廊上，供整个楼层的人合用（又一件工厂时代遗留下的怪事）。圣诞晚餐的残羹冷炙兀自枯坐在那里，如同展示他个人失败经历的博物馆里陈列的一件展品。

门把手咔嗒作响之前，他丝毫没有注意到有人上楼来了——在分心之事上再度分心，完美体现了默瑟精神涣散的特质。夜幕降临，隔着砾面玻璃，那个试图进来的人只有一道剪影，但姿势很是奇怪。难道是某个狂暴的瘾君子正握着一把刀，还是一个白人义警决定单枪匹马地挑拨邻里关系？还好，是威廉。他打开房门，按下顶灯开关，他的嘴唇上豁开了一道口子，肿胀的右眼紧闭。被他搭在肩上的长大衣下面，右臂用临时找来的带状物吊起固定在胸前。默瑟恍惚间又掉进了现在与过去的旋涡，转瞬之后，他就惊叫着跳了起来。

"天啊，威廉，你怎么了？"

"没事。"他的声音几乎是从胸口发出来的。默瑟甚至不知道那种地方还能发声。在默瑟近距离为他检查时，他移开了目光。

"天哪！这可不是没事！"

"别这么大惊小怪，只不过是扭伤，会好的。"

默瑟已经取出他的剃须工具包，开始翻找红药水。过去，每次C.L.这副模样进门时，妈妈总是一边为他擦红药水一边训斥他。罪恶的报应。他让威廉坐到床上，调整好台灯的角度。威廉面向灯光抬起头，用拇指拨开纠缠在一起的头发。他的额头上竟还有一处伤口，以及一块拳头大小的瘀青，刚好对应上断臂的故事。"我想你不打算告诉我发生了什么。"

威廉脸色惨白，微微有些发抖，回应道："够了，默瑟。我只不过是从台阶上摔下来了而已。"

他更有可能是被抢了。威廉总爱取笑默瑟"对黑人的恐惧"，那一次，默瑟被生拉硬拽去了第一百一十街北段——在西尔维娅餐厅吃完肋排，随后去阿波罗剧院看了灵魂歌手帕蒂·拉贝尔的演出——贫穷把他们平凡的日子衬托得奢华而精致。他记得那片街区的流浪汉，他们总站在门外抓挠着身体，像审视本尼迪克特·阿诺德[a]那样盯着他，双目无光……他蘸着红药水轻轻涂抹伤口。威廉倒吸了一口气："嗷！"

[a] 本尼迪克特·阿诺德，美国陆军少将，号称美国独立战争时期最大的英雄，最后却为财色成为叛徒。

"你这是自作自受，你把我吓了个半死。所以现在，别动。"

那天晚上，以及1976年最后的一整个星期，威廉都拒绝去看医生。一贯如此，默瑟心想。不过，他总是暗暗仰慕威廉的独立自主：即便和朋友们的餐桌讨论进展到最激烈的时候，威廉也可以满脸堆笑的同时，手伸到桌下在默瑟的大腿上隐约敲击摩斯密码，一副气定神闲、秘而不宣的模样。两个人一起生活就好比窥视月球背面。他照料威廉的伤情——发青的眼圈、肿痛的下巴、他自行诊断为"轻伤"的关节扭伤——的时候，默瑟又开始觉得，如果他总谋事无误的话，威廉最终会选择依靠他也说不定。他把电视挪到睡觉的角落。他烹制精美的饭菜，即便威廉最后还是用糖果填饱肚子，他也默不作声。他违心地对那天的事绝口不提，没再逼威廉说一说到底发生了什么。然而，就在新年前夜，威廉说如果再不离开这间屋子，他就要疯了，他说他必须得去工作室待上几个小时。默瑟只好咽下心中的异议，顺其心意，将他轰出家门。

威廉刚走，默瑟便迅速地收拾完折叠桌台面，拿出被锯掉一截的烫衣板，从门边的衣架上，取下威廉的燕尾服和自己那套上好的西装。近来他才意识到，就是这身当年跟随他进城的衣服，自己穿上后像一个保险销售员。他早在市中心一家解构主义风格的小酒馆预订了九点钟的餐位，去年夏天威廉格外中意那里。也许他们饭后可以约个会，就他们俩。是啊，他们都多久没跳过舞了。他有条不紊地熨平衣服的褶皱，随后把两件外套平铺在床单上。威廉的白色燕尾服上衣和他乏味的棕色外套，宛如一对纸偶，只是本该露出双手的袖口几乎触碰不到彼此。电话响了。他抓起听筒前就知道是谁打来的。"你在哪儿？"他忍不住问，"快八点了。"

"计划有变。"威廉说。他提起过吗？他偶然撞见了一个老熟人，得知尼基他们今晚要进行新乐队首演？他觉得有必要去亲眼见证这一场彻头彻尾的灾难。"你也来开开眼。堪比'兴登堡'号飞艇坠毁。"默瑟注意到，威廉身后传来一阵说话声。

"听起来你已经有伴了。"

"我在用公共电话，默瑟。一个女人正在向我推销她手推车里的香烟。"听筒里传来模糊不清的声响，事实上，他能听出来，威廉将话筒举远，说着，不用了，不用，谢谢。"不过，我想着我们可以在集合地点会几个朋友。你不用付钱，今天比莱看门。"

"他很吓人，威廉。"

"我不能不去。我要亲眼看看，那些拙劣的模仿能烂到什么地步。"

"我明白，但你的手臂还没好……"

"这是朋克摇滚，默瑟。像平常一样过来就好。"

背景噪声里又加进了一串新的噪声。一台电视机，或许是一台收音机，在那里大吹大擂，吹嘘的内容则消失在数英里长的电话线里。远距离视听。某个人正靠着威廉大声笑着，咳嗽着，近得甚至盖过了那些刺耳的播音。默瑟头一次清醒地意识到，他在怀疑威廉。

"那个，我觉得身体不太舒服。"

"你说什么？怎么回事？"

"就是，有点儿酸痛，像是感冒的症状。"细节有点儿多了，要知道，撒谎的秘诀在于不要急着劝对方相信你说的是真的。可他又希望威廉识破他的小谎言，然后回家来与他对质。一秒，仅一秒的时间他就能明白，威廉不会回来。他的声音真的沙哑起来："你至少回来换身衣服吧？"

"说真的，你为什么不过来坐坐呢，亲爱的？狂欢一下。"

"我告诉过你了，我不舒服。我得去躺一会儿了。"

沉默如期而至。电话线承载着这份静默，将它转化成微弱、轻柔的蜂鸣。

"好吧，别等我了。我们可能会待到很晚。"

"'我们'是谁？"

"照顾好自己，默瑟，多喝点儿水。明年见。"又爆发出一阵喧嚷——那是笑声，毋庸置疑——电话挂断了，空留拨号音。

默瑟回到他睡觉的角落，看见角落里成双的外套。他本想用这幸福一幕打动威廉的，如今想象中的未来已被撕碎丢在了一边，他唯一能做的只是戴上眼镜，望向墙上的镜子。他看起来非常年轻。不是那种性感的年轻，也不是那种中性的年轻，老实说，他生活作风极其老派，当然也同等程度地幼稚。在他柔软的肚皮上，深色的皮肤和白色的内裤松紧带形成鲜明对比。和威廉一同出入公共场合会让他时不时感到不安，他想这可能与羞耻有关，他羞于展示他们相处的样子。可他现在不太确定了，原因难道不是他怕看见自己在威廉眼里的样子吗？除了黝黑的皮肤，什么也不剩。他怕自己只是一件什么战利品，他怕别人会这么想。最美好的时光都在这间公寓里，在这里他们无须为他人表演，只需要面对彼此：重温梦境，玩拼字游戏，一人观赏体育节目，一人默许。他向镜子里望去，看见身后不远处立着一棵干巴巴的圣诞树。那个该死的信封还搁在暖气片上。

圣诞期间，他一次也没有碰过那个信封，现在，他再次拾起它端详：它呈淡黄色，有着细密的纹理，散发着浓郁的芬芳（却被猫砂的恶臭环绕）；这种芳香物质太过珍奇，以至于只能在书中找到——没药，也可能是曼陀罗草。熨斗还很烫，蒸汽的高温足以开启信封。不出他所料，里面的卡片是一封邀请函。拥有繁复盾形纹章的古尔德家族，威廉提起他的继母和她的弟弟时这样说过。那也是唯一一次默瑟主动问起他的身世，就在同一周早些时候他发现了他是汉密尔顿-斯威尼家族的后裔，虽然没有继承权。一支高尔夫球杆挥动，划过一片球场上空。他抄下地址，把信封重新封好。缠绕着线圈的咖啡桌上摆着一瓶威廉忘了带走的黑麦酒。默瑟总觉得这个举动另有深意，就好比塞林格从罗伯特·彭斯那里获得的文学暗示[b]。他试着抿了一口，又抿了一口，从中品不出任何传说中的儒雅与世故。不过，慢慢地，他冷峻的脸变得越发坚决起来。

他把自己套进威廉留在家里的燕尾服和长大衣里。与它们相比，威廉显然更爱机车夹克——这是他猜的，八九不离十。默瑟用威廉的领结缠紧自己的手，以期多少制造点疼痛。他呷了一口酒，等镜子里的人像越发朦胧起来的时候，他觉得情绪刚刚好，随即走下楼去。唯恐自己改变主意，他加快了脚步。入夜后的地狱厨房不可能打得到车，尤其是当你只身一人，还是个黑人的情况下。寒冷让一切变得清晰。隔着两段长长的街区，他竟能看到列车半毁的绿色车顶。一棵

[b] 美国作家 J. D. 塞林格（1919—2010）基于苏格兰民族诗人罗伯特·彭斯（1759—1796）的诗歌《你要是在麦田里遇到了我》创作了《麦田里的守望者》一书。而文中威廉留下的是一瓶黑麦威士忌。

豆梨树光秃秃地兀立在这不毛之地，枝干被勾勒出一圈白色的轮廓。再远处，隔着纷飞的雪花，帝国大厦的尖顶飘浮在如蛛丝般轻薄的城市光晕之上。默瑟觉得体内有些异样，好像有什么东西正浮出水面——他猜测，那是他的希望。一年的消极生活已经结束，今晚，他要亲手掌控命运，他还预言：即将有大事发生。必须发生。没错，新的一年，属于默瑟的一年，注定不同凡响。

06

里根在汉密尔顿-斯威尼家族的迷局里陷得太深，已经什么也看不清了。在她看来，萨顿广场上的联排别墅就是她从小长大的地方，和同学们的家并无二致：宽敞是宽敞一些，却也没到招摇的地步。爸爸长时间工作，她和威廉才是这栋房子真正的主人。高一那年，房子里已找不出一寸土地是她未曾踏足的，从哪里是最安全的藏身之所，到哪扇窗在一天中的哪些时段会透进最充足的阳光，她都一清二楚。要不是古尔德一家另有打算，这样的生活也许会永远持续下去，就像雪景球里的小村庄，只有他们三个人（或者是四个人——如果算上杜妮，他们的厨师兼保姆）被封闭在母亲去世后留下的这片与世隔绝的明净之中。

至于古尔德一家，她只会把他们看作一揽子交易。菲利希亚不过是最早出现的罢了。一天晚上，餐桌上摆放着四套餐具，她出现在了前厅。一个像鸟一样小巧、敏捷的女人。爸爸亲自接过她的外套，并将他的这位"朋友"介绍给了站在楼梯上观望的里根。不需要什么介绍，她都看到了，菲利希亚贪婪的双手掠过椅背和桌面，把那些价值不菲之物和那些徒有纪念意义的东西区分开；更何况杜妮也露出了意味深长的表情，紧闭着双唇摇摇头。几个月后，埃默里来了，像孩童摘下手套，突然伸出拳头！爸爸破例喝了好几杯酒后宣布，埃默里将加入公司。威廉坐在他们对面，用一脸肃穆掩饰内心愤怒。菲利希亚的弟弟也不是省油的灯，晚餐很快变成了一场伪善的交锋，就在爸爸面前，双方兵刃相接。但爸爸的脸上自始至终挂着笑容，仿佛他是坐在别人家的餐桌前，沉浸在只属于自己的美梦里。

没过多久，爸爸自作主张地做了决定。他说，只有寄宿学校才能让威廉更好发挥自己的天赋。瞧见了吧？远在佛蒙特州的威廉对她说。接着，他又公布了自己私下里给他们起的外号，铁腕食尸鬼。她告诉自己，这不过是他的受迫害妄想，虽然自从他离家之后，埃默里和菲利希亚出现得确实越来越频繁了。而等到爸爸终于向菲利希亚求婚后，这个女人便开始密谋将她的整个家族都搬进上西区的这座城堡。

或许也不是什么城堡，这很难说。它盘踞在一座高大砖石建筑顶部，从街面仰望根本望不到它，你必须进内部去找，就像某个人看自己的脑袋。这是里根在新年前夜站在高楼前突然想到的。没有公寓号码，也没有"顶层公寓"的字样——多亏了鲍勃·古乔内，"顶层公寓"早已成为一个会令这个家族姓氏蒙羞的词[a]，当然，菲利希亚更担心它会令她自己蒙羞。当"汉密尔顿-斯威尼家"这几个字从里根嘴里说出时，她从未觉得它们像现在这般陌生过。门房和他的同事正坐在桌子后盯着一台小电视，里根无法想象菲利希亚居然会纵容这种行为。但就在门房从屏幕上移开视线之际，她立刻为自己纡尊降贵的关注感到惭愧。他叫什么名字来着？曼纽尔？米格尔？"我是来参加晚宴的。"她补充道。

[a] 鲍勃·古乔内在 1965 年创办了《阁楼》(Penthouse)杂志，试图与休·海夫纳的《花花公子》竞争，内容更加情色。"penthouse"原指高楼中昂贵的顶层公寓。

他注视她的方式让她重新在意起身上那些她尝试忽略的部分：大衣下的锁骨，她试图用蝴蝶领针遮掩起来的平坦胸部，从高发髻上散落、搔得她脖子直痒的几缕头发。她看上去一定像极了一个为毕业舞会而精心打扮的高中生。为什么米格尔非得认出她来不可呢？她可是一直在尽力避开这个地方啊。只是最近，在爸爸记忆力逐步衰退的情况下，她才开始过来接手各种各样零碎的公司事务。再说，她不是一个月前的自己了，她单身了。"我是里根，这家的女儿。"

"好的，里根女士。"他低头浏览了一遍宾客名单，像是为了再次确认她不是什么试图潜入这栋公寓的恐怖分子，"我这就带您上去。"

楼里还是那种老式电梯，配合伸缩式铁栅栏门，会带给乘坐者一种不舒服的飘浮感。尽管电梯的控制杆旁有一把凳子，米格尔却始终站着。里根想不出能说点什么。很快，电梯门被拉开，挑高的门厅尽现眼前。大厅内空空荡荡的，除了墙壁上马克·罗斯科[b]的那幅巨幅蓝色画作和两侧高大的——人们管那叫什么来着？火盆吧，她猜。每只"火盆"上都顶着一团燃气火焰。

十年来，菲利希亚的新年晚宴就没发生过什么改变。就像那个"红绿灯"游戏：哪怕你转过身去过一年，生活仍在继续；当你再次转身回来，一切看上去还和你离开时一个样。同样的四百个人，同样的对话，同样陈腐的笑话引发同样的醉酒欢笑。唯一不同的是主题。菲利希亚相信，主题能在任性不羁的社交个体身上施加某种程度的纪律性。去年（哦，上帝，真的只过去了这么点时间吗？）的主题是"夏威夷之夜"。这意味着无论茶几上原本摆放着什么，都被换成了用闪光胶水粘着天堂鸟和菠萝的花瓶。从太平洋空运来的货真价实的兰花被制成花环，精心地缠绕在楼梯间的栏杆支柱上。菲利希亚的草裙几乎吞没了她娇小的身躯。前年是某个与伊比利亚有关的主题，里根只记得绵延不绝的天鹅绒布和斗牛士紧身裤。这些火盆又有什么深意？要有光？[c]让我站在你炙热如火的身旁？[d]若是基斯还在这里，他本可以和她一起玩这个猜谜游戏，然后一旦进屋混入人群，他又能轻易地将自己轻佻与不屑的态度隐藏起来。一想到自己已失去他的陪伴，她要独自面对父亲和古尔德姐弟，她就迫切地想要逃回布鲁克林高地，让临时保姆结账走人；新家里尚有一半的箱子待她拆开呢。可一切为时已晚。米格尔早已回到自己的办公桌前，空留她孤零零地站在入口处。她把自己的大衣挂在前厅衣柜里，没有理会左手边的走廊内设立的衣物存放处，特殊待遇又一次令她惭愧。隔着几个房间，都能听到里屋传来的酒醉之人胡乱弹奏的钢琴声。她像跳水运动员起跳前那样深吸一口气，朝前走去。

绕过转角，迈进宴会大厅，人声鼎沸、人头攒动的景象令她猝不及防。墙壁上垂挂着的绿色布料使她回想起父亲多年前带她观看过的一场球赛——那时候，他们还没拆掉波罗球场，她也还没变成洋基队的球迷——她记起了满是鸽子的昏暗广场、点缀其间的大片绿地，以及平躺在上的夏天、人性与生活。只不过在另外六盏室内汽灯的照明下，面前的这绿色鲜亮得令人毛骨悚然，好像随时会燃烧起来。穹顶之下，宾客们喋喋不休，以半脸面具遮面

[b] 马克·罗斯科（1903—1970），美国抽象派画家，生于俄国，十岁时移居美国。

[c] 出自《旧约·创世记》，原句为"上帝说：'要有光'，就有了光"。

[d] 原为吉米·亨德里克斯（1942—1970）的名曲《炙热如火》（Fire）中的一句歌词。

的群男群女仿佛置身于意大利即兴剧场。她的胃再一次收紧：没人告诉过她要戴面具。可是，她无法理解这样安排的意义何在，难道人们真的会因为如此小面积的颧骨、鼻梁被遮住了就认不出彼此吗？不，面具的真正目的在于，女主人因此确信她能将自己的意志施加于应邀而来的宾朋。在菲利希亚面前，只有两种立场可供选择：要么彻底逃脱，就像威廉终于实现的那样；要么缴械投降。

就在这时，一张骇人的小丑面孔出现在她的肘边，又长又红的假鼻子上下摇晃着，令人浮想联翩。"天啊，"她说，手按在胸口，"你吓到我了。"

从面具下传出的声音矫揉造作，还带着鼻音。他比她的儿子大不了多少，她想，但她听不懂他在说什么。

"什么？"

"我说，能否允许我为您提供这个？"

她低头看了看对方递上来的篮子，黑色的独行侠面具成堆叠在一起。出于礼貌，她从廉价的塑料面具中拿起一个，将橡皮筋在脑后绑紧。里根还没来得及向那孩子道谢，他就消失了。

话说回来，这里的仆人倒是不少，数量可能比宾客还要可观。他们把开胃小菜举至肩头，在会场内来回走动。每一面墙边的吧台后都有一对手拿马提尼摇壶的小丑，像个长了四条手臂的生物，卖力地满足客人们的需求。里根站到了等待的队伍中。说实话，戴上面具后她感觉自在了一些。尽管礼服下纤细的身段很好辨认，但似乎没有人知道她是谁。没有人因为她姗姗来迟而孤立她，或是认出她是公司新上任的公关部主管、假定继承人、董事会最年轻的成员，也没有人向她问起基斯和孩子们。她可以就这样挨过一个小时，轻而易举，然后便可以回家了。脱掉鞋子，喝点嘉露葡萄酒压压锐气，再来点卡莉·西蒙的歌，足够轻柔，不至于吵醒威尔和凯特。借着从走廊透进去的光，她会看一眼孩子们的脸，然后回到客厅为自己办一场派对——那种可以随心所欲痛哭一场的派对。她的心理分析师会为她骄傲的。

来到队伍的最前端，她要了一杯香槟，而后转过身来。透过人群中的缝隙，她今晚第一次看见了父亲的妻子。她的背后是一座大得能容人在内走动的石头壁炉。背对着炉火，菲利希亚的身体像一团污垢，唯有面具上的红色亮片自作聪明地闪着光，孔雀翎从太阳穴两侧刺向天外。很快，宴会再一次将她淹没。里根不知道菲利希亚是不是没看到她，或是假装没看到她。不管怎样，这都是上帝的恩赐。但菲利希亚始终是那个手握发牌权的人，这让她分外恼火。面具在为里根壮胆，也可能是香槟的作用，她的嗓子一阵干痒。她又从经过身边的一只托盘上拿了杯酒，不记得自己是如何穿过了大厅，然后，静静地等着看菲利希亚把手伸向面前那位达官显贵。当她用自己的手按上你的手，只传达一个意思：她准许你离开了。

待那个男人离开，里根终于和自己的继母面对面地站在了一起。菲利希亚的双眼退到了光彩夺目的羽毛后面，仿佛只有躲在那里才能冒险望向对方。见面总是有风险的，不是吗？里根茅塞顿开，她感觉积淤已久的某条思路被一股强大的气场疏通了。这时，菲利希亚伸出了手。

"里根，亲爱的，是你吗？我几乎没认出你来。"

"你看上去很惊艳，面具很出彩。"里根没去握那只伸向自己的手。

"哦，这只不过是一个狂欢节的小玩意儿，你父亲上回从热带带回来的。好了，现在你得诚实地评价一下这次的装潢布置，因为我知道大部分人都只会说些顾及面子的话。时间很紧，不过我们的确比以往投入了更多的资源财力。"

她说的是更多爸爸的资源财力吧；更多本属于里根的资源财力，如果她没有在很久以前就宣布放弃汉密尔顿-斯威尼家的财产的话。"你又一次实现了自我超越。"里根说，"说起爸爸……他来了吗？"

"我告诉他别订机票，没必要为了晚宴非得赶回来不可。我说，比尔，世事难料。你可知道芝加哥是什么地方？知道湖上会毫无预警地风雨大作吗？埃默里和我在水牛城住了几十年，我们知道真正的冬天是什么样。"

"我以为那家诊所在明尼苏达州。他去芝加哥做什么？"

"临时滞留。他的助理下午四点打来电话，说跑道要等雪停之后才会清理，最早也得九点了，也就是——"她核对了一眼手腕上那块线条优美的金表，"大概一个小时以前。当然，从那时候起我就没靠近过电话了。我想我们现在有必要亲自打听一下那边暴风雪的最新情况。"

"所以你并没有取消派对？"

"当然了，那多不负责任啊。这些人可全指望着我们呢。"她的那双眼睛从装饰着闪光饰片的狐狸洞中睁开，周围空间里的一切仿佛都在消失。"不过，你的丈夫去哪儿了？他一直都是那么有趣，那么善于交际。"

"基斯今晚不会来了，我不觉得他会来。"里根低声答道。

"嗯？"

里根早就放弃走进她父亲婚姻的黑匣子里一探究竟了，因而她并不知道他们私下里的交流比他们在人前日渐苍白的亲密关系好多少。尽管如此，她不太可能在菲利希亚全然不知的情况下就这么离婚，要知道古尔德姐弟是依靠情报为生的。实际上，埃默里年轻时曾在战略情报局工作，后来才进入私营企业。

"我们分居了，先试试看。"

里根憎恨一切潜在的解释说明，包括上面这句。话一出口，她就厌烦透了。分开一段时间。冷静一下。奇怪的是，精心设计的、虚夸的感同身受没能如期而至。菲利希亚嘴唇微张，里根察觉到她甚至想摘下面具。也许她真的还不知道。很快，那个瞬间过去了。

"想必你已经告诉你的父亲了。"

"当然。"

"他在判断人的秉性方面一向很可靠。"

"爸爸很喜欢基斯。"

"是，我就是这个意思，失去他我们都很难过。下次见到他时把这话转告给他，好吗？当然，我们会支持你和孩子们的。"

"孩子们会没事的。你可能还记得，他们很会调整自己应对这类事情。我也想不通爸爸为什么没跟你提起此事，即便是考虑到他的健康状况。"派对重新吸引了她的注意。显然，狂欢的热潮已逐浪推升，套在西装礼服中的寻欢者们摩肩接踵，从附近某个托盘上飘来阵阵烤肉香，又有人在玩弄那架钢琴了。骚扰一直就没停过。

"我在想，这会不会就是你埃默里舅舅今晚总绷着脸的原因。要知道，他一直在找你。他说想就董事会的事情和你谈谈，有关公司业务。你也知道，在这方面，我完全是朽木难雕。好了，他去哪儿了？"这个小个子女人可笑地踮起脚来，好像抬高一英寸就能让她在人群中找到自己的弟弟似的。看到她脚跟落地，脸上写满显而易见的失望，里根如释重负。"唉，我没看到他，但我相信你在今晚结束之前一定会撞见他的。在他有机会和你交换意见之前，他是断然不会放你离开的。"

里根也断然不会由着菲利希亚心满意足地观看自己遭受胁迫。"好了，我相信还有很多人在等着同你交换意见呢，况且我需要去添点喝的了。"

"当然。"

"不过就像我之前说的，你真的又一次超越了自己。所以，把这一切组合在一起是为了表现什么主题呢？"

"你没收到邀请函？"

"我肯定只匆匆扫了一眼。"

"'红死魔的面具'[e]，我弟弟私下里的一个小笑话。他提过瘟疫肆虐的年代之类的话，你知道的，他的幽默感很不寻常。"

"非常逗趣。"

"很高兴见到你，里根。"

多年来，这是她们之间进行过的最漫长的一次对话——无疑也是最令人不安的。这让里根一度放下戒备，至少是戒备的双手。菲利希亚立刻实施了偷袭，里根发现自己的手被冰冷、食肉植物般的手掌包裹了起来，莫大的压迫感朝她袭来。"里根，亲爱的，我们必须一直昂着头。这是我们的命运，就好比男人注定屡教不改一样。谁知道到头来更辛苦的是男人还是女人呢？"

所以，他们早就知道了，里根心想。重新融入人群，她已经不像先前那么怨天尤人了。回头望去，她的继母又成了壁炉边一道深色的污垢，如同有待引燃的一捆柴。

[e]《红死魔的面具》，美国作家爱伦·坡创作的短篇小说，描绘了封闭城堡内的一场化装舞会，讽刺人类试图倚仗权势和财富躲避死亡，实则徒劳无益。

[f]迪克·克拉克（1930—2012），美国著名电视制片人、主持人。

避开埃默里·古尔德从来就不是一件容易的事，今晚也不例外。宴会大厅显然危机四伏，随着时针靠近十二点，大厅变得越发拥挤，越发酒气冲天。他可能潜伏在任何一张面具背后。从另一个角度来说，收缩的空间也使她更容易暴露。她进洗手间里躲了一会儿，但她不能永远待在那里。当洗手间里的磅秤开始呼唤她去称一称自己的体重时——阿特舒尔医生明令禁止她这么做——她移步到了隔壁那间通常被用作乐器房的房间（也就是钢琴声的源头）。她背靠一面墙，呷着今晚的第三杯香槟。坚持到午夜十二点，她心想。再过一个小时，你就算露过面交完差了。铺着橘黄色桌布的台面上，一台电视机打破了四周的昏暗。自她上大学那时开始，迪克·克拉克[f]就全然不见衰老。然而一名男子换了台，是橄榄球比赛。没人介意吧？"请便。"她说。

如果你在十五年前暗示她——比方说，在古尔德家位于布洛克岛的避暑别墅，她父亲与菲利希亚举办订婚派对的那个周末——她终有一天会对这些人（穿着华达呢便裤的男人，头戴方巾、身着运动中裤的主妇）产生一定程度的影响，她是不会相信的。宴会上，她常常只做壁花，不像弟弟那么能言善辩。这也是瓦萨尔学院的戏剧专业吸引她的原因：有人已为你写好了台词对白。然而，父亲还是在自己的婚礼前夜要求她加入公司的董事会。在此之前，他肯定注意到了她消瘦的程度，明白她不快乐（在他们共有的宗教信仰中，这就叫灵命软弱）。"你不必这么做。"她说道。他们对视了很长一段时间，接着，他说他信任她。这就像是在说，他一直为威廉——自己的男性继承人——保留着这个位置，可直到现在他才明白她才是合适的人选。再者，她并非真要开启她的演艺事业，看在上天的分儿上，她可是汉密尔顿-斯威尼家的一员啊。

这些年来在每月举行的董事会例会上，她始终少言寡语，同时勤勉用功。去年夏天，在凯特入学之际，根据阿特舒尔医生的建议，里根需要设法规划一下这段多出来的时间。也就在这时，公司内麻烦不断的公共关系和社区事务部门出现了一个空缺。她坚持要像其他人那样接受面试，虽然她接手这一工作早已是板上钉钉的事。她想象不出还有哪位候选人比她更有资格胜任，毕竟，最大限度地粉饰太平，几乎就是她的人生写照。

但她不确定前任主管的离职是不是埃默里的安排，毕竟运筹帷幄是他的职责所在。当然，你永远也不可能目睹这些运计铺谋的现场，你只能瞥见房间边缘他瞬间移动的身影，像乌贼一样敏捷，周遭已被他喷出的浓墨染黑……事实上一切都在按照他的风格向前推进，由此你或许可以判断，他已经介入过此事了。初级主管们都称他为"恶魔弟弟"。如果你在这家公司待的时间够久，就会发现他无处不在，无影无形，如同上苍。她逐渐意识到，他的聪明之处在于他只在重要时机介入重大事件。回到在布洛克岛度过的那个周末，是她唯一一次亲眼见识他的运筹帷幄。那时的他还很年轻，火把照亮他的脸庞，他用状似提基神像的杯子为她端来果味饮料，并坚持将手温柔地扶在她的后腰上。她没有注意到西边狭长的蓝天正渐渐暗弱，乌云开始不断堆积。

就某种意义来说，那些乌云从未散去。此时此刻，当无疑是他的尖细又轻柔的声音在十几英尺外的走廊上响起时，当她听见他回复别人说"很快就回来查看比分"时,她感觉自己畏缩了。她把香槟酒杯抵在一侧的脸颊上为自己降温,不料杯脚被面具上的橡皮筋缠住,皮筋崩开、脱落,面具掉了下来。一位主妇转过身,用谴责的眼神望向她。好吧,也许她喝醉了,但女人们难道不该团结一致吗?走廊里洗手间的门关上了。这是她脱身的好机会。猛地灌下最后一口酒,她把杯子就近丢在桌面上,偷偷溜出了房间。不见埃默里的身影,她的身后,接待大厅里吵闹依旧。另一个方向,厨房的双开式弹簧门有着醒目的白色边框。她快步朝它走去,希望能赶在埃默里从洗手间出来前躲进他看不见的地方。宾客越聚越多,向着她身后的派对中心涌去。更糟糕的是,她没戴面具。一直以来,他们都乐于和基斯聊天,因为他能接住任何话题,可是面对里根,他们想不出半句话可聊。然而,就在她试图赶去走廊另一头时,一双双手朝她伸来,摩挲她的衣袖。里根,你看上去美极了,真苗条。基斯好吗?基斯去哪儿了?她估计这些问题的意思是,传言是真的吗?她善于拖延、闪躲的天赋全然派不上用场。她觉得自己听到了冲厕所的声音。"非常糟糕,实际上,我们就要离婚了。"她脱口而出。不等对方做出反应,她大步向前,把手伸向了弹簧门。

这间又长又窄的厨房看起来和公寓里的其他地方并不相称,你可以认为,这是唯一一个不容宾客窥伺的房间。遥想从前,里根在这里度过了一个又一个下午,以示对杜妮的同情和慰问,可菲利希亚解雇了她,换成了自家的厨子。最终,里根听天由命地退居一旁,混迹于房门另一头的富人堆,继续扮演一个局外人。而眼下,六个到八个深色皮肤的女人正在不同的柜台前忙碌着,有的在擦盘子,有的在解冻生面团,空气中散发着酵母香味。和进进出出的服务生们不同,她们没有戴面具。房间另一端,在堆满酒瓶的一张小桌后,一个身穿白色外套的黑人悄然坐在被人遗忘的角落,他把面具掀起箍在头顶。虽然里根带着几分醉意,可她还是一眼认出了对方:圆鼓鼓的脸颊、土里土气的眼镜,还有前凸的上颌。"古德曼先生,是你吗?"

她都忘了黑人也会脸红。他嘟囔了几句她没听懂的话。她二话不说将他拽起来,互行了贴面礼。身旁的厨子不以为然地朝他们瞥了一眼。里根在他身边坐下,让他看上去是自己相交多年的老友。"不敢相信你居然把他带来了。他在哪儿?"她环视四周。

"威廉?他……呃……不知道我在这里。"

她的心沉了下去。"不知道?"

"是的，我想我是代替他来的。说来话长。"他端详起面前的一个酒瓶。瓶身上的标签受潮打了卷。他满脸的懊恼倒让她暂时忘掉了自己的那份失望。

"那你在这里做什么呀？你应该去认识认识那些名流。诺曼·梅勒可在外面呢。"她抚弄着他的袖子，这件外套对于他来说太小了。鉴于她只见过他一次，或许这样的举动太过亲密，但谢天谢地，这里终于有人不是效忠于古尔德姐弟的了。

"我来了还不到十分钟，就有一个女人把这个递给了我，"他从口袋里掏出一块皱巴巴的餐巾，里面包裹着一团咬了一半的食物，"她大概以为我是服务生。"

"看来晚礼服也没帮上什么忙。这是威廉的衣服吗？"

她发现，他尴尬的笑容看上去很可爱。

"你觉得我做得太过头了吗？"

"至少你收获了一个不错的故事，等你回到你原本的生活之后，还可以回味。但是我，我没有能够回去的地方，这里就是我的生活。"

"这样的生活似乎很适合你。"

"是吗？"她摸了摸自己的脸。也说不好是手还是脸，一阵滚烫。这通常是她的身体和思维已经分道扬镳的警告信号。"这不过是酒精作祟。说到酒，我们应该喝一杯。"她从桌上拿起一瓶酒，扫视桌面，寻找开瓶器。

"你确定还要再来一杯吗？"

里根全然不顾仆人们的惊愕，在放杂物的抽屉里胡乱翻找起来，边找边说："为了庆祝我们找到彼此！这真是一个美好的惊喜。"

她没能找到开瓶器，却在橡皮筋、打蛋器和毛笔之间，在菲利希亚看不见的凌乱角落里，发现了一把轻型瑞士军刀。她把附属工具一一展开，拔塞钻，拔塞钻……你可能会以为瑞士军刀就是为了这种时刻而准备的，可事实上她翻看了一圈只找到一把细长的小刀。她将它扎进软木塞里，急不可耐地开始撬动起来。

"呃，里根？"默瑟说着把手伸向了她。几乎是同时，刀片向手柄折了回去。刀刃已然划开她大拇指的皮肤，深深扎进肉里，但警告信号尚未到达她的大脑，有那么一瞬间，她还以为刀口下卡着的是别人的手指或是正待解剖的蜡像的一部分。哎呀，伤口看上去还挺深，她心想。接着，她设想好的画面——杯葡萄酒下肚；与默瑟·古德曼共享一片吐司；逃离派对，而埃默里毫不知情——在她面前消融，咝咝冒着泡。拇指重新回到她的身体。血流出来了，一滴滴，一股股，落在两人之间的灰白色大理石上。她的身体里居然能流出如此浓稠鲜红的液体，真是令人震惊。她一直以为生活已经不属于她了，可此时，她分明感受到生活在体内跳动，从未停歇。在你感觉到痛楚之前，你总是会首先陷入片刻的眩晕。

07

查理一直试图表现得毫不在意，好像今晚没什么了不起，泡夜店对他来说不过是家常便饭。但事实上，他需要萨姆指引他走进这个他想象已久的国度，穿行于天鹅绒绳索和宇宙球灯之间。结果却是他孤身一人闯入如地铁车厢般拥挤、燥热、昏暗的房间。他看不到舞台，抬眼望去只见肩膀、脖颈和攒动的人头，以及渗透其间的光晕，偶尔还能看到麦克风架、拳头——那是什么，一口痰吗？——在空中一闪而过。音乐同样致人抑郁，而且没有了黑胶唱片上的圆圈当参考，他很难判断一首歌在哪里结束，又从哪里开始，他甚至怀疑听到的是否真的是歌曲。他能做的顶多是和其他人保持一致，跟随某种类似节奏的东西上下舞动，希望没人会注意到他的失意。话又说回来，谁会注意到他？吧台的酒保是唯一比他离舞台更远的人。查理扒掉身上的夹克，想像学校里的酷孩子那样拿袖子在腰间打个结，可夹克因为口袋里睡裤的重量掉落在地。这下有人注意到他了，是个女孩。他不得不假装自己故意让夹克掉落——是这音乐太过激情四射。他摆出自认为深刻的阴沉表情，试图想象自己已被幻想带去别处。

"太牛了。"女孩说。乐队演出终于结束了。

她是在和他说话吗？"什么？"

"太厉害了，你不觉得吗？"此刻，功放里大肆播放着录音带，吧台上方那堆乱糟糟的圣诞彩灯已被重新插上电，投射到长镜上未被喷漆覆盖的部分。人群朝他们涌了过来，如同盛水的碗被搅动起来。女孩的个子很高——虽然不及萨姆那么高——超大的游骑兵队运动衫下面藏着丰满玲珑的曲线。

她的五官柔和，颇有女人味。"不过，我觉得你踩在别人的外套上了。"

"哦，我……那是我的。"他弯腰把衣服从一摊他只能希望是啤酒的液体中捡了起来。当他再次直起身时，那个女孩正和房间另一头的某个人疯狂地打着字谜。她可能是在取笑他。查理认为自己觉察到了醉酒的国际通用符号——大拇指对着嘴，小拇指像象鼻一样抬起来。好吧，去她的。"我现在要站到那里去了。"他说。

"不，等等，"她一把抓住他的袖子，"我喜欢你跳舞的样子，好像你一点儿都不在乎别人会看你。你不像那些装腔作势的研究生，只想着融入人群。现在的人都太没种了，再没办法像以前那样疯狂了。"

查理心想，她肯定是喝多了，眼神才会如此呆滞，让倒映在她眼中的圣诞彩灯看上去非常廉价；还让她看上去比他更年长、更炫酷。他耸耸肩："因为他们是我最喜欢的乐队之一。"

"'滚犊子'？"

"你说什么？"

"等到你听完开头那几句再说你喜欢这支乐队吧。"

误解让查理有点儿难堪。难怪对于这支乐队他一直都喜欢不起来。"是的，我同意你的观点，"他说，"我指的是追忆往昔，或者该叫，无中深有。"

"无中生有。"她纠正他。

"没错，他们是最棒的。"

"真的吗？我男朋友帮他们做的录音。我也许可以带你去后台，不过，你也得为我做点儿什么。哦，该死，我太爱这首了，过来和我跳舞。"

"我还不知道你的名字。"

"叫我 S.G. 就好。"她一边挤进朋克的人流，一边回过头说。

"查理。"他说，或只是嘟囔。这时，唱片换了。一个老朋友的声音从喇叭里传出：耶稣死了／为了别人的罪／与我无关[a]。

他望向吧台上满是涂鸦的镜子，里面的他看上去仍旧是一团糟，不过某人显然不这么认为，而且谁在乎她是否有点儿肥呢？他唯一的遗憾就是萨姆没能目睹这一切。

[a] 出自帕蒂·史密斯专辑《群马》里的歌曲 *Gloria*，原歌词是"Jesus died for somebody's sins but not mine"。

他们在墙边一块齐胸高的狭小围栏里跳起舞来。要不是那一堆塑料杯和杯边上融化的各种颜色的冰块，查理可能都不会注意到这里。他喝了一杯饮料，以免 S.G. 把他当未成年人。就连他自己也很难记得自己只有十七岁，年轻得像一棵从军靴中萌发出来的羞怯杂草。随着歌曲节奏快得接近第二宇宙速度，查理也加快了舞动的频率。不可能，这里不可能是几分钟前还让他感觉孤独的地方。四面八方全都是人，他们身上散发着麝香的味道，打扮时髦而古怪。还有她身上那件宽松柔软的超大号运动衫，正随着她摆动的弧度越靠越近。当他的胸膛不小心擦到她时，她只是笑了笑，仿佛他背后的墙壁上挂着一台电视，里面正播放着什么让她觉得有趣的内容。查理仰着脖子把杯子里最后一点黏糊糊的蓝色半透明液体咽了下去。趁着上腭的麻木和脸颊飘离头盖骨的感觉还没有消失，他用一只手搂住了她。"很高兴你愿意和我说话。"他喊了起来。聪明也好，愚蠢也罢，正当他打算解释自己是如何被人爽约时，她举起一根手指堵住了他的嘴。

"等等，最棒的部分来了。"

他败下兴来，专心沉浸在余下的歌声中。令人乐不可支的嗡嗡声飘荡在烟雾弥漫、灯光闪烁的房间里。汗湿的发丝沾在前额上，夹克像啦啦队彩球一样被他拿在手中挥舞起来。

演奏结束时，查理看着身边来回走动的黑骑士，才想起他们中的任何一个人都有可能是她的男友，他不确定自己接下来应该做些什么。当她把自己的手背贴近他肩膀以下的某个看不见的隐蔽位置时，他自然而然地兴奋起来。

"所以说，嘿，查理，关于你要帮我的那个忙，你还会信守承诺吗？"

"信守承诺？"

"比方说多来点你那种药。因为无论那是什么，我绝对需要一些。"

"呃……吃完了。"买药的人一直都是萨姆。他哪知道该找谁呢？现在这个女孩肯定会一脸嫌恶地抽身离去。她的手已经从他的腿上离开了。

"扫兴。"她一边说一边甩了甩自己的长发，"我肯定会多付你钱的。"听上去她并没有太灰心，也许她已经兴奋得不那么在乎了。"不过，索尔可能会搜集些什么东西过来，如果你想跟我到后台来的话，我只收取十美元。"

索尔就是萨姆认识的那个呆子的名字，不管怎么说，刚才在外面的那个人肯定就是他。"等一下，索罗门·格兰迪是你的男朋友？"

"没错，他是录音师。我记得你说过他们是你最喜欢的乐队。"

灯光再一次熄灭，唱片播到一半时，断掉了。人群开始向前涌去，差点把他撞倒。"听好了，讨厌的家伙们……"一个声音响起，剩下的话全都淹没在了四起的咆哮声里。他被猛地向前推了出去。每迈一步，人群就会更密集一些。在距离舞台只有几码的地方，他被皮夹克上立满铆钉的人组成的人墙挡住了去路。除了他自己的受戒仪式外，他从未这么近距离地亲临过什么现场。声音纯粹的爆发力驱散了那些身穿燕尾服的浑蛋在他脑海中留下的一切印象。这是一场雪崩，朝着山下横冲直撞，像破坏拼装玩具一样折断了树木和房屋，将一路上的声响都淹没在白色的嘶吼声里。查理感觉自己已然全身心地沉浸其中，无法判断它是好是坏。追忆往昔乐队昔日的歌曲生硬而紧凑，每种乐器都在与彼此对抗：不协调的鼓点、精练的贝斯、维纳斯·德·尼龙如夏日般明亮的电子琴。尤其吸引查理的是过门时的间歇，仿英式说唱和充满激情的吉他尖叫声。这就像是乐队主唱比利·斯里 - 斯迪克斯在用吉他讲述自身无法言说的伤痛，明确、有力。如今，除了鼓手，唱片封套上的其他人都走了。吉他出现在一个染着绿色头发的黑人手中，另一把则挂在刚好站在他正前方的那人粗壮的脖子上。他就是新的主唱，萨姆最近认识的朋友。他留着深色的寸头，身材魁梧看上去很粗野。她曾在电话里暧昧不明地提起，他就是那个会来事的人。他站在所有人头顶上方，无畏地探出身去，汗涔涔的脸庞近在咫尺，苍白而扭曲。他似乎在彻底屈服的条件下，承诺彻底的自由。这碰巧是查理·维斯巴格尔最擅长的。他的双手正放在陌生人的肩头，朝着那位歌手的方向拱去，对着他反复唱着曾一度只属于查理和萨姆的歌词：燃烧之城，燃烧之城／一座是汽油，一座是火柴／我们的城，燃烧之城。

终于，一切都结束了。灯光亮了起来，房间里的氛围也一下子泄了气。一个空洞的声音宣布，乐队会在零点返场，开始第二场演出。查理痛苦地感到自己的身体在收缩，回到平日的状态里。借着劲儿，他又从墙边的围栏上抓了半杯饮料，可里面的冰大多都已融化。紧接着，他在舞台的旁边发现了S.G. 的身影，她正和另一个机车党模样的家伙攀谈。这回轮到查理抓起她的手臂了。她似乎过了一会儿才记起他是谁。"怎么了？"她问。

"我们要去后台，不是吗？"

"我以为你已经走了。"

"我钱包里有二十美元。别让我求你。"

她耸了耸肩膀，转身问那个机车党："我朋友可以一起来吗？"那家伙打了个哈欠，松开系绳柱上的钩子，取下一根肮脏的天鹅绒绳索。

原来后台是一座位于地下二层、点着裸灯泡的迷宫，墙上布满了旧传单留下的订书钉、标签和碎纸片，以至于你根本就看不清油漆本来的颜色。他们来到一间休息室，室内的排水管已经陷进了地板里。唯一带点家庭氛围的是几支还能用的蜡烛和一张鼻涕绿的沙发床；床上躺着的正是那个主唱。站在门口望去，他的身形似乎更加矮小了，纤细的腰肢连着突然隆起的健硕双腿，腿上还套着一双散发着粪臭味的巨大靴子。他的下巴上留着胡子，门牙有一处缺损，脖子以下布满文身，无袖T恤正面用黑色马克笔歪歪扭扭地写着："请杀了我。"S.G.的出现似乎让他醒了过来，他拍了拍身旁的垫子："嘿，你。过来。"她迈了两大步走过去，直接跪在了沙发上。她用一只手臂揽住歌手的双肩，回过头凝视着门口，脸上隐隐挂着胜利的表情。查理突然记不起人的手都是用来做什么的了。

"你们这群家伙太棒啦。哦，这是尼基·查奥斯，呃……"

"查理。"查理说。他还应该说些什么？很棒的演出？哦不，不能说很棒的演出——说什么都行，就是不能说这一句！不过，反正尼基·查奥斯也不在乎，他把自己的头凑到女孩旁边耳语着什么。查理很困惑，他以为索尔·格兰迪是她的男朋友。他若是离开肯定会显得很软弱，却也无法在毫无理由的情况下不引人注意地留下。滚犊子乐队的成员正在他身后的走廊上搬动吉他和高保真扩音器。远处传来人潮的嗡嗡声，在水泥地板的折射下有些失真。紧接着，尼基的视线再一次落到他身上："你有什么话要说吗，查理，还是就打算这么看下去？"

"你想让我怎么做？"他脱口而出，而且真的发自内心。查理已经准备好按照他的期待去做了。可就算是在他自己听来，这话也有些自作聪明。尼基·查奥斯躺在那里，一动不动，像在酝酿着什么。

"谁给这家伙拿罐啤酒来，"他终于开口道，"我还真有点儿喜欢这小子呢。"尽管他吩咐的对象似乎就是查理本人。

门外走廊上走过来一个人，那个染着绿头发的黑人吉他手，他把一罐冰啤酒放在查理的肩膀上。查理克制自己让手不要抖，他伸出手去，那听啤酒霎时被举高，动作和他一样快。他想起长岛铁路列车上的那些孩子。还好，那灌酒很快停在半空。他的手指充满感激地握住。

当他回过头望向沙发时，S.G. 已经一头倒在垫子上睡了过去。主唱低头看着她，好像她是摊在他大腿上的大把钞票："所以你是怎么认识我们这位朋友的，查理？"

查理脸红了："我们才刚认识。"

"好吧，如果你打算碰她，务必戴好三层安全套。"身后的吉他手冷言道。

"嘿，你说的可是我的女人，特里蒙斯。"走廊里传出另一个声音。一个高得不可思议的平头男子，眉毛和双耳上穿满别针，表情像刚舔了柠檬一样。没错，他就是索尔·格兰迪。去年 7 月 4 日，查理与他有过一段不甚愉快的交集。他一直都很吓人，可现在看起来却像是柔和版的尼基·查奥斯。他们同样强壮，但是索尔块头更大，肤色更苍白，没那么多毛，也没那么聪明。

"哦，是啊，你最好让她离这个查理远一点儿，我想他们差点就要发生故事了。"特里蒙斯说。

查理在索尔检视他时只好打量墙壁。对方闷哼一声："我认识你，你就是夏天那会儿跟在萨姆屁股后面的小哈巴狗。你连卷心菜的头都择不下来。"

特里蒙斯笑了。尼基·查奥斯却冷下脸来，叫他们别烦查理。

"行啊，好吧，告诉他离我的女人远点儿。"索尔说完便转身大步走开，还抱怨了几句共鸣板的事情。

"听起来好像有人又犯了占有欲的毛病。"女孩不知是因为谁说的哪句话眨了下眼睛，尼基接着对她说，"这是反动的，是有悖后人类精神的。你得劝劝他。"他又转向查理，"嘿，那东西你还打不打算喝？"

查理大口灌下半罐啤酒，意识到他们随时都有可能因为厌倦而请他离开，那样的话他就无法再和这支不管现在叫什么的乐队一起玩了。此刻，鼓手大麦克也溜达了进来，身后还跟着新的键盘手。两人都朝查理点了点头，似乎早就料到他会到这里来。啤酒的易拉罐发出心满意足的释放气体的声音——又一罐冰啤酒被塞到了他的手里。他不知道它们是从哪里来的：冰箱、冷库，还是某棵深深扎根于后台、取之不竭的罐装啤酒树？

听他们大谈舞台下方的观众，查理意识到，这是他们第一次货真价实的演出。那个开画廊的布鲁诺，你们看到他了吗？还有和比莱一起的那些机车党，吓人的家伙，真是吓人的家伙。哦，还有评论家，你的尼采·布里盖特。不过,有谁也看到比利了吗?那个小浑蛋可能也……嘿……一直躺在沙发上的女孩重新坐了起来,凝视着查理,开口道:"所以说,你认识萨姆,"她说,"你从未跟我说过。"

"是啊,我们是好的朋友。"

尼基对此似乎很感兴趣,尽管查理觉得他一直在试图掩饰:"萨姆·西齐亚罗?她也跟你一起来了吗?"

"哦,她来过,算是吧,不过她必须到上城区去办点事情。嘿,你们知道第七十二街的印第安纳波利斯车站在哪儿吗?要是她没能及时赶回来,我得去那里跟她会合。"他煞有介事地说,"我不想错过第二部分的演出,可是……"

S.G. 站了起来:"说起这个,趁索尔搞砸你们的混音之前我要去劝劝他。还有你,D.T.,你简直一团糟,还怎么演出?"查理本想跟在她和吉他手身后出去,却被她拦了下来。"索尔是个忌妒心很重的人,最好别让他看到我们在一起。"密闭的房间里爆发出一阵哄笑。

"不,我只不过是——"他还是被她抛下了。他想要向刚来的那些人解释,她这么做都是为他好,却只能说出一句,"她打算给我一个……"

尼基·查奥斯笑了,笑声足以淹没他自怨自艾的微弱话音:"没事的,兄弟。"

另一个人说:"哦,天哪,查理只是个宝宝。"

"不过他需要一个绰号。"

"一个绰号?"

"对,就像你的那位女性朋友那样。后台查理怎么样?"

"查理小子。查理宝宝。"尼基说,"查理大帝。别碰那卷魅力牌纸巾[b]。"

[b]Charmin 曾是宝洁旗下的卫生纸品牌,这里是调侃 Charlie 和 Charmin 发音相近。

查理不明白这有什么好笑的,或者他们到底是在和他一起笑,还是在嘲笑他……尼基·查奥斯放在他肩膀上的手给了他些许慰藉。"来吧,查尔曼,我想带你看点东西。"

查理假装没有看到他在使眼色,听任他将自己带进了俱乐部的深处。没有什么啤酒树——只有低矮的天花板、光秃秃的灯泡和随风摇摆的捕蝇纸。"注意脚下。"歌手说。各种垃圾在他们脚下嘎吱作响:电线、鸡骨头以及像影子一样的砖头。查理又紧张起来。那个词怎么说来着?阴森。这里阴森得像地下墓穴。他们钻进一间铺满瓷砖、没有房门的浴室。"我们还要再演一场，"尼基·查奥斯说，"你知道那是什么意思吗？"他从口袋里掏出一个小小的塑料包，"看看这是什么。"

那个和萨姆一起度过的夏天，查理的脑海中已经画出了一条清晰的界线，如同石蕊试纸上的一条线，各种各样的药剂将他们之间的暧昧氛围与真实情感区分开来。褐色的液体、没有摇晃过的"奶油摩丝"的红色喷罐、教人流口水的乳蓝色缓释止痛胶囊，全都是可行的（除了华盛顿广场上兜售的浅绿色劣质烟丝——他有哮喘，不能抽烟）。不过，他们发誓要戒掉这些东西。首先，他看过《毒海鸳鸯》，知道那鬼东西会毁人性命。其次，他从未想象过自己会到这里来，一座银行旧址的地下三层，独自和一个随时都有可能要求自己与他巩固友谊的男人待在一起。仿佛那个拇指大小的塑料袋里装的是某种神奇的物质，比如由蝾螈粉笔般雪白的眼睛，或者独角鲸尖牙磨成的粉末。

魔咒笼罩着尼基·查奥斯。在他拧紧水龙头、脱掉 T 恤、用衣服擦掉工业水池中所有的液体时，他原本豪爽的举止变得一本正经起来。加之他超人般的身体上所有的刺青，他就像隐形人，却完全不自知——甚至没有意识到有人正跟着他。查理已能预见他即将以这副德行登上舞台，半裸上身，沉浸在这个当下。他的脸因为专心而紧绷着，在挤开塑料袋时，他不知为何露出了空洞的表情。"你以前用过吗？"查理的咳嗽声如同一颗爆炸的小型手榴弹一般响亮。音乐在头顶上方传来。

他撒了谎："当然，用过。一次。"

"好，那就试试。"

一幅自己牙齿掉光、睡在纸箱里的画面浮现在查理脑海里，某种发自内心深处的吸力也在起着作用，还有所有曾经让他失望的人因无力阻止而悔不当初的脸。母亲的脸。萨姆的脸。

然而还有一个人正站在他身后的门口看着他。

"放那孩子一马吧，尼古拉斯。"

那是个身材矮小的男人，身上穿着机车夹克，顶着一头黑发，手臂下夹着一个唱片封套。他右边的脸颊肿胀，眼窝呈深紫色，查理过了好半天才认出，那就是伟大的比利·斯里-斯迪克斯。

"天啊，你这是怎么了？"尼基一边问，一边直起身子站好。

"都怪酒吧里的那个家伙。"

"我是说，我知道你挨打了，但不像是真的……这么说合适吗？挨打？"

"没什么能阻止我过来看看你又在胡作非为什么。"

"你在安排时间上可真是大方得可怕啊。"尼基情绪有些激动。

"纯粹出于私心，我必须确认一下你们没在败坏我的名声。"

"你不准我们借你的名声，还记得吗？不过你会很高兴听说我们的第一场演出棒极了。说啊，告诉他。"尼基用手肘推查理。显然，比利·斯里-斯迪克斯并不相信。

"这位朋友是谁，尼基？你真的想扮演带坏年轻人的角色吗？嘿，如果你知道什么对自己有好处，小子，你就该远离这些浑球。"

"他说他经常这么干，再说了，你有什么资格教训我。"

"另外，"比利继续道，"你还是清醒点儿的好，尼基。据我所知，你打算带着灿烂的烟火出场。粗暴却很有效，是吗？"

尼基愣住了，仿佛两人之间的所有空气都被抽光了："谁告诉你的？"

"什么谁告诉我的？还有半小时就要跨年了，比莱说你搞了一大堆烟火，准备在演出结束时点燃。动静够大的呀！"

一旦放松下来，尼基身上的盔甲就好像陷进去了一块。"你懂的，比利，我们还是能试着把乐队搞起来的。改变主意永远都不晚。"

"老实说，亲眼看到无中生有乐队之后我就放心了，我曾经还有些怀疑这当中是不是有鬼。说到这里我想起来了……我还带了份姗姗来迟的礼物，"比利拿出夹着的那张唱片，"把它当作某种和解的礼物吧。深奥的东西，不过，如果你认真听，说不定会发现里面传达着一条信息。"

查理的心里产生了一种隐隐的冲动，想要告诉比利·斯里-斯迪克斯不要放弃，或是，别这么容易就缴械投降。可他没能开口，因为不管发生过什么，都不关他的事。要是萨姆知道自己错过了追忆往昔和无中生有两支乐队的重要人物之间的会面，肯定会懊恼死的。他这才想起：差一刻钟十二点……萨姆！他仿佛能够看到她只身一人站在地铁口，左顾右盼，在纷飞的大雪中等他。即便尼基的烟火表演令人满怀期待，但那也不能与这幅纯洁的画面相媲美，这纯洁的梦境。"我刚想起来，"他说，"我得走了。"他从那人身旁挤出门去。换作一分钟前，查理可能连碰都不敢碰他一下，然而他的气场就在他把权力让给自己的代替者时被削弱了。直到踏入走廊，查理才回头望了一眼。于是,他在穿过迷宫般的地下室,走上楼梯之前,脑海中记得的最后一个画面便是两个男人伏在水池边,像在阅读犹太教法典,嘴里嘀咕着几句唱片里的什么东西。

— / — / — / — / — / — / — / — / —

08

开始飘雪不过五到十分钟,长椅就已被雪完全覆盖了,深绿色的木板条和脚下的雪地一样白。起风了,她帽子里衬的绒毛被吹进嘴里,可她几乎没注意到这一切,不管是风,是雪,还是查理没有出现——他终究会出现的,这是关于查理的美好与不幸。她的注意力全集中在街道尽头那座高档公寓楼前,笼罩在光晕中的灯罩以及门廊后那扇华丽的房门。每次有人开门时,她都会微微向前探看……一对上流社会的夫妇踉跄地穿过暴风雪,朝路边缓缓停下的黑色豪华轿车走去,似乎凡事都已有人事先安排妥当。萨姆抽完手中的烟,拉紧外套,隔着烟圈眯起眼睛。她下定决心:明天就戒烟。不能再让自己的肺每天伴着气喘的疼痛醒来,她也不愿每周向那些罪恶的跨国公司支付五美元。不过,烟盒里还剩最后一支圆柱形的死神在滚来滚去。她不知道还要等多久。

下决心曾是她用来应付妈妈的一种方法。一年之中,只有在新年前夜这一天,母亲才会忽视商店里的碎麦片和小麦胚芽,支持萨姆买些自己渴望的甜食。而后,她们会一起窝在沙发里,拿意大利鸡蛋脆饼蘸热巧克力吃,直到她们开始因体内糖分过高而要休克,那时的萨姆很胖。妈妈一直醉醺醺的。爸爸呢?他去哪儿了?也许是去工作了吧。对烟火工而言,新年前夜是一年中第二重要的夜晚,而那时的他还没有失去承接城中所有烟火表演的合同,也还没有结识那位即将成为他的鲍斯威尔[a]的杂志记者,一起沉溺在酒后的伤感中。在他的案例中,这个人名叫格罗斯科夫。电视里播放的内容一般都是广告,但妈妈还是会让它开着。盖伊·隆巴多[b] 戴着领结,面前摆着一支打海豹用

[a] 指詹姆斯·鲍斯威尔(1740—1795),英国著名传记作家,现代传记文学的开拓者,曾为英国文坛领袖塞缪尔·约翰逊(1709—1784)作传。

[b] 盖伊·隆巴多(1902—1977),加裔美国乐队指挥,小提琴家。

的棍棒大小的麦克风，这样的画面让她们越发地接近那个重要的时刻了。屏幕右下角有一块天美时手表赞助的时钟，在倒计时还剩三十分钟时，妈妈会把冰箱上用磁铁吸着的作品一一翻开，找出已经逐渐被淡忘的、去年的决心清单。萨姆仍旧记得妈妈回到沙发上时身上的味道，那是可可粉和融化的棉花糖的气息，没错，还夹杂着让人想起加州却又说不清的森林味道。她不太可能是从森林里回来的。

你要做的是大声宣读自己的决心，然后在你成功坚持下来的那些条目旁打钩。那些被你实现的决心就会成为新清单中的起点。和学校成绩不同，得分能过百分之五十就已经很不错了。不过，如今再回望过往，萨姆突然想起很多事情。首先，在过去的三百六十四天里，妈妈的那种念想在她自身都尚未察觉的情况下已十分决然，且一直暴露在众目睽睽之下，但凡爸爸能有心看上一眼就会发现。其次，在萨姆曾大声念出要减掉二十磅的誓言时，妈妈望着女儿涤纶裤上撒落的糖粉，脸上闪过一丝内疚。最后——鉴于她已和妈妈共度了十个新年，又独自过了五个新年（因为萨姆是个狂热的纪实爱好者，保留着迄今为止所有的清单），她发现这些清单根本就起不了什么作用。所以和每项人类计划一样，这些于12月31日制订出来的熊熊燃烧的耀眼计划，都会燃烧殆尽并归于失败。一想到有多少她下过的决心在一年的流逝中被她遗忘，萨姆自己都觉得不可思议。它们最终会回到她的身边，如同站在大海另一端的另一个自己放在漂流瓶里的加密信息。

比方说，在发誓再也不要去见基斯之后（这是她1977年清单中的第一项），她发现自己又在等他。玻璃门就像是科尔曼灯上的遮板，打开时会使照射在人行道上的黄色灯光更明亮一些。这一次是一个穿着长外套、戴着肩章的门房，他脱岗出来抽根烟。仿佛是出于同情，她还没来得及阻止自己，便点燃了最后一支香烟，看着那个脸色如山核桃壳般的孤独人影在自己吐出的云雾之中来回踱步。鼻环刺痛了她的鼻子。由于手指已经失去知觉，她现在很难把烟盒揉成一团，不过她并不觉得冷——不冷。这是她在清单中加的一条附录：只有今夜，看在她还有足够的勇气到这里来的分儿上，她不会担心时间或者温度。她的父亲曾说她是这个世界上最固执的人，他并不了解全部的她。对于她爱的那些人——查理，或是爸爸本人——她可以按照自己的标准通融一下。当她的对手是自己时，她才顽固得不可救药。她下过的决心中有多少真的是禁令？我不会去做这件事；我不该去做那件事。在她还太小、不知道一个人到底应该向自己许诺些什么的漫长岁月里，她会仔细地观察妈妈的一言一行，模仿妈妈清单中的句法——为了否定而否定。每一次听到妈妈说"嘿，这个不错"时，她心中都会涌上一股亲近感。嫁给爸爸本身就是一种否定。萨姆的问题在于，就在截止日期快要到来之前——午夜或是她为自己设定的放弃某样东西的日期——她都会加倍纵容自己，就像是在囤积什么。在过去的一年中，她已经为大斋节[c]放弃了甜品，还强迫自己在圣灰星期三的前一夜吃皮礼士糖吃到吐，但这只会让她更想念它们。在正午的弥撒仪式开始之前，她头痛欲裂，口水直流，一等到复活节到来她便迫不及待地沉迷在吉百利的巧克力蛋中。事实上，她打从心底里不想放弃任何东西。

妈妈离开后，她颓废了一年，之后不得不从头重塑自我——或多或少地拼凑出一个自己。她把自己禁闭在房间里偷偷经历这个过程，只需要杂志上的照片、一台调频收音机以及胶水就能让她不再受到伤害。她组装起来的那个自己有点像郊区版的密涅瓦[d]：暴躁，四海为家，不依靠任何人。她的身体也在改变——六个月来，她靠万宝路过活，对着窗户吞云吐雾，更是助长了这一变化——等她再次现身时，恐怕就连她的母亲也要认不出她了。去城里就读新私立学校的第一年，她就将初夜献给了一个二年级的学长。对方是长曲棍球队的得分王，也是班上第二有钱的学生。他的父母永远都不在家，何况在空无一人的第十七层公寓里为所欲为让人感觉既危险又刺激。一个月过去了，他们放学后都会在那里鬼混，亲热，翻阅他父亲收藏的、被她形容为"恶心"的画册。她那时候心想，她知道自己在做什么。不管怎么说，她学到了不少。她明白了要在性关系中表现得像一个知道自己在做什么的人。

[c] 大斋节（Lent），基督教节日，自圣灰星期三开始至复活节前的四十天，在此期间教徒要进行斋戒和忏悔。

[d] 密涅瓦（Minerva），罗马神话中的智慧女神，希腊神话中的雅典娜。

她还明白了，你无法囤积任何真正有意义的东西。感觉、人、歌曲、性和烟火：它们只能存在于一瞬间，稍纵即逝。此时此刻，她头顶上光秃秃的树枝就像手指关节，仿佛是一个孩子把天空当作了淡紫色的牛皮纸，用手指关节在上面草草画下来的。她的牛仔裤被雪水浸湿了，泪水卡在眼角，拒绝掉下来。那个小个子男人还在棱堡般的石灰岩建筑前面踱步。然而，在无止境的等待结束的时间里，一切都将消失在过去，变得不再现实。如今向基斯倾诉已经成了她肉体的需要，仿佛她体内的细胞正在惊慌失措地尖叫，即便她只为自己的心门打开了最细小的一条缝。不过她还能再坚持一分钟，再坚持一分钟，因为她可以。

没错，从某种意义上来说，早在六个星期以前，当她站在他办公室附近的公园里等他时，她就知道会发生什么。他提出在公共场合里上演这一幕，好让她维持住自己不堪一击的沉着与震惊（他是这么以为的）。起初，他吸引她的一部分原因就是他可以在她面前完全坦然，同时又让人难以捉摸。她喜欢他就像喜欢一个为了打碎了花瓶而撒谎的小孩。他总是相信自己真的相信着什么，比方说，他相信他这几个月来一直在朝她靠近，可事实上他一直都在逃离。在他爬上通往公园——那片凌驾于中城区的喧嚣之上却被人忽视的绿洲——的台阶时，她看到了奔跑如何让他显得苍老。他的嘴边出现了她此前从未注意到的皱纹，眼睛下面还带着因缺乏睡眠而鼓起的眼袋。老实说，它们让她感觉很兴奋。那是性欲的快感，刺穿了她无奈的心绪。她想象着自己亲吻它们，在一个拉着窗帘的房间里劈开双腿坐在他身上，弯下腰舔舐掉他所有的忧虑。不过，他顶多飞快地啄一下她的脸颊，即便如此也好像是给了她多大的恩惠似的。这座公园是都铎城市广场上那座砖石建筑的半私有领地，正午时分人影稀疏。她和基斯像水面上的天鹅一样绕着它转圈，脚下漫长的回旋小径也许就是特意为他们铺设的。

"有件事我一直想要和你说，萨曼莎。"

"啊——哦，听着很严肃。"他只会在感觉自己格外需要拿出家长的气势时才会称呼她的全名。她从他手里抱着的白色纸袋中掏了几颗坚果出来——话说回来，要是他还有时间停下来买坚果，事情能有多严重呢？——把它们丢进嘴巴里，摆出漫不经心的表情："不过我们现在不是正说着话吗？"

"那天，我不该让你到公寓里来。"

哈，他当然不该这么做。如果他想要做个严守道德底线的人，他们从一开始就不该厮混在一起。真是神奇，他似乎相信自己的行为所带来的结果只不过和坚信有牙仙的孩子一样：因为别人是这么说的，也因为当你掀起自己的枕头时……看，二十五美分！

"我的生活还有你不曾看过的另外一面，萨曼莎，这就像是我身体里的某个地方分裂了……带你去那里让我感觉我正在看着另一个自己。我意识到这些都是我个人极端鲁莽行为的表现。我在乎你，你是知道的。可另一个我才是我命中注定要成为的那个人。"

说到这里，一个多愁善感的停顿，两人已绕公园走完一圈。一个小男孩追逐着偏离正路的斯珀丁球穿过两人眼前那条铺满碎石的小路，而那条路似乎也在诱使他继续走下去。或许这只不过是他善于演讲的完美一面，为此，他肯定在脑海中演练了许多天，就像一台磨石机遇到了一大块格外坚硬的岩石。他说他感觉自己需要一些时间，想清楚某些事情，因为他觉得自己也许在某个地方做出了……错误的判断，而不管事情最后如何定夺，他的孩子们……你看，他们才是他生活中最重要的东西。他不配拥有他们（好吧，这显而易见，萨姆心想，父母永远不配拥有自己的孩子）。

此刻，他的脸皱了起来。就算那不是真的眼泪，他也一直努力摆出一副情深义重的样子。当他说出自己希望她不要觉得这件事是在针对她时，她感到有些厌恶。"别用高人一等的态度对待我，基斯。这当然是在针对我。"

"我只是需要一些时间。"

"好啊，那我们就不要再见面了。我又不是个孩子。"

现在换他停下来望着她了。她这是在和他提出分手吗？中年人多愁善感的光芒从他的眼中消失了，他的整个身体在愤怒与渴望之间的某个点上紧绷起来，这正是她最喜欢他的一点。就在她以为他会强行吻她的那一秒，她明白了放弃他——这只她学着去驾驭的任性动物——其实是件多么困难的事情。她强迫自己把手伸进他怀抱着的半透明小袋子，取出里面剩下的东西，一边嚼着满满一嘴的坚果一边说道："反正也有些乏味了。"

话说到这个分儿上，一切基本上也就算是结束了。之后他们又绕着公园转了几圈：一圈是他在意气用事，陷入了激动的情绪之中；一圈则是他在心中轻视她——可怜的孩子，她难以应付这一切，不知道自己在说些什么——还有一圈，也就是最后一圈，让他找回了那个令人讨厌的、无私而又自私的自己。他用戴着昂贵手套的手牵起她，望着她。她能够看出来，他希望她不要因为过去的三个月而永远堕落下去（她知道，他也是一个天主教徒。在计时酒店中，她躺在他的胸口，用手指拨弄着他戴的那个小小的银色十字架，直到他叫她停下）。他说，他想让她记住，他是在乎她的，而她值得更好的人。他从不说"爱"这个词，她也不会。爱不真实，何况不管怎么说，她也不想给他那份满足。

现在应该已经接近午夜了。出租车纷纷驶离中央公园西侧，到人口更加稠密的地区趴活儿去了（有趣的是，纽约城中的金钱总是追随着活力，却永远也跟不上）。轮胎留下的余温在马路上留下了深色的车辙，除此之外，到处都是一片完美无瑕的雪白。萨姆走过的人行道上没有留下脚印，也没有狗在周围出没留下的黄色尿渍。交通信号灯的光芒几乎延伸到了门廊、派对和基斯所在的地方：红色，然后是绿色。她以前从未注意过，信号灯在变幻之际其实还会微微地闪烁一下。街道对面，一座犹太教会堂门前，雪地上投射着绿色光晕的地方便是B/C线地铁的入口，可查理一直没有出现。突然间，伴随着一阵颤抖，她惊讶地发现，眼前美好的景象中竟然存在着一道弯曲的裂缝。那个玷污过她的身体又将她抛弃的成年人可以进入二十层楼上的那个世界，可十七岁的她却只能孤零零地被遗弃在冰天雪地中。她踩灭最后一支烟，朝门口走去。她改变主意了，她要横冲直撞地跑进城堡，管它什么体统和规矩。她要代表开天辟地以来每一个遭受不公待遇的女子，冲进燕尾服和皮草中，让自己出尽洋相，以示某种警醒。在她履行自己的职责时，她会告诉他，他最好过来听听她不得不说的那些话，如果他不想害两人都锒铛入狱——或者更糟——就让所有与他熟识、受他尊敬的人，所有他看重的人，都看清他们之间的关系。

她已经靠得很近了，一伸手就能摸到弯曲的黄铜门把手。她能够看到在那里站岗的门房，还有自己飘浮在门前幽灵般的面孔。愤怒让她格外美丽，即便是在她自己看来。她全然不知哪一位是他的妻子，可那并不意味着对方察觉不出她是谁。一定会有那样的瞬间，她们四目相接，萨姆将亲眼看见自己对这个女人做了什么，如何伤害了她。萨姆又想起他的孩子，尤其是他的儿子，只比自己小五岁。她当众大吵大闹所造成的局面，会变成传到他耳边的低语，他会莫名地认为一切都是他的错。她尴尬地朝着门房耸耸肩，露出"抱歉，看错门牌号了"的神情。她会艰难地迈开脚步，冒着严寒走回自己的长凳，发现兜里连支烟也没有。屋外已演变成一场暴风雪，在这样的天气里，人们还如何观赏新年彩球下落的情景？或许已经掉下来了吧。海港那边的烟花秀距离她太远了，所以才什么也听不到吧。只是，查理去哪儿了？她真希望他能快点来。

就在她准备坐下时，在公园入口处，有人叫了她的名字。她看不太清楚站在那里的人影是谁，只知道那是白茫茫中突然出现的一团深色。然而，对方的声音让她心中的锁芯松脱坠落,掉进锁孔,里面锁住的是她早该知晓的另外一些事。"嘿,"还是那个声音,"我们一直在到处找你。"

— — — — — — — —

09

"那是什么?"

"什么是什么?"

"你没有听到吗?""砰"的一声枪响,是从万籁俱寂的中央公园传来的金属爆破的声音。那声音太微弱了,以至于默瑟以为自己幻听了。他抬起头,仿佛想要唤回记忆中的那一声枪响。远处的狂欢声穿透层层砖墙和玻璃;一台扫雪机缓缓驶过哥伦布环岛,昏昏欲睡。此外,只剩下威廉的姐姐在他身边发出的咳嗽声。室内的灯光透过窗帘缝隙打在她的耳朵和下颌轮廓上,她转过脸去,望向这片街区的尽头,默瑟看不到她的表情。"也许是烟火,或者诸如此类的。"他说。

"你觉得已经迈入新的一年了吗?因为如果真是这样,你就得吻我了。"

"威廉会很乐意那么做的。"他说。

"要怪就怪酒精吧。"看上去,里根已然酩酊大醉,而且兴奋。

"可他知道我不喝酒。"

"那我在厨房里找到你时,你对着一堆酒是在做什么?"

"等一下,那是不是——?见鬼,我想我又听见了。我肯定是出什么问题了。"

阳台位于她的卧室套房外。更准确地说,是她父亲的妻子坚称属于她的套房,就像她几分钟前所说的那样。当时,他正握着她的手腕帮她在水龙头下冲洗伤口(他扮演汉密尔顿-斯威尼家的护士简直就是命运的安排)。水被血晕染成粉色,凝结成水滴,落在陶瓷水池表面呈扇形晕开。看到覆盖在伤口上的一片皮肉在水流的冲刷下向后翻开,他知道那里将留下一道刺眼的伤疤,还好没有伤到骨头。他四处找寻医药箱,结果里面不仅没有红药水,连创可贴也没有。"别指望表象之下能找到任何东西,"香槟才是镇痛剂,她快活地说,"从大学起,我就没在这儿睡过了。菲利希亚只要它看起来像有人住就行。"他将一块绣有名字首字母的毛巾折成三折,用它吸干伤口上的水,然后作为临时绷带为她包扎。她需要一直按着它,他说,直到凝血为止。可如何固定绷带呢?"那东西怎么样?"她朝镜子里点头示意了一下。在镜子的映象中,他仔细搜索起来——身后卧室里有一块象牙色地毯。接着,他发现她凝视的是自己的胸口,一枚蝴蝶胸针停在上面。

"噢,但我不是很想用它,它会变形的。"

"这是菲利希亚送给我的圣诞礼物,我戴上它只是为了让爸爸看到我戴了。"

"要是她看到你把它当夹子用会怎么想?"

"要是她看到你紧紧拽着我的手会怎么想?相比之下,她反倒更有可能关注这一点。"作为一名醉酒之人,她的推论惊人地合乎情理。

他的左手还按在伤口上,他不得不尝试用右手解开胸针,然后任其顺着她的低胸礼服滑落自己掌中。这让他想起了外科手术游戏[a]。此时他的小指距威廉姐姐的酥胸只差毫厘。"你那样盯着只会给我添乱。"

"对我耐心一点儿,默瑟。现在是我整晚觉得最有趣的时刻。"

终于,胸针摘了下来。刚把毛巾别好,他就逃出洗手间,一屁股坐在卧室的床上。床头灯的光线让房间游弋在更大的光明之中。这是一间理想的闺房,典范中的典范,他想象自己的学生在打完曲棍球、挨过难熬的下午之后就会回到这样的卧室:饰有荷叶边的床单和喷漆的梳妆台。至于里根,此时她正抱着那只受伤的手,摇摇晃晃地朝落地窗走去。

[a]*Operation*,一款儿童电动游戏,主要道具为一张"手术台"和一副与之相连的镊子。台面上印有"病人"的卡通形象,身体各部位的缺口里放有象征"小恙"的物件,游戏者需避开缺口边沿,用镊子取出"小恙"。

"回家后务必彻底清洗伤口,"他说,"我可不希望你得破伤风。"

"过来,给你看点东西。"她领着他走出小小的阳台。

如同上帝视角,又好像电影场景:这才是他梦想中的城市,是他在七百英里外的家乡时心心念念的城市。就像是电视屏幕上会闪现的画面,一切皆在雪中消融:重重设防的公寓大楼;白炽灯点亮的窗口如黑暗中透光的针眼;中央公园南端,夹层蛋糕似的酒店上空,飘雪如糖粉般撒落。光污染看起来有如产自云团内部,是它隐秘的有机过程的副产品,好比血液循环产生的热。向东望去，公园就像一片漆黑的采石场，广阔无边。虽然头顶上方的过梁、棚架和兽形滴水嘴挡住了大部分的雪，但雪天依然寒冷，可他很意外里根丝毫没有回屋的意思，她依然穿着那条吝惜布料的连衣裙。身处一片寂静中，她确实连呼吸都变轻了。"你真该挑个晴朗的日子来这里看看。"

"不用，眼下的景色就已经很棒了。"他说。

"我的意思是，我不想让你觉得我受制于菲利希亚或别的任何东西，但既然你已经来到这里，不向你展示一下这房间最棒的部分就太可惜了。而且……"她单手伸进手包，胡乱摸索了一番，掏出一只打火机和一根牙签似的烟，"为我做头发的那个女人给了我这个，不来一根吗？"

"不用，我不抽这个。"默瑟推却道。

"通常我也不抽，不过我正忙着离婚，而今晚就是一场灾难，我就想……你不介意帮我点个火吧？"她说。

他感觉身体越来越冷，但还是乐意为她效劳。看到她就着那根散发着焦味的东西长吸了一口——热量辐射开来——他下定了决心，反正，今晚已经够离谱的了。问都没问，他直接从她那只没受伤的手里抽走烟，模仿她的样子，用三根手指捏住烟卷，吐气之前屏住呼吸。"对，先别吐气，像这样，慢慢的。"

他咳嗽起来："你们俩真是一个模子里刻出来的，不是吗？"

"谁？"

"你和威廉。他不和你说话，你不和你们的继母说话……"

"是父亲的妻子。"他们的声音在争执，手却相互配合着传递烟卷。下方的街道堪比地图上的街道，没有人，也没有混乱。他能感觉到，彼此间的赏识正把他们捆绑在一起。"我弟弟也恨她，他没有说起过？"

"没有。"

她叹了口气："你来这儿究竟是为了什么，默瑟？我是说，你和威廉之间到底怎么回事？没关系，你可以告诉我。"

正是此刻，他又一次听到了先前听过的爆破声。

"老实说，我不知道，"默瑟过了一会儿才开口，一副刚听到她问题的样子，"我已经想不明白了。我的意思是，就像你说的，有个人在身边总是好的。我不知道你们之间发生了什么，但那东西侵蚀着他，就好像他身体里有一个洞,而他不得不躲进去。或许他当初吸引我的恰恰是那种神秘感,可我不是为了这个才搬来纽约的。未来某个时候,我猜他可能……我不知道。"他的手伸向烟卷,可它已经燃得只剩下一小截,再吸上一口就要烫伤手指了。于是他轻轻一弹,烟头蹦跳着坠下天知道多少层楼,幽暗中闪过一星火光。

"瞧瞧,你多有天赋。"她把打火机收回手包,说着怕被孩子们找到之类的话,却没有动身返回派对的打算。

"你不冷吗?"他问。

"我只是还不想回到那里去,有些人我实在不想面对。"

他抱着胳膊跺着脚,想让自己暖和起来:"不管怎么说,威廉在这件事情上比我有经验,你知道,就是在处理亲密关系上。"

"他是这么告诉你的?"

"我想过,这或许与我是个男孩,或者说男人有关,我猜这就是为什么他把我关在隔间里,而把你们所有人藏进另一个隔间。不过当你上个星期出现在学校里——"

"如果是我导致你现在的处境,我向你道歉。我当时刚刚搬出我丈夫的公寓,急需找个人聊聊。而且我以为离婚意味着,说不定别的事情会有转机,说不定威廉终于要拆掉他那堵愚蠢的墙了。"

"至于我,我抱着他准会拆开信封的想法,以为那扇金色大门能被敲开,而我们将换一种方式生活。这并不是说现有的生活毫无迷人之处,多少还是有的,但如果我继续对他的过去一无所知,我们要如何拥有一段共同的未来呢?"

"我弟弟一直都很神秘,从小就这样。他企图通过这样的方式获得个人影响力,过上双重生活。我想他是漫画看多了。"

"所以说,也许我来这儿的真正原因只是为了激怒他,我知道要是事情败露他一定会火冒三丈。当然,我不否认你是个可爱的女伴。"他的脸上浮现出一丝难以名状却发自内心的微笑。这是真的,他喜欢里根。她令他想起自己在佐治亚大学认识的白人女孩,那些愿意接纳他的英语专业的同侪。"我们现在进屋去好吗?我要被冻死了。"

她用没受伤的手轻碰他的手臂:"嘿,你为什么不跟我一起去呢?"

"跟你一起?"

"我被菲利希亚的弟弟传唤了。我可以把你介绍给他,这样你就能看看威廉一直在同什么对抗了。也许你还能保护我不受伤害。"

"保护你不受什么伤害?"可她已经转身走进温暖的卧室。他重新戴上面具。"你确定没听到那个声音吗?"他一边问,一边拉上落地窗,"我从南方来,对于枪声我熟悉得很。"

她耸了耸肩:"这里可是中央公园西路,默瑟。可能只是有辆卡车回火了。"

往里走,每跨过一道门槛,她的步伐就更坚定一些,就好像她正源源不断地从他,或是从药物身上汲取力量,尽管他也很难确定,这会不会只是自己脑袋里的迷幻节拍。宾客看起来更密集了,在一片鱼龙混杂之中,不时晃过紧握酒瓶的手,粗声大笑的共和党人和他们嘴里裸露的假牙,还有完美得尽显诡异的牙,像一排排芝兰口香糖。

他是宾客里唯一一位非白种人,虽然从严格意义上来说,他并没有接到邀请。时间想必已过午夜,此时此刻,威廉在哪儿?是不是又在哪间酒吧的男厕所里?他奋力赶走那些画面,他的知觉化作潮水,来回冲刷脚边的波斯地毯。里根在前面领路。

他已然数不清这一路上她被拦下了多少次,强忍下了多少位中年男子献上的多少枚威士忌之吻,收下了多少句夸赞她样貌打扮的溢美之词——你看上去真不错,一个女人说,很健康(尽是些表意不明的委婉语)——他也数不清有多少对眉毛因她手上扎着的毛巾而皱起,又有多少双眼睛透过面具缝隙上下打量着他。仆人?食客?施舍对象?尽管如此,比起先前在一棵巨型棕榈树盆栽后度过的第一个小时,他已经没那么困扰了。就算他尚不够格加入汉密尔顿-斯威尼家的迷人圈子,起码可以近距离观察一下它的影响力;说不定,有一天他会和威廉手拉着手回到这里,而在座的将没有人敢说一个"不"字。至于里根,当他在厨房里遇见她时,她看上去是那么沮丧——那真的是半个小时之前的事情吗?——此刻的她是这般明艳动人,甚至没有戴面具。他也曾在威廉身上见过这种情绪转换,一旦进入人群就会触发开关。默瑟过去以为这是一起个人病例,现在看来显然是家族遗传。她光芒四射的样子像极了圣诞树上的装饰球,而他跟在她身后,频频点头致意,并不确定自己是正玩得开心还是糟糕透了。

面前这间挑高的房间人满为患,置身房间中央,他抬起了头。在他头顶上方十英尺处搭建了一圈廊台,房间四壁都有通向二楼的门道。正上方,一个身材矮小、满头白发的男人站在那里，似乎正对着默瑟微笑。他没有穿舞会装束，也没有戴面具。尽管如此，一身黑色礼服的他气势逼人，神似一位俯瞰自己领土的公爵。默瑟只觉得四周戴面具的脑袋开始往后退，喋喋不休的说话声渐弱，如同贝壳里消逝的海浪声，人群积聚起的热量也在慢慢散去。男人松开铁艺护栏，把手举向空中，掌心朝上，五指倏然收拢，打了一记响指。

默瑟很快意识到，埃默里舅舅——此外还能是谁呢——方才示意的是里根，而不是他。他用肘部轻推了她一下，她便找了个借口从当下的对话中脱身出来。她用受伤的那只手挽住默瑟的手臂，领着他朝旋转楼梯走去。如同沿着一条冰冷的河流逆流而上，他们终于穿过人群，登上了楼厅。那个男人自始至终都抿着嘴，面带微笑。他想必英俊过，梳着一丝不苟的发型，发丝间已找不到丁点残留的颜色。"亲爱的，"他对里根说，"我今晚一直期待着能够见到你。"

"埃默里·古尔德，"她说，"请允许我为你介绍，默瑟·古德曼。"

她并没有具体介绍他是谁，默瑟感到沮丧，因为这是在暗示，他或许和里根之间有着某种形式的瓜葛，但不是和威廉。他的肤色作为赤裸裸的现实，被用于震惊敌人，甚至令敌人受伤；但他又不能因为自己内心的动摇而背叛里根。她没有受伤的手像血压计袖带一样不断挤压他的肱二头肌。他觉得口干，几乎能听见自己的心脏怦然撞击胸腔的声音。奇怪的是，埃默里舅舅笑脸如初。除了那双直勾勾的蓝眼睛，很难说他到底哪里使人不安。"所以，古德曼先生，"他说，"你是做哪一行的？"

默瑟一阵咳嗽，周身散发出伍德斯托克音乐节的味道："抱歉，您说什么？"

"你是做什么的，小伙子？"

他早就知晓这个道理，不可因别人的轻视甚至公开羞辱而做出应激反应。你是唯一能主宰自己命运的人，在他离家上大学之前，妈妈曾这样叮嘱他。对于这个说法，他不确定自己是不是真的信过；但他可以肯定，埃默里·古尔德是全然不信的。那个男人看他的眼神如同一个孩子盯着一只蚂蚁。他对着太阳举起放大镜。

"我是一名老师，"他壮着胆子说，"我在温塞斯拉斯-知更鸟学校教书。"

"那你一定认识艾德·本库姆教务长。"

"朗瑟堡博士是新来的教务长。"

事后他定会讶异,自己为何没能就此打住。可是,里根的手如利爪般扎扎实实地嵌入他衣袖的布料里;埃默里·古尔德的脸上仍挂着高深莫测的微笑。随着廊台上沉寂的空气越发凝重,默瑟开始觉察到楼下人群投来的注目礼。"我也写点儿东西。"他说,并立刻意识到说错了话。

"是吗,那你都写些什么,古德曼先生?"

"埃默里,拜托,别总刺探别人的私事。"里根说,"默瑟,你不必回答的。"

"她说得对。很对,非常对。"埃默里说,"一旦上了年纪,你就会忘记人们在某些事面前总是不堪一击,吐一口气就可能击垮他们。我读本科时也埋头写过诗,你能相信吗?太可怕了。后来,我把它扔到了一边,在政府部门找了份更切实际的工作,之后又从了商。你该明白,这是男人一生中的三个阶段。不过我很好奇,古德曼先生,"他的脑袋越来越大、越来越近,他的眼圈泛红,如同冰块在掌心冻出的窟窿,"你白天在学校教书,那你的学校知道你的这些嗜好吗?因为老实说,你欠他们一个答案,也欠自己一个答案。"

"您指什么?"

"写作,我的孩子。哎!你不会以为我是在说……这太尴尬了。"

嗜好。这句含沙射影的指责与他本人毫不相干,或者说关系不大;他知道这是为了破坏他的冒牌约会。然而埃默里舅舅话语中的轻佻却是对他的羞辱,连里根也没有费力为他辩白。他怎么可以如此自欺欺人,真以为自己能成为这个世界的一分子?

时候不早了,他低声咕哝了一句,借故告辞。埃默里似乎不屑于同他握手,或是说一句"很高兴认识你",就已经朝里根转过身去,问她是否有时间,因为他有要事相谈,对了,还有她的手指是怎么回事?默瑟回头一瞥,仍抱有一线希望,以为至少能对上她懊悔的眼神,但那两人的身影已然消失在廊台的一扇大门后了。要是他也能如此轻易地消失该多好,可事实上他不得不走下扭曲的楼梯间,横穿拥挤的宴会厅,这是他唯一的出路。他脸上的面具骤然失去了意义。他可以明确无误地感知到,他白色的礼服衬着黝黑的皮肤,眼睛和嘴巴干涩得要命,发型全塌了。那些戴着五花八门的半截小巧面具的女郎都在盯着他,这场景就好像他是一头受伤的犀牛在大草原上跌跌撞撞，引得鸟儿们扭过头来冷眼旁观。就连前厅存衣处的女孩也嗅出了默瑟身上的软弱。她慢吞吞地回收那件色彩斑斓的化装服，而他还不得不付给她一笔小费，只因为他不愿给她机会印证她的直觉：这一仗他一败涂地。电梯缓慢得令人窒息。

夜晚的空气使他稍稍清醒了一些，心中的羞耻冷却成了某种忧郁。他被驱逐出伊甸园，堕入凡间，置身于这条街道，他又回到了这里。街灯变回了街灯，停在一旁的小汽车恢复了小汽车该有的尺寸。曼哈顿市中心的所有尖顶消失在皑皑白雪中，那个曾让他坐拥一段渴望已久的闪亮人生（然而何其短暂）的小阳台此刻已看不分明，看起来污迹斑斑。这只是关于一场梦的记忆。恍惚间，能证明他身处一座运作如常的城市而非未来的遗址的唯一的证据就是街对面的长椅：椅面上的积雪空出一块人身大小的绿色痕迹，证明刚才有人在那里落座。毫无疑问，那人曾坐着等候公共汽车。

就在这时，就在飘扬的细雪彻底阻挡住视线之前，一束微光奇迹般降临，从中央公园西路尽头射来：两盏车灯闪烁着闯入他的视野。傻瓜才会试图计算如何回家更快，是利用路面交通还是地铁——这本是常识，而且他通过反复试错终于领悟，永远不要轻视已经到手的交通工具，尤其是过了午夜之后。这将是再合适不过的方式，难道不是吗——在公交车乏味的狭小空间里，找一个离司机最近的座位坐下，脚下是黏糊糊的地板，周身流泻着太平间才有的荧光，与酒鬼、癫痫病人、该下地狱的讨厌鬼为伴——就这样结束今晚、结束今年？

当忧心飘飘然占据他注意力的中心、醉醺醺地转起圈时，信号灯从黄色变成了红色，公共汽车在距他十多个街区的位置停了下来。他靠在公交站牌的杆子上，试图找回自己早年间的那个浪漫形象——身穿棕色大衣的独行侠。他一边用口哨吹着《茶花女》中的唱段，一边心酸地思考自己思考的模样。就在他欣赏着嘴里吞吐的热气和灵魂时，从对街石墙的背后，黑漆漆的中央公园内，传来一阵抽噎。他从未听过如此教人不安的声音：高亢、急促、咯咯作响，像一只垂死的海豹发出来的。紧接着，声音戛然而止。一定又是幻觉，即便不是，那也与他无关。然而在声音第二次响起之前，他潜意识层面的某种动物性本能已被激活。此时，公共汽车又停靠在路边，走下一名乘客，它与他之间不到十个街区的距离，或者更近。他只求它能够加速，然后，他会跳上车，让那个声音——假设它是一个声音——去搅扰在这站下车的那个人。可红灯再一次亮起。糟了,他心想。糟了,他该怎么办?

第二声始终没有出现,他进行了一番无伤大雅的想象。那可能是只生命垂危的狐狸,公园里是有狐狸的,不是吗?也可能是风声呜咽,吹过一只挂在枝头的塑料袋。或者是一个不懂自控的可悲男人,在公共空间四处游荡,寻猎一段粗野的艳遇。不管那是什么,都不关他的事,而这趟及时赶来载他回家的公共汽车,是对他忍辱负重一整晚的嘉奖。

司机铆足劲儿按响了喇叭,因为默瑟突然冲到车前,横穿马路朝着公园入口奔去。他拨开堆满积雪、盘绕纠结的树枝,一头扎进小树林里,不得不依靠记忆,依靠自己对一个从未听过的声音的印象前进。它似乎离墙壁不远,还是他记错了?他咒骂着脚上那双正装皮鞋,它们险些害他在结满冰的下坡路上滑倒。左手边盘踞着堆叠的巨石,右前方又升起一道灌木形成的屏障。你是个傻瓜,默瑟·古德曼,他心想——受困荒野的小丑,弄丢了李尔的小丑。但只怕万一,万一那真是人发出的声音怎么办?是啊,该怎么办呢?在那种情况下,那里恐怕不止一个人,攻击者、受害者各一人,而系着蝴蝶领结、手无缚鸡之力的默瑟刚好是一块上好的鲜肉。

他跨过小径边沿齐膝高的铁栅栏,强行在灌木丛中开辟一条出路。起初,在通往墙壁的这段路上,他的面前只有积雪和阴影,一片渺茫;但渐渐地,在与方才同一种动物本能的驱使下,他觉察到了一丝呼吸或是温度。他远远望去,总觉得墙角躺了个人,一片狼藉。他继续靠近。几只小鸟垂翼停在石墙上,高度警觉。在那里,他只看到一个孩子,一个男孩。不,是一个女孩,短头发的女孩。她的脸正面向上,被从墙外射入的光线照亮,脖颈极不自然地后仰。她已经不省人事,也许是死了,从她肩膀处溢出的鲜血染红了雪地。默瑟面色苍白,他记起了血的气味,那股铁锈味。只想了一秒他就觉得自己要吐了。

"救命!"他惊呼。他的声音触上墙壁反弹回来,消逝于他身后的虚空。他又大喊一声,"救命!"惊起一树的鸟儿,女孩依然没有动静。不可以移动尸体,默瑟也不想碰触她,他只是站在那里有一分钟之久,垂下头注视着面前他从此再也脱不了干系的黑色人影。然后他跑开了,穿过灌木丛,沿着小径向外狂奔,身体内的鬼魅轰然而出。他就这样一路大喊大叫,好像真会有人赶来救他似的。

10

在对上那双眼睛之前，里根就察觉到了它们投向她的目光如同典当商的手指一般在她身上游移。哪怕她先前真的以为挽着威廉的黑人朋友就能为自己提供庇护，那双眼睛也足以顷刻让她相信，这一切都是精心策划好的，包括离婚、芝加哥的那场暴风雪，还有割伤她的那把刀。当然，这都是足够靠近埃默里舅舅的权力中心的缘故：当他出现在你面前时，你就已陷落其中。那些超出你计算范围的宏图大略、老辣迷局，一如空阔的天文馆穹顶上铺展开来的璀璨星图。据她所知，他纯粹基于对他人的兴趣而设局，而不是出于好奇，亦非出于同情，甚至不是为了取乐，他只是因人制宜地模拟出最合情理的人格，然后从中获利。这一回也一样，无论是为了什么，肯定不是一桩小事，因为他上一次公开赞扬她还是多年前在布洛克岛的那个周末，而她当时竟误把它当成了爱慕。可他居然这么快就打发了可怜的默瑟，仅一个回合就意外发现了对方的秘密。她为默瑟难过，可是，这与自己数十年来的新伤旧痛相比，不过是皮外伤。他会痊愈的。她之所以快步走进房间不是为了抛下默瑟，而是不想给埃默里操纵她的机会。

这里原来是阳光房，也是这套三层楼高的顶层公寓中唯一一个她真正可以忍受的空间。爸爸为菲利希亚买下这处住宅后，将这里装修成了一间得体的图书室。里根认为，这是父亲为再婚之事向她和威廉拐弯抹角地赔罪（当然，那时的威廉已经辗转进入他的第二所或第三所学校了，反正斯多葛式的坚忍克己在他这里是行不通的，他可不打算平白受难）。菲利希亚从史传德书店成批订购了统一皮封套的典藏文集，母亲留下的藏书列于其间，它们的杂色书脊显得格外醒目。就在移动式书梯和折叠式沙发上，里根度过了她在这里的第一个、也是唯一一个夏天，她把自己隔离起来疗伤。整个房间好似一个琉璃珠宝盒，每当日落时分，霞光透过四面八方的玻璃窗漫入室内，丝毫不会被任何建筑物遮挡。她感觉自己是泰坦尼克号上的乘客：邮轮已在劫难逃，但鲜活、奢侈的记忆依然值得拥有。只是，眼下被勾起的这段回忆又有什么意义？梯子不见了，曾经摆满母亲藏书的一列书架也消失了，取而代之的是一台电视模样的机器，她一眼认出来了，那是公司最新的金融数据终端。他们用一张巨型书桌换掉了她的皮沙发，过去她成天躺在沙发上偷偷哀悼自己失去的一切，如今三维建筑模型几乎占据了整张桌子。持续的沉默意味着埃默里还在用那双眼睛看着她,她僵立着,警惕着。她努力扬起头,"看来你是真把这儿当自己家了。"

"你是说这个房间吗?"他经过她的身边,一路摩挲着桌沿,径自走到转椅前坐下,"这是你父亲的主意。最近他一直都在家办公,便想在手边也给我安排个地方。因为我是他的'星期五'[a],姑且这么说吧。"有时候,里根甚至怀疑她的父亲是否还存在,还是说他只不过是三段式演绎中的一个便利条件,一个可以被带入计算过程的浮动变量。"坐吧。"

"我都坐了一整晚了。"她撒了个小谎。里根心里清楚,她此时站在扶手椅后、双手抓住椅背的样子很容易被理解为心存恐惧。

[a] 丹尼尔·笛福创作的长篇小说《鲁滨孙漂流记》中的人物,是主人公鲁滨孙·克罗索忠实的仆人。英语中多用"man Friday"表示"得力助手"。

"你随意。"埃默里并无恶意地笑了笑。紧接着,他向后靠上椅背,似乎是为了更好地观察桌子上的模型。那看起来像是个体育场,蹲踞在几十座尖顶建筑中间,旁边是一条成比例无限缩小的蓝色河流。他固执地将她凝视的目光视作对他的质询,"难道还没有人向你展示过自由高地的设计图吗?"

"别告诉我,我们要买下一支球队。"

"当然不是,只是体育场。实际上,是建一座体育场。我们是八十英亩重建项目的主力租户。"

"在南布朗克斯?那里纵火案件多发,长年没人管。保险公司会造反的。"

"一个人的障碍就是另一个人的机遇,里根,你会大吃一惊的。一旦这一片贫民区被彻底烧光,土地开发申报就会以惊人的速度顺利通过,而这里大大小小的街区也可以一并打包低价转卖。资金匹配,税费减免。"

"这可不是课本上写的自由经济。"

不过,他好像在不知不觉中陷入了自己的宣传鼓吹里,已然听不到她的话:"申请一批下来,我们就破土动工,11月已经进入第一阶段,尽管还没有对外公开。真让人难以置信,你居然不知道这件事情,但无论如何,等我们正式推出这个项目,你很快就会参与进来的。"

自从他加入公司以来,多元化经营就一直是埃默里的口号。里根知道,这说到底就是一系列依靠债务融资的收购行为,而且必须通过董事会的批准。虽然她总是倾向于投反对票,同一条战线上的也还有一些公司元老,但每到董事会例会的中场休息时间,这个坐下时只有半个身子露出桌面的儒雅但不起眼的小个子男人便会起身,领着这位或那位主管走进无人的角落。当他们再次集中投票时,埃默里无一例外都会胜出。早年间,里根只专注于国内业务,直到全职回归职场之后,她才发现她需要参与的这些商业冒险涉猎有多广泛:铝土矿产业、烟草生意,前段时间他还在关注中美洲咖啡的受灾情况,而眼下又要做房地产了。而且对于房地产行情,他总是乐观得过头。当你可以自己吸引来投资时,何必还去投资别人?但他抑制住策励她皈依的冲动,用一块布把模型盖了起来。

"不过,我们最近都太忙了,里根,谁又会怪我们没能及时通气呢?"

"通什么气?"

"哎,真希望不必由我来告诉你这个消息,要是你已经通过其他渠道获悉了该多好。是家事。从某种程度上来说,你父亲今晚不在这里说不定是件好事,这能为我们争取一些决策时间。"

"消息",是"坏消息"的同义词。她无法阻止自己的思绪直接跳跃到最糟糕的结论上去:检查结果出来了,父亲脑袋里的那团阴影其实是脑瘤?或者他的飞机正躺在奥黑尔机场跑道旁的某条壕沟里,熊熊燃烧?两者都有可能。尽管如此,她也不会为了"消息"而乞求埃默里。

"我恐怕没办法粉饰这件事情,"他说,接踵而至的是漫长的停顿,"你的父亲明天一下飞机就会遭到逮捕。"

"什么?"

"我听说,罪名是内幕交易。这一切太令人费解了。"

"你听谁说的?我以为起诉书都是密封好的,类似于保密文件什么的。"

"你应该知道,我的名片盒里有很多有用的资源。"

"我看都是你瞎编的。"

成功从她嘴里逼出这句话,埃默里这才肆无忌惮地靠上前来,以示热切。真是奇怪,她心想,他居然能在12月把自己晒得这样黑,想必又是跑去巴拿马地峡见他那些"搏击咖啡馆"的狐朋狗友了,或是阴谋集团的政治朋党。"那么,我亲爱的外甥女,你说说我为什么要这么做呢?"

是啊,他到底有什么理由这么做呢?爸爸一旦回来,他的谎言不就不攻自破了吗?"好吧,"她说,"就算这是真的,可我们随时都会面临法律诉讼,我们的法务部不就是为了应对这种时刻才组建的吗?"

"这次不一样。公司里有内鬼,你父亲被实名举报了。他会被判刑入狱,到时候我们可能无暇顾及舆论。"

"那你觉得我们应该怎么做?"

强忍住内心的厌恶,她和他商量好,就让爸爸在芝加哥一直待到下周一,然后直接去找一位法官当面自首。如此一来,他们能防止媒体知晓此事,至少设法将消息控制在商界之内。在彻底充分地折磨完她之后,埃默里说他坚信爸爸并没有实际上的违法犯罪行为,还说一切都会过去的。

可事情真会过去吗?半个小时后,里根重回大厦一层,这时远处传来的警笛声已经近在耳边了。相间闪烁的红蓝灯光打在电梯门上,玻璃门外的街区堪比恐怖秀现场,挤满了警车、救护车和人行道上摔倒的行人:有参加楼顶派对的;有参加其他派对的;还有头发花白的老太太,她们趿拉着拖鞋,就住在附近。你以为她们是在赶着黎明前最后遛一次狗,可事实却是,她们只是赶来看热闹罢了。但你也好不到哪里去,里根,居然还有心情假装清高。她本能地开口询问:"警察已经来了吗?"米格尔用克制的声音告诉她,公园里有人中枪了。她真希望能回到过去,抹掉那个一切以她的爸爸、她的麻烦为中心的自己。"真可怜,"门房说,"是个孩子。"一瞬间,她想到了自己的孩子,他们正毫无防备地躺在自己的床上,门上只有三道锁,此刻能保护他们的只有保姆桑托斯太太。她一心只想回到他们身边。

她穿着高跟鞋,一步三晃地走去阿姆斯特丹大街,拦下一辆出租车。她吩咐司机从公园中间横穿过去,好避开爸爸家附近的这阵骚乱。半晌她才意识到,自己告诉司机的是之前的家庭住址,全是习惯使然。她于是凑上前去,请司机在第五大道右转,她真正的目的地其实是布鲁克林。她的话听起来像是一种请求,而不是一句命令。他可以轻易选择其他路线,只为了计价器能多计几千米;或是在机场附近将她弃尸荒野,抢走她的钱包。她过去总会轻信那些自称认路的人,可如今无论如何兜兜转转,这些噩梦般的场景都会砸向她,如同被狂风卷起的下水道小报[b]。小偷假扮出租车司机,杀手伪装成警察。现在,小孩在公园里中枪。

她用前额抵住车窗,以缓解晕车带来的呕吐感。透过冰冷的车窗和窗外的雪花,她的目光能穿过横断路边耸立的高墙。树枝为天空刺上花纹。一

[b] the gutter press,指低级趣味的小报,专事刊登耸人听闻的花边新闻。

个拿枪的男人在林间移动,跟踪她。但事实上,什么也没有。她从什么时候起变得这般胆小如鼠了?她自己也不知道,答案早被她通过某种神秘的手段隐藏了起来。而她直到现在才发现,在她的策略里总有一个男人。先是爸爸,然后是威廉,后来是基斯,每当上一任败下阵来,下一位便迎头补上。可如今她身边谁也没有,没有人照顾她,没有人去讨伐那些伤害她的人。她成了自己的保护者,是为威尔和凯特抵御这个世界的最后一道防线。不管眼前出现什么令她害怕的东西,她都不得不将它降服。

第五大道的路面坑坑洼洼,出租车又开开停停,她的肠胃再一次翻腾起来。蒙着雾气的车窗外,雪势渐弱。街道的尽头,是时代广场冰冷而不近人情的灯光。聚光灯一经熄灭,那里便以惊人的速度人去楼空了。她突然能够预见,这座城市终将向荒凉投降。积雪被吹散后,一切将一览无遗:藤蔓爬满连栋房屋,美洲狮在地铁口徘徊。自然秩序荡然无存,唯有混沌。孩子与父母反目,汽车坠入街心的深井。商圈空无一人,社区杂草丛生。穷人们蹲踞巷口,像一群浣熊抬眼望向过往车辆一闪即逝的光亮,前爪两两相扣,满脸血污。苍穹之下那砰的一声——她这才意识到,她当时也听到了。站在高高的阳台上,她也听到了枪响。接着她开始幻想,在一个公正的世界里,不管那孩子是谁,此刻都应该完好如初。是埃默里才对,他才应该躺在救护车里,一路尖叫着驶离闹市区。

她无法把他的声音从脑海中驱逐出去。一切都会过去的。贫民区。她也忘不了那声枪响。滚热的胆汁上涌,灼烧着她的喉咙。她强忍到上了高速公路,但最终还是不得不要求司机靠边停车。她挨着警告标志蹲下,双臂环膝。她没关身后的车门,车厢灯光和收音机声响趁势溢出车外。司机调高了收音机的音量,想必是为了掩盖她干呕的声音。啊,是那个热线谈话节目的主持人,那个怪声怪气的某某博士,名字里带个"Z",实际上并不是什么博士。她再一次问自己:只是,她真有可能在周六早上收听到他的节目吗?就在她和埃默里决定压下诉讼后不久,他正好在他的电台里声讨不诚实的金融家,这真的有可能吗?她的体温指示器已经爆表了,她能感觉到,酒精是不会放过她的。她是不会把手指伸进喉咙里去的,她上一次为自己催吐已经是半年前的事情了。要是此刻孩子们看到他们的母亲这副模样会怎么想?汽车在她身后呼啸而过,零星的灯光在水泥地上投下微弱的阴影。顷刻间,一切都结束了,她的心理活动到头了。这么说吧,里根在

[75]

[76] 步入1977年的第一天做的第一件事,就是在罗斯福高速公路的路边上把五脏六腑都吐了出来。

— — — — — — —

11

王冠正面脱落的装饰箔片。被煤烟熏黑的五彩纸屑。被靴子踩烂的拾音话筒。一次性香槟酒杯破裂的杯底。好彩牌香烟的卡其色烟蒂和长红牌香烟的白色烟蒂。廉价毒品的包装袋有如被刺穿的肺。此外还有酒瓶:空的,剩下一半酒的,被用来作案导致瓶口断开的,炸裂成绿色、棕色碎片的。在脱衣舞秀招牌的红色霓虹灯下这场景竟显出些许低俗的浪漫,这些东西是你在电视上看不到的。与主题不相干的影像片段,有关事件余波的拍摄花絮。电视圈名流在护送下,匆匆钻进林肯城市轿车奢华的车厢后座。工会技师身穿一件缎面外套,像系船索一样将电缆绑在前臂上,电缆松脱的一端在雪地里刻下道道纹样。自那颗坠落的新年彩球在时代广场上彻底熄灭后,最后一批游人也从地面上消失了。一瞬间,这座城市似乎探身过来,与未来的自己相连:破败、荒凉、静止不前。在飞机库似的密闭空间里,司法经济学家们正带着磅秤和卡尺在标记着数字的地面上来回移动。这些人自以为进化得更完全了,就足以摆脱错觉和孤独,超越疾病、渴望和性,他们心烦意乱地忙碌着,试图从已有线索里找出真相。鉴于他们对自我的错误认知,他们显然是无法得知事情真相的。

别忘了鸽子这条线索。这么晚了,它们本不该如此活跃,但确实生龙活虎。它们在劲风吹起的汉堡包装纸里胡乱扒寻,带着战利品飞出好几个街区,最后停在公共图书馆门前的石狮子上。通常它们不会飞到这么远的地方来,可今晚警笛声搅得它们狂躁不安。歌唱这个脱节时代的警笛声,暗示着又有人走上了不归路。这也许能解释为什么还有一小群鸽子飞去了林肯中心以南那几片沉寂的街区里,躲进警察分局破败的天窗避难。它们围着一块变形的透明塑料唱起歌来,爪子点地发出轻微的剥啄声。

默瑟·古德曼还需要一会儿才能辨认出头顶上方那几个蛋形阴影是什么,不过,此刻坐在二号审讯室里的他,正盯着吊顶上那个被人草草凿出的洞。除了大把的时间还剩什么呢？洞口边缘露出的吸音板早已褪色，不像是被人为锯断的，反倒像自然侵蚀而成。塑料薄板被固定在那里，凹陷处有少量积水。每当有风吹过，薄板接缝处就会像哮喘发作一样呼哧作响，刺骨的寒风钻进室内，静默回归后，紧接着就又是一阵剥啄的敲击声。默瑟打了个哆嗦。他感到眼球后方有种刺痛的压迫感，仿佛能让一千只香槟瓶塞一飞冲天。或者，更加准确地说，刺痛的是他的血管。按揉眼窝能稍许缓解疼痛，可他又不想闭上双眼，也拒绝思考不愿闭眼的原因。他开始怀疑天花板上的洞在不断对他发出邀请，鼓励他站上面前的桌子，伸手够它，然后逃出去。这时他这才意识到，那些影子不是蛋，是鸟。这也是为什么屋里闻起来有一股他幼时记忆里的锯末味，也可能是无人清理的鸡笼。这些气味简直就像一直追随他来到了这里。

　　从某种意义上来说，它们倒是分散注意力的好东西。这个房间不管怎么看，都只是一个令人焦虑的空间。目光所及之处全是白色：白色的门，白色的富美家硬塑桌面，你凝视的白色的墙壁，你正在等待一个白人回来。就是那个白人，开着一辆连车内拉手都没有的车，将默瑟送来了警局。那家伙叫什么名字来着？麦克马洪？麦克玛纳斯？默瑟当时过于惊慌，实在没太留意，不过，他肯定是叫麦克什么。他把一次性杯子向对面轻推了几英寸，使它刚好置于他和他的嫌犯的正中央。白色桌子上的白色杯子。他庞大的身躯几乎挡住了门。默瑟很清楚门外是自己刚刚被领进这里时穿过的开放式办公室。玻璃砖墙如同不曾感受过和煦阳光的寒冰，但默瑟干涩的嗓子、有如被砂纸打磨的内眼睑都在提示他，天快亮了。借着顶灯射下的几道光线，他发现麦克某某警探的眼镜是渐变色的。眼镜下半截呈蓝色，和他的虹膜一样，这让他的眼睛看起来只剩瞳孔。坐吧，他说，我五分钟后回来。

　　当然了，没有钟，默瑟无从知晓时间。自从他在高度兴奋的状态下，将十美分塞进上城区一部公共电话的投币口以来过去了多久，他没有半点概念。现在很晚了吗？威廉回家了吗？他开始怀疑他了吗？

　　默瑟并没有被捕，至少目前还没有。比起这个，"目击"一词向来词义含混，而他更是深受其害。如果你将其定义为目击一起案件的发生，那么，他目击的只是案发之后。无须他的证词，医务人员和警察自己就能轻易证明。他仍然记得第一批闻讯赶来的人，他们初到公园时的面色比深入现场后更加冷峻。他记得那副担架、白色被单下姿势怪异的脚、僵直的手臂、被血染红的积雪。这些画面都被烙在了他的眼皮上。所以，此时此地，他只需把注意力放在眼前的事物上就好。

在他身下，警局特制的硬座椅被钉死在水泥地上。桌上有一个洞，用于扣住他的手铐，要是他被铐上了手铐的话。咖啡杯边缘有一块破损的缺口。房间里充盈着实验和激将的氛围。嵌入墙面的镜子恐怕不是普通的镜子，他可以想见三四个中年发胖、不修边幅的警察在镜子另一端观望。我出五块钱，赌他会试那天窗。五块钱，赌他会够那杯子。不，赌五块钱，只消五分钟，这黑鬼就该松口认罪了。

不过，之所以这些妄想挥之不去，或许都是吸食药物所致，毫无疑问，他们一定发现了。也可能是因为他在某种程度上对惩罚的渴望，或者是威廉深夜爱看的电视节目——《贝雷塔》《警界双雄》和《巴纳比·琼斯》在他梦里留下的残像。当房门终于再次开启时，只有麦克某某警探出现在那里。他的身后是又长又矮的一排排小隔间，把空荡荡的警察局隔成了办公室——蜂巢状的长方形魔窟。"这儿一切都好吧？"没等默瑟回答，他就脱下人造革夹克，随手将它丢在了空椅子的椅背上。左轮手枪握把从枪套里伸出来，像一只渴望被握住的手。

老实说，这里一切都不好——除了被不确定的事物弄得有些精神错乱之外，此刻的默瑟快要被冻死了。应该好好利用一下那件夹克衫——不过他还不至于蠢到实话实说。他已经可以看出事态将如何发展了。

对方从花里胡哨的热带风衬衫口袋里掏出一个笔记本，然后戏剧性地、拖沓地在全身的口袋上拍来拍去，终于翻出半截没有橡皮头的铅笔（玩迷你高尔夫球时常用的那种）和借书证目录似的索引卡。"现在，我想问你几个问题，弗里曼先生。"

"是古德曼。"

"好的，古德曼先生。"警察打了个哈欠，仿佛在说，坐在桌子那头审讯别人可比坐在这头被别人审累多了。然后，他开始提问。默瑟早在中央公园西路时就主动提供过个人基本信息了，也许他只是想看看答案会不会变。默瑟又报了一遍自己的生日。"所以，你今年多大了？"

"二十五岁。"应该说，将近二十五岁，当然，对这家伙用不着说这么精确……

桌子下方，一只穿着运动鞋的脚出现在他身旁的空椅子上。警探瘫坐在对面，嘴里嚼着口香糖，"扑哧"一声，像泄了气的轮胎。默瑟是不是在心里感慨，哇噢，我们很像，你和我，还是说，这不过是因为标准状况整体降低引起了变化？"我猜你也是移居到此的？"

"我不是本地人。"警探从他的便签簿上抬起头，试图辨别自己是否遭受了嘲笑，空气中闪过一丝危险的信号。

不管出于什么原因，这个麦克某某不喜欢他。妄想症又开始发作——假设你正驾车驶过一个车速监视区，突然间，你意识到你的后备厢里完全有可能载着一具尸体。所以，他们也看到了吗？他们看得到构成他妄想的某个参数了吗？

被问及地址时，他说了一个地址。

"那是永久住址还是……？"

"在我站稳脚跟之前，我和我的朋友一起住。"这也是他应对母亲的一套说辞。从严格意义上来讲，他已经分不清它是不是一句谎言了。

"哦，我有点儿想起来了。再提醒我一下，你那位朋友的名字是？"他强化了自己的外省口音，以充分彰显他们之间仍在进一步扩大的巨大差异。默瑟以前听说过这种刻意展现的男子气概。你是无法改变我的，小妖精！好像默瑟真会被如此平凡的一张脸吸引似的。拿掉眼镜，他看上去和纽约任何一个爱尔兰裔美国人没什么两样：鼻尖上翘，鼻梁上点着许多雀斑。倒是他微笑时，脸颊上确实会露出酒窝。"哦，等等，我想起来了，比尔什么来着，比利男孩，比尔·威尔森。"那是爱伦·坡故事集里的一个姓氏，默瑟信手拈来一用，要是被发现的话，他就声称是对方听错了。"我想你们只是室友关系，对吗？两个好朋友。"他的夏威夷衬衫膨胀了起来，填满了整个房间，渺小而毫无防备的默瑟置身其中，做自由落体运动，坠向椰子树林，沉入月夜下的大海，身边没有任何可以抓住的东西。

他呵了呵手："我能问你一个问题吗，警探？"

"你不是已经在问了嘛。"

十八年来，在C.L.面前长期处于下风的他本该连反抗的力气都没有了。低下你愚蠢的脑袋，不要抬起来。你可以说"是，长官"，也可以说"不，长官"，但永远别给自己找借口。可现在是1976年，不是1936年，或者应该说是1977年，总之，这里是自由世界的首都，而他没有做错任何事。"既然你都已经知道了，为什么还要再问一遍？"

陷入沉默可不是什么好兆头。就在这时，敲门声响起，从门缝里探进一个灰色的脑袋，修了面，理了发，但头的位置低得说不过去。"我没打断什么吧？"

警探没有回答，甚至没有转身。

"好极了。"门敞开了，一个人的身子紧跟脑袋之后进入房间。且不说他先前进行到一半的种种打算，再加上视线被麦克某某的宽肩挡住，默瑟半响才弄明白新来之人的脑袋到底哪里不大对劲：他的脖子始终就没直起来过。无神的双眼，红色桌球一般的颧骨，嘴巴完全消失在浓密的炮铜色小胡子下，随时有倒垂危险的脑袋拽着后方的身体，像船锚拖着链条。他穿着整洁的运动上衣，一副金属制肘拐架在前臂上，拐杖末端敲击水泥地面发出的闷响，惊起天窗上的鸽子。它们扑棱着起飞，又落地剥啄。他的另一只手里抱着一个棕色纸袋。他将纸袋放在桌上，松开拐杖，一只手扶住桌子边缘，另一只手伸向默瑟，咧开嘴笑了："拉里·普拉斯基。"

默瑟很不情愿地握住那只手，感受到对方的指关节在自己的指间游走，好似棉绒袋子里的弹珠。男人随即取出三只蓝色的熟食店纸杯："夜里的这个时候，你不得不为了一杯咖啡走上好几个街区。"

"那这一杯是哪儿来的？"默瑟说着朝桌上的一次性杯子点了点头。他又没控制好自己，稍微挑衅了一句。此刻，他已准备就绪，就等麦克某某警探的大手松开笔记本，像飞吻一般将其丢掷到他嘴上。到时候，他要如何在不交代去了哪里的前提下，向威廉解释自己开裂的嘴唇呢？然而，对方只是轻蔑地一笑。

"那是用来接天窗滴下来的水的。你要是想喝鸽子屎的话，请便。"

年长的男子笑容依旧："古德曼先生，我的一些年轻同事，比如这位麦克法登警探，认为加点水搅一搅的那种东西也能凑合喝。"

"我不明白你对雀巢咖啡有什么意见，"麦克法登说，"老实说，我感觉你有贬低我的意思。"

"像我这样的老古董，我们都是禀性难移的死心眼。"

普拉斯基也是个警探，可以肯定，这也是审讯套路的一部分，只是过程有些不够流畅。作为一个久经沙场的老兵，普拉斯基下手太轻了。从他一出场起，身穿花衬衫的麦克法登就越发令人难以信服了。两人像是沿途路过一个衣帽间，随手抓了件衣服套上便赶来这里。"所以你是唱白脸的那个？"

麦克法登转向自己的搭档："古德曼先生就爱耍小聪明。"

"我有权请一位律师，对吗？"

"这下你明白我的意思了吧，督察？"他又转向默瑟，"你没有被捕，聪明的家伙。没有被捕，就不需要律师。"

"这么说我可以走了？"

普拉斯基像极了赌场发牌员，笑着统筹整张赌桌。"我希望我们能换一种聊天方式，多一些坦诚，少一些敌意，古德曼先生。来吧，让我们记下你的供词，然后送你去忙你自己的事。这里有一杯加糖加奶的，一杯只加了奶的，还有一杯黑咖啡，"他依次碰了碰每杯咖啡的杯盖，"我哪一杯都行，你喜欢什么，警探？"

麦克法登耸耸肩："只要是热的就行。"

"你瞧，我们是可以灵活变通的。选择权在你，古德曼先生。"

要是爸爸在这里的话，一定会警告他离这个普拉斯基远点儿。就是这样的人在甘蔗田和棉花种植园里威胁过默瑟的祖先，而"把戏"不过是"棍棒"带上了口音[b]。不过，就在——我们假设是凌晨四点半——你刚刚目睹了人生中的第一起谋杀案的时候，也可能是杀人未遂之后，热腾腾、甜滋滋的熟食店咖啡摆到了你的面前时，你才发现在此之前，自己可能没有闻过真正的咖啡是什么味道。"我选那杯加奶的吧。"他说。

[b] 此处为作者玩的一个文字游戏。鉴于时常有人把"st"误发成"sht"，默瑟得出个人结论："stick"（棍；槌；条）和"shtick"（把戏；噱头；才艺）实为同一个词，不过是前者被人混淆了发音才有了后者。

咖啡分好了。普拉斯基拉出麦克法登刚才放脚的那把椅子坐下，他一直穿着外套，好像随时都有可能离开，但前臂上的拐杖被他卸了下来靠在桌边。麦克法登把笔记本放到他面前："在你来之前，我们刚好确认完基本信息。那我就从中断的地方继续了，你没意见吧，督察？"

这话听着有些急不可耐，但普拉斯基只是低头看着笔记本。他举起一只手，似乎在示意麦克法登不必理会他："请开始吧。"所以，就他真的是那种传说中的好警察这一点来说，他在替目击者在身形巨大的年轻同事面前辩护方面完全起不到任何的作用。此刻，麦克法登正把手肘压在桌面上，向前探着身子。默瑟长长地喝了一口咖啡，只为了在自己和审问者之间放下某样东西。

"所以，正如你在公园里告诉我的那样，你离开在 72 号举办的一场派对，到公共汽车站等车。你不会只穿了这身猴子制服吧？我是说，外面很冷。"

"这是一套晚礼服，警探。不，我还穿了一件大衣。"

"好吧，你似乎是个对男装很懂行的人。这应该是一件……怎么说来着，上好的羊毛大衣？在第五大道买的吗？"

"布鲁明戴尔百货。你肯定发现它被盖在……"

"受害者身上。没错。"

他这才猛然想起来，丢失的大衣将会是另外一件很难向威廉解释的事情。"我不知道，它有可能被送上了救护车，或者还在公园里。我不明白这有什么关系。"

"哦，我们是不会把那种证据留在公园里的，我可以向你保证。"麦克法登越说越起劲，还眉飞色舞起来，可普拉斯基却畏缩了一下，仿佛是出于礼节不得不吞下一份不合自己胃口的餐前小吃。

"我想我们可以抛开这些细节，让古德曼先生尽快回家。"

"不过，这很有趣。"麦克法登说，"穿着一件这么好的大衣，却不打车，而要去等公共汽车？"

"如果你非得知道的话，这是我室友的衣服。"

"啊。又来了。神秘的室友。威廉·威尔森。"

普拉斯基抬起头，说："这让我想起了我们都认识的一个人，警探，在你回顾这些细节的时候。"

"好吧，我们倒回去一些，说说这个派对，这个你声称自己出席了的高端派对。据你所知，派对上有没有人在使用管制药物？"

默瑟觉得自己死定了："我不知道你在说什么，你是说香槟吗？"

"我是说——你知道我在说什么，古德曼先生。你今晚在某个时段是否接触过什么药物？"

然而普拉斯基再一次畏缩了。这一次还伴随着一阵微弱的咳嗽。

麦克法登看上去几乎和默瑟一样沮丧："问题在于，普拉斯基，我不喜欢这个故事。"

"是我打电话给你们的。"默瑟说，"我可以把她丢在那里，假装什么都没看见。我一直在那里等到你们出现。"

"有些事情说不通。你是做什么工作的，古德曼先生？你的收入来源呢？"

默瑟感觉自己的脸颊在发烧："我在温塞斯拉斯 - 知更鸟学校教书。那是一所很有名望的学校,就在第五大道上。"

"好吧,你是不是在那里接电话、拖地板,还是别的什么?"

"你为什么不打个电话过去问问清楚?"

"现在是联邦假日的凌晨四点,所以对你来说倒是方便。不过你大可放心,等他们一上班,我就会尽快打电话确认的。"

麦克法登的下巴在普拉斯基再次举起手时抖动起来。"警探,如果我可以插一句的话。的确是古德曼先生给我们打的电话,而且我也看到你这里做了非常详尽的笔记。如果你愿意去把预审的内容打出来,古德曼先生和我或许可以澄清剩余的几个疑问。"

两个男人交换了一下眼神。默瑟十分确定自己不应该看到这一幕。两只手都紧紧攥住了同一支不可言喻的指挥棒。令他感到惊讶的是,普拉斯基赢了。

麦克法登一离开,令人毛骨悚然的威胁感就立刻退出了房间。默瑟对普拉斯基近乎心存感激。这个就连坐着的时候都弓着脖子的小个头男人花了好长一段时间才脱掉自己的运动外套,把它叠好后挂在椅背上。"小时候得了小儿麻痹症。"他低声说道,仿佛注意到默瑟正在注视着他,却又不想让他感到尴尬。"这个病,"他的身体蠕动,再蠕动,"比你想象的更常见。别担心。我一点儿也不痛苦。"重新坐下后,他有些上气不接下气。他调整了一下自己的拐杖,好让它正好与桌沿垂直,然后从胸前的口袋里掏出了自己的笔记本——他们似乎都会把笔记本放在那个位置——整整齐齐地把它摆在面前。他拍了拍裤子:"我把笔放到哪里去了?"很快,伴随着他脸上露出魔术师般诡秘而又炫耀的表情,他取出了一支银色的钢笔,和默瑟用过的那支华特曼牌钢笔一样。"我的妻子说,我有个弱点。不过我的座右铭一直都是,适度的需求,慷慨地满足。"当钢笔被完美地摆在与笔记本平行的位置上时,默瑟觉得自己听到了满足的咕噜声,"我必须向你解释一下,古德曼先生……"

"你可以叫我默瑟。"

"默瑟,谢谢你。麦克法登警探虽然看起来有些毛躁,但其实是个好警察。他相信,人从根本上来说都是动物,如果你想让他们去做任何事,就必须展示自己手里拿着鞭子。这一点毋庸置疑。现在,我——"他微微调整了一下笔记本的位置,"我也有属于自己的隐秘想法,具体是经过多少年演变而来的，我也懒得去数了。也就是说，如果存在合作的精神，我们为什么还要把事情弄得那么棘手呢？"

听到这里，默瑟也许已然觉察到了一丝不言而喻的威胁，可他那依旧有些迟钝的身体却拒绝为此担忧。突然间没有了能够让他保持警惕的任何张力，他觉得自己已经筋疲力尽了。"这里冷死了。"

"预算削减。"

"真是一个漫长的夜晚。"

"我可以想象。"普拉斯基当然可以想象。一万个像这样的夜晚已经被记录在了他零星点缀于黑色寸头间的白发中，还有他弯下腰在笔记本上写字的时候，从他衬衫布料里透出来的、清晰可见的脊柱上。无法想象的人应该是默瑟才对。目击者极其以自我为中心，华特曼牌钢笔应该会这样写道。"好了，默瑟，我想让你做的，也就是你可以帮到我的，就是从头说起，尽可能简洁地告诉我，你是怎么碰到西齐亚罗小姐的，也就是受害人。名字目前是保密的，她还是个未成年人。我请你不要把这件事情告诉任何人。"

"我能先问你件事吗？"

"说吧。"

"她还活着吗？"

普拉斯基抬起头，眼中写满同情："在我离开前，她还在接受手术。"

"那是什么意思？"

"听着，如果我是医生……"他全无必要地触摸了一下自己的拐杖；但默瑟感觉，此刻，他们完全理解彼此。这一结论在普拉斯基从外衣口袋里掏出一包烟，把它推到塑料泡沫杯子立着的中间位置时得到了印证。"我还顺路买了这个。"默瑟的双手在颤抖，因为疲惫，也因为寒冷，或者是因为紧张。他不得不全神贯注，才把自己的香烟伸到警探的打火机旁。火焰燃成了小小的金色十字架。"坦白地说，默瑟，她是死是活我们眼下已经无法控制了。我们必须专注在正义的问题上，那就意味着把此事当作蓄意谋杀来看待。好了，任何你可以告诉我的事情，什么都可以，从头开始。"

他不得不挣扎着才没让自己咳嗽起来。自从 C.L. 试图教他抽烟以来，已经过去很长一段时间，可他微不足道的自我克制似乎在一夜之间就分崩离析了。在他头顶上，一块佛罗里达地图形状的棕色水渍弄脏了白色泡沫吊顶。半透明的防水布边缘下方有一块下垂的瓷砖翘了起来，露出了一个洞。

那漆黑的洞口里也许隐藏着电线、窄道、相机，谁知道呢？一直以来，如何开始可以说是默瑟人生中的一大难题。此刻，当他闭上眼睛，记忆像偏头痛一样滚滚来袭：扳机，然后是光环，最后是疼痛。

口头审讯应该又持续了一个小时，在普拉斯基的刺激和提醒下，进展十分缓慢。室友不能出席这场派对，于是默瑟代为参加。拥挤的宴会厅、一间厨房、粉色水槽、阳台上的谈话和抽烟时的幻象。他觉得——在审讯室，默瑟脸色发白——自己听到了两声枪响，像是在夜空中回荡的烟火声。接着是公园，尸体。或许是二十分钟之后吧。她的腿展开着，仿佛是为了在雪地里画出天使的样子。他看到自己把公用电话的话筒放回了支架上，他在电话亭苍白的光线中站了很长一段时间。不久，他又回去查看她的情况，然后迎接警车，靠在巡逻警车上试图向那个想要了解情况的人解释。贴着他大腿的汽车挡泥板很凉，上面还沾着一块块盐。更多辆汽车以诡异的角度停在了街道上，身后是大批参加派对的人，他们的脸庞在救护车的灯光下若隐若现。完全一样的巡逻车后座，一样溅水的轮胎，一样干燥、漆黑、像得了肺气肿似的加热器，它们让窗外的世界染上了些许疏离感。仪表盘上的灯光引领着他们穿过本就空无一人的十字路口。

当他终于说回他们此刻所在的这间白色方形小屋时，他和警探都打起了哈欠——几乎是同时，无法说清是谁影响了谁。默瑟为自己竟如此放松戒备而感到十分尴尬，不确定自己还能说些什么。普拉斯基也陷入沉默。皱褶的塑料板后面，荧光灯的灯泡闪着引人注目的惨白灯光。普拉斯基全篇用大写字母做着记录。他往回翻动那些纸张（他怎么能在如此短的时间里整齐地写下这么多页？），默瑟试图倒着阅读上面的字。里根，他看到。还有公共汽车：M10路？难道他察觉出了默瑟有意省略掉的部分？好吧，默瑟选择和谁睡在一起不关普拉斯基的事，尽管从字面意义上来说，默瑟有没有摆脱药物的效力和他有关系，不过这和眼前的这起案件无关。他觉得自己从警探所关注的事情中觉察到了一些无意识的缺漏：他还没有想到要问的问题——事物表面下看不见摸不着的本质。不过，鸽爪剥啄的声音已经快要把他逼疯了。华特曼牌钢笔敲打着笔记本。普拉斯基抬起头，总结性地看了他一眼。"领结。"他说。

"抱歉，你说什么？"

"你去参加派对时戴了领结。你说你在进门前还曾停下来重新把它系好。"银色钢笔粗大的那一端指向了默瑟敞开的衬衫领口,"你肯定在某个时刻把它解下来了。"

"是的,没错,警官。我想,应该是在我等车的时候。"可他只记得自己戴着它的情景。从今夜的一端回顾至另一端,看着某个荒芜角落里的一个男孩。对面街道上的公寓楼就是一艘巨大的玻璃游乐船,只要能够走进那扇门,他所有的梦想就都可以成真。他蹲下来,扫掉后视镜上的雪,好把解开的领结重新系上。这个动作他已经练习过上千次了,之所以需要镜子,不过是想检查自己系得正不正。他还不明白,一条领结不足以让一切看起来万无一失。"我肯定把它忘在大衣口袋里了。"

普拉斯基做了一个手势。房门打开了,是麦克法登,他拿着威廉的大衣走了进来,扔挑战书一般,把它丢到桌子中央,沾沾自喜地打量了默瑟一番,转身走了出去。"猜猜我们是在哪里找到它的,古德曼先生?"普拉斯基问。

"我想在救护车赶来之前帮她取暖。"

"猜猜我们在衣服里找到了什么?"他双手分别伸进两个口袋。摊开一只手心,露出坚挺的领结。当默瑟伸过手去,对方却把另一只手也放在了桌上,温柔得令人战栗。那是一个拉链紧锁的皮质工具包,尺寸和袖珍版《圣经》差不多,里面装着两支注射器和一团包裹粉末的莎纶塑料纸。

"看到了吗?这让我很困惑,默瑟。我是个警察,你知道这份工作最看重什么吗?证据,证据和文件,指纹和笔迹。就是这样。我这里有一件和你、和那个女孩有关的大衣,还有一克左右高品质的粉末。"

"可那不是我的!"他仿佛被人踢中下体,痛感正传遍全身。他们是在栽赃他,他想要一位律师。突然,他意识到自己在哪里见过这些工具。哦,原来如此。"这一定是他的,是这件大衣的主人的。"

"看起来你需要和那个人聊一聊了。"他们凝视着彼此,天知道过了多长时间。浓密的小胡子下面,小个子警察的脸抽搐了一下。默瑟正准备把两只手腕伸过去,要求对方给他铐上已经准备好的手铐时,普拉斯基补充了一句:"与此同时,你可能会想把衣服送去干洗,因为上面沾到了血迹。当然,作为物证,我们必须把它留下。"他用手掌包裹住那个工具包。

"等等,你不打算逮捕我吗?"

"默瑟，我告诉你，这样做会给我自己惹上麻烦，不过你有张让我想去相信的脸。我感觉你对我一直是尽全力地坦诚相待的。"

"是的，我发誓。"

"所以我们来做一笔交易——"他从那本神秘莫测的笔记本的折痕处掏出了一张名片，"如果你又想起了什么，即便是最不起眼的事情，打电话给我。不然，我知道你住在哪儿。"默瑟接过那张名片。一瞬间，他们的手指触到了彼此。"现在，你可以离开了。"

普拉斯基让他站起来，拿上大衣挪到门边，自己却一直假装在笔记中补充着什么。他刚把一只脚迈出门边，那家伙便再次开了口，又好像没有特意在对谁说话："你知道自己今晚可能救了一条人命吧？"在这个特定的时刻，这句话听起来有些好笑，默瑟可以原封不动地把它还给这位矮小的警探，或者应该叫督察。副督察劳伦斯·J. 普拉斯基，名片上是这样写的。他僵立在那里，似乎有什么跑回了他的记忆中，若不是担心自己再说下去会被扣留得更久，他可能会告诉普拉斯基的。在那个公园里，曾有一瞬间，他觉得有人在一旁观望。就在他跪在雪地里——像只蠢鸽子，用美丽的大衣盖住那具将死、扭曲的身体时。那个人的那股味道可能永远都不会离开他的记忆，虽然只有一瞬，但他可以确定，他当时不是一个人。

/ — / — / — / — / — / — / — /

12

电线连接的弦杆和三角形支架，经常因线路损伤而遇热膨胀，它们随着列车飞驰后退，衬着天空呈现出怪异的三角形和球形，仿佛在向他暗示些什么。今天早上，寂静的长岛试图告诉他一件事：他是个该死的胆小鬼，他应该回去陪着萨姆，而不是在这列火车上。他没穿牛仔外裤，只套了条睡裤，头戴一顶可笑的帽子，看起来像个十足的傻瓜。电力变压器像萎靡不振的十字架一样翘起，从窗户另一处的铁锈和冰霜后匆匆闪过。他看不透那扇玻璃，就像他记不清那个夜晚一样。水珠在蒙着雾气的玻璃上画下了一条又一条线，而在那些线的后面，海鸥正飞翔在澄澈的天空中。雪地中发芽的小草如同脸上长出的浅灰色的胡须。"车票，"

列车员来了,"车票。"压低嗓音,查理哼唧起来,既是为了让自己冷静,也是心存侥幸;也许列车员能就此把他当成一个真正的傻瓜,跳过他往前走。**睁开你的电眼看着我,宝贝。用你的射线枪抵住我的脑袋……**

事实上,他并没有车票。在黎明前刚刚过去的几个小时里,他一直都躲在宾州车站的畸形动物展览馆里,试图远离游客、妓女、瘾君子和长着娃娃脸的古怪警察,好找个安全的地方睡上一觉。可他能够感觉到饥渴的眼睛正在打量他。我是个人!他想要大喊,别来烦我!终于,在楼上荒凉的美国铁路公司候车室里,他在两盆病恹恹的玉簪花之间觅得一块空间,可当时他根本无法入睡。即便是在这里,他也能闻到那层地下室散发出来的恶臭,如同煮热狗的沸水混合着盖屋顶的焦油,被人倾倒在小巷里任其腐烂。当他闭上眼睛时,平日里令人安心的粉色幕布上会闪过高频的白光。应该是啤酒、荷兰杜松子酒,还有恐慌混杂在一起导致的眩晕效果。他不知道他们把她带去了哪里。纽约城里有多少间医院?只要有一本电话簿和一摞十分硬币,他可以挨个打电话询问。可即便他身体里的每一个细胞都在扭曲和躁动,表面上的他却麻木而怠惰,侧身蜷缩在那里,脑袋下面垫着爷爷的帽子,睡裤上沾上了瓷砖上的污渍,大码军靴被放在丑陋的灰泥花盆之间,试图远离他的视线。本可能是他倒在雪地、担架或是别的什么东西上,他怎么敢为自己的处境生出半点伤感……

他试着回忆该如何祈祷,你是有福的[a],却听到不远处传来迪斯科音乐。他睁开眼,看到一个年迈的黑人正拽着保管员的推车在一排一排空荡的座椅间来回走动。这个时候,他们也许是美国铁路公司这一层楼上仅有的两个人,而那个男人却假装没有看到查理,只顾着从椅子上捡拾报纸,把它们塞进垃圾袋里。最引人注目的是,推车的一条腿上挂着一台晶体管收音机。时间还早,晨报还没有被送到车站里挂着百叶窗的报亭中,不过,当地电台"1010 WINS"每十分钟都会播送一次新闻,前提是,如果查理能想到什么法子换台,如果这里能收到中波广播。眼看那个人就要从视线里消失了,查理偷偷跟了上去。推车消失在廊柱后面时,查理躲在廊柱这头。他侧耳倾听,迪斯科已换成无休止的广告,可那个人从不会离开推车超过十英尺的距离。在他移步到楼下之后,信号断掉了。一个小时后,查理仍在等它回来,而出发提示牌上已经在显示周六一早的首班车信息了。牛仔裤被他丢弃在中

---

[a] 原文为希伯来语,常见于犹太教祈祷词。

央公园的灌木丛中，而他忘了返程车票还在裤子口袋里，他因此罪不容诛吗？他把身上仅有的钱给了一个初次见面的小妞，而那家夜店他从一开始就不该进去，这要罪加一等吗？

列车员手里的检票机听上去越来越近了。那微弱优雅的白噪声，像一只鸟在啄一棵树。他把手伸进夹克口袋，掏出一只皱巴巴的手套和多汁果牌口香糖，包装纸里的东西已被碾碎。要是列车员知道他做了什么该怎么办？要是他们正在所有东行的列车上通缉一个腰围二十八英寸、裤长三十四英寸、没穿外裤的男孩，该怎么办？他不想引人注目，于是停止了闷哼。他已经下定决心——他欠萨姆的——一定要在被捕之前回到家。

尚没有关于她的消息说不定是件好事。因为假设她进了贝尔维尤医院，假设电台新闻主播在野樱桃和阳光乐队之间插播一条消息，比如，中央公园枪击、急救中心、贝尔维尤……那他还能否坐在这辆列车中，试图逃避责任，试图说服自己只有他脱身对她才能更有帮助？是不是就再也没有人知道，这件事其实是间接因他而起？

他再次尝试祈祷。他不确定自己该祈祷什么——回到过去，选择不一样的做法，改变她的命运？在宾州火车站，他那时以为这就是症结所在，但事实并非如此。问题也不在于他压根儿不会的希伯来语，或是起伏的焦虑、火车发动机的蜂鸣、呼啸而过的村落、其他乘客、列车员咔嗒作响的检票机，而是这一切背后的沉寂，面对他所有祈望的沉默。也许查理·维斯巴格尔的祈祷之所以得不到回应，是因为他甚至不知该对谁祈祷：是把年仅十个月的他从孤儿院领回家（尽管他尽力去忘记）的父母口中的上帝，还是他真正的血缘祖辈至亲会求助的圣母马利亚，或者音乐剧《福音》中那个随和的长发耶稣？没等他想出答案，列车员已经站在了他的身边："请出示车票，麻烦各位出示车票。"

"我可能坐错车了，"他听见自己不诚实的声音，"这是去花园城的火车吗？"

"这车是去牡蛎湾的，孩子。你没听广播吗？"

"但我确实打算去花园城。"

一段漫长的车途。个头不大的男列车员长着一双大手，面无表情，身材和他的父亲一样清瘦。养父，查理提醒自己不要忘记，虽然那是他所认识的唯一、也是最好的父亲。"下一站下车，往回坐，然后换乘。"

"可以让我留在这趟车上吗？我可以打电话叫妈妈来接我……呃，在格伦科夫之类的地方。"

"你还是需要一张车票。"

"可我的钱只够我去花园城。"

这句话也是虚张声势。不过，也许是查理类似精神错乱的开场白在发挥作用，又或许是列车员真把他当成了无家可归的流浪汉，对他心怀怜悯，也可能列车员不过是受了辞旧迎新渴望的影响，他只说了一句"天啊，孩子，你该怎么做就怎么做吧"便离开了。

不，这绝对是上天显灵。冥冥之中，某种力量想让他回家，留着他去完成更加伟大的目标。等到他大功告成，他会马上翻遍每一份报纸，致电每一家医院，寻找萨姆的下落。电线杆闪过窗外的速度再次慢下来，列车抵达花山站。他的思绪已经飞到了她的床边，企图弥补过失，祈求原谅。

— — — — — — — — —

13

睁开眼，没有窗帘。这是哪里？一扇巨大的窗户。阳光流泻而入，落在粉刷一新的墙壁上。对了，是新公寓，十四层，布鲁克林。和她此刻人生中的每一样东西相似，窗帘应该装在那一大堆混乱的箱子中的某一个里面，有可能是她最想不到要去查看的那个。里根相信，或者相信她曾经是这样相信的，箱子里的东西会在盖子合着的时候换来换去，从一个箱子转移到另一个箱子，所以，你在某个特定的时间最想要的东西总是会在你不经意的时候出现在别的地方。这难道不是某种隐喻吗？从朝东的窗户透进来的光如同能够伤人的钝器般投射在她的脸上。这又是什么东西的隐喻？为什么她以前没有注意到？她通常起得更早，这就是原因。有人已经起来了——她能够闻到鸡蛋的味道，客厅里的电视也开着——那显然不是她。装在箱子里的为什么不是电视？应该先把窗帘挂起来的。她的嘴巴上和喉咙里似乎沾满了粉笔灰，她的大拇指在颤抖。疼痛从她的太阳穴缓缓爬进她的头盖骨，爬向她枯萎的大脑所在的位置——她的大脑就像一个渺小的统治者，坐在过于宽大的宝座上自怨自艾，去做它该做的事情——在睡梦中赶走宿醉。她喝了太多的香槟——她现在想起来了，还吐在了罗斯福公路路边。这就解释了为什么她的嘴巴里充斥着粉笔般的味道,尽管她肯定已刷过牙了。她是不会不刷牙就爬上床的,不是吗?老实说,谁还记得。她相信自己若是翻过身去背对阳光,她的后脑会如浆液般来回撞击头盖骨,疼痛会生出许多变化。但她必须这么做,不然就永远无法入眠。她紧闭眼睛,吸了一口气,翻过身,呻吟起来。"妈妈?"她真的应该起来了。她不确定自己对威尔趁她睡觉时使用炉子这件事作何感想,可鸡蛋的味道闻上去像是有什么东西死了。她记起来了,这就是被她抛在脑后、丰富多彩的怪诞症状之一。通感,心跳加速,听到稀奇古怪的声音,夸大,自我厌恶,神经衰弱。无力,一旦被吵醒,唯一能治愈她的就是继续睡。她拉过一个枕头盖在自己的头上,小心翼翼地瞄了眼床头柜上的时钟,八点十五分。他们怎么可能已经醒了?换作别的早晨,这么早把威尔从床上拽起来简直就像给他拔牙一样艰难。在她人生的箱子中,他们为什么就不能赖在床上,甜甜地做梦?这一刻的痛楚可不是开玩笑的,它正挥舞着匕首和短剑飞快地朝她的小脑袭来。她在心里排练起了接下来的步骤。坐起来,重新刷牙,从水龙头接水喝,吞下阿司匹林,化好妆准备见人……丑陋,却非见不可。因为如果有一件关于自己的事情是里根所知道的,那就是她不能食言。

再一次睁开眼。电视仍旧开着,不过播的已经不再是卡通片了。墙壁那边模糊传来的声音太成人化了,不像是卡通片。此外,淋浴也开着。法兰绒的枕套像木乃伊的裹尸布一样包裹着她的头,里面空空如也。她现在应该是系不好鞋带的吧。就连她还能用语言去思考这件事情也让她感到惊奇——假设人们在思考时真的会用到语言。她松开手,让更多的光线从枕头之间透进来。时钟显示,时间已经接近十点钟。再昏昏沉沉地睡下去无异于辞职,她应该睡了差不多八个小时。可每挪动一下都只会让她进一步深陷于被窝的温暖角落,她必须试着找回正确的姿势。可这一次是什么把她吵醒了?不是时钟,因为她没有上闹铃。也不是电视,因为它已经是开着的了。不,那是被人注视着的感觉。壮着胆子,她努力翻过身去,笨重地挪开自己受伤的那只手。就在那里,就在卧室敞开的房门边,两条冰棍一样的腿从睡裙里支了出来,头发被静电弄得乱七八糟。是凯特。

"威尔让我不要过来,不过,我说你会希望我过来的。"

每一个音节都是一把小锤子,敲击着里根脑袋里用于阻挡头痛的大坝。

她掀开温暖被窝的一角,拍了拍床铺:"过来,甜心,不过……要轻一点儿。妈咪头疼。"

已经太晚了。在凯特如同弹弓一样蹦蹦跳跳地爬上床时,一切不确定都烟消云散了。这当然也是一种释然,让一个人感受到身边还有一只小暖炉在蠕动,提醒自己这世上还有比自己更重要的另外一些人。一只手慢慢爬上了她的前额,仿佛是在抚摸一只小小的家畜,摸摸她是否发烧了,就像她无数次为凯特做过的那样。每当凯特不想去基斯那里时,这是她最爱佯装的把戏。妈咪,我发烧了,摸摸我的额头。

"我没事,亲爱的。"凯特光滑的小脸蛋上挤出了几道皱纹,还不高兴地噘了噘嘴。意识到自己方才的口气肯定不好,里根捂住了嘴说:"对不起。"

"妈咪!你的手怎么了?"凯特已经像个算命师似的研究起了她被绷带包扎着的大拇指。尽管很痛,里根还是很喜欢这个画面。欠缺考虑的体贴,六岁的凯特还不能对别人的痛苦感同身受。

"没什么,甜心。划破了。"

"我们还得去爸爸那里吗?"

"当然。"里根坐起身来,她的脑袋一阵抽搐,"听着,你能给妈咪倒杯水,拿些阿司匹林过来吗?"

"威尔不肯从浴室里出来。"

"别打小报告,甜心。总之,药在我的浴室里,台子上应该有一个急救箱。瓶子上写着'A''S''P'……如果不在那儿,应该就在其中的一个盒子里。"

有件事情可做似乎将萦绕在凯特心头的焦虑一扫而空,有其母必有其女。不过,她很快就找到了阿司匹林,若是换作里根去找,估计还要多花四分之三的时间。她心满意足地看着自己的母亲在手上倒了三个药片,然后监督她用水把它们全都冲服了下去。"总有一天,你会成为一位很伟大的医生,凯特。"

"一位小马医生。"

"是兽医。好了,亲爱的。"里根用近乎耳语的声音,把凯特神神秘秘地拉拢过来,"我需要二十分钟的时间让这些药起作用。在这段时间里,你觉得自己能确保不让你哥哥进来吗?"

凯特点了点头。

"二十分钟后，我就起床，我保证。现在到这儿来。"她在凯特的前额上吻了一下，躺回枕头上，听任自己的眼皮重重地合上。她能够听到女儿跳下床，等在儿童浴室的门口，准备对威尔逞逞威风。

眼帘再次打开。时钟显示，时间已接近正午。她身边骨白色的墙壁和打过蜡的地板闪烁着黄色的光芒，两边都有窗户。里根想起看房时，房地产中介一直没完没了地提到"朝南"——似乎里根对这间公寓的所有保留意见都能用这个答案来反驳，何况里根必须在短时间内找到一个住所。"哦，不过这里的朝向棒极了。"眼下，里根对所有人的判断大多趋向于不信任，所以她不太能赞赏那个女人的热情，因为她毕竟是在试图向她推销些什么。没错，他们在东六十七街的房子的确拥有向南的朝向，可这仅仅意味着他们能够欣赏到街对面一座几乎雷同的建筑的窗户。在搬进这个新家几个星期后，她已经忘记了这件事情，就像她已经把这座房子的其他卖点通通抛之脑后一样。包含水电杂费意味着暖气和热水的温度与时长只能完全仰仗房东。舒适的卧室或者衣柜，二者择其一，你选吧。他们搬进来的时候恰逢一年中日照最少的时段，天空顶多就像脱脂牛奶的色调。等到她下班回家的时候，最后一抹阳光已经落到了世贸中心背后的地平线下。就在她拉下百叶窗之前，倾斜的球形海港在她看来就像是一块铅板，只会被缓慢驶过的渡轮的灯光照亮。现在她明白了，在布鲁克林高地，没有什么障碍物会挡住你的视野。当云朵像今天这样分开时，正午的阳光会像水一样涌进来，仿佛窗外是另一片天空。沐浴其中就像是试图在太阳表面睡觉。

她揭开不记得何时缠在大拇指上的纱布。在橙色被单的映衬下，划痕看上去十分清晰，可能已经感染了。除此之外，还有别的事情可供她苦恼：她六十八岁的父亲，顶多算是半个老人，下周一就要被起诉了。她再一次希望弟弟能在这里，支撑着她不要倒下。阳光洒在墙壁、床单，以及她手臂上的金色汗毛上，回应了她身体深处的某种东西。她迫切想要喝一杯咖啡。也许是因为颇有远见，她昨天正好买了咖啡。酗酒就到此为止吧。好的，世界。好的。她起床了。

她穿着拖鞋和浴袍慢吞吞地走进大房间，小心翼翼地不让手中热气腾腾的咖啡洒出来，避免被堆放在门口的箱子绊倒。角落里的圣诞树看上去孤零零的，周围一件家具也没有。原来，它看上去像是一棵不招人喜欢的冷杉树，是因为有阳光直射。几张扭曲的包装纸如同积尘一样被吹到了角落。地上还点缀着一圈干枯的松针。

"天哪，妈妈，你看上去就像伊迪斯·邦克[a]。"威尔说。还没等她做出他想要的反应，他便转过头继续看起了电视。她和基斯分开这件事似乎已经让他成熟了不少。他在她身边时封闭自我、变得内向而厌世的样子在她充满悔意的账簿上显得格外突出。她坐在他身边的沙发上，他则目不转睛地注视着广告，仿佛有关人生重大问题的答案随时都有可能从屏幕下方一闪而过。在老公寓里时，他们有过严格的限制，每个星期五个小时的电视时间；光是他今天坐在电视机前面的时间可能就已经超过这一限制了，然而和突然蒸发的许多陈旧的管理条例一样，这一条眼下似乎是最不值得计较的。"你妹妹呢？"

[a] 伊迪斯·邦克，是20世纪70年代情景喜剧《都是一家人》(All in the Family)中的虚构人物，是个神经兮兮却招人喜欢的女子。

他耸了耸肩膀。

"好吧，我很感激你为她做了早餐。"她为他拨开垂在眼前的湿发。她知道他认为自己很丑，因为他正处在那个年龄阶段。可是在她眼中，即便是穿着睡裤和基斯的旧T恤——即便他永远不与她和解——他依然是俊俏的。"一直以来，你对她都非常好。我知道这对她来说意义重大，对我来说也一样。"

"妈妈——"

"好了。"她把自己的马克杯递给他。他呷了一口咖啡，那味道逼出一脸苦相，但他尽力不让她发现。

"凯特说你不舒服。"他说。

"不要紧，我会没事的。"

"你玩得开心吗？见到外公了吗？"

"他和你外婆很喜欢那些圣诞礼物。"她说。孩子们还不知道梅约诊所的事情，现在还不是时候。

"我猜，凯特正在她的房间里收拾东西。她好像要选出自己最喜欢的五个动物玩偶，还有她最喜欢的图画书，自己想穿的每一件毛衣。"

"我们可以在爸爸那里给你们买几个衣柜，这样你们就能在每一座房子里都存上自己的衣服了。"

"才不要呢。"他回答，又朝她的咖啡伸出手来。刚才，至少直到刚才，他还对她丢下他们这么长时间怒不可遏：从她匆匆唤来桑托斯太太，亲吻他们道晚安算起，过去了十六个小时，还是十八个小时？她必须做得更好，她的精神分析医师给她的那本书里警告过她，孩子们可能会产生遗弃情结。可是在离婚之后，你怎么能避得开这种问题呢？即便他们需要你付出两倍的关注与关怀，你还是会发现自己能给的只有一半那么多，因为你不得不加倍努力工作，加倍赚钱，才能迎合你自己翻倍增长的需求。"这对我来说似乎不合理。我们只是去住一个晚上。"

"哦，我可能需要你们这周日也留在那里。"

"为什么？"

午间新闻开始了。她突然担忧起来，如果昨天晚上收音机里的齐格"博士"秀片段不是她想象出来的，而是自己再次遭到了埃默里的背叛，那该怎么办呢？如果他没能把传讯拖延到星期一早上该怎么办？如果她的儿子看到自己的外公戴着手铐被人指名道姓地从飞机上领下来该怎么办？有时，她必须避开向他敞开心扉的诱惑，避免把他说话时自以为是成年人的那种口吻当真，向他吐露一切。"别问我为什么，只要在收拾东西的时候多扔一件衬衫和内衣进去就好。我们一个小时以后就去见爸爸。"

"我动作很快的。"

"我知道，不过你为什么不现在就动起来，然后我们俩就可以一起担心凯特的事了。"

看着他安然无恙地离开房间，里根可以向心中的好奇低头了。她调低音量，站在距离电视机几英尺的地方。果然，在第三则新闻报道中，一位戴着耳套的记者站在那里，背后是此刻已然沐浴在灿烂阳光中的中央公园。她的心沉重地跳动着，伴随着全身上下的血液猛烈跳动，她的头痛卷土重来。她跪下来，想要听得更清楚一些。记者说的正是昨晚发生的枪击事件：受害人是某大学的一年级新生，目前情况危急，未成年人，不排除抢劫行凶的可能。警方已经掌握了几条线索，除此之外无可奉告。她恨自己竟因此而心怀侥幸：托这次枪击事件的福，对父亲的公诉有可能不会发生。考虑到她的年龄，受害者的姓名无法公布，电视里的人说。"妈妈？"身后突如其来的响动吓了里根一跳。

"你收拾得怎么样了？"

"我告诉过你,我动作很快。"

"好吧,我去套件衣服。趁你爸爸还没来,我们可以到楼下的游乐场里跑动跑动。"

"我十二岁了,妈妈。我不需要'跑动跑动'。"

"我三十六岁了,可我有时候还想跑动跑动呢。"她说。她真正需要的是躲开这些提示,"走吧,天气预报说外面已经暖和起来了。我们可能会很长一段时间都无法再见到这样的日子了。"

新楼的前门距离皮尔庞特街游乐场的熟铁大门只有不到一百步的距离——中介是这么说的,而凯特也在搬家的当天下午进行了验证,每一步都迈得比往常稍微大一点。"成年人的步幅。"她在谨慎地报数时向里根解释道。这也是一座非常不错的小公园,所在的地方原先应该是两三座联排房屋,可以俯瞰海港。今天,由于大部分雪都已经融化,游乐设施上挤满了孩子,凯特飞奔着跑过去加入其中。孩子娇小的身体能够更加有效地供血,凯特随时都有可能冲回来询问能否脱掉外套。里根在几个她觉得自己在主街上的杂货店里见过的女人附近找了张长凳坐下。她正在尽力给别人留下个好印象,表现出负责任的、不曾宿醉的母亲模样。她点了点头,力度刚好邀请对方给予回应,轻得足以假装这个动作只不过是一个意外。回敬她的点头动作都太轻微了,不足以被解读为邀请,于是她又把目光投向了孩子们。怀着与生俱来的距离感,凯特曾经非常抗拒搬来东六十七街,因为她不得不因此远离她的朋友们。现在,她的身边多了两个新朋友。她们以女孩特有的神秘方式离开人群,用小棍子在仍旧被积雪覆盖的树根附近涂鸦。她想,她们会想要再多下点雪的。这是今年的第一场雪,而她们还太年幼,不知道自己应该在融雪未尽前好好享受。她忍住了呼唤她们小心头顶树枝上的鸟儿的冲动,它们的粪便已经让树下湿润的柏油马路变成了发绿的灰白色,"青春都被浪费在了年轻人的身上"这句话不管是谁说的都大错特错。成年后的生活才是一种浪费。

与此同时,威尔则靠在一段毫无装饰的栏杆上沉思,脚边堆着他和妹妹的小旅行包。和自己的母亲坐在一起会让他觉得不够酷,这简直是在承认自己交不到朋友,但在里根看来,其他孩子不愿和她聪慧、热情、敏感的儿子做朋友的唯一原因只能是出于嫉妒。他看上去就像是百无聊赖的代言人。他是对的，他长大了，不适合游乐场。她不想让他们独自乘地铁或出租车前往上城区——这太不安全——但她拒绝与他在半路碰头，她为什么不呢？基斯同意来这里接他们，可她发现，自己就连只是想到他会出现在新公寓都无法忍受，外面的楼道也不行。毕竟这就是搬家的意义，也是把一切仍旧留在箱子里的原因——因为她不确定她（另一个她，无论她是谁）碰过什么东西。从现在开始直到两个孩子长大，每周二和周六，他们都会来这里等基斯……她意识到，这就是自己现在所做的事情。她选择这张长椅是因为眼前能够看到的景象不是她的孩子们，而是公园的入口。他来这里的事，那个女人会怎么看？她交叉着双臂。

凯特拽着哥哥朝树那里走去。其他的小女孩在这个身材巨大的闯入者走过去之前便一边尖叫一边大笑着四散逃开了。威尔蹲下去检查她们刚才一直在戳着的那个洞。他看了看里根，眼神让她感觉地上的东西有些与众不同。"宝贝——宝贝们——请别碰它。"这句话中关切的意味让其他女人纷纷朝她转过头来，而她已经起身朝着她挖出来的那堆羽毛走了过去。"上面可能爬满了细菌。"此时此刻，被这起微不足道的意外推回母亲角色的她在柏油马路上跪了下来注视着那个东西，没有理会硌着她膝盖的湿润盐粒。

这不是你会在城市里见到的那种鸟。它比普通的鸟大了半圈，身材和一个足球或小型狗差不多大，而且羽毛艳丽得和周围的建筑与街道格格不入。它翅膀上的羽毛是雨林花朵的蓝色和橙色，其中掺杂着如同匈牙利花边似的黑色。她试着回忆起自己对于鸟类所知的一切，也许是啄木鸟，或者是某种突变的松鸡？它的头肯定被塞到了身体下面。她的视野范围内还有一根棍子，棍子歪歪斜斜的那一头距离那只鸟只有几英寸的距离。她以为举着它的是威尔，可当她朝它伸出手时，却发现它正握在另一个新来的孩子手里，或者不是新来的孩子——她猜自己的孩子才应该算是新来的——反正不是她的孩子。他不是日本人就是韩国人，比凯特大，又比威尔小，头发像黑色的稻草一样从洋基队的帽子后面伸出来，光滑的小脸上什么表情也没有。在两人四目相接的那几秒钟里，她感觉他比威尔还要成熟，甚至比她还要成熟。这肯定是宿醉闹的，强烈的神秘主义或种族主义之类的。紧接着，那个男孩耸了耸肩膀，松开棍子。

棍子在她的手中微微颤抖了起来。当她感觉到棍子另一端的那只鸟软绵绵的重量时，她想要放弃，（这有些荒谬）可那个日本小孩——从他影子的轮廓来看——似乎正在评判她的表现。不仅如此，在不远处那个阴暗的地方，她相信坐拥这座公园的那几位母亲也在看着她。

"你在做什么，妈咪？"凯特问道。威尔"嘘"了她一声，可他的脸色看上去和里根一样苍白，正看着她把棍子进一步戳进下面那只翅膀和柏油马路之间。老实说，她也不知道自己在做什么。那只鸟还有呼吸吗？她是不是该帮它结束痛苦？它僵硬的身体令人作呕，翅膀下垂的关节拒绝从地面上松动。紧接着，仿佛一段电影缺失了某个画面，尸体翻了过来，先前被隐藏起来的头出现在众人眼前。缺失了一只眼睛，或者是被撞破了，在干涸的棕色血渍中无法辨清。它的羽毛因为血而纠缠在一起，把它们粘在地上的也正是这些血迹。不过，它另一只还不及豌豆大小的眼睛完好无损，凝望着空荡荡的天际。她注意到，它还长着小小的眼睑。她想象着这只鸟被暴风雪吹离了航道，迁徙之路因此中断，流浪到了这片不适合它的街区，形单影只却以为自己仍旧能够在天空中飞翔，一切会像以前一样继续。她昨晚没有哭，看到担架时也没有哭泣，可此刻却几乎——几乎——要控制不住了。一个陌生的孩子阻止了她。

"你还好吗，小姐？"

她吸了吸鼻子。她没事，她必须过得很好。"它一定是被猫捉住了。"

"如果是猫的话，血应该更多才对。"那孩子用颇为学术的口吻说道。

"好吧，总之是某种食肉动物。威尔，能不能麻烦你给我找个袋子或盒子什么的？我不想把它丢在这里任人踩踏。"

等威尔带着一张旧报纸回来后，她用体育版将小鸟包了起来。这似乎不太体面。她想要问问那个日本男孩知不知道某些把它包裹起来的特殊方法，重新考虑之后却改变了主意，找了一个几乎已经被装满的垃圾桶，把这一小捆报纸放了里面。附近的地面上躺着几支干枯的树枝，上面还连着叶子。她伸手捡起一支，轻轻地把它放在了报纸上面。"有没有人想要说上几句？"看到没有人开口，她说了一句："再见，小鸟。"

"再见，小鸟。"凯特重复了一句，把另一根树枝放了上去。虽说威尔和另外一个小男孩已经过了多愁善感的年纪，也不屑于做这种女孩子气的事情，但还是分别添上了一根树枝。至此，报纸上印着的尼克斯队又输了一场球的消息已经被冬日里的棕色树叶堆积出来的坟墓掩盖住，看不到了。一瞬间,里根放松了下来。

这时,她似乎感应到什么而转过身来。基斯正站在公园入口处看着他们四人,但最重要的是,她发现他正在注视着她。从他脸上的胡楂和有些迷离的眼神来推测,他和她一样是在痛饮中度过昨夜的——也许就是和另一个女人,不管他如何反驳,或是别的什么人。这不公平,分开后他的气色看上去更好了,下颚分明的轮廓上映着钢青色的阴影,哀伤的蓝色双眸,只会在他沉思时出现在眉毛上的那道歪歪斜斜的裂缝。这不公平,分开是他的错,他却能毫无怨恨地公然看着她。为了阻止自己朝他走去,她扶住了两个孩子的肩膀。他们为小鸟举办的这个仪式让两个孩子陷入了一种微妙的一致状态,兄妹俩如同正在吃草的山羊听到了远处传来的声响,不约而同地把视线从垃圾桶里挪开。她释然却又痛苦地注意到,兄妹俩都没有跑向他们的父亲,基斯也没有走向他们。仿佛柏油马路上正画着一条看不见的线,那是里根的地盘,不是他的。威尔拾起被他堆在围栏旁的旅行包,三个人一起穿过正在融雪的公园。

在凯特紧紧抱住基斯的一条腿时,"新年快乐"是他脱口而出的第一句话。"我已经把春季学费的支票寄过来了。"

"已经存好了。"里根不确定他们是应该握手还是拥抱,她让他吻了吻自己的脸颊,"我不知道'快乐'这个词是否适用。"

"或许应该是幸运,双七。不管怎么说,今年会比去年更好的。"

她突然想起来,由于他足够聪明地躲开了派对,他可能还没有听说传讯的事情,或是公园里的枪击案,或是任何事情。失去理性的她好想向他袒露心声,可孩子们就站在这里,何况和她相比,威尔似乎更亲近他。"基斯,我需要你帮我一个忙。我在工作上出了点事情,星期一一早就得离开。你介意替我照看他们到那个时候吗?"

在这个马上就要成为她前夫的男人背后,布满褐石建筑的布鲁克林就是一片污迹;推着购物车的女士们,遛狗的人,那些房主还未撒盐的建筑门前斑驳的冰,在难得的好天气中沿着山坡一路向上、还滴着水的树木。他似乎正在试图读懂她的表情:"当然可以,里根。没有问题。"

"真的非常感谢,我知道这不是你该负责的日子。"

"别……别这么说,"他回答,"这已经够难得了。"紧接着,他把凯特从自己的腿上扒开,抱了起来。她的脸上满是斑驳的泪痕,里根伸出手抚摩着凯特的后背。

"亲爱的,怎么了?"

"你觉得怎么了?"威尔说。

几秒钟后,凯特才稳定好自己的呼吸,然后开口问道:"谁来照顾妈咪?"她哀号起来,把脸埋在了基斯的大衣前面。

基斯询问她怎么了。

里根脸红了,说:"没事,我今天早上身体不太舒服,凯特帮了我很多忙。"可她真的没事吗?在接下来的三十六个小时里,她将在空荡荡的公寓里孤军奋战。仍旧住在上城区的老房子里时,她还能设法过活。基斯睡在他的朋友克雷格·塔德利斯家的沙发上,偶尔会过来带孩子们去滑冰或是去看电影。那间公寓理解她。整个秋天,她都望着屋里的那面镜子,提醒自己,不管事情变得多么糟糕,她都不会把手指戳进自己的喉咙里。可昨晚她再一次吐了出来。一旦孩子们走了,就没有什么能够阻止她走进厕所一遍又一遍地呕吐了。除了她,没有别人。

"我会没事的,甜心。"她说。为了捏捏女儿的肩膀,她不得不凑到基斯的身旁。她能够闻到他须后水的味道,也能感觉到他的目光正落在自己的身上。

"我们应该找个时间聊一聊。"他说。

她没有理会他。"通常你可以在克林顿大街上拦到一辆出租车。确保这两个家伙一回家就洗手。"她又捏了捏凯特,"给妈咪一个吻,亲爱的。我会没事的,你也一样。"凯特抽着鼻子点了点头。"你们俩照顾好自己。"里根凑到威尔的耳边低声说。

"只不过就两个晚上。"他的拥抱有些僵硬。好了,她不得不退回来,断开与他们的联系,否则她永远也无法放他们走。

"告诉你爸爸,我祝他新年快乐。"基斯不得要领地说了一句。

她看着他们走上皮尔庞特街,基斯用一只手牵着凯特,另一只手则提着两个包。威尔把自己的双手揣在口袋里,低着头,看着脚尖踢开的岩盐向排水沟的方向飞掉过去。她之所以能够接受这个画面不是因为她是个坏人,而是因为她别无选择。在他们回来之前,她可以让自己保持忙碌。她还有很多电话要打,还有很多箱子——天知道有多少——要拆。她会没事的,一切都会好起来的。

14

钥匙插进锁孔时发出的刺耳声音或许会把威廉带到房门前——或者威廉一直坐在日式床垫上交叉着手臂等待，身上穿着代表正义的闪亮蓝色和服——要是他当时质问默瑟彻夜未归到底去了哪里，默瑟会直言不讳，并与他当面对质违禁药物的事。然而，早上六点十五分，1977年的第一天，公寓里除了猫之外，空无一人。在窗户透进来的灰蓝色日光中，默瑟辨认出，床铺上那团隆起的被单真的只是一团被单而已。那么，把长大衣放回箱子里，塞回它等待过许久的日式床垫下面算不算是一种报复？或许，这是一种测试，看看威廉会不会注意到它不见了？疲倦到无力判断什么才是确定无疑的，默瑟迈着沉重的步伐走到睡觉的角落，把厄撒·K.从自己的枕头上嘘走，没换衣服就钻进了被窝，坠入动荡不安的梦境之中。

几个小时以后，他才在另一个人温暖体温的包裹中醒来。一只沉重的手臂正压在他的胸口上，脖颈后面传来起伏的呼吸，还夹杂着牙膏的味道。威廉喉咙里发出微弱的抽噎声，这说明他也在做梦。赶在不可避免的呜咽起来之前，默瑟决定起床。

他播放起了自己从图书馆里借来的久未归还的普切尼唱片，把音量调大，叮叮当当地在厨房里准备一人份的早餐；不管用哪种方法，他都打算寻衅吵上一架。可威廉光着身子走过珠帘时（他总爱裸着睡），看上去像亚当一样无辜。他抱臂而立，本能地保护自己，手臂上一个礼拜前受伤的地方依旧留着手指形状的瘀青。那里会不会有针眼的痕迹？"你在做什么，你这个荒唐的家伙？今天是新年第一天，况且你生病了。"

"我生病了？"默瑟对此充满疑惑。

"你的感冒。"没错，他的感冒，"你为什么不回到床上去，让我来照顾你呢？天知道，我生病的时候你总为我做这些。"

威廉把米罗华牌电视挪到睡觉的角落，把它放到盖在床脚暖气片的毛巾上。默瑟看着他摆弄着室内天线，决定开口说些什么。"你昨晚玩得开心吗？"

"马马虎虎。'追忆往昔'重组似乎没有恶意，不过我现在已经有些聋了。我想你。"

所以说，默瑟心想，自两人通话以来所发生的一切也许都是一场骚乱。或者如果事情不是这样的，他也不确定自己是否想要知道。他把头靠在威廉的胸口,任由静电的声音和肥皂剧的亮光将他的思绪一扫而空。

午餐——其实是晚餐——他们叫了中餐外卖。为了照顾默瑟佯装的病情,两人赖在床上,用叉子从白色的纸盒里插着木须肉。无论如何,一整天都躺在床上足以让他感觉自己多多少少真有些病了,如同一个逃学的孩子。威廉断断续续念叨起乐队同伴的零星消息,添油加醋地把它们当作奇闻逸事来讲述——好让别人相信自己没有隐瞒任何事情。偶尔,默瑟也会用一声咳嗽来满足他,他无法找到将话题转移到药品上来的方法。很快,威廉又睡着了。

这也不是什么新鲜事,闲聊和拖延节奏,围绕讨论中的话题展开优雅的能剧舞蹈。威廉有种异于常人的能力,总有办法侥幸逃脱,他能觉察出何时应该推上一把,何时又该往回拉一下。默瑟透过电视射出来的那层光凝视着他的睡颜,试图把它与一个瘾君子联系在一起。至少,那黑眼圈倒是相符。他很想把发生在自己身上的事情告诉这张脸——顺便问一问,你怎么了?可他如果是真的可怎么办?那个装着针管和勺子的小盒,在审讯室白色墙壁的映衬下的样子,仍旧鲜活地留在他记忆中。盒子上绑着的隐形的线牵连着默瑟此前所有隐秘的痛,威廉不曾提起的那些事情,还有默瑟假装没发现他偷偷溜走的那些时刻。这就是所有尚未得到解释的事情汇聚的地方。如果他动手用力拽一拽,他们可能就会一拍两散。隔壁的房间里,电话铃声响了起来。

眼下真的已经是黄昏时刻了,摆放着电话的书架被淹没在一片阴影中。不知为何,那铃声似乎年代久远,仓促得有些奇怪,仿佛乡村教堂中注定要被拆除的钟琴发出的。默瑟任由它继续响着,打算看看威廉会不会被惊醒。看到他一动不动,默瑟缓了一口气,把手伸向了听筒。今天是个节日,那么这通电话一定是他母亲打来的。"我正想着你是不是被公共汽车给撞了呢。"这是她的开场白。

他不想叹气,不想成为那种会对自己母亲叹气的人。"别拐弯抹角的,妈妈。也祝你新年快乐。"

"信号不好,我听不清你在说什么。"

"我是说,我为什么要被公共汽车撞呢?我可能在工作,或是出城去了,或者,我只不过是决定不接电话。我可能在做任何事情。"

"好吧,不管怎么说,我很高兴你没事。那是什么声音?"

"什么？"

"你说什么了吗？"

在他们睡觉的角落里，威廉正在夸张地呻吟着。默瑟瞄准珠帘，丢过去一只沙发靠垫，没有击中他，却打到了窗户。更多的鸟从窗外用煤渣砖堆砌的花盒上飞了起来：绽开的光线消失在一片薄暮之中。街道的另一头，一辆停在别人车子旁边的白色厢式货车遭到了涂鸦。不过，在 1977 年的纽约，为什么还会有人一开年就把厢式货车涂成白色呢？"没什么，妈妈，只是打开的一扇窗户。"

"那里冷不冷？今天早上的广播说气温还不到四十华氏度。你知道我总是会收听你们那里的天气情况，你和你哥哥那里。我肯定是无法像你们那样生活的，忍受寒冷。你和你的新室友处得怎么样？我觉得他从没把我留下的口信转达给你过。"

自从他第一次提起"室友"这个词，她就毫不费力地学会了，而且在此后一直把它当作一枚盾牌或是一件武器来使用。其实这是一件小事，就现状来说也没有什么不对的地方，可他们每次重新提起这个词——在节日贺卡上，生日贺卡上，还有他在接到她突然写来的支票（就为了听他对自己表示感谢）后而回复的感谢卡上——都会让他感觉更加内疚，直到他干脆不再给家里写信。可这样的"疏忽"又被她得意地发现了。"你肯定一直都很忙，默瑟，因为每次都是那个我不知道名字的家伙接电话。"这句话翻译过来的意思就是，你真的忙到没有时间和自己的母亲讲话了吗？在隐喻方面，她有点像伦勃朗。

"老实说，我告诉过你，我两个星期以前就监考完最后一门考试了。从那以后我差不多就自由了。"

"好吧，我们圣诞节的时候就很想你。C.L. 也想你，我知道。"

"他们又让他回家了？"

"你的父亲也想你。"总是这样，层层铺垫出来的愧疚。总是你的父亲。然而如果他告诉她让父亲接电话……他们两个又能做些什么呢？"也许复活节的时候你可以回南方来。"

"天哪，妈妈，今天是 1 月 1 日。我得看一下我的教学计划。"

"他们圣周[a]的时候也不给孩子们放假吗？这

[a] 圣周（Holy Week），基督教复活节前的一周，用于纪念耶稣受难。

究竟是一所什么样的学校？"

"并非所有人都是基督徒，妈妈。"

"好吧，那至少春假可以吧。"她说，尽管他们都知道他那个时候也不会回来。不过跟母亲一样，他同意考虑一下。

挂上电话，他不得不把抱枕盖在头上、脸朝下地趴在日式床垫上。他能够听到威廉起来了，在珠帘的另一边穿衣服。珠帘被撩开，然后又碰撞在一起。"我猜你是不是又和家里人打电话了？"

默瑟咕哝了一声，无力掩饰自己内心的哀伤。

"我们对这件事情是怎么说的来着？你得在你的脑袋里做一个小盒子，把它们放进去，封存起来。"

可默瑟想要的并不是建议，而是怜悯。他翻过身子仰面朝天，任由枕头滑落到地板上。天已经黑了，威廉开了一盏灯。街对面仓库的蓝色窗户也黑了下来。"我的父亲是个疯子。"默瑟说。

"别这么戏剧化，所有人的父亲都是疯子。这是他们带你回家之前在医院表格上确认过的一个必选项。"威廉已经回到了放任自流的状态，他没有看着默瑟，而是在衣架上胡乱翻找起来。默瑟躺在床垫上看着，仿佛是在搜集证据：灯光像手指一样摸向威廉的脖子、他微微有些焦虑的脸庞，还有他肿胀的那只眼睛。赖在床上的一整天，中餐盛宴，这是他们两人都想要相信的一个谎言，可此刻的威廉再一次变得冷漠而疏远起来。一切都要结束了，不管是否会被打回原形，威廉最终都会离开他。"你看见我的大衣了吗？"

"哪一件？"默瑟反问。他很清楚是哪一件。

"你送给我的那一件，亲爱的，很美的那一件。"

终于走到这一步了：一个缺口。可他要如何解释自己为何会拿走大衣，如何发现里面的药品，同时又不暴露自己昨晚的行踪呢？他需要更多的准备时间。"哦，那一件？我不得不把它送去洗衣店了。"

"你为什么要那么做？是哪一家洗衣店？"

"他们现在全都关门了。我在书架那里点了一根蜡烛，像个呆子一样不小心把它打翻了，害得蜡溅得到处都是。非常抱歉。"

"这是昨天的事情吗？好吧，他们说衣服什么时候能够洗好？"

"我不知道。一个星期？"

"一个星期？"

"我不觉得这是什么大事，威廉，反正你又不会穿它。"他正在试图判断威廉难以保持冷静的样子是否印证了他内心的恐惧。尽管事情需要印证本身就是一种印证。

"我就穿这件好了。"威廉从地板上抓起了自己的机车夹克，那件"追忆往昔"夹克，"我进门的时候会试着轻一点。"

"你要出去？"

"我已经装病逃避工作很长时间了。我还有工作要做，我的双联画进度已经落后好几个星期了，而且我想，你感冒了需要早些休息。"威廉飞快地在他的脸颊上留下一个冰凉的吻，然后便离开了。被留在家中的默瑟不知为何比以前更加寂寞了——好像这一次不是孤身一人就能有什么用似的。

15

那个星期天，当拉蒙娜·维斯巴格尔把头探进地下室时，她发现查理正躺在蒲公英长绒地毯上，耳朵上戴着像蛤壳一样的耳机，双眼紧闭，双手如同法老一样交叠在胸前。和对其他任何东西一样，查理对光也十分敏感。两年前，也就是大卫·鲍伊的年代，他房间里所有的灯都被罩上了围巾，所以她开始怀疑他的性向。此刻，只有天花板附近的窗户里还能透进一丝昏暗的光线，他看起来有些消瘦。昨晚吃晚饭时，他的脸色一直很差，而且几乎没有说一个字。不过，她把这些全都归咎于他在新年前夜和沙利文家的那个孩子一直玩到深夜，都是梅米没有管教好他们。她甚至没注意到他早上没有来吃早饭——她还有很多其他的事情要操心，直到双胞胎之一开始抱怨查理的房间里传出了奇怪的噪声，她才下楼来，却发现他这副模样卧倒在地。她还不至于蠢到开口询问出了什么事情，这很可能会挑起争端。于是她问了一句他在做什么，却没有得到回应。她用指关节试探性地敲打着门框："呼叫查理。"

他睁开双眼，面无表情地指了指耳机，还用口型告诉她："耳机。"

那就把那该死的东西摘掉。回到还有丈夫在身边支持她的时候，她可能会这么说。不过，自从去年夏天的家庭暴动以来，刚刚过去的这种相安无事的小对话似乎都成了恩惠,而她从未想过去怀疑它们是否不值得破坏。

这倒不是说耳机真的妨碍了他们多少。她会注意到——如果她想这么做——收音机的音量已经被调到了最小,透过他耳边的真空,查理可以很清楚地听到她说的话,正如他此刻能够听到头顶正上方传来她返回时楼梯嘎吱作响的声音,以及双胞胎争论谁可以去打怪兽、谁应该留下来。她怎么会没有注意到给临时保姆的信封里丢失的那些钱?她怎么没有对他为何星期六一早就回来感到好奇?她怎么会没有注意到坐在晚餐桌前的他每个毛孔都在向外散发着酒气?她回到一楼,他再次关上了门。为了有些可悲地摆出一副母性全能的姿态,她没有关上身后的这扇门。这一次,他上了锁。

他小心翼翼地躺回地毯上。在二十英里以外的贝斯以色列医院里,他仅有的一位挚友正以差不多的姿势躺在病床上,而他满心所想的就是过去陪伴她,照顾她,保护她。可是已经来不及了,此时此刻,他把自己困在了这间用木头镶板搭成的监狱里。这里没人知道广播中警方不愿透露姓名的那个受害者就是萨曼莎·西齐亚罗,而她的朋友查理·维斯巴格尔在枪击前后都在她的身边,也没人知道眼下那台心跳检测仪随时可能会发出"哔"的一声,宣布她的生命走到了尽头。仔细观察着喷涂天花板上石钟乳般的纹理,在他看来,地球上的每一个人似乎都被封存在了属于自己的小胶囊里,无法联系或帮助,甚至是理解其余的任何一个人,你只能让事情雪上加霜。

整个周末,他想起了一个又一个支持这一理论的事实:第八十一街车站瓷砖上的涂鸦;就像理发师的梳子罐一样的出口大门;还有他推着它过去时发出的撕裂声。他现在记起来了,他甚至还低声哼了起来——低声哼了起来!——在他飞奔去见她的时候。这是他打小养成的一个习惯,是某种深植于他体内、就连他也时常无法确定自己是不是在做的事情。或许他喜欢幻想自己有些无法自控,因为这就意味着他不必负责。此外,当你在公共场合哼出声来时,其他人就会与你保持距离。在过去的一年中,当他不得不花上更多的时间在等候室里,在挤满了一袭黑衣的表亲和会堂教友的房子里,在职业悲伤心理咨询师阿特舒尔医生的办公室里时,这一点就显得越发重要起来。开往上城的火车上并没有那么多人。那应该是午夜前后的事——要么坐在电视机前,要么与朋友相聚,再不然就待在愿意献出贞洁的女孩身边,谁也不愿被看到在除此之外的地方出没。查理之所以会在这里只是因为他忘记了时间。他的父亲在遗嘱中曾留给他一块手表,可查理却拒绝戴上它,起初一部分原因是他对时间的严酷有些心存叛逆，后来又成了某种忏悔（爷爷指出那是一块非常好的手表，而戴维本可以把它留给自己的亲生儿子，亚伯和伊奇）。因此，他不知道自己迟了多久才去见萨姆。不过他并没有完全泄气。另外，这一次是真的，他的确需要小便。

回到地面，雪又开始下了。自然历史博物馆显然就在这里，门前草坪上的树上笼罩着陶瓷灯泡织成的网。透过树上那些红色、蓝色和橙色的光球，他能够看到博物馆建筑的一个角正越变越大，一辆孤单的公共汽车噢的一声驶过变绿的信号灯。太惊人了，这座夹在高楼大厦和茫茫公园之间的城市竟能变得如此安静。

她说的是地铁口的长凳。虽然无法维系自称是"曼哈顿通"的谎言，查理却表现得像是知道她在说些什么。从这里开始，第八十一街两侧各有一排长凳，沿着公园周围宏伟的外墙向前延伸出一英里的距离。到处都不见萨姆的踪影，说明此刻还不到午夜，所以她还没有来，或者是已经过了午夜，她放弃等他了。也许她说的是第七十二街而不是第八十一街——糟了！——她确实是这么说的。

他花了一分钟才搞明白哪边是南。他一路小跑起来，凝视着前方雪中最模糊的那道剪影。他的靴子嘎吱作响，他左手边的公园黑得令人生畏。大家都知道，入夜后的公园是抢劫犯、瘾君子和同性恋者的天下，有关纽约城正在衰败的报道甚至已经传到了长岛。另一方面，运动正推撞着他膀胱里的东西，他要是不快点找到厕所，它就会爆炸。他停在墙边休息了一下，看不到萨姆的踪影，他决心钻进树丛里，先解决尿意。

他走下小路，眼看就要拉开裤子拉链，却因一个声音顿住了：那似乎是一个单音节的词，先是从石墙另一边传过来，然后离开小路，再匆忙徒劳地穿过黑灯瞎火的灌木丛。"救命。"那个声音说。在接下来的沉寂之中，他觉察到了自己的呼吸声、呼啸的风声，以及他耳朵里的血液疯狂颤抖的声音。也许在焦虑之中，他听错了其中一个声音，或是把所有声音混为一谈，当作了人的声音。他离小路越来越远了。此时此刻，他皮带扣后面的部位传来了持续的痛感；他刚开始学生物时就没有记住名字的液压管和蓄水系统正在表明它们的主张；如果他不能马上缓解压力……可就在他为了确保自己的隐私又向前挪了五英尺左右时，它又来了，"救命！"此时，心慌意乱的他又回到了小路上，蹒跚着走出灯光投射下的圈子，跟随某种发自骨子里的召唤朝着某个方向前进。

不大可能成功的响应者查理·维斯巴格尔与冬日里光秃秃的树枝搏斗着，在一处处被脚踩成冰的光滑雪地上打滑。尽管如此，对于那个呼救的人，他还是无法置之不理。从声音上来判断，应该是个男人，或许正被抢劫犯迫至一隅，或许——如果查理足够幸运——意外已经结束，他只需要有人帮他报警。他会像个英雄一样出现在公园里，站在街灯下等待的萨姆会张开双臂抱住他的脖子。

灰白色小径上的脚印样式越来越复杂了，随后又越来越少。没有第三声呼救。他开始以为自己的行为有些过激了，或者整件事情都是他凭空想象出来的。就在这个时候，他听到身后传来快速的脚步声。他回过头去，看着确实空无一人的小径。除了……除了有人正在侧面的灌木丛里喘着粗气。不顾内心做出的更加明智的判断，他任由自己被人从小径上引诱下去，绕过灌木，等待着树干稀疏得足以让他看清楚的那一刻。

地面开始向下倾斜。这片树下，早些时候下过的雪还完好如初。他在一片灰色的洼地里发现了几个黑影，是岩石。这里的围墙比其他地方的要高出许多，因为这里的地面比街面要低了不止十五公分。在那边的灌木下，一个黑色的影子正在低语，跪坐着，距离查理大约十码，背对着他。或是两个黑色的影子。一个黑人，耸着肩，十分可怕；另外一人则仰面躺在雪地里。

查理无法走上前去，连呼吸都有困难。他害怕自己呼出的一团气会飘过空地，引起对方的注意，那样他也会变成一具伸展着手脚躺在雪地里的尸体。可他也不能离开——即便他的膀胱真的因为快要憋不住而抽动起来——因为虽然他的眼睛还在适应周围的环境，但他渐渐意识到，那就是萨姆一直所在的地方。

紧接着，某处响起了警笛声。遥远的哀号。那个黑人从手头正在忙活的事情中抬起头来，蹒跚着站起身，一只手扶着墙壁，跌跌撞撞地离开了，仿佛是在试图离开一座迷宫。只见他身上那件白色外套的袖子打着褶，穿得比查理还少。他事后才意识到，眼前这一幕的古怪之处在于那个人似乎是朝着警笛的方向去的，而不是逃开。他刚离开自己的视线，查理就跪在了萨姆的身旁。一瞬间，在那件厚大衣的遮盖下，她看上去是那么娇小。见鬼，她怎么会变得如此娇小？她没有在发抖这件事情吓坏了他。她的嘴巴松弛，双眼紧闭。那件大衣如同一个深色的点。她脑袋周围的血也是深色的，黏糊糊的,而他正好就跪在上面。当他把手伸向那里,又把手指举到面前时,一股烧焦的气味扑鼻而来,如同牙医诊所里的钻头。她的手臂僵硬地抵着他的一条腿。她身体的重量。"哦,天啊,"他说,"他都对你做了些什么?"

她胸口中敞开的那个洞眼看就要将他吞没。他可能开始有些失禁了。在他的头顶上,警笛声此起彼伏,如同祷文交织在空荡的街道上。又来了,但是,他用手肘推了推她的肩膀:"萨姆,起来,醒醒。"他已经知道这不是醒不醒来的问题了,"萨姆,是我,我来救你了。"要是她一直都只待在他身边就好了。她为什么没有这么做呢?回想起来,原来这个念头也会让他感到痛苦,因为此刻的他不该只想到自己,也不该幻想已发生的事情没有发生。他必须承认这就是他看到别人受罪时做出的反应——自私——他还知道,他有时也会希望躺在那里不省人事的是他,而不是像现在这样不得不做出清醒的选择。

前方的围墙终点处,几束红蓝相间的光飞快地旋转着,在公园上空盘旋。他能够听到沉重的关门声——就像此刻他位于花山地下室的房间里,他能够听到暖气管发出的咝咝声,还有楼上两个弟弟的脚步声。还没等他们敲响他的房门,他就喊了起来:"走开!"他闭着眼睛,感觉自己正从胸中撕扯出一颗肿瘤,那种恶心的感觉一直挥之不去。他尝试再一次召唤那个愿意听他说话、满脸胡子的模糊人影。天啊,怜悯我吧,一个罪人。亚伯和伊奇退了回去,耳机外一片寂静。那个满脸胡子的人影也奔跑着离开了他,还是说他——查理——才是那个奔跑的人?因为当推的动作变成粗暴的推搡时,他也会从萨姆身边跑开的。他看到自己再次跪倒在朋友身边,手上一片鲜红。一个声音,之前呼救的那个声音,回响在墙壁上方被一束束手电筒戳破的夜空中,驱散了鸟儿,"这边走。"查理的膀胱终于松懈了,一股暖流沿着他的腿缓缓地流下来。他紧咬着嘴唇才没有因为羞耻、困惑和恐惧大声尖叫出来。就在看似可能的最后一秒钟,纯粹出于本能,他紧紧攥住自己的腹股沟,像箭一样冲回灌木丛中,跑上另一条小径,然后飞奔着钻进更加黑暗的地方。他以为他们就紧跟在他身后。

他意识到他们并没有来抓他,甚至没人知道他去过那里。他已经来到公园的中央,大片荒凉的土地一直延伸到远方边缘处那片黑色的树林之中。除了他的呼吸声,周围安静得刚刚好。灰紫色的云朵是静止的、脆弱的。本应四处潜行的抢劫犯无处可寻。远处被点亮的建筑正是监狱楼,看上去没有半点生机。这就像是核荒地,而查理是唯一还活着的生物。他的牛仔裤被尿水浸湿了,眼泪和鼻涕冻在了他的脸上,所以他肯定一直在哭。他只想躺下来闭上双眼,可他心里的某个念头却让他感觉自己若是这么做了,就不会再睁开它们。另外的某种东西,某种胆怯的、不够朋克的东西,即便在此刻也无法赞同这一点。他脱掉潮湿的牛仔裤和鲜果布衣牌内裤,把它们卷成一团,塞进了一棵灌木中。腰部以下一丝不挂的他试着用一把雪洗刷掉腿上的尿渍。他曾经听说被困北极的人为了取暖会把自己埋在雪地里,可他是如此胆小软弱,可能连一秒钟也忍受不了。他从夹克口袋里掏出睡衣短裤,把它套在身上,丢掉剩下的衣服,穿过这片公园,朝着矗立在公园角落处的塔楼走去。他的双腿被灌进单薄棉布料的风吹得越来越麻木,不过麻木让情况变好了一些,他边努力奔跑,边向自己保证:他很快就能回到家,回到自己的床上,并且在他早晨醒来时,会发现这一切只不过是一个糟糕透顶的梦。

星期日下午晚些时候,当他偷偷溜上楼,他的母亲又在和那个浑蛋打电话了,他能在门厅里听到电话线另一端的低语声。客厅里的光线已经不及屋外的亮了,可母亲还是没有走到两英尺外的地方拉下灯绳。她只是坐在那里,像个老人。紧接着,门框出现在了查理的身后。他的手指伸向了她还没有提醒他要穿的夹克,把它从钩子上提了起来。简直不敢相信,两晚前,这件夹克跟着他进城的时候,他曾满怀希望。然而此时此刻,厨房门如同他的青春一样,"嘭"的一声在他的身后关上了。

冬日下午五点,世界屏住了呼吸。街灯光晕之上的天空对脚下发生的一切都漠不关心。

他被重力拉拽着朝山下高速公路转角处的小教堂走去,小教堂名曰:我们哀伤的永恒圣母。除了前门外被探照灯照亮的耶稣诞生布景之外,教堂没有开门的迹象。他顷刻明白,自己是在浪费时间。在教堂门边的玻璃盒里,一封封虚伪的白色书信被人塞进了黑色的毡布里。弥撒,上午,正午,下午,没有秘密能够瞒得住他。当他试图解释自己有时会感觉整个世界都在与他交流时,哀伤辅导顾问十指相扣,把手放在他跷起二郎腿的膝头上,然后开口道:"查理,我不知道这是否能让你更容易去相信。"

"相信什么?"

"哦,任何你感觉到的东西都正在被传达。"

他查看了一下玻璃盒的底部，以防几封信掉到那里，害他错失完整的信息，可什么也没有。他把手伸向了教堂大门的把手，门没有锁，他走了进去。

这不是他第一次走进教堂，甚至不是他第一次到这座教堂里来。当他还在上中学时，他在这里观看过米基·沙利文第一次领受圣餐。去年，在天主教医院里，当母亲要求和父亲独处几分钟时，他曾把大得不成比例的折叠式婴儿车连同坐在里面的亚伯和伊奇放在礼品商店里，偷偷溜进大堂尽头的礼拜堂，坐在里面，双手放在大腿上。他的弟弟们从没有打过他的小报告，但这只会让情况更糟，也不知道关于他性取向、秘密叛教的谣言是从哪里流出的。不过，医院肯定已经把教堂的灯光调暗了一些，因为他不记得这里的祭坛上还挂着上过釉的弥赛亚石膏像，他蓝色的双眼在几滴番茄酱似的血滴中悲哀地向下凝视着。前方更远的地方，三个身穿黑衣的老妇人正坐在几排靠背长凳上。和台上长篇大论的牧师一样，她们都低着头，想必正紧闭着双眼。查理偷偷摸摸地向前走去，溜进了阴影中的一个座位，假装自己没有透过闭着的双眼四处偷窥。她们在胸前画起了十字，动作快得他都跟不上。紧接着，牧师宣布他将朗读《但以理书》中的内容。有《但以理书》这么一本书吗？哦，对了。他回忆起了希伯来语学校里教过的大纲。以色列再一次被征服了。

令人感到失望的是，第一段经文是用英语而非拉丁语朗读的，接下来是一段福音。突然之间，随着牧师的朗读，查理仿佛可以感应到他了，感应到他在自己的脖颈后面呼吸——他不是一个仁慈的巨人，或是一座石膏雕像，而是一个比查理大不了多少、体格健壮的男子。他的胡子下面长着些许粉刺，正跪在后面的靠背长凳前，透过查理的肩胛骨，凝视着他破碎的心：

是的，时候将到，凡杀你们的，就以为是侍奉神……

哦，没错，没错！忧愁已经填满了查理的心，不过，查理无法回头验证自己是不是在想入非非，因为要是他发现这些不是自己想象出来的，而是一个流浪汉溜到了他的身后该怎么办？

只等真理的圣灵来了，他要引导你们明白一切的真理……

查理合起双手,向前摇晃着身体,紧闭双眼。然而在他眼皮后面如天鹅绒般柔软的黑暗之中——那是一座已经关上灯、拉起了帷幕的剧场——他仿佛看见了救世主耶稣基督,他长着游泳健将的双肩,表情一脸渴望。牧师的声音越飘越远。他现在感到恐惧了,在他紧闭的双眼带来的黑暗之中,孤身一人,泪水眼看就要夺眶而出。

我忏悔,查理无法不去想,即便他不知道自己参与的是什么事,不知道他经常听到的这个词真正的含义。就在这时,幻象消失了,只留下无边无际的沉寂填满查理胸中的缝隙,把之前藏匿在那里的东西全都推了出去。当他望过去时,并没有什么无家可归的人。

不管刚刚发生了什么,他还是无法鼓起勇气领受圣餐。当那些寡妇再次低下头祈祷时,他俯身溜到侧面的走廊上,快步走向教堂的后门。牧师注视着他,满脸困惑,可查理还是维持着稳定的步伐,仿佛在拯救一碗可能被他泼掉的高汤。

门外起风了。风鞭打湿的树,长岛上空的鸟排成战斗序列。成群的鸟如同紧紧排在一起的复仇者,在瘀紫色的天空中盘旋飞行。他在人行道上放慢脚步,好让自己不必盯着脚上的靴子。紧接着,他在一盏烧坏了的街灯下停住了脚步。冷静。鸟儿的影子投射在艾克森加油站的白盒子上,一个接一个,仿佛另外一边的屋顶轮廓线上有人正用弹弓将它们一一发射过来。天上的鸥、鸽子、麻雀、松鸡和欧椋鸟,一群出于某种原因聚集到纳苏县的鸟,地球上所有长翅膀的生物很快都要在这场争斗中占领自己的一席之地。

凡世人所住之地的走兽,并天空中的飞鸟,经文中说,他都交付你手。

当然,不是查理的手。在他虚构的祖先所处的地方,有些族长被托付过各种各样的事情,看看自那之后都发生了些什么吧。他此刻揣在口袋里的双手是不能被指望的,其他人也不行,除了弥赛亚。查理知道,在自己离开这里之前,弥赛亚是不会从加油站对面的教堂里出来的。弥赛亚还没有准备好被人看见。可他已经说了要亲自挽救走兽、飞鸟、世人以及萨姆,还有查理,让他远离他的罪恶。他的心就像扇动着的羽翼,而在那背后,查理又听到了那些话。另立一国,也不归别国的人,却要打碎灭绝那一切国,这国必存到永远。但首先,这世界必须先做好准备。因此,在一群飞鸟的脚下,以天堂作为自己的盔甲,抵挡住回头的诱惑,查理·维斯巴格尔快步朝家中走去,准备等待进一步指示。

BOOK 1 >>> INTERLUDE

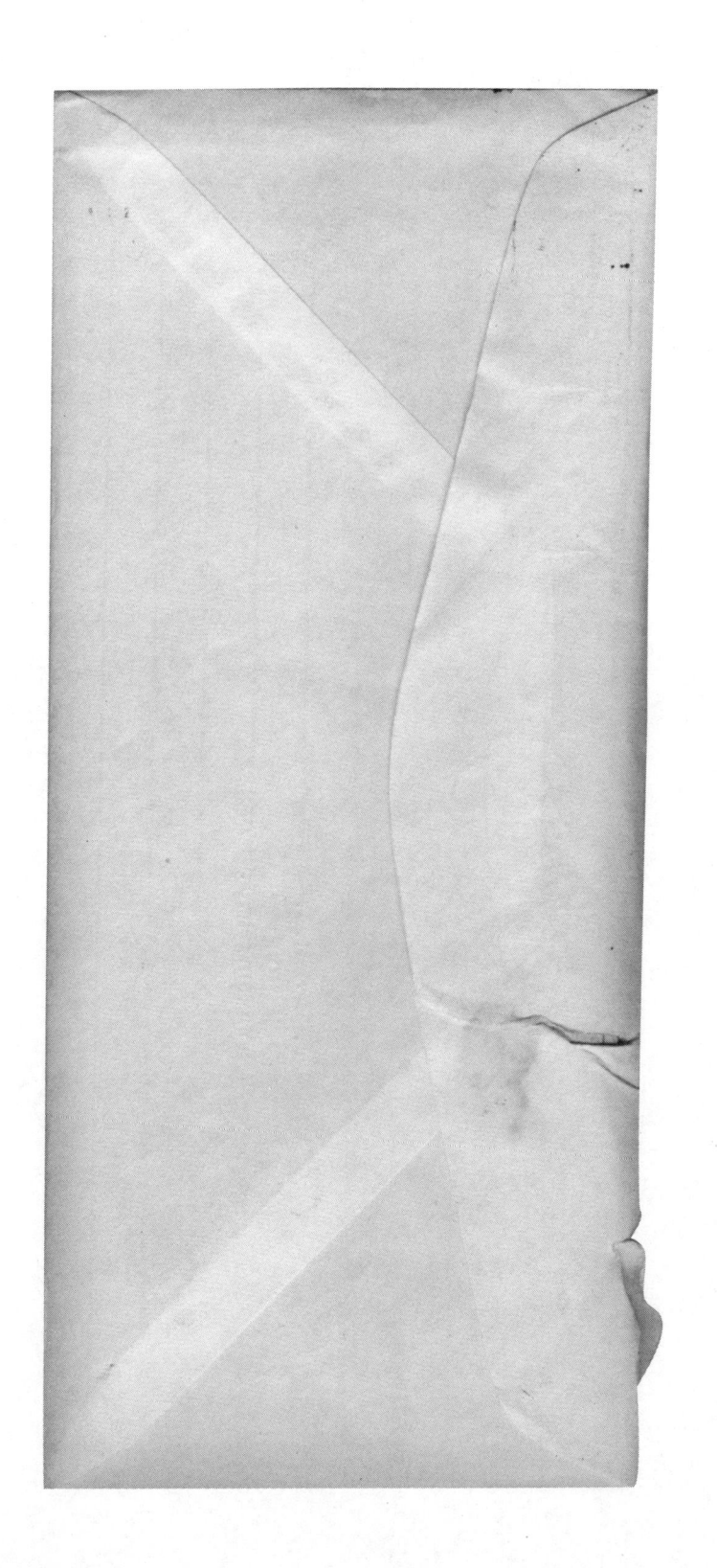

插曲·家族事业

1961年5月14日

　　我不知道，关于费尔菲尔德镇的汉密尔顿老宅，你还记得多少？你最后一次看到它时，不过三四岁的年纪。那个时候，我们雇了一个全职保姆，家具上全盖着奶油色的罩单，而你和你的姐姐会在这些罩单下捉迷藏，一玩就是一下午。叫喊声填满原本寂寞冷清的房间。

　　在我还是个小男孩时，这个大石板屋顶下住着十多个人。地处偏僻的康涅狄格，与城镇截然相反的景致随处可见：起伏的牧场，长长的乡间小路，马道几乎延伸至地平线的树林——也是维护隐私的天然屏障。除了礼拜日，我们的司机汉斯每天清晨都会将那辆黑色的帕卡德汽车开出车库，缓缓驶过四百米长的碎石路，停在游廊前。手摇式发动机即使是在低速运转时，也能震得整座房子都颤抖起来。每当想起我的祖父（你的曾祖父）小罗巴克·汉密尔顿时，我首先会想起那种颤抖。随着早餐间天花板上的枝形吊灯开始颤抖，他会突然产生由外而内的焦虑情绪和暴力冲动，手指扣上扳机，随时可以开火。不过他是个纪律严明的人，不会直接从椅子上跳起来，但就即将到来的突发情况，他已经发出了上百个小信号。膝头的黑色圆顶高帽、长桌边的手杖、蛋杯旁的怀表、他用勺子敲打蛋壳时狠狠瞪着它的样子……现在回想起这些仍旧令人心有余悸。我总觉得，在他每天出发去经营他的事业之前的这段时间里，甚至有可能会发生爆炸。

　　据我们家族史方面的权威人士，你的叔祖母艾格尼丝说，在离开曼彻斯特、登陆纽约之后，当时年仅十九岁的祖父决定徒步前往西弗吉尼亚。一年多的时间里，他的探矿工作没有半点起色，但他非常执着，坚持在山间跋涉，靠伐木取火，猎食野味充饥。他坚信，五年之内，这个州一半的煤矿都将归他所有。

　　依照惯例，每天早晨他出门前的最后一件事就是刮脸。他希望在走进位于曼哈顿的公司时，八字胡附近的皮肤不留丁点胡楂。在当时幼小的我看来，曼哈顿就和印度或者印第安保留地一样遥不可及。他总是把自己关在楼梯下的那间浴室里，而我有时会把耳朵贴在浴室门上偷听。那声音如同帕卡德汽车引擎的轰鸣声，又似海浪拍岸的低吼声，也不知道为何，父亲刮脸的声音里就没有这种厚重感。祖父的剃刀尤其令我着迷，就像一切禁忌之物都会令不谙世事的孩子着迷。我曾见它被人从皮质工具包里抽出来，放到革砥上打磨。刀柄刻有名字缩写，刀锋亮得像玻璃。

　　我还记得有一天早上，我借故早早离开早餐桌，偷溜进楼梯下的浴室去看它。工具包就躺在一篮脏衣服上等着我。我打开它，先捏住手柄，然后小心翼翼地从修须剪和双色修面刷之间取出剃刀。

　　窗外的枝丫在磨砂玻璃上留下剪影，透窗而入的光线反射在刀片上。当我把它翻转过来时，反光在我的毛衣上跳起了舞。

　　很快，我像书中的海盗一样挥舞剃刀，喝令俘虏们走上跳板。那时的我经常会脱离现实世界，我甚至没有听到屋外汽车的发动声，没有听到祖父的脚步声，也没有听到他手杖的点地声，眼看着他已来到浴室门口。走廊尽头传来一些声响，他稍事停顿，门把手也停在了旋过九十度的位置。直到这时我才意识到自己越轨的情节有多严重。我还有时间把剃刀塞回工具包，但根本来不及逃出浴室。药柜的对面是一个大号的镜面衣橱，在千钧一发之际，我把自己缩成一团钻了进去，关上门，瞬间只有耳鸣和黑暗做伴。

　　一开始，我只能数着自己怦怦的心跳声计时。刀片最初冲着哪个方向来着？我放回去时又对着哪儿？然后，我的眼前出现了一道一英寸宽的光亮。房屋震颤，晃开了衣橱的门。我本该关上门，却忍不住凑到缝隙边。看着祖父裸露的后背，我在心里产生了一种可怕的预感，我无意中撞见了他的秘密仪式，对此亲戚之间只敢私下传说。事实上，他只是脱掉了上衣。我可以从门缝里看见，衬衫整齐地悬挂在门后的衣钩上，背带垂坠在他的高腰裤上。他上身的皮肤因为上了岁数而斑纹密布，皮下的肌肉却与年轻人无异。他没有抹肥皂沫，直接贴着皮肤轻轻挥动着剃刀，身上的肌肉也跟着抽搐、起伏。印象中他还吹起了口哨，仿佛是为了增加危险系数，又像是因为发自内心的快乐（这个男人，我从没见他笑过）。伴随着汽车的轰鸣声，我几乎没辨认出他口中的曲子——舒伯特的《鳟鱼》。就在这时，我的额头撞上了我藏身的那扇门。门敞开了。在水池上方的镜子里，我们四目相接。接下来，我只记得自己被从黑暗中拽了出来。这个住在我家里的陌生男人就站在眼前，剃刀在我们之间晃过来，晃过去。"什么事？"他问。

我唯一能想到的回答是，你为什么不用肥皂？

耳边传来一声大笑，近乎一声短促的犬吠。小鬼，有些事你永远不会懂，直到你一个人上路，变得<u>一无所有</u>（说完这四个字，训诫的热情已为他的脸镀上一层紫红色）。使刮剃更彻底的不是肥皂，而是剃刀本身。

他抓住我的手，刀片飞快划过我的食指，我居然什么感觉也没有。如同硬笔书法家运笔写下的最轻细的笔画，他在我的皮肤上留下同样一道血痕，细线成滴，一滴，两滴。随后，他打开了门。我逃进走廊，一路飞奔，我相信他在我身后穷追不舍，甚至能感觉到颈后他吐出的酸臭而灸热的气息。可当我回头望去，他仍旧半裸着站在浴室门口，冷笑着。画面渐渐被我的眼泪模糊了。那就是你的曾祖父，一个从头到脚都令人恐惧的、冷漠的男人。

说来奇怪，我总觉得该为我手上这道伤疤负责的是我的父亲。我甚至觉得自己永远不会原谅他，因为他那天没有保护好我，因为他强迫我和母亲心甘情愿地与那个男人同住。我深信，那人可以一边哼着舒伯特的曲子一边杀人，然后把我们的骨头磨成签子剔牙。即便在我们为了方便父亲上班而搬去第五大道北段之后（当时，公司的日常运营工作已全权交由他负责），我仍渴望与整个家族决裂。

你母亲有没有告诉过你，我曾梦想成为一名剧作家？在我比现在的你小不了多少的时候，一天下午，艾格尼丝姑姑带我去看了尤金·奥尼尔先生的《榆树下的欲望》。舞台就像是我还不曾言说的某个问题所需的答案。我心想，要是我能到中西部的某个地方去上学，远离孤独却拥挤的生活，也许就能找到问题所在。当然，我的父亲希望我能够跟随他进入公司。我清清楚楚地记得自己被叫到他的办公室里去见他（因为如果你想要在早上八点到晚上六点之间见到他，就必然要去他的办公室）。我们坐了下来，就我们两个，头顶上是缓慢旋转的电扇。感觉上，我们好像已经十年没有单独坐在一起过了。他听说的有关芝加哥的事情是怎么回事？他想要知道，耶鲁大学对他来说才足够优秀。

我强迫自己把心里一直所想的事情说了出来。我可不像你。

听完我的话，他把双手放在大腿上，向前俯过身来。我的父亲对我来说在某种程度上就是一个幽灵，是他的父亲低沉咆哮声的回音。其中的一部分原因是他自己留的那抹能够遮住他下半截大部分脸庞的胡子，剩下的则是因为他炯炯有神的眼睛上此刻架着的那副夹鼻眼镜。"比尔，"他温和地说，"你觉得我像我吗?"

我说:"我的意思是,我不喜欢家族事业。或者说,不能有幸得到爷爷的提点。"

他又喝了一口威士忌,嚼着一块冰块。"我是不是又得和你的艾格尼丝姑姑聊天了?"

"是爷爷亲口告诉我的,"我说,"他是如何造就这一切的,我们身边的一切。"

我的父亲说:"鉴于我们是在进行男人之间的对话(而且毫无疑问,因为我们所讨论的对象已经去世五年了),我觉得你的爷爷无论做什么事情总是一副愤怒的样子的原因是,他知道自己没有做过这样的事情。最重要的是,他想要成为一个自力更生的男人,就像乔治·赫斯特[1]或者威廉·A.克拉克[2]那样,自给自足,听从物质欲望的召唤,然后被选中统治这个世界。事实上,物质欲望并不想与他扯上什么关系。"

"那西弗吉尼亚州呢?"我问,"一无所有的生活呢?"

"你的爷爷被冻掉过两根脚趾,感染过慢性痢疾,养头驴都活不过一个月,"我的父亲说,"依靠着奶奶家的资金(斯威尼家族在贝尔法斯特拥有几家酒厂)他才能买下半座莫农格希拉河河谷。而他为此付出的高昂代价就是终身的失败感和我们姓氏中的连字符。他在1890年经济萧条时期卖掉了自己的股份,一瘸一拐地带着满箱的纸币回到城市里,因为这里才是他可以施展才华的地方:不是钻井劈石,而是购买、销售和持有。每多赚一百万,都更加清晰地说明他不是一位伟人。"

我的父亲说:"你看,我们汉密尔顿-斯威尼家族的人不是发现者,我们是创造者。而这就是作为一个男人的意义,学着在看待这个世界时不去思考

---

[1] 乔治·赫斯特(George Hearst,1820—1891),富有的美国商人、美国参议员,媒体大亨威廉·鲁道夫·赫斯特的父亲。

[2] 威廉·A.克拉克(William A. Clark,1839—1925),美国政治家和企业家,产业涉及采矿、银行业和铁路。

你想要成为什么样的人,而是你是个什么样的人……"

可一切为时已晚。我感觉自己已经远离了自己想要说的话。这就好像,自我上一次像这样用笔在纸上写字以来,记忆已经在我的心里熟过头了。或者这期间的日子就像是一场幻觉,仿佛我不在萨顿广场上这间狭小的书房,而是回到了我在汉密尔顿-斯威尼大厦里的第一间办公室,在所有人走后还顶着那盏绿色罩子的银行家台灯,用笔来表达我自己一直都比较容易。不知怎的,一个人不会拿自己的整个内心世界去冒那么多风险——要不然就会长时间去冒更多的风险。

威廉,我在这里试图向你说明的是,我理解你的愤怒。我可以想象我的人生在你看来是多么武断专制。你觉得我冷淡、缺乏热情,看不到自己牺牲了什么,也不知道如何去梦想自己无法掌控的事情。可你必须相信我,就像曾经同样对自己的父亲以及父亲的父亲心存误解的我一样,你看到的我并不是完整的我。

一个月之后,菲利希亚和我就要结婚了。我不求你能够看到她的诸多优秀品质,并像我一样越来越在乎她(我必须要说,这和我在乎你母亲的方式截然不同)。我不求你渴望我渴望的东西,或是预言你自己的野心;不管那是什么样的野心,终会被证实是可望而不可即的,和我的野心一样的下场。但我要你在决定如何回应之前看清我,如果你发现我不愿在哀悼中度过余生,发现我在同等处境下不如你那么坚强或有原则,那我希望你知道,我是有意为之。我希望你知道,你的父亲是一个男人,我的儿子,和你一样,这就是我要求你去想象的不可能的事。

我不用回顾自己在这封信里写下的内容也知道你无疑会从中读出自怨自

艾。事实上，在写完信的那一刻，我可能会把它丢进火里。重新开始，在一张充满悔意的问候卡上，用几行简单的词句仅仅问你是否愿意在婚礼上做我的伴郎。可即便壁炉里的火焰吞没了这些信纸，把它们烧成墨水的颜色，也无法泯灭我今晚过了半夜仍旧坐在这里，搜肠刮肚地吐露我以为自己永远也不会告诉你的事情，妄想你能接收到这些信息，不会因为汉密尔顿－斯威尼家族父子之间世代相传的动机、怀疑和怨愤而曲解我话中的用意。

　　如果你仍愿意听，我还有一段回忆想与你分享，威廉。你绝对想象不出，当我第一次抱你时，你哭得有多大声。凯瑟琳说，你很害怕，我必须抱得更紧才行。她筋疲力尽地躺在医院的床上，我看着她，她看着你，而你看着我看向她的眼睛，你对一切都还一无所知。那个瞬间，我发誓我们清晰地看见了彼此，如此透彻，不为任何外力左右——时间不可以，心碎不可以，死亡也不可以。在某种意义上，孩子，我依旧像最初那样紧抱着你，从未松开。

　　　　　　　　　　　　　　　　　　　　　　　　　　爱得热烈却疏远的

　　　　　　　　　　　　　　　　　　　　　　　　　　　　你的父亲

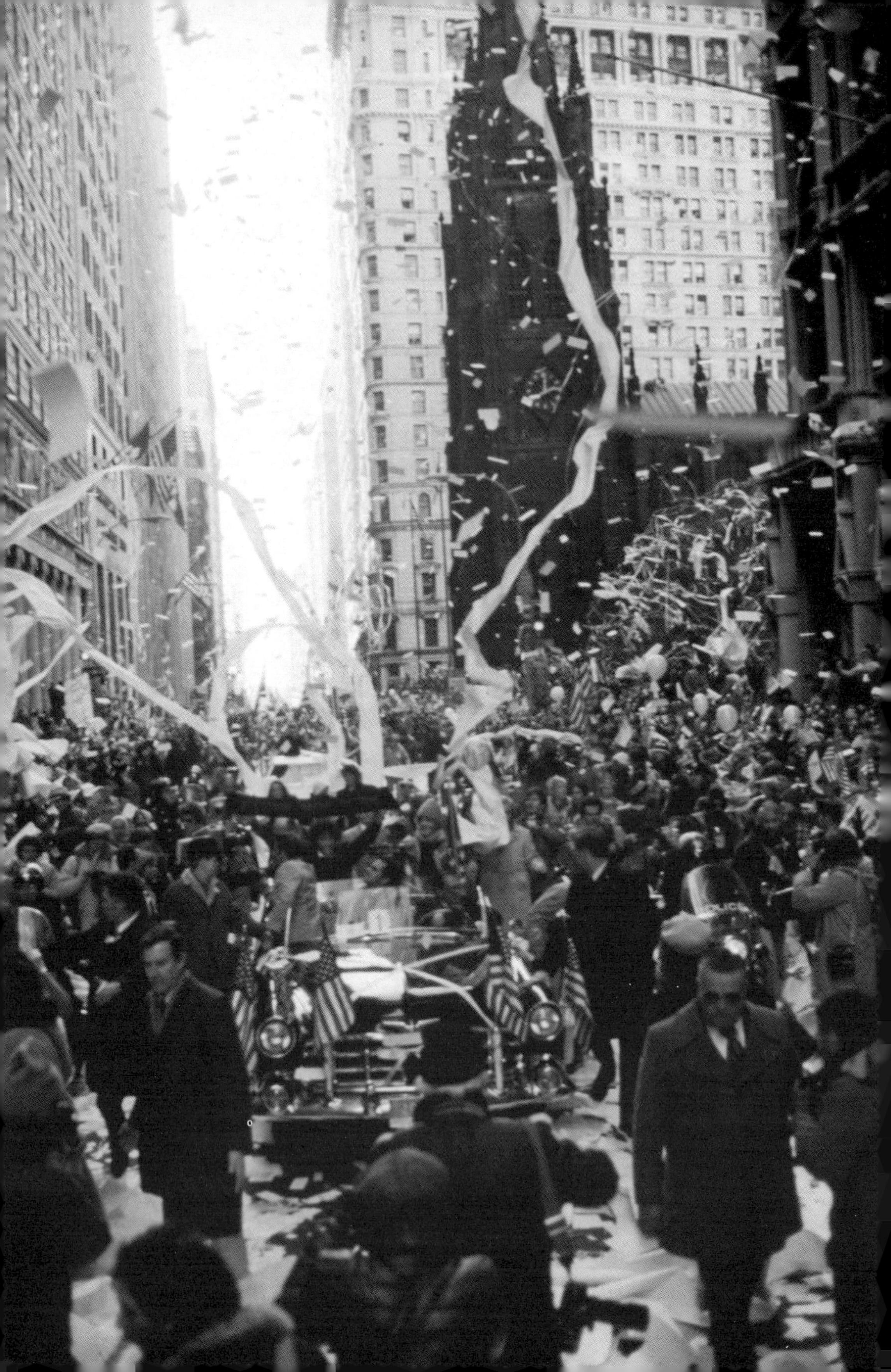

BOOK 2

私生活的片段

[1961—1976]

我们试着经营城市，
可城市失控了；
现在，彼得·米纽伊特[1]，
我们难以为继……

——洛伦兹·哈特
《还给印第安人》

芝加哥、费城和波士顿都不曾经历，
这疯狂之地正陷入前所未有的困境……
这座城市，美国人不喜欢、不尊敬、不崇拜、
不信任，亦不信仰。

——罗兰德·埃文斯和罗伯特·诺瓦克
《内部报告》杂志

1　彼得·米纽伊特（1580—1683），荷兰殖民者，以相当于二十四美元（1580—1638年市值）的价格从美洲原住民手中买下曼哈顿。

16

　　基斯倾向于将自己人生中的大事件归为偶然发生，而非他一手促成，就像天气。唯有相信自己无力改变，他才能泰然接受现实。举个例子，初中体育老师把橄榄球交到他手上，于是他开始了训练；比赛成绩为他赢得州立大学的奖学金，于是他入学了；大四那年，他膝盖受伤，在那之后他还是会出现在赛场，球衣外套上一件运动夹克，只为了表示他没有因此而耿耿于怀，让接任后卫的二年级学生安心。所以说，里根的事情从一开始就偏离了他的处事原则：他们的结合是不可能自然发生的，是他放肆为自己争取来的。

　　倒不是说他在 1961 年的春天就已具备了一手促成此事的能力，相反，他当时只能在曼斯菲尔德，鬼鬼祟祟地臆想她。她住在波基普西的姐妹会会馆。在那里，求爱者们被要求等在维多利亚风格的前厅，直到他们的约会对象准备妥当。他从未见过她的房间，但他想象它是简朴的，唯一奢华的是一面镜子，他家走廊上挂着的那种。作为一个颇具魅力却不自知的人，他平日很少照镜子，但出于某种原因，此刻那面镜子出现在他的脑海里，而里根正一丝不挂地站在镜子前。她的身体贴向镜面，眼睛直勾勾地望向镜子深处。那时，他还看不到她凝神盯着的东西。

　　也许，在她第一次带他去纽约与家人见面的那天晚上，她就像这样在镜子前站了很长时间。反正他坐在楼下的沙发上等了半个多小时。只要他开口说些什么，那个坐在沙发扶手上的姐妹会成员——未婚女子所谓的"行为监护人"——就会看似无意地抚摩她的脸、衣领和短裙下渐渐裸露出来的苍白膝盖。基斯在过去一年一直都是明星人物，本可以轻松要到她的电话号码，只是这些天他发现自己对于轻易到手的东西越来越不感兴趣了。

　　终于，里根出现在房子中央的楼梯上，身穿一件几乎能将她吞没的蓝色开襟羊毛衫，一头松散的红发遮住了她的侧脸。当她的姐妹说她看上去很美的时候，她显得有些抗拒，仿佛这一切并非出于她本意。事实上，她在邀请他一起去纽约时不就夹带着明显的焦虑吗？那时她的语速不就明显加快，好像要赶在自己退缩之前把问题说出来吗？基斯当着那位监护人的面吻了她的嘴唇。"你确实美极了，"他说，"和往常一样。"他为她披上雨衣，在她的头顶上撑开雨伞，陪着她踏入潮湿的草坪，走向她那辆可爱的卡尔曼吉亚白色跑车。

雨水像手指敲击桌面一样拍打着车身。手握方向盘的里根陷入了沉默，而被静音的不只是她，还有纽约州高速公路上一闪而过的其他车辆。进入布朗克斯北部后，他终于搜到了喜欢的电台的信号——星期六流行音乐之夜，埃弗利兄弟天使般的和声。远处，城市的地平线本该在这个时候被染成紫色的，可车外早已一片漆黑。收音机旋钮周围散发出的微光只够照亮里根的下巴和鼻尖，还有她轻咬着柔软下唇的牙齿。"你紧张吗？"

"我不愿扫你的兴，"她说，"但现在我只想静一静、想一想，可以吗？"

这是一个别有用意的问题，是她检验他忠心的一个小测试。他调低音乐的音量，说："我不会害你丢脸的，里根。我发誓。"

她在黑暗中摩挲着他的手臂，足以证明他答对了。通常情况下，她的身体不会公然袒露什么情感，你甚至可以说她不好驾驭。"我不担心你的表现。"

"他们的又能有多糟？"

"不光是威廉，甚至连爸爸都不是最糟的。主要是爸爸的未婚妻会来，意味着她那个'恶魔弟弟'也会在。我……我只是不想看你遭受伏击。"

他心想，这真是他听过的提起自己家人时最奇怪的用词了。但"伏击"确实精准概括了他接下来的经历。首先，这幢房子是萨顿广场上一座名副其实的独立建筑，正好位于曼哈顿东区中央，远离那些曾给他留下深刻印象的高楼大厦。他早已知晓她很富有，这一点显而易见——她的姓氏和一家控股公司相同，而那家公司的总部大厦是纽约最高的建筑物之一。但是当里根站在自家门前胡乱翻找钥匙的时候，他必须非常努力才能收起自己痴痴的目光。在她找到钥匙之前，一个身穿女仆制服、一脸严肃的女人从里面拉开了房门："您的父亲在会客厅等您。"基斯一直不明白怎么会有人拥有一间专门用于会客的房间。当那名女仆把花从他手中夺走时，花束竟显得那样软弱无力。"我去把它们插在花瓶里。"她说，语气和她去把它们丢进垃圾桶里没什么两样。

里根领着他走向那个有木板墙壁、灯火辉煌的房间，所有人早已在那里站定，像一组雕像。其中一人个子高大，剩余一男一女均不足一米六。铅制窗框，波斯地毯，炉火正在垂死挣扎……他只来得及扫一眼这些，就见那个小个子女人已经穿过房间来到近前。她用力将手探出来，就仿佛有什么力量从手臂后方牵制着她："你一定就是基斯了，我们听说了很多关于你的事。"说完，菲利希亚·古尔德将他的手交到了她身后那个小个子男人手中，他相貌平平，一头灰发修剪得整整齐齐。她介绍说，这是她的弟弟埃默里。第三个男人，想必就是里根的父亲，仍留在原地，像在等待许可。他终于上前询问基斯要不要给他拿点喝的，他的未婚妻即刻打断说："耐心点，亲爱的，丽莎维塔随时会把马丁尼端来的。对了，你看上去真美，里根，你是不是瘦了？"

里根再次徘徊至门边问："威廉呢？"

"哦，我们晚点再联系他。你们俩来这儿坐。"菲利希亚一屁股坐到一张低矮的长沙发上，拍了拍身边的坐垫。里根的父亲拨弄着炉火，那个矮小的男人从旁观察着一切，一脸高深莫测。还好，基斯生性讨喜，尤其是在一杯马丁尼下肚之后，新的一杯重又斟满之时。为了回答菲利希亚·古尔德的问题（有关他的家庭、橄榄球以及哈特福特的春天美不美），他不得不面向炉火转过身去，背对坐在他右后方的里根。他几乎觉得这是里根有心让自己消失而耍的手段，与那件开襟羊毛衫和她低垂的刘海用意相同。她在害怕什么？这位继母看上去人畜无害，他是说，未来的继母。他注意到她手上的戒指，她告诉他，她和比尔将于6月完婚。

这时，一身工装打扮的黑发男孩出现在了在门口。"威廉！"这一回轮到里根穿过房间迎了过去。那孩子在她的拥抱下红了脸。尽管再没有人起身，基斯仍觉得自己应该走过去自我介绍。

里根经常谈起她的弟弟，总是对他的种种不良倾向表示担忧。他们的母亲去世时他只有七岁，而且他把这件事情看得很重（说的好像真有什么更轻巧的方式来面对一场致命车祸似的；好像当时十一岁的她就能想出更成熟的解决方案似的——但相对而言，他猜，她在处理这件事情上还是要更成熟一些）。去年夏天，她赴意大利学习了一个学期。短短时间之内，威廉就被三所预备学校接连开除，刷新了他个人的最好成绩。"如果我毕业后不搬回纽约，我不知道他会变成什么样子。"她说。基斯却说，他相信威廉会没事的，即使没有她。那是她唯一一次冲他发火，而她显然对此并不擅长，只是时而沉默，时而哽咽，如同嗓子眼卡了一枚弹珠。他当时陡然产生一种感觉，这一切不是为了威廉，而是出于她对英年早逝的母亲保有的深沉情感。

"不，你不懂，我弟弟很……敏感。我觉得他可能是个天才。"

原则上，基斯觉得敏感的天才都很招人烦；不过，对这个孩子他却讨厌不起来。这既是因为基斯对大多数人都抱持善意，也是因为威廉根本不在乎基斯喜不喜欢自己。"那俩食尸鬼还算规矩吗？"他一边问里根，一边拿起女仆留在酒柜上的调酒器为自己斟了一杯马丁尼。姐弟俩很快地走开，用属于他们自己的暗语不知道在嘀咕些什么。基斯慢慢能理解里根所说的"敏感"是什么意思了——威廉的自我呈现中的某种愤怒、甚至狡猾的成分开始展露出来——当菲利希亚走近威廉时。"威廉，亲爱的，不要独占我们的客人。你瞧那位一身的肌肉，肯定早就饿坏啦。基斯，我们移步餐厅吧？"

"你觉得呢，基斯？我们这就过去吗？"那孩子问。你很难明确指出这句话里究竟何处夹杂着嘲讽，谁是被嘲笑的人。不过，仿佛是弟弟的出现为她撑了腰，里根一边说着"好吧，我们走"，一边挽上基斯的手臂。

餐厅又长又窄，赫然挂着两幅油画，分别画有两个长胡子男人，他们像极了双胞胎。那显然是汉密尔顿-斯威尼家的先人。在两样独具各自时代特征的物件下——其中一位戴着的遮阳帽，另一位架着的夹鼻眼镜——他们有着与里根的父亲一样的蛋形颅骨和突出的前额。而此刻，这位父亲明显胆大了不少，仿佛眼前这张长得离谱的桌子和四周昏暗的环境给了他某种程度的安全感。事实上，他不得不放开嗓门，才能让基斯听到他说的话。

"抱歉，你说什么？"

"我说，你和我的女儿是怎么认识的？"

仿佛是在百米开外，坐在桌子尽头的威廉冷哼了一声。这下，基斯也拿不准该如何回应是好。菲利希亚和他未来的舅舅皆不动声色，而他又不好看向里根，不然会显得两人是在密谋什么。"圣诞前，里根参演了《第十二夜》那部剧，我相信你们也都看了。"

清嗓，古怪的鼻音，兴许还有摇头。"所以你是在剧院工作吗？"

"不，不是，我只是去剧院看戏。演出结束后，我忍不住上前向她介绍了我自己。"这句话里每一个字都是真的，尽管基斯省略了部分事实：他只看了演出的最后一部分，而且他是被另一个瓦萨学院的女孩硬拽去的。只不过在事后的庆功会上，他就把那个女孩抛在了脑后。"你的女儿是个很棒的演员。"

此时，那个先前拿走鲜花的女人在他面前放下一碗黄褐色的液体，他不确定自己是应该用它来洗手还是干别的什么。里根肯定注意到了，她在桌子下面轻碰他的腿，用一系列无声的点头和眼神示意他应该照她的方法去做。他从面前摆放的三只汤勺中挑出一只，然后礼貌地啜食起那碗咸味高汤。后来他才知道那是法式清汤。

紧接着上桌的是一道沙拉，而后是鱼。桌首那头，里根的父亲不断发问，伴着他未婚妻语调明快的喋喋不休，餐桌上基本没有出现过令人尴尬的沉默。在大家享用肉菜的同时，菲利希亚自信满满地对基斯说，她的厨师在蓝带学校接受过训练，是被她借来供汉密尔顿-斯威尼家差遣的。这些全都是迁居公园另一边的缓慢进程中的一部分——为了远离这座房子和里面的鬼魂。她转过头望向悬挂在她未来丈夫头顶上的那幅油画，又看了看下方黄铜钩上挂着的捕象枪。没错，她承认他们的确已经订婚很长一段时间了，但他们不想在年轻的威廉毕业之前迫使他离开土生土长的地方。在桌子遥远的另一端，她担心的对象看上去非常不开心。他已经半个小时没有开口说话了。

至于另一个弟弟，埃默里·古尔德，他简直就像个用锯末充填而成的娃娃，至少在餐盘被清空、咖啡端上桌之前是这样的。他随即拿起自己的银质餐具，举到灯光下欣赏起来。这个举动实在是太古怪——太惹眼了——就连菲利希亚也停止了讲话。"好了，基斯。"在成功吸引整桌人的注意后，他终于开了口。勺子停在空中，他的眼神留在勺子上，仿佛是为了事后追责而反复查验上面的污斑。"你叫基斯，对吗？不知道你有没有考虑过从事金融方面的工作？"

基斯方才还在和里根的父亲说，自己正在加倍努力地学习理科课程，准备报考医学院。是的，他想要去类似于耶鲁那种地方，可老实说，在受伤之前他真不像现在这么努力。"金融方面？"

"银行业，我的孩子。投资，家族事业。"那声音十分轻柔，似有暗指，又像是你无意间听到的自言自语。基斯不自觉地侧过身去听。"说到底就是信托事业。现在说说我吧，我恐怕没有那种超凡的个人魅力，够格成为公众人物。我会留在幕后，调度人才。不过像你这么俊朗的孩子，脸上永远挂着微笑，我甚至相信你有办法把独轮车卖给下半身瘫痪的人。财富就是这样积累起来的，当然了，只是打个比方。不需要背景，不需要特殊训练，只要有活跃的思维能力就行。"银餐具被放了下来，"我们的世界在扩张，基斯，如果你想知道自己在其中的位置，我可以帮你。"桌子对面，一双温和的蓝眼睛正坚定地凝视着基斯。他的身旁，里根的沉默深邃，可他没能看见。对面那个男人用他冰川般冷冽的脸庞和话语中巧妙的理性陷阱，使她隐没进阴影之中。

椅子摩擦地板发出一声厉响。"我能否失陪一下?"威廉问道,话未说完却已经站直了身子。离开餐厅的那一瞬,他意味深长地看了基斯一眼。不过那意味着什么?基斯几乎可以肯定,威廉会在走廊里稍事停留,等着听他如何回应。他清了清嗓子。"你真是太慷慨了,古尔德先生,"他说,"但我现在已经走上了另一条路,我想我还是会坚持下去。"

对话间断了片刻。"这是当然,"埃默里说,"我没想过要让你转行。"

饭后,他同众人握手,答应日后会常来往,里根跟在他身后一起走出屋子。他们早前已商量好,她留在萨顿广场过夜,他则乘坐夜班车回康涅狄格。他猜到她会出来与他道别,却没想到她会说:"我必须离开这儿。"

"为什么?我表现得不好吗?"

"哦,亲爱的。"站在湿润的路缘上,像是讶异于他的这个提问,她停顿了一下。他脚踩着雨水井盖,雨停了,但他的鞋子周围仍有一英寸深的积水,漂满从树上掉落的白色花瓣。"你很棒,表现完美。"

这样站着,他们几乎一样高了。他很想伸手碰触她,把她安全抱回平地,在他弄清她所有的秘密之前,不再给她机会溜走。"你弟弟喜欢我吗?"

"他会爱你的,等他发现你身上有多少东西值得他爱的时候。就像我一样。"

这是她第一次说这个字,"爱",而且很典型的,是在一个他没有办法回应的情况下说出来的。还有,他身上到底有什么东西?

"我们去找个地方吧,"她突然说,"我走之前请了假,明天才回会馆呢。"

"你确定?"

这一次,她没有转身离开。她柔软的大腿紧贴着他,嘴巴朝他微微张开。他预感这一晚,她会允许他对她做任何他想做的事。悲观的警笛声在他脑后响起,警告他事情不该是这样的,不该变成这种等价交换般的奖励;但另一个声音却在提醒他,错过了这回,再等好几个月她都不一定会有同样的念头了。他们就这样相拥着,一路跟跄地走回她那辆卡尔曼吉亚汽车。她靠在车上,抓起他的双手放在自己身体两侧。他的一只手自觉地向上摸索,在她坚挺的内衣下触到她那对完美、紧致的乳房,但他突然停住了。他们距离她家不到一个街区。"坚持一下,好吗?"他说。

最后,他们去了中央车站附近的一家酒店,以 Z. 格拉斯夫妇的名义开了一间房。在接下来的一个月里,他不得不依靠吞拿鱼罐头过活,不过那是值得的。他们甚至没有开灯或是爬上床，便迫不及待地缠绵起来，背靠一扇还沾着雨水的观景窗。这就像是站在一个巨大的基坑边缘。他闭上眼睛，感觉她就在深坑中的某个地方，周身环绕着飘浮的微弱光亮，召唤他过去；可他越是靠近，脚下陷得越深。直到他快到达高潮时，才模模糊糊地意识到这不是她的第一次，顶多是和他的第一次，而且他还是触不到她。即便此刻，他躺在自己宿舍的黑暗里，心满意足地回想起那一晚，他依然觉得里根依旧躲在她自己的世界里，出于他无法理解的缘由才和他在一起……

— — — — — — — —

17

至于她的弟弟威廉，十七岁，被这个世界包围，却在一层薄膜的包覆下隔绝于世界。也就是说，他是一个城市男孩。他知道几号站台的哪一处地点能连接哪一段楼梯，又通往几号站台；他知道空无一人的地铁车厢需要回避，因为曾有人在那里小便、呕吐，或是死去；他知道在被引荐给某位名人时该如何假装你从未听说过对方，也知道该如何假装相信对方从未听说过你。他无法踢出一个螺旋球，以此拯救自己，不过，给他一个扫帚把和一个高弹球，他就能从这里将球打入河中。

过去这几年中，每隔一段时间，他就会被遣送至令人生厌的小村镇去，比如佛蒙特州的普特尼、康涅狄格州的瓦林福德、新罕布什尔州的安多弗和艾克赛特，在这里，财富和特权像湖水一般枯竭。当地的孩子嘲笑他的口音。对于这些格罗斯角或者森林湖的男孩来说，纽约人距离犹太人仅一步之遥。不过他一点儿也不妒羡他们，也不曾被他们同化，不愿像他姐姐那样，摒除自己东海岸口语里那些拖长的尾音。他相信自己与曼哈顿之间的联结就像湍流中的一只船锚，维系着他的生活。

他坚持了下来，直到那年夏天，他终于从高中毕业的那个夏天。6月里的一天，父亲婚礼前夜，他彻夜未眠。凌晨，他感觉全身被锁链锁紧，眼看着衔接处就要断裂。还是说已经到早上了？萨顿广场这座宅邸的厨房里，雕花窗檐外的天已经亮得足以看清那些彼此缠绕的玫瑰花浮雕了。那是他母亲的花，它们像是在对他点头示意，开导他如果它们处在他现在的境地会怎么做。

　　他走进餐厅,从黄铜钩上取下曾祖父汉密尔顿的猎枪。他检查了一下枪膛,孩提时打开看过的子弹现在还在。脚踩绅士袜,他悄无声息地走上楼梯。

　　二楼的走廊上,他曾和里根在此列队、游行,如今却几乎辨认不出它原来的样子了。走廊上的地毯,连同大部分的家具,都已被搬去公园另一头的新宅邸——菲利希亚的私人宫殿。明天,不对,是今天,清洁工人就会将这里扫除一空,以便迎接新主人的到来。目前只有客房还是原封不动的,供专程前来参加婚礼的男性亲属和业务伙伴留宿。这些人参加完彩排晚宴,午夜前后才回来,然后开始剖析他今晚引发的事端,以及给这个家族带来的耻辱,喋喋不休,他听得一清二楚。他不确定他们是否知道他始终清醒地躺在楼下,只能借由从宴会上偷来的爱尔兰威士忌强打精神。无论如何,他们始终没有下楼进厨房里来。威士忌效果显著,每喝完一杯酒,他的思路就会明了一些,直到超过一定限度之后,整栋房子都毫无疑问地颤抖起来。显示走廊尽头的屋顶采光窗,早已被封禁的父母昔日的卧房,接着是客房。他看见一个身穿燕尾服的瘦削大学生正趴在地板上打鼾,袖口外翻,像两朵花。这就是那个说他坏话的家伙吗?一定是他,瘫在床上的那些人都太老了。

　　在一片昏暗之中,威廉手举来复枪,僵立了足有好几分钟之久,细长的枪管在那家伙的右耳上摆来摆去。动手啊,你这个娘娘腔,扣下扳机。如果你还算是个男人,那就动手。基斯——里根的男朋友,可能已经成了她的未婚夫——这种时候去哪儿了?按理说,这种事情得由他来动手才行,因为到最后,威廉顶多只会把枪丢在客房的地板上,指望那个昏睡的浑蛋醒来看到它后意识到自己曾经离死亡有多近。或许他会因此自行了断。

　　浑身颤抖着,威廉在自己的房间里搜寻着能打包带走的衣服。他一把抓过自己的吉他、里根游学归来带给他的米开朗基罗画集、一套家族传下来的剃须工具包、床头柜上的钥匙,通通塞进一个运动背包里。借着酒劲,他鼓起最后一丝勇气,颤颤巍巍地走出门,来到路边停着的一排汽车旁。后背的汗水将他的西装和里根的卡尔曼吉亚汽车驾驶座粘在了一起。窗外,露水使毫无生气的泥土生发出一系列味道:树箱里培养土的气味、柏油淡淡的咸味、路边垃圾堆的烂果皮味和咖啡渣味。街角,红灯亮起。要是他事先知道自己时隔多久才能重返这些街道,他可能会更详细地逐条记下每一个细节,但如果通过某种告别的方式就能使他对自己的所作所为信以为真的话,他可能永远无法知晓自己在做什么，所以他没有告别。

自从杜妮教会他开车以来，他只开过一次车，直奔地铁位于皇后区的终点站，他因此被第三所学校（还是第四所来着？）开除了。然而今天，他只试了一次就打着了火，踩下油门，发动机像只动物一样发出突突的声音。第三大道的信号灯是计时电路设计，若以每小时二十七英里的速度行驶，你可以毫不费劲地开到哈勒姆，一路畅行无阻。星期天的清晨，路上几乎没车，在有限的车流里只穿梭了一小会儿，他便朝更北的北方飞驰而去。

他在纽黑文市附近停车加油。透过小小的后车窗望向半敞着的运动背包，怒火再一次攻上他心头。他这是要去哪里？佛蒙特？凡尔赛？瓦尔哈拉？在紧挨着路边的电话亭里，他给了接线员一个从记忆深处拽出来的名字。对方却说，这个州很大，除非告诉她镇子的名字，不然她是查不到电话号码的。"你能不能试一试？"他说，"这件事很紧急。"他痛苦的破音想必颇具说服力，因为一分钟后，电话那头传来了他熟悉的欧洲腔。

"威廉？我怎么会忘呢？要是你路过这一带，务必顺道来我家看看。"

"这一带"，很好用的说法。他一板一眼地参照路标，又开了八个多小时，这才驶离蜿蜒曲折的山间高速公路，进入一片树林。终于在一段一英里长的车道尽头，他驶上一座陡坡，一栋说大不大、说小不小的木屋出现在眼前。车子的动静将布鲁诺·奥根布里克——威廉以前的绘画老师——引到门口。他置身于深邃门廊的阴影之中，站在一层纱门背后，几乎隐去了身形。"先别管你那些东西了，"他隔着正要熄火的发动机喊道，"我去给你倒些喝的。"就这样，内心颤抖着，我们的城市男孩又要有五年的时间看不到城市了。到那个时候，他将满二十二岁。

威廉初遇奥根布里克先生还是在上上上所学校就读的时候。那所学校采取软硬兼施的宽容方针，他们认为这样可能对年轻人的个性有所裨益。每周五下午，表现优异的男孩会被大巴车送去往东三十五英里之外的大都市波士顿，他们将有几个小时的自由时间在哈佛广场上走一走，呼吸一下——上帝保佑——有一天也许会录取他们的大学附近的空气。威廉在新学校里只交到两个朋友，不过那两个人都不具备他身上那种来之不易的躲避过失的能力，所以他时常发现自己独自一人在广场上闲逛，而他的同学们都劲头十足地跑去看电影了。他尤其喜欢去大学围墙的另一边溜达，冒充那里的学生。他可以公然抽烟，而且只需带上一本书，全神贯注地沉浸其中，他就能在宿舍楼里骗到免费的午餐（要是他自己没有带书，就去图书馆捞上一本）。又是一个这样的周五，在一座四方庭院里，他看到一群表情严肃的学生端坐在一座表情严肃的老清教徒铜像面前，抱着特大号画板写生。他突然好奇自己冒名顶替的本领能到达什么水平。大学书店里的素描本售价五十美分，几支铅笔又花去他五美分。他回到原地，在那群学生中间找了一处面对雕塑的位置坐下。没有人抬头看他，或是望向他刚开始素描的画板。然后他就真的忘记了时间，直到一声清脆的击掌声使他醒过神来。一个穿着绉布衣服的男人站在不远处，四十岁上下，顶着利索的光头，架一副玳瑁边框的大圆眼镜。"今天的课程就到这里。"听口音像是德国人，或是瑞士人。虽然当时的天气有如印度盛夏一般烈日炎炎，但他没有挽起袖子，衬衫袖口的纽扣全部老老实实地系着，"请把你们的作品留在这边的长凳上，下周你们将可以拿到我的点评。"学生们四散离开，但男人叫住了威廉，"你是……？"

"威廉·汉密尔顿-斯威尼。我是转学生。"

他指了指威廉手臂下夹着的画板，威廉把它递了过去。那张脸在审视他的画时始终情绪难辨，起初还有点像漫画里的表情，到后来却严肃起来。终于，在毫无预警的情况下，导师将那页纸撕了下来，揉成一团，丢进左手边的金属丝网垃圾桶里："重画一遍。"

那年秋天，威廉成了每周五下午的绘画课上最勤勉的学生，尽管他假装对此并不期待。他的导师甚至从未给过他一句赞扬，却总会在课后留出时间评审他的作品。学期最后一堂课结束后，他把威廉拉到了一边。他计划周六晚上举办一场小型的聚会："就是一种沙龙，会来几个高年级的学生，当地一些艺术家也会到场，还有几位终身教授。你也许能获得点灵感。"宣布自己无法出席等于暴露自己一直以来不过是一个寄宿学校的逃亡者的事实。那天晚上，他从校园后门偷偷溜了出来，步行两英里，来到117号公路上的公共车站。

灯塔山上的这栋房子就像一座美术馆，每一面墙上都看似随意地挂着画。这里的食物完全可以和杜妮做的相媲美。作为大学的客座讲师，奥根布里克先生——现在只需称他为布鲁诺——似乎生活优渥。威廉喝下一两杯或是更多的香槟，集中所能调动的一切聪明智慧，加入各种各样的对话中。他不介意人们在他走开时低声说：他就是布鲁诺提过的那个汉密尔顿-斯威尼；相反，他很高兴地发现其他宾客——都比他年长，几乎都是男性——会聚在一起，像一排排直立傲放的蜀葵似的，倾耳细听他讲笑话。偶尔，他会撞上布鲁诺从房间另一头投来的目光，可直到夜晚结束，宾客们纷纷穿上外套准备离开时，这位绘画讲师才来找他："他们俩打算步行回学校，也许你喜欢有个伴。"

"不用了，谢谢。"威廉回答，假装在床上的那堆衣服里寻找自己的夹克，"我喜欢一个人。"

"反正你要回去的也不是那个方向，不是吗？"

"你说什么？"

布鲁诺用手指了指威廉刚刚翻找出的短外套，一条金绿相间的领带从衣服口袋里垂了下来："没记错的话，这颜色来自我们当地的一所中学。"

"所以你一直都知道？"

"用不着这么惊讶，你的名字从来都不在我的听课名单里。"

"好吧，但你为什么一直不说？"

"威廉，艺术家从来都是在渴望被人理解的同时，极度爱惜着个人隐私。就算他的秘密在别人看来显而易见，并不意味着他已经准备好公开一切了。"他说这话是什么意思？威廉很想知道。不过当然了，他早就知道了。自上课第一天起，当他光洁的头顶在阳光下闪烁发亮时，他就知道布鲁诺是什么人了，但他没想到布鲁诺对他的了解竟能深入至此。"不过，现在我的客座讲师任期到期了，你也该好好决定要走哪条路了。"

"那这里的一切怎么办？"

"这里？这里是伯纳德家。"他边说边朝站在房间尽头的艺术史系主任点了点头。威廉不久前刚见过他，现在想起来，布鲁诺整晚都和他在一起。"我在佛蒙特州有座房子，供我换工作期间居住。乡村能让我想起自己的家乡。"

也许这是真的，威廉渴望被人理解，倘若不是这样，又如何解释当听说布鲁诺来年春天不再回来时，他竟会如此伤心？但最后，他还是决定将这个问题留待日后再议。在坚称自己有办法找到回学校的路之后，破晓时分才摸进校园的他被逮了个正着——郊区鸟儿粗犷响亮的鸣啼声把他出卖给了校长，要知道，声名狼藉、爱睡懒觉的纽约鸽子是绝不会这么做的——而且，由于这是他第三次违反校规，导致他这个学期没上完就被开除了。

此时此刻，威廉坐在山间小屋前的门廊里，看着海波杯上冒出水珠，蚊子围绕着烟熏火腿忙碌,他不确定自己做出的这个决定是否正确。布鲁诺和他记忆中有些不同,身形更加魁梧,也不再冷静得不近人情。也许是觉察出了客人的悲伤心事,布鲁诺不愿再给他施压,只是问起了他的礼服。

"什么,你说这个吗?"威廉都忘了自己还穿着它,"我的衣服都拿去洗了,这件衬衫是仅剩的干净的衣服。其他人在哪儿?伯纳德呢?"

"伯纳德在波士顿。"

"哦。"群山的影子如恐龙崎岖的后背。二十四小时前,他还在中央公园的那家餐厅里,周遭围绕着手握香槟酒杯的寡头政治家。他们向父亲敬酒时举起的酒杯比此刻在他手中颤抖的这只还要细窄一些。老实说,他已经不记得自己说过些什么,造成了怎样的麻烦了。

"不用客气,威廉,想待多久就待多久。"

"你不打算问我发生了什么吗?"

"我不需要知道'发生了什么'。整个夏天,客人们来了又走。目前有三间卧室空着,你可以任意挑一间自己喜欢的。"

布鲁诺早已就寝,威廉在门廊里又待了很长时间,不只是为了避免对方邀他一起睡的可能。现在这个时候,他的父亲已和菲利希亚·古尔德完婚。通过长年的适应再适应,很明显,他根本无法适应。爸爸拒绝在最后一分钟叫停这场婚礼,这本就是意料之中的事。没错,如果威廉三世足够坦白,他会承认自己一直在寻找机会与威廉二世决裂,好比液体火箭渴望与固体火箭决裂一样。真正杀他个措手不及的是里根,除了母亲和杜妮外他唯一信任的人,居然袒护敌人。他若想要幸存,那她也必须消失。此时,睡觉已不可能了。风向变了。那些蚊子扭动着身子,像是被火点着了。冰块在杜林标酒里爆裂。

威廉以为布鲁诺说客人们来了又去不过是出于礼貌,事实却真如他所说。一切始于接下来的那个周末,来自波士顿还是费城(他其实没有仔细听)的几个肤色苍白的男子开车攀上了碎石车道。他们戴着草帽和太阳镜,衬衫上一半扣子都敞开着,下车时手里似乎抓着饮料。他们站在那里,双臂撑着敞开的车门,目光越过等在门廊台阶上的布鲁诺,望向他身后。下午三四点钟,炊烟袅袅的山谷,蚊虫打着旋。他们并没有说,"我的天,你快看看那儿",事实上,他们已无须说出口。

这很奇怪:换作从前,威廉会为他们打扮一番,扮演好不谙世事的少年，可他现在全然打不起精神，甚至无力从躺椅上抬起手来打个招呼。更奇怪的是，似乎根本没人介意。他相信，布鲁诺会稍后在私下里同他们解释，为了给他留足空间，也许吧，但这些男人经过他身边时，一脸和善地看向他，仿佛以前来过这里，这又该怎么解释？没有人以前来过这里，威廉心想，不可能。虽然身处这片恩泽之中，但他还是无法不去想家：杯碟上震颤的浓咖啡；车道上静止的汽车；围栏外那些绵延起伏的野花；放眼望去，一切有如只有在他发烧时方能窥见的景象。忽地，摇摆时光戛然而止。叫喊声在山间一汪潭水上回荡，又在岩石和隘谷中散去。他循声望去，透过松树的黑色树干，其中一位客人登上了跳水崖，纵身一跃，消失在他的视野里。在四溅的水花声响起之前，时间仿佛停止了。

日落之后是集体晚餐，威廉默默地坐着，尽力不去打扰任何人享用美好时光。围坐在餐桌旁的其他几张脸因为葡萄酒和运动变得红扑扑的，看上去像是被撤销定罪的囚犯。总之，如果以为这一切会被他内心的凄凉毁掉，那纯粹是自恋情结作祟。他不过是个俊俏的男孩，一个空气精灵，一个逃亡者，一个供他们养眼的人。只有布鲁诺——强大、耐心、深不可测的布鲁诺——细心地注意到他几乎没怎么吃东西。他只消看上一眼，便心知肚明，但他什么也没说。

没过多久，威廉就找了个借口去门廊那边吃饭。他盛了些小牛肉、鸡蛋面或意式细面，在矮藤桌上放下盘子，连灯都懒得开。笑声从纱门透隙中传了出来。昆虫蜂拥而至，飞舞在纱门和他香烟的灰烬周围。烟味混合着室温下比萨红酱的气味，闻起来好似变质腐臭的野餐。他试着想象，门廊里的黑暗与远处的黑暗会合于此，而他被夹在中间，像只躺在下层灌丛中睡觉的动物。他又想象稍后当所有碗碟都被洗净之后，布鲁诺走来门边找寻那个自恋的少年，却只看见无尽的黑暗。此时此刻，即便这个世上真有人愿意寻他，问他，关心出了什么事情，这些昔日的幻想也无法给他带来任何快乐。

理论上，当客人们纷纷返回自己的城市之后，威廉能过得更自由一些；可事实上，他反而觉得更糟了。他无法读书，无法睡觉，无法拨弄自己的吉他。唯一还能吸引他的是几项介于迷糊与专注之间的活动，而他就靠在其中挑挑拣拣度日：广播里的棒球比赛、报纸上的填字游戏、有关伊丽莎白·泰勒或玛丽莲·梦露的似是而非的杂志报道。在布鲁诺开车进城采购之前，他会奉上这类杂志的名目清单。威廉也提过自己掏钱（一旦达到法定成年年龄，他就能全权管理母亲留给他的信托基金了；另外，他还可以通过当地报刊上的分类广告，卖掉里根的卡尔曼吉亚跑车），可布鲁诺总是婉言谢绝，语气里带着亲切，既使人感到宾至如归，又教人产生他在以恩人姿态自居的错觉。他回来时车上满载一包又一包的免费食物，可威廉依旧毫无胃口。就连优美的风景也日渐抽象起来，如同你闻不到香气的古龙水广告里那个你得不到的男人。夹在他与美景之间，时光虚度而过：那么多秒钟，那么多小时，那么多年月。临死之前，他还有那么多吨的食物，那么多立方的水要去消耗。他可能会死在这里，在这个东北部的王国里，在一万个和今天差不多的日子终于完结之时。

7月中旬的一个晚上，从车上卸完日杂百货，布鲁诺在自己的摇椅上坐了下来。明天还有更多的客人会来，威廉以为他有话要说——怀着紧张的异样心情，他以为布鲁诺终于要失去耐心了。然而布鲁诺只说了一句："我给你带了点东西。"他朝两人之间的茶几上的纸袋点了点头。威廉打开后发现是一个素描本。布鲁诺抿一小口鸡尾酒，轻摇座椅，望向威廉正假装痴迷望着的远山。

"我还没在这儿见过伯纳德，"威廉终于开了口，"他会来吗？"

"伯纳德和我已经分道扬镳了。"

他其实早就猜到了，重提只是为了揭开布鲁诺的伤疤："所以你才对我这么慷慨。"

"没人把你困在这里，威廉，你随时可以离开。"

"你心里有一个渴望被填满的位置。承认吧，你需要我。"威廉被自己含泪的声音吓了一跳，细小而滚烫的无助泪珠，可他控制不住自己。他不想放开那个正在将他撕裂的东西，他不想蜕变。

布鲁诺叹了口气："你还是和从前一样，威廉，看待这个世界的方式很独特。"他起身进了屋，"不是你想的那样，即便没有别人供我消遣，我也不会占你便宜。你还是个孩子。"

他想站起来，阻止布鲁诺离开，他想用他的颧骨感受日耳曼人坚硬的拳头。而事实相反，他只是等布鲁诺入睡前的最后一点声响平息之后，溜进浴室，拉下灯绳，望着镜子里的自己。没错，他还是个孩子，圆润，苍白，纤瘦，不知感恩，不懂爱，也不为人所爱。即使是被他装在心里的母亲，比起一段回忆，更像是一个梦。他打开水龙头，水流高声嘶号，接着，他从工具包里抽出陈旧的剃须刀，想象着用它割开自己鱼腹般的手腕，就这样消磨半响时光。然后生活再一次证明，它对于威廉·汉密尔顿-斯威尼来说太过艰深了。面对生活，他除了将剃须刀打磨锋利，用它刮净最近新长出的孩子气的难看胡须之外，又能做些什么呢？

要说黑暗自此便远离了威廉，肯定是谎言。疾病不会自己痊愈，可至少他能够时不时睡上一整晚的安稳觉，每天早上起来还会刮一刮脸。下午，他沿着落满树叶的小径走去山下的湖。说是小径，实则不过是树丛间仅容一人通过的缝隙。周围全是树，他画过它们，所以知道它们的名字。他的素描本慢慢被铁杉和桉树填满，还有那些趁他坐在那里纹丝不动时闯入他的领地的小动物：松鼠、晒日光浴的乌龟，还有过一头鹿。他会吃掉带来的三明治，甚至没有注意到自己的味觉在恢复，然后继续这场徒步之旅。脚边潺潺流淌的溪流发源自山间那个可供游泳的深水潭。这片秩序井然的古老荒野在巨石峭壁中间劈开一道裂缝，瀑布翻腾着飞流直下。终于，沐浴在阳光下，站在被晒脱了颜色的岩石上，听着湍急的流水，嗅着被山顶植被净化的清新空气，初来此地时的那份期待忽然间得到了满足。他谁也不是，没有过去也没有未来，除了眼前从缝隙间奔涌而出的雪白浪花外，他一无所有。

夜晚，在长长的晚餐桌上，他变得开朗了一些。至于体现在什么地方，无外乎男人们因他而起的笑声，似乎比在布鲁诺的波士顿沙龙时还要卖力，而很显然，他依然以此为傲。不过，他又多了一种能力，那是他近期患上的恶疾——抑郁症几乎要了他的命——的副产品，仿佛在与此相连的另一个宇宙，仿佛他成了自己的鬼魂，不动声色地站在自己身后，观察起来。据他观察，纯粹出于感激，他此刻已满心欢喜地和布鲁诺在一起了。他还发现，在布鲁诺迁就的笑容背后，他的内心深处也有踌躇怯懦的一面，就像曾被烫伤的人始终会与火保持距离。小心翼翼的布鲁诺如今绝不会敞开自己卧室的房门，字面意义也好，象征意义也罢。到了深夜，威廉有时能听见房门那头传出一些声音，不知什么东西挥向空中，唰唰作响，伴随着愉悦或痛苦的呻吟。

8月中旬，热浪如同一张潮湿的地毯，将群山笼罩。纽约那边，他可以想见耶鲁大学一封接一封的来信，并无太多苦涩。想必在位于曼哈顿西区顶层公寓的新家,信封已经在邮件桌上堆叠成山了,课程登记表、疫苗接种通知、义务兵役通告,还有不知道关于什么的超长表格。所有信件都印着他的四段全名:威廉·斯图尔特·奥尔索普·汉密尔顿-斯威尼三世。起初,这对于他来说是个难题。今年秋天,他要如何加入这个能为自己留住阶级特权的组织,同时又不必回到那个曾为其地球科学大楼冠名的家呢?很快,如同魔术师手中的死结,问题迎刃而解:他干脆不去了。一旦做出这样的决定,他对未来似乎有了更多把握。这就是这座山谷的一部分魅力所在,它使一切看上去充满可能性。

比如现在,天然泳池上方,威廉在一块和大众轿车差不多大小的岩石上站稳,裸露的脚趾紧紧抓住温暖的花岗岩壁,脚掌与岩石紧紧贴合,犹如为凹凸不平的岩面定制而成。他的脚下,一群象牙白肤色的男人正来回游动,衣服整齐地叠放在岸边。他们中有两人,在陆地上是那样粗笨、摇晃、不成比例,下了水却像神一样自如。人体肢干随着起伏的水波镜面忽隐忽现,一会儿是一条大腿,一会儿是一只胳膊,一会儿是年轻小伙白净的屁股。那个长相俊美的年轻人朝他转过身来,亲切地喊道:"你在干什么呢,胆小鬼?"

他看向坐在岸边的布鲁诺,他身着长袖,头戴宽檐帽,正读着寄了八天才到他手里的《法兰克福汇报》。昨晚,趁着夜色安静,威廉偷偷穿过走廊,溜进了布鲁诺的房间。不过现在,他不确定布鲁诺是否在听。他不确定自己是否希望布鲁诺听见。

"来啊!跳!"

威廉甩开背叛的阴霾,脱去斜纹棉布裤,任由风轻拂自己的皮肤。站在那里他是美丽的,有人保护的,受人仰慕的。只是彼此爱慕,因为坦坦荡荡,所以不必遮遮掩掩。是布鲁诺成就了这片乐土。他依然安坐着读报,并没有抬头看他。十八岁的他体态轻盈,他飞快地助跑了两步,像颗炮弹似的一头扎进冰冷的水里。

过了一会儿,他四仰八叉地躺到布鲁诺身边,不再纠结于自己的身体是否值得注目:"你应该下水试试。"

"哈。"

要不是这个单调的音节,威廉准以为深色太阳眼镜下的布鲁诺已经睡着了。而且众所周知,布鲁诺从不游泳。他说过,他的皮肤经不起太阳暴晒。眼下,他右手的袖子沿手臂上滑了一些,露出一个蓝色的数字文身。威廉可以肯定，布鲁诺一旦察觉，定会立马将文身遮起来的。感到一丝尴尬的他去自己丢掉裤子的地方把它找了回来。"我的意思是说，如果你愿意试试，说不定也会喜欢的。"他边说边穿上了裤子。

"威廉，有件事我们得谈谈。"

"你确定？像谈话这么乏味的事。"

"我想你这个夏天大概过得不错，你看上去很健康。不过，入秋后我会去纽约，你到时有什么打算？"

"我不知道你要走。"

"现在已经快 9 月了，威廉，每个季节都有自己的尾声。"

关于未来的建构突然间就自我重组了，走廊通向的是死胡同。这是对他昨晚所作所为的惩罚吗？"我可以留在这里，替你照看房子。"

"今天早上我在客厅发现了你的素描本，我自作主张翻开看了一下，你又进步了。"

"那是我的隐私。"威廉说。

布鲁诺好像没有听见，自顾说着话。往南一百英里有一所学院，在艺术圈很有点名气，他有几个熟人在那里教书，都是他在其他院校做兼职时认识的男男女女。他认为威廉应该很容易就能被接纳。"这或许是你留在这片山中的一种方法，如果这是你想要的。"

威廉遥望池塘，男人们像水獭一样在水中游戏："我还是不明白，布鲁诺，为什么你总是为我安排好一切？"

布鲁诺注意到自己的袖口，开始沿着手臂往下捋。他所指究竟为何尚不清楚，但他的确说了一句："相信我，这不是为了你。"

鉴于这所学院从未拒绝过任何人，它能在短时间内接纳威廉的事实也就变得不值一提。当初在艾森豪威尔政权下，全国上下如雨后春笋般建立起大量革新式学校，这里便是其中的一所。来到这里的真正意义在于，威廉可以做自己想做的任何事情。比起"严酷的人格塑造"，这里更适合他，虽然一直以来他都算是前一种教育理念的受益人。他选修了绘画、哲学、艺术哲学、社会现实主义电影、拉丁语、精神分析法、精神生态学……一门课程让他用整个学期完成一幅静物写生；而另一门课程，他只是坐在地板上，把被剪成碎片的磁带黏合在一起。更别提那些校内公演了：晶体管收音机协奏曲，要不就是无声音乐。每一个田园牧歌式的下午，他都会懒洋洋地躺在针栎树下，和新朋友们胡扯一通《薄伽梵歌》。他们的言论确实尽是些胡扯，其中倒也不乏令他血脉偾张的废话。尤其在音乐和视觉艺术两个领域，他的热情更是高涨到足以灼穿隔在他和他的亡魂之间的那层面纱。

到了第二学年，他在镇外的一座山上租了间小木屋布展——这里的展览后来被他命名为"发生"。威廉随着循环播放的磁带漫不经心地弹他的西班牙吉他，而学院师生们则在室内闷浊的烟和酒气中绕圈，检视他朋友们的画作。威廉自己的作品从未上过墙，和音乐不同，绘画是一种存在，而非一串动作，不管怎样，你永远不会有画完一幅画的感觉。当你像他那样将颜料任意泼洒在画布上，留下大片的色块和线条时，你又如何知道几时才算完工？你如何能知道自己的全部感情几时才算宣泄干净？

在攻读本科的五年里，他有过数段风流韵事，甚至还与同一个女人谈过一场不太成功的恋爱。但不试一试怎么知道呢？身边的各式壁垒都在坍塌。1964 年的某个仲夏之夜，他和几个同学服下迷幻药，以巴斯比·伯克利[a]式队形躺在桃园里，仰望星星有节奏地一闪一跳，如同观赏巨大的蓝色心脏起搏的心室。"哇！"两个人不约而同地叫出了声，最后，所有人都互相亲吻起来。那是醉酒驾车却从未出过车祸的一年；是在黑暗中摸进教室，挥笔创作涂满整面黑板，直到悄然离开也绝不开灯的一年；是他们兴奋过头后在学院周围的树林里挂满镜子，在自己和树身上抹上各种颜色的一年。

从广义上来说，颜色是他感兴趣的领域，包括肤色。这份关注从他还在萨顿广场的家时就开始了，他观看电视上俄克拉何马城静坐的影像，而杜妮就站在他的身后。如今，他的住处没有电视——出于道义原因，他拒服兵役——但他通过收音机密切关注着伯明翰运动[b]和进军华盛顿运动[c]，甚至暗暗期待，要是能在佛蒙特遇见黑人，他将对他们宣誓效忠。但事实上，他唯一能做的就是以艾丽

[a] 巴斯比·伯克利（1895—1976），美国著名导演、歌舞编导，启用大量舞蹈女郎充当伴舞，列队成行摆出万花筒般的几何图形，其导演手法很快发展成为好莱坞歌舞片时代的标准模式之一。

[b]1963 年春天，马丁·路德·金等人在阿拉巴马州伯明翰市发动的民权运动，旨在迫使商界向所有种族人群开放就业，废除学校、餐馆、商店、公共设施内的种族隔离。

[c]1963 年 8 月 28 日，来自全国上下各行各业的 25 万美国群众集结在华盛顿林肯纪念堂前，参加要求"工作与自由"的大型非暴力政治性集会。马丁·路德·金的著名演说《我有一个梦想》就是在这场运动期间发表的。

斯·B. 托克拉斯[d]之名举办一场校园糕饼义卖活动，收入所得全部寄给 SNCC[e]——权当是为了那一天的到来预支的一笔定金。到了那一天，像他一样的纨绔子弟将不得不靠工作谋生，而不是去乡下的艺术学校，体验隐居桃源的生活；而像杜妮一样勤勤恳恳的人，退休后就应该搬去里维埃拉，而不是皇后区的霍利斯。

[d] 艾丽斯·B. 托克拉斯（1877—1967），20 世纪初先锋派代表，美国小说家格特鲁德·斯泰因的终身伴侣。

[e] 学生非暴力协调委员会，20 世纪 60 年代美国民权运动的核心组织之一，后期摈弃非暴力原则，更名为 Student National Coordinating Committee。

当然，有些壁垒还是不打破的好。1962 年的圣诞节，几杯香槟下肚后，他给菲利希亚家打电话，打算为自己偷了她的车向里根说上一句迟到的抱歉。接电话的却是斯丁金·丽莎维塔，菲利希亚的新贴身侍女。"哪位？"她问道。他努力屏住呼吸。"有人吗？"她又问。还好有山川的阻隔，将城市的喧嚣围困在自己筑起的堡垒里。直到有一天传来了肯尼迪总统在达拉斯遇刺的消息，他还觉得那就是虚构小说中的情节，是从某个凭空想象出来的地方发回的报道。毕业之后，为了更进一步沉浸在绘画艺术中，他搬去了更为偏僻的乡下。他也因此对时事政治越发兴致索然，以至于政策出台几个星期后，当他顺路去镇邮局取件时，才发现自己收到了"至武装部队报到体检的命令"，信封上还盖着"转寄"的邮戳。

天晓得邮递员是怎么找到他的。他两周前就应该至当地征兵局办公室报到了——根据这份文件，该办公室位于曼哈顿下城区的教堂街。也许他能想到什么简单的法子变更住址，这样他就不用驾驶那辆老式卡车，拖着自己回到三百英里外的纽约了。然而，能够重回纽约的那种突如其来的期望又使他挣扎起来，像被关进狭小笼中的动物一般。那座城，他的城。第二天早晨，带上画布、吉他，以及这些年来收集的几箱足以挡住副驾驶一侧的后视镜的艺术书籍，他开着嘎吱作响的老爷车驶向山下的高速公路，向哈德孙河谷和远处令人眩晕的故土驶去。

面试他的中士对他的性取向不以为然。"当然，"他说，"是的，就和来这儿的每一个自作聪明的家伙一样。"

"不，我的意思是我在这方面一向身体力行。"体验了五年的放逐生活，他心中残存的最后一点羞耻感也已荡然无存，满脑子只想到自己有可能被炸死或被射杀。逼仄的玻璃房间外,电风扇的扇叶呼呼作响,条状的捕蝇纸一头连着金属网圈,另一头像鳗鱼一般在空中蜿蜒游走。打字员坐在金属书桌前,不断地从滚筒中揪出表格,不断地塞进镇纸下面,以防被风吹走。面试官是个南方人,饱满的颧骨像两个苹果,后颈刚理过发的地方留有一道细窄的白色印记,倒是冷酷得恰到好处。威廉紧贴办公桌边坐着,除了被打字员此起彼伏的敲击声震得微颤的玻璃外,他感觉不到一丝轻风。

"就凭着这个姓氏,伙计,你一定以为能轻而易举地申请到延期入伍吧。"

威廉这才由衷地紧张起来。他很早以前便认定,母亲的信仰只是一个卡通人物,而且他始终难以相信那个老头能睁一只眼闭一只眼,姑息汉密尔顿-斯威尼们在自家地下室里堆积起的真金白银。然而,在高度焦虑的状态下,他还是会想象,这一切都是那个喜怒无常、学究气的造物主对他所犯罪恶的惩罚。

"如果谁都像你这样,汉密尔顿-斯威尼先生,我们将损失一半的应征新兵。"

"中士,要怎么做才能证明我和别人不同?"说真的,他在做什么?他伸出手去,抚摸着那个男人的手,"如果有必要的话,我们可以去个更隐秘的地方……"制造噪声的打字员仿佛都停下了手中的工作。他又用更加低沉的声音补充了一句,"这倒不是说你对我个人有什么吸引力,你明白的,只是以科学之名——"

一阵清晰的疼痛后,他的耳朵嗡嗡直响,中士扇了他一个耳光。"这儿是有规矩的,小鬼。"一分钟后,他开口道。

"那些规矩中包括虐待应征者吗?"

"要是你敢在这里闹事,我就敢把你关进监狱。"

"拿不到文件,我是不会离开的。"威廉压低身子镇定自若地说。橡皮章如马蹄铁般砸落在纸上。不宜入伍。男人连看都没再看他一眼。

出门的时候,他经过另一位军官身边,对方大概是前来查看这番躁动到底是怎么回事的。威廉挥了挥文件,又揉了揉耳朵,大步走出了房间。外面的等候室里,身着蓝色牛仔裤、不修边幅的年轻人成排坐着或站着,表情却是一致的不安。如果他期待听到他们的掌声,那他恐怕要失望了。他们只是盯着他看,仿佛他是一只从母鸡工厂里逃出来的鸵鸟,而他们自己注定要成为晚餐。无所谓了,反正他自由了。他奔下走廊,冲过双开门,沐浴在故土正午的明媚阳光下。

那一年是1966年——属于黑人权力运动、《杰瑞的孩子们》[f]《八英里高空》[g]的一年。澄蓝的苍穹之上，一个男人正在太空漫步，仅靠一条"脐带"与飞行器相连。与此同时，苍穹之下那个被他抛在身后的世界，表象的体面已经难以为继。午餐时间，烟味在空气中飘散，涂鸦之花在邮筒和市政大楼的墙壁上绽放。威廉向他的卡车走去，一男一女两个白人小孩正坐在便道旁一个压扁的盒子上，向股票经纪人讨要零钱。这可能并不比询问时间更值得道德评判。在威廉看来，这一幕预示着进步而非倒退，预见了某种更具洞见和生命力的生活方式。他的父亲，资产阶级秩序的化身，不曾来过也永不会来这个街区，而他的儿子此刻却站在这里。威廉心想着，从口袋里掏出仅有的零钱，交给那个长着一张偷渡者脸孔的小女孩：纽约的未来是属于他们的。所以这一次，纽约也会保护他，他对此深信不疑。他们不会再让彼此失望了。

[f] 美国喜剧演员杰瑞·刘易斯（1926—2017）主持的一年一度的电视慈善节目，旨在为肌肉萎缩症患者募捐。自1966年劳动节开播以来，该节目已筹集超过二十亿美元的善款。

[g] 美国摇滚乐团飞鸟乐队于1966年发行的一支单曲。

/ — / — / — / — / — /

18

1973年美国国家杂志奖颁奖典礼如期举行。位于哥伦比亚大学新闻学院附近的那个蝇卵密布的宴会厅自然不以优雅著称，但话说回来，记者们也一样。因此，如果你刚好在灯光暗下去之前扫了一眼人群，你的目光很可能也会停留在距离舞台不远的那张桌子上。一位气质出众的高个子男人侧立桌旁，隐约与周边环境格格不入。那股子高贵与服饰无关，他哪怕只是穿一件运动衫搭配牛仔裤，应该也不比他身上那套租来的礼服差。准确来说，这和他的风度举止并无多大关系，他的胡子上还沾着晚餐时残留的面包渣。反倒是某种内在的东西，某种他四周的物质世界触碰不到的东西发挥了作用。他名叫理查德·格罗斯科夫，是一位杂志记者。餐桌已被清理干净，广播系统发出一阵吱吱嘎嘎，但他的思绪不在这里。他已经神游到了五分钟以后的未来，那个即将见证他的毕生心血时刻。

没错，他数年连获"优秀报道奖"提名，不过，今年他终于杀入了决赛。入围作品是以取消登陆月球计划为背景创作的，不过，正如理查德的其他作品也常陷入的局面，文章以转移到某个全然不同的主题上而收场。两年间，他投入了大半的时间采访和写作，但当他环顾四周，望向别桌的同事——纽约文艺界的精英们时，他知道在这场竞争中败下阵来的仍会是他。他离领奖台近到能看清司仪黑色翻领上的线头。他想象这个二流喜剧演员的生活片段：当这位本地的"杰瑞·刘易斯"在雷戈公园住所的厨房里，穿着平角短裤和吊带袜彩排自己的笑话时，他的妻子在一旁帮他熨烫礼服，他的孩子们在隔壁房间的地板上打滚，烧水壶在尖叫，场面太过混乱，以至于没人注意到那件西装外套有多破旧。突然，理查德两边的同事们纷纷敲起掌来。他胜出了吗？真的是他胜出了吗？

不是他。《大西洋月刊》的一位编辑正走上台去领奖，脚步慢得有些过分，简直就是在踩别人的痛处。好吧，获奖本身并无意义，理查德提醒自己。尽管如此，你明知有些事毫无意义却还是打心底里想体验一把，比如把小小的铜像举过头顶，感受闪光灯跳着滑过皮肤。

后来他才知道，这个奖项居然还有一个名字——"艾利奖"，为了向更加光彩夺目的艾美奖致敬。杂志的事实审核员也是会每周三晚小聚的理查德的扑克牌友之一。那天，他肯定提前和其他人嚼了舌根，因为理查德还没来得及脱掉外套，他们就调侃起他来了。"别板着脸啦，"市政厅的本尼·布鲁姆说，"艾利奖是留给耐心等待的人的。"

"虽说这回可能是离艾利奖最近的一次了……"有人说。

"不管怎么说，艾利奖也不是颁给作者的，而是编辑。"审核员说。

"真的吗，里克？这么说你错过的并不是你的艾利奖？"

"嘿，别叫他里克。"一个新的声音横插进来。理查德已经起身迎接这位"男中音"，来自纽约郊区的齐格·齐格勒"博士"。

自打新人时期在《世界电讯报》的新闻编辑室相识时起，他和齐格就是最好的朋友，连桌子都并在一起。像许多酒鬼一样，齐格清醒时是个颇为有趣的人，只有理查德知道他精神崩溃的所有细节。齐格总爱对外宣称，为了抗议"违背新闻客观性原则的虚假报道"，他非辞职不可，但他从没那么干过。最终，反倒因为捏造假新闻，他被报社开除。这个秘密，再加上后来一场打歪了理查德鼻子的斗殴，两人之间留下了难以修复的裂痕。在度过漫漫戒酒期后，齐格的幻想减少了，说话却越来越刻薄。最近，他在当地电台主持一档早间脱口秀节目，借此重新赢回了声望。每个工作日，他都会接听十来位热心听众的电话，再播报个几条晨报新闻头条，然后痛心疾首地发表他的长篇"市政咨文"。但他依旧嫉妒理查德。此时，所有人都转身看向他，他刚好脱下另一只鞋："拜托，放尊重些，你们谈论的可是入围国家杂志奖的理查德·格罗斯科夫。"

这个名字刺痛了理查德的心，齐格不会不知道。但这是你自己的事情，入围国家杂志奖的理查德·格罗斯科夫。入围国家杂志奖的理查德·格罗斯科夫举杯……宣布……彻底失败。理查德勉力对他点头微笑，仿佛在说，行，说吧，你尽兴就好。只有拉里·普拉斯基约略察觉出一些异样。大约在十五年前，理查德第一次拉他加入这个牌局时，他们几个报社记者几乎是将这位身材矮小的警察当作吉祥物看待。不过，他很快坐上了警探的位置，而他举止间的文雅、小儿麻痹症赋予的殉道士般的神态，为他察言观色的天赋打了一手好掩护。"还好吗？"当晚结束后，两人穿上夹克准备回家，赢了二十美元的普拉斯基问输了二十美元的理查德。"好得很。"理查德回答，并拒绝了普拉斯基愿载他一程的好意。他更愿意走路，虽然还不回家，只是去最近的酒吧。

反正，他也不是冲着这份荣誉才入行的，不是吗？二十三岁那年，他刚从朝鲜半岛回来，奋战在新闻编辑室的书桌前时，这世上还没有艾利奖，没有新闻学院，也没有什么两千字特稿。一个人请了病假，另一人就会把铅笔塞进你的手里，指向着火大楼所在的方向对你说：要是采访不到消防局长就别回来，臭小子。你是一个记者，仅此而已。当然，除此之外还有挥之不去的乙醚和烈酒气息。现在是早上七点，宾州火车站附近的一家临时酒吧里，新闻记者们依然躬身坐在自己的酒水前，如同位卑言轻的僧侣。你只需从谈话的音量即可得知他们的身份——听了一整夜刺耳的电话声、莱诺铸排机的印刷声、主编助理的助理的吼叫声，他们都成了半聋之人。但这也是职业尊严的一部分，遥遥无期的苦难，强颜欢笑的自尊。

说句实话，对集体认同的渴望才是最初吸引理查德入行的原因。一直以来，他之所以显得与众不同并非因为某种特质，而是因为缺乏特质。自青春期开始,他就被心理医生判定为"自我意识薄弱"(除非,严重缺乏自我本身也算是一种自我)。学校的其他孩子似乎心里都有一张地图,知道自己要去哪里,想成为什么样的人,从而能安然度过外在转化的过程。可理查德,身高一米九的十三岁男孩,只觉得自己受困于荒野,手里连片口香糖都没有。也可能这世上不只存在一个他,而是一大群他,有好有坏,他无从知晓每天清晨醒来的会是哪一个理查德。这种人格冲突没能随时间而缓和,反倒越来越教人不堪忍受。毕业那天晚上,他开着父亲的车撞上了一棵树,在某种程度上他是故意为之。一缕清澈的晨光将他唤醒,也许军队才是最适合他的地方。过了不到一个星期,他的父亲就用一辆新车载着他去征兵办公室报到了。

军中纪律也许能将他塑造成界限明晰之人,连理查德自己也有过这样的期待,但事与愿违,你永远不能为空虚划定边界。新剃的平头和不合身的军装只会更清晰地表明,他可能是任何东西,但绝不是美国大兵。身居海外,他把所有空闲时间都花在了阅读上,要不就是蹲在便携式唱机旁,听一位表兄从家乡寄来的唱片。他的战友们把这番举动解读为傲慢,事实上,无论是听莱斯特·杨的音乐,还是读军人用的简装图书,理查德只是在摸索一条全新的出路。一天晚上,在返回军营的路上,他看到一群外国记者围着帐篷,蹲在飞虫环绕的灯下打牌。"放马过来。"其中一个说。理查德以前也见过他们,但并不真正了解他们,不理解他们毫无章法的行事风格和显而易见的艰难求索(当时他刚好在专心攻读福克纳)。他的心里莫名冒出一个想法——那里才是我的归宿。

这种直觉有助于记者工作,就连缺乏个性也成了他的优势。理查德回国后负责的第一个辖区是格林威治村。遇上无事可写的时候——没有码头罢工,没有凶杀案,甚至没有长期烦扰拉里·普拉斯基的抢劫案——他就将大把时间泡在爵士俱乐部里,表演间的串场词总能给他灵感。坐在这些从哈勒姆来的音乐家间,他说着毫无口音的英语,附和他们的行话暗语,催他们赶紧上场。音乐家们讲述的故事充斥着他早期在大都会版块内的专栏文章。他称其为"天下记事",把不以为然的自我膨胀作为这个专栏的幽默所在。说是"天下",其实内容囿于纽约的五个区。他写过科尼岛上的怪诞秀演员、长岛地铁站台上拉大提琴的男子、莫瑞斯山公园里救济鸽子和流浪汉的女人。它们之所以被视作新闻只是因为它们出现在了报纸上,纽约人喜爱读的无非是他们自己。20世纪60年代初,如同面包店包装盒上的店名一般,专栏名还一度被印在送报货车上,草体大字:每周二和周五,"天下记事"与你不见不散。这本可以算作一场胜利,所有人都知道理查德是谁了,尽管他自己不知道。他还想要更多。

就在那一年,杜鲁门·卡波特[a]出版了他的"非虚构小说"。理查德当然早有耳闻,人们吹嘘他的伟大,因为《纽约客》上刊登了他的那部十万字的连载;在那之前,能让人们如此着迷的唯有轰炸广岛的新闻。按照一个字二十五美分的价格计算,这本书的收入足够他下馆子吃一年的了(虽然对卡波特来说,可能还是有点少)。此刻,站在街角书店的橱窗前,《冷血》被摆成金字塔状,连同竖立一旁的那张照片一起嘲讽他。照片中,作家斜倚在一张黑色长沙发椅上,这张图显然过时了。理查德最近一次见到卡波特是在一个派对上,他衰老而肥胖,却一如既往地虚荣、顽皮。他还是忍不住停下脚步去看那张照片,靠得太近,以至于隔着抛光的玻璃,他的脸一时间与卡波特的脸重叠在一起。最后,在确认过四下没有熟人之后,他走进书店买下了那本该死的书。那是早上十点的事。他在当晚十点读完了这本书。他痛苦地承认,书写得很棒。杜鲁门有诸多恶习,任何与他干过一杯酒的人都会这样告诉你,可没人能夺走他因这本书而取得的成就。在他人的人生中理查德将自我完美隐形。自此直至时间的尽头,当他望向镜子,他可能都无法摆脱《冷血》的作者的那张脸了。所以,当一本女性杂志的编辑找到理查德,以更多的字数、更长的写作期限、更多样的主题向他约稿时,理查德把它当作救命稻草一样牢牢抓住。

主张平等主义的新闻记者们总爱抱怨,"新新闻主义"简直是一种自我放纵。(问:"如何称呼一位既不撰稿也不编辑的人?"答:"撰稿编辑!")可如今,拿着杂志的薪水,理查德可以折腾一个上午,拆分一个句子,再重新拼回去。星期五的夜晚,曼哈顿西区聚集了一群人……在一个星期五的夜晚,人群在曼哈顿西区聚集……即便如此,催稿的絮絮叨叨也没有从房间另一头传来。他此刻亟须厘清的是一个繁复庞杂的关系网,复杂到他过去数个专栏相加也不够篇幅容他解释清楚。家庭、工作、爱情、教堂、市政当局、历史、偶然事件……他想要跟随内心,前往更遥远的地方,在这些关系线

[a] 杜鲁门·卡波特(1924—1984),美国作家,长篇小说《冷血》以1959年发生在堪萨斯的一起灭门血案为素材,经过长期详尽的调查,用新闻主义手法写就,1966年一经出版,立即引起巨大的社会反响。

的尽头,他将发现一个人的终点不是另一个人的起点。他不求自己的作品突破边界,但希望它足够宏大,将无限的概念隐喻其中。

60 年代和 70 年代之交,他积极探索过一些主题:黑人棒球联盟、民谣摇滚、电视福音传道、单口喜剧、改装赛车,正是最后那一项间接将他送进了艾利奖颁奖典礼现场。当时,去佛罗里达的代托纳看完比赛,他在赛后派对上邂逅了一位汽修技工,应对方邀请参加了一场彻夜的篝火晚会。几个嬉皮士坐在沙滩上观看阿波罗十五号发射的影片,奇怪的是,他们居然清醒得很。和这些家伙聊天,他得知了这个无领袖的团体专心致力于火箭末世论。总之,火箭的发射就是他们的圣礼。他们毫无戒心,对他和盘托出,"水瓶座,老兄……懂了吧?"他们相信地球将遭受千年一遇的洪水之灾,到时候,火箭会载着他们前去外太空安家。他旋即知道自己收获了一个故事。

为了这个故事,他入乡随俗,留长头发,蓄起胡须,和一个坚称自己脖子上挂着一块月岩的二十四岁空乘同居了。撇开这一点,她是个十分完美的人,伶牙俐齿,热情似火,他有时甚至觉得,在事情完结之后他还会继续和她在一起。谁在乎她是不是相信地球上的一切生命都将完蛋呢?谁又能确保未来不会如此呢?1972 年 12 月 7 日 [b](他没告诉她,这是他离开前的最后一夜),他回到与他们相遇的那片沙滩。和这些已被他视为自己人的毁容者、鳄鱼驯兽师一起,他最后一次观看了土星五号运载火箭腾空而起,像只巨型罗马焰火筒。毫无疑问,一个时代终结了——被火箭拉拽去太空,再也不可能回来。在那片沙滩上,他们都感觉到了。而将这种感觉付诸文字,他突然意识到,这正是近十年来他真正想要的。

或许他也是这么告诉那个在颁奖晚会结束后联系他的利平科特出版公司的编辑的。他的杂志合同中有一个条款允许他以图书的形式重新发表他的文章,而自从《冷血》那本书出版以来,他一直都在摇摆,不确定自己写的东西适不适合在浴缸里阅读,还会想象给它加上精装硬壳的样子。"我几乎已经看到它了。"编辑说,"'美国梦的死亡',亨特 [c] 的书已经把整段经过写得很透彻了。不过,看着

[b]1972 年 12 月 7 日,由土星 5 号火箭运载的阿波罗 17 号登月舱发射升空。阿波罗 17 号是美国国家航空航天局第 11 次载人任务,也是人类迄今为止最后一次登上月球,阿波罗计划自此画上句号。

[c]亨特·S. 汤普森,美国作家、记者、荒诞新闻教父。1968 年时,汤普森曾计划写一本讲"美国梦的死亡"的书,即后来出版的《惧恨拉斯维加斯》。

这部手稿,我觉得我们需要的是多加一篇,一块压顶石,某种能够提炼和连接这个大主题的东西。"

他是对的。理查德从时代精神中觉察出一些变化,不论是什么,它们都青涩得令人着急。关于失去,关于无辜,关于欲望、美国、个人和群体……这是一个尚未完成的隐喻,一段寻找传播媒介的进程。

"当然,你也可以把它卖给杂志。"图书编辑说,"拿到两倍的报酬,在交易中推广你的书。你觉得自己有这个本事吗?"

他还不至于蠢到在一本书未完成之前收取预付款——要是他曾经败在《大西洋月刊》上的事情没有重新唤醒他成为某个特定类别的人的渴望,他可能还可以坚持抵抗下去。不过,终于有某种东西能够将他送入塔利斯[d]、梅勒[e]、希伊[f]……当然,还有卡波特所在的那片天空里了。他将是理查德·格罗斯科夫,《昙花一现的孤寂》的作者,或者不管他们决定如何称呼这本书的作者。"相信我,我会有主意的。"他对编辑说。两周后,他们给他开了张支票。

[d] 盖伊·塔利斯(1932—),美国纪实文学作家。

[e] 诺曼·梅勒(1923—2007),美国作家、小说家,非虚构写作的践行者和新新闻主义写作的创始人之一,两度获普利策新闻奖,代表作有《裸者与死者》《夜幕下的大军》等。

[f] 盖尔·希伊(1937—),美国作家,曾在1991年获得华盛顿新闻评论奖。

钱是被诅咒的,这道理已经如此明显了吗?第二天早上八点半,他坐在办公桌前,发现他对于自己该写些什么毫无头绪。他试着详细列出自己办公桌上的物品。这样做有时对他颇有助益,好像把它们加在一起就能照出前方的路似的:

a) 一个苏格兰格子呢图案绝缘热水瓶;

b) 一副万圣节面具,从来没有戴过;

c) 一张下东区磨刀机的老照片;

d) 一只干瘪的海星;

e) 一本平装版的<u>韦氏新大学词典</u>;

f) 一顶男士软呢风格软帽;

g) 一小块多孔岩,挂在一条项链上;

h) 黑胶唱片:<u>《阿波罗现场》</u><u>《永恒的改变》</u>;

i）一台安德伍德牌打字机；

j）一台电池驱动的警用扫描设备；

k）各种尚未拆封的账单和 A4 纸；

l）装着橘子皮、卷笔刀和旧牙刷的高球杯；

m）一沓《纽约时报》，约九英寸高；

n）一沓《纽约邮报》，约十四英寸高；

o）一个爆竹，未点燃；

p）一个缺了灯丝的四十瓦特灯泡；

q）《亨利·詹姆斯的序言》；

r）一沓《纽约每日新闻》，约十二英寸高。

然而到了十点钟的时候，他已经没有东西可以列了。耐心，他告诉自己。会出现点什么的。几年前，他曾在一场警方拍卖会上购得一台"沃立舍"牌自动点唱机——从某个社交俱乐部收缴的物品之一。上面摆放着一个装满美分和自动售货机筹码的轮毂盖。接下来的几个小时，他低着头坐在那里，聆听着自己的 45 转黑胶唱片，试着不去想"受阻"这个词。

作为一种仪式，一个早上的踏实工作之后，理查德总是会奖赏自己在午餐时喝上一两杯。然而那年夏天，你却很难看到他在把杯中的咖啡喝尽之前把手伸向酒瓶。三点钟——另一个仪式——他会允许自己去买日报，可如今，为了远离自己沉寂的打字机和电话，他正午时分便会早早出门，到更远的报摊去。星期四下午的联合广场是拉伯雷式的：人们在大白天排成一排。一张熟悉的长凳上，一个长发的男孩和一个平胸的女孩（或者反过来也有可能）正把自己的舌头伸进彼此的嘴巴里，他们都紧闭着双眼，像睡着了似的。广场远处，一个举着扩音器的学生正在为柬埔寨人伸张正义。突然间，不管他望向何处，都能看到这些不再相信发展与进步的孩子。他们为什么要相信呢？进步就是水门事件和共同毁灭原则[g]。进步就是在宽阔的丛林和茅草屋被一片火焰吞没时袖手旁观，进步就是掠夺了

[g] 共同毁灭原则，简称 MAD 机制，是一种"俱皆毁灭"性质的军事战略思想。该策略主要在冷战期间应用，被当作避免两大阵营直接冲突的助力。

[h] 兰德·麦克纳利是一家美国技术与出版公司，为消费电子市场、商业运输市场和教育市场提供地图及软件与硬件。

美莱村的村民，把刺刀扎向了婴儿。不过，如何才能接近这一切？当让你依赖的兰德·麦克纳利[h]的有序世界地图已经朝着天花板卷起滚滚浓烟时，如何才能用双臂去拥抱留下的狂热？

曾经，他也许会在音乐中寻找安慰——的确，他模糊地知道该如何偶然发现某些能用故事完美留住时代变迁的乐队——可如今，就连音乐也背叛了他。从陪他安然度过二三十岁阶段的小型爵士与民谣俱乐部，到本能平复一切噪声却反而让周遭变得更加嘈杂的教堂地下室和公会大厅，全都不能给他安慰。一天下午，他摇摇晃晃地走进一条小巷，里面住着曾经被自己写得很和善的外籍居民，却听到百老汇那边传来一个类似白色噪声的声音。在种满了花草的公路中央隔离带上，一个穿着不合季节的大衣的女人倒在长凳上，旁边放着一辆塞满东西的推车。立在最上面的那台收音机似乎还自顾自地播放着。他不由自主地停下脚步聆听。透过嘎吱作响的电吉他和弦和喧嚣的鼓声，法费萨牌管风琴声传了出来，很像他年幼时在俄克拉何马州少年职业棒球联盟球场上听到过的蒸汽笛风琴声。紧接着，一个听上去像是在唱英语歌的声音开始喊叫他听不太清楚的歌词。理查德脚下的人行道如同低重力的月球表面一样偏航了。

他想起了自己当天早上接到的一通电话。电话并非来自他众多线人中的某个（"我有个故事要告诉你"），而是那位曾与他同居的空中乘务员从佛罗里达拨来的长途。她说，她已经怀孕八个月了。在他丢下她之后，她本不期待从他那里得到什么，不过如今改变主意已经太难了，她感觉自己有责任让他知道，她打算把孩子生下来。理查德低头凝视着街道，看着汽车在西区公路上缓慢行进，又将目光望向远处照耀着哈德孙河的太阳。在每一个过路人看来，比起隔离带上那个等待世界末日到来的疯女人，他的心智显然也健全不到哪里去。上天对理查德·格罗斯科夫的审判会是什么呢？懦夫。输家。酒鬼。如果他继续这样下去，夏天还没有结束，他就会躺进贝尔维尤医院。

回到家，他拨通了旅行社代理人的电话。他把冰箱里所有的食物都胡乱塞进了垃圾袋，用柠檬汁和水把里面擦拭干净——自从租下这间公寓，这是他第一次这么做。他拔掉了自动唱机的电源，把盆栽植物放在路边供邻居们拿取，还用标有失效期的东西刷洗了浴室。他把所有能够装下的东西都塞进了旅行箱里，然后坐在床边看着天空变成粉红色，还看在旧日的情分上喝了一杯,也许是三杯波旁酒。第二天,他背叛了昨日的自己。在一架从埃德尔维尔德机场,即如今的肯尼迪机场起飞的飞机上,俯瞰银翼之下上千英里被蹂躏的土地、高速公路、发电厂、公寓街区和自我毁灭的渺小人群——而他险些成为其中的一员,想象一只穴居的昆虫躲避光线,想象尤利西斯试图更好地驾驭命运,想象拇指和食指分开几毫米的距离。

/ — / — / — / — / — / — /

19

在他还年幼的时候,他就很喜欢用手指抚摩黑胶唱片的凸起和硬纸板封套。他也很喜欢外表斑斓的色彩(奶白、橙、蓝)不会过多地暴露内在的音乐。他的父亲会将一个平凡的、黑色餐盘大小的东西用力地拍在转盘的橡胶垫上,然后会有风琴、小提琴,还有吉恩·克鲁帕敲击坛坛罐罐的声音传出来。接着,他会举着报纸陷进躺椅里,没太留意正在房间另一端的地板上玩耍的查理。不过,报纸的一角有时也会降下来,露出查理很爱看的那张脸庞的四分之一。那是一张瘦脸,胡髭刮得干干净净。查理通过那只阅读用放大镜下的眼睛可以看出,父亲正咧嘴笑着。查理会羞涩地回敬一个微笑,假装自己正在搭建一座林肯小木屋。

在那个年纪,不管他的父母在哪个房间,他总是会在同一间屋子里的地板上玩耍。这是一座被分割成两个王国的房子:一个是齐膝高的世界,另一个则属于查理。顺着厨房的桌子垂坠下来的桌布边缘形成了一个丛林华盖,而木头桌腿便是丛林结实的树干。冬日里某个星期五的晚上,一个士兵攀爬在这些树干上执行着侦察任务。台面上的收音机本来是不应该开着的——查理之所以知道这一点,是因为无论爷爷何时到访,从星期五的日落到星期六的日落期间,家里都不能传出音乐的声音。然而此刻收音机里却在播放一支大型乐队的歌曲,这支乐队在他出生前就已存在。一盏怀旧的精巧枝形吊灯闪烁着暗淡的微光。单簧管的声音如同一只飞进屋子里的鸟俯冲下来,猛扑向吊灯。当他缓缓钻出自己的"丛林"时,蒸气已经在厨房窗户的下半截上蒙上了一层灰色的窗帘。他的母亲正弯着腰站在洗碗机旁,脚踝附近堆着一小截袜子,让人一眼就能看出袜子和皮肤的颜色是截然不同的。碗盘在她摆动的手中奏出了自己的音乐，一种柔和的叮当声，和查理屏住呼吸、假装自己是浴缸里的潜水艇时听过的声音一样。父亲将母亲从洗碗池边拽走，拉着左摇右摆的她向开放空间走去。他们的脚步声——她穿着拖鞋，他穿着工作靴——找到了新的节奏。查理的失踪是彻底的。这回应着某种甜蜜而深层的需要，一种没有完全熄灭的感觉，也许与另一种音乐有关，而查理自己也是这种需求的一部分。他从来不曾忘记，东区一个未婚妈妈的家里，那个始终被帽子遮住脸的人，唱着歌，哄着刚刚出生的查理入睡。

当然，查理不能永远和他的父母保持如此亲密的距离。六岁时，他开始乘车前往用红砖搭建起来的查尔斯·林德伯格小学上学。其他孩子有时会嘲笑查理是个红头发的犹太人，而他自我边缘化的本领也帮了他不少忙。不管怎么说，这所学校有一半以上的学生都是少数族裔的后代：斯拉夫人、意大利人，甚至还有几个希腊人。学生所在的社区，有些共同特点：男人们做的都是些工会工作，或是有手艺的职人，收入相对较低；女人们则会做些兼职，或是留在家里；每家都有一辆汽车，美国制造；必要时适量喝点酒，周末的时间都用来除草；在地下室里追求自己的爱好，或是下午关掉客厅的灯观看高尔夫球赛，表面上是为了降低电视的炫光，其实是为了不让人发现他们已经睡着。他们是中产阶级中的中产阶级，这就是他们为何要从破败的行政区搬出来，为的不是拥有关上房门之后为所欲为的自由（尽管也有些人是这么想的），而是为了融入大多数美国人之中。常态是长岛上的主要工业产品。随着时间的流逝，美国的说明书已经被反复灌输进了查理的脑袋里。只要你的头发长又不是太长，你的领子宽又不是太宽，你的背包不太贵也不太便宜，一周观看八个小时的黄金时间电视节目，紧跟美国队长和钢铁侠的冒险进展，午饭不吃任何过于奇怪的东西，你就不会有什么问题。

在那些日子里，查理最好的朋友叫米基·沙利文，也是个红头发的男孩。从理论上来讲，这本应在他们之间造成某种距离；一间年级教室里有一个红头发的人就足以建立平衡，两个在一起就太多了。不过，米基在他这个年纪里算是体形偏壮的，还是个击球员，上面还有几个哥哥，其他孩子便没有干预他们之间的友谊。因为拉蒙娜·维斯巴格尔似乎把查理的不突出错当成了孤僻，所以她允许他放学后骑车去米基家玩。

米基收集了不少45转唱片，都是动用自己和别人买牛奶的钱购来的。他总会把最新的三四张唱片带去学校向查理展示。他家里有一台梦幻创酷牌的便携式电唱机，内置扩音器，让他们可以在镜子前傻乎乎地跳舞，或是把网球拍当作吉他来玩，借以消磨时间（什么，他有没有想过它们都是钱堆出来的？在查理问起自己能不能也拥有一台"梦幻创酷"时，他的母亲如是说）。播放快歌时，米基总是坚持要独奏，把节奏的部分交给查理。播放慢歌时，他们会背靠背用手臂包裹住自己，发出"唔哇——唔哇"接吻的声音，直到两人大笑到无暇嘬嘴。在戴维·克拉克五人组、赫尔曼的隐士合唱团、汤米·詹姆斯和桑得尔乐队的热门歌曲中，查理在长岛上安然度过童年。到了高中二年级，它们被堆放在他衣柜里的自动电唱机旁，反反复复地播放。

那里的某个地方，花山犹太人会堂地下室里被烟熏黄的B会议室天花板下面，也会传出独唱排练的声音。每个星期日，这十五个孩子都会被拽到一起在这里参加希伯来语学校的学习。犹太教士里德纳尔是个烟鬼，手里总是夹着一根香烟，另一只手则负责把烟灰缸里的烟灰倒进身后的粉笔盒里。香烟上的烟灰不经触碰的话会累积到一块橡皮擦那么长、铅笔头那么长。查理一直在等待它燃到滤嘴处时那个神话般的瞬间，创造出一整根幽灵香烟。然而，就像操场上的秋千眼看就要飞过横杆的那个瞬间一样，它从未出现。里德纳尔教士总是用《圣经》里的章节来补充自己的独白，毕竟这才是让他有资格成为一位教士的原因。他用自己像香肠一样的手指在粉笔盒里摸索时，或是在石板上涂抹粉笔字时会推撞到烟灰。由于患有哮喘，查理会倚在一扇即便冬天也总虚掩着的窗边坐下，远远地看着围成一圈的折叠椅。隔着这么远的距离，黑板上的英文短语与他忘记练习的希伯来短语相比清楚不了多少。

每一堂课的最后几分钟都会被留出来进行自由问答，探讨忠诚与正直相对抗，或正直与智慧，或智慧与勇气相对抗时的局面。教士期待查理和他那些几乎控制不住去抠鼻孔的同侪说出一个犹太人遇到这种情况应该怎么做。"假设你正在父亲的书房里乱翻——"他可能会这样开始。

"他从不允许我进入书房。"谢尔顿·古尔德巴斯脱口而出。查理从可靠渠道得知，谢尔顿·古尔德巴斯的母亲会让他在早上喝咖啡，里德纳尔教士已经习惯了这样的骚动。

"这么说你已经违反了一条戒律，说得好，谢尔顿。可当你在里面乱翻的时候，假设你发现你的父亲也违反了一条戒律，他——"

"觊觎邻居家的妻子！"谢尔顿·古尔德巴斯说。

"觊觎邻居家妻子的屁股。"保罗·斯坦喃喃自语，咯咯地笑了起来。

强行命令不是里德纳尔教士的特长，犹太教改革派大多如此。"如果你的父亲……在工作中偷了某样东西，你会怎么做？"

在查理看来，这暗示的是犹太人要同时固守不同寻常的标准：勇气、智慧、正直和忠诚。正是这种对不凡的假设允许谢尔顿和保罗在课堂上插科打诨，听起来有些自相矛盾。最终，血统预示着他们能够拥有更加美好的东西。这就像超级英雄漫画的起源故事——一滴放射性黏性物，遗传自母亲的微弱金色亮光。问题只有一个：按照这种解释，查理是没有特异功能的。当然，他在火车上看到过留着额发和零散胡须的微红金发哈西德派犹太教徒，而里德纳尔教士也指出过犹太教经文《托拉》中有关收养的故事，他说，摩西就是被收养的。没错，查理心想，但是他是被不信犹太教的人收养的。而希伯来人的所有功勋都无法把查理归入希伯来人的后裔——脚蹬凉鞋的英雄和勇士之王。据说，在紧要关头，你应该向陌生犹太人寻求帮助，而不是去寻找自己最好的非犹太人朋友。谁又能说查理的亲生父母——不管他们是谁——是那种和善的异教徒呢？谁又能说他真正的爷爷不会像《糖果屋》里的女巫那样，照看过德国人焚化犹太人尸体的火化室呢？

上中学时的一个星期日，查理从犹太教会堂骑车回家，碰巧经过了自家所在山脚下的基督教教堂。钟声刚刚响过，将声音的小船推向绿色的世界，飘荡在坐着一个又一个家庭的草坪上。只见两排和查理年纪相仿的孩子正站在那里，看上去几乎与军人无异：身着宽松长裤的男孩在右，身着及膝短裙的女孩在左。也许是他们纹丝不动的样子吸引了他的目光，查理何时听闻过男女混合小组能够这样静止地站着？一个身披企鹅状袍子的人正蹲在他们前方指挥。在她的信号下，他们转过身，朝着此刻已经空无一人的教堂走去。米基·沙利文的一头红发比别人高出不少，正好经过了一只脚放在脚踏板上的查理所在的位置。可就算看到了查理，他也没有作声。

第二天，查理紧张地问起此事——紧张的米基可能会像两人之间生出尴尬和嫌隙时常做的那样，握住他的手腕用力往反方向拧，或是照着他的胸部扭上一把。令他吃惊的是，这个问题似乎让米基老了五岁，变得久经世故、厌于享乐了。他从查理的身边望过去，看向已经坐满了人的午餐餐桌，把手伸进了自己的口袋。只见他的手里躺着一根金链子，手掌上的爱情线或是健康线的位置上放着一个小小的十字架。当查理把手伸向它时，那只手掌猛地合了起来。"在参加我的第一次圣餐仪式之前，我是不能戴上它的。"

"什么是圣餐仪式？"

"就是你看见我们在练习的那个啊，笨蛋。你走过去跪在一个小枕头上，他们会给你一种圣饼。"

爷爷就这种事情警告过他，不过话说回来，爷爷的心里总是充满不可思议的迷信。

"哦。"查理说，假装自己听懂了。

"大家会举办一场派对，你还能得到礼物，"他们做什么都能得到礼物，"此后你基本上就是成年人了。"

"所以就像是受戒仪式。"

"我猜是吧。"米基为查理演示了领受圣饼的时候，该如何正确地把一只手放在另一只手上。查理在向分发午饭的阿姨索要奶油玉米时做了这个动作，结果肩膀上挨了米基一拳。这是在亵渎神明，他说。他失去了所有的幽默感，俨然是个成年人了。

不知道母亲会说些什么，查理准备了一堆理由，用于解释自己为什么应该获准去参加米基的第一次圣餐仪式。教堂就在街道尽头。要是他现在不去参加别人的仪式，一年后又怎么能期待别人来参加自己的受戒仪式呢？绝对不行，她回答。不过他还是去了——撒个小谎，称里德纳尔教士的希伯来语学校放学晚了还是很容易的。这就像是他微不足道的道德悖论之一。戒律中写道：当孝敬父母。不过说真的，仅仅是去开拓自己的眼界怎么能说是不敬呢？诚然，问题的答案可能会在日常生活的混乱中或多或少变得清晰起来，就像坐在一辆移动的汽车里透过树的缝隙瞥见一片湖，然而湖一直都在那里，不是吗？本尼·古德曼[a]的管弦乐队一直都在某处演奏。

[a] 本尼·古德曼（1909—1986），美国单簧管演奏家、爵士乐音乐家，在犹太教会堂接受音乐训练。

不过，若是他不去想它——若是他用一分钟的时间停下脚下的脚蹬——他也许会注意到狭小的院子里令人头晕眼花的污点、电话线杆以及他童年的其他固体最近都变成了什么样子。他的父母比平日里更加心不在焉，更加容易激动和焦躁不安。在确保他不会连续两天都穿同一件衬衫、带同样的午饭方面,他的母亲也越来越不严谨了。他们还匆忙宣布爷爷当天早上要从蒙特利尔过来做客,却没有详细说明他要停留多久。不过,那时的查理还是个孩子,看到的都是他喜闻乐见的东西。

新一批圣餐领受者全都坐在了教堂最前面的长椅上。即便坐在很后面的位置上,他还是能够看到米基巨大的红色脑袋。你不应该鼓掌之类的。管风琴里传出的音乐声比他期待中的更细、更有立体感,听上去就像是纽约岛人冰球队比赛时的管风琴声。不过,最奇怪的还是他前面的人不断谈论耶稣的方式,仿佛他并没有死,而是就飘浮在他们的头顶上。这话实际上说得也没错,一座几乎和真人一般大小的光滑石膏塑像就拴在浅蓝色墙壁上,光滑得像打了蜡的苹果。听到我们,我主耶稣。仿佛教堂就是一座耶稣会经常出现的房子。他试着想象摩西或亚伯拉罕出现在犹太礼拜堂里的画面,却怎么也想象不出来。让犹太教徒担忧的那些德高望重的长者都是些活人,比如爷爷。

事后,沙利文一家在家里摆上了一个从商店里买来的顶着十字架的白色大蛋糕。他想知道这是不是也代表着什么?犹太教、基督教的上帝会不会将此刻对谁都不忠诚的查理·维斯巴格尔丢到地狱的烈火中去?他无法控制自己不去想象。蛋糕比它看起来还要干,但上面硬成了一层皮的棉花糖花朵却给了他一种愉快的头痛感。

"所以,你今天都学了些什么?"回到家,爷爷问他。他是个高大的男人,肩宽背厚,脑袋跟雪茄店里印第安人雕像的头一样大[b],鼻毛浓密得难以置信。两道深深的皱纹勾勒出他的下巴,看起来像是装了铰链一样。他的旅行箱就放在他身旁的客厅沙发上。仿佛是为了给自己的父亲留出空间,父亲倚坐在一张装饰性炉床边,而母亲则躺在父亲应该坐的活动躺椅上。显然,查理打断了什么事情。

"我们讲到了,呃,《申命记》。"

"他问的不是里德纳尔教士那里,查理。梅米·沙利文打电话来了,说你把毛衣落在米基那里了。而且你的嘴边还沾着糖霜。"

"妈妈,对不起。我不想让米基觉得我不愿意参加他的派对。"

"你不需要解释。"父亲说,"你的爷爷只是想知道你有没有学到些什么。"

[b] 在欧洲人看来,是美洲印第安人将烟草介绍给他们的,因此早在17世纪,欧洲的烟草店便会用美洲印第安人的雕像来宣传自己的店铺。

爷爷固执的下巴似乎比平日里更加僵硬了。查理尽力不去看他。"哦，他们对待自己的弥赛亚的态度有点奇怪。"他们只是沉默，所以他继续说下去，"这很让人困惑，如果他真的是救世主，为什么要让他死呢？另一方面，如果我们总是在空等弥赛亚，我们会不会在他来的时候错过他呢？"

"这正是我想说的。"爷爷用深不可测的语气道。话说回来，他说什么都是一副让人猜不透的样子。

父亲说："从一个派对上，你就能得知这些？"

"哦，不能这么说。"他可以尝试再撒个小谎，却不能忍受秘密似乎让他们产生了距离，"我还去参加了礼拜仪式。"

"查理·纳撒尼尔·维斯巴格尔。"

"怎么了？如果派对我都能去参加，我没觉得这有什么了不起的。"

"这是个骗局，儿子。"

他忍不住想，这话也许是为了爷爷才说的。不过，令他吃惊的是，老人竟站到了他这一边。"这孩子为什么就不能困惑呢？你想要他诚实，却又瞒着他这件事情。"

"什么事情瞒着我？"

"爸——"他的父亲说。

"孩子，你要有个弟弟了。"

"什么？"

"戴维——"

"爸，你现在必须回避一下，去小睡一会儿。这是我们的家事。"

这是查理第一次知道身材矮小、举止温和的戴维·维斯巴格尔也敢反抗爷爷。老人接受这一局面的态度比他期待中的要好很多，只是在走到门口时他转过身来，径直望向查理："记住，撕掉绷带的方法有两种。"

"这件事情怎么会是绷带呢？"他朝母亲转过身去，"我想要一个弟弟。弟弟很好，妹妹也很好，如果这是你的选择的话。我只是不知道你们为什么不告诉我。这是你们刚刚才决定的事情吗？"

楼上，关门声音响起。爷爷每次来做客时都住查理的房间，使得查理只好在楼下的充气床垫上凑合过夜。父亲首先开口："查理，你爷爷试图说的是，这不是另一次领养，你母亲怀孕了。我们是想告诉你的，可早些时候事情还不确定，尤其是鉴于她的年纪和我们过去的经验，我们不想让你失望。"

情况有些紧迫，这也是为什么你的爷爷会在孩子降生之前留在这里。妈妈需要卧床休息……"

"而且，看起来你要有两个弟弟了，亲爱的。两个，双胞胎。"

一瞬间，查理犹豫了。双胞胎。他感觉一切就像是《价格猜猜猜》的那根指针，当巨大的轮盘一圈又一圈地转起来时，不同的可能性会在针尖流逝，你会赢得大奖也可能空手而归又或者介于两者之间，一切皆有可能。

"你知道这并不意味着我们对你的爱会减少。"母亲说。

查理把一只手放在了她的肩膀上，他现在感觉十分平静。巨大的轮盘停下了，他只要睁开双眼就能看到自己落在了哪里。"妈妈？"

"怎么了，亲爱的？"

"你觉得我应该作何感受？"

她过了一会儿才回应，这又意味着什么？"你有什么感受都可以，不过我希望你会觉得，没有什么会因此改变。我们当初之所以会收养你，就是因为我们非常非常需要你。"

"那好，这就是我的感受了。"他掂量了一下，这句话听着坚毅，足以撑起眼下的局面。不管怎么说，他恨自己害她哭了。

那天晚上，在充气床垫上，他怎么躺都不舒服。无论他的身子何时按下一个鼓包，都会从别的地方冒出另外一个鼓包来。他最后四仰八叉地躺在那里，毯子像水蟒一样缠在他的大腿上，身上的灯光让他想起那些电影——在里面，人们会使用一个滤镜在白天进行拍摄，然后称其为夜景。炉床边，一团露出牙齿的东西躲进了壁炉的工具里，他可以拾起拨火棍和刷子。如果他能够集中注意力，他能够看到——或者是想象自己能够看到——立式钢琴正面的"和谐"一词。夜色中的房子会发出嘀嗒的响声，像是冷却机。他想要知道万物的物理原理是什么。风是如何从树林里逃脱出来的？还有大陆漂移说？不过，最重要的是，他试图弄清楚接下来会发生什么。从表面上来看，一切都没有改变，母亲、父亲和爷爷都在楼上睡觉。另一方面，他们告诉他那些话的时候却那么严肃，仿佛他应该感觉到这会改变一切。他不知道异教徒们的弥赛亚若是得知自己将要有两个弟弟会有什么感觉。从某种意义上来说，他也是被领养的。当然了，作为完美的化身，他也会完美地处理这件事情。在某一时刻，他听到前面的楼梯上传来了嘎吱一声。是他的父亲——他几乎可以肯定——在注视着他。他假装自己已经睡着了，然后，他真的睡着了，梦到一个戴着纸帽子的嬉皮士，他站在汉堡包柜台前向他微笑，问他能否为查理点餐。

母亲已经三十九岁了，这一定是个非常重要的问题，因为所有人——父亲、医生、沙利文太太——在提起怀孕的事情时都无法避开这一点。上天的恩赐，这是他们所有人都会提到的另一件事。犹太教会堂里的人开始谈论夏季奥运会或他们在电视广告中看到的新款电动果汁机时，很快便会话锋一转，提起"哦，你们知道吗？她已经三十九岁了……这是上天的恩赐"。还是双份的恩赐，查理心想，有两个心跳。他能够感觉世界正在重新排列，随着她腰围上的某条赤道越发膨胀。在怀孕七八个月时的大部分时间里，她都会躺在沙发上休息，而查理则远远地待在北极。

从某些小的方面来说，他人生的形式也在转变。以前她从不允许出现灰尘的那些表面开始积灰——毛巾杆的顶部上，茶壶的盖子上，还有厨房桌面上的收音机的白色旋钮。父亲再也没有打开过它，即便是在准备自己的拿手好菜（吞拿鱼砂锅，法兰克福香肠和豆子，炸鱼条）或者是爷爷从城里一家波兰市场里带回即食半圆形小酥饼时。终于，查理问他能否把收音机拿到自己的房间里去，他那个似乎突然变得筋疲力尽的父亲没有抬头，依然看着锅子，说了句"当然"。这让查理有些好奇他还有没有可能拿走些别的什么。我能不能把车钥匙拿走？我们能不能养只狗？第二天，他们被要求带父亲来学校，并向其他同学介绍他的职业，维斯巴格尔先生却不能来。"我妈妈一个月之内就要生了，"查理告诉老师，并借用了父亲的措辞，"她已经三十九岁了，这是上天的恩赐。"于是爷爷来了，讲述了如何制作鞋子，直到大家无聊得都快哭了。

后来，他记得爷爷把他从医院候诊室的塑料椅上环抱了起来，如同从杯子里取出冰冻果子露。他还记得他垂头丧气地靠着车门，高速公路上的路灯不停地闪过，记得自己在米基·沙利文的双层床上铺上醒来。他和米基之间的友谊已经淡化了，而大人们的编派则为这段友谊残留的部分增添了奇怪的风味。第二天早上，他们在街边投篮（对查理来说，规则更像是尽量不要错过篮板），没有说太多。一旦开口，米基就会变成电视上正在读台词的人质。

"我妈妈说，岁数大的女人生产时要花更多时间。"

"我知道。"查理说。

"可能和阴道的什么东西有关。"

"好了,米基,我知道了。"

"我的妹妹们出生时身上会有鳞屑,脱落得到处都是。还有恶心的黑色物质,连着肚脐。"

他一直坚称周围一切都好,但他有种可怕的预感,事实并非如此。不过第二天,父亲和爷爷就来接他了。四天之后,母亲带着两个皱巴巴的黑发小家伙回家了,他们的脑袋从蓝色的毯子斗篷里探了出来。显然,是男孩,月亮人。他屏住呼吸,亲吻了他们热乎乎的、还有些潮湿的小脑袋,他们看起来像鼻孔被人为翻出来后的样子。他想要取悦自己的母亲,却又不想吸进婴儿的鳞屑,或是太空灰。母亲的担心正好相反,"我们必须万分小心,我知道你会是个强有力的保护者。"接着,他们的睡觉时间又到了。"他们"指在场的所有人,除了查理。

他那不显眼的特质如今就像是应该被小心对待的、众所周知的渴望;它在他的身后如影随形,没能将他和自己的父母封闭在一起,反倒将他隔绝在了外面。当母亲和父亲彼此交谈或是对他说话时,谈论的都是那两个宝宝,或者是借两个宝宝开启对话。原来,每一个若有似无的微笑,他们小巧的手指的每一次紧握,都充满了意义。"看,查理,他爱你。"即便在母亲已经回归晚餐桌之后,她还是会不断起身去楼上查看婴儿床。艾伯和伊奇肯定又在小题大做。

后来的某一天,他的父亲开车载他去电器行,把他领到闪闪发亮的音响设备前。他们还记得!他几乎是一路小跑,奔向"梦幻创酷"。

"你确定要这一台吗,查理?因为只要价格在六十美元以内,无论你想要哪一台我都会给你买的。"

铺着毡毯的底座上立着几列镶有木板的八轨转盘托面,上面是装着粗短按钮的内置留声机,刻有发光频率带的费雪牌调谐器。整个带宽都是夜光的,至少能够收听四个无线电台。零星的灯光散射在过往的车辆身上,在他的身旁膨胀开来。然而,某些东西却让他犹豫不决:也许是那种被收买的感觉。如今,他成了自己家的旁观者,而这个立体声电唱机就是他唯一的安慰。

从另一方面来讲,他自己还没有远远超越经济学冰冷的指南针,未曾看出这些是他可能得到的最优惠的条件。

在家里,他们把他的房间变成了育儿室,让他搬进了地下室——在混凝土地面上铺了一层金黄色的长绒毛地毯。"一整层楼都是你一个人的。"他们是这样对他说的。此刻,父亲正按照他的要求把新的立体声电唱机——拥有五个输入端口、一个耳机插座以及写着"过滤器""模式""磁带"和"响亮"字样的斯科特 330R 收音机装到他的床边,然后就回到楼上去找他显然满心惦记着的另外两个儿子了,他说他和查理晚餐时会再见。查理知道晚餐会吃斯托夫牌的鸡片,或者说是再一次把早餐当作晚餐来吃。

他一走,查理就俯卧在床上,双臂像他不应该相信的那位救世主那样伸展开来。人造床单上绘制的星星与星球比例都失调了,它闻上去仍旧是被送来时外面包裹的那层塑料的味道。天花板之上,双胞胎中的一个又开始哭闹,另一个也跟着哭了起来。照着销售员向他们展示的那样,他让调谐器预热了一下,然后伸手轻轻打了扩音器。一阵雷鸣般的声音响了起来——音量调节钮肯定在运输过程中被碰到了——他把音量调低,调频还停留在它在店里时的那个电台上。在一段宏伟的钢琴曲中,一个声音呼号着火星不是养育孩子的地方。"事实上,那里冷得像地狱一样。"这句话让查理心中的某样东西动摇了。他把鼻子按在太空时代花纹的毯子上,双臂此刻像翅膀一样压在身体下面。他哭了,不过更多的是因为受到音乐的感染,而不是因为遭到遗弃。这样一来,他就可以告诉自己,没有人来安抚他的原因是没有人听到他在哭泣。

埃尔顿·约翰成就了皇后乐队,皇后乐队成就了弗兰普顿[c]。多年之后,当他回想起自己拖着父亲到长岛圆形剧场去听弗兰普顿的演唱会的场景,查理还是会尴尬异常,他记得父亲假装不去闻空气中熏得人鼻血直流的烟草味。他回想起自己曾经近乎不顾一切地想与父亲分享,他孤身一人时发现了多么不可思议的事情:毫不夸张地说,舞台上那个瘦小的英国人能让自己的吉他开口说话。弗兰普顿成就了接吻乐队(主唱就是在北方大街上长大的!),后者又成就了爱丽丝·库珀乐队,而大卫·鲍伊与它渊源颇深⋯⋯长时间以来,鲍伊成就了更多的鲍伊。

[c] 文中指的是美籍英裔摇滚音乐家彼得·弗兰普顿。

那时,青春期的风暴已经弱化,把他的地下室变成了某种肥沃的兽穴,污染着他的身体,使他长出青春痘、体毛和各种各样隆起的结节。他的胸腔里充斥着奇形怪状的、无法释怀的情绪。艾伯和伊奇已经能在没有人抱的情况下坚持上好几分钟不闹，母亲因此找回了一些人身自由，可她和父亲还是很少到楼下来，也许是这里臭气熏天的缘故。从宇宙的维度来看，这都是些无关紧要的琐事。这个星球在死亡，《Z型星团》唱片封面上那个丑陋可怖而友好的阴阳人告诉查理。五年，这就是我们所拥有的一切。这张唱片已经发布好一阵子了。据查理计算，所有肥胖的瘦子和无名小卒[d]不复存在的年份是1977年。

[d] 出自大卫·鲍伊的歌曲《五年》(Five Years)。

他的《Z型星团》时期并不只有末世的黑暗。在他的弟弟们不哭不闹、不霸占父母时，他还是很爱他们的。在他6月的受戒仪式上，他喜欢他们吐在不同的亲戚身上，也喜欢利用这个机会令米基·沙利文不自在，就像他参加米基的第一次圣餐领受仪式时一样。撇开对爷爷的恐惧不谈，他一直都很喜欢法语城市蒙特利尔。第二年8月，维斯巴格尔一家又去了那里一次，五个人挤在一辆车子里。就是从那一年起——他们偷偷溜去无线电音乐城的那个冬天，爷爷对他展现出特殊的殷勤和怪异的关怀。

不过，后来让他念念不忘的还是在封闭闷热的地下室里孤独地度过的那些日子。把音乐开足音量，脱掉衣服，看向挂在海报和唱片封面之间的镜子，看着镜子里的自己。尽管米基声称自己从没有这样做过，还说人每犯下一条罪过都要在炼狱中受罚七年，查理还是无法把手从自己的身上拿开。他会试着在不自慰的情况下达到高潮，以为如此兴许能减轻主的惩罚，结果却总在最后一刻前功尽弃。每一次都是起初越来越兴奋，然后戛然而止，羞耻感接踵而至。本来，这已足以证明米基是对的，可直到戴维·维斯巴格尔最初的两次心脏病发作，查理才意识到惩罚没有落在自己身上，而是殃及了父亲。就好像他每一次把珍珠般色泽的黏液弄得满手都是时，都是以消耗父亲七年的寿命为代价；或者，确切地说，是七周的寿命。

爷爷又来家里借住了，只不过这一次被送进医院的是父亲，而不是母亲。查理留在家里。他更喜欢爷爷的安静，而不是被送去沙利文家，因为米基这些日子里最感兴趣的就是在车库里举重。相比之下，他宁愿到医院里去，闻着空气中飘散着的那股学校食堂的味道：绿豆，漂白剂。他这才知道，那就是死亡的味道。鼻孔里插着塑料管，看上去很憔悴，气色全被身旁的机器吸走了。入夜后，透过地下室的天花板，查理知道，此刻的哭声并非来自双胞胎。

葬礼结束一个月之后，查理感觉有种庞大的、机械的东西正压在他身上，好像天空就是老虎钳中一片太过宽大的暗淡金属板，以至于他以前从没有注意过。仿佛所有的音乐都离开了宇宙。他早上很难起床，在第二节的化学课上又很难把头从课桌上抬起来。当然，谢尔·古尔德巴斯和高大的保罗·斯坦知道他的父亲死了，对待他也温和了，任何一个读过报纸的人都是如此。不过，对于那些大学生运动员和预备学校的学生来说，他依然是那个怪异的孩子。抱歉，他们一直这么称呼他，抱歉的废纸篓。他不打算告诉他们自己为什么值得拥有更好的待遇，其实他也不在乎。让他感到受伤的是那些人这样称呼他时米基·沙利文无动于衷的样子，米基收回了自己对他的保护。

一天晚上，他走到厨房的电话旁，狠狠按着沙利文家熟悉的电话号码。当然，能够在他完整无缺的大房子里找到米基的概率是7:1，接电话的是米基的母亲。一瞬间，查理呆住了。"喂？"这个过去常为他切掉三明治的坚硬外皮、把他不被允许夹着博洛尼亚香肠吃的汗臭味黄色方形超市奶酪拿走的女人说道，"喂？"他还没有想这么远。他还记得自己用过的一些备用借口，冰箱调查、艾尔伯特罐装烟丝，可在脑海里只属于他一个人的一片嗡嗡声中，它们似乎没有在午餐桌旁时么滑稽好笑了，加之爷爷正在隔壁的房间里看电视。那个词怎么说来着？"呼吸沉重"。他朝着话筒吐着气，在塑料话筒上留下了一层薄雾般的水珠。"喂？哪位？"他挂上了电话。

第二天晚上，他听到沙利文先生说这一点儿不好玩，不管是谁干的，他都会找出来，到时候——

只不过，这其实很好玩。说实在的，最随机的冲动也能成为生活中的某种盼头。学校里的最后几节课开始令人难耐，就像望远镜转错了方向。一整天就是一个通往这一刻的、越来越窄的漏斗，就在挂电话的那一刻，另一端的沙利文一家知道这是匿名来电者打来的，还知道匿名来电者也知道他们知晓此事。

后来的某一天晚上，敲门声响了。也许正是敲门的时点使查理觉察到了异样，因为这些日子以来，除了摩门教的传教士或贝丝·沙洛姆圣会的妇女们会端着炖菜上门之外，没有人会来敲维斯巴格尔家的门——这座房子实在是太悲伤了，不适合社交往来。而且，他们不会在晚间这种时候过来，何况还下着雨。不，这就是等待落下的另一只鞋，来践踏他如臭虫般的人生。他偷偷摸摸地上楼，悄然进入自己曾经的卧室。昏暗的室内如今摆满了婴儿床、游戏围栏和玩具架子，上面的动物玩偶正用不赞成的眼神看着他。他不敢开灯，楼下的人会发现这里的灯光，况且他也不想吵醒双胞胎。他蹑手蹑脚走到床边，抬起一页百叶窗。不过太迟了，他没能看清门廊上的人是谁，只看到雨伞下露出的些许黑色尼龙轮廓。伴随着查理听不清楚的激烈言语，"黑色尼龙"颤抖起来。旋律越发高亢，歌词中充满郁愤。男人的声音被另一个男人打断了——那是他的爷爷。"你们为什么就不能放过这个可怜的孩子？"

爷爷从没有向查理提起过有人找上门这回事，显然也没有对他的母亲说起过什么。然而第二天在学校，最近又壮了不少的米基在咖啡厅后面的货物装卸区附近找到了他，沉默不语、尽职尽责——几乎带着歉意地——打了他一顿。这段友谊到此为止。

但匿名来电是否也到此为止了？在过去那段美好的日子里，查理的心里常常有一种直觉，时间线都是虚构的。时间之所以看上去像一支箭，只是因为人们的大脑微不足道，无法应对万事万物以其他方式呈现出来。他试图向米基解释过一次，在两人针对自己的漫画书胡说八道时——说的是平行宇宙之类的问题，不过也提及了如何将事情的同步性纳入不断向前运转的框架中。他的理论很快便引来了嘲弄，但对他自己来说这倒是一种安慰。不过，他此刻明白米基为何有可能想要与之抗衡了。因为如果一段人生中的每一时刻都会出现在另一个宇宙中，你曾经试图超越的那个过去的自我也一样，那么如何才能知道，当下的那个不知为何总是感觉脆弱的自我与那个真实地活在餐桌底下的自我相比，哪一个才是真正的你呢？

除非查理想坐校车——他和米基的路线相同——不然就不得不走上半英里才能回家。长岛的3月，土地还硬得无法耕种，所以回到家中的人大多待在室内。他穿得有点儿少了，刚睡醒时还迷迷糊糊的他误把地下室外的明亮当成了温暖。就连这明亮也挨不过下午的阴云。他把拳头揣进外衣口袋，尽力让自己迷失在空无一人的小巷里。当然，这是不可能的：这些空巷呈完美的格子状。他路过曾经参加少年棒球联盟时比赛的球场——由国际青年商会、吉瓦尼斯俱乐部[e]之类的机构共同资助。

[e]Kiwanis，由美国工商业人士组建的服务型俱乐部，旨在振兴商业道德。

狂风四起，没有悬挂旗子的金属旗杆上松垂的绳索"噼里啪啦"乱响，像是一种警示，让他的心脏一下子紧绷起来，仿佛有什么事将要发生。这太荒谬了，因为长岛上能发生什么事呢，除了有人生、有人死？尽管如此，生平第一次，他决定做个高尚的人。他跳过围栏，一路小跑至右场，将绳索固定在旗杆底墩上。穿过枯萎的草坪往回走时，他怔住了。在球员休息区，有人正在看他。

是个女孩。他起初没意识到这一点，直到走上前去，距离对方近到足以看清锡皮屋顶下的黑暗。那是一个高挑纤细的女孩，齐肩的棕色头发。她戴着巨大的耳机，耳机上连着天线。她坐在长椅上，身旁搭着一件军大衣，放着一柜子啤酒，它们有可能属于某个流浪汉，但她的坐姿像极了悍妇。还有那声音——沙哑的烟嗓，彻底征服了他。"乐善好施，哈？"她没有摘掉耳机。

"我只是觉得那声音能让左邻右舍发疯。我的意思是，它快让我发疯了。嘿，你在用这种东西听音乐吗？"

"不，我戴着它们是为了防止奇怪的家伙上来打扰。"她透过菱形的围栏仔细打量着他，"你想来杯啤酒吗？"

当然，只要是她给的。不过他告诉她，说真的，他不应该喝酒。他母亲的鼻子比警犬还灵。

"你确定吗？你看上去像是能喝上一杯的男人。"

他竟一时忘了自己浮肿的脸。"我摔了一跤。"他说，"我叫查理。"

现在，他能够清楚地看见一个微笑在围栏后的阴影中舒展开，像一只咧开嘴的猫。"好吧，我就不耽误你了，查理。我只会害你惹上麻烦。"

"好吧，"他回答，"好吧。"他迈开双脚，跨过草坪，朝着围栏走去。现在他看到了，自己必须再当着她的面爬回去。围栏在他的体重压力下颤抖着，他的夹克衫还被顶端一块扭曲的金属绊住了片刻，不过，他奇迹般地没有摔倒。

到家时，爷爷正在看静音的电视，他并没有责怪查理回家晚了。显然，妈妈正在睡觉。这些日子以来，她一直是这副模样。仍旧有些头昏，查理在客厅里坐了下来，用完好的那只眼睛对着老人所在的方向。电视荧屏里，镜头在挤满欢呼人群的露天看台上左摇右晃，然后在一个上蹿下跳的超重女子身上向前推进。与此同时，故事情节也在向前推进——这个女子将会成为游戏节目的下一位选手——这一结果传达的是一大堆有关运气、命运、成功和社区精神的信息。在他过去的人生中，查理对于这些信息不曾有过任何印象。如今，它们似乎是那样突出、造作，如同那个女人头上大团弹跳的头发，还有她身上轻薄透明的大学汗衫。也许因为是加拿大人的缘故，坐在扶手椅上的爷爷并没有变换表情。等到节目切换至广告，他奋力坐起身来，嘴里嘟囔了句什么，迈着缓慢的步伐去了厨房。回来时，他递给查理一个冰袋子。包装袋上的鹰眼牌去壳豌豆闪着金光，看上去比现实中的豌豆诱人得多。爷爷的脑袋出什么问题了吗？"用这个敷眼睛，"他说，"能消肿。"

查理把这包豌豆放在自己脆弱的眉毛上，爷爷关掉了电视。隔壁房里，冰箱正呼呼作响。"是学校里的某个孩子干的？"

"我不想提了。"

"是你罪有应得吗？"

"爷爷，我不想——"老人脸上的表情迫使他立时闭上了嘴巴。那张脸深深存在于查理的内心，而且在那里已经待了好一阵子了。"是，可以这么说，我罪有应得。"

"没有人站出来替你说话吗？"

查理摇了摇头。

"但你从中学到了点什么，不是吗？下次有人问你发生了什么，如果没什么大不了的，你就说，'你该去看看那个家伙。'"

"你该去看看那个家伙。"

"要自信，面带微笑，好像脸要裂开了一样。"

"你该去看看那个家伙。"

20

1975 年 7 月，一只手拎着自己的硬纸板箱，另一只手拿着温塞斯拉斯 - 知更鸟女校寄来的信，默瑟来到了港务局公交总站，对自己可能会在纽约待多久感到有些矛盾。在收到这封信之前，他就一直在做心理斗争：他内心的某个部分与杰伊·盖茨比[a]在一个虚构的纽约里漂泊，另一个冷漠而平庸的部分则在闷热的南方闻着炸锅的味道。他告诉过自己——入夜后在自己童年时睡过的卧室里，躺在过于狭小的床铺上，床头柜上摆着一摞逾期未还的书——这二者之间的张力是难以承受的，他必须逃离，或者像更加单纯的美国人那样疯掉。他多少次想象自己猛地关上打字机的盒子，把薄薄的一沓手稿纸装订起来，站在高速公路旁，痉挛似的把大拇指指向北方。不过，这和让他保持冷静的那种分裂一样——他清醒的人生在为梦境中的不可能寻找借口，只不过是听上去像那么回事罢了。反之亦然。要是他之前的莎士比亚学教授没有邀请他出来接受工作面试，他可能还住在已经不再适合他的童年卧室里，双手转着纸帽子，做着佐治亚州东北部最精通文学的厨师。

为了试探，他最先把信拿给了母亲，看着她噘起了嘴，仿佛他明知蛋糕有毒还喂给她吃。"你在纽约谁也不认识。"她终于开口说道。不过他已经提前想好了，举例来说，他认识朗瑟堡教授，而且 C.L. 的战友住的房租管制公寓里还有一个空房间。在她为父亲倾倒之前，她自己不也想过要做一名老师吗？"我已经二十三岁了，妈妈。我无法保证自己能够获得一个职位，但至少我应该过去和那个人谈一谈。"

在莎士比亚的作品中，悲剧是道德原则发生冲突时擦出的火花。在这件事情上，她想要看到他获得一份有意义的工作的母性渴望正在与她自《旧约》中获知的、对城市的不信任作斗争。她的嘴唇抿得更紧了。"我猜这是唯一一种礼貌的方式。不过你必须问问你的父亲。"正如他所担心的那样，其结果完全是另一个等级的闹剧。

事后，在他那间充满樟脑球气味的卧室的屋檐下，他试图说服自己，他要逃离的是父亲，或是 C.L.，或是这座严重缺乏文化教养的小镇——他从自己的窗口便能眺望到远处的水塔。或者，他之所以对纽约充满梦想是因为那里是他少年时代的救星们居住的地方：梅尔维尔和詹姆斯·鲍德温[b]，尤其是沃尔特·惠特曼。可父亲显然怀疑他还怀揣着别的动机，让默瑟无法忘却或看穿的动机。

第二天早上，他凭着一张三十美元的"游遍美

---

[a] 美国作家菲茨杰拉德的名作《了不起的盖茨比》中的主人公。

[b] 詹姆斯·鲍德温，美国作家、诗人、剧作家、社会活动家，作品多涉及和关注美国的种族问题和性解放运动。

国通行证"登上了一辆灰狗巴士。一天一宿，他蜷着两条腿坐在空间狭小的靠窗座位上，腿上支着一本封底破损了的平装版《纯真年代》，棕色的西装小心翼翼地摊在头顶的架子上。显而易见，他作为一个小说家迄今为止的主要弱点就是不能与现实生活的复杂性保持同步。比方说，想象逃亡英雄在一闪而过路经松林时，在如珠宝般于前方排成一列的同胞们的尾灯中发觉，原来欢欣也会被同样强烈的愧疚抵消。或者，纯粹从身体的角度来讲，被不安所调和。在太阳还没有下山的时候，天气很热，可是当夜幕降临时，默瑟就感到冷了。不管窗户开得有多大，大巴车里闻上去都像是腐烂地毯散发出的味道，那种他在遥远的童年时代里见识过的、只招待有色人种的汽车旅馆中腐烂的地毯。他看书、睡觉，但大部分时间都凝视着玻璃窗，试图不与身旁不断上下车的乘客有眼神接触：一个坐在痔疮垫上、有着轻量级运动员体格的老农，一个在监狱大门处上车的前罪犯，一个穿着护腿长筒袜、从半夜到凌晨两点钟一直抱着一本带有标记的《圣经》的女人。他十分确定，自己能够听到她读经的声音并不是偶然：她想索要他不朽的灵魂。不过她在华盛顿特区便下车了，于是那个座位就一直令人心满意足地空着，直到大巴车驶入新泽西某家小商场破败的停车场。

那时，清晨的天空已经被染成了粉红色。唯一一间开放的商铺好像是一家朱利叶斯橙汁店，一路省吃俭用的默瑟奖励了自己一杯店铺同名饮料。回到车边，他发现大巴车的行李舱敞开着，一位身穿便服的美国大兵正在附近做着俯卧撑。两个早已过了玩耍泰迪熊年纪的女人正和自己的玩偶玩得不亦乐乎。那个身材矮小、脸色像葡萄干一样的巴基斯坦司机——因为他的烟草依赖问题，每隔四十分钟就要停一次车——正眺望着柏油路的另一边。没有了停放在这里的车辆，眼镜蛇式的拉丝金属街灯似乎没有了存在的背景，整齐得令人毛骨悚然，仿佛是被不明飞行物放置在那里的。一个身上晒得黝黑、头戴球帽的白人小孩手里提着一个拉着拉链的网球拍套，身体的重心在两只球鞋间来回转换着，等待着上车。他长着结实的下巴、干净的脸颊，后脖颈上的帽子底部还有一小片精致的三角形茸毛。默瑟在刹那间便知道那个孩子将是他的邻座乘客。

在朝着海岸驶去的途中，他们一个字也没有对彼此说过。很快，他们爬上了威霍肯山脉。在那里，纽约城如同一束钢铁百合从绵延了数英里的暗淡海水中一跃而出。就在他们的车子隆隆驶过广告牌、朝着庞大的隧道入口前进时，这位邻座乘客的手臂"啪"的一声几乎落在了他放在扶手上的手臂上，于是两人险些——只不过是险些——触碰到一起。棕色与米黄色，接触面有一个原子那么宽。一种敌对的感觉在默瑟的心里膨胀起来，直到他觉得自己有可能会在这里爆发——如同新泽西高地上的烟火——永远也到达不了他的目的地。然而，十五分钟以后，在大巴车站的地下二层，看着司机在一片油乎乎的昏暗之中卸下他的打字机，默瑟想要把那一瞬间塞回内心的某间地下密牢之中。那个孩子带着自己的球拍匆匆离开了，再也没有出现，不过，默瑟从此以后都会把曼哈顿的天际线和英国皮革古龙水的味道联系在一起。

他沿着野兽派风格的中庭和拜占庭风格的楼梯走到楼上，胳膊像被拽脱臼了似的，眼中残留着乘坐大巴车旅行独有的干涩。不过，纽约最主要的是人。他的面前从未像那天早上那样挤满过如此多的人，在他前方的人行道上，从头顶的高度放眼望去，脑袋多得数不过来，而且每一颗脑袋都在随着与之连在一起的身体上下移动，如同水桶里上下跳动的成熟果实。肥胖的脸，消瘦的脸，粉色的脸，棕色的脸，蓄着胡须的脸，刮得干干净净的脸。有人戴着帽子，有人头顶光秃秃，其中有男有女，还有些叫人分不清男女。茫然地愣在那里，默瑟的心在他的胸膛里做着健美体操。他是一个障碍，一个抽象的人，人群可以随心所欲地将他重重踩在脚下。然而，他们却在最后时刻绕开了他，也许是在用身体推挤他，却未触及默瑟·古德曼的本质。无须再解释什么，在这座熙熙攘攘的城市里，谁会在乎默瑟·古德曼本质上是个什么样的人呢？正如周遭的一切那样，这就是让他感觉自己步入了一个梦境的原因。

C.L. 的朋友卡洛斯住在 B 大道一家单屏色情影院的楼上。他所提供的空房不过是一个壁橱，勉强算得上还能够保有隐私。门框上本应装配门锁的地方坑坑洼洼的，只挂了一条褪色的床单将屋内和厨房分隔开来。一番讨价还价之后，卡洛斯同意自己睡在那里，把空间更大的那间卧室——屋里装着门锁和吊扇，还配备了一张少说为妙的床垫——让给了他。为此，默瑟要被迫付出 220 美元的月租金，比卡洛斯租下整间公寓的租金还要多出 70 美元。对于自被命令退伍以来一直很难保住一份工作的卡洛斯来说，这个协定很不错。失业救济支票和从室友这里收取的高额房租是他仅有的看得见的收入来源。然而，这对于默瑟的预算来说却是一种意料之外的打击。一安顿下来——如果安顿在一定程度上来说是有可能的——他就给温塞斯拉斯-知更鸟学校打了电话，预约会面的事情。

最近才被任命为该校教务长的里昂·朗瑟堡博士在默瑟就读于佐治亚大学时堪称校园里的一个传奇。除了没有被授予终身职位，他几乎可以说是非常杰出了。作为格罗顿的优等生，他二十几岁时就被W.H.奥登[c]选中，获得了耶鲁大学的年轻诗人奖，从而成为玄学派诗歌颇受好评的诗集作者……他的举止仍旧有些格罗顿风格——尤其是说话时抑扬顿挫的声音——可当默瑟参加的莎士比亚课程讲到荒野中的李尔王时，他将双臂举向了天花板，紧紧攥着空气的双手紧张得青筋都暴了出来。接着，他很快恢复了贵族似的姿势，轻而易举地引用了沃尔特·惠特曼的一句典故。后来，默瑟正是因为在文章中引用了这一典故才获得了一年级新生的英语奖（使他成为史上第一位获得该奖项的黑人）。一个多学期以来，默瑟都让自己的母亲相信自己仍旧倾向于会计专业。其实，大多数早上，他都会坐在现代语言大楼的庞大演讲厅第二排的座位上，看着年轻的教授抛出一句又一句的注释，如同从一只无底的篮子里取出一块又一块面包。

[c] W.H.奥登是20世纪中叶最重要的英语诗人之一，公认的现代诗坛名家。

此刻，教务长办公室巨大的办公桌也没能削弱朗瑟堡耀眼的光芒，让默瑟感觉自己本科时所获的桂冠只是他眉头上枯萎的花环。当一位秘书为他端来茶和饼干时，他听到自己用弗洛伊德学派的方法大胆说出了对奥兰斯卡伯爵夫人的解释——她大概是朗瑟堡在信中提到的哪本书的女主角。他刚开始提出自己的真实见解，朗瑟堡就叹了一口气。"听到你说话，默瑟，让我很想知道自己为什么会为这种吃力不讨好的管理工作离开教室。"他用手背做了个手势，仿佛是要把皮面的图书、散石的壁炉和面向第四大道的高大窗户全都赶走，"可我已逝的母亲是这里的校友和赞助人，所以我认为从某种意义上来说，我希望自己能够为她给母校做出的贡献增光添彩。现在说回这个职位。这里的董事会，先前的管理者，他们可能会在思考某些事情上相当保守，他们不会总是去聆听我听到的多种多样的欢歌。说到这一点，在某几个分区制免税的理由方面，我们所依靠的市政府也越来越多地听到了这样丰富多彩的声音。"

等一下，他们考虑的是默瑟的思想，对吗？朗瑟堡继续说了起来。

"作为学校里的新人,我只有从自己的角度来树立几个榜样才有意义。比方说,看着你,默瑟,我看到了一个善于表达的年轻学者,全国任何一个研究所课程能够拥有你都是幸运的。但在如今的条件下,你来到了这里,暂时没有工作,并且我们这儿的四年制英语课程中又有一个空缺职位——以英国的方式来算是十年级——而我其实只有一个担忧。"

"没关系。作为班里唯一的一个黑人,我已经习惯了。"

朗瑟堡咳嗽起来,仿佛一片尖利的饼干刚刚被咽进了他的喉咙里。那声音持续了很长时间,十秒,十五秒,足以让人心生警惕。当他恢复过来时,他用一只手捂着的脸庞却还是深紫红色的。"哦,不,默瑟。对我来说,这不是一个问题……反倒是——我能否推心置腹地和你说一句?问题在于你是男性。"这个词被说出口时陷入了奇怪的导向,"青春期的女孩子拥有女人的外表,却还是会把老师看作大权在握的人物。我这都是经验之谈,你前一任的那个家伙就是因为做了有失体面的事离开的。他跨越了一条线,如果你能够听得懂的话。我需要确定你能够听懂我的话。"

默瑟向朗瑟堡博士承诺,他没有理由担心。如果自己能在这里得到一个机会,他是不会做出任何有可能破坏自己的主顾、学校或是温塞斯拉斯和知更鸟(不管他们是谁)声誉的事情的。"我向你保证。"

在劳动节前的那个星期之前,他还不会被正式添加到在册职工名单里——也不用提交教学大纲、为上课做好准备。所以,在夏天剩下的日子里,他可以把所有的时间都投入让自己的第一部作品取得实质进展这件事情上。问题只有两个,第一个问题是,他几乎无法让自己填饱肚子;第二个问题则是这间公寓——从早到晚,从楼下电影院里发出的令人分神的呻吟声和热气都会透过地板飘荡上来。而且卡洛斯似乎永远都不曾离开,连衣服都不会去洗。他有个令人紧张不安的习惯,喜欢坐在客厅里仔细观察自己映在那台从未关过的电视屏幕上的泥灰色影子,肿胀的指关节中间还永远夹着一支闷烧的香烟。一天,当默瑟买完咖啡回来,发现自己的华特曼牌钢笔不见了——那是他的母亲在他毕业时送给他的礼物——他胸中心烦意乱的情绪逐渐变成了偏执。他鼓起勇气告诉卡洛斯不要碰他的东西,而卡洛斯只是耸了耸肩,说房租9月要涨价了。

默瑟开始一早就把自己的房门锁上,然后动身前往第四十二街上的大图书馆。在那里，你可以打电话叫人从地下室的三百万本藏书中找出任何一本。他背对着时钟坐下，头顶着一个强大的通风口，从那里吹出来的风让大理石都变得凉飕飕的。一个戴着连指手套、衣衫褴褛的女人坐在附近，在一堆又一堆的纸上写着大大的字，一张纸只写五六个字，字母大得让默瑟难以分辨。如果他能用正常字号的字写满一页，这一天就算是成功的。毕竟，福楼拜要花一个星期的时间才能设法写下这么多字——倘若你相信福楼拜所说的话。下午，他会为第二天的工作做笔记，然后以调查的名义让自己沉浸在《红与黑》和《情感教育》中，硬着头皮啃读普鲁斯特笔下的贡布雷。

然后，为了节省地铁票钱（也为了晚点回到卡洛斯的公寓和肮脏龌龊的B大道），他会四处走一走。原来，曼哈顿坐落在一系列几乎令人难以察觉的小丘上。每隔半英里左右的距离，它们便会把你抬起来，让你能够眺望到越缩越短的十字路口，一片肤色的海洋。最繁忙的路口——第七大道和第十四街的交叉口，第六大道和第八街的交叉口——是乞丐、街头小贩和西印度群岛女子的聚集地。公交车上的那个西印度群岛女子举着外卖单一样的小册子，警告默瑟末日就要来临，只有奶酪能够拯救他。越往南走，这座城市就变得越缺乏宗教信仰。他甚至偶尔能够看到男人手牵着手，仿佛是看准了别人也不敢说些什么。仅仅从人类学的角度来说，他们能够与交警和街角的传教士共存于一个相互重叠却又不知为何没有交集的宇宙中本身就令人着迷。时常，有些人肯定也在为默瑟属于哪一个宇宙而感到困惑，因为他也感觉自己在人群中显得十分出挑。他转过身，看到街对面一个穿着白色牛仔裤的西班牙人正毫不避讳地端详着他，某个一身花呢装的老男人也正在人行道咖啡厅里注视着他，手中的香烟散发着慵懒的信号。垂下目光的人成了默瑟，然而如此低垂目光的举动显然也在传达着某种信号。偶尔，他甚至会感觉自己被人跟踪了，不管多么偶然，他自己也不确定是不是自己招惹来的。

8月里一个不祥的晚上，头顶着几个星期以来出现的第一片雷暴云，他在西四街与西十一街的交界处闲逛，心不在焉。一只手搭在了他的肩膀上，他转过身去，看到一个蓬头垢面的白人正露出牙齿朝他微笑。"嘿，我想你掉了什么东西。"一头黑发、五官看上去像山猫一样，皮夹克的翻领中间露出了精致的白色锁骨，他……算不上是典型的英俊，却令人印象深刻。他一只手提着一个吉他盒，另一只手拿着一支黄色的铅笔，起初握着的是橡皮那一端。过了一会儿，默瑟才挪动了一下。"哦。"他边说边接过铅笔，"谢谢。"

在转身离开之前,他又偷偷看了一眼那双有着风暴颜色的双眸。

此刻,他不知道自己对卡洛斯是不是一直都不公平,也许是他把华特曼牌钢笔掉到某个地方了。从更深的层面上来说,这就像他读到过的那些令人好奇的、不完美的主人公,吕西安、于连和马塞尔,他不知道自己是否一直错看了自己。紧接着,他又怀疑自己是不是根本就没有把参照标准设置好,因为在他身后一个街区的地方,那个小个子的男人正在追赶他。

默瑟躲进一家商铺,上气不接下气。他尴尬地发现,这竟是一家主要出售情趣用品的店。他从架子上抓过一本书,站在前窗旁等待追逐自己的人经过。此刻,那个男人似乎有些匆忙,身后拖着吉他盒。看到他甚至连望都没有望向这扇窗户,默瑟竟然感到有些不寻常的失望。在他还没有想清楚自己在做什么的时候,默瑟放下手中的色情书籍,快步走出商铺,跟着那个男人朝着东边的字母城[d]街道走去,仿佛有什么东西让他等不及要一探究竟。

[d] 字母城位于纽约曼哈顿与东村之间,由 A 至 D 大道构成,是曼哈顿唯一一条以字母命名的街道。

不过,在汤普金斯广场公园的出口处,他的猎物消失了。树下的小径上挤满了青少年,都是些穿着肮脏衬衫、顶着自己修剪的发型的白人少男少女。他自顾自地朝前走去(请原谅,不好意思),耳边传来了一阵几乎震耳欲聋的尖厉惊叫声。周围,一双双手伸向了绿意盎然的穹顶,仿佛是在祈祷暴风雨的到来。很快,噪声开始了。

在街灯脚下附近的一片空地中,一个鼓手猛敲了一阵,相比之下,扩音器就显得相形见绌了。一个穿着性感护士装、身形庞大的西班牙男子伏在一台电子琴上。一个光着上身的歌手——其实就是那个叫喊的人——几乎没有触碰脖子上挂的吉他,他胸口上的刺青在他朝着扩音器尖声叫喊稀奇古怪的宣言时也跟着他膨胀、跳动起来。康涅狄格。听上去他像是在说,康涅狄格。康涅狄格。不过,一层又一层几乎将它淹没的声音来自另一位吉他手,默瑟的追求者。只见他昂着头,喉结像是受惊了似的,白得吓人。在他甩动手臂抽打自己的乐器时,默瑟周围的孩子们你推我搡,跳动了起来。"这是什么?"他询问一个在附近原地跳舞的绿头发家伙,却听不到任何回应。

那天,这支乐队应该唱了不止五首歌(结果,那竟然是追忆往昔乐队正式演奏的最后五首歌)。很快,天空被闪烁的白光撕开了。下雨了,名副其实的五点钟的灾难。当吉他声戛然而止时,将观众聚集在一起的凝聚力或压力也随之消失。孩子们在树荫的遮蔽下你推我搡地向后退去,默瑟也加入其中,用尽力气隔着人行道上起伏的人潮望向空地上发生的事情。那个浑身湿透的变装人已经开始拆卸电子琴,将橙色的延长线盘绕起来。歌手还在继续对着自己的扩音器喊叫,但你在滂沱的大雨中很难听清他在喊什么。紧接着,警灯旋转起来。默瑟看到那个歌手当着一位警官的面站了起来,如同棒球队经理在和裁判撞胸。他注意到另一个吉他手正靠在附近的树干上,手里拎着自己的吉他盒。周围的孩子们都一脸敬畏地不敢上前,尽管他们显然很想这么做。默瑟很想知道,拥有这样的能力是种什么感觉。不过很可能的是,即使你被赋予了这样的天赋,你也不知道该怎么发挥。他凑了过去:"我只是想要告诉你,那……那真的很了不起。"

"嘿,铅笔男。没想到你也是粉丝。"

点一下头算不算是在撒谎?"你怎么知道呢?"

"不管怎样,我希望你得到了满足,因为你们这些孩子再也看不到比利·斯里-斯迪克斯四处流浪了。我出山只是为了纳斯塔诺维奇。"显而易见,纳斯塔诺维奇在吸毒过量去世之前曾是乐队的贝斯手。这场告别演出就是为了募捐殡仪馆的费用。

"听到这些我很抱歉。"

那个家伙移开了视线,问:"你打算去做什么?"

"话说回来,比利·斯里-斯迪克斯——是你?"

"我的秘密身份。一个笔名。"

"你说的是艺名吧,笔名是给作家的。"

吉他手的眉毛皱了起来。紧接着,他放下吉他盒,从皮夹克上某个凹进去的地方取出了一个酒壶。"真名叫威廉。你渴吗?"

冒着被当作假正经的风险,默瑟说他并不渴。或者,现在想起来,也许假正经有助于延缓发生在这里的某种事情。然而威廉只是答道:"别告诉我你也不吃东西,因为城里最棒的比萨店就在拐角处。"

在他的另外一面人生中,威廉是一位视觉艺术家、画家。得知默瑟刚刚搬到这里来,他主动提出周末带他去逛一逛大都会博物馆——如果默瑟有空的话。"初中时的暑假,我基本上都住在这里。"他领着默瑟走向售票窗口时解释道。建议的捐款额二美元几乎要花光默瑟一天的生活费，可威廉只递过去了十美分，还用眼神示意默瑟照他的样子去做。他有些愧疚地照做了。

"你是在纽约长大的吗？"

"差不多吧，"威廉回答，"直到他们把我打发进预备学校。"

"几个星期之后，我就要开始在温塞斯拉斯 - 知更鸟女校教书了。这是我真正意义上的第一份工作，除非你把烧烤也算上。"

不过，穿梭在走廊中，承担起教学工作的人却是威廉。他对着墙上的作品展开了即兴演说，还介绍了它们的创作背景。要不是默瑟很有头脑，可能会以为这是威廉在试图给他留下深刻的印象。"看。"他边说边在一幅文艺复兴时期的画作前停下脚步。

"雅各和天使，对吗？"默瑟说，"我母亲所在的教堂里有一整扇窗户都是这幅画。"

"不过，看这里。"威廉指出了一处不协调的地方。天使肌肉强健的腿栩栩如生，微微有些立体，而盖在上面的束腰外衣却是粗糙的几何图形，更像是衣服的肖像，而不是衣服本身。"整个西方绘画的历史都在这里了。将事物准确展现出来的努力。后来，当我们发明出一种能将立体形状涂抹在二维空间里的语言时，我们发现了什么？我们依旧远离真相。这件袍子也许不如那只手看上去那么真实，可至少它在承认自己在表达方式方面更诚实。当然，两者都是为神话故事服务的，库萨的尼古拉斯[e]之流。"

[e] 库萨的尼古拉斯，德意志枢机主教、哲学家及科学家。

某种东西在默瑟的心里振奋起来。"让我想起……"

"哦，尼古拉斯是个僧侣。他曾经指出，在一个与圆内接的正多边形上增加的边越多，它就越像一个圆。不过，按照定义来说，它应该越来越不像圆，因为圆只有一条边。"威廉剥开一颗硬糖，把它丢进自己的嘴巴里，"或许是不要在上面增加更多的边，我记不清了。"

"所以说，这就像是一个悖论？"

"取决于你是否相信尼古拉斯的解答。"

"那是什么？"

此刻，威廉距离他只有几英寸，尽管他们两人还在继续看着画作，默瑟却能够闻到汗水、皮革以及某种既像奶油糖果又像朗姆酒的味道。"尼古拉斯说,你可以用信仰的行为缩短两者之间的距离。信仰的飞跃。"他伸出手,把一根手指按在画上,"嘿,我摸到了一幅杰作。"

这一直都是威廉出类拔萃的地方,讨论概念、运动和事物,组成文化的抽象概念与具象实体的来源。默瑟自己的文化观念——最初形成于大奥吉奇公共图书馆中,后来又受到了朗瑟堡博士的影响——从本质上来说是怀旧的:艺术的荣耀时刻在他的父亲不再与希特勒对抗的那段时间前后便终结了。是威廉介绍他认识了勋伯格[f]和拉蒙特·扬[g],以及情景主义、非洲部落艺术和激浪派[h]。此时此刻,当他们坐在博物馆后面的长椅上吃着热狗时,威廉又即兴说起了苏珊·桑塔格的《坎普札记》和似乎能将纽约的路灯柱和垃圾桶都吞没的涂鸦有哪些艺术造诣。在中央公园巨大的绿色地毯上,棕色的圆圈开始像香烟烧过的痕迹般铺展开来。8月的阴霾模糊了对面的公寓楼。某处的喇叭正在吹奏哈罗德·阿伦的曲调——不是威廉说的霍奇·卡迈克尔,但默瑟并没有纠正他。留在副驾驶的座位上、任由威廉载着他去他想去的地方太容易了。就是说,向后靠着,让他去深入探究曾经激励威廉组建自己乐队的那些想法——在整件事情完蛋之前。最近(从桑塔格的角度来看,一件事情和另一件事情几乎是一样的),威廉说,自己的爱好正在向迪斯科和雷鬼音乐转移。老实说,朋克摇滚仅限于白色人种,这太过分了。这些名词对于默瑟来说毫无意义,但他知道威廉提到的最后一点是为了他好。他看着威廉把热狗面包撕成一片一片,投给一只鸽子;看着附近一个二十一二岁的大学生正在讨好一个年纪稍大的女人;看着太阳从一朵云身后露出脸来,榆木的枝干如同舞者的手臂般抛起,绿衣在风中挺立。当然,这全都是偶然,可这就是这座城市能够为你带来、而小说却无法赋予你的东西:不是你为了生存所需要的那些,而是原本让你值得活下去的那些东西。

很快,秋天降临,将人行道上那些讨厌的人一扫而空。逐渐干枯的梧桐哗啦啦翻动叶子的声音让车流的噪声也变得柔和了许多。9月末,地面上早

[f] 阿诺尔德·勋伯格,美籍奥地利作曲家、音乐教育家和音乐理论家,西方现代主义音乐的代表人物。

[g] 拉蒙特·扬,奠定极简派艺术音乐风格的第一位作曲家。

[h] 激浪派(Fluxus),20世纪60年代出现在欧美的松散的国际性艺术组织,其作品形式多种多样,但一致精神是把艺术弄得不像艺术。

早就出现了散落的花环，于是只要你眯起眼睛，几乎就可以把人行道想象成泛棕的牧场，而你自己就是一位闲逛的游吟诗人。或许这就是沃尔特·惠特曼描绘的校园之外的场景，默瑟最近一直在指导自己的学生们研读《大路之歌》[i]。他发现自己很喜欢这份工作——喜欢这些把有可能是姓氏的字当作名字来用的女孩，喜欢她们嘴巴里的牙齿矫正器和瘦骨嶙峋的膝盖，喜欢无法完全遮蔽她们身上香烟味道的口香糖。他不介意她们会在自己叫到她们的名字时脸红。他告诉自己，这不是因为他是个男人或者是个黑人，而是因为他将她们其中的一个从人群中分离了出来。他试图让自己的动作温和一些，更加公平一些，利用朗瑟堡博士警告过他的权力从善而非作恶。他喜欢她们试图将焦虑隐藏在成熟模样下的方式。他喜欢她们为了团体的安全像个母亲一样在他身边七嘴八舌，问些令人尴尬的个人问题。他安顿得还顺利吗？有没有人在家里给他做饭？她们支支吾吾的样子让他想起了自己。最重要的是，他喜欢能够为"他的女孩们"（正如他想起她们时那样）献出一个更广博、更自由的自我的机会——那个读过塞万提斯和阿芙拉·本恩的自我，那个能够凭借记忆引用约翰·多恩诗歌的自我。他就像一位主厨，展示着精美绝伦的新菜品，正是这些美味将他从阿尔塔纳解放了出来。

[i]《大路之歌》(Song of the Open Road) 是美国诗人沃尔特·惠特曼的名篇之一。

下午三点钟的铃声响过之后，等到最后一个迟缓的学生迈着艰难的步伐到曲棍球球场去参加训练后，他会收拾好花了自己的第一笔工资才买下的意大利皮质小背包，朝着华盛顿广场北边布满褐石建筑的街区走去。这是他喜欢做的另一件事情：接近学识的光辉。白天结束得更早了，借着温和的光线，隔着树丛，望向与他所知的任何一个家庭都不一样的家。歌颂灵感，歌颂高高的铸造天花板和塞满了硬皮书的内嵌式书架！歌颂深红色衬垫的扶手椅和光亮得如镜子一般的高脚抽屉柜，还有棕榈树盆栽优雅的身影！歌颂全部用鹿角制成的枝形吊灯！歌颂壁炉墙壁上看起来像是马蒂斯真迹的画作！

当然，他还没有向威廉泄露自己想要成为一名伟大作家的计划。他为什么要告诉他呢？不管怎么说，按照国际化的模式来说，他们只不过是朋友，既不欠彼此什么解释，也不缺彼此一句道歉。在一顿中国菜外加几杯酒下肚之后的夜晚，在某人的阁楼派对宴饮之后，或者只是喝上几杯之后（默瑟总是那么无邪），他们坐在某站地铁楼梯的顶部，而默瑟则提起字母城里还有一堆作业在等着他。紧接着，他伸出一只手，像大学生一样和对方握一握手，试图不去猜想没有这堆作业的威廉（尽管一半的时间里默瑟也没有什么作业可改）余下的夜晚会在哪里度过。

即便的确有作业要改时，默瑟通常也会把它们抛到脑后，反倒熬夜做着白日梦。因为白日梦是安全的，就像秘密的身份、防守严密的界限和滴水不漏的隔舱也是安全的一样。他把自己与威廉的友谊限制在百老汇以西、休斯敦大街以南的范围内，相信没有哪个同事会发现。他肯定做对了什么，因为美好的三个月过去了——一个像上好的苹果那样成熟而红润的秋天——生活几乎过得十分轻松。周末，当他的母亲打来电话时，他不得不努力克制自己的沾沾自喜。

不久，学期末的一个晚上，就在他准备飞回家度圣诞假期之前，看完一场字幕电影的他发现来到了这个城市里他几乎一无所知的某个区域。或者应该说是影片，借用威廉的措辞来说。他会踮着脚尖跟随某个内心节拍的节奏跳起舞来，朝着鸡蛋形状的月亮露齿微笑。"你难道不觉得自己刚刚重新学会了怎么用眼睛去看吗？当她把那罐草莓朝房门砸过去时——我想我需要把我的头托得非常平，这样我刚刚看到的东西才不会被匆匆倾倒出去。"

他边说边转过头来看默瑟的反应。他们相识不过十五个半星期，但默瑟已经欣然接受了直男的角色。他怀疑威廉很享受他的不同，他潜在的可收买性，他对自己本能的不安。电影看到一半时，他的手在默瑟灯芯绒裤子的大腿位置整整停留了一分钟的时间，距离他的裤裆只有几英寸的距离。此刻，默瑟感觉春心荡漾、头晕目眩，就连自己都感觉到了危险。"我会用不同的方式来写。"他说，"演到哪里了？我觉得我打了一两次瞌睡。"

"情节是偶然的。那些草莓！"

"是啊。我肯定睡了过去。"

"你这个小门外汉！"威廉狠狠捶了他的手臂一下，"我很震惊。"

"说实话，剧院可以退票吗？我可能得回去要求退一张票。"

可威廉在他假装转身时把他拉进了一扇门，一只手握住他的一只手臂。他嘴巴上残留的酒水——他一定是把它灌进了自己的苏打水杯里——很快就进入了默瑟的嘴巴里。在以后的岁月中，他多少次重温这种味道，重温威廉双手的热度！他现在明白了，这就是为什么这座城市在召唤他。或者这就是为什么威廉在召唤他。显然早在 1975 年的 12 月,他就已经不再费尽心思要将二者区分开来了。

— | — | — | — | — | — | — | — | — | — | — |

21

起初的想法是个四人乐队。维纳斯负责键盘和服装;大块头麦克敲鼓;比利·斯里 - 斯迪克斯负责吉他、声控、艺术指导和大部分的作曲;1973 年前从未摸过贝斯的纳斯塔诺维奇为他们提供排练的阁楼。

不过,在纳斯塔诺维奇丢掉自己白天的工作之后,他不得不搬回皇后区与母亲同住,于是他们就再也没有任何地方可以排练了。威廉非常确信自己不会邀请这些家伙去地狱厨房,嘲笑他那些卖不出去的画作,以及六楼爱闹别扭的邻居。后来,在那年夏天的唱片发布派对上,一个孩子走上前来,表明了自己的粉丝身份。他说,他听闻他们一直在寻找一个可以即兴演奏的空间。刚好,他住的那座房子后面有一座从未使用过的公用小屋,就在第二大道 F 地铁站那里。他问他们感不感兴趣。

这似乎是个完美的解决方案,而且这个孩子一开始仅仅是出于关心(尽管他的绰号——尼基·查奥斯[a]——本该起到一定警示作用的)。他借了一块共鸣板供他们插乐器,甚至还借来了一台四轨录音机,供他们把任何想要录下来的东西录在磁带上。他还带来了一名叫索罗门的朋友,一个高中时接受过职业训练的擦玻璃工来操作设备。尼基会观摩他们的每一场聚会,几乎目不转睛,像个滴水兽一样向前探着身子倚在电吉他上。一个多月之后,他开始提出建设性的批评,后来就只剩下了批评,就是这样。他表示,威廉唱歌的声音太亲英派了,无法引起真正的变革,过多地模仿伦敦口音。要换作是他,他会这么做——他从自己的电吉他上一跃而下,拿起了麦克风。尽管接下来的尖叫声甚至都能唤醒烤乳猪,你却不得不承认这个家伙也是有他的长处的——所有的歌词他都熟记于心。

[a] 原文 Nicky Chaos,其中"chaos"有"混沌、混乱"的意思,暗指此人后来引发的矛盾和麻烦。

很快,他以第二吉他手的身份悄然加入乐队。这就是以不分等级的模式经营一支乐队的症结所在：即便他们处在对尼基·查奥斯说"不"的立场——眼下，他们并不打算拒绝他——但谁会站出来为这个团队说话呢？

如今，在尼基变得傲慢专横、喜怒无常时，或是威廉干脆厌倦了听到他的声音时，他都会走到布里克街的音像店去，提醒自己，他和维纳斯当初为了什么开始玩音乐。

店员总是很乐意看到他。这可能和威廉在 1973—1974 年的那些日子里从事的一项副业有关系，他会为各种各样的朋友和熟人代购少量的药品，音像店的店员也不例外。与其说是副业，不如说"爱好"这个词可能更好。他从事这一行不是为了钱——那时，他的信托基金供他生活还绰绰有余——而是把它作为一种慈善事业，一种尽自己绵薄之力与弄到上好药品过程中的种种隐秘麻烦做斗争的方式，因为他认为该来的总会如期而至。除此之外，他有这么做的条件。他在上城区认识的一个情人成了药贩子，而且，即便在他们结束肉体关系之后，对方依旧会给威廉打个折，让他能在大量进货时有点赚头。于是他会像圣诞老人按照好孩子列表登门拜访那样四处送礼。他喜欢这种东西能够为他带来无限机遇的方式，让大家在看到他的时候都感到高兴。不是因为他是威廉·汉密尔顿 - 斯威尼三世，那个浪子继承人，或者比利·斯里 - 斯迪克斯[b]，传说中大名鼎鼎的追忆往昔乐队名义上的领导者，而是因为——他觉得——他就是他。

星期日至星期三这段时间以及画画之前，他都不会吃药。随着周末的临近，他可能会早早收工——在酒吧的"欢乐时光"[c]开始之前，或是在一个有些拖沓的日子里翻出自己的存货，或是在他要前往格林威治村的酒吧、中央车站里猎艳，重温一下旧日光景时。不过多多少少也就到这个程度了。

不过，在他第一次赖在音像店经理的斜顶办公室里嗑药之后，他在余下的一整个星期里都在算计着自己如何才能尽快第二次偷偷陷入那片帆布下宜人的空白之中。

那是 1974 年的秋天，9 月里闷热的一天。他抱着一些 45 转的唱片，准备去音像店寄售——《康涅狄格》与《燃烧之城》。在为第二张黑胶唱片做准备时，尼基还未僭越之前，他们已经录了几首歌。如今，唱片似乎正走向

[b] 原文 Billy Three-Sticks，"Three-Sticks"常被名字中带罗马字母"Ⅲ"的人用作昵称，"Billy"则指代威廉。

[c] happy hour，指酒吧的优惠时段。

一个不同的方向，威廉还要花些时间才能夺回乐队的领导地位，所以他花钱把它们压制成了唱片。在把唱片交给店员之前，他往一沓唱片中间的洞里丢了一包药品。那个家伙直到把热塑封的袋子装进口袋才告诉威廉他没有任何现金。

"没关系，"威廉说，"权且把它当作一笔小费吧。"

"我是说，我知道我这里有一抽屉的现金，可我不能动它，哥们儿。我已经被解雇过大约五次了。不过，如果你能到楼上来一下，我们也许可以想想办法？"

吊扇软弱无力地转着，朝向街道的门敞开着，一缕绿色的光和周遭车水马龙的噪声涌进了屋子。

"看着放钱的抽屉，亲爱的？"店员说。

店里只剩一个穿着工装裤和露背装的丰满女孩了。她正在擦拭门边的爱好者杂志货架。威廉是不是在哪里见过她？紧接着，他的朋友便把他领到了楼上一间狭小的办公室。这里的房顶是倾斜着的，位于另一组楼梯的下方。墙壁上的老演唱会海报已经剥落，保险柜的顶上还放着一台立体声音响，旁边是一个双人小沙发和几台庞大的、毫无遮挡的音响。你可以听到楼上邻居家的孩子正在四处奔跑，如同烘干机里翻滚的鞋子。那个朋友取出了音响里的雷鬼唱片（"我讨厌这种蹩脚货。这是老板的蹩脚货。"）换上了一张白标签盗版唱片。然后，他从抽屉里取出一小袋看上去像沙子一样的东西。"红糖，我的朋友。作为报答。"

这个时候，威廉已经汗流浃背了。楼上没有电扇，朝着通风井打开的唯一一扇窗户已经被烟熏成了黄色，什么也看不见。他观察过第一百二十五街高架铁道轨道下的那些瘾君子，还有在他楼前的台阶上失去知觉的那些药瘾发作的人。那时，他的心里还没有自我毁灭的念头。他应该会说"不用了，谢谢"，然后转过身再也不回头。他应该回到地狱厨房去，画上几个小时。从另一方面来讲，难道这不是生活在试图告诉他些什么吗？作为一个艺术家，难道他不该听一听它在说些什么吗？

扬声器的音量越来越大。唱片里唱的是关于征服者科尔特斯的故事，那个杀手，听上去像是天国来的声音。滚滚铜褐色的吉他像西班牙大帆船一样朝着威廉所在的高地飘来，他观望着，一丝不挂地沐浴在从外面人行道和垃圾桶飘来的甜蜜而又纯净的微风中。其中夹杂着某些令人心酸的东西，因而极其美丽,这些船只,这片碧海,还有尤卡坦的日落和地毯毛囊里的灰末颗粒。他想要画下那些灰色的污点,以及那片惹人注目的绿。当然,惹人注目的东西是死亡。死亡从远处的河岸来,已经带走了他的母亲,但如果这就是死亡应有的感受,那正如尼基所说的,谁会在乎呢?这些船太遥远了,再也伤害不了他了。赤裸裸只戴着骷髅面具的他又看了一会儿,在此时,人来人往,山坡上的大炮闪闪发光,如同落到沙发扶手上的滴滴口水。过了一会儿,音乐已经流进了他的心里。他爬进了扩音器中。

― ― ― ― ― ― ― ―

22

刚开始接受悲伤辅导的那几个星期,查理是乘坐长岛铁路进城的。不过,他总是迟到,他所乘坐的列车总是会在东河隧道里耽搁一段时间。要不是他开口询问别人,他都无法分辨时间已经过去了多久——他父亲的手表还躺在他内衣抽屉里的一个棺材形状的盒子里——而被他问到的人总是会一脸滑稽地看着他,因为他又在紧张地低声哼哼了。那些目光只会让他更紧张,从而导致他发出更多的哼哼声。走出地铁后,他会像箭一般奔跑,跑过最后五个街区,冲向医生的办公室,赶到那里的时候,整个人大汗淋漓、上气不接下气,然后对着自己的吸入器猛吸。阿特舒尔医生肯定对他母亲说了些什么,因为他在5月拿到自己的驾照之后,她便坚持要他开上家里的旅行车,就像她当初坚持要他接受辅导一样。

医生的办公室在查尔斯街上一座褐石建筑的半地下室里,你都不一定知道这里除了住宅还能有什么别的用处。就连门铃下不起眼的牌子——所有预约人员请按铃——也没有什么特别的。这可能是为了让客户们(病人们)能够心如止水,这样候诊室里的人就不会知道你去那里的原因了,谁需要通过职业验证的悲伤辅导,谁需要阿特舒尔医生的妻子做些什么(令人感到疑惑的是,她也被称为阿特舒尔医生)。老实说,阿特舒尔医生竟然结婚了,这件事本身就让人感到惊讶。他是个超重、丰满的男人,就算留着胡子看起来也并不性感。查理一直在尝试记住医生的拉链式开襟羊毛衫,这样一来,他就能在下一次的疗程中确定他穿的是不是同一件衣服了。可他刚一坐定,坐在大皮椅上的阿特舒尔医生就微微后倾，把手满足地放在自己的肚皮上，开口问道："所以说，我们这个星期过得怎么样？"查理自己的一双手还塞在大腿下面。我们过得还不错。

这只意味着一件事情：查理依旧拒绝接受现实。这八到十个星期以来，他一直在抵抗阿特舒尔医生提出的问题所带来的压力，在他看来，那些问题就像佛祖的召唤，尽管阿特舒尔医生没有摆出莲花指。反之，查理会把注意力集中在医生的书桌和墙壁上那些零碎的物品身上——毕业文凭、小巧的木雕塑像、流苏挂毯上精美的编织花纹。从一开始，他就怀疑过阿特舒尔医生（布鲁斯，对方一直要求查理这样称呼自己）想要吸空他的头盖骨，用别的什么东西来替换里面的内容。这和医生故意绕开"父亲"和与之意义相近的词有关，结果反倒让这些词所指的那个人在查理的脑海中更加挥之不去。不过姑且假设他们——学校的咨询顾问，他的母亲——是对的。假设留在他脑袋里的父亲会让他生病，再假设阿特舒尔医生可以想方设法像拔掉一颗蛀牙那样把父亲撬出来。那么，查理还剩下些什么呢？于是，他转而聊起了学校和少年棒球联赛，还有沙利文一家和《Z 型星团》。接到"家庭作业"任务时——思考让他感到恐惧的一个瞬间——他说起了母亲过去常送他去汉密尔顿-斯威尼大厦三十八层看的那个可怕的牙医；德莫托医生曾将他的血小板刮到一块撒盐饼干上、强迫他吃下去的做法是多么老套；以及距离他的座椅几英尺远的窗户距离地面有六百英尺高的巨大落差。母亲觉得，要想得到最好的照顾，就得去曼哈顿。事实上，也许如今付钱请一位昂贵的精神病医师做咨询是为了向父亲悔罪，也许她还认为，如果他在第二次心脏病发作后能够被快点送进城里的一家医院，就能活下来。"高度——我害怕的就是这个。"查理说，"还有火，还有蛇。"这当中有一点不是真的。他把它放进答案里是为了测试阿特舒尔医生，或者是为了误导他。

后来的某个星期五，学期结束前的一个月，他发现自己怀揣着意外的热情滔滔不绝地谈论起了里德纳尔教士。这是他的另一项"家庭作业"任务，"重温"他被领养的感受。"艾伯和伊奇将来会在律法研读方面做得很好。这存在于他们的血液之中。不过老实说，我有时会为他们感到抱歉，他们不知道自己在做什么。"

在一阵抽搐中，开襟羊毛衫上的手指重新放了下来，如同大提琴演奏家放在乐器上的手指。治疗师的嘴角闪过了一个动作，快得他嘴上的胡子都来不及将它掩盖下去。"你觉得他们在做什么，查理？"

"所有这些被守护、被照拂的事情……你我都清楚，全都是胡说八道，医生。如果我是某一位教友，我会把他们叫到一旁告诉他们。"

"告诉他们什么？我们能不能来个角色扮演？"

查理把自己的目光落在了阿特舒尔医生泛神论的廉价小摆设上。"你知道的。你现在是孤独的，你过去是孤独的，你将来也会是孤独的。"

"这是你的一种看法。"

"我这么说只不过才两个月而已。我的感觉是，从本质上来说，你就是一个被丢弃到敌对星球上的外星人。这颗星球上的居民不断试图诱惑你依赖他们。你看过《天外来客》吗？"查理的脸很烫，哮喘让他的喉咙发紧，"我意识到那听上去像是一个比喻，不过，你听过大卫·鲍伊的歌，他一直在思考人类未来会面临什么。我猜我也在试图这么做。因为撕掉绷带的方法有两种。"

他是不是对开襟羊毛衫过敏？上面耀眼的火焰编织图案似乎填满了整个房间。紧接着，医生趁他示弱的这一刻猛扑过来："查理，关于你的父亲，你都记得些什么？"

查理所有绝佳的伺机反击战略全都弃他而逃了。"你这么说好像他已经死了三十年似的。"

"我们称之为逃避，查理。"

"如果我只是回答你一句'你去死吧'会怎样？这也会被当作一种逃避吗？"

"当我问及你的父亲时，你会感到愤怒吗？"

"我们的五十分钟结束了吗？"

"还有半个小时。"

查理下定决心，要在剩下的时间里交叉手臂、默不作声地坐在那里。可是几分钟之后，阿特舒尔医生竟然主动提出按比例计费。他似乎感觉有些抱歉，但也许这也是一种策略。他们显然把自己训练成了毫无感情的人。在查理起身去开门时，医生告诉他，他这个星期的"家庭作业"是思考一下这个问题。坐在门外候诊室沙发上的红发女士抬起头来，一脸好奇：思考什么？他急迫地想要从她手中抓过那本杂志，把它撕成两半。但他却说出了学校里的一个女孩对他说过的话："照张相吧，照片更持久。"他飞奔着穿过狭窄的地下室门，脑袋还擦到了上面的飞檐。

此刻正值正午，空气比他进门的时候更加闷热、平静。将母亲的旅行车围在中间的那些汽车身上蒙着一层灰绿色花粉,这说明它们已经有一段时间没有被人开过了。这里的街道也没有人扫过,树上掉下来的桑葚散落在沥青上,腐烂掉像狗屎一样。查理一直走着。在离开悲伤辅导办公室几个街区之后,他的愤怒已经成熟为某种几乎类似于快乐的东西。混乱,死亡,义愤:这就是查理的世界。腐烂的桑葚,崩塌的褐石建筑,他经过的一辆敞篷车被打碎的塑料车窗,还有从曾经装着收音机的仪表盘上溢出来的线,都让他感到快乐。阿特舒尔医生才是那个反复无常的人,他盘坐在自己用来分析别人的小洞穴里,试图劝查理接受一个有意义的世界。拒绝接受现实的人应该是布鲁斯·阿特舒尔医生才对。

布里克街上,一家音像店门口的扬声器正在大肆播放着牙买加音乐。他看到两个穿着皮夹克的男孩,一黑一白,正在店内摆满黑胶唱片的宽大箱子旁闲逛。查理的正常行为本应是快步走过去,然而耀眼、明亮的反抗火焰仍在燃烧。此刻,试图招惹他的任何一个人都会遭灾。那两个男孩甚至没有看到他走进来。事实上,他们也不算是在闲逛,而是在假装闲逛。他没有注意到的一个人在店铺的另一边拍照。"很好,"她说,"非常好。只是你能不能试着不要看向镜头,笨蛋?"

他只需要凭借这个声音就可以做出判断。是她:球场上的那个女孩。她的发型不一样了,或许是因为她没有戴耳机。不过,她的五官依旧是那么的与众不同:穿了鼻环的鼻子,宽大、富于表现力的嘴巴。他翻看着附近的唱片,飞快地多瞟了几眼店铺对面的那两个男孩。或者有可能是男人,他们身上还穿着某种制服。他们的黑色夹克上布满了各种颜色的标语,每件衣服的后背上都有一个刚刚印上去的、一模一样的标志。那个白人留着一头参差不齐的短发,仿佛是用割草器修剪出来的。那个黑人则戴着一顶绒线帽。相机让身处唱片架之中的他们看起来像是迷失在自己的思绪之中。"咔嗒、咔嗒",相机发出了一种贪婪的响声。或许,这都是查理的想象。现实中,隔着从四面八方传来的震耳欲聋的重低音,你是不可能听得清楚的。不久,那个身材高大的白人男子说他有些无聊:"我们拍完了没?"

"你在开玩笑吗?你每天都在做这种事情,索尔。"

"是啊,不过不是在照相机前面。你没有告诉我们这会让事情变得如此无聊。此外,尼基若是发现了,他会杀了我的。他说,不能再拍照了。"

"尼基,尼基,尼基。我为什么要听一个连面都不愿意见的人——"

"只是因为你从来都不肯放下那台该死的照相机！不管怎么说，我得去工作了。"

"好吧，随便。"那个女孩回答，"反正我也没有胶卷了。去死吧。"可那两个家伙刚晃出门口，她就把镜头对准了音像店敷衍了事的蹩脚货、墙壁上的海报、阴燃的香、笼子里的雪貂，等等。最终，镜头落在了查理的身上。那只没有被照相机挡住的眼睛睁开了，紧接着又闭上了，仿佛是要把注意力集中在某段回忆上。"嘿，等一下，我认识你。我怎么会认识你？"

当他试图开口说话时，浓重的广藿香气味让他的嗓子眼痒痒的，害他咳嗽起来，紧接着是喘息，最后他用上了吸入器。"球场，"他终于设法说出话来，眼角还沾着些许泪水，"你戴着耳机。"他做了一个表示耳机的通用手势。

"哦，见鬼，没错。不过你在这里做什么？"

他望向那两个穿着配套夹克的人曾经站着的地方。"大家来这里都是做什么的？"他说，"摆脱该死的长岛吗？"

在球员休息区的时候，这个女孩是个学生，和查理一样；如今，她却变成了某个更加成人化的世界里的密使。"听着，自从昨天早上以来，我就没有合眼，我得去喝点咖啡。你想一起来吗？"他不知道她是不是在催促他离开店铺，好让自己不被别人发现和他在一起而感到尴尬——如果她的朋友们掉头回来的话。然而，走出门后，她却伸出了一只手："顺便说一句，我叫萨姆。刚才我不是故意要逼问你的。"

"天啊，没关系。只不过像这样再次撞见你很奇怪。你不是应该在上学吗？"

"你不也是吗？"

"我约了去看医生。否则，我妈妈是不会让我开车进城的。"

"好吧，侦探猎犬。我想起来了。"她点燃了一根香烟。他下定决心不要让自己咳嗽出来。"我爸爸也不会轻饶我的，不过他以为我昨晚去参加排球联赛了。只需要拿起电话，他就能确认我此生从未碰过排球，可那就意味着他必须把我留在身边，而且还要离开工作室和我谈话。不管怎么说，谁会愿意错过这些呢？"没错。星期五午餐时间的格林威治村与令查理憎恶的、有关郊区的一切都截然相反。到处都是人，街头音乐家，从敞开的房门里飘出来的十五种不同食物的味道。在一间烟雾缭绕的快餐店里，她领着他在窗边的一个卡座里坐下来，点了两杯咖啡。女服务生凝视着萨姆，直到她开口问道:"怎么了?"

"你就不能点些鸡蛋沙拉之类的东西吗?这已经成了你每天的惯例了,萨姆。"

"我不会让你白费力气的——我发誓。"

咖啡被装在纸杯里端了上来,仿佛是在催促他们赶紧离开。可她拿起自己的杯子,吹了吹,喝了一口。是黑咖啡。"所以,你有什么毛病啊?"

"哈?"他答道。

"你约了医生看诊。"

"是,呃……不是那种医生。"

"是啊,在这一带显而易见,而且如果你是自己开车过来的……是心理医生,对吗?我是说,是你爸妈离婚了,还是怎么着?"

"我爸爸——"查理再次咳嗽起来,当咳嗽声结束时,他的声音出口时比他希望中的还要低沉,"我爸爸2月去世了。我猜,就在我遇见你之前。"

"该死!我该说些什么?你还好吗?"她边说边把一只手放在他的手上。他的心脏几乎停止了跳动。

"我不想谈这件事情。"

"我尊重你。大多数人,他们只会借这种事情来骗你上床。"

窗外,鸽子们在争夺路边的食物碎渣。他本是假装自己喜欢杯中的咖啡,可过了一会儿反倒觉得味道还不错。"你肯定经常来这儿,都认识这里的服务员了。"

"我妈妈丢下我们离家出走之后,我爸爸决定花钱送我去一所高级的学校。"他十分佩服她用一个秘密来回报他的秘密时那种随意的样子,"学校就在转角处。我秋天就要去纽约大学读书了。我本来该读高三了,不过我跳了一级。"

"那你的朋友们,音像店里的那些家伙?"

她笑了,然后说:"索尔,那个高个子,我是通过他的女朋友认识他的,而我和那女孩是在演出中认识的。我一直在拼凑一种类似于杂志的小东西,试图记录这个场景。可我花了三个月的时间才得到他朋友的许可,拍摄这些照片。他们中的一个人还是不太乐意。要接纳哪些人,他们自己也说不清。"

"我想说,他们是不是你的学校同学。"

"同学不会是朋克。"

"朋克？"

"看来，我得好好教育教育你了。"

他用勺子从杯底挖出了被咖啡染成棕色的蔗糖晶体，舔了舔，如同一只正在采集花蜜的蜜蜂。"我的学习能力很强。"

出于某种原因，这话让她笑了出来。"有没有人告诉过你，你很可爱，查理？"

他耸了耸肩膀，没有人这么说过。

"老实说，索尔和另外那些家伙，后人文主义者，他们对于改变世界的主张就是对一切说不。我觉得，除非你心甘情愿地说好，否则是无法真正改变任何事情的。不，我已经决定了。我们这些花山的孩子要团结在一起。你将成为我的课题。"

查理觉得这件事情可能有些不太对劲，意味着它的确需要改进。从另一方面来说，这是美好的一天，他已经离开了悲伤辅导办公室，还获得了一个漂亮女孩的注意。再次走到外面的街道上，他们把手中的空咖啡杯丢在了一个满满当当的垃圾桶里。查理还不够灵活，没能避开轰然散落在自己暇步士鞋四周的汽水瓶、报纸和泡沫聚苯乙烯外卖餐盒，他觉得窘迫。可萨姆只是再一次笑了起来，笑声并没有任何的减损，像一阵温暖的微风般把他提了起来。

不一会儿，萨姆用手捏住查理的肩胛骨，推着他走回去，穿过了音像店的大门。收银台在后面的一座凸起的平台上，那个长得像熊一样的店员也在那里。他似乎认识萨姆，站在高高的地方朝她点了点头。查理晃到了字母"B"开头的货架上，开始在以"Ba""Be""Bi""Bo"开头的唱片中间翻找起来。这里的鲍伊选集数量非常可观，至少和他习惯的狭窄零售店比起来是这样的。其中包括一张彩色乙烯基的单曲碟"女权城市"和一张贴着进口贴纸的昂贵实况录音唱片。他想要更仔细地观察它，可一看到萨姆走过来，他便把唱片放回了原位，把手随意伸向了另一张唱片。

"乔治·本森？呀！"

"怎么了？不是的。我只是随便看看。"

"好了，这是你的第一项任务，如果你选择接受它的话。"她递给他一张45转唱片。

收银台附近有一个转盘，可以供人在购买之前试听唱片。萨姆把耳机戴在了查理的头上——动作亲密得有点儿古怪——开始播放B面，在他聆听的同时注视着他的脸。起初，他以为耳机出了什么问题，跃跃欲试的鼓乐声和吉他声就像远处的暴风雨。当乐器的声音戛然而止、唱诵的声音拉开帷幕时，他才明白这是一种风格：外行的、嘈杂的、咄咄逼人的。愤怒到了白热化的地步就会转化为一种快乐——正是查理今天早上冲出医生办公室时的感受。他抬起头时，看见萨姆的嘴巴在动。他摘下了耳机："什么？"

"很棒，对吗？"

"令人惊艳。可我一分钱也没有带啊。"

"我买给你。"

"我不能让你这么做。"

"你当然可以。不管怎么说，我欠你的。"

"欠我什么？"

"你说你有一辆车，对吗？你可以开车载我回家。"

他照做了，还尽力把自己的八轨磁带踢到了旅行车的座位下面，这样她就看不到上面的标签了。她住在花山的另一边，住宅小区开发停止的地方。那是一栋一侧被刷成了白色的低矮平房，背靠一座倾斜的小山。坐在前门外的路边，她并没有要走的意思。后院传来了一阵类似飞机轰鸣般的噪声。"那是什么？"

"没什么。"她说，"是我爸爸。他不睡觉的时候就在工作。"

他感觉自己应该说些别的什么，将这一刻仪式化。这倒不是说这是一场约会之类的，但这几乎和双胞胎出生之前他经历过的最快乐的时光不相上下。

"哦，谢谢你的教导。"

"嗯，别担心。"

"也许我们过段时间还能再出来玩。"

"你觉得你能把这辆车拿到手吗？我们可以风风光光地进城。"

"当然。我妈妈这些日子几乎不怎么出门，她正在为她的房地产资格证进修。而且她还得照顾我的弟弟们。"

"你没说过你还有弟弟。"

"双胞胎，是啊。他们还只是婴儿。"

"你真的是个神秘男子，查理。我都不知道郊区还能有这种人。"她用一根手指在仪表盘的积灰上写下了自己的电话号码，"这个星期给我打电话，我们可以想想办法。别忘了听唱片的 A 面，我会考你的哦。"

在她迈着轻快的步伐穿过草坪朝自家的前门走去时，他试图抹平她的牛仔裤在座位上留下的轮廓以及头发清晰的阴影。不知为何，棕色太……乏味了，更像是救生圈牌的黄油朗姆糖果。紧接着——他算什么啊，某种呆子吗？——他从座位下方摸出了一支笔，把她的电话号码抄在了音像店皱皱巴巴的纸袋上。那天晚上，他快把追忆往昔乐队那张名叫《燃烧之城》的唱片上的凹槽给磨平了。他每过五分钟左右便会摸一摸那些用墨水写下的数字，仿佛是在安慰自己，风是不会把它们吹走的。

对预言家查理·维斯巴格尔来说，1976 年是朋克音乐兴起的一年。后来，随着他了解得越来越多，他发现，还有其他几个年份的说法，1974 年、1975 年，晚期的傀儡乐队，早期的雷蒙斯合唱团，只不过在那段从春入夏的日子里，朋克文化才第一次被他知晓。每逢星期五和星期六，有时还有星期天，他都会去萨姆家接她，或者去——如果她前一晚在外留宿——格林威治村与她碰面。他们会四处闲逛，在药店里小偷小摸一番，用白板笔把歌词写在拆迁现场周围的板子上，小心翼翼地为曼哈顿街头越来越常见的衣衫褴褛的孩子们拍照，爬进输电网被撬开的地方，去拍摄那些衣衫褴褛、流离失所的人。她的包里时常装着从家里酒柜里拿来的酒——那曾经是她母亲的，她父亲喝的是啤酒——在发现查理因为哮喘而无法抽烟后，她立马熟练地制造出了替代品。他还记得两人扑通一声坐在小门廊上，抬起头仰望，朝着路过的各种怪人微笑。纽约城能够用长岛从来无法真正做到的方式抚慰他的心，因为仅仅从统计学上来说，他也不可能是这里最奇特的人。有一次，他和她蹲在卡维尔商店入口附近，看着奇形怪状的帽子、破破烂烂的裤子和大大的靴子晃过自己的眼前，指尖流淌着泥巴一样的巧克力冰激凌（他的左手感觉像是属于另一个人的——私下里偶尔很好用，但剩下的大部分时间都很笨拙）。路过的一个穿着紧身短裤的人嘴里发出了啧啧的声响，朝着这两个迷失的可怜小孩摇了摇头。查理忍不住说了一句俏皮话，仿佛米基·沙利文还在他的身边。然而，当萨姆引用怪人都应该团结一致的原则批评他时，他收回了自己的话。"我是想称赞他。"他说，"用某种亵渎的方式。"

"你不像你看上去的那么笨嘛，不是吗？"她取笑着他，让他感觉自己脑袋里有某种温暖液体冒出的泡泡正在膨胀、上升。

"你才是那个跳了一级的人，女大学生。"

"不，我能做的事情很多，但我不像你那么聪明，查理。你好像是我认识的最聪明的傻瓜。"

后来，他们在她的那间快餐厅里无止境地打发时间，试图在开车回家之前喝点咖啡醒醒酒。她跟他说了更多有关自己母亲跟着一名瑜伽教练私奔的事情，而他也提及了些许自己的父亲和自己被领养的经历。

不过，更重要的是，他们谈起了音乐。朋克是个嫉妒心很强的神明，除了自己之外无法忍受其他音乐的存在，所以查理不敢告诉萨姆，自己一直很喜欢《白人城堡》[a]。不过，让自己沉浸在影印杂志中的他如今已经可以颇有见识地谈论电波鸟人乐队、少年耶稣乐队和饥饿艺术家乐队了，还能讨论追忆往昔乐队对比帕蒂·史密斯的优缺点。私下里，他认为《群马》可能是史上最伟大的唱片，她那首名叫《鸟居》的歌曲被他听了不下一千遍。不过，他还是会高声赞同她的看法，认为追忆往昔乐队贝斯手的去世以及这支乐队后来的终结才是让《黄铜战略》成为更有价值的作品的原因。她曾经为他把它转录在八轨磁带上，两人在西侧高速公路附近坐在车里，沉浸在某种缥缈快感和音乐的光环之中。他把音量拧到最大，因为他在家时是不能享受这样高分贝的音乐声的。他的母亲在违背别人的本意方面堪称大师。在他与萨姆一起闲逛的这段时间，她一直以为他是去看医生了，或是与谢尔·古尔德巴斯去了海滩，或是在亨普斯特德的三层剧院里观看连续播放的《大白鲨》三部曲。因此，他最晚要在十点钟的宵禁开始前赶回家去。就在萨姆准备前往"云海"或 CBGB[b] 时，他再次踏上了被放逐长岛的旅程。他会在加油站停下车，用肥皂摩擦衬衫，以掩盖萨姆的香烟留下的气味。妈妈从未提起过他闻上去有多干净的事情，反正她在他回家时通常已经上床睡觉了。他怀疑她可能还会感到释怀，因为他找到了能和自己一起消磨这么多时间的朋友，就像阿特舒尔医生的"处方"所指示的那样。

说实话，令他感到困扰的只有一件事：这对萨姆来说有什么好处？她拥有查理无法参与的另一段夜间人生。而他只能在第二天的电话里从她的嘴里听说她又去看了什么演出，其间有哪些令人狂喜的细节。她也可以和那些更酷的朋友——索尔·格兰迪等人一起玩乐。可是，有查理陪伴的那些漫长的午后，她的身边只有他。他不是一个彻底的笨蛋，他知道她喜欢让维斯巴格尔家的旅行车任由她差遣。可这真的是她花这么多时间与他相处的原因吗？

[a] 埃尔顿·约翰于 1972 年发表的第五张专辑。

[b] CBGB，美国纽约的一家酒吧，始于 1973 年，是公认的朋克音乐诞生地，于 2006 年 10 月关闭。

或者说，她是，喜欢……喜欢他之类的？

"查理，这和我们上一次见面的情形没有关系，对吗？因为我们早晚需要谈一谈的。要记得，我是一位悲伤辅导顾问。"

"和这没有关系，布鲁斯。这是我自己做出的决定。"

"那你的母亲是怎么想的？"

"她又不是那个必须坐在这里的人。我已经长大了，足以为自己着想了。"

"治疗的目标并不是真的要让你被……你是怎么说的来着——"

"治愈。"

"治愈。除此之外，我们还从来没有认真说到过你在为什么而感到悲伤。"

"但如果我无法被治愈，这一切又有什么意义呢？或者说，你难道不能想想有什么方法能让一个人在没有精神医师参与的情况下长大或是改变吗？"他和萨姆练习过这段对话，"为什么精神疗法好像从没有让任何人好转过？它就像是某种永动机。"

"我从你的声音里听出了敌意，查理。这让我觉得其中有什么个人因素。如果是这样的话，你应该知道还有许多其他治疗方法各异的顾问。比方说，我很乐意把你委托给走廊对面的我的妻子，或者是一间完全不同的诊所。"

"不用了，医生。我告诉过你了，我已经好了。"

顾问紧紧地盯着他。他的指尖在鼓鼓囊囊的开襟羊毛衫上立了起来，就像连绵的小山。查理此前从未注意到他的手指是如此灵活。"好吧，这样说来，我猜我们就这么说定了。不过我还是得按照一个小时来收费。"

"寄给我妈妈吧。"他说着走出了办公室，朝着街区的尽头迈进。在那里，萨姆正在等着他，嘴里还哼着《格洛丽亚》的前几个小节。是帕蒂的版本。

| — | — | — | — | — | — | — |

23

虽然这一点很难向任何北方人解释清楚，但南方的冬天也有其严酷之处。更加温和的天气意味着没有人知道该如何为一座房子隔热。随着日子一天天变冷，光线从被耙松的土地上流走，朝着松树退去。在这里和那里之间，存在着一种彻头彻尾的空虚感，仿佛就算你大声地哀号，也没有什么动物能听到你的声音。1975年的圣诞假日期间，默瑟在成长过程中感受过的、对空虚的所有恐惧卷土重来，还变本加厉。尽管他的父亲自他动身前往纽约以来就再也没有对他说过一个字，他的母亲还是想方设法地找了各种借口，让他们聚在困住他父亲的扶手椅周围，表现得仿佛一切都很正常似的。在这件事情上，正常，意味着母亲自顾自地念叨自己的哪位教友身体不好，以及C.L.在奥古斯塔住院治疗的情况如何顺利，而默瑟则在软垫凳上不自在地扭动着身体。刚刚修剪过胡子，百货公司买来的衣服，他感觉自己就像一个浑蛋。母亲似乎没有注意到他与生俱来、拖拖拉拉的说话方式已经消失了，但父亲的眼睛却从未离开过引发这次相聚的任何事物（一盘盘的食物、圣诞树，还有电视机）。无论他的儿子何时开口说话，他的脸都会明显地抽搐一下。默瑟感觉自己已经受够了——他这次真的快要爆发，快要让墙纸染上脑浆了——每当这时，他都会主动提出要带萨利出去走走，然后跟着这只患有关节炎的老柯利牧羊犬，走到廊灯照不到的枯萎草坪上去。每一次，他都会为自己能在这里看到这么多星星而感到震惊。那是希腊人和特洛伊人也抬头仰望过的同一片星空，它提醒着你，你正漂泊在一片荒唐的旷野之中，没有人知道你的名字。

直到踏上返回纽约的路，他才终于又可以呼吸了。他发现公寓里所有的灯都关着，但这并不是什么新鲜事。他不认为卡洛斯是去哪里度假了，甚至不确定卡洛斯是否有家可回。挥手扇开门边的香烟烟气，他喊叫着打了声招呼。不过，他对卡洛斯心怀的任何一丝同情都在他踏进自己房间的那一刻消失得无影无踪了。一阵穿堂风掀起了他床头堆着的蓝皮书习题册封面。或者那不是一阵穿堂风——是吊扇还开着。他翻看了一下自己的文件和衣服，试图回忆他离开时它们的样子。走回客厅，他借着窗外的光线寻找着卡洛斯的双眼。"嘿，我房间里的吊扇还开着。"

紧接着，一阵类似干吻的吸气声传了出来。一张脸庞倏地亮了起来，在一片黑暗中泛着橘黄色。

"卡洛斯，你去过我的房间吗？"

"这里太呛人了。"

"你进过我的房间，卡洛斯？"

默瑟觉得自己看到了一丝闪光，一个耸肩。"你就像你哥哥一样，你知道吗?"

此刻,他几乎浑身颤抖起来:"卡洛斯,我付过你钱的。这是我的房间,你不能进我的房间。"

"你应该看看老 C.L. 在丛林里的样子,老弟。可神经了。"

此刻,卡洛斯不想离开椅子的决定显示出了他在战术上的精明之处。如果默瑟走过去见机行事,无疑会和对方拉扯起来;然而由于卡洛斯是坐着的,看起来在挑衅的人就会是他默瑟。他仿佛听到了警笛在分租公寓的大门外突然响起,看到自己被手铐铐在担架上推出来,被遣返回阿尔塔纳的情景。最终,他撤回了自己的房间。他关上吊扇,转动门把上的那个东西,锁上了身后的房门。卡洛斯明天会想办法撬门进来的。假设卡洛斯没有精力破门而入,那么他的东西暂时是安全的。为以防万一,他把自己自暑假以来就不曾触碰过的四十页手稿悄悄地塞进了意大利皮手袋里。

"默瑟?"透过阁楼的房门和门框侧面明亮的那一缕光线,威廉看上去似乎有些不知所措——看到他并非不开心,却也毫无准备。是不是出了什么差错?

"我和我的室友打了一架。"默瑟强迫自己说道,"我不知道自己今晚能否在你的沙发上借住,等事态冷静下来。"

威廉回头看了看室内,这才把门上的链条放下来。"这是一张日式床垫,恐怕不是什么舒服的地方,不过你不用客气。南方怎么样?"

"糟透了。"然而他的嘴巴已经不自觉地咧出了一个微笑,朝着威廉的嘴巴靠去。这就好像是佐治亚州家里那个被放到了地窖门上的软垫椅,让门口紧闭着,而里面藏着的则是他一直都梦想的这个场景的事实。"我想你了。"

"在你看过公寓之前,先别这么说。"

默瑟唯一有机会上来瞧一瞧的那一次,阁楼里似乎相当整洁(尽管不可否认的是,威廉没过几分钟便催促着他出门吃晚饭去了),不过此刻这里却像是刚刚被龙卷风席卷过似的。所有的平面上都盖着衣服,还有汽水罐、沾着米粒的纸盒、插着画笔的奶白色罐子、糖纸、一个装满大型画报的购物车、歪歪斜斜靠着墙壁的油画布。在团成一团的短裤中间,那只名叫厄撒·K.的猫正冷冷盯着他。默瑟忍不住大笑起来:"天啊,你这个神秘的邋遢汉。"

"当我真正开始工作时,就会变得有点儿……"

[197]

"你把这一切隐瞒起来不想让我看到,你知道有多么感人吗?"

威廉看上去很不好意思。

"至少让我收拾一下台面吧,威廉。当作我表示感谢的方式。"

趁他开始刷洗盘子的工夫,威廉从冰箱里拿了一瓶啤酒,撬开后扑通一声坐在他身后的日式床垫上,梳理起了圣诞节的可怕之处。他说,自己的假期一不小心就溜走了。追忆往昔乐队过去常常会举办一年一度的新年演出。没有乐队排练,他除了工作、工作、工作之外都不知道该做些什么了。

默瑟感觉到的只有手中的流水和背后目光的温暖。"工作,工作,工作,"他重复道,"可怜的你。"

威廉站在那里,把手伸到他的背后取来擦碟干布。"你真是惹人怜爱,你知道的。不过你做的已经足够了。"

"是吗?"

灯光暗了下来,手摸索着皮肤。所有可能会发生的事情都发生了,直到不可挽回的地步。

威廉把几个箱子从床铺上推了下去,面对着墙壁——不要放在心上,他说,只是他不朝着墙壁就睡不着。就默瑟而言,他清醒地躺在那里听着楼下街道上公共汽车减速的声音以及林肯隧道旁的妓女们揽客的声音。他模糊地感觉到,自己像是刚刚被人打过似的,紧接着又焦虑不安起来,感觉自己还没有缩回到自己身体原来的尺寸、形状和颜色。忘了自己陷了多深,他周围的一切都变得清晰起来,仿佛他径直向下游去,就可以触碰到自己人生的谷底。他试图让自己在周遭的环境中落地。床脚处的窗户上肯定有一道缺口,因为两块窗格玻璃之间的角落里已经结上了冰。窗外有一棵形单影只的树,它光秃秃的树枝间透出了一片紫色的天空。曾经的默瑟会洋洋洒洒写下多少字来描绘这棵树,它的枝干,饱经风霜的乌黑斑驳的枝干,还有这片天空?还有,它们能把他带到多远的地方去,远离他内心仍然在积聚的感情?他在这里,在自己的新生活拉开帷幕才六个月的时候,而他身旁的这个生物——在街灯下显得如此苍白,心中此刻可能已经展开了狂野的梦想。

当然,历史拥有自己坚持不懈的方式,就像他现在对待卡洛斯这个人这样。默瑟的解决方法是彻底避开字母城。他可能会在清晨五点钟的时候溜回去换上工作的衣服,或者根本就不回去。他在威廉家装了一台旅行装的熨斗，好用它来熨平前一天穿过的衣服上的皱褶。他会在上面洒上几滴须后水，然后直接穿过城区去上课。他自己在地狱厨房地区上课的那些夜晚通常是漫长的，不过他感觉，纯粹从教学方法方面来说，他在精神健康上所受到的益处不仅仅是消除了所有的疲惫。

默瑟有时会仔细地看着威廉在镜子里的身影，将它与钉在墙壁上的那幅未完成的自画像进行对比。画中人的头发比威廉现在的短一些。眉毛的粗细恰到好处，是用木炭画出的木炭色，为威廉说过的每一句话都注入了强烈的感情。还有鼻子：弯弯的，断过的。威廉告诉过他，言语间的暧昧让默瑟知道自己不该多问。不过画作到此便完结了，再往下就只有一片空白。

2月中旬的一个晚上，更确切地说，是在凌晨，默瑟发现自己正身处第三大道某迪斯科舞厅外的电话亭里。他刚刚把自己的钥匙投进卡洛斯的邮件投递口，将最后一批东西搬进威廉的公寓里，为了庆祝，两人一直在外面待到很晚。现在是时候向母亲解释自己变更地址的原因了。他一心指望这个荒唐的时间和心中仍在悸动的音乐能够驱使他说出自己想要说的话。然而他的勇气却在听到母亲被吵醒后迷迷糊糊的声音时退却了，仿佛她正隔着自己破烂的睡袍一角对他说话："不，你没有吵醒我，亲爱的。我正准备擀饼干呢。"

"你那里几点钟了？"

"和你那里一样，默瑟，你是知道的。出什么事了？"

没什么事，他心想，就是我遇见了某个人，说啊。空荡荡的电话支架像只断手似的悬挂着。在光线模糊的玻璃窗外，痤疮般的指纹背后，一个长相凶猛的男人正在一堆垃圾中翻拣。

"儿子？"

"没事。"他说，"没出什么事。只不过，我起来了，想你们了。"

接下来的沉默让他很想知道她已经知道了多少。"你不会是在酗酒吧？"

他闭上了双眼："妈妈，你知道我不喝酒的。"

"哦，你能想起我们很好，亲爱的。不过我这个周末能给你打电话吗？我讨厌让你的长途电话费暴涨……"

他拨打的是对方付费电话这件事情已经无关紧要了。一分钟之后，他们互相道别，挂上了电话。

于是，威廉的另一个优点展现了出来：他能够意识到语言的局限性。第二天，发现默瑟并没有起床时，他没问发生了什么，只是把手搭在他的肩胛骨上。

事实上，有关他们各自家庭的一切重要约定早就已经商量好了，就像同居这件事情本身，谁也不需要无礼地去谈论它。比方说，他们决定把威廉的艺术创作挪到北边的布朗克斯区一间几乎用不了多少房租的工作室里。他们还决定，两人谁都不许谈起威廉的家庭。四处没有一张照片，没有关于他在这间阁楼公寓之前生活的任何迹象。没有过去对威廉来说似乎是自然而然的。在默瑟看来，难道他不一直都是某种神秘的存在吗？是从一团火焰、一池湖水或是从一个人前额的某个地方整个蹦出来的。然而，威廉越是对自己出身的话题沉默寡言，就越喜欢听默瑟提起自己的家人。晚饭过后，当他喝了太多杯经济装的基安蒂红葡萄酒时，他会让默瑟再次抖出古德曼家的八卦。他尤其喜欢听默瑟的父亲从战争中带回来的乌托邦式的抱负——威廉称之为合作农场成员倾向——还有默瑟的父亲和C.L.的争夺。"你知道的，我当时从未看到过，不过我猜我也有点脾气。"一天晚上，默瑟在擦碗碟时承认，"或许其实不只是一点点。"他还告诉威廉，自己在第一次来纽约之前是怎么把自己父亲打趴在地的。在他仍旧相信生活会按照弗莱塔克[a]的套路发展时，他认为这有可能会成为他小说前段中美妙的高潮。

"这就是他不和你说话的原因？"威廉摆着平日里饭后的姿态，四仰八叉地躺在日式床垫上，两只手叠在皮带扣上，撑起脑袋看着默瑟清理小厨房，"好吧，我猜这种事情要么爆发，要么就会被埋进心里。"

[a] 古斯塔夫·弗莱塔克（1816—1895），19世纪下半叶德国著名的剧作家、小说家。他将五幕剧情节喻为金字塔，认为典型剧情由上升（rising action）、高潮（climax）和回落（falling action）组成。

当默瑟一脸疑惑地转头看过来时，仿佛有一层面具滑落了。威廉一直在自言自语，回忆某种事情，在几秒钟的时间里，他的脸色看起来茫然失措。默瑟突然觉察到了自己在各个方面上的劣势，包括年龄、经济情况、肤色以及性别——还有他是多么仰慕威廉，需要他。他确信威廉——不相信一个人会需要别人的威廉——除了平等之外不想让他有任何感觉。不过，有种叫作权力的东西是不会被平等地赋予所有人的。事情就是这样。所以，与其寻味"什么会被埋进心里，亲爱的？"不如像个乖孩子一样闭上嘴。难道这不是信任吗？

直到那年夏天的二百年周年纪念，默瑟才第一次模糊地意识到这样的安排是有问题的。在屋顶上眺望完高桅船后，两人走下楼，前往休斯敦街南段刚刚兴旺起来的其中一家地下室夜总会。船队在市中心，上面挤满了一列列水手。默瑟觉得不去看烟火而是出去吃晚饭有些奇怪，不过威廉说，选择这个地方的朋友有足够多的理由怀疑民族主义。就好像谁不是这样似的。"你不能再穿得这么得体了。"身穿白色小礼服和破洞牛仔裤，他看起来似乎有些紧张。不过，也许这只不过是因为他喝了太多酒。住在楼上的机车党成员比莱本来是邀请他的乐队成员去参加一个派对的，可是随着一瓶瓶麦芽酒下肚，他就醉倒在了屋顶上。

他们到达餐厅时已经九点了。餐厅外，一个剃了光头、穿着黄褐色绉纱条纹衣服的年长男子和一个年轻许多的东方女子正在等待着他们。后者显然和默瑟一样，对自己出现在这里怀揣着同样矛盾的情绪。伴随着看不见的烟火在西边绽放，两组人之间的介绍有些不太明了：布鲁诺，默瑟；默瑟，布鲁诺；威廉……杰妮？杰妮。那个女人穿着高跟鞋的双脚来回交替移动着，仿佛十分渴望穿上一双运动鞋。她说了些厨房会因为节假日而提早关门的话，但布鲁诺认识服务生领班——即便声音十分响亮，他的发音仍旧毫无瑕疵[b]。

不管怎么说，这是一间欧洲餐厅，至少从未去过欧洲的人会这么想象：音响里放着自由爵士，摇摇晃晃的桌子上摊着包肉用的厚纸，精致的羊脸肉油炸小丸子，燃烧的蜡烛温暖着没有空调的店内，

[b] 布鲁诺说"服务生领班"的时候用的是法语 maître d'hôtel，这里指他的法语发音。

而店外却漆黑得令人摸不着方向，玻璃杯中的葡萄酒在烛光的映衬下显得分外红润。鉴于这个地方没有酒类营业执照，威廉和布鲁诺各自带了几瓶酒过来。等到主菜上桌时，他们打开了第三瓶酒。不想被人看作乡巴佬的默瑟允许自己咽下了一小杯，感觉身体正飘浮在一片温暖之中，脸也因为酒精而变得光滑起来。笑声会从昏暗中的某个地方迸发出来，而他也会反射性地笑起来，不再关心笑话讲的是什么。他觉得，在城市里的其他地方也在上演着相似的场景：侨民借好酒好菜实施阴谋，灰烬如雨点般落在哈德孙河上，军刀咔嗒作响，中西部的科学家将世界末日时钟上的指针朝着午夜十二点的位置挪动了一格。你需要的只是一个愿意为此掏钱的人。

他猜测，在眼下的状况中，那个赞助人就是布鲁诺·奥根布里克。默瑟

猜测布鲁诺应该是某种艺术经纪人，这或许可以解释威廉紧张的原因以及此次聚餐的目的，只不过他们之间的氛围感觉与盈利没什么关系。无论如何，布鲁诺显然不是异性恋者，那个身材娇小、日本人模样的女孩是他画廊里的员工——默瑟已经记不得她的名字了——跟来的目的似乎是为了向威廉说明布鲁诺也有自己的门徒。鉴于布鲁诺大部分时间都在和威廉谈话，她和默瑟最终隔着桌子斜对着面交谈起来。当她问起是什么把他带到这座美丽的城市里时，他小心翼翼地说，自己的教学工作正要迈进第二年。他正在考虑今年秋天重新组织自己的教学大纲。作为一个上过高中的女孩，也许她可以帮上忙。默瑟还问她有没有读过巴尔扎克的《幻灭》。

她说她在伯克利上大学时读过这本书，脸上仍旧带着希望自己能够身在他方的表情。哪个名人喜欢巴尔扎克来着？

默瑟不知道，不过《幻灭》是他个人最喜欢的一部作品。大致的故事情节是从外省市来到巴黎的年轻人为了创造属于自己的财富努力着，久而久之却发现他对一切事物的看法都是错误的。所有被他看作天才的人都是白痴，反之亦然。"这就像是某种历史悠久的法国体裁。其实我一直在努力使它现代化。"他听到自己承认，"原本的历史背景是法兰西第二帝国。不过在我的作品中，背景是越南。"

桌子对面的人敛起了笑容。因为杰妮·阮是越南人，不是日本人！哦，该死，该死的红酒。

"我是说，我才刚刚开始动笔，"他补充道，"有很多地方都可以改动。"

"自传体吗？"杰妮问。

他感觉一股热血涌上了脑袋。他不是故意要在威廉面前透露有关小说的事情。"哦，完全不是。"他回答。

"我只是在想，根据那种纯粹的'写你所知'——"

"不，我只不过是在摸着石头过河。当我没有提起过这件事情好了。"

"其实听上去也没有那么糟糕。你知道的，我相信布鲁诺也认识一些出版界的人。天知道他怎么到处都有熟人。"

"哦，不用了。我并不是打算暗示……"

他一脸尴尬地望向了自己的爱人，可威廉仍旧沉浸在与布鲁诺的讨论之中，还莫名其妙地点上了一支烟。虽然默瑟从不知道他会抽烟，但他不得不承认威廉拿着烟的样子很气派。他会用鼻孔吐气，然后——就在烟灰长得眼看就要掉下来时——他便俯身向前，在一个空酒瓶瓶口弹一弹。烟灰利索地掉进一片幽绿之中，像马戏团中一匹高台跳水的马一样坠落在瓶底。"就我自己而言，我抱着很高的期望。"威廉在说，关于……嗯，到底是关于什么来着？"失败有意思多了。所有的证据都表明，上帝认为人类就是一种失败。事情就是要在快分崩离析的时候才会越来越有趣。"

布鲁诺笑了，仿佛自己一直在对一个任性的小娃娃解释道德伦理。"当然了，你和我这么认为，真的是难能可贵，威廉，因为我们的整个人生都受到了资本主义制度的滋养。我们就像是伐木上的小蘑菇。"

哦，没错。财政危机的事情。福特拯救纽约：去死吧 [c]。

"这正是我要说的，"威廉回答，"在衰亡中成长。"

"真是个不雅的比喻，好吧。不过让我们实事求是。就拿你的朋友来说，那个夺取了你音乐事业的人。"

[c]1975 年 10 月 30 日，《纽约每日新闻》发表了这篇名为《福特救纽约：去死吧》（*Ford to City: Drop Dead*）的文章，报道的是福特总统否定为纽约提供救市措施的决定。

"尼基·查奥斯从来就不是我的朋友，他只不过是某个时常出现在演出现场、碰巧在我们需要的时候为我们提供了排练空间的孩子，画廊大人物先生，我并不知道他打算接手这支该死的乐队。"

"你本该觉察到一场暴动即将到来。他就是那种会把看了一半的尼采作品夹上书签放在口袋里的人。他有没有告诉过你，他找我谈过接纳他作为客户的事情？"

"你说的是小混混船长吗？"杰妮·阮问道，"那个你无法拒绝的虚无主义者？我讨厌和那个家伙打交道。去年秋天，他几乎每天都会打电话来。老实说，似乎有点急不可耐。"

"也许是因为乐队解散了。"威廉说。

布鲁诺继续说道："他相信自己也是一个会做音乐的伟大艺术家。其实他是个会试图进行艺术创作的糟糕音乐家。而且，这算什么艺术？喷绘。对他来说，文化批判就是给西尔斯百货商品目录里的女士们画小胡子。他觉得安全别针就是珠宝，他把美和残暴混为一谈。这很有美国人的作风。"

"有的时候，我觉得他是在试图成为我的另一个版本。"威廉说。

"你是说，一个更能吸金的你。"

"别告诉我你同意出任他的代理人！天啊，布鲁诺，我以为你不至于沦落到这种地步。"

"就像你自己发现的那样,尼基·查奥斯的坚持已经到了痴迷的地步。从某个方面来说,他自己就是一种艺术品。无疑他还没有意识到这一现实,不然这一切就毁了。不过,说得更确切一些,有一天,我打算把他介绍给我的唯一一幅油画卖给我的一个熟人,一位银行家。我告诉他,这是'一项投资'。他永远也不会知道一千美元意味着什么,对他来说那不过是一个舍入误差。但对尼古拉斯来说呢?这可是一整年的买菜钱。你觉得没有资产阶级的帮助,这些美丽而又无助的孩子能租得起褐砂石的楼房、吃得起烩牛膝吗?"

"东三街的那个地方就是一块被擅自占用的空房。我不觉得他付过房租。"

"我们就像婴儿一样,威廉。当然,我自己也包括在内。在我们没有见过自己的爸爸妈妈时,我们也许都不相信他们是存在的,但这不意味着我们不会去依赖他们。"

"不过说真的,这就是你对'有趣'的定义吗?"威廉又点燃了一支香烟。一瞬间,默瑟想起了起初不曾泯灭过的某个印象。"因为如果是这样的话,看看你热爱的自由企业制度是如何扭曲这个词的含义的吧。我是认真的。到了用它自己的梦想来替代你的梦想时,你会发现,它跟任何中央委员会一样高效。"

"可为什么必须要在公司王国[d]和集中营中选一个呢?"杰妮恼怒地问道。你能够感觉出来,要是这两个男人有心邀请她加入的话,她三秒之内就能结束这场争论。也许正是他们不曾邀请她的原因。

[d] 公司王国,一个由全球正义运动的支持者发明的名词,形容屈从于组织实业压力的政府,在某种意义上是"富人政治"的同义词。

"只是这个案例中的梦想是梦遗而不是噩梦。美国距离极权主义并不是那么遥远,布鲁诺。你只不过碰巧喜欢她擦的香水。"

"只有一个美国人会这么说。"

"看看你的周围吧。现在是周末,我们该如何表达我们对制度的不满?我们会去下馆子,一边拧着葡萄酒的瓶塞一边发牢骚。我把我们自己变成了随叫随到的资本家,以防本人会出什么事。这么说让我感到恶心,不过在这个问题上我支持尼基·查奥斯。选择和自由不是一种东西——如果你的选择是由别人为你设计出来，那它就不是自由。"

默瑟不安地感觉自己就是这个论点的某种案例。他大腿上的餐巾脏得像外科手术袍一样。他学生的家长对此会作何感想呢？

"还有，威廉，你更喜欢全民福利……关于某种柏拉图式的自由理想。"

"和这个相比，无政府状态怎么可能会对全民福利更不利呢？我说让城市破产去吧，让大楼坍塌，让杂草占领第五大道。让鸟儿在店门口筑巢，让鲸鱼游入哈德孙河。我们可以利用早上的时间寻觅食物，下午与人私通，晚上在屋顶上跳舞，朝着天空歌唱和平啊和平。"

"可为什么要离开乐队，如果你在政治上如此赞同尼古拉斯。"

"我在某些事情上可以与他达成一致，但从根本上我依旧认为他是一个反社会的人。"

"在一个没有律法的世界里，统治者就是那些反社会的人，这你是知道的，威廉。"

"你觉得呢，默瑟？"这时候，杰妮突然插了一句。他分不清她是想要通过让他加入对话来帮他一把，还是因为他没有向她表示出同样的好意而在呼唤他。从厨房传来的刺耳的爵士乐声戛然而止，三双眼睛落在了他的身上。

"我觉得布鲁诺说的也许是真的，"他小心翼翼地回答，"就我的理解程度而言。不过这话并不意味着情况不会令人感到沮丧。我们在美国之所以能够畅所欲言是因为我们知道自己的话起不了什么作用。"

在看到威廉和布鲁诺干杯时，默瑟对自己这段简短的判断怀揣的骄傲之情荡然无存。不知怎的，他误会了他们有多严肃。紧接着，威廉开口询问服务生厕所在哪里。服务生抱歉地回答，厕所出现故障了，在等待水管工来维修。

"好吧，我猜我得使用传统的方式了。你们三个聊吧。"

仍旧露齿微笑着的威廉跌跌撞撞地爬上楼梯，走向被城里人比喻成"西大荒"的那一部分地区。被抛弃的默瑟重新整理了一下自己的餐巾。他能够感觉猫头鹰般的目光回到了他的身上。"所以，"布鲁诺说，"感觉怎么样？"

"你打算一晚上都这么吵吵闹闹的吗，布鲁诺？"杰妮问道，"因为如果是这个样子的话，我现在就要离开了。"默瑟意识到，她又帮了自己一回。

出于他想象不到的动机,杰妮·阮一晚上都在设法帮他。

"你说得对,我亲爱的,像往常一样。我收回这个问题。"

尽管如此,默瑟还是想要知道:"等等。什么感觉如何?"

"成为威廉最新的收藏品。"

他环顾四周,能够找到的唯一一个帮手就是映在墙面镜子上的自己那张困惑的脸。他现在明白了,这就是大家要抽烟要戴荒唐的眼镜的原因。没有这些配饰,你就相当于一丝不挂。

"看到了吗?他完全不知情。"布鲁诺看都没看自己的同伴一眼,脱口而出。眼下,她正在用惹眼的方式对手包里的东西表现出很感兴趣的模样,也许是在寻找打车的钱。"要不要我开导你一下?"他交叉着手臂。一支香烟在两根手指间燃烧(和卡洛斯一样,布鲁诺对痛苦有着非常强的忍受能力。从一个男人拿烟的姿势中竟然可以看出这么多东西,真是不同寻常,这个念头在默瑟脑海中一闪而过)。"据我所知,古德曼先生,你是一位绅士。但你应该知道,我们的这位饭友有过一看到情感复杂化的迹象便会马上逃离的历史。我不希望你对此毫无准备。"

"那你肯定觉得自己很了解威廉。"

"他喜欢在变革即将发生时玩这种'假如,假如'的游戏,不过他的心里还是有一种执念,要为自己所有的怪念头都找到答案,要让所有的挑战都得到解决。这就是被人当作王子养大的结果。"

"什么王子?"

"当然是纽约的王子了。"他眯起眼睛,"你肯定知道我们的威廉是——或者曾经是——这座城市中一笔最大财富的继承人吧。"

事后回想起来,默瑟就好像是发现了被威廉藏起来的一处胎记——一个大大的胎记,就在他胸口的正中央。他为何一直瞒着他?(说真的,是谁在向谁隐瞒呢?默瑟不能说自己没有注意过威廉手头的资金十分灵活,灵活得就像地下的泉水,而且很有可能和泉水一样用之不竭。更别提他时不时便会明显感觉出,威廉之所以搬进西四十街这座衰败的老工厂大楼并不是因为贫穷,而是出于怨恨)此外,布鲁诺为何要挑现在这个时候告诉他这些?就在他打算违心地告诉布鲁诺自己并不相信他时,威廉再次出现了,用装饰手帕磨蹭着自己的鼻子。"我错过了什么吗?"

布鲁诺的指尖在他的眼前搭成了一座尖塔。你是个成年人了,默瑟提醒自己。可为什么成年后的生活——从理论上来讲，这是最能恣意追求自己所想的那一段人生——似乎总是需要这些妥协？"没什么。"他答道，"你什么也没有错过。"

"这么说，谁还吃得下甜点？有人吗？"

尽管布鲁诺故意装作争取结账的样子，最后拿起账单的还是威廉。他从晚礼服胸口处的口袋里掏出了一捆二十美元的纸币。"不用，我来付吧。"默瑟假装不去看布鲁诺心照不宣的眼神。

在四个人分开之后，在餐厅外的威廉说他想出钱打车回家。"我们没有钱打车。"默瑟告诉他，"我不介意坐地铁，甚至是走路。今晚天气不错。"事实情况并非如此，这是一个闷热难耐、酷暑难当的夜晚，还伴随着刚刚才消散的、难闻的烟火火药味。在庆典后空无一人的潮湿大街上，一辆出租车突然出现了，给默瑟不知该如何明确表达的问题提供了一个巨大的黄色答案。他把自己滚烫的前额靠在车窗上，看着从眼前掠过的空荡荡的街道、烟火棒、被践踏过的小旗，还有卸货区被人涂鸦上了上帝的上百种隐秘名字的金属大门。

"刚才的进展如何？"威廉问道。

"你说得好像这是一场面试似的。不过我觉得我是个黑人之类的事实解决了布鲁诺可能想问的任何问题。"

"澳大利亚人不是以跨种族的手足情谊著称的，这点没有错。"

"随你怎么开玩笑都可以，但我不喜欢你像那样把我拿出去炫耀。"第六大道上的"木瓜国王"热狗店还开着。门外，一个弓着背的人似乎正在对着下水道呕吐。可一眨眼的光景，默瑟发现那只不过是一个信箱而已。"他试图警告我你的一些事情，你知道吗？"

"什么？警告你我曾经试图和他交往？"

"你曾经试图和布鲁诺交往？"

"我当时只是个孩子，默瑟，而且那是 60 年代的事了。不管怎么说，据我回忆，他不愿意。"

"我是说，他试图提醒我你是谁，你从哪里来。"

"啊。"威廉放在座椅后背上的手小心翼翼地蹭过默瑟的肩膀，"可我以为你大概已经猜到了。"

"好吧，我没有。我在尝试尊重你的隐私。"

"你还不明白吗,默瑟,这就是我喜欢你的地方?"他说话的声音太大了,司机的眼神飞快地朝后视镜瞟了过来,却被威廉狠狠瞪了回去。于是那个家伙打开收音机,继续开车。"你是我遇到的第一个人,第一个即便我把日记本摊开放着,也会看都不看一眼就把它合上的人。"

"那只是因为我会感觉愧疚,并不意味着我希望我们之间保有秘密,威廉。"

"那你为什么不告诉我你在写小说?"

"你不应该听到那件事的。太丢人了,这就是原因。"

"那就让我们给彼此一些空间、一些神秘。创造属于我们自己的乌托邦。让布鲁诺嫉妒去吧,他没有我们所拥有的这些。"司机的眼神再次飞快地掠过后视镜。当车子驶过一条路灯坏了的漆黑小巷时,他们的手指在座位上再次摸索到了彼此。

要是默瑟能让一切都停留在那里该有多好啊。然而第二天,当威廉因为还没有意识到自己可能吃了药而倒头大睡时,他已经穿过市中心朝着图书馆出发了。走在纽约公共图书馆门口那两只名为"耐心"与"坚毅"的狮子之间,他步履艰难地爬上了大理石台阶。在曾经那段简单的日子里,他只不过是阅览室里另一个一心想要发迹的人。但自那段日子之后,他已经很久都没有见过这两只狮子朋友了。

杂志期刊区在一层旁边的一座人工洞室里,散发着煮煳了的咖啡和陈年报纸的气息。那天下午,以及随后的几天下午,他都蹲坐在其中一台大块头的机器旁边,转动着卷在线轴上的一页页微缩胶片,说实话,速度快得有些读不过来。不知怎的,这就像是他的人生——一个在你眼前一闪而过的东西,而你手中唯一真实的决定就是停止或是继续前进。他很难知道自己该追溯到哪一年——1969年? 1965年? 终于,他从1961年的社会版中找到了纽约水牛城的菲利希亚·玛丽·古尔德即将与汉密尔顿-斯威尼公司的董事长兼首席执行官威廉·斯图尔特·奥尔索普·汉密尔顿-斯威尼二世结婚的消息。照片中,这对夫妻在家人的陪伴下挽着上臂站在一起。新郎的表情十分凝重,而待嫁的新娘则是光彩照人。就在默瑟试图调整图像的尺寸时,机器哀鸣起来,弄得他心烦意乱。新娘的弟弟并不在照片之中。不过,站在一旁的那个女人被认定为新郎的女儿,她身旁站着自己的未婚夫……紧接着是他的儿子,处在青春期后期的威廉。默瑟以前从未看过他这个时期的照片,心中涌起了强烈的柔情,或者说是宽恕之心。那时候的威廉比现在还要瘦,套在过于宽松的西装里的身体垂头丧气,像个问号一样。事情有些不对劲:他看上去好像整个人从内到外都被这个场景吞噬了。难怪他不想提起这件事情。

图书馆外,巨大的古老悬铃树在琥珀色的光线下起伏着,仿佛在向大道上高峰期的大巴车招手示意。一扇门在他的身后猛地关上了——关门时间到了,保安的喊叫声在穹顶天花板下回荡着,告诉所有面色惨白、勤勉固执的学者,是时候离开了——然而那些话仿佛一触碰到空气就被融解了似的,又或许是被凸起的广场宽阔的空间冲淡了,因为留在这里的人似乎只有乞丐和精神病人。一个戴着无指手套的女人走了过来。默瑟将一把零钱硬塞给她,这才认出她是他从前的同行,那个字写得很大的女人。看着她走远,他很愧疚没有让她说完自己想要问他的话。他为什么这么匆忙?仅仅是健忘,还是有什么更加严重的事情?一个星期以后,朝着麦迪逊大厦漫步的他会再次想起这一幕,看到有句铭文如同一个拙劣的笑话般镌刻在那里最高大的建筑——那座带有金色尖顶饰的建筑——的石灰岩山墙上。上面写着:汉密尔顿 - 斯威尼大厦。

/ — / — / — / — / — / — / — / — /

24

1974 年,理查德·格罗斯科夫离开美国时——污秽的战争、种族运动、毒品、水门事件都被他抛至脑后——整个国家都快被大火吞没了。他要寻找的是一个没有新闻的地方,而在苏格兰北部的一座小岛上,他几乎可以算是找到它了。为什么是苏格兰呢?首先,这里是他母亲的祖父母的家乡;其次,他不用费劲学一门新语言。他找到一处出租的农场,它所在村落里的村民人数还不及公园大道上那些高楼大厦里的住户多。他最终还是要把钱还回去的——他抛弃了自己假想中的剧本,放弃了对最后一个故事的搜寻——但"最终"太过遥远了,与此同时,令他倍感意外的是,他的定金依旧是可以替代偿还的。为了给自己找个伴,他从邻居家买了一只小猎犬,给它起名为科拉格尔,因为他总是觉得梅尔维尔在《比利·巴德》一书中对科拉格尔过于苛刻,而且这个名字更适合这副毛茸茸的矮胖身体。它会过分殷勤地用口鼻顶住他的胫骨,索要食物或是要他带它出去遛弯。

　　白天,理查德会伴着劣质的流行音乐电台广播种种花、读读书、做做木匠活,然后到了晚上,他会沿着没有路肩的道路从容地走到村里,允许自己喝下一杯酒。要不是因为电视,他可能会一直这样生活下去。作为一种计谋,他并没有在自己隐居的地方安装电视机——仅仅看着房顶上或是他头盖骨上的一个洞,召唤魔鬼回来可能更容易一些——不过,酒吧高脚架上摆着一台过时多年的小型彩色电视,大部分时间用来播放球赛。一天晚上,他进门时发现电视是开着的。寡妇南·麦基尔南坐在门旁的凳子上,朝着他的方向倾斜着雪莉酒酒杯,模糊地表示祝贺。他跟随着她的目光望向了电视,画面中烟雾弥漫的粉红色天空无疑不是苏格兰的。此刻,自由女神绿色的铜像从直升机的窗外缓缓经过。一大群巨型白色船只和曼哈顿的空中塔楼在它的身后起伏。他怎么能忘呢?那天是7月4日,美国的建国二百周年纪念。这意味着他已经逍遥在外整整两年了。

　　在他抱着挥霍的心态咽下第二杯酒,紧接着还有第三杯酒时——像个游客一样,他称它为威士忌——屏幕上的天空褪色了,变成了和窗外一样的颜色。烟火在天空中绽放,蓝色、红色和金色,一把又一把如同宝石散落,就像他早些年在曼哈顿度夏时记得的那样。但事实并非如此,英国广播公司说:随着财政危机的到来,纽约市变更了自己的承包商,并且这些烟火史无前例地由电脑控制。理查德不知道在船上放上机器人、让它们来点燃引线是不是什么重要的事情。然而,这难道不会失去某些细微差别、某些人性吗?电脑会记得给广播电台寄去一份特别的音乐节目,作为引爆烟火时的主音调吗?毫无疑问,这件事他们还是会去做的。《蓝色狂想曲》此刻仍旧在那座曾经属于他的岛屿上的每一辆车里响亮地播放着。突然间,他身体里所有与记者有关的器官再一次被唤醒,轰鸣起来,因为他看到这就是他一直在等待的那个载体,那个迷失的故事。历史、风景、命运、无常、灾难、政治、城市,全都被装进一个壳子里,等待被点燃。音乐让一切都变得明晰起来:这个壳子就是烟火。

　　表演仍在继续。用一个人所能叙述的上百种方式排演着,其间理查德甚至没有注意到小狗正在他脚下哀鸣，或是钱柜的抽屉弹出时的响声，抑或是椅子被倒扣在桌子上的声音。他甚至不想眨眼。紧接着，就在最后一篇盛大乐章开始之前，屏幕上的光芒缩成一个点，灭掉了。酒吧的店主拔掉了插头。窗台下，寡妇南·麦基尔南像幽灵一样消失得无影无踪，只留下空空的高脚杯。理查德在吧台上丢下许多张一英镑纸币，叫小狗跟上自己。科拉格尔犹豫了一下，看上去很焦躁。

"怎么了？"

个中缘由不清楚，但科拉格尔肯定在理查德反应过来之前已有感应。一周后，他一只手抱着它回到了纽约。推开公寓的门前，他早有思想准备，迎接他的无疑只有日积月累的灰尘和老鼠屎，还有，其他尚未成为经验的生活的不如意。

他从某个线人那里拿到的这个长岛地址看上去并不像是东海岸上第三大烟火制造机构，或者是任何行业里的第三大机构。这里只不过是死路尽头的一条碎石车道，通往后面的一座朴实无华、牧场风格的房子。天啊，这些房子！他把一张二十美元的纸币塞进出租车司机的手里，告诉他继续打表。蜡染的窗帘让这些窗户看上去十分封闭和冷漠。理查德按下前门的门铃，把一只耳朵贴在防风板门的玻璃上。什么声音也没有。或者说，也算不上是鸦雀无声，还有另外一个更加浑厚的声音——某种低沉的雷声，不是从屋子里聚集起来的，而是从屋后。希望自己的软呢帽和领带能够证明他不是入侵者。他绕到了无人照看的后院里。露台附近的一棵树上，一座树屋塌了下来。只见坡道脚下的小灌木丛里藏着一座瓦垄金属机棚，大小和一座小平房差不多。房子的四周隆隆作响，旁边还停着一辆小型运货汽车——"西齐亚罗父子娱乐公司"，车厢上的字迹已经斑驳残缺。四面八方十英尺至十五英尺的范围内，生长着的高大草丛形成了一片毫无节制、过度繁茂的绿色。

他敲了敲机棚的门，没有人回应。然而，一股闻起来像硫黄的味道正从屋后飘过来。他又敲了敲门，这一次更加响亮。隆隆声也随之变得越发低沉了，仿佛放慢了速度。一个声音喊了一句，他没有听清。他继续问："有人吗？"

一个穿着法兰绒衣服的健壮男子出现在了他面前的门口处，把耳朵上的防护耳罩摘了下来，挂在脖子上。他的头发有着铁一样的颜色，脸上是工人般生硬的五官，看上去很像奥克尼群岛上的庄稼汉，只不过肤色更深、胡楂更多，一边脸颊上还沾着几条油渍。

"卡尔米内·西齐亚罗？"

那个男人没有回应。

理查德做了自我介绍，还出示了杂志社的证件。他已经将近四年没有在杂志上发表过文章了。

"我不看杂志。"那个男人答道。理查德注意到，他左手无名指上少了一截。就在他的身后隆隆声的来源，连着通风管道的巨大工业换气扇。还有，摆在桌子上的那个理查德无意中看到的东西，可别告诉我那不是十二毫米口径的猎枪！

理查德解释道，自己只不过是就建国二百周年纪念的烟火来寻找一两句评论的（这是一种老把戏——给他们一个机会说出真相）。"我在市长办公室里的一个朋友说，市里今年决定跟另一个承包商合作。我想确定自己能够了解一下其中的理由。"当回记者的感觉真好，他的眼神、嘴和记忆如同机器零件一般同步高速运转。然而卡尔米内·西齐亚罗已重新戴上了耳罩："我给你十五秒钟的时间，从我的地盘上滚出去。"

难道理查德的手法不管用了？"西齐亚罗先生，你的名字是本尼·布卢姆亲口告诉我的。他说如果我想要知道有关烟火的任何事情，找你就对了。无论如何，他认为纽约市把这项工作承包给一家联合企业是错误的。'不公平。'他是这么说的。"

理查德在说这段话时，西齐亚罗的眼神仿佛他的牙齿上沾了片菠菜叶。"你是怎么认识本尼·布卢姆的？"

"我们在朝鲜半岛服过役。"理查德说。从严格意义上来说，这话没错，不过他们是多年后才在牌桌上相认的。

"你真的是从城里一路坐车到这里来的？"西齐亚罗叹了口气，"等我一下。"他退回到机棚里。紧接着，风扇的轰鸣声停了下来。当他再次出现时，他在门上挂了一把锁。"如今再怎么小心都不为过，总之我需要来点啤酒。"

最终，两人在脏兮兮的帆布躺椅上坐了下来，喝着两罐从冰箱（里面的冰早就融化成水了）里拿出来的微温的施利茨啤酒。"我把它们放在外面，它们就不会诱惑到我的女儿了。"西齐亚罗说，"你有孩子吗？"理查德摇了摇头。没有，因为"孩子"会让他想起"存在"和"个性"。不过，他和那个空乘的孩子，男孩还是女孩，现在多大了？快三岁了吧。

"不能说有。"

"好吧，孩子总会让你夜不能寐。"

"他们都这么说。"

"我把这种状态比作是经常性的、轻度宿醉。幸运的是，我接受过丰富的训练。这是开玩笑的。"西齐亚罗掉转视线，朝着机棚望去，"萨米拥有聪明的头脑，但是个性鲁莽，这一点可不随我。过去，她常常会爬到我的大腿上和我说话。不过，女孩子一到十三岁就变成女人了，一切就随之改变了。现在她很少在家，就算在家，也总是在制造噪声，她音响里的那些东西，我简直没法形容。我不得不忍受这些'排气扇'，但我能够因此得到报酬，你懂吗？或者说已经习惯了。她秋天就要上大学了。"他喝了一大口啤酒。理查德心想，在这样的气温下，你真的能够从中尝到铝的味道。

"你和我，我们是另一代人。"他抱着赌一把的心情说。

"说得好。我还记得桑树街上还有马粪蛋的那个年代。不过这不是你到这里来想要问我的事情。"

"等一下，你是在桑树街长大的？我刚进城时在勿街住。"

"我们住在勿街二百七十号，那是我祖父的老房子。我们在那儿有一间公寓。"

"老圣帕特里克教堂的对面。"理查德说。他提前做过功课。

"就是那儿。"

在干杯豪饮期间，西齐亚罗讲述了祖父是如何在1907年或1908年经埃利斯岛来到这里的。"家族传说中总会提到，有些村民认为祖父和魔鬼做过交易，因此被赶出了西西里。烟火流淌在他的血液中，你懂吗？他知道该如何让火药按照他的心意行事。那是一种古时候的魔术，能够追溯到马可·波罗时代，后来才研制出我们沿用至今的这个配方，威力是普通手榴弹的六七倍。如果他承诺不再使用它，他们说不定会允许他留下。可这份工作的问题在于，不是你选择了它，而是它选择了你。"在克制寡欲的外表之下，他显然和地球上的其他人一样，渴望诉说自己的故事。可理查德不想太早掏出他惯常放在口袋里的A4纸做笔记，以免吓到受访者。西齐亚罗继续说，祖父在美国还没来得及找到过夜的地方，便开始施放火箭弹烟花。多少年来，每逢节日，下东区的街坊四邻都会聚到自家门前的露台上或窗边，观看他捋起袖管叫烟火翩翩起舞的表演。"后来有一天，有个坦慕尼协会[a]的中间人注意到了我的祖父，以为他是在街道上引爆炸弹。那时候，大家普遍不相信意大利移民，萨柯和樊塞蒂[b]这类案件就很能看出问题，更别提会把手伸进所有人口袋的黑手党了。于是，那个中间人把他拽到了选区的政治名流面前。我的祖父站在那里——反正这是他们告诉我的——内心已经崩溃了，因为那些老家伙总经受着被送回巴勒莫的威胁，这种恐惧早已深植于心。要知道，老家的人还在用日晷计时呢。但表面上他不动声色，面无表情，这也是西西里人的特征。权威？都见鬼去吧。总之，他们不打算把他赶出美国。"西齐亚罗说，不，结果他们只是要他以民主党的名义，为庆祝独立日表演烟火，以向民众示好。"就像我说的，是它选择了你。"

[a] 坦慕尼协会（Tammany Hall），纽约市政治机构，服务于民主党的利益团体。

[b] 尼古拉斯·萨柯和巴尔托罗美·樊塞蒂均为意大利裔美国人，无政府主义者。两人被指控于1920年4月15日实施抢劫，并杀害一名警卫和一名出纳员，审讯持续了七周之久。次年宣判，两人被裁定一级谋杀和抢劫罪名成立，均被判处死刑。案件引起美国国内及世界范围内的关注，声援与抗议活动四起，多方力量为其奔走，力求重审，两人最终还是于1927年被以电刑处死。

理查德找到了他的机遇："你知道的，本尼跟我说起过这些故事中的一些部分，但在这里听你讲完，我想知道，在我的这篇文章中，你祖父和你家族的故事是否能比我原本设想的占有更大篇幅？这是个非常棒的故事，或许有利于市政厅看清，他们在选择了计算机之后将会错过些什么。"

"接下来的五年，人人都会使用计算机的。但如果你想写写我的祖父，我想也没什么问题。"

接下来，轮到最微妙的那一部分了。"所以你是否愿意，我们坐下来多聊几次，当然是在你方便的时候。我会做笔记。一切都需要被记录下来。"

"哦。"他停顿了一下，用灭虫器杀死了一只臭虫，"我不确定，格罗斯科夫先生。我得好好想一想。"

卡尔米内后来表示，是他的女儿说服他接受理查德的提议的。他绝不承认，除了忍受这些采访之外，自己收获了任何东西。在理查德刚到的十分钟里，他在厨房的餐具柜前忙活来忙活去，用无边"神奇面包"撂起两个熏肠三明治，再拿出一根瘤状腌黄瓜和一罐施利茨啤酒，营造出这对他来说不过是午餐时间而已，反正他原本就有意休息一下的假像。可当他收起话匣子时，天色已经很晚了，而三明治也成了遥远的记忆。即使到了那个时候，他们还是会坐在松弛的塑料帆布躺椅上，喝着从旧冰箱里拿出来的啤酒——如果理查德认为有必要遵守职业操守，也可以换成汽水。

在接下来的一段日子里，他骑着自己的老施文牌自行车穿梭在纳苏县、皇后区与法拉盛七号地铁终点站之间。带上自行车虽然使每个单程额外花费一个小时，却能省下出租车钱，有什么比这更好的吗？沿途风光有如田园牧歌。穿过充斥着伪都铎风格的联排房屋和独立住宅的街道，经过能追溯至荷兰殖民时期的绿草茵茵的小公园。阳光穿透稀疏的榆木枝叶和电线杆，空气似果酒般新鲜。自行车链条嗡嗡作响，后轮发出铿锵悦耳的声音。他感觉那段时间——确切说是枪击案发生前的整个秋天——他在大西洋另一端千辛万苦寻获的平静似乎被传送来了这里。有时候，身高一米九、年过四十六的他还会踩着脚蹬站起来，冲进在路边扒找食物的鸟群，在地上画出一道又长又散的弧，就是为了看到它们轰然飞起，然后用脑海中的相机将鸟儿在半空扑棱翅膀的画面定格。他终于与自己和解了，他想，这才是理查德·格罗斯科夫该有的样子：一台连在磁带录音机上的相机。一个躲在不属于他的所有身份背后的人。一个听筒，一个接口，一台为当下量身定做的机器。

25

转念一想，1961年，在他们成年之前的最后一个学期里，基斯对里根的了解竟超出了他自己能够接受的程度。至少他当时明白事理，不至于把自己与"恶魔弟弟"二次交谈的事情告诉她。这之后紧接着就是他的有机化学期末考试。它无可争辩、甚至略显庄严地展示出，他有多不适合从事医疗行业。分数公布的那天下午，他发现自己来到了学校餐厅后面的公共电话亭。天还没有黑，但他好像已经醉了？当然，但比起名落孙山的事实，他对于白日醉酒已经没那么自责了。世事难料，他想好了和里根解释时的开场白。事情就这样发生了：他把手伸向话筒，开口说他找埃默里·古尔德。

他在记事簿上记录下，下周在麦迪逊广场附近第七十九街的某家咖啡厅里，他与人有约。当时，基斯还想不明白，他们为什么不干脆在汉密尔顿-

斯威尼大厦里见面。也许这就是巨额融资的运作方式,层级越高,花在办公桌后的时间就越少。紧接着是道具的问题——装备。在他的办公室里,埃默里只有里根提起过的独立电话线,也许还有一支钢笔和一些供他打发时间的曲别针。可这里有咖啡杯、方糖、餐巾环、牛排刀,还有能触着奶昔杯底的长柄勺……在以"欢迎加入大家庭"为主题的半小时闲谈中,他一直乐此不疲地摆弄着这些东西。你甚至会以为这次会面是埃默里亲自提出的,目的是通过这些神秘的工具修补他与里根之间的嫌隙。他把薄薄的菜单滑动到桌子对面,告诉基斯想点什么就点什么。至此他们尚未提及任何有关基斯未来的话题。

然而,在基斯进食的过程中,埃默里手上的动作却莫名多了起来,就像一个男人试图用自己不懂的语言购买布料,因而只能比手画脚。表示"多少钱"的手势,表示"不,我可能没法接受"的手势,还有拉克西丝[a]测量并切断某种东西的手势。当服务员送来装有账单的人造革信夹时,他将双手揣进衣兜里:"现在,说正经的。"

[a] 拉克西丝(Lachesis),古希腊神话中主宰人类寿命的女神。

动作戛然而止的效果是他的脑袋突然生动起来,仿佛它正在飞快地朝桌子另一边移动。基斯觉得,自己以前都是隔着一层未知的迷雾窥视着这个男人。此刻,他可以看清他鼻尖上的小点,还有淡漠的蓝色瞳孔周围的每一条毛细血管。"我的猜测是,你来找我是因为你在学习上遭遇了挫折,还因为你想为你和我准外甥女的未来打好基础。你想确保自己能以她习惯的方式供养她。简而言之,你想改行。"

基斯点了点头,如同一只小鸟追随一颗起伏的种子。

"如今,就像我说过的那样,当下对于汉密尔顿 - 斯威尼家族来说是令人振奋的时刻,是发展壮大的时期。我非常愿意为你在公司里安排一个位置。"

"有没有什么理由阻止你这么做?"

"想想吧,基斯,"这其实是一句耳语,"你想要里根看到你脚踏实地。我相信你也知道,她对亏欠别人这件事情格外挑剔。不,我想要擅自放手去做的是,安排你和我的老朋友——雷纳德兄弟公司的朱尔斯·雷纳德见一面。我刚好才和他谈起过你,他很期待和你聊一聊。要是一切顺利的话,你能节省好几年的时间……"

毕业后，他被雷纳德兄弟公司录取了，将于当年秋天进入证券部门工作，这是他为面对里根准备好的台词。他甚至模仿埃默里小心谨慎的行事风格，邀请她去了波基普西最精致的法国餐厅。可当他公布这个消息时，他能看出他碰触到了她内心深处不能碰触的东西，他给她造成了痛苦。"我以为你会为我高兴。"他说，"你我都知道，我不够聪明，当不了医生，但这样一来，我们就可以真正独立了。我是说，如果这是我们的最终目的。"

"你干吗非要说得好像这是我的决定，基斯？"

他已经回不了头了，自从酒店里的那一夜起，他常常如此——用手臂把他们的未来像橄榄球一样牢牢夹紧。"到了秋天，我们可以在你喜欢的地段租一间房子。不出几年，我就能攒够钱买房。你可以继续你的演艺事业，而且你还能离你的弟弟近些——我知道这是你关心的事。你在哭吗？为什么要哭？"还有，在这么昂贵的餐厅里，餐桌为什么如此巨大？他不得不移动椅子坐到桌子侧面，才终于握住她的手，尽管这在其他用餐者看来有些鲁莽。除了卡在她嗓子里的果核，也许是糖片，里根的沮丧再次变得难以察觉。"我爱你。"她说。

"我也爱你。"

"而且我信任你，亲爱的。"

"这话听上去像是一句警告。"

"不是，但——"

"那就信任我们吧。"他说，用大拇指敲了敲她的无名指。在她父亲的婚礼前，也就是在她弟弟消失的当口，他已在那个位置为她戴上了一枚钻石戒指，那是他分期付款买的，用的是证券交易员的工资。他估计自己年底应该就能付清了。

新招聘的员工没有接受任何培训，雷纳德兄弟公司直接把他们丢进一群经验丰富的老手之中，看看谁意志坚定，得以幸存，基斯觉得自己将成为被选中的那群人中的一个。毕竟他的妻子本以为会嫁给一名医生，他觉得自己欠对方一个能在短期内达到的合理的伟大成就。不过"恶魔弟弟"的影响力也有它的局限。通过系列 7 考试[b] 后的第一周，基斯每天要花八个小时坐在半开放的小隔间里，看着黑皮圆角交易账簿像冷却的火山岩一样在办公桌

[b]Series 7, 美国证券从业资格考试。

上萎缩。砾面玻璃隔板的另一端,电话铃声形成活泼悦耳的有机统一体。而他自己的电话却无声地趴在支架上。直到周五早晨,隔壁桌的家伙才探出光秃秃的脑袋,玻璃隔板那头好像升起了半个月亮。他叫塔德利斯,这里的每个人都用姓氏称呼彼此,或者以元音结尾的名字——麦基、马蒂、鲍比——或者两者皆可。"快醒醒,兰姆莱特。你让我们看上去都像天才一样。"

"我的工作好像没有任何进展。"

塔德利斯嘴里发出的声音并非传统意义上的笑声,更像是两个焦虑的地质板块碾轧彼此时兀然发出的声音。"什么,你以为你只消坐那儿等,电话就会自己响起来,然后你接起来钱就飞出来了吗?看看你的周围,是这样的吗?不,认真点,站起来看。"

雷纳德兄弟公司采取的是行动办公室的楼面布置,只有这些矮墙能够将初级交易员们区分开来。这样做的目的是让大家能够自由地交流看法——算是介于组织和无神论社会主义之间的一种中庸之道。然而,在浅浅的刻花玻璃之间,到处都是像塔德利斯一样的家伙。他们脱掉外套,用极端的、几乎像在大便的姿势伏在电话机上,手里还转着钢笔。梳着背头的深色发丝上渗出汗珠。

"不,你看到的是一群没有从任何人手中领过任何任务的人。你看到那边的吉米·O.了吗?去年为公司赚了一百万美元。我连他上没上过高中都不太确定。"塔德利斯的声音莫名地傲慢而阴险,藏在玻璃后方的嘴像一朵粉红色的云,"现在你阴阳怪气地跑来接他的班,却把自己搞得像个累赘。我们都在试图弄清楚,你这人的潜在价值是什么?"

"纯粹的裙带关系。"基斯坦陈,"一个朋友的帮忙。"

"胡说八道。在雷纳德兄弟这对大牌而善变的组织面前,是没有帮忙这一说的。"他眯起双眼,"不对,我现在明白了。你那个漂亮的脑袋里可能空空如也,兰姆莱特,但人们都想为你做点什么。看着我,我几乎连底层的阶梯都抓不住,我应该用沙袋把你砸个眼冒金星,不过我现在要拉你一把。你是个销售员,你可以卖东西。"

"要是没人打电话进来,我就卖不出去。"

笑声再一次响起。"你以为自己听到的那些都是主动来电吗?它们都是回拨电话,我的朋友。好了,这事儿通常运作的方法是这样,翻开你手边的记事簿,那本小胡子吉米的旧记事簿——我们过去都叫他'胖吉米',上帝保佑他肥胖的屁股能够安息——只要交易另一头存在实体，你就拨通电话。"有道理，基斯心想，可塔德利斯还没说完，"不过，老实说，眼下这些都是没用的东西。"

"什么？"

"我和吉米·O.已经把所有有价值的东西都择出来了。把这当作一个温柔的小激励吧。你这样的家伙就应该上楼做股票经纪人，追着那些富有的盎格鲁-撒克逊新教徒，打电话过去说：'让我替你赚上十万美元。'"

"我要怎么替他们赚上十万美元？"

"天啊，兰姆莱特，每一笔交易你都可以从中抽取百分之一的提成。你干吗在乎他们能不能真的赚到十万美元？"

基斯不确定自己该如何准确地采纳塔德利斯的分析，不过鉴于他现在对自己能做点什么已经有了些概念，试验一下肯定比终日无所事事地坐着更有成效。他打开那本记事簿，拨出一个电话号码，然后继续下一个。在接下来的一个月里，他发现让自己感兴趣的不是实体，而是人。他最近拨出的电话是打给朱尔斯·雷纳德的，要求将自己调到股票部门去。

后来他才发现，塔德利斯的话少有能说准的，可他在这件事情上一点儿也没错：基斯基本上可以把任何东西卖给任何人。秘诀……好吧，有两个。第一个源于天主教徒的成长经历，同理心的习惯从那时起就养成了。交易之前会有这样一个瞬间，让你把自己的客户正好放在是或不是的支点之间，最轻微的一口气都能使他向另一边倾斜。那个时候，基斯会闭上双眼，稍稍让自己灵魂出窍，就像在祈祷那样，直到他恰好坐在电话那头的客户身边，用意志力告诉对方这笔交易对他有利。

第二，基斯很容易相信自己出售的东西。倒不是说他总能理解自己的商品。事实上，他依然记不住债券收益率、流动性和基差，就像篮子里滑溜溜的鱼。然而在行动力主宰的办公室文化里，在达尔文学说有关软骨、血液与生殖器的比喻下，大家多少对理论有些不屑。据说世界上每一个伟大的创造——自行车、《哈姆雷特》、牛顿力学——都能被印到一张鸡尾酒餐巾的背面，而基斯就是那种善用鸡尾酒餐巾的人。他会在成本效益的树上跳上三四回，将单一的选择分成八份，或是十六份，然后在对这些选择调查到一半时两手一甩，跟着自己的直觉走。"我想你肯定会明白，你和我一样对此感觉良好。"他会充满希望地这样说。你只需要有百分之五十一的胜算，就能获得高于市场平均值的收益。而在肯尼迪、约翰逊出任总统的那个年代，输钱是很困难的。电视里和电视外的街道上，高速流动着同一种欲望能量，似乎能让财富翻倍。

这两个秘诀也适用于他的家庭生活。首先，爱其他人。在他第一次签下一笔一万美元的交易当晚，他带着请同事喝过无数轮啤酒后的雀跃心情冲进家门，一把将里根抱起，吻她吻到她为他打开双腿。"轻点，"她说，"孩子。"也许她只不过觉得背入式更舒服一些——医生曾委婉地向他们保证，他们可以继续享受婚姻果实，不过获取这些果实还有更温柔的方式。刚把她抱到床上，他就掀起她的睡袍，移动到她的两股之间，舔舐那座散发着芬芳的铜矿，他用嘴拂过她微微颤抖的腹部和胸部隆起，红晕跃上她的喉咙，她的双手狠狠拧着脑袋两侧的床单。

那些日子，在格林威治村的两居室新婚公寓里，他为她疯狂。在出租车里，在百老汇剧院里，在温尼珀索基湖的小屋里——他们于婚后第三年去那里度假，而他们的孩子就是在那时怀上的。基斯以为自己可以用身体、金钱和灵魂填补里根母亲、弟弟以及别的什么人留下的空洞。他有时候会觉得，这不过是她允许他这么想罢了（如同，要是他意识到被夺走的永远无法被替代，他就会停止爱她）。

孩子诞生，他们为他取名威尔。反正基斯一直很喜欢这个名字，而且如果他理解得没错，威廉三世是不太可能生出一个继承人来继承这个名字的……即便他浪子回头，从那片为逃避老比尔婚礼而遁世其间的荒野中回来。社会保障卡一发放下来，他们就去了她的银行。里根把自己所有的信托基金都转入儿子名下，除了她从母亲那里继承的那一份遗产。这是为他的未来准备的，她说，为了大学。作为新账户的受托人，基斯问她是否确定要这么做。不得不说，她拥有强大的决断能力。签署完这些文件，里根就算脱离汉密尔顿-斯威尼家族了。

或者说是可以尽可能自由地生活了。她还和他们同住一座城市，担任他们的董事会成员，逢年过节前去探望他们。"与史波克一家共度圣诞"——基斯会用《星际迷航》中的名字来形容这样的经历。老比尔还是拒人于千里之外的冰冷态度，而菲利希亚不知为何表现得比最初冷淡了许多。令基斯倍感宽慰的是，埃默里一直在国外处理交易，所以他的名字很少被人提起。

除了回家探亲,在他们强有力的吆喝声中,里根就是从那时起放弃了表演。显而易见,自打威尔出生,她就没再打算继续演下去,因为母亲的角色才是她的天赋所在。但基斯还是鼓励她继续参加剧本朗读小组。事实上,他支持她在格林威治村里的所有爱好:冥想、读书、健康食物、社区保护。当她不得不就纽约市没完没了的重建计划前往听证会提供证词时,他便会借故照看威尔而请假。他觉得自己永远都会记得他是如何抓住儿子的新单车后座,绕着传说中仍有可能以抚恤金为条件被改建为高速公路的公园慢跑的;还有在跑到第 n 圈时,里根作为其中最年轻、最漂亮的一个是如何出现在一群身穿短裙的女子中间。当然,还有她是如何红着脸举起胜利的双手的。就在那一刻,他感觉自己的灵魂都膨胀了,将他的皮肤撑了起来——就像高中时在橄榄球队做完分组对抗练习,他会在太阳飞快落下后的傍晚一边步行回家一边给自己抛球,脑海里重放着六十码触底得分的情景。

回想起来,那可能是他人生的最高点,因为销售员的第二个秘诀(又来了)就是"相信自己卖的东西",而当你卖的东西就是你自己的时候,这看起来就比第一个更棘手一些了。比方说,1970 年,随着里根再次怀孕、威尔快要到入学的年纪,基斯开始感觉自己赚得不够多了。每一个新的纳税等级都是一片新的高地,让你能够审视自己还负担不起的东西。如果里根喜欢朋友露丝家举办的读书俱乐部,她会不会其实更喜欢拥有一个能供自己消遣的家呢?如果她喜欢和其他的妈妈们一起在街道对面空地上的社区花园,她会不会更想拥有属于自己的私人庭院呢?或者至少有一座阳台,能让她种些花草?

当他向里根坦白自己一直在和一位房地产中介接洽时,他已经下定了决心。上城区,经典六居室,威尔和老二都能拥有自己的房间,周围也不会有近来占领格林威治村的瘾君子和流浪汉。当然,他们两人都知道这意味着要更加努力地工作,给家中带来更多的收入。然而事实上,基斯已经对雷纳德公司中上级的职位感到越来越无趣了。他拥有可靠的客户,要是另有一家公司请他带客户过去,展开他自己的指定顾问业务,那该多好?他衷心地相信,正如他为她安排的这些,这就是他想要的。慈善晚宴、海港邮轮、能让你发掘新业务的公司野餐……他很享受这些,不是吗?他很享受必须施展自己的魅力、稍稍多喝几杯的场景。现在他出人头地,成了自己公司的领头人——兰姆莱特资本联合公司。穿上"布克兄弟"衬衫，戴上昂贵的瑞士手表，楼下还有一位司机等在那里，他感觉自己终于配得上她了。

在这之后不久，基斯便开始探索借贷经营的奇妙之处。用鸡尾酒餐巾原理来解释这件事情就是，如果他把从银行里廉价借来的二美元与客户账户里的一美元结合在一起，那么这三美元投资中的每一块钱多多少少都会让他客户的钱翻倍。他试验的特定行业是军队。就基斯本人而言，他是个鸽派人士，还在1968年的选举中给休伯特·汉弗莱写过几张大额的支票。不过，他还是安全度过了陶氏化学公司、雷声公司、霍尼韦尔公司大举建仓之后的熊市，不管是对客户还是对他自己来说。尽管维护他们存在某些风险——但是战争不会永远持续下去的，不是吗？——尼克松向柬埔寨和老挝的扩张似乎开启了各种新产品线的需求。如果基斯想得没错，他将在下一次调整到来之前通过举债经营在新迦南搞到一座不错的现代化住宅。与此同时，就多元化而言，基斯如今认为纽约市的行情是看涨的。也就是说，他开始把自己的客户移入了长期纽约市政债券中。

它们最初引起他的注意是在1972年年底。当时，他确信它们的价值被人低估了。没错，在战争年代过后的一段时间里，市政债券一直因为当地经济原因呈疲软态势。20世纪60年代初，早晨的下西区曾挤满运输托盘，以至于你几乎无法在其间行走；如今，卸货区全都大门紧锁，上面还画满了涂鸦，你可以听到鸽子在那里的波纹钢后面孵蛋的声音。赋税收入遭到了重创，如果你听说过迪克·卡维特的齐格"博士"秀，就会听到有人在谈论将象征经济或服务经济——一种不依赖可量化的人力生产的经济——永久性转移。然而这话给基斯留下的印象则是最糟糕的书呆子论调。那房地产呢？曾经，从早上八点到晚上八点，整座城市听上去就像是一首具象乐曲[c]：钻孔机、手持钻、带式磨砂机、电锯，还有锤子砸在钉子上的叮当拨奏曲。他还记得中城区每走几步就有一座楼陈旧的楼面被脚手架玷污，落锤破碎机像缓慢的拳头般击打着公寓房间。两三岁的威尔很喜欢观察起重机，还有飞扬在操作舱或高处房子上的又大又亮的美国国旗。如今，自动收报机上自以为是的数字表明房地产市场萧条。这使得基斯想要把自动收

[c] 具象音乐是指直接对采录到的自然中已有的具体声响借助电子手段进行剪切、变速、横向叠加、倒放等处理创作出来的音乐。

报机搬到汉密尔顿-斯威尼大厦的楼顶上去,让它看看曼哈顿有限的土地。十八岁至三十四岁的青年男性占到美国男性总人数的两成,等到这些正在东南亚的稻田中跋涉的年轻人回国,等到他们需要租住公寓、寻找工作、消费耐用品时该怎么办?显而易见,计税基数会呼啸着回升。这里不是苏联。我们说的是美国。看在上帝的分儿上,这里是纽约。

几个月后的"石油冲击"让他感觉自己很有先见之明。道琼斯遭受了惨重的经济损失,但评级机构却将城市的信用评级恢复到了AAA等级,而基斯已经将四百万美元投入了三十年的市政债券之中,甚至还为自己购买了十万美元的债券。1974年年初,当同样一批市政债券下跌到比其票面价值还要低两成时,他又回过头另投了四百万美元。这一次,他是以保证金的形式购买的这些债券,将抵押资产净值的每一美元都拿来和一美元的债务相匹配。他没有寻求客户的明确许可,只不过是因为举债经营显然就是他们想要的,他的个人账户还没有这么容易变现,但他设法搜刮来了足够的现金,以保证金的形式又为自己买了五份债券。

到了秋天,他已经掌握了别人的六百万美元、自己的三百万美元和银行的二百二十万美元。它们被投入了一个免税并且实质上没有风险的机构中。不过,一件奇怪的事情发生了。不仅国际市场持续衰落,就连纽约的一切似乎也毫无起色:私人楼宇、公共楼宇、城市更新、办公用地都一样。新建的世贸中心入住率一直徘徊在三成左右,就连无线电音乐厅如今也被交付拍卖了。这应该不是什么值得惊讶的事情,基斯上一次到那里去时,五千个座位都空着,你不仅能听到咳嗽声,就连拆开止咳糖纸的沙沙声都能听到。那是《金龟车大闹旧金山》的星期四日场放映,而他需要几个小时的时间远离现实。因为,在联邦政府必须阻止城市预算的讨论中,他的八百五十万美元市政债券如今并没有达到它应有的一千万美元价值——保守地说——而是只值六百四十万美元。银行打来的一个追加保证金的电话迫使他意识到自己的损失已经接近了百分之五十;在这个物质世界里,令人沮丧的是,"举债经营"原来只是"增值"的同义词。无论如何,如果他的客户意识到他背着他们做了些什么——为了他们的利益!——他可能会失去自己的事业。

话说回来,感谢上帝,他在军工行业中的投机买卖还在蓬勃发展,轻而易举就让他拿到了令人飘飘然的红利支票。在1974—1975年的汉密尔顿-斯威尼家新年晚宴上,身穿晚礼服、长相几乎无法辨认的男人们排着三四米长的队伍来与他握手，谁都不知道他的资产负债表中那个会吞噬一切的大洞。

里根也毫不知情。"就好像你是什么名人似的。"她事后说道，倚在床边，俯身向前脱下自己的长筒袜。她总是不情愿参加这些派对，他感觉她宁愿待在家里和孩子们一起看《脱线家族》。然而，在她坐起身来看着他费力地解着领带扣时，声音里却夹杂着某种新的意味。"你知道的，我为你骄傲。"

他们都喝了好几杯香槟，可他想要去相信如果他们那天晚上做爱了——这真的是这一个月里的第一次吗？——那就不只是酒精的缘故。关着灯，他们躺在彼此身边，几乎没有挪动，试着不去吵醒孩子们。随着他身体的一部分滑进里根的身体里，缓慢地朝着自由之路前进，他身体的另一部分却在想，原来这就是作为一个男人应有的感觉。不是把金色奖杯带回家的后卫，而是一个懂得妥协、糊里糊涂、不必完全坦率的生物，试图在妻子面前假装自己如今和她一样迷失。

或者是他们都在假装这样，因为里根似乎也有自己的挣扎。怀上凯特的过程历尽艰辛，使她长时间出不了家门。不管怎样，里根对迁居第六十街东段本来就十分不安，她觉得生活在充满不确定性的下城区才更快乐。鉴于她各式各样的个人追求，尤其是她对健康的更大追求业已丧失，除去参加董事会之外的大部分时间里，她会待在一个或者另一个孩子身边。准确地说，不是基斯感到嫉妒，而是他们所有的对话都开始与孩子有关，这一事实令他担忧。其次，他几乎无法就此开口问她，因为这很有可能是他的错。他在很早以前就已经不记得是谁先开始躲躲藏藏了。

他开始回避家庭，在其他人都已经下班后他会在办公室里待到很晚，或是去健身房游泳，直到双眼因受氯气的影响变得模糊，或是沿着罗斯福大道慢跑，看着影子在城市里越拉越长，还有人行道沿途的鸟粪硬壳，直到他费力呼进呼出的都是汽车尾气，而幽灵般的喇叭声、空洞的尾灯与大道旁动作迟缓的慢跑者速度差不多。

当他终于回到宽敞的新公寓时，他的晚餐已经被包在锡箔纸里、摆在餐厅的桌子上了。威尔可能还趴在地毯上，身旁还铺着自己的家庭作业，毫无防备的样子招人怜爱。而凯特则会在房间里熟睡，或是忙着照顾里根买给她的仓鼠。里根蜷起身子窝在他们的卧室里读着戏剧集，身上穿着变了形的宽松运动裤——现在回想起来，他觉得那就像是条贞洁裤。就连这种裤子也无法掩饰她瘦了,瘦得可能不太健康。有些时候,他隐隐觉得自己该就此问问她了,可要是她告诉自己这没什么,然后丢他在那里自圆其说该怎么办?或者正好相反,如果她告诉他某些他不想听到的事情又该怎么办?然后反过来问他为什么不回家?他怎么才能让她明白,自己不是不喜欢这座公寓;事实上,他喜欢这里喜欢得不想它被玷污——而会玷污它的人显然就是他?所以,他只是给自己倒上一杯饮料,放上苏格兰风笛的黑胶唱片,站在床边向外眺望这座城市。他处在自己的透明仓鼠球里,他心想,滚来滚去,无法与别人产生联系。

"拖欠"这个词第一次开始出现在报纸上并传播开来的那一天——也就是人们开始好奇是否还有任何翻身机会的那一天——他觉得自己已经别无选择,只能请病假。他带着放了学的威尔到中央公园练习曲棍球。在基斯还是个孩子时,"运动"意味着橄榄球、棒球和篮球,但他们付了这么多的学费不就是为了让孩子们能够有所选择吗?是的,除了这个原因之外,还因为公立学校会让基斯感觉害怕。除此之外,他不得不承认自己喜欢手掌中的木头带给自己的树脂般的温暖,还有他让那颗小小的球飞快地穿过大草坪、在空中格外迅猛地撕开网兜时的感觉——又是他的老朋友杠杆作用。不过,在手眼协调方面,威尔却彻底是汉密尔顿-斯威尼家的人。当威尔穿过草坪爬回来时,他修长得有些笨拙的胫骨在他的面前高高地提起,衬衫像一面风帆般翻腾起来。那一刻,他就像自己的名字所代表的那样——基斯模糊记得,里根消失的弟弟也打过一两个学期的曲棍球。这实在是太惊人了,以至于他几乎没有注意到威尔回来时脸上忧郁木然的表情。

他站在儿子身后,调整了一下他攥球棍的姿势,试图指挥他模仿自己熟练的抓球动作。(他刚才为什么在自己擅长的事情上卡壳了?)"不,像这样。"两人身体的相对姿势让他想起了多年前的一天,他在教威尔如何放风筝或是丢飞盘,具体的他已记不得了,他的感官全都被眼前的这个儿子占据了。十岁的他已经长到了基斯胸口。他的头发是什么时候不再金得发白的?还有他柔软的身体——那个曾经愿意做任何事情、只为了靠近自己父亲的身体——是什么时候变得如此僵硬,仿佛他们父子俩的手握在同一根曲棍球杆上的动作有多缺乏男子气概似的?"好了,好了,我懂了。"威尔边说边后退着走开了。其他成年人和他们的孩子们在他们的身后掠过,像草地上彩色的蠓。"朝这里开火,爸爸。别优柔寡断。"不知为何,基斯每参与一场比赛都必须要获得胜利。于是,他用尽全身的力气把球丢了出去,球擦过威尔的肩头朝他身后的园子飞去。威尔咒骂着转身去追,仿佛从未听过他骂人的父亲并没有站在这里。基斯再次想起了一整个早上在华尔街传得沸沸扬扬的流言。其中一条提到,纽约的市政债券会被半价收购。另外一条他不敢去核实的流言说的是"根本就不会有人去买这些烂货"。可后来,基斯觉得这就是他真正放弃的那一刻——连他的儿子都对他置若罔闻的那一刻。

他的确计划过对里根坦白自己的错误——眼下,他已经开始从威尔的信托基金里借钱了,只为了满足全家的开销。然而那天晚上,当两人在孩子们上床睡觉之后抱着捞面坐在一起时,他们谈论的大致内容却是她需要一次改变。她说,她发现自己最近很好奇,或许弟弟多年前彻底离开纽约的做法并不是完全不对的。不管怎么说,她还是相信60年代的承诺的,虽然她只曾间接参与其中。难道他们不曾告诉自己,他们不会像父母一辈那样,受困于自己二十岁时做出的选择里吗?

他明白,里根的心里并不限于妻子、母亲的角色。可正如这些模糊的感觉令他感到吃惊,它们也令他感到心痛,让他想起了他所忘记的一切……为了什么呢?他几乎记不起来了。他手指上的那枚戒指如今已经戴了十四年——满是划痕和刮痕的小巧白金戒指。而他上一次注意到这枚戒指是什么时候的事情了?基斯心想,这就好像是他也拥有了属于自己的"恶魔弟弟":压抑、沮丧,那只你走到哪里就跟到哪里的黑狗。眼下所有美国人仿佛都拥有了属于自己的黑暗孪生兄弟——换种活法的可能性——正从商店的橱窗和药柜里回头凝视着他。他的父母也有过这样的感受吗?他的祖父母呢?他意识到,凝视着他的人是里根。

"什么?"

"如果你心里有什么想法,亲爱的,你可以告诉我。"

可他怎么能够告诉她呢?你如何才能找到回到镜子里去的路,还有镜子另一边那体面的生活?

天外救星,这就是方法。他注册参加过一场为期三天的投资专家会议,主题是"城市的未来"。他希望能够从中为自己自行卷入的这场灾难收集一些情报。不料这都是虚假广告,"未来"这个词应该替换成"危机",因为所有人都在讨论后者。石油危机、需求危机、信任危机。有些人相信,在浮动通货的年代,信任是唯一一件能够防止体制崩坏的事情。这些乐观主义者!像基斯这样坚守传统价值观念的人相信,价值是某种可以根据经验来下定论的东西。换句话说,他们倾向于认为一切都彻底完蛋了。

星期五一早,几乎一无所获的基斯在一场会议中离席,出来呼吸一些新鲜空气。大厅里空无一人。他脚下的皮鞋踩在抛光大理石上的声音听上去有些沮丧,尽管这也许是日积月累的抑郁的另一种表现形式。"美国的城市完蛋了,"演讲人一直在辩称,身后屏幕上的幻灯片里是暴乱后的底特律或匹兹堡,"未来二十年内,纽约不会有大型开发计划破土动工。"这就是基斯推进的纽约——他仍旧认为它不可能破产。说到不可能,除了埃默里·古尔德,还有谁会穿着定制的西装坐在那里的交通路界护桩上?

不想让自己显得粗鲁的基斯走过去打了声招呼。没有回敬他一句问候,埃默里反倒递给他一包香烟。基斯以为他应该买得起"登喜路"或是"雪乐门",可他递过来的那一包看起来却很便宜,上面印着西班牙文"Exigente"。出于礼貌,他接受了。刚吸进去第一口,他的脑袋就眩晕起来。大学时在橄榄球赛上负伤后那令人泄气的一两周之后,他就再也没有碰过烟草了。"谢谢,"他说,"我没想到会在抑郁症患者和宿命论者中碰到你。"

"哦,我从不会错过看人们被困在错误分类中的机会。"

基斯抬起头看了看。满头白发的埃默里一度看起来比他本人年长许多,仿佛出生自另一个世纪,然而他们俩其实可以算同代人。没错,两人之中,埃默里的活力可能还更胜一筹。"你觉得他们不应该出现在这里吗?"

"我的孩子,我觉得资产变现能力和远见仍旧大有可为。其他的一切都是过眼云烟。"

"你肯定知道什么我不知道的内情。"

"就算如此吧,但分享这些事情会不会成为我的优势?假设我说的这些都是胡话,你能否做得更好?"在口中吐出的烟雾背后,埃默里眯起了眼。基斯从未见过埃默里抽烟,他抽烟的样子像个行色匆匆的男人,或是某个在极寒之地长大的人。实际上,基斯记得事情的确如此。"我一直都很喜欢你,你是知道的,基斯。"

"我猜是这样吧。我猜要不是你,我也不会在这里。"

"哦，我不是想暗示那个意思。不，你所拥有的东西都是你自己争取来的，对此我要向你致敬。但这不能改变我一直很同情你的事实，而且要是能够涉足更多的领域，拥有足够多的时间，我们还能一起成就大业。"

基斯感到一丝惶恐，他暗想，没有他埃默里也过得不错，甚至更好。难道全球各地的新市场不是仍旧在不知不觉中为汉密尔顿－斯威尼家族敞开大门吗？难道上一季度的同比收益不是奇迹般地几乎翻了倍吗？

"你还没有准确理解我的意思。我是说，我很喜欢你，基斯，而且你实际上也是我的外甥。那些招我喜欢的人都会让我很感兴趣。而我也有照顾那些让我感兴趣的人的方法。眼下，再一次，你需要有人来照顾你，不是吗？是的，你有事需要你的埃默里舅舅帮忙。"

他说话的语气让基斯感觉不太对劲，但他现在没有立场表达自己的想法。此刻，他明白里根为什么不喜欢埃默里了。"好吧，你是怎么发现这件事的？"

"你觉得我还需要去发现吗？看你的脸就一目了然了。"

成群的鸽子窸窸窣窣地落在了街对面的建筑墙面上。紧接着，就在它们眼看要落到人行道上时，它们却腾空而起，再次停在了高窗上。它们把这样的表演重复了好几次，用令人费解的方式再现着某个道理。为什么是这些窗户？为什么要离开它们？这就好像这些鸟儿被困在了某种原始创伤的反复之中，卡在了已然拥有和渴望拥有之间。试图向埃默里隐瞒是没有意义的。基斯发现自己正在解释账簿上如今已经连垃圾都不如的债券问题，还有那些自己无力清偿的债务可能会带来的损失。尼古丁肯定已经进入了他的脑袋里，不过，向某人诉说本身也是一种解脱。即便对象是这个人，"原来我是这么一个让人失望的人。"

"哪里的话，"埃默里点燃了另一支香烟，反省起来，"让我告诉你件事情，基斯。在我还年轻的时候，人们会为了坐飞机而盛装打扮，地铁上的座位是用柳条编织的，而绅士也总是会把自己的座位让给女士。一切都有自己的位置和比重，而像你这样的男人……你只会蒸蒸日上。当然，如今情况不同了，你很难找到能让自己信任的人。但过去的真理依然适用，大街上仍旧到处有钱可赚。"他的声音听上去就像是从很远的地方传过来的，飞越了苔原和大海，而不仅仅是两人之间的那条人行道。低头望向人行道时，基斯还真的有些期待自己能够看到零散的现金。"不是所有人都有足够的勇气去集资。人们都在等待别人去打倒野牛,你听到我的话了吗?我已经在远处观察了你这么多年,你是一个有望成功的人,这是你挣来的,我记得有个通俗的词语就是用来形容这个的。基斯,你展示了自己的能力,会赚钱的人可能会遭遇不幸是这个世界的普遍现实。不过谁能来喂饱自己的部族呢?这会让他们陷入什么样的境地?我们不能让那种事情发生——不是看在我们自己的分儿上,而是看在他们的分儿上。"他停顿了一下,俯身向前,"八十九美分换一美元,够吗?因为这是你岳父准备出的价。"

不知所措的基斯发现这很难——或者是更难——去计算了。有了这笔钱,他就能偿还银行的债务,把他的客户拉回中立地带,尽管在补上孩子们的信托基金漏洞之后他自己多少还是会处于赤字的状态。

"当然,你还要拿一笔佣金。"埃默里继续说道,"就说好三点五吧。"

"三点五万?"

"一切都摆在明面上,但这并不意味着我们不能把它当作我们之间的秘密。"

"我不知道该说什么。"

"那就什么也别说。走吧,不要再犯错了。"

"天啊,"他说,"谢谢你。你不知道你帮了我多大一个忙。"趁埃默里还没有收回这些过于慷慨的条件,他握住了埃默里的手。

"帮忙的世界已经不复存在了,基斯。把这当作一场交易吧。"

"那我欠你些什么?"

埃默里优雅地用鞋底踩灭了自己的香烟,露出一个和煦的微笑:"哦,我会让你知道的,等时机成熟。"

洞补上了,他的资产负债表平衡了。夏日像海岸线般在基斯的面前伸展开来,他应该感觉自己像是重生了一样。他想要按时回家,或者甚至是早一点回去,带着全家人出去吃顿比萨饼庆祝一下。可当他回到家里时,却找到了一张字条,说他们已经出门去吃比萨饼了。不过即便他们没有出门,要是他们问起"为什么突然如此慷慨大方"的话,该怎么办?那时基斯才明白,他犯的错不是那么容易就逃得掉的——他正生活在一个犯过错的世界里。寄生虫也许已经消失了,可它在此之前就已把他掏空了,把他生生撕成了碎片。

不过那也许只是因为他知道,他和"恶魔弟弟"之间还没有了结。成交后的很长一段时间里,把债券从他的账户转到里根父亲的账户——菲利克斯·洛哈廷插手后为挽救城市预算做好了准备,使得汉米尔顿-斯威尼公司依靠曾经属于基斯的策略净赚了整整九十万美元。里根为自己找到一份工作(虽然是在自家的公司里)——埃默里会致电他的办公室找他。他平日里就听着冷漠的声音变得更模糊了,仿佛是信号不好。他说,他有一趟差事不知道基斯愿不愿意帮他跑一趟。

通常,事情会是这样的:某个周四或周五晚些时候,还不到下班时间,基斯便提起了自己的公文包,里面装着一个马尼拉纸信封——是邮差当天早上用一个更大的信封送来的。找些借口提早下班之后,他会经过维罗妮卡和秘书室,乘坐扶梯来到楼下的街道上。他的目的地是包厘街东边一座废弃的联排别墅,那种无论你何时离开都会在你身上留下些许痕迹的地方——落在你鞋子或袖口上的灰尘,在你按下积满灰尘的蜂鸣器时留在你手指肚上的细腻灰色薄膜。不过,基斯从没有按下过这里的蜂鸣器,埃默里从没有提过要他亲手递送信件。使用投信口反而更容易一些。

信封里装的是什么?传票,给神秘情妇的包养费,还是留给私生子的?明事理的自然不会问。埃默里拥有广泛的人际网络,其中不仅包括他年轻时待过的情报圈,还包括他掌管着的金融界的庞大数据机器。他把信息视为自己的事业。基斯·兰姆莱特可不这么想。他只会蹲下来把信封塞进投信口。没错,这样的安排让人有些不安。过去的纽约显贵们曾经住在这些褐石建筑中,可它如今却成了与他的社会阶级明目张胆对峙的领地。要是某个认识他的人在这里看到他可怎么办?不过当然了,就连本地人都看不到他。人们都在忙着嗑药,要不就是害怕得不敢到街上来。在这里最接近人际接触的便是犬吠,或是音响里模糊不清的噪声。

后来,在送了四五次之后,他在步行前往更加安全的街区寻找出租车时突然觉得很不舒服。他把自己的公文箱抵在邮箱的圆顶上,翻开钩子,里面躺着的那个没盖邮戳的长信封就是他应该递送出去的信件。要不是它还有个"异卵双生的兄弟",它可能也不会让他那么困扰。那封等待某位重要客户签字的密封认股权证不见了,他试图回忆自己把信封通过投信口塞进去的那个瞬间,却怎么也想不起来。他的思绪已经回到了上城区,回到了家里。他返回了联排别墅。透过地下室墙壁和画满象形文字涂鸦的破旧铁门，传出低沉的双人现场演奏，几乎无法称之为音乐，更像是有人在音乐商店里大吼大叫。他敲门敲到手都痛了，等待着噪声短暂平息，可他什么也没等到。1976年8月，沉重的气息，暴晒的阳光。

自从他上一次注意到蜂鸣器以来，那东西不知何时被人扯了下来，就像是一只眼睛被谁从眼眶里挖了出来，一截扭曲的线曲折地从门框里探了出来。他蹲下来，提起嘎吱作响的投信口翻盖，想要看看他的信封是不是还躺在里面的地面上。汗水从他的发际线流淌到了他的眼睛旁，他能够感觉到街对面拉着的窗帘背后有人正在注视着他。这里的人会不会报警？如果他们这样做了，警察有胆量过来吗？也许若是他能够把蜂鸣器的金属丝做成某种钩子……他刚要开口朝着投信口里喊叫，询问有没有人能够放他进去，一个影子就落在了他的身上。他抬起头来，只见停在潮湿的天空前面的是两条穿着牛仔裤的长腿。它们的主人是一位年轻的女性，怀里抱着一沓唱片。她黑色的T恤衫被剪成了短款，露出了一圈苍白的肚皮，她棕色的秀发在阳光的照射下变成了金色。她斜视着他，目光凶狠，语气中却充满了好奇，听上去圆润而洪亮。多年以后，在他早就忘了她到底说了些什么时，可他还能记得那声音几乎有些顽皮。

为保险起见，她可能只说了句："嘿——你要找什么东西吗？"

插曲·烟火工（第一部分）

BOOK 2 >>> *INTERLUDE*

逃离

我父亲的家族，有许多宅邸

那曾是怎样一个王国

猴子入侵天国，将龙驱赶出去

蛇年

再没有人会去那里

烟火工

这个白色的牧场小屋位于长岛纳苏县郊外，缩在一条死胡同里，四面由铝板搭成。除了相对与世隔绝的地理位置，它和千千万万间别的什么小屋并无多少分别，管道不太可靠，墙壁也不隔音。然而，1963年的春天，当小卡尔米内·西齐亚罗驾车载着自己年轻的妻子从皇后区来到这里时，他认为这是一片可用之地：后面的空地够建一座露台、一栋附属建筑，还可以种上些松树、榆树，将屋子与长岛高速公路的噪声阻隔开——后院的草坪是一块朝向高速公路的陡坡。那时我本人住在曼哈顿，而在西齐亚罗一家搬到花山后的数年间，我每年夏天徒步前往蒙托克的途中路过这地方不下十次，却从不多看它一眼。毫无疑问，我从未想象过美国最伟大的本土艺术家就在这里安家。在1976年建国二百周年纪念日以及由此引发的后续事件发生之前，我可能都想不到把西齐亚罗的营生和"艺术"联系起来。

西齐亚罗的营生——或者应该是过去的营生，直到最近的营生——是放烟火。对他的同行来说，他于1971年7月4日在纽约港上演的那场烟花秀仍旧是他这一代人在该领域中拥有的最伟大的成就。但对外界来说，这个行业依然鲜为人知，甚至在名称上都未能达成一致。与它的起源有关的文本都有上百年的历史。在卡西米尔·司米恩诺维茨1650年发表的《花炮的伟大艺术》中，作者用拉丁语将这个行当的从业者称为"花炮大师"，而其他时期的作品则有些隐晦地称其为"野人"或者"绿人"。更为近代的文献称他们为"焰火技师",不过我发现这些人(全部是男性)更喜欢"烟火工"这个称呼。

他们大多是意大利人的后裔——克利夫兰的洛奇家族、宾夕法尼亚的赞贝利家族和法国的鲁杰里家族——这些人都排外、寡言,出没无常,而且脾气暴躁。的确,当我第一次找到这栋小屋时,小卡尔米内·西齐亚罗根本不愿和我说自己的事情。一问及他的成就,他就回到那些老生常谈上。"不是你选择了它,而是它选择了你。"我们站在他工作室的门口说话,在短短几分钟的时间里,这句话他至少提到过三次。在我进一步要求他详细说一说时,他又说,烟火就流淌在他的血液里。在长大的过程中,他看过哥哥弗兰基和朱利叶斯往家里的驳船上装烟花弹,也看过父亲开船把它们运往纽约港。后来,他站在甲板上看着天空被点亮,身旁的河畔上还有数千颗脑袋向后仰着,嘴巴张成大大的"O"。我暗示这是一种非常特别的童年经历,可对方只是耸了耸肩,抛出另外一套老话:"没有人是为了荣耀才从事这份工作的。"

仿佛是为了强调这一点,西齐亚罗的外形举止与其说是美国艺术大师,不如说更像被放逐到陆地的海盗。他一脸胡楂,类似接球手护具一般的东西护着肚皮,较其体格大了好几号的格子羊毛衫仿佛要一口吞掉他那副巨型骨架。他左手无名指少了半截(多数烟火工的身体都会存在这样或那样的残缺),但他对此闭口不提,剩下的半截手指上戴着银指环。在我努力说服他接受采访时,他一直捏着指环转来转去。工作室的桌子上摆着一把猎枪。他本可以彻底拒绝我,但当我提起曾随军驻扎朝鲜半岛的经历后,我便像是通过了他的什么测试。我们很快在他家屋后的露台上坐下,喝起了刚从冰箱取出的罐装施利茨啤酒。

我发现,啤酒能让他放松下来。因为我们谈论的话题太过久远,他说着说着就会跑题。我告诉他,关于烟火的历史我没能查到比16世纪那个名叫瓦诺乔·毕林古邱的锡耶纳人更早的资料。他说:"那是你不知道从哪儿查起。"在他还是毛头小子的时候,他一定花费了上百个小时泡在图书馆里,挖掘调查史料。"中国历史、化学和冶金技术手册、与百年战争相关的军事史……你没有偶然发现弗朗索瓦·德·马尔萨斯吗?和平时期为你们燃放烟花的人就是战争中为你们配制火药的人。我或许还能说出图书的编目号码来，不过我的记忆力已大不如前了。"

这又是一个伪装，我心想。西齐亚罗只有四十八岁，他的记忆力显然很好。而且，他很愿意聊这些。那年夏天和秋天，我们在他的露台上一待就是数小时，由我发问，诱导他讲出更多的从业故事，一个关乎胜利与衰落的斯宾格勒[1]风格的悲剧故事。我们相处得十分愉快，以至于他似乎不介意我进屋添一杯汽水——我用汽水代替了施利茨啤酒，而不是像他那样一杯接着一杯地灌啤酒。当我承认没有料到他在第一次会面后还愿意接受我的回访时，他说我确实走运，他的女儿能够说服他做任何事。

她名叫萨曼莎，十七岁，是第一个他愿意聊起的身边的人物。那时才 8 月。一个月后，她就要入读纽约大学的艺术学院了。西齐亚罗似乎并不打算把"艺术"这个词和自己的工作联系在一起。"音乐、电影、诗歌……这些都让她为之疯狂。"他说，不过，考虑到他为此支付的学费，他希望大学能教她一些"更加实用"的东西。他举着啤酒罐，指了指我所在的方向，"或许新闻学也不错。她一直在制作一份杂志，里面有图片啊什么的，全是她凭一己之力完成的。这倒不是说她愿意让我也读读。"

后来，他大谈萨曼莎和她的秘密，带着理所当然的愤怒和悲伤。那是他第一次见她抿起嘴，仿佛偷偷咽下一颗柠檬糖。然后，我们在舒适的无知无觉的状态下又聊了许久，院子尽头那些被风吹动的树，叶片边沿已变成金黄。三点，三点半，长岛高速公路上的车流越来越密集。太阳眼看就要下山了。

聊起烟火，我们实际上是在谈论三种不同的东西。烟火同业公会的 653 名成员中几乎有一半都在军械署工作，全然不懂插在地洞里的罗马焰火筒是怎么回事。余下那一半从事的都是"娱乐事业"，又可以进一步细分为燃放"舞台烟火"和"空中礼花"两种。任何一位有自尊心的烟火工都应该知道如何制作舞台烟火。在我的家乡塔尔萨，构成"天佑美国"字样的线形冷烟火作为节日表演的压轴几乎无处不在。几十年前，那时的压轴大戏是从地面或水面喷涌而出的实物大小的宫殿或"凯瑟琳之轮"，但科技的进步使得空中礼花越来越受

---

[1] 全名奥斯瓦尔德·斯宾格勒（1880—1936），德国历史学家，代表作有《西方的没落》，强调历史的宿命论。

欢迎。如今，用迫击炮发射的礼花弹成了整场演出的主角，而在实际交易中，人们很少会用"炸弹"以外的词汇来指代这种东西。

据西齐亚罗介绍，舞台烟火和烟花弹背后的科学基础要追溯到两千年前，一些不知名的中国村庄中首先出现了黑火药。"当然，它那时候还不是火药，"他告诉我，"因为人们手里还没有枪。"尽管如此，根据唐朝历代帝王为垄断黑火药付出的努力可以判断，他们已经认识到了火药在军事上的意义。到了7世纪，烟火出现在宫廷等特定场合，而烟火工也有了正式的职位，和魔术师或大刽子手一样。再后来，1300年前后，马可·波罗成功将几枚没有点燃的炮弹偷偷带回了威尼斯。"当然，可能还有别的说法，反正我知道的故事就是这样。"不过，为总督工作的炼金术士在控制供应方面并不比唐朝皇帝强多少，几个世纪的时间，烟火就传遍了国土呈靴子形状的意大利全境。

19世纪50年代，烟火制作技术传播到西齐亚罗家族祖上的土地——西西里岛的波扎洛村。在此之前，意大利人已对它进行了诸多改良，其一便是用两端敞开的圆柱体代替中国人喜欢的封闭球体，如此一来，它们在爆炸之前就能喷射出火星。另外一点则是使用"尘埃云"，一种混合了各种潮湿介质，以此放缓燃烧速度的新型黑火药。19世纪早期，烟火工们发现了另外几十种合金，这丰富了他们的调色板，使烟火不再局限于传统的灰白色。锶是红色，钠是黄色，钡是绿色。西齐亚罗补充道，一般说来，沿着可见光谱向上，颜色会变得越来越不稳定。蓝色通常被认为是最不稳定也是最难被制造出来的颜色。但据波扎洛人传说，西齐亚罗的祖父詹巴蒂斯塔在还穿着短裤的时候就找到了难上加难的紫色烟火的制作方法，那颜色接近紫外线。

不管是真是假，詹巴蒂斯塔·西齐亚罗在世纪之交登陆了"新世界"，而烟火也成了这里最初的几项大众娱乐活动之一。当时，这座美国城市还主要是经济中心，不是文化中心，而种族和阶级的党派之争眼看就要将它撕成两半。但每逢节假日，詹巴蒂斯塔即兴演出的地狱之火却给不安分的意大利人、爱尔兰人、德国人和犹太人带来了一样他们可以共同拥有的东西——至少在这东西消失之前的这段时间里。坦慕尼协会注意到了这件事。西齐亚罗父子娱乐公司很快地拿到了在独立日、新年前夜和圣热内罗节为公众施放烟火的十年可续合同。1934年，一场黑帮鏖战将人们的视线引向中国城的帮会，詹巴蒂斯塔的儿子及继承人老卡尔米内旋即将中国的春节也列入节日清单，巩固了家族对于日后烟火工口中的"四大节日"的控制权。

至此，小卡尔米内已亲历了几十场烟火表演，但他宣称自己一场也不记得。他只记得那日自己醒着躺在莫特街的家族公寓里，静候父亲踩着前门台阶进屋的声音。紧接着是一股刺鼻的气味，有一点惹人厌。"那味道浓烈得就好像你眼前的黑暗马上要被一抹黄色或红色点亮。"他说，"第二天，浴缸里一定会留下一圈黑色的火药等着我的母亲去清理。你可以用手指在上面写下你的名字。"把这些残渣刮进尼克博克薄荷糖罐中，置于屋顶晾晒，加入某些违禁化合物，再插上火柴头作为引线，当时年仅七岁的小卡尔米内·西齐亚罗就这样制作出了自己的第一颗烟花弹。

据我初次到访他家大约两个月后，西齐亚罗提出带我去店里看看。我以为他指的是屋后那栋附属建筑——他的私人工作室——（我猜）里面吵闹的换气扇就是没人愿意在附近建房的原因。结果，他却开车载我去了他父亲在大萧条末期建在皇后区威利点的一座院子。

今时今日的威利点紧邻区间快线车场，四面拉起了铁丝网，到处是废水横流的明沟和此起彼伏的狗吠。在现代污水管道系统建成之前，这里是不允许建造住宅楼的，所以主要承租人是那些金属加工厂、废品回收站，还有没有标记的仓库，常有隆隆作响的油槽车和半挂卡车出入其间。除非你能越过净水厂的圆顶瞥见中城区建筑的塔尖，否则你很难说服自己这里还是纽约。西齐亚罗父子公司就在净水厂隔壁，一英亩左右寸草不生的土地上盘踞着十七座半圆形活动房屋。每扇门旁的柱子上都嵌着一块铜板。进门之前，你需要触摸一下铜板，释放可能积聚在你身上的静电（细心观察不难发现，这已然成了每一位烟火工的习惯：不管是在厨房、厕所还是加油站的报刊亭前，他们都会下意识地伸出一只手触摸门框）。只要一个房间亮起灯，房门外的红色灯泡就会同时亮起，让所有人知道里面已经有人了。最后一排小屋后的空地被称为"实验室"：从四面包围这块荒芜之地的人工沙丘，内侧已被火烧得漆黑，一天的任何时间都能看见本土的鸥鸟在此停驻，时而数十只，时而成百上千只。它们是被土壤里丰富的硝酸盐吸引来的，卡尔米内告诉我，"就像你会渴求牛排中的铁一样，为了弥补血液中的矿物元素失衡。"

20世纪40年代初，他开始每天放学后来这里工作，当时他的哥哥们已经乘船奔赴战场了。他的主要任务是在工人们下班后整理和保卫这片房屋地产。虽说西齐亚罗孤身一人被丢在一堆易燃物当中，他却毫不在意地摸索起来。很快，一切变得明朗起来。他继承了祖父在色彩方面的天赋，能分辨出别人看不到的色彩明暗差异，能靠鼻子判断各式化合物分别能调配出何种色彩，甚至凭感觉就能推算扔出多远不至于害自己受伤。他最早的成就之一被作家兼烟花迷的乔治·普林顿称为"最伟大、最罕见的蓝色之一"，燃烧起来浓郁而明亮。不过，因为西齐亚罗的秘密配方实在过于烈性，以至于这种烟花弹最早只能提前一到两天装填。

后来，1944年11月，一架美军轰炸机载着西齐亚罗的哥哥弗兰基坠入太平洋。朱利叶斯·西齐亚罗不久也在比利时牺牲。兄弟俩凭借英勇的表现被追授了勋章。他们的母亲变成了那种终日一袭黑衣的天主教教徒，只在每天做弥撒时才会离开公寓。父亲更加卖力地工作，而家中唯一剩下的这个儿子也是一样。常年以来，冬天一直是烟火工最忙碌的季节，不单要为夏天的演出制作烟花，而且位于威利点的店铺周一至周六还要坚持开门营业。十六岁正式从学校毕业之后，小卡尔米内·西齐亚罗每天会在工棚里工作十至十二个小时。每周日去教堂做完礼拜，他都会去位于第42街的公共图书馆，放任自己浸没在纸张都有些发脆的书籍的海洋里。

不过，即便浸淫在历史中，西齐亚罗也总会留一只眼睛盯住未来。在他的周围，整个世界都在迈向标准化。人们再也不必为了听场歌剧苦苦等候，他们只需买张唱片，听上一遍又一遍，每一遍都是一样的完美演绎。但烟火产业内却没一点动静。失去了与他心有灵犀的那两个儿子，老卡尔米内不得不依靠那些个被火光闪瞎眼的技师来点燃引线。他们在黑暗中东奔西跑，试图读懂他挥舞的双臂所要表达的意思。

一天，小卡尔米内来到威利点时，所有技师都聚在他父亲位于八号工棚的办公室里，围在收音机旁。广播里正在播报的是，美军在长崎投下了一颗代号为"胖子"的原子弹。这是有史以来最大规模的人为爆炸，而战争也将在为其兄长之死报完一箭之仇后就此结束。技师们似乎更关注炸弹的工业设计。一个人指出，电力方面的一大难题在于如何均匀引爆核心周围的爆炸物质……瞥见这个失去哥哥的孩子就在附近，他暂时闭了嘴。但西齐亚罗本人却在努力思索它的电路图。原子弹几乎刚好与空中礼花相反：前者是链式反应产生巨大热能，而烟火是由热能催生出的一系列连锁反应。不过，在需要控制点火速率方面，二者差不多。

不出一个月，西齐亚罗就带着自己建造的粗糙电路板来到沙丘中的空地，用它可以依次点燃多根引线。这一装置后来被称为"西齐亚罗板"，我们一谈起烟火表演就联想到的复杂同步性便是拜其所赐。烟火表演日后得以出现在电视荧屏上，在这件事上它也发挥了不小的作用。不过，说起专利申请，西齐亚罗告诉我他根本不曾想到过，就和发现高氯酸镁燃烧能发出艳粉色光芒的那个烟火工一样。也就是说，小卡尔米内·西齐亚罗又朝向被淘汰的未来迈近了一步——他终将被自己制造的毁灭之火吞噬——不过事情到这里还没完。

从本质上来说，一颗烟花弹由外壳、引信和两份炸药组成。外壳用层层叠叠的厚牛皮纸压紧制成，直径最大可至十二英寸。烟火工将外壳从木制模具上拆下，把一根长长的火柴或引线埋在里面。火苗顺沿引信点燃"尘埃云"，相对缓慢而彻底地引爆炸药，将烟花送上天空。烟花弹的核心部分会被置入一个小金属管，即"套管"，装填其中的是最强劲的爆裂药。

我到访威利点的那天是周日，整座设施几乎空无一人，仅十五号工棚里留有一位名叫伦恩·里佐的技师。他最近刚刚离婚（这也是从事该职业的一种风险），正在处理一批空的圣马扎诺易拉罐，为泽西海岸上的除夕庆典准备烟火。

我看着他拿起手指长的噪声发声器和牛肉汤块大小的金属化合物，用其填满易拉罐外壁和纸壳内壁之间的空间。这些块状化学物质就是烟花色彩的成因。卡尔米内告诉我，这些物质之所以先于炸药被装填进去，是因为它们具有挥发性，"永远记得要从外向内装填。"他的这番好心提醒并没有使我在受他邀请亲手一试时免于紧张。

颜色和声响都已齐备，烟花弹被送去了另一间工棚。在那里，爆裂药会被填入套管中。这一步骤要分多次进行，以便给升空中的烟花弹几次"喘息机会"，就像多级火箭一样。我们又钻进另一间工棚。西齐亚罗把起推进作用的火药和纸质点火装置塞进套管底部，将套管两头密封起来。最后一步是按照翻花绳的样式把制作好的烟花弹用意大利麻绳包起来。他说这能增加炸药的完整性，但我怀疑这只不过是为了美观，好比布景师会在书桌的抽屉里装满观众可能永远看不到的东西。从七号工棚的天花板上垂下的分发器上扯下麻绳，卡尔米内伤痕累累的双手看起来很优雅。虽然我始终没能掌握这最后一步，但我可以一整天都站在那里看着他工作。

制作完成的烟花弹储藏在一号至三号工棚里，与工厂其他场所之间隔着一条污浊的排水沟。我告诉西齐亚罗我的发现，这片土地被划分成多个互不相连的区块，整座设施就是一个特大号的炸弹：每种元素都有自己的隔间。"太早把它们混合在一起会要了你的命。"他说。据报道，1973年的春天，奥马哈市一个家庭烟火作坊被炸上天的同时，十英里以外的商铺橱窗都被震碎了。"那家死去的儿子是个小心谨慎的家伙，不过世事难料。好吧，狗料到了，邻居说它们曾在爆炸发生前的半个小时里吠个不停。"

外头天色渐暗。我问他能不能放点什么。"这儿不行，"他说，"市里只许我们在星期四至星期六燃放烟火，不过我知道一个地方。你有什么特别想看的吗？"我说我想试试我们刚刚一起做的一颗烟花弹。尽管他事先提醒了诸多安全事宜，却还是徒手从三号工棚里取出一颗，像扔橄榄球一样把它丢给了我。"别掉了就行。"他说。于是我钻进一辆皮卡车坐好，把它平放在大腿上。车子一路颠簸着，经过一群杜宾犬，碾过地上的坑洼，驶向高速公路，一点声响都能吓得我心惊肉跳。

半个小时之后,我们的车停在了长岛一处与世隔绝的州立公园里。西齐亚罗的卡车车厢里载着几根迫击炮筒,身后不断响起的金属碰撞声就是它们发出来的。他直接把其中一根插进停车场的碎石地里,炮管朝向临近的一片草地,接着把烟花弹丢了进去。他点燃从炮口拉出的导火线,像点燃一根香烟一般随意。他走过十几英尺来到我的面前。导火线徐缓的燃烧速度几乎叫人难以忍受,眼看着火苗钻入炮口,消失在炮管里。

什么事也没有发生。我挪动身子想上前查看一番,但他一把抓住我的手臂。果然,脚底的沙地震颤起来,突然"砰"的一声巨响,紧接着又是一声厉叫,仿佛天空被人撕开,阴郁的夜空一下子被点亮了。他在炸药里添入七重色彩,每爆开一次,便现出一色。最先在高空中绽放开一波蓝色,然后低空出现了警示的橙色,随后而来的绿色将蓝、橙二色吞没;圆心的绿色更加鲜亮,仿佛一颗烟花中还藏着另一颗烟花。接下来是琥珀色、金色,最后坠向地面时是一抹深红。这最后的明艳色彩照亮了西齐亚罗松弛的下巴。我意外地发现,他的样子无异于陷入痴迷状态的孩童。他的两个哥哥死后,他可能也曾孤零零地站在这里,用他的作品诉说一些显然只有他自己听得懂的话。

我每次去他家,西齐亚罗基本都在自己的工作室里,但感恩节后的那个星期五,当我再去纳苏县拜访时,却见门上挂着三道锁,那辆皮卡车也不知去向。过去一直是他送我去火车站,所以我早打发走了载我来此的出租车。步行要花上一个小时,而且还下着雨。一想到这里,我绕回去前屋的正门,按响了门铃,无人应门。就在我准备离开时,里面那扇门开了,他的女儿萨曼莎正隔着防风玻璃看着我。贴在冰箱上的童年照片里,她还是个矮胖的小姑娘,第一眼看到她本人时,你一定会讶异于她竟已经出落得如此高挑了。此外,你还会看出她多少有些不知所措。她带着一丝慵懒的胆怯,与有些水鸟受惊飞起前的神情如出一辙。长至耳下的浓黑头发更显得她面色严肃,不过她的嘴很快放松下来,嘴角周围的肌肉也随之柔和起来。我不确定她是不是在等人。"你就是那个杂志社的家伙吧？爸爸没在家。"

我展露出我最得意的招牌微笑，解释说我们一定是刚好错过了："我可以借你家的电话再叫一辆出租车吗？既然你在家，或许你不介意我在你耳边唠叨一两句，在车来之前。"

她眯起双眼，再次睁开，一双深邃而忧郁的大眼睛。门开了，我走进厨房打电话，她没有看着我，事实上，她根本没待在这间房里。挂上电话，我本应该回去路边等待，但相反，我沿着一条走廊朝卧室的方向走去。她正坐在一张陈旧的四柱床上，低头看着自己扶在绿色电吉他琴格上的手指。立体声音响正在播放一张唱片，她试图跟着音乐练习弹奏，却被我敲门的声音打断了。"我还没来得及谢谢你呢。"我说。

"谢我什么？"床后的墙壁上贴满了摇滚歌手的照片。

"多谢你说服卡尔米内接受采访。"我答道。

她耸肩的样子和她父亲一模一样："我认为，既然有人愿帮你获得名望，你就该接受它。"

"'名望'这个词太重了，我可给不了。"我说。

"要是你从事的是他这个行业就不会这么说了。"她懒散地弹了一个和弦。

"也就是说你不打算接他的班了？"我问。

"这就是你想同我唠叨的事？如果是这样的话，你已经开始让我为难了。"

"这就是父亲们会做的事情，"我说，"他们会担心。"

"就算他现在愿意跟你说话，也不代表我的人生和你有半点关系。"再一次，她用大拇指拨出一个和弦，音调不对，还落了拍，"总之，我建议你不要他说什么都信以为真，因为他近来有点儿不靠谱。"一首范·莫里森的老歌。她弯下腰弹奏起来，我注意到她的脖子上贴着一块儿童用的塑料创可贴，白色的动物图案下掩盖的应该是一处创伤。琴弦颤动发出一种呆板而冷漠的声音，一瞬，我觉得她正为了什么暗自伤怀。"或者说是偏执多疑，"她说，"他觉得所有人都在处心积虑地要他卷铺盖走人。"

"你指那些老街坊吗？那群暴民？"

"拜托,我说的是竞争。我们和市里签订的合同已经有 50 年了,现在,这些浑蛋和他们的小喽啰一起抢生意来了。"我在遇见西齐亚罗之前就听说过合同易手的事情,然而到目前为止,关于这件事情他只偶尔提了一句,一如他失败的婚姻,而我自然是不会强迫他说出有损他尊严的事情。虽然这实在是生意场上的常事,与他个人并无关系。

"我承认,我一直好奇他为什么要在后屋留一把枪。"

"这说明他骨子里还是个西西里人,而我们也还生活在那个需要用刀剑来保护自己财产的中世纪小村庄。不过,要是有人惹毛了他,我相信他总能应付得来。他是个强硬的老家伙,我爸爸。"

"家族血液在流淌,嗯?"这本该是句恭维,但话说出口方才显得殷勤过头。这时,屋外传来一声喇叭鸣响。

"你的车来了。"

"Mi—Re—La。"我说。我仍记得她当时一脸困惑的神情。"那个和弦,Mi—mi—mi—Re—La,格洛——丽亚。"一瞬间,她露出了微笑。

直到几个星期后,我才重又想起那些合同。为了弥补先前害我白跑一趟,西齐亚罗主动提出我期待已久的那件事:他问我是否愿意在一场烟花秀中帮忙燃放烟火。"你最好别抱着任何异想天开的期待。"他告诫我,这不过是他遵照合同在泽西海岸进行的一场小型新年演出,"十五分钟,几百颗烟花弹,新年快乐,仅此而已。"话虽如此,但这听着仍像是独立烟火工的未来。除非我不想亲眼见证,否则还是跟着去的好。

燃放点位于城镇内陆一侧的咸水湾,一艘垃圾运输船现已粉刷一新,停在水中。船上依然残留着垃圾的酸臭气味,停车场上空扬起了飞雪,但西齐亚罗和其他几个驱车南下与我们会合的技师对此毫不在意。简单明了的几声咕哝和几下点头后,我们把什物搬上了驳船。几个身穿帕克大衣的孩子远远地看着我们,随时可能蹦跳着消失在黑暗里。在他们看来,我也是个烟火工,尽管我打着领带,戴着软呢帽。

十一点左右，我们把船推下水，西齐亚罗亲自掌舵。我们在一个看得见停车场灯光和沿岸香蒲阴影的地方下了锚。不过我注意到，驳船距离岸边依然足够远，一旦出了问题，也能保证伤亡不会超出这艘船上的我们几人之外。除了等待，此刻我们无事可做。技师们全挤在船尾距离迫击炮阵列最远的地方，不过他们与自己老板之间的距离不只是空间上的，更像是精神上的。他近来向我透露，开春那会儿他采取过一轮削减成本的措施，自然也是不得已而为之。科技让个体户在价格上完全失去了竞争优势。大型联合企业可以找亚洲人为他们生产弹壳，一天只需几美分的成本，再雇一位顾问，为他们设计"西齐亚罗板"。的确，但凡想想那场导致纽约技术性破产的财政危机便知，西齐亚罗若要赢回城市合同，就必须将所有承包价减半。那天，他去了店里，叫手下所有人集合在一起。他们中大部分人都要靠这份工作养家糊口或支付赡养费。有史以来第一次，他宣布，他不得不解雇一些员工。刚裁完员，他又被告知，他的公司规模太小，不够资格参与建国二百周年纪念活动的竞标。

我还不曾问起过有关这场新年演出的事，但现在，他就像听到了我心中的疑问在船长间里对我说："今晚在纽约还有一场更好的演出，和拿到国庆表演合同的是同一伙人。我不懂你为什么不去采访他们。"

我告诉他，我宁可待在某个了解历史传统的人身边，也不愿和那些只知道往电脑里塞卡片的笨蛋相处。

"我不是要给你泼冷水，但你很快就该看不出两者有什么区别了。"第一束亮光像火箭一样腾空而起，把云朵染成了红色。即便是如此微不足道的演出，他也可以别出心裁。一颗烟花弹在飘雪的夜空炸裂成十多个金色小球，咝咝作响。它们悬停在空中，仿佛是用细线串起的似的。

"我不这么想，卡尔米内。"我说。

"你努力再努力，创造出有价值的东西，然后资本就进来了。"他似乎在权衡什么，"我原本不打算告诉你的，但我们错过会面的那天，那个感恩节，我的小工作室被人撬了，丢了三克'尘埃云'。这年头，谁还费那么大劲做这种事？我没有证据，但我觉得对方传达的信息是，只要他们想，他们就能让我好看。"

如今，我也能清楚知道三克确实不算什么。一个舍入误差，最坏不过几个孩子搞出来的恶作剧，可能就是刚才岸边的那几个人影。"我有几个警察朋友。"我脱口而出。

"在我的家乡，我们不找警察，而且并不是——"

技师伦恩·里佐显然在船首等得不耐烦了，不然就是他搞错了按钮，因为此时，十几道光柱同时射向天际，齐刷刷地蹿升和爆破之声紧随其后。那些大多是卡尔米内最新制作的烟花弹。同样令人匪夷所思的是接下来发生的两件事，在那之后，这宗盗窃案就好像住进了我的意识里，一连数月挥之不去。这第一件事以岸边教堂的钟声开头。1977年的新年，钟声敲过十二下，在相距不到一百英里的中央公园，卡尔米内的女儿倒在血泊里，脑袋被两发子弹击中，鲜血将雪地染成粉红。而当时，我们对此毫不知情。猛然喷薄而出的烟火把我吓呆了，那些金色小球没有悬在空中，也没有缓缓落向地面，与受重力支配的我的认知相反，它们在我的眼前，开始向上攀升。

不过之后，一切都成双成对。要命午夜

工作
根引
何以至
一样东

比
之地》
然是在
然是在
她全部
前卫的

VSG

BOOK 3

—

自由高地

—

[1977年1—7月]

马库斯·加维[1]身陷西班牙城区监狱,
当他们准备放他出来时,
他预言:
"在我走出这扇大门时,
其他囚犯再不要进入。"
一切到此为止;
大门已经落锁——那又怎样?
生活成为一种侥幸,
当双7相撞。

——文化乐队
《双7相撞》[2]

---

1 马库斯·加维(1887—1940),牙买加政治家,黑人民族主义者,泛非主义者,提倡黑人重返非洲,激发其种族自豪感,创立世界黑人进步协会,该协会分支机构在美国和加勒比国家均有分布。

2 《双7相撞》,来自牙买加文化乐队(Culture)的出道专辑,也是该专辑的主打歌曲。这首歌基于马库斯·加维的预言而创作:1977年7月7日,当两对7相遇,混乱诞生。事实上,加维的子女否认父亲曾做过这样的预言,不过,金斯敦的居民依然受其影响,在当天选择了闭门不出。

26

理查德·格罗斯科夫上一次去布朗克斯还是十年前——当时是 60 年代末，他正在写一篇关于大广场街上的犹太音乐大师的文章——而此刻，坐在一路向北的四号线列车里，越过河流。车内灯光突然熄灭，他想象自己是一名宇航员，朝着某个不适宜人类居住的星球猛冲过去，而他自身的未来也如那颗星球一般荒凉。砖石构筑的庞然大物从几近荒芜的大地上兀然竖起，在月光下泛着光秃秃的蓝光。到处都是起重机，落锤半悬在空中。窗外的一切在迷雾中影影绰绰，烟雾之浓重已不能全部归咎于垃圾焚化炉。灯光再次亮起，其他乘客似乎没有意识到它们曾经熄灭，也没有意识到外面熊熊燃烧的任何东西，只是紧盯着报纸或是窗户上涂鸦的字母和数字。Stash，Taki 8，Moonman 157，如同咒语，与身后消逝的世界拉开距离。现在想来，头顶上方的那些足科、整容科、牙科广告也没有什么不同。医生都是白人，病人全是有色人种。理查德是这节车厢里唯一的"美国佬[a]"。下一站，除他之外，没有人起身下车。

[a] 原文 gringo，拉美人对外国人，尤指说英语的白人的蔑称，具有冒犯性。

脚下是一望无际的沥青，纸杯和塑料制品堆积在梁柱下，冬日的肃杀抹去了所有色彩。"先租后买"的传单、注射器、商店金属拉门上状若脓疮的涂鸦，当他停下脚步，透过格子栅栏向店内张望，隐约能瞥见翘起的椅子腿。在厌倦了贫民窟的工人们心中，莫特港曾是一片乐土。如今，这里仅有的生命迹象就是街对面停车场里燃烧的垃圾桶、街角的外卖店和防弹玻璃后幽灵般的店员。当然了，"城市"一词的潜在定义就是"集中实施改造的场所"，这些改造早在理查德离开之前就已经开始了。也不知为何，他觉得自己的离开倒在某种程度上影响了城市衰退的速率。难道真像海森堡说的那样？显然不是。也不是说背弃这些街道能得到什么好处——他再一次想起躺在医院病床上的萨曼莎·西齐亚罗。他竖起运动外套的衣领，双手插进口袋，向贫民区更深处走去。

在两座住宅楼中间的水泥广场上，急救车空转，警笛声息止。没戴安全帽的消防队员们正坐在保险杠上抽烟。红灯照亮警戒线后聚集的人群。理查德再一次强烈意识到自己的白人身份，但似乎并没有人注意到他。在过去的十分钟里，人们盯着警察在面前的这栋建筑里进进出出。透过门厅焦黑的玻璃，理查德认出那位正拄着拐杖蹒跚走来的便衣警察。无论走到哪里，他都能一眼认出那张脸，即便他头发基本已经灰白。小个子波兰人，拉里·普拉斯基。

两人初次见面时，普拉斯基还没有拄拐。那时理查德二十二三岁，正四处寻找写作素材。他常用的一条策略就是泡在简街的某个小酒馆里——只要你能够忍受湿报纸一样的土豆和牛肉里吃出的骨头渣，那里的优势在于它临近第六警区。下班后，巡警们会成群结队来酒吧一聚。酒精能有效冲淡他们与生俱来的敌对情绪，甚至能促使他们勉强吐露一些有用的东西：一个名字，一个能拨通的电话号码。这些人大多身形庞大，普拉斯基因为个头矮小显得格外突出，而且他偏偏还喜欢坐下来喝酒。似乎只有理查德察觉到这一细节：当他从桌边站起，肩胛骨会像帐篷支架一样贴紧他的蓝色制服，看起来充满张力。后来，理查德发现他们两人都是佩茜·克莱恩[b]的歌迷，又一时兴起，问他对扑克牌感不感兴趣。

[b] 佩茜·克莱恩（1932—1963），美国乡村音乐歌手，后成为一代流行乐天后。

此刻，他看见普拉斯基身穿童装尺码的羊毛大衣，正对着救护车的驾驶室说着什么。汽车空转声更响了。人群中让出一条路来，以便车辆通过。车辆熄灭了警笛，缓慢行驶着。一个女人嘟囔起来；身穿滑雪外套、头戴绒线帽的男孩带着敌意开起了玩笑，"男孩"一词或许不完全合适，但他们就是一群男孩，是脸上长着纤细绒毛的年轻男子。理查德有多久没来犯罪现场采访了？他想逃回几站之外的切尔西，忘掉人与死亡共存的亲密关系。但如果卡尔米内享受不到这样的奢侈，那他更不应该享受。最后一辆消防车伴着轰鸣声离开时，他一弯身从警戒线下钻了进去。"我尝试把那鬼东西拉开……敲破了我的脑袋。"自言自语的女人小声发着牢骚。普拉斯基倚着一辆无标志的警车，他抬起头来，脱掉乳胶手套。在这种地方伸出手来似乎不太合时宜，但布拉斯基还是调整了一下站姿，握住了他的手。他面容亲切，甚至透着祖父般的慈爱："理查德·格罗斯科夫，我的老天，你到底跑哪儿去啦？上一次见你感觉都是上辈子的事了。"

"好久不见。"理查德表示赞同。岁月让普拉斯基的脊柱状况进一步恶化，他的身体几乎要缩成逗号的形状。膝盖始终闭合在一起，小腿呈八字向外展开，支撑起重心偏移的上半身，如同一个三脚架。理查德自然对此绝口不提，他自己也在变老。他朝公寓楼歪了歪脑袋："我能问两句吗？"

"我们的人都管这叫'米契拉玛[c]的消防演习'。"普拉斯基说,"卡住升降梯,去高层拉响警报,在大堂边的楼梯井出口搭上一把枪,拦截从楼梯下来的人,只不过有时候枪会走火。这儿有两具尸体。"

[c] 米契拉玛指的是米契拉玛住宅计划,是纽约州的一项政府补贴住房保证计划,针对中低收入家庭而兴建大量他们负担得起的住房。

"太糟糕了。"

"不过,能在这么远的市郊见到一位记者倒是让我吃惊。这年头,就算你用燃烧弹把整个街区都点着,也吸引不来一台磁带录音机。"他的目光像裁缝一样,双眼打量着一切。

"老实说,拉里,我不是以职业身份来这里的。你有时间和我聊聊吗?"

普拉斯基朝大堂转过身去,他的下属都在那里,尽力使自己显得忙碌。"看起来我们今晚并不会实施抓捕。我去跟老大打声招呼,然后我们可以找个安静点的地方。"

他拄拐的样子敏捷得惊人,像一只蝙蝠般在埃尔小道投下的光影上滑翔而过。回到外卖店,一个面向街道的橘黄色胶木柜台为他们提供了足够站着吃东西的空间。理查德突然觉得饿坏了,点了一份芝士牛排。普拉斯基则要了杯咖啡。桌面正好卡在普拉斯基的胸口位置,但他并不在意这份不适。理查德便也不再试图掩饰自己的身高,或是为普拉斯基感到难过。停留在闲聊的安全氛围中本是件轻而易举的事。没有人请理查德到这里来,没有人叫他把一个濒死的女孩放在心上。可当他想起如今插着呼吸管的人,和两个月前还坐在他面前漫不经心地弹奏苹果绿吉他的女孩是同一个人时,他要怎么做才能弥合这两者之间的落差呢?"事实上,"他说,将纸巾攒成一团,丢进原本装着芝士牛排的硬纸盒里,"我想找你谈的是你手里的一个案子。受害者名叫西齐亚罗。"

普拉斯基向后瞥了两眼,以防有人偷听,尽管除他们之外,这里仅剩的活人就是烤炉边那个年迈的中国人。"给点提示?"

"新年前夜,中央公园,十七岁白人女孩,仍在昏迷。报纸上都有报道。"

"是,肯定有报道,毕竟事情发生在那个地段。不过你是怎么知道她的名字的?我们还没对外发布。"

"我大概碰巧就是,你可以称之为'受害者家属的一位朋友'。"

"谁?她的父亲吗?他是你的朋友?"

"或者叫合作伙伴,采访对象。我在写一篇人物小传。"

"你在开玩笑吧。"

"和烟花有关，已经五个月了。这段时间足够了解一个人。"

"奇怪，我还是第一次听说这事。"普拉斯基说，"要是他提起过你，我肯定会记得的。"

"也许从当前状况看来，我并不重要。"这样绕圈子的方式让理查德想起了螃蟹的求偶舞蹈，每只螃蟹都想在不被抓住的情况下抓住对方。

"理查德，你不会恰好在那五个月的时间里知晓了什么我需要知道的事情吧？"

"比如？"

对方不易察觉地扬了扬眉："我的朋友，我们的朋友，朋友的朋友……"

和新年第一天接到电话时一样，那种分不清东南西北的感觉又一次袭来。哪一家医院？你现在在那里吗？卡尔米内的声音里带着不动声色的坚定，如同孩子要说服自己相信什么事情。他说，在手术室里，萨曼莎的心脏暂停了三分钟。理查德这才明白过来："得了吧，就因为他们是意大利人？这家伙是最不可能拉帮结伙的，拉里。如果可以的话，他会去火星上生活。"

"但我必须问，你是知道的。顺便说一句，这些都是不能公开的信息。"

"我要说的正是这个。我来找你就是想问一问，有没有什么方法能让他和他的女儿远离这一切？我数过了，新年过后已有十一篇后续报道，而且它们都是根据你们发布的警讯演绎出来的。我不希望一群聒噪的记者突然出现在西齐亚罗家的草坪上。或者别的量词更合适，一堆、一帮。"

"你不希望？就因为他们？"见理查德不为所动，他继续道，"相信我，我不想媒体掺和此事，如同我不想自己的脑袋开花一样。原谅我的表述方式，不过接下来还有什么好报道的呢？一个无名的受害者，一个随机的枪手。我们没有线索，没法立案，眼下你是唯一知道她是谁的人。就连我去她的大学，认识她的人都以为她只是辍学了。再等一个星期，大家就会去关注下一则新闻了。"

"你没看卷宗吗，拉里？她明天就满十八岁了。从现在算起——"他瞟了眼墙上的挂钟，"从现在算起还有几个小时，萨曼莎·西齐亚罗将不再是未成年人了，有关她的一切都会成为公开档案，首先是她的名字。"

一瞬间，普拉斯基愣住了，他的身形成了窗户上的一块僵硬阴影。"她的生日。天哪！早该有人发觉这一点才对。"

"我发现了，而我现在告诉你了。你真的希望她的生平故事在六点整的新闻里被和盘托出，然后再持续被报道上一个月？"

普拉斯基灌下一大口咖啡，用力揩去附着在胡子上的液滴："但你又是为了什么？你打算亲自破案吗？"

"我只不过想为那篇人物传记收尾。鉴于目前发生的一切，我甚至可能不会把它拿去发表。"他想要相信，自己所想的就如所说的一样。但他的老朋友……他的眼神里是否仍带有一丝狐疑？

"好吧，理查德，我会想想办法的。不过与此同时，今天的事你一个字也不许说出去。还有，别再不打招呼就来找我。"普拉斯基放下手中的杯子，一声闷响。他递过来一张名片，上面写着他的新职位：副督察。"如果你想起任何事情，上面有我的直拨电话。"他重新绑好肘拐，如同软体动物爬回自己的壳一样，突然放下了防备，"你知道吗？我曾一度以为，你会真的一走了之。"

"我能说什么？对我而言什么才是好的，显然我自己也不知道。"

"好吧，从个人来说，我很高兴。没有你和齐格·齐格勒'博士'，星期三的晚上不比从前了。我很想念身边有个容易上当的'软蛋'的日子。"

"等等——齐格怎么了？"

"有时间打开收音机，你就明白了。就好像又回到了1962年，你们俩闹翻的那一年，对吧？"这太奇怪了：理查德以为自己与齐格闹翻这件事和它的起因一样，是个秘密。所以，普拉斯基是不是知道了别的什么？"路上开车小心，理查德。"

"我坐火车回去。"

"那样的话，只能求上帝保佑了。"两人握手时都很小心，不宜太过用力，也不想让对方看出自己有所顾虑。尽管如此，两人之间显然存在着某种东西，而理查德后来才意识到，那不完全是默契。

27

新年第一天，公园被一片冷清的白色覆盖，或一系列这样的白色。白色的周围环着黑色的树，就像缠在带刺铁丝网上的被单。小径上的雪融化后重新结成了冰，又在普拉斯基的鞋子和拐杖下碎成了冰碴，浸透他的鞋袜,他每迈出一步就抽搐一下。当然,在拉里·普拉斯基看来,"抽搐"是一个相对概念。也许今早说服那个叫古德曼的孩子时,他应该选择那杯脱咖啡因的。现在已临近正午,基督教社会联盟的游说接近尾声,没有更多的目击者。其实,从严格意义上来说,这甚至不是普拉斯基的案子。他本可以在一个小时前就回到位于斯塔顿岛的公寓床上,两脚干干。那么,他为什么要回到公园,一瘸一拐地在犯罪现场周边重新绕行一遍呢?

你能得到的答案取决于你提问的对象。他手下的侦探们,麦克法登那伙人,会说普拉斯基挑剔,是个控制狂,除非他自己动手,否则什么事也做不成。这话或许不完全错。1976年,纽约城发生过大约两千起杀人案,而普拉斯基的团队抓捕了其中五分之一的罪犯,相当于一年中每天破获一起。累计破案率达百分之三十。在他第三次重审一个案子,并发现了一个此前一直被忽视的目击者后,他通知下去,他希望在办公桌上看到所有案件记录的复印件。现在,每周两到三次,他都会像这样出现在某个案发现场,介入一起案件的调查,就为了让大家谨言慎行。嘎吱——

他走下小径。小径与墙壁之间,就是默瑟·古德曼声称发现尸体的地方。尽管强有力的间接证据证明,他是个瘾君子,但依据普拉斯基的直觉,他还是愿意相信他。眼下,腰带上绑着塑料袋的技术人员正蹲在那里。东边是树林,树林后是绵羊草原。普拉斯基艰难地登上一座小丘,粗重地喘着气。他总告诉自己,他不需要那对拐杖,它们只不过是为了以防万一。老实说,他如今不那么笃定了。刚刚,他在几块岩石上滑倒了,好在没有人看到。

普拉斯基发现,被低估也算是一种战略优势。他的上司们认为他是个残疾人,无法从事外勤工作,所以提升他做了他们想象中理应属于办公室职务范畴的副督察。接受他督察的那些人——基本还都是孩子,留着长发和络腮胡,一身皱巴巴的衣服,仿佛他们从未听说过干洗——认为,鉴于他知道如何穿着打扮,保持指甲洁净整齐,他一定过着僧侣似的生活。而事实上,他和雪莉已结婚十五年,现在依然享有完美的性生活,反正他觉得很完美。不过,要是你问雪莉,为何他近来加班的频次连他自己都数不过来,她可能会有所暗示:与其说这是因为他对工作充满热情,倒不如说是家里的一些事情让他感到不安。这话可能也有道理,比他年轻十岁的雪莉今年三十八岁,越发显而易见的是,完美的性爱无法为他们带来孩子。也许是小儿麻痹症的缘故,也许是她的缘故,总之,他没有勇气查明,就像曾经的她一样。

他告诉自己,这就是最圆满的结果。他的父亲是个酒鬼,而且酒品不好。拉里很早以前就原谅他了。看着自己的孩子烧得滚烫、翻着白眼,肯定比自己发烧还要难熬。毕竟,你知道你会死。正是对死亡的恐惧,对于想象中的孩子的恐惧,对把他们养得一团糟的恐惧,在他胸口结成一大块黑冰,无形却沉重,无论雪莉向他展示过多少治疗不孕不育新进展的文章都无济于事。他曾不得不为很多对夫妇带去这样的消息:他在高速公路的天桥下找到了他们的女儿,女孩的内裤挂在脚踝处;他找到了他们的儿子,就在C大道和D大道之间的庭院里,身体和树枝缠在一起,因淋了多日的雨而肿得不成人形。不光彩地说,他确实在心中暗自庆幸过,又是一个没有孩子诞生的一年,好在孩子没有诞生。

只是雪莉近来转换了话题,她说想举家搬出纽约。有时,她还会在夜里躲进浴室哭泣。她会打开淋浴以掩盖哭声,结果却忘了打湿头发。他无法忍受多年后仍不能像誓言中所说的那样让她幸福,却又不知道该如何弥补。于是,他工作,长时间地工作。也许他活该落到这般田地,也许这就是雪莉无法受孕的原因。尽管很奇怪,但是现在,当他回顾自己的成年生活,日复一日地走下渡船的生活,有时候甚至晚上九点钟都还没回到家的生活,在那个安静、整齐、成人模式的、雪莉早已适应的房子里——至少她学会了用哭解决问题——拉里确实感到自己好像后悔了。到处是未成年的孩子被搞大肚子,他走去哪里都能遇见。但这或许也是上天的旨意。比起那些体力更加充沛的男人,他还有一个优势,那就是他试着不去理解上天的旨意。他假设让他成为瘸子的天父和他在人间的父亲一样:冷漠、专制。孩子的职责就是爱父亲。因为他就是这样说的,这就是原因。

太阳出来了,照亮光秃秃的草坪。昨晚的雪如同一个梦境。孩子们把剩余的少得可怜的雪攒成雪球。拉里看不到任何有探员跟在他身后的迹象,没有人想到要来这么远地方走走看看。他感觉到一阵莫名其妙的剧痛。等他回过神来,他发现就在他从中钻出来的灌木丛里,有什么东西正在闪闪发光。

他蹒跚着走了过去。鸟儿从树下惊起,奋力拍动翅膀,掠过草地。他捡出一团潮湿的布料,是一条蓝色牛仔裤,闪烁的是口袋上的铆钉。他戴上手套,竟从鼓鼓囊囊的裤管里掏出一条男士内裤,裤裆处残留着尿渍。在一只口袋里,他找到一张半边打过孔的长岛铁路往返车票;另一边的口袋里则装着一张被撕得只剩一半的油印传单。无中生有（新·追忆往昔）/滚犊子乐队。乱七八糟的内容之上，还画着一个诡异的字符，又或者说，那是一个标志。他是不是在哪里见过？

这也有可能代表不了什么。一帮同性恋经常来这里约会，遇到缉查队来这里突击检查，而其中一人吓得丢了裤子。尽管如此，它却关乎迄今为止唯一的证据。他不想把它丢到麦克法登那个笨蛋的手里，虽然理论上这是他的案子。出于习惯，他总会随身携带法医证据袋。他把传单塞回牛仔裤，用证据袋装好牛仔裤，然后充分挤压，直到整个包裹小到能够塞进自己的拉绒羊毛大衣的内置口袋里。他目前还不打算向任何人提起它。他不确定自己是否信任这个体制，或是任何体制，他不想让这件事情得到不恰当的处理。普拉斯基臃肿的身形不会引起任何人的怀疑，因为他近来大部分时间都是这副样子。

28

1月的第一个星期即将过去，一份备忘录传播开去，召集全体上层管理人员出席会议：董事会代表、公司法律顾问、财务主管、副总裁，以及公共关系和社会事务办公室的里根·兰姆莱特（旧姓汉密尔顿-斯威尼）。唯一缺席的是她的父亲。他留在家中养病，尚未从"急转直下的身体状况"中恢复过来。

至少，在会议召开前那段煎熬的日子里，坊间流传的故事就是这样。事实上，爸爸的身体状况确实每况愈下，传讯到来时反倒不那么值得震惊了。在里根与远在芝加哥的他通电话之前，菲利希亚就提醒过他，联邦法警已经驻守在拉瓜迪亚机场了。这才是他们要等到星期一才让他乘机回家的原因，而不是因为所谓的大雪。纽约这边，法警已经同意不戴手铐，还允许专属司机用那辆黑色林肯城市轿车直接送他去市中心的法院。里根和他的律师团队正在侧门入口处等他。尽管法官开出的保释金在她看来过于高昂，但两小时之后，爸爸就能自己驾驭着轮椅离开法庭了——直到庭审之前，他都将享有人身自由。不，让他留在家里的原因不是什么休克，甚至不是长久以来的机能衰退,而是有人故意向媒体透露了风声。法院外的石阶上聚集了二十多位记者,像一群白色的蝗虫。远处,厢式货车上架起了足足五十英尺高的天线,直奔胶灰色的天际。里根本该为此做好准备的,这是她的本职所在。但就在当晚,他父亲的脸就出现在了新闻开头的画面里,两秒钟,面色苍白,一脸困惑。一个身份不明、面目模糊的女子站在他身边。"无可奉告。"她一遍又一遍地重复着。根据你收看频道的不同,画面的视角也会略有差异。

他们对此事的报道简直荒谬!他还没有被定罪,哪儿来什么罪名?况且,尽管联邦法院旁敲侧击,指出他涉嫌谋取不正当利益,可他目前获得的最恶劣的指控不过是两起总额不到一百万美元的内线交易,只占公司年收益极小的一部分。总之,自由世界里某些最昂贵的辩护律师是这样告诉她的。可谁也不希望法院外的那一幕重演,不希望爸爸进出汉密尔顿-斯威尼大厦时在大堂被围堵。这就是为什么,会议室的长桌前已经坐满了人,桌首的那个位置依旧空着。

大门关上后,人群里时不时还有些骚动。老比尔不在,谁来主持会议呢?很快,里根一侧的座位中间,有人突然起身,昂着花白的脑袋,那双眼睛似乎没有看到她。虽然音量不足以穿透如此大的房间,但她还是能清晰地听到"恶魔弟弟"说话,如同在对她耳语:"我相信你们都已经知道了,比尔认为自己这周还是留在家里为他的辩词努力比较好。"

没有人说话,可沉默的实质却发生了变化,从束手无策到喜闻乐见。所有的脑袋都转向了他。埃默里·古尔德重新坐下去,咳嗽一声,没有费心挡住嘴巴。

"在他缺席的这段时间里,我们不得不正视的是,我们无畏的领袖被指控违犯了法律。喀喀,当然,他们这样做是为了骚扰这位成功的美国人。"他面无表情,双手却想对面前的钢笔实施报复,用力扯着笔的两端,"我们有百分之百的把握相信——我对此深信不疑——比尔会证明自己的清白的。在这之前,我们的任务是通力合作,克服眼下的挑战,保住这家公司,保住他用辛勤劳动和、咳咳、远见卓识为我们留下的遗产。简而言之,我们需要拟定一个策略。""遗产",这听着就像爸爸不是在康复,而是已经死了。至于那个"我们"又是指谁?在里根腹诽的时候,埃默里肯定正在鼓励大家畅所欲言,因为各部门的代表都建言献策起来。

法务部提议了一项措施,要求公司全体员工在他们努力与美国检方实现对话期间保持缄默。财务部准备进行一次审计。全球业务部要求把稳定放在首位,他们担心此事可能危及公司重要的收益。尽管他表现得十分谨慎,拒绝移步到桌首,并且如同算好了时间,每隔一会儿就要干咳两声,但里根非常了解继母的这个弟弟,她看得出来,他很享受这一切。显然,此刻建言献策的大部分人都是古尔德姐弟的盟友,为了让首领舒心而竞相发言。

这时,她注意到后方角落里有一位正在记笔记的金发男人。埃默里佯装正在听取他人意见,而她也佯装自己还在聆听,然后目光越过肩头,扫了一眼身后。他无疑是这个房间里最年轻的人,他的头发像混合了蜂蜜的小麦胚芽,就是洗发水广告里的那种秀发。这头发要比基斯的长一些,但不知为何看起来更有朝气,也更整洁,虽然发丝压皱了衣领。其实,她曾经见过那头秀发一次,在三十层的食堂里,而她那时刚刚得知自己的丈夫有了外遇。她端着盘子和他撞了个满怀,但她精神极为涣散,没能记住他的名字,在她的印象里,他不过是个"拥有一头秀发的家伙"。眼下,从空虚的权力宝座周围的职员口中,那些无趣的音节越发缺乏生气和意义,她也越发好奇,"拥有一头秀发的家伙"在这里做什么。"——里根?"

她转过头,目光回到了面前的黄色拍纸本上,两颊微微泛起红晕:"抱歉,你说什么?"

"阿蒂建议我们听一听公共关系部的想法。"继母弟弟的话音中满是她无法破译的密码。离她更远的地方,在空空荡荡的主席座位旁,如今已八十八岁、耳朵半聋的老阿瑟·特兰伯尔正注视着她,双眼如同马的眼睛般潮湿、黝黑而和蔼。他自她祖父的年代起便是公司的董事了,是这个家族忠诚的家臣。"你有什么想补充的吗?"他问。

她也学着装模作样地清了清嗓子,试图回想起自己的观点:"好吧,首先我认为需要明确的是,爸爸……我的父亲还没有被定下任何罪名。"她看了眼早上做的笔记,"我是说,我明白法务部的立场,为谈判留足余地,但如果本来就没有什么可证明的罪状,我们干吗要采取行动?不让他来公司,就等于给外面的媒体传达了一些信息,我们眼下做的任何事情都是如此。这么一来,我们传递出的信息就显得至关重要了。这也是部门内的观点,我们要告诉外界,我们已为抗争到底做好了万全准备。"

在她发言的时候,埃默里已经站起身,越过挡在两人之间的脑袋,凝视着她。他薄薄的嘴唇扯出笑意:"能有这样一位口齿伶俐的人来代表家族利益是多么可贵的一笔财富啊。但事情也要从商业角度来看，而且像鸵鸟一样把脑袋埋在沙子里，假装什么事也不曾发生……这么说吧，里根，这恐怕只是一种态度，不是策略。"

他的注视让人很不舒服，炙热异常，如同昏迷之前外科大夫头顶上的灯光。"好吧，策略是这样的。初审至少持续到什么时候，7月？在此期间，媒体只会越来越猖狂。如果我们指望遇上一个公正的陪审团，获得一场公平的审判，那么，在那之前，我们就不能任凭公众被媒体牵着鼻子走。也就是说，我们有必要重新考量一下企业形象，我们必须让大众重新将我们视为仁慈的巨头、工作岗位的创造者。所以，我想要做的是——"在精心组织自己的第二个论点时，她突然想起埃默里的体育场计划，可她此刻无暇思考，只想将修辞的大拇指戳进他的眼睛里去，"利用接下来的几个月时间，综合评估我们过往的每一项助兴本地市场的业务。当然，过去每一起并购案、投资组合中的每一笔头寸、每一个开发项目，我需要有关这些的所有数据资料。一旦完成前期调研，我们就可以将其整合成一场商业宣传活动。比如，汉密尔顿‐斯威尼：让纽约动起来。"

"亲爱的——"埃默里说着转向自己的同事，"你的提议是行不通的。这么庞大的体量……你以为同时需要几个人才能完成，两个吗？呃，不切实际。"

角落里，"一头秀发的家伙"开了口："好吧，实际上，就影响公众舆论而言，她是对的。如果只是刊登整幅广告，朝孤儿丢硬币的话，纽约人是不可能买账的，他们早厌烦了这一套。你们听过这个节目吗，《格式塔疗法》？"

埃默里瞬间移动到主席座椅后方，双手扶着椅背。

阿蒂·特兰伯尔抬眼看向他："我同意，埃默里，里根说得有道理。利用我们以往做过的善事，我们才可能在预先审查期间制造更多机会，或者让美国检方相信我们的善意，如果我们选择提出抗辩的话。"

作为房间里的长辈，他还是很有影响力的。他竟然这么快就授予了里根更加宽泛的权力，就连她自己都很诧异。埃默里能做的顶多就是假装这正是他的主意，除非他并不是真的在乎她的策略。"的确，宣扬我们的工作成果很有必要，不过，你要是看过比尔以前紧凑的日程安排，不得不说，我相信这次的'假期'也是为了他好。"他环顾会议桌四周，"在比尔澄清所有的指控之前——我相信毫无疑问会有这一天的——最好别让他再受到伤害，不是吗？要是没有任何异议，今天下午的董事会将提名一位临时主席。"话音落下，全场一片寂静，就连阿蒂·特兰伯尔也沉默不语，"拥有一头秀发的家伙"也没有吭声。

如此一来，根本没有必要再去费劲游说这一屋子的听众了，里根在休会前就已然放弃。埃默里舅舅如愿掌权是今日难以避免的结果，换句话说，应该是他多年来陆续到手的权力终于正当化了。她想顺道去上城区探望一下父亲，但不确定能否在五点正式召开董事会之前赶回来。也许勉强可以，如果她抓紧一些的话。

她匆匆经过电梯旁那幅罗斯科的油画，眼角的余光中闪过一道红色的伤口，与顶楼公寓里的那幅青色的瘀痕十分匹配。电梯里空无一人。不过，电梯门在眼看就要合上前的最后一秒又一次开启：是"拥有一头秀发的家伙"。两人规规矩矩地站着，一言不发地看着楼层数字变小。这座建筑是一只恐龙，它就是个新古典主义时期的怪兽，那时电梯还不隔音。直到电梯门打开，大堂一览无余，她才最后看了男人一眼："我只想说，谢谢。"

"谢什么？"他说。

"谢什么？谢谢你出席，大概。"

他也是有名有姓的，他说。他叫安德鲁，安德鲁·韦斯特。"好吧，多谢，安德鲁·韦斯特。"接着，她鞋跟剥啄点地，一头扎进寒风里，不敢回首。多谢？她听上去像个三年级的学生。何况她的手上还缠着愚蠢的纱布，那是因为她之前差点剁掉了自己的大拇指。天啊，里根，是从什么时候开始，一切变得如此混乱不堪？

— 一 — — — — — —

29

六七岁时，查理在一家汽车旅馆的房间里见到了第一本《圣经》。通常，为了省钱，父亲喜欢把前往蒙特利尔祖父家的旅程浓缩为一日之内的全速跑。新建的宽阔的州际公路上没有红绿灯，实现这样的旅行简直轻而易举。但那一年的12月，沿阿迪朗达克山脉延伸的公路受大雾和冰冻的影响封闭了。黑夜在奥尔巴尼北部降临，他们不得不找地方停车过夜。爸爸拉开梳妆台抽屉，招呼妈妈来看躺在里面的《圣经》。查理当时正忙着调整天线，收看《衬裙路口》[a]，爸爸一定以为他没有看到。

十年之后，他最好的朋友中枪，查理于是四处搜寻，想拥有一本属于自己的《圣经》。他找到了一个副本，实际上是好几本，就在花山镇中心那家"救世军"小店，进去后一直往里走就能看到书，那里的书满是霉味，一本只卖二十五美分。他挑出一本内页印有"基甸国际"字样的口袋书。金绿色相间的人造革封面在雷克斯龙乐队[b]的唱片旁显得格格不入，但这并不是他选中它的原因，大概是因为它让他想起了北方汽车旅馆里的那个房间。要知道，过去的这些年里，他还一次都没有想起过那里。

接下来的一个星期里，窝在冰冷的地下室，用毯子裹紧自己，他开始阅读，或者说重读。书中前几篇他在希伯来语学校里已经习读过了，如今它们更是深深地刻在了他的记忆里。不过，他不断返回去阅读的是神秘的《马可福音》。这一篇中说道：原谅自己，查理。它说：前进。它说：今天是你余生的第一天。

问题在于，新的一天都和前一天一模一样。他醒来时，他的朋友依然躺在二十英里外的医院里，昏迷不醒（大概《新闻日报》中有关枪击案的匿名报道就是这样写的）。而查理，他甚至没有勇气登上长岛铁路的列车。每天下午放学后，他都会站在站台上发抖，凝望东方空荡的轨道，就像要坐车西行的乘客常做的那样，就像他和萨姆在新年前夜当晚做的那样。但如果他赶到医院，发现她睁开了眼睛，看着他，问他："你为什么不在那里，查理？"那时他该怎么办？如果那双眼睛仍旧闭着，他又该怎么办？要是他站在床边，她的心跳突然停止了怎么办？最终，他还是回到了自己的房间，力求彻底搞懂上帝留下的这本巨著。（例如，如果没有什么罪是十恶不赦的，那为何他那晚去过教堂之后，上帝再一次回到弃之不顾的沉默中去了？再者，假设那个声音只是查理幻想出来聊以慰藉自己的，那为何他无法再幻想一次？）

一天下午，经过数周的努力，他终于杀回了曼哈顿。从几座教堂和第二

[a] *Petticoat Junction*，1963年至1970年于CBS播出的一部情景喜剧。

[b] T. Rex，20世纪六七十年代英国的一支摇滚乐队，其主唱Marc Bolan被认为是开创华丽摇滚（Glam Rock）风潮的先锋人物之一。

大道之间的小公园里拔地而起的贝斯以色列医院看上去就像是巴拉多塔[c]，塔尖燃着一只红色的眼睛。头顶上方的建筑是如此庞大，而他却如此渺小。这里的一切都被灰色包围着：灰的铺路石、灰的树干、被煤烟灰覆盖的原本是黑色的铁栏杆。唯一的几点色彩——流浪汉身上的针织帽和连指手套，还有查理的红棕色头发——赤裸裸地暴露在外。

[c] 巴拉多塔，《魔戒》三部曲中索伦位于摩多的要塞。

但使他再次却步的不是这些，而是他不知道自己终将面对什么。要是她全身绷带，像一具木乃伊怎么办？要是她的一只眼睛不见了，空留软塌塌的粉色眼窝，如同画中那种会随你而动的眼睛，该怎么办？只要他待在这里，这一切就都有可能，也包括萨姆突然坐起来、点上一支烟这种可能。很快，他不去探病这件事情就会变得无关紧要了。他感觉到口袋中《圣经》的分量，可耳边只有风吹过朽木时的噼里啪啦的声音、公交车经过时的呼啸声，以及落座在近处长凳上的老人嘟囔着世界末日就要来临的声音。

他循着公交车路线走回大道，猛然意识到这里距离他和萨姆1976年最后一晚分手的地方不到十几个街区。不知道她那几个朋友——城里的朋友——是否还住在那里。不知道他们有没有去探望过她。不知道他们还是不是她的朋友。他们俩约好去看这些人的新年演出，但她是不是紧张过头了。去年秋天，在查理被困长岛的那段时间里，她身上是不是发生了什么事情。如果他能知晓那是什么事情，也许他就能和她沟通了，虽然为时已晚。当然，这亦不过是他为自己没有胆量迈进医院大门新找的借口罢了。然而，他还是拖着步子一路向南，朝东村走去。

这里的街区都横平竖直，彼此又极为相似，查理很难定位那栋房子，尤其是现在，他完全想不起它的门牌号码。终于找到时，他却对另一件事情记不太清了。这扇门，去年夏天那会儿就如此破败了吗？他约略回忆起，铁门上原有一大片涂鸦，比如，"汉堡王"的皇冠。也有可能那只是他的幻觉。但他的确记得，这里的门是不落锁的。（你以为这是什么地方，乡村俱乐部吗？）见敲门后无人应门，他径直走了进去。左手边一片狼藉的前厅，回想那一晚，这里还满是黑光灯、啤酒桶、音乐和他尽力回避的朋克一族；他们曾把他半醉半醒的朋友拽进地下室的私密空间。1月里，这里空无一人，墙壁上甚至没抹灰泥。

他爬了一段阶梯，然后又爬了一段，始终没能发现有人在此居住的迹象。

此刻，他并没有感觉比派对当晚放松多少。

终于，一些人声从顶楼传来。窗户脏得透不进多少光线，只有一丝灰色的阳光穿过活动天窗照入暗室。这也是屋里如此寒冷的原因，查理能观看自己吐息。靠近通往屋顶的梯子时，他心里打起了退堂鼓。他告诉过阿特舒尔医生自己恐高，他并没有撒谎。但此时临阵脱逃就意味着，他不得不承认他刚才在贝斯以色列医院门前也害怕了，而眼下的这些调查根本不是出于真心。

他从烟囱，或许不如说是半根烟囱后面钻了出来。另外半根已经坍塌在中部凹陷的房顶上了。循声望去，碎砖块附近，有一个男人和一个女人。那晚在乐队演出现场与他共舞的女孩递给曾向查理供应啤酒的黑人吉他手一支烟卷。他刚好说道："我不明白为什么我们摆脱不了它们……"

"这就是为什么它们被称为信鸽，D.T.。"

吉他手挠了挠他的酸橙脑袋："有道理，不过它们为什么全都把那个棚子当家？一个星期前，里面的鸽子还不到十只。"

他们看向后院里的一栋附属建筑。查理这才发现，那栋楼的房顶并非被雪所覆盖，而是栖息着鸟儿。恐怕有上百只，他想。吉他手靠在细铁丝围栏上若有所思："我们可以开枪打它们……"

"然后把警察引来？另外，索尔会揍扁你的，那本来就是他发现的小屋，或许你更愿意说，那是他光明正大偷来的。嘿，索尔——"她喊道。

猛地，查理的外套领子被人拎了起来。瞬间天旋地转，直到他和萨姆所谓的朋友面对面，那个满脸安全别针的索罗门·格兰迪。嘿嘿，哈哈。"看看我找到了什么。"

"是演出那天那个孩子，"女孩说，"他在这里做什么？"

"放开我！"查理气急败坏地说。他重新被放回地面，"我是萨姆·西齐亚罗的哥们儿，还记得吗？"

"记得，但你他妈到这儿来做什么，小鬼？"黑人吉他手问道。

查理吓坏了，他此刻离楼顶边缘太近。似乎有人把他的口水全偷走了。"我们去年夏天来过这里，就是他邀请我们来的。"他朝索罗门庞大的身影点头示意，"我不知道你们听说了没有，不过萨姆在跨年当晚受了很重的伤。"

"我们当然知道。你现在到底想说什么，难不成你以为我们不知道？"

查理也不知道自己想说什么。

"应该让尼基听听这些话,"吉他手断定,"总之,先带他下楼吧,趁索尔的鸽子还没在咱们身上拉屎。"

"我已经告诉过你了,浑蛋,那他妈的不是我的鸽子。"

他们逼查理走下梯子,带他下楼。二楼一个房间里,唱片封套贴满四面墙壁——上百张赫伯·阿尔佩[d]的《生奶油 & 其他乐事》——他们在裸露的地板上找到一个正在打坐的人——尼基·查奥斯。查理在上楼时怎么没有看到他?另外三人似乎很是自满,一脸期待,纷纷等着尼基·查奥斯发话认可他们抓来的这件活人祭品的价值。他戴着金属框眼镜,看上去出奇地斯文。这时,他放下手中的书,抓了一把下巴上的胡须,又揉了揉手臂上的文身:"是的,是的,我就快想起来了。后台查理,对吗?"

这就是个人魅力的有趣之处:那些教你认识到渺小的人同样能让你感觉振奋、充满力量,两者有时甚至能同步进行。突然,查理还是决定为自己辩解一番:"我也是不知不觉就走来这里的,我刚才去了医院。"

[d] 赫伯·阿尔佩(1935—),美国著名爵士音乐家、小号手,曾获8个格莱美奖。文中提到的《生奶油 & 其他乐事》为阿尔佩和他的乐队于1965年推出的第四张专辑,由他自己的唱片公司A&M Records 发行。

"他们让你进去了?我猜那地方全是警察。"

并非出于故意,但查理似乎在暗示自己确实进过萨姆的病房:"她还昏迷着。"

一阵令人毛骨悚然的沉默。然后,在他身后,索罗门冷哼一声:"那又怎么样?你还想找个肩膀哭一场不成?"绿头发的 D.T. 笑了起来,还伴着咳嗽,但尼基·查奥斯洪亮的男中音让他们冷静下来。只有十足的疯子才能从中推断出他音乐风格。

"索尔是对的,人都是有需求的,你来这里是为了什么,查理?"

"我不知道,你们都是些大人物,对吧?那种实干……的人。萨姆是这么和我说的。"

"所以你想做什么,画两张海报?还是打电话给热线节目,唱着抗议歌曲去游街?这样做能让你感觉好些吗?"

查理向前跨出一步。索罗门也跟着上前,尼基却挥了挥满是文身的手示意他退后,依旧正襟危坐,不动声色。查理攥紧双手,说:"我想要审判,我想要查明罪魁祸首,找他们算账。"

在冰冷的房间里，在幽暗之中，他的声音听上去是那么赤裸无助。可尼基的声音是温和的，仿佛这个空间只有他们二人。"这就是你的想法吗，孩子？复仇天使？末日先驱？"见对方没有回应，尼基点点头，从查理身后伸出一双大手，轻拍他的体侧和口袋。查理只觉得有什么动物在用鼻头蹭他，等他意识到自己被人搜身时，那双手已经搭在了他的肩头。没有武器。尼基这才站起身来，在胸前画着十字，"我赦免你的罪。[e]"紧接着他说，"天哪，哥们儿，没想到你也是我们中的一员。"他连笑声都散发着烟味，"不过你放心，我们会为你安排妥的。臭丫头[f]，我需要和你的男朋友在这里商议一些事情，你为什么不带我们的先知查理下楼看看，给他弄点好东西尝尝？"

女孩领着查理来到楼下的厨房。所有柜子都被卸去了柜门，里面尽是老鼠屎。事实上，他觉得除了药物刺鼻的化学气味，柜子里一无所有，但她却设法从中翻出了一个茶杯。用水冲洗过杯子，再烧上些水，她扑通一声坐在了他对面的一张跛脚牌桌上。就着洒入室内的阳光，她周身散发出母性的光辉，同时性感不减。她可能比查理还要胖一些，却有着恰到好处的曲线，柔软的供人倚靠的小腹。在"地窖"俱乐部跳舞时，他的双腿便感受过来自她粗壮而温暖的大腿的摩擦。她似乎并不介意每次俯身上前时，他凝视着自己双乳前端的两片阴影。脱掉外套，她只穿着几乎及膝的游骑兵队运动衫和磨损严重的白色摇摆靴；再加上惺忪的睡眼，她确实与那只性感的芝麻街布偶有几分神似。"你冷吗？"见查理点了点头，她向他伸出自己的双手，包裹住他的双手摩挲了一阵。接着，她又取出一支烟卷，点燃，甩灭火柴："来点？"

"我的哮喘已经够严重的了。"

"你多大了，查理？"

"十八。"他回答了一个整数，然后带着几分挑衅反问道，"干吗问这个，你多大了？"

"二十二。不过我以前就来过这个世界，你懂我的意思吗？"

"我不相信轮回转世。"他甚至还想试一试这样的台词：我现在是一个基督徒了。

"那是因为你的灵魂还很年轻。不过这也没什么，我妈妈过去常说，萝

[e] 原句为拉丁文："Te absolvo."

[f] 即 Sewer Girl，前文出现的 S. G. 为该名字的缩写，"sewer"有下水道之意。

卜青菜——"她不得不停下，仿佛肺都快被她咳出来了，一张大脸涨得通红却讨人喜欢，"各有所爱。她过去是个彻头彻尾的嬉皮士，现在应该是只小鸟或者小鹿之类美妙的东西。"她吸一口烟，隔着呛鼻而甜蜜的烟雾打量他，"你知道你的朋友萨姆也没有妈妈，我们一开始交好就是出于这个原因。"见他没有接话的意思，她补充道，"我在这兽穴里就像是他们的母亲。"

"那我能不能问你件事？我看你们都用首字母缩写来称呼彼此，S.G.、D.T.……"

"迪利勒姆·特里蒙斯[g]，震颤性谵妄。" [g] 即 Delirium Tremens, D. T. 的全称，震颤性谵妄的意思。

"我猜到了，但他们为什么叫你'臭丫头'？"

"尼基说我的知觉还停留在一个较低的水平，因为我来自什里夫波特，诸如此类的原因吧。就好像如果你不是在城市里长大的，就很难成为辩证唯物主义的信徒。我还是会因为妈妈、小鹿、星象之类的事情变得多愁善感。"

"多愁善感，那好像是萨姆最不喜欢的一个词。你有没有读过她的杂志？"

"你真是不愿放过任何一个机会，是吧？"她说着起身倒茶，并加了些什么东西在茶里，"想来你这一天过得并不顺利，喝了它我们就在同一频率上了。"他除了喝一口别无选择，还因为茶水烫口差点被呛到。

"嘿，你饿吗？"她说，"我每天这个时候都会饿，"她笑了，"也就是每时每刻。我可以出去买点吃的回来。"

他一分钱也没带。没关系，她说，款待新人是她的职责，她很快就回来。她在运动衫外罩了一件人造毛皮长大衣，没穿裤子就出了门，把查理独自丢在那里。他起身在厨房里四处翻找，脚步变得不太稳。头顶上方的水渍起起伏伏，如同棕色的巨型水母。很快，他便迷失在了从霉菌中蜿蜒而出的裂缝的迷宫里。他发现一个拳头大小的洞，试验性地按压一小块灰泥，后者瞬间掉进一片黑暗里，它触底的声响消失在金属的震颤共鸣之中。他意识到这是一台抽油烟机，不知为何被装在了水池上方，而非炉台上方。他关上了它。

此刻，另外几人正在他看不见的地方下楼，朝后院走去，唯有脚步声清晰可辨。透过被熏黑的窗户，他看到他们从被鸟占领的门楣下通过，消失在那栋附属建筑里。到处是齐腰高的植物，一直蔓延到隔壁的院子，以及隔壁的隔壁的院子。这些院子连成一片，被砖墙圈起，形成一小片廉租房聚集区。中心就是那个小小的鸟舍，或者堡垒。他仍端着茶杯站在水池旁，他的心在黑黢黢的冬日杂草里游过来、游过去。臭丫头回来了。

"天哪,"她说,重新打开抽油烟机,"查理,风扇必须一直开着。这里没有太多规矩,但这算一条,头等重要的一条。"她递给他一块皱皱巴巴的油酥馅饼,问他有没有吃过拉丁美洲烤馅饼。"我住在长岛。"他说。当她终于反应过来,她大笑起来:"这里真是世上最教人心满意足的地方,不是吗?"查理并不反驳。他喜欢神志恍惚地坐着,但在经历了这样的一天之后,谁又会怪他呢?萨姆来这种地方不也是这么消磨时间的吗?兴许他把这最后一句大声说了出来,因为他们似乎又开始谈论起她。这令人惊奇,臭丫头说,大家都对萨姆如此忠心,尤其是男人。"尼基不太喜欢看到这种局面,不过那是因为他比我们看得更远。他总会把'法伦斯泰尔'[h]放在第一位,万事以此为准,你需要考虑,它会不会危害到我们的事业。"

"什么事业?你是说'无中生有'吗?"

"你可能需要和尼基谈谈。"

几分钟后,尼基从寒冷的室外返回屋内,把一只手搭在臭丫头肩上,说查理忙活了一整天,也许是时候让他回家了;他们剩下的人还有工作要做。

"我还可以再来吗?"查理问。

尼基那时的微笑看上去很美,如同在名为时间的牛仔布上巧妙撕开的一道口子。"哦,当然,这是肯定的。我们希望你再来,先知查理。一旦你加入我们,你就永远是我们中的一员。"

> [h] 法国空想社会主义者夏尔·傅立叶设计了一种以法郎吉(Phalange)为基层组织、以法伦斯泰尔(Phalanstère)为共同生活场所的理想社会制度。该理念曾一度在美国生根发芽,先后建立起四十个法郎吉或移民区,但最终均以失败告终。

30

自秋天以来死路尽头的这套平房就一直在缩小占地面积,如同正在萎缩的器官。但至少这里没有新闻车,它们会陷入融雪后泥泞的草坪,用强光灯打亮房子的侧面,静候此处仅剩的一位住户出门查看信件,并为其定格下这个不幸的画面。理查德绕到后院,他记忆中的铝质飞机棚从未如此安静过,巨大的排气扇此刻竟然一动不动。也许卡尔米内已经去了医院。也许在过去的一个小时里,两人刚好在某一时刻擦肩而过,一个进城去,一个出城来。这时,理查德发现厨房滑动门背后有一丝动静。他踏雪走回结冰的露台,透过玻璃,他看见冰箱门开着,还有一束微光。卡尔米内全身上下只围了一条毛巾,正弯腰把什么东西放回底层的架子上。他直起身,看到自己的朋友正在屋外窥视,并没有受到惊吓。门滑开,"抱歉,"理查德说,"我就是来看看你怎么样。"

"我正打算冲个澡。"卡尔米内停顿了一会儿说,仿佛这些话刚传进他的耳朵。

你真应该见好就收的,每每回想起那天,理查德总会这样想。你不该挡在一个男人和他的淋浴室之间的,可他什么时候学会过见好就收呢?"介意我进来待会儿吗?"

卡尔米内露着泛灰的胸脯和松弛的肚子,他并没有为此感到尴尬,或者根本没有意识到这一点。他退到一旁,让理查德进了门。

厨房的餐桌上仍摆放着两人用的餐具,其中一张餐垫上是一串红木念珠,另一张上是一块邓肯·海恩斯蛋糕。"今天是萨米的生日。"他轻声解释。

"我记得。"

"我本想趁放洗澡水的当儿在上面弄一层糖霜,可蛋糕太烫了,这东西就化了。包装上也没写这些。"

"她怎么样了,卡尔米内?"

"这得看你最后一次见到她是什么时候。"这可能只是一个实诚的回答,而不是意在让理查德为自己超过两周杳无音信而深感愧疚。

"新年那天,在候诊室。那也是我最后一次见到你。"

"病情严重但还算稳定,他们是这么说的。也不知道这话是什么意思,是不是说,'情况很糟糕,但暂时不会变得更糟'。"理查德无法直视卡尔米内几近半裸的身体,也不敢看他拿着一管糖霜的手。那双手想要工作,想要填装弹药筒,想要掐住某人的脖子。屋外,太阳已经挫败地完成了撤退;屋内,依然没有打开一盏灯。"来杯啤酒吗?"

"我还是悠着点吧,"理查德说,"但我不介意来杯水。"

卡尔米内走到水池边。水龙头颤抖着,呻吟着,咒骂着。"这该死的水压!哦,我忘了淋浴还开着呢。"

"不用管我，去洗你的澡吧。"

"不，不，我去把它关了。"

"真的不用，卡尔米内。我可以在这儿等你洗完。"

卡尔米内自顾自地嘟囔了几句，轻声走进通往家中卧室的走廊。理查德之前去过那里一次，鳄梨色的长绒地毯如今看着灰蒙蒙的，昏暗的光线似乎放大了水管中的嘈杂。

他知道，萨曼莎的房间位于二楼右手边。向日葵印花的蓝色帘子依旧半掩在窗前。四处残留着少女在此生活的痕迹——梳妆台镜子上的贴画，四柱床上的顶罩。去年秋天，正对窗户的那面墙上，几十张柯达彩色相片用衣夹固定着挂在一条麻绳上。如今，那些照片早已不在那里，他只能依稀辨认出褪了色的墙面上那些颜色略深的矩形。卡尔米内肯定让警察把他们想要的证据都带走了。这些发现或许与理查德毫不相干，只是，作为一名新闻工作者——愤世嫉俗的杂食动物——他会为衣柜前的塑料脏衣篓之类的东西兴奋，就好像这个房间几分钟前刚被清空。但我们不妨假设，如果理查德是来搜查什么东西的，那他有可能在找什么呢？梳妆台中间的那个抽屉上了锁。他还想检查一下床垫下面：他自己还是个孩子时，曾把罗杰表兄从意大利海滨带回来的色情扑克牌藏在那里。然后，他看到了床头柜上的胶卷盒，盒内装着钥匙。木头吱嘎作响，抽屉被拉开了。他在抽屉底部找到三本手工自制的小册子，或者说是杂志，纸张对折处钉有两枚订书钉。每本封面上都有一大堆文字，有手抄的，也有印刷的，还有从杂志上剪下来后经拼贴组合的，成品貌似一封勒索信。三本都是复印件，第一期，第二期，第三期。最后一期的外缘仍封着胶带，封面左上角写着"25¢"。这就是你要找的东西。此时，冲刷墙壁的水声戛然而止。凭借敏锐的官能，理查德相信自己听到了房门开启又关闭的声音。他把小册子固定在后背与腰带之间，用运动外套遮好，然后一边冲向走廊，一边试图忆起他进入之前房门虚掩的角度。他刚从门把上垂下手来，就听到卡尔米内的声音："这儿有你需要的东西吗？"理查德从未见过他这副打扮，穿着硬挺的白衬衫，顺滑的大背头上残留着梳子的齿痕。

"我只是想上个厕所，卡尔米内。"

"客厅尽头有一间，你是知道的，你用过。"

"哦。"

他避开卡尔米内的目光，从他身边匆匆溜走，试图去前屋的厕所小解。就在他站在盖子上套着毡毯的坐便器前时，几个自我在他的心里争斗起来，其中几个觉察到另外几个正企图干涉如今已然成为新闻的这件事。他发过誓，不会再让自己像这样卷入自己的报道中。出了佛罗里达那件事情之后，这样是不行的。难道他没有告诉过普拉斯基，自己的目标只不过是完成这篇人物传记吗？然而这个言行虚伪的人，这个复杂的理查德，却回到厨房，重申他相信萨曼莎会没事的（可其实他并不是这样想的），还说卡尔米内应该睡一会儿（他怎么可能睡得着），只是泛泛地把别人期待中的谎话安插在给刚刚失去亲友的人的慰藉之词与人终有一死的事实中间。"我想要告诉你，"他说，"我找过我的朋友了，他是位副督察。"

卡尔米内已从冰箱里取出蛋糕，正在用黄油刀涂抹糖霜。此刻，他停了下来，打量着自己的手工作品："你为什么要那么做？"

"既然她已经到了法定年龄，警察依法是可以将她的名字透露给媒体的，不过我让他帮忙再拖一段时间。我知道你很在意隐私。"

"要是已经有人掌握了这些消息呢？你有没有想过这一点？"

"啪"的一声，刀子上滴落了一大团白色的黏稠物体。不管此刻是哪一个理查德在掌控局面，他都会感觉到一阵恶寒。他一直十分确信，是他心中那个善良的天使在引领他前往布朗克斯。"你得相信我，电视广播是最无情的媒体。这是起偶然的枪击案，公不公布她的名字不会有什么区别。"

"那就让我来告诉你吧，理查德，推心置腹地告诉你。我有时候很好奇，事情究竟有多偶然？"

他仔细端详着理查德的脸，仿佛是想看看他敢不敢把这话当真。一瞬间，理查德脑海中拥挤的档案柜里有什么东西窸窣作响地移动起来。不过他知道，这都是痴心妄想。难道萨曼莎不曾用"妄想"这个词来形容她的父亲吗？眼下，理查德自己的妄想症就是那些小册子，如今它们已被他的汗水沾湿，随时可能掉落在地。他温和地说，自己有时候也会这么想，但他们需要一个合乎逻辑的起因，事情才不至于失控。但作为过来人他很清楚，人们会为了寻找起因而努力过头，到头来只会平添自身的罪恶感，你会认为一切因你而起，而事实上，这件事和你八竿子打不着一点关系。"老实说，卡尔米内，我不知道你打算如何处理这些事。我只是希望为你争取一些空间，你可以放手去做，不必在意像我一样的浑蛋会挡在你面前。"

有那么一瞬间，蛋糕上方卡尔米内的神情似乎有所软化。但很快，他就再次找回了自我，坚忍克制，如同一块意大利大理石。

"不管怎么样，我今天还是先回去吧。"理查德说。他万分小心地站起身，尽力不让他私自借走的那些东西掉出来。

"你不用急着走。"

"不，我是认真的。现在你可以放我去坐车了吗？"

"等一下，理查德，我打算把这块蛋糕给她送去。我开车载你一程吧？"

撒过化雪盐后纳苏县高速公路变得泥泞不堪。沿这段公路曲折行驶的一个半小时里，他们一直在收听体育广播，但理查德已记不得任何细节了。他满脑子想的都是那几本紧贴后背的小册子，以及他能否赶在卡尔米内的卡车进城之前将它们塞到座椅下，伪装成是萨曼莎不小心落在那里的假象。不过他终究没有这么做。老实说，他不惜往返两小时也要过来一趟，不正是抱着可能找着这种东西的侥幸吗？无论如何，他有惊无险地返回公寓，刚一拉上门闩，便拿出小册子阅读起来，第一次，他试探着，走进这个女孩的秘密花园。

―――――――――――

31

接下来的那个星期四是总统就职日，学校放半天假。最后一声铃响后，查理动身前往东三街。他告诉自己，他本该顺路去趟医院，去祝萨姆生日快乐的，只可惜距离天黑已经没多少时间了。比起医院，他更愿意在残破的厨房里耗尽夜幕降临前的最后几个小时，多喝些臭丫头特制的茶……从乐观的角度来看，她终将为他解释一切，包括萨姆身上的谜团。最坏的情况也不过是，他终于在人前吐露心声：他一直——仍旧——爱着他最好的朋友。要是索罗门不在家，臭丫头还会给可怜的查理一个慈母的拥抱。他会缓缓地钻进她双峰之间的那道深沟，再也不被人找到。可她和索罗门都不在，前来应门的是尼基·查奥斯（奇怪的是，门居然是锁着的）。他穿着那件涂有"请杀了我"的紧身T恤。"来得正是时候，"说得好像已等候查理多时，咬一口吃了一半的油桃他说道，"我还真需要一个帮手。"

显而易见，后院那栋附属建筑出现了裂缝。雪水透过地基里的某处裂缝渗进了屋里。让地板保持干燥是必需的，尼基说。那里有一台敏感的设备，所以他们要做的就是铺上一块防水布，然后把地下室里的那块地毯改作他用。顺便说一句，这就是一栋法伦斯泰尔的弊端之一：亲力亲为。"你撕过地毯吗？"

查理害怕自己如果说"不"，他们就不再允许他来了，加之尼基很有一套，能让别人着实不忍扫他的兴。于是他跟随尼基来到了自己六个月前去过的那间地下室。就是在这里，他第一次也是仅有的一次和萨姆·西齐亚罗接吻。大部分家具——一面破碎的镜子，一张敞着大口子的沙发，他曾经坐在沙发上面由她枕着大腿——如今都不见了。当他一转身，尼基·查奥斯也消失了。

在接下来的一个多小时里，查理使用尖嘴钳和美工刀处理着地毯、发霉的泡沫衬垫和固定两者的恶心的钉子。尽管房子里凉飕飕的，这仍然是一件令人汗流浃背的工作。他先是脱掉了自己的夹克衫，紧接着又脱掉了身上的运动衫。至此他的两只手臂已经开始疼痛起来，他的嗓子很紧，眼睛因为尘埃粒子和纤维性粉尘而变得红通通、泪汪汪的。大卷的地毯和填充物实在是太沉重了，无法一次拿出去，于是他将它们切成了小块，就像为自己的两个弟弟准备罐头豆子时切碎热狗那样。当最后一部分地毯也被拖到了楼梯顶上时，地下室里已经毫无特色了。而且，你不能活在一段回忆里。墙边搭着一间小淋浴室，他就是在那里帮助萨姆洗干净身上的东西的。他走进去寻找可以用来擦汗的东西，可拉下灯绳的时候，他却发现这里仍旧没有毛巾，也没有防滑垫，反倒堆满了塑料板条箱，里面装着的看上去很像牛奶瓶之类的东西是那种送奶工送来后没有被放进冰箱里的微淡牛奶。空气中飘荡着一种化学品的气味，和他上个星期在厨房里闻到的一样，可排气扇却完全无法将它们吸走。他关上灯退了出来，这才发现尼基·查奥斯再次现身在地下室的阶梯底部。

大约十秒钟过去了，两人什么话也没说。查理感觉自己就像是不明缘由地被叫到了校长跟前。紧接着，尼基蹲下身，从查理的运动衫里扯出了一样东西。他挥舞着那本小小的绿色《圣经》说道："我在想什么啊，先知，居然派你去干这种体力活？我们得先治治你的脑袋，老兄。"

他领着查理走到屋后。那里仍旧是鸽子们的栖息地——如果有可能的话，数量甚至有增无减——查理不得不假装自己并没有因为那里的气味而感到心烦。屋里的窗户都被锡箔纸封住了，完全遮蔽了日光。唯一的光线来自一只裸露的灯泡。在成卷的地毯和填充垫的对面，水泥地板的尽头堆满了器材：吉他盒、放大器、混音板、乱糟糟的电线。很难说这些东西就是新年演出时使用的同一批乐器，也没法确定它们是否在《黄铜战略》的录制现场出现过。它们堆在一起的样子就像欧洲史上法国匆匆建造的那些街垒，又或者像一个无法供人深入观察的灌木丛。

几摞歪歪斜斜的书堆在一些扬声器顶部，尼基需要借助四角梯才能够到它们。他抽出几本递到查理手里：尼采、马克思和巴枯宁[a]。查理抱着这些书，直到怀中越来越沉，他不得不找个干燥的地方把书放下。也许这其实是一个测试，就像电视剧《功夫》中演的那样，大卫·卡拉丁必须头顶一桶水终日站着。可是当他抬起头回望过去时，尼基正把两卷地毯拽到房子的中间来。他坐在其中一卷地毯上，把两条腿盘在身下。查理明白，他应该坐到另一卷地毯上去。终于，尼基拿出了那本《圣经》。直到他用手握住书脊的那一刻，查理都还不确定尼基会不会把书从他的手中猛地抽走。

[a] 米哈伊尔·亚历山大洛维奇·巴枯宁（1814—1876），俄国早期无产阶级革命者，著名无政府主义者。

"听着，我知道你在想什么。"他说，竭力模仿尼基笨拙地盘起双腿。这种莲花坐姿令人有些不安，因为两人之间没有了屏障。他用大拇指敲打着鹅卵石般触感的书脊，以资慰藉："但我觉得耶稣对朋克也很感兴趣。"

"你是说'爱邻如爱己'之类的吗？"

"我指的是批判银行家。让死人复活。"

"查理，那是自由派的迁就主义，除此之外，它什么都不是。"无论尼基的手指何时移动，他粗壮手臂上的文身都会随之挤来挤去。他手臂上的文身实在是太多了，就像袖子一样。也许这就是他穿着无袖紧身T恤也不会觉得冷的原因。"听着，你在我看来挺严肃的，是个一本正经的孩子。臭丫头告诉我，你想了解我们这的项目。你知道，问题在于，'知道'和'了解'是两个概念。我在城市大学读了五个学期，可直到我搬来城里，找到这栋房子，我才算是对其中的区别有了些许了解。我们甚至不在一个起跑线上。我爸爸是半个危地马拉人，我妈妈只会讲希腊语。你和萨姆是从什么地方来的？大颈镇还是什么？"

"花山。"

"花山。"尼基摇了摇头，长叹一口气："我想说的是，查理，你还处于一级阶段。你还有所防备。"

"不是这样的。"

"明白我的意思了吗？在你真正理解这一切是什么之前，你需要搞清楚你要捍卫的是什么。在这里，我家就是你家。"

尼基还在滔滔不绝。

"告诉我——看看你的四周。我指的不是眼下的样子，我指的是一般来说你看到了什么？土地是枯竭的，大公司控制了我们的大脑，政客们都是罪犯。我可以为你引经据典论证，不过那是书的用处。不管怎么说，你要相信这话是真的，不然你就称不上是个朋克。"

查理小心翼翼地点了点头。他感觉自己悬空站在绳索桥上，不知道还能支撑多久。

"那我们该怎么办呢，查理？我们要去反抗，我们要去捍卫。我们主动放弃与生俱来的权利，因为它们不过是为了明确我们自身行动范畴的权利。"他又说，"我是说，一方面，不断制造核武器，以确保维持现状；另一方面，优秀聪颖的大学生读着《单向度的人》[b]，心想：嘿，我可以去说服我的……管他是什么人……总有一天人类会摆脱那些核弹头。正是他们全力支持的制度最初将弹头引进我们的生活，而他们却完全无视这一点。我的意思是，你可以投票给民主党或者共和党，也可以待在家里，但不管你如何取舍，你都在效忠于一个不道德的体系。你在药店买下一罐剃须膏，商品的收益都会被用去制造凝固汽油。这个体制的整体目标和动机就是成就自身的极权，你明白我在说什么吗？一个封闭的循环。说到这一点……"

远处，在一堆盘绕着的延长线和没有了泡沫的扩音器中间夹着一台电视机。此时此刻，尼基站起身打开了它。时间肯定已经过了五点，提早播放的新闻节目已经开始了，画面中显示的是当天下午在华盛顿举行的就职仪式。时间已经过去这么久了吗？尼基冷哼一声，讲话的节奏却没有被打乱。他的双肩像拳击手一样快速地上下摆动着。

[b]《单向度的人》(One-Dimensional Man)，赫伯特·马尔库塞的著作，阐述了当代发达工业社会的极权主义特征。

"现在，我们来聊一聊'法郎吉'，查理。不过先问问自己：你打算如何远离这个不道德的体系？选项一，脱离世俗生活，与社会断绝关系。人们在1968年就试过了，不是吗？他们尽其所能做到这个份上，高呼，我是自由的，你是自由的，到这里来吧。原始的呐喊，诸如此类，再看看后来发生了什么。卢梭的问题在于，无论是从宗族还是部落的角度考虑，人生来就是群居动物。马克思也说过，你若是完全脱离社会，不免会有偏离本性之嫌，落得孤立无援，而且还将丧失集体反抗的机会和权力。最终，你会爬回来，手攥信用卡申请表，祈求别人放你进去。"

电视里那个来自佐治亚州的男人把一只手放在《圣经》上，默默宣誓自己会支持或捍卫什么之类的。离奇的是，屏幕一直在泛白，仿佛有什么正在干扰信号。

"选项二，有组织地反抗。但任何组织都存在问题，它们不过是体制的缩影。等级和划分的界限，杰里米·边沁、约翰·穆勒、罗兰·巴特和马库塞。个体发生和种系发生，你明白我的意思吗？看看海德格尔。时刻准备着，兼容并包，这是我最近萌生的想法，查理，我在汉密尔顿高地实践我微不足道的哲学追求。城市学院周围到处都是贫民区，你知道吗？目之所及，随处可见。我本应该告诉自己，我会让一切变得更加美好，因为我没有跟随我老爸的脚步加入海军。我所做的全是在缓和紧张局势，让体制更加行之有效。能量全都留存在体制之内，这就是这个体制十分美好的原因。这是一个自由人文主义的体制。"

他的语速越来越快了，或者该说是查理听得更快了，所有的字眼奇迹般地落在他大脑中的"最佳击球点"上，仿佛他就是世界上最伟大的全能多面外场手，长着八十二只手臂，每只手上都戴着棒球手套，还总是能够准确出现在教练安排他在中场上弹出的位置。

"除了傅立叶，查理。不是那个空想家，而是另一个，那个科学家，他会告诉你全系统是不存在的，能量泄漏不可避免。紧张局势，摩擦冲突，骚乱暴动。西方人的格式塔就像是，想方设法把能量重新控制起来，美化它，推销它。把它掺进一种身份、一件产品、一个政党、一段传奇、一个宗教中去，就像你那本小小的《圣经》。那可以是本质之外的任何一种东西，即改变的可能性。但是，眺望教室的窗外，我开始思考，如果不去掩饰冲突，而是任其恶化又会发生什么呢？我们步入70年代，死亡之旅，毁灭之旅，内部矛盾不断，人民怨声载道，受压迫者卷土重来。体制吞噬一切，导致消化不良。凭借辩证法的奇迹，第三条路出现了——推进改革。你把一切改好了，人民自会冷静下来；你让时局变得更糟，人们就奋起反抗。我是说，事情在得到改善之前肯定会先走下坡路，书上也是这么写的。"

"我不明白，这和乐队有什么关系？"

"再也没有什么乐队了，查理。再也没有艺术，再也不必试图用文化去改变文化。"

"你就不能兼顾两者吗？"

"我们试过，看看发生了什么，看看萨姆的下场。"他脸色一沉，"把它称为新年愿望吧，我们正在重整旗鼓，明确新的行动范畴。我们拒绝再被愚弄，我们拒绝和腐败的体制狼狈为奸。因为你知道谁是他们的共犯吗？德国人，法国人。"

"你是说无中生有乐队就像维希政府统治下的法国一样？"

"查理，我们已经超越那些蹩脚的艺术演出了，那些沃尔特·佩特[c]的谎话。我们是后人文主义者，后人文主义法郎吉，我们要恢复对混乱体制的控制权。我们才刚刚起步，你明白吗？"

> [c] 沃尔特·佩特（1839—1894），英国著名艺术批评家、作家，20世纪提倡"为艺术而艺术"的英国唯美主义运动理论家和代表人物。

查理是不是想要把一切弄明白似乎才是更加中肯的问题。他思考了片刻。我在黑暗里为即将在光明中降临的他效力。

他似乎又把心里话大声说了出来，因为他听到尼基问："你说了什么？"

"只不过是我在某本书里读到的一句话。"他依然神志飘忽，不过已足够清醒。外面已是一片漆黑。他为了瞒过母亲而编造出来的AV俱乐部紧急会议也该到此为止了，或者依AV紧急情况的规模而定也该临近尾声了。

"那么今天的课程，我想就到这儿吧。"尼基说，"不过，我希望你拿上这些书，好好自学，得出自己的结论。"查理有些担心，就那个人的声音来说，这将是他强行推销的唯一东西。尽管如此，他还是把所有书都塞进了书包。他甚至丢下了自己的历史教材，好腾出更多空间，但最终还是没有丢掉那本《圣经》。尼基的论点很有说服力，但查理还不能确定什么才是必需的，如果挽救萨姆还有希望的话。

32

他面前的那张脸几乎算不上是一张脸。满是青肿,基斯心想。一袋骨瓷,被丢在警察面前。紧接着,他又讨厌起自己来。这些想法本应该晚些再到来的:遁入隐喻,逃脱表象世界。他强迫自己平静下来,把注意力放在眼前。看看从她被绷带遮住的前额爬下来的针脚轨迹;看看她那双紧闭着的双眼下从被他们弄破鼻子、插进一根管子的地方泛起的瘀青;看看那根管子本身,上面布满了百叶窗留下的一条条阴影,就像它下面垫着的那张床单;看看玻璃下机械抽动的波纹管;看看床边托盘上已经变得不太新鲜的生日蛋糕。还有另外一根管子,不是透明的,也不那么灵活,插进了她的喉咙里。她的名字,在他说出口时,在空荡的房间里显得过于洪亮了,让他担心有人会跑着过来。他知道自己在某种程度上是这里的坏人。但在另一个层面上——他永远都被视作一个天真的男人,做什么都会被假定是出于好意——他仍旧很难想象。要不是见到了本人,他完全无法想象,那起枪击案的受害者真的是他的萨曼莎。

也许这就是为什么新年过后的这几个星期以来,他一直没能把自己二十二岁的情人和小报中那个匿名的未成年人联系在一起。或许是因为他没有看过小报,而且他还有别的事情要惦记。《华尔街日报》上整版都是里根父亲的头条报道。事实上,当门房某天晚上按响门铃告诉基斯有客人来找他时,他第一个想到的是联邦调查局。来者会是两个人,和电影里演的一模一样,留着廉价的发型,穿着统一的黑色套装。其中一人负责说话,另一个人,会在关键时刻打开公文包,里面装满了与倾销八百五十万美元的市政债券相关的文件:保证金要求、定价历史、信托基金记录。他从衣架上扯下自己的外套,按住对讲门铃回复门房:"你能不能转告他们,我会去前门外见他们?"至少这样,他还有可能避免在自己所住的楼里被戴上手铐,当着街坊邻居的面被执法人员带走。

然而当他走上街头,只看到了一位男性来访者,蓄着长发,留着灰白的胡须,身形像鹳一样。他比基斯还要高出两三英寸,灯芯绒的运动上衣让他看上去更像是一位人类学教授而不是一个联邦调查员。当他说出自己为之执笔的杂志名称时,一切突然明朗起来。出于职业判断上的一时失足,基斯·兰姆莱特不仅要被拽到法院面前,还要被拽进公众的舆论里。他该怎么告诉自己的孩子们呢？

"抱歉，格罗斯科夫先生，我不能在这里和你说话。"基斯说着快步朝街角的公立学校操场走去。他们在那里不会太暴露，那个男人一言不发地跟了上来。这很好，意味着基斯还是很有说服力的，尽管他心里颤抖得像个毛头小伙子。走到篮球场，他挺直了身子，拿出自己全部的气势，对这位来访者发起了猛攻："我们就有话直说吧，我不喜欢你直接冲到我家，这侵犯了我的隐私。"

面对这一切，那位记者确实被杀了个措手不及："如果你能够腾出一两分钟的时间，兰姆莱特先生——"

"那我是不是可以假设，你已事先知晓了埃默里的说法？"

"你说什么？"

两人不安地重新审视着对方。基斯，你怎么老是这么草率？"抱歉，我们要谈什么来着？"

"你还没给我机会说呢，是上个月发生在中央公园的枪击案。我想跟你了解一下有关被害人的信息，希望你还能记得一些事情。"

"啊？"好斗被困惑取代，如释重负后的困惑。他试图恢复自己正常的状态，"你肯定把我和别人搞混了，我根本不知道这件事情。"

"可我记得你一直在和她通信？那个女孩，她留下了这个。"男人递过来一小捆纸张，背面写有基斯的名字。正面像是他曾在萨曼莎的宿舍房间里看到过的：千舞之地。他几乎不得不当场坐下来，坐在冰冷的柏油路上。受害者，新年……

他朝学校大楼转过身去。那天晚上，他没有按照约定与萨曼莎见面，而是在第三大道观赏空中飞舞的内衣。既然公园里的某个瘾君子不小心扣下了扳机，那萨曼莎就——她就……"她是不是……"

"她还活着，兰姆莱特先生，但一直昏迷不醒。我向你道歉，我没想到她的订阅者没有听说这个消息。我很难追踪到这些杂志里提到的人。这么说来，你们没有接触过？"

基斯不知道自己看上去是不是在发抖："没有当面接触过。我是说，显然，我是一个，嗯，订阅者，试图跟上音乐的最新发展。不过这简直太疯狂了，我需要抽根烟。"

他用火柴试了多次未果后，对方递给他一个芝宝打火机。操场消失在打火机燃起的火苗背后，烟像玻璃丝一样散开。

"那我猜索尔这个名字对你来说也没有任何意义？伊基，或是大写的D.T.，PHP？"

基斯摇了摇头，"话说回来，你是怎么拿到这东西的？"

"还有一个谜团，是我瞎猜的，不过我不知道你是否听说过东村的一栋房子？她在那里可能还有几位朋友。我没能找到任何地址。"

基斯再次望向了那年夏天和秋天曾塞满他收件箱的密封信封。不过它们和这一切有什么关系吗？"抱歉。"他说。

男人盯着他的脸，来回走动。不管他是哪种记者，显然都不是什么调查记者。事实上，他带着一种奇怪的轻快语气，仿佛基斯的答案对那些问题本身来说都是马后炮。"她从没有提起过吗？"

"正如我说的那样，我们并不算真正认识。"是吗？他自由了吗？他拉紧身上的外套，抵御冬日里围着操场上的设施呜咽的寒风，"警察知道她的小杂志吗？"

"我相信他们手里也有副本，但我不确定它们是否对破获一起阴错阳差的行凶抢劫案有所帮助，如果你执意要问的话……"记者从自己的口袋里掏出了一张卡片，"不过，你要是之后想起任何可能有用的信息，可以打这个直拨电话。"

基斯回到公寓后才发现，那根本不是格罗斯科夫的名片。他闩上身后的房门，走到厨房垃圾桶旁边的报纸堆那里。就在这儿，在一份《纽约时报》上赫然写着：公园枪击案受害人入住贝斯以色列医院。他查找电话簿，拨通了医院的电话，顿时感觉呼吸困难。他告诉电话那头的女人，他想要送些花过去，但是忘了侄女住在哪个病房，并把萨曼莎的姓氏报给了她。他期待院方回复说他们的记录里没有这个人。可那个女人却说，礼物是不允许被送进手术恢复室的，不过他们计划于星期一把他的侄女送回重症监护室，探望时间是早上七点至晚上七点。你好？你还在吗？

此时此刻，他仿佛已经到了那里，或者应该说是这里，脑子里忍不住去想这不是真的：他几乎不认识她了。蛋糕上只有十八根蜡烛，为了确认他数了两遍。她看上去还不到十八岁——至少比他蹲在那栋该死的褐石屋大门前第一次见到她时年轻十岁，也比她谎称的年龄年轻许多。她站在他的上方，直直地望着他的眼睛，为他们发现彼此正在扮演的角色而咧嘴笑着。而他竟然被这一幕欺骗了。在计时酒店房间那扇被雨水击打的窗户旁,他的嘴含着她如成熟浆果般的乳头,而她修长的双腿紧紧地盘在他的背后。沉浸在几乎纹丝不动的甜蜜的痛苦之中,他想要被欺骗。那双腿此刻被盖在医院的绿色毯子下面。她的脑袋因为手术而被剃成了光头,这让他想起婴儿柔软的头盖骨。他渴望弯下腰去闻一闻骨头被缝合的地方,感受一下重新长出来的头发粗糙的手感,他渴望闭上眼睛,把鼻子贴在圆润、并非二十二年而是十八年没有晒到过太阳的苍白头皮上——仿佛她是自己的女儿,而不是情妇。或者连这样都不行。他已经用自己的婚姻和人生中所有的不足塑造了一个幻想。除去意识,她就是一个陌生人。他抱着从楼下礼品店买来的鲜花,以免护士们起疑。现在,他把花放在蛋糕旁边的托盘上,淡雅的白色鸢尾花。"生日快乐,萨曼莎。"他亲吻了自己的手指,用它们轻轻触碰她没有瘀斑的那条手臂。很快,基斯意识到,是时候离开了,在其他人——她的父亲、警察,或是没有那么好骗的记者——闻讯赶来之前,在她这位善于坑蒙拐骗的老情人的已婚身份暴露之前。

33

里根宁死也不愿承认,但"恶魔弟弟"是对的,她几乎从没有想过检查汉密尔顿-斯威尼章鱼般的触须所接触过的每一笔财富意味着什么。她从未考虑过这些财富的绝对数量,以及随着每一笔金额而来的文件量:收益报表、公报、意向书、谅解备忘录。这还不包括离婚文件、分析员账单、精神分析师账单、孩子们的夏令营申请表,以及她作为董事会中最年轻的一员应完成的事务。每天早上,当她打开办公室的门锁时,都有一座两英尺高、用文件堆起来的金字塔在等待着她,仿佛那些纸张是自己一夜之间重建起来的。她的工作从本质上来说已经成了攻陷这座金字塔,而在她唯一的雇员去休产假的情况下,她几乎落到了孤军奋战的地步。不过有些时候,从某份她不太理解的文件中抬起头来,她还是能够看到一颗金色的脑袋飘过外面的工作间,或是看到它的主人舒展着高大的身躯和宽阔的肩膀,飞快地走在横向的走廊里。她会假装他们的眼神不曾相遇。她默默地与自己商定：如果接下来的半个小时里，我能静下心来工作，那我就获得一次到饮水机那里去的机会。当然，一头秀发的安德鲁·韦斯特从未在那里出现，而她就这样消磨着一分一秒，直到工作日迎来尾声。这是一个陈旧的模式，一个亟待被反抗的规则，而反抗则会引来更多的规则。但她一直都把这种顿悟保持在自觉认知水平以下，因为如果她允许自己充分地去看待它——比如，向阿特舒尔医生承认她迷恋上了一个不是她丈夫或者前夫的人，或者不管基斯现在对她来说是什么人——那将成为她惩罚自己的另一个理由。

不久后的一天早上，她拉开椅子，在办公桌下发现了她几天前从档案保存处要来的浅棕色圆筒，那是跟辅助资料一起要过来的。她把"金字塔"挪到地板上，摊开了圆筒里装着的东西。最上面是寸草不生的海滨的正面图，人们心中典型的城市雷区，但上面覆盖着一层透明的、梦想城市的图景：点缀着零售报摊的碧绿草坪，开辟了空中花园的、建有双重斜坡屋顶的度假公寓，两座耀眼夺目的办公楼，还有她新年时看到过模型的那座体育场。艺术家透视图中，那些粉皮肤的人在露天咖啡厅里举着高脚杯，还有几张深色皮肤的面孔在旁作为对比。自由高地城市改造，第二阶段，上方的图例中写道。"改造"就是清拆贫民区的当代艺术术语。自从在 20 世纪 50 年代末失去了林肯中心的投保以来，汉密尔顿-斯威尼公司的投资部门就把大部分的精力转移到了国际关注点艾克希根特香烟、艾尔班迪托咖啡上（作为知情人，她知道该品牌那个满嘴大胡子的代言人罗德里格兹爷爷其实是个来自泽西城南部的亚美尼亚人）。与此同时，不动产的大幅衰落几乎让五大区内的建设全都遭遇停工，即便身后有市政厅撑腰，你也无法再得到一个只有该项目十分之一规模的项目。即便是在公司遭到控诉之前，奥尔巴尼的巨头们不就曾争先恐后地让自己远离导致财政危机的权力机构，从而远离了汉密尔顿-斯威尼家族吗？然而埃默里迫使公司开展的"自由高地"项目，是一个上亿美元的提议。结果他是对的！一个简单的贫民区法令改变了一切，把障碍变成了捷径。这就好像是他早在 1975 年，一切还处在计划之中时就知道了这样的法令是不可避免的。而此刻身处这里的她正将铺在上面的透明幻灯片举起又放下：现实，幻想；幻想，现实。一阵敲门声打断了她。一头完美无瑕的秀发出现在她的领空，如同一只猎犬用鼻子嗅着气流试探。"兰姆莱特小姐，你需要看看这些吗？"

一头秀发的家伙走过来，把一沓文件放在她的办公桌上。他比她预想的还要年轻；走起路来那种漫不经心的样子会把二十七岁之前的你迷得神魂颠倒。"谢谢，"她说，"我很抱歉，但我记不清你具体是做什么的了，安德鲁，你是在不动产部，还是法务部？"

"其实是全球业务部。"

"但这些是账簿，对吗？"

"全球业务部的账簿。"他朝她微微一笑，如同一颗只有一个平面的钻石。

"我们有两个财务部？"

"现在全球业务部还吞并了不动产部，有点儿复杂。"

她一边努力克制住内心的疑问，一边把蓝图塞回了圆筒里，"你能多留一会儿，为我翻译一下这些吗？"他的声音很可爱。在他耐心地向她解释各种图表和表格的第一天，她双手交叠着坐着，大脑一片空白，他口中那些词汇"应收款项""资产持有费""标准折旧"便构成了一首前卫的诗歌。

不过，在这样的讲习会进行到第三次时，对于数字的某种遗传倾向开始发挥作用了。她能够听出安德鲁正尽他所能掩饰心中的怀疑。即便对他来说，全球业务部的账簿也是一座迷宫，信用与贷款在纵列间与拐角处急速穿越。紧接着，在第三个转弯处，你又会遇到一个空壳公司的套娃。大部分似乎都被登记在出产香烟与咖啡的某个中美洲共和国，但安德鲁已经回到了自己的办公桌旁，不清楚净资金流量是正在流入还是已经流失。一目了然的是，如果没有别的事情发生，根据他的离开可以看出，这些不清不楚的事情不可能是偶然的。那受益的是什么人？好吧，到处都是他父亲死板的签名。虽不能说复杂性本身就是犯罪，但她真的想要把自己发现的东西移交给政府吗？尤其是当媒体——每天凌晨四点钟在 WLRC 播报节目的那个话匣子的带领下——比她想象中的更加充满敌意时。照这样下去，他们将不得不把审判迁移到阿尔伯克基[a]去。

尽管如此，在她趁着午餐时间奔往上城区探望父亲时，她还是无法鼓起勇气把任何一件事强加在他的身上。藏书室的办公桌后面仍是他度日的地方（尽管他弄不懂新的数据终端），他不太像是一位年迈的父亲：穿着深蓝色西装的他是那样出众、体面，隐约还透露着威严。考虑到他的认知减退问题，里根觉得他的清廉是那样高尚，在他生病之前更是如此。她很早便知道养精

[a] 阿尔伯克基，美国新墨西哥州中部的大城市。

蓄锐其实只是保护重要事情的一种方法。

后来的某一天，他的新神经科医生安排了一次登门看诊。这只不过是一次初步拜访，填填问卷、验个血之类的，但里根还是为了介入而推掉了下午的工作——菲利希亚认为别人的医疗预约都是在耗时间——当她赶到时，一张很像女按摩师用的桌子已经在健身室里摆上了。病人穿着跟蓝色胃能达药瓶同色的长袍坐在上面。他的腿来回摆动着，像个正在嬉水的孩子。他的胫部因为穿了五十年的袜子变得光秃秃的，让她心中充满了说不清道不明的恐惧。不过精神科医生眼下随时都有可能再次出现。"爸爸？"他似乎这才从自己正在重温的儿时码头的记忆中缓过神来。他还能重温过去是个好兆头，她心想。"我们需要谈谈，关于你的案子。"

"是的，行。"他从不啰唆，确实如此，但他最近进一步削减了自己的词汇量，而那些短促的肯定语会让人弄不清楚自己所说的话到底被他理解了多少。这也许就是他们的目的。梅约诊所的医生还没能得出确切的诊断，比其他的专家强不了多少，可她越是去琢磨父亲的这些托词，越是不知道他的情况恶化的时间是否比她想象中的还要长：十年，或者甚至是十五年？

"还记得我们上个月说过要在法庭上据理力争吗？埃默里想要看看认罪协议的事情，可我说'不，爸爸，你要站起来反抗'，你还记得吗？"

然后有时情况会变成这样：一闪而过的清醒，恰好出现在最不受欢迎的时候。"我当然记得了，我为什么会不记得？"

"这很重要，我需要你听好。星期一，在你和律师们见面时，我希望你告诉他们，你想争取一份协议。"

"我想争取一份协议？"

"没错。"

"不过亲爱的，里根，我为什么要争取一份协议呢，如果不是我做了什么错事的话？"

唉，她真想放弃一切，只要能把妈妈换回来，或是换回她自十一岁起另一个美好的存在——她的弟弟。坐镇董事会议的人应该是威廉，让威廉去抵御埃默里。此刻的她感觉，只有威廉才能向这个和他同名的人解释清楚这种不祥的预兆。不管他在多年前被送走时怎么想，他永远都是父亲心里最爱的孩子。但紧接着，她想起了安德鲁·韦斯特。"有点儿复杂。"她说。

34

如何逃课？撒谎。像其他早晨一样冲个澡，或是用打湿的梳子梳理自己的头发，制造出以假乱真的效果。差一刻钟七点，关掉齐格"博士"的节目——这座城市不是一台机器，而是一个身体，而它——背上满篇马克思与恩格斯的书籍和昨天没有吃的、腐坏的午餐的书包，拖着脚步走上楼。给两个弟弟各倒一碗幸运符麦片，确保两人碗里的棉花糖一样多。（麦片零不零碎无所谓，反正它们最后只会被撒得满桌都是，或是在地板上被碾成加钙的粉末。顺便提一句，你小时候什么时候吃过幸运符麦片？）为了测试自己的隐形能力，试着嘟囔两句雨夹雪会在车站等着你。你的母亲没准儿会提出载你一程，破坏你的计划；和逃离这座毫无防备的小屋相比，想要逃离学校里的纠察队可是难多了。不过这是以你母亲会听你说话为假设条件的。可她不会听你说些什么，她反倒会在厨房里来回绕圈，试图弄清楚自己把她的钥匙，或者另一只长得和这一只（举着的耳环）很像的耳环，或者两只——丢到哪里去了。她的双眼浮肿，她又熬夜了，又在打电话。你也许可以问问她电话另一头是谁，但是请记得，在这样一个时刻，她的关注是不受欢迎的。而如今，总是会有这样的一段时光，她的关注总是不受欢迎的，就像她总是对你缺乏关注一样。反正你已经知道她在和谁交谈了，毕竟，你是查理：预言家、青年空想家、熟练的本体。一切即将拉开帷幕的事情都已经在你的脑海里谢幕了。

在幸运符麦片被吃得只剩下牛奶时，在你的母亲还在等待保姆时，你径直朝门外走去。在公交车站等上几分钟，迈开步子，表面上是为了给自己保暖，表面上只不过是要前往下一个公交车站。不必回头去看你以前的家是否消失在身后那片单调的灰色中，你会感觉得到，房子的追光骤然熄灭，悲伤骤然降临。

如何进行意识变革？自我教育。比方说，在火车上一遍又一遍地阅读《资本论》中相同两页的内容，希望你能读懂；或是干脆放弃，回去翻阅那本折了角、尚未被你彻底丢弃的《圣经》；或是聆听"法伦斯泰尔"紧闭的门扉后传出的声音，四个核心"法郎吉"以及其他随意激情四溢的喃喃自语；或是为某项秘密任务做准备，有一天你也将有机会参与其中，只要你准备好了。你怎么知道自己有没有准备好呢？你就是知道，尼基说。与此同时，他会让你加入每个星期都会过来与他探讨尼采的研究生圈子里。在他把其他新手送回宿舍或教室之后，他甚至会把你留下来为你单独上课。尽管如此，当他和臭丫头坐上索尔做玻璃清洗工时偷来的破旧白色货车离开时，你还是会被丢下。任何没有被钉住的东西，索尔都能偷——你会以为，这就意味着他已经完成了意识改革。你呢，你仍旧在为摆脱"你不可以"这句话而努力奋斗。

如何让寻常的事物反抗将它们生产出来的体制？"拿一张湿纸巾，在中间倒一些面粉，然后用橡皮筋把它紧紧包裹起来。它丢出去时就像一只垒球，但被它击中的任何东西都会被——就你的受害者而言——奇怪的白色粉末所覆盖。"或者，"拿起电话，打给一位政客，让对方证实或否认一则传闻。给另一位政客打电话，让他证实或否认第一位政客所做的证实或否认。"或者，"拿一根针，在十二只鸡蛋的顶端各扎一个洞，让它们在一个温暖的地方待上一个星期左右，然后到房顶上去看一看自然而然产生的结果是什么。"未必有可能让种族自由，对吗？不过有许多东西是你理解不了的。在这堂小小的实践课期间的某一刻走进来的索尔·格兰迪会冷笑一声，仿佛是觉察到你有所保留，但尼基会伸出手，猛地掌掴他的后脑勺。现在，透过窗户观察，看两人消失在后院的那座小房子里。或者，慌乱地从货车上下来，朝着某个未知的地方行进。你心想：如果你还没准备好，而又渴望与他们同行——你是不是永无准备好的那天了？

怎么办？拼了命地干活，只能这么办。他们会给你留下一些指令，在"法伦斯泰尔"的前围墙和窗户上钉上更多的锡箔纸。这些锡箔纸也是索尔偷来的，三四十卷——各尽所能——出于大家都懒得解释的原因。也许这是为了把鸽子都赶走？无论如何，你都要把巨大的锡箔纸铺开，用钉枪把它们钉好。把它塞进地板和墙壁之间产生的裂缝里……这个动作里含有某种性的暗示。某种带有节奏感的、愤怒的东西，就像你身后唱机转盘上的傀儡乐队唱片。你现在应该坐在纳苏县的三角函数课堂上，可那里没人在乎你，就连纠察队也懒得管你。你的教区生活正像光圈一样渐渐闭合，而膨胀的城市正欲填满天空。你突然想到自己已经一个小时没有想起萨姆了。

在某一时刻，当你在墙边忙碌时，臭丫头会为你带来几粒药丸和一瓶啤酒:她踩在地板上,跳起《给我危险》[a]里面的跳跃舞步。此刻,想象着她丰满的雪白肉体所带来的温暖,你脖子附近的温度会升高好几度,就在她把一个冰凉的啤酒罐贴在你的皮肤上之前。在这里,只要你们两人单独相处就意味着他们已经开始信任你了。你可以在无人直接监督的情况下完成这一部分革命计划,假设臭丫头被留下来不是充当监工,假设她和你一样,对于大局一无所知。事实上,认为她只不过是被送来调戏你的这个想法很诱人,让你的胯下隆起到无法忍受的地步。不过这样的想法是以自我为中心的,是新人文主义者的想法。你看,她不也回到自己的那一小片没有铺上锡箔纸的墙面忙活去了吗?那里的板条看上去光秃秃的,像骨头一样。

[a] *Gimme Danger*,傀儡乐队的一首名曲。

然后回到家,镜子里,你手臂上的肌肉线条更明显了一些。要是母亲发现你一直在做这些杂活该多么吃惊。要是她知道,你还是自愿的!

如何标新立异?从你书桌上的咖啡罐里抓一支沙皮牌马克笔,尽你所能回忆并复制出大家身上似乎都有的那个文身——尼基有,索尔有,萨姆也有。后人文主义者法郎吉的标志。它已然遍布公寓楼的飞檐、住宅区的手球场、研究生的笔记本、停放着的车辆的侧面、地铁入口、电话亭的树脂玻璃,仿佛图案是由某家工厂统一印制的,然后散落在东村各个角落。一次,你去宾州火车站赶长岛铁路列车回家,看到它被印在一个陌生人的前臂,你甚至无从知晓那人是否明白这符号的含义。现在,仔细看看它,也许你会发现,原来一直以来你都把它弄反了。显然,你还有很多事情要学,你还没准备好。不过尼基会说,你拥有的资本就是时间。

能让你果断靠近的东西是喷涂颜料罐,他们称它为炸弹。他们告诉你要穿一身黑:黑色的汗衫、黑色的牛仔裤和黑色的烟囱帽。你觉得你的妈妈可能会注意到这一点,但她只为你沉迷《Z型星团》的阶段已经结束了而感到高兴。

你们会两两一组展开行动,一个喷绘、一个放风,提防警察。起初,你是那个放风的人,强迫自己摆出一副漠不关心的样子,在街角处徘徊。别担心,除了萨姆,没有谁能看出你内心的紧张,五脏六腑七上八下。街区的尽头,绿头发的D.T.只剩下了一个剪影。他在一座出租住宅前挥动着手臂,仿佛是在打太极。你能够看得出来,他不太喜欢你。不过也许这不是针对你一个人。D.T. 对什么都不太上心，他是一介忠臣。他相信你已经准备好了，只要一看到警察的踪影便会大声地呐喊，飞奔着消失在黑暗之中。警笛呼啸起来。快啊，先知。快跑。

在你停下脚步之后，军靴的拍击声仍会在迷宫般的网格状街道上回响一阵子。你的笑声会让你自己都感到惊讶。你上一回大笑是什么时候的事了？（别回答这个问题。）你在这里，在阿尔法城的深处，就连警察在晚上这个时候也无法跟上你。不过你现在也成了违法者中的一分子，它伤害不到你。你那位追赶上来的同伙递给你一个高脚杯，你把它举到了空中。"这一杯敬米基·沙利文。"你说，因为你今晚又是用他做不在场证明溜出来的。即便在这里，D.T. 在坏掉的街灯下翻白眼的动作你也能看得一清二楚。"出色的革命者。"你说，笑声如同鲜血一般从你的胸口里奔涌而出，几乎有些痛苦地大量爆发出来，溅起在面朝华盖月亮的建筑上。

很快，轮到你了。你蹲在金属防盗门前，摇动涂料罐；白天，那里是间折扣商店。圆柱体罐子里的液体推动小球发出震耳欲聋的咣咣声。你很紧张，竖起耳朵聆听着任何麻烦的迹象。但一切已经为你做好了准备。你意识到，天外有天，你还有不曾遇到过的事情：牛奶板条箱、锡箔纸、蜂巢状房间里的低语、索尔和尼基趁着黄昏拖到后院小屋去的那个看似十分沉重的旅行袋；那里正在发生各种变化，成了只有他们两人才能去的地方，加之他们会一起消失在货车里，不知去向何方……不过你知道自己今晚到这里来是有原因的，你要锁定自己的命运。涂料喷薄而出的声音如同热气球的爆炸声。体制有罪，你写道，它们一文不值。然后是那个标志，在空白处绽放，你在考卷的空白处和靴子钢铁般的足尖部分用修正笔熟练地练习过的那个标志：用力画出来的五笔。皇冠状的火焰。就像这样：

35

这份杂志的谜题开始于它的名称：向 R&B 音乐魔术师威尔逊·皮克特致意，而他本身又是在向魔术师克里斯·肯纳致意。不过也许"爱好者杂志"这个词更合适，因为它从情理上来说不像任何一本全国发行的高光纸印刷杂志，更像是 20 世纪 70 年代初突然开始出现在录像制品商店和唱片交易所的小批量制作的册子。廉价的复印让图片有些模糊，而萨曼莎的文章也同样意义不明，毫无章法，读起来十分费劲。不过，尽管工具粗糙，她还是设法把一个故事印在了书页上，其丰富性与奇妙性让花山任何一个人都想象不到是她写出来的。看起来，她好像一直都在害怕。怕若不是如此，她的生活会匆匆而逝。因为她知道恐惧自有道理——它总是千方百计地找上她、警告她——这种恐惧无疑是冲动的一部分，而这冲动在不平静的 1 月里理查德·格罗斯科夫感同身受，致使他在《千舞之地》中越陷越深。

不过，杂志最棒的部分就是这东西的私密性。阅读它就像转租别人脑袋里的一间小公寓，甚至包括她给自己的朋友起的那些神秘的代号：S.G.、Sol、N.C.，还有伊基？对一个局外人来说，它们没有任何意义。不过，其中一期的背面贴着一个订阅标签，上面有个名字。第三天晚上，在他第五次还是第六次通读时，这个名字引导理查德翻开了电话簿，然后又带着他来到了上东区。他本应该猜到基斯·兰姆莱特只不过是另一个上流社会的中年男人，紧握着摇滚十字架的碎片不放。通过他的名字，通过他所住的街区你就能够了解他。然而了解的程度如何几乎不重要。在几分钟的时间里，理查德就和某个真正与萨曼莎有联系的人联系在了一起。直到后来返回自己的办公桌旁，他才开始担心，那家伙可能真的会出于某种原因联系警方，暗中通知他们理查德也弄到了"爱好者杂志"。或者不用担心——他真正该忧心的，难道不是自己如今一直试图把保密的名字泄露给了一个陌生人吗？

也许不是这样的，他判定，还给自己倒了一杯饮料。继续为受害者的姓名保密也没能阻止庸俗小报沉迷于那晚的中央公园到底发生了什么。也许这份沉迷与匿名甚至是有关系的，从某种程度上来说，它否定了理查德的所有看法，他本以为报纸上的文字在读者看起来是栩栩如生的。考虑到纽约未侦破的枪击案数量，这件案子如今能从警情通报转移到报纸专栏，无论如何，这件事都是很惊人的，何况依靠的还是几个不充分的细节——女性、白人、十七岁——变戏法似的变出的她的某种象征意义。

理查德意识到，在他本应为自己的文章和书籍收尾的时候，他却像被下了咒似的。过去，偶发的拖延症总是轻易促使他的思路中断得更加彻底。他不确定自己能否重新振作。从伦理上来说，他仍旧对杂志心存疑惑——特别是现在，在他混乱的办公桌上，第三期杂志，就是被他带去过上城区的那期找不到了。于是第二天早上，待酒劲退了之后，他把另外两期杂志装进加厚的塑料袋里，沉入了一桶水中，然后把它们整个塞进了冰箱。

事实上，它应该永远存留在那里，在一盒盒冷冻蔬菜和冰霜的包裹下变成了灰色的比萨饼片之中。然而随着细节从记忆中消逝，"爱好者杂志"平凡的背景却更加鲜明地凸显出来。它伴随着他在夜晚入睡，又伴随着他在清晨睁开双眼：肮脏的摇滚俱乐部，她于1976年发现的难以定位的褐石屋。那里似乎有一整座神秘的城市，要穿过隐秘的镶板和旋转门才能到达。他觉得，它与纽约之间唯一的一致之处，就是一种放纵的氛围和无处不在的涂鸦。

情人节前不久，有一次下午出门漫步，他来到了市区——他意识到纽约刚刚发生了翻转。朋克撬开了所有的门锁，如同冲破闸门的激流般涌到了棋盘式的街道上。衣衫褴褛的孩子挤满了圣马克斯广场，身上的衣服是用牙线和一厢情愿缝在一起的。四面八方，从屋顶、门前的露台还有经过的汽车里传出来的则是另外一种黏合剂：音乐。音乐不也曾不止一次地将理查德从困住他的人生中解放出来吗？拍子已经变了，但几乎不会有什么影响。就像以前一样，关键在于收听某个比你更加有影响力的东西，去感觉周围那些和你有着相同感受的人。

最后，他走进了布里克街的一家唱片行。他几乎在这里购买了蓝音唱片公司于20世纪50年代发行的所有密纹唱片，还有无数张20世纪60年代的斯塔克斯/沃欧特的唱片。为了过足耳瘾，他还在这里买过汉克·威廉姆斯的集锦和所有摇滚舞曲的45转唱片。《重返61号公路》发行的当天他就来购买了，《任血流淌》发行当天他也来了。可如今他面前的墙壁上挂着的却都是些他不认识的唱片封套。柜台后面，一个声音沙哑的年轻人把他递过来的现金收进了收款机。让我瞧瞧，《摇滚动物》《阿加尔塔》。《英国的无政府状态》？

"和另外两张 45 转唱片一起。"

不过,这位店员对理查德的选择怀揣的困惑,在他看到《落锤破碎机》的时候全都打消了。他来自密苏里州,他主动表示,他是来学习摄影的。他举起其中一张唱片,把它翻过来,露出了一张黑白照片,画面中有三个穿着皮夹克的男人和一个比他们高出一头的女人。靠着某处小巷的墙壁,他们看上去已经准备好要迎战一切敌人,而且还不是去公平竞争。"其实,我过去和这人还有点交情,"店员边说边用手指敲打着四人中个头最小、面对镜头一脸嘲讽的那个人,"比利·斯里 - 斯迪克斯。"

这是萨曼莎的杂志中提到的另一种名字:罗腾、威瑟斯,还有黑尔 & 桑德斯[a]这种,就像某个喜欢中伤别人的律师开办的公司。不过店员热心提供的背景说明已经让理查德忘记了这些别名所属的音乐家是不依赖她的需求活着的。也许你应该去忘记,也许这就是假名的意义。除了比利·斯里 - 斯迪克斯正在与她最喜欢的乐队作对这一事实之外,理查德还没有想到要立即去了解他,直到现在。

"嗯,据我所知,"店员说,"他依旧住在地狱厨房。该死,我的老板可能还欠他唱片的钱没有结清。我可以找张发票来,如果你需要的话。"

[a] 罗腾、威瑟斯、黑尔和桑德斯对应的英文分别是 Rotten、Vicious、Hell 和 Thunders,均是带有贬义的形容词或是名词。

问题人物的家位于港务局以西,老工业区里一间被煤烟熏得乌黑的厂房。从街道上望去,你可以从焊在房顶支架上、顶部生锈的字母中拼出"尼克博克薄荷糖"的字样。和周围的建筑一样,没有任何迹象暗示这座建筑是否已经变成了住宅楼,或者到底是否还在使用中,除了楼前的人行道上还有两辆闪光的哈雷车,视野中唯一仍旧还有镀铬金属装饰板的汽车。的确,街道两旁的汽车似乎与其说是停在那里,不如说是被人遗弃在了那里。理查德是在第十大道转角处一家酒馆里,透过为了保护下面的花——倒不如说是空空荡荡的花筒——而支起的透明塑料膜看到的。他在寒风中径直从格林威治村走来,唯独在这里驻足过,在地狱般的处境开始前停在文明最后的边境上。从理论上来说,他只是在等他那杯暖身用的咖啡,但很有可能是他还未做好准备。他担心进去后发现门厅里没有对讲门铃,这可不是什么好消息,因为此刻流经他身体的崇高使命感将再一次缴械纳降。若不是因为这样的使命，在他全神贯注的几分钟里，唱片封套上那个苍白的小个子男人又怎么会恰好出现在大楼入口，向他这边走来？

理查德有些期待他会沿着"之"字形的路线走到马路对面来，迈进小酒馆，径直走上前来伸出一只手，但他没有改变路线。比利·斯里-斯迪克斯显然正朝着地铁走去，有些鬼鬼祟祟。理查德把剩下的咖啡一饮而尽，正打算上前搭讪时，又一个鬼鬼祟祟的身影现身在街道这边：是一个穿着不合身工作服的黑人。此人移动速度极快，与比利·斯里-斯迪克斯之间始终保持几排车的距离，目光却频繁落在他的身上。这到底是怎么一回事？理查德打了个哆嗦。他仿若巨大教堂里排在侧翼队伍中的一位普通信徒，正等待被人召唤，走进光明。当他真的走到光明处，便能远远看到比利·斯里-斯迪克斯和那个黑人已在第九大道。难道警察也在追查同一条线索？不太可能。总之，要想看出一个人是不是卧底，就得观察他的鞋子。理查德靠近一些后发现，在后追踪的那人的鞋子着实有些破烂，帆布鞋布满圆珠笔印的鞋跟眼看就要掉下来了。工作服上印着一个呆头呆脑、擦窗户的人物图样。水手帽缩在后脑勺，多少能掩盖一下被理发师剪坏的头发，那是……绿色？不过，理查德还没来得及做出判断，那个发型、鞋子和工作服都很特殊的人就尾随着比利·斯里-斯迪克斯走过转角，进入了第八大道。等理查德赶过去时，两人已消失在汽车总站的茫茫人海之中。可他为何如此欣喜？

╱ — ╱ — ╱ — ╱ — ╱ — ╱ — ╱ — ╱ — ╱

36

在默瑟一边攻读研究生，一边在十七号公路卖汉堡包的那段时光里，他常常会精练自己的人生观和文学主张，以备未来某一天可以点缀《巴黎评论》的页面，并以此来打发时间。至于采访自己的人，他脑海中想象的总是同一个：身材高挑、头发花白的男人，衣着整洁却很随意，富有表现力的眉毛会抵消他声音中的某种冷淡。现在回想起来，他看上去应该像留着络腮胡、不那么自负的朗瑟堡博士。在默瑟的想象中，他会坐在导演椅上，腿上摊着拍纸簿，双腿在膝盖处交叠着。无论默瑟何时表达出一个格外具有潜力的想法，对方的膝盖都会轻微地上下摇动。不过，在大部分时间里，那支笔都会在纸上飞速地移动，仿佛是在自己发力，着重圈出美国卓越作家——默瑟会谦逊地否认这个头衔——不羁的才华。

问：和时下年轻作者中流行起来的那种极简抽象派艺术倾向相比，你的作品似乎代表了一种质的突破。也有人可能会称之为老套。

答：好吧，我们这一代人生活在一个不确定的年代里。我们在成长过程中有一整套的社会公共机构要去信任，从教堂到商店再到美国政府体系。一切似乎都处于危机之中，所以我们对于任何机构乃至小说作品对我们讲真话的能力持基本的怀疑态度。

问：听上去你还是很同情对手的，古德曼先生。

答：基本上，我把这当作我的工作——怀揣同情之心。不过我始终感觉，也许是出于倔强，当你用理论去衡量经验却发现它们不匹配时，问题肯定出在理论上。有人会去批评这些机构的基础——正义、民主和爱——可事实上似乎没有人能够在没有它们的情况下生存。所以我想要重新探索这个旧观念，那就是小说也许能就某些事情，或者任何事情给予我们启发。

不过后来，随着默瑟的手稿逐渐被他冷落，他想象中的采访者消失了。今年1月，当他重新露面时，他变了。首先，他不再满足于停留在自己的椅子上和脑海中毫无特色的工作室里。今时今日，有人正在附近徘徊的感觉是那样强烈，他在阁楼和外面的世界里踱步。有那么一两次，默瑟发现自己会瞥向前窗，寻找街道上的相机。

此外，问题也变得越来越私密，让人有些不太舒服。自从副督察变戏法似的从多彩的外衣里掏出一包药粉以来，时间已经过去了一个月。默瑟不和威廉就此事对峙的假定原因是当晚发生的其他事情使他内心受创——虽然一听就是个借口，虽然他确实会在夜里闭上双眼时，眼前出现那个雪地里四肢展开的血糊糊的人形，可他最后一次被睡梦中的枪声惊醒、吓得满头大汗的那个黎明以来，已经过去了一个星期。所以为什么，他的采访者想要知道，为什么他还是闭口不提此事呢？

好吧，首先，他该如何向威廉解释，自己当晚是出于何种动机去了上西区呢？其次，事实究竟如何？因为大衣是威廉的，药品在大衣口袋里，那么药品就一定是威廉的，这样的逻辑是否真的无懈可击？因为如果是人群中有人把药品塞进了威廉的口袋呢？在电影里，这种事情随时可能发生。或者，如果是威廉带去给……布鲁诺·奥根布里克，或是……那个宿敌尼基·查奥斯的呢？他那天晚上就是去看他的演出的。事实上，他当初选择离开乐队，不就是这个原因吗？说他无法忍受和一帮瘾君子在一起吗？

或许那些根本不是药品。电视里的警察在情况对自己有利时可不会一致反对伪造证据。说不定挂着拐杖的那个小个子警察为了达到目的不择手段，或许会在不久之后的某天打来电话，威胁默瑟承认他所知道的有关汉密尔顿-斯威尼家族的一切。

还有一个理由让默瑟对药品的事情闭口不谈：他觉得给威廉增加负担是不公平的。倒不是说他们主动谈起过他父亲的案子，只是威廉很难错过最新的追踪报道，而且自从传讯曝光以来他就一直表现得怪异（即便是就威廉这样一个人来说）。啊，但这难道不就印证了……？好吧。是的。默瑟幻想中的采访者竟然如此执着，该死，还是把他内心的想法套出来了：最近，威廉表现得越来越像个瘾君子了。

举个例子来说？好吧，举个例子来说，他最近耗在布朗克斯工作室里的时间太久了，午夜过后好几个小时才会回来。有的时候，当默瑟偷偷看着他在月光或是被认为是月光的光污染下脱衣服时，他发誓威廉戴着太阳眼镜。到了早上，威廉睡得很香。他一向不是一个早起的人，除非是在工作日，默瑟才不得不赶在早上七点之前把自己打扮得像模像样，并且保持适度的清醒。不过，他最近在日落时分赶回家时会发现威廉仍旧穿着浴袍，看着肥皂剧或体育比赛，嘴里大声地咀嚼着一碗含糖的蜡笔色麦片。如今，他以每个星期五盒的速度消耗着这种麦片。

那好吧，重新开始。默瑟没有询问威廉是否又开始用药了的真正原因是，他害怕这是真的。

更加糟糕的是——没错，既然你问了，更加令人难以忽略的是——这些情形默瑟以前都见过，在他的哥哥从越南回来之后。他记得在 C.L. 退伍的那个星期六，父亲是如何询问他想不想驾车去公共汽车停车场的，而他又是如何为自己终于有机会离开家而雀跃不已的。那时，母亲已经把每个房间都打扫了三遍。如果他在附近徘徊，她肯定会拿起吸尘器把他的衬衫也吸上一遍。

那时正值盛夏。老爹让他来开车，于是他猜到他的心思已经飞到别的地方去了。"很难相信我还有不到一个月的时间就要去佐治亚州立大学了。"为了找些话题，默瑟说。坐在副驾驶座位上的老爹一言不发，只有在双手磨蹭大腿上的裤子时才会发出微弱的或是想象中的噪声。他的指关节就像变硬的岩浆：漆黑、肿胀、粗糙。因为他已经耕耘劳作了二十年——为了保证猪和鸡的安全，为了四面八方挺立的嫩玉米。相对而言，默瑟那双放在方向盘左上角和右上角的手则像婴儿的手一样细嫩。

鉴于他哥哥已经动身去参加基础训练了，默瑟萌发了一个想法（从某种程度上来说是受一则麦斯威尔咖啡广告的启发），C.L. 回来后会焕然一新的。他会穿着紧身的草绿色军装等待他们，肩上扛着背包，刮了胡子的脸俊美平滑。他会紧紧捏住默瑟的手，然后给老爸敬一个礼，并霸占方向盘。这样默瑟就能待在皮卡车的车厢里或是睡觉，或是望着佐治亚州几乎纹丝不动的脏兮兮的云朵，或是听着那从车厢里传来的两个男人平和的谈话声。

然而，在他们到达时，车站里却空无一人。十五分钟后，从车上走下来的那个人和默瑟想象中的那个人只有身上背着的帆布包是一样的。他穿着肮脏的T恤衫，头发像羊毛一样结成一团，络腮胡遮住了半张脸。老爹是个"二战"老兵，一辈子没有一天不刮脸，当时明显已是怒不可遏（现在回想起来，默瑟觉得那也有可能是在害怕）。不过值得赞扬的是，他只是大声地说了一句："那就坐后面吧。" C.L. 看上去很冷漠，很消极，几乎有些恍惚，就像三年后某天早上的他那样。那天默瑟发现他一丝不挂地握着砍刀站在北边的牧场上，脸上的血如同战斗油彩一般，身旁躺着一只被割了喉的猪崽。

威廉还不至于用血去赎罪。谁知道呢，也许害 C.L. 被关进奥古斯塔一间加了软垫的病房里的不完全是药品，而是早就存在的不稳定性。不过近来，威廉的脸上也经常出现惊愕的表情。他也留起了络腮胡，称自己在圣诞假期中所受的挫伤让自己很难动手去刮胡子，不过他还是没有解释自己是怎么受伤的。默瑟发现他日渐消瘦，威廉说这是因为他正打算吃素。而后有一天，默瑟从垃圾桶里掏出一张白城堡汉堡店的包装纸。"我只是说打算吃素，"

威廉说，"可没有说过我已经成功了。倒是你，干吗乱翻垃圾桶啊？"

默瑟正在寻找的是最后一点证据，宣战的理由。他仍旧想要去想象自己能够逃离古德曼家的血缘诅咒——层层堆叠的怀疑和恐惧，如同粗糙树皮下的嫩皮部分。但这难道不全是威廉的错吗，谁叫他总是对自己有所隐瞒？（假设威廉的确对他有所隐瞒？这根本就是确凿无疑的吧？）默瑟打算明确地说出口。他开口道："我们一起去哪儿走走吧。"

"什么？"

默瑟自己也吓了一跳，他原来一直在考虑这种事吗？但显然他都已盘算好了："你一直在努力工作，我们两个都是。总统纪念日和周末连休，到时会有三天的假期。"威廉犹豫了。他会说"不"的，不用药，他要如何熬过三天？这样一来，默瑟就可以借此发难和指责他了。然而，对方只是耸了耸肩，以至于默瑟都怀疑他们是否真有办法回到过去。

"当然，如果这是你想要的。"

"我只不过感觉我们最近都没怎么说话。"

"我答应你了，默瑟。"

"我知道。"他们彼此望进对方的眼睛，默瑟忍不住移开了目光，"第九大道那里有一家旅行社，从没见人走进去过，我都替它感到难过。就算去佛罗里达，坐飞机也才三个小时。"

"我们干吗不到北方去呢？布鲁诺在佛蒙特州有座房子，我确信我们可以免费住下。"

"2月去北方？"

"我眼下手头有点儿紧，默瑟，再说那会很浪漫的。想想吧，飘雪的隆冬，除了我们俩，四下空无一人……要的不就是这个吗？"

"当然。"

"那我看完这场比赛就给布鲁诺打电话。"威廉把注意力移回尼克斯队的比赛，默瑟继续凝视着他的侧脸，无法摆脱有人在附近旁观时功败垂成的感觉。于是，他告诉自己：不，这很好，很完美。他们可以远离药物，远离威廉的家庭，远离妄图将他们分开的任何东西，去一个一览无余、让威廉无处躲藏的地方。要不就是他亮出自己的底牌，让默瑟猛扑过去；要不就是默瑟心服口服地再次确认，自己就是个该死的傻瓜，竟会让自己的想象力再一次失控。

37

穿着胶底运动鞋的杰妮·阮，身高不足 160 厘米，胸部娇小，是个嬉皮士（她自己这么认为），却长了一张精致而聪明的脸。不动时，她似乎很冷漠，或是小心谨慎，但她笑起来时——这是常有的事——她的整个身体都会放松下来。她的指甲被咬过，牙齿十分整齐，又白又健康。她是个郊区人的孩子，而且她还是个守旧主义者。

二十四岁移居东部前，她已经颓废了好几年的时间，希望着纽约能允许她再次成为世界上的一股正义力量。毕竟，这里是帝国的中心，异化劳动力的火药库。相反，她不知为何最终成了工资的奴隶，每日的生计都要依靠食利者布鲁诺·奥根布里克，而日益占据她内心的异化——完全违背她的意愿——是她自己。比方说，她认同布鲁诺的看法，认为情人节就是一个商业阴谋，目的是刺激一年中原本最不景气的 2 月的生意。但这不意味着一个人可以理直气壮地单独度过这个节日。

那天晚上，离开画廊之后，她找到了另一个埋怨自己运气不好的理由。她每天早上都会收听天气广播，天气预报员预报说今天会是个雨雪交加的日子，雨水最终会变成雨夹雪。可她永远都不记得要带上一把雨伞，这也是她一直无法成为一个纽约人的几个原因之一——晴空万里时，她以为阳光永远不会消失。此刻，天色提早暗了下来。一辆亮着空车标志的出租车从她的身边轻巧地闪过，可即便天下着雨，坐出租车也是她无福消受的一种奢侈，于是她快步朝地铁走去。她感觉到了一滴雨点，紧接着，天空像打开了某种庞大的黑色轰炸机的机舱一样，雨雪密集而下，等到她赶到自己所在的新楼时，她全身上下已经湿透，头发糊在眼睛上，帆布背包和包里的单页纸冷冰冰、湿漉漉的，一团糟。

或许是因为她荒唐的样子，或许是因为前厅的白色灯光带有几分避难所的特质，在那个正在检查自己信箱的大胡子高个头男人看来，询问她是否还好似乎是件完全正常的事情。仿佛雨水让她一直穿在身上的戏服——能力、优雅、意志——全都变成了透明的。仿佛他可以看穿下面的一切，尽管他的蓝色双眸无论如何可能都拥有那样的穿透力。他的信箱紧挨着她的，意味着他们的公寓肯定也是毗邻的。自从去年秋天搬到这里以来，她有时会隔着墙壁听到音乐。她说她没事。

他说起话来像个播音员，一丝口音也没有："怎么会没事？你已经湿透了。"

话说到这里，空气中出现了片刻的尴尬，他们也许永远都无法跳过的活化能小障碍。

"也许我会着凉，"她回答，"然后明天就不必去上班了。双赢。"

他发出低沉的雷鸣般的笑声，这让她的笑话显得似乎也没那么差劲了。他说，他的名字叫理查德，以他的经验，一点威士忌酒就能把体内的湿气驱赶出来。"老话说得好，防微杜渐。"

"我几个月前才从下东区搬来。我的橱柜里空空如也。"

"我倒是有一瓶，不过看起来很快就要没了。"

听完这话，她的脑海中立马浮想联翩起来。她的故事会成为一篇新闻报道，缩成一句话，用一英寸大的字刊登在《华盛顿邮报》显要位置。她父亲会把车——一辆厢式货车——停在她位于莱文顿街的第一个住处旁边。甚至，父亲的每个表情她都想到了。公寓楼邻里之间的沟通是受一整套的代码支配的：你会紧跟大家闲聊的话题，在得到帮助时露出可疑的表情。事实上，理查德的身上有些什么——他头上的灰发，或是双肩自然隆起的样子，手臂下夹着各种各样的报纸——让他看起来很安全。当她告诉他自己准备去擦干身子、换件衣服，然后没准会请他帮忙时，她并不觉得自己是真心的。然而，十五分钟之后，她别有用心地穿了件邋遢的汗衫，被他领进了他的公寓。她很感激他没有在她背后锁上房门。

这是一间两居室，呈L形，正好环抱住她在隔壁的那间工作室。然而凌乱的客厅证实了他是个单身汉：松散的打字机色带、复写纸、成山堆积的旧杂志，一摞黑胶唱片从墙壁上探出头来，看起来像冰川前段形成的堆石。一只活泼的小狗出现在混乱的文件中，抽着鼻子闻她牛仔裤的裤脚。"不必在意科拉格尔，"理查德说，"它不会伤害你的。"她发现了墙角那台闪亮的沃立舍自动点唱机。"天哪！"这就像是你坐在横穿布朗克斯的通勤列车上时，在拥挤的汽车中间看到一个骑着白马的牧人。理查德都有些不好意思了，他是在一场警局拍卖会上以五十美元的价格偶然买下它的，他说。他给她一些硬币，让她听自己喜欢的音乐。她一边按捺着继续逗留的渴望，一边用力按下了自己看到的第一组数字。一首萨姆·库克的，一首佩茜·克莱恩的，还有杜比·葛雷的《渐行渐远》。而他则在沙发上收拾出了一个座位。两只杯子出现了，看到自己的杯子里被倒上了1.5英寸高的酒，她挥了挥手拦住了他。"干杯。"他说。他们抿了一口杯中的酒，望着溅漏形成的环形酒渍从假枫木咖啡桌上蒸发。咽下这口酒后，他无意识地叹了一口气。他的暖气片和她屋里一样，烧得有些过旺。那只小狗在如愿爬上他的大腿后便平静下来。

对于接下来的沉默，杰妮会说，她并没有感觉不舒服。她还会形容这个男人，不修边幅却很优雅——尽管他把袖管捋起至手肘的位置，敞着衣领，一脸粗浓杂乱的胡髭。这瓶苏格兰威士忌是他从苏格兰带回来的，他告诉她，眼神在柔和的灯光下更显温柔。在那里，它就叫威士忌。怎么样，味道还好吗？

的确，酒精入喉的感觉就像是一道温和的闪光，一朵开在她的胸口、再从那里向外伸展开来的花，让她的四肢都温暖起来，还在她的脑袋里燃起了幸福的火焰。她问他去苏格兰干什么。

他脸红了："我想你们会称之为公休。"

"你是个学者？"

"不算是。"

"牧师？"

"只不过是一个不得不离开纽约的人。在我需要钱支付房租的时候，我会写作。"趁她还没有做出任何回应，他接着说，"你呢，杰妮？你是做什么的？"

依照以往与这座城市里的男人相处的经验，在对话中谈论工作就等同于进行全身麻醉。他们会跟着点头，假装自己在听，可事后什么也不会记得。她抛售了自己全部的财产用来抵债，接下与布鲁诺一起的工作机会，在她看来这是一个壮举，却几乎没给他们留下深刻的印象，这巨大的落差多少让她感觉寂寞。这也是她不愿提及工作的原因，坚持只谈论天气、运动之类相对机智的话题，或是按照老办法，聊聊房地产。除此之外，反正她通过画廊认识的男人一半都是性少数派。她会让理查德钻这个空子，恰恰证明她的社交技巧无比生疏。不过他似乎发自内心地感兴趣，而她也吃惊地发现，自己正滔滔不绝地大谈现代艺术的悲惨状态，以及文化产业已经越发缺乏显著特征了。"真正的艺术家就像是神话中的生物。"她能听到自己发表的这些见解，"你只能听说他们，亲眼见到的机会十分渺茫。"

点唱机里传出小提琴的声音。"那你怎么看沃霍尔？"他又问。

她有一次看到过他从联合广场上的一家甜甜圈店走出来，她答道。她必须承认她的心"扑通扑通"跳了起来。"当然，我可以再来一点儿，谢谢。"

（她注意到，她的东道主只喝了一杯。）"但波普艺术真的就是一切的终结点吗？阿多诺和霍克海默在坟墓里都会辗转反侧的。"乐声戛然而止。"我真的这么说了吗？这就是我应该远离烈酒的原因。"

他笑了："这个吗？这是母乳。当然，前提是你的母亲是凯尔特民族骁勇善战的公主。"他起身又塞了几个二十五美分的硬币到电唱机里：是卡车司机爱听的音乐，独立调频中常播的曲子，"飞跃之地"[a]的歌。"我猜她肯定不是你的母亲。"她已经习惯了白人的笨拙——他们总是迫不及待地想，该把你塞进泛亚主义的哪一个抽屉——所以他的相对坦率倒是一个良好的开端。此外，威士忌也软化了她的防备之心。

[a] flyover country，美语中指美国中部地区，被认为是住在美国东西两岸的富人、名流经常坐飞机经过却不会到访的地方，作幽默语用。

"我在洛杉矶长大。我的父母来自越南，不过那时候那里还不叫'越南'。"她说，"他们是坐飞机来的，不是坐船，但是……"洛杉矶总是令他着迷，他说。那里是少数几个他乐于安家的地方。这话莫名开启了她的话匣子。她聊起自己的老街坊、伯克利的学生广播——都是些她从未也不再谈起的话题。理查德坐在扶手椅里，头顶是一盏黄色的灯，背后是公寓里一扇黑色的窗户，沃立策自动点唱机亮着彩虹般的柔和灯光。它看上去就像一只巨大的、热情的耳朵，或是一个反射装置，把她最好的自己反射回她的身上。"嘿，这真有意思。"她说，"你希望我回去取点烟过来吗？"

他的书桌处爆出一声炸裂声。理查德瞥了眼桌上尚未整理的大量文件。

"老鼠吗？"她问。

"这里最近似乎老有些捉弄人的鬼魂出没。你相信鬼魂吗？"

"呃，我个人是不信的。"

"抱歉，那不过是我的警用扫描仪。"

"哦，天哪，瞧瞧我都干了什么。看起来你还有工作要做。"

"这不是暗示你离开的信号。"

可她已经站了起来，重申自己的独立："我该走了，我也有事要处理。明天一早，我还要去画廊为某些富有却不会买下任何东西的浑蛋开门呢。不过谢谢你的酒，理查德。任何时候你需要一杯面粉或是一只鸡蛋……"

他的脸上闪过了一丝痛苦的神情，推迟了许久的头痛如今卷土重来。她突然顿悟到，也许他才是那个需要与人接触的人。这样一来，两个人就扯平了，而开始显得有点诡异的东西也烟消云散。事后，她隔着自己公寓的墙壁听到有人一遍又一遍地播放着多比·格雷的歌曲。"那家伙现在在哪儿？"这是她最近陷入无意识状态前时常生发的疑问。因为，说到艺术，《渐行渐远》真是一首该死的杰作。她已经爱上多比·格雷了。

她再次见到理查德时，时间已经过去了一个星期。这一次是在街对面的迷你杂货铺里。他正在口袋里摸索着零钱，准备买下三份不同的报纸。"《视差》。"他神秘兮兮地说，一根手指摸着鼻翼，像极了小说里的人物。他等她买完东西，看着她穿过马路。两人看着电梯门边亮着灯的数字逐渐变少，沉浸在一种一旦被打破就会越发生硬的沉默之中。很快，在电梯门重新合上时，他提起那天见面后他的威士忌并没有减少多少。这绝对是一个有待修正的失误，她说。

很快，他们便养成了临睡前一起喝一杯的习惯。不是每晚，不过也差不多，以至于她一整天都在期待这一刻的到来，每当无法实现还会有些失望。他称之为品酒。过来品个酒，他会说。除了自己之外，他对一切事物着迷，而这一点又让她格外着迷——你很少能在一个男人的身上发现这样的特质。他似乎知道楼里所有其他住户的人生故事，无论过去、当下，只要她问起，他便会和盘托出。"我希望这不是因为他们也被你邀来品过酒。"她说。

"实事求是地说，我十点和费拉托维克太太有约，那个临时演员的妻子，如果你不介意赶紧走的话。"

或者是因为她。她会把双腿垂在沙发的扶手上，或是蜷起没有涂指甲油的脚趾，一脸怪相地讲起加利福尼亚，讲起在她还没有意识到自己无法拯救自己的家庭、更不必说是整个世界的时候，她幻想中的自己生活的样子。他聆听和提问的方式让她感觉很有趣、很迷人，还隐藏着某种需要。除非这只不过是威士忌在捣鬼。

或者，她开始好奇，自己对于理查德来说有没有一丝的吸引力。他肯定快满五十岁了，两鬓的棕灰色头发遮盖住了他的耳朵，就像哈布斯堡王朝君主的头发似的，鼻子上还有两处伤痕。早在上大学的时候，她就判定自己对弗洛伊德并无好感，所以也不相信恋父情结。然而和她迄今为止在纽约遇到的男人相比——嘈杂得听不到任何人说话的派对，哈罗德·品特戏剧中的神秘风格电话约会——威士忌的仪式感觉就像是她父亲所说的"优雅的解答方式"。如果他对她有所行动，她不能百分之百确定自己会拒绝。不过，如今谁又能百分之百确定任何事情呢？

/ — / — / — / — / — / — / — /

38

他要在曼哈顿西区一辆闲置的厢式货车里做什么？面对这个问题，先知查理也不知道答案。尼基肯定也无法提供建议，只是在他应该上学却跑来贴锡箔纸的某一天猛地把他从货车里拽了出来，还递给他两件连身工作服。后人文主义者似乎会成批地购买这种衣服。衣服的口袋上写着：真货。太棒了，查理心想，又是一次实地考察。如果一切顺利的话，他这一次会和臭丫头一组——甚至还有可能看着她匆忙穿上自己的连身工作服，脱下那件如今已经破烂不堪的冰球运动衫。事与愿违，这一次等在货车前面的人又是D.T.，不是臭丫头。他把收音机的电线插回了仪表板上的一个洞里，打着哈欠，嘟囔了几句跟小偷有关的话。然后，连声招呼也不打，他猛踩油门，拐过了街角。

到达目的地，负责使用双筒望远镜的人也是D.T.。他用望远镜瞄准半个街区外的一扇门，仿佛有什么大事将要发生……不过在这条街上活动，你很快就会发现，"大事"是一个相对概念：一个套着袋子的人推着一辆购物车从查理的窗前经过，一个精神分裂的人大喊着"噩梦的盒子"，一个妓女拖着一只断掉的高跟鞋一瘸一拐地走过。只有那么一次，D.T.蹲下来压低嗓门："别让他看见你。"当查理朝街对面望过去时，他认出了一个身形庞大、满身刺青、刚刚在"地窖"门口工作的穆拉托人[a]正跨上一辆摩托车。"嫌疑犯！""他要逃了！"查理也压低嗓门说，已然领会任务的精髓。D.T.摇了摇头："他不是目标，爱因斯坦。"接下来仅有的进展是灯光在头顶上的建筑处闪烁起来。有目标，很好，但知道目标意味着什么的人显然只有D.T.。

说实在的，查理这才明白过来，自己被带来不过是为了防止他的搭档无聊到发疯。对于这种原本就无聊到懒得说话的人来说，这并不容易。当查理

[a] mulatto，黑人与白人的混血儿，现在一般认为这样的称呼具有冒犯性。

试图跟着收音机扮演 DJ 时，D.T. 会告诉他别动。当查理主动提出到一个街区外的酒馆里买些零食时，得到的回应却是一声抱怨："兄弟，我不是你的老师，你也不是我的学徒。你想去就去吧。"当然，这意味着查理不能去。于是他们听着广播，看着天色越来越暗。到了某一时刻，某条神秘的经线被跨越了，或者是（同一回事）D.T. 已经看够了，他们便会把厢式货车开回市中心。

不过，针对这一地点的后来几次监视将改变查理的评估。问题不在于 D.T. 懒得说话，而是当他开口时，便好像在否定说话的全部意义。他最喜欢的词是"不""见鬼"和"真的"，紧随其后的还有"没什么""该死""管他呢"和"我操"。这些词的表达方式、组合方式多得惊人，但其背后所传达的意义总是一成不变：D. 特里蒙斯真的不在乎，懂吗？这几乎让你为他在 PHP 里扮演的角色而好奇。尼基·查奥斯的脾气古怪而消极，不过他拥有可怕的人脉。D.T. 拒绝回答所有问题，比方说，当查理问及他最后是如何成为 PHP 的一员的，他坚称："我不属于任何人和组织，懂吗？我就是我。"人们总以为懂你，因为他们相信黑人都是这样的，他的态度可能也与此有关。查理对这种自以为是以及所谓的理解还是略知一二的，不过他对于一个黑人会作何感受就一无所知了。很快，他意识到自己也在做同样的事情，于是心怀愧疚地放弃了这类对话。

不过，喝醉的时候，D.T. 也会展露脆弱动摇的一面。结伴盯梢最初的两个星期里，他大部分时间都处于迷醉的状态。他的选择一向是啤酒，越便宜越好。随着时间越来越久，空罐子也越来越多。查理和别人一样喜欢啤酒，但是驾驶座门外成堆被压扁的啤酒罐似乎会揭穿他们伪装的合理性。好吧，没错，的确有嗜酒的玻璃清洗工，就像有嗜酒的主音吉他手一样，不过也许，查理暗示道，他应该去找找看，有没有垃圾桶。"别再说《欢乐满人间》里那种老套的话了。"D.T. 说，"你得明白，不管怎样，这种所谓的卧底不过是为了让尼基高兴。他有没有告诉过你他老爸的事情？"

"我知道他的爸爸是个海军，如果你指这个的话，半个危地马拉人。"

这么久以来，查理第一次见他这样大笑。"你一定听过尼基故意讲西班牙语，对吧？他们在他还是个孩子的时候在热带地区待过一两年，但我十分确定那只不过是因为他爸爸在军队情报部门工作。显然，尼基也是因此学会这些东西的：伪装、代码，还有那些该死的锡箔纸，好像真会遭窃听似的……"

"我以为尼基恨他爸爸。"

D.T. 摇下车窗，将空罐抛向路沿，当啷一声坠地："你他妈说得一点儿没错，先知。"他新开了一罐啤酒，就在他豪饮买醉期间，顺便给查理讲了一个故事。早在 1974 年，当"后人文主义者"还不是"后人文主义者"时，尼基就开始安排他们监视他自己最喜欢的"追忆往昔"了。这是谍报技术的第一要义：他必须弄清楚自己未来的乐队伙伴需要什么，然后投其所好。为了赚钱，索尔一直在做玻璃清洗工的工作。"所以我们才有了这些制服，"D.T. 说着拽了拽自己的领子，"还有这辆货车。"此外，尼基还展开突击培训，教他们如何避人耳目，打扮成老古董。有必要的话，再来两撇假胡子。当然了，除非你想引人注意。D.T. 不喜欢别人告诉他该做什么，懂吗？"见鬼，我起初把头发给染了，就是想让尼基觉得派我出门监视太惹眼。我以为，如果这破事真有这么重要，他会亲自去做。"

"你就不能直接跟尼基提出来吗？"

D.T. 无奈地耸耸肩："在一个完美的世界，也许可以。在这个世界，你还是需要一个栖身之所的。"

他的监视对象中包括维纳斯·德·尼龙。还有个女人，他说，他有时也会被派去监视她，但也就一两次。"我最主要的监视对象还是比利，他那时对比利甚至有些痴迷。尼基从不会放弃任何事情，这就是他最令人印象深刻的地方。"

"等等——你是在告诉我，我们在这里监视的人是比利·斯里 - 斯迪克斯吗？"

"见鬼，孩子，他们真的完全把你蒙在鼓里呢，是不是？"见查理没有回应，他叹了口气，"你看到逃生梯上那块煤砖了吗？那就是比利家的窗户。"

查理心里首先涌起的冲动是朝它丢几个石块，呼喊着告诉那里的人，下面发生了什么。不知为何，用侵犯隐私来回报《黄铜战略》似乎并不公平。"但为什么要——"

"这就是我要说的，先知。你用了足够多的药，就会开始产生被害妄想。"他用手指在啤酒罐的拉环上弹奏了一小段时髦的节奏。查理不明白这个动作是无意识的还是想要说明什么，到现在为止，D.T. 也有可能一直都在自言自语。"不过这事恐怕还会传染。我是说，比利在新年前夜过来说了一通关于荣耀之光的鬼话……那可能就是他随口一说,有关我们压轴要用的烟火,可索尔却咒骂,他早在圣诞节前后就表现可疑了。不管你怎么想索尔,他不是个容易被激怒的人。然后,还有那张唱片,就是说世界今年要完蛋的那张——"

查理知道,这样的唱片数量多得惊人:"你是说冲撞乐队的《1977》?"

"我是说比利那晚带到后台来的那一张,《双7相撞》,没记错吧?他称它为一种信息,或是一份和平的礼物。我同意他看上去心神不宁。不,比利绝对知道了,至少知道得和我一样多。"有道理,查理心想,但知道什么了?雷鬼?命理学?不过,即便展现出自己到底有多困惑,查理也没有机会去问,因为 D.T. 叫他闭嘴,假装自己是张墙纸。"他来了。"查理本以为自己会看到一个穿着机车夹克、蓬头垢面的人。相反,他眼前出现的是一个衣冠楚楚的黑人。"那是比利的男朋友。"

等等,查理心想,比利·斯里-斯迪克斯——那个曾经写下过"醉了,梦游 / 被你的爱 / 滴下的油炙烤"这样不朽歌词的男人——是个同性恋?不过话说回来,难道查理没有学过不要看不起和他一样的弱者吗?就这个问题而言,D.T. 的冷漠看上去和萨姆有点相似:别人用自己的生殖器做些什么是别人的事情。"现在起要看好了,我以前也见过一模一样的情形。男友离开后半小时左右,比利会偷偷摸摸地出门。他会到肉库区去,然后北上去布朗克斯。或者只是去布朗克斯。他径直去往市郊,我甚至都懒得跟过去。"

事实上,十五分钟后发生了另一件事情。男友开了一辆新款白色轿车停在门口。这时,胡子拉碴的比利·斯里-斯迪克斯出现了,看上去比新年那天还要瘦。他手提行李箱,匆匆走出大楼,坐进了前排的副驾驶座。D.T. 坐直身子:"搞什么鬼?"对方车子开动,但他已经烂醉如泥,无力开车去追。他和查理交换了位置,叫他等那辆车开出一个街区的距离,再尾随它驶上沿河的高速路。

开出去几英里之后,他们的猎物一直匀速行驶在他们前方一百码的地方。直到乔治·华盛顿大桥附近,他们被新泽西方向的车流裹挟,跟丢了那辆白色轿车后,查理才被允许掉头。感谢上帝,反正他也该回家了。尽管如此,当他们谨慎地绕开百老汇的车流时,他姑且问了问,他们是不是该做些什么拦下比利·斯里-斯迪克斯。

"接到的命令是,除非他看起来要去和他的舅舅或是警察见面,否则就不要拦下他。武力永远不该是我们的首要选择。比方说，如果我们看到他进入了汉密尔顿-斯威尼大厦，我们就知道他肯定出卖了我们，那就另当别论了。不过——尼基不需要知道他刚刚从我们的视线范围内溜走了，懂吗？没什么好上报的。又是无话可说的一天。"

这样一来，查理就变成了手握大权的那个人，可这就能使他自动变得邪恶吗？他回想起自己吸收的各式教诲。"好吧，"他说，"不过，你得坦白告诉我这到底是怎么回事。尼基在干一件大事，对吗？"

他们被堵在了时代广场北侧的一辆公共汽车后方。暴躁的鸣笛声在他们周围此起彼伏。D.T.似乎憋了好长一口气，才伸手又开了一罐啤酒。"是这样的——你知道比利的舅舅是纽约的大人物之一，对吗？杜勒斯家族多年的密友，愿他们烂死在地狱里。"

"不，我不知道。我完全被蒙在鼓里，还记得吗？"

"就当你自己开窍了吧。总之，这个家伙，这位舅舅，在你所能想象的任何关系网中都插过手，不管是公开的还是私密的，就像一台能够发觉任何风吹草动的计量器。多年来，他帮了我们很多忙，所以你可以说他在PHP里也留了一手。当然，我们没有告诉过他的外甥。不过当比利在新年前夜那天出现并留下了暗示——他只不过恰巧那天在中央车站闲逛，而索尔也恰巧去皇后区执行某项最高机密任务回来——如果你是尼基，你会做出什么样的逻辑推理？比方说，要是这位舅舅利用尼基作为特工，想要看看我们是否背叛了他，该怎么办？没有什么是他做不到的。尼基说过，比利过去常常称他为'恶魔弟弟'。"

查理感到一阵电流，仿佛他以前在哪里听过这个词——追忆往昔乐队某一首被人忘却了歌名的歌，或是无中生有乐队某一首尚未录好的歌。他提醒自己专心一点："不，我还是不明白。你说'背叛'，说到底，PHP为什么会和这样一位大人物有关系呢？"（或者说，鉴于他到目前为止在这一行动中的所见所闻，这位大人物为什么会和他们有关系呢？）

一个酒嗝把D.T.拉回现实——现实中，他已经被连累了。"可以说，在你和魔鬼打赌之前，你最好认清他的王牌。直到去年11月，尼基才知道对方的王牌是什么。纽约市把布朗克斯设为贫民区，开放了一百英亩的土地用于开发，后来又出了萨姆那件事……尼基绝不能忍受对方吊打他，也不会甘于承认自己失败。他最新的想法是，我们需要一个自己的'恶魔弟弟'。"

别跳跃得那么快，查理想说。回到刚才那里，回到萨姆的事情上。他已经一个月没有听到任何人——甚至是他自己——提起过那个名字了。但是他又说回了 PHP，而且 D.T. 已经开门让他下车了。查理伸手抓住他的手臂："你说你们的'恶魔弟弟'，那是什么意思？"

"也许你就是被尼基选中的那一个，先知，不过如果我还没有准备好知道所有的细节，你也不行。听着，你上周问我相信什么。有人来攻击你，而且还是对你珍视的东西发起攻击，你就要当着他们的面爆发——这就是我相信的。这倒提醒我了，"他边说边从手套箱里掏出一把山羊皮手柄的弹簧小刀，"尼基觉得你可能需要一些工具防身。"这恰恰说明他们是对的，查理真的没有准备好，因为他从未想过尼基会如此当真。他不可能把刀插进别人的身体，不管他的需求多么迫切。他把弹簧刀收好，塞进工作服口袋里。D.T. 已经清醒了，而这就意味着，他的坏脾气也物归原主了。"我叫你闭嘴的事情是认真的，懂吗？我猜，如果他不想让你知道我们在监视比利，就不会派我们一起了。不过，要是他知道我把'恶魔弟弟'的事也抖搂了出来，他说不定会把那东西用在我身上。"D.T. 说着看向他的口袋。

/ — / — / — / — / — / — / — / — /

39

和默瑟想象中的一样，布鲁诺的避暑山庄坐落在一片遍布铁杉树的密林尽头，从马路上望过去是看不到的。即使威廉一整个星期都在对这里大肆赞扬，这里的房子也顶多算得上是一星的水平：几间卧室，壁炉前铺着一张熊皮地毯，还有一架子已经停产的棋盘游戏，一切都散发着樟脑球的味道。默瑟推测，这里自从去年夏天起便一直处于关闭状态，也有可能是前年夏天。他们现在本可以躺在沙滩上的！他强忍着内心的失望，却忍不住四处去开窗。威廉把这一幕当成了详细解释零下六摄氏度的空气有多清新的机会。

晚饭时间，他们从橱柜里翻出一盒兴许已放了十年之久的意大利面。默瑟在面里搅了些橄榄油，还有一些来源同样可疑的罐装帕马森干酪。饭后，两人肩并肩地坐在一张柳条沙发上玩大战役游戏。他们曾在家里玩过这款征服世界的游戏，在默瑟的记忆里，自从他向威廉表白的那晚起，他们就没再碰过它了。夏季奥林匹克运动会已经开幕，威廉用脚抵住默瑟的大腿，这一举动使那句在默瑟的脑海中翻来覆去了好几个星期的话脱口而出。威廉没有反应，专注于眼前的游戏，一心想着下一步要怎么走。默瑟怀疑他此刻是不是犯瘾了。威廉带军挺进堪察加半岛："我知道你在想什么，默瑟。"

"你什么意思？"

"你觉得我要垮掉了，要疯了。"最后一个"疯"字在他们的这段关系中渊源已久。空气一下子凝固了。

"我大概是觉得你做事不计后果。亚洲总是很难防守。"

"别这样，默瑟，对我诚实一点儿。"

"你想让我说什么？优秀的艺术家总是疯狂的，疯狂又是多种多样的。"

"那不过是无稽之谈。"

"考考我。"默瑟说着，将己方军队转移，以加强东欧兵力。

"劳森伯格[a]。"

"你知道我不太了解画家方面的事。"

"那好。"威廉答道，"你特别喜欢的人是谁来着？福克纳？"

[a] 罗伯特·劳森伯格（1925—2008），美国战后波普艺术的代表人物。

"福克纳是个间发性酒狂患者，还是个好色之徒。"

"陀思妥耶夫斯基？"

"强迫性赌徒，偏激的反犹分子，不过他确实很爱他的妻子。"默瑟把一只手臂笨拙地搭在沙发靠背上，"老实说，有时候我觉得疯了的人是我。"这话没错，他时常怀疑自己得了神经衰弱症，尽管他也意识到，怀疑——精神衰弱症的源头本身——正是心理健康基本良好的证明。但威廉此刻却直直地望着他，露出了微笑。

"好吧，你过关了。"他一把将游戏板扫到地板上——纯电影中的经典手势，然后把板子和桌子都推走，在熊皮地毯上清出了一片足够两人的空间。"你得小心点儿。"他说，"我的手臂还有点儿脆弱。"然而伸开手肘的时候，他又成了主导者，就像早期那样，而默瑟所要做的就是跟着他走。

两人抬头凝视着黑黢黢的椽子。血管扩张，再冷却。小小的棋子陷进了默瑟的后背。这里是如此宁静——他这才意识到，自己是如此想念乡村的这份宁静。房檐下的风，鸟儿的一唱一和。那曾是早先几段最美好的时光，他们结束了游手好闲的日子,但他还没有回归自我。他感觉自己的思路已经被厘清了,就像暴露在热浪下的厚厚的白色黄油——某种紧迫感被带走了。

后来,他肯定坠入了一个梦境,因为他身处一家电影院中,试图找个地方坐下。向银幕方向倾斜的电影院不知为何既明亮又黑暗。没有空着的两人座,只有到处散落的单人座。人们凝视着他的后脑勺,想让他快点做出选择,可如果电影院里只能装下数量有限的群体和夫妇,而他们已经全都到了该怎么办?他沿着弯弯曲曲的座椅向更深的地方走去,找到了几对挨在一起的空座位,然而这些座位全都垂直于银幕。实际上,除了银幕已经不在他原本想象的地方之外,所有座位都变成了垂直的,四面八方随处可见。他现在坐下了,距离正好,不会太近也不会太远,可心里却十分焦虑,因为威廉怎么才能找到他呢?他转过身躯,发现威廉正站在他旁边的走道上,举着爆米花和可乐,耐心地低头微笑。当他把手伸向威廉的腿时——就像一个小孩把手伸向妈妈的腿一样——默瑟灵魂深处的一个小洞里涌出了一股超越他清醒人生中所知的一切的满足感。

第二天早上,他是伴着口哨声起床的。他已经记不得上一次威廉比他先起床是什么时候了,可他就在那里,在小屋里忙前忙后。他收拾好了棋子,洗干净了昨晚的盘子。窗外,暴风雪正在呼啸,可他似乎很乐意回到这个地方来——也许是怀旧——以至于让人起疑。不过,在外出采购杂货时,他倒是邀请默瑟一起来。"除了你,我可不想和别人一起被困在雪堆里冻死。"威廉说。这趟旅途十分平静,路面已经被清理得很干净了。透过租来的汽车发白的风挡玻璃向外望去,两人正朝着一家铁皮房顶的乡村杂货店全速前进。几步之遥的地方还有一辆汽车,消声器里吐着烟雾,但当威廉把身上的机车夹克拽起来以防脑袋被雪打湿时,暴露在外的那一道不留痕迹的皮肤却让默瑟再次感到自己像是孤身一人。

他们用壁炉的火烤热狗,作为午饭。暴风雪停了。他们把全身包裹得严严实实,走进寂静的树林。"我带你去个地方。"威廉说。那是个清浅的天然泳洞,如今冻得结结实实的。他吃力地爬上一块表面结了冰的巨大黑色石头,站在那里张开了双臂,仿佛他拥抱的是整个空间、所有时间——胡子和墨镜藏匿起他的表情。默瑟追了上来,叮嘱他小心一点,威廉却招手示意他过来。

他是对的:这里的景致确实值得拥抱。天空低垂而忧郁,从这里的林木线放眼望去，你能够看到起伏的森林一直绵延到下面的溪谷。森林掩映着湖水如同口袋里的镜子一般隐藏着。"再跟我说说，我们为什么不能在这儿住下？"

"你真以为我导航失灵了吗？"威廉指向远处山脉后方那片开阔的土地，"那里，纽约。我体内的指南针绝对可靠。"

这个周末余下的时间里，天气一直都是这样。他们每天伴着太阳起床，在雪地中没完没了地散步，直到把自己累得筋疲力尽，然后回小屋打个盹。随后是晚饭、拼字游戏……。过去一年来，威廉从未像这样幸福过，健康、清醒、纯粹，仿佛过去的他只是因为城市灯光的作用才看起来像个瘾君子。可惜，田园牧歌的部分定义就是它不可能永远持续下去。

周一一早，他们动身返回纽约，以便避开晚高峰。两人的鞋子因为林间的行走仍旧湿乎乎的，副驾驶座位上的威廉在蜷起身子睡觉时脱掉了鞋子。车子穿过林肯隧道时，他变换姿势，伸出一只脚搭在手刹上，大脚趾穿过袜子上的破洞露了出来。靠近足底的位置可见几个深色的肿块，像痂一样。"那是什么？"

"什么是什么？"被惊醒的威廉说，"看路！"

一辆运货卡车从他们身边呼啸而过，冗长的汽笛声变成了越来越弱的呻吟。默瑟已经掌心冒汗："你趾间的那些，是瘀青吗？"

威廉调整袜子，好再次藏起脚趾。他邀请默瑟玩一个配合的游戏，假装自己什么也没有看见。默瑟确实顺势这样做了，只是内心的那位审问者，在保持了数日的沉默之后又回来了。这一回换了一个声音，那是老爹的声音，要求他采取行动，哪怕一次，也要像个男人："你又开始了，对不对？"

"你为什么这么觉得？我们整个周末都在一起，默瑟。我们过得很开心，不是吗？"

"我说的是之前，今年冬天。"

威廉的笑里没有一丝暖意。"你知道的，我们不是彼此的财产。"他伸手调大了收音机的音量。默瑟奋力把吞下去的话又吐了出来。

"你看不出这他妈是个大问题吗？"

"你太夸张了。"

"我夸张？"

"我不打算和你争执，默瑟。"他抬高了嗓门，"我直接……你瞧，我直接离开了整整一个周末。这难道不是最好的证明吗？"

"听听你自己在说些什么吧！"默瑟的手都痛了。他刚刚没忍住，重重地捶在了方向盘上。当然，这正是威廉想要的——听别人对自己大吼大叫，让自己成为受害者。默瑟把收音机的音量关小，他希望两人可以真真正正地进行一次交谈。

威廉回答，这正是他起初调大音量的原因。"还有，不要假装从头到尾什么都不知道，你从来都是个蹩脚的骗子。"

"我们之间还没完。"默瑟说，却没有得到任何回应。他的内心在颤抖，既为自己的所作所为感到后怕，又无法压抑怒火。然而，威廉永远是那么足智多谋。你以为你已经切断了各个方向的退路，可他还是能用计找到通往自由的小径。此处距离租车点还有几个街区，车在红灯处停下。他从副驾驶那一侧跳下车，车门在他身后重重关上，声响在车门与路边建筑之间回荡。他走上人潮拥挤的步行道，消失在街角。这个周末就像从未发生过一样，仿佛他们从未离开过。再一次，默瑟·古德曼几乎看不到天空。

40

自从雪莉收到房地产传单已经有一阵子了。只要你在一家房产机构登记了一次，突然，所有机构就都掌握了你的姓名和住址。康涅狄格州的农庄，泽西海岸的分时共享度假屋，纯朴的阿迪朗达克疗养院。当然，对拉里来说——尽管他从未想过要告诉她——现在这间位于史丹顿岛北岸的三居室已经是一处疗养院了。他是在他们大婚那一年以艾森豪威尔时代的价格买下这座房子的，而且当时他刚好在警察同业会的支持下获得了加薪，收入涨幅超过了通货膨胀率。于是他们用余钱加装了无障碍设施，比如地下室的小吧台和浴室里的扶手，还打通了餐厅和厨房间的墙壁，使他不用离开座椅就能往厨房递运餐盘。近来，雪莉对于改变这件事情越发严肃认真起来。情人节当天，他带她去了北部一处古色古香的度假村。第二天一早，她提议开车四处转转，看看那一带的房子。他开得很慢，好让她能回头多看一眼像飞机拉烟一样消失在针叶林里的高速公路，他也能理解，她为他们的未来绘制的生活图景——你可以拥有一间工作室，我们可以把地下室租出去——实际上是她希望他提前退休的一种委婉表达。在财政紧缩的大环境下，反正警局很快也会裁员的，而且她已经厌倦了熬夜等他电话的日子。她重新转过头来，想法已经非常明确：他应该立刻自愿开始从事文书工作。一周后，那座他们看过的房子的照片出现在了厨房壁挂式电话上方的公告板上。他试图想象另一种生活。他拄着拐杖，沿着粒面质地、几乎笔直的车道走去查看邮箱，这将是他一天中最精彩的部分。然后他摸索着回到自己的工作台，继续制作木头玩具。

他在屋后的室内游泳池旁找到了她，身上裹着马鞍被，读着一本从图书馆里借来的书，座椅扶手上还摆着一杯冒着热气的茶。屋外还不到十摄氏度，但和过去几个月相比已经暖和了许多，而且雪莉总是需要待在户外。他俯下身子坐在椅子的另一只扶手上，极力不让自己畏缩。为了迎合他，她把阅读眼镜推到了仍旧呈栗色、如今却掺杂着几缕白发的头发上。他怎么也想不到一个女人竟能在衰老的过程中变得越来越美丽。他把剪报从口袋里拿出来，按在了褪色的木头上："我发现这个东西被钉在了公告板上。"

"当然了，亲爱的，我把它钉在那里就是给你看的。"她并没有伸手去接。

"你是不是希望我做点什么？"

"我想你可以先打个电话问问。看到了吗？我把电话号码圈出来了。挺明显的对吧，作为惯用伎俩来说。"她合上书，嘴角露出些许细纹，像是在揶揄他，可声音却是郑重其事的，"你不记得这座房子了吗？情人节，新帕尔茨北，有山墙的那一座。"

"那家酒店里全是嬉皮士。"

"你说你喜欢那里。"

"新帕尔茨对他们来说就像是一块磁铁，能量场。"

"老实说，拉里，我已经开始有一种被捆绑住的感觉了。你知道你这周有多少时间是待在家里的吗？"

他抓住她的手，有力，带着茶水的温度："我干吗要捆绑住你呢？"

"十二个小时，包括睡觉的时间。"

轮到他叹气了。他松开她的手，面向泳池平静的蓝色水面。在他们以为自己会有孩子时，他们曾是街坊四邻中第一个在家里建游泳池的人。嵌入地面的那种，因为拉里用起梯子来有点麻烦。不过，一旦钻进水里，他就能像其他人一样自如地移动了。夏日的早晨，他常常会去游上几圈。下午，邻居家的小孩们会在厨房里踩出一条湿乎乎的小路，雪莉则会在那里烤制托尔之家饼干，调配大罐的柠檬汁。然而那些孩子已经长大，再也不会寄毕业典礼请柬和圣诞卡片回来了。他们其中的几个跑去了西海岸，有一个还进了监狱。一道带有绿色隐私网的链状栅栏出现在院子的一边。天气暖和的时候，你能够听到栅栏后面又来了一群新的孩子，嬉笑着练习骂人的话，在他们自己家的泳池里溅起水花。

"那里肯定也会有案子的。"她说。

"案子很多，亲爱的。问题不在这里。"

"不，这就是一个具体的问题。不然还能是什么问题？肯定不是因为你的上司有多欣赏你的努力，哈哈。只是你从不和我谈起——"

"当初是你希望我不要把工作带回家的，虽然我早知道这会给你带来别的烦恼。"

"那我该怎么办？"她说，"你知道我从来不愿让你为难，可谁考虑过我的处境？如果我不说破，你就会抢先摆出这种做父亲的姿态来。又是个孩子，对吗？或者案子败局已定？或者两者皆然。天哪，别告诉我是两者皆然。"

没错。早在去新帕尔茨之前，西齐亚罗案就已经把其他案子和事务挤到一边了。他不愿承认是因为他不想结案，这是一个结不了的案子。然而他还是把它带回家了，带进他的睡眠。"你应该来为我工作，代替麦克法登。"

"我都知道，拉里，也只有你以为自己小小的弥赛亚情结是个秘密。等等，听我把话说完。我理解你不愿从这个案子中走开，但我们已经不再年轻了。你一周七十个小时都扑在工作上，那样的话我们什么时候才能离开这里？永远会有下一个案子的。"

"我们现在是在吵架吗？这不会是什么最后通牒吧？"他依旧坐在椅子的扶手上。

她把一只手放在他的背上，手指沿歪曲的脊柱分开："我们在讨论，这是成年人之间的对话。看着我，亲爱的，如果我觉得你是那种需要最后通牒的男人，我当初也不会嫁给你。"

"我向你保证，雪莉——"

"如果你能实现哪怕一个。"她在他俯身下来吻她时说。

然而事情很奇怪。那个星期一，当他早早从办公室溜出来，把晚报带到贝斯以色列医院时，他还在为自己对她许下了诺言而感到困扰。不然他为什么会回到这里来，在探视时间快要结束的时候？他关掉了角落里的米黄色电视机，屏幕上刚刚播放的是女孩的父亲离开前调到的日间电视节目。窗户本应是关着的，以防灰尘渗透到这间名义上的无菌病房，可普拉斯基却将它推开三英寸的最大宽度。外面的窗台上还流着融化的雪水，女孩将永远无法看到小鸟在水坑旁饮水，但他喜欢去想象，在她身体深处的某个地方，她还是能够感受到新鲜而又冰冷的空气，听得到城市巴士在泥泞中艰难驶过的声音以及街对面药铺里的声音，她知道自己没有错过任何事情。也许她会和他一样喜欢碎烟叶的香味。不过，他几乎还没来得及点燃自己的烟斗，一位紧张兮兮的护士就冲了进来，告诉他该楼层禁烟——他难道没有看到她需要靠机器维持呼吸吗？——窗户重新被关上。他强忍住亮出警徽的冲动，她知道他是谁。无论如何，她是对的。

随着暮光转为夜色，一张又一张报纸像地质沉积物一样在他脚边的地板上累积起来。呼吸机仍在呼吸，心脏监护器仍在监护。另外几名护士进进出出；床铺升起又落下；连接进她手臂的输液袋空了又满，满了又空。目标是告别；少些沉浸，别再进一步陷进去了。可被单下的病人莫名成了一种安慰。他试图想象雪莉这个时候在做些什么，在深层岩体海港的另一边。当然了，她还有朋友、网球、图书馆的兼职工作，可她上一次和朋友吃午餐或是挥动球拍是什么时候的事情了？他之所以待在这里是因为，垂死的女孩正躺在他身旁的机动化病床上，比起昨天靠在雪莉的椅子扶手上，这个可悲的事实让他感觉更加靠近雪莉。她在那座岛上充满光线的小盒子里，而他则在这个小盒子里。一瞬间，他觉察到，在有形的世界下面，某种令人难以理解的基础结构正将他们两人联系在一起，或是他们三个人，然后将更多人联系在一起，甚至是他从未遇到过的人。

你想要从这些人物关系里找出一个嫌疑人，因为熟人或者熟人的熟人中十有八九会有嫌疑人出现。比方说，你尚未排除发现她的黑人青年的嫌疑，不管你曾经说了什么让他安心（普拉斯基暗中联系了他在私立学校的同事，有人形容他是个有点古怪的家伙，还有人透露他似乎正在创作一部小说——这就能解释很多问题了）。或者你想让那位父亲承担起罪责，那个一只手有残疾、寡言少语的西西里人。还有她销声匿迹的母亲、母亲的情人，留下这些鲜花的人。一张DD-5，那是你使用的表格，一次诉状后续跟进。你填写了一式三份。问题就在于这张DD-5，事实填空，它把其他的一切都忽略了。比如直觉，比如感觉，比如这些人际关系能延伸至何方。理查德·格罗斯科夫、默瑟·古德曼、齐格·齐格勒"博士"——如今，他不再通过电波怒斥商人阶级的掠夺行径，却开始声讨处女献祭和公园里的恶魔。这些线索就像他在"时代·生活"出版的历史丛书中读到的地脉一样，汇聚在这个姓西齐亚罗的女孩身上。她毫无意识地躺在那里，如同玻璃棺里的美人，而她的王国已经变成了废墟。不过，当然，这话对于任何人都适用，谁不是存在于成千上万个故事的交会处呢？在力量、迂回、接力赛跑的中心，普拉斯基可以像这样坐上一晚上都无法找到其中的连接之处。这意味着枪击是毫无意义的，是机缘巧合，只不过是那些事情中的一件。而他承诺过（不是吗？）会尽力去摆脱它。

  也许就在他这样思索时，他第一次注意到她后颈的一小块阴影，卡在脖子与枕头接触的地方。他不能碰她，这是条不成文的规定，不过他很快意识到，只要挪动一下枕头。她的头向侧面转了过去——他颤抖了一下——纱布边缘露出一英寸宽的黑色文身。在他看来，那像是一个符号，护目镜和刺猬头。不知为何，有点儿眼熟。为什么呢？因为在他从公园里找到的蓝色牛仔裤口袋里的那张纸上，也有同样的图案。

┊ — ┊ — ┊ — ┊ — ┊ — ┊ — ┊ — ┊ — ┊ — ┊

41

  当里根返回公寓时，客厅里唯一亮着的是电视。桑托斯太太坐在自己从厨房里拖过来的一张木椅上，借由毛衣针默默表达着自己的意见：首先，天已经黑了，一位母亲应该和她的孩子们在一起，而不是在下班后还要加班。其次，她是里根在布鲁克林高地唯一请得起的保姆。基斯也许以为她在这里过着无忧无虑的生活，可无法要回两个孩子信托基金监管人的身份，她就很难支付房租、学费和保险费，即便手握孩子们的抚养费。今晚，她要求桑托斯太太一直留到了晚饭后，就意味着她必须连着一个星期自备午饭。而桑托斯太太的时间肯定也很紧，里根留下十美元订比萨饼的钱,但证据——沾满番茄酱的餐盘、空气中的油脂味——显示老太太把钱塞进了自己的腰包,然后从冰箱里找食材凑合做成了汉堡。"孩子们回房间了吗?"里根站在门口问。"没错,是的。"桑托斯太太回答。"你不介意待到九点再走吧?"她正打算解释——她可以抽点时间出去小跑一会儿——但如果桑托斯太太把皮沙发都视为自我放纵,又会对休闲式的慢跑作何感想呢?

在前去换衣服时,里根注意到威尔的房门是关着的。打开房门,他发现自己的儿子正面朝着地板,另一个男孩,他的新朋友肯笔直地坐在他正对面。她希望自己能喜欢他,因为他住在这个街区,威尔需要朋友,也因为肯是个日本人,还是洋基队的粉丝。不过那个孩子总是一副讳莫如深的样子,或者更仁慈地说,总是无视成年人的权威。有他在场的时候,威尔也会变得神秘兮兮的。她一进屋,他们就收起手中的牌和骰子,藏进胸口的阴影里。他们在玩一种与魔法相关的游戏——巫师、霍比特人之类的东西,名叫"怪奇领域"。不必说,母亲在这里不受欢迎。"你们做什么呢?"

"没什么。"威尔回答。

"你好,肯。"

她说不好肯是不是含糊地回应了她一句,还是什么也没说。这很奇怪:如今在公园里遇见他的母亲,对方的表现总是十分友善。里根决定破除他假装看不见她的诡计。

"好吧,无论你们在做什么,亲爱的,我希望你能让妹妹也加入进来。"

"妈妈,"威尔头都不抬地答道,"你——让我——难堪——了。"

"这段日子对她来说并不轻松。"

"你没看到我有朋友在这里吗?"他说。

"现在已经过八点了,也许肯该回家了。"

听到这里,男孩匆匆站起身,朝威尔挥了挥手,双眼藏在帽檐下,疾速经过她的身旁走进走廊。"再见,桑托斯太太!"前门"咔嗒"一声关上了。她在等待威尔说些什么,可他只是戴着自己的帽子——大都会队的帽子,那是基斯支持的球队——躺在那里,凝视着她的脚踝。等她离开后,他把肯的牌和骰子塞进自己胸口前的那一堆里,就像一条龙把自己积聚的钱财压在身下。

到目前为止,里根知道自己是世界上最糟糕的母亲——在过去的三个小时里，这是她乘着愧疚的海浪所到达的高峰——她害怕自己今晚若是不出去跑一跑，她就会求助于某种其他的、不那么单纯的处罚。甚至在危机变得明显之前，情况肯定就已经比她所想的更加明显了。基斯在她三十五岁生日时送了她一双跑鞋，难道是想告诉她这对她的健康有好处？她过了很久才承认，他是对的。大部分人都会在开始接受马拉松训练之后瘦下来。自从里根在新年后不久开始练起马拉松以来，据浴室磅秤显示，她已经胖了四磅。好几次，她居然感觉自己可以在没有浴室磅秤的情况下活下去。

穿上跑步鞋，她再次觉得自由多了。她沿着散步大道向下飞奔，朝闪着亮光的大桥桥臂奔去。呼——吸，呼——吸……像无痛分娩法一样。她想要知道，正在困扰她的两个孩子的仅仅是离婚吗？难道她被警告的抛弃感是不可避免的吗？还是她在二十年前上大三的时候遭受的伤害仍旧让她以为自己在别人的心里比她心里想的更伟大一些？起码令威尔感到困扰的一部分原因是他的外祖父。上个周末，从基斯家回来之后，他就要她解释大陪审团和普通陪审团之间的区别。他知道她的工作是尽可能让外祖父的公司保持良好的形象，于是在她告诉他一切都会没事时，他是不是以为她只不过是在做自己的本职工作？

她现在开始向桥上爬去了，血液在她的脑袋里嗡嗡直响。一想起工作，就想起安德鲁·韦斯特，他才是她这么晚回家的真正原因。他在选择餐厅方面十分老练，随意的装潢、沙锤和其他墨西哥街头乐队的小玩意儿、毫无特色的街区，这些都成功地使她放松了戒备。谁会在吃过墨西哥菜后还有心情做点什么？不过，结束开胃菜后，当她问起爸爸要如何在检察官面前巩固自己的立场时，他却说，她应该允许自己休息一下，不要时刻想着工作。他长饮一口玛格丽特鸡尾酒，然后眯起眼睛，揉搓着自己的前额："头有点儿痛，冰激凌后遗症。"

她以一毫升的剂量，小口小口地呷着杯中的葡萄酒。她需要保持头脑清醒。

"所以，你喜欢音乐吗？"睁开眯起的双眼，他接着问道。

"有谁不喜欢吗？"这话未经思考，脱口而出，却充满防备，她可以感觉到自己已经在畏缩了。在这家没有窗户的餐厅里，身边还有这么个俊俏的……孩子，她现在看上去该有多荒唐啊。"我曾想象自己长大后会出现在百老汇的音乐剧里，我还硬拉着爸爸去看过《窈窕淑女》。"她告诉他，爸爸最后如何泪如雨下，安德鲁被逗得捧腹大笑。即使那个时候，爸爸也不太爱笑。

"那你会跳舞吗？"他问。

"为什么这么问？你会吗？"

"我在高中的时候还得过几个奖呢。"他答道，接着又说，"我开玩笑的。"不过他倒是知道一处他们可以去的小型迪斯科舞厅。当然，是在吃过甜点之后——"他们这里有最棒的果馅饼。"此刻，她的膝盖隐隐作痛起来。她来到了桥上人行道最高的地方，距离水面有几百英尺高，不过若是她连完整的一英里都坚持不下来，又怎么能设法跑完二十六英里，做出改变呢？幸运的是，重力拉着她朝坡下的曼哈顿跑去。这座城市在她脚下的水面上映出了一道重影。就像南布朗克斯的那两幅图画，之前和之后。纵使她的权力有所扩展，公司里还是有许多以她的名字为名头的事情是她不知道的。说实话，她可能会默许他爬上自己的床，但她其实一点也不了解这个陌生人——安德鲁·韦斯特——之前在什么地方工作，现在又向谁汇报……据她以往的经验，他可能受雇于埃默里，暗中监视她，破坏她的名声，毕竟，谁又能说清"恶魔弟弟"的魔爪伸得有多远呢？尽管到目前为止，安德鲁除了善意并未露出任何马脚，而阿特舒尔医生也会再次指出一条自我糟践的末路。

"安德鲁，"在食物被一扫而空之后，她直言不讳地说，"我可能让你误会了。我和我的丈夫还只是分居而已，我现在真正需要的是一个朋友。"

他没有反驳。那些闪亮的牙齿可能从未有过蛀牙，那双雕塑般的手心不在焉地凭空旋转，仿佛是在想象自己握着那副被他留在韦伯斯特格洛夫斯的壁球拍……他们本可以溜进看门人的壁橱里，享受短暂的欢愉，然后就此分开永不相见，或是介于两者之间。安德鲁·韦斯特本是个不错的人选，可他此时若无其事的表现略使她心惊。愚蠢！她怎么会以为他真对自己有意思呢？几杯咖啡和几段闲聊之后，他礼貌地亲吻她的脸颊，为她关上出租车的车门。

在大桥脚下，她放慢脚步，慢跑起来。市政厅背后的公园里，光秃秃的树木像黑色的手一样向她挥动示意着。她想要停下休息片刻，可她不敢。入夜后的公园，即便规模不大，也不是一个独身女人该待的地方。这也是时间最终让里根所明白的事情，一个独身的女人。她再一次看到了父亲所住的街区尽头伸展开来的黄色警用封条,发现它在纽约的大雪中已经变成了白色,白色床单已经被塞进了救护车。关心自己的事情,把注意力全都放到自己生活中的烂摊子上来,然后让一切都变成空白。这大概就是宗教的意义,一个安放恐惧的地方,那种害怕黑暗之外有不确定之物的恐惧可以因此得以安放。她希望此刻这里还有别人,说实话——她死都不想承认——此刻她多希望基斯能在身边。

但她还是让那些阴影追着她跑回了桥上。下面那一层高速奔驰的汽车射出来的灯光如同一道残影闪过,消失得无影无踪。脚下的河水是一大片涂抹过的痕迹。人行道上只有她喘息的声音和脚下的韵律。她本可以慢跑回原来的那个家,跑回完整的婚姻,找回自己完好无损的孩子。只不过,再也没有曼哈顿了。她跑向的是布鲁克林。

客厅里,桑托斯太太坐在硬木椅上,看着《侦探科杰克》中的特利·萨瓦拉斯凝视着一座燃烧的大楼。这里的灯仍旧关着,从门厅里溢出来的黄色灯光和电视机里的蓝色闪光交相辉映,给这里——整个家庭理论上的中心——蒙上了一层暗淡的、令人感到偏头痛的色彩。里根走进房间,在钱包里摸索着钱,眼睛则瞥向了科杰克嘴里巨大的棒棒糖,因为她有时候觉得直接望着桑托斯太太的眼睛有些不太舒服。"你没有让他们看这个吧,对不对?因为威尔对一切都很好奇,我不确定他的年龄是否足以……"她意识到自己冒犯到了桑托斯太太,可她无法在扭转已然失败的权力格局之前道歉。除此之外,她的心理医生这周给她布置的作业就是停止频繁的道歉。

桑托斯太太继续织着毛衣:"你出去的时候,有个男人打电话来找你。"

里根的脉搏仍旧跳得很快,如同心口顶着一只定音鼓。"他有没有留下什么口信?"

"没有,只有一个名字。"此刻,里根已完全处于她的掌控之中。

"好吧,你还记得他叫什么吗?"

桑托斯太太带着胜利者的姿态,自顾自地笑了:"我们国家没有这样的名字,默塞德之类的。不过我还记得他的姓,是好男人的意思,古德——曼。"

42

那天晚上，默瑟解下领带，脱去上课时穿的牛津布衬衫，仰卧在床上，希望五点至八点的这段时间能在睡眠中过得快一些。然而，他仍旧睁着眼睛。天亮得越来越早了，一周前的这个时候，他还看不清楚对面墙上的那张肖像画，除了一团僧帽状的乱发。此刻，那双不太像威廉的眼睛正逼视着他，似乎在谴责他。他转向了另一边，面朝窗户和分隔跃层其他区域的珠帘。在那里，床垫和扶手椅靠在一起，以某个固定的角度面向大门敞开。威廉也有属于自己的上座，那是默瑟在屋顶上找到的一把破损严重的尼龙沙滩椅——不过据他所知，那把椅子本来就是属于威廉的。

过去那些天气暖和的夜里，他们常常聚在那个地方，一坐就是一晚。威廉和住在六楼的机车党一起喝着啤酒，默瑟则坐在不远处一只倒置的水桶上，研究上城区每到夏天必会突发的火灾。一次，那个名叫比莱的大块头朝燃烧的地平线挥舞着手中的啤酒罐："你知道这个叫马斯洛的家伙吗？我在齐格'博士'的节目上听说过他的那个金字塔[a]。当你处于金字塔的底层时，就无法欣赏更高层的东西。这就是为什么你不能什么也不给那些黑鬼。兄弟，别见怪。"默瑟尽力不让自己感觉深受冒犯，正确看待比莱邀他参与的这场自我欺骗的游戏——你实际上不是个黑人，你和威廉只不过是好朋友——这是团结友爱的象征。再转念一想，比莱的肤色在正常光线下也十分黝黑，默瑟开始不确定对方是不是在以兄弟之间的语气同他说话。可是，作为全球棕色人种权利的捍卫者，威廉却攻击起比莱的理论来。显然，放火之人是房东们买通的，为的是骗取保险金，是消减损失。总的来说，房东们都是些"白鬼子"，他们的这套手法已经得到公认，还有一个不幸的艺术术语与之对应，"犹太闪电"。默瑟为大屠杀做好了准备，以防比莱将自己视为白人（或犹太人），所幸比莱对威廉总是抱有特殊的好感。只要默瑟有胆量问，比莱说不定会同意参与干预行动——甚至是主持这一行动。

然而，默瑟拨通的第一个号码却是布鲁诺·奥根布里克的。对方却说："你根本一点也不理解威廉，对吗？"

默瑟很想说，那就请你帮我解读一下他的想法吧，但他忍住了："你是

---

[a] 指亚伯拉罕·马斯洛（1908—1970）提出的需求层次理论。

在说，我就应该放任他嗑药过量而死吗？"

默瑟推测，和比莱不同，鉴于他们那一次灾难性的见面，布鲁诺应该是真的憎恨黑人，或者至少是憎恨他这个黑人，可现在他又拿不准了。他用手指拨弄着从第二十八街的戒毒中心拿来的小册子。电话沉默的过渡不如人声的版本那么完整，话筒里传来了微弱的"砰砰"声和"噼啪"声，就像七喜里的气泡。"老实说，我不在乎你想要什么，布鲁诺，"他说，"我只想帮威廉戒掉这玩意儿。我竟然愚蠢到以为你会看在你们过去是朋友或别的什么关系的情分上，愿意出一份力。"

布鲁诺的声音依旧刻板、冷淡（为何会如此像德语诗歌）："我希望你能理解，这正是我为什么不能参与你的……"

"干预行动。"

"正是如此。"他再一次强调。就是这样，他甚至没有祝默瑟好运。

此刻，窗户上的窗帘已经变成了灰色，带着薄暮的光晕。默瑟刚把它买回来的时候，它还是蓝色的，是他用来代替威廉贴在玻璃上的包肉纸的一块薄薄的布料。通往海港局的路上，懒洋洋的公共汽车亮着头灯和尾灯，追溯着这块棉布上西方文明的历史。实质上，是煤烟的历史。尽管窗帘和默瑟的脑袋隔着几英尺的距离，他还是可以辨认出一颗又一颗的黑点，它们如同无意义的民主一样随意散落在轻薄透明的灰色布料上。刹车减速的声音听上去如同破碎的瓶子，动弹不得的大巴车如同羊一样叫着。他做过一次楼下车里的乘客，脑袋里充满了乱七八糟的幻想、迷信、宗教在他的童年时代残留下的痕迹，说给上帝听的没完没了的独白（他浑身无一处不在看你）。[b] 话说回来，他真的那么与众不同吗？今天下午，在公寓里烦躁不堪的他把不成套的马克杯一一摆了出来，仿佛这不是什么干预行动，而是一场茶会。他仍会假装表面上的合理布置也许能够招来幸事，或者恩赐。当然，很难说威廉什么时候会回家，尽管他（假意）承诺过一顿特别的晚饭会在八点钟的时候上桌。默瑟只希望他不要在七点三十分或者十点的时候出现。

[b] 出自赖内·马利亚·里尔克（1875—1926）的诗歌《古阿波罗残像》。

传来一声类似枪响的声音。一定是垃圾车开进了路面上的坑洞——这是他分门别类过的三十二种扰乱你睡眠的城市噪声之一。可垃圾车黎明时分才会出没。也许他在干预行动中睡着了，什么也没听见，而现在已经是早上了：同样的车流，同样朦胧的光线。"幽暗"可以意味着两种几乎截然不同的东西这一事实似乎说明了什么，仿佛现实与认知之间的那层隔膜越来越薄，充满了危险的气息。这时，那声音又响了起来，连成一串——"砰砰砰砰砰"——他意识到夜晚还没有降临。机车党尚未锁上前厅的大门，有人进入楼里，正在重重地拍打他家的房门。

他还没有把门完全打开，维纳斯·德·尼龙便冲进了公寓。这位追忆往昔乐队的传奇键盘手似乎误以为这里是她的家，而默瑟不过是一个管家或者仆人。他上一次见到她（他？她？她）时，她还穿着白色的护士制服，顶着蒂娜·特纳式的蓬松鬈发，一边左右甩动着发丝，一边优雅地弹奏着她的乐器。如今，她剃光了头发，给头顶上了蜡，再加上那对金耳环，看上去就像多米尼加版的"清洁先生"。她拿起书架上的相框，宝丽来相片里，他和威廉坐在中央公园斑驳的草坪上。"哈，这张还挺可爱的。"

默瑟伸出了一只手，说："我们还没有正式认识过，我叫默瑟。"

她的鳄鱼皮手提袋晃动起来。她伸进手去，掏出一团白色的毛球。

"好的，所以你带来了你的狗。"

小野兽在地上站稳脚跟，接着便忙乱地钻进了沙发底下。一声犬吠，厄撒·K.飞奔而出，穿过珠帘冲进了睡觉的角落。那只狗又朝摇摆的珠子吠了几下，扬扬得意。"我是说什么也不会把它拴在路灯柱上的，不管你是不是话里有话。"维纳斯的眼神猛地回到默瑟的身上，"说实话，我一直无法理解，为什么一个汉密尔顿-斯威尼家的人会选择住在这样的街区。"

"就像我之前在电话上说的，很感谢你愿意过来，协助解决一些问题。"

"我早知道会有这么一天的，比利总喜欢把自己逼上穷途末路。"

"请坐吧。先来杯咖啡如何？"

"该死的，你听起来像极了唐娜·里德[c]，但我不喝那玩意儿，心脏不好。"

维纳斯来到床垫前，脱掉平底鞋，勾起一双疙疙瘩瘩的大脚侧坐在垫子上，下半身如同美人鱼的尾巴。默瑟不禁对天鹅绒运动套装下的那具身体好奇起来。她是不是已经做过手术了，包括关键的最后一步？宽松巧妙的衣物害他很难分辨。他把手册递给她，并解释说自己的计划就是要让威廉看到有多少人在乎他，那个真正的他，愿意和别人相处的他。

[c]唐娜·里德，美国女演员，凭借《乱世忠魂》（*From Here to Eternity*）荣获第26届奥斯卡最佳女配角金像奖。

"准确来说,这样的人到底有几个?"

"目前我得到明确答复的有三个。"

"三个,再加上你?"

"三个,包括我在内。"

"见鬼。"

"我把他姐姐也找来了。"

"我必须提醒你,默瑟,就算你请来了耶稣基督,也阻止不了一个可怕的嗜好。我是通过纳斯塔诺维奇的事情学到这一点的,你知道的,就是我们的第一任贝斯手。我当时真的以为他的死能把比利吓醒,但瘾君子永远都是我行我素。"她摸了摸他的大腿,突然陷入忧郁中的默瑟竟忘了抽身,"别多想,我不想看到你的男朋友进监狱或者死掉,不过你得接受这样的事实,有些人认为他们独处的样子才是真正的自己。"

又一阵敲门声。默瑟回过神来,也可以说,找回了他为了渡过这个难关而佯装出来的自我:"应该是里根来了。"

不比上一次相见时的模样,她的脸上竟透着健康的光泽,让人怀疑她是不是去度假了,或是钻进了那种新发明的美黑仪。要知道,冬至前后的几周通常是白人最白的时候。里根犹豫片刻才跨过门楣,并没有什么警报器响起。

"这位是威廉的朋友,维纳斯。"默瑟解释道。维纳斯掌心向下伸出一只手,像是在等待对方的吻手礼。里根上前握住她的手,然后,没有在空着的任何平面上坐下,只是四处走动,审视着回收家具、拼凑出来的板、破裂的灰墙上椭圆形的黄色灯光。她的职业套装如同一件四四方方的盔甲。"需要帮你把外套挂起来吗?"他问。但她想穿着,因为很冷。他为没有暖气的事情道歉:"房东喜欢关掉暖气,想看看在人们察觉之前能坚持多久。我正打算煮点现磨的咖啡。"

"那太好了,谢谢。"

"家里只有这种。"他举起厄尔·本迪托咖啡店的黄罐子,柜门只开一道缝隙,留心着不让她看到里面的木纹蟑螂屋。(不过,说真的,他为什么要在乎呢?自从他们相遇的那一刻起,他为什么一直拼命要给她留下个好印象呢?)

里根走到小狗面前:"我可以摸它吗?"

"它是个女孩，肖肖娜。"

在咖啡滴滤壶汩汩作响时，默瑟从冰箱里拿出了几个奶油包，取下糖罐，还偷偷地检查了一眼里面是否有蟑螂。他原打算透过玻璃柜门的反光镜面看看他的客人们是否相处融洽，但里根已经挪步到窗边，低头凝视着逃生梯上煤渣砌块里凋败的花。街道上挤满停滞的汽车如同遍布血红色灯光的壕沟。如果此时有人从楼下望上来，一定以为她身处一幅肖像画之中。"我不明白这为什么行不通。"她说，声音变得微弱而生硬，仿佛有一颗胡桃卡在嗓子眼，"他这一辈子都在寻找一个家，现在他找到了，不可能就这样弃之不顾啊。"

"难道只有两个选项吗？"维纳斯说，"非此即彼？"默瑟放下盛着咖啡器具的托盘。他不忍心告诉里根，她此刻坐的那把沙滩椅是威廉的专座。

这时，楼下前厅的门打开了，远远传来一声汽车的鸣笛。狗开始低声吼叫。即使他的钥匙圈还没有在楼梯间里叮当作响，默瑟也知道是威廉。他的表情一定泄露了这个消息，因为里根和维纳斯也紧张起来，如同怪兽电影中的少女，他们注意倾听他上楼时的脚步声。或许是默瑟搞反了：说不定威廉才是那个倒霉的受害者，而此刻，观众们正在对他喊：别走进那扇门！他记不清刚才有没有锁门了。胡摸乱找一通的声音停下，门开了。威廉扫视一眼房间，维纳斯坐在沙发上，威廉努力装出很高兴见到她的样子。他一时半会没能认出那件西服外套和那个发型的主人，可当他意识到她就是自己15年未见的姐姐时，他的脸色在转瞬之间沉了下来。

他怎么没喝点酒或者用点药？默瑟心想。为什么偏偏要在今天这么清醒？还有，里根为什么在哭？这平添了威廉优势，他一动不动站在那里，手握钥匙，一脸许久未刮的胡子。"你为什么不进来坐？我去给你倒杯咖啡。"默瑟说。他羞愧得想要逃走，逃到小厨房去，逃到隔壁，顺着逃生梯逃去屋顶和城市的尽头。

"你为什么不告诉我，默瑟，她来这里做什么？你在这里做什么？"

维纳斯叹了口气说："你姐姐来了，亲爱的，那是因为你药瘾又犯了。"

"哦，不，拜托，别搞得好像这一切都是为了我好，莫名其妙！"

"威廉——"里根喉咙里的胡桃肿胀得更厉害了，脸色也变成了亮红色。维纳斯的狗竟选择在这个时候小跑过去，研究起威廉那双沾了鸽子屎的高帮运动鞋。

"我真是不敢相信。我现在就去走廊上数到十,等我回来,一切必须恢复正常,懂了吗?这个主意怎么样?"他还没有要走的迹象。不过,维纳斯却从地板上拾起自己的手提包,准备倒戈。默瑟没想到会变成这样。即便是三对一,威廉依然稳操胜券。(话说回来,他又赢得了什么呢?)就在这个时候,里根终于站起身来。她和她的弟弟几乎一样高。

"威廉,我爱你,这你是知道的。"

"默瑟也应该是爱我的,既然如此,你们为什么要联合起来对付我?"

"我的确是爱你的。"默瑟悄声说。

"我们一会儿再说,默瑟。"他转向里根,"我们就打开天窗说亮话好了,先是邀请函,现在又是这个。你觉得我离开你一个月都活不了,就好像时间还停在1961年。所以你到底为什么突然又来打扰我的生活?"

"我花了这么长的时间才找到你!"

"那你找得还不够卖力,里根。"

"我有婚姻,我有孩子,两个孩子。现在爸爸又有了麻烦——"

"那又怎样——你期待另一个继承人努力飞奔回去,收回自己与生俱来的权力?我从不想要爸爸的任何东西,里根,不管他是怎么想的。妈妈的离开就已经让我受够了。"话题转换得不着痕迹,可默瑟的注意力实在是太过集中,以至于无法将其拉回到违禁品的问题上来。

"他是在30年代成长起来的,威廉。那时的人们不会沉湎于自己的情感,但那并不意味着你不是他眼中的小王子。你以为古尔德姐弟为什么想方设法地让他把你送走?"

"他立即就照做了。"

里根环抱双臂,这让她看起来更瘦小了,仿佛想试图躲进自己的外套里。"你这一生就没犯过一个错吗?你确定自己永远不值得第二次机会吗?也许是时候学会原谅别人了。"

"不管怎么说,在我的印象里,你才是承载了他们所有注意力的那个人。"

"请不要——"

"那么,爸爸站在哪一边?你又站在哪一边?十五年了,里根,你是否为曾经发生的一切说过哪怕一句话?"

沉默。威廉似乎都没有力气按住自己的手。

"从你决定放过古尔德姐弟的那一天起,你就失去了评判我的选择的权利。如果你现在需要一位盟友，去问你的丈夫好了。"

"难道默瑟没有告诉你吗，新年舞会的事？"糟了，默瑟心想。

"告诉我什么？新年舞会和这一切有什么关系？"

"默瑟，你没有告诉他我离婚了吗？"

"这一切对我来说有点像《冷暖人间》。"维纳斯说，"我们走，肖肖娜。"

"不，等等。"默瑟说，试图重新回到写好的剧本上来，"听着，我们都很爱你，所有人都很爱你，我们都想帮你。"

"谁说我需要帮助了？"威廉问道，"是你吗，维纳斯，穿着女人的衣服，用奶瓶喂你的狗？还是你，里根，宁愿慢慢死去也不愿承认他们对你做的事？还是——"他转向默瑟，声音软了下来，"还是你，甚至连一个分子原本的样子都无法接受？你并不爱这个世界，默瑟，你爱的是世界这个概念。你一直在沉睡，而且对自己的处境一无所知。现在，恕我失陪——"

那只小狗试着追随威廉到走廊上去，害他不得不用脚把它挡在屋里。这多少让他离开时的威严大打折扣。可就在房门关上的那一刻，里根便转向了窗户，双手几乎消失在她那两只被攥成团的袖子里。默瑟无法分辨她是不是又在哭泣了，他靠在台子上，感觉有人在自己的肚子上捶了几拳。最后，维纳斯俯身抱起了自己的狗。夹在这一切中间，她一直维持着某种尊严，并打算原封不动地带着它离开。那只健忘的小狗一头钻进手提包里，坐了下去。维纳斯把肩带搭在肩头，在离开之前回头看了他们一眼："嗯，进展得还可以，你们不觉得吗？"

43

威尔的睡眠很浅，而他的卧室就在厨房隔壁，所以吵闹的咖啡渗滤壶应该要避免使用的。作为替代，那个星期六基斯黎明前便起身，在炉子上煮了一壶咖啡，就和他们过去上大学那会儿一样。咖啡比想象中沸腾得还要快，他发现自己穿着袜子在东奔西跑，想要找些东西来为它过滤，滤锅、筛子或是她妻子没有想到要从他这里拿走的任何多孔渗水的器皿。随着厨房窗外的风景越来越亮，他几乎有些发狂，就像某个偶尔会闲逛到上东区来的蛇头。冰箱上贴着一张字条——我去跑步了——以防孩子们醒来找不到他。不过他一直希望能够在他们起来之前快点回来,这样他就不必撒谎了。某种有洞的东西……他所能找到的最好用的就是一只漏勺。他用一张纸巾把勺子包起来,想把里面炽热的混合物过滤到杯子里,结果却弄得一团糟。咖啡尝起来与水无异,只不过被蜡笔染成了棕色,碎渣沾在他的嘴唇上。他感觉自己的心也成了多孔渗水的滤杯。他走到前厅,拉上防风夹克,这时威尔出现在他的身后。他一脸困倦,手里拿着他留下的字条,问道:"去哪里跑步?"

"就在水库附近。"基斯答道,"今天看起来像春天。"

"你跑步就穿这个?"

他低头看了看脚上的乐福鞋:"见鬼,我忘了。你老了也会遇到这种事的,小子,到时你的脑子会离你而去。"突然回想起岳父,他觉得自己是个浑蛋。

在威尔警惕的注视下,他换上了运动鞋。他得记得在回来的路上让鞋底踩上一点泥。他的儿子已经变成了那种会去核实的孩子。最近,他似乎不仅满腹秘密,还怀疑其他人也都神秘兮兮的——尽管这也许就是里根在引用心理医生的话指责基斯以己之心度人之腹时所说的意思。不管怎样,运动鞋迟早是有用的。在等待了十五分钟当地那辆狭小的周日早班车之后,他最后真的慢跑去了布莱恩特公园。倘若预先的安排没有变化,他计划七点钟在这里与塔得利斯见面。

"你看,兰姆莱特。"基斯还没有坐下,塔得利斯便开了口,"你得和他们谈谈。作为你的朋友,我建议你这么做。如果我是你的律师,我会亲自开车送你过去。"他买了百吉饼,而且门牙顶上粘上了罂粟籽。不过,基斯不方便告诉他。在感恩节和圣诞节之间的几个星期里,在商量好分居事宜之后,塔得利斯暂时让他睡在自己家的沙发上。如今,他又同意免费查看美国联邦检察官办公室两天前寄来的那封让基斯陷入恐慌的目标信[a]。塔得利斯是他认识的唯一亲自参加过内幕交易调查的人。自从他失去证券许可证以来,他就一直在城市学院里通过教授商务沟通勉强度日。尽管如此,他仍旧宣称自己是个"律师"(attorney),好让它能够和"饥渴"(horny)这个词

[a] 目标信(target letter),美国刑事审判中的一个程序,在证人上庭做证之前向证人出具的一封信,证明证人已成为陪审团调查的目标,并且对于做证的程序以及证人的权利做出说明。

押韵。

基斯把信递给他，手还有些颤抖："我相信你已经听说了，遭到起诉的人是里根的爸爸。我只是觉得自己不能对这些人说任何话。"

"就算你说了又有何妨？你是清白的，记得吗？"

塔得利斯不太能够压低自己的音量，不过正坐在附近长椅上享受清晨的老太太们也有各自的生活要去担忧。不知怎的，基斯总是会忘记别人身上也会出现这样的问题，就像他们无疑也不会记得去关心他一样。表面上，他健康壮硕、朝气蓬勃、才华横溢、英俊潇洒。然而，内心里，他却感到窒息。他不能让里根的离婚律师听到他有可能在美国诉汉密尔顿－斯威尼案中露脸的消息，他也不能让美国联邦检察机关听闻他与一个枪击案受害者有染的事情。至于"恶魔弟弟"，他把对方的沉默视为一种警告，就连面对塔得利斯也不敢多提一个字。如果他那勉强容纳了一团又一团困境的生活圈触及彼此，就会整个爆炸。"他们似乎不相信我是清白的。"

一直在专注读信的塔得利斯抬起头："像检察官一样去思考片刻。你是一条小鱼，你的岳父是个大祭司。我们已经知道公司里有个秘密线人了，不是吗？所以无论这个人是谁，他们都肯定会赋予他豁免权，并拿下这个无懈可击的案子。但我的理解是，要不就是豁免权赋予了他不开口的权利，要不就是证据还不确凿。如今，他们不得不用些手段为里根的爸爸奋力争取有可能的最苛刻的协议，于是他们会把压力施加在他们认为有可能证实他们所获得一切的任何人身上。在如此公开的情况下，他们会想让他至少认下几项重罪，再服刑一段时间，缴纳巨额罚款。"

"你是说，如果我不说话，老比尔所面临的局面就会更好一些？"

"我是说，你得照顾好自己的利益，基斯。除非你有什么事情没有告诉我，不然我看不出违背财产受托人的地方——但无论如何，过去和他们见见面，如果有必要的话，你会受到保护的。"

"但那将是某种背叛，你明白吗？"

"比让自己遭到起诉还要严重的背叛吗？你现在正值赚钱的巅峰时期，我的朋友。你还有孩子要考虑。很快你就要考虑赡养费的问题了。给，抽我的吧。"

基斯从自己破损的软烟盒里只掏出了一根断成了两截的香烟。这是里根所不知道的有关他的另一件事情：从去年秋天开始，他学会了抽烟，因为这能提醒他,他表面上秩序井然的人生留存着怎样的放荡和喧嚣。有时,傍晚时分,他会坐着电梯到楼下去。一天里的最后一支烟就足以将那些有理由在凌晨三点五十五分和四点十分在这里闲荡的人、游手好闲的人、流浪汉和衣衫褴褛的无家可归者区分开来。有一种同病相怜的感觉,全然不用眼神接触进行表达,而是斜斜地一瞥,某种比自我还要庞大的感觉。当然,他现在突然明白了,他已经成了婚姻的一部分。萨曼莎或许曾是那只引领他进入地下世界的白色兔子,但自始至终,他一直在追寻的人都是里根。因为只有和她在一起,他才能感觉到自己心中那种强大的无力感是爱。老实说,此刻,在这片露天的空间里,他真正需要的是里根,和她美妙而强大的判断力。她的手会牵着他的手,提醒他,正是他寻找托词上的天赋害他落入今日的下场。如果这件事情关系到的是其他任何人而非她父亲(也许即便是那样),她应该也会建议他去聊聊。"只要记得,"塔得利斯用一根手指拉扯着牙线说,"我的建议对你付出的每一分钱来说物有所值。"他是对的,基斯最终下定决心……正如这个仍旧留在他心间的里根所说。安排一次见面又有何妨呢?

─ ─ ─ ─ ─ ─ ─ ─ ─ ─

44

他的老朋友、老对手能够拿下分量如此可观的晨间广播节目似乎有些匪夷所思。光是齐格"博士"那张嘴按理就过不了关,那是理查德见过的最污秽的嘴了。尤其是现在,你能够感觉到他直奔"七秽语"[a]的边缘,渴望跳下去:

──到目前为止,法洛克卫镇的艾德公然与他人通奸,布鲁克林的女士让流浪汉睡在她家的门廊上,后来,事态进一步恶化,行凶抢劫、强奸、商业巨头蒙受耻辱。雅克热线KL5-YACK仍旧为你们开放──555-9225,你们这些钢铁之城的白丁,欢迎来电。不过,在我接通下一通电话之

[a] 指美国喜剧演员乔治·卡林于1972年在自己的独角戏《你永远不能在电视上说的七个词》中列举出的七个污秽的英语单词。

前，纽约，我能否随心所欲地说上一句？我觉得你对现在的形势一知半解……

理查德是三周前第一次调到这个台的，只为了核实普拉斯基的说法。可如今他发现自己醒得越来越早，还把警用扫描仪的调频广播功能设置在了WLRC电台上。齐格"博士"似乎又喝醉了。他在素材里陷得太深，把一切都视为针对他个人的人身攻击，包括编造出来的整个故事。他在报社时就存在这样的问题。不过，理查德对此也难以解释，总感觉收音机使格式塔疗法更加行之有效。他不是唯一产生这种感觉的人，据他上一次于1973年查询过的阿比创公司评级显示，齐格的听众最近不止翻了一番。每天早上，数万名自讨苦吃的三州人[b]都会打开收音机，听他对不知名未成年人在中央公园遭遇枪击的事件展开愤怒声讨。或者是听另外一件事情，某个内幕交易案，又或者是它们与无序、腐朽之间的象征性连接。鉴于齐格最近的风格很偏执：除了网络和阴谋之外，他还能通过什么为自己的愤怒塑造一个足够大的目标呢？理查德通常认为偏执是无趣的，因为它将偶然事件一扫而空，而偶然事件恰好是历史中真正有价值的材料。但也许这正是他现在无法停止收听齐格"博士"节目的原因：它能提醒他，自己还算正常。

[b] 三州，指纽约、新泽西和宾夕法尼亚州。

他一直告诉自己，在过去毫无起色的几周里，他不是在追寻某些特定的联系，而仅仅是在收集背景资料，是很久以前当他坐在苏格兰北部的酒吧里时，不断闪现在他眼前的那最后几件琐细小事。当然，他还去登门拜访过早被萨曼莎弃用的教室和宿舍，不过他意图单纯。警方已经用尽了所有的线索。没错，在包厘街的摇滚俱乐部里，那些草草清扫前一晚烟头的店员个个一脸警惕地盯着他，但他需要的只是某个人承认自己记得她。如今，他每晚的伴侣是他的邻居杰妮·阮。他会和她坐下来，小口小口地品尝苏格兰威士忌；他只允许自己享用一杯。他假装这就是他的生活：回到家后有一个温暖、风趣又充满人情味的人陪伴。他又可以从愿望清单里审慎地划去一两个项目了。

然而，他为什么隔三岔五跑来地狱厨房，来到他经常喝咖啡的那个小酒馆——酒馆的老板声称这里没有比利·斯里-斯迪克斯这个人？老板不喜欢他在店里徘徊，为了掩饰，理查德开始牵着科拉格尔一路走来这里。他会进去喝上几口咖啡，然后解下拴在门外路灯柱上的狗链，和它一起迈开步子向老薄荷糖工厂走去。他不断告诉自己，就在今天，他会伸手按下门铃。就算得不到更多线索，至少他可以暗中通知萨曼莎的偶像，提防那些监视他的穿连体工作服的怪人。但这么做的话，科拉格尔可能会半路僵住，理查德可能会在门廊入口或是白色厢式货车里发现一两个监视者的影子。20世纪50年代，他也曾亲自执行过几次监视任务，知道一些技巧：这些人如果真是玻璃清洗工，那路灯柱就是时光机。不管理查德心中还残存着多少当初那个新手记者的影子，他还是不断地回到这里，想要知道更多。

将近一个月之后，他确定比利·斯里-斯迪克斯很少在傍晚之前出门，他看起来几乎像是要避开阳光。如果他步行前往时报广场的自动贩卖机，比方说，买点吃的，他的追随者便会隐秘地尾随在他身后，和他保持半个街区的距离。要是他钻进场外赌马店去下注，他们就会在门外徘徊。通常，他离开公寓只是为了小跑去地铁站。根据他使用的入口，他们会选择跟或者不跟。即便他们选择了后者，理查德还是觉得自己不应该跟着比利钻进地道里，因为总会有人在监视。

但他还没有尝试过破晓那段时间，不是吗？所以现在，伴随"格式塔疗法"的节目已经连续播到了第三个小时，他牵着科拉格尔匆匆出了门，还用蜡纸包上了一个鸡蛋三明治，以防自己肚子饿——小酒馆还没有开门——然后只身朝着上城区走去。

这么早，街上一辆卡车也看不到，就更别提任何活人了。靠近老工厂时，理查德的心里再次嗡嗡作响起来，仿佛他就要走运了。事情也许的确如此，尽管不是他所想象的那样。在距离房门十几码的地方，他听到街道更远处的某个装卸平台传来了一阵回声。别理它，他告诉自己。可他一向不是自己好奇心的对手。在距离地面几英尺高的平台上，他发现了这样的画面：一个年轻的女子正定定地站在几个装运托盘中间。从她脚上那双摇摆靴来看，她可能是这个街区众多妓女中的一个，可她敞开的毛皮大衣下那件脏兮兮的运动衫又不像是施展诱惑技巧时用得到的漂亮衣服。"嘿，"他说，"你是丢了隐形眼镜还是别的什么东西？"

"走开。"

"不，说真的，外面很冷。如果你在找什么东西，我可以帮你一把。"他自说自话地跳上了平台。在她说出自己丢的不是隐形眼镜而是双筒望远镜之前,他就本能地感觉到,女孩和玻璃清洗工之间存在着某种联系。"我是来观鸟的,"她提心吊胆地解释道,"这是一天中最好的时候。"他们一起默默寻找了几分钟。除了被喷涂在墙壁侧面毫无特征的白色线条外,他几乎没有发现任何东西。那些线条勾勒出的那些轮廓甚至算不上图形。她一直在朝平台的边缘处缓缓移动,而他则确保留在她和街道中间,以免她试图冲出去。紧接着,他在某几级台阶附近找到了一个睡袋。一截皮带从卷起的睡袋顶端戳了出来,他伸手拽了拽带子,拉出了一个双筒望远镜。很重,军用物资。"如果这是一条蛇,它有可能会咬到你。"

她耸了耸肩:"肯定是被卷到里面去了。"

"但这其实不是用来观鸟的,我说得对吗?"他说,"要知道你不该睡在马路上的。"

"为什么?因为某个变态会上前和我搭讪吗?"他把望远镜递还到她手中时,鸡蛋三明治从他的口袋里掉到了地上。她一改挖苦的表情,突然来了兴致:"嘿,你打算吃那玩意儿吗?"

"恐怕它已经完全冷掉了。"他说。不过,用货真价实的食物拉近距离,这样的好机会显然不容错过:她看上去似乎完全在靠夹馅面包过活。

他们在一级台阶上坐了下来,她狼吞虎咽地吞下三明治。吃到最后几口时,她变得小心翼翼,在她开口说出他骗不了她之前,他发现她早就知道他是谁了。"我在小酒馆里见过你,你不就是那个在为萨姆的爸爸写文章的家伙吗?"

他突然明白了什么。"那你一定就是 S.G. 了。"她的表情和他在法庭里许多次看到的一样:目光飞快地向左下角投射过去,脸上恢复了冰冷的神情。他从口袋里掏出自己做笔记用的那张折起来的纸,却没有时间查阅上面的内容。他只好瞎说一气:"你知道的,我家有完整的一套《千舞之地》,所以我对你和你的弟兄们有所了解。不过,你们在这里监视比利·斯里-斯迪克斯的事似乎还不是我已知故事的一部分。你、D.T.,还有索尔,另外一个是谁来着?伊基,对吗?我相信你们的行为肯定有一个合理的解释。你们是不是在保护比利不受什么人的伤害?如果你能带我回到那栋房子,和其他人见见面,我只会占用每个人几分钟的时间。"

"我只是来打包我的东西的,老兄。你呢?你的解释是什么?"

他的大脑飞速运转。"我只是想更好地了解萨曼莎是个什么样的人。"

"哦,那你不该来西四十街的,你完全搞错了。"她身后墙壁上的那个涂鸦人物似乎正在起伏,就像信号不好的电视一样。在他看来,它并不是在波动,画中人物的双手举向半空。"非公开引用,"她说,"话是这么说的,对吗?意思是你不能使用我说的任何一句话。"

要不是体内的咖啡因作祟,他可能不会这么快就答应。但她明显有话要告诉他,而他很好奇她会说些什么。"是这样的,我们现在说的话都不会公开。"

她掉转了大腿上蜡纸的方向,像端详一面镜子似的端详着它。"关于萨姆,有一点不得不说,那就是她和男人之间的扭曲关系。男人们都爱她,但她永远发现不了。"她抬起目光,"见鬼,恐怕你也是一样。恋爱中的人是不可信的。我是说,她找到男朋友那会儿,我们总是没完没了地挖苦她,就好像我们认为他配不上她。'小情人',我们叫他,萨姆的小情人。感恩节前的那一整段时间里,没人知道她在哪儿,直到她又回来和我们一起住……"

"她曾经住在那栋房子里?"

"仅仅是上个月的事情,从感恩节到圣诞节。可在那之前的几个月里,她甚至不会顺道过来打声招呼。我看得出这伤害了尼基的感情,不管别人怎么说,他真的是有感情的。"

"尼基?我以为他叫伊基。"

她看上去很困惑,又很苦恼:"糟糕,几点了?他们会开始怀疑我去哪儿了。要是被他知道我和一个记者说过话……"

"他"是谁?那将会怎样?不过他很明事理,不至于现在强迫她:"如果我放你走,下次怎么找你?"

"你真以为自己能拦住我?"

突然,她用双筒望远镜精准有力地捶中他的私部,他只能侧躺在油腻的水泥地上,眼睁睁地目送她离开。他忍痛喊道:"等等。"白色摇摆靴在装卸平台边缘停住,刚好就是他今天遇到她的地方。他有种预感,这会是他最后一次见她,"你还没有告诉我,你为什么要把东西打包带走。"

"你可真算不上是一个优秀的侦探,是不是,老家伙?"她似乎下定最后的决心,用毛皮大衣紧紧包裹住自己:"比利·斯里-斯迪克斯四天前躲起来了,从那之后再没有回来。"

45

威廉失踪以后，默瑟愈加频繁地回想起这个冬天发生的一切，并试图从中找出那个转折点，抑或是所谓的起点。搜索没有什么条理可循，甚至只是断断续续的。他可以一连数小时被准备试题、干洗或国际新闻绊住。然而当他坐上地铁或是排在街道尽头商店的队伍里时——家中卫生纸用完了——记忆又会回来与他游戏；这个威廉，曾摇着一把零钱，仿佛准备掷骰子。这个威廉，在睡觉的角落挨个检查蓝色牛仔裤的裤兜，整理出一沓代金券置于一旁，他从来不直接囫囵丢进洗衣篮里；这个威廉，在高峰时段前的鲜红霞光映照下，偷偷溜出大楼，而默瑟正站在楼上默默观望。如果他真是去上城区作画，那他应该走去位于第八大道的地铁入口，可他却中途转向了去往市中心的方向。换句话说，这里，就是威廉缓缓走上岔路的开始。

展开干预行动的那天晚上，他头也不回地走出家门。"干预"只不过停留在字面意义而已。尽管如此，这一结果还是给默瑟带来了灾难性的影响。他在工作中还能为了学生们强打起精神，可一下课便被打回原形。他会尽可能地选择最迂回的路线回家，正如初来这座城市时那样，情愿围着中央公园绕圈，也不愿回去独守空荡荡的房间。春天即将来临，在街灯的玻璃灯泡下，树木已经抽出绿色的嫩芽。声音在富氧的空气中传播得更远，他听到东边餐厅入口处传来的笑声，泊车员正在招待富人们下车。他试图透过灯火辉煌的窗户窥视他们的生活——他曾想象自己也会住进那样的公寓。威廉本就来自那个世界，一位天生的贵族，而这也许就是默瑟当初会与他坠入爱河的原因。（谁知道呢？谁知道为什么博览会上一个孩子会无视舞动的杂技演员，看中他身后软木板上的五美元动物玩偶，然后花上十美元只为了玩一把BB枪，试图射中一只气球？）总之，对于默瑟而言，事情没有多大改观。

他相信，如果他能把到家的时间推迟到八点或九点，就会发现威廉正在日式床垫上等他，以自己独有的方式向前摇晃着身体，双手放在双膝之间，忏悔着。我想过了，他会说（因为他总是必须先让事情慢慢沉入心底才能真正听到它们），你是对的。然而，当默瑟拧开门边的灯时，屋里只有厄撒·K.。在默瑟刚刚接手喂养它的前几天，它还会稍稍高傲地用爪子扒拉他几下——甚至有一次还曾在他进门时磨蹭他的腿。不过它很快便发现他的责任感只够维持它不饿肚子，一人一猫，如今就像一个监狱院子里的狱友,不自在地绕着彼此,在狭窄公寓允许的范围内绕着轨道尽可能地远离对方。

又是一个下班后的夜晚,他打算开一个喜跃罐头喂它——连威廉都知道他厌恶这项家务——却怎么也找不到开罐器,或是临时替代一用的老虎钳。等一下,电视哪里去了,还有那堆牛仔裤呢?是的,威廉今天回来过,就在他早上离开后的某个时间。默瑟可以想见他面色苍白、弯腰驼背,在跃层公寓里走来走去,随手把东西塞进包里。也许他打算将它们典当,或是拿去换药。可如果你细心查看,便会发现他的行径实则并非那么漫不经心。比方说,默瑟买过一个四孔的牙刷架,就放在厨房的水槽旁边;如今,上面空出了一个孔。威廉居然会关心口腔卫生问题,想必他是认真考虑过不再回来了。

和 C.L. 相比,默瑟一直是他母亲口中那个"好胃口的家伙"。可那天晚上,他却几乎一口饭都咽不下去,眼前的晚饭一点滋味都没有。而这看上去即将成为一种新秩序。他曾经突击阅读烹饪书——为了应对追求威廉时所面临的挑战——的地方,如今却被他放上了四组单身汉口粮:冷冻食品、冷切肉、早餐麦片和外卖。他的能量水平在衰退,而为了弥补这一点,他喝下更多的咖啡。教师休息室里永远有半壶发酸的咖啡,而走去壶边斟杯咖啡就是他消磨时间的方法。每过几个小时,趁着课间时间,有时甚至是在上课时,他都会拖着步子爬上三楼,举着纸杯咖啡站在窗前。再也没有人在乎他做过些什么——除非你算上那个显然一直在四处打听的小个子警察。门外,上班族正拿着从熟食店买回来的袋装午餐。他也会这样终老:垂垂老矣,默默无名,孤身一人,住在一条阳光永远也照不到的数字标号的大街上。

有那么一两次,他会在入夜后坐到打字机前,试图重拾他写书的抱负,要知道,这才是他背井离乡来到纽约的初衷。这应该是一本关于美国的书,关于自由,关于时间与痛苦的亲缘关系,可是要想写出这些东西,他首先需要的是经历。好吧,谨慎对待你的愿望。眼下他唯一能创作出的就是这一连串以"这就是威廉"作为开头的句子:这就是威廉的勇气;这就是威廉的悲伤,他瘦小的身材,他手掌的大小;这就是威廉在漆黑电影院里发出的笑声,他对伍迪·艾伦电影的热爱有违朋克精神,但不是因为它们能够迎合他的鉴赏力,而是因为他所说的悲剧感,他甚至以此比拟契诃夫(默瑟知道他并未读过契诃夫);这就是威廉,他从不过问默瑟的写作;这就是威廉,他不会谈及自己的作品,却似乎将它们藏于肌肤之下随身携带;这就是威廉,他的皮肤在关灯后又被透窗而入的钠光照亮,裸露在银色的雨里。他具备默瑟渴望拥有的所有品质,但他自己却不以为意。他像条鱼一样在这座城市里游动。他的天赋才华从他这具容器里溢出,流进下水道。那幅尚未完成的自画像。他过去所受创伤留下沉默的蛛丝马迹,如同一座疲于战争的小镇对战争绝口不提。他在择友方面的糟糕品位。他极端缺乏自律。他没有基本生活能力,这种天生的缺陷让你想去照顾他,把自己的左右手都给他,这个大儿童,这个骨瘦如柴的美国人。最后还有他的狂野,超出所有人的想象。

写作也许能帮助默瑟意识到他已病入膏肓。可他从来不说、无法言说,这不仅是症状之一,也是病因所在。他就像是一个用衣服遮掩全身皮疹的人,担心皮疹会引起旁人反感的焦虑,比起期待新鲜空气助其痊愈的希望要强烈得多。

当然,有一个人他是全然瞒不住的。每周日,他母亲还是照例打来电话,而他也照例用教学进度、天气状况等空话敷衍过去,以缓和两人之间的尴尬。尽管如此,他却始终发不出以往健康时那种轻柔悦耳的声音。他注意到,她再没有问起过他的室友。不过她还是会继续说些安慰的话,他则在脑海中编纂出一张假想的翻译对照表:

妈妈	简明英语
有空回家里看看。	= 我想照顾你的生活。
多吃点蔬菜。	= 我很担心你。
北方还是那么冷吗?真想不通怎么会有人甘愿忍受那样的气候;给多少钱我也不去;诸如此类的絮絮叨叨。	= 我早告诉过你。

她是对的。他似乎不太可能选择住在这里——这个春天和冬天只在语意上有所区别的纬度地区，一片只有希腊人或是监狱建造者才会喜欢的僵硬的几何形网格，一座能在下雨时自得其乐的城市。出租车还在不断地涌向隧道，如同被打入地狱的人正涌向博斯[a]画作中的地狱之口，尖叫的人们踉跄着从脚下经过。他现在不可能担负得起所有的租金——每个月二百美元，就为了维持即便把脸颊贴在窗户上也还是看不到中城区壮丽景观的特权。逃生梯上的煤渣砌块花盆里也永远不可能长出花来。

[a] 希罗尼穆斯·博斯（1450—1516），荷兰画家。他的画作富有想象力，充满了荒唐的形式和怪异的象征主义。

但是，这些并不足以让他做好准备，应对母亲的威胁——她打算 4 月初来探望他。一想到她穿着复活节的服饰，顶着大花帽平稳而又快速地在公共汽车站的妓女之间穿行，他马上被哄骗着答应她可以腾出春假的时间回南方一趟。"我们可以给你出机票钱，"她说，"如果这能让事情容易一些的话。"他无法翻译的某种意味跳到了他够不到的地方。"不用了，妈妈。"他终于答道，"我已经不是小孩子了，我可以自己埋单。"

/ — / — / — / — / — / — / — /

46

出乎意料的是，3 月的那几周里，杰妮再也没有隔着墙壁听到沃立策自动点唱机的钢琴乐声，或是在走廊、电梯里碰到过理查德。她设计了一些理由，好让自己在走进楼里之前在信箱附近徘徊，或是跑到马路对面他购买三份日报的小型超级市场：她需要牛奶，或是一小块姜，或是清洁海绵。（有什么是他们没有摆出来的商品，或是塞在高高的货架上，经理需要用机械爪才能够到？）可她再也没有见到过他。也许他回苏格兰了，也许他去迈阿密的海滩过冬了。毕竟他们对彼此一无所知。也许他们已经不再是朋友了。

她再一次见到他时已经是 4 月中旬了。当时她正看着一本大型画册自学瑜伽，决心鞭笞自己的心灵和肉体，恢复身心健康。她扭转身体，做大象式：双手平放在地毯上，躯干弓起，一条腿在身后绷紧，另一条腿伸展开来，颤抖着，举到头顶上方七十度角的位置。在距离她的脸几英尺的地方，一个戴着头巾的名人正极度兴奋地微笑着。这时，墙壁突然发出的响声害她分了心，倒在地板上。她告诉自己，这只是城市中再普通不过的一种噪声。在刚来纽约的那几个月里，她会长时间地坐着，侧耳听这些噪声，再加之药物的作用，自己的心声便能被成功遮盖掉。现在，她的心声正在重复着《梵我一如》[a] 书中的圣歌。书名的意思是：你就是它。可她怎么能确定瑜伽不是另一种商业化的休眠形式呢？她发现这就是辩证法时而迷人、时而令人沮丧的原因所在：所有东西其实都是另外一种东西的上层建筑。你在这里，认为自己是自由的……那个声音再次

[a] *Tat tvam asi*，斯里兰卡语，出自《吠檀多印度教》教义中的《谚语部分》，是印度教的基本教义，意思是作为世界主宰的"梵"和个体灵魂的"我"在本质上是统一的。

传来，一次响三下，穿透她和理查德屋子之间的墙壁。这绝对是敲门的声音，是敲给她听的。只需要这一个借口，她就愿意放弃对中产阶级自我实现的尝试。她在内衣裤外套上运动服，冲出走廊。

她之前从未见过理查德喝得酩酊大醉，当他打开门时，她这样想。她说了句什么，可能是"你回来了"，而他只是凝视着她，拘谨的笑容僵在他的脸上，如同那里抹上了剃须膏。他的身后只亮着一盏灯，是书桌上那盏绿色灯罩的银行灯，此刻上面还罩着报纸。只有在她提醒他刚刚在敲墙时，他才恢复了以往彬彬有礼的样子。当然，是的，请进。他在沙发上为她腾出了一块地方，随后拖着自己纤长的身体重重地跌坐在写字椅上，险些把桌子上的瓶子打翻。"尝尝吗？"他问。

好一会儿，她才意识到他在说什么："抱歉，你很忙吗？我不想耽误你……不管你在做什么。"

"哦，太迟了，"他说，"我已经一团糟了。"

她无法忍受只是静静地坐在这里，透过昏暗的空气看他。她起身望向窗外，大片的灯光正从市中心投射过来。真正让人无法忍受的是她认识到，他们其实并不了解彼此。如果她不了解面前这个男人，那在这座拥有八百万人口的城市里，她就谁也不了解了。她转过身去，发现他正手捧酒杯，如同一个孩子捧着刚刚死去的宠物小鸟。"你搞砸了什么，理查德？"

"看看吧。"他从一堆报纸中扯出一张来，就着昏暗的光线朝她丢了过去。要不是她手疾眼快，它可能会击中她的脸。不过，它并没有伤害到她，

而是撞上了百叶窗。他赶紧道歉，但一个男人的道歉，意味着他不一定充分认识到自己做错了什么——他看上去依旧心不在焉，分外疏离。然而她思绪中秩序井然的运货车厢如今全都脱轨了，翻滚着跌下路堤，因为报纸头版是一个漂亮的年轻女孩。这张大学年鉴照片被无限放大，连像素点都清晰可见，乍看之下像一幅深色点彩画，让人生出不少怀旧的情绪。她回想起，她在今天经过的每一座报刊亭中都看到过这份报纸，却没有多看上一眼，就像你不曾真正留意过停车场的标志或是公共汽车候车亭的广告。是几个月前在中央公园惨遭枪击的女孩，那个陷入昏迷的女孩。不过如今，她有了自己的专题报道、一份生平介绍和一个名字。西齐亚罗，标题写道。没错。今天早上，在她等待收听天气预报时，广播里也在大肆谈论这件事情。

"这是你认识的人吗？她会没事吧？"

"没有人意识到这是另一条死路。"他只答了这么一句话。他低头凝视双手的样子让她的心中充满了同情。在你还年轻的时候，命运的火山在你的人生中爆发后，你总是有办法复原。然而过了某个特定的年龄，你就只能用墙把伤害隔开，置之不理。她在她父亲的身上就见到过这样的情景。她想要告诉理查德，你错了，没有死路一条这种事情，所有的挫折都是暂时的。或许她想要展示给他看，展示给自己看。大学揭露了这种欲望的意识形态支柱，但没有它们，就只剩下困境：漫步在单身酒吧里寻找一夜情，或是好几个月没有性生活——老实说，她自己都已经数不清了。她看着自己把双手按在他的脸上，然后俯身向前。他的胡须蹭着她的脸颊，她尝出了口香糖和拉加维林威士忌的味道。令人感到惊讶的是，他竟意外地是个接吻好手，直到他忽然抽回身子："这不会是你想要的。"

"你不知道我想要什么。"她温柔地说，捧着他的脸。

"你自己也不知道，亲爱的杰妮。"他说。

若不是她怀疑他是对的，她也许不会就此愤而离去。她本不会兀然起身，或是忘了保持平衡——她的"梵我一如"。可她这样做了，因为它这样做了。她甚至还停下脚步，只为了补上一句："后会有期，理查德。"

结果，这句话到底还是错了。

47

普拉斯基又看了一眼夹在副驾驶座和车门之间的那份小报。他把它放在那里是为了让它远离自己的视线，可女孩的照片却一次又一次地将他的目光拉扯回去，就像雪莉曾经带他去看过一次的《麦克白》里，那位无法将鲜血从自己手上洗掉的女士。今天是西齐亚罗案——如今所有人都知道她的名字了——登上头版的第一天，却不会是最后一天。这样的结果全在意料之中，在他潜意识里某个少有人问津的角落，他始终知道她的身份会被公之于众，就像你早知道自己的烂牙会腐坏，却不肯放弃去看牙医。不过，和对待蛀牙一样，他总是寄希望于通过无视来使这些结果消失。

结果之一，他现在正坐着巡逻车沿中央公园西侧行驶，目的地是哈勒姆的一个公有住房区。他的司机是一个黑人巡警，更准确地说是非裔美国人。这个案子如今已正式由普拉斯基接管。副局长针对今早的突袭行动特意慷慨支援，在普拉斯基原有的二十四名警官的团队基础上又分派了几名非裔美国人，以破除局内有关种族偏见的谣传。等普拉斯基一到弗雷德里克·道格拉斯住宅区，警官们便会穿着足以踹破人脑袋的靴子涌进楼道，用力地敲门，借口把十五至二十五岁的所有年轻男性都抓起来，把他们拽出公寓楼，审问他们 12 月 31 日夜里的行踪。为什么在室外问？因为那里有摄像机。为什么是这些人？因为这里是距离犯罪现场最近的公共住房。因为市郊的居民对选举不太热衷。因为他读到纽约市警察局原本不愿给出的详细报告：某个市政公共汽车的乘客无意中回忆起，他曾看到一个黑人在枪击发生前后跑进了公园。事实上，这个故事似乎能对应上那个黑人的口供，所以他可能真的救了那女孩一命。穿着礼服，对吗？他询问为乘客录口供的那名探员。没穿，那家伙回答，就是……你知道，他们平日里的那种打扮。上城区，廉租公寓里的深色身影，一圈又一圈的势能，等待着火焰的火药。他已经能够听见大吼大叫了："搞什么鬼？我他妈什么也不知道！"注定会有人言行粗鲁，也注定会有些菜鸟反应过激，抽出警棍。身穿居家服的女人们站在路边观望。那一刻，你只希望比尔·昆斯特勒和 F. 李·贝利[a]没有在接听申诉电话。

话说回来，他除了忍受这一切之外还有什么选择呢？自从女孩的名字曝光以来，这座城市乘载不

[a] 二人均为激进律师，民权积极分子。

满的巨大水库终于决堤。将象征变成虚构故事的正是那些细枝末节：意大利姓氏（"开拓进取的移民"的孙女）；纽约大学一年级新生（"充满希望，成绩如何没有关系"）；长岛出身（"新城市人""追逐梦想"）。紧接着还出现了她在年鉴和毕业舞会上的照片。她"妩媚动人""天真无邪"，因为受害者通常都是这个样子的。这倒不是说在众多受害者中唯独优待她的普拉斯基做得更好。今年1月，在缺乏法医证据支持的情况下，他要求麦克法登暂不排除性侵的可能性，和其他强奸案一样，这能延长她的匿名状态，即便在她不能再以未成年人的身份受到保护之后。虽然他确信她没有遭到性侵，这样的想象还是出现在了昨天头条报道的恶意揣摩中。**失去童贞。新年暴行。**

然而，直到他一大早赶到市里来，他才明白，因为这些报道，自己的工作将会变得复杂到何种程度。三支不同的新闻小组已经在警察广场一号前的人行道上摆好了阵势。他们肯定是从联邦法院那里匆匆赶来的——最近，他们经常驻扎在那里。一位记者的肩膀上正摊着几张熟食店的餐巾纸，防止他为了出镜而在脸上涂抹的化妆品蹭脏衣服。另一位记者正对着麦克风拖长声音说着些什么，他头顶上的一抹光线让春日都显得暗淡了不少。似乎没有人注意到普拉斯基正一瘸一拐地朝着没有楼梯的侧门入口处走去，没有人认识他的脸。他的案子从未受到过如此多的关注，而这也是警察广场一号的高层从未认真对待过他的部分原因——副督察的职位便是他的职业巅峰了。

他在这里的办公室位于被人遗忘的五层走廊尽头，某个顶灯已经烧坏的房间。他卸下自己的肘拐，把它们小心地靠在办公桌上，弯下身子坐在靠垫椅上。他的双手因为肘拐上的橡胶柄而弯曲着，他把它们按在了桌上的缓冲垫上。"变形"，指的是把三维的东西压扁，让它变成二维的。当你刚学会安静地坐着不动时，你脑子里冒出来的想法还真是有趣。也许如果他锁上门，拔掉电话线，闭上眼睛……可偏偏电话在这时响起，他的上司叫他到楼下去。

他们称之为会议，可他知道这是一场审讯。总督察办公室摆放着树瘤装饰品，铺着长毛绒地毯，显得与这座建筑格格不入，好比南北战争之前的会客室沦陷在70年代野兽派建筑师的手中。普拉斯基此前大概来过这里两次，目睹总督察狠狠训斥他的一名探员。这一次，他成了那个幸运的争辩者，而他们甚至没有等秘书把门关上就开口了。

"看来，你现在的手头工作正一团糟啊，普拉斯基。"说出这句话的是副局长，他坐在牛血颜色的人造革高背座椅上。"市长办公室打来电话质问我，为什么之前一直隐瞒那位受害者的姓名。"他接着说，"你知道这意味着什么吗？"

"一坨屎。"站在办公桌一侧的总督察说，假装自己正身处虚假的中立区域。他不紧不慢地把一份《每日新闻》丢到书桌垫上。普拉斯基还不至于蠢到伸手去拿报纸。这些上司都是经验丰富的歌舞杂技演员，他们控制不住自己，这是他们演出的一部分。

"当然，我们有理由相信，你已经在把这个案子作为当务之急来处理了，不过老实说，现在我们这里产生了一些分歧。"

"所以你为什么不好好给我们解释一下呢，普拉斯基？"

这对于普拉斯基来说是不证自明的。"你是说，你们想要新闻媒体几个月前就在门口大排长龙吗？一个山姆之子[b]还不够吗？"

副局长看了一眼总督察，或者说总督察看了一眼副局长。

"好吧，就让我来给你解释一下吧，你这蠢货。你知道我们去年在这座城市里发现了多少具尸体吗，假设你的受害者没翘辫子的话？我们获得的联邦基金跟我们的结案率是直接挂钩的。明年就是选举年了。"

"你要把它从我手里拿走？"普拉斯基问。

"管好你这张嘴。不，你个笨蛋，我要你拿出被人在脖子上架了把刀的干劲儿，找出凶手定罪。你得把那家伙拽到摄像机前，然后高呼，感谢上帝，这座城市又安全了，剩下的就是检察官的任务了。不然你知道谁会倒大霉吗？"

他能猜个八九不离十。

"是你，普拉斯基。"

"好吧，我没有办法一个人做成这件事情。我需要一些帮手，还需要加班。"

"那是当然。"总督察说，"首先，有人会向第五频道和第九频道透露消息，说你今天早上会在道格拉斯住宅区指挥一场围捕。"他看了看自己的手表，"摄影车会在十一点到达现场，所以你还有一个小时左右的时间去组织安排。我要看到手铐，普拉斯基。我要看到黑人在你的车里。用人申请书就在这里，你只需要署上你名字的首字母。"

他几乎没有时间拿上他的大衣，或是他可能需要的任何别的东西。此

[b] Son of Sam，20世纪70年代活跃在纽约的连环杀手，真名为大卫·柏克威兹（David Berkowitz）。

刻,中央公园的树木刚刚吐出新叶,投下的树影正掠过他所乘坐的巡逻车的风挡玻璃。下了几个星期的雨之后,太阳出来了,如同玩具烤箱里的灯泡。咖啡从杯盖里漏了出来,在他的大腿上留下一个半月形污渍。"靠边停车。"他不知打哪儿冒出这么一句。

他的司机显然吓了一跳。下属们总是不太知道该如何回应普拉斯基,可他自己不便开车。今天早上,他也是坐着渡轮来的,把市里为他特制的普利茅斯汽车留在了家中的车库里。

"请靠边停一下就好。"

他打开车门,把杯中过满的咖啡倒了三分之一在人行道边的铺路石上。咖啡聚成一条小溪,朝着路边流去。你怎么也不会想到那里还有一道斜坡。在他伸出手去拿拐杖时,仪表盘上的无线电发出断断续续的声响:"基洛、阿尔法、五、九。速回。"司机望过来,眼神紧张,皱着眉头。

"叫他们按兵不动,我需要去见一个马贩子。"

作为瘸子还有一个优势,人们最终会不再期待你把话说清楚。因为他们认为你之所以像这样毫无征兆地结束对话,是为了自己的健康着想。

"你希望我一起去吗?"司机说,"地上的泥很滑,我今天早上下车时摔了一跤,差点没摔断我的尾椎骨。"

"坐着就好,"普拉斯基说,"我很快就回来。"

他花了五分钟才找回萨曼莎·西齐亚罗那晚走过的小路。雪地上没有留下拖拽打斗的痕迹,这说明了什么?她认识那个枪手。她遇害的地方已经被人摆上了几支萨泰里阿教蜡烛。很快,这里就会变成一座神龛,堆满鲜花和毛绒玩具。当她死去——上天保佑她活下去——或者当这起案件逐渐被人遗忘,这里又会变回一条普通的小路,灌木丛仅仅是灌木丛。谁还记得基蒂·吉诺维斯[c]曾经住在哪个街区?谁又记得布朗宁老爹或是比他年轻许多的情人皮琪斯[d]?

他来到绵羊草原,几乎就站在三个月前枪击发生后的那日早晨他站过的位置上。大衣口袋的塑料袋里装着他当时找到的牛仔裤。他并没有公开这个发现,因为他想要自行追踪这条线索。牛仔裤引导

[c] 1964 年 3 月 13 日,基蒂·吉诺维丝在回家途中遭遇歹徒持刀袭击,伤重不治身亡。当时媒体以"三十八人目击却无人报警"为题对该案件进行大肆渲染,在纽约乃至全美国引起轰动。

[d] 美国演员皮琪斯·布朗宁与年长其三十五岁的纽约房地产大亨"老爹"爱德华·韦斯特·布朗宁的婚姻,是 20 世纪 20 年代一桩重大丑闻,亦被视为媒体过度消费公众人物的典型案例。

他找到了文身,也止步于文身。事到如今再把它拿出来,会显得极其可疑,最终会暴露他隐瞒了证据的事实。但他又看到了一位母亲的影像,身穿家居服,站在廉租房的阴影里,盯着一根淌血的警棍出神。他看到了雪莉,一个本可以成为母亲的人,像母狮子一样冲进混斗的人群。说真的,他只希望自己配得上她。

他走出公园,竭尽全力将证据高举在半空中,同时稳住自己的拐杖。他敲了敲窗玻璃,等待司机上前摇下车窗:"取消围捕。"

"什么?"

"告诉他们,围捕取消了。我要取消这次行动。让他们把整支队伍派来这里。我们这回真是走了大运,但仍有必要重新彻查一遍公园。"

再一次,那对眉毛皱了起来:怀疑、关切……如释重负?"你确定?"司机问。

"我当然确定了,该死。拿起你的对讲机——或者不必了,拿过来,我亲自告诉他们。"

—————————

48

窗外那个女人一直在咳,一直在咳。即便混迹在科里多民歌和酒吧其他主顾的喧闹声中,你依然可以听到她在咳嗽。突然,她剧烈地抽搐起来,她的头撞上了玻璃。距离她不到三英尺的地方坐着一个形单影只的男人,正对着面前的杜松子酒沉思。方才进门时,他已经根据纸板的尺寸判断出,这会是个复杂的故事:她是如何在1977年这个冷冽的春天沦落至与东村的一只牛奶箱为伴的。纸板被她用一截麻绳套在脖子上,上面用马克笔写着充斥着借口和哀叹的大段文字,咳嗽一再打断了她脱口而出的"嘿,先生……"几个星期前,他的嗓子也有些痒痒的,证明当地细菌肆虐,但尚不构成致命攻击力。还是说这是一场博取同情的演出?这座城市的新闻媒体持续犯下的错误之一便是否认穷人也有能力推理演绎。他们就像动物,而且更糟糕的是,真正的动物反而是明白事理的(不会拐弯抹角),不会在自己吃饭的地方排泄。埃默里·古尔德知道事实并非如此,这体现了他的严肃认真以及英勇的客观主义倾向。在两年的时间里,作为父母双亡的青少年,他和菲利希亚一直生活在一间没有电、靠烧家具取暖的房子里,吃的是埃默里靠送货的收入买回来的罐头。他们不是动物,只不过就目前的情况来看,他们也只是在生存线上挣扎。然而,基于人类为了生存的本能反应,你会很乐意踩着自己的同类缓缓往上爬,如果这意味着提升。同情永远无法带你逃离水牛城,对重塑布朗克斯的形象也毫无益处。这时,那个女人再次咳嗽起来,他把有可能登上《每日新闻》头条的内容放在一边,向厕所旁边的付费电话走去。

他很快就想起了电话号码。在他付费连线的过程中——或是当一个烟草公司的分销商连线时——他还不是很清楚自己拨通这通电话的目的。那时,他已经学会了简单明了地给自己几个选项,并利用它们所能带来的任何结果。总统掌权的时候,就与总统合作。副司令员掌权的时候,就与副司令合作。可他无法否认自己在发现一件事情之所以是这样的原因时那种小小的兴奋,仿佛自己就是一个闭合的电路。为什么是这个号码?所以说,他现在可以拨号了。在第四声铃响时,对方接起了电话。是个女人,说话慢慢吞吞:"啊?大声一点。"

背景中传来一阵低沉的机械噪声。埃默里很快调整好自己,决定先不让对方知道他察觉到一些动静。小尼古拉斯在吗?几秒钟后:"尼基他,呃……他现在不方便接电话。"

"不方便,还是不在家,亲爱的?我不介意在线上等他一会儿。"

话筒被罩住了声音,电话另一头全无生命迹象。两分钟后,她回来了,声音放低不少。她似乎在为某件事情不安:"不过,我不是你亲爱的,老弟。你有什么口信要留吗?"

他觉得尼古拉斯实际上可能就靠在她的肩头偷听,于是再次提高音量,兴许对方就能听到:"告诉他,他的赞助人就在附近。"他确认了一下时间,"我在道杰米酒馆,超过五点半,我就走了。"他挂上电话,把五分硬币找零揣进口袋,走进自己的卡座,没再理会那个咳嗽的女人。

他相信他们知道这个地方。这里距离他去电的那座房子不到一个街区。这也是计算好的(就像今天的早报)。埃默里·古尔德可以轻而易举地在一天中的任何时候联系到尼古拉斯,而尼古拉斯这样的人想要联系到他就相对困难一些。也许,直接无畏地迈开大步走向东三街,吹着口哨敲门会是更拉风的出场方式。这样一来，他就能注意到任何变化的迹象。比方说，刚刚那声杂音。不过，对于再次进入那栋房子，他竟感到一丝恐惧。他对自己的这一反应很是好奇。自 11 月中旬以来，尼古拉斯一直保持沉默，他担心对方比自己还要危险时也感到过同样的不安（当然了，和任何游戏一样，他们也大可以一声不吭地玩下去）。最后，埃默里只是确保自己在前往酒吧的途中路过了那栋房子。房门已经被重新粉刷过了，中间那团灰色的阴影比周围的灰色更深一些。为了加重这里被人遗弃的氛围，他们用了一些手段吸引小鸟停留在屋顶和窗户上，尽可能撒些种子，以便让鸟粪把下面的门阶刷白。这对他们有好处。可他看不懂窗户上的那些锡箔纸：为什么不用没那么闪闪发亮的牛皮纸呢？也许他可以建议一下，以彰显自己宽广的胸襟。

无论如何，约在酒吧是相当不错的权宜之计。昏暗的室内空间能够限制旁观者的数量，却又足够公开，传递出一种诚实、无意欺瞒的感觉。如果对方的谈判代表有事隐瞒却依然应邀前来，那么这也能满足他的权力欲。除此之外，他在说西班牙语的人中间有种轻松自在的感觉，这些人清楚自己的立场。"隐形的男人"，他们在他去南方公款旅游时这样称呼他，尽管他当时黝黑的皮肤确实让他看上去像是他们中的一员。他抬起一只手招呼女服务生，她并没有用他习以为常的高效服务来回应他，而是和酒保聊着天。这恰好表明埃默里已经被遗忘了。

这样的局面一直保持到尼古拉斯进门，他拉着一个女孩走向卡座——很有可能就是接电话的那个人。埃默里早就知道女人是不可靠的（即便是他愚蠢的姐姐），这家伙打算如何解释自己带了一个女人到这里来呢？他们俩都懒得换上平民的装束，也没有试图弱化和身边这些衣着廉价却一致的拉丁人之间的差别——甚至可以说是在有意强化。男孩的短袖汗衫在这样的天气里显得过于单薄，似乎是为了炫耀身上密密麻麻的文身，他的胡子是阿米什人风格。女孩穿着脏兮兮的运动衫，背一个拉链坏掉的背包。这些都是很有趣的细节，他们想借此昭告天下，埃默里心想，他们根本不在乎谁在看他们，他们没有什么可损失的。好吧，我们走着瞧。

"你能一经通知就来见我，我很高兴。"他伸出一只手。

尼古拉斯只是咕哝了一声，身子滑进卡座，扭过头介绍道："S.G.."

"我的荣幸。"埃默里说，"你们想先来点什么吗？"

尼古拉斯拒绝了，女孩却开了口："他们这里有吃的吗？"她迟钝的眼神让他联想起工厂里的工人,不过,既然女服务生已经被他叫了过来,他把那杯没碰过的杜松子酒递了过去,又点了三杯麦斯卡尔酒和一包薯片,他先前看到门边的架子上放着几包薯片。女服务生又离开了。他在等尼古拉斯开口,但显然对方也熟稔谈判的首要原则。那好吧,先闲聊两句:"你以前来过道杰米吗?我选这里是因为位置方便,就在房子对面……一旦你习惯了,这里的气氛还挺欢乐的。你可以想象自己已经习惯——"

"我想我们不是过来交换酒吧意见的吧?"说实话,这个孩子太擅长在别人说话时见缝插针了,"我是说,除非你计划买下这个地方。"

"不管怎么说,任何计划我都希望私下里探讨。"

"我们可以当着S.G.的面讨论,需要知道的事情她都知道。"

"我想也是。"女服务生把埃默里的报纸悄然挪到桌子边缘,好腾出地方放饮料。女孩奋力与薯片包装战斗起来,男孩见了伸手过去帮她扯开了袋子。他希望她的注意力能转移到他和埃默里·古尔德以外的任何事情上,几乎可以断定,她也许还什么都不知道,不过是为了保险起见,作为某月某日某时在场的一个目击者而来。事情潜藏着泄露的危险,但这也是 PHP 一直以来吸引他的部分原因:从来就没有人相信他们中任何人说过的任何话。

尼古拉斯放下了手中的麦斯卡尔酒,看上去并没有察觉出事态的焦灼。"老实说,你愿意到这里来露脸,我很佩服。"

"我一直怀疑这片社区之所以以高犯罪率著称,一部分原因不过是有人癔症发作。看看你的周围,都是些社会中坚力量。"

"要是你天黑后还敢留在这里,会显得你更有胆量。"

"知道了,我会避免这么做的。不过,这意味着你我的时间有限。"

"为什么不直接说说,你今天是干吗来了?我以为我们已经达到目的了。"男孩说。

"唉,这正是我想要聊的事情。"

"聊什么?"

"我找你自然是有所企图的,对此我有隐瞒过吗?"

尼古拉斯拿起一片薯片:"不,没有,我不会用'隐瞒'这个词。"

这句话本该多少能让埃默里安心,可那个女人还是在一直咳嗽。一辆汽车飞驰而过,打散了雨中的灯光,他顿时回想起自己最深切地体会到计划即将泡汤的那个时刻——1975年的春天。在那之前,他花了十二年的时间用在中美洲的收益充盈公司的金库，经过前后两次政变和一次西班牙内战，他在班迪托咖啡豆、精制卷烟和美国军火黑市等领域依然保有盈利。然而纽约的财政危机却在放弃诸多小机遇的同时险些妨碍了更大的机遇。不过，埃默里多年前对付比尔子女的经验再一次得到印证：万事无须强求。他只要尽可能地创造条件即可，剩下的就是等待。

于是有一天，在调查自己外甥的过程中，他无意中了解到东三街的这栋房子，以及其中住户有趣的假名字。想通过城市官僚机构获取进一步的信息很容易，但速度太慢。等文件送到他手上时，追忆往昔乐队已经不复存在了。因此，"a.k.a. 尼基·查奥斯"的罪犯档案也就派不上什么用场了。恣意破坏公物、违抗法律、私藏毒品，就在他准备粉碎这份文件时，一行文字让他停下了手里的动作：是年 6 月，他曾"在布希维克因纵火未遂遭逮捕"。埃默里记得，虽然该地区还有一系列纵火成功的案例，但唯独这一起看不出任何受金钱驱使的痕迹。那座逃过火灾劫难的建筑已被依法征用。鉴于另外两名共犯仅靠步行逃脱，被告显然没有逃跑企图。毫无疑问，在药物的作用下，他当时正处于兴奋状态。尽管后来尼古拉斯通过来自远方的资助取保释放，警方文件里他被捕当晚留下的一系列笔记着实令人好奇——嫌疑人并不否认自己持有煤油和火柴；嫌疑人还宣称自己与受压迫的人们团结一心；嫌疑人进一步争辩，大火将催生物质条件、行业结构、变革需求等方面的剧变……警察平铺直叙的平庸观点读得埃默里眼睛生疼。倒是这些雄心壮志，或许是其想法的规模，让他回想起年轻时的自己。

一周后，他来到东三街这样引荐自己：一个有野心的男人。在这一切结束之后，他们自然会站到对立面。虽然目的地不同，但用尼古拉斯的话来说，潜在的途径一致性也是极为难得的。

前廊，男孩沿墙壁倒退着挪动步子，一脸困惑的同时，埃默里看得出，他已然怒火中烧："我不明白，我从未签署过认罪状，你是怎么拿到那东西的副本的？"

在这里，你什么话都可以说，只要保持微笑，加快语速，压低声调，不要表现出你正在引导自己的听众领你去客厅。讲述利害关系，立一份人情债："我这一生的成功都仰仗于人脉，我很幸运能够代表我富有的家族前来发展业务。比如说，我相信你和我的外甥有过一段交情。威廉·汉密尔顿-斯威尼。比利。"

"可我们是死对头,比利和我。"

"那么我相信你不会把我这一次的来访泄露出去。至于我,我就补充一句,我是个自由职业者。这一带没有人认识我。"

那时候的窗户还只是蒙着灰尘与花粉。一抹安定的金色亮光泻入房里,照亮男孩倔强的下巴、瘦削的五官,以及被他隐藏起来的机敏心智。上帝的猿猴[a],他的脑海中浮现出这样一句短语。作为一个比其他人更聪慧的孩子,他肯定和埃默里一样,曾在校园里受尽嘲讽奚落,然而,在这座鸦雀无声的房子里,在这样的温度下——窗扉只留了一两英寸的缝隙——他们仿佛已经置身事外,抛却了时间。男孩的表情倏忽间有所变化。他双手放在膝盖上,俯身向前,"见鬼,比利的舅舅。你就是那个该死的'恶魔弟弟',对不对?"

[a] 出自英国艺术家、作家温德姆·刘易斯1930年的小说《上帝的猿猴》(The Ape of God)。

初听这个外号,埃默里只觉得反感,可他很快就发现了其中的妙处。那个称号像一个巨大的傀儡,一块举过头顶的白色屏幕,会给予他人恐惧,甚至憧憬。

他希望尼古拉斯把这当作一场赌局。撤诉,封存档案,男孩可以重操纵火旧业,只不过这一回是在已经闷烧多时的布朗克斯。只要他能保证在埃默里规定的界限内行事,埃默里就能确保警方不插手,预算缩减使得警力方面出现了漏洞。当然,埃默里可以利用分流计划,在可以实行豁免权的情况下沿着特定的地点和时间推进游戏。他说:"你不是在研究社会科学吗?权且把这一切当作对竞争理论的一次试验好了。"当最后一位因土地燃烧殆尽前来索赔的人也被都市更新计划驱赶出去时,当体制的假象终于刺激到社会底层时,谁的人性论能够胜出就一目了然了。无论结果如何,尼古拉斯都可以留在这栋房子里。埃默里已经擅自做主,找了国境以南的一个企业投资者,以促成这一行动。

"如果我不愿意,你是不是会把我送进监狱,确保我去坐牢?"

"我是不会采取胁迫的方式来行事的,年轻人。任何人参与进一单生意时都必须是自觉自愿的。"

"但我怎么知道,等我的火烧了起来,人民开始起义之后,你会不会做好分内的事?"

"这就和我知道你不会向我们都很厌烦的威廉三世告密一样,我们是依据信仰行事的。"

当然，事实并非如此。在贫民区清理方案通过五个月后，尼古拉斯自认败北。这才是埃默里真正需要看到的，他无须取得对布朗克斯南部每一处房产的控制权，也就是说，一旦纵火案情超出一定限度，他的计划就能通过当权者发布的某条法令而实现，这是埃默里当时疏于提及的。此时，女孩已经解决掉那包薯片，他用手肘将玻璃杯推到她面前："请。喝吧。"

"不，"尼基重申，"我记得你已经告诉过我事情会如何发展，而我想一切都在如期进行。你不需要大老远跑来，绕场一周庆祝胜利。"

"恐怕你的朋友误会我了。"他转向那个女孩，想看看她的反应。她喝完了杯中的麦斯卡尔酒，正绝望地盯着手中的空玻璃杯。换句话说，她宁愿去别的地方待着。埃默里猜想是不是尼古拉斯手里握有她的什么把柄："我过来是想确认一下，我们之间没有恶意。"

"你以为整件事对我来说意味着什么？"尼基问，"私人感情？"

"那我们就算达成共识了，你我的合作到此为止。"

"这听着甚至还有点诗意，不过好哇，除了一句承诺，你还有什么？"

"你不知道我听到这话有多高兴。来，一点儿心意。"这样一来，他们之间将不再有任何藕断丝连的牵扯了，"我已经让投资人，我的一位密友，烧掉了东三街的契据，这栋房子是你的了，你想做什么就做什么。属于你的房产。"

"这下是想跑也跑不掉了，我猜？"就在这时，鸣笛声响起，一辆破破烂烂的厢式货车停在消防栓旁。司机隐匿在阴影中，但不管对方是谁，在强光照射下，都能看清埃默里·古尔德的脸。"这是来接你的，S.G.。"男孩说。把最后几滴麦斯卡尔酒倒进嘴里，女孩站起身，挎包一甩搭在肩头。从挎包垂下的边缘瞥一眼包内，你能够看见褪色的衬里。她发现他在看自己的包。他则发现，在先前的那些伪装之下，她的神情是憎恨的，而且是专门针对他一人的。

很快，就剩下他和他的学徒坐在和遥远的 1975 年那时一样的寂静之中了。直到那年秋天，尼古拉斯才在电话中找借口说自己想了很长的时间才决定，而埃默里则故技重演，采取了他多年前在布洛克岛上对另一个他当时想要利用的男孩所使用的放纵姿态——那次"一石二鸟"的结果还真是美妙。其实，问题一直在于对控制的误解。你不能期待别人的明天会和昨天一样。

不过他现在知道了，和幻想一样，一旦有了恐惧你就什么都不需要了。他们自己会控制自己。既然这些所谓的后人文主义者为宣泄愤怒找到了一个新的课题，那么他也需要教他们知道什么是恐惧。恐惧埃默里的无所不知，恐惧他能一手遮天。他停止抓挠手臂，抬起一只手，示意结账。当女服务生把账单送来时，他用曾用在副司令身上的华丽的西班牙语对她表示了感谢，然后同样华丽地转向尼古拉斯："或许，我把什么最要紧的事给忘了？"

这一回轮到男孩明白，他已经露馅了：他的父亲既不是拉美裔也不是什么情报官，只不过是个长相和蔼的医师，一个住在麻省牛顿市的丧偶外科医生。而父亲的这个儿子，别的先且不论，他首先是个看了太多詹姆斯·邦德电影的世界级伪君子。

"也就是说，我们还有一件事要处理。"埃默里把酒杯从桌子中心移开，换成了《每日新闻》。他以前从未见过尼古拉斯无言以对的样子。他的手放在桌上，用手指轻敲桌面，如同一只白色的蜘蛛在抖动腿脚："中央公园这件煞风景的事情……我意识到有必要向你保证，这件事与我无关。因为如果我们中间的任何一人被牵连其中，事情就会超出我们的协议及其保护的范畴。"

"什么煞风景的事情？我不知道你在说什么。"

尼古拉斯直视着他的眼睛，似乎在避免望向报纸。这是他犯下的另一个错误，他觉得他有必要撒谎，结果，谎言只是让一切昭然若揭。由他"一手促成"的贫民区清理计划不仅没有击溃他，他还打算要报复……必须得有人为此付出代价。不过不必操之过急。埃默里计划打的是持久战。"不知道？即便到了现在也不知道吗？"

"完全不知道，"尼古拉斯一咬牙，"不过我觉得我们最好还是赶紧撤吧，趁还没有人起疑和发难。"

男孩离开后，埃默里才端起剩下的麦斯卡尔酒。天哪，真够烧嗓子的。屋外的女人又在咳嗽了。他摸了摸先前放进口袋里的那枚五美分镍币。他本可以挪到另一个卡座上去的，但他后天获得的独断专行和骄傲，不允许他这样做。对埃默里来说，他没有普林斯顿或是耶鲁大学的学位证，也没有他那个无知的姐夫拥有的人脉。自从买下布洛克岛上的那座房子以来，他就一直保留着之前住在那里的那家人留下的家族照片，用部落首领悬挂战利品的方式把它们挂在墙上。看看他现在的样子——面对并接受着地球上的生命可以一边燃烧，一边冷却。他会强迫其他人也接受它。他看了看窗外的女人，在她脑袋旁边的玻璃上轻轻敲了敲。当她转过头时,他向她展示出自己真实的一面。她的咳嗽卡在她的喉咙里。他甚至不必用手势示意她,滚。

| — | — | — | — | — | — |

49

在仇恨的问题上,查理觉得他的《圣经》一直含糊其词。想想生活中每一种可能引他误入歧途的力量,他早该料到这一点。比如入读高中的第一天,母亲是如何告诉他要做自己的,就在她伸出手摆正自己强迫他戴上的卡夹式领带时。他现在能听到她在楼上双脚踩着天花板上微小的凹面从炉灶漫步到冰箱旁边,随着台面上她已经数年没有碰过的陈旧收音机轻声哼唱。她一定是想用什么东西来填补这份沉寂,因为今晚,那个平日里只通过电话与她交流的人终于要趁着夜色全速朝他们奔来。她把双胞胎送去了保姆那里,晚餐时间将只属于他们三个人。她随时可能叫查理上楼去,这意味着他已经没有多少时间琢磨自己该作何感想了。他继续漫不经心地翻阅着小小的绿色《圣经》。总的来说,这东西能提供的参考不会比他1月在《马可福音》第十一章中找到的更多,抽象而不容置喙的道义恩情,还有对保险杠贴纸和流行老歌的喜爱。相反,圣父在很大程度上是一个对待敌人很苛刻的人,即便是谦和的耶稣也会用永恒之火恐吓不忠之人。

一扇车门在外面被重重地关上了。查理觉得,两种音色的门铃和几年前召唤父亲走去前厅的声音一样活泼。母亲到楼下来叫他了。好吧,管它呢,让他们去和彼此打个招呼、握握手、拥抱问候,诸如此类的,但没必要急着过去。他从踢脚线附近拾起他在少年棒球联盟时穿过的红色T恤,这衣服只有一个尺码,加大号,因为没有人想让胖小孩感觉难为情。烫印上去的字母有些已经开始脱落了,但你还是能够看清查理的号码,倒霉的十三号,还有球队的名字,也就是当时赞助商的名字,"大道面包圈"。(加油……面包圈!)去年夏天,他把两只袖子剪了下来,还从腰部剪了两个延伸到腋窝位置的大洞,露出腋毛。他通过这件T恤衫将自己丑陋的身体变成对抗世界的武器,对此他本人甚是满意。它仿佛在说:瞧瞧你都对我做了什么?只是，它如今实在太紧了，你都能透过它数出他有几根肋骨。他对着镜子在自己重新长出来的头发上涂了些润发油，让它们像矮小的橙色灌木树篱一样立起来。他吐出一条病恹恹的、灰粉色的舌头，在上面放了一颗淡白色的缓释胶囊。尼基称其为"迪斯科饼干"，这也是查理每次企图索要更多时不得不克服羞耻的原因——"迪斯科"很逊，而且永远都会很逊，一个合格的朋克需要的是更纯的东西。不过法伦斯泰尔里举办的更像是一场麻醉剂的炫富盛宴，如果查理可以选择，他每次都会选镇静剂。

药丸的包衣开始在他的舌头上融化了。苦涩很快就会到达他的味蕾，于是他一口把它干吞了下去，细细品味它经过喉结时造成的微弱痛感。他啪的一声合上了他用来藏匿剩余存货的旧薄荷糖罐（他的皮礼士糖果盒里放不下）。他穿上巨大的黑色军靴，迈着沉重而缓慢的步伐走上台阶，享受着每走一步发出的巨大噪声，想象着他的母亲和那个面容模糊的男人见到他时畏缩的样子。他在门背后停了下来，把一只手放在门把上。现在还不算太迟，他可以朝后倒向楼梯，重伤自己，然后被送进急诊室。这也许是一种值得尊敬的退出方式。可他选择了背叛自己：他打开了房门。

门厅里的那个男人既没有查理期待的那么奇怪，也不像他担心的那么英俊，他伸出手时爽朗得令人有些担忧。比他高出一英尺的查理一低头就能看见铺在他头上的浓密头发。这个男人和查理的父亲截然不同，假发只是其一，此外，还有兔子一样的门牙、大卫之星徽章和高领毛衣。父亲从来不穿高领毛衣。"莫里斯·戈尔德，"他说，"叫我莫里就好。"

药物和服装正在起作用：它们赋予了查理距离与力量。他没有理会自己一脸惊恐的母亲，抓住那只手，并且没有松开。"我一开始还以为你是虚构的呢。"这句话像冷藏糖浆一样从他的嘴里漏出来。

母亲紧张地笑了起来："查理通常不是这种打扮。"

"这是时尚，拉蒙娜，我女儿的朋友们也都这样穿。"男人的手劲经过精密计算一般，既不会过于用力，也不显得颓废无力；他似乎并没有意识到查理想把他的手捏成粉末。在他的另一只手中，粉红色酒瓶有着细长的瓶颈，瓶壁上的水珠已经湿了标签。"我不确定是买红葡萄酒好，还是白葡萄酒好，所以折中了一下。"

"是不是放冰箱里冰一下比较好？"

"我来吧。"查理看着自己的手接过酒瓶，如同伸展开来的百尺长的机械手臂。控制中枢——他的大脑——必须发出明确指令，他才能安全地穿过转门。旋转百叶窗。迈出左脚。放下手臂。紧接着，厨房里长条形的灯泡照亮了像色情片一样的台面：冒着水珠的芝士棒戳进了鸡尾酒橄榄中，菠菜懒洋洋地倚靠在木碗里，莴苣皱叶托着冰激凌球形的吞拿鱼沙拉。一共有六个沙拉球，以防有谁想要再吃第二个。甜点是她最拿手的甜杏球，甜得人牙疼。在这些菜品中央，是一大块淋有原汁的牛胸脯肉。查理受不了那个气味。他伏在水池旁做好准备，等待自己吐出来，气定神闲地伸出一只手关掉收音机，如果他下一步的动静能顺利传进餐厅，他也许就能听到那个男人对此作何评价了。当他发现自己并不会把药丸吐出来时，他决定喝上一杯。他撕掉酒瓶上的锡箔纸颈圈，凝视着螺丝锥，直到自己能够明显看出该如何使用它。戴维和拉蒙娜从不酗酒，老实说，他甚至不知道他们还有合适的酒杯。不过它们就在那里，在抽油烟机上的橱柜里。他倒了三杯酒，其中一杯比另外两杯要更满一些。他喝掉了杯中多出来的部分，好让它们看上去一样多。他重新打开收音机，调到一个电台，里面播放的是深受他的同龄人爱戴的大胡子傻瓜乐队的歌曲。至少它具有吵闹的优点。激活拇指。两只手握住三只杯柄。再次穿过厨房门，转身。

　　看到母亲绯红的脸颊，他便知道他们已经完全忘记了他。在他转身时，眼角余光是否曾瞥见一只手在桌布回到大腿上的画面？他重重地放下酒杯，想象着杯柄脱离杯身，杯身倾倒下来。可它们之间并没有断裂。从来没有一件事能够让查理满意，就像他从来没有让别人满意过一样。在他如同一个笨拙的障碍物赫然耸立在这对比翼鸟身旁时，母亲显然正在权衡自己是否应该对他手中的葡萄酒说些什么。他以前从未当着她的面喝过酒；逾越节上的犹太仪式用酒不算。最终，她选择维持端庄的形象。莫里斯举起酒杯："敬老朋友和新朋友。"直到母亲去端食物时，查理才猛地意识到，她也许和他一样害怕。现在，这里只剩他和这位追求者了。

　　沉默以对是无效的。沉默并不能给莫里斯·戈尔德造成不适，他有信心随时为沉默画上句号。"所以说，查理，"不一会儿，他说道，"你妈妈告诉我，你是个音乐家。"

　　"我不是。"查理边说边饮下一大口酒。酒杯叮当一声，撞上他的牙齿。

　　"那我哪里来的这种想法？"

　　查理讨厌他温和的顺从，还有他用对待成年人的方式对待查理的方式，妄图以此消除距离的心思。冒犯这个男人就像冒犯一个衣帽架！"但我听很多音乐。"他终于坦白,"妈妈很讨厌这一点。"

"我记得我还是个孩子的时候,大人们也都认为我们的音乐是恶魔,就比如《埃德·沙利文秀》中的博·迪德利。疏远父母大概是年轻人最大的特权之一吧,我猜。这差不多也是你的想法吧?"

他这么说是出于好意,是优秀的中学运动队教练才会开启的那种男人与男人之间的对话。查理的叛逆之心很渴望做出回应。他试图感受父亲监视的阴影就在附近,却几乎感觉不到他最近想要感受的东西。幸运的是,他母亲选择在这个时候端着金枪鱼沙拉回来了,让他的怒火重新燃了起来,如同一只手围绕在一团忽明忽暗的火堆旁边。

直到吃到主菜时,查理都在尽力不做出任何反应,尽情享受这种态度在成年人的对话中戳出奇怪的洞。反正他们的对话几乎是索然无味的:多么漫长的一个冬天啊!燃油价格在迅速上涨。你听说了吗,县里也许会把一学年缩短到一百八十天?他为戈尔德先生感到抱歉。谁会对一个聊起天来只知道背诵晨报内容的女人感兴趣呢?但他母亲把话题切换到了曼哈顿,这让他吃了一惊。情况越来越糟糕了,她说,她就连送查理去找医生赴约的时候都心怀恐惧。还有新闻中报道过的那件事情。就在花山。他看到了吗?查理试图把注意力集中在她所说的事情上,可脑袋里却像是塞满了纱布一样,仿佛再没有谁能够抵达他的伤心地。

"哦,我不知道,"戈尔德先生说,"但我想如果你保持头脑清醒,待在治安良好的社区……我上周刚去过罗斯餐厅。你知道罗斯餐厅吗,查理?好吃到让人难以置信的白鲑鱼。"他眨了一下眼睛,望向手边的咖啡,仿佛期待会有一条白鲑鱼在杯中游泳。他放下甜点盘,盘中残留有少许甜杏球的碎渣:"很美味。"

母亲用餐巾——那种上好的棉布——擦了擦自己的嘴巴。她温柔地说:"这些一直是戴维的最爱。"

"不,不是,"查理脱口而出,"它们不是他最喜欢的。"

一切就好像是他在一个被催眠的人面前打了一个响指。这似乎是她整晚从他嘴里听到的第一句话,她说:"你说什么?"

父亲的名字是他心口上的另一把刀。或者不是,不是名字的问题。是她提起它时轻佻的语气,还有戈尔德先生的反应,仿佛他们以前就经常谈起戴维·维斯巴格尔。这么长时间过去了，查理和母亲一直在回避这个话题，而他告诉自己这是因为谈及此事对她来说仍旧十分痛苦。"他最喜欢的是德国巧克力蛋糕，带椰蓉的那种。"

"这是一种修辞，亲爱的。他一直都很喜欢甜杏球，你是知道的。"

"别说了。"

"别说什么？"

"别把他变成一种修辞！"查理站了起来，越升越高，身体纤细得如同一缕烟。

"亲爱的，你还好吗？你的手在发抖。"

"别把话题扯到我身上来，你才是那个利用爸爸的人。"

这时，戈尔德先生开口了："查理，你为什么不带着餐盘先进屋去？在我走之前，能不能让我和你母亲说句话？"

很明显，是查理赢了。这句话将会是"太快"，就像"也许这一切太快了，拉蒙娜"。可他并没有感觉到胜利，反倒有一种无助之感。"我只是想提醒你们，上帝不喜欢奸夫。"查理的一只手碰翻了一只酒杯，里面残留的粉红色葡萄酒洒了出来。说不清这个动作是不是故意的，不过几滴酒溅到了戈尔德先生白色的高领毛衣上。此刻他也站着，低头看着飞溅出来的污渍。

"我的上帝！查理！"母亲叫了一声。可他已经踩着楼梯下楼去了，再一次被吸进他几乎看不到自己所作所为的黑洞里。他从地板上捧起一团衣服，把它们和那张七英寸唱片《康涅狄格/燃烧之城！》一起塞进书包里。几乎就像是后来才想起来的一样，他又抓起了自己的《圣经》。

前厅里，母亲正在道歉。"你这是又要去哪儿？"查理横冲直撞地经过他们时，她大叫道，然而她的声音于他而言只不过是大脑内的一种噪声。他连门都懒得关，一头扎进了潮湿的春夜。他想过开车，可她已经把他的钥匙拿走了，而他的自行车瘪了一个车胎。妈的。他靠在未经修剪的灌木上，突然发现了爷爷买给双胞胎的那两辆尺寸过大的儿童自行车。他不得不疯狂地蹬脚踏板以加快速度，而他的膝盖不住地撞击着车把手，辅助轮嘎吱嘎吱作响。前往火车站的路几乎都是下坡。他一直期待有人会追在他身后，叫他回去，可身后什么人也没有。那又怎么样？他心想，太好了，我解脱了。

一个半小时后，他已经站在了 PHP 破烂的门廊上。流经他嘴角的雨水有股锯末的味道，让他想起了他的红色枕头——嘬着枕头角入眠曾是他五岁或者八岁时的秘密。这一定就是他现在看上去的样子，一个只有五岁或者八岁的男孩，背着一包仅有的补给品，脸上滑溜溜的东西有可能是眼泪。但尼基·查奥斯总是能够看得更深。他堵在门口，即便只是在查理上方一个台阶的位置上，却也能看起来和上帝一样高大。从他满是文身的双肩后面射过来的一束光晕让那几码超市锡箔纸——本来用于堵塞照相机、麦克风之类的东西——变得很奇怪。还是查理身体里的药物导致他出现了幻觉？尼基非常喜欢的雷鬼唱片正在某个地方播放着。空气中飘荡着一丝让人怀念的味道。"你说过我会知道自己什么时候准备好？"查理说，"我想我准备好了。"

"很好，"尼基说，"因为出了点事情，我们不得不马上采取行动。"

屋内，一场派对正在进行。查理不认识的人正像流浪汉一样拖着脚步从会客厅走向厨房，堵在楼梯和走廊上。有音乐家、瘾君子，还有贫民阶层的大学哲人。一个顶着非洲式鬈发的漂亮黑人女孩，穿着只有一张湿纸巾大小的衬衫从他们身边经过，似乎没有看到他们两个。但查理没有时间为此沮丧，他们已经来到了屋后。尼基用手背敲了敲小仓库的房门，又对着剥落的木头低语了两句，门闩和门锁咔嗒几声，打开了。屋子尽头是一堵煤渣砖砌成的墙。在他们附近的一块没有颜色的地毯上，臭丫头和D.T.穿着黑色连帽汗衫坐着，轮流传递着烟卷。在他们之间摆着一张带有照片的报纸。引人焦虑的是，那竟是……萨姆的照片？尼基把一只手搭在他的肩膀上："先知有话要说。"

他要说什么来着？先知已经忘了。

"他准备好了，今晚和我们一起出去执行任务。"

"穿着那件衣服，他会像个蠢货一样显眼的。"煤渣砖墙后隐隐约约传出索罗门·格兰迪的声音。肯定还有另一套音响和另一张唱片，因为这里也在播放歌曲。文化乐队，《双7相撞》。找到某个特定的角度，PHP的标志看上去恰如歌名。索尔对自己的眉毛做了什么？不会是都剃光了吧？尼基让他闭上那张该死的嘴巴，可索尔是对的：查理的防风夹克拉链之间露出的红色T恤耀眼得如同一种警示。臭丫头把手伸进背包里："这里有件黑衣服。"

和查理上回见到它时不同，厢式货车的后玻璃窗已经不翼而飞，取而代之的是一块硬纸板。至于用"娘娘腔货车"的红字涂鸦盖住车厢外壁的玻璃清洗公司名字的想必另有其人——除非这是某种精心设计的障眼法（环环相扣），这样一来，不管这些后人文主义者在密谋什么，也不会有人怀疑。索尔和D.T.从后面爬进了货车，尼基让查理和臭丫头在副驾驶座上挤一挤。他们早些时候肯定已经在卸货区往车里塞满了东西，车厢后面持续飘来化学药品的臭味。每次他们转过一处街角，都会有看不见的瓶子在叮当作响。尼基一侧的车窗大开，他一只手臂支在窗框上，查理也照样学着做了。臭丫头坐在他的大腿上，如同一只温暖的动物。她一定能感觉出他越来越硬，但她丝毫不在乎。没错，他明白，她之所以来回蠕动身子，也许是为了他好。

很快，他们便飞驰在东河上。城市的灯光缩成了玩具般大小，比夜灯还小，比孩之宝的玩具还小，微风吹起臭丫头的头发，轻拂他新刮过胡子的脸。他们摇摇晃晃，驶上镰刀形的高速公路。"音乐。"尼基要求道，"音乐是必需的。"臭丫头俯身向前，把收音机装到了仪表板上，不过货车的金属框架和天桥的大梁以及纽约大都市糟糕的调频信号一直在扰乱收信。当景点的噪声终于被听得到的声音所接替时，广播里传出来的是唐娜·莎曼的声音。"我讨厌这垃圾。"索尔在后面抱怨道。查理也准备好厌恶这支曲子，可尼基按住了臭丫头的手："不，这首歌是天才之作。"

"我们现在不应该到了吗？"D.T.说，"我不是麦哲伦，不过……"

"你知道尼基喜欢观光路线。"臭丫头说。

能量在四处流淌和碰撞，可坐在驾驶座上的尼基似乎已经脱离了现实生活，进入了自己的小气候中。查理能听到他用假声低吟着"啊……我愿爱你，宝贝"，但他的眼睛始终没有离开过路面。此刻，他们正迅速驶出一个U字形出口，沿着庞大而又荒凉的一座座建筑行驶。这可不是什么好地方。尼基紧急减速，停了下来，"你看到那个了吗？"远处是一座有着焦黑色表面的老住宅楼。顶层看上去已被烧塌了，大部分窗户也都不见了。门栏上有东西在抽搐：一只鸟羞愧似的把头塞进了翅膀下面。

"那里发生了什么？"

"你觉得发生了什么，查理？"仿佛货车上除了他和尼基之外没有别人。

哦，查理恍然大悟。那里，故事因我们而生。

"当我说我们已经做好革命的准备时，我是认真的。不过别担心，"他察觉出查理的不安，"没有人住在那里，没有人会受伤的。"

车子继续向前行驶，尼基又指出了其他几座处境相同的建筑。这就像是一部幻灯影片:一幅被火苗吞噬的景象闪过之后,就会有另一幅顶替上来。"我们不是第一批把这里弄成一团糟的人,查理,我们也许不是最好的,但我们是唯一有备而来的。"

所以这就是尼基的伟大起义?萨姆知道这件事吗?她之前知道吗?

"她显然是知道的,先知。"尼基说,"想想她是在哪里被人发现的吧。"

透过一片薄雾,查理瞥见了那段时光,那时想念她是他所在乎的一切。他试图把自己和那个人联系在一起。"中央公园?"

"中央公园西路,距离狂欢现场约一千英尺的地方。"

"也许她只是去那里见她的小情人。"臭丫头说。

"是啊,也许她是去出卖你的,说你计划有变。"

尼基胡乱抓了几把下巴上的胡须,没有理会后方其他乘客的推测:"不可能,我们的萨姆不是这种人。那些子弹是对我们的警告——它们改变了一切。确定新目标之后的准备工作比我想象中要更耗时,既然他已经知道我们知道了,那我们就可以开始反击了。等到他想好该作何反应时,我们已经在筹备下一次行动了,而且会更加猛烈。"

这番话听得查理满头雾水。什么新目标?重新点燃这些已经被人遗弃的建筑有什么意义?不过,他还来不及提出更多疑问,尼基就已经关掉车灯,命令臭丫头调低了收音机的音量。他们把车子停靠在一片似乎向前延伸了数英里的胶合板围栏旁。无论后面放着什么东西,围栏都挡住了人们的视线。"自由高地第一阶段:汉密尔顿-斯威尼项目,"标志牌上写道,背景是几座玻璃塔楼的图画,"如果你曾经住在这里,你很快就能回家了。"也许查理终究还是看出了其中的意义。围栏旁立着一个拿武器的人影,他几乎要大呼,提醒尼基小心,但很快发现那是提前从车尾跳下货车的索罗门·格兰迪,武器则是一把断线钳,他此刻正把它用在大门上。链条像叉骨一样猛然断开,松开的两端掉落在地。索尔推开大门,随后迅速回到驶向入口的货车上。

大门里面的发掘现场规模浩大,是一个大约有半英里长的坑洞,填满了道路和河流之间的所有面积。拖车、临时厕所,还有一排皮卡车围绕在坑洞的边缘。黄色的月光下,坑洞里有十几辆推土机和挖沟机,到处都是从混凝土中突出来的钢筋。

查理跟在这班后人文主义伙伴身后,他的两条腿已被 S.G. 坐麻了。不过,还有积极的一面,他的兴奋已经平复了。她和 D.T. 跪在厢式货车后面,把破布塞进瓶颈中。索尔从后备厢卸下更多的牛奶箱。尼基远远地站着，看不出情绪。他弯下腰，抓起一个瓶子，从口袋中掏出一个打火机，然后犹豫了一下，说："你想不想执行这个任务，查理？"

"我？"

"点燃布条之后，你有大约五秒钟的时间。"查理接过打火机，咬住嘴唇，"推土机有点远，试着瞄准那边的拖车。先知有言，复仇在我。"

一旁，臭丫头停下手上的活，看着他。他不想表现得像个娘娘腔，于是接过尼基手里的瓶子。再不快点开始，他就要被烟熏晕过去了。他总是听别人说他丢起东西来像个女孩子，为他领航的星星萨姆没有给过他任何指导，上帝也没有。他还没有点燃布条上的火苗，他一直在下决心。突然，咝咝声起，随之涌上一股热浪，就像他父亲在烤架上浇上火机油一样。他注视着拖车的距离。想象萨姆就站在他这个位置上。不知为何，这肯定是为了她。紧接着，瓶子将黑夜一分为二，来回翻覆，成就了他从来无法集中力气做出的一次完美投掷。它在拖车的顶篷上摔了个粉碎，范围恰巧有墙那么宽。火苗如同瀑布般从侧面流淌下来。

"太棒了。"尼基说着，又递给他一个瓶子。

其他人在他身边的黑暗中吹着口哨。十个、二十个、五十个瓶子，他很快便记不清哪些是他丢出去的了。破碎的玻璃砸开的瞬间，蓝色的火焰之花在院子里四处绽放开来，吞噬着拖车、推土机、吊车的电箱、两个废石堆和一段卡车的车身，一个临时厕所变形并开始熔化。他意识到，那些小小的影子是沿着地基坑的四壁匆匆向上攀爬的老鼠。各种各样的火焰声变成了一种饥饿的嘘声，而火苗也在融合，他能够十分清晰地看到和自己一起的那些人，他们的脸庞都已经不再神志恍惚了。

就在查理空着手在一旁观看时，尼基脱下了自己身上的T恤衫，用其中一瓶液体把它浸湿。他们现在全都在看着他——尼基是他们的首领，原始、野蛮。他把东西塞进一辆卡车的油箱里，点燃T恤。气氛变了，大家的注意力更加集中。当他抬起头时，看上去有几分惊讶，查理心想，就好似他被自己的勇气吓到了。然后，所有人拼尽全力跑向厢式货车。

他们疾驰出了院子，一扇车门敞着。查理从侧面看着它来回摆动，就在这时，第一声警笛响起。他们像是在玩一个游戏，就像他的弟弟们在楼上房间里玩的叫"非常时刻"的游戏。他心想，如果母亲能看到他现在的样子就好了，或者，如果萨姆可以看到——他竟然拥有回击世界的力量——就好了。就连他自己也深受感动。紧接着，他们的身后，油箱如同被炮弹击中一般，爆出一声低沉的巨响。那种冲击直到第二天早上仍在他的胸口回荡。闭上眼睛，他再次看到那些蓝色的火焰，闪烁着诡异的光射向他。

—   —   —   —   —   —   —   —   —

50

"所以，大城市的生活怎么样？"妈妈一边问一边开着老爹的卡车驶出机场，一路隆隆作响。她一脸倦容却很端庄，带着他们那一代人的威严。她伸手越过变速箱，轻拍默瑟的膝盖，他条件反射般地扭捏起来。刚才在机场的时候，她的开场白是这样的："你闻起来像座酿酒厂。"上一次乘坐飞机回家，他就发现自己对于飞机在空中飞行的物理原理缺乏信心，强忍一个小时之后，他投降了，点了一杯啤酒，但它很快就宣告失败了。在南方，在佐治亚，4月末可能会被当成6月，可他在热带的停车场里伸出来提供支持的那只手臂却被用力地拍掉了。显而易见，规矩仍旧存在：需求的箭头仅仅指向一个方向。

"哦，你知道的，万变不离其宗。"他打开一扇窗户。播种场的味道在他的鼻腔中爆炸开来。他的脑海中突然闪现出一个画面，他看见衰老的父母跌坐进摇椅，朝着窗户仰去。"听着，我昨晚批阅试卷熬到很晚。你介不介意我闭上眼睛眯一会儿？"

"我为什么会介意呢？你到这里来就是为了这个，不是吗？好好休息一下。"你会以为他是在指控她杀害婴儿。

"谢谢，妈妈。"

"你知道吗？在你还是个婴儿的时候，你爸爸常常不得不在你该睡觉的时候把你放在卡车里，在乡村小道上开来开去，才能让你安静下来。你的小脑袋总是转个不停。"

一双看不见的手正试图把他塞进青春期前的身体，那个他奋力至此才勉强逃脱的躯壳。"妈妈！我正打算睡觉呢。"

在车子到达阿尔塔纳前的几个小时以及从那里驶向农场的十分钟时间

里，他一直假装自己已经睡着了。睁开眼睛时，他面对的是一座朴素的锡顶房，在黄昏中显得有些苍白。要不是它让他五味杂陈，他会以为这是别人家的房子。默瑟踏进家门，正窝在苏丹式躺椅上看电视的老爹没有和他搭话。也许他只是在等自己的儿子先开口——为自己辩解一下——因为当默瑟开口询问他怎么样时，他紧握住了椅子多节的扶手。"哦，没什么好抱怨的。"这是近两年来他对默瑟说的第一句话，"你母亲说你在那儿给自己惹上了什么麻烦。"

默瑟想起了那个瘸腿的侦探。他尽可能地站直身体，纱门背后的门廊灯光涌进他身边的空间："没有。我只不过是回来看看。"

"你用不着说话那么大声，我听力没问题。"

"开着电视呢。"他显得有些无力。

妈妈和老爹在这一方面截然不同：和她在一起时，压力是显著而持续的，是你会学着步行穿过的某种地板，而和他在一起时，压力就变成了藏在地毯里的图钉。默瑟很难不在意父亲失去的那只脚。但妈妈却选在这个时候从门廊走进来，放下自己一直在那里假装做着的事情。"你哥哥觉得很遗憾没能来迎接你，他到瓦尔多斯塔去看音响设备了。你知道的，他的邮购事业刚起步。"

自从 C.L. 出院以来，她总会在电话里提起他，说他成了一名飞行员、大豆商人、人身伤害律师，还有一些默瑟已经记不太清了。对于一个生而为人尚不够格的家伙来说，哪里来这么多种不同的职业供他选择呢？"你让他开车去的？"他望向老爹，想要他承认这个问题的合理性，可在有关C.L.的话题上，老爹总是会明显陷入沉默。"管他呢，"默瑟说，"我要去睡觉倒时差了。"

如今，尊重他的自负似乎对大家都好。不过飞行里程只有三个小时，而且从未离开过东部时区。之后，在他的父母都上床睡觉之后，他仍旧清醒地躺在那里仔细端详着自己卧室天花板倾斜的镶板。外面足够温暖，可以一直敞着窗户。微风夹杂着潮湿的沥青和稀土金属的味道，像是铜，却又不完全是。每隔一段时间，都会有一辆卡车在高速公路上呼啸而过，他一整晚都能听到一两英里以外的通宵快速公共汽车发出的声音。然而另一辆车到来前的间隙，只有他的大脑还在运转，如同一台旋钮被毁掉的收音机，播放着他到这里来本该可以摆脱的那些问题。他还能再见到威廉吗？如果可以的话，他们会对彼此说些什么？还会有其他人发现他的魅力吗？他能够信任他们吗？为什么要去爱你注定会失去的东西呢？如果感觉注定要消逝，为什么要让自己去感觉？（在远处的另一个频道里：有没有可能人类思想的基本单元不是个命题，而是个问题？这个问题的逻辑内容是什么？）

思绪继而延伸开来，堵在胸口的异物感有所缓和，在他的周围，这个幽闭恐怖的世界开始融进多彩的月光里——他的《美国大百科》和他一柜子的绘本；相框里是他和C.L.在亚特兰大海滩的合影，两个小男孩正展示着硬挤出来的肌肉；还有一只手掌大小的摇摆木马，那是农场经理赫尔克里在被确诊癌症之前亲手制作的。他蹑手蹑脚，试图不发出任何声音，生怕吵醒楼下房间里正在熟睡的父母。老爹自从那次意外之后就无法爬楼梯了，如果你可以称之为意外的话。篝火、北方牧场和献祭猪之后的那个早晨，C.L.在迷幻药的作用下高度兴奋，据州立精神病院的医生说，当他驾着碎土机碾过老爹的腿时，他可能正处于这种状态之下。我们姑且不提他已经承认了自己滥用可卡因、麻药和处方静脉镇静剂的历史。默瑟经过走廊时刚好听到，医生用尽可能抚慰人心的声音告诉妈妈，C.L.耗费过去两年的时间只在做一件事：烧坏自己的大脑皮层。这些孩子在那里看到的事情……紧接着，一辆卡车在高速公路上驶来，或者是一辆汽车，或者是各有一辆，低沉和高亢的发动机声音混杂在一起。当它们驶入默瑟能听到的范围时，他可以听出迪斯科的重击声，这坚定的重击声甚至能够传到奥吉齐县去。

就在它们本应开始远去时，默瑟发现那几辆车却朝着这座房子转了过来，速度快得足以在车道上打滑。他听到牡蛎壳被扬起撞击着底盘的声音，看到长菱形的光束在天花板上扩张开来。一扇门砰的一声关上了，可随着收音机启动，让人感觉车头灯似乎永远都会悬在头顶上。我愿爱你，宝贝。从前，不管是谁，老爹都会爬起来举着长柄草耙把他们赶走。有说话的声音传来。终于，两辆发动机中声音较小的那辆离开了。默瑟听着C.L.跌跌撞撞地爬上楼梯。当他再一次醒来时，映在天花板上的已经换作了晨光。他知道有人把他的脑袋塞进了纸袋，用锤子砸烂。

他母亲过时的信仰之一就是，她相信体力劳动的治愈力量。尽管她将这件事情说成是他可以帮她的一个忙，他还是明白，在她趁着早餐的时间要他去北边的牧场上割草时，她是在从另一个角度思考问题。他说，他们现在只剩下一头牛了，而那里的草已经齐膝高了，一眼望过去很是碍眼。碍谁的眼？好吧，如果事实证明她的一个儿子是个娘娘腔，另一个则头脑不太正常，父老乡亲们肯定会大为震惊。这些"父老乡亲"是想象出来的，没错（邻近的几户人家都是白人，而自从老爹多年前因为土地出借的问题和他们起过争执之后，他们就再也没有和古德曼一家有过什么往来了），不过，他们对妈妈来说都是些必要的杜撰。他们能够回答如何让一个人挺直脊梁的问题，考虑到在人生的下坡路尽头等待我们所有人的是永恒的长眠。

就在他驾驶割草机行驶在崎岖不平的土地上时——他真的能感觉到不锋利的钢刀片在砍着一片野花——默瑟幻想起了起义。可这座房子实在是太小了，小到连两个一直在为它争吵的男人都装不下。不管怎么说（砍，他加速驶向一片他已经割了两遍的锯齿状草坪，因为野草只不过是在装死），至少老爹又和他说话了，这意味着他还是那个顺从的好儿子。

为了防止妈妈又说他漏割了哪块草坪，他把割草机留在了草场上，然后动身去找水喝。小径沿山坡蜿蜒而上，爬过潮湿的绿色水沟和使用权已被出租的田野。既然赫尔克里已经死了，老爹从自己的战争中带回来的自给自足的梦想也就破灭了。棉花绿油油地盖在田埂的泥土中窥探。爬上绳索秋千旁的小坡，他听到一个类似于指甲连续敲击木头的声音。多功能谷仓一侧，在老爹搭起的一个无网篮筐下，一只篮球落地、弹起。远远望去，此刻追过去抢篮板的那个人和曾经在那里玩耍过的任何人都不像。首先，他的体态更加笨重，他的头发被吹成他的蓝头巾都包不住的巨大爆炸式发型，而且他光着脚，牛仔靴并排置于一片树荫里。不同于默瑟记忆中 C.L. 抛投的那些惊艳的圆弧轨迹——他哥哥尽善尽美性格的具象体现，那是一个不够纯粹的平直球或侧旋球。但是，公平地说，它进了。

默瑟什么话也没有说，进入赛场直接开始防守。很快，两人都哼哧着冲撞起来。C.L. 笑起来的时候，两颊会有两个酒窝，像孩子的笑脸一样。多亏了啤酒肚，他慢了一步，让默瑟凭借几个轻松的带球上篮打败了他。不过他通过几个线外投射将比分拉平了。当默瑟在他下一轮持球时挫败他时，他飞快地把球抢了回去，以至于默瑟都来不及截球。那对酒窝，"怎么回事，黑鬼？我以为你现在已经是个都市男孩了。"

默瑟从来都不擅长外线投篮。看着 C.L. 脸上的露齿微笑，以及伴随他身上的汗液流出来的、蒸腾在空气中的某种化学药品，他没有信心能够击败一个投篮得分手。他不断运球,试图记起哥哥的弱点,猜测还有哪些仍然没有被攻克。他假装把头扭向右边,身体却摆向左边,在尽头转过身来保护篮球。就在他准备微微勾手投篮时,C.L. 用犯规的手法——用力地——夺回了篮球,后撤步跳投。"这就是比赛。"他说着,仍旧带着那愚蠢的微笑。默瑟前臂上的皮肤刺痛起来,C.L. 拍过的地方有种无形的刺痛感。选项有两个——说他犯规或是闭口不提——不管选哪个,他都会输。但也许真正的搏斗代替了几个月以来他和他爱着的每一个人进行的假想拳击,此时此地,一股兴奋的感觉油然而生。他们摆好了架势,粗重地喘息着。紧接着,C.L. 试探性地伸出手来,摸了摸他的手臂。看到默瑟并不打算做出反应,他进一步探过身子,用一只手抱住了他,差点就变成了摔跤中的夹头。"哈,你还是有两手的,兄弟。"

"你指什么?"默瑟问。

"如果你不知道,我也没法向你解释。来吧。"

这更像是一种命令,而不是邀请,因为搭在默瑟肩头上的手臂勾了起来,变成了一种束缚。他们来到谷仓的背阴面,这儿的地面上仍旧结着露水。这里曾经是个马厩,拥有大片被马儿踩过的起伏草皮,但那是老爹成为佐治亚拥有如此多土地的第一个黑人时的事情了。那时,他和 C.L. 都比默瑟高出好几头,如同某种令人羡慕的物种。C.L. 把谷仓门的弹簧锁丢到默瑟脚边。仓门形同虚设,门后露出的那一小片谷仓阴暗得如同隧道一般,却凉爽得十分舒适。"小心蛇。"C.L. 肯定经常到这里来。几个装运托盘被拽到了门边,地上散落着因为陈旧而褪色的啤酒罐。拒绝 C.L. 请他坐下的邀请会让他看上去很做作,于是两人重重地坐在了两个相邻的托盘上,向外注视着敞开的仓门。他们的父亲所有田园牧歌式的设计,他的土地管理系统,他在这片土地上的劳作所带来的改变全都消失在眼前的景色之中:青草、蓝天、又小又涩的海棠树……C.L. 提起自己的托盘,从下面取出了一个玻璃罐拧了起来。打火机发出了咔嗒的响声,微暗中,C.L. 的脸闪耀着橙色。紧接着,一股熟悉的气味刺穿了早已不在的马儿留下的浓郁动物气息。他伸出了自己的手指。

"我想你这里应该没有准备水吧?"默瑟说。

"来吧,默瑟。篮球加一点点药物,有助于排毒。"

"毒?"

"你以为自己为什么想喝水？他们在那鬼东西里面放了各种各样的化学药品，让你一直上瘾。"C.L. 又抽了一口烟。

C.L. 从自己参加的那场战争中带回了满脑子的固执想法，它们就像一辆卡车里装载的货物在运输过程中你推我搡。更糟糕的是，他认为你应该赞同这些想法。拒绝赞同会让他火冒三丈，你不会想让 C.L. 生气的。在古德曼家族里，某些人一如既往地必须咽下心中的感受，而那个人更容易是默瑟。除此之外，他和威廉的姐姐在阳台上抽烟的那晚给他带来的恐惧还没有从他的记忆中去除。如果有什么好的一面那就是那恐惧让那记忆更珍贵了。他接过烟卷，为自己如今再次找到一个亲近自己哥哥的方法而感到安慰。一阵咳嗽在他的嗓子里涌了出来。

"很好，咳嗽能让你更兴奋。再吸一口，如果你想的话。"

把注意力集中在烟卷上，默瑟能够感觉自己的思绪正在稍稍向外膨胀，关节处紧绷的一束束张力也放松了下来。他重新吸了一口。自从他在汉密尔顿-斯威尼家的那一晚以来，时间过去多久了？中间的那段时光收缩起来，把他不想去想的事情拉近，可这一切已经不再有什么紧迫的了，他有的是时间。他把烟递了回去："你快乐吗，C.L.？"

"像在粪坑里打滚的猪一样快乐。说到这个，卡洛斯怎么样？"

"卡洛斯？卡洛斯就是个噩梦。"

"是啊，他就是这样，不是吗？"C.L. 笑了，"不过话说回来，你既然能和我在一起住这么多年，我想那并不是你搬离他那儿的原因吧？"

"你在说什么？"

C.L. 正在摆弄那个烟卷，把它弄直，好让它变得更好吸。"妈妈告诉我，你找了一个新室友。我们不要再互相废话了，弟弟。"

默瑟环顾四周，没有人能听到。但墙壁能，土地能，马的鬼魂能，还有佐治亚州也可能听到。

"老实说，我不在乎什么会让你兴致高昂，默瑟，我的连里有好几个兄弟在战场上共用过一个睡袋。我们身处天知道是哪儿的黑暗之中，听着迫击炮的炮弹坠落下来，不知道下一个倒霉的会是我们中的谁。那时我就在想，至少这些家伙还有彼此。结果散兵坑里也有无神论者，不过找个姑娘的渴望也根本帮不了我。"他把一根手指放在嘴唇上，笔直地举起两根手指，指向谷仓的后面和远处的房子，"无论如何，那些在乎你的人会告诉你该怎么做。"

"我的天,他们都知道了?"

"即使他们知道,他们也永远不会知道自己已经知道了。但这就是妈妈讨厌你留在北方、离开她的庇护的原因。她知道你太容易付出真心了。"

默瑟再一次伸手抓过烟卷,站起身来。他正在为自己房间里的那张照片寻找某个理由,回想他儿时前往海滩的那趟旅程,各种各样美丽的肉体在阳光下闪着亮光。已经能够熟练地投入自己无法控制的事情中的 C.L. 站在齐胸深的水中,水却只没过了他的腰。他正在向默瑟解释如何借助身体冲浪,如何弯下膝盖蹲伏着等待海浪能够托住你的瞬间。可默瑟总是找不准时机,他总是慢一拍,最后搁浅在沙堤上,看着他的哥哥一路骑着海浪游向海岸。"我们同居了一年左右,现在他离开了。威廉,他的名字……"

"他是个白人?"

"见鬼,C.L.。"

"他是,对不对?这就是问题所在,相信我。"

"不是那样的。是……听着,关于海洛因,你知道些什么?"

"毒品?不是什么好东西,很难戒掉。如果有人试图把它拿走,你会恨他。"

"可你戒掉了。"

C.L. 舔了舔自己的指尖,掐掉了烟卷的尾部。烟卷熄灭时发出微弱的呲呲声。"从没有戒得像现在这么干净过。"

"嘿,你手边已经没有这种叶子了,对吗?"

"你要待多少天?"

"到这周日。"

"看来我们得跑一趟了。"

他的哥哥再次把自己一直坐着的那个托盘提了起来,只不过没有完全提起来,一个阿基米德式的壮举。默瑟的眼睛此刻就像猫一样,能够看到那下面挖出来的那个洞,"那是什么?"

"什么是什么?"C.L. 将一把左轮手枪塞进牛仔裤的后腰位置。他再次把手伸到托盘底下,取出一捆现金。

"那是一把枪吗?"

"你得学会照顾自己,默瑟。这是个怒气冲天的世界。"

这些玩意来自普林斯维尔,一个坐落在县界线另一端的全黑人社区。更准确地说,来自一个名叫"靴子"的四肢瘫痪的人。C.L. 受到了对方挚友般的欢迎。而身为一个陌生人,默瑟被禁止进入那栋破旧不堪的房子,不得不和一条拴在门边的狗并肩而坐。它眼神凶恶,和它的主人一样。萨利,他们自己家的狗去年夏天死掉了,是刚好出院的 C.L. 亲手将它埋葬的吗?默瑟做好了随时可能听到枪响的准备。事实上一直只有立体声音响设备的声音。

那天下午,默瑟在房间窗外的屋檐下抽烟,那东西能帮他恢复吃晚饭的胃口。虽然这是值得的,但代价高昂,他不得不熬过一顿饭的时间,其间不能太过专注地盯视妈妈或者老爹,不能暴露自己泪眼汪汪的虹膜、泛红的眼眶,不能看向随时可能害他爆笑的 C.L. 的同款红眼睛。所幸他的父母也没有太过专注地盯着他,因为专注于一件事情就意味着要对它负责。妈妈注意到的是,他看上去壮实了不少。"肯定是得益于家里煮的菜。"心情飘飘然的默瑟还算赞同。你在纽约是吃不到这样的食物的:猪肩肉、黄油豆子和玉米面包。而你得到了什么?让这些盐和胡椒调味瓶代替中央公园和大体育馆吧。让这些高大的烛台变成汉密尔顿 - 斯威尼大厦吧。在另外某个地方,在一束插花旁,一个年轻的女孩正奄奄一息地躺在医院的病床上。上个星期,默瑟的学生全都在讨论这件事情。原来她曾就读于一所与她们是竞争关系的预备学校,而"吊带袜杀手"的谣言已经在楼道里传开了。按照定义,一个连环杀手至少需要两个受害人,而谣言让他更加担心的是独自在这些街道上流浪的威廉。不过那些全都已经被他抛在脑后了,对吗?现在是大黄的季节,小果子已经开始大量冒出来了。妈妈做的馅饼他吃掉了第二块,第三块。

默瑟模仿 C.L.,掐掉他下午吸的烟卷,留下尾部的那一点烟蒂以后享用。他觉得自己也许可以试着写点什么,在自己的房间里,在一切开始的地方,可他只是懒洋洋地倚靠在床上。妈妈或者老爹已然打起了呼噜,他可以透过脚下的地板听到他们的鼾声。他们经历了多少年不间断的劳作和担忧,以及两个儿子带来的那些惹人头痛心烦的事情,就为了活到他们可以在《杰斐逊一家》播到一半时睡着?这是不公平的,把他们放在他心里再次涌起的孤独中。而此刻他还有一个选项,那就是重新点燃烟卷。在春日的黑暗中,敞开窗户,闻着飘散进来的树叶清香,他再一次放松下来,膨胀着,像件旧毛衣一样舒展开。他发明了一个小游戏,用嘴唇夹住烟嘴那一头,吸气、吐气，感觉自己脸颊附近的温度随着每一次的呼吸而升高。秘诀在于趁烟卷烫到你之前掐断它。不管他有没有被烫到，在这之后不久，他都会感觉世界开始在自己的脚下倾斜向下，如同一片腾起海浪的水面。

只有一件事一直在折磨着他，他心想：C.L. 藏在谷仓里的小型廉价手枪。第二天早上，在为妈妈的菜地除草时，他把不要去担忧的理由匆匆想了一遍。第一，两人从小就把玩过武器，因为老爹下达了长期有效的指示，看到任何靠近玉米的乌鸦格杀勿论；第二，在先后两次被派往越南之后，C.L. 也许只能在附近有武器的情况下才会感觉更加安全；第三，如今，C.L. 至少是心神健全的，像个哥哥的样子。从另一个层面来说，默瑟现在知道自己可以成为某种合理化改革的传道士了。他和威廉的经历难道什么也没有教会他吗？契诃夫呢？如果手枪走火要了某人的命，C.L. 是有责任的。因此，在他飞回纽约前的最后一晚，他抵抗住睡意，等待着家里的嘎吱声和脚步挪动的声音渐渐平息，然后从后楼梯溜下去，推开纱门，小心翼翼地关上门，以免发出砰的声响。蟋蟀叫声十分嘈杂，一轮满月让房子投射下来的阴影占据了半个庭院。远处，树林密布，他像个幽灵一样偷偷地从一棵树跑向另一棵树。直到来到贝壳铺成的车道上，他才回头看了看。房子里一片漆黑，只有二楼的一扇窗户还闪着光。他都不知道 C.L. 的房间里还有一台电视。显然，他不知道的事情还多着呢。

随着一步步向农场深处推进，蓝色的土地在星光下膨胀起来，他感觉自己就像梦中的人物一样。沉重的谷仓大门像警报一样尖叫起来，紧接着传来的是木头向后滚去时熟悉真切的轰隆声。当他在装运托盘下挖出来的那个洞里四处摸索时，他试图不去想 C.L. 警告过他的蛇、蠕动的千足虫、没有眼睛的软虫。起初，他只摸索到了装着烟草的玻璃罐。它们看上去已经不再毫无价值，但从 C.L. 手里偷东西有辱他梦想使命的纯洁性。他屏住呼吸，猛地把手向更深的地方插进去。他摸到了金属，小心翼翼地，他把枪管转向了远离自己的方向，然后把枪拽了出来。

门外月光照射下的草地上，黑色的不规则光影暴露了他的割草机没有割到的地方，就像试卷上的墨水。如果他的女学生们能够看到他现在的样子……他突然感到与她们很亲近，她们假装的冷静，她们在想象决定会带来的后果方面的无能。他用自己的双手挖出了一片潮湿的土壤，也许有八英尺深。他从小到大生长的土地就在他的指甲缝里和鼻子里，正如老爹总说的那样。让土壤弄脏这么好的一把枪似乎是一种耻辱，于是他脱下 T 恤，将其包裹。他现在是个牧师了，异教徒，在夜色中裸露着上半身，隐匿在黑暗中主持葬礼仪式。或者说，他就是自己小说中的主角，威廉喜欢玩的那些新兴的街机游戏中的主要玩家，不得不重复某些标志性动作，直到做对为止。只有一次，就像新年前夜那样，他感觉有人正站在树林间监视。好吧，让他看去吧，见鬼。某件事情正在这里发生，仿佛自始至终，这就是召唤默瑟回家来的更深层次的任务。既然他已经完成了任务，他也许就能获准进入下一级了，进入一个没有人会遭遇枪击的世界。

51

不管他之前在盛怒之下对姐姐说了什么，威廉发现他还是很难管好自己的钱。如果他从银行里取出二十、三十或四十美元，一天就能挥霍一空。另外，他最近在几家曼哈顿以外的俱乐部里度过的放荡周末吓得他不敢携带太多的钱。深夜中，孤身走在街道上，他好几次觉察到自己被人跟踪了。其实，这种感觉在他和默瑟同居时就开始了。你会感觉自己被人注视着，转过身去却又看不到任何人。后来的某一次，在脏兮兮的贝图 - 斯图文森区打靶场，因为用了药物而恍惚得无法动弹，他感觉到自己死气沉沉的脑袋被一个朋友的朋友的朋友提着，听到他在对另一个人低语：该死，兄弟，你知道这大款是谁吗？就好像比利·斯里 - 斯迪克斯钱包里的现金够他们嗑一辈子药似的。这正好印证了那句话：防人之心不可无。

这个规则也适用于家庭生活。搬出去的前几个星期，他一直借住在布鲁诺位于切尔西的家中客房里。他以为自己的恩人会很高兴看到他又自由了，可某些情形的暗示却一直潜伏在布鲁诺那奥地利式的克制背后。没有开口询问发生了什么不意味着圆滑，而意味着批评、失望，甚至也许还有戒瘾的模糊压力。

于是威廉道了别，把自己仅有的几样东西搬到了布朗克斯的工作室里。

当然，他是几个街区里唯一的白人，但有时他感觉被杜妮养大已经使他和黑人成了道义上的兄弟。不管怎么说，肤色并不是他在那里患上社会环境不适应症的原因，而是墙壁上那些目瞪口呆凝视着他的、没有完成的肖像画。《证据》，这就是他的代表作的名字。这个名字几乎是在一切发生之前就想出来了。除了这个，他计划在完工之后再告诉默瑟更多的事情。也许他起初很嫉妒默瑟对自己的工作保持着如此清醒的头脑，拒绝对自己的生产力自吹自擂——肯定相当可观，毕竟他投入了那么多的时间。不过，后来，在他意识到自己是在拖延时，威廉因为羞愧而一直保持着沉默。如今，对《证据》绝口不提似乎让它变得更加不真实了。出于某种怨恨，他仍旧强迫自己每个星期至少混合一次颜料。可画笔和画布的日常练习从很早以前就已经被他遗弃了。

　　的确，在 4 月之前，他的主要任务是坚持到傍晚，至少是接近傍晚的时候，然后开始一段美妙得多的经历：从容地走过大广场街，或是一头扎到堕落街区买违禁品。作为一个能够读懂海浪的冲浪者，他知道如何预测政府收紧供给的间隔，如何安全度过歉收期（如果那只是暂时性的，警察就该失业了）。他还知道该如何欣赏高峰期，违禁品买卖的时间，当他溜出来在这个世界里待上几分钟，然后再潜回自己的世界里时——那里空有焦虑的外壳，内容却已经枯竭了——如何享受五点钟令人头脑清醒的空气，以及他穿梭的环境中那些缤纷的色彩。

　　一天，在供货十分充足的时候，他回到了时报广场。夏令时刚刚结束，可即便时间还早，他的头顶上也已经闪烁起了色情招牌的霓虹灯。"偷窥世界"是红色的，"偷窥欧罗摩"是红蓝相间的，和周围的拉客声相得益彰。"红魔鬼""蓝片儿，蓝片儿""五十美元，全套服务"，这是对非主流未来的一瞥：不是核毁灭，而是一种完全基于地下市场原则组织起来的生活。他想要停下来欣赏这些没有明天的人，却掉转方向朝着人群走了过去，尽量不被认出来。在他陈旧的"追忆往昔"夹克里的口袋里，在他于衬里上割出来的那个小洞里，装着包裹违禁品的纸信封，就像他们在邮局里贴邮票的那种。

　　那个时候，在他走向百老汇的街角时，很难说是什么把他的目光吸引到了上方那个色情场所的大门罩上。他肯定感觉到了，就在自己目力所及的无边世界之外有一丝骚动。和狗一样，我们知道自己什么时候在被人追捕。总之，只消一眼，他就发现了那个身形比别人大一圈的家伙，总觉得与周遭格格不入。那是个白人，庞然大物，看上去眼熟得可恶，蓄着胡子，头发随风飘动，恶魔的凝视从帽檐下的阴影中射出，掠过人群。威廉曾经见过一次这种装扮，应该是站在跃层公寓的窗前俯视街道时看到的。突然，他再一次感受到实实在在的焦虑：他一直在被人跟踪，而眼前这人就是那个跟踪者。他看上去像个缉毒刑警，戴着那种愚蠢的帽子，还留有叫人难以置信的长发。他一直在等待时机逮捕威廉，但是还没发现他。

奇怪的是，威廉的本能是不去做他还没有来得及做的任何事情。或许这也没有什么好奇怪的。这难道不是你在一只野生动物面前该做的事情吗？冷静地走开，奔跑只会激怒它。威廉并没有再望过去，他恢复了有条不紊的步伐，穿过百老汇，他的双手在口袋里冒汗。幸运的是，这里与第六大道之间的街区充满了和他一样堕落的纽约人。当他感觉融入了他们之中，得到了他们的保护时，他回过头去，却并没有看到这样一个人在安全岛上等待。

事后，把自己安全地锁在工作室里，他不知道自己是不是出现了幻觉。附近的某个地方，一处建筑物的拆除作业已经持续了一整天。不过眼下那声音在他的印象中只是地板不时发出的隆隆声，是在对这座城市里的卑贱之人表示同情——他们到处被掠夺者包围，被碎石堆害得无家可归。当然，当他蹲在发黑的药品旁边时看到的不是那些鼠辈，也不是在他打开心结、重重地跌坐在落满灰尘的地板上、枕着自己的内裤、在来回移动的太阳映在墙壁上的大门里飘进飘出时看到的那些面孔，而是那个陌生人朦胧的脸。实际上，如果他现在站起来望向镜子仔细端详，那张脸不比他看到的这一张更陌生。因为威廉也备受折磨，也许是被某些甚于毒药的东西折磨，或者是比利。他几个月前潜逃过一次，希望自己不要再重蹈覆辙。但他已经失去了搬家的决心，或者有可能是能力问题。所以那又怎么样？他此刻心想。去死吧，让他们放马过来好了。

/ — / — / — / — / — / — / — / — /

52

根据大楼管理员费拉托维克先生的步话机发出的声音，你就能追踪到他在楼道里的位置。大部分时间里，他收到的都是吸尘器和路过的出租车发出的零散信息。唯一曾用它联系过他的人是他的妻子——理查德在和杰妮的一次深夜长谈中是这么告诉她的。他可以调节自己的警用扫描仪信号，听到 F 太太叫她的丈夫下楼吃晚饭。他会不会认为偷听有点不公平？她问道。不过，5 月刚开始时的某一天，她对出现在她窗外的承包商脚手架心存疑问——翻新是否意味着房租涨价，于是当她听到警告性的静电声靠近房门时，她打开防盗落地门钩，把头探了出去，发现大楼管理员正试图用巨大的棕色靴子把理查德的苏格兰梗犬科拉格尔围到角落里去。

可怜的小狗显然受到了心灵创伤，等待着她把自己抱起来救走。不过，在她朝理查德的房门走去时，大楼管理员却喊了一声："不在家，小姐。"

"你说什么？"

费拉托维克先生大概就是那种所谓的不显老的人。他恐怕已年过七旬了，却一年到头穿着短裤和硬挺的汗衫，手臂和小腿上满是结实的肌肉。他眯起眼睛，朝她俯过身来，仿佛是要钻进一阵狂风中去。他试图告诉她些什么，但他嘴里叼着雪茄这让他说出的话难以为人理解，除了最后这一句："你松开那只狗试试。"

她把科拉格尔放了下来。费拉托维克先生扶住敞开的楼梯门，只见科拉格尔朝着门冲了过去。那双靴子重重地踩在楼梯上，紧追不舍。杰妮没的选，只能跟上去。等到她来到一楼时，科拉格尔已经直直地坐在门厅地上，面朝大街，鼻子弄脏了玻璃。"你看到了吗？我是在这里找到它的，就像这个样子。阮小姐，你的朋友不在家。"

"我们只是邻居。"杰妮说，她也不知道自己为何如此急于纠正他。

"你希望我把它锁起来吗，直到你的朋友回来？"

"不用了，我会看好它的。"她抱起小狗，不敢望向大楼管理员的脸，悄悄地溜回了楼上。科拉格尔呜咽着，试图在她的肩头看一看，它的心脏用力地怦怦跳着。可它当初是怎么跑出来的？楼梯是有铁门挡着的。它的爪子在嵌入式的电梯按钮上又派不上用场。为了保护他的唱片收藏，理查德家的前门始终上着锁。如今所有人都是这样。

那天晚上，她一直在注意屋外的动静，等待理查德回家后插上门闩的声音，他召唤科拉格尔时的三下击掌声，还有沃立策自动点唱机渗透墙壁而来的金色魔法般的乐声。可当她使用他留给她的备用钥匙去取科拉格尔的狗粮时，隔壁的公寓冰冷而昏暗，不知为何还有些令人毛骨悚然。这看上去不像是一个归期将近的男人的家。尽管如此，一定会有一个合理的解释的——理查德爱这只狗，他是不会就这样抛弃它的。尽管有些不合逻辑，她还是打算抱持这个信念，即便是一周后，理查德的尸体被人发现——惨白，撞击着布鲁克林的驳船码头，已然在水中浸泡多日。

她是听费拉托维克先生说的，而他是从警方那里听说的。她事后才记起大楼管理员低头看着蜷伏在她身后咆哮的科拉格尔时的表情有多么严肃，他是如何不用手就将自己没有点燃的雪茄从嘴巴的一边挪到另一边去的，他又是如何消失，如何丢下她攥紧门把手寻找支撑的。当时的走廊阴森森的，仿佛她是唯一被留在空间站、沿轨道环绕地球的宇航员。她不能哭，她告诉自己，泪珠却从她的脸颊上无声地滚落下来。在事情有可能是个误会的情况下，她是不会让费拉托维克先生满足的。她花了几个小时的时间在收音机的电台里来回调换，搜寻着有关理查德的消息。无论是通过哪种方式，她都没有听到只言片语。午夜时，她已经准备把那台收音机丢到窗外去了，看着它在脚下漆黑的街道上碎成一堆不值钱的碎片。紧接着，她想起来了，那该死的脚手架会接住它的。

5月的第一个周末，《每日新闻》刊登了理查德之死的法医证明（明显的自杀），出现的时机令人毛骨悚然。在那之后，消息如同传染病一样在楼里流传开来。是真的吗？邻居们交头接耳，你听说了吗？不过，他们会在杰妮靠近时陷入沉默。她想要把他们摔倒在地，坐在他们的胸口上，直到他们坦白自己在怀疑她和理查德的关系，教他们跟着她大声念："我们只不过是邻居！"即便在工作中，她也感觉有人要谋害她。回形针扎穿了她的大手提包。仓库里的画作竟然会不翼而飞。她头顶暗淡无光的天窗被一场几个星期都没有下过的雷阵雨敲得滴答直响，从窗口里透进来的光是朦胧的、湿漉漉的。而她一直在想象自己沉入水中，水面上的光逐渐减弱，呼吸卡在了她的喉咙里。怎么会有人就这样放弃呢？她想知道。话说回来，他怎么就这样抛弃了自己的狗呢？除非他的死是一场意外。傻瓜或是懦夫，哪个更糟糕？懦夫更糟糕。这意味着她会永远憎恨他——憎恨自己没有拦住他，在他们发生争执的那个夜晚。谋杀似乎从来都不是某种可以想象的事情。尽管如此，如果他的钱包丢了⋯⋯或者比如说他一直处于三角关系中，和一个克格勃杀手的妻子纠缠不清⋯⋯不过，她把满脑子的胡思乱想都抛在了脑后。在这个地球上，生活中各种各样的悲惨境遇实在是太多了。

后来，在接近月末的某一天，一只咖啡杯出现在她面前的办公桌上——不是熟食店用的那种蓝色纸杯，而是一个小瓷杯，里面装满了从老板专用的咖啡机里倒出来的浓缩咖啡，热气在咖啡油脂上袅袅升起。她不敢抬头，五秒钟以前，她一直在压低嗓门喃喃自语，想象这里只有自己一个人。"如果你不喜欢的话，我可以把它拿走。"布鲁诺终于开了口。

"不用，谢谢你，"她说，"如此体贴。"

他似乎把这句话听成了让他在她办公桌旁的椅子上坐下的邀请。他喜欢找个地方坐下，抱怨自己的艺术家们有多反复无常，不过据她所知，他将大把的时间都花在高级咖啡馆里。"有什么事情正在困扰你，亲爱的？"

"我很好。"

"你应该多睡觉。"没什么能比支配她生活的每一个细节更让他喜欢的了，像个孩子在玩弄自己的布偶。杰妮欣赏的是这种本能的透明度。布鲁诺知道自己能够对别人的遭遇感同身受。事实上，他最近看起来像是有什么让他焦虑得夜不能寐的事情。"我有个医生朋友可以给你开张处方。"

"我睡觉的时间多得我都不知道该怎么办了，布鲁诺。我就是睡眠界的威尔特·张伯伦[a]，我不需要安眠药。"

[a] 威尔特·张伯伦（1936—1999），美国职业篮球联赛费城76人队昔日的光辉人物。

"啊，好吧，那我向你道歉……"这倒是桩新鲜事：他竟然主动提出尊重她的自主权，仿佛付出了很大的个人代价似的。这样的善举差点让杰妮号啕大哭起来。她想要奖励他，但她要如何开始解释如此复杂的状态呢？她的双手在办公桌上角力起来。当她抬起头时，布鲁诺的眼神正像X光一样从他剃过的光头下朝她射过来："你知道吗，杰妮？你刚开始在这里工作的时候，男人们会在你沿街走路时转过身来看你，仿佛你就是那些古老画作中的圣人，头上戴着一个镀金的环。作为男人，若能赢得你他们定会乐不可支。不过我说的不是杰妮·阮，她太聪明了，是不会上当的。当然，没有谁能比一个需要存款的人更有吸引力。"

"哇，"她说，"我该付你多少钱，弗洛伊德医生？"

疲倦的表情回到了布鲁诺的脸上，也许是因为闷热或悲伤而缓和了不少。他拿起杯子，把浓缩咖啡一口咽了下去。然后，奇怪的事发生了（因为布鲁诺从不会触碰任何人），他拍了拍杰妮的手："我想说的是，你会弄明白的。"

科拉格尔棕色的双眼水汪汪的，眼周还带有一圈紫色。它可以把眼睛瞪大到一定的尺寸，让它剩下的部分看起来小得可怜、毫无防备，还能投射出最无邪的忧郁精华——忧郁源于只有杰妮能够拯救它，它会这样宣称的，如果它有能力说话的话。每天晚上回家时，她都会发现它蜷缩在厕所的 U 形弯管下面。它的脸上满是皱纹，皮毛下却聪明得很。一双眼睛悲伤地望着她，望着门，再望着她。她想要跌坐在沙发上，但无论第一次将它放出来的是什么妖魔鬼怪，那个人都已经不在这里了，而她一定会投降。"好吧，等一下。"也许自私会让她的悲伤得以缓解。

七点钟是某种全市性的遛狗时间，外表上看起来拥有自主权的个人仍旧穿着职业正装排着队冲出合作公寓，手中拽着的绳子紧得像划水者的绳子，而绳子的另一头紧紧拉着毛茸茸的发动机——西班牙猎犬、狮子狗和比熊犬。杰妮宁愿等到晚些时候，避免科拉格尔每次遇到另一只动物时都要去嗅对方的屁股，害得她和对方的主人来回换位。交缠的狗链，强扭出的笑脸，还有在它挑剔地选择一个地方排泄之后她不得不惹人注目地拿着袋子徘徊在它的旁边，好让别人不要错把她当成那些人中的一员——在每条人行道上留下成堆干燥粪便的众多粗心大意的狗主人。就像住在街角那户养了一只糟糕吉娃娃的波多黎各人一样，最好等到午夜时分，好让狗能够随心所欲地排泄——这种对自由的主张让她暗地里充满了敬意。但她需要尽早爬上床，因为不管她当时和布鲁诺说了什么，有一点他是对的：她患了失眠症。

入睡不是问题。住在距离大道只有一层楼高的地方，自倾货车没有固定好的后挡板听上去就像是一颗爆炸的炮弹，她已经渐渐习惯了在脑袋上蒙上一个枕头，但她的心事总会在黎明前将她叫醒。床单像个油腻的袋子一样紧紧贴着她，她的脉搏在她的脑袋里乱敲一通，像一团纠缠不休的蜜蜂。她本可以说自己一直在做噩梦，但她不记得自己梦到过任何事情。她最终还是让布鲁诺的医生菲尔古德给她开具了处方，但安眠药仅仅加重了她的焦虑。主要风险是，你可能停止呼吸。

这也许能够帮助她冷静下来，她心想，如果她知道自己还要等多久才能等到外面的天亮起来就好了。于是她买了一台新的收音机闹钟：一个便宜、矮胖、有点像癞蛤蟆一样的东西，表盘在装上电池之后会发光。这恰恰说明杰妮对失眠症知之甚少。事实上，会发光的钟能够帮到她的就是，记录她花多少个小时才能睡着，同时收音机的功能则让她迷上了一个名为"格式塔疗法"的早间节目。她因为自己在大学广播站度过的那段时光而认同这种形式，或者说是无形，不由自主地为这个仍旧在用自己的头撞击人类弱点的同道从业者着迷。但认同与休息并不是同一件事。

紧接着是早起散步，在婴儿车中间曲折地前进。他们会成群结队地出现，好像是提前说好了似的：白胖的婴儿如同总督般懒洋洋地躺在铝、帆布和松紧带做成的车子里。这些孩子的沉默让她浑身起鸡皮疙瘩。而且她讨厌那些推着他们的女人，她们时髦的鞋子，神秘的收入储蓄，还有像水果一样隆起的胸部。小资产阶级。她过去常简称她们为"贝蒂"。不过，这样的不满似乎已经开始不像她希望的那样与政治紧密相关了。那是一个八岁的孩子想要在课间休息时被选中参加足球游戏时心中的那种愤恨——就算不是第一个，也至少不要是最后一个。不管怎么说，这些"贝蒂"似乎就是看不见她，或者这座城市正在她们的身边死去。眼下正值春日里最好的时候，她们像阳光少女一样朝着公园里斑驳的草坪走去，三三两两并肩同行，唱着歌颂繁殖力的圣歌。

杰妮就是在这个时候开始冥思苦想的。她是不是可能天生就没有特殊的历史使命或洞察力？她永远也不会和其他任何人有任何区别——她的意思是说比他们"更胜一筹"。十九岁时，她在某个前提下建立了一整套信念系统：世界上有两种人，那些会为一个更好的世界而奋斗的人和那些只想人云亦云的人。如今却只有一种人，大家都在从前一种人缓缓转变成后一种人。没错，她开始看出一种特殊的对称性了。那就是，它们似乎同样是不切实际的。也许她一直是个乡巴佬，除了确保自身基因能够存活下去的盲目本体追求之外，什么都不会相信。如果有一只无形的手，那么它的手指就一直在朝她摇摆。她从来都不该把自己的链子缠在一个中年酒鬼的身上。可至少还有科拉格尔。"走吧，小狗。"她说，领着它慢慢离开那个它一直酝酿着想留下点什么的花哨树坑。他们两个都出了问题，且不管问题是什么，他们现在是一根绳上的蚂蚱了。

53

最后一声铃响过后，走廊黑了下来；一束灯光打在奖杯陈列柜上；运动鞋踩在体育馆地板上的吱嘎声；软木板上被穿堂风吹动的公告；氨水的蒸气；夏天就像清洁工在支开的门背后一闪而过的大腿……基斯心想，所以这就是一年六千美元所能带给你的。他费了点功夫才找到小学部，而且说实在的，直到他发现坐在走廊尽头一张小小塑料椅上的里根，他才知道自己已经到了。里根的一条腿搭在另一条腿上，悬在空中不耐烦地上下抖动。可她需要他做些什么呢？他两点半的时候和美国联邦检察官办公室通过电话，定下了能够让大家真正坐下来谈判的基本原则。这倒不是说他可以告诉她这些。她梗着脖子，他俯身亲吻了她的脸颊。

"抱歉，"他说，"堵车。你看上去气色不错。"

没错。每当打开电视，看到她又主导了一场记者发布会时，一丝嫉妒会射穿他的身体。凯特说过，她开始跑步了。她还穿着工作装，这意味着她愿意放下急迫的工作，为了孩子们冲到上城区来。事实上，她本可以晚来一个小时，学校的人会看在汉密尔顿-斯威尼纪念图书馆的分上，不敢说什么的。所以，如果总是里根扮演高尚的那一个，守时的那一个，那么除了不负责任的那个之外，留给基斯的还剩下什么角色可以扮演呢？

只有一把椅子，于是他靠在墙上等待着。显然她不想说话，可他不得不想当然地认为自己是被召集到这里来的，在期末考试两星期前，因为威尔。他最近一直沉默寡言。不过这很难建立一个比较的基础。曾有一次，在那段黑暗的时光里——或者是他认为的黑暗时光里——基斯外出办事，完全忘记了威尔还在公寓里。回来时，他听到卧室里传来一阵噪声，于是把头探进去，发现儿子正坐在地板上，完全沉浸在他用万能工匠积木搭建出来的大都市之中。和其他许多事情一样，这孩子在这一点上也和他的母亲很像。就在基斯思考着谦逊和逞能之间的亲缘关系时，里根左手边的门打开了。"斯彭思小姐现在可以见你们了。"

"你为什么坐那儿等？"他小声说着，跟在里根身后走进布置精美的等待区。几把埃姆斯椅围绕着一张朴素的桌子，周围还有几样不明所以的北欧木头玩具。墙壁上，一张白底的帆布油画上只有一点红色，像经血一样，和那些玩具一样它也是瑞典的。尽管秘书长相甜美，但是考虑到各种前提，盯着她看注定是一个错误。

她想要表现得更加团结一些,他的妻子说道。

"你确定不是仅仅想要强调我迟到了?"

她还未来得及回答,他们就被推进了——当然只是隐喻——里面的一间办公室里。

女校长并不是他预料中的那样……不管怎么说,不像他很久以前在汉密尔顿-斯威尼家的节日盛会上与之碰杯的那个肥胖的老太太。她是那种慈母型的人,能让他感觉把儿子托付给她很放心,以至于他第二天就为年度基金写了一张捐款支票。不过那种盛会和70年代初的其他活动一样,如今似乎沉入了一层又一层茶色的狂欢中,如同香槟高脚杯底部吸饱了水的樱桃。而现在,在办公桌后面挪动着身子的那个女人却是个瘦高个。她的办公室摆了六盏落地灯来照明。直射光看起来会让她化为灰烬。据门上印刻的文字显示,她不是女校长,而是校长。无论是小学还是中学都有自己的禁卫军,处在他此刻希望自己能够陪伴的那种欢快而肥胖的老贵妇的最高指挥下。

过渡是留给那些智力不够用的人的。斯彭思小姐转向了基斯。"我相信里根已经告诉过你了,"她说,"我今天请二位过来是想谈谈你们的儿子。"

"很棒的孩子,不是吗?"基斯说,"你们的教育工作非常出色。我们认为再过一年,他就能准备好去格罗顿上学了。"

"是我们中的一位这样认为。"里根插了一句。这已经成了另一个争论的焦点;他认为寄宿学校也许正是能够让威尔摆脱困境的途径——刚成年时的友情,从没有真正离开过的被人喜欢和讨人喜欢的感觉,对他有帮助。在基斯想象中的新英格兰地区,常年是秋天,永远都是橄榄球的季节,伯克郡上空,赤褐色的光线照在门柱上投下长长的阴影,横亘在修剪整齐的草地上……

"这显然是个亟待做出的决定,对威廉的未来十分重要。"斯彭思小姐说。

"威尔。"基斯说,"威廉是他的舅舅。"

"不过我们今天在这里要关注的是当下。"她将一份文件滑过桌面,"你们无疑已经听说了,他们在英语课上一直都在阅读莎士比亚的作品。我想要和你们分享他最近的一份作业。"

她不偏不倚的语气没能掩饰她准备批评他儿子的事实。基斯本能的冲动是去辩护、去争论:"是哪一部?《哈姆雷特》吗?这任务对六年级的学生来说有些艰巨了吧。"

"我们提供的是严格的教育,兰姆莱特先生。你会发现格罗顿也是以类似的课程为主的。"

这份作业是用里根搬走后从基斯的书房里消失的那台老雷明顿打字机（与之一起消失的还有其他一切能让家称之为家的东西）打印出来的,其中有几处明显的错误。他认出了歪歪扭扭的字母"z",还有为了绕开坏掉的按键用来代替小写字母"i"的数字"1",以及在每一个字母"g"上方的"t"的模糊重影。被动的英雄,这是标题。在那上面还有一句用红笔写下的话:来找我。里根越过他的肩头,只是象征性地看了一眼。基斯要求给自己几分钟的时间读一读,他的心跳到了嗓子眼,他明显感觉自己遭遇了埋伏。

除了打得整整齐齐之外,这篇文章行文优美得令人讶异。句子直率而明晰,但论证却错综复杂。据他的儿子分析,《哈姆雷特》这部作品几个世纪以来一直在被人误读。如果观众相信哈姆雷特的话,那书中的主角才是"不义之财"的受害者;相反,如果哈姆雷特是某种不可靠的独白者,对我们——也许对自己——隐瞒了他所有的杀人冲动该怎么办呢？也就是说,要是哈姆雷特得到了自己想要的东西会怎么样呢？情节有可能被看作是一系列的得偿所愿,而完全不是什么支支吾吾的大杂烩。这就是这出戏离奇的地方:每一幕的关键都在于主人公心里偷偷渴望的一个人死去。比方说,威尔写道:

> 根据我的调查,哈姆雷特的父亲被谋杀是他内心较大的一次斗争,而这事实上解决了一个更大的问题。从其臣民和寡妇提供的文本证据可以看出,老哈姆雷特是一个可怕的君主和丈夫（我们不要详述他作为一个父亲的过失,但请注意他强加在儿子身上的罪恶感）。

基斯跳过下面的内容,继续往前看:

> 假设哈姆雷特知道是波洛涅斯在背后搞鬼呢？这起"意外"既能除掉会因夺取奥菲利娅贞洁而惩罚他的人,又能消除为她"正名"的压力（也就是说,一个妻子）。在整部剧中,哈姆雷特有一部分是在女人与生

俱来的淫荡面前退缩了。我们可以看到这一点……

最近几次到访老公寓时,威尔一直在尝试对女性进行这样的评价,就像是他想要看一看他的爸爸会说些什么似的。基斯知道他这是在指责他们的离婚,偏离了男孩的文雅和里根式的吝啬,但当他听到威尔某天和朋友在电话中称自己的母亲是个"婊子"时,他一下抬起威尔漂亮光滑、小贵族般的下巴,告诉他如果要找人发泄怒火,也该冲着他来——冲着基斯。

奥菲利娅就像是乔特鲁德的反面。哈姆雷特越是对她着迷,她就越是不让他得到他想要的。一旦她放弃了自己的"贞洁",他就感到无聊了。于是奥菲利娅的自杀给他带来了自由——他不必再为自己的性冲动而感到愧疚。说哈姆雷特杀了她有些牵强,但在她的死亡中,他所有被压抑的愿望——惩罚、纯洁、赦免——都在一种象征性的"冲突"中集合在了一起,而这种冲突还消除了所有他可能要去应对的实实在在的障碍。这也许就是为什么没过几幕剧情就跳到了其他"问题"的解决方法上。更确切地说,剧作家挥舞着那支魔杖,让他们一一消失了。总的来说,如果我们看一看希腊语中"英雄"这个词的本义——"神的选择"——就会明白哈姆雷特之所以能够成为其中的一个,是因为他显然处于被动的状态。或者说是,如果他想要的正是他得到的,他肯定能得到他要的。你说呢?

基斯继续凝视着这张纸,满心困惑。当他终于抬起头时,两个女人都在看着他,仿佛他才是这篇文章的作者。他挤出一个微笑:"嗯,至少可以保险地说,这不是抄来的。"瘦高个问他觉不觉得这篇文章会使人不安。他仔细端详着她的表情,想要弄清她的潜台词,却什么也没有发现,于是他放任自己被激怒:"这是一种论证,这难道不就是作业的意义所在吗?"

她靠回了自己的椅子上:"老实说,文中看待女性的态度让我和他的老师很担心。"

她竟会说出这样的话来,真是好笑。他得到的印象却是对男性的绝对鄙视。自私、淡漠、掠夺成性的男人。"我可以向你保证,威尔绝对没有不尊敬女性。他是一个非常可爱的男孩。"

"也很聪明。"斯彭思小姐说,"他可能希望你能看到这篇文章。"

基斯不情愿地承认——因为这感觉就像是在投降——没错,他看出来了。

"问题在于,他试图传达的是什么?"

"我想斯彭思小姐的意思是,鉴于家里的情况,我们需要多做点什么来应对他的感受。"里根说。她所说的我们,指的是你。而基斯想说,好吧,你才是提出分居的那个人。不过,这已经让人感觉他们仿佛只穿了内衣裤坐在这里,在冷漠的校长面前裸露着松垮的腰身和冬日般苍白的皮肤。

"我会和他谈谈的,里根,我会处理好的。"里根在他的脸上探寻,"我发誓。"他说。

斯彭思小姐又说,有时候成年人很容易忘记孩子是多么脆弱。基斯讨厌她说起"成年人"的那种态度,还有她一直把威尔称作"孩子"的那种口气。事实上,她说得好像他也是个孩子似的。吐字过于清晰,还要用那双贪得无厌的手比画着什么。"明年是实习的一年,家和学校之间会更加缺乏连续性,而这从情感上也更不利于他度过这段艰难的时光。坦白地说,我们担心他或许还没有准备好接受严苛的中学课程。"

"你在开玩笑吗?你有没有看过他的斯坦福-比奈测试?再说了,那座该死的图书馆——"

里根打断了他的话:"好了,够了。你听到我丈夫的话了,他会和孩子谈谈的。"

斯彭思小姐显然已经觉察到了某些令她不悦的东西。他想象着她的脸就这样僵住,她意有所指的厌女症被侧面验证。他不自在地觉察到她正把自己作为教师时的洞察力投向他,这样她便能够看清一切。

于是,几分钟之后,他满怀感激地跟在里根身后回到室外,步入潮湿又新鲜的6月初的空气中。对于任何正在注视着学校前门的人来说,他们看上去无疑就像是一对前来进行例行拜访的普通父母,只不过里根走得稍微靠前一些,用黑色的高跟鞋敲击着下行的台阶。他碰了碰她的手臂:"嘿,谢谢你刚才在那里替我撑腰。"

他这才看到血色涌上了她的双颊。"你以为我……你刚刚让我很难堪,这才是原因。老实说,有时候你更像那个未成年人,基斯。"

"她反应过激了,他是个很出色的孩子。"

"他一直都是个很出色的孩子,但就是有这样的孩子,所有人都爱他,一旦过了十三岁——"

"他是不会变成你弟弟的。"她的脸越来越红了。他尝试着让两人回到某种熟悉的范围内来,"老实说,我真的不确定寄宿学校会不会对他有很大的帮助,不过这能给他考上哈佛提供一个绝好的机会——"

"你觉得我眼下在乎的是哈佛吗?"

"当然不是。"他说,"我只是说……显而易见,我们在乎的是他是否快乐。"

"是吗?那在你看来他快乐吗?"

事实上,正好相反。上个星期,朝窗外望去时,基斯看到威尔正踩着滑板沿着街道滑去。只有在这种距离下,在停靠的车子中间草草划着弧线时,风吹过他过长的头发时,他似乎才是不受约束的。在寄宿学校里,他可以自由自在地感受他在街道上感受的那些事物——摆脱他外祖父的案子,摆脱令人沮丧的监护人探视,摆脱基斯本人有毒的存在。他愿意放弃把儿子留在身边的机会,如果这意味着威尔不必这么快地长大成熟。或者他是不是也仅仅想要摆脱那种感觉——那种威尔不知为何也能够看穿他的那种感觉?"你说得对,我猜他不快乐。"

"那就别试图说服我,求你了。"

"我不明白你为什么如此强硬。"

"威廉去过寄宿学校,你知道的。"有些话她几乎就要脱口而出了,但这是里根,她还是稳住了自己。

"也许我们可以考虑一下这个夏天的住宿露营,作为一次试验……"他似乎无法停下这场讨论,这是眼下他和她之间唯一可行的一种联系形式。

可她已经举起了手臂。一辆出租车倾斜着驶向她所在的路沿。"我还有地方要去。"

"我们可以共乘一辆出租车。"他说。

"我们不同路。"

"你不知道我要去哪儿。"

"不管那是哪儿,我都不去。"

他看着她钻进汽车后座。她穿着稳重的短裙,她的臀部可能比小学部秘书的稍微宽大一些,却更有个性。它一直是她身上最美的几个特征之一,而且不管怎么说,他很高兴看到她再次恢复健康。分居很合她的意,不幸的是，合她心意的事情总是无法令他满意。这也许从一开始就是问题所在。尽管如此，他刚才看到了她脸上的表情，无论她如何否认，她当时确实是在拔刀相助，为他辩护。这不正说明了她有可能还爱着他吗？随着那辆黄色出租车消失在汽车的海洋里，他凝视的目光追随着阳光照射在每一块属于或者不属于里根那辆出租车的后风挡玻璃，冲动地想要单膝跪地亲吻地面，在胸前画十字祝自己好运。因为她想要的，她一直在明显暗示的，正是他按照这些感觉行事。改变自己的生活，想方设法赢回她的芳心。

54

其实她想要的是在身后关上一扇密封的门，将他们干净利索地分开，这样她就可以对基斯感到愤怒，而不用对自己发脾气。然而分界线仍旧是疏松透风的，以至于仅仅是回头看着站在街角的他越变越小，也能让她觉得眩晕。当然，她在外人面前还是会保持冷静。过去的这几个月已经教会了她该如何站在相机前，对着成簇的话筒小心翼翼地答非所问。但是她的内心住着一只驯兽，一看到基斯对她表现出善意就想跳进他的怀里。对此，唯一的解决方法是在两人之间制造障碍，那种大得谁也绕不过的障碍。

显而易见，安德鲁·韦斯特就是这个障碍的候选人。近期，她在自由高地遭受了不少"挫折"，而他一直在给予她帮助（自60年代末开始，布朗克斯区就火灾不断，这种"地狱之火"一旦触及他们的项目，就需要发表公开声明了）。在如何向媒体兜售能让父亲免于牢狱之灾的认罪协议这个问题上他也帮了不少忙。二十九层的其他人都下班离开之后，他们还会留在她的办公室里。那一晚，你能听到清洁工的胡佛吸尘器一直在附近的一块地毯上忙活。灯光积聚在成堆的企划书和刺眼的电话信息上，积聚在安杜鲁的脖子上——它正以和安格泡台灯同样的弯曲角度伏在桌面上。他的气息让她想起了基斯的须后水，盛放须后水的那个陶瓷瓶跟着她一起搬进了新家。刚刚搬完家的那段日子，里根在箱子中寻找其他东西时，她常会碰到瓶身上凸起的扬帆标志，她还常会拔出塞子，吸一吸那种简单的、令人忧郁的气味。不过基斯的简单会给其他人制造难题，就像他过去常常用须后水来掩盖抽烟留下的味道，尽管她对此心知肚明。她自己也抽烟，在他救她于水火之中的前一年。不同的是，安德鲁只会用止汗膏，有时候他们窝在小小的共谋所带来的温存中的时候，她还会想象自己嗅到了他的汗味。自从那一次之后，他就再没约她出去过，所以她不得不在这段关系里起主导作用。尽管她还不能完全做到。

晚些时候，她会睁着眼睛躺在床上，直到黑夜变成手稿纸上深深浅浅的灰色：椅子、床头柜、她 3 月时从图书馆里借出来的那沓剧本——她下决心重新成为曾经那个博览群书的人。发生了什么事情？婚姻、控告，还有威尔的事情。工作、出租车、晚餐、碗碟以及其他令人快乐的事情把她留在了一堆床单之中，她哭得精疲力竭却还是没有准备好要睡着。最近她一直在做这样一个梦，梦到一扇雪花石膏制成的又高又深的大门，如同华盛顿广场上的凯旋门，但中间的过道却极窄，使人无法望见门后的景象。大门此刻打开了，她应该进去。可她不知道尽头的一切看上去是什么样子的，只知道若是为了通过那扇门而不得不放弃一些东西，你将永远无法找回它们。要是没有人等在那里迎接她该怎么办？

6 月中旬的某个星期五的下午，她约了爸爸的律师们见面核实修改后的协议条款。她决定带上安德鲁一起到南边金融区的普洛夫斯特 & 雪维尔写字楼去。她曾经在那里的会议室里开过会，觉得那里应该足够宽敞，尽管没有人告诉她埃默里·古尔德也会出席，并且已经占据了多出来的那把椅子。她再一次发现他的身材竟能如此矮小，小到能够设法爬进她的脑袋里。

"里根，二十九层那里怎么样？"只有与他相熟之人才能听出他语气中的挑衅。她表现得不慌不忙，一切都很顺利，他肯定还记得安德鲁吧？"我猜韦斯特先生一直都在帮忙，"他说，"但我不知道他能否允许我们私下里聊一聊。有些进展可能会影响到你的工作。"

"安德鲁已经被卷进来了，埃默里，无论你想说什么，他都有权利知道。"

其中一个律师主动提出要搬张椅子过来。"我不介意站着。"安德鲁说。这一举动引起了埃默里的反感，但他没有表现出来。她这才想起，他也一直在装腔作势——因为这一切都会被当作办公室的八卦传播开来。"好吧，我首先想要以家人的名义把这个消息告诉你，"他停顿了一下，"你父亲再一次改主意了。"

"你说什么？"

"关于认罪协议。"另一位律师脱口而出，"你舅舅的意思是，我们要转移到审判的事情上来了。"

"我知道他是什么意思，"她说，抓着座椅扶手的指关节都发白了，"但这不是我们一直在讨论的事情。"

"我们都知道，"埃默里接着说道，"比尔健忘严重。他现在似乎十分坚持自己没有承认过任何错误，这都可以理解，但暴露资产的风险……他仍旧希望回来经营公司，你知道对政府来说这就是症结所在。"

"如果他赢了，人们只会说他逃过了一劫，那要是他输了该怎么办？"

"你觉得他不会输，不是吗？没有任何证据，这是你自己说的。如果他打算经营公司，那他肯定有能力自己做出决定吧？审判可能在7月中旬开始，我们这里的几位法律顾问刚刚提出了相关的动议。"

显然，律师们一定会异口同声地支持他的，因为在座的每个人都避开了她注视的目光。"简直难以置信。"

埃默里用手指了指两人之间的会议桌上的那部电话。直到这个时候，她才看出它一直是面朝着她的。"如果你想，可以打电话给他。"那扇大门又出现在她的面前，一边是过去的里根，另一边是新的里根。尽管新的里根对于自己该如何反击还毫无头绪，却不打算祈求得到埃默里和"古尔德帮"的怜悯。

他们互相礼貌性告别，明明都准备回去欢度周末，却力劝她和安德鲁留下来，讨论下一步要怎么办，可以想待多久就待多久。看着敞开的房门，她觉得外面所有的人都能窥见她的一点一滴似的。安德鲁在她身旁的椅子上坐了下来。两人就这样坐在那里，长时间地沉默以对。他的一只手伸向她的手，她拉着它贴上自己的脸颊。她全身上下充斥着空虚，一种在经历了过去几个月的混乱后此刻正燃烧的甜蜜空白。她想把那只手移到自己的嘴上，亲吻它，但当他拉动椅子坐近时，她却退了回去。"天哪，对不起。"他说，发红的双颊再次融化了她的心。

"请别这么说，是我的错。或者说也不是我的错……只是时机不对，安德鲁，请再多给我一点时间，好吗？"

55

噪声出现的那一天，通过收音机闹钟的报时，她知道他们是早上六点三十分开始动工的：走廊上和楼前脚手架后面的尖叫声，身体撞向内墙的重击声。他们可能是受到了大楼管理员的唆使，但杰妮已经无力把手伸向电话，拨通他的号码。她只是躺在自己坐卧两用的沙发上装死，尽管床垫下的横梁抵着腰椎，令她很不舒服。她太老了，她决定不再抵抗了。一言不发比非得说点什么要容易。

不过，渐渐地，外面的动静变得越来越引人注意。当然，他们都是些外国人，是费拉托维克先生偏爱的东欧劳动力。睡回笼觉的希望开始变得遥不可及。她带着自己的另一台收音机钻进了浴室，好在淋浴的同时赶上齐格"博士"节目的尾声。然而她注意力涣散，已经到了不可救药的地步，即便走廊上的砰击声已经停止，她还在等它继续下去。把头发上的护发素冲洗掉之后，她关掉水龙头和收音机，将一只耳朵贴在淋浴室的墙壁上。她只能听到某种低沉的隆隆声不时被远处传来的咚咚锵锵声打断。她退后了几步，声音消失了。当她再去听的时候，那声音又出现了——仿佛一艘庞大的潜水艇挂着空挡，仿佛公寓楼本身具备的声音。这本应该让她感到惊恐才对——想想这种声音一直都在这里，可她却毫不知情！——可她却莫名觉得欣慰，仿佛冷漠的诸神正在附近闲逛。紧接着，在滴水的淋浴和大楼的低语声背后，一阵轮子的吱吱声传了过来，在隔壁空空的公寓里回荡。他们挪动理查德的东西做什么？

她在内裤外面匆匆套上一件旧 T 恤衫，寻找着自己丢失的那双平底皮凉鞋，却怎么也找不到，只好光着脚，笨拙地走在走廊里。两个和她年纪相仿的白人正戴着举重腰带在里面闲逛，夹着香烟的手搭在手推车的扶手上，两人之间是理查德的咖啡桌。她叱问他们在做什么。其中一人对另一个人说了几句话，听起来像是俄语，然后望向她的胸部得意地笑了起来。她再次把两只手臂交叉在胸前，以确保自己的胸脯不会从布料下面透出来，同时在脑海里搜索着自己在一个左翼组织的那段日子学过的有用短语，却只记得"干杯"和"共青团"[a]这两个词。不管怎么说，谁能说这些家伙不是波兰人呢？终于，她从那两人之间挤进了死去的男人的公寓。在过于耀眼的光线照射下，这里竟变得如此空空荡荡；一个身材瘦长的孩子正在护壁板上涂抹松

---

[a] "干杯"和"共青团"在原文中均为俄语。

节油；还有地毯上、空气中的淡蓝色灰尘，一切的一切都在刺痛她的心。

她回去披上了一件浴袍。门廊的尽头，费拉托维克先生一脸自负，对讲机沉寂无声。他的胸毛在T恤衫的V领处拢了起来。在他靠向玻璃、向外望着理查德的家具和箱子在路边阻塞交通时，一个小小的十字架在阳光下亮了起来。"你不会是打算把那些都丢掉吧。"她说。

他转过身，好像刚看到她似的，接着以一种无可奉告的姿态扭过头去，继续凝视着原来的方向。提到谁在利用谁的问题，管理员和住户的关系是最奇怪的，仅次于政客与选民之间的关系，或是记者和采访对象。他的雪茄抽动了一下，"两个月，阮小姐。"他正式称呼她的习惯，不管带着多大程度的谄媚，也是不要人领情的。而他每次叫她就像在喊"药膏"[b]，这一点也令她厌恶。"没有人站出来认领这些垃圾。不管怎么说，你朋友现在所在的地方不需要这些。"

[b] 英语中越南姓氏"阮"（Nguyen）的发音与"药膏"（unguent）相近。

也许他指的是俄克拉何马的一个骨灰瓮，她心想——同时看着一个雇工侧着身子经过他们，咖啡桌像大型飞船一样被丢在路边——可这话听上去就像是在说他下了地狱。"这东西不属于你，你不能直接把它们丢掉。"

"这不是丢弃，到了晚上好家具都在别人家里。"

"那台自动唱机应该被放进博物馆里。"

他耸了耸肩，"叫博物馆来啊。"一个看起来有些凌乱、穿着比基尼上衣的女孩（妖艳的寄宿客）停下脚步，在一盒唱片中挑拣起来。杰妮不能只是站在那里，就好像是在看一只秃鹰翻拣着一团腐肉——没错，真正的鸟儿正盯着从太平梯爬出来的战利品——于是她穿着睡袍冲下楼梯，提起了自己看到的第一个箱子。它比看上去沉得多，但她还是抬着箱子走到电梯旁，顾不得在意有谁在盯视自己裸露的双腿了。不管怎么说，她9月就没钱续租了。

理查德的公寓面积稍大一些，正午时分，故人的杂物已经全部堆在了她的小公寓里。坐卧两用的沙发上摆着两摞书，黑胶唱片则被放进了衣柜的底部。小厨房的台面上挤满了箱子。她本打算为沃立策自动点唱机腾些地方出来，结果费拉托维克先生已经把它卖掉了——用来支付最后三个月的房租，他是这么说的。站在门口，穿着被汗水浸湿的画廊工作服，晚了三个小时没去上班的她看着科拉格尔在成堆的东西里来回蹦跳，仿佛在寻找什么东西。

这里看上去就像是一个疯子的公寓,她心想,科利尔[c]家失散多年的一个兄弟的家。这堆垃圾还形成了某种证据:理查德曾经存在过。身处世纪末的这座城市里,谁还不会有点疯狂呢?

[c]科利尔兄弟是两个因为本性古怪、喜欢囤积各种东西而臭名昭著的纽约人。

当天晚上,她开始在箱子里翻拣起来。它们全都是律师用的那种纸板箱,两头用线缠绕在塑料纽扣上以固定。在翻开的第一个箱子里,她找到的是带有皱皱巴巴的薄玻璃纸纸框的密封信封,一个理查德·尼克松形状的烟灰缸、一个塑料的痒痒挠和一大块灰色的岩石,石头上还有一个可以把小拇指穿过去的洞。这些能算是财产吗?费拉托维克先生手下的那些笨蛋仅仅是把手边一切成堆的东西都塞了进去,像是把树叶塞进袋子里。

某一刻,她意识到自己忘了吃晚饭。太阳已经降至半空,几乎没留下任何移动的痕迹。灰尘飘浮在从窗户脚手架中透进来的光线里,这样想可能有些奇怪,但她觉得这些灰尘中至少有一部分是理查德脱落的皮肤或是被咬掉的指甲。她坐在地板上,面前是最后一个箱子。她解开绳子,甚至有些记不清自己要寻找的是什么了。箱子里,一团缠绕的头发和一块皮肉出现在她的面前。在她把视线移开、有些反胃时才意识到如果它属于什么活物,自己应该会闻到恶臭才对。原来,那是一张万圣节的狼人面具,被从里到外翻了过来。她上小学的时候遇过一个能把眼皮翻过来的女孩,露出教人头皮发麻的粉红色眼睑。杰妮不得不硬着头皮把面具取出来,发现下面还有一堆杂志。她把它们从箱子里抱了出来,还没来得及解开那条年久干燥的橡皮筋,它就已经断掉了,和杂志绑在一起的一个马尼拉文件夹掉落在地板上。她小心翼翼地把它塞回了 1965 年 8 月和 1966 年 4 月的两期杂志之间。那时的她应该只有十四五岁。

这些是理查德的档案。她将把周末大部分的时间花在仔细阅读这些档案上。讣告里写的是对的,丰富多彩的人物——酒保、少年棒球联盟球员、俄罗斯浴室的老板——轻而易举地出现在他的词句中,仿佛他自己变成了他们似的。截至 7 月 11 日星期一晚上,剩下的只有那个文件夹了。文件夹里是一份打印文件,她早就知道那不是一份临终遗嘱,而是他死前一直在忙活的一篇报道:《烟火工》。她之所以把它留到最后是因为它读起来会有点怪异,事实上也的确有点怪异。这份文件的表面比 60 年代的那些作品更干燥、更冰凉,但她能够感受到一股更强烈的热情正在字里行间奋力挣脱。读了十五六页之后,她决定给自己设定一个定量。她用他夹在里面的一些图片来标记自己读到的位置,然后把文件夹放在床边的扶手上,关上灯,在黑暗中躺了一会儿,对迫使这个男人自我毁灭的原因感到更加困惑了。一位真正的艺术家,曾经就生活在她的眼皮子底下。

尽管如此,通过他的艺术,她似乎终于开始恢复了。那天是她这几个月以来睡的第一个安稳觉。第二天,她离家去上班,甚至记得给房门上了锁。她对此十分确信,她事后会这样告诉警察。在她离开时,灯都是关着的,房门是锁上的,朝向脚手架的窗户也是关着的。

/ — / — / — / — / — / — /

56

尼基是对的:在你看过一个个着火的瓶子上下颠倒着飞速划过天空之前,你是无法真正理解后人文主义者的。即使到了现在,查理还是不确定自己对此作何感受。更准确地说,他能够想象自己应该作何感受,却不是很清楚自己到底做了什么才会有此感受。他从小到大一直被教育要尊重秩序、规则和所有权。但这里是美国,某些反叛是意料之中的事情——甚至是受欢迎的,在这里,怀疑他没有读完高中的人可能还没有对撕毁宪法、从零开始的问题心存疑问的人多;他某天会成为一名会计或是足病医生,有一群孩子和一份房屋抵押贷款。可事与愿违,如今的他却在东村的一处革命基层组织中的阁楼上靠着一包被汗水浆硬了的脏衣服过活。自他们突袭布朗克斯区几个星期以来,法伦斯泰尔的一切都变了。那些过去常常晃悠到这里来拉着尼基讨论《看这个人》这一剧作细节的研究生和朋克摇滚乐迷都消失了。如今,前门上挂着一道防盗落地门锁,后面的小仓库上也加了两道挂锁:一道在里面,是供索罗门·格兰迪借住在那里时用的——他大部分时间都窝在里面;一道在外面,是他出门时用的。

不变的是那些鸟。夏日伊始,那片房顶上栖息了太多小鸟,眼看就要被压塌了,索尔一直在和它们交战。他试过毒药,试过在凹陷的排水沟里装上一排钉刺,还试过电击。一次,查理被他手握重型手枪在后院来回踱步、自言自语的画面吸引了;那还是在法伦斯泰尔的后窗被贴上锡箔纸之前的事。后来,当尼基把索尔拉到一旁提醒他,他们担负不起引人注目的代价时,他曾听到索尔说了几句类似于连鸟都来给他捣乱之类的话。

那个时候,查理把这些归结于药物用量的增加。早上,索尔会仰头灌下好几把镇定类药物,而晚上,等他在外面忙完不知是什么的事情回来后,便会重重地跌坐在椅子上,把身子窝成碟形卫星天线的形状,无休止地吞云吐雾。他说,这对他的手有好处。自由高地那件事后不久,他弄伤了左手拇指和食指。事实上,他烧伤了其中一根手指的指尖,还差点失去了另一根手指,却拒绝就医。此刻,他会摘掉喜欢戴的白色皮质驾驶手套,而穿着比基尼上衣的臭丫头则会俯下身来——双乳几乎要触到他的胸口——用仙人掌油按摩他的伤口附近,然后在他等待油被充分吸收的时候,帮他卷上一支,递到他的唇边。"怎么了?"看到查理正在打量自己时,他问道。冷嘲热讽已经演变成一丝安逸。如果索尔的多疑意味着被锁上的房门、被挡住的窗户和被驱逐的外人,可查理还留在这里,和他以及他的女朋友一起待在前厅,不正说明查理已经是这个家族中的一员了吗?

然而,和之前那个家一样,他在这个新家也一直处于边缘地位。那里是地下室,这里是阁楼,但至少,领养他的人似乎都无法忘记了他是被领养来的这一事实。因此,在他寄宿在这里的两个月时间里,仍然存在着一些更为深层的秘密——都是些查理感觉自己不该知道的事情,比方说,臭丫头同时也在和尼基上床。不止一次,当索尔在后院的小房子里忙得不亦乐乎时,查理都会听到自己的同志在地板的另一边不是那么躲闪地缠绵("我爱你。"他听到她一遍又一遍地说,仿佛正处于恍惚的状态中,而通常十分健谈的尼基则只会闷哼两声)。

还有某天他在索尔的衣服抽屉里找到的那样东西。他一直在那里寻找药片,因为他已经厌倦了接受定量配给,或是一次一两片地从臭丫头或D.T. 的口袋里偷药。索尔一直控制着药品的母矿,蓝色和白色的药片,每种各一罐。药片在没有灯罩的灯泡照耀下如同珠宝一样闪着光——如今,这些人造日光一天到晚支配着整座房子。那天当查理把手伸进去想要看看里面是否有止疼片时,却碰到了某种硬邦邦的金属物件。他的第一反应是枪,可事实上他发现的却是一台被人小心翼翼——几乎是细致入微地——用一只运动袜包裹起来的黑色尼康马特相机。在所有人之中，做这件事的偏偏是索罗门·格兰迪。他拿萨姆的相机做什么？查理把它重新包好之前将胶卷卷好，拆了下来。

自那一晚起，他开始积极地偷听。午夜过后，在刷完牙、脱掉内衣裤之后（他不穿睡衣），他会跪在自己睡觉的布满灰尘的地板上，不是念祈祷词，而是把一只耳朵贴在木头上。也许他是在希望能够偶然听到远处传来的做爱声音（回想起来倒是很有趣，他从未听过索尔和臭丫头亲热的声音）。但这类窃听内容多半不是计划内的。或许他只是这样告诉自己。这一分钟，他会把双手紧紧抱在胸前；下一分钟，他就会像动物一样弯下腰，从活板门升向房顶的小股气流让他的大腿直起鸡皮疙瘩。

向下，让注意力一路向下。越过他耳咽管边缘的苍白毛发，越过被困在耳朵和木头之间的空气、地板磨损的表面及其坚固的芯材、窄轨的管子，磨损的电线，沿着托梁奔跑的老鼠。紧闭双眼，先知查理能够看到这一切，还有因为嗑了药而出现在他眼皮下面的歪曲的旋涡和不规则形状（他上床睡觉之前的"保留节目"通常包括吃几颗止疼片，不管他当天经历了什么，服药都能安抚他）。透过剥落的锡皮天花板，透过石膏和板条，他可以畅通无阻地一路看到通电的公用事业管线和地铁隧道。但是，他停在了脚下10英尺的地方，停在了尼基睡觉用的循环播放着《生奶油＆其他乐事》的那间房间。如果时间够晚，他也许能够听到那里的低语声，偶而尼基和索尔忘记说完他们的话，于是出现短暂的沉默，接着点起了一支烟，让里面辛辣的香料味飘荡着渗出来，害得查理拼尽全力才得以阻止自己哮喘发作。

尼基的声音低沉又带有讨好的意味。D.T.只要出现，就满嘴都是俏皮话。悄悄话对于索尔来说也许是一个陌生的概念，所以他说起话来咝咝作响，是他平日里男低音的集中版本，这也意味着声音更容易从层层木头、油漆和空气中钻过来。"你知不知道精确地把所有部分都绕行一遍有多棘手？"查理听到他这样说，还有，"哦，你最好想清楚，D.T.。"以及，"问题全在于范围。"查理觉得自己听到尼基说了些什么有关几何学的东西，比如，加上三个零，这就够简单的了，但一千什么来着？英寸？秒？他突然明白考茨温克尔太太在八年级的数学课上为什么那么坚持单位这件事情了。不过不行——他什么也听不到,他已经走神了,还流了自己一身口水。他真的得戒掉可待因。

后来,7月4日后的某个时间,他下楼来到客厅,发现前门大敞,臭丫头和D.T.正把家具搬到外面那辆PHP厢式货车后面。当查理想要知道他们在做什么时,在床垫的重量下竭尽全身力气的D.T.看了他一眼,"你是要问问题,还是要帮忙?"于是查理抓起了几张折叠椅。每个人都有自己的处事方法。他想。

法伦斯泰尔的审美趣味原本就是斯巴达式的,可如今客厅里已经空无一物了,除了D.T.让他留在那里的音响和一盏灯。他们移到厨房,只见尼基像尊佛像一样坐在其中一张台面上,在臭丫头把查理曾经喝过茶的牌桌搬出去时赞许地笑了笑。就在上个星期,这张桌子上还曾出现过十台一模一样的旅行闹钟,但又和它们出现时一样很快消失了。"尼基,出什么事了?"他问,"他们要把这些东西送去哪儿?"

"任何不适合的东西都会被我们丢到垃圾填埋场去。你知道吗?斯塔滕岛上的一座垃圾山,庞大得已经拥有了自己的生态系统。"他喝光手中的啤酒,把啤酒罐丢进水池里。"消失的残留物,显露出来。至于其他的,谁知道呢?阿马里洛,温尼伯,不管谁需要叫醒服务,或是召集令,或是守丧。"他用了更多的药,你能从他开始像这样使用双关语[a]的做法中看出来,"你看上去很沮丧。"

"我只是不明白什么变了?"

"一切永远都在变,查理。我们变成了现在的样子,面具和脸孔融合在了一起。"

"但如果你把所有椅子都丢掉,那些新手就没有任何地方可坐了。"

"不会再有什么新手了,这里不会有了。你们这些后人文主义者已经在黑暗中努力了足够长的时间,是时候去思考比纽约更大的地方了,在其他地方建立其他的法伦斯泰尔。"

"离开纽约?但你怎么办?"

"就像你说的,查理:我会留在光亮处。"没错,这听上去像是他说的话,不过他说过很多不知所谓的话。尼基把手伸到身子下方,拿出一本折过角的《圣经》,查理已经不记得自己上一次翻阅它是什么时候了。

"我以为那就是我们在自由高地做的事情。"

---

[a] "守丧"原文为wake,它还有"叫醒"的意思。

"你看到街道上的骚乱了吗？第一阶段只不过是演习，接下来的'恶魔弟弟行动'，效果会和樱桃爆竹炸开一样。"

查理等待着尼基把眼神移开，仿佛他无心地泄露了什么线索似的，可他径直凝视着查理。移开眼神的是查理，因为他无法忍受那目光中疯子般的不屈不挠。"嘿，"尼基拦住他，把书递了过去，"你不想把这东西随便放在任何人都能找到的地方吧。"

终于，搅得他心神不宁的东西来了：怀疑。曾有一段短暂的时间，不论他在知情者和被驱逐者、纯洁与不纯洁、压迫者和被压迫者之间如何划分界限，他的小《圣经》都会安慰他，他是站在正义这一边的，里面引人注目的第二人称似乎是在明确地称呼他，和教堂里的那个声音一样——和尼基此刻的话一样。这是一个诱人的命题：你，查理，就是主角，就是英雄。然而当药效消退时，另一个声音，他自己的声音，仍会释放出一连串被阿特舒尔医生称为心神不定的情绪。尽管选举、市中心改革在理论上是令人振奋的，可不知为何查理却开始怀疑长岛为此毁了他。他的身上有着某种无法挽救的平凡感。

第二天他还在这里。刚刚结束一堂直观教学课：物质依恋是无益行为，现在，他在道路拐角处的自动洗衣店，用从自动售货机里买来的肥皂，把自己在这俗世的所有财产全都清洗了一遍。西方文化的训练让他憎恨自己身上与生俱来的味道。他想，他必须开始习惯照顾自己，如果法伦斯泰尔真如尼基所指，要逐步降级了。被他剪掉袖子、涂上PHP标志的牛仔夹克已经因为尘垢变成了绿色。他的圆筒短袜脚底部分已经变得又脆又黄，像烤箱里烤了太久的饼干。在他把自己目前没穿的那条牛仔裤也塞进洗衣机里时，还像妈妈教过他的那样把裤子口袋翻了一遍。除了一些沾有棉絮的零钱，他还找到了一周前他一塞进口袋就忘了的彩色胶卷。路过几个门面之隔的相机店时，他心血来潮走了进去，趁自己改变心意之前赶紧把胶卷送去冲洗。

此刻，鬼鬼祟祟溜回东三街的他感觉自己消沉得可怕，尽管他也不确定是为什么。也许是因为他心里有鬼？但尼基告诉过他多少次，过于关注这些内在状态正是人文主义病的另一个病征。绕过街角，他明确了信仰，重要的是超越自我的那个世界、行动的那个世界。就在那个时候，他认出了那个瘸子。

他一眼就看出他和这个地方格格不入。首先是他的衬衫，短袖马德拉斯棉布款，是那种永远也不懂得什么叫休闲的人对于休闲装的理解。其次是让人联想起高尔夫球场的褶皱蓝裤子。最后是老式的草帽下被刺眼的阳光照耀着的一片毛茸茸的灰色小胡子。话说得没错，洛萨达地区到处都活跃着令人印象深刻的胡子男，但那些胡须要不就是虔诚派的犹太教徒的卷曲样式，要不就是坐在折叠椅上、满口西班牙语的男人会留的那种华丽的披头士黑胡须。换句话说，这家伙看上去像个游客，身处一个会把游客吓跑的街区。从那副拐杖上来看，他也可能是附近某家精神医疗诊所的出逃者。可就在查理望过去时，他似乎正躲在法伦斯泰尔对面那棵奋力挣扎的小树苗的树干背后，而且——没错——正在一本便笺簿上写着什么。

—·—·—·—·—·—·—·—·—

57

水门事件之后，执法机构各自封闭起来，以防止权力的滥用，但几个联系节点上依然会你来我往，互施恩惠。拉里·普拉斯基和他在警察学院里的一位老朋友就组成了这样一个节点。这位朋友——让我们称他为"B"——如今供职于美国联邦检察官办公室。两人会确保只在非正式场合交谈。比方说，那年7月的第一个星期二，普拉斯基北上前往洋基体育馆与他见面，这是B的选择。上一次是普拉斯基得到了有关博南诺家族分支头目的信息，打电话给B："我们去看喷射机队的比赛好了。"如今，B又比之前胖了好几磅，不过当他们开始沿着无尽的斜坡缓慢上行时，普拉斯基告诉他，他看上去满面春风。

站在最高的座位区域望去，体育场内铺满了地毯，夹杂在红色丝线间的小块的粉色和棕色向两边延伸开来（那是为客队印第安人队准备的），但大部分是洋基队的蓝色。几个回合过去了，热狗吃完了，评论结束了。现场观看比赛总是比广播里播放更缓慢一些，尤其是当第八局后半局的三垒已经锁定了战局，或者当你正等待自己的同伴提到实质性的问题时。可直到观众们在第七局两半之间做起伸展操时——再次提醒普拉斯基自己的身体缺陷——

B的嘴角才冒出一句问话，案子进展如何？普拉斯基条件反射式地装聋作哑：哪个案子？就是被媒体闹得沸沸扬扬的那个，聪明的家伙。在那个案子里，"进展"这个词并不适用，普拉斯基说。

"得了吧。"B说，"你需要做的很简单，只要逮捕某个人就好了。"这个能言善辩的家伙接下来又醉醺醺地唠叨了一万件其他事情。B弯下腰，在一张票根上草草写下一个地址，递给普拉斯基："你听说过这些家伙吗——PHP？一个边缘群体，类似民族主义组织。"

"我猜P代表的是人民还是权力？"

"据我所知，只不过是一些心怀伟大幻想的辍学生，有几个朋友。不过谁知道这些人能做出什么来呢？总之……办公室正在忙活一件更加重大的事情，在尽职调查的过程中，有人偶然发现了这个缩写，稍微打探了一下，没有任何我们能用得上的东西。但有消息称，你的受害人曾和他们待在一起。"普拉斯基看了他一眼。B擦掉嘴上沾着的芥末酱，抬起双手摆出"我发誓，阁下，我从没碰过她"的手势。"你觉得这条线索狗屁不是，那你可能是对的。扔了它，烧了它。我会守口如瓶的。"

"你说的打探具体指什么？发现这个符号的又是什么人？"

"我的薪酬线是行政九级，普拉斯基，我只接手分派给我的活儿。"过了一会儿，普拉斯基才明白这话是什么意思，B也知道他明白了——几滴芥末酱在他的胡楂上颤抖着。"好吧，那联邦调查局呢？那些首字母对你来说有什么意义吗？"

"可他们在这件事情上有什么权限吗？"普拉斯基问。

"就像我说的，他们忙的是另一些不相干的事情，这不是我到这里来要跟你谈的。我只是觉得你也许见过这个。"B拿回了票根，他的铅笔在上面画起来，两只眼睛和一个鸡冠头。或是一个数字，一个刺青。"PHP，看出来了吗？"他们周围的声音变得空洞，似乎退到了一只罐子里。普拉斯基感觉自己暴露了，被人看穿了。即便是在本垒板后面的阴影中，他们也能被三万人看得清清楚楚，到处都是相机。突然他身后的人显得有些真实可信得过头了，拍打着新买的帽子和巨大的泡沫手指。B把画有涂鸦的那张小票根撕烂，丢进花生碎里："别再说我没帮过你了，浑蛋。"

但这真的能算恩惠吗？眼下，在退休计划面临搁浅、副局长又步步紧逼的情况下,普拉斯基正准备听雪莉的话,去找那个为他捏造年度医疗账单的医生:把我写成残疾人,马上。安排车第二天开到卡茨基尔,去看看那里土地面积的人是他,不是雪莉。

　　看完比赛,在坐渡轮回家的路上,他站在后栏杆旁看着曼哈顿的灯光向后退去,融入黄昏之中。从这个角度望去,曼哈顿是如此渺小。上城区的建筑躲藏在炮台公园的塔楼背后,越退越小,直到他可以用自己的拇指把它们全都遮住。他的出生地泽西被筑成了梯形,上面耸立的住宅区和树木在夏日的热浪与烟雾中变成了茶褐色。在过去的几个月里,他一直努力着不去想理查德·格罗斯科夫,此刻却再难以控制自己。磨损的鞋子,身下来回搅荡的水,他也觉得是自杀。他永远也不明白,在这个世纪,一个幸运到足以在这个国家出生的人,除了自己拥有的生活之外,还会想要更多的东西。理查德曾经因为一个孩子活了下来,一个生活在佛罗里达州某处的三岁孩子,《时代周刊》是这么写的,这说明你永远也无法真正了解任何人。当然,理查德在过去的五年中只和他说过两次话,最后一次还激怒了他,也就是在西齐亚罗家的女儿的名字被泄露出去之后。不过这无疑是一个征兆,而不是一个原因。当然,他,拉里·普拉斯基一直是理查德脑海中最遥远的一个人……几朵来势汹汹的云从西边迫近世贸中心的塔楼,风也愈加猛烈,可雨却没有下下来。这个念头在他的心中沉积,就覆盖在他舌头下面的某个神经末梢处。

　　他到家时,雪莉已经睡了,可他一夜无眠。他洗劫了娱乐室冰箱里的几瓶啤酒,丢掉拐杖,迈开步伐,在地毯上留下了一条凹凸不平的小路。假设这个消息是准确的,他心想,假设西齐亚罗家的这个女孩的确和某些左翼煽动者有联系,好的,但找到她的人是这座城市最富有家族之一——汉密尔顿-斯威尼家族的一位客人,是权势集团的典范。普拉斯基从不是那种热衷于阴谋论的神经质,他所能想象的任何存在于这两者之间的证据都过于牵强和刻意,几乎到了疯狂的程度。但他的工作也教会了他不要相信巧合。在距离汉密尔顿-斯威尼家族新年盛会(正如齐格·齐格勒"博士"不厌其烦地指出的那样)一百码的地方,她偶然遇到了某个随机作案的抢劫犯——他前段时间已经不相信这种事情了。按照《华盛顿邮报》所说,这显然不是一个连环杀手所为。滑动门上的几道反射光遮住了外面的一切,但他能够听到风铃正在哗啦作响。他身后的楼梯发出了吱吱嘎嘎的声响:"亲爱的? 比赛怎么样？"

"哦，很好，你知道我对洋基队是什么态度。"

"天之骄子。"雪莉说，"不过你在做什么呢？"她穿着睡袍站在那里，"明天有很多事要做，你不睡觉吗？"直到这时，他才明白她是什么意思。

在早上的弥撒仪式中，他努力对布道保持兴趣，就像他在弥撒后回家的路上努力想让自己对雪莉大声念出的分类广告提起兴趣一样。他能够听到自己心不在焉讲出的单音节词，但就像正在看着闭路电视里的自己一样，他无法将它们变得尽善尽美。雪莉一直等到两人经过闹市区里士满港，来到看得到纽约天际线的地方才开口说道："我猜你想让我把你放在渡轮那里？"如果他不是对她了若指掌，足以看出她满心焦虑，他可能会以为她的笑容意在挖苦、耀武扬威。

"我只需要进城一两个小时，亲爱的。我知道我应该提前和你说的，但我发誓午饭前就回来，到时候我们就可以上路了。"在渡轮码头，他俯身正要亲吻她，可她却把头别了过去，她的头发轻轻擦过他的嘴。

皱皱巴巴的票根上写着的地址把他带到了包厘街东段一片遍布老公寓和联排别墅的社区。这是片极其混乱的区域，甚至在普拉斯基还是个巡警时就是如此，但至少那时的街道上还有生机。如今，几个街区内唯一的绿色植物就是门前的楼梯上抽枝的纺锤形臭椿。鸽子从破碎的天窗里进进出出，忙着什么神秘的差事，其他的窗户则被人用木板盖住了。夏日的天空蓝得不能再蓝了。这座联排房屋看起来无人居住。（不过你很难分辨出这些房子是否还有人居住；挂锁的意思是有人住在这里，还是没有人呢？）他踌躇着绕街区转了一圈，但每当望向涉事房屋后面时，总是会被其他的房屋挡住。他回到屋前，敲了敲没有窗户的巨大房门。令他感到吃惊的是，这扇门竟然是铁的，不是木头的。几片绿色的油漆涂料像墓地里的青苔一样粘在门上。他贴在上面的那一只手也没有好到哪里去，布满咖啡渍。他似乎闻到了大麻的味道，不过，整个下东区都是这个味儿。

破门而入是一个选项。他试想自己畸形的小腿颤动着穿过一扇地下室的窗户。一方面，他没有搜查令，且如果联邦调查局真的在监控这里，他可能会因为打草惊蛇而惹上大麻烦；另一方面，有什么方法比滥用职权更能保证让他离开警局呢？不过也许雪莉是对的，也许他并不打算离开。

他在街道的另一边监视起来，躲在一棵树的树荫下。他弯着腰在笔记本上抄写车牌号码时，他本能地感觉到有人正在盯着自己，可当他望向大道的角落时，却什么人也看不到。接下来很长一段时间里都没什么动静，再加上如同标本缸一样无情的高温，似乎永远不会再有什么动静了，更别提他已经热得大汗淋漓了。昨晚在渡轮上，或者是在棒球场上的那种模糊的危机感从未真正退却。他告诉自己，他需要冷静。

他沿着老街自西向北走去，来到一家看似是个酒馆的地方。似乎还有一丝生机，没错。那些油嘴滑舌的活泼小孩——他们可能来自波多黎各或埃及等任何地方，正徘徊在第三大道的人行道上，打闹嬉戏，很是自在。一个男孩用一罐苏打水喷湿了一个女孩的汗衫。格里斯蒂斯超市的窗户上写着：半只鸡八十九美分，每单限四份，奶昔十二包二－四－一！他用拇指把一角钱硬币弹进了店门外某个瘾君子的杯子里，想着只要一美元他就能给这个家伙买上半只鸡，但人家可能并不想要半只鸡。毋庸置疑，他被人监视的感觉并非来自联邦调查局，而是他的良心。不过现在良心换上了雪莉的面孔，而非上帝。

在亚斯特坊广场，棋盘式的街道布局豁然开朗，北边和西南边的景色清晰可见。这里也有许多孩子，不过年纪更大一些，也不那么单纯，脑袋上顶着莫霍克发型、别着安全别针，眼神混浊得如同流浪狗一般。其中有些人真的养了流浪狗。普拉斯基有时心想，这就好像是60年代把整个国家竖着颠倒过来，像摇麦片一样摇晃它，直到所有的碎渣最后都落到了东村。他想要问他们，你们为什么源源不断地来这里？你们看不出这座城市正在死去吗？——不过也许他打心底里嫉妒他们的自由。当然，萨曼莎·西齐亚罗也曾是他们中的一员，他曾在如今被整齐地存放在第一警察总部的照片里看到过。在他的身边，穿着非洲印花布衣服的男人们用长长的宾果游戏桌出售着熏香和太阳镜，还有人在公开交易毒品。他也许是隐形的。他找到一家熟食店，买了罐冰啤酒，装进纸袋里。他对自己感到几分吃惊，可为什么不呢？这就是自由啊，这里不再有真正的法律。

他已经无法再在路沿或是消防水泵上坐下来了——他的脊柱不允许——不过在包厘街圣马可教堂前面有几张长凳和一些能遮阴的千年老树。那里也有一座非常小的墓园，是岛上的一小部分墓园之一。不知为何，他总是觉得墓园——一座我们终将入住的城市能够让人感到安慰。他坐了一会儿，吸吮着温吞的啤酒沫。每呷一口，世界都会扭转一度，或是一秒。显然他真的相信，在这样的一个日子里，在他需要的时候，全能的上帝会俯冲下来，揭露当时那个名叫西齐亚罗的孩子身上到底发生了什么。不过也许这就是他能得到的一切：一段有关他高三时的回忆。当时，父亲驱车把他从帕塞伊克送到这里来看"二战"对日作战胜利纪念日的游行。游行结束后，在一个凉爽而又喧闹的酒吧里，地板上散落着锯末，爸爸请他喝了人生中第一杯气泡酒，还叮嘱他，"别告诉你母亲"。之后，他们走回去取车，恰好经过他此刻正坐着的地方，在三十英尺开外的地方，十八岁的他和往常一样感觉良好。纽约城的夏日里，他头顶上是逐渐变成赤褐色的云朵，耳边是地铁站旁那个要饭的黑人吹奏的小号声，异常震颤的大巴车发出的噪声回荡在高楼大厦的门前，仿佛上帝正在和他面对面通话，这里就是你的归宿。他一直以为正是这种感觉把他引到了这里。不过如果时间以相反的方式运作呢？如果少年时的他感觉到的是现在的他的鬼魂，坐在这里的这把松垂的长椅上，点头示意他走向自己的未来呢？他两手交叉，按向额头。他看着自己和父亲，几乎能够感觉父亲湿漉漉的目光正在自己身上游移。可当他转过身去迎向目光时，看到的却不是什么鬼魂。那是一个红发少年，发型糟糕，正隔着铁栅栏向里面张望。

那孩子故意移开了目光，望向街道那边的样子让普拉斯基发觉他就是那个一直在监视他的人。他把手伸向自己的拐杖，但男孩已经逃出半个街区的距离了。就在普拉斯基一瘸一拐地追上去时，那个孩子回头望了望，开始奔跑。普拉斯基自然赶不上他，但无论如何还是追了上去。那颗红色脑袋越来越近，尽管此刻那孩子已经在全速冲刺了，但胜利在望。普拉斯基闯过红灯，看上去无疑就是另一个经常在这里出没的疯子。要不是他的手一直离不开橡胶手柄，他本可以伸出手去，本可以一把抓住……

紧接着，天空被甩到了他的身后。他的两只脚飞了起来，拐杖的尖被下水道井口的栅栏绊住了。沥青在他的脸颊一侧爆开。轮胎发出了尖锐的响声，还有喇叭的噪声。他的眼前出现一圈脸庞，焦急地向下张望。"天哪，先生。""你还好吗？"有人给他递了杯水。

"我……没事。"他说。他连坐起身来都有点力不从心。他明白，缝针不可避免，而且他不得不打电话叫雪莉开工车来接他回家。他已经能够感觉自己坐在车子的乘客座位上，身带疼痛难忍的瘀青，被人从这个神秘的孩子身边拖走。这一刻,整个世界和这个案子——到目前为止对他来说实际上是同一件事情——似乎就快要猛地打开了。

| — | — | — | — | — | — | — | — | — |

58

当速度趋于无穷大时,时间和空间就会开始扭曲,过去可知的东西如今徒增陌生之感。这有助于解释查理飞奔经过的遮阳棚和建筑为何看上去那样陌生,以及街区为何比他印象中长出不少。他能去哪里?第五大道东段?第六大道东段?路标全都被人涂抹过或是偷走了。就连他拔腿就跑背后的本能——街坊四邻会将他围住,他会被淹没在本地人中——原来也是一种错觉。身着居家便服的老妇人们呆呆地看着这个发疯的白人男孩从她们的门前一闪而过,但至少她们没有报警。

话说回来,她们也许不需要报警。显然,人行横道上那个矮小的瘸子就是一个警察;查理回头瞅了一眼那家伙的脸便心中有数,然后再一次拔腿就跑之前他就看出来了。他应不应该为自己没有出手帮忙感到懊悔?其他人都停下来帮忙了。但这就是开明的迁就主义,不是吗?谁又能说那家伙的拐杖不是道具呢?好奇是他跟过去的一部分原因,此外要是他可以展示自己真的从监视任务中学到了几个技巧,法伦斯泰尔会发现查理是值得信任的。他终究是一个彻头彻尾的后人文主义者。

这倒不是说采取秘密行动有多简单。这个瘸子的路线是有准备的,却又反复无常——在库珀广场停留了很长一段时间,而查理就蹲在一辆停着的车子后面假装系鞋带。而后他又去了一家熟食店,出来时手里提了一个棕色纸袋。后来他们又原路返回,似乎来到了第二大道上萨姆曾见过帕蒂·史密斯朗诵《屎尿工厂》的那座教堂。查理没有办法在不暴露自己的情况下跟随他进入立着栅栏的墓地。那个男人坐在坟墓间的长椅上的姿势颓废而挫败,几乎和辛苦工作了一天的戴维·维斯巴格尔一样。查理试图不去理会这个专门为了诱惑他放松警惕的诡计,但这无疑还是起作用了,因为就在那个家伙转身的一瞬间,他们的眼神跨越栅栏相遇了,而查理唯一能想到的就是逃跑。

此刻，他已做足心理准备，但警笛声没有响起，于是他放慢了脚步。他没有穿袜子的左脚后跟上起了一个水泡。这个街区是个谜，不过在它的尽头，鸽子正在盘旋，对他的迷惘视而不见，或是漠不关心。它们的秩序就是被螺旋上升的微风鞭打过的树叶的秩序，是决心要把所有的钱都花在坐旋转椅上的孩子们的秩序，是查理筋疲力尽的大脑记不起来的其他事情的秩序。他告诉自己，它们没有什么消息带给他，他只不过碰巧抬起头看到它们最激动的瞬间，可它们一直以迫切的癫痫般的姿态盘旋着，直到他认出它们下方的树林正是汤普金斯广场公园。不知怎么回事，他奔跑着绕过了它，朝着河边前进。他回头看了看，确保自己没有被人跟踪，然后依靠公园辨认方位，朝着……什么呢？你无法称之为家。

屋后的小仓库没有上锁，他冒着被骂的风险，尽可能地壮着胆子闯了进去。在煤渣砌成的屏风的另一边，一台电扇旋转着。听到他大声地清了清嗓子，两个戴着护目镜的人出现在屏风背后。他们透过护目镜凝视着他，就像宇航员正看着什么外星生物。紧接着，索尔用他没有受伤的那只手把面具推到了自己脸上本该长眉毛的地方。他的眼神很兴奋，很狂野。那只烫伤的手戴着的驾驶手套——每晚都浸泡在消毒剂里——像未来主义的时尚宣言似的闪着亮光。此外，他看上去病恹恹的。"你吓死我们了。"

"门没锁。"查理喘着粗气说。

"我们还以为你是反间谍计划之类的鬼东西。"

"我都不知道那是什么意思。"查理说，"不过听着，大门外有个人在监视我们，我刚刚一直在跟踪他。"听到这话，尼基也把护目镜推了上去。查理把两只手放在膝盖上，好让自己喘口气。那股味道，像是牙医的钻头。"大概是一个小时前，我刚好出去……呃，买松饼吃，就看到一个留胡子的小瘸子正在街对面张望，老实说，像是在侦查什么，我发誓。于是我就跟了上去。"

"然后呢？"尼基的脸上全是汗，挖苦嘲弄的笑容也不见了踪影。突然，查理不打算把全部的事实告诉他们。

"他很狡猾，把我给甩掉了。"

"可能是那个记者。"索罗门对脸色有些发白的尼基说。

"明显不可能是那个记者，索尔，你不读报纸吗？"

还有一件事情是查理不打算做的：他再也不会央求别人解释他们所说的话了。"我想如果我发现了什么，就应该……"

"你做得很好，"尼基说，"把这些问题告诉我们。我保证会好好想一想的，不过我们现在正处在紧要关头，先知。你不介意吧？"

索尔已经重新拉下护目镜，回到自己的工作中去了。尼基留给查理一个意味深长的眼神之后，也和索尔一起走向水泥护板或屏障背后。尽管如此，查理似乎注定要在黑暗中磕磕绊绊了，紧紧攥着他仍旧无法看清的一幅拼图中的碎片。

那天晚上，当他取回烘干的衣服——它们在街角自助洗衣店的洗衣机里躺了好几个小时才被他想起来，不过它们仍旧那么恶心，根本没人想偷——一切又回到了老样子。打个比方说，房门会被突然打开，剥蚀的门前露台地板上，研究生们吃着直接从盒子里拿出来的橡胶似的比萨饼。如今，他们承认查理是天选之子，会在他提着一包洗过的衣服小心地走过时朝他点头。起初，他以为后人文主义者是在为了某个也许正在监视他们的人而聚会。分散注意力外加不在场证据：这里没什么好看的，警官，只不过是一群贪图享乐的孩子。厨房里飘来臭丫头的烟草布朗尼的味道。要是你认为附近可能有警察，是不会把这种东西端出来的。他曾经尝过一次这种布朗尼，可这次是她专门为他做的——考虑到他的哮喘。

"今天是什么日子？"他含着一嘴口味浓烈的巧克力问，"有谁过生日吗？"

她握住他的肩膀让他转过身去，直到他面向自己刚刚穿过的那个门口。门上，有人用喷涂颜料在墙上写下了"双 7 相撞！"的字样，旁边是带着翅膀的 PHP 标志。当然了，他心想。7 月 7 日。1977 年 7 月 7 日。"这就是我们最后的狂欢。"她说。他又拿起一块布朗尼，希望它能填上他胃里的深坑。"既然已经定好了日子，事实上，尼基说过再准备一次会面也许要花上一个星期的时间。今晚拥有完美的同步性，不过，你懂的……及时行乐。"

门外的露台上，浮夸的绿色酒壶在围成一圈的人们手中传递，轮到查理，他喝下两大口。他已经处于兴奋状态，想要进一步沉醉以逃避现实。似乎没有人注意到，口水沿着他的下巴流了下来，就连查理自己也几未察觉。这件如今已经连续穿了四天的汗衫闻起来就像是腐坏的博洛尼亚香肠，或是表面长了蓝色霉菌的牛排，所以扩散开来的污渍根本不值得担忧。就像对话一样。这里有十或者十二个人，大部分是男孩，人数是昔日后人文主义队伍的三倍。屋子里仅剩的设备——一台音响——播放着鬼哭狼嚎的雷鬼音乐。说话声在乐声中逐渐腐烂，成为一首交响诗：

  我知道黑格尔曾经说过……
  ……想看身份证，我说，混账东西，我正在办身份证呢……
  ……穷酒鬼醉得甚至没法演奏……
  ……丢了一片……
  ……把它用模板印刷在……
  ……我要身份证干吗？反正又没人查那种东西。

  一反常态，尼基静坐在角落里，舔着小拇指侧面流下来的比萨油脂。他是唯一坐得够远的人，能够听到大家都在说些什么。我可以亲眼看到，他爱不释手的这张专辑的歌手唱道，这是个有分歧的诡计。查理瞬间有理由相信，这一切都是尼基精心安排的，把他们关在各自的区间里。而就在那最短暂的一瞬，他不知道自己是否乐于接受尼基仁慈的管理（这是否真的相当于自由。比方说，这和解放之间有什么区别？真正的自由是有可能的吗？诸如此类的东西，酒精再一次搅乱了时间，他的思绪变成了慢动作移动的台球）不过尼基捕捉到了他看自己的眼神，于是接过酒壶痛饮一口，对D.T.说："把音乐调小一点，我们都忘了件事。"

  "什么事？"查理不禁问道。

  "如果这真的会成为我们'最后的晚餐'，你不觉得应该有人祈求上帝保佑吗？不然你研究《圣经》是干什么用的？为我们祈祷，先知。"

  这个要求杀了他个措手不及，像一场突击测验。就好比你被推到聚光灯下的钢索上，而你脚下的人群并不清楚你是否接受过训练。他甚至不确定尼基所说的"祈祷"是什么意思。他要的是告解，还是要他放弃，或者更典型的，为了达到自己的目的剽窃别人的语言？仅仅大声朗读点什么算不算作弊？这是一个有争议的问题。他一直把《圣经》藏在阁楼的脏衣服堆里，和他最终决定从索尔那里拿走的相机放在一起。查理站起身来，发现自己是房间里个头第二高的人。为了掩饰自己的尴尬，他低下头，望向自己的双脚。他想过彻底推辞——的确，也许这就是他们一直在逼迫他做的——但也有可能唯一无法通过这一测试的方法就是放弃。枪击案发生后，《圣经》里的一句话被他反复诵读，一遍又一遍，直到遍及他的大脑：耶和华，你的神，是施行拯救、大有能力的主。这句话有着尼基喜欢的好战语气，就连D.T.也会赞同。下一句是什么来着？他是来毁灭的，古实人哪——不，其实不是那么恰当，雷鬼不雷鬼。还有什么呢？还有什么呢？呃……兽群躺卧下来，鸬鹚在窗户里鸣叫，为了，呃……不，等等，有了，祸事。

"这悖逆、污秽、欺压的城有祸了！"他听到自己面向此刻静悄悄的房间说道。在无人回应他时，更多《圣经》中的句子却神奇般地回到了他的脑海中。不要惧怕！是的！他们总是这么说，这是必须的。不过如何避开有关哈希姆的尴尬话题呢？好吧，这句怎么样？"节日的那天，应该欢腾，应该大声地歌唱。"他说。

起初，当他抬起头时，只有更长久的沉默。紧接着，尼基开始缓缓拍起手来——"你说得对，先知"——然后是臭丫头，还有几个旁观者。就连极度兴奋的索尔似乎也用自己受伤的上肢鼓起掌来。"先——知！先——知！"新手们唱诵起来。要是你看不到他们的表情，你甚至都不知道这阵噪声是一群傻瓜发出来的。可是在心里，查理却再一次不安起来。不知为何，他受到了自己这群人的威胁。也许是那些药品的原因，但这不应该是讽刺的，应该是对他们所作所为的认可。他给自己找了个借口，溜上楼吞下一片药，躺了下来。

后来，臭丫头独自出现在阁楼楼梯顶端。她的比基尼上衣几乎已经要掉下来了，这让他感觉自己仿佛正在做梦。在天花板的活动天窗里透进来的月光照耀下，她的乳房看起来如同柔软的蓝色气球，就连她的肚脐似乎都在发出性爱的尖叫声——一种特别的、朦胧的椭圆形。他还没来得及问她要干什么，她已经走过房间，摸索着解开他的皮带扣。他害怕要是她看到自己不穿衣服的样子，可能就不想这么做了。可她已经把头发拨到了一边，紧接着，她的嘴贴到了他的嘴上，两人倒在床垫上。

他曾经频繁地以各种各样的方式想象过这个瞬间，可有什么事情不太对劲。"等等。"他说道，一边喘着粗气，一边在衣服里摸索自己的哮喘吸入器。他猛地吸了一口。

臭丫头用一个他看不清楚的表情望着他，呼吸变得越来越稳定："怎么了?"

"我不能这么做。"

"为什么?你不喜欢我吗,查理?"

"我当然喜欢你,可是……"此刻他已经坐了起来,望向黑暗之中,发霉的铺盖毯遮住了他暴露的下体,"这事关忠诚,你懂吗?"

她凝视了他片刻。很快,她笑了起来:"哦,查理,是因为索尔吗?"

"我以为你现在和尼基在一起。"

"你觉得是谁派我上来的?"

"是尼基派你上来的?哦,那很好。我以为你喜欢我呢。"

"不,这么说不对。"她的声音软了下来,"听着,你之前说的那些话,查理,责备与耻辱……你是对的。即便在你说话的时候我也可以感觉到它正在变化,仿佛某种东西被提了起来。我想要找个方式对你说声谢谢,何况尼基也不介意。他说他希望你现在能够明白,你比自己想象中更坚强。"她像个妈妈似的用手指捋着他的头发。他感觉自己正在后退,有些不耐烦。

"那索尔呢?你的男朋友,他知道这件事情吗?"

"哦,那萨姆呢?还是说她已经不再是你的唯一了?"

"你觉得我忠诚于谁?"

"查理……"她把手伸到毯子下面,摸索着他的胯部,可他滚到了一边,面向墙壁,浑身烫得如同夜里的火炉。臭丫头在他的身后躺了下来,没有触碰他,就这样待了好长一段时间。她也不全然是个坏人。她告诉过他一次她的本名,贾恩。不过早晨来临时,她就会离开他,和其他所有人一样。这似乎暗示着让他感到痛苦的与其说是不安全感,不如说是远见。

不过,他肯定没有彻底打消所有人的疑虑,因为一个星期过去了,却没有进一步的事情发生,他既有些失望又不是那么失望。他感觉多半还是又得靠自己了。7月12日是取萨姆胶卷的日子。那天早上,他去了相机店。在拿走他在这尘世间所剩的最后几张美元和一些零钱之后,他们递给他一个红色的卡纸封套,里面装的都是3.5×5英寸的照片,最便宜的那种。然而出于某种原因,他没打开。如果这些照片是属于萨姆的,那么它们就是她留给他的全部,而一旦他看过、看完了里面的内容,她就真的走了。

回到法伦斯泰尔时,他发现尼基正在等他。他说,还有最后一项工作要做，是个双人任务，他想知道查理是否想接。查理把照片封套塞进一只口袋，希望尼基不要问起它，然后有些愧疚地说，为什么不呢？话又说回来，两个人能造成多大的破坏呢？

很快，他们便踏上了飞快朝上城区驶去的路，还摇下了窗户，把收音机开到最大声。空荡的后车厢在他们每一次轧过第六大道上的坑洞时都会发出砰砰的响声。一个法律文件大小的信封在仪表板上从一边滑到另一边。他又坐到了副驾驶的位置上。不是索尔，不是 D.T.，而是他，查理·维斯巴格尔。或者麦考伊，如果按照他制服上的名字来称呼他的话。也许，他心想，这正是向尼基询问有关"恶魔弟弟行动"的最佳时机。可当他开口时，尼基只是摸了摸信封，微笑起来："我们会在回去的路上把邀请函寄出去的。"

他们差点错过了停车的地方立着的收费计时器。查理把一个五分钱的硬币塞了进去，鉴于车上没有表，尼基查看了一下自己有时会佩戴的司机手表。紧接着，他递给查理一个仿佛装满了杂物的军用背包。"这里面是什么？"

"你今天格外好奇啊，是不是，查尔斯？"尼基从背包里取出另外一件连身工作服，把它套在自己的牛仔裤外面。路过的人没有理会他。查理发现，货车上"娘娘腔货车"的字样被草草涂盖，它重又变回了一辆玻璃清洗公司的车。尼基今天穿着与之相配的制服，尽管那是索尔的衣服，相较他的身形大了好多。衣服口袋上绣着"格林伯格"的名字。等一等，所以索尔是犹太人吗？不过，开口提问只会证明尼基刚才说得没错。

他跟随尼基来到第二十三街，一条宽阔的车流汇合道。街角处的那座巨大的公寓楼一层和二层之间围绕着脚手架，墙壁旁齐腰高的地方还有用胶合板铺设的狭小通道。城里一半的大楼旁边都支着这种东西，但似乎所有地方都未曾完工。脚手架下的阴凉地十分凉爽。"你先。"尼基朝着金属支柱点了点头。这似乎和周围寂静无声的氛围背道而驰，你很少能够看到工人们真的在忙活什么事情。但也许即便查理大声尖叫，昭告天下自己将被谋杀，也不会有人费心注意他。

他在距离地面四英尺的地方卡住了，双手紧握着交叉的 X 形支架不放。这差不多是他的恐高症发作之前可以徒手攀登到的最高点了。尼基正在紧张地四处张望。"继续爬，"他压低声音说，"把自己拽上去。"查理把手一再向上伸去，紧紧握住胶合板的边缘。有可能他的手臂会先放弃。这双纤瘦得如同小鸡腿一样的手臂正是他在体育课上攀爬绳子时失败的原因。不过，某一时刻，被人抓住的恐惧压过了他的恐高，可能还导致了肾上腺素的飙升，因为他正蠕动着爬上边缘，笨重地把身体翻到狭窄的通道上去，隐藏在别人的视野之外。

不出几秒钟的时间，尼基出现在他的身边，就在他的背后。他们抬头凝视着积云交织、过于炎热的蓝天。他眼前移动的似乎并不是云，而是建筑，正在下陷，即将崩塌。尼基告诉他坐起来一些，不要压坏背包。他从背包里抽出一条细细的金属条。查理看着他把这个银色的长条塞进最近一扇窗户的窗框中。一个对他来说从没有过任何意义的术语突然成为他关注的焦点：飞贼。这个词包含着一种敏捷，这一瞬间，尼基还在这里；下一个瞬间，就只剩查理一人了。

楼上和街道对面至少有一百扇窗户。他小声地祈祷在那些窗户后面生活或工作的人不会低下头，望向他正躺着的地方。当然，如果他能够假装自己是属于这里的，就没有人会多想，可查理·维斯巴格尔从来都不知道归属是种什么感觉——至少从他的两个弟弟出生以来就是这样的。相反，他总是害怕将他包围起来的这个世界——脚下街头生活的平凡乐曲，小推车上烘烤着的油腻坚果——随时都会被人抢走，害怕不会再有另一个世界。事实上，当你去彻底探究时，先知查理就是一个泪眼汪汪、目瞪口呆的胆小鬼。他的恐惧是一块大得连上帝本人都抬不起来的岩石。当然，这意味着他是不值得被人怜悯的。他翻滚着身子，好让自己能够在一英尺高的胶合板边缘伸展开来，缓缓地把身子尽可能紧地贴在板子投射下来的阴影里，躲开如同照在监狱墙壁上的探照灯般强烈的阳光。当他回过头去查看自己躺过的那个地方时，他注意到红色的照片信封已经从他的口袋里掉了出来。它肯定是被订书钉之类的东西撕开了，里面滑落出一沓照片。

照片上都是些烧毁的房子、没有玻璃的窗户、墙壁上留下的焦痕，但出于某种原因，他看得出，它们绝不属于PHP，也不是火灾本身。在一张照片中，一辆救护车飞驰过一家运动用品商店和一段浓烟弥漫的人行道——除非照片的边缘本身就是模糊的。紧接着，镜头被推近了。在它轻快地向前移动的过程中，他能够听到萨姆的声音，如同钟声般清晰而嘶哑，在距离他后脑勺很近的地方呼唤他：醒醒，查理。最后一张照片拍摄的是一间地下室。深焦镜头，晨光。萨姆赤身裸体地躺在凌乱的床垫上，受到了惊吓，床单被拽了下来。这似乎暴露了她和拍摄这张照片的人之间的某些事情——镜子里映照出一个满身刺青的活动人偶，可真正被暴露的人却是查理。尼基也和她发生过性关系。还有什么是他拒绝去看的？醒醒，她在尼基重新爬出窗户时再次说道。他的一只手里拿着一块会在黑夜里发光的闹钟。"找不到我要找的东西。"他说，"不过，这种东西也不能要太多。"

他的额头上全是汗，就在他已经朝着脚手架的边缘挪动的时候，查理一把抓住他的手臂，把照片递了过去："你能告诉我这是什么吗？"

一瞬间，尼基畏缩了："是时候放弃这种愚蠢的行为了，先知，这不适合你。"紧接着，一眨眼的工夫，他抓起那沓照片，把它们全都塞到了自己的口袋里，"好了，我们走吧。"

一阵沙沙的响声把查理的视线引回了公寓敞开的窗户那里。他意识到，自己闻到的是烟味。"有什么东西烧着了吗？"

"我们没时间了，查理。我们要找的东西可能就在这里，也可能不在这里，现在无论怎样都无所谓了。"

查理在窗台旁跪了下来。那里摆着一盆看上去很悲哀的百合花，更让人哀伤的是，咖啡桌上还有一本练习簿。门背后传来阵阵犬吠。"嘿，尼基，这里还有一只狗呢。"

"有时候你就得打破几只鸡蛋。"

加油，醒醒。可醒来做什么呢？发现他们不是英雄，只不过是几个小流氓吗？他想起了躺在病床上的萨姆，想起了萨姆站在人行道上瞄准镜头，仿佛是在给他发送什么信号。在一片漆黑的房子里，在所有的安慰都被剥夺时，你很容易发泄出自己的怒火，去攻击他正身处中心的这座城市，用它的悖逆、污秽和欺压。不过说真的，纽约是唯一从未抛弃过他的东西。他说："你在说谎，对吗？"

"什么？"

"一直以来，你都不在乎结果。你从不在乎谁会受伤。"

当他转过身时，尼基已经把一条腿迈到了胶合板的旁边。"查理，我向上天发誓，如果你进去，我会丢下你不管的。"可尼基已经这么做了，不是吗？把他丢在这里，拴在那块岩石上。一阵微风把窗帘吹了起来，助长了火势，查理的脸像个枕头一样，一侧滚烫。尼基的眼睛则像坚硬的黑色煤砖。他的杂物工伪装让他看上去真的就像个陌生人一样："我会数到三。一。"

那只狗此刻已经开始发疯似的狂吠了，有人会听到的，火苗正从厨房水池里的那沓报纸朝着窗户席卷而来。

　　"一。"

　　烟雾报警器为什么还没响？他很好奇。显然是因为尼基已经把它弄坏了。烟雾熏得他直流眼泪。"你知道你为什么会下地狱吗，尼基？你的心里没有爱。"在尼基还没有来得及回答之前——因为他不需要回答——查理已经一头扎进窗框，循着狗的叫声向着越发贪婪的火焰中心钻去了。

LAND OF 1,000 DANCES

THIS ISSUE:

REVIEWS OF CHEAP STUFF

ANARCHY, REBELLION, TEENAGE ANGST

MORE WAYS TO SCREW THE MAN

WELCOME TO BEAUTIFUL NYC

GRAFFITI (SP?)

PLUS: POST HUMANISM: WHAT IS IT??

PUNK RAWK!

TYPOS!

LENORA'S LUNCHEONETTE

YOU WANT THIS

+ MORE POINTLESS RAMBLING YOU DON'T CARE ABOUT

BOOK 3 >>> INTERLUDE

插曲・死亡之履行不能，为生者之所思所想

危险中的绿洲
自满的荒漠

AMOCO

HELLO
my name is

极客

本期献给K，
为那条"通道"
献给C，无论他身在何处

编者的话[1]

高中，欧文广场，1976年……离毕业典礼还有七十三天，大学录取通知书却接二连三地出现[2]。校长说谁也不许把它们带来学校，但你还是总能看到孩子们故意让硕大的信封从储物柜里掉出来。达特茅斯大学、史密斯大学、威廉姆斯大学——哎呀，那是我掉的吗？事实上，如果你想要知道是什么让课间大家的笑声变得敏感，那答案是恐惧。年轻人身处寻求一致性的乐土之上，这里有等级制度，有虔诚信仰。即将脱离这一切的念头催生出反动主义，引发大面积痉挛。比方说，我最近总是藏起我的鼻环[3]，而不是在火车上把它秀出来。老实说我一点儿不在乎，但昨天在体育馆，我本着良心扮演那个提出异议的人，一个高年级的女孩朝我走过来："嘿，萨曼莎，你的鼻子上有什么东西露出来了。"我心想，祝你明年在普林斯顿一切顺利，和那帮兄弟会成员或曲棍球球手厮混，不管你做什么，都只是为了暂时遗忘自己的可悲人生而转移注意力。读者们，你们看，在美国高中读书最紧要的是安全——你宣布放弃自由方能获得安全。讽刺的是，到目前为止，那迫不及待地想要掉出来的信封只有两个，都很单薄，而我只能说：谢谢，我心领了。我爸最大的梦想就是我能考上州外的大学，逃离西齐亚罗家族世袭的命运（更别提我妈的梦想了）。不过说实话，我并没有竭尽全力要给波士顿的招生委员会留下深刻印象，因为说真的……波士顿？所以，这些日子放学后，我也不和臭丫头四处闲逛，而是直奔家门口，看看邮箱里有没有什么正式文件在等着我——哥伦比亚大学寄来的，哪怕是纽约大学（这学校显然什么人都收）。什么也没有，什么也没有，但我告诉自己，会有的。我终将真正生活在这座我夜里闭上眼睛就能看到的城市。此刻在微积分课上，我身边那些吃饱了撑的姑娘试图让博斯威尔太太从黑板前转过身来，抓获正在涂涂写写这些、而不是解不定积分的我。我确实只投入了一半的注意力，但这么多已足以让我有所悟了：以任何点、直线或曲线为起点，都是有可能在抽象概念中提高最高导数次数的。比方说，我是一个点，时间是一条直线，时间变迁的速度是一条曲线，那么这条曲线的不定积分会是什么呢？未来的加速度会沿当下的方向加快，于是我就成了发生了变化的变化，而我的变化又正在变化，后续会有一份文档。如果你跟不上我，小家伙，好吧，这对你来说太难了。

1. 老实说，我在自欺欺人个什么劲儿呢？这里只有我，编辑、作者、设计师都是我，所以，给我寄点东西吧——评论、散文、诗歌，什么都行。好吗？好的。

2. 由此可见，在这个国家掌控教育系统的都是些什么样的虐待狂啊。

3. 见第二期。

千舞之地
转交萨姆·西齐亚罗
纽约花山外桥2358号
11567

引言	2
目录	额……
千舞之地回忆录	4
旅行	8
评论-演出	10
类诗歌	12
多半与政治有关	12
评论-唱片	14
评论-人类	15
短篇小说 1	17
客座编辑短篇小说 2	18
番外……	20
	23

LES CONFIDENTIAL

一段绝对真实的描述,关于一个女孩的冒险,她带着一台尼康马特相机勇闯贫民窟,一只鞋上的一个洞,以及团结之类的时髦观念。

我们来到包厘街东段的某个地方,药物开始生效……药物,就我而言,是几支丁香卷烟,我用来对抗昨夜宿醉的拜耳头痛粉,以及臭丫头在她外衣口袋里找到的一支细烟卷。听着很乏味,也许吧,但我想尽量保持清醒。尽管每每我爸对福利国家颇有微词时我反驳得都煞有介事,可其实我以前从未去过低保住宅区,心中难免有些忐忑,加之我还在暗自希望能从当天下午的探险中额外地获得些灵感,用于我高年级的艺术项目。臭丫头抽的那玩意儿不错,因为在街名开始从数字变成字母的地方,驶过身边的出租车突然变身优雅的黄色,衬着死气沉沉的天空。车头灯看起来像是混入淡茶中的那几滴牛奶。一时间,出租车全部向我们驶来,飞来。

其实,臭丫头从放学前就开始等我了——最后一堂课的下课铃响起前半小时。透过教室的窗户,我看到她穿着那件脏兮兮的假皮草倚在街对面的铁栏杆上。在我让自己冷酷下来,再次变成一个朋克之前,她的热切几乎令我有些尴尬(话说回来,也许那不是热切,纯粹只是无聊。想必她在纽约大学的课程要求不高,因为她好像一节课都没去上过)。

总之,我先去了趟厕所,重新戴上我的鼻环,然后拧开窗框上的曲柄,爬上暖气,跨出窗户,一跃而下六英尺,在楼外冻僵的花圃中着陆。几位母亲正等在那里接念中学的孩子下学。她们看着我,就好像我有可能道歉似的,可我只是戴上我的大墨镜,像块不会融化的黄油一样疾步经过她们的身边。我们上路了。臭丫头的男友索尔刚刚结束在中城区的付费演出,会在 L.E.S 餐厅和我们碰头。那里似乎有什么东西,他们希望我也看看。"务必带上你的相机",他们说。

我现在甚至觉得这个低保住宅区实际上就是他的。我是说，是索尔的。我知道他出身不好（当他得知我来自花山，我看见他悲伤的眼神里藏着深沉的妒忌，可要我说，这实在没什么值得妒忌的），而且无论我什么时候暗示想借宿一晚，他和臭丫头都会含糊其词，不愿说出他们演出后去哪儿过夜，所以我怀疑他们有时会睡在他的货车里。至少，索尔穿过中心广场的样子像是在说，他属于这里。对我来说，这里有点吓人。我是个思想开明的人，我不断提醒自己，但这里到处都是黑人和波多黎各人。他们闲坐在自家门前的长椅上，紧盯着或故意不看我们这些白人女孩，可索尔就这样走过去，没人注意，也没人会说什么。我猜这两个名字缩写都是 S.G. 的人走在一起会稍显拥挤。我猜这是他们剃发、戴安全别针的一部分原因。我为我的朋友们骄傲，也为我自己骄傲。这儿不是私立学校里的美国，而是郊外的美国。这儿很真实。

电梯坏了。楼梯间闻起来有股经久不散的尿味。楼顶，一对情侣正在旧床垫上亲热，不过我们互相假装没有看到对方。不一会儿，我们绕到了统一安装空调的怪物般的单元，一块砖头上用白、黄、蓝写着这样一句话（我要是能打印彩色照片的话，你就能如实看到它）：

后人类万岁！

我想臭丫头大概知道我喜欢涂鸦，因为自从我们结伴闲逛以来，她一定老看到我为涂鸦拍照。那日在"蜡先生"家的瓶瓶罐罐中寻觅，我看到屋外轰隆隆地驶过一辆小型货车，车身上是一个巨大的火焰涂鸦，耀眼得像探出脑袋的太阳。我夺门而出，追去拍照。邮筒上的标签，电话亭上的呕吐物，公交车上的高压气体贮藏罐，还有包厘街"地窖"俱乐部令人惊艳的前门。去年秋天，我真正开始注意到喷绘艺术可以在一切物体上作画。出于某种原因，我从那时起一直心怀恐惧，生怕它们很快就褪色消失，正与即刻显像的宝丽来照片相反。所以我想到制作一份档案，作为生活和艺术曾经在某一瞬间近得足以触碰到彼此的证据。如今我才恍然大悟，这个记录的过程在一定程度上将我推向一个旁观者的位置。可话说回来，要是让我署名，那大概会是萨姆·亨普斯特德·派克之类的。不过，我对自己没有信心，我会搞砸一切，这可不比用记号笔在学校长椅上的乱涂乱画。

也许正是出于以上原因，看到索尔此刻当着我们的面挥毫作画，我大感吃惊。这不是你见过的那种在工艺上臻至完美的涂鸦。如果你能像我从暗房的化学药剂中取出照片时那样精神集中，你就不难发现这幅涂鸦完全没有赏心悦目的美感。不过，它在风格上的缺失却在尺寸上得到了弥补。他咧嘴一笑，如一只猎犬衔了只兔子丢在我脚边。"后人类，"我说，"和'人类死后'差不多意思？"

他说这个词是从他哥们儿那里学会的。"这是他说起我们这些朋克时提到的。我们都是后人类。"这听上去倒有几分不同寻常的哲学性，让我没法不取笑他。"你说的是臭丫头常挂在嘴边的那家伙吧，那个拆散了'追忆往昔'、如今没法在演出中露脸的神秘男人。"

不过，这类条件反射一般的挑衅行为，我以后还是更小心谨慎为好，因为索尔那张被安全别针别住的面孔瞬间垮了下来。看得出来，比起我自以为是得出的结论，这一切对他来说包含着更加深沉或是全然不同的意义。臭丫头更是气到想把我从房顶上丢下去，也可能是丢索尔，二选一。那个瞬间，我们的分歧被无限放大。我被自己的心放逐，受困于我和我的城市之间的那些墙与窗、阻隔与恐惧。我也不知道做点什么好，于是退了回去，蹲下来，开始拍照。这幅作品越发打动我了，说真的，它不该被近距离欣赏；站到房顶四周围栏的后方去，我能想象你们从楼下观看它时会呈现怎样的效果，我能看到脚下的车流向我们涌来，车前灯照亮通往布鲁克林方向的罗斯福高速公路。这就是索尔，一个工薪族朋克，一个真正想要有所作为的人。真是太酷了，我最后说了一句，意识到这正是他一直以来的追求。

　　之后，我们一致决定买上几瓶 40 年代的麦芽酒，在门前的长椅上坐一会儿。我们喝得醉醺醺的，一边大呼小叫，不过人们并读不出我们的表情。D.T. 找了过来，还带了些安眠酮，所以最后我们是在手球场上一边嗑药，一边看着小孩玩手球坐等天黑的。可就在夜幕降临之前——在彼此间的界线消融、人人融作洼水之前——我记得自己心想，我们还是要靠化学药物才能让这种事情发生，真是有点讽刺。自从我和臭丫头发现我们都和纽约大学有些渊源而产生交集（她被录取了，我则是申请过）的几个月以来，有些事我一直无法确定：其一，我是否希望她和她的朋友们相信，自己强大到足以成为他们中的一员；其二，他们是否尝试过向我证明，他们是值得我为之付出努力的。我想，这恰能说明"朋克摇滚合众国"只是一种理想，并非与生俱来的权利。我们仍在努力优化，使之完美。然后，药劲上来了。乌云滚滚的天空，手球软趴趴入网，我们血液中的气泡放声大笑，整座城市在我们周围起飞，此刻的感受诚如此刻的我们：完美。

旅行

欢迎来到最美村

★最酷的地方★

我们要把这一期的旅行篇献给第十四街以南的如下地方,感谢有你,我们挺过了高三时光。

1. 蜡先生的小酒馆

真的存在一位蜡先生吗?如果是的话,那我还从未见过他呢。这里的店员倒是总爱找你搭讪。无论如何,要想找到大部分最新的摇滚乐,"蜡先生"都是你的不二选择;不仅因为这里是城中唯一一家滚倒会去贩卖你手中这本破杂志的下流小酒馆……

2. 第二大道救世军

前提是你不介意染上严重的跳蚤,那么别惊讶,你在这里一定能用不到一美元的价钱买到心仪的时髦玩意儿。
(一经出售概不退换:所有裤子好像都是为某个4英尺高、325磅重的人量身定做的)

3. 地铁隧道

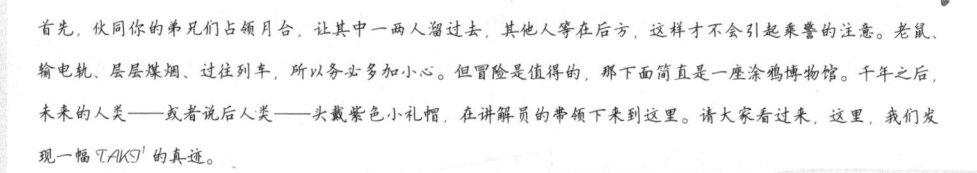

首先,伙同你的弟兄们占领月台,让其中一两人溜过去,其他人等在后方,这样才不会引起乘警的注意。老鼠、输电轨、层层煤烟、过往列车,所以务必多加小心。但冒险是值得的,那下面简直是一座涂鸦博物馆。千年之后,未来的人类——或者说后人类——头戴紫色小礼帽,在讲解员的带领下来到这里。请大家看过来,这里,我们发现一幅 TAKI 的真迹。

4. 性用品商店

到目前为止,最适合进行社会观察的地方就是第七大道西段的性用品商店门口,因为你绝对想不到哪些人会走进店购买假阳具。

5. 从布里克大街和第六大道远眺公园

我的最爱之一。这里聚集了瘾君子和老人,还有大量的鸽子(在你选择一条长凳坐下前,你可能需要先检查看看周围的树),它们静得像大教堂一样。车流声不算,那听上去与海浪无异。诚然,坐在公园里,用棍子敲击垃圾桶、唱唱歌,也会很有意思,但我从未带我的弟兄们来过。这里更适合带上一本你刚在……买的书。

6. 麦卡利尔里 & 阿达姆松(圣马可教堂北侧的一个街区)

这家地下书店并不好找(没有标牌),闻起来像旧烟斗的斗钵,店员都很凶。如果你认为自己有资格来这里消费,那你基本上已经冒犯到他们了,而他们是不会轻易放过你的。奇怪得很,这一切倒教我安心。对于那些一生沉浸在书本中从不出来的人,这是常有的事;相比之下,现实生活令人难以忍受。

千舞之地致敬：勒诺拉餐厅

每周七天/全天二十四小时营业是这家小餐馆招人喜爱的原因之一。此外，以下因素也该列入考虑：

——不限量供应的咖啡。

——周围都是研究生、离群索居之人、码头工人、喜欢看你对他们做鬼脸的醉酒老人，等等。

——服务生会问你：你想在你的蛋蜜乳里加点安眠酮吗？

——这儿有洋葱面包卷。

还有你所能遇到的最古怪的家伙！比如说有一次，我和臭丫头与照片中的这两个家伙聊天，那个男人说："我像一瓶硝化甘油一样稳定。"我问："为什么这么说？它是很容易倒还是怎么着？"他回答："不不，一滴那玩意儿，你就（利落的降调口哨）……嘭！"是的，伙计，就这事儿他说了一晚上。

供你参考的评论——现场音乐

饥饿艺术家/巫毒小子 @cbgb，1月26日

女性面孔出现在舞台上具有怎样的启示性，近期所谓的另类媒体纷纷对此展开讨论。不过仔细想来，这里面很有些居高临下的意思。事实上："饥饿艺术家"是最难听的乐队之一，自从其7寸黑胶《丑化音乐》发行以来，当地的夜总会都被他们毁了。去年秋天，在美国退伍军人协会第719区，那场卓越的现场演出说明，诺利·梅坦格尔不仅和黛比·哈利[2]不相上下，而且可以和地球上几乎任何一个歌手媲美。今晚也可以说相当出色。一大惊喜是理查德·赫尔[3]（原电视乐队成员）带领下的"巫毒小子"。传闻乐队会在东海岸进行一次小型巡演，所以要是他们去了你的城市，一定记得去看看。

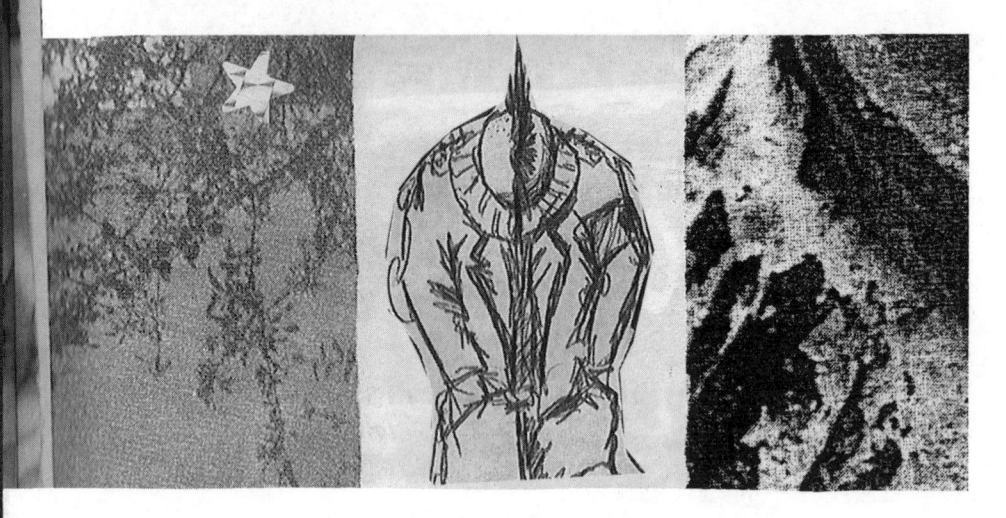

伤心人/某支我记不得的乐队 @地下俱乐部，2月20日

好吧，我可以实话实说吗？吸食药物的风潮怕是太过了。强尼·桑德斯[4]曾经那么英俊，如今和我在这场演出中为他拍的照片一样，该死的他看上去就像是基思·理查兹[5]。摇滚确实扣人心弦，但别总靠药物让自己太过兴奋，好吗？至于我不记得的那支乐队……我能说什么呢？好像是罗德岛设计学院的学生，我记得有人提起过，所以呢？前方既可能灿烂似锦，也可能迷茫未知。更令我难忘的还是D.T.和索尔演出前经过圣马可教堂时一路破口大骂，在窄巷的精品店门前当众闹翻。后来，在某家店外，索尔从口袋里掏出我之前打量了好久的狗脖套项链。"为了你把它'征用'了。"他说。"这种醉话你也说得出口。"D.T.说，索尔是从他们的朋友N.C.那里学会这些漂亮话的。我总是好奇，他们口中的这个N.C.是不是凭空想象出来的，因为我从没见过他。

帕蒂·史密斯[6] @ 包厘街的圣马可教堂，4月2日

满怀期待地来这儿接受音乐洗礼，却意外收获了诗歌，不过谁会真的在乎呢？她可是帕蒂。我是说，我发誓当她的嗓音响起，在小礼拜堂的天花板上回荡时，你能听到喷气式发动机的鼓噪，听到吉他声和鼓点，甚至那些无神论者看完演出后会感觉更靠近上帝。今天也是一个真实的现场，邀集来成百万上千万人。这些人演出结束后仍然闲站在场外，抱怨当天的演出不如自己两年前在某某公寓房顶上看过的好；那会儿华纳兄弟公司和莱尼·凯[7]都还不认识她，谁都还不认识她呢。而正是这种吹毛求疵让你知道帕蒂是有真本事的。比如眼前这三个学术答辩者类型的家伙正一边喝着格拉夫酒一边传递着大麻烟卷，我几乎逐字逐句地记下了他们所说的话，还上前为他们拍照——一个完美的决定性瞬间，路灯灯柱以疯狂的角度在他们头顶上方倾斜——不过他们全都"嘿嘿嘿"围过来问我，你是什么，某种猪吗？偏执得要死。这时，索尔（我甚至不知道他在场）拨开人群，臭丫头和 D.T. 跟在他后面。D.T. 来了句："有什么问题吗？"我觉察到暴力的气息，其他人也能察觉到。我的兄弟比莱迅速地冲了过来。这个平常在"地窖"俱乐部看门的机车党被帕蒂的管理团队什么的征用，负责会场安保。我看见他在人群中移动，挡在他面前的那些瘦削的身体便像保龄球瓶一样飞了出去；他是冲着煽动者索尔来的。嘿，没事，我安抚索尔。为了证明我不是缉毒特警，也为了化解紧张的情绪，以防索尔飙脏话，暴跳如雷，我一把夺过那些学术答辩者手中的大麻烟卷猛吸一口。这下我的肺可真给毁了。索尔在女人周围总显得不知所措，他连帕蒂都不喜欢就是以证明这一点。不过话说回来，如果他不喜欢帕蒂，那他到这里干吗来的？

停车场里的打斗
男孩开着老板的厢式货车
原地打转
一圈又一圈，直到车子磨出
一道黑色印子，粗大而油腻
两个男人从附近的灯箱走来
嘴里说着嘿，嘿
嘿，搞什么鬼
你他妈在搞什么鬼
女孩坐着垃圾桶光滑的盖子
她在看
一个把另两个打得屁滚尿流
她不喜欢在你倒下时
踢踹依然不停
不喜欢这刹车灯，嘿
不喜欢这排气管，嘿
和这扇敞向雪地的门
话说回来，她从未站在胜利那一方
嘿，老实说
谁又能说谁不是罪有应得？

narchy/ˈænəki/ [中古拉丁语 anarchia，源自希腊语 anarchos，无政府状态，an-（没有）+ archos（首领）] la. 由无政府并享受完全自由的个人组成的乌托邦社会。*

a very real danger

随笔篇
— 多半与政治有关 —

最近，几乎所有人都在谈论这个话题，从"英国的无政府状态"[8]到"靠墙站好，浑蛋"[9]。挑一个平淡无奇的星期五晚上，到"地窖"俱乐部去，你会看到至少三个孩子穿一模一样的破烂T恤，衣服正面印着一个圆圈，圈内画有大写字母A。见鬼，我可能就是他们中的一个。朋克这件事情从某种意义上来说和自由有关。不过后来，我查了一下上面那个名词的释义，冥思苦想其中的深意，开始有点明白我起初无法理解的那种对立了。一方面：彻底的自由。成为我希望成为的人；随心所欲地自我表达；任意挑选居住的地方；想制造什么就制造什么；把收音机调到我喜欢的音乐频道。而另一方面，如果我愿意，我也能拿走你的收音机，剥夺你听音乐的权利；你的乌托邦。起初，这看上去就像是低年级的反抗行为，唯一写进你的无政府主义宪章里的，是为自由划定了边界——不得侵犯别人自由。来看一个稍微复杂点的例子吧，比方说我嫁给了一个我不爱的人，或者说，我正处于婚姻的无政府状态。比方说我们有个孩子，我有权利从中解脱、一走了之，不是吗？可如果我这么做了，就会伤害到我的孩子。要是我把孩子带走，就会伤害到我的丈夫。但如果我选择不去伤害他们中的任何一个，从某种程度上来说，他们就是在伤害我。换句话说，侵犯无所不在，而自由这档子事比起乍看之下复杂得多。

在我看来，化圆为方有一种可能，与释义中的另一部分有关，即"由个人组成"。我不知道如果我们以更大的组织单位来思考此事会发生什么。这就好比说，集体不是由个体构成，而是在个体之前就存在了，个体因此才有可能产生。是不是我们只能用一种更加集体主义的方法来"享受完全的自由"？但这真的有可能吗？我不知道，不过与此相反的实践似乎已在暗示，自我的扩张主义并不利于我们对自我的认知。我敦促所有和我穿同样T恤的人严肃思考这个问题，如何让我们共同构筑的产物最终存活下来，抑或是，如何使我们自己存活下来。或许只有打破这些尖叫着宾格的"我、我、我"的声音，成为主格的"我、我、我"。

p.13　　　　　　　　　　　　　　　　花山纪事，第1卷

1976/4/2
放学后直接回家。现在是八点，巫师仍在他的工作室里施法。这么看来又得和电视共进晚餐了。

1976/4/4
燕麦粥——连续第15天吃同样的早餐。老爸忘了放糖。当我将吉他上的音量旋钮调到10，并且跟个白痴一样蹦来跳去时，他竟没有啰嗦一句。他还在为丢了合同感到沮丧。

1976/4/10
星期六，没有进城。无所事事，苦恼，假装不孤独。我一个人也可以，就当省了笔车票钱。

1976/5/6
今天发生了一件诡异至极的事情。我在"蜡先生"消磨时间，让索尔和D.T.乖乖坐好供我拍照。这时，窗外一个鬼鬼祟祟的男孩经过，是我在花山的旧识。更奇怪的是：这已经是这个月的第二次了。我不确定，我肯定在别的地方也见过他。我判断，命运在试图告诉我些什么，不管怎样，我需要找个借口脱身，所以我抛下索尔和D.T.，表现得像个亲密无间的老友，带他去勒诺拉喝咖啡。另外还有件怪事：我们如同真的亲密无间的老友一般。可能是"长岛精神"作祟，也许吧。我说我们应该约出来玩。他问，回岛上吗？不，不，我说，岛上太压抑了，我带你在城里转转。在我的城。

1976/5/9
球场那天之后，我还记得关于C的什么事？红头发，仅此而已。但他有可能是我见过的最有趣的人了。我想他自己都没有意识到这一点，而我只消看着他就能笑得停不下来。他瘦高而结实，傻里傻气的。今晚我们打了四十分钟电话，什么也没有聊，这种"什么也没有"不是哲学意义上的"无"，而是真的……无关紧要。也许我想要一个弟弟。

1976/6/7
一个星期了，他们一直在让我们彩排，就好像台上领个毕业证书有多难似的。礼袍下，穿着牛仔裤和"电视乐队"T恤，最后一刻，我戴上我的鼻环；典礼督导已经来不及发现和理会了。他们要不就让真正的我毕业，要不就别让我毕业。站在体育馆门口，我打量了一下爸爸刚才坐过的地方，但现在他不在那里。我的心依然能看到他，他交叉着双臂，点了一下头，仿佛在说，很好，你已经尽力了，不过也别太得意。其余的掌声都是礼貌性的。接着，就在校长与我握手时，从露天看台传来一声印第安人的迎战呼号。我的心脏剧烈跳动起来。

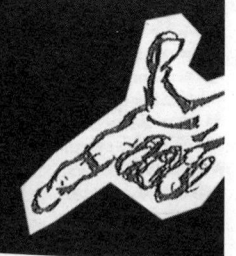

*无政府状态的释义出自……见鬼去吧，我没必要告诉你，因为我就是个无政府主义者。

music reviews

供你参考的乐评：唱片

★ = 烂。别买。

★★ = 可以买，我不会笑你。

★★★ = 绝世天才之作。慢点儿，别跑。

冲撞乐队[10]，公共绿地演出（英国，私录）★★★★

有传言称，主唱乔·斯特拉莫是搞酒吧摇滚出身，去年才开始玩朋克。不过a) 去年之前，谁又算是朋克？b) 有这么好的音乐，谁又在乎呢？这张现场专辑录制于乐队的第二次公演，不过余音袅袅的副歌真真切切地将信息传递给了人群：伦敦在燃烧！向新浪潮致敬！虽然装饰性的流行元素略显做作，最后三分之一的部分还夹杂了诡异的雷鬼节拍（虽然乐队7月4日在黑天鹅酒馆的出道首演据说要更精彩一些），但废话不多说，这还是很能值回你花掉的辛苦钱的。

《咆哮神经》，滚孩子乐队

B面《蓝色食品》，约翰尼·帕尼克&梦圣经乐队

几位东村乡邻的合作成果，不过同大多数合辑一样，你不能指望每首单曲都那么好。《咆哮神经》近乎猫叫春的演唱教人很不舒服。还有唱片封套上这些泛泛的空话——不过朋克摇滚也并非什么知性的东西就是了；它关乎激情。相比之下，B面要好得多。约翰尼·帕尼克的声音里夹带强有力的极繁主义泛音乐性，某些诗意的瞬间还能让我想起鼎盛时期的"追忆往昔"，或者——我想象中鼎盛时期的"追忆往昔"应有的样子。比利·斯里-斯迪克斯，全国上下孤寂的目光都投注在你身上……

《柏林》，卢·里德[11]

这真是世界上最致郁的一首歌：

"他们带走了她的孩子，因为他们说她不是个好母亲。"

娄！你怎么能！

---

1. 群马《黄铜战略》
2. 《黄铜战略》《群马》
3. 电合鸟人乐队[12]（进口）
4. 摩登爱人乐队[13]，《摩登爱人》
5. （胜负难分）雷蒙斯乐队：《闪电战》伊基[14]，《无趣》

有史以来的第一篇

供你参考的评述：人类

p.15

C.

这家伙经验上的欠缺，全靠热情来弥补。你可以向他展示你喜欢的某座建筑或某棵树，不论是什么都会变成他见过的最酷的一座建筑或一棵树。你给他讲故事——随便什么故事——他的脸会像枝状烛台一样被点亮，当你说完，他的回应都是那么率真，让你恨不得抱住他，保护他免受这个邪恶大世界的伤害。他就像巨型海绵或是相机（简而言之，是《千舞之地》的完美读者）。

我记得毕业典礼之后的那天，我们约在"蜡先生"见面。查理想给自己找点音乐，以后从纳苏县来这儿的路上可以听。拣了一沓唱片，我们都不够钱再买一盘《群马》的匣式录音带了，于是我们各出了一半的钱。两天后，我接到他的电话：帕蒂是有史以来最伟大的唱片艺术家，甚至比鲍伊还要伟大。就我对C的了解，这可以说是极高的评价了。他真的用了"唱片艺术家"这个词。

在我的影响下，他对追忆往昔乐队产生了兴趣。在那之后的一个周末，当他走出谢里登广场地铁口，他面目一新的样子我大概可以记一辈子。其实，这仅仅是我们俩第二次一起出来玩，他换掉了灯芯绒裤子，一头红发根根竖起，被梳成道钉造型。当时我就对他说了我现在对他说的话——也许是间接对我自己说的话。你就要成功了，兄弟，要有信心。

丁卡人传统

了不起的 ~~公牛~~ 维斯贝格尔

我的 ~~公牛~~ 维斯贝格尔 白得像河里的银鱼
白得像河岸上微微发亮的鹤
白得像新鲜的牛奶！
他的咆哮像陡峭河岸上土耳其大炮的轰鸣。
我的 ~~公牛~~ 维斯贝格尔 黑得像暴风雨中的雨云。
他像夏天和冬天。
一半的他黑如暴风云。
一半的他光亮如阳光。
他的后背闪烁如晨星。
他的眉毛红如犀鸟的喙。
他的前额像一面旗帜，远远呼唤着人们。
他就像彩虹。

我会让他在河里喝水。
我会用我的矛驱赶敌人。
让他们在井里饮马：维斯贝格尔
河水属于我和我的 ~~公牛~~ 维斯贝格尔。
喝吧，我的 ~~公牛~~ 维斯贝格尔，从河里喝水：我在这里。
用我的矛保卫你。

1976/6/20

今天吃了比萨饼和几片药（C因为哮喘不能抽烟），最后我们去了一家画廊，里面展出的是曾和帕蒂约会过的摄影师的作品，SM文化的B面。C什么也没说，只是脸涨得像个红气球，反复需要使用他的药剂吸入器。我努力保持严肃。然后，在一张裸体男性照片面前，我绷不住了。接着C也笑了出来，我想是松了口气吧。我们笑得实在太大声，前台那个姑娘要求我们离场。走到门口，我们转身朝她比了个中指，跑掉。在那之后，我打算给C看看我拍的照片，古怪得很，我竟会紧张。但活页夹就在我的书包里，不是"炉子、炸弹、和爆炸"，而是夹着摄影作品的那个活页夹——去年冬天我辗转各场演出所拍的全部照片。那其中有些乐队如今已成为神话，但这并不能保证照片就是好的。我们坐在西村的某扇门前台阶上服用药物。他安静地翻动活页，不停眨着眼睛，仿佛很难集中注意力。我闲在一旁，天空很蓝，夏日的气息在头顶盘旋，我真怕他会说些虚情假意的恭维话，就像我对索尔的涂鸦所做的那样。不过，他在翻到强尼·桑德斯的一张照片时停了下来，用食指指腹轻点照片，含情脉脉，那样子使我甚至毫不在意他在塑料封套上留下的比萨油渍。你知道这张照片缺点是什么吗？他说，就在这个位置。我告诉他，等我今年秋天上了大学，他可以过来我的宿舍住，我们会是纽约的国王和王后。我们要接管这座城市。

1976/6/30

在昨晚的独裁者乐队演出上，我偶遇了索尔，他邀请我到东村某个声名狼藉的地方参加7月4日的派对。索尔说他那位"隐形的朋友"终于决定和我见面了，他还给了一些特别的东西，足以让那晚铭刻于心。他嘱咐我再次见面之前不要吃。好的，我回答，不过我会带一个朋友一起。索尔的脸色有点发紫。嫉妒：最不朋克的一种情绪。

1976/7/10

如今，无论我何时打电话给查理，接听的都是他妈妈。他被关禁闭了，她第一次接我电话时告诉我的。我问要关多久？她问我是谁，于是我挂断了。现在我一听到她的声音就挂掉电话。我迫不及待地想告诉他关于PHP的事。我想他的妈妈没有骗我，不过听不到他的消息，还是让我觉得他是在为什么事生我的气，像是在控诉我背叛了他，为了我们幻想的朋克摇滚世界而抛弃了他，如我最终抛弃了一切那样。天翻地震，天翻地震，天翻地震。

迷幻的悲哀

这本该是个最美好的夜晚——建国二百周年纪念日——但当格洛丽亚·博纳罗蒂第二日一早醒来，却感觉自己被外星人绑架后刚给送回来：它们榨干了她眼球中的水分，用太空飞船从她脸上碾过数次，作为额外奖励。她仍穿着昨天的衣服，躺在地下室冰冷的地板上，透过最近的窗户往外看去，是隔壁房屋的砖墙，相隔还不到一英尺距离。她的相机——感谢上天——还在她的包里。屋里有一张床垫、一个沙发靠背，还有一旁喘息的声音。她尽力避开这三样东西，朝着记忆中的楼梯走去。显然，外星人没有剥夺她的行走能力，因为她只被绊倒了一次就爬上了楼梯顶端。纵观整个人类历史，几乎每一则神话故事都会给你这样的建议：别回头。但是此刻，她没能忍住。一片阴影之中，床垫上有几条腿纠缠在一起。天啊，她都做了什么？

楼上是烽火地带："尸体"塞满各个角落，沿着壁脚板颓然瘫睡。墙上有几个洞——是新凿出来的吗？那个充斥着桶装啤酒、香烟、大麻的夜晚，已将这些气味混合，生成了一个独立的存在。她现在亟需一支烟，她走进厨房。一个男人站在料理台前，深色皮肤，长相还说得过去，满身刺青，正在原本用来装奶油的罐子里冲洗画笔。见她进来，他似乎一点也不吃惊。"Guten Morgen（早上好！）"他说。他嘴里叼着香烟，烟灰落飘落水面。他戴着那种金属边框的小眼镜，就好像还停留在20年代。他小心挤掉刷头中的水，有点过分讲究，像在刻意模仿什么手势一般。"我们认识吗？"她问。这是他的房子，他回答。啊。她做了自我介绍，同他握手，并追随他的目光望向窗边的画架，画架上摆着一幅油画，正暴露在阳光下。画面还湿漉漉的，内容完全没有逻辑——中央是一丛纵横交错的线条，其余一片空白；角落里写着两个词，一个是"队长"，另一个字迹难辨。霎时，她心中生出一种怪异至极的感觉：油画、香烟、他亲密的斜睨，这一切都如此熟悉，像早准备好的，就等着她来。她举起了相机。夏日清晨的光线从后窗泻入室内，投射在他的身上：他本人就是一种文化符号，好像戴了顶贝雷帽，又好像没有，她从朋友那里听来的信息和逸闻此刻一并投射在他的身上……但他说，按照规矩，这里不许照相。"你知道怎么从这儿回家吗？"她心想：是啊，问得好。我知道吗？

HEY, YOU, 2

特邀社论

无害的恐怖行动，即侵占、盗用。　　——佚名

1）吞下某种抗蛇毒血清，走进你所在地区的征兵办公室。抗毒血清（大多数都是无害的，但确保你的那一瓶没有拿错）会让你呕吐。

吐在地毯、书桌、衣服上，吐得到处都是。然后真诚地道歉。

2）点燃一支不带滤嘴的香烟，塞进一板火柴里，香烟燃烧殆尽之时足以引燃几根火柴。如此一来，你就拥有了效果不错的引线。然后用纸包住这些香烟和火柴藏好——不用包得太紧。将纸包丢进垃圾桶或其他可燃物堆放地。引爆需要大约五分钟，足够你跑得远远的了。但别跑太远，如果你想目睹自己的壮举。

3）随便找一家宠物店，买一瓶狗用诱导剂——那闻起来和浓缩尿无异。如果你想不出能拿它来搞点什么事情，那你真不该读这篇东西。

4）去人来人往的步行道上寻找"丢失的"隐形眼镜，虚张声势地提醒路人"别从那里过"或者"你可能踩坏它"。假装丢东西是一切破坏性行为的绝佳伪装。

5）去城中各处留下"今天星期二"的涂鸦。

铃。

铃。

你好，欢迎来到美利坚合众国。国会听证会一度陷入混乱局面，种族问题再度牵动国人神经。据总统先生的公共关系顾问介绍，某极端主义团体因不满某些政策发起示威游行。11时，现场聚集起大批市民，对该团体提出抗议，其间，多人遭遇持枪抢劫。总统近日通过了一项法案，以促进汇率提高。如果你没有因此遭殃，那么，受某些海外战事的影响，你的工资还将进一步下降。这些令人发指的法案我们就先聊到这里，你正在收听的是这一时段的新闻特别节目。下面，让我们带你一起走进犯罪现场。警察报告中罗列了多起疑似强奸、谋杀、流浪罪和乱穿马路的案件。即将进军小荧屏的电影明星被曝光与某某发生关系，而某某近日刚与某某分手。本地市长竞选期间再现爆炸性事件，居民区一家便利商店再次遭蒙面男子抢劫，足以证明城市街区的衰退。一支球队在收视率上打败了另一支球队。尽管他们来自同一家因滞胀而裁员的工厂，这在一定程度上对改善失业率有益。持续贬值的美元汇价较上一交易日上调二十个百分点。心脏病风险防控中心发布一份报告，声称依据《贫民区污染条例》，没有非法行为是需要被制止的。在节目最后，关于罪犯受教育权的问题……

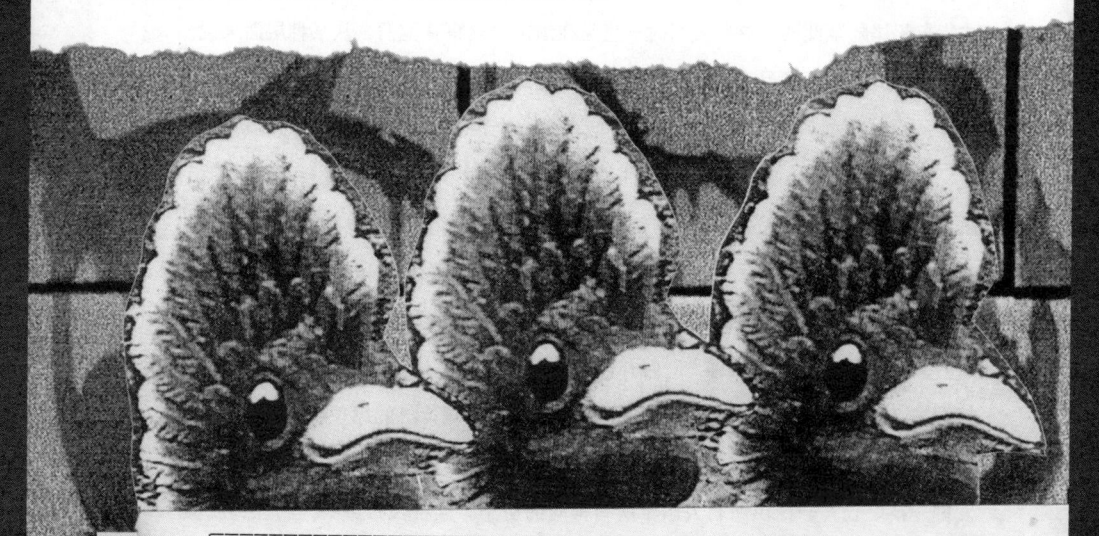

家政课堂

臭丫头的千禧年布朗尼

布朗尼美味的秘诀不在于布朗尼……任何一款邓肯·海恩斯蛋糕粉都行，你真正需要留意的是另一部分。

这儿有一座老教堂，有些人可能知道。你得翻过一个围栏、跳过一扇破窗才能进入。进入后稍事等待，让眼睛适应月光。往前走几步，你便来到巨大的穹顶之下。你抬头仰望，穹顶好像又在呼吸。想必别人也发现了这座教堂，当你登上管风琴手的楼座，你会看到脚下的长椅之间有火燃烧过的黑色印记，可能是为了烹饪，或者取暖。其他地方还有一些充满艺术性的小玩意儿，成堆的旧雨伞、购物车和镜子。格洛丽亚·博纳罗蒂总是惊艳于这类场景的美——这种非创作些什么不可的冲动，创作完便将它丢弃，留在无人踏足的清冷之地。就像她在空无一人的隧道拍摄的涂鸦墙。她来这里也是一样，她想：使用涂鸦喷枪在廊柱上作画——夜行神龙、葡萄藤——然后借助她的相机把它们保存起来。

这种艺术创作的冲动伊基称为"轰炸航路"，是它最近把来到布朗克斯的人聚集在一起。这里的人思维最为成熟，他说，不过更合理的解释大概是，因为警察已经放弃这里，艺术家们才可以随心所欲。仅有的几个闯入者是自他们钻出厢式货车起尾随至此的，这些人当时一直坐在酒馆里观察着他们。从某种层面来说，她怕这些男人；而在另一种层面上，她知道这么做不对。难道她不知道被人误解、遭人厌弃的滋味吗？从岛内往外看，城市是一个拥有绝对自由、生机勃勃的地方；然而日落时分，从高速公路上往下看，一方连着一方被城市遗弃的建筑和街区，直看得人触目惊心。伊基喜欢她坐在副驾驶座上，这样他就能一边开车一边与她讨论了。她说起自己举着手电筒窥探教堂内部时，想到一段教义问答：总之，什么是教堂？是基督的躯体，也是人类。格洛丽亚已不再信仰基督了，却还没有放弃人类。她摇了摇喷漆罐，一幅作品浮现脑海。要是让乐队在祭坛上演出，长椅上挤满被音乐吸引来的街坊四邻，会怎样？要是在唱诗班的席位上举办照片展，地下墓室用作画室，又会怎样？食品储藏室？公益诊所？让孩子们放学后来这里发掘一技之长？一栋供所有人敬奉所有神明的房子。某种公社或共产村庄，就像孩子们玩的那种手指游戏：打开门，你将见到所有人。可对她来说，用喷漆画出这个想法已然太难，更别提让它成为现实了。

不过，伊基自有他的道理。他在驶回市中心的路上解释，世界已经变成关于它自身的一张照片，在那张照片上的任何场景都不会真实发生。解放人类，才能看到断层。

"我想那就是艺术的目的，"她说，"就像你的画。"

不，事实证明我不善画画。

要想成为艺术家，伊基必须得有创造力。后车厢里的某个人说道。

p.21

这就是我试图告诉格洛丽亚的，自作聪明的家伙。你必须找到某种方法，创造缺口。击穿面具。使人们惊醒。

"但不能伤害到他们。像那把火。"

"对，没错，就是这样。"

这时，另一个女孩，被伊基称为"恶心老太婆"的她开口了，虽然没人知道她在对谁说话。我早告诉过你，她说。可别说我没告诉过你。

1976/8/20

困惑与矛盾——个人，政治；政治，个人。我感觉自己耗费了太多时间寻找最终归属，而如今，当我正式加入这个核心圈子之后，我却不确定这是否真是我想要的。当然，PHP不会知道这些。对于他们来说，一旦你进来了，那就是进来了。他们只会认为，我现在是固定成员，就代表永远都是。直到今天我才充分意识到这一点。在褐砂石房屋门前的台阶上，我遇到了一个英俊的预科生，他身穿夹克、系着领带；此时，其他人正窝在后院的小车库里。他本来是来送包裹的，最后却捎了我一程去市郊。我们聊了聊。有那么一瞬间，我不仅看到了完全不同的另一种人生，而且还有可能参与其中（因为他管我要电话来着），我还看到了我的生活，或者说是像我这类人的生活——处于一种停滞状态——在旁观者看来会是什么样子。曾经愿意听我聊这些的查理去哪儿了？还在被关禁闭呢。

1976/8/27

我正在新宿舍里写日记。7号才有课，但我骗爸爸昨天是入住的最后一天，因为我必须尽快离开那座房子。开车进城的路上，我们在市中心的可怕车流中堵了一个小时，一句话也没说。他看起来很沮丧。他很久没有这样了，自从杂志社的那个家伙出现以来。他为了写一篇有关烟火的文章采访他，这一切真有点可笑。我们从未有过什么长时间的有意义的交谈，最近我们甚至很少见到对方，他爱的只是一个概念中的我。尽管如此，看着他开车离开，我依然感觉很糟。不过终于：我拥有了一块属于我自己的地方。

1976/8/28

今天，索尔和D.T.从他们非法占据的老巢跑来看我的新巢。我不得不处处小心，以防他们打碎走廊里的任何东西，或给我惹上别的什么麻烦。我还留着从花山私带出来的最后一瓶陈年红杉威士忌——他们竟然把它全喝了。索尔决定要在我的墙上作一幅画。不行，我说。任何损坏都会害我爸爸破产的，这又不是我的墙。D.T.，那个浑蛋，注意到我都没怎么喝酒，于是便开始挖苦我：怎么，上了大学的姑娘就觉得自己高人一等了？但我不敢告诉他们，我明晚有一个约会，所以我不希望我的房间看上去像野生动物的巢穴。最终，我把床铺上方的一小片墙壁留给索尔去画，现在这该死的房间闻起来都是喷漆味儿。我就是因为这个才熬夜写日记的。（还是因为紧张？预感又有什么要发生改变了？）

Outro

未来，尚未写成

p.23

> 没有悔恨，奈迪。
> 只有未来！

最后，我的读者，我要与你们分享一件有趣的事情，那是我在某堂课上听一位教授讲的：迄今为止，我在大学上过的课寥寥无几（那是我最初的几堂课之一，如今看来，越来越可能是最后几堂之一了）。他说，我们关于时间的概念并非与生俱来，而与我们特定的文化相关。"时钟时间不过是时钟出现后才有的。"可以进一步追溯到僧侣身上，他说，还有他们的晨祷和晚祷。我们将生活分割成一个个小小的增量，而随着我们的这种能力不断提升，时间本身也在加速。教授顺着这个理论又搭建起类似空中楼阁的大脑奇观，但我已经走神了，沉浸在一个念头里：人们如何把时间切分成越来越多有待填满的小盒子，又是如何借此分散自己的注意力的。我认为，你需要后退一步扪心自问的是——也就是为了跟上速度，你从未停下来问过自己的那个问题——二十年或者三十年后，你会在哪里？当你奄奄一息，回望往昔，你会想起什么？

我意识到，过去三个月里发生的一切，就是使我不能专注于我的宏图远景的增量——几乎可以用手表来计数。第一步：我发现了一些"新东西"。第二步：我心想：是的，终于，我的人生要开始了，这里才是我应该待的地方。紧接着，三个月之后，我从恍惚中醒悟过来，发现自己又在自欺欺人了。要知道我的冲动或欲望总是比大脑要领先一个季度。

我转学后，那些"新东西"曾是性爱。我整整两个星期都和布拉德·S. 在一起——基本上牺牲了结识任何一个女性朋友的机会。令我印象深刻的是他公寓的规模，或者当时我需要那种感觉，我属于那个世界。他的父母似乎从不回来，那地方俨然是他一个人的家，像个成年人，我喜欢这样。我还喜欢他胸有成竹的样子。还有谁是我不该招惹的：高年级长。我从中确实学到了不少，但这并不能令我开心（也许不与无法令我开心的人在一起是个不错的策略）。当这些乱七八糟的关系结束时，我早已向前看，开始了新生活。

我还记得"蜡先生"的那个店员曾想泡我，他送了我一张《埃塞俄比亚电台》[15]，还夸我总让他想起帕蒂。但那时，我只为声音本身着迷。我会成为音乐家（尽管我的音乐资质平庸得令人难以置信），或者至少做个虔诚的信徒。我会搬来这座城市，被吞没在背景里。现在，既然我已经深入东村的秘密组织，已然见识过它的阴暗面，我又一次迷失了，天知道我到底在做什么，接下来会发生什么。我很害怕。三个月后，我会不会想要逃离？

但问题在于，我发现你不能只是说"不"。你不能只是把麻烦拆了，就指望会有更好的选项从废墟中蹦出来。有些时候，你不得不动手去构筑，去表达。这不正是朋克的真谛吗？像是在说，别灰心，朋友。你依然可以拾起吉他和鼓槌，创造点什么出来。没有未来——那只是内容。形式说：这里就是你的未来。我想就连臭丫头、D.T. 和 N.C. 也明白这一点，在某种程度上。有了那栋房子做温床，个人行为与政治生活确实有些难解难分。最近，我和他们中的某些人待在一起就引发了其他人的一些嫉妒情绪。即便我真对 PHP 中的某些人保有兴趣，但此刻的我，已经过了那段时期，知道什么才是成年人该有的男女关系，绝不是他们中任何一人所想的那样。不过，我现在真正感兴趣的是人心。具体来说是改变人心。

我知道，我知道……你在想："要怎样才能参与到这么棒的事情中来？"是这样，写信告诉我们你想说的话，我们张开双臂等你。

文章栏
专栏歌文
诗散文术
艺画
漫

如果你有余钱，那就给我们捐一些吧。因为可怜的我已经破产了。

如果你想收到下一期杂志，请寄一些$和邮票。

p.25

再次感谢

感谢您的惠顾，希望我们还能继续有此荣幸。如果你喜欢我们，请告诉你的朋友。
如果你不喜欢，那就告诉我们。
我们会继续努力。

HELLO
my name is

基斯·兰姆来特（写得对吗？）
纽约第五大道501号12层
兰姆来特资金顾问公司
10017

千舞之地
纽约花山外桥2358号
11576

1　TAKI，真名 Demetrius，姓氏未公开，纽约涂鸦圈名人，20世纪70年代在城市各角落留下大量"TAKI 183"的文字涂鸦，曾被《纽约时报》报道。

2　黛比·哈利（Debbie Harry，1945—　），金发女郎乐队（Blondie）主唱，70年代末最拉风的性感女性。

3　理查德·赫尔（Richard Hell，1949—　），电视乐队（Television）原贝斯手，后加入伤心人乐队（Heartbreakers），1976年成立巫毒小子乐队（Richard Hell & the Voidoids）。

4　强尼·桑德斯（Johnny Thunders，1952—1991），纽约妞乐队（New York Dolls）原成员，后组建伤心人乐队。

5　基思·理查兹（Keith Richards，1943—　），滚石乐队（the Rolling Stone）创始人之一。

6　帕蒂·史密斯（Patti Smith，1946—　），美国摇滚女诗人、画家、艺术家，20世纪70年代纽约朋克摇滚运动的先锋人物之一，享有"朋克教母"之称。

7　莱尼·凯（Lenny Kaye，1946—　），美国吉他手、作曲家、作家，帕蒂·史密斯乐队的著名成员。

8　Anarchy in the U.K，性手枪乐队（Sex Pistols）于1976年推出的首张单曲。

9　Up Against the Wall Motherfuckers，以纽约为据点的无政府主义者亲和团体，亦简称为UAWMF。

10　The Clash，1976年于伦敦成立，是前朋克时代独具开创性的乐队，也是这一时期在商业运作上最为成功的朋克乐队之一。

11　卢·里德（Lou Reed，1942—2013），地下丝绒乐队（The Velvet Underground）主唱兼吉他手。

12　Radio Birdman，成立于1974年，澳大利亚最早的朋克乐队之一。

13　The Modern Lovers，20世纪70年代昙花一现的美国朋克乐队，其同名专辑录制于1972年，但直到1976年才正式发行。

14　伊基·波普（Iggy Pop，1947—　），傀儡乐队（The Stooges）主唱兼吉他手，被誉为"朋克教父"。

15　Radio Ethiopia，帕蒂·史密斯乐队于1976年发行的第二张录音室专辑。

BOOK 4
—
单子[1]
—
[1959—1977]

1　这里指的是哲学概念 monad。单子论由德国哲学家戈特弗里德·威廉·莱布尼茨（1646—1716）提出。他认为世界是由自足的实体构成的，而这实体就是单子。单子是独立的、封闭的，却通过神彼此发生作用，并且每个单子都反映着、代表着整个的世界。

潮起潮落，也塑造了我的躯体，
人生浮沉，也形成了我的个性。
——沃尔特·惠特曼
《草叶集》

59

开往布洛克岛的渡船晚点了,而里根抵达度假屋时天色已晚。那是古尔德家族的度假屋,大得出奇,她准备在那儿度过 1959 年暑假的最后一个星期,然后开始她的大三学年。在月光的映照下,车道上的汽车宛如打磨过的珍珠,又如一线火星点点的余烬。往那些透着光的车窗看去,可以发现身穿白色夹克的司机在来回奔忙。你可以听见屋子后边的笑声和海浪声,以及羽毛球拍的击打声,人们一定都在那儿玩耍。但凡古尔德家族会去的地方,她弟弟就一定不会去,于是她把自己的行李拉进去,向一位高挑的女接待员询问在哪儿可以存放物品。

接待员把她引到了三楼靠边的一个房间,尽量远离那些成年人。她把从波基普西带来的衣物放进梳妆柜里。那个柜子闻着有一股淡淡的爽身粉气味,而且底部已经烂掉。正当她清点菲利希亚的个人财物时,外面的走廊上传来一个熟悉的声音,那个人正从"60"开始倒着数数。那些一到周末就纷涌至这座岛、这度假屋的客人,他们没有看管好的小孩正蹬着破旧的地板满屋子乱跑。她在过道另一边的房间里,正对着自己房间的那间,看见了威廉。他穿着运动上衣,解开了领带,躺在那张凹陷的床上,闭着眼睛:"40……39……你好,里根。"

"你在偷看吗?"

他拍了拍身边的床单:"过来跟我们亲一个吧。"

"你就是在偷看,太狡猾了。继续数下去!不然孩子们会失望的。"

"或许吧,但至少在那之前我乐得耳根清净。"

"你太坏了。"

"来嘛。亲一下。"

在国内最负盛名的预科学校读了一整年,威廉无时无刻不在变换着自己的个性,而最近的他显得有一些鲁莽和轻率,想要测试一下她对他能容忍到什么程度。当他噘起嘴唇向她靠近时,一股刺鼻的气味扑面而来:"天哪,威廉。你这满身酒气!"

他咧着嘴笑,敞开他的上衣,亮出一瓶朗姆酒:"浪费了女主人的热情款待可不好,你说对吧?"

他们在床上坐了好一会儿,一边互相递着瓶子喝酒,一边拿房间航海风格的装潢以及在隔壁大笑的蠢货们开着玩笑。当然,"食尸鬼"家族的言行举止也是笑料之一。每一次他把古尔德错念成"食尸鬼"[a]时,她都会听出一丝痛楚。很显然,这是她的感受。这些年来,随着岁数渐长,她越来越能感觉到与他之间年龄的差距。没错,她宁愿她父亲进修道院。不过他们都是成年人了,如果爸爸真想交个……女朋友(她可不想说出这个词),那么她自己最好还是笑一笑,点点头,然后,别掺和进去。或许,她也设想过当一个孝顺女儿的好处。圣诞节时收到的那一辆卡尔曼吉亚跑车不就是其中之一吗?这份礼物显然是爸爸的女朋友帮忙挑选的,因为这太符合二十岁左右的年轻人的喜好了。不过,促成这份礼物的最大功臣可能还是爸爸。说不定是因为她的成熟懂事得到了爸爸的认可,甚至是欣赏。而当那些小孩回来质问威廉为什么不去找他们的时候,里根把他丢下,让他自己想办法从这场混乱之中脱身,然后下楼去参加派对了。

[a] 古尔德和食尸鬼的英文分别是 gould 和 ghoul,拼音和读音相近。

这个屋子的后院是一块沙地,十多米宽。今年南太平洋风格正流行,因此院子的边界都插着藤杖火把,猛烈的风正把火焰吹得摇曳不定。沙地之外,海浪拍打着岸边,那白色的浪尖一撞到沙子就消失得无影无踪。看浪潮的那一群人里,有公司高管和他们的妻子,还有古尔德家族的一众朋友。爸爸穿着他的轻质羊毛衣,在人群中更显尊贵。他亲吻了她的脸颊,而没有像她所期待的那样拥抱她,因为他手里拿酒杯。不过这也让他更显成熟老练——菲利希亚就在旁边看着,这说不定是一件好事。菲利希亚让服务生拿给里根一杯自己的鸡尾酒,那酒杯的样子活像一尊提基神的小雕像。菲利希亚的哥哥埃默里·古尔德伸出手。"来吧,亲爱的。这里有些人我想介绍给你认识。"爸爸这时好像笑了一下,里根从来都不知道那到底是不是笑。她置身于酒宴与灯火之中,这时,东边的天空堆积起一片黑压压的雨云,她的内心感到一阵烦躁不安。

埃默里把手轻轻地贴在她的后背上,带着她从一位又一位的宾客之间穿过。她一直在等着他什么时候感到厌烦了就停下来,他则一番紧锣密鼓地忙碌。他只比里根高那么一点点,三十岁出头,却一头白发,还有他那种讨好人的方式,令人印象深刻。他介绍她的时候会说:"这是比尔的女儿,很漂亮是不是?"这让她害羞得一脸通红,他这话说得就仿佛她不在现场似的。要是她真不在就好了。最后,他们终于走到了宾客群的外围,有个高高瘦瘦的穿着运动毛衣的男孩在那儿站着抽烟。他长得也不算丑，大众脸罢了，毫无特色。但他那角质边框的眼镜，浅得发白的头发令他与众不同。里根惊喜地发现，她后背上的手正加快地把她往前推，当然，这可能只是她希望如此而已。

"里根·汉密尔顿-斯威尼，请容许我向您介绍……"然后埃默里报了一个名字，不过里根过不久就忘掉了，只记得L.。"里根是……瓦萨学院的，对吧？我总是记不住那七姐妹女校[b]的名字。"他们笑得更欢了，因为这听起来像个笑话，虽说这本身并不好笑。埃默里说，L.先生是念过哈佛的。

[b]Seven Sisters，美国七所最负盛名、历史最悠久的女校联盟，包括芭娜德学院、布林茅尔学院、曼荷莲学院、拉德克利夫学院（现已并入哈佛大学）、史密斯学院、瓦萨学院（从1969年开始招收男生）和威尔斯利学院。

"事实上，我们就像堂兄弟一样。"L.先生说到这儿停顿了一下，想让里根知道，他也看出了埃默里的不得体，而里根笑了，这次是发自内心的。开场白之后埃默里钻回了人群。L.先生看着他的背影："他这个人真是太迟钝了。"

"噢，他也没那么糟糕。"她说，"你要当心的是他的姐姐。我们正在庆祝的就是她的生日。"

"我是说，我猜他是觉得我们年龄相仿才这么做的……"

"你觉得他想撮合我们？"

聊到这里，他们又一次都笑了，只是心里略有忧虑。"这应该是不可能的。"L.先生说。他父亲是开公司的，正是曼哈顿一家对手控股公司的老板。而这个对手人们私底下会称他为"威廉·汉密尔顿-斯威尼二世"，或者给他起一些别的不好听的名号。"在某种程度上为人父的都是浑蛋，请原谅我的措辞。我感到惊讶的是我们居然会被邀请来。"

"怎么说呢，呃，这是古尔德家族安排的，"她说，"毕竟这是他们的地盘。"

"也是，这个夏天我们来过好几次了。你看过那边的海浪没有？我们应该去看看。"

她可不想再花半个小时，像上流社会的孩子们那样讨论自己的父母，于是她默许了。L.先生从刚走过的服务生那里又拿起了一对酒杯，然后他们俩就悄悄地溜了出去，走到外面的沙地，走在月光倾泻的小路上。

他们约莫走了四百米,一个石码头出现在了海岸线上。或许是一时冲动,又或许是因为从派对的束缚中解脱了出来,里根脱掉了鞋子,穿着网球裙踏进了水里。水很冷,不过她还是待在了水能漫到小腿肚的地方,由着那颤抖的感觉沿着膝盖向上传递。远处亮起了一道闪电,从天上直刺入大海之中。"我说,"L. 先生说着,一边踏进水里向她走去,没把自己的裤脚挽起来,"你也没那么坏,就汉密尔顿 - 斯威尼的标准而言。"

他在一旁盯着她的侧脸时,她感到自己这些天好像经历了太多事情:兴奋、紧张、失落,所有都混杂在一起,你根本分不清楚。她举起酒杯一饮而尽——今晚第三杯,还是第四杯,她都数不清了——然后把提基杯子放在水面上,任它漂着,像一个漂流瓶。"我好像感觉到了雨滴。"他说这可能只是浪花,但她知道如果继续待下去,他可能想要来亲吻自己,而她并不确定自己是不是喜欢他到了这个程度。"我们回屋去吧。"

他们回到院子里,发现大家都聚在一起,朝着后面那宽阔的走廊,她的父亲和古尔德姐弟就站在那里。爸爸露出了生硬的笑容,菲利希亚在公开讲话时倒不像他那样不自在。她的声音里完全不带一丝北方口音,还很有穿透力。"当比尔问我的时候,我并没有犹豫。"她这么说。里根想起了莱缪尔·格列佛乖乖地躺在地上,被那些轻手轻脚的矮人捆绑起来的场景。她还想起母亲过去存起来的用于海滩旅行的野牛镍币,要给她和威廉之中第一个见到海洋的人。"虽然把两个家庭拉到一起向来是一个艰巨的任务,但是我们会得到所有朋友和同事们的帮助。和我一起庆祝的都是最可爱的人,而我们也一定期待着在婚礼上见到你们。"婚礼?难怪 L. 先生感到惊讶了,这根本就不是一个生日派对,而是订婚晚会啊。里根发了疯似的向四周张望,想要找到威廉。但或许他早就料到了,可能已经趁着没人在的时候拿到了那些镍币,因为他直到现在都还没从楼上下来。而她确实是在楼上看见他的,或者她觉得自己见过他,就是那张透过小方窗看到的像小孩子一样的脸。

爸爸到底是真心喜欢菲利希亚,还是仅仅被她的活力所吸引,这早就成了里根和她弟弟之间一个争论不休的话题,那是在弟弟还住在家里的时候。这个问题在最后算是遂了里根的心愿解决了,那或许是一线希望。不过那个晚上,当她说出她的想法时,威廉谴责她一直站在菲利希亚那一边,而实情根本就不是那样。

事实上，要是没有亲眼看到爸爸有多孤独，她一定会是第一个撕破脸、然后跟弟弟一起严厉谴责古尔德家族的人。妈妈在1951年去世，后面的整整十年，他发了誓不去宴会，不看戏剧，谢绝一切以前经常参加的社交应酬。他全身心地投入工作中，有时候回到家已经是晚上八点钟。但是在纽约这座充满了事业和娱乐的城市里，你无法轻易地将这两者分离开。几年前，他就回归了一般市民的生活，而不久之后，菲利希亚就带着她的兄弟和密友出现了。当爸爸不得不谈起她的时候，他称她为自己的"朋友"，就好像还把里根和威廉当作小孩子似的，以为说出这个半真不假的事实就能避开他们的怀疑。事实上，这反而激发了他们的反叛心理，因为爸爸自以为这么做很照顾他们俩的感受，实际上却不是。他是不相信感觉的，就连自己的感觉他都不相信，这都快成他的思维定式了。里根只见过一次他为母亲的死而哭，只有追悼会那个早上，透过他书房门的缝隙，她看见他和阿迪·特朗布尔都坐着，桌面上有一瓶科尼亚克白兰地，然后他在掉眼泪（虽然威廉会指出，她并不能确定爸爸眼中的闪光是不是光线引起的错觉，或者纯粹是记错了）。

但至少有一点威廉说对了：酒精让这场订婚进行得更顺利了。里根第二天吃早饭时喝了两杯血腥玛丽，午饭时也喝得醉醺醺的。从草坪上姐弟两人各自所属的餐桌来看，他们或许已经图谋好了某些事情，只是弟弟没有下来吃饭罢了。他宁愿那个周末都躲在自己的房间里，或者去外面不知道什么的地方。威廉认为，能给予那些压迫者最大的惩罚，就是把本属于他自己的荣誉夺回来。可是爸爸没有注意到，他在自己那一桌被祝酒者围着，看起来也有点儿醉了。于是里根不再和坐在对面的L.先生说说笑笑，大雨将至，风把白帐篷的边缘都吹起来了。

随后，餐桌被清理干净，一个七重奏乐队进场演奏起菲利希亚年轻时代的经典歌曲，他们一起跳了三支舞。里根那个时候依然喜欢跳舞，依然喜欢跳舞那种感觉。她在大学二年级的时候扮演过《蓬岛仙舞》中赛德·查里斯所饰演的角色，当她的双脚在那杂乱的草坪上滑开舞步时，她仿佛回到了过去，在舞台上翩翩起舞。不过，当L.先生想要亲吻她时，她还是回避了，因为她觉得当时自己喝得太醉了，怕控制不住自己。而真正的原因或许是，她从他那双乱摸的手上感觉到对方似乎忍耐不住了，所以她才要暂停。

　　周日临近中午的时候，也是在这一块沙地上，一些更年轻的男人和小孩子在玩触式橄榄球，之后，他们就去岛上一家精致的餐馆参加午宴了。说是欠缺考虑也好，喝多了也罢，又或者是出于和 L. 先生不稳定的关系，总之，里根决定加入比赛。公司的两名年轻副总裁已经选好了队伍，考虑到她爸爸的身份，她很早就被选上了，即使她是唯一的女孩子。她和 L. 先生在不同的队伍里。他们最后只得相互角逐，你攻我守。

　　L. 先生那卷起的卡其裤下，晒得黝黑的小腿突然摆动起来，迅捷如光，激起无数细沙。他其实也挺适合自己的啊，怎么她之前就没发现呢？或许她的未来舅舅也是这么想的，那个人就站在走廊后边，发誓绝不参加这场运动，说"太激烈"了。整个上午，球第一次传到了她的手上时，L. 先生热情高涨，或者说是斗志昂扬地突然就跑到她跟前，违反了必须双手触碰的规则，不小心把她撞倒了。她往后躺倒在沙地上，被风吹得发晕，头发也被吹乱了。L. 先生那带着啤酒味道的呼吸直冲她的脸，而他的一条大腿就像大理石柱子那样支撑在她的双腿间。她像小孩子似的转过头想看人们的反应，然后再决定自己该哭还是该笑，却看到了埃默里，大概隔着不到五十米远的距离。走廊上的另一个人——L. 先生的父亲——向他走了过去，无视那些在沙地上喊着犯规的人。埃默里双手放在栏杆上，只把注意力放在她身上。她大笑了起来，她身上的那个男孩也笑了，脸涨得通红。这几乎就像是一场戏，你打定了主意想要感受某种东西，然后你就感受到了。她能看见 L. 先生眼镜上的裂纹以及他上唇的毛孔。他们喘息着，相互推开，却又跌在了一起，然后他只好翻过身躺在旁边。他们俩都躺着，手背贴手背，向着灰暗的天空狂笑不止。

　　埃默里提议，两支队伍不管谁胜谁负，都赶在下雨之前去餐馆。里根感觉到有一股更强大的力量在操纵着自己，不断跟自己说要去洗澡。她肯定没有对 L. 先生说过类似的话，但是他也选择了不去参加午宴。

　　在那个没有人的厨房里，等酒劲过了以后，他们再次确认了对方并没有厌恶自己。"只不过有时候我会被某种感觉所控制。"L. 先生说。他缓缓地绕着柜台走向里根，可里根却往更远的地方退了退，说她真的该去洗澡了。看来她还是下不了决心。

　　淋着热水，时间过得说快不快，说慢也不慢。她还没决定好要不要去参加午宴，她想等浴室里的温度降到跟体温差不多的时候再出去。

  L. 先生在走廊追上了她，仿佛他一直都在那里等着。当时她只披着一条浴巾，两人一边亲吻，一边笨拙地摸索着穿过了灰暗的屋子。他们走上楼梯，进了一个不知道是谁的安静的房间，又笑着退了出来。现在就没那么安静了，雨开始下起来了，敲打着屋顶。丁零。她从床上坐了起来，后背裸露的部分抵着冰冷的木质床头。"我们才认识没多久。"她突然这么说。她又笑了，不过带着一丝紧张，并且把他正想扯掉的浴巾又拉紧了一点儿。

  "来嘛，"他说，"我会让你开心的。"

  接下来的沉默令人有些许不安。在这座城市里，飞机和汽车的嗡鸣以及工厂的机器都告诉你这个世界还在这里，因此你也存在其中。现在，靠在床头板上，隔着被雨滴打出花纹的纱窗，她能看到的只有外面的天空……所以她也不确定什么才是真实的。是因他那冰冷的手放在自己的大腿上而发出的笑声，还是在这个昏暗的房间里试图用膝盖推开对方的身体？内心更清醒的自我感觉到情况不妙，就好像在电影银幕上，有些东西让观众不断地说着"不要"。"不要。"她听见自己这么说，但是他肯定没听见。他已经脱掉了卡其裤，她的浴巾也褪到了腰上。此时此刻，外面的世界变得虚幻了。如果她下楼去的话，她应该会看到那一切，人、沙地、救生员看台和码头都不见了，只有一道巨大的闪电。她失去理性了吗？她记得一开始自己是同意被亲吻的，吻她的耳朵，吻她的脖子，然后他的手不知道往哪里摸。还是说这都是酒后失言的错？他压在她胯部的感觉是因为喝醉了？她的身体仿佛浸没在某种液体之中，无法移动，而她的头倒是可以动的。她该呼救吗？可是没人会相信这不是她自愿的。她喝多了。或许他也喝多了，醉到不知道自己在做什么。不管她说什么，身边都没有其他人能听到。就连那些仆人都不见了。"不要。"她乞求道，并且加了一声假笑，这样一来，他应该就能明白，只要他停下来，她就会原谅他。不过现在他那强壮得吓人的双手已经控制住了她的手腕，他不会去看她的脸，在完事之前，他是不会停下来的。

  他离开以后，她半裸着溜回自己在三楼的房间，缩在窗户下，把自己锁在房间里，如果一看到他回来就准备装死。听到楼下的门关上的声音，她才敢哭出声音来。他之后会很热情地感谢她的，就像她送了他一份礼物。但是如果那真的是一份礼物的话，为什么会这么痛呢？现在她需要的只是自己的父亲或者弟弟，可她实在是感到太羞愧了，不敢去找他们，而且也怕他会抢先一步回来。最终，她把自己的东西都塞进行李箱，一瘸一拐地从后楼梯下去，在平台处停下听了听动静。她没有留下字条就匆忙地跑上了车子。她的雨刷在呼啸的狂风之下显得毫无用处。坐渡船那一段时间非常艰难，她把自己锁在厕所里头，跪坐在马桶前面熬过去。当她到了辛克莱车站，上厕所的时候，她才发现了自己的内衣上有一圈小小的血迹。

星期一的时候，身在波基普西的爸爸联系上了她，当时那通电话，她有一会儿说不出话，羞愧、愤怒、憎恶，这些情感的集合体让她欲言又止。"我感觉肚子不舒服，"她撒了谎，"所以我决定早一点儿开车回去。很抱歉没有告诉你，我不想毁了你的宴会。"她爸爸并没有去思考深层的原因，只是以一种心不在焉的语气说，他希望她现在感觉好一些了。在回来的路上，她就一直在反复练习这一段，她早就想到她会被这么问，所以就告诉他说好一些了。

她大概还要花一个月的时间躺在床上好好思考，才能决定要不要告诉父亲那个周末到底发生过什么事。一个月过后，没来月经，这使得她更没勇气把事情说出来了。如此这般下去，她知道自己不可能在电话里说出实情，于是，在11月中旬的一个星期五，她开车去了萨顿广场的家。然而，她在那里却发现了奇怪的事情：平常都很整洁的门廊上有数百片黄树叶，叶子的外形宛如深色的窗花图案。她记得她和威廉曾经收集过这些叶子，记得杜妮会把它们放在一张张蜡纸上面熨平，蜡纸上面还撒满了蜡笔的碎屑，他们把这叫作彩玻璃。她在拖延时间。

一楼很安静，除了厨房以外。在那儿，她看见杜妮俯身向着一个包装箱，一缕头发从她的发髻中散了开来。她的白头发比以前更多了。她有点儿想把脸贴在杜妮宽厚的背上，闻一闻那个结实的老人的气味，靠着那件棉布衫大哭一场。但是里根不再是小孩子了。

"里根小姐，"杜妮说着，仰起头，"我没想到您会回来。"

"你在做什么？"里根朝杜妮手里那个用报纸裹着的小包点了点头，有点讨厌自己这种命令口吻。杜妮同样很惊讶地看着这个小包，它居然还在这儿。

"一些罐子和其他东西,是我这些年自己出钱买的。凯瑟琳和我曾想过,我离开的时候会随身带着这些东西。"

"可你并没有离开我们,不是吗?"

杜妮竖起一根手指在嘴前,向着敞开的门走了过去。"这由不得我,里根,但是这三十五年来,我都没有做过一顿像样的饭,而且我也没打算这么做。您得和您父亲说说这事。"

里根跑到走廊上。现在他们也要把杜妮赶走了吗?这是不道德的。当她走进那没有灯光的客厅,看着飘窗外时,才想起自己来这里的目的。窗外,在院子里,日本枫树上满是红叶,火红火红的都要把窗格子填满了。是埃默里·古尔德,他来了。在他身边时她总是感受到一种紧张的情绪,如今这种情绪卸下面具,那是厌恶。她的第一反应是逃跑,可是在那一刻有些东西让他转过身来。他没有往日的各种表情,而是露出了浅笑。"啊,里根!我给你拿点儿喝的吧。"他没有给任何手势让人打开电灯——其实,他似乎也没注意到灯是关着的——他就这样往餐具柜走了过去。

"我……"她吞吞吐吐地说,"谢谢你,不过我不渴。"

"但你肯定是来庆祝好消息的吧?"她没有回答,他把杯子塞到她手中。他说,公司最大的竞争对手那天早上已经同意收购了。"这为我们在中美洲的持股增加了极大的收益。而这也意味着你"——他和她碰了碰杯——"将成为有钱的年轻女人。"

"那是谁?"

"你指的是?"

"那个竞争对手。"她说,虽然她已经知道答案了。这酒甜得发腻,很倒胃口。她不是因为觉得合适而喝的,而是为了试试胆量。

"我在那个订婚晚会上介绍了你。那个孩子似乎对你有好感。我确信你们会成为一对好夫妻的。"他一扫脸上的阴郁,就像从阴影中探出来的鱼儿,"还是说我误会了?不管怎么说,一切都很顺利,里根,你将会明白,有时候个人利益意味着要把长期的保证置于内心的情感之上。无论如何,为你父亲喝一杯吧。我肯定,没有任何事情可以毁掉他的这一刻。我们在这儿说话的时候,他们正在楼上,刚刚签好合同。"他怕她没理解到这话的意思,也就是管好自己的嘴,又跟她重重地碰了碰杯,连他杯子里的酒都溅到她的杯子里了。差不多就像是他想要影响她,她想。

60

事实上,她的名字不叫杰妮。那时,数十亿人和她都是一样的情况,只是大多数人没有意识到,而阮鸣翠则每天至少都会思考一次这个问题。她的父母老早就从越南移民过来了,后来才有人觉得他们可怜。

不是出于有什么原因值得可怜,她的父亲说——这个国家一千年来时不时就爆发战争,就像世界上其他地方一样。总之,阮氏一家并不是住在经过炮火洗礼的越南村庄,而是住在圣费尔南多谷,一座未建制地区的宽敞的白色平房里。在那儿他们用不着交城市税,傍晚天也黑得很快,卡车开过山间喷农药驱蚊,院子里那些校准过的洒水器就像凡尔赛的喷泉一样,毫不吝惜地把水洒到不怎么长草的土地上。只是,白人在可怜别人方面总是太随意,并不顾及他人的感受,早在上中学时,其他孩子就已经开始用那种很惊讶的表情看她了,仿佛是在说:"呀!越南人……"就这样,六年级的第一天,当科尔尼先生点名的时候,鸣翠纠正他说:"我叫杰妮。"

"珍丽?"他试探性地问。

"杰妮。"她只有十二岁,但是已经明白他毫不在乎她叫什么名字。加利福尼亚州的美就体现在这里:只要你做好分内事,把成绩搞好,你就可以做任何奇奇怪怪的事情。杰妮就是百分之百的加州人。

这个新名字让她的生活变成两部分。一种是在家里的生活:在这个别人管不着的地方,她继续用着鸣翠的身份。她母亲有偏头痛,白天阳光灿烂的时段,她总会把半透明的窗帘放下来,这样客厅就可以保持阴暗。壁炉架上,玉佛和耶稣像并排放着,就像书立一样,还有海外亲戚的照片。桌子上有几卷维克多·雨果的书,她的父亲每周就在那张桌子上给《西科维纳时报》的编辑写信。她好像听见他在厨房里切菜,那是他的菜刀切在复合材料砧板上的声音,而她母亲则坐在茶几旁边的草席上,用一条毛巾遮住双眼,像死人那样(她说她头痛的时候,柔软的美国床垫会让她难以承受。只不过她没必要躺在这么显眼的地方)。母亲的偏头痛倒是成了鸣翠从不邀请朋友到家里来的托词,这也是每次的过夜聚会或者女童子军开会都在曼蒂、翠茜或者妮尔家的原因。后来她才意识到她的父母也用偏头痛当过借口。她想起了父亲的小酒柜,他每个周六都会用防尘布把价值一百美元的酒瓶子盖好,好像屋子里随时都会挤满洛克希德公司的同事一样。她想起在西尔斯百货分期付款买的高保真音响，只会在周日下午听大都会剧院的广播的时候用一用。她还想起爸妈一动不动地坐在长沙发上，听着歌剧《参孙和达莉拉》。她还想起她朋友家中的奇怪气味，有的是鱼饲料的气味，有的则像茅屋芝士的味道，她记不清哪种气味是哪家的，但是如果这闻起来算奇怪的话，她自己的家在朋友们闻起来又是什么气味呢？鸣翠家的气味，居然连她自己也无法察觉。但是在家里，她还是那个乖孩子，暑期里认真做祷告，为了不打扰母亲，在车库里练习小提琴。

但在另一种生活里，她已长大成人。在那个她叫杰妮的世界里，有高速公路、汽车餐厅，有沙滩、丛林等自然风光，也有风味冰激凌、电影院、碰碰车和室内泳池等娱乐方式。还有山麓脚下在建中的住宅区，街道已经铺好，下水道和街灯一应俱全，但没有房子，就像是有人忘记了一样，又好像是一些劣质小成本电影用炸弹炸过后的片场。在中学，她会和奇普·麦吉利库迪看完两场电影或者喝够啤酒之后开车到这里来。在亲吻到嘴巴都觉得疼以后，他们会把车停在一条废弃的死胡同里，然后俯瞰下面的死胡同。她把这当作加州人必不可少的活动，也就是从远处凝视你生活着的地方，试着在树木、高速公路以及众多餐馆之间找到你家的房子（她搬到纽约之后发现，以电影的视角来看自己的生活是一个全国性的现象，可能还是全球性的）。从这个高度看去，烟雾笼罩着街灯的光芒，宛如柔焦的效果，她的家看上去跟其他人的家没什么差别。而当奇普把手伸进她的衬衫，笨拙地触摸着她那娇小的胸部，就像在品尝刚摘下的鳄梨是否成熟的时候，她就已经是他的人了，这似乎也是当时她想要的。她斜靠在座椅上，盯着麦吉利库迪家的车子那人造革天花板，心里感谢着上天给了她在黄金般的西方世界生活的机会。

她留下来读大学，在伯克利大学拿到了奖学金。她父亲为此喋喋不休，还大声读了一篇关于最近校园里不端行为的社论，但作为一名有着博士学位的移民，他很重视学校教育，而他也知道那是当地最好的一所学校。她和奇普的关系依然很稳定，虽然他在加州大学圣塔芭芭拉读书，她也很在意这一切会朝着什么方向发展。他是那种人，一旦设定了目标，就会坚定不移地向前走，从来不会留意离终点是否靠近了些。他会一直朝着结婚的方向去努力，即便他说的爱她和她所理解的被爱可能不一样。

大学生活多少让她对于善良、执着这些美德产生了一些蔑视的情绪。她本来可以表现得善良、执着，但是经常看安东尼奥尼的电影以及学习过存在主义之后，她清醒地认识到自己想得到更多。她想要把自己重塑为来自圣费尔南多谷的杰妮，准确来说，这是一种抗拒的形式，或者说是一种夸张的否定——大概是因为在心底里，她还是感到难为情的。一人分饰两个角色真的很痛苦，她心里曾经做过挣扎，和家里通电话越来越少了。

后来，在12月的时候，奇普邀请她一家到他家里参加圣诞节晚会。这次邀请是像偷袭一样的前奏，因为它是发给阮氏一家的，邀请函发来时她还在北部参加考试，所以没有机会阻止她父亲打开邀请函，更没办法阻止他立刻热情洋溢地回信。她母亲在看脊椎按摩医生，她的头痛似乎没那么严重了，痛感和持续时间都减弱了。当他们驾车在南加州圣诞节那诡异的气氛中驶过时，杰妮看着平房屋顶上的假雪、加油站窗上的冷杉和两旁的棕榈，消费文化引起了巨大认知冲突，她想到笛卡儿谬误，她发现，当父亲探过座位去握住母亲的手时，母亲缩了一下。

她也见过他们去参加派对，那是中产阶级的社交场合。男士会穿着颜色明亮的衬衫，在那里喝着奶油朗姆酒消磨时间，而女士则不停地往来应酬，小孩子就去泳池旁边的小屋里看飞机飞过山谷，玩得很开心。沙漠的月亮可以挂在天上长达十八个小时。而沙漠本身，看起来就像月球的表面。

奇普示意他们应该去兜兜风，不过她没有理会，她发现母亲被一群男人围住了。母亲的英文不大好，毕竟这么多年她只通过电视机了解美国，很少到外面来，这些你从她外表是看不出来的。听着那些男人讲笑话，她默默地笑了起来。奇普的父亲一脸不屑，就好像是在跟他的朋友说："看哪，这些人笑点真低。"而且，他喝醉了。他儿子说他是个酒鬼，这是杰妮第一次看到他醉酒的样子。可是被迫像训练过的猴子一样在那些人面前耍马戏，这明显是不公平的。不得不以杰妮的身份活着，不能够去回忆属于自己的国家，回忆那些遭法西斯主义者尼克松投下炸弹的不幸的人们，都是不公平的。而在这一切面前，奇普也好，家庭生活也好，所有都变得没有意义了。她捏了捏母亲的胳膊："我们得离开了。"

"但是我们玩得正开心呢。"母亲一字一句地说着，仿佛那是从书本学来的词汇。

"我感觉不舒服。我们要走了。"

在回家的路上，她靠在后座，一边假装着来月经的痛苦，一边看着车窗外划过的五颜六色的彩灯。而母亲仍在练习着她的英文——"那家人真好"——父亲假装说会回请对方,她一直看着他们,看着他们像装了弹簧的玩偶在笑着的时候弯下腰,听着他们用来掩盖笑声的咳嗽。

回到学校后,她开始用回鸣翠的身份。她父母的越南人身份一度是她想要隐瞒的,现在故意公之于众——通过一种迂回的方式告诉大家她事实上不是中国人或者泰国人。她是什么人并不重要,关键是她做到了,她得到了人们的尊重。看来没有必要提起她父亲是支持过吴庭艳政权的天主教徒。由于白天参加各种聚会,晚上还投身到性解放运动之中,她的成绩受到了影响,但是不严重。(她后来反思这一点,觉得这也并不完全是好事,因为这让她对于未来产生了不切实际的幻想。但是,以前不也有过吗?)她每周以"芒廷妈妈"的身份在学生广播电台上做节目,不时引用《最低限度的道德》[a]的一些章节,一边抨击航空航天业以及现代厨房电器,一边用她那没调好音的小提琴演奏斯托克豪森[b]的作品。相比起学生会里的其他人,她嗑药的量还不算多。她更少回家了,那是一段任性的日子。

[a] 德国哲学家、社会学家西奥多·阿多诺(1903—1969)的作品。

[b] 卡尔海因兹·斯托克豪森(1928—2007)20世纪德国最伟大的前卫作曲家、钢琴家、指挥家、音乐学家。

后来,她还占领了院长的办公室,然后被逮捕,父亲亲自把她保释出来。在去往南方的漫长旅途中,他告诉她,母亲要离开他了——为了脊椎按摩医生。

杰妮把脸转向车窗,内心有种喷涌而出的情绪,那一定是她长期以来压抑着的情感。现在的感觉就像插进身体的刀尖又拔了出来,她希望不要痛楚。婚姻制度竟然成了一个逃避的借口,还是说,一个人可以同时做到爱上并憎恨某样东西吗?就像专制的自由以及自由的专制?

他们回到家,发现家里空荡荡的,过了这么久,她终于能闻出这股气味了,像盐和纸的味道。这和曼蒂在翠茜家,或妮尔在曼蒂家闻到的气味一样奇怪。她想把她们全都邀请来,在晚上搞一个迟来的派对,这样的话,她就不必一个人哭了。只是她已经好久没有和妮尔,或曼蒂,或翠茜说过话了,她的身边现在只有她父亲,还有稍晚一点可以去脊椎按摩医生停在405码头的游艇上找到的她的母亲,另外,就是她偷偷带回家放在洗衣袋里面的两粒安定片了。

哲学似乎要求一个人对于反复出现的问题表明立场。传统还是进步，理性还是热情，存在还是时间，或者虚无。她是鸣翠，还是杰妮？就算这两者之间有着本质的差别，她们看起来依然会像两座相邻的小房子一样，让人无法分辨哪一座才是你的。当你在高处，比如山麓的时候，你会认为这很重要。但是，当你一个人背井离乡，离开生活过的家园，远离你出生的地方，看着那片土地渐渐消失在地平线、掩埋在尘封的过去中时，鸣翠或是杰妮这个问题就显得不重要了。

/ — / — / — / — / — / — / — /

61

外面大雪纷飞。隔着风挡玻璃，里根就已经看不见路了，也看不见树干以外的东西。她不停地想象着自己和车子在树木之间滑行，不知所终。身上只带着打火机、高洁丝卫生巾、花生酱，还有一小包冻得碎掉的口香糖。她一遍又一遍地检查着自己的物品，就像塞林格的故事里做祈祷的女孩一样，又像电台上唱歌的小孩。那首歌在她开车的时候都播过多少遍了？她会听着天真甜美的歌声，听到伤心了就关掉，等到忍不住了又打开，播着的依旧是那首歌。她在森林的边缘游荡，用打火机取暖，把口香糖嚼得一点味道也没有了。这种情况下，她指望着多听几遍这首歌。雪越积越厚，快要没过敞篷车。夜幕降临，天色渐暗，气温越来越低，血液都要凝固了。终于，整个世界都变成白茫茫一片。

被家人遗忘自童年以来就是一个噩梦，现在她明白这是罪有应得。在过去的这几天里，胎中的那个小东西似乎在动。当然这也很可能只是她的幻想，不过这让她不得不考虑自己所做的选择。假设她真的等太久了，她就永远也不会告诉 L. 先生她不太想嫁给他，何况她的爸爸还蒙在鼓里呢。而一个没有父亲的孩子会成为她继承家产的阻碍，她原本是计划着等到自己演戏演到足以维持生计的时候，才会放弃继承财产。没错，她可以改名字，然后远离纽约。但要是她不喜欢让小孩把自己拖进阴郁的生活呢？她可不想在其他地方过着打心底里就讨厌的生活。而这根本就不是爱的结果，而是痛苦。

说回秋天的时候，当她第一次在戏院里遇见那个温文尔雅的男孩，也就是那个妇产科医生的儿子之后，与其说她是满心怨恨，倒不如说她恐慌来得准确。她问他能否替一个身陷麻烦的女学生联谊会成员去咨询一些信息。他回来后说了一些城市周边的地名，但为谨慎起见，他觉得让她逃过边境去安大略省好一点——他指的是那个女学生联谊会的人。那儿的法律比美国的还要严厉，不过他父亲有一个同事可以照应……只是后来，在查过地图之后，她才意识到自己和安大略省之间隔着什么。上次和埃默里·古尔德发生的口角，她一直耿耿于怀。他曾希望她，作为爸爸听话的女儿，和挑选好的求婚者在一起，让对方知道汉密尔顿-斯威尼一家并没有那么坏。但是 L. 先生说过，"这个夏天我们来过好几次了。"那么，埃默里到底有没有提前了解过 L. 先生的为人？至少，真相出来之后他是了解了，不过什么都没说。大概他觉得这件事无关紧要吧。或许他觉得，既然她自己什么都没说，那可能她现在还跟对方在一起。只有一个秘密，她想，依然只有她自己知道：就是怀孕这件事。她不能让恶魔弟弟知道她接下来要对肚子里头的小东西做什么。这个世界上到底有没有一个地方能躲开他那双仿佛全知全能的眼睛？有的，它就在她跟前的地图上。布法罗，他就是从那里过来的。

冰冻路面没能够阻止她，她中午以后就到了那里。城市中心的街道积满了白雪，没有什么车辆来往，仿佛被遗弃了一般，只有圣诞节后留下的金属装饰品在风中悲鸣。她经过和平桥前往加拿大，带着随身行李住进了一家汽车旅馆。她叫了一辆出租车，然后在外面冰冷的阳台上等待着。过来的出租车不是黄色的，车停在了停车场，但是雪下得太大，司机看不到她。所以此刻在阳台上，她想自己还有时间做出选择。在车上、在诊所，她都一直在想这个问题。护士测量过她的体征后，跟她说什么时候改变主意都是可以的。里根本来只是想弄清楚肚子里是不是已经有了小孩。她说："你为什么要告诉我这个？"但是答案已经很明显了。还是那个原因，他们让她回去时，她经过的那个候诊室简直高雅得可怕，摆着盆栽，放着音乐：这样子她就明白了，当他们给她戴上口罩，打开麻醉气体之后，无论发生什么都不是任何人的错，责任在她自己身上。

通常这种情况下，应该有人开车送你回家，在头七十二个小时里照顾好你的，但里根是故意不要有人在身边的。认识她的人只知道她这个学期去意大利学习即兴喜剧了,而不是加拿大。她感恩节的时候就要开始做一些准备工作了,这个古老的戏剧形式,她说,以它最纯粹的方式保留在了皮埃蒙特一个地形崎岖的小山庄里,那儿电话都不通。在胎动出现之前,事情还有变动的可能:她可能会把它生下来,然后转给别人收养。不论是哪一种情况,她都不能离家太近。如平时一样爸爸依旧表现得心事重重的,但菲利希亚记得,突然说:"婚礼怎么办?你6月会回来吗?我们总说要在6月举行婚礼呢。"

"但是爸爸说,你已经同意了要等威廉先毕业,"里根指出,"而且这对我来说可是一生只有一次的机会。如果你希望婚礼在6月举行,那么你得等到1961年了。"一直在餐巾纸上涂鸦的威廉听了之后抬了抬头,嘴巴做出了"谢谢"的口型。

现在,做过手术后的第二天早上,她躺在床上,在考虑要不要给他打电话坦白所有事情。威廉可能会二话不说,几个小时之内就坐飞机赶过来。可她没有打电话,只是把夜里渗过血的两个垫子换掉,然后靠着窗户坐了起来。这家汽车旅馆拮据到把外面显示空置房间数的牌子都关掉了,就为了省一点儿钱。向着牌子的方向望过去,她就能看到伊利湖,风掠过湖面掀起粼粼水波。房间里头有两台电视机,一台叠在另一台上面,但是其中只有一台能用。整个下午,一边吃着花生酱,一边让电视机开着,这样可以盖过她的哭声——并不是说有谁在听她哭——她只是不想让别人发觉而已。

当她恢复到能开车的时候,她直接回到了布法罗城。古尔德一家就是在埃塞克斯街长大的,她本来还期待着那一小块土地上会有比那破旧的连排房屋更大的建筑。她从车里出来,检查了一下窗户上的木板。钉子钉得很牢,封得死死的。然后她去见了一位房屋中介,还没有去看房,就签了一份六个月的租约,租下了大学附近的一个平房。虽然她完全没有计划过,不过她确信那个地方应该不错,事实上的确还不错。屋顶缺了瓦的一块地方用防水布盖住了,她住进去的这段时间它就一直保持着那样子。不过浴室里有一个很深的浴缸,小房间里还有一个壁炉,而且附近也有适合她这种年轻人的商店和餐馆。她亲手生好火,然后打电话订了一整份比萨饼。她母亲过去常常催他们去殉道者圣约翰教堂做新年礼拜:新一年的头一天,你所做的事情会决定你接下来一年要做的事,这是她的迷信思想。里根不确定布法罗城难吃的比萨饼预示着什么,也不知道在这里独自喝酒意味着什么,她只知道,在可预见的未来里,她得独自做很多事情。

她终于逐渐适应了这个小镇。这里脏乱、破旧、萧条,始终如一。除了比萨,其他食物倒是出人意料地正常,或许只要不是令人讨厌的东西就会显得正常。要是她有想过进一步调查古尔德家族,积累一些证据说明他们不是看起来那么坏的话就好了,可惜她没有坚持下去。也就是说她没有计划,她还待在这里的真正理由并不存在。她在当地的小餐馆和咖啡馆消磨着无尽的时光,或者泡在出租房的浴缸里,又或者一边坐在地板上用叉子吃着快餐盒里的木须肉,一边读着从大学书店里买来的戏剧集。在瓦萨学院的时候,她可是莎士比亚专家,但眼前这些大多都是当代作品,她曾认为它们都是为了荒诞而创作的荒诞,现在看来,这荒诞反倒是一种更高形式的现实主义。毕竟里根就站在空无一人的舞台上,眼前没有一条合理的路。纯粹是无意义的时光,被"黑暗"切割成了一个又一个静止的小片段——在书页上,反倒是以空白的形式表现出来,穿插在文本的黑色文字之间。

日晡时分,曼哈顿东面的一家殡仪馆。棺材面前是一排又一排空空的折叠椅,地毯是深色的,墙壁是浅橙色的。走进来的是一个小女孩,穿着私立学校的校服,她不去上学已经有一周了。她告诉也辍学在家的弟弟说自己要去街上见一个朋友,但她实际上来了这里,比守夜开始的时间早了一个小时,来跟她妈妈道别,因为他们小孩子是不能参加守夜的。这是她用眼泪和父亲达成的妥协,毕竟父亲不忍心见到她哭。现在,趁着父亲在门口徘徊,她靠近了棺材。银色连衣裙,红色头发,眼窝略微凹陷。入殓师化的妆还算不错,只是,嘴巴那里好像少了点什么。妈妈生前非常有活力,她总是在运动,总是面带笑容,喜怒哀乐毫不掩饰——他们本应该把威廉请来的,这两个人是何其"相似"啊。

凯瑟琳·赫伯特是在新奥尔良出生的天主教教徒,她是爸爸管理过的长老会教徒中最叛逆的一个。最近,当里根也开始进入她的叛逆期时,便常常想起妈妈说过的话:你自身的问题有时候是因为没有足够关注别人。学校旁边有一个断了半根舌头的男人,他曾经有好几个月就坐在地铁入口的平台上,晃着一个杯子乞讨零钱。里根每次经过他身边,心里都是会有一瞬间的冲动想要给他钱。但如果要从背包里拿钱的话，就意味着让他看到自己有钱包，也就等同于第二天还要给钱，后天也不得不给；如果她只是看着他却不拿钱包，则意味着她根本不在乎；如果去找另一个地铁入口的话，那意味着她和这座城市的每个人都一样，他们为自己的行为感到惭愧。于是她只好快步走过，装作没看见。后来的一个晚上，当他们演完《奉朱庇特之名》后，她和其他女生以及她们的母亲从学校回家时，她就看见她妈妈站在地铁入口的平台上翻找自己的钱包。在纽约待了二十年后，她变得如此世故。她和他对视着，把一张钞票塞到他手里，然后又回到各自原本的世界当中去了。唯独里根还留在那里，她看着那个男人拿出自己的钱包，把钞票放进去，然后继续晃着杯子要钱。她母亲认为，你总是可以了解别人最需要什么，而在她看来，这显然是大错特错——就像相信即便你没有主动祈求，上天也会大发慈悲一样。难道妈妈没有因此而吃过亏吗？她在威斯彻斯特的时候，就曾因为赶赴午宴而在十字路口被卡车追尾，她的车子直接向前滑进了高速公路。当时卡车撞到了驾驶位，她的牙齿肯定都没了，因为里根发现她嘴里的是假牙。妈妈这次吃的是大亏，可他们却对威廉撒谎说手术很快而且不痛。整整两天，妈妈留院观察，爸爸一直不分昼夜地陪着她。自那以后，杜妮就成了保姆，而妈妈就不再是妈妈了。里根明白了：命运是不可预料的，她母亲命运也一样。爸爸握住妈妈的手时，无人前来道别。

　　堕胎后的那个春天，里根在一个加尔默罗修会的小教堂做弥撒，教堂就在她租的平房附近。从教堂一方的角度来说，她的行为毫无意义，甚至令人讨厌。但是仪式是使用拉丁文进行的，这意味着她不需要听那一套关于上帝的说辞，因此坐满了长凳的那些修女还稍感欣慰。镇上的人称她们为姐妹，就好像修女和姐妹这两个称呼没有区别似的。他们没有问过她为什么来这里，或许他们知道自己无法理解。但她觉得不是这样的，他们不问是因为不该问。后来，每周三的晚上，她开始和一群虔诚得出奇的教区居民一起，坐着摇摇晃晃的卡车给沿街有需要的人送餐。在卡车开着侧板的一面给别人递送咖啡杯和热餐盒的时候，她仿佛看见母亲站在地铁入口处。她观察过那些睡在大厦附近一两公里的巷子里和停车场的男人、女人。那都是些废弃的大厦，实业家们建完以后又转而去郊区发展了。她突然想到，这些房子都不得不空置着的，为的是避免房价跌得太厉害……这就好比一些适龄的美国人不得不处于失业状态，以保证劳动力的买方市场。从这个角度来看，母亲或许多多少少是正确的：里根·汉密尔顿-斯威尼到底有什么资格自怨自艾？

她回到纽约的家，然后去了学校，她觉得自己会在那儿找到等待已久的东西——重新找回看待事物的方式。离开六个月应该够长的了，但是回到那些不知道发生了什么事情的人之间，她又感到非常沉重，仿佛肚子里头又怀上了不止一个小生命。正如菲利希亚有时候暗示的那样，这种沉重感并不只是想象。她的身体依然渴望着在布法罗城时支撑着她的东西，不管那是什么。因为某种冲动，她在校园的自助餐厅里狂吃速食土豆泥和淡巧克力蛋糕，狂喝那个四四方方的牛奶机里的牛奶，然后她又把自己锁在女学生联谊会阁楼上那个没有窗户的洗手间里。关上灯，她想起姐妹们，加尔默罗修会的修女，想象着她们就在这个联谊会的洗手间里，给一个女孩接生——臂弯里抱着令人讨厌的宝宝，她的哭声正好刺痛了里根的神经。有时候她想象的是个男宝宝。有时候她会小声哼着歌，音量低得没人会听见，那是父亲过去常常给襁褓中的威廉哼唱的歌。现在她开始感到非常愧疚，也非常悲伤。最后，她给自己催吐了，那是以前自己还很天真无邪的时候，一个朋友教她的。

到了11月中旬的时候，她的牙齿开始感觉不舒服，梳头的时候会掉头发，称重时才发现自己瘦了十二磅，这已经是司空见惯的了。这对她来说肯定不是什么好事——她人够聪明的，即便门扉上锁后，自己内心里那个疯狂的人格现身的时候，她依然是清醒的——只是看来，她要感到羞愧的事情要没完没了。

她和基斯是在12月认识的，当时是在《第十二夜》的杀青派对上。现在对她来说，舞台是唯一能给她安全感的地方了，尽管西尔维娅·普拉斯[a]式的带着痛苦的真实看起来不过是年少无知的戏言，但是痛苦让她的演技更上一层楼。或者说是角色和她融为一体：里根变成了薇奥拉，又变成了西萨里奥。她当时还穿着戏服，她注意到那个宽肩的非常吸引人的年轻男子，他正在学生会的地下室那边看着自己。音响里播放

---

[a] 西尔维娅·普拉斯，美国自白派诗人的代表。

着的是弗朗明哥乐队的《我只喜欢你》,歌声和舞台上的烟雾与他们身边的人融为一体,就像一条通透的玻璃隧道一样,彼此的感觉相连相通。

基斯对她来说就是一切,另一个男人什么都不是,这很重要。从体格上来说,他要比 L. 先生强壮得多。她和他第一次正式约会的时候才发现他是玩橄榄球的,不过这倒没有让她感到惊讶,运动员的魅力就在于他不会去多想,他内在的那种自由闲适的个性,反倒让她觉得这个人很真实,没有套路。当他说要是她愿意,他可以陪她回女学生联谊会的时候,他就是想保护她,陪伴她。大多数人走路都会看着地板,而基斯·兰普莱特却看着月亮。

他是康涅狄格大学毕业班的学生,将来是打算当医生的,不过他似乎没有花很多时间在学习上。光是在考试期间,他就曾两次坐巴士来波基普西带她出去看电影。第二次的时候,他问了她在纽约的住址。一周之后,他就给她寄了一张简洁的圣诞贺卡,这让她很开心,也支撑着她度过了一个看起来苦不堪言的假期。埃默里从海外回来帮忙安排婚礼,而菲利希亚则逼着里根试穿伴娘礼服。但是古尔德家族触碰不到她的内心,或者说是她内心充斥着的是对基斯的思念。

等到她把他带过来见爸爸和威廉——等到他非常自信地面对埃默里的时候——她的体重就稳定下来了,而且她开始感觉到,不管有多令人难以置信,她确实是在被拯救。她想报答基斯,报答他如此从容镇定,如此慷慨大方,如此帅气,如此聪明,如此单纯。她决定了,她要以身相许。

/ — / — / — / — / — / — / — /

62

尼基看起来没明白音乐其实是一个玩笑。威廉和大个子麦克都是画家,他们整天都太把自己当一回事了。维纳斯以替人理发为生。一直到 1974 年的石油危机之前,纳斯塔诺维奇都在新泽西州联合市的一家鱼罐头工厂工作。他们并不想把乐队当成工作,他们的乐队名字竟然是通灵板占卜来的。在写第一首单曲前,他们就已经为第一张唱片做好了专辑曲目:

A 面

士兵招募员

VHF

蛋蜜乳布鲁斯

年过三十必遭殃

东村丧尸/UWS 食尸鬼

B 面

黄铜战略

倒在浴室地板上

B 大街上的狗狗游行

当我停下时感觉真好，傅立叶

同志（柠檬水之歌）

  大多数歌曲都是一次过录好的，威廉模仿着伦敦腔朗读即兴创作的诗歌，因为他完全不知道怎样才是真正的歌唱。构成主义风格的专辑封面，维纳斯为他们现场演出缝制的服装，威廉每次演出之前都会大声朗读的宣言，还有那完全革命性的舞台表演不过是一种释放压力、恶心别人的方式。如果他们真能在地下室的后面或者在东村临时过夜的地方，或者随便什么地方，找到一个从未听过《黄铜战略》的小孩的话，那么至少在一定程度上是运气使然。或者说这首歌曲在什么时候已经不再属于它的创作者了呢？因为尼基就在这里，扯紧了嗓子，想要用自己的声线给威廉展示如何复制《狗狗游行》里面的那一下停顿，他们不得不在那个地方将两次录音拼接起来——在威廉看来，尼基就是一位过于直白的作品诠释者，尽管他的乐队成员并不这么认为……

  自从尼基完全接管乐队声音这一块的工作后，每一次的排练就变成了爱乐乐团的试音。假如整个乐队交由他来做决定的话，他们可能连停下来上厕所的机会都没有。他一定会在歌曲唱到一半的时候走到车库的角落，一边拉开裤链尿在一个破旧的油漆罐里面，一边还在喊着麦。而在这么专注投入的人面前，真的，你又能说什么呢？当尼基在反复练习同一个三音节的乐句，练习到旋律都听腻的时候，威廉只能盯着地板上缠得紧紧的吉他线。有时候，作为一种艺术学院的练习，他会在精神上尝试着把吉他线分开，可是那写着"通道 1"和"通道 2"的胶带小得可怕，根本起不到作用。要分清楚哪一根线通向谁的乐器，简直不可能。他有自己的丹尼吉他，纳斯塔诺维奇有一把爵士低音吉他，维纳斯的是法菲莎牌电子琴，尼基的是芬达野马的山寨货，不过他从来不弹，只把它当作护身符一样背在身上。

  总之，威廉这些天以来并没有怎么画画。在他意识到根本没有人在意他做了什么的时候，他就画不下去了。那些尖叫着的青少年更关注的似乎是，他和他的朋友们如何用两百美元的录音带和一堆借来的工具在周末演出。另外，还因为至今为止他的作品都很烂。几个月以来，布鲁诺·奥根布里克一直跟着他参加画廊的群展。他想到阁楼来挑两三件作品，但是对威廉来说，透过那沾满灰尘的窗户照射进房间里的冬日阳光来看，这些作品都太保守、太多余，就像是在一个大得无法理解的星系里，行星旋转的方式改变了下水道里废水的流动一样微不足道。或者换个说法，他黔驴技穷了。但这又会引起一些疑问，而他不愿意去思考这些问题。尽管一直都不太情愿，可他还是经历了这个过程。

每当威廉的肩膀因为背着吉他太久而被带子弄疼的时候，他会向维纳斯使个眼色，然后舞台排练就会暂停一会儿——喝杯啤酒、抽根烟——他们都很清楚纳斯塔诺维奇会拿这个机会当借口（"你们看，既然比利要去抽烟了，那我或许可以去吃个三明治……"）。这样他一走开，其他人就有十五到二十分钟的休息时间了。这个低音吉他手晚上溜出去其实不是要吃三明治的，那不过是一个托词罢了。

本来就算没有邀请，就算再不考虑手足之情，威廉也会跟着去的。但是他发过誓要守住他那偶而为之的秘密。自从在唱片店楼上的办公室里的那一次之后，他决意先等一个星期再来第二遍。这就像是在俱乐部走一圈之后，有人悄悄地把电话号码放进你的口袋，而你等待着要去拨打这个号码。然后，只过了三十六个小时，他就把手伸进了口袋。厄撒·K.则坐在床上看着。如果是以前的话，他肯定会不顾一切地扑上去。但这次不同，他仿佛感觉到了某种沉重感，那是因为他游离在准则的边缘而造成的。他看见过克里斯托弗大街上的年轻人通过偷拐抢骗来满足自己的药瘾，他们那坑坑洼洼的手臂，令人毛骨悚然的笑容，还有那灰褐色的烂到根部的牙齿。他内心其实有点希望退出乐队，想要告诉大家自己的水平越来越差了，只不过他不想那么快就做出选择，想着能拖就拖吧。

他已经不再吸烟了。他看着自己依然光滑白皙如象牙的手臂——这么漂亮的手臂都可以摆在博物馆展览了。它会告诉全世界：他还没有上瘾。最近他开始用他曾祖父的剃须刀盒随身带一些辅助药物，以防万一。他下过决心，决定只在一个人的时候嗑药——他从不喜欢分享——不过到2月的时候他却和纳斯塔诺维奇蹲在练习场后面那诡异的小院子里。

他总是想：这块地方没人租用，却筑墙围了起来，四周还都建了房子，着实奇怪，就好像这里先于这个城市存在。要到那里，你得从一道弯曲的铁丝网之间挤过去，铁丝网就架在两座用褐石建成的房子之间，房子出于某种原因并没有建得很整齐。两座房子的一侧都是白色的石灰岩，你越往回走，它们看起来就越靠近。所以如果你搬着什么东西，比如架子鼓的底鼓，你会怀疑自己到底能不能过得去。当你走过去以后，就到了院子，你会看到一座低矮的砖砌建筑，它就像一个市立公园里的保安亭一样。你不知道它属于周围的哪一座房子。还是秋天的时候，天空从来不会太昏暗，四周的地面上长满了杂草，软饮料瓶和小玻璃瓶的碎片闪闪发亮，但这一切如今都消失在了积雪之下。积雪上方晒衣绳杂乱交错。没有人抱怨过他们排练的噪声。他们靠着砖墙坐下，威廉隔着墙能感觉到音符的颤动，虽然他说不出来是什么音符；维纳斯感到厌烦或者失去了耐心，她用管风琴尝试着更低的音域。

现在这个时候只要有人在意，从后窗户往外看一下，就可能会看到他们，看到两个堕落的人弯着腰，围着一团火光。当然，那些人更有可能只看得见打火机的火光（很久之前有人把院子旁唯一的街灯打坏了），而且他们也做不了什么。东村到处都是尔虞我诈的人们，说不定这些房间里头就有一些这样的人。如果你待在房间里很安全的话，又何苦出门惹祸上身呢？"把手臂拿过来，老乡。"纳斯塔诺维奇一边说，一边扎了下去。

"天哪！"威廉听见了自己的内心在呐喊。他措手不及，脸部发红，身体颤抖，失去了控制，仿佛飘到了大雪之外。等他回到现实时，纳斯塔诺维奇自己早就打完了药，不停吸着鼻子，在角落里摇摇晃晃地向着灯光走去。威廉擦掉了牛仔裤上的雪，也摇摇晃晃地跟上了自己的队友。

房间里面，那个灯泡的光依旧是那么冰冷而昏暗，只是现在多了一种十分特别的东西，像是过往的一段回忆。污渍斑斑的水泥地上有一些脚印，可那不是威廉的。那些脚印属于先前某个已经把自己的选择抛诸脑后的人。他毫不掩饰地咧嘴一笑，宛如一朵雏菊。绑在他吉他上的双手，弹奏着《邪恶僵尸》、梦魇乐队翻唱的《黑色博物馆的恐怖》以及新曲《你让我作呕》。现在，尼基·查奥斯不满意，想要再练一遍《黄铜战略》的序曲，这已经是第二十遍了——"但是要更快……你们能不能演奏得稳一点儿？听起来应该要像行进曲一样"——威廉大可以钻进堆在地板上的一圈一圈的吉他线里头，就好像鲦鱼把自己藏在海藻床当中一样，或者像一个鉴定员近距离检验波洛克[a]真迹一样，一头扎进去。

[a] 杰克逊·波洛克（1912—1956），美国画家、抽象表现主义绘画大师。

6月，纳斯塔诺维奇去世了，威廉不在现场，他也一直没有发现，直到有一天他去到车库练习时才知道这个消息。当时他还有点儿喝醉了，吉他盒里头还藏着他那个皮革工具包。扩音器就那样打开着，每个人都无所事事，盯着地板。即便是索尔·格兰迪，尼基的私人调音师，看起来也很压抑。"怎么了？"

"纳斯塔诺维奇用药过量。"有人说。

"噢。那他还好吗？他应该没事吧？"

"他没下楼吃早饭，他妈妈去找他的时候发现的。"维纳斯直勾勾地看着威廉说。她的眼白略微发红，就像在消毒后的游泳池里游过泳一样，"他死的时候，手臂上还缠着吉他带子。"

威廉不知所措，他的上半身如泰山般沉重。他无力地坐在了冰冷的水泥地上，坐在那些多余的吉他线中间："浑蛋。"

过了一会儿，尼基说："我们今天还是要练习，这是他所希望的。如果他还没离开的话，他一定会在天上看着我们，鼓励我们继续下去。所以我认为要排练。"

"我认为你该滚蛋。"维纳斯说。威廉附议，只是他不知道该用什么话来表达，所以只好站起身来，走到外面去。

他准备这幅油画有好长一段时间了，他的工具箱放在书架底部，而书架已经被一辆他不知道从哪里找回来的手推车挡住了。手推车上装满了《时尚》杂志和《破坏球》的旧刊，以及从斯特兰德书店上偷回来的一些解剖学的书。他挪不动手推车——没有以前那么强壮了——于是他不得不把手推车清空，再找其他地方放书，这就花了他半个上午。最后，他终于拿到了工具箱，然后钉了一个长、宽各一米有余的画框（这是他下意识做的，都怪纽约：他至今还确信美国艺术就应该要大）。他展开帆布，钉住并做成一个空白的表面，这就成了一面结实的白鼓。接下去的两天里，他就等着石膏粉一层一层地干结。

他决定翻翻看，找到什么颜料就用什么画，而当帆布油画画好了以后，他就用黑色的水彩颜料覆盖掉。接着，他在偏离画面中心的地方画了一个多边形——右下角，八个边，很有冲击力。他对这个八边形的颜色不满意，那棕色看起来就像干掉的血迹，于是他调了一种亮蓝色涂在边缘。然后他又在里面加了黄色，还有消防车一般的红色。然而，当红色刚刚画上去的时候，他感到身体不舒服。与其说是感到恶心，不如说是全身发痒。在威廉看来，那个八边形是死的。一个铁锈色的像圆顶帽的形状，以蓝色做边缘。他以前做祭坛侍者时吸过鼻烟，那是他母亲去世之前的事了，后来他就不再相信上帝了——上帝只会在你吸烟的时候把你的火灭掉。他想起了纳斯塔诺维奇心无旁骛地挖着雪，想起他嗑药之后用低音吉他弹出的单音，想起了处理过的鱼被送进生产线灌装罐头，想起了中村那个墙壁上抹着灰泥的房间，他和母亲在那儿住过一段时间。表面上来看，那是没有什么意义的生活。现在，一切事物对威廉来说都没什么吸引力。他更想要的是逃离这一切，要么随便找个人去浴室，要么去做点什么能让自己兴奋到爆炸的事情，但多亏了死去的朋友，他还待在这里，强迫自己等待着，等着有谁能告诉他该做什么。就是因为这样，他才会再一次拿起画笔。

　　威廉以这样的方式一下子成功戒掉了毒品。他把电话线拔掉，待在阁楼里。他呕吐了很多遍，整整一个星期只能吃三色冰激凌，先吃巧克力味的，然后吃草莓味的，最后吃冻硬了的香草味的部分。当双手发抖时，他就听广播分散注意力。手不抖了，他就画画。到了月末，他开始觉得恢复正常了，于是就投入工作中去。画面的黑色背景变得厚重而有质感，就好像你失去知觉的那一刻，眼前出现的那种迷迷糊糊的昏暗感，而它的前景则加上了明亮的边界。他感觉自己现在是在凭记忆画画，为记忆填上光影。光源就在某处，那是夏日的阳光，从八边形中心的附近照射过来，如同从镜子中反射出炫目的光。而当他给边缘上色，给那道光添上蓝蓝绿绿的痕迹时，他能辨认出"STOP"的英文字母。但不是那种单调的、缺乏情感的所谓波普的东西，不是布里乐盒子，也不是汤罐头 [b]。那是完全不一样的：一个停车标志，被城市的风沙吹刮得略微掉色——它的绿色杆子掉漆了，仿佛从油画上就能

[b] 这里指的都是安迪·沃霍尔的作品。安迪·沃霍尔（1928—1987），波普艺术的代表人物，《金宝汤罐头》《布里洛盒子》都是他的代表作品。

摸得到。夏日的河畔映照着晨光——这让威廉不禁想哭。那是萨顿广场的停车标志，上一次见到这个标志，还是他偷了一辆车打算永远离开家的那个早上，他在路上从车窗看见的。是一个证据，但具体是什么的证据，他自己也不清楚。

他稍稍假设了一下，贝斯手的离世以及吉他手的消失可能意味着事情要完结了。即便他把电话线插回去，电话也不会响，而他也懒得告诉任何人。这倒是让他从心底里觉得高兴，终于从乐队解脱出来了。首先，这意味着尼基·查奥斯想要领衔演出现场秀的这个热切的愿望不可能实现了。他很惊讶地发现，原来自己挺痛恨尼基的，总觉得尼基对于纳斯塔诺维奇的死负有责任，虽说如果他真的要找个人来责备的话，或许会是他自己。其次，离开房子的那天，他发现尼基就在门前。尼基一定是在等他，不过他怎么知道威廉什么时候会出来就不清楚了。或许他一整晚都待在那儿。"嘿，比利，等等——我们能聊一聊吗？"威廉径直朝着路口的拐角走去，尼基就跟在后面，"你看起来气色不错。"

"谢谢。"

"听我说，"尼基说道，"现在已经过去几个月了，我一直在想，我们是时候把乐队组回来了。"

"不再有'我们'了，尼基。你必须明白这一点。没有什么乐队了。"

"好的，我理解，我尊重你的想法，但是这件事情比个人更重要。那些小孩就在那儿，无处可去，就等着有谁可以让他们追随……"

"那得让别人来，可不是我。"他们已经走到了地铁的台阶上，"我不干了。"

"索尔觉得他可以在汤普金斯广场接音响，就在路灯下表演。我是说我们可以最后做一场免费演出来筹款，然后建立一个慈善机构，就像孟加拉国慈善演唱会那样。只不过，我们要叫'纳斯塔诺维奇慈善演唱会'。或许还能现场录音。"

"'孟加拉国慈善演唱会'？这可真够掉价的。"

"之后就把筹到的钱给他妈妈。他妈妈情绪不稳定，你知道的。或者你不知道，我想你没有参加葬礼，是吧？"

威廉此刻很讨厌这个人。一年前，尼基几乎不知道纳斯塔诺维奇的名字。"我要走了,尼基。我考虑考虑,回头再告诉你好吗?"

"我只要肯定的回答,你懂的。"

"是是是,"威廉说,"我只是还没准备好答应你而已。"说完,他就进了地铁站。

63

"我们阮家,"他父亲坐在客座上说,"学什么东西总是非常艰难。"他们此刻正在落基山脉东面的某处,坐着租来的卡车一路颠簸。过去的半个小时,他一直在大声念着那些限速标志,杰妮觉得他这么做是用另一种方式告诉她开慢一点。而当她把收音机声音调大以后,他又变得安静了,自顾自地看着车窗外的风景,看着那令人困惑的广告牌以及繁华的市区。

不过,在回忆里,有些事情还是会让她在意。其一,他一直在讲自己的事情,不比讲她的事情少;其二,他或许是对的。

毕业的几个星期后,她回到山谷的家,本以为自己的出现会让离婚后的父亲好受些,却发现如果真要让父亲好受些的话,她或许该去参加和平队,或者去月球旅行。同时,她一直以来渴望着改变的世界——外面的世界——正在从她身边路过。在母亲和桑迪家吃过晚饭,晚上回来以后,她能做的就只有陪着父亲坐在客厅的水族箱前,看他最爱的迪克·尼克松的节目回放。她花了一年多的时间,才告诉父亲自己想搬到纽约去。

他们开车跑了四天才终于到达纽约,这还多亏了她开得够快。不过,他们只有几个小时的时间卸她的家具(虽说也没多少,而且还很破旧),之后他就得开卡车回去赶飞机回家。他们在一片单行道的街区找了一个小时的路,她才找到了利文顿街的那个地址,因为她在那里租了一个房子。房子是暗褐色的,边上有几个极不协调的安全出口,就像畸形的牙齿做了矫正手术一样。一层到四层的窗户上都装了栅栏,对比那些洗过的玻璃来看,应该是装了很长一段时间了。但是杰妮对于脏乱的环境再熟悉不过了,毕竟她在伯克利上了四年大学。房子里面,通向三层的门是半开的。她通过打电话租下来的这个小单间确实小得可以，浴缸就在冰箱的旁边。他父亲从窗户向外看了一下，有些流氓就在下面打量着那辆搬家卡车。他问房东收费高得就跟买房按揭一样，为什么居然连客厅都不提供？她现在才意识到把租金告诉他是个错误的决定。她解释说整个城市都是她的客厅，所以这个房子还是值的，如果你也这么想的话。虽说这是陈词滥调，但是这个逻辑当时还是令她印象深刻。她没有考虑到的是，大多数人的客厅都是不会变天的，而她的客厅，一下起雨来就可能会下好几天。更不用说在其他方面，不区分室内室外会对她有多么不便，就像她第一次打开烤箱时，烤盘底优哉游哉地爬出来一些六脚昆虫。

往好的方面说，几个街区以外有一家商店，从外面看就像一家小杂货店，但是货架上几乎没什么商品。外墙上安装了一扇带有挂锁的门，门上有一个小窗户，好像城堡的样子。如果你走进去说要买蔬菜，那么躲在阴暗处的那个沉默寡言的多米尼加人就会很认真地看着你。确定你不是缉毒警之后，他就会从细铁丝网下面拿出一根已经预先卷好的烟。此时此刻，外面正下着百年不遇的大暴雨。杰妮把一张小桌子放在了床铺和浴缸之间当作缓冲，然后坐在上面发呆。她把房子想象成一艘方舟，那些被遗弃的动物，老鼠、鸽子、臭虫、蠹虫，全都成双成对地进来躲避洪水。她想象着库卡拉查夫妇，也就是烤箱底的那对昆虫，手挽手沿着烤箱一侧往上爬，丈夫到了顶部时，把他的草帽递给妻子，而妻子则有模有样地行了个屈膝礼。

在其他时候，她就靠听周围的噪声来自娱自乐。这或多或少算是一种常态了，噪声透过墙壁和天花板传过来，让你没办法分辨清楚到底是哪一家邻居制造出来的。头一个月快过完的时候，她就已经能凭借着听到的声音想象那些邻居的生活场景了：大人走来走去，小孩跑来跑去；有人看警匪片，有人听萨尔萨音乐；有人家的散热管发出巨响，有人家的电话铃响；有人练习跳舞，有人练习大号，有人练习约德尔唱法；时不时有人做爱，经常有人打架；有人连喊带骂地不断叫孩子来吃晚饭，气得用力摔烤箱门，又重重地敲着房门。当她在楼梯井和邻居们擦肩而过时，当然，她会装作什么都没听见，否则他们或许会毫不客气地拿刀子砍向你，跟打招呼一样随意。有时候她真想问候一下楼上的那个乌克兰女人，"感谢"对方前一天晚上的好几次性高潮吵得她无法入睡，又或者去慰问一下那个边打电话边哭的人，可她又不得不忍住那份冲动。最令人惊讶的是，他们的生活远比她所想象的要富裕。她周围的这些人都活得挥霍无度，而她这个单身人士，就只能独坐空房。

她需要的——说得功利一点——就是一份工作。她父亲打到她账户里的本金越用越少了，租房、吸烟、吃拉面都得用钱，这样下去大概也只能再维持几个月。但是 1974 年的秋天可没有工作可找，至少对于一个哲学专业出身还蹲过局子的人来说就是如此。她花过几天时间去绿色和平组织那里碰碰运气，但是她发现这门太难敲了，因为她知道对方肯定会当着自己的面把门摔上。之后她通过一家中介做了一段时间的临时工。工作是给人家阅读报纸广告底下的那些小字，看上去有成千上万的字，那些小字都和一宗控告邪恶的房地产开发商的集体诉讼有关。杰妮的第一份薪水就是由那个开发商签发的。作为一种忏悔，她用了一半的工资去联合广场附近的一家书店，买了一大堆法兰克福学派[a]理论家的书，只是那并没有让她感到好受些，所以第二天她干脆就没有去上班。其实这样也好，因为那天正好来了电话，一份她都几乎不记得申请过的工作，在苏荷区[b]的一家小画廊。

店长是奥地利人，戴着一副玳瑁色的眼镜，剃着光头，看起来活像非开朗版的米歇尔·福柯[c]。他显然是同性恋，而且很喜欢身边有年轻人，这是他在面试时告诉她的（借此来仔细观察她的临场反应）。她想，他应该也是极为富裕的。不过他们在审美上倒是意见相合，而且他还愿意预支给她第一个月的薪水，马上把重要的工作交给她。毕竟她会是他唯一的员工。

他带她看了她的办公桌——实际上那是一张长餐桌，他把桌子放在了前门旁边，这样的话如果有人指望着来偷走墙壁上或地面上的艺术品，那他们就得先在杰妮那警觉的目光下走过去。这个想法其实很可笑，有两个原因：其一，假设小偷是这样的人——男性，身材魁梧——请问单凭杰妮，这个有点压抑的乖女孩要怎样才能制止他们？其二，除了杰妮以外，也没有谁会真的想偷这些用烟蒂做成的艺术品，那些关于有点色情意味的凝胶模具，以及

[a] 当代西方的一种社会哲学流派，以德国法兰克福大学的"社会研究中心"为中心的一群社会科学学者、哲学家、文化批评家所组成的学术社群，批判资产阶级的意识形态。

[b] SoHo, "south of Houston Street"的缩写，是休斯敦街以南的意思。在20世纪六七十年代，这里聚集了很多艺术家。

[c] 米歇尔·福柯（1926—1984），法国哲学家、社会思想家和"思想系统的历史学家"。

角落里的那一堆会让你误以为是垃圾的碎布条。店长布鲁诺是世界上最面无表情的人，可他喜欢她的厚脸皮，她能从他眼镜底下闪着光的眼睛里看出来。"凶一点，亲爱点。要凶一点。"他敲了敲桌面。

她坐下来，感受了一下她接下来都要一直待着的地方。这里有一部电话，当然，还贴有一张展品的价目表，另外还有一台用来写信的小型电动打字机。不过，考虑到桌面就只有两平方米不到，因此看起来也够简朴的了，这样也就和画廊的其他地方风格相协调了。这个地方的前身是一个汽车修理厂，原本车库门的地方安装了一块钢化玻璃。裸露的梁柱形成了一扇天窗。地板是抛光的水泥面。她觉得，每一个奥地利人都是极简主义者（后来，杰妮去大都会博物馆做实地调查之后，她震惊地发现了一个复刻版的 19 世纪维也纳式餐厅，里面摆满了瓷花瓶和精致的雕刻品。不过，当然，发生在布鲁诺祖父母那一代以及布鲁诺这一代之间的痛苦是数也数不清的。[d]）

[d]1947 年，德国建筑师路德维希·密斯·凡·德·罗提出"less is more"的理念，这是对极简主义的高度概括。此处杰妮是在说德国在这前后经历的战争创痛。

令她惊讶的是，他对于她办公桌的杂乱无序并没有说什么。首先，她几乎就等于是住在画廊里了。一周的工时有三十二个小时！其次，除了一些高瞻远瞩的投资者预约过来买作品以外，没有人会进来馆里。即便是开幕仪式也是一片惨淡，只有布鲁诺和杰妮还有那些艺术家站在一旁喝酒，偶尔会从街上走进来一两个鼻子超级灵敏的酒鬼流浪汉想要喝免费酒。杰妮总是很坚持地要招待他们。

她最主要的工作其实是给布鲁诺的艺术家们代笔写资助申请。布鲁诺很大方地承认，这些艺术家没有一个人能够在这个自由市场上养活自己。那么你还打算怎么赚钱呢？她想这么问。布鲁诺对于财务漠不关心，这也是她能够凭着良知为他工作的原因之一吧，但是现在他们的财产算是捆绑在一起的，所以她还是希望布鲁诺能够对挣钱更上心一点儿。在他的催促之下，她开始在穿着上有所变化，用他的话来说，就是更专业一点。她早上照镜子的时候（终于穿了女式衬衫），感觉这样做有违初衷，但至少现在算是有了一个起床的理由。

需要妥协的事情越来越多了。到了第二年的 2 月，她就已经参加了一个约会服务。你填好一份问卷，附上一张照片，花 12.99 美元寄出去，就可以收到一份档案，里面包含了与你兴趣爱好相同的一些男人的问卷和照片，这些都是通过打孔卡片匹配的。这真是尴尬至极——如果事真的成了的话，你要怎么跟朋友解释你们相识的过程呢？——不过杰妮事实上也没有朋友，所以她才会毫不犹豫地注册这项服务。但结果证明这个卡片匹配的方法真的不可靠。她收到的单身男子的档案里头有狮子座和双子座，喜欢的活动包括看电影、跳舞、吃饭。但她坚持见面只喝东西，这样方便逃走。如果见面顺利的话，她会邀请对方到自己的住处。经过那些开满了酒吧的街区时，她没有因为感觉不安全就第一时间开溜，她把这看作是一个好的开始。

她的房间里没有太多能坐下的地方，刚好就够两个人坐下来，她也觉得地方是小了点儿。有一回她试着坐在床上，和她一起的是一个金牛座的叫弗兰克的男人。他看起来有点儿不正经，像是乱搞关系的人。不过，或许是因为她那个乌克兰邻居做爱的叫声传了过来，给了两人很大压力吧，弗兰克喝了一杯起泡酒就告辞了，此后再也没联络她。后来她就尝试喝过头，试图促成双方发生关系，可依旧事与愿违。仿佛是和麦吉利库迪分开以后，她就忘了怎么谈恋爱。一天晚上，她在布鲁姆大街上跟出来倒垃圾的餐馆杂工、去麻将馆打麻将的人聊天，解释着自己的那些约会经历，说如何在她的房间里见面，说那些尴尬的时刻，说他们应该直奔主题，等等。"天哪，我听着就像个神经病，不是吗？"他们谈论的那个人叫本。他是个好人，真的。他是哥伦比亚大学的博士生，在读灵长类动物学，如果他多待一会儿，他或许就能够解释清楚选型婚配的一些难题。但是他第二天早上给她留了一条消息，说他不能再和她见面了。

她挂上电话，瘫倒在桌子上，桌子上还放着她一直在代笔修改的古根海姆基金会的申请信。这是一个清凉的早晨，街上的阳光透过堆积如山的报纸和书籍的缝隙照进来。她盯着自己一直在研究的彩色幻灯片，寻找这位艺术家在中西部所作的酒店床头挂画的复制品。按理说，艺术品之所以成为艺术品是因为它与众不同、一反常态。她才刚刚低下头去，那一沓作品目录就被拿了起来，她这才看到布鲁诺的光头。"早安。"他说完就把那些书放了下来。他很快地向着后面自己的小办公室走了过去，就她所知，他整天就坐在那儿一边喝浓缩咖啡，一边阅读这一周的德语报纸，这报纸是他特意在第六大道的一个书报亭买的。他就坐在天窗底下，突然停了下来，说："事情不对头。"

"没有啊。"

"过来,现在。不要对我撒谎。有个年轻人对你不好,是不是?"对于一个声明不相信先验道德可能性的人来说,她觉得,能说出这样的话是非常有意思的。

"没一个交往的,他们连对我不好的时间都没有,布鲁诺。"

他不屑一顾地摆摆手。"总之,浪漫不过是一种假象,只是用来欺骗人们相互送礼的。"不过,他看起来已经做好了准备,只要给他一个名字和地址,他就会上门去找别人算账,就像封建时代的父亲捍卫自己女儿的贞洁那样。当然,这全都是她从他的眼神能看出来的,他的脸还是一如既往地毫无表情:"不瞒你说,问题就在于你的房子。他们都是势利眼,对你太不公平了。"

"谁说是房子的问题了?你又没看见过。"

"拜托,亲爱的。你的工资支票是我寄过去的。利文顿街不是吗?"他无奈地耸了耸肩。

"看看我们身边,布鲁诺。这个地方也没见得有多好。"

"在公众的关注之下,一个下城的地址就能传达出某些特定的信息,不言自明。我可不会把这带到自己的私生活里。你以为你心爱的阿多诺先生从来都不看电视吗?我有可靠的消息说他会看《盖里甘的岛》,一集都不会落下。你们这些美国人问题就是太过于追求表里如一了。"布鲁诺的这番话,她觉得多半在讽刺。他过于自信地以为她会听他的话,这简直是可笑而又可悲。"即便是现在,即便是在纽约,你也还没学会一个事实,那就是表里如一并不能保护你。我住在上城,并不觉得丢脸。你也应该这样。女人表现得不需要男人的时候,男人自然就会蜂拥而上,投怀送抱。"他似乎说服了自己去做某件事情,"其实,我打算给你加薪,过去的事情就让它过去吧。"

"布鲁诺,这也太荒唐了。我们重新来一遍吧,早安。"

"不,我坚持要这样做。"他举起一只手,拿出了支票簿。

"你这样反而令我很愧疚,感觉就像我诱使你这么做一样,而我只不过是今天早上心情不太好而已,没什么大不了的。"

他考虑了片刻,说:"那我们来做个实验吧。这个星期天你跟着来,陪我去和一个老朋友吃饭。他从来都没有听过我的劝告,他活在自己的幻想世界中,和你一样,他相信世俗陈规以外的事情。到时候,你看看他的眼神,再决定那是不是你想要的。如果不是，那我们就帮你搬到上城去住。"

"这个星期天？那不正是建国二百周年吗？"

"你有什么安排吗？难不成你要到街上挥舞旗帜、参与游行吗？不，我想你不会的。"

那一顿晚饭简直就是一场灾难。她本来以为布鲁诺只是想要来一场比赛，所以她并没有料到那个艺术家原来是个性少数派，直到对方拉着男友出现，这才让她恍然大悟。她只得看着这三个男人谈天说地地聊了两个多小时，根本没法参与其中。她后来跟雇主说的话只是作为一种惩罚而已。"好，我就让你帮我搬家，但是我不会搬到第二十三街以北的地方。而且你要付搬家的车费。"

她告诉自己，她并不是要抛弃下东区，并不是要放弃无产者可以诱骗中产阶级的自由，毕竟新的房子也不见得有多好。坐电梯时，新住所的那些人还是跟老地方一样把她当租客看待。晚上的噪声也没有比以前少，还是吵得她整晚睡不着觉。

房子的外面倒是大不同：路上的车辆彻夜响个不停，埃塞俄比亚外卖餐馆前的出租车，开得慢悠悠地并且发出刺耳响声的垃圾车。当她早上醒来时，居然出奇地安静，百叶窗把房间封得严严实实。有那么几秒钟，她甚至想象了一下自己回到了圣费尔南多山谷，回到了那个牧场上阴森森的平房。她习惯了父亲的搅拌器碰撞着不锈钢碗的声音，习惯了父亲敲她卧室门的声音。当她打开窗户，光线照进来时，她在想这一切都意味着什么。她在加州有什么未竟的事业，还是说只是因为在一个地方住得久了，脑海里留下了印象而已？或者说得再简单一点，她是不是想家了，想念那个安静的家，那个大家都叫她另一个名字的地方？

有一段时间，她以为自己可以远离平常的舒适环境——她的事业、她的财产、她的另一半——有能力独自生活了，但是强迫着自己背井离乡之后，她很沮丧地发现原来自己不过是一个普通人罢了。这并不是说她要放弃大环境会改变这个梦想。但是，当她认识了理查德之后，她开始接受布鲁诺的观点，那就是即便发生什么变革，她自身的存在也不会有什么改变。她现在已经在纽约待两年了，却只学会了不断地降低自己的期望，降到和现实生活毫无二致。这就好像把牙膏挤回牙膏管里一样，毫无意义。

64

三十岁出头的里根打算把时间都花在思考上面，思考她二十来岁时的核心信念到底是什么。不管问题有多大，爱都可以解决一切？她是在哪里学会这种思考方式的？不过这大概又是她对自己苛刻的另一种方式而已，应该这么问比较恰当：她到哪里不会这样去思考？这些年不管你到哪里去总会遇上谈情说爱的场合，听到《我愿意》以及《当男人爱上女人》这样的歌曲。活在这样的年代，你或多或少都会相信，就像另一首歌所表达的那样，爱情就是一切。她想在60年代的悲欢离合之中好好把握住自己的爱情。在向爸爸和威廉摊牌之后，在爸爸的婚礼和自己的婚礼之后，在基斯换了一份工作之后，她生下了威尔，又生下了凯特……或许这就是他们搬到了上东区以后，她这么晚才发现忧愁又悄然而至的原因。或者就她所知，就她丈夫所知，她确实是开始发愁了。她比遇到基斯以前的自己更加不开心了，基斯拯救了她，她依然非常感激。其实，她渐渐开始好奇，如果不是她从不告诉他那份忧愁，如果现在躺在身边的孩子没有出生，情况是否会不一样。

但不管原因是什么，基斯还是逐渐和她疏远了。六点整，她以往都会听见他的行李箱在地板上拖行，会听见他悄悄溜进客厅把孩子们抱在怀里，告诉孩子们爸爸回来了。现在他偷偷摸摸地走进来却另有理由：尽量给自己争取多一点时间，不想跟任何人说话。他会径直走向厨房，调一杯酒，然后带着痛苦的表情一饮而尽。他不是那种会抱怨孩子们把家搞得一团糟的人，但他会皱着眉头不说话，而她能感觉到他在细想什么事情。

他对性爱也失去了兴趣。这或许是个皆大欢喜的情况，因为她也一样。丧失性趣或者不是个恰当的说法，但他们上床的时候，她经常会觉得精疲力竭：身体肿胀，没有感觉，好像身体不是自己的。她还是会和他做爱的，每个星期一或两次。他会隔着睡衣摩擦着她的身体，而她会在他将要达到兴奋点的时候假装高潮，他也不会怀疑。但是似乎在他需要她的时候，她才会有不需要他的感觉。而一旦他不再向她求爱，她就发现原来自己需要他的抚摸。

有一天晚上，他们去参加一个大型集会，好像是为某个儿童方面的议题而办的筹款活动，反正有吃有喝的，你可以一边吃东西，一边认识一些客户或者潜在客户。里根很讨厌这种活动，并不是说她意识不到留守儿童的问题，而是因为她根本不擅长站着吃东西。在一个没有座位的地方，用小盘子端着沉重的食物，还要拿好叉子、餐巾和饮料，还要和那些总是认识父亲或者舅舅的男士交谈……如果可以付钱不出席活动的话，她真想这么做。这时，基斯在和一个肯定不到二十四岁的女人有说有笑。那个女人看起来像个神话人物，像海豹少女塞尔克，像森林女神，一头金色长发，穿着低胸连衣裙，胸部没有明显的支撑物，看起来就像美味的烤面包。典型的美女差不多就是这样了，而里根离这样的标准越来越远，越来越像大妈了。同时，基斯却是越来越帅气。面对着她越来越白的头发，越来越厚大的臀部，还有越来越明显的皱纹，他对她的爱还能坚持得住吗，即便她付出了那么多？

她开始走路去不同地方：去参加家长会，送凯特到幼儿园，去发廊做头发。有一天下午她一直走到联合广场，在一家四层楼的书店买了一本关于运动的书，书里头正好有一节讲瘦身。在家里的时候，她就用基斯的高级音响播放卡莉·西蒙的歌，然后练习肌肉拉伸，用擀面杖按摩腹部。后来，这样做也没有让她感觉好一些，她就把手指伸到喉咙里，给自己催吐。自瓦萨学院那次呕吐以来，她头一次这么做。

她也不对谁说，就自己天天这么做。浴室的门仿佛把家里分隔成了两个世界。她不做的时候，连想都不会去想。就算她想了一下，最多也就是在脑海里一闪而过罢了。她打死都不会承认她很期待再来一遍，尽管她已经在心里复习那些准备步骤了。她会先打开浴室里的水龙头，然后是放在窗台上洗衣篮旁边的收音机，这样做是因为浴室里头没有风扇可以用来盖过她发出的声音。接着她会把窗户稍稍打开，好让街上的噪声传进来，同时又不让别人看到她要做的事情。她会先让通向厨房的门开着，这样她的心肝宝贝们——威尔和凯特——就可以看得到她。当流水声、收音机声以及楼下挖土机发出的碎玻璃声同时到位，她就会拉一下门，用一个结实的金属挂钩固定住，这样门就不会轻易被推开了。

她非常喜欢这个老式钩子，简单又实用。她也喜欢那个磅秤，上面有一个橡胶垫，站在上面的时候就像站在世界上最踏实的地方。可是每当看着那旋转的刻度盘，看着那模糊的数字，看着那独特的刻度线，看着指针在正负值之间左右摇摆时，她就感觉不像是站在结实的地面上，而是在一条漂在大海的小船里，船身摇摆不定，根本无法保持站立状态，只要一不小心摔倒，她就可能会掉进碧蓝的大海里。她不禁觉得，身边的每一样东西，收音机、挂钩、磅秤，都是为了这一刻而准备的——既爽快又难受的催吐。

她每一次都会很小心，先称好体重，然后再去照镜子，因为镜子是不可靠的，比如说重影的问题。每一样被镜子反射的东西，都会产生两个镜像：一个是在镜子表面的，一个是在镀银层上的。如果你用手指触碰一下镜子就会发现，当你的手指靠近镜面的时候，周围就会出现一只鬼影般的手指，即便你的指尖碰到了镜面，你也碰不到那个镜子底下的映象。其实你的眼睛是不可靠的，其实这个世界是上下颠倒的。里根现在大概会感到不适了，就像发烧的时候和陌生人做爱一样难受，又湿又滑又羞耻。

她重新把头发夹起来，她跪在瓷便器旁边。看到水里自己的倒影，她闭上了眼睛。催吐减肥，联谊会的人过去常常这么说。刚开始比较轻松，你从盥洗室走出来，感觉自己证明了什么事情。收音机里，一个自称是博士的人在即兴发挥，讲些与清洁工人罢工毫不相干的事情。比如东哈莱姆区有老鼠咬婴儿。比如泽西城里有人排队买汽油，比亚法拉有人排队取水。水龙头打开五分钟会浪费多少水？有时候她觉得自己听到了厨房有脚步声，有人把蛋糕架上的盖子弄得咔嗒作响。这可能是威尔，他的直觉告诉她事实上在隐藏什么东西，于是在房子里不断跑来跑去。她会等他走远，再闭上眼睛，把食指伸进嘴里，越过牙齿，越过湿答答的舌头，伸到喉咙里面。这感觉令她不知道是该享受还是想哭，再加上那短暂的痛楚，使得她真想狠狠地咬自己一口。但她证明了自己足够坚强，能够控制好自己。这很痛，人们会害怕，因为他们不敢触碰，不敢这么做，而她抠了喉咙，吐了出来，然后不停地咳嗽。

她催吐完成得很快，多亏了事先练习过。她在恰当的时机把手指拿开，即便随之而来的是一阵又热又酸的昏厥感，可她还是确保自己的头对准了马桶，于是，随着马桶中的水流动起来，另一个自己变得眩晕而模糊起来。她是个好女人，除了呕吐物落进水里的响声，全程她不会发出声音，尽管这么做痛得要死。她又来了一遍，眼角泛出泪水。这就算是完成了，她感觉一下子热了起来，皮肤上都是汗水，就像做爱之后一样。她把前臂架在冰凉的马桶上，额头靠在上面休息。气味很快就会散去。

接着她就打开了深层的听觉，这时的她可以听清楚每一种声音，还能听见马桶孔洞里呼呼的风声，这令她回想起了布法罗那间平房屋顶上那块防水布被风吹起的声音。最可悲的是接下来的这几秒钟是今天最快乐的时光。天花板好像一下子飞了起来，四面墙壁像一个烟囱一样直通天上，而她仿佛看见了自己的孩子就在外面，还有天使般的修女们，还有，她看见母亲离自己而去。她亲爱的已故的母亲拽了拽自己的毛衣领口，转身离去。"不管你在哪里，她都会看着你。"那天爸爸这么说着，紧紧攥住她的手，低头看着棺材。他的本意是想安慰她，事实上他只说了这句话。这几秒过去以后，里根开始恨自己，前所未有地恨。她哭了一会儿，拿两段厕纸擦干了眼泪，然后擦干净马桶边缘以及水槽底部。她挤了一点牙膏刷完牙，打开漱口水的盖子，倒一半漱口水，倒一半自来水，用来漱口。再从水龙头接一杯自来水漱口，然后喝下去。她重新扎好头发，再一次照照镜子，关好窗，关好收音机，清理一下气味。别冒险去试第三次了。有时候，第二次呕吐装满了水槽的时候，她会听见一双穿着袜子的脚朝着房子的另一侧飞快地跑去。

／—／—／—／—／—／—／—／—／

65

纳苏郡的夏天是萤火虫的季节，是冲天炮的季节，是猫咪在车底下交配或者在自行车旁玩耍的季节——全是诺曼·洛克威尔[a]式的光景——你不难想象人们有多么热爱建国二百周年纪念日。正午时分，隔着地下室的纱窗，查理就闻到了烟花的火药味儿。可如果你想想的话就会发现非常好笑：邻居们的草坪上用来纪念的小旗子基本上都是广告，是当地一个卖人寿保险的推销员插上去的，旗杆上还印有他的名字。要接近那些独立战争革命者真正的后代，接近那些朋克摇滚歌手，你得到城里去。但是他跟妈妈可不是这么说的，而是说他想要去看那些高高的帆船。他说会和朋友们一起去——其实这就是个借口，可他妈妈听着可高兴了。他没有和妈妈商量过要怎样去，到时他大可骗她说没听清楚。但可以确定的是，她要他十一点之前回来："就算烟花表演超时了，你也得十一点之前回来。答应我，查理。"

[a] 诺曼·洛克威尔是美国在20世纪早期的重要画家、插画家。他的作品记录了20世纪美国的社会情况，主题多样，风格写实，画风甜美温馨。

"知道了，妈。放心吧。"趁她还没改变主意，他迅速离开了房间。

那是昨天的事情。现在，在楼上的浴室里，他正用剪刀给自己剪着头发。给自己剪头发要比想象中困难，第一下剪掉的头发像一簇微红的野草贴在水槽的斜面上，这一幕吓了他一跳。后来想象着萨姆见到自己时露出的笑容，他才鼓起勇气继续。他打开水龙头，想让流水声盖过剪头发的声音，然后给他爸爸的旧剃刀插上电源，祈祷着它还能用。伴随着马达呜呜地响起，他的头发一点点地落到台面上，微红积成深红。柜台上放着他用来做形象参考的《黄铜战略》的唱片封套。留着的那一绺头发从头皮上翘了起来，在镜子里头看就像是一只饥饿的老鼠在他头上乱啃一通以后的惨状。这画面和外面某家割草机的响声以及屋后一大早的鞭炮声是何等的协调。

他把厕纸捏成球状，把台面上的头发扫到水槽里面，冲进下水道。接着他跪下来检查瓷砖上有没有头发丝。他还没检查完，就听到了溅水的声音，扭过头来一看，吓得他差点患上心脏病。糟糕，水槽漫出水来了。他从架子上拿了一条毛巾，等他接近水龙头时，水都已经沿着倾斜的地板流出浴室门外，流到了门厅。真是糟糕透了。匆忙之中，他拿起了妈妈的一条绣了字的毛巾来吸水，可是已经无法挽回了。他只能尽力地把水吸干，然后在下水道里捞捞看，心想尽量不要碰到管道里那些黏成一团的东西。最终他捞到了一团又短又硬的毛发，这就是导致堵塞的罪魁祸首。他用纸巾包起这团毛发，冲进厕所里。

从浴室里出来，他站在门厅，手里拿着毛巾，留心妈妈的动静。三岁的亚伯出现在了房间门口，按理说，他和另一个双胞胎弟弟应该还在睡觉的。小亚伯看见地板上的水以及哥哥的头发后，咧开嘴笑了。他拍了拍自己的脸颊，指着地板上的水，让查理知道他已经了解发生了什么事。"你让我丢脸了，看我不教训你，"查理说，"现在给我滚回去睡觉。"弟弟太小，没法生他的气，这很不公平。原来外面在割草的是自己家，妈妈一定是等查理等得不耐烦了，才决定自己割草的。他把毛巾丢在地上，用脚踩着擦地板，然后揉成一团扔到壁橱底部。他等妈妈把割草机开到后院，然后从楼梯上跳下来，蹿到前门去，中途从挂钩上拿走了妈妈的车钥匙，希望不要被她发现。

萨姆讲过她爸爸的事情之后，查理有点害怕这个男人。原本他设想的情景是这样的：按下门铃，被邀请进去，在客厅等待萨姆害羞地从房间里出来。这下他只敢把车停在路边，按着喇叭等萨姆出来。不知道她是否把这看作约会，光从她的穿着判断是看不出来的，因为她还是穿着那件 T 恤。不过，她倒是称赞了查理，说他的头发做得好看，一下子就让这次约会变得有意义了。她带上了《群马》这张专辑，这是他们俩共有的，一路上听了两遍。到了皇后区大桥后半段，车子一路开到市中心，这时他们还跟着音乐唱了起来：马啊，从四面八方逼近／白色的／闪亮的／银色……

查理担心，如果他把妈妈的车停在村子里超过八小时的话，车子可能会被偷走。于是他们在十四大街找了一个停车点，然后步行到萨姆朋友下班的地方。她一直在小口小口地喝着酒，而他在确认过周围没有警察之后，把酒瓶子接了过来喝个痛快。"这个就是我们要见的人吗？你在唱片店拍的照片里的那些人？"

"他的室友就是举行这次聚会的人。他们从来都不让我去看他们的住所，所以这次我能邀请你来，你得觉得荣幸。你知道我听说有谁会在那里吗？比利·斯里-斯迪克斯。"

"我不信。"

"我是认真的。据说，索尔的朋友尼基认识他们乐队中的每一个人。"

他们慢慢地向南走，一起喝着那瓶爱尔兰威士忌。这一天，城市里就像举办嘉年华一样：穿着白色制服的水手们站在街角，人行道上非常拥挤，以至于游客都走到大街上了，急得司机们狂按喇叭。每走几步，就会撞到一拨人。人们喊着"美国万岁"，即便是在第三大街，那个聚集了全世界穷人的地方，每一个人好像都穿着红色、白色或蓝色的衣服。

唯有索罗门·格兰迪是例外的。他们在休斯敦南部的一家餐厅前面找到了他，他用一个像雨刷的东西在刷着玻璃板，拖出来一道一道没有颜色的泡沫。他比查理还要高一点，身材结实，不过皮肤干燥，而且全身上下都是针孔，像个筛子似的。头巾之下看起来一点头发都没有。"在这儿等一下。"萨姆说，于是查理又缩回去，弓着腰，等着被叫进去做自我介绍，心里不禁感到有些难受。格兰迪很快就溜进了餐厅的地下室，于是她回到查理身旁。"计划有变。"街上正好有上万辆机动车经过，她不得不大声叫着才能让大家听到自己说话，"那个洗碗工罢工了，所以他们打算让索尔顶替一下。也就是说还要再等几个小时他才能下班。"

"他是什么人，全能清洗工人吗？是不是洗什么都可以？窗户、盘子，随便什么东西？"

"他需要那些钱，查理，明白了吗？不然的话又要去当小偷了。我们还是找个地方等他吧。"

最后他们来到了华盛顿广场公园。这儿简直就是一个动物园。嬉皮士在干涸的喷泉池里弹吉他，小孩子到处跑。泽西市上方的太阳并不明亮。他们在流动商贩那里买了一些热狗，坐在长凳上吃了起来。她从口袋里掏出一个难闻的塑料袋子，抖出一些橡皮泥干似的蘑菇到他手上。查理对这个很感兴趣，但也迟疑不决，他好像在哪里听说过毒蘑菇和可食用蘑菇是很难区分的。看着她二话不说地吃了一点下去，他很想去提醒她。但她看来好像没事儿，于是他把她分给自己的蘑菇吃了一半，剩下的趁她没注意的时候放进了自己口袋。她往可乐里兑了一些威士忌，他们一起喝了点儿以冲抵掉口里那种粉末状的口感，然后就靠在长凳上。

"记得以前，我常常和我爸爸还有他的朋友们去驳船上为独立日表演烟火，等我长大了以后，"她说，"他还是希望我们去现场，不过今年市里不让他负责烟花表演了。据说是因为他的方案太烧钱。"

"做官的真令人讨厌。"查理说。

"是的，不过或许是出于好意吧。不过是按个按钮的事情，又不用亲自点火什么的，而你还得戴上那笨重的护目镜。再说了，你能想象在这么近的距离看烟花吗？如果摔倒了怎么办？按理说今晚的派对应该弄一个高台，那样的话每个人都可以在上面看烟花。"

黄红相间的天空好像变成了一个人，伸出拇指按揉着她的脸颊，鼻环以下是蓝色一片。她在看着那些小孩子玩滑梯的时候，她的整个脖子和肩膀好像在发出一些有颜色的旋涡。他摸了摸她的肩膀，她扭过头来好像在问"怎么了？"接着，他们的目光对上了。他觉得，她的眼睛好像不再是褐色的，而是绿得发亮，就像是绿意盎然的春天——连太阳都变得水嫩嫩的，秀色可餐。"天哪。"他说道。他好像真的能看到她的情感。

"我知道。"她说。她仿佛也能看见他的情感。两个人的想法似乎出奇地一致。

他们感觉自己在那儿已经坐了好几个人生，看着小孩子像开花那样越来越多，在广场的设施中以及树荫下玩耍。他们觉得自己也变成了小孩子，甚至不用说话就了解彼此。萨姆用她那沾满汗水的手牵着他的手，他就能明白她的意思。街灯亮了，他们这才想起刚才在聊烟花的事情，还想起来要回去找索尔。她摇摇晃晃地走了几步，后来查理扶着她走回了休斯敦。

现在是晚饭时间，透过这家花园式餐厅的观景窗，可以看见里面全是穿着夏装的人，不过在查理看来他们都是恶毒的，因为他们都是孤独者。餐厅里面播放着古典音乐。古典音乐棒极了！他感觉自己就像一道金色的光，把一切都变得透明，可以看到骨子里去。他挥起光剑，一下就把餐厅劈成两半，萨姆就从裂口处走了进去。他们无视服务员，直接冲进走廊。她把头伸进厨房的门帘，有三个人在里面忙得飞起。"哟，索尔！"

"这是谁啊？"其中一个人说，"把这两个家伙给我赶出去。"

查理似在低语，音量却很大："我们是索尔的朋友。"索尔看了一下跟前那个冒着蒸汽的银色风箱，摘下他的橡胶手套和那个多余的发网，然后出来走到过道上。

"天哪。我跟你们说了要等一会儿。我才刚开始干活，你们又要弄得我丢掉工作了。"

"那又怎样？"她含含糊糊地说着，"你根本就不喜欢这份工作。我们去参加派对吧。"

"你看到我们有多忙了吗？快点离开。"

"看看你说的，兄弟。'我们'？"

查理跟着维瓦尔第[b]的音乐哼了起来，丝毫不在意索尔想要赶他们走。"这样吧，你们十点钟再回来，到时会有人接我的班。到时我就带你们去参加派对。"

"可是我们还要看烟花呢。你的老板是谁？我要见他。"查理从来没有听过她这样子说话，又是哄骗又是抱怨的，还满头大汗。

"我是认真的。你再赖着不走，我就揍你。你们两个都是。"

来到大街上，他们无所事事，唯有继续喝完那瓶威士忌。查理觉得那酒已经不够劲了，因为他感觉自己威力无穷。可是萨姆一直在打嗝，他们走到街角的时候，她双手撑在大腿上，身体前倾，对着臭水沟吐了起来。一个穿着长裙的女人好像在用意第绪语咕哝着什么，查理本应该听得懂的。他摸了摸萨姆的手肘，感觉她的胳膊又细又冰冷。他现在看不见她的情感了："你还好吗？"

[b] 安东尼奥·卢奇奥·维瓦尔第，一位意大利神父，也是巴洛克音乐作曲家。代表作《四季》《圣母颂歌》《荣耀经》等。

她重重地坐在了路边，就坐在人来人往的大街上。她眼皮沉重，嘴唇发白（虽然这可能只是因为天色变暗）。"来吧，萨姆，打起精神。"她软弱无力地站了起来，倒在他的怀里。肯定是出问题了。通常情况下，她一个下午就可以把啤酒和药丸混着吃下去，然后到吃晚饭时还可以保持精神。现在查理得非常小心，或许他可以陪着她去宾夕法尼亚车站，坐七点零五分的车回家。他领着她回到餐厅。音响里好像播放着什么歌曲，又好像不是。女服务员这时候已经就位，上前来接待他，而身后有一个用餐者在嘲笑他的头发。"我们可以在外面等，"查理说，"或者坐在这里也可以，您觉得呢？不过您最好尽快把新的洗碗工叫过来接班。"

索尔出来见他们了，就在那短路的街灯下。他看起来已经准备好要查理的命了，不过查理先开口了："我真的觉得萨姆好像有点不对劲。"萨姆听见他叫自己的名字，就笑了笑，可是没有睁开眼睛。索尔蹲下来仔细看了看她。

"见鬼。你们吃了什么东西？"

"我不知道啊。热狗，还有薯条吧。"

"不是问你这个，蠢货。我是说吃了什么？"

"这个，我们早些时候吃过一点儿蘑菇。"

"你们把蘑菇吃了？"

"就一点儿，不过确实吃了。"

"一点儿是多少？一块还是几块？"

"就吃了几块吧，我想。我自己吃了最小的那几块。"

"天哪。我跟她说过等着的。"索罗门·格兰迪盯着查理，"我得把钱拿到手才能走。你还是把她带到那个房子里去吧，那儿不远。不要让她上屋顶，把她带到地下室，让她喝点水，看看会不会再吐一次。吐完了就可以让她睡一觉。我之后会去找你的。"

"那儿不是在搞派对吗？他们知不知道我们有被邀请？"

"你以为那是什么活动，乡村俱乐部吗？一个小型派对而已，兄弟。你直接走进去就好了。"

查理半拖半拽地才把萨姆送到索尔告诉他的那个地方。屋子里有几个人在大喊大叫，楼上传来音乐声，客厅很昏暗，即便如此你还是能看到里面尽是桶装啤酒，它们全都堆在那堵掉了灰的墙边。还有蛋头先生玩具，它的牙齿部件闪闪发亮。屋子的烟雾很重，他不得不再找出他的呼吸器，不过至少没有人注意到他们进来了。他找到楼梯，然后把萨姆拖到地下室。他得弯着腰走路，以免撞到上面的管道。窗户外面黑漆漆的，烟花应该随时就会开始了。他本想着把她抬到床上，但当他打开房间里唯一的一盏没有灯罩的台灯时，他发现她脸上还有呕吐物。他不能让她就这样子睡觉。

浴室就在房间的角落，电话亭大小——管道就是通向这里的，或许洗个澡会好一点。他打开水阀，等到水冒热气了才把萨姆扶到马桶盖上。"你一个人在这里好好洗个澡，不要溺水了。"真神奇，他居然能用这么命令式的口吻说话。

可是他一走开，她就跌倒在了墙边。"不要丢下噢。"她的说话声有些含混不清，眼睑白得近乎透明，你甚至能看见她眼珠的轮廓。

"好的。不过你要进去洗澡啊，萨姆。这会让你感觉好些的。我不会偷看的。"他站在门口，转过身，不过他可以听见换气扇的声音。这里的墙壁薄得像纸一样。他偷偷瞥了一眼，她的手还在摸索着牛仔裤上的纽扣。

"好了，站起来吧。"之前吃过蘑菇的他也害怕得不行。他试着尽量不要触碰到她肚子上柔软的肌肤，帮着她解开拉链脱下裤子时，尽量不去想那双露出来的腿。他见过裸腿的，不是吗？他蹲下来，好帮她把裤子脱到膝盖以下。他帮她脱掉那破旧的运动袜时，她用手撑在他的肩膀上，嘴里发出咕噜咕噜的声音。

现在，她就站在他面前，身上只剩一件褪色的黑衬衫，还有那十分女孩子气的白色棉质的内裤。她依旧闭着眼睛左摇右晃，好像在随着楼上的音乐摇摆。当然了，她是没有穿胸罩的。"你自己不会洗澡吗？"

好一会儿，她都没有回答——可能已经睡着了——可是接下来，她又咬着嘴唇摇摇头。他帮她脱掉了衬衫，现在他的心都快要跳出胸膛了。她的乳房近在眼前。她得自己脱下内裤——他可没办法帮忙。由于兴奋，他不得不弓着身子，背对着她，命令她进去洗澡。等帘子拉下来以后他才敢转过身来，面对着发霉的塑料帘子。"你在里面还好吗？"她回应了。可是水声"噼里啪啦"，听不清楚她到底说了什么。

她已经在里面待了几分钟，他才想起来她需要一条毛巾。这里没有橱柜，所以也不可能有毛巾。他悄悄地溜到一个大一点的房间里，依旧没发现任何日用品，除了一张沙发、一盏台灯、一面挂镜，还有角落里发黄的床垫。他回到浴室，把自己的汗衫脱了下来。还好，那面镜子蒙上了一层水汽，这样他就不用为自己那惨白的皮肤，以及瘦得清晰可辨的肋骨而感到震惊了。他现在开始责怪自己的发型，要是当初不是自己剪头发，也就不会走到如今这个地步了。"好了，把水阀关上，"他一步一步地指引着她，"我把我的汗衫挂在栏杆上，"她照着他说的做了，这让他很受鼓舞，"你就用它来擦干吧。"他们俩之间只隔着一块浴帘，当然他还穿着牛仔裤和内裤，不过一切冲动都已经过去了。现在，他们像小孩子在玩着类似过家家的游戏。或者说她像小孩子，而他是家长。他把她的衣服从杆子上方递了过去，让她慢慢把衣服穿好。接着她把他的汗衫还了回去，他把它拧干以后随手搭在肩膀上，然后打开浴帘。他帮她把紧得离谱的牛仔裤扣上扣子。"深呼吸。"他说。接着她就推开他，跪在马桶边上呕吐了起来。一次，两次，三次，直到吐不出来东西为止。他就坐在她身旁，帮她挽着头发。

　　那现在如何了呢？她的气色好了点儿，终于有力气说话了——"抱歉，查理。"她说——只是她和外面这个世界显得格格不入。他也不想上楼去跟那些年长的朋克青年解释他们为什么来这里。那张床垫上的床单皱皱巴巴的，看着活像臭虫们的温床，于是他把她带到沙发那里，给她盖上一块脏毛毯。本来他是想哄她躺下睡一觉的，不知怎的就变成她睡在自己的大腿上了。外面，烟花绽放：先是当地人家的一些小烟花，接着是市里的在高空绽放的大型烟花。他伸手把台灯关掉，现在大概是这座城市里最漆黑的时刻了。当她摸着他的脸时，他才注意到原来她的手是如此的娇小："嘿，查理？"

　　"嘿，萨姆。"

　　"我有没有和你聊过'世界上最孤独的男人'的故事？"

　　"关于什么的？"

　　呕吐过后，她的声音变得更嘶哑了。她说，以后他们会有这种技术，人们不再会感觉到自己孤独，因为所有人都会做回自己。只有一个人知道这其中的秘密。

　　"他就是'世界上最孤独的男人'？"他猜。

　　她打了个哈欠，像猫咪一样弓起背，不说话了。他以为她睡着了，可是过了一会儿她又开口了。她说，那个世界上最孤独的男人心里面只有一个人，而如果他得不到那个人的爱，他就会把自己的心灵封闭起来。他告诉自己没有人会爱上他，不过他正是用这个作为理由拒绝爱上他的人。她的嘴唇几乎没有动，可能是在睡梦中和谁说话吧。"你在听吗？"

他把她散开在沙发扶手上的头发拨回来，这样就不会挡到她的脸。现在，他抚摸着她的头发："嘘，休息一下吧。"

她轻轻地吐了一下舌头："别说话，查理，你听我讲。这个男人不会让自己……甚至不会让别人向他表达爱意。他身边的人只不过是想爱他而已。"

"为什么你要跟我说这个？"

"我担心你。"她含糊地说。

"你担心我？真好笑，萨姆。你担心我会在别人的地下室晕倒，或者被自己的呕吐物噎死吗？"

"我担心你在让自己变得孤独，因为……"

"我并不孤独。"他轻声说，然后，仿佛是为了证明这一点，他俯下身亲吻了她。他闭上眼睛片刻，这样更容易让她感受到这就是他本人，这就是她想要的。他们两的嘴唇紧紧贴在了一起，尽管她的嘴唇上还残留着呕吐后的酸味。事实上，当他坐起来时才发现，她没有让他停下的原因，是她已经睡过去了，她的头离着他的裤裆只有几厘米。他久久地在漆黑之中坐着，想要看清楚她的脸庞。

"糟糕，糟糕，糟糕。"他摇着头，试图保持清醒。他的腿已经麻了，脸也黏黏的。烟花已经放完很久了，现在几点了？妈妈肯定气得要杀了他。

他叫醒萨姆，让她陪着自己走上楼去，一方面是因为他不敢一个人上去，另一方面是因为他知道她可以陪他上去。街上只有停靠着的汽车，风挡玻璃反射着街灯和树上装饰灯的光。车门上有一些奇怪的记号，闻着像未干的油漆。她说要打算留下来。她相信索罗门·格兰迪会过来的，或者说他已经来了。她晚一点会再坐火车回去。

但她打算怎么从车站回家呢？

她说，有出租车，还有巴士。

或许他可以送她一程。

"很晚了，查理。你说过你得回去的，那就回去吧。"她说这话的时候很不好意思，不敢看着他的眼睛——这是一种结束谈话的方式。他不知道该怎么做，是给她一个亲密的拥抱，还是拉住她的手，又或者是再亲吻她一遍。

最后,她站在房子的门廊前,看着他一路向北,消失在阴影之中。他前往当时停车的地方,希望车子还在。

一个小时以后,他正开着妈妈的车,行驶在长岛高速公路的主干道上。蒙着水汽的纳光灯下有蚊子飞来飞去。在这样朦胧的灯光之下,周围的风景也变得格外陌生起来。路旁时不时会出现新盖的高层公寓,然而里面只有零零星星的几个住户。四百年前,印第安部落就移居在如今路旁的这些树丛当中。后来有的歌曲介绍过这段历史,虽然只是一笔带过。有那么一首歌叫《蛋蜜乳布鲁斯》,它的歌词是这么唱的:"踢翻他们的石碑,在新教徒的墓前"。还是"踢翻他们的房屋"?那张唱片粗糙的单声道,以及歌手那奇怪的声线让歌词难以分辨。查理嚼着口香糖的包装箔纸来让自己保持清醒。他觉得自己真的是在生萨姆的气。他如此无微不至地照顾她,她居然还选择和那些忽视她的朋友待在一起。他把 EPF 的唱片弹出,然后从座位底下摸出了一盒 T.Rex 乐队的录音带。他把它藏在座位下面,免得她就此打趣他。听到第二面的时候,已经是深夜,路上的车辆慢了下来,公路也转为单行道。这里发生了一起事故,一个穿着制服的男人站在一团熊熊燃烧的火焰之中,路过的车辆只能一辆接一辆地开过去。如果那些人碰巧进去看一看会怎么样?那个人看起来像喝醉了,还是因为什么而过度兴奋?他要干什么?查理戴上了纽约大都会队的棒球帽来遮住他的莫西干头。他踩住刹车,摇下车窗,探出身去想看看怎么回事。

等他开到花山的时候,妈妈就坐在爸爸那老旧的扶手椅上等他。他很清楚她早就把所有灯都关掉了,这样等会儿再开灯时就会给人一种深刻的印象。"你知道现在是什么时间吗,查理?"

"我们早上再聊这个可以吗?"他已经在向地下室走去,他可以听见楼上那两双柔软的小脚在地毯上行走的声音。他的两个弟弟起了床在偷听。不过现在妈妈也醒来了,于是他们赶紧回去睡觉。

"我们现在就可以谈,年轻人。先说说看为什么你的衬衫全湿透了。"

"我们应该睡个好觉,起床后看问题会更清晰。"他都快要走到地下室门前了,这时她突然把头顶的灯打开,这样就可以看得更清楚了。

"查尔斯·纳撒尼尔·维斯贝格尔——你的头发怎么了?"

他能够感觉到棒球帽下露出了自己那光秃秃的头皮,他僵住了,一只手放在门把手上面。情况突然变得非常严肃。如果她现在对他的发型说些侮辱性的话，那么他就永远也不会原谅她。她伸出手把他的帽子摘了下来，现在，他们两个人都僵住了。如果说有什么不一样的话，那大概就是他眼睛里含着后悔的泪水。

她的声音很平和："你到底怎么了？"

他盯着墙壁上的某个地方，说："我不知道，我也不知道自己为什么这么蠢。"

"查理，我现在闻到的是酒的味道吗？"

"和我一起玩儿的人在喝酒。"他这么说出口了之后，才发现他把自己说成了一个无辜的旁观者——5月的时候，她闻到了萨姆身上的烟味儿，当时他用的就是这一招——用在酒上面毫无意义。至少我没有吃迷幻药，总之，没有萨姆吃得多，他真想这么说。

"那是烈酒啊！你喝了，然后还开我的车？"

"我没喝。"

她让他转过身来，然后狠狠地给了他一巴掌："你不要骗我。你到底和什么人在一起？"

他坐在地毯上——不是因为她打得疼，而是不想再被打一次。他双手抱着头，白天所有的挫折在他内心不断积累、扩大，似乎随时都有可能爆发。可他不能忍受的，是自己的母亲把他当作坏孩子。"你不了解她。"他说。如果他觉得为了女孩子而晚归可以让妈妈平息怒气的话，那他就大错特错了。第二天醒来，他发现自己被限制外出了。这个情况一直延续到秋天。

66

后来，随着时间的流逝，基斯好奇：自从他被吩咐在东三街那座房子的破烂入口前等待以来，真的只过了三个月吗？还有：他为什么没有听从吩咐？不过，到头来并没有什么思考的时间。门廊前的那个年轻女人继续往屋子后面走去，那儿的电话在响。他还没搞清楚自己到底在做什么，就已经跟着她走到了厨房门口。窗户上钉着一张床单，使得午后照射进来的阳光变成了橘黄色。放下了那一摞摞的唱片后，她转过身来站在壁装电话旁边。他看到她的 T 恤衣领和下摆被裁剪掉了。音乐穿过墙壁，盖过了她说话的声音，不过，当她把听筒拿到另一侧的时候，他能看到她的翘臀，她锁骨以下的精致曲线，还有她光滑透亮的肌肤。他并没有想到，她肯定已经知道了他在看她。她的伸懒腰、她的打哈欠，一颦一笑，就是为了让他看个够。

她把电话挂回墙上，另一只手贴着墙灰剥落的墙壁。仿佛是一种回应似的，噪声消失了。"好了，"她转过身说，"你说你需要邮件里的某件东西？"他说不出话来。"可能某个蠢人已经拿出来放到车库了。你需要我找的到底是什么？"

"我不知道。是一个用马尼拉信封。邮编是 10017。"

"待在这里，不要碰任何东西。我很快就回来。"她向着后门走去，又停了下来，"你叫什么名字，万一有人问起呢？"

"很抱歉，"他说，一个十足的蠢货，"我叫基斯。"

五分钟过后，她拿着他要的信封回来了，肩上还扛着一台摄影机。他说她就像是他的救星，作为交换，他拿出自己公文包里的信封交给了她。

"我该怎么处理这封信？"

"我不过是个送信的——连里面是什么都不知道。"

"穿着西装打着领带的信差可不常见啊，基斯，尤其是在这一带。"他差点就忘记了自己还要去上班的。不过他认为她这是在和自己调情，因此一点儿也不后悔。她把信封举到自己打着鼻环的鼻子前，闻了闻封口："你一点儿也不想知道里面是什么吗？"

他耸了耸肩。他不明白为什么埃默里不干脆雇个信差，可他并没有发问。或许是感觉到自己不知道答案反而会更好吧。总有些事情你是不想了解得太深入的。看看尼克松曾经试图对丹尼尔·埃尔斯伯格和丹尼尔·斯诺尔[a]做的事情就知道了。"这和我无关。我只是帮别人一个忙而已。"

她把信封放在了柜台上："好吧，你就继续做你的事。我该走了。"

"你才刚到这儿吧。"

"我要去市郊拍些照片，趁着天色还不错。"

"我就是往那个方向去的，"他一时冲动地说，"我们可以合坐一辆出租车。"

---

[a] 二者均为记者，都曾参与曝光总统丑闻，并遭到总统的威胁、伤害。

"我不坐出租车的。那可不便宜。"

"我付钱。"他拿起了信封,"毕竟我欠你人情。"

他想知道她是如何吸引自己的,也想知道自己是如何变得这么主动的。或许答案很简单:他喜欢她的笑容,喜欢她笑的时候会皱起来的鼻梁,喜欢她嘴和脸的比例。"萨姆。"她伸出手,他立马从刚才的想象中反应回来,意识到她是在告诉自己她的名字。

这个时段很容易找出租车,每个人都迫不及待地想要逃离曼哈顿下城,仿佛那里着了火似的。车上的皮椅闻着有一股空气清新剂的味道,且不说这个,这时他们已经沿着第三大道走了九个或者十个街区了。夏日午后的阳光色彩浓烈,烈日反倒让天空显得更蓝了。"看一看,瞧一瞧",街边的小贩在信号灯那里停了下来。她摇下车窗,点了一根香烟。阳光从高楼之间照射下来,烟雾在光线之中形成了复杂的形状。出租车又慢慢地开了起来,烟雾消散,只剩下垃圾发臭的气味。"这么说你是摄影师咯?"

"我是学摄影的。"她得意地说。想到他可能会猜测自己的年龄,这会让她感到不自在,于是她立刻补充说道:"在纽约大学的艺术学院。其实今年春天就要毕业了。"那些房子就是她朋友们的家,现在都搬出去了。那里的人她都认识,从远处就能认出来。他们有时候会回来看看。

他问她关于这里的事情,因为他记得好像在什么地方读到过关于这个地方的文字。当她都一一解说完以后,他们已经走过第八十大街了,这时她向前探身,告诉司机停在路边。在街对面通向中央公园的地方,有人把路中间的安全岛用喷漆喷成太空飞鼠的形象。天色开始变暗。威尔的学校就在附近。"嘿,"他说,"我知道这里看起来比市中心的环境好一些,但是你一个人在附近闲逛的话还不是很安全的。经常有人抢劫。"

"你怎么知道我不是来抢旅客钱包的呢?"

"哈哈,真好笑。"

"总之,还有半个小时天就黑了,到时就没法拍摄了。不用担心我。"

"我陪你去吧。"他说。

"那你怎么回家?"她问。

"我就住在附近。"他这么说居然一点儿都没有不好意思。总之,她让他跟着进公园去了,走在盛夏的树荫底下。他们绕过蓄水池往北走,那些路他已经好几年没有走过了。他们走得越远,他就看到越多的喷漆画:比如画在长凳背后的战斗着的银色外星人,又如金属网的垃圾桶上的火焰。对于她来说,每一个画面都可以作为参考素材。她会蹲下,拿起相机拍摄,而他就站在身后试想当他们这样站着的时候,人们是怎么看待他们的。任何看见他的人,大概都会想,他们俩肯定不是一起的,他拿着公文包,而她却穿着破洞的牛仔裤。事实上周围也没有多少人路过。

　　他们最后来到了哈林湖的船库。财政危机期间这里关闭了,自那以后,船库水渍险结构的青砖纹理逐渐消失,被一层一层的喷漆画遮盖。她把那些画称为"标签"。墙上有成百上千的画,有些只是潦草的涂鸦,有些则是写得很认真的大写字母。在西面的墙上,某个极具天赋的人——要是他活在中世纪的话,可能就是为教堂作壁画的画师了——煞费苦心地画了一个八尺高的、长着翅膀的裸体女神。正是这个,这个公园的女神,萨姆决定要用镜头记录下来。她一下子走到这边,一下子走到那边,尝试从不同的角度拍摄,一会儿蹲着拍,一会儿又站着估量那不断变暗的天色。除了按快门的声音以外,周围就只有从远处传来的汽车喇叭声、鸟儿在树丛里叽叽喳喳的声音了。他大学二年级念德语时背诵过的一句诗突然出现在脑海里。他试图把注意力放在墙壁的画上。人物的臀部之上是纤细的腰,腰身之上是像古铜色柰果的双乳,头则向着后方的一侧微微倾斜,脸上是欣然的笑容。里根以前差不多也是这个样子,至少他觉得是这样的。不过她现在的身体已经不一样了,生过孩子的身体变得松松垮垮的,之后不知怎的又瘦下来了,似乎她准备从专职妈妈变回职场女性了。如果眼前那个在不停走动着观察墙上画作的女子主动投怀送抱,那么他会怎么回应呢?就在这个时候,她转过身来问他在想什么。他说,他就在想自己差不多该走了。

　　信封再一次出现在他桌上时,他等了几天之后才把它送去东三街。埃默里并没有说过要什么时候送达,而基斯关心的是——或者说他莫名其妙地知道——萨曼莎什么时候会在那儿。等他终于叩响门扉时,她竟真的在。"你在这里做什么?"她问。

　　他走了进去,她背对着墙。他把信交到她的手上,她靠近他的耳边。他清楚地听到她一字一句地说:"你吓到我了。"这是她从肥皂剧里学来的,他才是被吓到的那个。

基斯还能保证一年能去几次教堂，而里根总是找各种奇怪的理由不去。有个星期天，做完十点钟的弥撒之后，他私下找到教区助理乔纳森神父。吞吞吐吐、支支吾吾地说了一些废话后，他承认自己看上了别的女人（他觉得自己已经说得够直白了），不过神父建议他去找一个专业的人谈谈。"我这不就在和专业的人谈吗？"基斯说。

神父的意思是让他去找心理医生。神父没有头发，看起来很年轻，话里有隐隐的讽刺："他们对这些事情很在行。你和你的妻子结婚多久了？"

这是反问的语气，可乔纳森神父并没有等他回答就继续说了下去。他说，有一个教友是心理学家，最近刚出了一本书。她在《时代》杂志上有一个专栏，也许基斯听说过。基斯认真地点了点头。他确实听说过那个人。乔纳森神父解释说，那个教友和她的丈夫都是心理学家，他们刚过了银婚纪念日。二十五年。她在书里头说，婚姻长久的秘密是他们每个星期二都会出去吃晚饭，并且坚持了二十五年。"是星期二，好好想想看。不是星期一，因为一周才刚开始；也不是星期三，因为一周已经过半。就是星期二。为了这个约定，他们会把一切阻碍都排除掉。"

神父那张温和的脸皮底下似乎燃起了一丝怒火。基斯不知道这是不是因为，他放弃了难得的机会去体验超乎想象的愉悦——他渴望这教区里的某个女性，在聚餐日的时候看着她分发通心粉沙拉，看着那她穿着裙子的成熟的身体，感受她的手挽着你的手臂，可他每晚只能独自回到教堂喂猫。而现在比这更糟，他得听一个自私的信徒哀叹他完美得令人羡慕的婚姻，哀叹他对这段婚姻的难以割舍，起因不过是一点儿小问题。另一个基斯，那个与萨曼莎耳鬓厮磨、饥渴的基斯，特别想翻过那张红木桌子，抓起对方的衣领说："该死的，别装出一副高高在上的样子。"有那么一刻，房间似乎被这些矛盾的情绪撕得四分五裂。或许，他会像那个不守规矩的乔纳森神父那样，迷失在这些情绪当中。

再说了，现在是 20 世纪了，公平荡然无存。星期二，他带里根到城里的意大利餐馆用餐。这是他们以前去过的地方，烛光没变，辣酱没变，除了一样东西：基斯花了一些时间才发现吧台上方装了一台电视机。电视机开着，酒保在一旁擦着酒杯。尽管听不见电视机里的声音，尽管一点儿也不关心美国棒球联赛，基斯还是被电视机吸引了。倒放着的玻璃杯折射出灰蓝色的光，他盯着看了一会儿。但不管他往哪里看，最后还是会把目光转回到荧幕上，直到他意识到里根在看着自己。"怎么了？"他问。

"亲爱的，我问你一个问题。我刚说的话你都没听进去吗？"

就这样，晚饭不欢而散。他们晚上也没有如他期望的那样住在酒店，而是回家给临时保姆结清了工资，然后辅导孩子做作业，听凯特睡前发牢骚，给她讲故事，忙完以后，倒床就睡。第二天，在没有其他人的办公室里，他拨通了萨曼莎给他的号码，只是他还没有做好勾搭对方的准备。

他真的回去了，那个旧街区，只是那里已经变了——有人会说那里堕落了。各种异装癖者公然走在第七大道上，其中还混杂着一些中产阶级家庭的孩子——他们尽其所能地打扮成流浪者的样子，还有穿着花呢衣服的学生、游客和图书编辑。但是基斯不觉得来这里有失身份。他太想念这个地方了。为什么那些人要搬走呢？

他往与萨曼莎约定好的街区走去，半路上就看见了她。她坐在台阶上，左手拿着冰激凌，右手拿着香烟。她穿了裙子，那双长腿和石板台阶形成的绝妙角度，顷刻间就占据了他的脑海。此时他的脑袋里完全没有家庭。她依然坐着，即便他走到她面前，她也没有站起来——只是抬起头，隔着香烟的烟雾看了他一下。不过她打扮过了，这是个好消息。她肯定对他有意思。

吃晚饭时，他表现得非常有绅士风度，就像一个阔绰的叔叔进城来玩几天似的（这里他认识的人大概并没有全都搬走）。萨曼莎坚持要多喝一点酒，她用膝盖在桌子底下暗示他的时候，他吓了一跳，以为那只是一个意外。真疯狂！周围可有人看着呢！你现在还没有犯错，他提醒自己。天晓得他以前错过了多少和其他女人鬼混的机会。他已经证明过了，不是吗？而现在，他已经被某种强大的魅力迷住了。桌面上，那个女孩继续跟他讲着黛安·阿勃丝和丹尼·里昂 [b]，以及他们的摄影天赋——那是精神崩溃，她说。桌面下，她的脚碰到了他的脚。

[b] 均是美国摄影师。

然后他们回到了她的宿舍房间，一个极小的单人房。她过完暑假回来后，还没整理好行李箱。她的同学大多都还没回来，但是她找了一个朋友，就是那些搞街头涂鸦的人，帮她喷一墙涂鸦。他还能闻到呛鼻的气味。"租金应该不贵吧。"他紧张地说，一边转身看着那些一直延伸到天花板的涂鸦，试图理解这些黑色和银色的图案。等他回过头来的时候,她正背靠着桌子,一脸坦率。她的T恤还是他们头一天见面时穿的那件,领口有一点撕开了,滑落在她的肩膀上。

他们就在这里,站着发生了关系。他还不知道自己可以有多主动,如果对方允许的话。威尔出生以后,里根就不再这么想要了。即便是她怀着凯特的时候,做爱也只是任务式的,十分钟就完事,后来时间就更短了。他发现自己很生气,生她的气,气她一直过于克制,才让他走到这个地步。而萨曼莎那温柔的叫声,她脖子上的香汗,还有她在下面摸索着的双手,令他找回了自己。此刻他毕竟是在大学宿舍,有人在隔壁敲打着墙壁让他们小声一点。这个二十二岁的女人就像野马一样,她的手紧紧抓住桌子的边缘,而他则停不下来。这就是男女同校不可思议的地方。一切你想得到的都能实现,而你需要付出的是你的灵魂。

事后,他们倒在了她还没铺好的床上,外面的灯光透过百叶窗缝隙照在他们身上。"刚才太……"

"嗯。"她表示同意,显然是太满足而说不出话来。

走廊另一头有个公共浴室,但是他不方便去(这一层是女生住的),所以他就用她给的毛巾尽可能地把身体擦干净,开始穿衣服。

"我不是那种人……你懂的。我可以再来看你吗?"

她告诉他下次可以给她打电话的时间。他觉得和她吻别显得太亲密了,于是偷偷溜到了电梯间。

电梯里的他看起来满脸通红,虽然头发有点儿凌乱,可是容光焕发。不过,他已经开始冷静下来了。和他一起坐电梯下楼的还有一个穿着运动长裤的男孩,不过他不敢与之对视。那个男孩很可能也想睡萨曼莎——谁不想呢?他也不敢和大厅里的保安对视,说不定人家保安也想呢。走在潮湿而又炎热的夜里,走在华盛顿广场公园的树下,基斯想起了以前给威尔念过的睡前故事。故事里头的主人公总是会偏离平坦的大道,误入树林深处。或许树林里面栖息着让他们害怕的东西。于是他自我安慰说,他的优势在于,他已经知道了事情会怎么发展下去。他停下来,欣赏一朵花儿,然后陷入泥潭。不过,他很快就会回归正途,重新开始并且专注旧情。这不就是树林存在的意义吗?

67

那个秋天，在西百老汇街几个街区以外的豪斯顿街一个长满杂草的安全岛上，他给萨曼莎·西齐亚罗拍了一张黑白照片。当时是白天，下午时分，临近下班高峰期，猛烈的阳光从西边照射过来，她两侧的沥青马路上，穿梭着各种新款轿车，它们都有着窄窄的车尾灯和四四方方的通气栅板。一辆巴士停靠在路边，因为有一名乘客要下车，从这个距离望去，分辨不清那名乘客的性别。再远一点的某处，有一栋建筑，大梁直接经过墙体贯通了隔壁的房间。再远一点，那是她最喜欢的，一栋高高的维多利亚式的红砖建筑，门廊上面有一个金色的丘比特塑像。

去年，她爸爸在她生日的时候送了她一台尼康马特相机（她跟查理说过一次：如果你在他身边提到类似的事情，或者有时候只是隔着商店橱窗渴望地看了一眼，他就会把那个东西买下来给你。你会错失享受乐趣的机会，因为你会想自己是不是诱使他买了超出自己经济能力的东西）。现在，基斯都会把下午的时间腾出来，届时他们就会来到中央公园以北荒僻的街区，或者布里克街以南，到处拍照。这时，他把相机对着她。虽然城市里到处人满为患，但取景器里的她还是显得与众不同。她的T恤是剪裁过的，露出了肚脐；T恤外面披了一件男式上衣，袖子卷了起来，收得很紧。她剪了一头齐耳短发，染成了黑色，不过在照片上的颜色看起来像是鸽子灰，发尾散开的地方像一道道苍白的闪电。她还戴了一顶小猪肉派帽，双臂向后抱住她靠着的灯柱，就好像被锁在上面似的。她的脸向光，嘴上带着笑。和照片上的其他事物比起来，她的笑容显得非常独特，如同烈火般热情灿烂。她的双眼，她的嘴巴，让人不禁想多看几眼。而她的脑海里，此刻在想什么呢？回顾过去，她发现了更多的可能性。那个夏天，她走到了各种权势和力量的交汇点，有一些她意识到了，一些则没有。她本可以想一想，比如说，勾引一个年龄是自己两倍的男人一定有什么不妥——就是那边的那个男人，他正蹲在草里拿着照相机寻找一个面孔；比如说关于那些信封，她取笑他从未打开过，而她听说信封里装的是尼基从他某个有钱的亲戚那里得到的资助；比如，她可以想想东三街的那座房子，还有亏欠朋友们的忠诚，他们当时显然毁了快乐的时光；她本可以思考这个事实——现在已经是哥伦布日之后的星期二，而她自9月底起就没再上过一堂课；她还可以想想她的爸爸，他一定会大为震惊的，他的小萨本来是个优秀的天主教女孩，让她远离这一切不就是他最初供她读私立学校的原因吗？可是爸爸被理查德·格罗斯科夫的纸和笔所怂恿，越来越沉浸于自己所构想的世界中，在那个世界里，他自己的父亲和兄弟们都还活着，而且纽约的烟花依然和西齐亚罗的名字密不可分。总之，这就是她从家里的来电所得知的。她本可以思考其中任何一件事情或者这一切。

现在正值小阳春，她把这一年余下的时间都花在了等待上面，而她早些时候就明白了，去想太多将来的事情对谁都没有好处。正如她喜欢的一位诗人所写的那样，"跟着你的感觉走吧"。所以，快门按下的那一刻，她就想到了三明治，那家她最喜爱的小餐馆菜单上的三明治：咸味的意大利香肠和腌肉，夹在厚厚的面包和浓郁的芝士之间，当你用手指按下去的时候，蛋黄酱会从边上流出来，流到蜡纸上面。

整个下午，她就让基斯跟着自己，到各个地方。那也是对他考验的一部分：看看他有多听她的话。不过她能感觉到，基斯有所保留，这让她渴望着弄清楚那是什么。他们坐在一个远离窗户的隔间里，这样小餐馆外面的人就不会看到他们了。他点了一杯可乐，然后看着她吃三明治。她吃了几口后，就开始撕他的吸管包装纸，撕成小块的纸屑丢在烟灰缸里，然后她拿起自己的打火机试图把纸屑点燃。最终，他粗鲁地伸出手抓住她的手腕。"别这样，"他说，"人家会把我们俩赶出去的。"刹那间，她看到了真正的基斯。她想要把基斯抓起来，好好研究研究，看他是否愿意为了她而毁掉自己。

她认为基斯不会愿意，但这恰恰是她爱上他的理由。

当然，性爱也是一个理由：只不过那是间歇性的、突然的，也是很脆弱的。她很早以前就认为所谓的快感不过是儿戏罢了，所以她早就把身体交了出去，给那些男孩子寻求快感。但是，和基斯在一起时——他们傍晚回到她的寝室时，去到中央车站东面的小旅馆时——她会有一种奇妙的感觉。她会用手抚摩他的身体，或者他反过来抚摩她，直到分不清是谁在抚摩谁。她会害怕对方让自己停下来，也害怕自己会让对方停下来，不过这两者都没有发生。就像荡秋千一样，她越荡越高，只是下意识地想要荡到更高的地方去。

实际上，这大概也算不上是爱情——要爱上一个人，你首先得尊重他，而说实话，她有时候并不尊重基斯。例如，当他试着对她温柔的时候，她反而会觉得有点厌烦。不过，当她察觉到他压抑在外表下的怒气时，她会愿意做任何事情去取悦他。她愿意，她真的愿意，因为只有这样她才能抓住他的心：虽然事实不完全如此。而这一切——或者说大部分，她都愿意向查理倾诉。有几次她还是试着给他打过电话。但当然了，查理就像她生活中的所有男人一样，一看到她并不如自己所想的那样，就立刻抛弃了她。

算起来，她的这段恋爱期总共持续了也不过几个月，可是，有时候她会觉得已经过去了好几年，有时候又会觉得好像只过了几天而已。或许是因为一次又一次地回到那家旅馆的那个房间，让人觉得时间不像直线向前走，而像一圈一圈地循环着，周而复始。很显然，他们不可能总是要到同一个房间，可是旅馆的每个房间不都是一样的吗？一样的香烟，一样的窗帘，一样的枕头，一样的床单。晚上，她会回到那栋法伦斯泰尔的房子里，不过那儿的后人文主义者对她产生了一丝复杂的仇富情绪。从 8 月开始，她就没再和他们一起坐车出去玩过了。有一次，为了寻求刺激，那些人用火点着了一座废弃的教堂。于是她就把这写成了一个故事，随后还让臭丫头去读。让萨姆愤怒的并不是他们烧掉教堂这个亵渎行为，她愤怒是因为她内心不太能够接受人生无意义这种观点。而这恰是她自己的问题所在，或许尼基早就向她指出过了。还有就是，在写作上面投入了太多。

后来，感恩节的前一两周，他们五个人去了圣马克街一家破旧的电影院看午夜场的《出租车司机》。电影、电视以及凯西·格森都在尼基身体政治病毒的名单上，尼基倒是愿意破例一次。电影海报似乎是几周之前贴上的，上面是留着阿帕奇发型、穿着军装外套的罗伯特·德尼罗。只需要再往前上十几码，他们就可以看到这部讽刺他们这个群体的电影了——用尼基的话来说，斯科塞斯这么做是徒劳的。在一片漆黑的电影院里，他的手臂不断地蹭着她的手臂，但是她几乎没有注意到。因为《出租车司机》这部电影简直就像是拍给萨曼莎·西齐亚罗看的。导演独特的表现方式，让电影充满了不可言喻的参考性。电影里头有一个叫鲍比·D 的人，他的下巴就像电冰箱那么大，有着一双和她爱人很相似的眼睛。然后还有朱迪·福斯特饰演的儿童角色，穿着三角背心和热裤。斯科塞斯让观众，包括萨姆，觉得他们俩是一对情侣，可意图是什么呢？可怜他们，还是厌恶他们？你切不可幻想特拉维斯·比克尔对于那个小女孩的迷恋是健康正常的，或者是长久的。这种感情最终只会含泪收场。

那个周五，基斯计划好了在午餐时间下班，她要他带自己去联合国大楼附近的一家电影院，再看一遍这部电影。到下半场，她大多数时间都没有在看荧幕，而是看着他的脸。看完电影之后已经是下午三点，11 月的阳光微弱，他们走出场外时，他眨了眨眼，摇了摇头，说："这电影太压抑了。"

"没有戳到你的痛处吗？"

"你在说什么呢？"

她再次从心底里感谢他的天真质朴，又通过了一次考验。她挽起他的手臂，说："我们去旅馆吧。"

"你不是有宿舍吗？"他说。

"可我们要一路走回市区啊。"

"我把钱包忘在家里了，这样你就没办法让我继续烧钱了。"

她计上心头："我们就去旅馆吧，好吗？"她用身体抵着他的手臂，然后在他耳边小声地说了几件她允许他对自己做的事情，前提是他要带她去一家漂亮的旅馆。

"天哪，萨曼莎。有人在看着呢。"可这里是纽约城，你只要不是十恶不赦，罪恶滔天，别人才懒得理你呢。他的耳根已经红透，这表明她已经得手了。

回到他的房子外面，他告诉她在出租车里等着，他很快就回来。可当她看到他过了看门人的桌子后就立马从后座里跳出来。她想知道自己到底可以做到什么程度。她随口说了一个楼层，看门人几乎没有抬头，只顾看着报纸。没有人会怀疑一个女孩子的。她在电梯边追上基斯，把一只手伸进了他的口袋。"你在做什么？"他有点儿不高兴。

"我想看看你住的地方。这要求不过分吧？"

他看着她身后，街上的那些彩色缎带，仿佛是在计算着要怎么把她送回去，经过大厅而不被发现。她今天看起来没有那么性感了，她也知道，毕竟她穿着牛仔裤和网眼羊毛衫。可是就算他把她说成是自己的侄女，这么快就离开也会引起别人的怀疑。这时电梯到了。"好吧。"他说，然后赶紧把她推进没有人的电梯里。

到了楼上，他把她拉到自己的房门里。"看到了吗？这就是我的房子。现在别走开，等我回来带你出去。"她似乎有一种似曾相识的感觉。她能听到电灯和抽屉打开的声音，能闻到走廊上淡淡的食物香气，仿佛有人把一些巨大的甜面团塞进了墙上的气孔里。地上有一张用来擦脚的垫子,旁边立着一把伞,还有一张桌子,上面有一个装满了零钱的盘子。墙上挂着一幅裱框的油画,也可能是版画,上面画着一个很丑的角色——说不清具体是什么。走廊远处从窗户照进来的光使得玻璃上的一些地方难以分辨。一个拼装玩具从地毯的一角露了出来,仿佛有人故意放在那儿让她看见。出于某种原因,她想象着,他的另一种生活或许和现在他跟自己一起过的生活一样,也是一种偶然。但实际上,那种生活是牢不可破的,想打破它对他的束缚远比她想象的困难——前提是她还想这么做的话。

她沿着走廊慢慢地走向窗户。这个地方得有多大啊!客厅是长期有人居住的样子,感觉基斯的妻子和孩子们随时都会回来,继续看咖啡桌上的书,继续喝杯子里已经泡好的冷茶。或许这就是他要她在门口等待的原因吧,方便快速逃跑。只是她不禁走到了书架旁边,看到了那些相框。照片甚至比她那个秋天为《千舞之地》拍摄的还多。整理这些照片的人肯定不是基斯,因为他太粗心了。一定是像她一样的人做的,那个人需要从照片中得到安慰。例如,有这么一张照片,上面是一家人在湖边野餐。小女孩拍得很模糊,因为她在基斯的怀抱里扭来扭去。但那个女人,一头红发,长得确实漂亮。背景里银色的湖面,墨绿色的云杉,看起来也很美。

这时,有人拿走了她手里的相框,并放回了书架上:"我怎么跟你说的?"

"你放错位置了。"她指出。

"那就放回去原来的地方,该死的。"

她从来没见过他如此恼怒,虽然这令她心痛,但同时也令她感到兴奋,似乎她那所谓的考验又比片刻之前取得了更大的成果。"你要做什么?"她问,"惩罚我吗?"她把他拉到沙发上的时候,她能感觉到他体内的兽欲正准备爆发出来。

然而这一次,事情刚开始就结束了。她问他是不是感觉不舒服,他说他什么都感觉不到。于是她换了个姿势。现在如何?"还是没有感觉,"他喘着气,惊慌失措地回答,"我呼吸困难。"她在想,这是开玩笑的吧。他确实是有一点感觉,只是并没有如他所想的那么强烈。而他一直都只把她当小女孩看待。最后,他停了下来,弓背坐在沙发边上,用拳头抵住双眼。借着朦朦胧胧的光,她感觉到整个房子都在因为他内心的不安而颤抖。出于这个缘故,她听见走廊上木板嘎吱作响时,也没去想太多。她觉得,是自己玷污了接触过的所有东西，包括现在这一次：把本来只是儿戏的所谓考验当真了，结果因为自己过度的占有欲，或者说是纯粹的好奇心，事态的发展超出了可控的范围。

68

现在回想起来，他的反应过激似乎是无法避免的，但这并非里根不让他知道的原因。原因是如果直接说出来的话，那就意味着承认问题的存在，里根还没准备好这么做。到了第三还是第四个周二，他们再一次去到那家意式餐馆。即便在昏暗的灯光下，她还是可以看出基斯的脸气得发红。看来现在也不见得是个好时机。再者，她感觉自己已经很长时间没有进入他的生活了——他的生活太过宽广，毫无私人空间，和她这个小女人的世界显得格格不入。所以，每当自己有什么事情，只要是与他无关的，她都倾向于藏在心里，以取得一种平衡感。当他放下杯子时，她以为杯子都要被他砸碎了。"你在说什么，去见别人？"现在她才明白，原来他话里有话：他以为她说的是和别的男人见面。她突然感觉到愧疚——而这正是她一直以来都在试图避免的。

"我的意思是看心理医生，亲爱的。我最近都有看心理医生。"他脸上的愠色这才慢慢散去。酒保停了下来，没有继续擦拭吧台，假装没有听他们说话，"我们春天的时候不是谈过的吗，还记得吗？"

"关于你看心理医生的事？"他从来没有具体过问她体重下降的事，这是事实，很可能是因为她的一举一动都在让他觉得她并不希望被过问。等到她敢往镜子里瞥一眼，看看自己真实的模样时，她的体重已经降到了九十五斤。只不过是稍稍看了一眼而已，就已足够让她了解自己的状况了。

"我们不讨论婚姻问题，基斯，如果你担心这个的话。先前困扰着你的只不过是一些关于原生家庭的无聊话题而已。"这话其实并不全对，但是每当有需要减少或者消弭紧张局面的问题出现时，她就不一定会有一说一了，这是阿特舒尔医生教她的方法之一，"你还记得吗？我开始工作的几周以前，你说过看心理医生会很有帮助。事实上，阿特舒尔医生证明了你的说法是对的，我应该寻求专业人士的帮助，而不是终日在家无所事事，只等着孩子们从学校回来。"

"我当时并不知道你会觉得我们之间存在问题。"

当然，服务员也会看气氛，于是趁着这个时机端上主菜：她点的是意大利饺子，他的是蛤蜊意面。现在，他们俩之间隔着一层食物的蒸汽。她挖了一勺帕尔玛奶酪到她的面食上，然后手心向上放在格子花纹的桌布上面，等待干酪融化到汤汁里变成橙色。她试着去想其他事情，比如，他可以很轻易地抓起自己的手，要是他想的话。

"你喜欢他吗，哪怕只有一点？"

"不是那个阿特舒尔医生，是他的妻子。"

"好吧，你觉得她怎么样？"

"你这是嫉妒我吗？我真不敢相信。你居然嫉妒我。"

"我只是觉得……你本可以和我谈的，里根。"

这是一个机会，他们或许可以趁此解决到底谁应该和谁谈的问题。关于孩子们的大学基金曾一度不见了几千美元，后来又神奇地回来了的事情，他这些年来一直隐瞒着，不管他事实上把钱拿去做了什么。阿特舒尔医生会鼓励他们聊这样的话题，虽然到最后可能会变成是里根而不是基斯先向对方隐瞒实情。但她还是没完全打开心结，依然无法向他坦白一切。她用叉子的一边把饺子切成小块，而不用刀子。这是个老习惯了：尽量少弄脏餐具，少给别人添麻烦。"我们现在总算在谈了，"她说，"这是一件好事。"

他们静静地吃完晚餐（他把自己的吃完了，而她则吃得很少），就像其他老夫老妻一样，没有眼神交流。她过去总是不明白那些老夫妻为什么会这样，直到有一天你成为他们中的一员，你就知道答案了。不过结完账之后，基斯提议两个人走路回家，不要坐出租车。

11月的夜晚，寒冷而又清新，中央公园里，秋风扫落叶，瑟瑟作响。深色的树枝相互交错，灯光打在上面，绿色和金黄色的树叶交相辉映。他略作迟疑，牵住了她的手，这让她回忆起了他们第一次约会的情景。她喜欢这种感觉，他终于再一次把她看作有独立意志的人了，而不只是他的傀儡。他还问她想走哪一条路，而不是直接自己做决定。她选择走第五十九街。如今这世道，如果你不是疯了，绝对不会选择在日落以后经过公园抄近路回家的。

不过说到底，这时候走路回家本身就已经够疯狂的了。公园南边的路上，一阵马车的臭味从身后传来，她忽然注意到身后有脚步声。有人在跟着他们。每隔三十米左右就有一盏路灯，走在灯下的他们，地上的影子先是越来越短，而后越来越长。除了基斯和自己的影子以外，她分辨出还有一个人影在后面跟随。她从基斯那变得僵直的手臂可以判断，他一定也看见了。于是他们加快脚步，那个人影也跟了上来。现在她可以看到对方的肩膀了。然后可能就是身体、手臂、刀子，或许还有一个声音要求他们把钱拿出来。在那个人影看起来快要接近的时候，基斯竟然转过身去发问："怎么回事，老弟？"她也及时地转过身来，看见一个精瘦而结实的黑人小孩戳在人行道中间，离他们有三四米。他戴着一顶绒线帽，一撮染成绿色的头发露了出来。他直勾勾地看着基斯，眼神像是受到了惊吓，以至于她都不敢确定他到底是抢劫的，还是纯粹散步路过的。至少，他看起来好像认定了基斯会是个麻烦，掉头就跑掉了。

"哇，"她不禁叫出声来，"你怎么做到的？"他耸了耸肩，一脸尴尬。她突然大笑起来，笑到腿都站不稳了。笑着的感觉真好，随后他也笑了起来。他们就站在那儿，相互倚靠着，松了一口气。

回到家里，给保姆付了工钱，把小孩哄上床，各自刷好牙换好睡衣之后，他们躺在床上回味着今天的经历。"你真厉害，"她跟他说着，把头靠在他的胸脯，"怎么回事，老弟？我也想说出那样的话。"

"里根，你看，"他说——她没有抬起头来，就这样静静地听着，"我知道我并不总是那个你需要的人。或者老实说，我可能有点儿配不上你。"

"基斯——"

"不，先让我说完。这么长时间以来，我也不好受，亲爱的。我总是在想，我，我，我到底怎么了，这对我来说意味着什么，我其实不希望你离开。看到孩子们在地毯上爬着玩耍，我就在想，至少那是我生活的一部分，而且我并不需要担心……"

他还是这样，说话还是"我，我，我"的，不过至少他有在努力。"你有什么好担心的呢，亲爱的？"

他深吸一口气，她能感觉到他的胸脯鼓起又沉下。"这个不重要，现在的关键是，我明白咱俩之间存在问题，我感到很抱歉，不过从现在开始我会做得更好。"尽管她还无法完全理解，但是他好像放下了一个包袱，于是亲吻了她的额头，"你是对的，去看心理医生是对的。"

她又说了一遍——"怎么回事，老弟？"——不过这一次只有她笑了。他的手已经伸进了她的衬衫，抚摩着她的胸口。她能感觉到自己的身体在回应，想要接受却又有点紧张。不过她的理智告诉她，不要把这么久以来第一个美好的晚上毁了。今天他好不容易保护了自己，还向她敞开了心扉，她不希望这些进展到最后仅仅是为了换一场性爱。她按住他的手，实话实说也是阿特舒尔医生教她的方法之一。"亲爱的，我很累了，而且我们早上都要工作。或者下次再做吧？"

"当然。"他说，然后给了她一个拥抱，把手收了回来。她还是看不清他脸上的表情，或许等下次吧。

周三约好了阿特舒尔医生。她告诉新来的秘书，说自己会定期去看整形外科。她觉得有必要不让别人怀疑自己有心理问题，可是没有人会因为要去看整形外科而搞得这么紧张。那天早上，在看医生之前，她什么事情都做不好。她的眼睛一遍又一遍地扫过同一篇新闻稿或者其他东西，心里面却预习着待会儿要跟心理医生说的话。她坚持找阿特舒尔医生咨询师是对的，她喜欢躺在沙发上听从医生指示，医生的声音能让她放空心灵。她甚至还喜欢阿特舒尔医生的办公室，那是西村的一座褐沙石建筑，办公室在地下室，天花板很矮。房子是医生和她丈夫共有的，她是弗洛伊德学派的，而她丈夫研究的是新荣格理论。里根知道她的这些情感不是真实的，这在心理学上称作移情，不过她还是试着去重视这些情感，尤其是这一周，她向医生讲了和基斯吃晚饭的事情，讲了她怎样表达自己的看法，医生为她感到骄傲。不过医生问她："你对那件事情有什么感受？"

"你是指表达自己看法的事情吗，就像刚才讲的那样？"

"你觉得我是这个意思吗？"

医生真正的意思，其实里根非常清楚，她指的是埃默里·古尔德。最近几次见面下来，他们一直都把重点放在她爸爸再婚的那段时间上面。那时候，萨顿广场的房子被卖掉了，威廉消失了，而她结识了基斯。事件的先后顺序一下子变得混乱起来，可是她一切苦恼的根源似乎就是从那时候开始的。就在上一周，她直到最后才提到了布洛克岛的事情。而奇怪的是，她发现自己不停在聊的并不是那个她忘了名字的男人，而是那位恶魔弟弟。你认为那个人在某种程度上应该为你被强奸一事负责,为掩盖事实而负责,然而你现在却和他在同一个地方上班。医生很直接地说。"不过,他总是不在办公室。说他像个幽灵也不为过。"里根说。要是她早知道埃默里会在那儿,就不会去给爸爸打工了,不是吗?不过,在她接管了公关部之后不久,埃默里就从顾问晋升成了全球运营执行副总裁。然后,他就经常出现在汉密尔顿-斯威尼大楼的各个地方,拿着他的设计图到处忙活。里根知道医生认为埃默里是个危险人物,虽然她说得好像这是里根的感受……除非是里根又在进行心理投射了,这个词会让她脑海里浮现出一个巨大的、平面化的恶魔弟弟,盘旋在上空,甚至出现在这个神圣的地方。

"你想知道他是怎么折磨我的吗?"

"你觉得你的丈夫在折磨你吗?"

"我是说埃默里,我的舅舅。他们要在顶层搞装修,于是就让所有人都从上面搬了下来。他的办公室就在三十层,离爸爸的办公室不远。可是他一天至少下来二十九层两次,就为了用离我房间最近的那一台饮水器。"里根仔细地看了一下办公室的墙壁,挂在上面的非洲面具是用来分散病人注意力的。外面正在下雨,窗外的光线经过雨水投射在面具上,面具上的光影也跟着有了涟漪,这让面具看起来好像会动一般。她盯着其中一副面具看,面具上有两道红色的眉毛,一个猪鼻子,以及锯齿状的牙齿,还有一条耷拉着的长舌头。"记得我刚结婚不久,他就说服了基斯放弃医学院的学业。他要不是为了折磨我的话,为什么要这么做呢?"

"这对你来说很重要吗?如果基斯成为一名医生的话?"

这到底是心理分析还是调查审讯?"并不重要。可事情恰恰就在那时候发生了,而我才正开始建立自己的家庭,离开那个我从小长大的家。我知道,或许我早应该搬到远一点的地方去,但是基斯一直都希望待在纽约。"

"你有和他谈过吗?"

"和埃默里吗?"

"和基斯。谈你想要搬家的事。"

"没有。"

"可是你就是因为他没有搬走而在生他的气啊。"

里根把手放在膝上,不知道该怎么办。事实上,尽管她没有说出来,但现在她有点生阿特舒尔医生的气。因为到头来医生都在全力地为基斯说好话，这难道不是问题所在吗？

她打算下周的预约不去了。根据她阅读过的资料来看，不去意味着逃避，可能会耽搁治疗的进展（尽管所有讲心理分析的书籍都是心理分析学家写的，而这似乎和他们的职业存在利益冲突，因为病人看了书之后可能就不用去看医生了）。不过，那天正是感恩节的前一天，而说实话，她觉得自己需要缓一缓。从她上一次催吐算下来，到现在已经二十六个星期了。

星期四早上，他们带着孩子们参加了梅西百货公司举办的感恩节大游行。威尔大概是觉得自己已经长大了——他像乌龟一样把头缩在自己的上衣里面，似乎不希望被自己学校的同学看见——而凯特则坐在了基斯的肩膀上，兴奋得差点儿蹦起来。当伍德斯托克的卡通形象经过时，一阵风吹过，让它向前倾斜了一下。"妈妈！"

"是的，亲爱的。我看到了！他在向你鞠躬！"

"你看到了吗，爸爸？"

基斯似乎没有听见，因为有些事情分散了他的注意力。回到家里，他就更加心事重重了。当他们坐下来吃火鸡大餐时，他的眼神四处游离。威尔想要再吃一些鸡肉的时候，问了两遍，他才反应过来。"怎么了，爸爸？"威尔很直接地问，"你的人去了哪儿？"

"没事没事，我只不过……"

这话没有说完，他也不打算说完。里根猜不透，是她做错了什么吗？她在5月找到新工作的时候，他想过要雇一名厨子。但是许多年以前，她就下过决心，不再做汉密尔顿-斯威尼家的大小姐，所以雇厨子这种事情是她绝不会答应的。他们已经有一名女佣了，而里根也不让她在感恩节当天来工作。所以全部餐具都得由他们自己来洗。基斯和凯特先洗第一轮，半个小时后，她就主动接班，他们就溜到客厅去看电视。她并没有意识到威尔还没参与进来，直到她感觉到了从房间另一头的视线。她就像一道数学题，威尔绞尽脑汁还解不出来。"卡尔的爸爸妈妈要分开了。"他说得很突然。

"我对此感到很难过。"她说。她不希望他继承上流社会的那种迂回隐晦的思维方式，因为正是这种思维方式曾经束缚了她，于是她像心理医生那样说话："那么你是什么感觉呢？"

他考虑了一下。她本想亲他一下，然后叫他去别处玩耍。可是他现在这个年龄正是容易多愁善感的时候，同时也在迅速地长身体。可能第二天早上起来，他的胳膊和腿就会比昨天长了一两厘米。而且不久以后，他那洁白无瑕的身体就会长满体毛，也会不可避免地产生奇怪的欲望。这令她喜忧参半，不禁想亲吻他。她觉得，即使他长大成人，他也不会失去与生俱来的那一份真挚的情感，这一点足以让她放心转回身去继续洗盘子。"我不知道，"他终于说了，"对卡尔来说很不幸吧，我想。"

这时候，他直截了当地问她："你快乐吗，妈妈？"老实说，她并不快乐。可是她从他的声音里能听出一丝焦虑，这让她觉得辜负了他。看来阿特舒尔医生的认知也是有限的：如果表达自己的想法意味着伤害到孩子，那她怎么忍心呢？她转过身来，手上还沾着洗碗水，走到房间另一头，来到威尔跟前，摸了摸他的脸颊。她把他的脸转过来，朝着水槽上方的灯光，心里想着，要是她能更清楚地看清他的脸，那么反过来也应该是一样的。"我很快乐，亲爱的。"她说道。

他抬起手，用运动衫的袖子擦了擦脸上的水："哎呀，妈妈，洗碗水。"

她又把水往他的脸上弹去，笑了起来："你让我非常快乐。"

"真讨厌！"

魔法，或是宗教，没准儿就是这么来的：有些话语，当你说出来之后，它就有了某种创造事物的力量。那个周末里根很快乐，可那不也只是暂时的吗？不久以后，再回头来看，确实如此。她周五那天带孩子们去动物园的时候很快乐，那天晚上不用做饭很快乐，可以佐着土豆泥吃三明治很快乐，周六早上很快乐（她可以向阿特舒尔医生倾诉），看着丈夫和儿子穿好衣服出去练习柔道很快乐。那封邮件抵达之前都很快乐。

和往常一样，问题源于一次小小的情感爆发。大厅里，看门人把邮件整理好分发到各家各户。杂志、目录、账单、传单，等等，然后她看见一个商务信封，没有邮戳，没有地址。在那长长的白色方框上，写着她的名字，显得非常神秘。

那时，她早就该知道信封里头是什么。某种程度上，她早就该注意到了，基斯经常打电话找借口晚回家，或者等她装作睡着了以后才回家，然后直接去洗澡。她早就应该注意到，感恩节吃晚饭的时候，他一只脚脚尖朝外，仿佛随时都得立刻起身堵住门口，或者关掉电话铃声。若不是这样，她何必把自己锁在浴室里头读这封信呢?

隔着灯光,可以看见信封里头是一张撕下来的活页纸。她已经有点想投降的意思了,想着干脆病一场,然后撒手不管,放弃她一直以来辛辛苦苦建立起来的家庭。不过此刻她听见威尔和基斯刚练完柔道回来,踩在门口的垫子上,脱下外套。十五分钟以前,信封还在那个地方,假如时光能够倒流,她还可以装作一切都没有发生,她的生活还没有因此而改变。而现在,她坐在浴缸边缘,撕开了信封,往里头吹了一口气,把信纸倒了出来。上面歪歪扭扭地写着一行字:他在欺骗你。

He is lying to you.

— — — — — — —

69

假期开始的四天前,萨姆在第一大道的碎石路公园和基斯分别后,就感到非常紧张,以至于在楼梯上绊倒了。终于自由了!然而到了傍晚,她发现自己才是被遗弃的那一个。那么,对于他来说,她只是一个被利用的笨女孩吗?难道他想要的——就像所有男人一样——只是利用别的女人发现自己真实的一面吗?那个周三,当尼基·查奥斯试图说服她一起去法伦斯泰尔过感恩节的时候,她发现自己又在想这个问题了。对于一个真正的后人文主义者来说,这点小事儿可不算什么,他说。想想看吧:人们征服了新大陆,征服了动物,征服了原住民,然后为此定下来一个狂欢庆祝的日子。这样吃喝玩乐的狂欢或许正是现在的萨姆需要的。于是,赶在周末宿舍关门前,她往背包里塞满衣服,坐上了前往花山的火车。

她到那儿的第一件事情就是去查看邮箱,生怕学院主任会给爸爸写通知信,比如"萨曼莎·西齐亚罗已经缺席……特此告知"之类的。真是的,搞得好像真的有人会在意她在忙什么似的。学校代理父母这个说法大概从1973年的某次国家会议之后就已经不复存在了。现在她大老远回来,想看看自己真正的父母是不是还在。只见院子好像已经被闲置多月:电视天线生锈了,树屋无人打理,草地像天空一样死气沉沉。树后的长岛高速路上依然车流不断，这倒一直没变，从她三岁时起每天都是这样。卡车不见了，工具房门前的灯泡不亮了。曾经她无比希望这一切能改变，而现在却不那么想了。她从口袋里摸出钥匙，下意识地往门边刷了一下。这大概是在城市里住习惯了，就像每次进教堂前都会先蘸一下圣水一样。

曾经，工具房里一尘不染，阀门擦得光亮如新，试管摆放得整整齐齐。而现在，一片狼藉。长长的黑色管子开裂了，连接处也断开了。一把猎枪压在纸上，硝酸盐散落一地。这个工具房属于那个丢掉了工作的男人。不过现在她可以答应尼基的请求了，反正她不打算和他一起过假期。窝在小屋里吃罐头最没意思了。"你爸爸是做烟花的，是吧？你看能不能给我们弄点火药来玩玩？"

"为啥？"她说，"炸垃圾桶，还是想把冲天炮绑在猫尾巴上？"

"你就这么不信任我吗，萨姆？还是说你依然对烧教堂的事耿耿于怀？我以为那事已经翻篇了。"尼基似乎比平时更急躁，手里倒腾着一块干瘪的水果，不过他倒是把那件事情放下了。他告诉她，他在最后一次尝试把乐队重新组建回来（虽然除了很久以前和维纳斯以及比利·斯里-斯迪克斯搞的即兴演奏会之外，也没有什么证据表明乐队是属于他的）。他打算在新年前夜办一场重聚演出。"毫无意义的节日，"她说，"不过是这个狗屁一般的世界又老了一岁而已，有什么好庆祝的？""也对，不过比利的想法总是很奇怪。我记得他过去常常说，第一个晚上过去了，一整年就过完了。他发过誓每个新年都要演出，晚上十二点一过就开始，一直做到自己死去，或者这个世界终结为止。"尼基计划在重聚演出的最后一幕结束时弄一些烟火效果——那肯定会非常壮观。"我感觉一公斤的黑火药应该就够了。"他说，但他显然不是很确定。如果处理不慎的话，一公斤火药足以炸掉半个东村。再说了，即便是丢掉工作之后，爸爸他也绝对不会在花山存放那么多火药的。她决定只给尼基一点点缓燃火药。工具房如此混乱，爸爸应该不会发现。

火药就放在房间后头一个密封箱里。就好像做梦一样，她居然看着自己一克、两克、三克地把火药填进试管里，然后塞上瓶塞，藏进背包。还要弄一些制造闪烁效果的材料。她还是个小女孩的时候，就得熟记东面墙上那上千个小抽屉里面的材料，就像背《元素周期表》一样。爸爸称她为魔术师的助手，晚饭的时候他们俩会上山去，看着妈妈那副羡慕的模样，她就很高兴。后来，妈妈离开了人世，萨姆决定放弃这一门家族技艺，不过从小背下来的名称和注意事项还一直没有忘记。钾——要远离水。白砒——摄入就会致命。她装了三小管硝酸盐，分别用 T 恤包起来，防止玻璃碎裂。最后再检查了一下房间，把灯关上，慢慢地走回屋里。周围没人看见。其实，她心里反而有点希望爸爸在家。只是外面天都黑了，他没有回来。还是没有回来。她不是已经告诉他感恩节会回家吗？她觉得很孤独。

不过，第二天早上，她在床上赖了很久才起来，然后发现有一大堆事情要做。要是爸爸凌晨的时候回到工具房发现东西少了怎么办？可当她走出房间时，却看见他还穿着背心，躺在那儿看 20 世纪 70 年代初国庆日的录像带。音响里放着辛纳屈[a]晚期的歌，音量不高。他真的忘了她会回来，因为他问她能不能去买一只火鸡回来做晚饭。"你可真是忙得不可开交了。"冷淡、挖苦是他们说话共同的风格之一，话中带刺。她觉得他这段时间的工作多半是为那份永远写不完的杂志概要改写昔日的荣誉

[a] 法兰克·辛纳屈（1915—1998），美国歌手、演员、20 世纪最重要的流行音乐人，出生于意大利西西里移民家庭。

开车从杂货店回来的路上，她故意在那些无聊的小巷子里绕来绕去，磨叽了一个多小时，等着放在副驾驶座上的那只火鸡慢慢解冻。她还想过去看看查理·维斯巴格尔，但是不知道他家在哪儿。到家之后，她发现爸爸还躺在睡椅上看电视，只是现在穿上了一件有点儿硫黄味的羊毛衫，就是这股气味才让她意识到，原来这里是自己家。除了去冰柜里拿啤酒以外，他有去过远一点的地方吗？他了解她吗？她可真不知道。她告诉他今天挑了一只不错的火鸡，而他嘴里只是咕哝着什么。他是在想什么事情，是根本没听见她说话，还是因为她吵到他而生气了？

她在厨房附近走来走去，手忙脚乱，因为没有处理火鸡的工具。但是，她在厨房和自己的房间之间来来回回忙活三个小时之后，火鸡烤好了，看起来色泽还不错，尽管上面还插着测温计。爸爸就坐在小桌子的另一边，盯着火鸡看，手里很不自然地握着刀叉。"我问你一件事情，萨姆。"

糟了，她想。这么说他已经去看过了。"说吧。"

"你昨天回来的时候，有没有留意到什么异常？"

"我想想看。"她得先喝口水缓一缓，然后再问他为什么这么问。而她真正想问的是：他有报警吗？不过他肯定还没报警，毕竟这有辱西齐亚罗家族

之名，祖先们可能会从地里尖叫着爬起来，拿着杈子和火把找他算账。

他好像自言自语地说了些话。

"什么？"

"我说，他们不会罢休的，直到把我的一切都夺走。"

"发生什么事了，爸爸？你在说什么呢？"

他在讲竞争的事情，他说。这是商业间谍的小伎俩。他们显然是想向他传达什么信息。不过，似乎是这一桌可口的饭菜把他拉回了现实。"你大老远地回家来，我却在这儿胡说八道。忽略我刚才说的吧。"他用那双肥皂搓红了的手抓起她的手，"不如你给我说说你要感恩什么。"

"我？"

"是的，宝贝儿。我们在这里到底要庆祝什么？"妈妈过去都要他们这么做。这叫感激，妈妈说过。可是萨姆要感激什么呢？此时此刻基斯肯定和他的妻子儿女在一起。尼基的话，大概是在和臭丫头缠绵吧。臭丫头至少从10月开始，就背着索尔和尼基混在一起了。可怜的查理现在还不能外出。而爸爸，虽然就在眼前，却遥不可及，因为她偷偷拿了一些火药，现在不敢和他坦白。偷窃、丢脸、不孝，她一下子就背上了三条罪名。又或者说，她可以反过来理解：因为有了距离感，才有了这一切行为？她从洗衣间里翻出来的蜡烛变得昏暗了。这时，一滴热泪从她脸颊上滚落下来。

"你还好吗？"他问，以为她是不是踢到了自己的脚指头。

眼泪落在嘴边，是咸的。她抽了抽鼻子："没事。我没事。"

油腻的火鸡散发出的诱人香气，使得她不得不认同尼基的说法，这确实是征服一切之后的狂欢盛宴。她没怎么动自己的晚饭，要是爸爸注意到了可能又要说些什么了——看到爸爸在大口地吃着，她也尽情地吃了起来，只是她一直在思考一个问题，我是谁？

第二天，她爸爸开车进城去找本尼·布鲁姆谈话。他想明白了，最好的报复，就是把自己的合同签回来。他出去以后，她就走路去了文身店。店里弥漫着廉价香料的气味，窗户上贴着蓝色的玻璃纸，光线照进来，使得这个地方看着像停尸房一样。文身师三十岁出头，看起来软弱无力，留着稀疏的胡子。往好的方面说，他没有询问她的年龄，而且价钱也不过是从十五美元起步。她10月的时候把自己整个学期的饭票卖给了一个同学，换来的钱大多都看电影或者买烟了，不过剩下的也够文一个五十美分大小的图案了。在展柜的板子上，她把想要的图案画了出来。"文在这儿。"她说，然后指了指枕骨下面的地方。

文身师把她带到密室，里面比店面还要阴森恐怖——感觉像是拍色情电影或者绑架儿童的地方——他把她的头扣在一个皮圈里，就肮脏程度而言，它跟马桶垫没什么两样。他打开音响，播放着平克·弗洛伊德的歌。她就安静地坐在那儿。他碰到她的头发时，针头第一下刺进她的皮肤时，她都没有发出任何声音。他倒是责备了她，说她把肌肉绷得太紧。这感觉就像，你本以为来文身会像一根烧红的钉子刺进你的脖子一样痛，结果，痛楚自证，文身的痛是另一种。

那天下午，杂志社的那个人过来要找爸爸的时候，她有一种冲动，想给他看看她做了些什么——想跟他说，把这写进你的故事里。直到第二天，和臭丫头去东三街的时候，她才敢把头发撩起来，撕掉脖子上的创可贴。她之前只是跟爸爸说那是被虫咬了。她期待着臭丫头会吹着口哨夸她，或者吹不响口哨也罢，至少也哇地惊叫一声。但是，臭丫头只是把手搭在她的肩上，把她转向光线更好的地方，问："这到底是什么东西啊？"

萨姆希望这只是她装出来的——斜着眼，不置可否。臭丫头尽管什么都会，但唯独不会骗人。总之，就文身的位置而言，萨姆几乎不可能自己看到的。这栋房子里只有尼基的地下室那儿有镜子，但是她想试一下。把墙上的碎玻璃拼起来，用尼基可能会用到的镜子，她想尽办法想看一看那个图案。可能是文身师的手艺太糟糕，又或者是由于她照镜子时手一直在抖，总之，她现在就只看到一团模糊。这时，她透过手中的镜子看向尼基。他问："你又和谁上床了？"

"去你的，浑蛋。并不是每个人都被包养了。"

他愣了一下子，然后回过神来："说真的，你是不是吸了我的东西？你的眼睛发红呢。"

"我感觉有点儿疼。"她露出了文身。

他只是说："挺好看的。话说，你帮我弄到了没？"

她想了一下才反应过来他说的是什么。她从背包里拿出那几根试管的时候，他好像有点儿失望。火药太少了，只有沉在底部的一点点。她保证那足够让一小群人大吃一惊的了。

"问题就在这里。我要的不只是让一小群人吃惊。"

"你知道爆炸是以几何级增长的对吧？比如，几公斤的火药，爆炸效果就有这一点的上千倍。反正你要的也不是突然爆炸，而是稳定的燃烧并且不断产生火花。"她把硝酸盐拿给他看，一步一步地教他怎么操作。硝酸盐要保持干燥，尽管她拿的已经是最稳定的硝酸盐了，可是你最好还是把它们包好，红的、橙的，还有一点绿的，不要让它们受到太多撞击。"还有要千万注意静电。要是我把我爸的特别配方给你，你还得担心有毒气体释放的问题呢。不过处理火药最可怕的，不是你把自己炸了，而是你把自己点着了。"

他的注意力似乎转移到了他在桌子上削着的另一种粉末。"我的乖乖，你真是行家。要吸一下这个吗？"

她和查理之间曾经有一个君子协定，那就是不碰烈酒和毒品。这是为了不让自己变成那些面容憔悴、身体枯瘦的吸毒酗酒者，毕竟这座城市里太多这样人了。就在一个小时前，她才看见有个人半蹲在第二大道中间堵塞交通。他看着手里正在融化的棒冰入了迷。

随着二百周年年末将近，失去了基斯·兰普莱特的她就这样子回到了自己的朋友圈，虽然某种程度上，她已经麻木了。

不凑巧的是，尼基是一个精力非常充沛的人。乐队可以在这栋房子里的排练时间，可以长达三四个小时。新来的乐队成员包括主音吉他手 D. 特里蒙斯和低音吉他手图图。有时候，还会有一个候补成员来操作磁带，那人是个博士，尼基很喜欢和他侃大山。萨姆不禁设想着给他们的排练写一篇文章，放在自己的杂志上，比如说《电话机的无声游戏》，或者《追忆往昔乐队的无声狂怒》。不过问题又来了，怎么才算一篇"好文章"呢？她也很乐意帮忙分担一下乐队的事务——毕竟尼基背着的芬达吉他看来只是一个装饰品，他也不会弹它——不过他已经委任她为"信息部长"，主要是负责当他脱掉上衣摆好伊基·波普式的姿势时，帮他拍照。两首曲子排练之间的间歇，臭丫头给了萨姆一个轻蔑的眼神。意思很明显了，就是说尼基是臭丫头的人。

总的来说，房子里弥漫的嫉妒情绪要强于夏天的时候。对于偏执狂而言，这是可以理解的。这甚至都开始影响到尼基了，尽管他一直在说财富的终结、个体的幻觉什么的。一天，当他和萨姆在地下室里聊天的时候，他突然抬起头说："你知道自己回到我们这里的原因，对吧？"

"什么？"

最近她在这里待了很长时间，他说，唯一的原因就是希望再见到那个人。
"见到谁？"

"什么？见到谁？"他学着她的声调说话。他低下头对着镜子，然后又抬起头来，闭上眼睛。她曾经看过一些资料，说鲨鱼可以在水里闻到哪怕一滴血的味道。"我在讲爱情少年乐队。你显然还没有读过我给你的那些书。萨姆，你追求这个老男人，纯粹是一种奴隶道德。"

她走到房间另一头的音响旁边，跪下来翻看那些唱片。她现在渴望的，不是基斯，而是好人老友查理。不管伤得有多深，至少他愿意付出最基本的努力去理解她内心的感受，而她最想念的或许就是他那份完全不设防的情感吧。那时候，在这个地下室里，他给了她一个坚定的、几乎像是生气一般的表情，然后亲吻了她……如果能让查理那样的人高兴的话，假装自己很愉悦又有多难呢？但是，她还是能想象得到，自己继续这样下去会伤了他的心，于是那天晚上她就只好装作昏了过去。现在，从尼基收集的赫伯·阿尔佩的唱片之间，她抽出了《黄铜战略》这张唱片。她知道这会惹毛尼基，因为这张唱片比他能创作出来的一切歌曲都更优秀。这是为了报复他说的"奴隶道德"，这个词就像一根刺一样扎疼了她。她需要让他明白，她不是来讨好他的，她是有选择的自由的。随着《士兵招募员》开头的节拍响起，她转过身来。

几分钟之后，她闭上眼睛，任由他随意摆弄。他并没有在意。不过她至少做到了，她控制住了自己。他们沉默了好一会儿。"明白了吗？"她说。

"明白什么？"

"我跟你说了，我和他已经结束了。"

"我不知道。你觉得你可以再说服我一次吗？"

不开玩笑地说，这似乎让她赢得了尼基的忠诚。不是因为文身，不是因为偷来的三克火药，也不是因为这几个月以来不去插手PHP的克制，只是因为把身体献给了他。自从8月被他们排除在"行动"之外，她到现在才重新回到队伍中来，到市区更深入的地方喷漆。她坐在副驾驶座上，后面的人一片沉默，可以看出来她不大受欢迎。还没等小货车停稳，D.T. 和索尔就从侧门跳了下去，潜入那些不熟悉的街道，他们背包里的喷漆罐（她猜的）碰得叮当响。尼基打开收音机，点了一支烟，盯着后视镜，保持高度警惕。她能感觉得出来，因为他这时候没有在自己的身上乱摸了。他还让她拿好相机——以便有机会把涂鸦拍下来——不过他依旧不允许她把这些印在她的杂志上。等待期间，她拍的大部分是墙角的呕吐痕迹，尼基有时也会叫她拍某一块指定的涂鸦。"你能拍一下那边的车库吗？就是有好多烧痕的那里。"或者他会让她拍一下车库门上的拆迁公告，又或者是建筑围墙上面反射着微光的铁丝网。虽然学业上一塌糊涂，但她还是会回到纽约大学，用那里的暗房冲洗底片。看着这些慢慢晾干的底片——在栈桥作壁画，火烧邮筒，把鞋子吊在树上——她试着让自己相信他是对的。或许每一种形式的破坏都有其美学价值。最近有好几次，她以为他们只是在他们浇过汽油的教堂附近，一两个街区范围内搞破坏；她本来很乐意再看一次。可是如果她不去问尼基事情做到了什么程度的话，也就不必去寻求答案了。于是她把那些照片的副本递给他，看着他把照片装进空的唱片套子里，钉在了楼上作战室的墙上。

　　后来的一天下午，他们正在两条街道与高速公路交汇的路口附近闲逛。临近圣诞节了，在一块空地上，有一个圣诞老人在和人们合影，一次收费 5 美元。他的衣服很脏，仿佛是从垃圾堆里面挖出来，不过还是有十来位年轻的妈妈牵着自家想要合影的孩子等在人行道上。萨姆透过镜头观察着他们，把镜头对准了黑人和拉丁人的小孩。因为她可以向着他们微笑，而不需要怀有任何歉意。一辆公共汽车停靠在路边，暂时挡住她的视线后又开走了。突然，不知从哪里传来一声爆炸声。不远处，一家关着窗的体育用品店上方，一片烟雾弥漫开来。妇女在叫喊着，纷纷从圣诞老人那儿逃离。"哇。这儿冒起了该死的煤气。"尼基说完，用一副好奇的表情看着萨姆，似乎在等着看她会有什么反应。不过她还没来得及反应，D.T. 和索尔就已经你推我挤地回到了小货车上。他们把一些全新的行李袋递了过来，有红的、白的、蓝的。"这个大小合适吗？"索尔喘着气问道，"这是我能找到的最大尺寸。"

　　"天哪，"萨姆说。"你们刚才在店里？没事吗？"

　　"刚才真的好险啊，索尔。不过看来没有人受伤。"尼基的声音淹没在了消防车的警报长鸣中。高速公路的岔道出口处，救护车被堵住了，于是她把相机甩向那边，按下了快门。

"嘿，你们俩，该不会，跟刚才发生的事情有关系吧？"他们开进车流里，试着从爆炸现场离开。夜幕降临，小货车后部一片漆黑。

"那是煤气管自己爆炸的吧？"尼基说。

"让电气公司见鬼去吧，兄弟。"索尔说。

她无意中用相机捕捉到了体育用品店和救护车之间的什么东西。那是一个决定性的时刻。她正要按下快门的时候，手肘给撞了一下，结果没拍成。"你拍够了没有啊？"臭丫头探过身来，"说真的，尼基，我搞不懂你为啥把她带过来。"

"你想知道谁是幕后主使是吧？"尼基问，"看看你的周围，萨姆。这个国家快烂掉了。人们需要觉醒，他们要明白一个事实，那就是没有人在乎他们。"这话说得倒是没错，另一辆救护车在高速公路上鸣笛请求让行，而岔道入口旁却有一些妓女在看戏。这种冷漠，就跟你容忍妓女的行为一样，或者正如尼基说的，跟国家为了廉价香蕉而在中美洲发动战争没什么两样。车在缓缓前进，前方的出口标志结了霜。实际上，莫里斯港、梅尔罗斯、莫特黑文这些地方都曾是贫穷之地。然而，正是这样的谈话令她去年夏天暑假结束的时候感到不安。"但是不用担心，萨姆。我们是站在同一边的。现在的我们是连在一起的。"

真的是这样吗？尼基开始把她当作女朋友来看待，但是她甚至还不能确定自己喜不喜欢他。他这个人不仅是个自大狂，而且身上还有一股熏香肠的味道。她依然很在意圣诞节那天的事：本来晚饭都准备好了，结果爸爸接了一个电话，一切事情就都变了。她在意的是他的沉默，只听不说话。当她看向他时，他脸色煞白。她先想到的是，可能有人把她偷火药的事情告诉了他。然后又想到，可能他把合同争取回来的事情失败了。"好的。嗯。我明白了。"他挂电话的时候太用力了，话筒反弹了一下，吊在了半空中。

"一切都还好吧？"她说，试着学他那样，用一种干瘪、冷静的声调。事情可不好。

"那些浑蛋玩意儿。"

"哪些浑蛋玩意儿，爸爸？"

她的随声附和让他意识到原来她还在这里。至少，那些事情与感恩节无关，还是说其实有关呢？"里佐打来的。他一个小时前去了威利点拿东西，十三号屋的锁被撬了,隔壁的看门人只看见一个穿着曲棍球球衣的大高个朝着火车跑去。他们彻底地把我给骗了。"

"你的火药。"尽管她知道他指的不是火药。要是她回头看一下自己拍过的照片,那烧毁的教堂、那体育用品店、那烟雾的颜色、那些行李包……可当时她服用了太多的药物。该死的,她的相机到底去哪儿了?

她父亲握紧了她的手:"黑火药,亲爱的。上等的货,少说也有十多公斤。他们就这样把屋里的东西清理掉了。"

70

那场不可避免的灾难出现之后,摧毁你的生活之前,中间有那么一段时间,你是最自由的,纯粹的自由。那些重大的决定都是过去的你做出的,而那个你已经不复存在。或许你最终不得不试图让别人忘掉自己做出的选择,可是那个你也绝非今天的你。这场灾难就像温水煮青蛙,或许你还没到大难临头的时刻。同时,不管你是去打败你的压迫者,还是到处去给你误解过的人赔礼道歉,又或者什么都不做,都已经无关紧要了。基斯后来回想,当时有那么多选择,可他最后也没有选择回到萨姆身边,而是选择结束他们之间的关系,这一定有着某种意义。那么,他又为什么感到如此难过呢?在他婚姻生活里的最后几个早上,他一如往常地站在衣柜的镜子前,张开嘴检查里面是否有英式松饼的残渣,看着自己打上温莎结领带。熟悉的早间室内音乐——厨房里煎蛋的声音,里根在梳妆台喷香水的声音——有着一种特别的存在感,因为他确信,不久之后这将不复存在。她随时都有可能一只手拿起玻璃威胁他她要自杀,另一只手抓着一把在客厅的抱枕上找到的染黑的头发,或者拿着那把他没藏好的旅馆钥匙。

事实上,直到感恩节之后的那个星期天,也就是他最终和萨曼莎断绝来往的六天之后,不可挽回的损失才真正发生。当时他正坐在床上,就着台灯阅读约翰·勒卡雷[a]的书。而她则在看《纽约书评》,这份刊物是她一个

[a] 约翰·勒卡雷(1931—)20世纪著名的间谍小说家。

月前去看心理医生时在候诊室翻阅过的，回来之后就订阅了一份。他很讨厌《纽约书评》，因为他觉得这份刊物很无趣，内容充满敌意，而她恰恰很喜欢这些风格的文字。不过，他们都很喜欢看上面那些令人印象深刻的自恋式的征婚广告。她说她现在就想给他念一段看看。她捏着低沉的声线说："'已婚白人男性，三十六岁，聪明绝顶，体格健壮。喜好政治、电影、跑步。诚觅有魅力的女性做伴，有意者请联系。'你相信吗？"

"哪里不可信了？"

"'已婚白人男性'就是说他结婚了啊，基斯。如果他老婆看到了怎么办？"

他突然感到一阵紧张，仿佛有一根绳子扯住了自己："她会知道那是自己的老公吗？"

"女人的直觉很敏锐的，基斯。"

"是吗？"天花板的角落里有一个蜘蛛网，他之前居然一直没发现，"那你为什么一副很吃惊的样子？"

"装给你看的，基斯。我看是时候谈一谈你一直瞒着我的事情了吧？"

她非常冷静，然而却收到了反效果：这令他恼火。他起身走到椅子上坐下来，这样可以清楚地看着她。他发现自己在发抖。"我不知道该说什么。全是我的错吗？"他说。她开始变得不冷静了，她用枕头捂着脸哭起来，这样孩子们就不会听见。她哭了很久，直到哭到说不出话来。情况不妙。

这样下去只会越来越糟。他不愿意谈自己的外遇，只是在含糊其词，而她也不打算告诉他是怎么发现的。于是，他们只好小声争吵着，互相抱怨这一段婚姻。倒不如说是两段婚姻：他的版本和她的版本。他们来来回回细数着每一件不满的事情，就像赤脚走在热炭上，不断挣扎，直到感觉不到痛楚才肯消停（至少在反复刺痛对方这一点上，他们还是很合拍的）。垃圾工人开始清理垃圾了，这意味着黑暗即将终结。他们做了爱，精疲力竭，一动不动，仿佛一下子老了一倍。他从来没有感觉过离她如此近。他进入过别的女人的身体（可能正是因为这样，他才会怀疑是不是也有别的男人进入过里根的身体），即便如此，也无法改变他们深入了解彼此的事实。会不会是这样子：他一直想知道他们还能有多亲密？如果他向她坦白会怎样？可是为时已晚，做爱并不会改变什么。他很可能再也不会和任何人这么亲密了。

两天以后，他们让孩子们坐在客厅里。真不敢想象，他们一个星期之前还在和孩子们一起在第七大道上参加感恩节活动，看着气球从头上飘过，以为不管有什么难题，它们很快都会像气球一样飘过去，我们会重新看见太阳。机会都在他身上浪费掉了！他竟然糟蹋了这个家庭的最后一个假期，就因为和萨曼莎·西齐亚罗的关系——何况她还是个孩子，而且不是他家的孩子。在里根要开口前，威尔看起来很不开心。她也知道这样做的代价很大。她弯下腰，握住孩子们的手，用一种坚定的、关切的却又让人无法违抗的语气解释说："有时候，妈妈和爸爸……"看到凯特苦着脸，基斯想要说点什么，可是当他张开嘴时却发现原来自己也很难受。尽管很难接受，可他从现在开始只能够在星期天、偶数星期的星期四，以及其他商量好的日子里和孩子们见面。他感觉自己失去了一切，这指的不是孩子们，不是和孩子们见面，不是眼前这个里根，而是内心深处的那个里根，那个他爱过的里根。

　　分居后的头几个晚上，他就住在酒店里，费用记在报销账户上。在他买的市政债券亏本了以后，他重新做起了生意，不过暂时来说，他花钱还得谨慎一点。他离开的时候忘了他的剃须刀，睡觉的时候胡子扎得难受。不过他倒是记得把那个相框塞进了自己的衣服堆里带走，那是他们一家四口几年前的夏天在温尼珀索基湖的合影。他把相框立在床头柜上，仿佛这样他就可以沉浸在往日的幸福中。

　　分居后的第四天，他收拾了行李，去了泰德里斯家寄居。晚上屋主上床睡觉以后，他会把相框放在客厅的咖啡桌上。说实话，基斯感到很惊讶，原来格雷格·泰德里斯和自己是最要好的朋友。自从在雷纳德和他共事那段时间之后，他们就一直没再见过面。不过当他打电话解释说自己婚姻出了点问题的时候，泰德里斯说："来我这儿吧，兰普莱特。我们的沙发空着呢。你想待多久就待多久。"

　　泰德里斯的妻子多丽丝则不一样。基斯和里根有着让她羡慕的一切，夫妻般配，住在大城市，小孩接受着良好的教育。看到他们分居了，她似乎很高兴。基斯不禁怀疑她是不是站在里根的那一边。以前他们一起参加公司野餐的时候，他没有怎么注意过多丽丝·泰德里斯这个人。不过现在他觉得她有点可恶，因为她毫无理由地认为他和里根分居都是他的错。当然，错是他的错——只是她怎么能先入为主地这么认为呢？或许她从一开始就看透他这个人了吧。

　　基斯每天都会去中央车站的生蚝酒吧里吃晚饭。他宁愿独自在那儿默默承受,也不想在泰德里斯家的餐桌上看见那个可怕的女人。不过,每当他回到家表示歉意说自己工作得太晚的时候,她会轻蔑地一笑,仿佛是在说:"我看你是觉得自己不配吃我做的炖肉,对吧?"

很显然,他得离开这个地方了。只是,如果他真的去找一个落脚点,哪怕短租一个卧室,都意味着自己承认了这次分居不是暂时的。后来,圣诞节的前一个星期,他按照预订计划去看孩子们。当他到达原来的房子时,发现里根就在门厅前面,看着搬运工人把他的钢琴,现在属于她的,搬上了小货车。她剪了个短发,好像是叫波波头吧,她以前演《第十二夜》的时候也是这个发型。几天没见,她就剪了头发,而他却不知道,这让他很难受。当他问她在做什么的时候,她都没看他一眼。"这还看不出来吗?"她的声音听起来有些沙哑,"我在布鲁克林高地找了个地方。"

"天哪,里根。布鲁克林?你要做到这么绝情吗?"

"除了在孩子们面前的时候。"他看到孩子们隔着门厅的玻璃在看着他们。那些搬运工继续干着活,当他不存在似的。她小声地说:"我们的家,基斯,你把她带到了我们的家。"

"你在说什么?"他其实很清楚她在说什么。有些事情他没有坦白,不过她发现了——他背着她在家里和别的女人发生了关系,尽管没做成——而现在她要搬出去了。这就是里根,她从不搁置问题,一经发现,立刻解决。

他可以自己留着房子,也可以卖掉,她说,他想怎么样都可以。总之她不想再踏进这个房子一步。

可是她怎么付得起第二个房子的钱呢?

"我无须再依赖你了,基斯,记得吗?我有工作的。"

他们之间不过一米多的距离,她抱着手臂,而他则无力地垂着双臂。不管搬运工人和看门人在想些什么,他们都不会说出去的——这就是纽约人。即便是在屋子里隔着玻璃向外看的孩子们,也懂得什么叫作视而不见。

表面上看起来,留着房子自然对基斯更好一点(他发现自己总是觉得,什么问题都可以轻而易举地解决)。实际上却一点都不好。客厅的钢琴没了,地毯没了,沙发也没了,整个房子就像一座空城,孩子们的床也被搬走了。很多东西都要重新买,这对于他的经济状况来说是雪上加霜。

她把主卧里那张很大的马鬃床垫留了下来,大概是觉得他和情人在上面滚过床单吧。直接扔掉又不忍心，毕竟那是她祖母留给她母亲的，而她父亲再婚后，菲利希亚·古尔德一直很想把它扔掉。后来为了把这床弄到婚房那里，他们不得不把床架拆开，这样才能抬进电梯（那张床比一般的双人床还要大，标准尺寸的床垫大概都塞不满）。当时他还从物业借来了一把木槌和一块麂皮布，然后用布包着槌子，小心翼翼地把床架组装起来。每次敲打床栏杆，他都能感觉到里根在哆嗦，可是她没说一句话。他们曾经在这张床垫上有过许多有趣的回忆，各种打打闹闹。后来因为有了孩子，她就不再和他疯玩了，生怕吵到在隔壁房间入睡的宝贝儿。基斯从来都没想过原来马鬃可以这么舒服，不管是像他那样带着愧疚入睡，还是像里根那样辗转反侧，最后都可以睡得很舒服。如今，床垫上还留着她睡过的凹痕，他的记忆里还保留着她在睡梦中因害怕而发出的叫声，这一切永远都不会消失。

她搬出去后的第一个夜晚，他梦见了自己从楼上坠落，醒来发现自己滚到了她睡过的那一侧。漆黑中，他一瞬间还以为她依然在自己身边。于是他不得不再一次感受失去她的痛苦。

在那以后，他就开始在沙发上睡了。孩子们和里根过完了真正的圣诞节后，回到家里，和他再过一次低劣仿制版的。这是孩子们第一次在他的陪护下过夜，凯特无视了他买给她的床，而是直接走向那张马鬃床垫。她喜欢那张床垫的理由和他无法睡在上面的理由一样：上面有里根的气味。她不睡在上面的话就会觉得不安。她在自己的塑胶卡通书包里塞满了衣服和玩偶，俨然一副要去极地探险的样子。以前她去朋友家过夜的时候也会这么做，他记得，她总是会在半夜打电话回来，抱怨这里不舒服，那里不舒服，其实只是想家罢了。这个时候，他就会穿上衣服去把她接回来。现在，她会不会半夜里喊着要给里根打电话呢？他自己也不清楚。

对比起来，威尔好像没什么问题，至少一开始是这样的。吃过晚饭后，他们一起装饰了圣诞树，在上面挂起小灯饰（里根把装满装饰物的盒子带走了）。开过礼物之后，凯特去睡觉了，他们俩就打开电视找詹姆斯·史都华[b]的节目。他们看了《周六夜现场》圣诞特别节目的重播，他发现威尔身体向前探，很认真，仿佛要把看到的一切都吸收进脑袋里。里根从来都不允许他看这个节目。他宣称学校里的其他孩子都看过，还说自己不看的话就

[b] 詹姆斯·史都华（1908—1997）美国男演员，主演过《史密斯先生到华盛顿》《生活多美好》《后窗》《迷魂记》《英雄本色》《费城故事》等电影。

落伍了，于是基斯就让他看了。基斯用半盒牛奶加葡萄酒调了一些蛋奶酒，给儿子喝了一小口。以前，威尔会皱着鼻子拒绝，然后基斯就会取笑他说："来吧。喝了才有男子气概。"这一次，威尔主动要求喝上一杯。他这个当爸爸的能怎么办？只好给威尔倒了一点点蛋奶酒。威尔没有喝醉，反而似乎更有控制力了，就像实现了长久以来的雄心：让所有慵懒的神经末梢都听从中央指挥。就连没听懂的笑话，威尔都会笑出来，笑得跟他爸爸一样久，一样大声。过度放任是不好的，基斯想。他很享受这样的父子关系。他又给自己倒了一杯，试着集中精神思考父子之间的问题，暂时不想里根。然后电话响了。已经是半夜了，这个时候不应该还有人打电话来的，如果有，那很可能不是好消息。不过任它响着会吵醒凯特，所以他还是赶到厨房接起了电话。是萨曼莎。他已经有差不多一个月没听到过她的声音了，可还是一下子就听出来了，她问他现在是否有空聊一聊。

走廊上传来电视机里观众的哄堂大笑。看来这儿没有人能够偷听到他了，包括威尔。不过，他还是不喜欢这样子。"你不该把电话打到这里的，明白吗？这是我的生活。"他用力地挂上了电话，然后站在那儿看着电话机，那眼神就像看着一条不确定是否有毒的蛇。他等着电话再次响起。只是几分钟过去了，电话没有再响。于是他回到了客厅。

《周六夜现场》的那个胖子手握一把武士刀，在追着一个长头发的人。威尔跪坐在地板上看着节目，没有回过头来："是谁打来的？"

"打错电话而已。"基斯说。节目进入了广告时间，"你也可以做到那个对吧，威尔？那个柔道踢腿之类的动作。"

"跆拳道和柔道是不一样的，老爸。再说，我还只是绿带而已。"

"绿带是什么级别？"

威尔无奈地耸了耸肩。

"别这样。"基斯说，可能是出于酒劲，也可能是出于他对自己出轨的恨，他因此孤立于所有人。"给我露两手吧。"

威尔仔细看着基斯，似乎在判断爸爸是否足够清醒。"好吧。"他最后说，不过他们得先把咖啡桌移开。他让基斯站在地毯中间，然后鞠躬，这是为了向对方表示不会伤害他。然后他抓起基斯的手，好像是要握手似的。不用几秒钟，基斯就被放倒了，手臂被摁在背后，然后肩膀一阵火辣辣的疼痛。人们把这种程度叫绿带？他感觉手都要断了。他扭过头来，看见儿子就站在身旁，因为刚才发力而满脸通红。他们看向左边，漆黑的窗玻璃上有两个人影，周围是数不尽的圣诞树装饰灯，像星星一样眨着眼睛。他敢肯定自己在哪里见过这两个人：一个是趴在地上的男人，另一个是凶悍的男孩。

BOOK 4 >>> INTERLUDE

插曲·桥梁与隧道

我的主要的症状，基本上就是我一直在做的这个梦。日晡时分，我在城里四处散步。我以为那些朝九晚五的上班族现在应该会到外面来吸上一支烟，做下班前最后的休息，可是大街上一个人也没有。人行道干净得就像广告牌上的人行道那般崭新，大厦林立高耸入云。我知道这是梦境：每栋大厦，从楼顶直到人行道，都盖着一层亚麻面纱。面纱有各种各样的颜色，柠檬青、玫瑰红、路锥橙，毫无规律，不断变换。我不知道自己是怎么移动的，每走到一个新的路口，我都会看见那些面纱时而鼓起来，时而缩回去，仿佛里面的不是大厦，而是有什么东西在呼吸。我观察着，或者是说，我等待着。突然，我跑了起来。我知道如果我走到边上去，像清醒时那样到商店的橱窗那儿照一下自己，那些面纱就会消失，然后我就能看见里面隐藏着的事物了。但是，有一双巨大的手正按在我的头上，试图让我改变方向。我试着喊"救命"，可是我的嘴巴不在了；我想要挣扎，可是我的身体不听使唤。就在恐惧到达极点的时候——就在我即将看见面纱后面的那个东西的时候——我醒来了，全身被汗水湿透，还喘着粗气。我已经快半年没有睡过一个好觉了。

还有一个问题，我以前做过这个梦。第一次是在高中的时候，我在寄宿学校的第一年。我记得类似的状况发生了是五遍还是六遍之后，第二天早上我的室友因为这个问题在饭堂里和我吵了起来。他叫肖恩·鲍德温，来自马萨诸塞州的罗克斯伯里，染着红头发，长得很老成，学习倒是不错。另外，他当时还挺受宿舍对面的女孩子欢迎，我不知道这算不算是"相关"的细节。我回到我们的房间时，不止一次发现他把旗子塞到了门缝下面，那是我们以前闹着玩的时候定下来的暗号，意思是"我去对面了"。可能出于这个原因，我们和其他男孩子不怎么玩得来。我自己倒不算是一个不合群的人。记得是 1981 年左右吧，作为一个名副其实来自纽约的人（不像新迦南、新泽西那些地方），我还是比较受欢迎的。只是我的性格本身有点儿内向，通常也只是我们两个人一起去饭堂。肖恩会给我讲他和那些女生的故事逗我开心。可这不等于是在欺负我吗？总是他说，我则没的说。我在想，他第一次提到熄灯睡觉后从我那边发出的声音时，他把那叫作"呻吟"。他当时并不打算抱怨什么，我记得他这么说，不过已经连续四个晚上那样子了。"我觉得你是欲求不满。咱得给你找个女人才行，老头子。"

实际上，从9月开始，我就在和一个高年级的加利福尼亚女生谈恋爱了。只是悄悄地把她带进男生宿舍，怎么也不像是我们的风格。我起初爱上她是因为她为人正直。那时的我，喜欢把一切重要的东西都藏在心底里，包括她——晚上学习的时候，我就悄悄地去小树林里和她见面。不过肖恩正看着我的脸，手里抓着自己围巾的一头，好像跳伞的人要打开降落伞一样。如果有必要的话，他大概真的会为了我跳伞，只是我不知道可以信任他到什么程度。不过，尽管疑虑重重，我还是开始向他解释起那个梦境。我告诉他，这个梦越是反复出现，我就越是觉得有必要弄清楚：那个面纱后面，到底藏着什么东西？

他有时候真浑蛋，我直接这么跟他说了。

"好吧。你真的想知道我怎么看的吗？"他把围巾放下，看起来稍微认真了一点儿，"你说你是在一座城市里，对吧？"他指的是梦境，"我觉得你是因为快放假而不得不回纽约的家里而感到紧张了。"

我说："我不是紧张。"我有什么好紧张的？

"我还想问你呢。"他说，"家长开放日的时候，他们看起来非常友善，只不过你显然对你爸爸很有意见。"

"那是因为他很令人讨厌。他和我妈很久以前就该分开了。总而言之，我需要的不是病因分析这一套。我要的是睡个好觉。"

肖恩说他发现自己梦见的都是一些白天里无意识想到的事情。"或许你闭上眼之前应该尽力地去想一下那些你真正害怕的事情。"这似乎很有道理，尤其是在初冬早上朦胧的微光中。可是我根本就不知道我害怕的是什么，这才是问题所在。那天晚上我又回到了那个梦境，而且情况更严重，我半夜就醒过来了。考试的时候，我完全不在状态。我应该也提一下这个事情，可能会对临床治疗有帮助，那就是我从十三岁那年开始就一直有在服用管制药物。那是1977年，大停电的那一年，也是我情愿昏过去的一年。我的爸妈刚开始分居。后来，停电后的第二天早上，他们突然之就复合了，也完全没有解释那个晚上城里失火的时候，发生了什么。

那一年还发生了其他事情，可我同样无法解释。秋天开学后的一个晚上，我练习完篮球后回到家，发现我爸妈正在厨房的桌边共享一瓶啤酒。这已经成了一种习惯，只是现在他们之间多了一个陌生人：一个精瘦而结实、穿着皮夹克和彩色斑点长裤、嘴里叼着香烟、像吸血鬼一般的男人。这屋子里头可是不允许吸烟的。我妈介绍他之前，我就认出了他，是威廉舅舅，我妈的弟弟，和我一样的名字。在那之前，我从未见过他。而他向我点了点头，就好像我们已经见过面无数次。最终，我回到了自己的房间。可是我永远都不会忘记在布鲁克林高地第一次见到他时的那份震惊。他正在戒毒，我爸几个星期后"无意间"说了出来。这大概是为了不让我那么痴迷于威廉舅舅，不过适得其反。同时，他还是一名真正的艺术家，这是我的理想。后来，我在一家二手唱片店里找到了一张密纹唱片。那是他在 70 年代中期和他的朋克乐队录制的，真的是百听不厌。在我的幻想中，这些歌曲就像一颗遥远的星球，代表着艺术和性以及布鲁克林大桥对面的世界。如今回想起来，正是这种可能实现的可能性，让我得到了解放，开始在夜里独自外出。

说真的，如果在里根总统接任卡特总统前后那艰难的几年，你没在那儿附近生活的话，我在那儿发现的，很难向你解释。不过我想还是应该试着说一下。预算削减、犯罪和失业毁掉了这个城市，而你在大街上就能感觉到那片令人失望的混乱，就像一个崩坏的乌托邦。尽管令人失望，但在很多方面，对于那些没有家长管束的、拿着假身份证的中学生来说，那里却是一个理想的游乐场。你可以去听一下那些早期的说唱音乐，听一下最近的新浪潮音乐，或者到那些无证经营的俱乐部，那些黑人、白人、棕色人种、性少数派、异性恋者混杂的地方，听一下迪斯科音乐。我和哥们儿肯·奥塔尼跟家人说了去对方家里之后，就一起玩到兴奋，然后到市中心乱逛，听那些昏暗的房子里阁楼派对咚咚作响。然后到了凌晨三四点钟，我们摇摇晃晃地走回布鲁克林，听着自己的声音在房子里不断回响，直冲天际。仿佛在过去那些糟糕的日子里，我的舅舅在城市里留下一条通往自由的秘密小道。这大概也是我父母决定把我送到圣保罗的原因，即便他们从来没有问过我在忙什么。

不过当我回到这个城市后，也就是1981年的寒假，我又重新开始了我的探险。而且我发现只要调整好药物剂量——少一点止痛药，多一点酒精——我就能一觉睡到天亮。用你的话来说，这叫作自我药物治疗。我任何时候都能够睡着了。吃午饭的时候，我借口去打篮球，其实是去别人的舞会，拿小杯子喝伏特加，然后回家把自己锁在房间里昏睡，直到妹妹敲门才醒来。我妈想要我陪她玩耍，不过我爸说不要管我——你可能以为他站在我这一边，实际上是因为如果我午睡的话，就有两个小时不在他旁边。而当我回到学校后，我已经完全忘掉了那个噩梦。我过去常常想，这种遗忘的能力真是我一项过人的天赋。

总之，事情的"后话"就是，二十四岁时，我来到了洛杉矶，睡在朋友家的沙发上，过着生命里一段艰难的日子——精神崩溃、心情压抑。我搬到这里来是为了演戏剧（当了两年路人角色之后，这个行业就萧条了），同时也是为了茱莉亚，我高中时的女朋友，后来我跟着她考进了同一所大学。再后来，我们住在一起，租下了一个小平房，房子前面有一棵柠檬树。她在研究生院考教师资格证，而我则在餐厅里当服务生。我下班很晚，而她又要很早起床，所以我们基本上只能在周末见面。

不过，一天晚上，我回到家，发现她坐在床上等我。她让我坐下来之前，我就感到大事不妙了。好几个月了，她说，她一直都很困扰。她也不知道怎么回事，总之，她和别人发生了关系。

我无法理解。很多年以前我就和她说过，有些事情是不可原谅的，偷情就是其中之一。她说她明白，可这就是一直令她困扰的原因，我甚至会告诉她这些，仿佛她不是一个有着自由意志的真正的人，反而是我脑海里设定好的一个角色。不知为何，我有一种特质，总是会让身边最亲密的人感觉到孤独。我的内心深处，不禁感到一阵寒意。

长话短说，最后我就在朋友家里当起了沙发客。这个朋友是女的，不知为什么，我大部分好朋友都是女性。我没有和她发生关系，不过如果真发生了关系的话，我想茱莉亚倒是会很高兴。我们通了电话，这是很少有的，茱莉亚问我最近怎么样，这话说得好像她很在乎似的。一个人出轨了，还回过头来对前任嘘寒问暖，这是什么道理？事实上，我过得很糟糕。克制了许多年以后，我再次酗酒了，可我已经喝不醉了。睡着并不难，难的是一直睡着。我朋友沙发上的丝绒坐垫已经磨得有些光滑，窗户上没有窗帘，早上五点又有鸟儿叽叽喳喳，再加上洛杉矶的家家户户总是亮着灯，我这个东部来的人好不习惯。我想，做个回到纽约的梦吧，什么时候都好。可当我真的梦见纽约时，整个城市却是张牙舞爪的样子。又是一个噩梦，我惊叫着醒了过来。

等等。我刚意识到，这个梦里大厦的高度，和第八街与第四街之间百老汇大道旁的大厦一样。我以前经常在淘儿唱片店里消磨时光。不过梦里的那些大厦肯定不会是现实中的任何一座，因为不管我在梦里跑过了多少个街区，它们都是一个样儿，而我就像迷宫里的老鼠。现在那些面纱一缩一鼓的时候，有一种声音很刺耳。如果我仔细听，或许能听出一些话来，只是我并不想知道它们在说什么。我也不想到旁边去看，因为那个东西就潜伏在那儿，想要把我吃掉。那个东西之前看起来非常巨大，而现在却和我一样大小。

这次旧病复发持续的时间更长：两个月，每周五到六次。尤其是半夜的尖叫声，让我朋友的另一半产生了种种不满情绪。夜里，我能隔着墙壁听见他们在小声说着什么。白天，当我坐在露台的遮阳伞下玩掌上游戏机时，也能从推拉门那里听见他们说话（不过我感觉自己也就只能听听他们的抱怨了；我一个月前从餐厅辞职了，现在只靠着自己的信托基金过日子）。每当我转身照镜子的时候，我看到的都是一副皮包骨。我一向都不是很健壮，可现在已经瘦得不到一百二十斤了。

后来，7月的时候，我接到了一个电话。不知道威廉舅舅是怎么拿到我的号码的。他在洛杉矶艺术博物馆做个展，他说（那时，他已经放弃了绘画，转向摄影，而且已经小有名气）。展览在星期二开幕。我开始找借口，因为我不想让我妈知道自己现在的处境，可是他坚持说至少展后一起去喝一杯。"你是我在洛城唯一认识的人，威尔，而且你也是我不讨厌洛城的唯一原因。""问题就在这里，"我想说，"你根本不了解我。"可是他已经挂了电话。

于是几天以后，我去了一家夜店和他见面，这种地方就是他讨厌洛杉矶的原因之一。我坐着等了至少一个小时，奇怪的是，我居然对眼前磨砂玻璃杯里的啤酒没有胃口。除此以外，我还记得什么呢？我记得每个房间都有一个鱼缸，绿得发亮的水里养着颜色像锡纸一样的泰国斗鱼。那些鱼让我想起爷爷以前收藏的一些画。我吸着廉价的烟卷，看着吧台旁边的男人和女人互相挑逗。到了十点钟，我已经不知不觉地喝了二十美元的啤酒。那名女服务员是我以前演戏的同行，她起初也很可怜我，不过后来不断在我身边走过，默默地提醒我有其他客人要上座。我一下子感觉自己真的老了，好像人生已经过去了一半，又过去了大半，最后终结了。然后人们看向了接待处，过了这么久，我的舅舅终于来了。他还是穿着那件摩托车夹克，令人难忘的纽约风格，只是他卷起了袖子，露出前臂。

"我最爱的外甥。"他说着，坐在了长凳上。

"你只有一个外甥。"我回答他。

他向女服务员要了一杯去冰的蔓越莓汁，然后看向我。"哎呀，你看起来一脸狼狈。"我已经懒得再费半天时间和别人套近乎了。不过很奇怪，我还是抑制不住这份冲动。毕竟我以前不管是见他本人时，还是看他写过的歌词，都会仔细地研究这个人。在某种程度上，我曾经模仿过这个人。于是我一下子就向他倾诉了许多心事——就连我女朋友同事的事情我都和他说了，这些我甚至都没跟留宿我的那位朋友讲过。

过了一会儿，我开始有点儿生气，因为他什么话都没说。我猜可能是因为威廉舅舅压根儿不需要考虑怎么留住一个好女人吧。我有没有提到过他是同性恋？这是他令人感觉神秘的原因之一，他总是追求着极度的自由。我又来了，这个给人贴标签的习惯。这可能是生气的另一种形式吧。"随便说点什么吧。"我一边用略带讽刺的语气说，一边用小指的指甲刮着磨砂的杯身。已经是第五杯了，我感觉自己好像有点儿醉了。

"我能说什么呢？"他说，"看到你这样子我很担心。我想啊，我不说你自己也明白，借酒消愁是解决不了——"

"问题不在于酒,而是睡眠。过去五天里,我大概就只睡了十五个小时。有时醒来以后还会有幻觉,好像服用迷幻药的效果,会看到一些根本不存在的东西。在夜里,我不断做噩梦。"

"可是你指望我能做些什么呢,威尔?"我感到非常惭愧,不敢看他,可我能感觉到他在看着我,"给建议、防范措施,这些一直都是你妈妈该做的事情,而不是由我来做。"

"威廉舅舅,我爱的人和别人上床了。"

"这种事并不稀奇。听我说,我不是要打击你,可你还爱着她,对吧?"

我盯着自己的啤酒,可是没有喝。我很难过地点了点头。是的,我当然还爱着她。

又来了,他这种夹杂着残忍与困惑的诡异的情绪:"听着,你知道说祖鲁语的人是怎么相互打招呼的吗?"

"什么?"

"我最近才知道的,这个词真是太好听了:在祖鲁语里面,见面和道别都用它,字面意思就是'我看见你'。而回应的人会说'我在这里'。你懂了吗?'Sawubona',我看见你,威尔。"

他没有离开座位,也没有给他的蔓越莓汁结账,但是我能感觉到一种微妙的变化,仿佛他已经离开了。"说吧。不说出来是没有效果的。"

"我在这里。"我说。心里放松了些,虽然只有那么一会儿,不过也足够了。

我发现自己写得太多了。简而言之,后来我去和茱莉亚见面,好好谈了一下。我们谈了过去,也谈了未来,还谈了避免重蹈覆辙的一些办法。我们还做了信任背摔的练习。从此,我彻底清醒了。一年以后,我们结了婚。

十五年过去了——我没有再做过噩梦。我去了法学院念书。我们还生了一个女儿。我们住在洛杉矶。我抛弃了过去,重新生活。我想人们来洛杉矶的原因大概也是如此吧。我每四年左右才回纽约一趟,而且不会在圣诞节或者感恩节的时候回去见父母。我们回去后会住在酒店,而不是住在布鲁克林高地家中的客房,因为我和我爸的关系一直没怎么改善。在某种意义上,我忙于工作、照顾孩子以及南加州的平凡生活，所以我一碰到枕头就会睡着，完全不会做梦。即便我不理解我的舅舅到底在什么方面帮助了我，可我还是得感谢他。

我想，他的死，令我难以接受。不是因为我很了解他——我对他其实不够了解——而是因为我记得他的各种怪癖，记得他这个充满活力的人。80年代的时候他被诊断出了艾滋病，可你看出什么不同，因为医院给他服用的混合药物使他大部分时间都不用待在医院。而当我们回去东部的时候，我们去过他在地狱厨房（克林顿区）的公寓里看望他。他在买下了房子之后一直不愿意装修。我的女儿很喜欢他。茉莉亚尤其喜欢他。可是在2002年年初，我妈告诉我他一直有些健康问题，之后他的病情就每况愈下。

他的经纪人把问题都归咎于去年秋天的一系列事情。"我不是说这里头有着明显的因果关系，"他告诉我，"从他身上可以看出更多。他来到这个城市的头几个月，作品里头就有某种哀歌的情绪。他多年来一直都以一种不死不灭的精神在创作，而突然他就好像看见了什么让他可以放心离开的事物。"

不过我说这话可能过早了。那个经纪人的名字是布鲁诺·奥根布里克，我是在去年6月认识他的，就在我的症状复发之前。他在春街那边有一间画廊，陈列了一些威廉舅舅70年代的画作。我收到的一封邀请函上面写着《证据一》。葬礼在康涅狄格州家里的空地上举行，而我已经好几年都没有正式地回去过了，市区就更长时间没有去了。可是我觉得自己应该为了舅舅出席葬礼。

在飞机上，我在脑海里想象着休斯敦南部的街区，想象着那里还是一片自由的土地。可当我到了那里，才发现一路上全是资本的气息。每走两米不到就能看见一家艺术馆，还有酒吧和精品店，晚上八点，街上就会挤满各家店铺的顾客。当我找到那间画廊的时候，也差不多是这个样子，绝大多数是穿着名牌牛仔裤的年轻人。令人欣慰的是，他们只是把我当作一个衣着邋遢的迷路旅客。

然而，我内心依然期望着这座城市可以拯救我，不然的话，该如何解释我对挂在墙上的油画的不满呢？威廉舅舅一直秉持着以大为美的艺术精神，而正是这种精神吸引了人们。而墙上的这些画，相比之下，则只是一些极简主义者的虚无作品——一片白色的画面，虽然当你靠近时会更清楚地看见一些层次结构，但那也不过是画刷掠过的一些白色痕迹而已。你可以骗自己，想象会有一个图案从空白的画面里冒出来，可是从来没有人这么做过。唯一有那么一点意思的就是它们的形状了。

我正盯着一个八边形看，除了白色还是白色，给人感觉就像在办丧事。这时，身后有人说起话来："你知道那是什么，对吧？"

奥根布里克的衬衫挺括如新，一点儿皱褶都没有，他的眼镜虽然时髦，但显得很沉，他的头光秃秃的。他侧着头，不知道是在看画还是在打量我的脑壳。"这大概是暴风雪中的幽灵，"我说，"随便猜猜，我不知道。"

"这是个停车标志。"他伸出一根手指，几乎碰到了油画，在那八个边上找着，"他从杆子上把它弄下来，涂白了。当然了，大多数人并不记得他不只是一个摄影师"——他是讨厌我舅舅吗？——"即便如此，你还是可以理解你舅舅的想法的。你是他的外甥，对吧？我收到你的回信时，我以为你会和你妈妈一起来。"

"我想她可能对你售卖舅舅从未公开的画作有点疑虑。"

"那么你是代替她来交涉的？"

我摊了摊手，我不知道我为什么来这里。

"不管怎样，有几个问题我们还是要说清楚。请跟我来好吗？"说完，他就向办公室走去了。

他的办公室就在那堵白墙的后面，并不宽敞，就像画廊里一样。一张桌子、一台咖啡、一台豪华得和这个地方不相称的笔记本电脑。奥根布里克示意我坐下，可他没有坐。他似乎轻轻地哼了一声。"这确实很离奇。"

"你说什么？"

"我想应该这么说，你们俩很像。喝酒不？"

我不喝酒，我跟他说，因为这使我想起以前噩梦里的那个自己，那个看起来不知道像什么的我。

"好吧，反正这酒也一般。有这么一个道理：酒越便宜，来蹭酒喝的人就会越快离开。不过你肯定不会拒绝喝咖啡吧。"

他转过身在那台咖啡机那里忙了一阵子，磨咖啡、煮咖啡。他一边说着镜子的事情。他总结说，我的舅舅就像那棵篱笆围着的树。当篱笆破了的时候，那棵树会怎么样？后来，就好像什么都没发生过似的，他转过身来坐在我面前，拿了一个白色碟子托着白色茶杯和小勺子，杯子里的咖啡边上有一圈精致的焦糖色的泡沫。我突然想到，自从我下飞机以来，就一直有一种平行生活的诡异感，而这杯咖啡正是我想要的，它可以让我从这种诡异感中清醒过来。"当然了，我们肯定要讨论他的作品，"他说，"财产容易引起混乱，尤其是当艺术牵涉其中时，最终的遗嘱执行人就可能有很多个。"

"你必须理解，这一切对于我妈来说还是很难接受的，"我说，"他是她唯一的弟弟。"

"你也很伤心吧。"

我在小勺子上面找了找自己的映象。"确切地说，我和舅舅不算特别亲近。我十八岁之后就很少回来了，而威廉舅舅也很少离开这个地方。"

"好吧，你的舅舅可能有些……困难吧。他一开始的时候就非常高产，可总是不知道怎么整理自己的想法。现在很多艺术家都这样，不过这也使得与他合作具有很大的挑战性。当我理解了双联画《证据》的全幅画面以后，那宏大的规模震撼了我。不过他的音乐在我听来，却完全不一样。然后他出于某种理由拿起了相机，那时我们就已经一直在争吵了，我不得不坚持这么说，'不，威廉，这不是艺术。你的天赋是离不开责任的……'于是他就给照片换了一种表现手法。我享有他的油画的独家销售权——虽然据我了解他在 1977 以后只画了一幅油画。他的遗嘱对死后的展览和出售做了规定。但是上个月，在查看威廉的房子时，我的助手遇到了一件我不确定要怎么处理的物品。你可以在这儿等一等吗？"我能说什么呢？我喝了那个男人的咖啡，而且开始发现他的询问从来不会等我的回答。

他去了其他房间，然后拿着一个盒子回来，里面是厚厚的一沓纸。盒盖上面用马克笔写着《证据 三》。每当我看到威廉舅舅的绘画时，心里就会有一种不安。"这就是你的舅舅自 2001 年 10 月以来的作品。盒子上面有一份笔记。

我相信他希望里面的作品以某种形式公开。他希望让这些作品成为他的遗产。"当我从大理石地板上抱起盒子时,我感到盒子非常沉。我看不出封口胶带的新旧程度,不知道盒子有没有被打开过。

"你为什么不把这些也挂出去?整个画廊都是你的。"

"首先,威廉——我可以这么称呼你吗?——《证据 三》还没完成。其次,它跟挂出去的展品不一样,它本质上是纪录片式的作品。这就是说,这一部分财产既不属于布恩女士,也不属于我。"

"那么,我想我还是带回去给我妈吧。"

"不过这儿有个小问题,威廉。我刚才说到的那份笔记——上面的条款很清楚地规定了,这个盒子是交给你的,而关于里面的内容怎么处置,决定权也属于你。"

第二天下午,我坐了三个小时的飞机回了洛杉矶,到家的时候,茱莉亚还没下班,女儿也还没放学。出租车停在了路边,从那儿看去,我们的房子有一种既熟悉又陌生的感觉。我没有细想,把行李箱放在了前门旁边,拿出盒子去了杂物房,把它塞在了平时一直用来放小物品的地方。我的女儿在吃晚饭时问了我关于这次出行的事情,不过我只是给她粗略地讲了一下行程。讲到我在纽约的家人时,也只是讲了个大概。不过晚上睡觉时,我发现自己又做了那个噩梦:街道上空空如也,就好像发生过什么灾难似的。第二天晚上,还是做噩梦,一直持续了好几个月。

这一次,梦境和那个盒子有了关联。好像它就一直都在那儿。有时候,当大家都睡着时,我会去杂物房,打开灯看那个盒子。《证据 三》。我有想过撕下胶带,然后好好研究一番。这个盒子不知道是礼物还是诅咒,试图把我带回到那个年代,那个我们竭尽全力想要摆脱的年代。我也想过喝酒,也想过把整个盒子丢进水池。但每一次,我最后都是回到屋子里,什么都没做。因为坦白地讲,对比起来,做噩梦反而还要轻松一些。

后来,也就是一个星期之前,一天晚上我因为恐惧而哭着醒来,我不得不悄悄地躲在洗衣间里哭，还打开了烘干机，盖过我的声音。日出之后，我才回去睡觉，而茱莉亚把我的闹钟关掉了。当我起床时，屋子里已经没了茱莉亚催促女儿去上学的声音，只剩雨点打在窗台上，我走下楼，发现她在吃早饭的那个角落，正往凸窗上缝一面蓝色的尼龙布旗子，上面有一只和平鸽的图案。我的脑海里还残留着那个噩梦给我留下的创伤，不过我朦朦胧胧地回想起，好像和她聊过教会的和平活动会议，还想起了这个国家好像又要发动战争了。"我帮你请了病假。"她说。

"你为什么要这么做？"

"因为你生病了啊，亲爱的。"

我们在柜台旁坐下，一起吃了饭。上次这么做是什么时候了？我一直在法学院念书。她肯定是怀孕了。我吃了一口三明治。我为晚上发出的声音道歉。我告诉她我又做噩梦了。我们聊了一会儿。"你是说我应该去看看心理医生？"我说。

"我不明白你为什么要抗拒这个。"

我没有抗拒心理医生，这对其他人来说都是很好的，只是我个人认为，心理医生不过是从问题的根源入手，去寻找治疗的方法。而对于你们来说，我本质上是一个封闭的系统，是一个自我、身份以及个体存在的容器。或许你会说不是这样的，可我要是无法想象一个比自身更大的参考点，那么看心理医生还有什么用呢？窗户上的那面旗子——也是那样的，不过是自我、身份以及个体存在的容器？"这么说吧，我无法接受。"

"你觉得跟专业人士聊天会显得自己很软弱。"

"心理医生有什么厉害的？难道他还能看穿我的心？"

"够了，够了。重点只是让你把话说出来，威尔。你害怕有人会跟你说，你自身一直存在问题。可是，治疗只不过是有人问你问题而已。"

"问什么？"

"比如，你梦境里的自己到底是谁？还是个孩子吗？"

老实说，思考这个梦让我很不自在。从水池反射进来的光，映照在厨房的天花板上，不时地晃动着。"我已经告诉过你，这是后来的事了。那时我已经是中学生了。"

"有差别吗，你说说看？"

"说什么呢？"

"小孩子和初中生有差别吗？大多数人都会把初中生当作小孩子。"

"在我那儿可不是这样的。"不知怎的，我竟然在告诉她一件我自己都以为忘记了的事情：1977年的时候，当时我十二岁，凯特六岁，在那次大停电期间，我的父亲把我们俩丢在了曼哈顿的大街上。

"天哪。你爸竟然——"

"不，那只是其中一件事情，你明白吗？爸妈没有商量好谁该去把我们从日间托管营接回去。不过那依然是我生命中最漫长的一个晚上。自那以后，我就知道要靠自己了。"

"真不敢相信你从来都不跟我说这个。"

"为什么这么说？"

"你被抛弃了，威尔。你当时一定吓坏了吧。梦里也是这样吗？"

"我想确实和梦里的情况很像，"我承认，"可我刚才回忆起这一切时，又是怎么样的感受呢？和做梦时的感受截然不同。就好像是，过去有那么一个时刻，就是停电的时候，一切仿佛都要发生变化。而现在，我想象不到另外一种生活会是什么样的。"

"说不定面纱的后面是镜子。或许你害怕的是会在镜子里看到自己的爸爸。"

我知道我说得太多了，我的话伤到了她。"我不是这个意思，茱莉亚。我不知道自己说了什么。我爱你。我爱艾格尼丝。我爱屋子后面的那一块草地，爱那一年到头长势良好的鳄梨。让我害怕的只是那些束缚。我已经快四十岁了。"

"其实我也害怕，"她说，"因为我爱你，威尔，但是我不知道这种生活还能维持多久。不管身后有什么困难，你都得面对。"

所以我在这里，一页又一页地写，似乎停不下来。我开始觉得自己好像困在了梦境里，或者说是我疯了。我不断地想，开车时想，做饭时想，在办公室写报告时也在想，那座罩着面纱的城市，一定隐藏着什么东西。而我的思绪总是会回到大停电的那个晚上，想着那片黑暗之中，到底是什么发生了变化。

那天晚上，在我离开画廊之前，布鲁诺·奥根布里克向我展示的最后一件物品就是这个盒子。考虑到《证据 三》的重要性，他坚持要叫一辆车送我回酒店，而且不知道是不是欧洲人的礼仪习俗，他还把我送到了街上。街上很冷。我们就在秋日的黄昏中等待着，听着往来车辆的喇叭声，看着车头灯的光线划过街道。身后，画廊里面，小型展览还在进行着。最后，为了打破沉默，我跟他说我还有一些不理解的事情，比如说标题"证据"，指的是什么证据？"还有，如果画廊里挂在墙上的那些白色图案是《证据 一》，而盒子里的是《证据 三》，那么《证据 二》去哪儿了？"关于这个问题，他淡然一笑，指着街区对面。起初，我分辨不出他指的是什么东西，不过后来我看清楚了：拐角处的杆子上不是停车标志，而是一幅油画，八边形不是完全精确的，红色也有点偏差。我靠近了看，"O"字母右上方有一圈蓝色的光晕，那是太阳，而左下方几乎是斑斑点点，那是树叶的影子。我想说的是，乍看起来是一个普通的停车标志，实则是一幅画。白天和傍晚，从不同的角度看都不一样。我想，这就是所谓的印象派吧。你可以看见的一笔一画都是出自那个艺术家之手，那个已逝的男人签上了名字：比利·斯里-斯迪克斯。

现实世界仿佛裂开了一道口子，与假想世界或者是其他什么世界联结了起来。在那一瞬间，我站着向街对面的大楼看去，那边的警示牌仿佛也变成了一张画——亦真亦假——还有更远处的地铁入口旁，那个橙色的建筑标示牌也变成了画。我的舅舅不是想把整个城市都涂改掉，他想的是重构它，想的是把他脑海里的图像和外部世界置换。事实上，我到底在不经意之间路过了多少张《证据 二》，谁知道呢？向那远处的天际线看去，谁又能肯定地说，他没有用纸板替换掉那些钢筋水泥大厦呢？谁知道我身处的是哪一座城市呢？现在是2003年，也是1974年，也是1961年。

我想问奥根布里克，想问他《证据 二》到底有多少，都分散在什么地方，可当我转过身时，他已经走了。

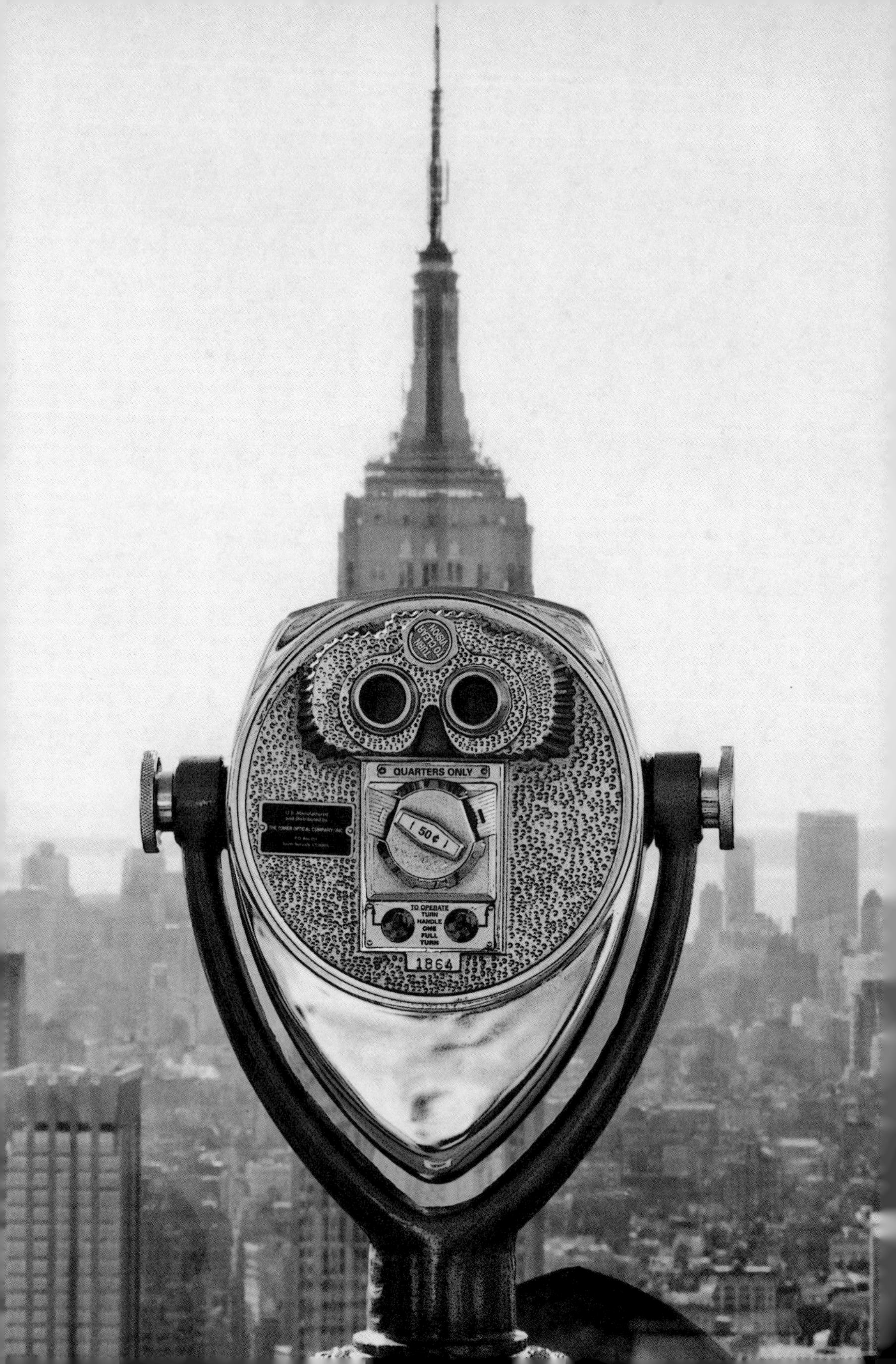
QUARTERS ONLY
50¢
TO OPERATE TURN HANDLE ONE FULL TURN
1864

BOOK 5

恶魔弟弟

[1977 年，7 月 12—13 日]

人们随时会被惊醒,
就像希腊人的木马,
只待特洛伊夜深人静……

——瓦尔特·本雅明
《拱廊计划》

71

里根选择的日托营就在东八十二街上。当时是冬天，名额眼看就要被占光。看来，让孩子们和那些老街坊保持联系还是有必要的。只是，这么做很不明智。她要坐四十分钟的地铁把他们送到那儿，然后再花十五分钟回到汉密尔顿-斯威尼大楼去上班。她失算了。她还是威尔的年纪时，就已经可以独自坐地铁了，可如今要是让孩子们这么做的话，最好给他们配上一支上了膛的枪，还要担心他们染上毒瘾的风险。要是七点五十分之前他们还没有洗好澡，穿戴整齐，吃完早饭的话，那最好就直接把他们丢进出租车。现在是7月13日早上八点二十三分，热浪已经持续了两天。她看着威尔用勺子的末端切香肠。"你可以吃快一点儿吗，宝贝儿？"他可爱地嘟起嘴，嚼着麦圈咽下了。气人的是，他之后耸了耸肩。他们曾经是可以看懂彼此心思的：他会在她没听见他的脚步声的情况下突然出现在身旁，仿佛他能感觉到她内心那种压力，了解她无法排解。确实，她怀疑就是他这种看透人的诡异方式，才使得基斯想要把他送去寄宿学校。可她甚至连让威尔去宿营地都做不到，而现在他似乎在为此而惩罚她。在监护探视前的二十四个小时里，他甚至对她最温和的建议都感到厌恶。他不想去，耸肩似乎就是这个意思。

然后凯特从浴室里蹦蹦跳跳地走了过来，在这间新的公寓里，由于某种建筑上的疏忽，浴室建在了厨房旁边。"我可以要些麦圈吗？"

"你吃过鸡蛋了，宝贝儿，才不到十五分钟。你是不是玩火柴了？"

她点了点头，里根决定不批评她穿错了袜子，还有那看起来像是被轧棉机弄得乱糟糟的头发。"去拿上你的背包，亲爱的。"毫无疑问，日托辅导员看到这一幕，一定会想，不称职的家长。不过没关系，都是她的错，再说，她也没时间。在六十四分钟之内，安德鲁·韦斯特就会出现在她的办公室，再次检查他们起草的声明。一点三十分，他们会乘电梯到四十层那间最近装修好的新闻发布室，通过装配好的麦克风宣布，她父亲将会就税收欺诈的指控提出无罪抗辩。美国联邦检察官显然还要等上几个小时，才能在有第二位线人的情况下最终确定一个豁免协议，而一旦这件事情发生了，爸爸就将失去认罪协商的机会，连同那象征性的拒绝权。

一切将发生的事情都会在今天发生。

六十三分钟。

她强迫自己不说一句话。她明白,她要是说了,威尔只会更加不听话,变得刻意抗拒,甚至彻底叛逆。她试着重建他们之间的关系。快点儿,亲爱的。当然了,考虑到他是个男孩子,挫折教育也不过是爱他的另一种方式。他T恤的衣领变了色,翘翘的鼻子上有斑点。他那长长的头发,大概没洗,很随意地垂在眼前。

"威廉·汉密尔顿-斯威尼·兰普莱特,你还有十秒钟来吃完你的早餐。"

"做不到。"

"你说什么?"

他举起双手,似乎在表明自己手无寸铁。"我吃饱了。"

"那我们走吧,事不宜迟。"她假装没看见他丢开碗的方式。之后只能由她来收拾了。

他们在门口时,里根把一只手伸进她的西服外套,这时她发现某样东西不见了。"旅行袋在哪儿,威尔?"

"哎呀。"

"你没有整理行李吗?"

"你没有提醒我。"

"我也没提醒你穿裤子,你倒是乖乖地穿了上。"

再一次,他耸了耸肩,这在她看来很没礼貌。她的表显示八点三十四分,她感觉到要是再说他什么的话,他就会知道他赢了。她跪下来给女儿的马球衫扣好扣子。以前,闹别扭的是凯特,威尔则很听话的。"亲爱的,你们的爸爸有为你们准备换洗的衣服吧。"

凯特笑了笑,转过身。不知道什么时候她掉了一颗牙。"我们自己的房间里现在有电视了。"

"没错。"威尔说,"他让我们看自己爱看的。"

"该死的,威尔,你再不收拾东西,我就亲自动手,给你挑几件让你后悔的衣服。不要让我数到三。"她从来没想过,他抗拒的或许不是她。说不定,他是真的不想去。

如何在夏天和孩子们相处这个问题,她从来没有怎么思考过。她满脑子都是:多灾多难的一年。即便是全职投入公司工作,她还是申请了带薪休假,计划在阵亡将士纪念日与劳动节期间,和孩子们以及丈夫到温尼珀索基湖戏水，顺利地度过一个长周末，让时间如帆船般悠闲地越过蓝色的浮标远去。

可现在的情况却是，日托营只负责从九点半到下午三点，往后就要额外收费。这似乎是一种欺诈。她已经提前给营里的人打过电话，告诉他们基斯今天会来接孩子们。他应该会带他们去看一场大都会棒球赛，然后在周末照看他们，虽然她会像往常一样想念他们，但此时此刻她有一个想法，这一定代表了某种进步。她想，让我们来看看他会怎么处理这一切，威尔洗澡花太长时间，凯特晚上会做噩梦，半夜醒来发现凯特在走廊上徘徊着，用她最凄凉的声音问，今晚我能不能和你一起睡？仿佛她没有想到过你会答应她似的。问题是这很可能难不倒基斯。他是一个不相信因果关系的男人。去营地迟到了？没什么大不了的。偷了一整罐凡士林？孩子还小不懂事。

实际上，她想他了。她想念他的笑，想念他让她保持平衡的方式，想念有时候不必成为放任自流的那一个。而当凯特在门口叫喊的时候，她不得不检查一下确认自己的脸是干的，因为站在没开灯的房间里，只有窗帘间透进来些微街灯的光，她一直在回想他们还是一家人的时光，想要找出从何时起，家开始崩塌。爬上来吧，亲爱的，她会说。

现在她想着与那个细皮嫩肉、发型一丝不苟的安德鲁·韦斯特同床共枕的事。她觉得自己对他更多是放纵式的母爱，而非她所想要感受的那份饥渴。她迟迟没有向孩子们提到他，原因有几个，其一是威尔可能会把他视为敌人，另一个就是刚才所说的那种感觉。安德鲁只有二十八岁。她迟迟没有和他上床。尽管如此，她还是决定了，就在今晚，等一切忙完以后，她准备让他对自己做任何想做的事情。她希望威尔喝牛奶的时候没有注意到冰箱里的那条羊腿和那瓶霞多丽。或者，考虑到孩子们是她和丈夫之间仅剩的联系，她有点儿希望他能注意到。

亨利街上播放着的《看见出租车》，这让里根意识到自己没有足够的车费一路去到郊区。威尔一点儿现金也没有——他的零用钱全都花在了那些该死的魔法卡片上——所以她要么晚一点和安德鲁见面，要么把他们丢在地铁上。桥顶上笼罩着一层浅红色的雾，混杂着湿气、汽车尾气和贫民区里散布出来的灰尘。一群白鸟停在桥上，一动不动。天气预报员播报说今天的湿度将创新高，而她已经感觉到，衬衫开始贴着皮肤了。她看了看威尔。他还是一个好孩子,她想,一个善良、阳光、勇敢的孩子。这个钟点的列车上只会有通勤的人。她开始了说教,讲怎么躲避陌生人,但是他打断了她。

"妈,我们在爸那儿一直都是自己搭地铁的。"

"我权当没听到。"她说,意思是她并不清楚这是不是唬人的。当她试着跟随他们进车站以确保他们没有搭错车时,威尔抱怨起来。她亲吻了他的头才放他走,对凯特也是一样,然后看着他们往地下走去。可是为什么,几秒钟之后,她又小心翼翼地保持着距离跟了过去?不付钱的话,检票口不会放行的,于是她就待在栏杆的一头,看着孩子们在月台上等待,他们身边是一些在相互搂抱热吻的大孩子,穿着护士鞋的西部印第安女人,以及坐在长凳上看起来醉醺醺的人。威尔一只手提着他的黄色背包,背包的一面有他的校徽,T恤从包里露出来的一角卡在了链条里,就像路边的野草。他的另一只手牵着妹妹。

里根希望,也不是头一回了,她希望自己能变成另一个人,变成一个愿意相信孩子们很能干的人,这样的话她就不用非得跟着他们下来,恨不得在列车赶来的最后一刻跳下台阶,把他们抱起来,不让他们再长大。可是,看着他们上了车,面向她坐下去,透过那满是涂鸦的车窗,她却无法移开目光。凯特发现了她并在门关上向她挥了挥手,但威尔只是茫然地凝视着前方,就像其他坐着的成年人一样——不知怎的,他有点儿像威廉,那个他从未见过的舅舅。他们兄妹之间的空间至少够另一个孩子坐下。她知道,孩子们搭车离开的场景将会始终停留在的她脑海里。无论是她在镜头前阐述自家公司的未来时,还是看着自己年轻的同事兼勾引对象笨拙地摆弄开瓶器,以及最后他在一片漆黑中开始打鼾,她又像往常一样孤身一人时,孩子们的身影都会浮现。

— / — / — / — / — / — / — /

72

当你把一根香蕉往墙上扔去时,存在一种小概率事件:香蕉会穿墙而过。十三个小时之前,杰妮·阮站在一趟去往市郊的巴士上,思考着这个问题。她是在那个早上从广播中听来的。齐格·齐格勒"博士"

一直就街上的骚乱夸夸其谈，尽管杰妮从自身经验中得知非暴力反抗是徒劳的，但是他关于低概率事件的诡异案例（为什么要把香蕉往墙上扔？）让她联想到了自己脱单的可能性。最近的一次电话约会，也就是刚刚结束的这次，约会对象是一个高大且热心的爱尔兰人，红褐色的头发，热情得像只爱尔兰猎犬，而这只会衬托出她的疲惫和焦虑。整个约会，从坐下来到各自付账，只持续了不到一个小时。现在，她看着巴士车窗外光亮如新的大楼和汽车从旁边一闪而过。她并非完全令人讨厌，她没有想过——她刮过腿毛；她的新止汗药抵住了三十几摄氏度的高温——要是没有那么多该死的观点的话，可能……可是为什么纠结于假设呢？杰妮提着满满一手提袋的资助申请单，准备回她那个没有空调的公寓，用中文叫个外卖，然后继续工作一个小时。之后，作为奖励，她可能会允许自己在睡前读上几页她已逝邻居的手稿，醒来以后，再读几页。一方面，你不能指望任何事情；另一方面，不管是哪一天，想要改变都几乎是不可能的。

或许这姑且算得上是件好事，因为上一次事情真的发生改变已经是两个半月以前了。现在，每次她走进自己住的大楼时，还是会有一种失落感。看见自己和理查德的邮箱之间的金属隔板闪着光的时候，她还是会以为那是从他的门口那儿传来的。她还没有注意到楼上的走廊比原来要热，或许是因为热浪，又或者与热浪毫无关系。她把煤油的气味归咎于 2-J 单元颇具民族特色的做饭方式。可是，当她把钥匙插进锁孔准备打开房门时，她略微有些犹豫——在那一刻，房间里就是一个黑匣子。一或者零，发生过或者没发生过，有关或者无关。

然后，她双手捂起鼻子，不知所措。一扇窗户开着，一阵穿堂风进来，那些烧焦的文件散落各处。烟雾飘到了灯架附近，抽屉以奇怪的角度敞着，湿衣服和纸紧贴在柜台上面，就像下过雨后风挡玻璃上的纸屑。她非常仔细地摞在角落里的盒子——那都是理查德的物品！——看起来已经烧过，然后又被打湿了。科拉格尔蜷缩在沙发床的一角，看上去眼睛有点儿发红，不过它没有受伤。她想把它叫到身边，纵火犯有可能还潜伏在公寓里，注意着她的一举一动。

她抱起小狗，通过消防通道，三步并作两步地跑到了大堂。消防通道一直设在这里就是为了这个用途，可是这个用途能实现的可能性有多大呢？又回到了这个概率问题。或许这个概率取决于你是赞成还是反对，你是香蕉还是墙壁。

当警察终于赶到现场时,他们认为这是入室盗窃,她发现没有东西丢失,可是为什么要放火?那位高个子警官撩起窗帘,检查了外面的脚手架。"通常他们会寻找电视机。"

她并没有电视机,她说。

"为什么你会认为她有电视机呢?是因为这些盒子吗?"费拉托维奇先生抱着双臂站在走廊上,对每一个证据都表示质疑。坚持报警是他的主意,甚至不顾杰妮的反对,现在她明白为什么了。"你留着这么多东西,这是火灾隐患啊。警察先生,这个地方有火灾隐患啊,你说是不?"

"警察先生,"她说,"你是不是认为外面的脚手架才是导致入室盗窃的原因?"

"惯犯肯定会挑容易的下手,"高个子警官继续说,仿佛没有听见她的话,"他们知道这儿没有他们想要的东西之后,就会搞破坏。"当杰妮问他是不是准备收集指纹的时候,他只是笑了笑。

随后,费拉托维奇先生带上来几台风扇帮忙把烟雾排掉。他见过更糟糕的,他说。到了早上,她已经闻不到气味了。可事实上,那天晚上她没法再开着窗入睡了。她总想着,有人到过这里,踩过她的地毯,呼吸过这里的空气……这让她感到不安。据那位矮个子警官说,这座城市每天都会发生上百宗非法闯入案件——要是这些窃贼再回来的话该怎么办?算了,至少理查德的手稿没有损坏:当她把折叠床收起来时,发现手稿躺在床底下,一定是前天夜里掉在地上的。

现在她打算把灯打开。她用洗发水洗去科拉格尔身上的烟尘,现在它还没干,不过她把它抱到了身旁那柔软的床垫上,把酒杯放在沙发扶手上。她翻到了有图片的这页,标记着十七页,上次她读到了"烟火工"这里。酒精会让她很快睡着,再读几页就好,她心想。可是几个小时后,她还坐在那里读着手稿,心里怦怦直跳。她敢肯定,非法闯入绝非低概率事件。有人想要让纸上的这些内容消失——可能还不止如此。天快亮的时候,她觉得不得不做些什么。还是说天已经亮了?当她想要看闹钟的时候才发现,原来自己真的丢了东西。

73

从阿尔塔纳回来以后，默瑟的生活很快就又出现了裂痕。温塞斯拉斯-知更鸟学校的女孩们——那些好孩子，实际上，她们的沉着冷静就如清晨的冰霜——不断地向他表示同情。后来有一天，在学院洗手间照镜子时，他才发现了原因。失眠在他的眼底留下了重重的痕迹。他没有把脸上的胡楂剃干净。他的衬衫已经连续三天没换了，一直用来掩盖衬衫褶皱的那件毛背心也起毛了。用纸巾擦干净腋窝后，他退到了过道里。最后一次响铃前的几分钟，楼道里昏黄而闷热的空气变得凝滞，仿佛它要把自己变得僵硬起来以便让钟声敲碎。附近的说话声汇聚在一起。一股火烧的味道从看门人的房间里飘出来。门没有上锁，他推开门，两个穿着曲棍球制服的女孩从窗户那儿转过身来。谁允许她们来过道？柯蒂斯教练知道她们在这儿吗？那股气味又是什么？

"什么味道？"她们中的一人说道，另一个人再也忍不住了，咳出一团蓝棕色的烟雾。"请冷静点，古德曼老师。我们还有不到一个月就毕业了。"

他伸出一只手。他看起来一定有点儿精神失常。虽然她们已经把证据丢到了窗外，但看上去还是很恐慌，仿佛他不是一位英语老师，而是女学生终结者。"剩下的在哪儿？"那个同伴随口就说在她的衣帽柜里。他向她们提出了条件。她们必须在三点钟以前把"烟"交给他处理。如果她们发誓保证不再吸，他也就不打算说出去。

或许他真的想过要把"烟"销毁，可是那分量让他始料未及：和他的头一样大的袋子，这么多的东西浪费了的话感觉好可惜。起初，他只在晚上稍微用一点作为催眠剂，可是不久之后，他早上也开始服用了。（这不也是一种处理方式吗？）他的教学方法开始变得古怪离奇。他能够感觉到上他第一节课的大二学生在他在黑板上讲解着《艺术家的画像》的细节时，看到了他从腰带里掉出来的衬衣下摆。事物的形式原因——他把这个术语用大写字母写出来——在于其满足自身的定义（为什么威廉离开了他？因为威廉已经不和他住在一起了）。而一切事物的终极原因，根据亚里士多德的说法，那就是不动的推动者。δ οὐ κινούμενον κινεῖ，"也就是老天爷。"就在这个时候，朗希伯博士出现在了教室的门口。他看到一个真诚坦率的非裔美国人天才在教这些白人女孩学希腊语，一定会感到很高兴。然而，隔着玻璃窗，朗希伯没有听见，默瑟说前面两个原因都是典型的亚里士多德的一派胡言。更重要的,而且几乎不可能被孤立的,是任何事物的直接原因——导致 y 的 x。或者这位优秀的博士能听见这些话?因为他现在走上前,问默瑟能否在下课后交流一下。默瑟察觉到他的来意,只是他以为,挑明还要过段时间。差不多一学年的课程大纲被密密麻麻地写满黑板上,粉笔刷的印记以及下面依稀可辨的粉笔迹就像是电子的轨道。某一天,他和威廉彼此相迎;第二天,却相背而去。可是为什么呢?为什么是 y ?

私下见面时,朗希伯开门见山。最近有人投诉。"我们的两个女学生,在一次荣誉委员会的会议上,声称和你达成了一个交换条件,为全体高年级提供违禁品。她们的证词似乎印证了你最近的行为表现。你要向我解释一下吗?因为老实说,我仍然一头雾水。"

这个说法并不准确,完全不对,但是默瑟不知道他怎么才能解释清楚。他也无法辩解说自己没有被告诫过不能抽"烟"。

"你在私人时间里做什么是一回事,默瑟,但是我认为你没有意识到串通的严重性。学院的行为准则约束着我,也是写在你合同里的。为此,我不能让委员会给你续约了,除非你有什么情有可原的理由愿意和我说说。"

"我不会把一切罪名都推脱在两个高中生身上的,如果你指的是这个的话。"

朗希伯博士叹息,道:"我很欣赏你有你的准则,默瑟。亚哈 [a] 也是一样的,可是你会把自己的女儿托付于他吗?我可以试着安排一下,让你可以在考试周期间还能领到工资,只要你能振作起来并且守口如瓶。现在就我个人而言——"但是默瑟已经决定不再听下去,因为伤害已经造成了。他不仅再一次回归单身,而且还丢掉了工作。他的银行账户里面还剩 247 美元。打字机搁置在阁楼,没有插电,里面的纸一片空白。不管你如何估量他在纽约的这段时间——物质上的、情感上的、审美上的——结论都是毫无意义,而他的积蓄一旦花光,就只剩大奥吉奇公共图书馆可以去了。

[a] 以色列第八任君王,娶异教妇人耶洗别为妻,听任她在全国推行偶像崇拜。

自从不再教课之后,他真正需要期待的唯一一件事就是每天爬上屋顶。晚上是最合适的。蹲坐在一把折叠椅上,反复阅读着《草叶集》那两页,沉醉其中。夜幕降临,夏天的火焰开始在地平线上恶魔似的闪烁着,令他从自己悲哀的小世界里转移开注意力。然而,约莫 7 月初时,比莱在楼下大搞狂野派对。十二号那晚，机车党们霸道地以今天是星期二这个理由就占用了屋顶。默瑟决定推迟到早上再上去，那时他才有地方享受孤独。

就和他现在一样。可是不到中午，上面的孤独时光就要结束了。椅子太热坐不下去，尼克博克标志中巨大的钢铁字母 O 都要晒化了。他放下书本，吸了一口烟。一些鸽子在啄易拉罐，有一只还大摇大摆地走到了他跟前，像是发送摩斯密码似的眨着眼睛，前后动着头，就像是一个小小的埃及人，然后一头撞在屋顶上。当然，他也只能为它的愣头愣脑稍作惋惜，因为他自己也有问题，同样棘手的问题，想着要不要也撞一下。

不知从哪儿传来的一声刺耳的警报把他引到了屋顶边缘。眼前的一切令人头晕目眩：六层楼下的垃圾箱就像靶眼一样，一杆灯柱底下露出了像意大利面一样的杂色电线，一名电工正从货车里爬出来，前往对面的大楼……另外，对了，今天的第一股烟雾，飘过了公园。去年夏天，和威廉一起的时候，默瑟会不由自主地把黑色的烟雾想象成天上的挥毫泼墨的创作。可现在就连哈莱姆区也是火灾不断，这很难让人忽略每一场火焰都有人牵涉其中，要么是某个人的唱片柜，要么是沙发上的坐垫，又或者是别人的孩子，但愿不会如此。或许警报是来自消防车的？默瑟没看见在哪儿有什么人，但是他就像一条神经兮兮的跳跃着的圣伯纳犬一样，总感觉有什么他无法想象的客观存在在某个地方。

他向边缘又靠近了一步，深吸了一口烟，然后扔掉烟蒂，像里约热内卢的耶稣像一样展开双臂。他想要一台留声机，外加一个像教堂钟那么大的喇叭，听女主角蕾昂泰茵·普莱斯演唱《蝴蝶夫人》第三幕的咏叹调。不，他真正想要的，是让这座城市或城里的人看到他是如何受苦的。当然，这里是纽约，人们很可能只会跟他说"克服难关吧"。那只鸟试图传达的就是这个意思吗？因为胆敢假称任何事物皆有意义，他才在上个月受到那般判决，这有可能吗？另外还有，那些在这个街区工作的电工到底在他妈忙什么，自从尼克松执政以后，这些街灯就没再亮过？

鸽子拍打翅膀的声音打断了他的沉思。他错过了某个信号，这些鸽子正在移动，看起来有数百只，它们整体的混乱感在他的脑海中挥之不去。他试图把它们赶走，可最终只不过是对着空气扑来扑去，想同时大声咳出来、喊出来。身处羽毛的旋涡之中，他无法分辨自己到底是转了一百八十度还是三百六十度，而且他那惊慌的身体一定已经做出了判断，唯一可以避免从百尺高楼坠落的办法就是腹部着地贴向沥青纸，因为他现在就在这个位置，脸面朝下，趴在屋顶。

喘了几口气，他才感觉这个世界再次安定了下来。他的手掌根部钻出疼痛，一个瓶盖割伤了他。几尺开外，他的眼镜钩在了长方形的灯箱上。当他重新戴上眼镜时，他看见厄撒·K.就坐在门口轻蔑地摆着尾巴。而在下面，有一个人吓跑了那些鸟儿：是二百周年庆时见过的那个冷漠的越南女孩。

"杰妮·阮？你知道你差点儿就害我丢了性命吗？"

"我不断敲你的门，敲了很多遍。当我打开门的时候，那只猫跑掉了。"

"好吧，你至少帮我把它带回楼下吧？我不想让它走到这边上来。"

杰妮似乎把"帮"定义为怀疑地旁观，看默瑟假装他那流着血的手里有什么好吃的东西，引逗着那只猫。厄撒·K.在他走近的时候眯起了眼睛——他们都知道猫才是主子——可还是让他把自己抱到了阁楼避难所。默瑟湿了一条毛巾，擦除手上的沙砾，又擦了擦脸上的汗。在水槽上方的镜子里，他的肤色看起来比那天在学院洗手间的时候更黑了，可能是因为他最近一直在晒太阳。凌乱的胡须搭配歪歪斜斜的眼镜，这样看的话他倒有几分像黑人版的艾伦·金斯堡。杰妮在他身后清了清嗓子："默瑟，我要和你的男朋友说几句。你知道他什么时候回来吗？"

"布鲁诺没有告诉你吗？"

"布鲁诺什么都没跟我说。我们关系没那么好。"

"威廉和我完了。他四个月前就搬走了。"

"你是说他还没有回来吗？该死的。"他转过身向着她时，她正在仔细地看着威廉的自画像，"可是，他一定在什么地方。"

"有点儿常识的都会这么想。只是你和我想的没什么不同。"

"你完全不知道他会在哪里吗？"

她走向沙发床，沉浸在个人的某种担忧之中，不再看他。而且因为她似乎对于这个分手的消息感到很沮丧，他没有自己想的那样讨厌她了。"没关系的，过去坐下吧。"不知怎的，他现在才注意到她拿着的文件夹，"是关于画的事情吗？"

她抬起头说："不是，但我要找到他，这十分重要。"

"你可以告诉我原因吗？"

"你会觉得我疯了。"

"谁说我没有一直把你当疯子了？"他说。

她站起来向着窗户走去，可是有什么事使她走到一半就停了下来。现在她语速很快，面对着玻璃窗："默瑟，你听我说。威廉有麻烦了。我现在还了解得不确切，可是有人一直在盯着他。"

"这是谁说的？你说的'盯着他'又是指什么呢？"他一边问，一边回想起圣诞节那天，威廉不解释他受伤的事情。

"我指的是监视和跟踪。我来这里是想给他提个醒，他可能有危险。我本来想他或许自己清楚危险来自何人，很可能就是这群蠢货，昨天闯进了我的房间。他们想要拿到这份手稿。最后，你会发现他们随身带着小刀——"

"让我看看。"

她把文件夹紧紧抱在胸前："现在还不是时候，默瑟。我们得离开这里。"

"你知道吗？算了，我觉得你就是个疯子。"

"好吧，有人应该告诉你那边那个朋友。"她示意默瑟看过去。在街对面的屋顶上，有一个穿着工装裤的黑人，那是他早些时候见到过的电工。他可能是在找电缆箱，不过他的头发很不对劲，黄黄绿绿的。而在他手里闪着光的是什么？"别，退后，"杰妮说着，可是当她把他拉到边上的时候，那个男人似乎转向了这个窗户。

"我觉得他看到我了。"默瑟低声说。

"现在你问问自己为什么要这么小声说话吧。"

原因就是那个电工显然怀有某种恶意。他的小脸阴暗又漠然，不过这可能是大麻的副作用。拜托了，终极原因，默瑟这么想着。让我度过这一天吧，我保证会放弃的。后来他曾短暂去过墓地，和里根一起通过玻璃窗盯着那个优柔寡断的人坐在这里，而威廉就在外面处于危难之中。"或许那是嗑药的人。"他说道。

"嗑药？"

"没有收到货款的小贩，或者是催债代理人？你知道他是个瘾君子，对吧？"

"正如我所说的，我对威廉了解不多，或者说不管他现在自称是什么人，我只知道他作为比利·斯里-斯迪克斯过着双重生活这个事实以及这个文件夹里的东西。现在这儿除了前门以外，有没有别的出去的办法呢？"

"为什么？"

"默瑟，如果他四个月前就搬出去了，而且，如果他们还在监视这里的话，那么你很显然也被牵连进去了。"

默瑟觉得，他可以继续反对这个做梦一般的逻辑，不过这又有什么意义呢？杰妮·阮大可以去顶楼的其他地方，制作一些他不想了解却一直存在的东西：塑料炸弹、老鼠窝、分解的人头。于是他带着她朝着货运电梯走去。

地下室更冰凉、更漆黑，零星的几个灯泡下方有一股淡淡的薄荷香气。仅剩的几个荷兰裔移居时期的纸箱之间有一些逃掉或者被驱逐的房客的财物，所有这些东西形成了一个迷宫，一台收音机在什么地方嗡嗡响着。默瑟发现自己一想到另一个电工就感到惊恐，但是这更有可能是那些机车党中有人在外面的运货板上晕倒了。那些面向街道的金属门摸上去很烫，有那么一刻，好像有什么东西挡住了门，接着，挡门的东西松开了，刺眼的日光像剪刀一样插进来，连通了里外的世界。这儿是大楼的北侧，街道是空荡荡的，仓库像坟墓一样封得严严实实。

"我们要往东边去。"她果断地说。不过，没有房子可以藏身，没有小巷子，他们就等于毫无防备，任何人都有可能伤害他们。默瑟正犹豫的时候，他们刚刚走过第十大道的街角，杰妮告诉他不要回头看。"继续走。再走一个街区我们就能看到出租车了。"随后一声模糊的枪声在他们身后的街道上响起。她僵住了："该死。那是他们的面包车吗？"

"怎么可能？"他反问，"那些人还在屋顶呢。"不过十分钟之前，我还不相信他们会在屋顶上，他这么想着。随着轮胎的摩擦声响起，他在楼上看到过的那辆白色面包车快速地顺着反方向开回去了。当它拐进这条街时，车窗里某个金属物的反光是否是他想象出来的？"快点。"他说，抓起了她的手臂。

他们匆忙地跑向下一个十字路口，她拼命地摆动着小短腿想要追上他。虽然他并没有回头看，但是他能够听见引擎的声音越来越大了。随后，信号灯放行了第九大道上南北向的车流。她抓住一辆出租车的门把手，他挤进去坐在了她身旁，告诉司机只管开车。他祈祷那一辆面包车会被红灯困在原地，这样他们就有了足够长的时间往南边去，摆脱追赶，免于子弹穿过后窗。如果坐在他身旁的杰妮没有看见那一辆面包车的话，那么他会以为这整件事情都是一个梦境。走过了十多个街区之后，他们遇到了红灯。从后视镜看，司机面无表情。不过是又一对奇怪的情侣罢了。"请问要去什么地方呢，客人们？"

"最近的警察局，那个，在第三十四街？"他问杰妮。她把文件夹抱得更紧了。

"啊，没门儿。别找警察。另外，那些不是你所说的瘾君子。瘾君子不会有面包车，也不会乔装打扮的。"

"那么，你觉得是什么人？"默瑟说。

杰妮探出窗外察看了一下后面。在那一刻，她看起来疲惫不堪。"我不想妄下定论，默瑟，但是我开始想，如果我知道答案的话，那么我们可能会有更大的麻烦。"

74

议论以前的客户不仅仅违背保密协定，基斯心想，而且还有违忠实义务。然而他就在这里，贸易中心北塔高楼层的一间空调房里，试图不去盯着政府律师双手按压、扣在桌上的文件，那里面可不是什么正直的人写出来的可以见光的东西。这份文件会授予他起诉豁免权，但是对基斯来说，他仍然觉得忠实很重要。然而，如果他看看自己的双手，那双抓过橄榄球、锤子、方向盘的手，那双看一下就会发现因不操劳而变得苍白的手，那么，他或许就无法继续忍受下去了。

所幸，桌子的这一边没有什么能让这双手去做的事情。水倒是有一杯，水温现在已经跟室温差不多。另外还有一支圆珠笔。他早上的时候不得不把自己的公文包放在前台，仿佛他才是那个被起诉的人，而他不得不习惯这种情况。没有人会信任一个背叛者，这不过是又一次交易而已，他这么提醒自己：用情报换取安全。他在守护威尔和凯特的将来，他们的爷爷一定也是这么希望的（拿下这个案件轻而易举，基斯被这样告知，"即使没有你的证词"），而他还是感到不安。他们让他朝着大观景窗坐下，就好像在说，看看，只要签了字，这些全部都会是你的。但是除了一盘沙拉般的建筑群，基斯看到的外面就是些像他一样的人，那些和他一起上过高中的，拿着焊枪的，拿着手术刀的，操作着起重机的，用破碎球测试着这座城市强度的。他内心的爱尔兰人告诉他要拿出点勇气来，抓住自己的机会，要像个男人。可是他想，做了交易就是背叛者。一定还有其他办法的。

过去几个星期，拉拢他这么做的那位美国助理检察官消失了，只剩下他独自面对这位秃顶、眉毛稀疏的法律博士。这个人说话轻声细语的，就好像他的每一句话都需要保密似的。每次他说到关键问题的时候，桌面上的豁免权协议就会靠近他一点；每次基斯没法给出满意答复的时候，那份文件又会被拉远一点。对于不断重复的反对意见，基斯还是坚持要在没有自己的律师的情况下签字，这既是因为自从泰德里斯被免职后他再请不起别的辩护律师，也是因为他感到心虚，而这是他无法忍受的。现在，再次被问到他和老汉密尔顿-斯威尼的来往——"只是为了回顾一下我们得到的东西"——他试着拖延时间。他回想起第一次认识那个男人的时候，饭厅的那张高背椅，先人们的油画肖像。"那是我第一次见识到法式清汤。我一直在捞碗底的肉。但是老比尔从来不会让我在他的餐桌上感到格格不入。一旦你和他混熟了，你就知道他是一个正派的老头了。或许是误解吧。我想人们对他的正派经常有所误解。"

但是谁说的要让老比尔持有这么多市政债券的呢？

难道别人的证词里面没有提到这一点吗？基斯说。

那位律师把手指架在文件上，姿势像一个提线木偶，基斯反而更像老板。"你会发现我们一直在债券这个问题上来回兜圈子。"

"或许你可以向我再解释一次你认为比尔做错了什么。这是一个管理相当宽松的市场。"他们无法在基斯的律师不在场的情况下控告他，对不对？

"原则是交换价值，兰普莱特先生。你要明白情报是可以转化成价值的。而在市场上，情报不是每个人都能获取的。"

有意思，这些官场人士总是能避开谈钱这个字。"我知道这对你来说是难以理解的，可是购买债券跟赌马可不一样。在1972年至1973年的时候，投资城市看起来还是稳赚不赔的买卖。"

"可是到了1975年的冬天，我不说你也明白，这座城市实际上就已经破产了。债务——那时在你自己账簿上的，我们已经核实了的——已经接近毫无价值了。然而你设法将其以八十九美分的价格甩到了你的岳父身上，作为一笔损失销账了，而且三个月之后当救市的消息传出，他们就以票面价值加应计利息兑现了。"

"这么大的头寸，当时还是有巨大的估值折扣的。"

"要不是这样的话，兰普莱特先生，你就要准备好接受审讯了。顺便说一下，这个依然是可以安排的。不过我们在聊的是汉密尔顿-斯威尼交易净赚的百分之十二，也就是九十万美元。再者，根据我们的消息来源，你的岳父掌握关于即将救市的情报。"

或者，更有可能的是，埃默里·古尔德做了，对他来说情报几乎就是他的目的——不过埃默里掌握的关于基斯的情报（所有那些信封，天晓得都是些什么）使得说明这件事情而不必承担进一步暴露的风险几乎是不可能的。而在他们给他看过的那份备忘录的复印件上，那个看起来确实像是比尔的签字，尽管那字迹抖得不成样子。上面关于节日贺卡的回忆，令他想起了里根，她昨天在电话上已经相当直白地暗示了她在和别人约会……然后又想起孩子们，今晚他要带他们去看大都会棒球赛。痛苦的事情，只要想到一件，就会接连不断地如幻灯片闪现，只不过这回忆此时此刻被一个突然的想法打断了。"嘿，你现在肚子饿吗？"

律师眨眨眼，表示不解。那儿仿佛有一睹看不见的墙，基斯心想，翻过它就等于背叛众生，背叛一切肉体的欲望。按照那些联邦官员、埃默里·古尔德家族、罗哈廷家族以及三边委员会的设想，在一个有序的未来里面，人们会像数字一样变得无形，隐没在蓝天之中。然而，不正是这些本能活动，这些予和求，先把数字送到天上的吗？

"我饿了，有一点儿。需要吃点东西。现在肯定已经过了午饭时间。如果你想要趁我溜出去找吃的时候加班的话，我是不会告诉任何人的。"他站起来转身就走。律师大概是被基斯的无礼举动震惊到了，连他把政府的笔带走都没发现。基斯都说不清他为什么拿：这不过是一件不值钱的东西，他走到街上时就扔掉了。

楼下更热，水银温度计又上升了十几摄氏度。一个热狗小贩坐在他的拖车上，暴晒在北塔的阴影以外做生意，汗如雨下。一群鸽子在啄食着小贩扔出去的面包碎，当中有一两只海鸥，还有几只基斯认不出品种的鸟。基斯并不是方济会修士，喂鸽子在他看来是一种自恋的行为，它们并不会比我们活得更长。但是为了一根热狗真的有必要去打扰别人吗？他要一路走到村里的三明治店。至少，这可以争取更多时间。

他向北走，经过了唐人街，夏天的气味就是这座城市本身的气味，伴随着成长和衰败的气息。推着手推车的女人和叨着烟的瘦男人急匆匆地路过。

他的视线所及之处，都是拿着各种物品的人，雨伞、行李箱、一整只鸭，疯狂的广告，他不需要学说这门语言就能理解它的意思。各种出售珠宝和电子产品的商铺，人们在一家商铺外面放缓了脚步，聚集起来看橱窗里的电视。他走到路边上，沿着排水沟走，可是人群也延伸到那儿了。他根本走不过去。

下一条横街上没有汽车，有成百上千甚至成千上万的人在十字路口穿行。这像是葬礼，他告诉自己，新奥尔良风格的，又或者是意大利人每隔一个周末就发起的庆祝圣人蜡像的游行。但是这一群人太随意了，不像是信教的。男人们穿着牛仔裤和背心，或者上面有工会徽章的工作衬衫。女人们都晒得很黑，她们的头发盘得很高。传说中的白种人，被压制的人又回来了，可是这样的人要抗议什么呢？即便他紧张地阅读着四周的海报，也有一种隐秘的羞耻感向他袭来。糟糕透顶。我们不再忍受。光复纽约。

就在这时，一件非同寻常的事情发生了。那个新年前夜的老男人伊西多尔，推购物车的人，出现在了人群之外。他现在以正常的速度移动，更准确地说，他周围的一切都减速了。不到十多米远的地方，他没有大步走过去，而是转过身以一种奇怪的慵懒的方式用手指着基斯的胸脯。

即使在那个男人走过之后，基斯还是能感觉到胸口发烫。（Day allah here。他说的是这个吗？）在火焰与阴影中，一切都清晰地显现了出来，沾满烟尘的大楼，地铁栅栏，零星的不知名的鸟群，向市中心飞掠而去，接着又改了主意，就像中央车站的时间表那样从白天忙到黑夜。车辆再次自由地移动起来，向着运河末端的隧道而去。随着车流前行是多么容易。把一条腿搭在过道的金属护栏上，滑降下去，到那一片阴凉漆黑之中。刹车灯照在积满污垢的瓦片上，当他到达的时候，太阳就快下山了。这意味着他走过了数不清的交叉道和泽西的加油站，到达了一片开阔而松软的土壤。当你饥饿的时候你可以进食，当你产生欲望的时候你可以性交，当你走到脚疼了可以休息。过了四十个小时，还坐了一趟巴士以后，他从俄克拉何马市西部一家旅馆房间的漆黑，走进了充满香甜空气的大草原，逃离了自己的生活。

但这是假定人是一种理性的动物，而基斯已经不确定自己的哪一部分说了算，是理性还是动物性，或许部分这个概念本身就是一种理性化的体现。他开始反过来感觉到自己过去在被一群完全不一样的人支配着——十七岁的基斯、二十五岁的基斯——他们全都强烈要求最新的、真实的基斯在最后一刻出现，来拯救他们。

可能就是现在。

现在这个就是他。

随他去吧？为什么他的西班牙语不能再好一点呢？

通过附近能用的付费电话，他拨通了美国联邦检察官的号码。他给接电话的人留了一个消息（助理的确是在吃午饭）。不管后果如何他都乐意去面对，他说，只是他们不要期待他今天能回去了。公文包他们可以留着，反正里面什么都没有。另外，交易取消了。他们会从他的律师那儿听到消息的，不过要先等他有了律师再说。随后他就挂了电话，赶紧跑到游行人群聚集的街上，一个男人在前面喊着口号。

75

下城常见的交通堵塞蔓延至苏荷区的街道，杰妮和默瑟最后只得下车，徒步前行。然而，她不愿意搞砸自己的任务，理查德的任务。默瑟说，如果有人真的知道威廉在哪里的话，那么这个人很可能就是她的雇主。这令她感到很惊讶。但是现在，在布鲁·诺奥根布里克画廊外面，他们又起了争执：到底谁该进去？一方面，默瑟坚持认为布鲁诺讨厌他。杰妮说他太偏执，可他不这么认为。"很抱歉，"他说，"可是当一个该死的——不好意思，当一个基本上完全不认识的该死的陌生人堂而皇之地走进你的房子，突然把你带进《霹雳神探》的情节时，那真的会让你变得有点儿偏执。"另外，杰妮今天上午已经打电话请了病假，按理说。她现在应该是得了肠胃炎躺在床上的。所以最后，她站在街上等着，默瑟进去找人。

她本以为两三分钟就能完成的事，看来要花更长时间了。他跟布鲁诺聊到哪儿了？门转开时，她躲到了垃圾桶后面的死角，试着看能不能在门打开的时候瞄到里面。默瑟出来了，看起来深受打击。布鲁诺跟了上来，拿出一串钥匙。"默瑟，打车太贵了，我有一辆车停在最近的地铁那儿，街道清扫的时候无论如何都得开走。就是橙色那一辆，在街角处。记得完事以后把车还回来就行。"

杰妮等到布鲁诺离开之后才从藏身之处出来。默瑟紧张地向四周张望。"你别再这样子突然出现好吗？我还以为面包车里的那些人把你拐走了呢。"

"我不能让布鲁诺认为我是个骗子。而且我说对了吧？他不可能讨厌你的，默瑟，不然也不会把车钥匙给你。"

"这不算是喜欢，这是怜悯。"默瑟解释了他被告知的话：分手后，威廉和布鲁诺一起住了一段时间。"回想起来，这是很显然的。当然，他回来过。但是布鲁诺拒绝陪他自杀，哪怕是慢性自杀，所以我猜他把威廉赶走了。"而现在，杰妮确实感到一点恶心。原来，这就是她的雇主每天晚上回家的原因。

"他有说威廉后来去了哪里吗？"

"他在布朗克斯有一个工作室。我从来没有去过那儿，不过布鲁诺把地址告诉我了，在第一百六十一街。"

"那把钥匙给我吧。"她说，一边把手伸向钥匙。

"我会开车。"他说。

"你在开玩笑吗？这家伙可是布鲁诺的宝贝儿。你要是剐花了挡泥板，他饶不得你。总之，"她把装有理查德手稿的文件夹递给了他，"你趁着这段时间看看这个吧。"

这辆车并不是什么德国的高级货，亮橙色的 AMC 格雷姆林而已，布鲁诺对它的喜爱，跟他对大多数事物的喜爱也没有差别，起初略带讽刺。不过，当她驾驶着这辆车摆脱休斯敦的交通堵塞，开到了西侧高速上面时，她明白了讽刺与真诚是如何共存的。在哈德孙河黄褐色的水面上，船只安静而闲适地停靠着，或者说看似安静，看似闲适。

他们花了差不多一个小时才离开曼哈顿，那时默瑟已经看完了手稿。默瑟摸了摸自己的脸。"这真是难以置信。你知道是我发现她的，对吧？"然后，他看着杰妮的脸，"那个西齐亚罗女孩，那个女儿。那个夜晚，在大雪之中，我正准备离开汉密尔顿-斯威尼的宴会。"

"这我怎么知道，默瑟。"

"要是他们以为我就是枪手呢？"

"报纸上写得很清楚，他们要找的是比利·斯里-斯迪克斯。"

"话说回来，我到现在都还没搞明白，你是怎么看这件事情的。"

"理查德就是写那篇文章的记者——他就住在我隔壁。或者该说，曾经住在我隔壁。4月的时候，他死了，"她感觉自己说得毫无重点，"让我抓狂的是，他怎么没把比利·斯里-斯迪克斯和威廉·汉密尔顿-斯威尼放在一起。"

默瑟接过她的话："这不见得如你所想，是个罕见的疏忽。我是说，直到去年夏天的那一次晚饭……等一下，那天他和布鲁诺争论公司王国和诸如此类事情的时候，我看你都不说话，活像一个自我厌恶的资本家，最糟糕的那种。但你就是那种认同权力属于人民的人，对吧？怎么突然就愿意为威廉·汉密尔顿-斯威尼三世冒险了呢？"

她叹了一口气。他们现在到了下城更远的地方，比她做推销员以来去过的最远的地方都还要远，已经驶出了匝道和环岛，回到了迂回曲折的路上，周围都是布朗克斯的塔式老住宅。封闭区，就是他们现在所处的地方。仓库、监狱，氛围滞塞压抑。喇叭声、叫喊声以及便携收音机的声音充斥于道路。被夷为平地的街区里还有人往来其中，拿着购物袋的人，推着婴儿车的人，棕色人种、黑色人种，他们大多数都在等待巴士缓缓地驶进长长的V字形街道。杰妮渴望的会不会仅仅是对这里的乡愁，她自己毫不察觉那种？会不会所谓的另一个世界其实已经以某种方式存在于这个世界之中？

只不过一个单一的、超验的世界里不会有三条各异的东一百六十一街。他们找不到他们想去的那一条街。每条街都是单行道，都不是他们要去的方向。半数的路标都不见了，剩下的也毫无意义。第一百六十三街怎么突然就转进第一百六十二街了？第一百六十九街怎么会跟自己交叉呢？

花了差不多一个小时，他们才找到那座独立式公寓。公寓门口旁一块发霉的夹板下面写着画家B.T.斯迪克斯，上面有一份不久前用糨糊贴上去的拆迁通告。在那一刻，默瑟似乎失去了力量，而当她伸出手想要拆掉蜂鸣器的时候，他制止了她——他把周围的都砸碎了。门嗡嗡地响，他们推开门，走到了光线昏暗的楼梯井。

你越往上走，气味就越浓得难以忍受：腐败的食物，在高温中发酵的动物脂肪。身后的下方，被链条拴住的门一开一合。脚下，丢弃着一些起皱的小信封。她感觉得出来，默瑟敲门前的犹疑不决。没有人应门。"我猜威廉也不在这儿。"他说道。

"我们要不进去看看？"她注意到，有一个弯曲的发夹挂在锁外。她一推，门就弹开了。她没想到出手这么重。

默瑟把回弹的门接住。"这是不对的。"他一边说，一边向里窥探。这是个单间，出乎意料地大，塞满了老旧的镜子和坏掉的家具，扭成一团的报纸被油漆结成块。没有迹象表明有人会在这里居住，除了那半袋子的威化饼以外。没有睡袋、没有洗漱用具。

默瑟打开了一盏灯，而她差点就忘了自己在找什么。三四米高的墙壁上全覆盖着标志，都是些你在地铁站台能看到的，或者张贴在杂货店玻璃窗上的标志。它们看起来有点不对劲儿，杰妮花了一点时间才找出原因：比例关系。泊车指示牌宽了三十厘米。停车警示牌有些倾斜，几个角都变小了。一张招募海报，比她还要高，海报上的山姆大叔少了一只眼睛。也许是被一个青少年抠掉了，海报底下的瓷砖露了出来。事实上不过是错视画的效果罢了，你走近的话就会发现这是一整幅油画。威廉·汉密尔顿 - 斯威尼似乎在重塑整座城市的面貌，就在这里，这个阁楼里，尽管据她所知，威廉的画从没卖出过一幅。她不知道这是好还是不好，但没有人能否认他的勃勃野心。

"帮我抬一下这个。"她指了指那张正面朝下，被一些人体模型压在下面的帆布油画。一幅未完成的作品，乍看是几乎一整片的蓝色。可是，吹掉灰尘之后，她看见了其他颜色，黑色、橙色和绿色就像火花一样从画里升起。摸上去还没干透。她正想说的时候，一个声音从门口传来："我告诉过你们，别再回来了。"

一位穿着睡衣的老妇人站在那儿。她肤色黝黑，又矮又胖，像极了消防栓。只是消防栓不会手握棒球棍。

"我已经叫警察了，你们最好别碰那个可怜男孩的东西。"

杰妮举起双手，想和她讲道理——他们是那个可怜男孩的朋友——不过默瑟打断了她。"你说得对。我们不该来这里的。"

"那么好吧，好走，不送。"老女人退到了门后。

他们一步一步走回楼下时，杰妮能感觉到整栋房子都能听见他们的脚步声，默瑟一定也感觉到了，因为直到走至前厅他才叹息了一声。她没听错吧？有人已经到过这里了，可能就是那些电工。"那就这样吧，"他总结说，"一切都完了。到此为止。"

经历过这一下午的疯狂之旅，她已经渐渐喜欢上他了，不过挫败感令她心烦。心烦大概是相互的，她想。她从口袋里掏出她从那幅油画底下扯出来的东西。"地上捡的。"一张药方,边上还沾着未干的蓝色颜料。上方印有药房的商标:海王星大道。

— — — — — — — — —

76

那张签到表是别在活页夹里的,放在护士站的柜台上,上面有你的名字、入住时间。烦琐的探视流程、制度简直让朋克青年比死还难受。但值班护士在用奇怪的眼神看着他,所以查理还是弯下腰在名字那一栏潦草地写了几个字,又在要求写明看望对象的地方随便写了几笔。护士一走开,查理就趁机转进了走廊左侧,他想萨姆应该在那儿。他拉出门框旁的表格查看名字。西齐亚罗的房门没有完全敞开。和其他房门一样,留出了足够让担架通过的空当,他想,或者棺材也行。他叫自己不要再往下想了,因为脑袋里的这些担忧已经困扰他好几个月了。

门口旁的床是空的,那么她一定是在靠窗的床上。他站了大约一分钟,揪着拉在他们之间的隔帘犹豫。最后,他还是拨开了帘子,不过他情愿没有看到过眼前的一切。所有绿色的设备都闪着荧光,似乎要侵蚀进萨姆的皮肤。她的脖子露在病号服外面,皮肤表面青筋鼓起,就像日式灯笼的纸包着湿木棍。她的头发已经长回了新年时的长度,只是他们取出子弹的那一块地方已经秃了。最令人伤心的是花瓶里那些廉价的花,因为这些花一定是她爸爸送去的。不,实际上最令人伤心的应该是她手背上扎过针之后贴上的创可贴。很少会有人注意到这一点。她的手,所有神经末梢都在那儿,被刺得千疮百孔。噢,萨姆,你怎么能跟他上床呢?

终于,查理来了,来质问她。可是看到她这一身伤,他觉得答案已毫无意义,无所谓了。

他把灯关上,小心翼翼地爬上她空出来的病床边缘。他把一身烟味的工装裤丢进了外面的垃圾桶,把T恤卷起至胸前,肚子抵上她的臀部,他能够感受到她病号服下的体温,想起了她当时是怎么头靠在自己腿上的。他觉得,这么做并不下流,他只是想让她知道自己是多么希望和她靠近。不过,没过多久,他的身体还是感到了一点不自在,于是他换到了另一张病床上,如果她醒过来的话，他可以从那里伸出手，握住她的手。她的脸庞，就着窗户下明亮的光线，看起来很平静。只是，这样的话语也可以用来描述死人。

他感到疲惫不堪。昨天他在某个教堂的台阶上蹲了一晚上，靠着一块胶合板的庇护，隔绝街上的人来人往。每次有车经过，他都会紧紧抓住工装裤口袋里那把弹簧刀的刀柄。其间，他就已经和自己争论过现在这个话题。一方面，尼基是对的，查理对于事业的信念是不完美的，他的衣服上就有污点，不然他为何如此害怕？另一方面，事情已然发生。都准备离开家了，你却发现自己毛衣的袖子上残留着去年冬天擦过鼻涕的痕迹，而且你不确定自那以后是否穿过它。再者，他想起《圣经》里说过，没有一个先知是完美的。后人文主义原来也跳脱不出人文主义，令人尴尬。看看他是在哪儿找到自我吧：在一栋奇怪的公寓里，他双眼通红，把水从水槽里泼出来，浇在尼基点在地板上的火上。污秽的、世俗的、散发着恶臭的交易。至少他尽力把狗救了下来。

树木婆娑叹息，云朵掠过天空，花瓶投在塑料桌上的影子从西侧移到东侧。没有人进来给萨姆送午饭，因为她不能进食。有时候，他想象着，他倾诉，她回应。有时候，他会不自觉地哼唱。有时候，他会闭上眼睛，但不是在祈祷。或许他还迷迷糊糊地睡了一小会儿，因为走廊上响起的男人的说话声时，他花了一点时间才听见，那就顺便去看一下她吧，他这么说……

啊，糟糕。他得怎么解释为什么自己会在这里呢？查理是个优秀的潜入者，蹩脚的撒谎人。那个声音，还有另一个人的声音，护士或者某个女医生的，就在门外边了。他只剩几秒钟的时间拉起自己所在病床的隔帘了。他还很幼稚地拉起毯子盖过头，接着便听到了脚步声。随后，他听见了萨姆病床旁边的金属椅子在地板上拖动的声音。然后，有人就在不过一尺的距离，坐了下来。椅子嘎吱作响。之后就听不见动静了。

不可能是西齐亚罗先生，查理在电话里头听过他的声音。现在小声说话的这个人听起来更有教养。不，他突然明白了——顿悟源于想象与梦境——他困在这里遇到的这个人就是向她开枪的人。他回到了犯罪现场，或者说，这跟置身于其中没什么两样。在那扇紧闭着的房门之外，机器嘟嘟叫，车轮咔嗒响，工作人员已经下班。他该不该冲出去，去护士站发出警报？天哪，他在这里感到窒息。光线通过毯子薄一点的地方透进来，呈现一种邪恶的绿色。在这张病床上躺过的病人所受的所有折磨，此刻像积雪一样压在他身上，他试着不去想，这个枪手把萨姆送到这儿后的一百九十二天里，萨姆一直都有着跟他一样的感受，他试着不去想；可是他做不到；这就像被活埋了一样。他想从口袋里摸出吸入器，可是找到的却是那把弹簧小刀。几个硬币滑了出来，哗啦啦地滚到床边、掉在地上，转了好几圈才停下来。接下来的沉默，你甚至可以从中感受到听觉的沉重：他的听觉，你自己的听觉，还有那脆弱的隔帘。在那个凶手拨开隔帘前的最后一刻，查理·维斯巴格尔想的是，让吸入器见鬼去吧。接下来只有动刀子才能解决问题。

/ — / — / — / — / — / — / — /

77

到达康尼岛好像花了好几个世纪时间，而高峰时段的三区大桥简直就是一场千年不遇大灾难，布鲁克林-皇后区高速公路也是一样，白天和晚上没什么差别。（为什么每当你越接近想去的地方，时间总是过得越慢呢？）到了韦拉札诺海峡大桥附近某处，AMC 格雷姆林的两冲程引擎开始呜咽。坐在副驾驶座位上的默瑟看到油表快指到 E 了。随后，他看见一串红、黄、蓝三色小旗子在一个废弃的店面外飘扬，更远处是海鸥和大海。

他们把车开进一个几乎空荡荡的停车场，他听到引擎熄火了。街对面就是他们在找的地方，一座废弃的砖砌房，有一扇密不透风的钢门，窗户上覆盖着厚厚的网。一个穿着迷彩裤的大腹便便的男人在台阶上打瞌睡。热浪中，他的身边躺着一条狗。诊所的标志几乎看不清，默瑟觉得上面写的应该是美沙酮，一种戒毒用的药。威廉是不会为了他而费尽心思戒掉的，却为布鲁诺这么做了。可是他为什么要一路来到这儿呢？

他走出车外，坐在了引擎盖上。这天热得简直有数百万摄氏度，但不管那么多了。他感觉自己就像一个被丢弃的提线木偶，或一栋逐层倒塌的大楼。在他旁边的杰妮"扑通"一下跳了下去。"现在怎么办？"

"什么怎么办？很显然，这里关门了啊。"

"我们可以去看看有没有可以打开的窗户。"

"肯定有，不过那有什么意义呢？他又不会在里面。我们能做的也只有等着他来拿药了。"

"你真的以为我们还有时间等吗？"

到目前为止，默瑟每次都无法和她对视。"我也读过那篇报道，杰妮。我看到屋顶上的那个家伙了。可是威廉不在他的工作室，不在苏荷区，也不在这儿。不管怎样，如果我们真的能先找到他的话，你打算怎么做呢？把他好好锁起来，藏在某个地方的塔里吗？"

她用手指拨弄着腿上文件夹的边缘。"我只是觉得我们有必要提醒他。"

"你们还只算是陌生人，杰妮，你自己说过的。没有人会这么无私的。"

"我想要负起责任来。这是我做出的选择。"

可这是在逃避问题。"有时候，你不必做出选择。"他说。

"你什么时候不曾面临选择呢，默瑟？这么说吧，即便你爱的那个人是瘾君子，你不也得做选择吗？"

好吧，潜台词就到此为止了，默瑟想。他双手抱着膝盖，把头靠在上面。一片沉默，从中他能感觉到杰妮在为什么事情纠结。"默瑟，这些人闯进了我的房间，可事情并没有这么简单。你知道获得一次真正的机会去拯救别人有多么不容易吗？你不可以就这么置之不理——相信我吧。这或许是我们救赎自身的机会，不过，你不能再猜来猜去了。你必须去思考。"

默瑟想的是，映在保险杠那变形的金属板上的自己，那个留着讨厌胡须的自己完全变了个人——表面上看起来平和温柔，实则伴装坚强，内心一片空虚。他仿佛听见了球在球拍之下跳动的声音，还有烦人的声音通过扩音器在叫喊：她们在这里，她们很诡异，有血有肉的女孩儿，似乎还有一个幽灵在唤醒他年轻时的回忆，尽管他记不起那具体是什么。"你不是一个坏人。"杰妮轻轻地说道，就好像她听见了他的心声。

"人们总这么说我。"当他抬起头时，发现太阳离自己难以置信地近，就像科幻小说里那样。就算那黄色的云雾后面藏着两三个月亮、截然不同的星空，他也不会感到惊讶。然而即便是在如此怪异的新宇宙中，难道就没残留下一点儿旧宇宙的痕迹吗？"我想还有一件事我们可以试试，"他终于说出来了，"只是我猜你不会喜欢。"

78

普拉斯基上周摔在地上，不过没有受重伤。从急诊室坐车回家的路上，他说那不过是跌倒而已。他开玩笑说，只是大腿的深层组织瘀伤而已，丝毫没有伤到他的自尊。雪莉倒是笑不出来。回到里士满港，熄灭车子后她双手交叉放在方向盘上，透过风挡玻璃凝视着车库的钉板墙。接到那通电话时是什么感觉，他知道吗？在那些护士让他接电话之前，她心里在想什么，他真的知道吗？当然，她没有必要告诉他。她也不必提醒他，以他的身体状况，许多年以前就可以申领残疾人证了。必要提醒的还有：他在1号警察广场的主子们设计陷害他让他失败，他没有合理依据去搜查东三街的那座房子，也没有合理依据证明联邦调查局没有工作不力。他们不可能比他更了解这座城市，而他在第二大道抓到的那个红发小孩很有可能是落单的成员，或者是普拉斯基自己需要去相信的另一个可能性……雪莉已经一分钟没有说话了，他意识到是时候轮到他讲了。他建议打电话问问帕尔茨那块地是否还在。接着她就哭了。"老天啊，拉里。我不希望你因为我的意愿而做事。我希望你所做的事都是发自内心想去做的。"

他把她的手从方向盘上拿下来，捧在自己那双难看的手上。"我的确想这么做。"他说道。

他已经申请转文职了，而且他发现这么做竟然是正确的。普拉斯基没想到，二十五年的工作可以让身体不堪重负，开始整理办公室可以这么惬意。最下面放着的是他会带在身边的成堆的文件。接下来，他把自己那些特别的钢笔和那个硬木烟斗拆开，放回了各自的平绒盒子里。然后是一些照片。其他人都会保存自己孩子的照片，普拉斯基保存的则是雪莉、保罗六世和他已故母亲的照片。最后十来个箱子是用来放书的。他这些年收集了大量的藏书，都是通过邮购买来的，他总是忘记取消这个服务。其中有《时代—生活历史》系列。当他在《电视指南》背面看到特别免费试阅的字样时，首先吸引他的是那些整齐的、用颜色做标记的书脊。他一直都想重新摆满那个内嵌书柜，那是上一任副督察留给他的。你是需要书籍的，哪怕只是为了告诉下属你比他们要懂得多，也只有那些人会进你的办公室了。不过，这些年来，他发现自己真的喜欢上读书了。这么大的年纪还当警察，可以说是绝对的怀旧者了。在他身后那个大窗户的外面，街上喧闹而无序，而他每天早上还是会戴上警徽和左轮手枪，宣誓拥护那些大多在他出生以前就制定好的法律。即使他早就应该把那些书籍捆好放进箱子里，他还是发现自己想要最后再陪那些书籍一会儿，仿佛是在和自己年轻时的朋友道别，比如《莫卧儿帝国》，比如《不列颠群岛的异教徒》。也有可能，他只是累了而已。

但现在从开着的窗户传来的喧闹声，听起来更像是呼声。他扶着桌子的边缘让自己的椅子转了过来。景色没有变化——水塔和桥墩依旧——可当他伸着脖子看向右边的时候，他发现一小队人走进了桥下的步行广场。他们抬起了头，似乎看向了普拉斯基的窗户。距离太远，他听不清他们在喊什么，所以他也搞不明白他们想要什么。他知道，这几周那个齐格·齐格勒博士都在煽动他的听众要夺回他们的城市，只是一直没有效果——今天却不一样了。从哪里夺回，从混乱中夺回吗？普拉斯基不禁想笑。抗议本身就是混乱，不管怎样，这都影响不到他。还是说像他曾经想象过的那样，这一切只不过是表象，它背后其实还藏着一种更深层的秩序？就在拉里·普拉斯基正准备关上窗户，完成整理工作的时候，电话响了。

| — | — | — | — | — | — | — | — | — | — | — |

79

她比威廉大三岁。但是当威廉的零碎记忆与眼前这个孤独却一直在身边的人融合为一的时候——也就是，在经历了母亲之死的五味杂陈之后——他认为里根需要他的保护。唐妮会在下午带他们去公园，在那儿，不管玩什么游戏，警察抓小偷、牛仔与印第安人，或者彼得·潘，他都很排斥其他男孩。心理医生对此或许会有一些有趣的说法。没准儿那个在四十楼新闻发布室里，站在镜头前面露喜色的女人，其实才是他一直以来的守护人。但是威廉认为心理分析，往好里说是察言观色，自圆其说，而往差的方面说就是胡说八道。回想起来，这也是他对于默瑟试图帮助自己一事感到备受威胁的原因之一。这时他旁边的闪光灯打断了他的回忆。新闻发布会已经到了问答环节，虽然里根准备好的证词已经十分直接明确，可是出于礼节，记者们还是装作他们刚刚才获悉了一些令人震惊的新进展。留着一头齐肩金发的帅气小哥（爸爸的标准是不是降低了？）指向人群，然后喧闹停止了，其中一名记者重复了一遍自己的问题。镜头转了过去，又转了回来。威廉听说一台新闻摄像机可以当几百美元。但是，从心理学的角度来说，让他感兴趣的是事情本身的连续性，他认定这就是他在八岁时所了解的里根：要是她当时遭遇了什么事情的话，那么曾经在公园里坐在黑色岩石上的里根，连同她将来的一切，就都会离他而去。

他的手臂举起了那么久，开始麻痹了，或许这只是戒毒期间的最后一次痉挛，这时那个人点到了他。"好的。我是弗雷迪·恩格斯，《工人日报》记者。"威廉说，很轻松地假装看着一块速记板，然后抱着双臂靠在墙上，"我的读者想知道，总公司已经在辩护上浪费了多少钱？这会导致众多子公司开支的削减吗？"

里根在灯光下眯起了眼睛。他确信她认出了他，尽管呕吐之后，他的声音有点儿沙哑。姐弟俩心照不宣。过去有几个月他感觉到她在千里之外为他担心。多年以来，他早就知道她的内心在一点点死去。她用手捂着麦克风，向着那个金发男人小声地说了一些话，就像犯罪分子接受审讯时那样。那个男人身体前倾，说："问答环节到此为止。"场上又喧闹了起来，威廉逃到走廊上等待。

汉密尔顿-斯威尼大楼虽然很高，但建造历史却可以追溯到没有空调的黑暗时代，现在楼层的翻新部分看起来还没完成。他的曾祖父显然也认为大理石有降温的效果。可是在这样的大热天里——狗要热死，水龙头晒爆，电力不足的7月，大理石似乎反而把热量困住了，所有的风扇也不过是把热浪吹过来又吹过去罢了。在一扇开着的窗户外，有一对鸟儿停在窗台上几乎一动不动，不过当威廉走过去想看看它们是什么品种的时候，它们拍拍翅膀飞走了，仿佛它们比威廉还要清楚他的心里在想什么。鸟儿向下俯冲，飞过那些公园和街道、麦迪逊广场、列克星敦大道，飞到一块美得不可思议的地方。四周高楼林立，成千上万的人在其中进进出出，他小的时候那儿还没有这些建筑。远处那两座塔楼在薄雾之中若隐若现。平凡的人类建造了这不可能建成的一切。相较之下，人不过如果蝇，不断冲击着封闭的天空。威廉想，那两座塔楼一定是从花岗岩里整体挖掘出来的，而佛蒙特州的某个地方因此就多出了两个数百米深的洞口，直通地底基岩。

随后，他的姐姐在他身后说："你胆子真大。你不可以在这里吸烟。"她试着从他手里把香烟夺过来，却被他挡开了。记者们从新闻发布室里陆续涌出，打破了空气中的寂静。她等着他们走过去才说："老实说，威廉，你就像是刚学会直立行走似的，"等记者走过之后，她继续说，"你看起来病恹恹的。可是你知道吗？"她举起双手，"你发脾气说放弃之后，我不会再卷入这件事情里了。我可是很忙的。"

"我让你难堪了。"

"不要装了，你现在要的就是让我难堪。"

你喜欢这样，他本想提醒她，因为你疼我。可她已经走向了电梯，于是他再一次怀疑是不是自己的记忆出了问题。他看着她，仿佛看见了老虎莉莉公主在感激救她的人，但是很显然，不想长大的他已经没有撒娇的资本了。"我很抱歉。"他说。

"该死的，你从来就没有感到过抱歉。这才是问题所在。"

"一切都是我的错。"

她转过身，仔细看着他的脸，在想那个"一切"指的是什么。他自己也想知道。有时候，事情就这样发生了。"你想要什么，威廉？要是没有想要的东西，你就不会到这儿来。"

说得好，他想，这时电梯回到了这个楼层，里面站着一个富态的穿着格子衬衫的女人，手里捧着一盆橡胶树。威廉情愿等下一趟，可是里根已经往一侧挤了进去，于是他只好站到了另一侧。电梯的钢板反射出他的镜像。里根说得没错，他既不帅，也不可爱，所以撒娇是不管用的。他瘦了，嘴唇有些开裂，露出几道红红的小口子。他需要刮一下胡子了，身上的气味也不太好闻。

楼下的广场挤满了人，一名妇女一只手拿着从小贩那儿买来的食物，一面接受着保安的检查。保安没穿制服配套的外套。"你还没吃午饭吗？"他问，"好极了，带上我吧，我们聊一聊。"

"如果你想聊的话，威廉，那应该是在四个月以前。自那以后，我就很忙了。还是说你没有听刚才的新闻发布会？"

"也不一定要去吃午饭。"他环视四周，确保没人跟踪，"我们可以去喝杯咖啡。你请客。"

"我没有时间。你要知道，我有自己的生活。晚饭我也约人了。"

"真了不起。我一直都很想知道他的名字。"他当然知道基斯的名字，只不过他忍不住不这么说。当她转身离开时，他才感到一阵迟来的羞耻感。公司帝国的核心成员，这是他在三十岁之前本该达到的位置。相反，他把大部分青春都荒废在了工作室里嗑药上，身边净是些被称之为废物的人。即便是现在，三个半星期没嗑药了，他还在收集城市里的各种标志和标语。只要能塞进他临时居住的小屋，他都会收集起来，然后偷偷运到布朗克斯。坚持做一个你自己都知道很疯狂的计划，意味着你是疯了，还是没疯呢？

那个女人从电梯里出来，慢慢走到装满垃圾的垃圾桶旁边，把她那盆橡胶树放在了上面。"喂！"威廉从那些秘书和银行家中间挤过去，蹦到了广场的另一边，"喂！你在干什么？"

"它快死了。"她说。

"这不是扔掉它的理由。"

女人轻蔑地瞥了他一眼。他想说脏话时，他姐姐跟上了他。"你疯了吗？"

默瑟也这么问过他。不过，里根总有办法让他接受事后批评。要不是那个胖女人受不了这大热天先走了的话，他可能还会向她道歉。"是钱的问题，对吗？"里根说，"如果要钱，直接说就好了，别让我猜来猜去。"你总以为凡是自己清楚的事情，别人也一定清楚。反之亦然。可是她打算让他亲口说出来，他们以前没有这么做过。

"如果你一定要知道的话，里根，我来是求你帮我的。"随后他把橡胶树从垃圾里面拉出来，带着他那份既伟大又饱经挫折的自尊，向西而去。他并没有停下来看她是否追上来。实际上，他就这样子一直走到了第42街图书馆后面，走到了那些枯萎的梧桐树下，停在长凳旁。

"十五分钟。"她说，一边拿出自己的手表，放在他和橡胶树之间，"只给你这么多时间。"

"我不懂为什么你这么生气。"

"你要我说什么呢？噢，谢天谢地，我的弟弟终于准备好回应我了吗？人生不是这样的，威廉。你不该就这么消失多年，然后过来说几句话就想当什么事都没发生过。"

"现在你明白那个晚上你出现在我家的时候，我是什么感受了吧。"

"我不是逃走的那个人！"

他觉得她在故意装傻。每一次他喝醉了，或者嗑过药后来到饭桌上，她都是知道的，她甚至比他自己更早知道他是同性恋。所以说，她现在怎么会不明白他正经受着的地狱般的折磨呢？"听着。我不是要说基斯怎么样。你们之间出现了问题,我感到很抱歉。"他拨弄着指甲下面干了的颜料,想把它们抠出来,"或许我们根本就是注定了会不幸福。"

"我不明白这么看事情有什么意义,威廉。这是不成熟的想法。"

他能感觉到自己的舌头肿了起来,指关节发疼,因为他不会再感受到这种温柔的宽慰了。"我是说,你正在闹离婚,而你看着你的家人——我,三十三岁了,人生基本完蛋了……这让你不禁会想,人生就这样了。"

"说不定这是我们的报应呢?"

"我不是这个意思,天哪。硬要说的话,也应该是伤害你的人承受这一切。我想不管你应该得到什么,不管你逃得多远,你的命运总是跟随着你。"她的眼睛闪着泪花,但出于某种原因,他不能伸出手触碰她。有些手势很简单,但他做不出来。"喂,先不要同情我了,可以吗?"

"我不是同情你,蠢货。你有没有想过,如果这事情发生在你身上,对爸爸会有什么影响吗?对我会有什么影响吗?"

"人总有一死,"他说,"那样爸爸就会解脱了。"

显然威廉一点也没听懂,完全不懂。

"好吧,我很高兴听到你这么说,"他说,"我需要你帮助,因为有人想要杀我。"

她嗤之以鼻,不禁笑了一下。"你的确一直都很招人讨厌。"

"不,我是认真的。"他继续告诉她自己所知道的一切。

在深夜里走过那些吓人的布鲁克林深巷,又在时代广场和别人吵了一架之后,威廉感觉跟踪他的人好像存在又好像不存在,反正当时他的用药量已经让他分不清现实与梦境了。他通常也就能看到一个高大的轮廓,感觉影子在移动,而且他确信那个鬼怪——他用以前看的漫画里的这个说法——再一次找上了他。他到处转悠却发现只有树叶在瑟瑟作响,车窗上有一个像人脸一样的影子。不过随后他的朋友,也许是邻居,如果他还有的话提到,有一个家伙来这里亮了一下记者证,点名询问关于他的事情。更准确地说,点的是他的笔名。

一两个星期之后,4月末的一个晚上,他正搭乘一列几乎空载的火车从联合广场回到上城,这时他看见了那个鬼怪正透过车厢之间的门四处张望。可能换了另一个幽灵,穿着与前一个相似的运动外套,戴着帽子。无论如何，这一次绝对是真的。威廉是怎么知道的呢？其一是身高：那个人站起来，头会挡到灯光；其二是他那黑白相间的胡子，它遮住了嘴巴。最令人恐惧的是他那双眼睛太机敏了。眼神太犀利，具有杀伤力，而且冷漠，仿佛要钻透到另一侧。不可能是缉毒警，威廉想。随后他明白了，这个男人是来把他送到那儿的，要杀了他。铃声响起，地铁滑门打开，应该说是半边门打开了，另一半则卡在了原位。他在上城尝过的药物已经进入了血液。他大可以坐在那儿，任由药物毁掉自己，而他甚至还真有点儿想这么做。可是，除开所有沉重的包袱，他的内心依然存在着某种意念，这种意念以默瑟的声音说：快跑。当门打开时，他跟跟跄跄地经过狭窄的通道走到了站台上。他还不至于笨到往回看。

沿着灰暗的通道走上楼梯，然后左转进入廊道，墙上贴着成排的电影海报。在这个诡异的时间点，通常拥挤在地铁站的人群都不见了，只剩下看似永无尽头的隧道，以及口香糖留在地板上的黑色污渍。说不清到底是他那回荡的脚步声，还是那个鬼怪的骇人目光，把前方的老鼠赶回了它们的洞穴。转身确认查看只会平白拖慢他的脚步罢了。随后他的手碰到了出口大门，门"嘎吱"动了一下……然后卡住了。一环一环粗大的链条拴住了大门。他的脚步声在四周回响。

他转身准备自卫。那个鬼怪沿着隧道走到中间停了下来，伸出长长的双手，就像对待缩进洞里的獾一样。尤其是，如果一个人打算花足够长的时间等獾镇静下来，然后让它窒息而死的话，那么他通常会这么做。威廉看到边上还有另一个出口大门，很幸运那儿没有上锁。在邻近的隧道里，一列下城火车的声音越来越大，准备抵达站台。他拼命回想这个车站的大体结构，可是他的大脑就像一块被老鼠咬满了洞的奶酪，或者说被药物灌满了。他突然奔跑起来，通过旋转门，然后一步三个台阶地跑。到了街上，他看都没看就冲过了马路，一辆车刹停了，刺耳的喇叭声响起，有人对他破口大骂，随后他到了第八大道的另一侧。走进通往下城方向的地铁楼梯，他往口袋里抓了下。拜托，车票别不见了啊。然后他听见了下面一层进站火车的鸣笛。他沿着通道猛冲下去，一阵痉挛如刀片般切割着他的肋骨。他在台阶上差点儿没站稳，不过还是赶上了最后一节车厢，那儿有两个戴着黑帽的撒塔玛教徒正用怀疑的眼神看着他。他想用意念让门动起来。噢，拜托了，拜托了。随着一声响，门关上了。再打开，又关上了。

那个鬼怪到了站台，看上去比印象中更瘦——通过列车的后窗，威廉能够看见他的帽子已经变了形——人影越来越远，越来越小，直到淹没在隧道的一片漆黑之中。

那是一趟特快列车，威廉说道。他一直坐到了终点站，因为太害怕而不敢下车。他在皇后区欧松公园里的一家小餐馆过夜，咖啡一杯又一杯地续下去，看着太阳从那家旧纺织厂后面升起来。默瑟是对的，他不知道如何生活。但他是怎么让自己相信别的东西才是自己想要的呢？他是怎么让自己相信他并不害怕死亡呢？

他没有打算和里根说这么详细，也没打算告诉她戒毒多么艰难——因为这会显得他过于想要引起她的注意——可是一旦讲起来，他就停不住。"没错，供不应求。你需要有连续四次尿检呈阳性，就等于要证明你确实有病或者其他问题，才能参加第十四街的美沙酮项目，但是到了第三天还是第四天的时候，我就不想再戒毒了。于是我就一直走到了康尼岛。我交出了自己的钱包和钥匙，他们把我锁进精神病房，关了一个星期，其间他们试着弄清楚我嗑了多少药。我知道我应该感到高兴的，可是我却很悲伤。当他们第一次在不监视的情况下把我放出来后，我就走到了海滩上，躺在沙子里哭。我不知道自己能否真的戒掉。"

当他抬起头，里根已经脸色煞白。她仿佛又回到了二十岁。"可是你说的那些想要杀你的人又怎么了，威廉？"

"就是这么回事，"他说道，"我 6 月时停止了美沙酮治疗，一直住在羊头湾的这个临时小屋里。不过我还是会去我在布朗克斯的工作室，拿上一些我可能会用到的东西，假如我打算重新开始画画的话。然后昨天夜里，我在门上发现了这份拆迁通告。我猛然意识过来，在我神志恍惚，感觉自己被跟踪的这段时间里，周围整个社区被夷为平地了。"里根皱起眉头，像一位法官一样听着。"你看不出来这是有关联的吗？自由高地的开发，4 月的大火，爸爸被起诉，还有那个职业杀手。而且我知道怎么样做一个了断，不过我需要你的帮助。"

随后她的声音还是跟往常一样，说："威廉，我不知道要怎么才能帮得上忙。"

"你肯定可以的，"他说，"你可以带我进去见爸爸。"

80

自从 1 月那第一次之后，他至少每个月都会来一次，坐在病床旁边的塑料椅子上。没人知道。有时候，甚至是他自己都不知道，自己怎么就坐到了床边。他早上会在大家上班之前，先行溜进来，生怕被别人发现。他习惯了签假名，事后证明这是一个糟糕的主意。但他不得不这么做。他并不期待萨曼莎还能够醒过来，或者能和她更亲近，可是不知不觉，她就成了他的责任。而且，独自看护的过程让他感悟到了教堂里学不到的东西，就是那个推着购物车的怪老头所赖以前行的东西。

现在他弯着腰，紧扣双手，试着弄明白那次遭遇之后他内心发生的转变——就像在梦里打开了一扇后门。Déjala ir：走向她，还是离开她？他是否应该赶在里根回心转意之前跟萨曼莎道别呢？告诉我该怎么做吧，他想。不，等一下，或许问题就在那儿。在他的记忆中，他首先想到的只有自己。他可以先试着把别人放在第一位，然后看看会怎么样。他揉了揉眼睛，把内心这个还不成熟的想法压下去。告诉我该怎么帮忙，他在思考，或者说是自言自语——让我成为你意志的工具吧——这时他听见隔帘后有硬币的响声。之前每次探视，那张床都是空的。

他担心萨曼莎的这个新室友遇上了什么事情，可当他把帘子拉开，撞见的却是一个休闲打扮、满脸疙瘩的孩子。他脚穿军靴，手里握着什么东西，一脚踢开了床单。

"你好。"基斯说。

除开那些疙瘩和自己剪的头发，这个孩子长得并不难看。此情此景，他很惊慌，从床上翻滚下来，晃了一下手里的东西，仿佛是在驱鬼一般，然后冲向了门口。基斯的扑救反应从来没有真正退步过，马上过去截住了他。相较之下，他的摔跤技巧就没那么出色了。当他抓住对方的一条手臂，甩掉他手里的东西，他能做的也只有阻止那个孩子去把它捡回来。"喂！冷静点儿！哪里起火了吗？"

"什么起火？"那个孩子不敢看他。

"我是说，干吗跑那么急？"

"如果你不放开我，我就叫警卫过来。"

那个孩子挣脱了，基斯先他一步拿到了掉在地上的东西。那是一把弹簧刀，刀鞘是黑色的，上面有一个银色的纽扣。刀锋未出鞘。"为什么我要担心警卫？我又不是持刀的那个人。"

孩子面色变得苍白："那是自卫用的。我是那个病人的朋友。"

"是吗？我也一样。"

"那我怎么从来没有听她说起过你？"

"应该说是熟人吧，这么说更准确。"现在轮到基斯感到尴尬了，"你知道吗？我正准备去拿点吃的，要不你待在这儿看着她？"

把武器还给孩子更容易促成这单买卖。他用身体堵住门口，看着那个孩子回到萨曼莎病床旁边的椅子上。可是有些事情不对头——尤其是当他测试那把弹簧刀的时候。基斯一边留意着房间内的动静，确保那个孩子没有离开，一边悄悄走到暂时无人值守的护士站，然后拿起了电话。他确实没有理由再随身带着那张已然磨旧的名片了。它还是 2 月的时候那个记者塞给他的——这张名片派上用场的话，就等于承认了他在萨曼莎的生活里扮演的角色。不过或许他只是在等待自白的最佳时机。现在，他拨打了印在上面的号码，祈祷着有人接电话，这样一来，他就可以告诉副督察劳伦斯·J. 普拉斯基，不管对方是什么人，这里有个人他或许有兴趣见一见……

/ — / — / — / — / — / — / — / — / — /

81

电话里的那个家伙一再重申自己的名字，但由于外面的牛铃、口哨和战鼓的声音搅扰，普拉斯基很难听得清楚。尽管普拉斯基随时都可以关上窗户，那些声音却似乎不允许他这么做。他把椅子转向烈日，用拇指和食指各按着一边的眼皮。兰普莱特。兰普莱特？"我认识那个人吗？"大概不认识吧，来电话的那个人也承认。但他现在就站在贝斯以色列医院的重症监护病房里，声称抓到了一个可疑的人。不偏不倚，恰巧就在贝斯以色列医院。这可不是那种捉了就放的游戏，不是算命师看相，也不是在犯罪现场数公里以外发现可疑车辆。再者："你是说，抓到了？"

这个，也不完全是。来电者动摇了。但他就站在那个西齐亚罗女孩的病房外面，他就是在那里偶然发现了一个躲起来的青年。

下面传来一阵长而尖的响声，就像金属敲打在石板上。普拉斯基听得出来（甚至作为副督查，他还有点儿满足），那是扩音器的声音。游行者把扩音器带来了，下一步他们就将提出要求。沸腾的人群似乎全都屏住了呼吸。

"一个青年？"

"像是青少年。是个男孩。"

普拉斯基再次逼问："能否麻烦你向我描述一下他的样子吗？"

电话那头的那个男人其实没有太留意那个人的细节。但是伴随着普拉斯基一而再，再而三的提问——身高？体重？肤色？——普拉斯基眼皮底下那颜色难以形容的瞳孔里，那个形象越来越具象了。它最后变成了一张油腻的脸，一头红发，他上星期在第二大道见过的。"这个孩子真的有点儿可疑，"来电者下结论说，"他带着一把像刀一样的东西。"

你会有我的号码，这也有点儿可疑，普拉斯基想。不过事情发生得太快，如果走正规流程的话，那么一两个星期之内都不会有答复。"好吧。我会派人把那个孩子带去审问。在这期间，请你确保不要让他跑了，可以吗？给他买杯可乐，叫上警卫，怎么样都行。但是，兰普莱特先生——是兰普莱特对吧？别让自己受伤。"

下面的广场又传来一拨敲锣打鼓的声音，可是在普拉斯基睁开眼睛前的那一秒，他像渔夫一样感到一股不同寻常的平静，像是被大海吸住一般。他再次拿起电话听筒，吩咐总机的女孩转接到第十三警区。他从那里调了一辆警车去往医院，尽快把那个男孩和打电话进来的男人都带过来。然后他把脸贴在桌子上。你在做什么？雪莉一定会这么问。让自己回到某种镜像状态，这就是他在做的。他的现实生活在各方面都和过去如出一辙，只是都反过来了，除了一个重要的方面。或者可能是两个方面吧，因为当他的额头差点儿碰到吸墨纸的时候，对讲机响了。"长官，有客人要见您。"

"你可以把他们带到后面去。"

他重新坐起来，看着门口，想要找寻那个男孩的身影。然而一个黑人出现在眼前，他花了一点儿时间才认出来。在那个黑人的身后跟着一个娇小的东方女孩。他想说的是，年轻女性。"外面简直是一片疯狂，"默瑟·古德曼说道，"但愿我没打扰到你。不过你新年的时候说过，如果我有什么状况的话……"

普拉斯基再次惊愕，不过他的直觉拯救了他。"不必担心。"他说，并示意他们进来，"外面的混乱也是小事而已。"古德曼不一样了，毕竟几个月都过去了。女孩抢先一步走了进来。她看起来不那么自信，小心翼翼地在那些开着盖子的箱子阵中穿过。不过她在同龄人中，算是很漂亮的，有一种很中性、很随意的美。童花头，蓝色牛仔裤，男式牛津布白衬衫，纽扣一直扣到腰部，一只手抱着文件夹——看来她就是古德曼所说的"状况"了。普拉斯基曾经对于任何新线索都很欢迎。问题是今天他已经违背过一次计划了，现在他受不受得了再来一次还是个问题。"请吧，坐下。"他站起来帮他们挪动椅子，但又不想让女孩看出自己健康不佳。"你也看到了，我在忙一些事情，不过你的这位朋友是？"

"她叫杰妮·阮。我们认为，你们之间是有联系的，"他停了一下，"是理查德·格罗斯科夫吧？"

这可是普拉斯基最不想听到的名字！跟他说西齐亚罗，讲讲那个男孩……不，冷静；控制一下情绪。"你们是同事吗？"这只是猜想，依据是她的衣服。

"是邻居，"她小声说，"他把他的狗留给了我，还有一些手稿。"

作为邻居来说这也太亲近了。普拉斯基从中间的抽屉里拉出一根癌棒[a]，然后用滤嘴轻轻拍打着桌子。他很久以前就转抽烟斗了，不过，香烟更方便彰显性格，和别人打交道，还有中途停下来制定策略。"我第一次见理查德时，他是一名专题记者，即便是在那个时候他就已经很成功了。他是那种擅长让人敞开心扉的人。前一分钟，你可能还在他的点唱机前挑选歌曲，后一分钟就会告诉他你十三岁时一条金鱼死去的事情。"他向古德曼强调这一切，主要是为了更好地了解那个女孩。她一旦稍微温和了一些，他就转向她。"你无法想象我了解到事情发生之后有多么难过。"

[a]cancer-stick，俚语，指香烟。

然而太早了，她马上就警惕了起来："我这次不是来慰问的。"

"我们来是因为需要你的帮忙，"古德曼说道，"他当时写了一些新年前夜公园里那个女孩的事情——"

当然了，普拉斯基想。他们需要他的帮助。"——他最终还是和那个有抱负的小说家合作了，而后者就在那儿找到了她，我想是这样的吧？就在他发誓不再追查枪击案之后？"最让他苦恼的是那些作家的傲慢，仿佛这个世界上没有人在工作，没有人要约会，没有人要和妻子相处，有的只是这么多写作素材。"我希望你能告诉我枪手的名字，因为如果你们俩想要的只是继承格罗斯科夫的遗志，那么我们就是在浪费彼此的时间了。公开的案件不是我能够随意讨论的，理查德也很清楚的。"

"这么说你是不想看看他的这份手稿了？"女孩挥动了一下手里的文件夹，"你一定听闻过默瑟男朋友的事情。"

"是室友。"古德曼纠正了她的说法，表情十分痛苦。

她没有理会他，把文件夹放在了普拉斯基桌子的边上，仿佛是在挑衅。谅他也不敢拿。"街上有传闻说，你的受害者和一些坏人跑了。"

"那个爱尔兰人已经被逮捕了。告诉我一些我不知道的事情吧。"

"现在来找默瑟男朋友的还是那些人，你知道吗？抱歉，是他的室友。威廉在3月和他吵了一架之后就搬出去了，自那以后就不见了踪影。"

现在古德曼已经懒得去纠正了。"我知道，我也觉得这听起来很疯狂，"他说，"但后来我看见了他们。那些人伪装成电工，在我们的公寓外面监视我们。或者说是一个人吧，至少一个。"

"是什么让你觉得这些所谓的坏人还没有抓到你的室友呢？"

"就在今天上午，我亲眼看见他们了。"

放在普拉斯基面前的那一沓手稿仿佛在颤抖。关于地下连接的想象在他的脑海里一闪而过，只是反过来了而已。高耸的建筑就像挂了灯饰的树，在闪烁变换，而里面是一片漆黑——对象或概念维系着表象。但更有可能的是，那些广场上的抗议者跺脚经过，震得整栋大楼在摇晃。总之，眼前这两个人看起来像是瘾君子。那个叫威廉的，男朋友也好，室友也罢（他的古德曼采访笔记就在其中一个箱子里），和萨曼莎·西齐亚罗有什么关联呢？下面的街上，扩音器内置的噪声喧嚣器，音量一会儿高，一会儿低。"阮小姐，古德曼先生。如果你们早在7月中旬之前把这个带过来给我的话，或许——"

现在，里面和外面的声音已经分不清了，似乎那个刺耳的声音并不是来自街上，而是从他门外的走廊上传来的。"可是，7月中旬以后才有人非法闯入，他们想要烧掉我的房间！我刚才没提到吗？他们一定是看了报道或者那份杂志才动手的。"

"什么杂志?对于你的遭遇,我感到很抱歉,可这里是管命案的啊,朋友。如果你觉得把这个留下来给我更好的话,我会让管盗窃案的人去跟进……"

然而,她比他的动作还快,马上把文件夹夺了回来:"我才不要。"

"取号,排队,这是办事流程啊。"

"外面就有一些不高兴的纽约人,他们好像正在怀疑这些流程是不是有用呢。"这话说得很有胆识。要是其他时候,他可能也就承认了。"你们可以找人,对吗?"她说,"那么,就帮我们找到威廉。我们要确保不再有人被杀。"

可是他也有他的原则啊,尽管原则经常被打破。"你相信你的话吗?伪装?出去找人?还有,谁被杀了?那个西齐亚罗女孩现在还活着呢。"

"你还不明白吗?理查德就死了啊。很显然他是被……"她没办法把话说完,不过普拉斯基一下子就看到了她的愤怒,她的任性,她亟须有人相信她,甚至理解她。他是不是把事情搞砸了呢?

"我想我还是可以腾出来几分钟的。我会赶在下一项日程之前快速看一下他的文章,怎么样?"她放开了紧抓着的文件夹。他坐下来把它打开,试着装作没有人看着自己。首先令他感到意外的是,手稿里居然没有打印错误。他已经忘记了理查德是多么有天赋,当时他的专栏还是每周出版一次,从中可以看到他的思路多么清晰,他是多么自信,虽说那份自信可能过头了。不过,普拉斯基还是觉得自己是对的,他也感到很失望。《烟火工》有十几页,或者更多,它本来可以成为他的《时代—生活》的一部分,畅聊烟火、马可·波罗……他们两个是从哪里读出来杀人阴谋论的?他又是怎么差点儿信以为真的,哪怕只有一瞬间?他就真的这么急着要逃走吗?

一声咳嗽让他抬头看了一眼。噪声终究还是进了大楼,因为有一位穿着制服的警官站在门口,一脸困惑。"长官,这就是你要求带来的人吗?"门外有一个穿着夹克的男人,而左边是那个红头发的孩子,他闷闷不乐地看着自己的手铐,普拉斯基都已经忘了基斯之前描述的特征了。"你要我把他们关起来吗?"

普拉斯基合上文件夹:"不,让他们留在这里就可以了。"

那位警官粗鲁地把他的犯人按在了仅剩的一张空椅子上。在普拉斯基想好怎么以一种得体的方式叫另外两个人离开之前,那个男孩抬起了头,脸色煞白:"喂!你们到底在这里做什么啊?"

82

那些人一下子就围了上来，像学校里的小孩似的挤在他身边，弄得他透不过气来。他差点儿就以为他们会摩拳擦掌，反复呼喊出"打！打！"只是他还不清楚是谁要和自己打。倒是有一个穿着夹克、谎话连篇的运动员，这个浑蛋，查理很愿意跟他试一下，即便结果可能只会自己被打肿眼睛；还有一个巡警，就是他把他们俩从医院拽过来的；另外还有穿着便服的警官、比利·斯里-斯迪克斯的男朋友以及他身边的那个女人——她看起来好像不舒服。最后那个便服警官也挤了上来，腰间的皮质徽章挡在查理面前。"知道为什么在这里吗，孩子？"

狗屁东西！他不小心说出声来。刚从楼下的人群中穿过，又在接待室里尝试着逃跑，查理现在依然非常激动（所以他被戴上了手铐）。不过现在就像在玩快问快答。他解释说刚才是在骂那个黑人，这暴露了他是个偷窥者；然后，他又承认他认出了那个亚洲女人，是因为昨天在那间公寓里看到了她的照片，而这就暴露了他是纵火犯的同党。不，如果说有谁能让他免去牢狱之灾的话，那就是上周在东村与他四目相对的人。"你，"查理说，"我说的就是你。"

"这是我的办公室，我当然会在这里。"

查理都还没来得及回应，那个男人就起身去接过那把封在刀鞘里的小刀。"这是你的线人送过来的，"那个巡警告诉他，"据说他是从这个男孩手上夺过来的。请你好好看看，长官。"

查理想要保持镇静，只是双手被铐在身后，不得不弓着身子，很难坐直。如果这样导致了哮喘发作的话，那么他就真的完蛋了。他听见那个巡警清了清嗓子。"呃，长官？调度员说控制骚乱的全部警员都在楼下准备好了。我要向他们借调几个管凶杀案的同事吗？"

他的上司做出了决定："这种情况，我想我自己就能处理。"

"是的，长官。"于是五个人中走了一个。那么为什么查理没有因此而多了五分之一的轻松呢？因为那位长官又弯下腰来，他的脸本来看上去只是有些皱纹，近距离之下，那些皱纹犹如沟壑纵横。"听着，孩子。你知道我是谁吗？"

"当然。"查理的声音这时突然变了调，听起来带着哭腔，"你是一头猪。"

长官还是保持着笑容："你感觉如何？"

"显然吓破了胆，"那个女人在他身后说，"你为什么不给他一个房间，让他大声哭出来？还有，那手铐真有必要吗？"

查理开始反驳，说他长这么大从来没有害怕过，不过令他安心的是那三个男人还是退后了一些，虽然这里也没有多少可退后的空间。这个办公室里一半空间都是人，就像犯规球员待在禁闭区里。

"他在车里说他叫丹尼尔。"那个浑蛋说。

"我没说过，"查理撒谎了，想激怒他，"我就叫查理。"

"行吧，但你是什么身份，查理？这个名字可没法告诉我们什么信息。比如说，我叫拉里·普拉斯基，同时我也是纽约市警察局的副督察。也就是说，我在这儿是要破案的。"

"这里还是美国，"查理说，"我不需要告诉你任何事情。"

那个浑蛋似乎之前很激动，一只眼睛留意着窗外的抗议人群，不过现在重新冷静下来了："说到这个，普拉斯基督察，你在电话里没说要把我也带过来呢。"

"走个形式而已。我保证不会花很长时间。"普拉斯基的主要目标似乎从他身上转移到了那个男人身上。可是单纯从破案的角度来说，难道不也该问一下他本来是因为什么才去到萨姆的病房里吗？查理本想自己问的，但他不相信自己能揭发敌人。

"尽管是个形式，督察，但我本来要在三点半以前去日间托管营接孩子们的。他们一定会以为我出了什么事。"

"肯定出事了。你从医院给我电话的时候就已经四点多了。"

那个男人脸一红，继续说："我忘记时间了。这是我犯的需要逮捕的罪吗？"

"没有人说这是逮捕。"

"很好。因为你已经知道了我的名字，以后我也非常乐意告诉你你想要知道的一切，但现在，我得去接孩子了。小的那个才六岁。"

查理恨不得会用意念控制。快说不。给他点颜色瞧瞧。但是普拉斯基只问了怎么可以联系到他。那个人在外套里摸索着，拿出一张卡片。那个黑人和亚裔女人在一旁看着，普拉斯基仔细看了看卡片："期待明天能听到某人的消息。在那之前，我想我没法再留你了。"

难以置信！要是查理也有一张名片的话，是不是他就不用遭受盘问了，可以轻轻松松地离开这里？不会的，因为他根本够不着，他那该死的双手还被锁在身后呢。

普拉斯基轻轻敲着桌子上的卡片，在考虑着什么："我还是做些介绍吧。查理，这位是阮小姐……"

"你能不能至少给他一点儿水，或者别的什么东西？"

"——而这位是古德曼先生，他在新年前夜找到了这个女孩。"

谁？查理不禁感到震惊。他根本无法把这个二十岁出头的黑人和在雪中缩在萨姆身边，并等着警察到现场的那个人联系起来。当他转向桌子的时候，普拉斯基双手撑在桌上，脸上的表情仿佛在说他知晓后来发生在查理身上的一切事情。他一只手放在身边的文件夹上面。那是 PHP 的文件吗？说来也奇怪，他开始冷静下来了。尼基这几个月一直在准备的东西，最终都会展示在查理面前，而且没有谁能借由任何事情责备他。

"那么，既然你了解了最新的情况，"普拉斯基说，"我确实需要问你一些事情，查理。先从萨曼莎·西齐亚罗开始吧。你认识她，对吧？"

老实交代也不会差到哪儿去，仅此一次。"她是我最要好的朋友。"

那么他知道是谁杀了她吗？普拉斯基问。

本来是想再次让他感到害怕的。然而，答案是不知道。

"好吧，那换一个话题。好好看看这两个人。"他敢肯定自己从来没见过阮小姐或者古德曼先生吗？"还有，理查德·格罗斯科夫这个名字是不是有点儿耳熟？"

那个黑人说话了："我们还会再联系威廉吗？"

但是这些问题都问错了！自由高地、骚乱、后人文主义或者是外面的小屋子，都和他无关。普拉斯基督察五分钟以前还很有气势，现在看起来却无从下手！"听着，就像我跟你们说过的，我只是在医院看望我的朋友，我要说的就只有这么多。如果你们还是要铐着我的话，我听说必须得有个理由。所以说……"

"持有违禁武器怎么样？理由够充分了吧？"普拉斯基问，很显然，他现在把所有本事都用在了对查理的拷问上。

"这是假的。如果我是有钱人的话，你肯定不会这样对我的。难道我没有请律师的权利吗？"

普拉斯基把弹簧刀放在手心掂量了一下："你知道在纽约，夹带长度超过三英寸的刀片就是违法的吗？"

"你少唬人了。"

"看吧，我说什么来着，"那个女人又插话了，"人人都带着弹簧刀到处跑。"

"我把卷尺放哪儿了……"

但是当普拉斯基按下刀上的按钮时，这把估量着可以砍下一根手指的刀子还是震惊了他们。弹出来的不是刀，而是一把廉价的黑色塑料梳子。在那一刻，查理感觉自己完全不被理解，就和找到萨姆，埋葬爸爸的时候一样。要是他真的需要那把刀去阻止某个人，那不会是穿着西装的那个浑蛋，而是一个他能够对付的人……不过少来了，有这么盲目的吗？他自始至终需要阻止的就只有尼基。他一直都告诉自己PHP的暴力行为纯粹是一种手段，但是这把梳子，正因为它一无是处才让这个问题的终结显得更加明晰。比如说，要是尼基的幻想被引向了危险的地方，以至于他甚至不相信自己最亲密的盟友会跟随他呢？又比如说，要是至少在最后时刻，他是对的呢？

查理转向那个女人："我可以向你说声'对不起'吗？"

"为了什么？"

"我知道我们昨天进的是你的房间。我在冰箱上看见了你的照片。"

"你这个小流氓！"不过她随后转向普拉斯基说，"看到了吧？我就知道这不是一般的入室盗窃。"

"没错，"普拉斯基说道，"就像你知道这把不是刀一样。"

查理装作没有听见："放火不是我的主意，全都不是我指使的。"

"——但实际上并不全对，"她继续说，"你们这些人的确拿走了某件东西。"

"我什么都没拿，小姐。我还救了你的狗。火是尼基放的。"

她歪着头说："也叫伊基，对吧？手稿里两个名字都用了。'NC'是代表尼基吗？"

"嗯，我想是的。尼基·查奥斯。"

"哇。"她举起一只手，"等会儿。这是队长查奥斯，自称画家的那个？"

又一次不顾后果地脱口而出——他现在还有原则吗？

"杰妮，你说的是那个在威廉乐队里的人，"那个黑人说，"他究竟为什么要杀掉自己的乐队成员呢？"

杀自己的队友？那个女人走了过来，抓住一边的扶手，蹲在了查理面前。她戴着一块廉价的黑色电子表，长得真的很漂亮，只是显得疲倦。"这事很严重，查理。我明白你对你朋友的遭遇感到十分震惊……"但这是一种策略，他读过《阁楼》这样的男性杂志，他知道接下来是什么套路。她会让他一个人待着，跟他说她非常抱歉，然后诱惑他，只要他愿意提供帮助，她会主动给他点甜头。见鬼的是，他真的有可能把所知道的一切和盘托出。事实上，他几乎什么都不知道。他站起来，一瘸一拐地走向窗户。没有人阻止他。下面的反动分子像蚂蚁一样挤满了广场。远处的河，在落日中仿若隐去，一抹红光残留在桥索上，逼着他想起什么事情，但是那高度令他看着就感到害怕，无法思考。

普拉斯基正疑惑地翻看着桌上的文件夹，但是那个黑人打断了他："不，不，你得从那些照片开始看。关于比利·斯里-斯迪克斯的内容到最后才会出现的。"

普拉斯基又快速翻看了一遍，随后停在了最后的一页上。"好的，到这里我就搞不懂了。"至于查理，他迷惑、失眠、愤怒以及羞愧。可普拉斯基似乎指的是他食指下面的一段话，"首字母'NC'可以有很多个意思，我想到的是'紧张的查理'，还有'不可信'[a]，但是'恶魔弟弟'这一章呢？他是汉密尔顿-斯威尼家族的？"

"威廉是汉密尔顿-斯威尼家族的。"黑人说。

[a]"紧张的查理""不可信"对应的英文原文分别是 Nervous Charlie 和 Not Credible，均可缩写为 NC。

灯光有一瞬变暗了，不过没有人留意到。即便是一直答非所问的查理也没注意到。此刻他正在想那些照片，缺失的眉毛、残缺的指尖，以及被偷走的时钟。这时，他才闻到一股一直就有的化学气味。天哪，他反应真够慢的。"不，"他听见自己这么说，"那个恶魔弟弟是尼基的武器。恶魔弟弟是一个炸弹。"

众人沉默，灯光又一次闪烁。那个黑人发出一声叹息。随后普拉斯基说："不错哈，孩子，可我还是一点儿也不相信。如果你想要杀掉古德曼先生的朋友，你一定会用枪的。或者用刀子，阮小姐也会这么做的。"

不知道那个女人是否听到了，或者是否在意。"你这是在让别人无法相信你，查理，你要明白这一点。队长查奥斯有一个炸弹？"

他尽力了。"那个，呃，爆炸本来是设定在7月7日的，我想，结果却出于某些原因推迟了一个星期。"

"那真的是太棒了。那到底是类似'我下个星期给你电话'这样泛指下星期的任意一天，还是说一个星期有七天这样的确指七天之后呢？"

"我怎么知道啊？"

"你听不懂我的话吗？"普拉斯基说，"一个谋杀计划，一场炸弹威胁，而他竟然连个日期都说不出来。"

那个女人没有理会他。"因为7月7日的一个星期后就是7月14日了。也就是明天。"

"或者再过几个小时就是了。"黑人说。

"行吧，姑且假设在午夜，"杰妮·阮说，"查理，如果你把他们藏炸弹的地点说出来，我们还来得及通知骑警。"

他看着众人，看到普拉斯基一脸怀疑。此时此刻，他甚至不知道自己是否深信不疑。被困在这样的地方是一种诅咒，因为老实说，他一无所知。

/ — / — / — / — / — / — / — / — /

83

里根已经走过了那些巨幅的色域画。来过汉密尔顿-斯威尼大楼多次后，这些绘画也装点了她的精神世界。不过这说明她的弟弟（或者说是按照她对他的了解）多年以前不得不宣布放弃一切，在把自尊伪装成忠诚的过程中，罗斯科的组画大概是他最难以割舍的。她已经走过了半个大厅才发现他没有跟上来，他落在后面呆呆地凝视着。"你来不来啊？"她问。

"给我一点时间。"

她站在朝向西侧的一扇小窗旁边。巨大的夕阳正在下沉，仿佛要吞没整个新泽西州，难怪它是如此炽热。"威廉！"

"在你身后呢。"

在她转过身来确认时，一个棕色皮肤的女人从邻近的走廊出现。里根没有认出她，对方似乎也没认出来里根。但这不是什么新鲜事。菲利希亚肯定遇到什么困难了。问到爸爸的事，那个女人一脸困惑。"爸爸？"

"我的父亲。"

"汉姆先生吗？"

在进一步的协商之后，那个女人带着他们来到二楼，走过一条长长的走廊。走廊亦显得死气沉沉，但是从远处的门口那边隐约传来说话声。里根很惊讶地发现其中有一个声音就是她自己。一台大型的木壳电视机被拉到了图书室中央，并用延长电线连接到墙上。电视此刻正在重播今天早些时候的新闻发布会。电视机对面，有一个人已经坐在了观众席的扶手椅上。那是她的父亲，穿着中短裤，腿上鼓起一根根紫色的静脉，一只脚穿着帆布鞋，另一只脚什么也没穿，身上散发着一股须后水的气味，闻起来很像杜松子酒。但都什么时间了？现在新闻肯定已经结束了。"爸爸，这是什么？"

"里根？我刚刚在看你啊。"他拍了拍他椅子上的扶手，仿佛她还小，还能爬到椅子上，"你一定知道自己要做什么，亲爱的。要治一治那些杂种。"

她跪在他跟前的地毯上，抓住他的手，试着回想起最后一次听他咒骂的情景。"人都去哪儿了？你的老婆呢？你刚吃完药不应该马上喝酒的，你知道的。"在这些担忧的背后，她意识到威廉并没有追上来，所以还有时间让爸爸做好准备，除非需要做准备的是威廉自己。在短短几个月内一个人能改变多少……"你知道我们今天做了什么，对吧？"

"噢，是的，"他说道，"埃默里刚才就在解释每件事情。"他的目光没有离开电视机。他是不是对所有其他事情都开始产生幻觉了？

"埃默里不在这儿，爸爸。"

他眨了一两下眼睛，仿佛如梦初醒，转身看着身后的桌子和椅子。空无一人，除了一台录像带放映机，里根记得自己有一次在制作办公室里见到过这台机器，《土匪咖啡馆》的广告片就是在那儿编辑的，影像有一个轻微的卡顿。"他大概是去帮我拿行李了。昨天收到律师最新的信之后，菲利希亚就去避暑地了。这是个好主意，我接下来几周都可以待在那儿，等待州里给出更好的条件，你说是不是？"

"在哪儿？"

"布洛克岛。"

"他们就是那样告诉你的吗？说会有更好的条件？"

"不过里根，你也可以过来啊！你和凯特，还有……"

"威尔。"她说，不过他的注意力又回到电视机上了。落地窗开着，以便让外面的空气进来。她向露台走去，心想着能看见楼下她弟弟的微小身影，仿佛回到了哥伦布大道,想着他在最后一刻会改变主意。向北一路看过去,地平线上有一些晚点的飞机,早起的星星在闪烁。这样的景致和她在布鲁克林时从客厅看到的别无二致,这个时间点,她应该在摆放着晚餐的干酪盘,看着安德鲁·韦斯特把酒瓶上的箔纸剥下来。不知道在什么地方的电话响了起来,又停止了。如果响得更久一点,那么她就得叫它停下来了。随后她仔细地倾听着公寓最远处的角落,一直到自己的内心深处。没有动静。"爸爸?"该怎么告诉他呢。怎么样才能开口,"我不是一个人来这里的。"

"基斯也跟你来了?我倒想和他聊几句。"

她多么希望手上真的有刚刚闻到的杜松子酒:"爸爸,请你——"

不过这时大楼里有一阵骚动,声音大得足以盖过电视机声。"你待在这儿,"她说,"我去看看怎么回事。"她经东门走到通向接待厅的室内阳台。能容纳数百人的空间,现在看起来空荡荡的。新年时的几张吧台还留在这里,埃默里站在吧台后面,他的衬衫敞开着领子。实际上,他坐在吧台边上,手里还拿着酒杯。在他对面,还有一个人,衣衫不整,挥舞着一件壁炉工具。埃默里抬头看着她:"亲爱的!来得正是时候!我们正打算喝一杯呢!"

如果他的本意是想转移注意力的话,那么他失败了。"你这个不要脸的家伙。"那个人一字一句地说。可是接下来的话,里根没听见,因为爸爸来到她身边问那边的男人是谁。

"是埃默里,"她说,脸红着,"你是对的。"

"不,那个流浪汉。"他说。

"这就是我一直想跟你说的,"她说,"爸爸,那是威廉。那个人就是你的儿子。"

84

那个男孩脱口而出,说那里有炸弹,随后又改口说不知道炸弹在哪儿。但是杰妮想,她的一生就是为了这一刻,他怎么可能不知道呢?他这话是不是随意编出来的?随后,警长一定是看到了她的表情,于是说起话来。如果能找到那个可疑装置的地点,那固然很好,他说——那样就能轻易证明,这完全是一个谎言——查理搞错了,当你说到炸弹的时候,警察就必须去查找每一条你提供的线索。而且这个孩子已经提供了很多信息。随着楼下抗议的结束,充足的人员会重新部署到东村——自上个星期以来查理就一直在这儿被观察着。"如果那里有什么事情发生的话,我们就会增员。我会派上一整个方阵的人去搜查他的藏匿点,把我们找到的人都请过来。"

"你凭什么觉得他们会和你对话?"那个男孩说。

普拉斯基看起来很善意,一般来说,警察都会这样的,但是她开始感觉到了他的形象有了一点小小的变化。"查理,不是我的所有同事都能像我今天这般耐心待你。"

"我同意。"默瑟咕哝着,非常沮丧。

好吧,要是这个可怜虫并不打算施压的话,杰妮就自己上,自枪击案以来她已经忍得够久了。"我很高兴你终于能稍稍认真点了,"她跟警长说,"可是威廉·汉密尔顿-斯威尼呢?"

"谁是威廉·汉密尔顿-斯威尼?"男孩问道。

"威廉·汉密尔顿-斯威尼就是比利·斯里-斯迪克斯。"

"哦。"他低下了头。

"好了,这就解释了为什么你会在那个晚会上。"警长对默瑟说,"不过你的朋友是另一个单独的问题。那个孩子在编故事。"

"我没有。那里真的有一个炸弹。为什么你们就是不信呢?"

我也想相信,杰妮想。可你什么都不肯告诉我。然而,似乎只有她能感觉到那个男孩周围隐约有一种紧迫感。她大声说:"我们能不这么吊儿郎当吗?威廉到现在都还生死不明。"

"关于失踪者我要插一句话,"普拉斯基对默瑟说,"失踪者可不是以逃得快出名的。这是一座大城市,如果你们所说的威廉并非在度假,那么往好的方面说,哪怕万一真的有人和他过不去,他们也不大可能找得到他。你找过他在中央公园西的家人了吗?我确信我们还是可以打一个电话过去的。"

"威廉讨厌他的家庭,"默瑟说,"他有他的理由。"灯光熄灭了片刻。

"不过,这让我想起了他们在学院的时候反复教我们的一套老方法:如果你要研究一个女人,那就去找爱她的人;研究一个男人,就去找恨他的人。如果威廉·汉密尔顿-斯威尼失踪了,那么,谁会担心呢?抛开各种戏剧化的可能不谈，经验告诉我们，监视他的人，很可能就是为他家族效力的人。至少，他们可能掌握了他近期的行踪。"

"那么你为什么不给汉密尔顿-斯威尼家打电话呢？"杰妮说，"你可是警长啊。"

"曾经是。我再过几个星期就要退休了。要是就为了这么一件事情浪费资源的话，会让我丢脸的。我和那些巨富的关系不大好，他们很可能会让我永远待在这个位置，作为对我的惩罚。给，我这儿有电话。"在号码盘上来回拨弄之后，他把电话筒递给了默瑟。查理开始因为沮丧而啜泣。默瑟等着电话被接通。

"没有人接电话。"

"或许你可以稍后再试一下。不过现在我要履行我的职责调查查理了，所以你们都快离开吧。"

"我们有车的，我想我可以把你载到那里，"杰妮对默瑟说，"去和汉密尔顿-斯威尼的家人谈一谈。"

"太棒了。"普拉斯基说道。但这句话在她听起来就好像是说"随便。"而当默瑟去到走廊上时，她才意识到文件夹还在桌子上。

"你不希望我们待在这里？"

"如果我再仔细读一遍之后发现问题的话，我知道要去哪里找默瑟。但是你们两个人和这个孩子在同一个房间里面，这会先把我逼疯的。所以，如果你没别的事的话……"

杰妮磨磨蹭蹭地走向门口。那个寂寞男孩抬头看了看她，然后把头垂得更低了。

"阮小姐？"警员以为她还有事，问道。

"噢，没什么。"杰妮说。只要普拉斯基出动他的全部人员，那谁还会在乎他本人是否相信这个威胁呢？

她跟着默瑟走出电梯的时候就一直在推想，下楼梯时进一步推想，直到她和默瑟出了大楼时，她还在想。但随后她又开始疑虑了，甚至是加倍疑虑。示威游行完全没有结束，反而占满了每一个角落。这很像她在大学时读过的一个卡夫卡写的故事，一名孤独的使者被临终的国王托付了一道旨意，然后帝国之大、子民之众，令他难以将旨意昭告天下。游行队伍的先头部队在门前和警员争持不下，慢慢地把她给往前挤出了人群。她在办公室的文件夹里留下了自己的信息,现在她为此感到愧疚——该死,她应该早点想起来的——她已经走过半个广场了,现在要往回走越来越艰难了。而这都不算什么,问题是没有接收者的话,信息根本就等于不存在。普拉斯基并不笨,即使她不指出来,他也会去看与那个男孩的故事有交集的部分,只是他会把这些内容和一些不相关的事实联系起来。那里曾发生过盗窃,然后还有枪击,这是显然的。但她在文件夹里面看到的,也是让她起初感觉非常害怕的,是里面不可能包含的东西:萨曼莎·西齐亚罗和威廉·汉密尔顿-斯威尼联结起来之后造成的巨大影响,其破坏力如此之大,以至于三条人命关涉其中。这些图片和她周遭的现实是何其吻合,觉醒、混乱、人海,依然会让普拉斯基的外援们忙不过来,加班到晚上十一点或者更晚。停下来的时候,她前面还有半个广场要走,大楼的拱门之外还有几条街道。看来这些都已成事实:在某个地方,不知是谁偷来了火药,准备要炸出一个与这场疯狂程度相当的大洞。而她被堵在这里,只能干等。她能看到拱门附近的人们正在看台上举着扬声器。他们还想要什么呢?随后,仿佛回应她的提问一般,尖叫声响起,伴着回声,还有一个她几乎忘记了的声音,着了魔似的不断重复:

可你什么时候才打算原谅自己,纽约?我怎么样才能让你明白?我知道我不该在一个拥挤的剧院里大喊大叫,但是说真的,大火在哪里?为时已晚,机会不再,病入膏肓……可是,如果有人能帮我们渡过难关,那一定、必须是你们啊。你们这些忠实的听众,积极的来电者,还有胆小鬼们——你们必须数以千计、数以万计地站出来,直指病痛的根源。你们要说出来:"这是我的城市。我的城市,该死的。"而且你们一定要付诸行动,把我们的城市夺回来。

85

五层楼上,普拉斯基把那个孩子带到走廊上,路过一个宽敞的大房间。事实证明,挂着拐杖,并把文件夹卷起放进口袋,这样走路会非常困难。不过紧扣在那个孩子背后的手铐帮上了忙。他的同事似乎没有注意他们，还是和往常一样，坐在格子间里或是打字，或是倚在窗户上，看那越来越暗的天色，探究广场上人们的行动。那很好，他马上就会用得着他们了，毕竟已经派了六个还是八个人去东三街。那些人在拿普拉斯基退休前的最后一次特别加班开玩笑。你再谨慎也不为过，可他们从来都不明白这一点。不过现在，他和查理正准备来一次坦诚的谈话，而他需要施加压力，没有人相信他还能这么做，甚至他自己也不相信。他的直觉还是认为，恶棍和爆炸这些话只是为了分散他的注意力罢了。至于关系到普拉斯基的那一部分——关于西齐亚罗——他还是觉得被忽悠了。"你是不是有什么话要说？"电梯关上门的时候，那个孩子问，"你不说我也懂。你就是故意不说话的。"

"我没有故意不说话，"普拉斯基说，"我在想该怎么对付你。"

"对付我？我告诉你，我的朋友们有一个炸弹。有人会受伤的。"

"现在只要前面的人群慢慢散开，这儿的事情就都能有效解决。"打开门能看到混凝土地下室，那叫作临时拘留室。他押着那个孩子走进去，走过了平时会有警员值守的电话机，走过了供被捕者闲聊的露天隔间。他们当中有几个人朝着那个孩子弄出接吻的声音来向普拉斯基示好。"你看过牢房里面是什么样子吗，查理？"普拉斯基把他送进离其他人很远的一个隔间里，让他坐在一张混凝土的长凳上，然后把门关上。你能感觉得到地面广场上人群的动静，不过中间隔着不知道多厚的岩石和砖块。普拉斯基总是觉得这个地方能够令人感到放松，尽管这个地方连灯光都布置在牢笼里。"现在坐下来，沉浸到这种气氛里。我会再看一遍这个文件夹。"那个孩子试着用被铐着的双手从口袋里掏出一件东西来，结果，它掉到了他够不着的地方，是一个哮喘吸入器。普拉斯基并没有理会，而是坐在了另一张长凳上，拿出手稿，翻到夹着图片的那一页。他已经看到一半了。不错，他能看懂为什么阮小姐一开始有点儿急切地想要相信那个孩子的鬼话了。然而，显然有人不希望他看完，因为电灯不停地亮了又熄灭，他很难继续读下去了。他这一整天麻烦事不断，而现在已经错过了晚餐时间。不过算了，他知道自己要找什么。他痛苦地弯下腰把吸入器捡起来，然后递到那个孩子面前，就像拿着胡萝卜喂马一样。"查理，是谁向萨曼莎开枪的？"

"你已经问过我了。我说有炸弹的时候你不听，可当我说到萨姆的时候，你却以为我什么都知道了吗？"

"你就是那缺失的一环。东三街，那个女孩——"他掰着指头列举，"如果我可以把你放在罪案现场的话,我敢说,你会亲自向她开枪。"

那个男孩的脸一阵发热:"你把话收回去!"

"你听过奥卡姆的威廉吧,查理?他的工具箱里只有一件工具,但那是非常好的工具。我来告诉你上面写的是什么。上面说你一直独自住在那栋房子里;上面说不存在查奥斯队长这个人;上面说你就是查奥斯队长。你不断出现,自始至终都是你一个人。"

"或许是有人想要我不断出现。你想过这一点了吗?"

牢房里的所有电灯开始以更快的频率闪烁。点亮,熄灭,再点亮,再熄灭。熄灭了几秒钟——又再次点亮。这是最令人恼火的事情。

"你真的相信这份东西是吧,查理?"

"该死,他们中有人可能要来了,过来把我带出去。"

— — — — — — — —

86

说实话,威廉已经忘了罗斯科的组画了。而且就算他没有忘,他应该也会想象,(希望?)它们带给人们的痛苦回忆会迫使爸爸把它们卖掉,或者把它们藏在汉密尔顿-斯威尼大楼的某个地方。然而,从电梯里走出来的时候,他第一眼就看到了蓝色的那一幅画。如果他没把另一件事情也忘掉的话,单是这一幅画就已足够让他跑回到市区里了:站在这幅画前面,感觉就像是第一次学会使用眼睛。蓝色色域分解成相互重叠的方块,权重相等,色调不同。停滞和运动,所见之物的纯粹感——这正是他很久之前一直在寻求,一直想在笔下表现的东西啊。他本来可以回到那里的,或者更早一点,回到爸爸的婚礼前一天,那时一整片色域都展开在他的眼前。

他的思绪继续游离在这些感知空间,他的身体则跟着他姐姐走上楼梯,走过一条长长的走廊。左边的门都是死气沉沉的灰色,右边的门则有光线投射的菱形光影。在他曾经睡过一个夏天的卧室里,客人床铺得很平整,像紧身衣一样。他回到走廊上,发现里根又把他丢下了。他从来都没学会过怎么在这个地方分辨方向。不过,他倒没有感到惊慌,他一扇门一扇门地去尝试，然后下了楼梯，他肯定能找到可以回到另一侧的其他楼梯。就在那里，暗淡的光线下，空荡荡的接待大厅对面，他发现了三个手提箱排列在吧台旁边。有一个小孩背对着他，在下面的橱柜翻找着什么。

只是那不是个小孩，而是恶魔弟弟。当他站起来转过身，威廉发现，这十五年来他一直没有变。衣着不变，面容依旧，那头过早出现的白发还是一样，而威廉自己最近却开始长白头发了，这些不合常理的现象让埃默里看起来越来越年轻了。"你在这里做什么？"威廉说道。他的眼光一闪，完全没有认出威廉的迹象。

"为什么这么问？我就住在这里啊。倒是你在这里做什么？"

这是大人对小孩子的关切：你在这里做什么？威廉感觉到他那清晰的思维正在崩溃。这是一个错误。"你真的不记得我了吗？"

"威廉？"埃默里从胸前的口袋里拿出眼镜戴上，向前探身，"你应该先打个电话回来啊！真令人难过，我正准备和你的父亲前往布洛克岛。我已经跳过了一个计划好的会议，不过我想我们两个或许还有点儿时间聊几句。过了这么多年了，你能回来看一看，真的是非常贴心。"他坐回到吧台的远端，再次弯下腰去，然后柜台上出现了几个酒瓶子。"你喜欢喝什么？这里有苏格兰威士忌，当然也有杜松子酒，还有海地朗姆酒——"

威廉手臂上紧绷的肌肉变得僵硬："我不再喝酒了。而且我来这儿也不是为了见你。"

"是，你当然不是了。不过说到你的父亲，如果你几个月前来看望的话，会很有意义。现在的话，我们哪怕有一点儿担心，都会令他感到焦虑。"埃默里停了一下，仿佛想起了什么事，"但我觉得里根不会跟你说他的状况吧？我想她也在这儿。"他开了一瓶威士忌。瓶子是不是在摇晃？正是这个细微的发现，让威廉意识到他高估了自己。

"那些鬼怪呢，埃默里？你有没有详细地跟爸爸说过？"

拿着酒杯的那个男人一脸惊讶，抬起头来："鬼怪？"

"那些神出鬼没的人，是你把他们布置在我身边，以确保我永远不能插手家族生意的。"

"开什么玩笑，威廉。你把我当什么人了？"埃默里把眼镜放回口袋，腾出一只手伸向壁炉的拨火棍。不知道什么时候威廉的手里已经握住了棍子，而不是那棵橡胶树。威廉能感觉到棍子正从手中滑落。在那一刻，眼前那个人变了脸色。棍子被拿走了。露台处传来一阵响声，他转身看过去，发现里根正站在上面一层楼，而她身边的正是他们的父亲——落日的最后一抹红光照在了他身上。不知怎的，委屈、妄想，汇集成潮水般迸发，让威廉不知道该以何种心情应对与爸爸的再次见面。可是你还能期待什么感受呢？该死的，除了暴怒和无助，难道还想回到童年吗？每一件不可挽回的事情都是转瞬即逝的，这时埃默里·古尔德，那个该死的恶魔已经蹿上楼梯到了露台那里，杯子里的酒居然一滴也没有溅出来。

威廉只能跟过去，身后拖着那根拨火棍。或许他也一样，看起来比实际感觉更可怕，因为当他到了楼梯口的时候，里根问他在做什么，而他的父亲则说："跟你弟弟说别再这样了。"

埃默里站在爸爸的身旁，把他转向渐渐暗下来的窗户："我们真的应该赶紧了，比尔，如果我们想要赶上最后一班渡船的话。"

但是里根把他又转回来，说："不，爸爸。威廉需要和你说几句话。"里根又站在他这一边了，一直都是。

爸爸肯定也感觉到了，因为他垂下了头。埃默里换了一个方式："为什么我们不到图书室里去，像绅士一样讨论事情呢？"

"我认为威廉想一对一地聊。"

威廉点了点头，表示认同她的引导，但是爸爸已经跟着埃默里走过了玻璃门，向着桌子走去："你的弟弟有什么想跟我说的，都可以当着他舅舅的面说。"

"你够了没？"威廉说，"他不是我的舅舅。你还不明白这个浑蛋对咱们家做了什么吗？"

当爸爸那满是皱纹的脸抬起时，他刚才的个性似乎又收回去了，尽管里根在车上的时候已经暗示过可能会出现这种情况。总之，要是爸爸不打算坐下的话，威廉也不会坐的。不过随后，他又努力把那股冲劲儿找了回来。"这毫无意义，亲爱的。"爸爸对里根说，"埃默里做的都是好事。倒是你的弟弟，他抛弃了我们。"

"我是被赶走的，爸爸。都是古尔德一家干的好事。他们先是让里根不敢反对——"

"他做出了他的选择，里根，而我也尊重这个决定。"爸爸的音量突然提高。人们总是会对威廉提高音量。他的父亲气喘吁吁的，这或许才是他应该担心的问题。与此同时，埃默里还是靠着窗户，看着外面笼罩在暮光里的城市。

"而现在他们正打算把你赶走，爸爸。今天的新闻发布会我也在现场。你会被定罪的，然后你就不得不放弃公司的控制权。你觉得这只是个意外吗？问问你自己吧，现在剩下谁来接管？"

"你的弟弟本来可以接管的，里根。然后传给他的儿子，还有他儿子的儿子。"

儿子。威廉非常肯定里根提到了她自己的儿子。桌子上照片里是他吗？那个小男孩和小女孩，以及他这个舅舅——不过里根顺势继续把他向前推。"爸爸，你可曾停下来问一下自己，你到底有没有做过错事？"他很肯定他的父亲没有做错，这是他和他姐姐不一样的地方，"里根，你有问过吗？好吧，爸爸，你做过吗？你有没有违法？"

那个人的头慢慢地摇了摇，又垂下了。说不定这是装的。"我不……我不记得了。"

"可是有人做过，对不对？你哪怕是稍微认真地调查一下，就会发现问题都指向某个人，即便你不得不去面对。同样是这个人，也一直在竭力确保这样的内部调查永远不会实施。我这么说是因为旁观者清。"

埃默里拿着酒杯，似乎在无比认真地看着月光。现在他转过身来，说："是的，旁观者。用这个词形容我再合适不过了。现在，威廉你撒完娇了吗——还是说你永远都这么幼稚？毕竟你看起来总是长不大。在歌里唱着不想长大听起来很不错，然而生活中真是如此的话就是一件很丢人的事了。比尔，我真的不能再忍受这些含沙射影的话了。我要下楼去了，你的车在等着。你看要不这样吧，我去参加这个事先约定好的会面，然后明天早上再和你会合。"

爸爸看起来迟疑不决。

"不，听我说，爸爸。外面有人想杀我，他们都是彪形大汉。就在汉密尔顿-斯威尼在布朗克斯的项目即将启动，而你正被起诉时，有人差点儿就抓住了我。这不可能是偶然的，你明白我在说什么吗？那个男人，你的小舅子，如果他想要阴谋得逞，就得让继承人消失。"

埃默里嗤之以鼻："胡说八道。果然是吃药吃傻了。他以前难道没有演过这出戏吗？威廉，你已经浪费了你爸爸太多的时间了。"

"阴谋？"爸爸说，他斜着眼看了一下，试着把方向调整回来，"这可是很严重的控告。"

"不可思议，我说啊，比尔，这可真是异想天开。"

"我现在不吃药了，爸爸。我在尽最大努力理解自己的人生。"他的声音有感染力，可他很讨厌这一点，"如果是我把你丢给了古尔德的话，可以，我为此负责。或许出于某个原因，我还没能够把所有线索联系起来。但是不用我告诉你，你应该也知道自己正处在危险之中，你已经见识过了。我告诉你，我——你的儿子——也身处危险之中。把我赶走的话，你就永远都不可能再见到我了。"

"噢，少来了。"埃默里说，尽管他看起来急着离开，"你真不该把我想得这么坏。"

"你也可以叫他收手。"

爸爸一下子老态毕现，在灯光下眨着眼睛。他蓝色的眼睛就像那幅画，时而蒙眬，时而清晰。仿佛任何人都可以做出选择。威廉有着一样的眼睛。这两个人多久没有这样子对视了？威廉或者他的父亲，回想起那一片印象派的蓝天，那辆手推车，还有剃须水的气味，以及衬着一抹桃红的蓝色椭圆。这时，响起了一阵浑厚而清晰的男中音咏唱，

暹罗之王
当仁不让
非我莫属
万寿无疆

随后埃默里身边的窗户砰砰响起，就像是被偏离方向的垒球砸到一样。爸爸转过身去，竭尽全力地想再次成为那个男人，这种情绪重新涌上心头。一切都变得安静了。"埃默里，也许我们应该将行程推迟一两天，先把这个问题搞明白。"里根的脸上露出宽慰的表情，恶魔弟弟却是一脸震惊——这应该还是头一次——随后，房间、窗户以及外面亮着灯的大楼都看不见了。不知道哪里的汽车急刹，发出了刺耳的声音，然后听见玻璃碎了一地。周围的一切，整座城市完全陷入了黑暗：人们很了解这样的世界，这叫大停电。

BOOK 5 >>> INTERLUDE

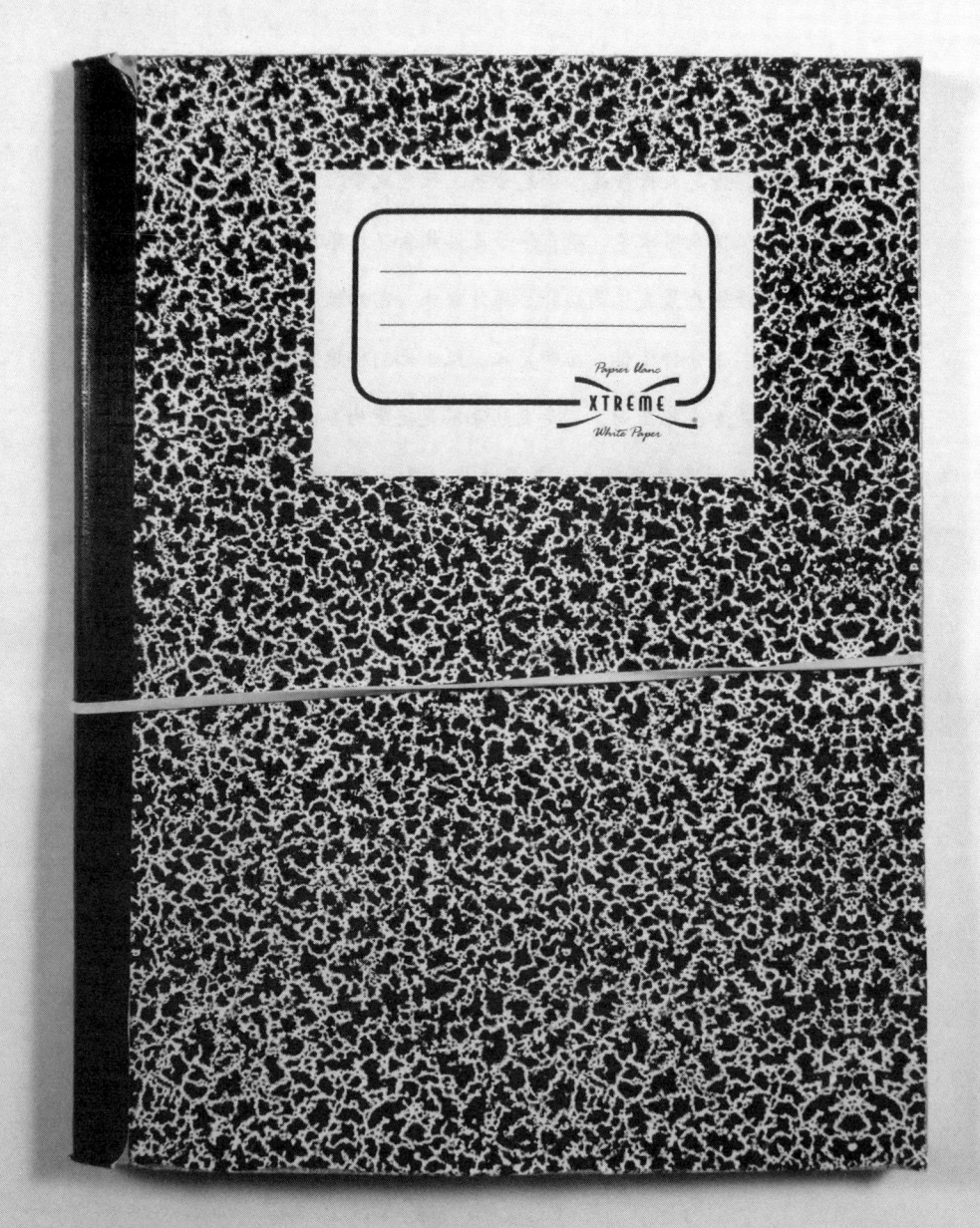

插曲・『证据』

人行道已封闭，请走另一侧。优盾肉类供应商。禁止停车或停靠。禁止掉头。请勿行走。公交专用。下班。下班。行走。请走人行横道。请走雪道。红色地带。自此为盐区。此处仅供应爆米花。现在终于提供热食了！跟随这辆卡车，去体验纽约最美味的切肝。原汁原味。室外服务需要等待，每隔二十分钟提供，面带笑容。阻止他们快速完成委派任务的不是雪，不是雨，不是炎热也不是夜晚的昏暗。快捷润滑油。周到的按摩服务。复式连接。洋溢着喜悦！真是鼓舞人心啊。禁止无人陪伴的儿童。我们很高兴能为您服务……里面有更多的花。禁止不当性接触。未结算的商品请勿带进洗手间，多谢合作。每天阅读《圣经》中上帝的话语。千载难逢的机会，头奖现已累计八百万元。想知道如何预防头虱吗？请进来咨询。畸齿校正。手表店。洗衣店。上一次清洗是在晚上八点。还剩三天！最后的机会！要明智，要忏悔。时间就在眼前。目标已实现。智者依然在寻找他。山姆大叔需要你……获得现金！拿不住钱，想要运气，想要你的爱人回来，想要不再生病或者摆脱怪病？如果你需要也希望能找到一位靠谱的女性带你获得经济援助，或者是和平、爱情与成功，这里有一个女人可以马上为你做到。你不需要说，她就会都告诉你。她会在每一次交易中都收放自如。请勿行走。请站在黄线后方。请勿将垃圾丢在走廊，因为垃圾会发臭，并引来蟑螂。老鼠在寻找它们过冬的家。禁止投喂鸽子。禁止掉头（新）。禁止张贴。说真的！禁止停车。行走/请勿行走。触电危险，请勿越过轨道。除危险情况外，禁止鸣笛。请等待移动平台停止。违反此规则者将受惩罚。必须通知全部参观者。请注意，该洗手间仅供顾客与职员使用。请勿在里面做其他事情。若发现异常，我们将请当事人离场，并不允许其再使用洗手间。下班。废弃物。没有无线电。发生故障。失业。12尺6寸……我们说真的！你的狗属于你，所以从你的狗那里出来的也一样。我尖叫，你尖叫，大家一起为冰激凌尖叫。酒店先锋。圭多殡仪馆。火葬咨询。由于小火，我们将关闭。请勿行走。热——冷——干——湿——还是纯粹觉得不舒服？这是不知通往何处的门。警告：留意那些星星。

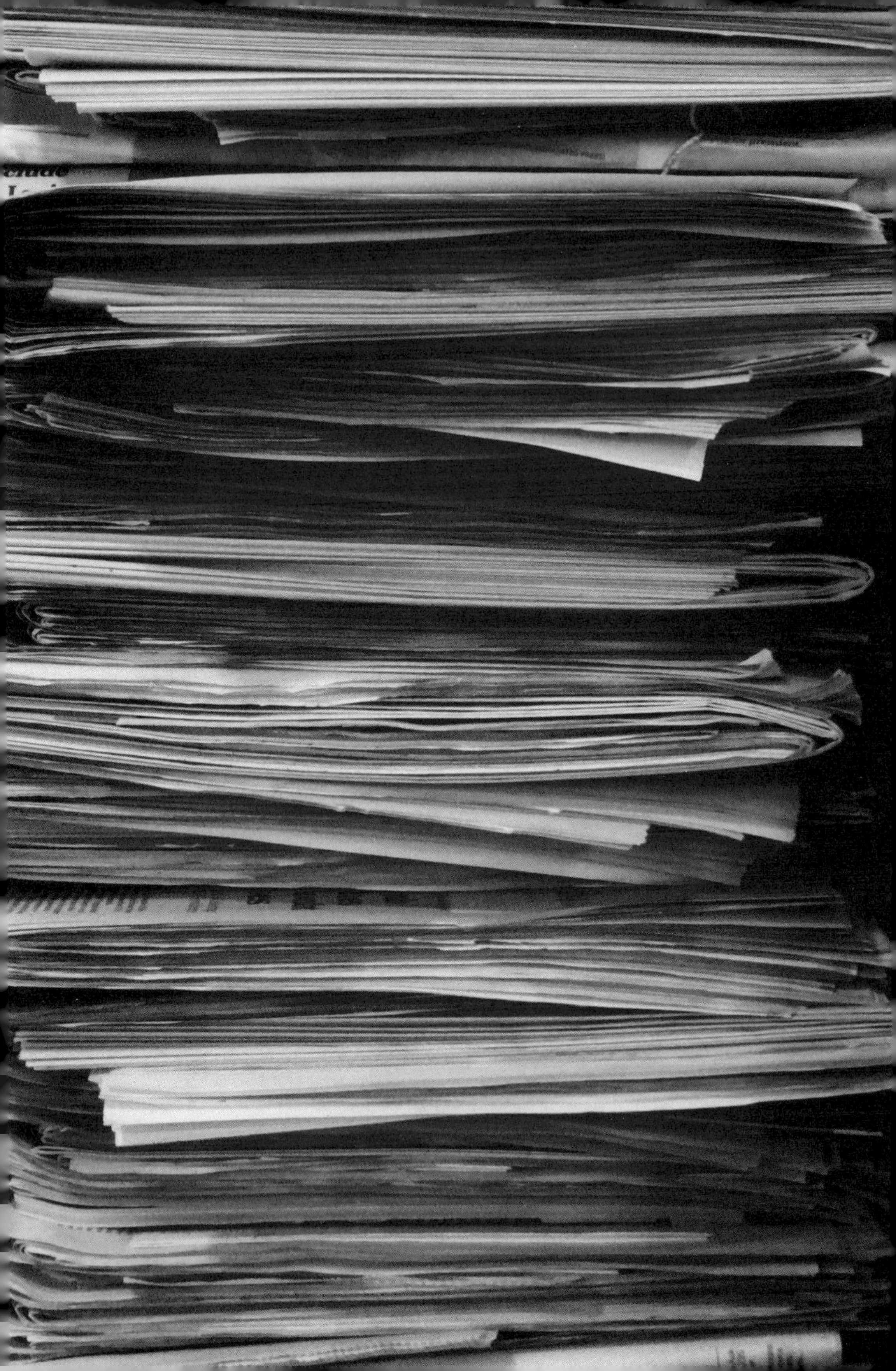

BOOK 6

三种绝望

[1960—1997]

弟子来到禅宗大师面前，问："为了寻求真理，我应当以何种心境去修行？"

大师说："心不存在，所以你无法达到任何心境。真理不存在，所以你无法为此而修行。"

"如果没有心去修行，没有真理可以去找寻，"弟子说，"那么，这些和尚为何每日聚集在你面前学习呢？"

"可我这里没有丝毫空间，"大师说，"那些和尚又怎么能聚集起来呢？我没有口舌，我怎么可能去教导他们呢？"

"哎呀，您怎么能这样说谎呢？"弟子问。

"但如果我连说话的口舌都没有，我又怎么能对你撒谎呢？"大师反问。

弟子沮丧地说："我无法理解您的话。我听不懂。"

"我也听不懂自己说的话。"大师说。

——禅宗公案

87

他们等到了校庆日才告诉威廉·汉密尔顿-斯威尼,他并没有被邀请回去读最后一年。他正坐在办公室,学校领带卷在口袋里,收拾好的书包已经放在身旁的小毛毯上。负责做决定的那位院长板着脸,显然,他在期待着威廉的反应。不回应会显得不礼貌,于是威廉尽量挤出一副严肃的表情。没有被邀请回去当然是一个委婉的说法,意思就是开除。那时他就已经都听出来了:休学,无限期休假,不合适……他的姓氏暗含慷慨解囊之意,这使得每一所新学校都生出错觉,别人纷纷失败,唯独自己会成功。然而,几个月没有入宿,和其他同学打架,还在小教堂醉酒,威廉的种种行为都使得情况发生了变化。最近,威廉擅自缺勤,令人忍无可忍。布鲁诺·奥根布里克的离别聚会当晚,他在日出前偷偷溜回校园的时候被逮了个正着。从波士顿徒步回来,跌跌撞撞地走完最后六七公里后,他已经累得无法替自己辩解,至于他为什么会抱回来一个上面印着别人名字的银色酒瓶子,那就更说不清楚了。即便是现在,他也不打算辩护什么,尽管院长已经暗示他坦白可以减轻处罚。此时此刻,爸爸的朋友亚瑟·特朗布尔正火速赶来接回威廉,但他以为这是要过暑假的缘故。威廉如果留有哪怕一点儿可回旋的余地,特朗布尔都会争取让他重新被学校接受。可事实上,威廉无意在秋天再回新英格兰。他发现自己陷入了沉思,就像是在权衡自己的选择。校队球场方向投来的光线照在餐具柜的瓶子上,缓缓地诱发出一阵烧焦橡木的气味。随后他抓起那个"证物A"的瓶子,一只手伸向正困惑的院长。"好吧,查克,不要说你没有尽最大的努力。"他已经跑到了外面的车子那边,那是一辆被雇来接他回纽约的黑色加长版豪华车。

1960年的夏天就这样开始了。里根依然在意大利无所事事。爸爸看起来几乎没有注意到威廉已经回来了。公司最近兼并了最大的竞争对手,还有许多额外工作要做,而在办公室待久了以后,他经常会去公园对面菲利希亚新的顶层公寓那儿去吃晚饭。威廉从用人的沉默中得到了肯定的答案,他觉得他父亲甚至在那边过夜,只是他没办法证实。因为第二天早晨他下楼的时候,爸爸早就已经坐在了早餐桌旁他惯常的位置。这是他们仅有的真正在一起的时间,可还是免不了受到菲利希亚的打扰。她会在早饭中途出现,不是要吃东西（她从不吃早饭），而是在爸爸埋头看《纽约时报》的时候唠叨关于婚礼的计划。威廉尝试过摆臭脸，想把她吓跑，只是菲利希亚·古尔德显然不吃这一套。

他的最后一次抵抗发生在 7 月中旬。那天里根会从意大利回来，而威廉则打定了主意至少要赶跑菲利希亚一个中午。他来吃早饭的时候穿着一套腰带没系紧的和服，还有一条亮白色的三角裤。他在桌子旁边坐下来，双腿一会儿交叉，一会儿分开，暗示性地亮出他的大腿。他想惹怒同学（娘炮？他会把他们叫作娘炮）的时候这个套路总是百试不爽。然而爸爸只是视线越过报纸上方，瞥了一眼，就像鸟类学家看一只稍稍有趣的鸟儿一样。"你需要一套体面的正装。"

威廉之前听过这话——爸爸会和他聊的大概有六件事情，正装的好处是其一——不过这个话题让他们都想起了那一套依然挂在壁橱里的黑色儿童正装，想起了那些他揣在口袋里不愿意扔掉的百合花——爸爸最终还是叫他扔掉了。很显然，威廉的第一次，也有可能是最后一次迅速发育提前了一年——因为他已经长到了一米七——爸爸一定会觉得，是时候再跟他聊聊正装了。或者他只是为了向他的未婚妻炫耀一下？"我把我裁缝的号码给你，你今天下午就可以去处理。"

"我要一套正装做什么？"威廉问道，"我不需要正装。"

爸爸意味深长地看着菲利希亚。"我们去那儿的时候还得给你弄一套晚礼服。你出席婚礼是需要一套的。"啊，就在这儿。威廉都已经读完高中二年级了，世上最漫长的订婚也要告一段落了。

"我今天下午没空。"

"我能理解。"爸爸说着，又开始像往常一样一丝不苟地把报纸重新叠好——那样看起来就好像他没有读过一样。

"你不记得吗？里根下午一点会到艾德威尔德机场。"

"是这样吗？"菲利希亚声音有点儿颤抖。"比尔，亲爱的，为什么你不跟我说呢？你下午应该请假的。我们可以一起开车去见里根——"似乎只要提到她的名字就会产生魔力，随后他姐姐的声音就从门厅传来了。威廉都还没来得及把自己的椅子推回去，爸爸就急忙地跑向了门口。

里根一直都是他的心肝宝贝，而威廉一直都怀疑菲利希亚在因此嫉妒里根。如果她能紧张地摆弄一下餐具，或者说一个不好笑的笑话来印证她的嫉妒，那么他的心里或许会稍微平衡一些，毕竟他自己已经嫉妒得不行了。然而，她只是把身体向前倾了一些，表现得无可挑剔。硬要说有什么瑕疵的话，那只有一点，他能看得见她嘴边的粉底开裂了（他清楚记得妈妈的脸：微笑从未在那儿造成过危机）。"你爸刚才还想跟你说呢，威廉，我们终于定好了日子。就在明年6月，正好在你毕业之后。"就是这件事，他想说，他不打算毕业了。但是，无论他咕哝什么，都会很快被忽略，因为爸爸已经把里根领进来了。

她透过墨镜紧张地扫视了一下四周。"飞机提前到了，我坐出租车回来的。"

乍看起来她比威廉印象中的样子更瘦更慵懒，像一个泄了气的气球，尽管这可能是那件羊毛衫的缘故。不过，当他拥抱她的时候，从她身上闻到一股清新的气味——浴盐、芳香的白花以及另外一种他无法判断的气味。他把头靠在她肩上头发微湿的地方，这时爸爸拿来了相机。"摘下你的墨镜吧，宝贝，这样我们才能看到你的眼睛。"她双眼充血，可这不就是人们称之为红眼的原因吗？

她叫住管家，没让他把她的行李提到楼上，然后从里面拿出了礼物。给爸爸的是一个公文包，以他的审美来看稍微偏时尚，不过皮革用料非常柔软。当这个礼物递过桌子的时候，菲利希亚发出了惊叹。给威廉的是一把西班牙产的吉他，还有一本有关米开朗琪罗的厚重的精装书。他感到失望的是插图并非彩色（还发现价格标签居然用美元显示），不过，他会一直把书放在大腿上直到吃完早饭，菲利希亚肯定会提醒他不要把咖啡洒在上面。终于，轮到她了。

"这是给我的？你不必这么做。"菲利希亚一边说着，一边迫不及待地拿起了桌子上的一个小包裹。她是唯一一个好好把缎带解开，然后用手指伸到底下以免把包装撕破的。窄窄的盒子里是一根管子，侧边写着"意大利"。"这是一支钢笔。"她说道。换句话说，这是她想破了脑袋才想到的最寒酸的礼物。

"这是免税的。"里根说。威廉暗暗地欢呼：还有机会！随后，他的姐姐找个理由走开了：还有很多行李要整理。

在那个周末里根还为这次反抗助了一把力，她告诉爸爸说她不会跟他去布洛克岛。父亲原本计划着，8月在那儿与古尔德一家修补关系。"可是我们还能在什么时候见到你呢,宝贝?"他说,"你几乎不回来,劳动节之后你又要回学校了。"

"我已经写信跟你说过这个了。"

"有说过这个事吗?"

"我没有提起过吗?我申请的实习从星期一开始。就在东村的一个小戏院。"

在大厅一直照镜子补唇妆的菲利希亚这时转过身来,问:"可是你在那边做什么呢?"

"他们叫我做什么就做什么,菲利希亚,这就叫'实习'。"她又对爸爸说,"我现在不能变卦了,他们已经给我写好了推荐信。"

爸爸反复念着这个词:"实习"。这是个很漂亮的借口:既表达了责任感,又展现出积极的抱负,算计得非常完美。你知道的,我们已经给你预订了首次载人航天飞船的座位,不过,如果你要实习的话……

另外,这会让威廉的计划全部泡汤。埃默里·古尔德在一个星期以前就已经驾车到那边打点避暑别墅了,现在就在那里等着呢。这意味着,除非里根重新考虑,否则,他就只能和父亲以及古尔德两姐弟去那里了。他脱口而出:"我也留下来。"

"那么你到底打算怎么过这个暑假呢?"

"我不知道,爸爸。走走路,想想问题,就像个正常人一样。"

"荒谬。我让用人们都放假了。谁来给你们做饭?谁来给你们洗衣服?"不过,里根支持威廉。

"爸爸,他已经十七岁了。他自己能洗衣服。"

"比尔,"菲利希亚一只手放在他的手臂上,"让孩子们在中央公园西那边过夜吧,这样会不会好一些。就当作是一种试验吧,明年我们都要住在一起了。反正新屋子太大,也不好整个月搁着不打理。"

里根一脸怀疑,问:"还有其他人会去那里吗?"

"只有我的女仆,丽萨维塔。我敢说她作为厨师跟你们的唐妮一样好。"

爸爸最终还是妥协了,他早知道会这样,不过还是做了最后一次尝试。要是你不知道实情的话,你可能会以为他是想要自己的儿子陪在身边呢。"里根我是理解的,不过要是威廉坚持无所事事的话,我想他还是去海边比较好。"

"我会找点事做,"威廉说,"或许我会学着大姐,去找一份……"那叫什么来着？"实习。"

如果说搬到镇子另一边过上一个月很奇怪的话——为什么那个女仆不能干脆过来萨顿广场呢？——里根和丽萨维塔达成的协议就更奇怪了：她大部分时间都可以放假，里根会给冰箱补充库存，而且他们都不会回菲利希亚那里。于是，整个8月，汉密尔顿-斯威尼家的这两个孩子就待在公园对面那个宽敞的顶层公寓里，就像亚拉拉特山顶上的动物一样。

即便是他们有彼此，孤独感也并没有因此减弱。实际上，威廉和里根在一起的时间甚至比他和爸爸在一起的时间要少。她的实习九点整开始，等到他爬起床的时候，她早已离开；晚饭的时间她也经常不在，好像是在节食，她一定是在欧洲染上了这种奇怪的习惯，而当她回来的时候，她就会到二楼的大图书室去，或者待在旁边的客房。星期六下午是她唯一设法空下来的时间，这时爸爸打来了电话。"噢，我们很好。"她说。她帮威廉摆脱布洛克岛之行是为了他好，不是为了自己，不过现在她想自己一个人待着。

起初，威廉看肥皂剧来打发时间。他已经成了《地球照转》[a]的忠实粉丝。可是公寓面积太大了（他敢肯定，这一定是用了爸爸的钱），让他感到颓废，这可不大好。他一直都认为自己的家庭仅仅是小康水平，就和他们在萨顿广场的邻居们一样。爱财是很蠢的事，可也没有错。相比之下，楼下的住户们虽然个个都很富裕，但他们都深藏不露，仿佛他们的存在和那些真正大富大贵的人不在一个层面。他所看向的每个地方都显示出更进一步的裂痕。《指路明灯》[b]之后的新闻广播中报道了一起发生在中南半岛的动乱，戴着领带的黑人小孩在小吃店被人打昏，以及一车又一车的抗议者开向南方。他想起了被迫提前退休的唐妮，她此刻在哪儿？那个她教会他开车的街区，她还在那儿附近吗？这里铺着波斯地毯，她肯定不会在这种地方。

他开始赶在黄昏前趁着炎热去公共泳池，单纯为了感受一下和其他人的生活之间的联系——在某种程度上，这是在打破阶级的壁垒。他最喜欢第一百四十五街，那是黑人会去的地方。一开始，人们会疑惑地盯着他那软趴趴的身体和不发达的肌肉，还有那本他看似在阅读实则是为了掩饰自己紧张

[a]《地球照转》(As the World Turns)，美国电视剧，1956年推出，2010年结束。

[b]《指路明灯》(The Guiding Light carried)，美国电视剧，1937年首播，2009年停更，合计播出18262集。

的厚厚的书。不过在这里，人们的态度是彼此共存，到了第三天，威廉就已经被大家接受了。他把书靠在自己那白皙的胸脯上，在书皮的掩护之下，欣赏着几米开外那些躺在地板上的闪闪发亮的男人身体。

一天晚上，冲洗掉身上的泳池氯气之后，他去图书室找里根。那儿没有人，隔着窗户能听到南边的噪声越来越小。阳光照射进来，把妈妈的旧书封面都染红了。那些书一定是最近才被搬过来的，每一件物品有一天都会被搬过来的。图书室从来都不适合威廉。一个人终其一生或许才能读完的这些书，在这个巨大的空间却显得微不足道。而书架本身不过是匆忙建造的脆弱堡垒，难以帮助纸张抵御酸性物质的慢慢侵蚀，更难抵御巨大的红色死亡氢弹。他握住法式大门把手，推进去，走到了阳台上。在大概五米远的另一个阳台上，里根穿着背带裤坐在地板上，胸脯贴在大腿上，一只手拿着香烟。她令他想起了那本关于米开朗琪罗的书上的圣母怜子像——那尊损毁的雕像，不知为什么，这使他看起来像个笨蛋。更糟糕的是：他不知道原因。

"嘿。"

"嘿。"她变得如此随便，让他有点儿厌烦。

"那香烟是大陆货[c]吗？"

她张开嘴吐出一团烟雾，又很快地吸进了鼻孔里。"你不能吸烟，别想了。"

[c] 原文为"a Continental thing"，是指产自欧洲大陆的商品。

"你明知道我已经吸烟好几年了。"他说，"我要过去。"

他们并排坐在她的阳台上，却都不说话，只有下面车来车往的声音。他想向她保证，无论什么事情困扰着她，她都可以对他说，但是他突然又觉得这是不可能的。他能做的就只有抱着她。他又闻到了她头发上的气味，可还是分辨不出来那到底是什么。他意识到，那一定是某种新的洗发露，意大利产的。

"嘿。我可以问你一些事情吗？那天你从机场回来的时候，你的头发还是湿湿的。你到这儿之前怎么会有时间洗头呢？"

"我看起来像是有心情说话吗？"她一定意识到自己的语气太严厉，因为没过一分钟，她就给他吸了一口烟，当作是道歉。

可是当他接过香烟时，他明白他们之间的了解并不会在这个暑假期间加深了。她会回到波基普西市，而他则会去找阿尔蒂叔叔，请他争取到另一所学校去念书。总之，没有其他人可以依靠了。如果说他有什么成长的话，任何意义上的成长，那大概就是他必须靠自己了。

夜里，在里根上床睡觉以后，他可以很轻松地溜出去：直接穿过大厅，那个看门人从来都不会说什么。威廉自从十五岁起就时不时地去酒吧，不过都是鼓起勇气才去的。现在他的心头却压抑着怒气。他曾经很喜欢去学生小酒吧和爵士夜总会，或者很有名的雪松酒馆，希望能看到德·库宁[d]一眼。他开始查阅自己多年来有意无意编写的高档酒吧的地图册。他自那时起就知道了自己的性取向——几乎没有对此遮遮掩掩，有时甚至很得意，当有人想要指责他的时候，他就拿这个来做挡箭牌。不过这个说法在很长时间内都停留在理论阶段，直到在读上一所学校之前的学校里，他遇到了一位帅气的前辈，理论才得到事实的印证。对方来自康涅狄格州韦斯特波特，那算是他第一次真实的邂逅。但是当时威廉的名声已经很臭了，所以以后来那个男孩回避了他。威廉不是很确定，不过他想自己被开除的原因，或许就是那个男孩父母的投诉。无论如何，他已经忍受了好几个月没有性爱的生活。现在他准备好了更进一步。

[d] 威廉·德·库宁，荷兰籍美国画家，抽象表现主义和新行动画派的代表人物。1927年来到纽约，与马克·罗斯科、弗朗兹·克兰等艺术家结识，并时常在雪松酒馆相聚。

勾搭的艺术往往在于眼睛，通常只需要瞥一眼。你会感觉到有人在看着你，而在你看回去的一瞬间，他又会把视线移开……然后当他感觉到你还看着他时，他看回来，于是你看着自己点的曼哈顿鸡尾酒，因为你突然想到，自己不知道从哪儿知道的，听说大人们就是喝这个的。然后，目标锁定。威廉感觉到自己的腿在桌子底下发抖。后来，他和他的对象到了外面，在开着引擎的车子里约会。如果他急于把实话说出来的话，就有把事情搞砸的危险。不过他的对象大多都太过有礼貌了。他会在西侧高速公路下面离开，看着对面空旷的哈德孙河。在他来到这儿的那一刻，他会感到一阵异常的孤寂，仿佛他的生活要融进某个更大更明亮的环境之中。随后，他感觉到了空气的湿冷，也感受到比以往更甚的孤独。

当酒吧不再让他感到刺激，他就慢慢转移到公园，在他最喜爱的街灯下等待。随后，在树下的一片漆黑之中，他接触到了更多的人。公园里有年轻人，也有老人，有黑人，也有白人，他发现自己特别渴望这些人。或许这就是他想要的。他遇到的最糟糕的结果也不过是受点皮外伤，这似乎是一个奇迹。1960年9月,当他来到人生中最后一所新学校时,他已具备了更丰富的经验,更加懂得如何从他人身上得到自己想要的东西,这是哪怕做十几份实习工作都学不来的。

再一次离开纽约的坏处,就是他不能再妨碍婚礼了。他确实已经毕业了,就在婚礼计划被提出一年后,在次年暑假刚一开始的时候,他就去了那个消瘦的犹太裁缝的试衣间。爸爸坚持过要亲自带他过来,仿佛这是某种成人礼:给又一位汉密尔顿-斯威尼装备护甲,踏入中上流社会的战场。在更衣室,威廉能够听到他的声音从销售区传来。"莫里茨先生,除了男式礼服以外,我们还需要几套正装。威廉要去耶鲁大学面试。"这太荒谬了,他也姓汉密尔顿-斯威尼。不过即便莫里茨先生注意到了,也没有挑明。他的商铺有一种俱乐部的排外氛围,幽雅却老旧,仿佛自从波吉亚家族那时起,就没有女性来过这里。在前门外,不合时宜的一阵热风把雪茄烟和皮革的气味吹了回来。"那件晚礼服星期五要用,如果你能做出来的话。他已经同意了当我的伴郎。"

镜中的威廉已经把衣服脱掉了,只剩四角裤和袖子褪了色的汗衫。他昨天晚上在公园旁边的灌木丛里就一直穿着这件汗衫,上面还沾着几片碎叶。他的腿上有一些树枝的划痕。他试着回想,自从自己的腿毛长出来以后,爸爸这些年是否看过这双腿——他想知道父亲是否还认得出自己儿子的这个身体,要是他知道了其他男人在漆黑的公园里对这个身体做过什么,他又会怎么想。

"你在里面准备好了没,威廉?"

他把礼服裤子和衬衫穿上,遮挡住这具令人不悦的躯体。他的父亲似乎没有觉察到房间的宽敞,当威廉摇摇摆摆地走到销售区的时候,他满意地点了点头。当莫里茨先生把卷尺伸到他裤裆时,威廉差点儿打了他那颤抖的手。外面路过了一些企业巨头,他们对于节日的气氛无动于衷。"我的助手会亲手给你送过去,"裁缝一边说着,一边把卷尺随意地收起来,"女孩们无法抗拒穿着晚礼服的小伙。"

"我一直就这么跟他说。"爸爸说,威廉默默在心里许了一个强烈的愿望,希望婚礼当天的气温比今天更热。

正如裁缝承诺的,礼服在星期五送过来了。他本来觉得这套衣服和他在店里穿的那套松松垮垮的劣质货没什么不同，可是当他穿上去之后，确实很合身。他调整了一下灰色的背心，照了照壁橱门上的镜子。他看起来很精神——倒不如说是性感。这是个好的开始，他在4月的时候见过里根的未婚夫，他今天晚上会来彩排晚宴。尽管威廉并没有打算去勾引他（似乎是因为订婚，里根才从暑假的消沉中恢复过来），但是基斯·兰普莱特差不多是他见过的最帅的男人了。一个欣赏的眼神就够了，而这只是他的一项小计划，以此分散对这场灾难性婚礼的注意力。

他转过身，检查背后的效果，这时他听见了一阵抽泣声从壁橱传来。他走过去察看，挂起的衣服后面有一个狭小的空间，他和里根小时候曾在里面玩耍。最近，这里已经成了方便他存放酒精的地方。他在那儿找到了里根，她的姿势跟去年暑假在那个阳台上的一样：抱成一团，额头贴着膝盖。他爬到她身边。她是喘不过气来吗？当他碰到她的手时，她把手收了回去，腿夹得更紧了。她似乎想把自己展开的身体都缩起来，一动不动，变成一颗白色的鸡蛋。他问她想不想喝点什么。唯一的回应只有屋子里某处客人的笑声。"因为我确实要喝。"他翻找行李箱，找到了那个银色的小酒瓶，那是他从布鲁诺的聚会上偷来的，作为一个纪念品。波旁威士忌酒非常浓烈，他打开瓶塞，递给了里根。至少这股气味或许能把她拉回来。"在我看来，想要搞砸这场婚礼早就为时已晚了。"

她转过脸，似乎害怕他会看见。"去你的。"

怎么说呢，这是头一次。并不是说他从来没有对她这么说过，事实上他说过几十遍了。"我知道你实际上想说，你崇拜我，里根，所以我可以忘掉你刚才说的。不过你要不要告诉我到底发生了什么事，还是说你单纯地想拿我来出气？"

"我该怎么跟你说？"她说道，大概是自言自语，"我甚至没有跟基斯说。"

"没有跟基斯说什么？"

她把脸转回来，在微暗的壁橱中仔细地看着他。她的脸颊上有点儿红斑，不过出人意料地干燥。"你得保证不说出去。保证。"然后，他们挤在那些悬挂着的衣服下面，她把自己没有去意大利的事情说了出来。

"我就知道！"他说，"难怪你不让我借车子。"

"不，听着，求你了。这是因为大三开始的时候发生了一件事情。和一个男孩发生了一场误会。我……怀孕了——"

"——天哪。怎么回事?"

"于是,我不得不出走去处理这件事情。"

"你有了宝宝吗?"这太奇怪了,"在哪儿?"

"威廉,拜托,没有宝宝。"

他靠回墙上。现在她说,那个该负责任的男孩在婚宴上出现了,占着客房。那个人就是爸爸吞并的公司的唯一继承人。他去过布洛克岛好几次,就在并购之前的那个夏天。后来呢,他就加入了董事会。

"那个家伙?他可是臭名昭著的,里根。我在埃克塞特念书的时候,也可能是在乔特,他比我高几个年级。我希望你和他上床之前能够先和我说一声。"

最后,她接过了酒瓶子。"我刚才发现他就在楼下和埃默里·古尔德聊工作。我不能让他看见我在这儿,威廉。"

"为什么?那个家伙不愿意给钱吗?还是说在那以后他对你来说就是个浑蛋?"威廉想了一下身边有什么武器:牛扒刀、镇纸,还有挂在饭厅墙上的他曾祖父以前狩猎用的装备,"我发誓,如果他敢做出什么不好的事……"

"威廉,当时他早早地走了,我甚至没有来月经——"

"噢,里根,说人话。"

"我的意思是,他什么都不知道。而现在,基斯要向我求婚了,你得帮我保守秘密。"她沉默了好久,"不过我担心还有一个人知道这件事情,那就是撮合我们的那个人。"

他一下子就明白了:"是埃默里吧。这个该死的浑蛋。等等,他知道多少?"

"这很难说。自从我回来之后,我想了很多。他看着我的那个样子,要是他发现我怀孕了怎么办?"她又停了一下,"他不会告诉别人吧,是不是?他应该不会利用这件事情吧?你觉得呢?"

"我绝对肯定不想让他接近我的秘密。问一下你自己,他是如何通过并购的,更不必说爸爸和菲利希亚的婚事了,或者他对你男朋友说的关于事业的许诺也是一派胡言。那个男人完全就是在操控别人。"里根看上去像是想到了一些新的问题,令她不安的问题。不过他已经被激发起了一股正义感,无法停下来仔细考虑。"为什么像埃默里这样的人不利用秘密,却要保守秘密呢?他现在就可以向那个家伙出卖你,这样他们就可以在董事会占两席了。想想他们把持了爸爸的什么东西吧。唯一确定能避免这个秘密早晚被利用的办法，就是你先说出来。"

"威廉，不要！基斯会怎么想我啊？"她把双手抽出来，抚平自己的裙子，"给我几分钟缓缓。"

不过，他们是姐弟——他们实际上已经站在了同一战线上——所以他的职责就是再一次保护她。"如果你没在打算做点什么的话，你是不可能跟我说这一切的。"

"你保证过的。"她提醒他。

"可是你真的想一辈子隐瞒真相吗？"

"我不知道我还想怎么样。"她说。

"你不想告诉基斯，我能理解，但是如果你认为埃默里已经发现了，那么你就应当告诉爸爸。里根，看着我。你可以相信他的，他是我们的父亲。我们应该去找他。"

"我想你是对的。"她用手掌根擦了擦脸颊，"好的，好的，你说得对。"

这个星期早些时候，天气一直热得令人窒息，今天却是出奇地好，从里根的敞篷车顶看上去，天高气爽，阳光明媚。还有一件事情与这份炎热不相干，那就是他们心底的小秘密。威廉感到非常狂躁，几乎无法想象的那种。现在还不算太晚，事情仍然可以改变。在汉密尔顿-斯威尼大楼的四十层，他们飞快地跑过秘书处，发现只有爸爸一个人在办公室，仿佛这是另外一个日子，而非他再婚的前一天。他一见到他们，就摘下了正在使用的氧气面罩。"这真是个惊喜。"

"你得取消这场婚礼。"

"威廉——"里根说。她没有料到他会单刀直入。或许他自己也没料到，完全没料到。但不要紧，他把话都说出来了，他们确信埃默里在守着一个具有危害性的秘密，一个潜在的丑闻……只是威廉还没有达到预期的效果，因为他说不出这个秘密是什么——他能说吗？——现在对此保持沉默的是他姐姐。再说了，她为什么一开始不把事情告诉那个把她肚子搞大的人呢？一个电话就能说清楚的事。寄宿学校那儿经常发生这样的事情，人们总是被迫悄悄地离开。在解释这件事情上面，她真的完全没帮上忙。"来吧，把你跟我说的都告诉他，里根。讲讲埃默里在董事会的小替补，讲讲怀孕的事。"

当他转过身时，发现她的脸涨得比以往都红——尽管如此，或者说正因如此，他才不断地回想起，他们在衣帽间里聊的关于她爱人的事。要回想起来很困难，他当时大概是喝醉了，不是有一个来自南塔科特岛的女孩吗，她的家人已经收到钱了，在他做了那件事之后……噢。

噢，里根。

有没有可能里根隐瞒的伤害其实更深呢？可能会被埃默里利用。

那么，现在该做的是进一步，还是退一步呢？

"爸爸，你现在得听我说说。埃默里把你的女儿介绍给别人——"

"你已经说得够多了，威廉。"他说。

"怀孕的事，我很抱歉，你们都不得不让它过去。可是埃默里，那个可恶的人——"

随后，爸爸的语气稍稍变得没那么尖锐了："看来你姐姐和我要好好谈一谈。"威廉试着向里根求助，可是当她看着他的时候，他发现自己没办法注视着她，"一对一谈。"他说。接下来，威廉只能在外面的等候区待着。

这之后的半个小时是他人生中最漫长的。五分钟之前他闯过了秘书的阻拦，现在他只好坐在那儿忍受秘书恨恨的目光。他尝试着偷听门里面的讲话，但是只能听见一台录音机在小声地播放，以及打字机快速敲打的声音，就像是一群水虎鱼在啃食一头奶牛。远处的墙上是另一幅罗斯科油画：大片的色彩，有铁锈一般的棕色，有动脉血液一般的红色，还有拐杖糖上面的那种白色。与它相伴的那幅，蓝色中的蓝色，从圣诞节假期开始，就挂在菲利希亚的顶层公寓墙上，因为萨顿广场的东西不断搬了过来。直到他们踏出电梯的时候，威廉才明白过来。天哪，他不能什么都不说啊。有什么问题？"什么问题？里根告诉我你对艺术充满热情，于是我就想，等我们搬进来的时候，得弄点什么让这里更有家的感觉。我也给办公室弄了一幅。你看怎么样？我自己是不会买这么蠢的东西的。"威廉想说他很讨厌这个，但他说不出来，就像他没法说自己想要食言，说自己很软弱，说自己从来不想当爸爸的伴郎一样。这些都是次要的，他提醒自己，最重要的是她正在里面说的事情。在他的注视下，颜料似乎在震动，红色渗到了边缘，如同喷泉一般倾泻在自己的红色之上。随后门打开了，里根小心翼翼地朝着爸爸那边的桌子往回走。威廉仿佛又回到了四岁的时候，他因为打破了花瓶或者镜子而被叫到家长面前接受惩罚。

"儿子，"爸爸脸上没有了以往的气色，声音发颤，"我知道你反对这次婚礼。我已经尝试过很多办法和你沟通，我也知道我失败了。可是利用你姐姐的不幸来试图诋毁菲利希亚的弟弟，这是不对的。"其他的话——他母亲会感到羞愧——他没有说出口，一直以来都是这样的。很多事情威廉都不记得了，比如为什么他会想要这样。

站在窗户旁的里根无法转过身去看着他。现在她变成了胆小的那个，还隐瞒着某件事情……他知道的。他最清楚不过了。"我猜她至少已经告诉你怀孕一事的结局了。还有啊爸爸，古尔德一家自始至终肯定都知道她有多么不安，并且不让你知道，就为了并购顺利进行——"

里根插话："威廉，我从来没有说过菲利希亚——"

"这些细节重要吗？我想要告诉你的是，你的女儿害怕他们，可你却还是装作听不见。如果你允许的话，她会听你的，这是我们汉密尔顿-斯威尼家族一贯的风格。"

"这是我和里根之间的事。"他父亲对他说。

"可是我曾经相信你。我以为你会知道怎么让事情回到正轨。"

"你显然喝多了，威廉，而且你也没资格对我的事指指点点，而我也已经放弃去说服你了。今晚你清醒了的话，可以规规矩矩地来吃晚饭，不然就别来了。你自己选。"

"里根？"如果她真的隐瞒着什么事情，现在还有一次机会敞开心扉，和家人站在一起，也借此拯救他们。可是爸爸说里根稍晚一点会坐车回去。他们还没谈完。

事情就这样了。等到威廉在彩排晚宴上再次见到她的时候，对手公司的那位继承人已经被迫离开了董事会，而里根则被请求代替他的位置，传言大概是这么说的。他们在中央公园租了一家餐厅，威廉在那里出现了，规规矩矩的，不过酒还没醒，他的兜里还揣着酒瓶子呢。彩排晚宴难道不是仅限家人出席吗？可他感觉半个纽约的人都来了，他们一个个从车子的后座走出来，堵在了门口，仿佛这儿成了菲利希亚的一个海滩疗养处。他试着找到埃默里·古尔德或者那个被他包庇的人，可是找不着，还是找不着。他不知道还能对那两个人做什么。他把酒喝完之后就坐在吧台旁，不断地灌醉自己，直到能确定他们对姐姐做了坏事为止。又或者不是坏事，因为里根已经接受了补偿,或许她已经成了他们的一员了。

晚宴开始的时候,他感觉自己置身于西伯利亚。他在派对中的位置一定是被剥夺了。他的姐姐在主桌那边,就是不向他这边看。她那又蠢又迷人的男朋友一直在搓着她的手。不过威廉并不打算过去道歉。如果说有谁被背叛了,那么现在看来那个人似乎就是他自己。

上甜品的时候,他感觉自己好像浸泡在葡萄酒里,困在了变红的气泡中。至少他已经决定该做什么。声音充斥四周,可他什么东西都触碰不到,也没有什么东西能接触到他,除了他用叉子敲击自己玻璃杯的声音。他又敲了起来,急促而持续,像钱币掉落的声音。直到整个房间变得安静下来,爸爸看了过来,而里根没有。主桌旁边安放了一个麦克风,原本他是要到那边致祝酒词的,不过威廉的声音也够大了。

"按照惯例,在这种场合是要向新郎说几句话的,"他这么说着,被自己的口才打动了,"不过时机一到,我就有点儿不知所措了。伴郎致辞这个环节很不自然。我的意思是,儿子怎么能够谈论父亲呢?"有一阵紧张的笑声,他想试着找到是从哪儿来的,可它消失了,"这个老头子,这位家长,没了他你就成不了事。"困惑的基斯注意到了威廉。他身边的里根正在盯着自己的手。他试着把注意力放在自己的玻璃杯上,杯子折射出吧台外出口标志的红光。"你以为这是一个比喻,可是你如果曾经在我妈妈去世现场的话,你就不会这么想了。"他的手臂微微向上举,开始感到灼痛。"那时你看见过我们,你本来以为这会毁了我们。或者至少我们的理智和自尊会要求自己不要试图解决她留下的问题。不过对于我的爸爸来说,万事皆有可能。作为父亲就应当向他儿子展示做一个男子汉的意义,爸爸,不管我们之间有什么分歧,你无疑已经做到了这一点。"威廉笑了起来,发出了咝咝的响声,使他回想起在村子里的某些晚上。"我想那就是我似乎厌恶长大成人的原因吧,因为我确信你们所有人私底下都笑过了。我只是想告诫各位,表象并非一切。我不只是你们所想的那样,好吗?而我爸的工作和公司也有更深层次的东西,对于菲利希亚和埃默里·古尔德也一样。我想,对于我或者任何人来说,最真实的事情,就是你们各位都值得相互重视。所以说,女士们先生们,不要让任何人拆散古尔德一家构建起来的东西。不要再害羞了,干杯。"说完,这位威廉三世,也就是汉密尔顿-斯威尼家的小儿子,把酒杯举到嘴边,他心里知道一旦喝完这杯酒,他就会逃出门,不管外面等候他的是什么。

88

1971年春天，一个明媚的星期四早上，妈妈和那位瑜伽教练在一起，萨姆则和爸爸以及修女们待在皇后区，准备这个星期的测试，虽然这个时间安排并非事先计算好的。不管怎样，几乎没有什么书面留言。她放在厨房水槽旁的便条就只有两行字。当萨姆问上面写着什么的时候，爸爸说，这只能说明她没有被绑架。后来，检查过衣柜，她发现妈妈甚至连衣服都没有换。爸爸似乎把这当作是妈妈会回来的证据。可是细心的萨姆却有着另一种理解。妈妈显然是希望尽可能地减少对长岛的依赖，摆脱她人生弯路的束缚。那年8月，从爱达荷州寄来了一封确认函。妈妈用圆体字在信封上写了萨姆的名字，这样爸爸就不知道是谁寄过来的。这封信出奇地长，不过大意都在第一页。她说，她知道自己所造成的痛苦，所以迟迟无法下笔，可是后来她看到《生活》杂志上报道了独立纪念日，那些欢乐的人看着爸爸在布鲁克林大桥上的杰作目瞪口呆。她觉得她有必要向萨姆解释，每一个人都应得到幸福——并不只有那些你不够了解而忽略的人。最细微的线索：无法告诉你该做什么……并不是说你不能跟我来……还有什么？在地里挖土豆？把她的名字改为萨弗珑？在一个小群体中间发生的事情没有秘密，甚至订阅《生活》杂志的事情也是如此。萨姆一直都没搞清楚信中第二到第五页说的是什么，因为在爸爸回到家之前，她就把一整封信给烧了。她从工具房拿来钳子，夹着信封在一个浅口金属碗上翻转，直到上下左右都烧透了，这样一来，她就不会再想伸手把信救回来了。

要从心里彻底忘记母亲并非易事，不过萨姆最终找到了合适的方法。妈妈已经做出了她的选择，去追求无意义的理想，祝她好运吧。二百周年纪念的时候，萨姆确实感觉到，她几乎没有想起过妈妈了。

不过在那一年的年末，她几乎也没有想起其他事情。说得好像真有其他事情的样子，似乎自己本身不会堕落这个前提已经不复存在。她在岛上的生活，在城里的生活：现在全都结合起来了，她的一切见闻和感受随时都可能勾起回忆。

最容易令她勾起回忆的是爸爸。说来也奇怪，因为他很少会在她身边。威利点发生非法闯入的第二天，他直到晚上九点才回到家。之后，她被迫一边吃着凉掉的外卖，一边听他继续抱怨黑色火药被盗，以及幽灵一般的骑警奔向法拉盛[a]的事情。他说服自己这起盗窃就跟11月的那次一样，属于商业刺探的行为，坚决不和警察交谈。"他们给那些狗喂的镇静剂差点害死他们其中的一个人，小萨。"他说道，"不过我跟你说，我还有几个对付他们的招数。"她差点就脱口而出，说出她自己就是他们的一员。他不可能会想到这一点。现在她正变得像妈妈一样。过去她不明白一个如此多愁善感的人怎么会离开爸爸，可现实是，真正无条件的爱会令人窒息，因为它会使人忽视真正的你。

[a] Flushing，美国纽约皇后区内的一个区域。

后来有一天，在早上，当他出去的时候，她再次回归自我。差不多是回到十二三岁的状态，她试着去弄明白怎么样才能把生活拼合在一起。她取出了她的打字机、剪刀和胶水罐，以及要做成《千舞之地》第四期的几部分材料。可是当她取下那张秋天拍的照片，准备进行编辑的时候，那几十张她用绳子固定在墙上的照片同样勾起了她的回忆。它们以某种方式纠缠在一起，让她想起十四岁的时候她在院子里埋下的一沓全家福，因为有一些东西——应该说大部分东西——她舍不得烧掉。她不记得曾仔细研究这些照片，可它们到底是怎么样在她的内心留下痕迹的呢？她妈妈在沙滩上穿着卡其裤，黄昏下，举着一根棉花糖在一边在为爸爸说的话而笑——这有可能吗？还有穿着套装，在皇后街一个打开的消防栓旁的照片，在她身后的水坑里戏耍的小孩就是自己，那时候的她跟现在长大成人的自己比起来一点儿也不老。

然后是花山镇的照片：热情洋溢的她一定是这些街道上面最亮丽的风景。萨姆不知道这种特质是否可以遗传，不知道镇上人们对待她的奇怪方式是否导致了她的不良行为，比如她另类的发型以及文身。她在下午三点左右会出去买更多的香烟，隔壁女人们都会在她经过的时候拉上百叶窗。在其他时候，她们会装作完全没看见你。那个秋天有一次，她看见维斯贝格尔的家庭旅行车路过，驾车的是那个和她通过电话的女人。维斯贝格尔夫人没有扭过头来看她，不过她不可能知道这是不是故意的。萨姆想，如果她当初和查理相爱，而不是把他当作弟弟来疼爱的话，事情可能就会更加简单。或许她妈妈也是从这个角度看待自己的：一个身陷希腊神话中的地狱里的角色。对于你所遇见的每一个男孩（查理、基斯、索尔、布拉德·沙宾斯基）都拥有一种能力，而当你运用这种能力的时候，就会让他们从眼前消失。

然后说一说尼基·查奥斯。墙壁上刷着"响亮迅速的规则"和"去死吧，嬉皮士人渣"，上面是第一条朋克禁令"不要出卖你的朋友"。尼基正指望着她想起这一点呢，她自己也知道。最近那失窃的火药可能只是他在考验她是否忠诚。可是，忠诚就和自由、公正、美这些理论价值一样，总是和实践相矛盾的。她是个朋克青年，可她也是西齐亚罗家的人，不同点在于后人文主义者比爸爸更加警惕。就她所知，索尔的厢式车又开离了商铺，停在了外面的死胡同中，隔着窗帘监视着她的房间。如果她在他们身后感到犹豫，不得不做出选择的话，她绝对不能让她的朋友们发现。

星期六那天过了圣诞节。星期二，她打电话到法伦斯泰尔。尼基一直都不接电话，仿佛有人会偷听一样。现在她终于能听见他生硬地说话了。"我以为你会很快联系我。"

你为什么真的要这么做呢？她想问，为什么还要冒险再偷窃，犯下重罪呢？就因为感恩节的时候只带回来三克，你就这样恨我吗？"嗯，我没有，"她用同样谨慎的语气说，"我只是家里有些烦心事要处理而已。"

"我能想象。不过这并不会改变任何事情，对吧？"

"别傻了。事实上，我明天很可能会顺便去一趟。我想上次我们在一起的时候，我把照相机落在地下室了。"注意了，窃听的人：这是幽会的暗语，"总之，不知怎的，它不在我的包里。如果我还要在新年的时候拍摄'追忆往昔'乐队的话，那我就得用到它。"

"现在已经搞砸了，比利不愿意合作。不过就由你来拍吧。等时机成熟，你也来拍我们的'恶魔弟弟'吧。"她不明白这个暗语是什么意思，"应该会很壮观。同时，如果你想要多出去逛逛的话，我们会留在这里。"

最近，她想起他那如宝石般闪烁的眼睛，好像药物已经把它们侵蚀得只剩下瞳孔了。在某种意义上，尼基希望造成多大的伤害是一个学术问题。现在有这么多炸药放在后面的小屋子里，你得非常专业才能避免有人出意外。再者，看看他都对她做了些什么。"说真的，不要见外，萨曼莎。"

"我不会的。"她保证，然后挂断电话。不过她对他有多坦诚，取决于他以往对她坦诚的程度。他所说的一切都是谎言，还是半真半假呢？证据如今都湮没在了她的相机里，就和妈妈的离开一样，可能已经被看过几遍了。

当然了，尼基并非坏人。他的成长遭受过痛苦，也是她遇见的人里头第一个理解《黄铜战略》是如何改变了她的生活的（他说，里头的歌词对他自己的思想影响很大）。不过现在，当她转向这张唱片去寻找想法、寻找希望的时候，它似乎受到了这份联想的感染。在比利·斯里-斯迪克斯的狂怒与虚张声势背后，她能听到的，是他从声音中透露出来的想要逃离的绝望。

她仍然拥有的是——从不会让人失望的东西，查理曾经这么说——是帕蒂。至于《群马》，即便在其最黑暗的部分，也不是关于逃离的，或者说不只是关于逃离的。没错，人生充满了痛苦，正如此刻帕蒂·史密斯在播放器唱的那样。而且人生满是坎坎坷坷：看着她的绒毛地毯上杂乱的小碎屑，她完全同意这一点。不过也有令人振奋的部分，宗教的部分，就像是错位的圣女贞德。又或者像这样的歌词：天使俯视他说，噢，可爱的男孩，难道你就不能乖乖放弃吗？

现场拍摄前两天，萨曼莎梦到了帕蒂·史密斯。她置身于一个漆黑的房间里，看不见也摸不着墙壁——她无法移动——可是感觉房间很小。她感觉到附近有一扇窗户，远处有山与海的景色，以及在独木舟中划桨、做着自己的事情的渺小的人，要是她能够看到就好了。随后，帕蒂出现在她上方，告诉她时机即将到来，到时候她不得不做出选择。

"选择什么？"萨姆问道。

"为拯救他们而选择，"帕蒂解释说——她指的是窗外的那些不停划桨的人，"或者为了你自己。"换言之，萨姆可以选择进入黑暗或者外面的景色中去，不过，这一刻即将来临，你将不能再徘徊其中。

萨姆觉得这非常虚假，更别说是随意了。再说了，"徘徊是什么意思？或者说，为什么要拯救？"

"问得好！"帕蒂不得不承认，现在她以一种像极了萨姆妈妈的声音说话。"可我们就是那样找到自我的。在不够了解的情况下，不得不做出选择。如果能给到你安慰的话，我也可以告诉你时机只存在于你的脑海里。"

"你是说要么我离开，要么他们离开吗？你回来就为了说这个吗？"

"亲爱的，我跟你说，就你自己而言，你只能够为一人求得豁免。可以这么说，到时候，你不得不选择。"

"你说的豁免是我可以让——"

"——求得。"

"——无所谓了。你是说如果我把它用在别人身上，那我就不能留下来看看会发生什么了吗？"

"如果你去了，"帕蒂说，"那么我只能告诉你，你将会和人们非常非常贴近。你想要融入生活，那么你就可以做到，只是就那么一会儿，这终究要过去的。更准确地说，时间其实不在你的脑海里——我这么说主要是因为我希望这是真的——但是这跟人生没什么两样。除了自己，除了别人，除了一切你将会坚持的东西。"

萨姆想了想。"不过，我难道不会错过吗？我的人生？"

"噢，会的。"这说得很轻，"很肯定了。"

"我不明白。为什么是我？"

"因为世事无常啊，萨曼莎。有时候，人们会深陷其中，他们要么幸运，要么不幸。所以我们称为，更准确地说是将会称为'一个条件'。你可以选择，要么这个方式，要么那个方式。不过同时，你不得不选择。"

"你曾经有过选择吗？"

"如果有的话，我就不会强大到能让你离开了。"

"可是你确实让我离开了啊。这是问题吗？等等，妈妈，你不是应该在西部某个地方的吗？"

妈妈？你需要我成为那个人吗？

萨姆要么是没听明白，要么是不大希望这样。"那么在你离开之后，你所爱的人还可以了解到你和他们有多么接近吗？"

"不，亲爱的。只有像你这么接近才能知道。这是悖论之一。"

"可是我现在就知道你在这儿啊。"

"这是梦境，萨曼莎。"

"妈妈？（帕蒂？）"

"他们只会在极少情况下才能感觉到我们，多数是在梦里。"

当萨姆醒来时，已经是星期三了，她的枕头套都湿了，又只剩她独自一人。如果爸爸回过家的话，那他就是已经回去上班了，而她的窗外又是一片灰蒙蒙的天。从这里看去，这个岛上的每一天都是这样子，暗淡而无力，就像一个正在融化的灰色的冰激凌。不过奇怪的是，拉上窗帘之后，萨姆却会感到兴奋，因为她在那里看到了以前从未见过的东西：一个暴躁的自己的灵魂,这些年来它一直在街上行走,不愿放弃,不愿公开,也不愿让步。她最接近的一刻是在圣诞节的时候,当时她漫步走进前厅,仍因为那场盗窃而烦躁。她在邮件箱里面找到了邮局退回来的杂志。也是在那天晚上,她在家里给基斯打了电话,而他却生气地把电话挂断了。不过今天她明白了,他是会去上班的,正如她父亲一样。如果她立马把电话打到公司,应该就会联系到他的:这是她人生中最接近大人的一件事情了,而这个人也是她所知的最有说服力的那个。而这一定是帕蒂或者不管是谁所指的那个"选择",因为把握住可能性的人,就能看到一切可能。基斯会为新年拒绝见她而感到非常内疚的,如果萨姆施以适当压力的话(因为他感到内疚,因为寄出了那些信,那些他懒得打开看的信)。在地下室里,她给他解释发生了什么事,最后把他和 PHP 拉在一起。而基斯,那个能把双光眼镜卖给盲人的男人,会替萨姆辩护。炸药会以匿名的方式归还到威利点,没有任何疑问,而布朗克斯的火灾也会停止。所有火灾,每一个地方都是。只差一件事,还有一种可能性,她一定想到了,因为当她拿起电话时,她没有马上打给兰普莱特资本联合公司,她拨打了另一个号码。出乎意料的是,接电话的是查理·维斯贝格尔本人而非他母亲。甚至在她开口说自己有急事要见他,需要他帮忙来拯救这座城市之前,他就给了她一个难以置信的粗鲁的问候,自从暑假以来她就没听见过的问候:"又是身处乐园的一天,请问您要找谁?"

/ — / — / — / — / — / — / — /

89

计划非常简单,尤其是喝过一两杯之后。打开冰箱,取出里面的塑料桶,然后翻过来,像对待普通的冰格一样折起它的边缘。桶里冒着雾气的冰块落在地板上破裂开来,露出里面的袋子。理查德的下一步就是坐地铁。他终于完成了自己的文章,可以把杂志交给拉里·普拉斯基了。普拉斯基不在他的办公室,平时他都在的,不过秘书说他这会儿应该在斯塔滕岛上的家里。理查德本可以把包裹丢在邮箱里的,但这些杂志似乎抓紧了他,要求被交到熟人的手里。再者,出去走动走动总会有助于排解工作完成后的忧郁。那么就稍微调整一下计划吧:他把袋子收拾好放在背包里，然后把包挂在自行车架上，或许再放上这个酒瓶吧。

理查德不顾4月底的寒流，骑着自行车，顶着冷风，去了博林格林的渡口。即便身处海港的远端，他还是没有完全准备好放弃这些杂志。有时候，工作需要你时，你却还不是那个可以胜任工作的人。而在这样的时刻，他发现最好的办法就是去一个附近的墓园，然后花一个下午在坟墓间走走。事实上，有一处墓园并不远，在离开纽约之前他经常去那儿。

这是个古老的地方，墓碑上标记的日期最早可以回溯到18世纪，四周的橡树还没有被清理出空间来建商场。在他开始来这儿的几十年以前，葬礼就已经逐渐减少了，所以这附近除了死人以外几乎没有任何人。伊芙琳·斯图尔德、爱德华·伍德米尔、海伯尼亚·奥特，这些名字安抚了他对于一无所有的恐惧。在他们之间，在冷酷的天使之间，在破土而出的野花之间，理查德再次成了大众的一员。

他在漫步的时候回想起来，自己在苏格兰的工作也是关于这个的：匿名、削减。不过上个月自从泄露事件以来，试图恢复自己的纪律就像在飓风中钉牢庇护所一样困难。烛光之夜，十点更新，疑似是连环杀手的人正逍遥法外，所有的反抗，所有的梦境，只有理查德明白真正的问题在哪里。好吧，理查德和齐格·齐格勒。他愚蠢地放弃了齐格的悲叹。但话又说回来，齐格做了什么好事呢？他对那个垂死女孩和"正义之城"的狂热言论从未形成具体要求，就好像具体要求是过去时代的遗物一样。又或者说，理查德想，我们从来没有前进过——就好像是揭开了如今的面纱，我们回到了三千年前被遗弃的封地，在那儿死者拥有的只是破烂的衣物和悲嚎。艾弗里·圣詹姆斯，皮埃尔·莫特儿。他把一只手放在了淋过雨的墓碑圆顶上。一个小时以前就开始下雨了，先是闪电，然后雨越下越大。爱妻。安息。一路荣耀。有一根被打湿的常春藤挡住了一个字，他将其拨开，接着又喝了一口威士忌。

不，他一直都有些盲目，误以为齐格很痴迷，而实际上齐格上一次是对的：谁能比理查德更痴迷呢？这会令你比其他人看得更清楚，又或者是一片糊涂。早在3月的时候，他在卸货平台那儿发现臭丫头，当时的兴奋还保留着一种感官记忆。他的感受，他看见那件运动衫在她的领口间闪现的那一刻，仿佛有什么东西即将要破裂，他是多么希望独占这一切啊，不管那是什么。他不知道是不是这一点，而非他的职业守则，导致他无法把她写进后半部分,他把这个部分叫作"烟火工"。不过这雨现在真的是开始下了,温度直线下降,他又拿起了酒瓶子。

他对于卡尔米内最感到愧疚。显然,烟火工人最后的放弃主要是和枪击案本身有关,但至少它不可能完全是巧合。有一天理查德来到你的门前台阶,作为这个伟大世界的一名使者,然后你本来有序的、安全的生活就不复存在了。父亲、丈夫。然而,理查德相信自己所追求的故事能够把内心的魔鬼清除干净。这些文字在拯救我的人生,他一直这么告诉自己,直到上一次意外转折,也就是前天的事。自那以后,一切都停止了。那些杂志不再给出答案,臭丫头消失了,卡尔米内也不接电话了。理查德永远都不可能查到是谁在新年前夜扣下了扳机,或者恶魔弟弟和任何事情有什么关系。他脑袋里剩下的只有那些变为或尚未变为艺术作品的模糊想法,对于这些是否重要的深刻怀疑,以及今天早上出发之前在沃利策点唱机上听到的最后一首歌。水渗进了他鞋子的缝隙,把他左脚的袜子打湿了。要是他不赶快找个地方躲一躲的话,全身都可能会湿透。他一边吹着口哨,一边吃力地走上坡。

墓园里的陵墓并没有传说中的那么大,像一个细长的拱门。若非这种特殊场合,你可能会说,看上去很傻。一条过道穿过中心,高度刚好能让理查德站进去。天空就像石墨一般黑,当他快要喝完威士忌的时候,雨下得更大了。在通道里的更深处,他看到了其他人在其他日子来过的痕迹。空瓶子、薯片罐,还有避孕套的外包装。他发现自己忍不住想要撒尿了。那些尸体就在墙体里面,而不是在底下;尽管如此,弄湿这块土地是对神灵的亵渎。可是他能够在大雨中坚持走到橡树那边吗?他想起了一支自己曾经非常关注的巡回演出乐队,于是捡起一个瓶子。当在瓶子里尿完以后,他把双手伸进雨中冲洗。来吧,理查德,他心想,回来吧,好伙计。

他把手放下来以后才看见那个朋克青年。那个人就站在墓碑中间,与他相隔一百多米。这个孩子肌肉发达,身上有文身,还戴着一副托洛茨基式小眼镜。他的穿着也很随便,平头被打湿了,不过他似乎并不在意,也不想弄干头发,也不在意被别人盯着。理查德没有认出他是谁,不过他却认出了理查德。他的目光非常直率,给人一种不祥的预感。(这是不是理查德不希望遇到的?不想了解个中的感受?)当他开始从过道往外退的时候,那个朋克青年也动了,仿佛他们之间传递了什么信号。是谁发出这个信号的这个问题已经不重要了。上两个引起了他们注意的人,一个被枪杀了,一个消失了。

理查德转过身,不得不跑了起来。不过他发现自己的双脚出于酒精和湿漉漉的地面的缘故而显得沉重起来。他的身体状况不佳,在下一个坡顶时停了下来,蹲伏在一个墓碑后面,气喘吁吁的。他往回看了看,那个男孩正在跟上来,在一个又一个墓碑之间穿过,似乎一点儿也不着急。理查德重新蹲下,靠着石头。墓地管理员的手推车全都不见了。它们一定是在下雨的时候不见的,也就是说这里只有自己一个人,四周都是空荡荡的土地,没有外人会看到他发疯,更不会有人指指点点,除非你把那个朋克青年也算上。而当理查德再次瞥一眼的时候,除了坟墓,他什么都没看见。那个人有可能藏在其中一个坟墓的后面了。随后,有一只手搭上了他的肩膀。

这是一个和他年纪相仿的黑人,手里拿着一把铲子。他的靴子上沾着泥土,身穿一件透明的塑料雨衣,头上戴着帽子。"先生,你还好吗?"

"你没注意到……"不过理查德呼吸困难,同时也意识到自己现在的样子,"是的,我很好。"他让那个男人硕大的手把自己拉起来。前方下坡处是一个泥泞的停车场,那儿有一个付费电话亭。他想到了什么。"现在挖坑不怕潮吗?"

"潮也比结冰好。今晚本来要挖三十个的。"

"那我还是不打扰你了。"理查德走开了,不好意思回头看。下了坡之后,他守在公共电话旁边。如果那个朋克青年再出现的话,那他就会通知警察,甚至可能会找普拉斯基,不过十多分钟过去了,只有山上的那个掘墓人在动,他一个人穿着雨衣弯着腰,不断地在挖坟墓。不过,理查德并不打算回去墓园的另一头去取自己的自行车。改天再去吧。现在叫一辆出租车最安全。

出租车来接他的时候,他在哆嗦。他并没有穿很厚的衣服,酒精带来的温暖已经消耗殆尽,车内的干燥也于事无补。他们在早高峰慢慢地向着渡口移动。收音机上播放着唐娜·莎曼的歌。在仓库和洗车场之间,炮台塔若隐若现,一半以上被朦胧的积雪所覆盖。他转身去确认没有被跟踪。"你还好吗,伙计?"出租车司机问。为什么每个人都不断地问他同样的问题呢?随后,司机清了清嗓子。"你要是在我的车上吐了,就得出钱清理干净。"

谢天谢地,终点站附近有一家卖酒的商店。在望向窗外,寻找那个理着平头的眼镜男时,备上几瓶酒是个好主意。在第二十九分钟时,他向着通道冲刺。大门在他身后"砰"的一声关上了,下方的引擎在隆隆作响,他把富余的酒放在了夹克的内袋,这让他想起了杂志,那些该死的杂志。他没有把它们从背包里拿出来,里面甚至都不是完整的一套——依然缺了第三期。当他把另外两期冻在冰箱里时,说真的,难道他不知道普拉斯基,那个原本或许已经读懂了的人,并没有意识到它们的存在吗?现在它们对任何人都没有用了,徒然挂在斯塔滕岛的施文自行车上。更确切地说,它们是在那个他想要逃离的朋克青年手上——显然那个人就是来偷它的。见鬼了,理查德。这件事,就这么一件简单明了的事情,你本可以做到的,这样就可以保护比利,也可以帮到萨姆。而正如你的写作大业一样,你失败了。

  船在移动,他身边的光变成了病态的白色。挤在其他长凳上的人没有一个打算和他对视,跟他说不要紧。他们就像那些中世纪绘画里的人。到处都是白死病。现在还有一件事情他该承认了:萨曼莎·西齐亚罗会死。她或许会先醒过来,或许不会,或许会过五十年以后才醒来,但是她总会在某个时候死去,理查德也一样。那么往大的方面说,他还要逃离什么东西呢?作为塔尔萨第一圣公会教堂的一名助手,等待着敲响钟声的那一刻,他会把死亡看作一个旋转书架,它会带着你走进漫画书中的秘密走廊。你躺下来,双臂交叉于胸前,闭上眼睛,然后当你再次睁开眼睛的时候,会看到无尽的新生活。然而,事情并不真的如此!当然了,如果那些头脑正常的人没有错,而且你死去以后一切都不会存在——一切——那么,他要如何想象那样的图景呢?是一片黑暗,还是一片空白?这里头也有一些隐喻,对于他们来说就像是棺材底部有暗格一样异想天开。这种空无是他这一辈子里头都没有遇见过的。不过他现在能感受到了,就在他那些同行乘客的身后:这是一种无法用言语描述的空无,或许这是他的写作里头一直存在的瑕疵。他曾想要把它写成失去,那些我们生而热爱然后失去的东西。但是如果他写过的这些东西不是凭空产生,而是来自纸上,那么他们所失去的东西就更像是一条做工精湛的袖子,而不是里面的手臂。这就是理查德无论如何都力求把它写得真实的原因。他是否当真相信,如果他可以在纸上把萨曼莎写得足够真实的话,他或许就可以做到一命换一命,拯救被困在金属床上的她?

  随后,他再一次发现了那个朋克青年,他躲在一根柱子后面消磨时间。理查德真的要吐了。船刚靠近港口,他就逃到了甲板上。这反常的4月,雪下得很大,大得足以在右舷外挂起多孔的帷帐,把这儿的任何人都赶走。而他却感受不到这份寒冷。他身后的那扇门花了好长时间才关上。那个朋克青年走了过去，不过他还待在阴影里。为什么这些"后人类"不干脆冲着他来呢？焊接在那里的安全栏杆因为雪而变得非常光滑。他顺利地翻了过去，站在两三英尺深的边沿，这似乎会让他取得优势，毕竟他个子更高。一旦扭打起来，他只需要把对手稍微移动很小的距离。或者他可能想要把他们都引出来。然而什么都没有发生。窗户里边的人或是看着报纸，或是盯着地板。那个有文身的男孩不见了，那些通常会在船后戏水的水鸟也都不见了。一两米外的栏杆处，只有萨曼莎站在安全的一侧看着他。在任何时刻，那个朋克青年都可能会取代她的位置。不过现在，她就和他那张照片上的样子一模一样，就是那张她夹在第三期里头的照片。当他把照片拿出来的时候，都做了些什么？她的脸很憔悴，看起来伤心又沉默。还是说，这是他的邻居杰妮·阮，她来是为了责备他，因为如果理查德倒下去的话会对她造成影响？他再一次看到了自己那个早上离开桌子的情形。在那一堆混乱中间，有一沓整齐的二十八磅铜版纸，共三十三张。如果事情以他被人推下船而告终的话，那么他们或许要给他的脑袋里头拍一些照片。杰妮或许会看看这些照片，弄明白他为什么会落得这步田地，这样他们或许还有未来。不过这是一个谬论，说白了就是痴心妄想，无论如何，这其中自相矛盾。她几乎可以说是他自己的孩子。假设是一个女孩子吧，他一直都是这么设想的。不要管我，他想，避免必须发生的事情。不过和往常一样，他还是犹豫了。永远不要与你自己的子女面对面。永远不要触碰杰妮那如丝的黑发。再也感受不到女人身上或夏日的人行道散发出的热气。他张开双臂沿人行道从教堂跑回家，他因生气而变得结结巴巴，就像他现在喝多了一样。他现在随着船的移动打着趔趄，脑海里全是各种争吵以及犹豫不决。那个朋克青年没有跟上来，不过现在一个像是齐格"博士"的声音在说：该死的。该死的出租车司机、邻居和富豪，该死的社会工程师、卡波特和普利策奖委员会，还有租金管制。这么长时间以来一直在奋力抗争，该死的，理查德。该死的，该死的，该死的。又一个波浪打在船上，他感觉自己被拉了一下——从他手中带走一个承诺，承诺做出最后的决定。有答案或者没有答案。这不过是酒而已，他的内心说道。你应该躺下来，小睡一下。这里没有人和你在一起，甚至也没有雪。但是握住栏杆的那双手可能是别人的，那双脚可能也是别人的。船上一侧亮着的窗口是穿过黑色水面的缎带。他现在正站在边缘上，伸展开自己，就好像任何人都能读懂他故事的结局。发生了什么，正在发生什么？除了他自己，真的就没有其他人可以伤害他，或者帮助他吗？这两者还有什么区别吗？可这就是纽约。所有那些被紧紧包覆的生命。有那么一会儿，就在下一个波浪冲击之前，在理查德·格罗斯科夫松开栏杆之前，这座他既爱又恨的城市出现在了地平线上，再一次属于他，因此和其他人所想的恰恰相反，在他开始下坠的一瞬间，他一点也不孤独。

BOOK 6 >>> INTERLUDE

插曲・烟火工（第二部分）

如〈
孩子搞〔
我脱口〔
"在
技
为此时
大多是
事,
第一
不到
中,
火把我吓呆了,那些金色小球没有悬在空中
支配的我的认知相反,它们在我的眼前,开

然而,每一样事物都有两个。两个午夜,两个西齐亚罗,两发子弹,两个车间……每一颗在天空中爆炸的炮弹都装填了两次,确切地说,是两根导火线。这是卡尔米内的女儿住院那几个月以来,我一次又一次遇到的谜团,这使我想去理解她如何来到这里的尝试变得非常困难:每一件她所接触的事情似乎都有着另一面。

例如,在1月快要结束的时候,我得到了那份"爱好者杂志"的完整本,就是萨曼莎父亲提及过的《千舞之地》。标题是向摇滚歌手帕蒂·史密斯的致敬,而不是我一开始所想的,暗示南方灵魂乐的传奇。里面的文章和评论以及日记体的小片段记录了一位追随者对一个足以支撑她的生命的搜寻——此前,这搜寻仅通过萨曼莎那前卫的发型以及在她卧室墙上的那些照片有所暗示。

她在城里的一所私立中学就读,高三的时候开始着手做杂志。做到第二期的时候,她遇到了一群受到附近新兴亚文化影响的孩子。"朋克摇滚"提供了一个视角,她可以以此来审视自己以及更广阔的世界。出于性别、阶级、意识形态以及态度等因素的影响,观点是趋于复杂的,她的观点也是一样。不过慢慢地，萨曼莎在迟疑之后，最终沉湎于"市区"的喧哗之中。在花山镇，她的父亲和我坐在露台猜测着她的课程的时候，这个女儿更可能正在东村的某个地方抽着烟，听着唱片。甚至，在1976年的感恩节和圣诞节期间，她好像搬进了那里的某座非法占用的房子。

这份杂志并没有记录下门牌号和街道名，不过那个冬天，在我读到关于这个房子的存在的部分时，我做的第一件事情就是动身去寻找它。我在她生日后的那一天，花了一整天的时间，走遍了休斯敦和第十四街之间的每一个街区，从拉斐特大道到沿河岸的住宅区。和她在那儿长大的房子一样，我所寻找的那座房子也有一个外屋在后面。据说，它和下一座房子之间有一尺的间隙。萨曼莎在这其中找到了美——没了头的停车计时器，贴满了牛皮癣小广告的邮箱，缺了窗户和轮子的车，它们向我们展示了面向世界的纽约的背面，事实上，在这里没有什么是完全平衡的——只是在日间气温零下八摄氏度的条件下，很难做出一番审美评价。我反而希望把这个间隙当作一个识别标志，原来，这样的间隙到处都是。奇怪了，我此前从来没有注意到这一点。我在一些商店里面停下来取暖，在那儿我打听起那座非法占用的房子，可是我问的这些人似乎没一个会说英语，或者至少是没有能听懂我在问什么的人。夜幕降临时，我放弃了，掉头回家去。

这并不是说后面的几个星期我就不再进一步探索了，我开始给任何可能记得那个烟火工人女儿的人打电话。一位以前教过她数学的老师描述说，她不过是一个坐在后排的阴郁女孩；一位纽约大学的摄影教师告诉我，他曾经对这位"有前途的艺术家"逃课的事表达过遗憾。在花山镇上，我打探关于"C"的事情无果。她曾写过这个男孩，去大学读书之前的那个暑假，她和他交过朋友。（我第一次听说他是在8月，当时我问西齐亚罗，她有没有在和别人约会。"天哪，我希望没有，"他说道，"有一个孩子开着别克车接送过她几次，不过他看起来像老查尔斯·阿特拉斯[1]广告上的那些被人往身上踢沙子的胆小鬼。"）后来我花了几个小时来到东村，寻找她的"成员们"，多数还是一样凭着首字母的线索。萨曼莎并不总是能和她的朋友们和睦相处，他们有一种破坏倾向，如果

---

[1] Charles Atlas，先锋艺术家，在拍摄视频与影像作品领域中的先锋人物。

第三期没说错的话，这使她既厌恶又感兴趣。不过在观察他们的住处，回想她写过的内容，在圣马可坊与那些拒绝回答所有问题的朋克搭话时，我感觉自己对于她那些角色又爱又恨，S.G.、D.T. 和 N.C.，有时被称为"伊基"。当人们问我为什么要找他们时，我巧妙地说出了真相：萨曼莎的名字并没有出现在报纸上，我很讨厌屏蔽消息来源的客观性。不过尽管我有顾忌，或者说可能正是因为我的顾忌，才让我开始觉得自己比在元旦的时候了解得更少了。有两个萨曼莎·西齐亚罗。如果答案存在的话——不是关于谁枪杀了她，因为我相信这是一起失控的行凶抢劫，而是关于失去了她意味着什么——那么，另一条生命，第二个自我，似乎已经有了答案。

当然了，一份高质量的杂志的标志性效果，就是要让那些不是受众的读者了解其中所描写的文化，把时间精力投入其中。这是一些作家需要花一生时间去学习的课程：是什么让我们关心其他人也关心的事情。而比起学业、朋友以及她在城里的朋克摇滚新家，萨曼莎更关心的是音乐本身。对于她来说，帕蒂·史密斯、乔伊·雷蒙[1]以及卢·里德[2]并不只是扬声器里的某种声线，他们可以称得上是圣人了。而在杂志的空白处，稍微在他们之上的是一个名叫比利·斯里-斯迪克斯的男人，因为他更容易理解（或者说更加脆弱），他是早期朋克乐队"追忆往昔"的主唱。

关于这支乐队的历史，我几乎找不到资料：1974 年，还有之后三年的朋克摇滚就像是一片失落的殖民地，而比利·斯里-斯迪克斯就是消失其中的殖民者。我追查到并聆听了他录下的一张密纹唱片，尽管有一种似曾相识的奇怪感觉，但是我发现这音乐很嘈杂，歌词不足以诠释、传达他们的情感。"康涅狄格 / 什么玩意儿 / 把点连起来 / 混在一起 / 倾斜着 / 弯起来 / 孤独的，大西洋 / 滑稽的尽头。"我也搞不懂他的姓是什么意思，斯迪克斯。不过，我设法从买唱片的那家商店得到了一个地址，我去了那里拜访。

我在地狱厨房街区找到的那个老厂房和杂志上描述的样子相去甚远，我甚至不知道自己去那儿希望找到什么。我在考虑用什么办法的时候，终于交上了

---

[1] 乔伊·雷蒙（1951—2001），传奇朋克乐队雷蒙斯（The Ramones）的主唱。
[2] 卢·里德（1942—2013），美国摇滚乐歌手与吉他手，前"地下丝绒"乐队主唱。

好运，更准确地说是好事成双。在我穿过大街寻找门铃之前，一个穿着机车夹克、个头矮小、深色皮肤的男人从门厅走了出来。他就是比利·斯里－斯迪克斯。他低着头向第八街走去。或许只是因为寒冷使他缩起肩膀，不过他看起来偷偷摸摸的，我忍不住跟上了他。

随后，走过一个街区，到了地铁入口，这时我注意到了另一个男人，穿着像是维修工服装的黑人，他跟上比利·斯里－斯迪克斯一起穿过了街道。他非常专注，似乎没有看见我。等到我把注意力转回到斯迪克斯的时候，他已经进了地铁。那个穿着工装的男人也正在往下走，直到他的绒线帽滑向后面，露出了一点绿色的头发。他根本就不是什么维修工，而是"朋克"——或许还是萨曼莎的朋友。如果是这样的话，那么她的这些"成员"就不仅仅是搞砸了《千舞之地》那么简单，还可以解释了他在这里出现的原因：潜伏者、看守者、密探。

后来，我又去了几趟旧工厂。从第一天起我就发现那个绿头发的男人每次都出现在我前面，他在看守着什么；有时候是一个面相凶恶的光头呆子，他始终穿着同一款式的工服；有时候是一个穿着脏皮衣的女孩子，在装货平台那儿无所事事；有时候只有一辆风挡玻璃闪着光的、画满涂鸦的白色货车。近来涂鸦像鸽子一样随处可见。我很少能见到比利本人，他遵循着两点一线的行程：从门厅到地铁站又回到门厅，偶尔会偏离路线去一下投注站或者时代广场的自动售货机。非常紧凑甚至有些强制。

对我来说，现在要把线索拼凑起来还为时尚早。不过我看到过一个故事。萨曼莎的偶像显然遇到了麻烦：她是否也一样呢？我会在晚上回家，和邻居喝上一杯，绝口不提我在观察街区那边正在发生的事情。然而第二天，当我在桌子上醒来，出去走走当作锻炼时，我不自觉地就走向了地狱厨房街区。我幻想着，自己能跟在另一个居民后面溜进那座建筑，然后挨家挨户走访。可是，我失败了——因为那些居民好像都是骑车的，他们可以把我拦腰截断——我选择按响每一个门铃。一旦我提醒了比利·斯里－斯迪克斯，告诉他有人在跟踪，那出于感激之情，他应该会跟我说话的。没准儿，他会带我走到下面，去到萨曼莎遭遇枪击之前曾经住过的房子里，或者，至少回忆起他自己作为一个朋克青年时的样子。可是那些看守者总是在那儿，而当他们终于离开的时候，那是3月的一个星期四早上，我刚按下门铃，上面的窗户那儿就伸出了一张刺青脸。我解释说要找比利·斯里－斯迪克斯，对方确认了我已经了解的事实（要是没有人在旁观就好了）：我不可能在这里找到他了。

"你的意思是他就这样消失了吗？"我大喊道。随后，我鼓起勇气问他："他是你的邻居啊。难道你一点都不关心吗？"

那个男人并没有不高兴，他建议我别多管闲事。当时是早上七点，人们都住在这里。

事后回想，这个时刻应该去报警的。可是我却相信他们不会把事情搞砸，我得到了什么呢？我不仅再无可能见到地狱厨房街区的那一辆白色货车，还不可能再次见到比利·斯里－斯迪克斯了，还有我对于萨曼莎的追踪线索也就此断了。那是3月，我花了一个月的时间去追寻一条死胡同，可本来我应该去长岛陪伴卡尔米内的，或者至少去完成我们的采访，而现在我什么都做不成了。

我的意思是：在比利·斯里－斯迪克斯不见了之后，那个冬天所有曾驱动着我的能量都消失了，我陷入了职业生涯以来最糟糕的文思枯竭状态。我会在午餐左右时间起床，不是出去做报道或者坐下写东西，而是给自己倒一杯酒。效果很显著，我重新发现，如果一个人愿意从白天就开始喝的话他还能多喝多少，以及他喝醉后的特征是如何改变的。有一次，我感受了俗话所说的"快感"：那种自我绽放迸发的感觉。现在，在一片暗淡的冬阳下，我的房间就像阿拉斯加州一样。从墙外传来断断续续的、混杂的声音：卡车倒车发出的哔哔声，垃圾处理器发出的咯咯咝咝声，还有更近一点的，电梯引擎的叹息声，超市对讲机频道的声音，我的邻居发出的亦真亦假的噪声，我以前的酒友在隔壁关上酒柜的声音。而在我心里，在我发出声音的那个地方是一片寂静。在它的后面，就像镜子的背面一样，是死亡。它让即便诸如"昏迷在医院病床上"这样的短语都变得感伤。

我离开房间只是为了尽可能多地买下我所能找到的报纸——这是一种习惯，或者说是不良习惯，从我在《世界电讯报》工作的时候，这习惯就有了。现在，纽约只剩下三家日报了，我想我本来可以订阅的，不过那样做就失去意义了。关键不在于阅读，而在于购买。为的就是去体会那种惊喜：在你笨手笨脚地摸出另一个镍币的时候，重要的事情可能就在你上次看报之后发生了。用这种方法，你就可以摆脱脑海里那种焦虑的空虚感，那种太阳底下无新事的感觉，那种我们所有人都得被迫接受自己的人生的感觉。

饮酒作乐了一个多月，我以这样的方式在《纽约邮报》的头版上发现了萨姆·西齐亚罗的照片。她看起来和她在现实生活中的样子一点儿也不像。她把头发编成了精巧的辫子，头微微上扬，略带笑容，仿佛那位年鉴摄影师说了什么逗她笑的话。我眨了眨眼睛，她依旧在那儿。又倒了一杯酒。她仍然在那儿。这是独家新闻，我不断地想。我挖到独家新闻了。

一个小时之后，我拨通了给纽约市警察局的老朋友拉里·普拉斯基的电话，他现在是副督察。我记得，接线员身后的振铃器像老虎机一样响。

"我不知道有没有收到过你的消息，"我刚接通，普拉斯基就说，"不过你本应该用我的办公电话才对。"

"我现在正看着《纽约邮报》，"我告诉他，"你想要《纽约邮报》还是《每日新闻》？因为两份上面都有她的名字。"

"你听起来好像喝过酒了。"

"你怎么能揭穿我呢，拉里？卡尔米内依然一个人在那里。如果我是你的话，我会担心他把某个记者当成小偷，到时你就又得负责另一宗枪击案了。"

"我告诉你什么才更让我担心，理查德，如果你想知道的话。你正在失去你的客观。"

可是，我能有多客观呢？我们在聊该死的《纽约邮报》头版。或许是电话受到了干扰，我可以发誓我听见了指甲钳的声音，电话那一头有人在一丝不苟地修剪自己的指甲。"理查德，你觉得我喜欢让那些看热闹的人在我的罪案现场闲逛吗？你觉得我喜欢让你的人在广播里叫喊吗？"他停了一下，似乎是在等一个答复。

"你能发誓你和这件事没关系吗？"

"消息泄露了，这就是我要告诉你的，理查德。这里头大概有一些利益关系。"

"为什么会有人泄露呢？"

"我也想知道，不过最重要的是，这个部门很大，这种事情时有发生，而现在我还有几件急事要处理。我是领薪水干活的。我建议你把酒瓶子放下，也做好你自己的事情。"

我第二天醒来时，模模糊糊地感觉自己犯了什么罪。我对某个人不公平，但是不记得具体是怎么做到的。我是在长沙发上昏过去的，旁边的迷你百叶窗中间撑开了一个"V"字形，就像受人撞击过。在我的咖啡桌上有一抹灰尘。我的狗在门边不停地走来走去，每走过一遍，它的尾巴都会拍打在桌子上。而当我到了街上的时候，我看见树上都开始长叶子了。春天到了，一片生机。这和记忆中的情境不一样。不是说过什么"无尽头"的吗？无论如何，普拉斯基是对的：我有工作要做。

我发现就我所知，有两个途径了解枪击案。第一，尽管关联依然模糊，但比利·斯里-斯迪克斯依然是关键人物。我在他的住处没有碰上好运气，不过我放弃得太容易了。于是，我开始在当地一个他常去的地方寻找他。有时候我会看到那些盯着他的年轻男子，他们又回来了。而当我注意到他们中很多人都穿着可笑的运动上衣，贴着伪装的胡子，缩在自动贩卖式餐馆里的小隔间里，用一把十厘米长的弹簧刀，把手上吸满了脓的绷带割下来的时候，我的搜寻就开始变得非常紧急了。我把搜索范围扩大到了其他投注站和自动餐馆，一直到切尔西区以及上西区的一些地方。我整天走走停停，蹲在报摊后面，乞求着能在这座城市里和比利见上一面。

要是我回家了，就在电话上干活。"萨曼莎·西齐亚罗"这个名字似乎被同时泄露给了好几家报纸和新闻站，说不出是谁先泄露的。不过当《世界电讯报》停办的时候，我的同事就广泛地分散在了媒体界的上层，而现在我一个一个地给他们打电话，请求他们给我指明一条线索，大多数人都拒绝了——有一些还很坚决——不过最终我还是找到了一个愿意帮忙的。他不能够指名道姓，他这么对我说。不过他有一个有趣的想法，那就是公园枪击案的故事是事先安排好的，目的是要把另外某个事件从头版上挤下来。而且他知道透露这个消息的他的朋友和汉密尔顿－斯威尼大楼里的高层有联系。

我知道这个名字。卡尔米内·西齐亚罗的主要竞争对手就是汉密尔顿－斯威尼公司的一个全资子公司。当他提醒我那个新年前夜，那些竞争对手从他的车间偷走了三克火药的时候，我并没有信以为真：他将这种个人的敌意归咎于他所谓的"金钱"（后来我一直在想这个问题，我认为，很可能是萨曼莎自己偷走了那三克火药，出于反抗或者赌气，或者为了送给她那些纵火犯朋友当礼物）。通过密切关注广播，我也知道了汉密尔顿－斯威尼公司正面临着法律问题，但是我设想——这家家族商业银行在60年代变成了一个企业集团——卡尔米内的竞争对手是其中一个单独的部门，而管理这整家公司的某个小的官僚集团完全是匿名的，根本不关心向一个烟火工"发送消息"。但是我错了，当我查询报纸的时候，我发现显然董事长的位置上有一位汉密尔顿－斯威尼先生，现在被控告了。如果我假定他或许知道一些关于泄露的事情会不会太牵强？还有非法闯入的事情？

几天过去了。我把新线索搁置，一直在调查汉密尔顿－斯威尼的诉讼案。然后，两天前，就在我坐着地铁从镇上回来的时候，奇迹出现了。透过我所在的车厢与下一节的连通门，我偶然发现了一件破旧的机车夹克。比利·斯里－斯迪克斯。仿佛是因为我停止寻找他了才把他召唤出来的。他一定也看见我了，甚至可能认出了我是谁，因为当我走过中间的门时，他突然跑上月台，然后往楼梯上走去。我大声地叫唤着要他等等，跟着他穿过了一条走廊。走廊尽头的大门在晚上一般都是锁着的。终于，我们能联系上了，我们还能够拯救彼此。我把手伸向他的肩膀，几乎像慈父一般，可是当他转过身的时候，这个瘦削的小伙子脸色非常苍白，面如死灰，可唱片套上的他看着还不到二十岁。有一扇门没关上，他飞奔过去楼梯，在我能够跟上他并且向他解释我担心他遇到危险之前，他搭上了通往市区的列车，他身后的门关上了。

我没的选了，只得从汉密尔顿-斯威尼的角度继续调查。第二天早上，我把报纸上的那张照片看了两遍。接着洗了个澡，抓起一件还算干净的衬衫，觉得寥寥几道皱褶应该会让我看起来没有那么大威胁了。戴上领带，把一张A4纸对折三次，塞进胸前的口袋里，从钩子上取下我的软呢帽，然后穿过小镇前往汉密尔顿-斯威尼大楼。我会在那儿与威廉·汉密尔顿-斯威尼二世见上一面。有时候，最好不要给潜在的对象太多时间去思考。即便是最高首领，在面对话筒的情况下，他的第一反应也是抓住它。

我向那个微胖的电梯服务员亮了一下旧证书，他并没有直接送我上三十层，而是让我坐了下来，他的主管要打电话到新闻处。几分钟以后，一个矮小的男人从电梯里走了出来，他一点儿也不像我以前见过的新闻发布官，更不用说《时代》周刊中描绘的首席执行官了。他全白的头发给人一种错误的第一印象，当他靠近时，我发现他最多也就刚到中年。无论如何，那个男人没有拐弯抹角。"格罗斯科夫先生，这边请。"

随后有一只手搭在了我的后背上，他把我带到了一个热闹的户外广场上。我跟他说，等我们到了那儿，我有几个问题要问。可是他反过来问了我一个问题："格罗斯科夫先生，你觉得你的价值是什么？"

"能再说一遍吗？"我说，大概是这样的意思。

"我想请你想象一下，假如你今天被迫要把自己拥有的一切换成现金，那么你能换多少？你觉得你值多少？"

他面对街道，一直不转过来看我，可是我感觉到自己被带偏了。我想最好直接一点——坦白地说我不知道。

"明白了，我关注过你一段时间了。你打听过我们的某些合同。"他身上似乎包裹着一层寒气，不过这也许是我自己宿醉的缘故，"我们公司非常注重隐私。过去美国人都是如此。而现在我拿起一份杂志，就会看到前总统肯尼迪的夫人穿泳衣的样子。当然那是她的私事，可汉密尔顿－斯威尼家族并不打算向她看齐。"

"穿泳衣？"我说，"你不介意告诉我你的名字吧？"

"我知道你还没调查完。不过，我已经完成了。格罗斯科夫先生，因为你去年夏天给市政厅打过电话，所以我拜读了你所写的每一个字。更确切地说，是你所出版的每一个字。你知道吗？我对你印象深刻，尤其是关于阿波罗项目的那篇文章。我跟自己说，这是一个相当聪明的男人，总有一天他会发现自己的理解是否正确。坦白地说，事已至此，我非常惊讶，不过我在这里想要当面告诉你的是：是时候了。"

"抱歉，"我说，"什么时候？"

"是时候收手了。"

"这是一个自由的国度。"

"确实如此。这是一个民事法典保护法人不受骚扰、毁谤以及其他形式侵犯自由的地方。这些问题很难裁定，当然了，代价也很高。比如生父确认诉讼，比如赡养费、子女抚养费的计算。"

他好像发现了，他说的是我70年代初在佛罗里达州抚养的孩子，我因为和一位空姐关系不好而离开了她。她现在应该是三岁大。我是说那个孩子。我依然还是不能相信这个男人居然会卑鄙到闯入卡尔米内的车间，就为了那少得可怜的三克火药，即便是为了传递一个信息，这对他来说有失身份。但是当时我不认为他能做什么。

"从财政上来说，这个家族时刻准备着应对这些可能的后果。而我想知道的是，你是否也准备好了。"

"恐怕我们之间有一点儿误会。"

"恰恰相反，事情再清楚不过了。不管你来我们这里是想打听什么故事，可以说，这个上午到此为止了，到这里就结束了。现在我还有更紧急业务电话要去处理。"他正要离开。

"可是要把事情说清楚，我该把这一切归咎于谁呢？"我大声地说，音量大到广场上的其他人都看了过来。可是他并没有转过身来，并且已经走进了大厅，融入了玻璃强烈的反光之中，电梯下来把他带回了上面。那位服务员的制服被汗水湿透了，我回到里面靠近电梯的时候，他一定看到了我脸上的表情，因为他拦住了我，无奈地耸耸肩。"他们叫他'恶魔弟弟'是有原因的。"随后，我要求他告诉我真名，他跟我说，他相信一个好的记者是能够搞清楚的。另外，我是时候回去了。

在她的杂志的第三期和最后一期的插页，或者至少在我的副本上，萨曼莎·西齐亚罗夹进了一张她大一新生时初到城里的照片。杂志本身已经埋没在了我的报纸之间，不方便找出来，不过那张照片一定是之前掉出来的。我2月的时候在地板上找到它——今天晚上，我把这张照片架在桌子上，面对着自己。在休斯敦街中间，太阳非常猛烈，以至于难以辨认出她脸上的细节。我凭经验知道，如果把房间里的灯关上，她会更难辨认。随后，在房间那头自动点唱机快速变化的微光中，她会成为我的同事、共谋者、失去的女儿、最好的朋友。但是假如我真的能够了解她，假如我能找到最合适的措辞来描述此刻我心中想到的东西：1976年的最后一天，她坐在那张生锈的躺椅上，准备着迎接新年即将带来的一切。在她母亲过去常常晾衣服的院子上方，燕子们偏离了方向。香烟头在露台的地砖上被踩灭了。女孩蹲下来，缩进冬衣里。列车会在哪儿停下呢？从那儿去市火车站或者中央公园要走多远呢？我总有一天可以写完一本书——我会找出开枪射向她的凶手——这并不能说明人的生命的本质，更不用说展现它们的意义。我曾听拉比说起过奇迹和宇宙，我们任何人都只是几十亿当中的一个。

不，那个男人是对的，不管他是谁。我永远都不可能到达她的故事的终点，永远都不可能找到是谁想要伤害她或者比利·斯里-斯迪克斯，永远都不可能被允许再那么接近他们，也不可能找到所谓的第二座房子，又或者是其后面更小的房子。也不可能发现那可怕的真相，或者现在我所确信的萨曼莎或者她的幽灵双胞胎偶然发现的真相。一切事物都有太多太多未知，甚至连我自己也是如此。我在这里准备写一份说明，来反映那个要解开的谜：从咖啡壶大小的装着惰性材料的罐子里，绚丽耀眼的图案是如何布满了天空的？我想象着自己正在用零零碎碎的东西制造一场大爆炸。可是现在我发现，我一直都在倒着干，以一些分散的要素重新构建出一个特定的框架。一个不可能的框架，因为，事实上，没有所谓完美的措辞，也没有所谓的私密语言，时间只朝着一个方向流逝。

我只补充一点：我确实去了纳苏郡的那座房子，再次见到了卡尔米内·西齐亚罗。那是在4月初，我消沉以前的几个星期。之前的几个月里，我想象着自己回去的时候多么得意扬扬，拿着一份打字稿，可以弥补我过去的分心和漠视。是的，是的，我忽视了你，可是看我找到了什么！只不过我带来的仅仅是两条忏悔：其一，我在1月的时候，从他女儿的卧室里偷走了那份杂志；其二，今天早上我忘记了把剩下的两期拿过来——我离开花山镇的半路上才注意到自己手里什么都没有。

我发现卡尔米内·西齐亚罗正坐在后院，仿佛现在还是8月一样。不过他现在已经不再坚持了，当时他几乎要把我赶出他的房子。他脚下的砖头上有一个啤酒罐，他对于我长时间不来并没有说一句话，而是从冰柜里摸出了一罐啤酒给我。我们下意识地碰了杯，然后默默地坐在平台上，向下凝视着高速公路，各自陷入了沉思。突然，他说："我有没有告诉过你，中国人是怎么给他们的花炮命名的？"

我摇了摇头，没有。

"当花炮爆炸的时候，他们看向天空，然后把他们所看到的东西编成一个故事。纯粹是胡扯的，不过你能得到这些漂亮的名字。'散花童子''金蛙敲锣'——我最喜欢这两个。"

他们会把我们叫作什么？我很好奇，可我不知道该说些什么。

当他再一次说话时，他告诉我他准备把商店关掉了，要把房子也卖掉。抵押贷款差不多已经还清了,他正指望着在城里租一块地方,这样就可以离医院更近一点。当时我打定了主意。承认我辜负了他的信任有什么好处呢?在他的伤口上撒盐吗?

　　于是,我快速喝完啤酒,然后站起来,我知道如果继续待下去的话,我会想要再喝一罐的。卡尔米内把他的罐子挤扁,往他坡下的车间扔了过去。在那里,一条生锈的链子拴住了门把手,把门死死地关上了。那些排风扇永远关上了,就连这个车间也即将被废弃。那时卡尔米内·西齐亚罗明白了,我想我也明白了,这不仅与一切事物的多样性有关,还与它们的整合有关,而这两者都一样令人困惑。再多的艺术,都无法令你超脱或者隔绝日常生活中的分歧与灾难。然而,当我转过身和他握手,并告诉他我会再去看他的时候,我又陷入了曾经的感觉。我想起自己还小的时候,在塔尔萨的小镇上等待着国庆日的表演。在乐队舞台上,当地的一个四重唱乐团正在进行热身,他们的糖果色条纹夹克在高温中变成一片粉红。我记得自己躺在毯子上,稍稍远离我的堂兄弟姐妹,自己一个人做做梦。有时候,甘蓝兄弟和柠檬姐妹会使我们振奋起来,带着我们唱爱国歌曲,随后就开始了:信号灯升到空中,两盏三盏,十几盏,一百盏。那时我只记得迫击炮声,还有水面上涨的布朗河上的流光溢彩。我只想要更多、更多、更多。每次发射的时候我都会满怀期待地问自己,这是最后一发了吗?这是吗?不过或许这就是让这种艺术比其他类似的艺术更贴近生活的原因吧——我在 1976 年夏天的所见,在接近五千公里以外的电视上观看着二百周年纪念:每一发烟火的时间都是有限的,就是一个点,没有过去,也没有未来。除了烟火工自己,没有一个人会在结束之前知道哪一发是压轴戏。而压轴戏上演之时,不管你在哪里,都会感到身临其境。

BOOK 7

—

在黑暗中

—

[1977 年 7 月 13 日 — ∞]

在阴影中漫步,我们聆听着
让黑暗颤抖的呼吸声;
而有时候,迷失在无尽的夜晚,
我们会看到伟大的光芒
照亮永恒之窗。

——维克多·雨果
《静观集》

在黑暗中,
只有你和我。
没有一点儿声音——
没有一声叹息。
只有我可怜的心在跳动
在黑暗之中。

——利尔·格林
《在黑暗中》

90

晨边高地某处——晚上九点二十七分

停电的那个瞬间,齐格·齐格勒"博士"正在目不转睛地看着一对沙丘鹤,它们已经找到了登上市内列车的路。也有可能是琵鹭,不管怎么说,都是一种很有魅力的鸟,一副睿智的模样。而显然它们拥有一种智慧,大概是它们仅有的,用来越过十字转门和月台,登上列车的最后一节车厢。这发生在三十四街,而且从那时起,它们就像纽约人一样做自己的事情,坐在破旧的塑料长凳的一头,不时地抚弄自己的翅膀,就好像是在把折叠好的报纸甩开来一样。其他的乘客与它们保持着十码的距离,像遇到乞丐时那样,所以齐格是唯一注意到它们的人,不过没关系,他早就习惯了。这几个星期以来,他一直都注意到各种各样的东西,现在,不去看大概还显得正常一点儿。人行道上的孔雀。有一次,一只大蓝鹭停在了百老汇的格雷斯教堂的尖顶上。这可能只是他服药之后乱说的,不过他喜欢这种幻想,自然与文化之间的墙壁崩塌,动物接管了动物园:他觉得,对于明天的节目来说,这将是完美的话题,前提是明天有节目。如果到那时候,联邦通信委员会还没有取消他的资格,而那些动物也还没有闹翻 WLRC 演播室的话……这时候,世界陷入黑暗,列车刹停发出刺耳的声音,而他,滑了一下,一屁股跌坐在地上。

列车停下来之后,依旧漆黑一片。周围充斥着各种气味和声音,可是不知道究竟发生了什么事情。听不见引擎发动的声音,这绝不是好兆头。该死的,有人说。不过,似乎并没有任何人受伤或者感到惊慌——至少,除了齐格"博士"以外。当那些鸟儿再一次活动起来时,它们的喙,或爪,发出了轻轻的敲击声。他不知道会不会即将受到它们的攻击,因为坦率地说,这一年就是这样过来的:公园里那个女孩被枪杀,还和他的老对手扯上了关系。终于,他的听众有反应了。结果,他们却不是什么懂行的人,只对他表现出来的讽刺感兴趣,不过一群所谓"不那么沉默的大多数"天天在闹。他能感觉到那些人现在已经在外面聚集起来了,鼓动着说要把纽约带回到想象中的1954年。难道就没有人能从他的怨气中听出他在假装同情吗?1954年糟糕透了!他一直以来都被误解了!尽管这很可能也是药物的原因。

为了不刺激到那些鸟儿,他小心翼翼地摸索着头上的安全杆在黑暗中向前走。虽然看不见,可他能感受到那些站着的人身上散发着热气。等他走到车厢前端的时候,他已经出了一身汗,药物都排出来了。他身边不断有人在说话,一开始很安静,然后声音越来越大,这片区域都是黑人和西班牙人。有人想要打开窗户;空气闻起来臭得像鸟粪。

另外一个人说不要开窗,他们需要把仅有的一点儿冷气留在车内。

谁在乎呢?这事经常有,反正我们很快就能动了。

售票员都去哪儿了?他们为什么都不处理一下?

该死的。这些混账东西就别指望了。

时间就在这儿一点儿一点儿地流逝。然而,快十点了。为了要在凌晨三点起床——额外做一档高峰时间之前的电台节目——齐格勒本应在几个小时以前就上床睡觉。不过自从5月以来,也就是得知理查德的消息之后,他就一直没有睡过一个好觉。任何人只要花上不到十分钟的时间听一听"完型疗法"(即使这个节目的制作人诺丁格经常会在片头曲之后跳出来读色情文学),就一定能明白齐格"博士"正计划着这些天做最后一搏以求升职。之后,曾经被国家杂志奖提名的人离开了,并且再一次赢了他。减肥药一直是齐格能够熬过四小时广播的秘密,可是这些天他在节目一结束的时候就冲出直播间,赶到时代广场南边的酒吧里面,喝酒喝到中午。有时候在傍晚,药效会逐渐消失,那时他能够感觉到计费表在飞转,可是他的睡眠不足已经严重到补不回来了,于是他认为自己倒不如再吃一片药,再喝一杯酒,因为人生漫漫,在酒吧多待一个小时又算什么呢?人总要死的,一次小小的宿醉又何必在意呢?

有人点燃了一根火柴,引起了黑暗中人们的注意。在微光之中,可以看见车厢的尾部有一些羽毛。周遭重归黑暗时,齐格勒闻道了烟草的气味。他本应该在还有机会的时候看一下手表的。任何人在这种环境中的忍耐程度一定都是有限的,这里就像是一粒黑色的铝栓剂,卡在了地球的肛门里。到底要积聚多少体温,人们才会开始倒下呢?要过多久人们才会开始崩溃呢?

他解开了一个纽扣,拎起胸前的衬衫。可是空气就是流动不起来。随后,透过连通门的窗口,他看见一道更亮的光正在靠近,就像一条深海里的鱼藏着锋利的牙齿,一股脑儿地游了过来。门打开的时候,齐格勒让开了,先进来的是手电筒的光,接着是一股来自隧道的阴冷的风。墙壁上和窗户上的影子形状怪异。有个人挡在了光线的前面。是那个中国男人,他早些时候曾穿过这节车厢，从袋里拿出电池兜售。显然里边也有打火机，又或者他现在拿着的是不同的袋子。不管怎样，只要有人接过了打火机，他就继续走向下一个人。当齐格勒伸手去拿自己的钱包时，那个中国人摇了摇头。与此同时，手电筒后面传来了一个低沉而洪亮且略带海岛口音的声线，说他们离一一零街只有不到几个街区。于是人们的压力很奇怪地就减轻了。"如果小心一点儿，我们可以从前面的车厢出去，沿着轨道走去车站。"手电筒转向了另一边，照在了下一个车厢的门上，于是那边的人动了起来。"女士和小孩优先。"我是小孩，齐格勒想说——我先来！——可是如果有人认出他的声音，那将不可避免地导致一些骚动，因为他在做广播的时候曾胡说八道。这就是他现在每一次坐火车回家，都害怕说话的原因。做这种节目的主持人都会发誓保持沉默。如果电力恢复了会怎么样？有人问。"那如果不恢复呢？"一个牙买加人响亮地回应。"你们已经在这里待了四十分钟了。"他这么一说，似乎就解决了问题。人们开始朝着门口移动，齐格·齐格勒"博士"尽管不方便说话，还是奋力地向车厢后方的沙丘鹤走去。或许它们会攻击他，把他打倒，然后啄食他那已经坏掉的肝脏。但那又怎样？至少那是一个里奇·格罗斯科夫无法窃取的出口。他想着把后门撑开，说不定那些鸟儿想逃出去呢。可是当他走到那里，点亮新买的打火机时，它们早已经消失得无影无踪了。

1号警察广场——晚上九点二十七分

"看见了没？"

"看见什么，查理？我什么都看不见。我看能不能找到一些火柴。"

"这就像书本上最古老的套路。你在电闸那里把灯关掉，或者在那个人回家之前把所有灯泡都卸下来——"

"这是联合爱迪生公司，孩子。八百万人通过一个八十年的老电网使用空调。"

"——而当他们进来的时候，嘭的一下！还是说你没看过《教父2》？"

"看看你的四周，查理。我猜这里太暗了，可是你正坐在纽约城最安全的房间里面。这里恰恰是你想要待着的地方，如果有人正试图要干掉你，当然事实上没有人要这么做。而如果你在萨曼莎枪杀案方面稍微配合我一下，那么我或许可以在某种程度上长期保护你。哎哟！"

"你就是不肯放弃，是不是？就像一种执念。"

"好吧，电灯早晚都会恢复的。现实生活终会回到正轨。"

"开枪打她的人不是我，要跟你说多少遍？"

"好的，随你便。不如我们聊一聊你那个看不见的朋友，查奥斯先生——"

"也不会是尼基，他不会这么做的。我知道炸弹会指向任何人，但不会是萨姆。"

"然而又是这个炸弹，查理！你应该知道，你的故事里唯一靠谱的，就只有理查德的文章中那句脱口而出的话——有一些火药从花山镇上消失了。"另外一团火焰熄灭了。空气中充满了硫黄的气味。"我想如果她了解那一起盗窃案，那么那个女孩早就处于危险的境地了。"

"好吧，你说是就是咯。"

"但是危险仅仅是来自你所谓的那个幽灵一般的行凶者，孩子啊，你刚刚才把他排除了。不管怎样，三克是极少量。肯定是不足以杀死这个叫威廉的家伙，即便你有更大的图谋。"

D.T. 已经说过了，只要比利·斯里-斯迪克斯避开他的叔叔，那么他就不会有危险。而现在查理的内心开始感到空虚，可是，为什么尼基会花几个月的时间为了线路和计时器而烦恼呢？他身体里有什么东西坏掉了。一阵激烈的咳嗽。"我没有疯，好吗？"

"没有人说你疯了。"

"我也不是罪犯，我是一个很诚实的人。请对我友好一点儿，我会很忠诚的。"

"查理，我正试着对你友好。你没看见我坐在这里，手指头都快烧着了，就是为了让你明白没有人会来接你吗？"

"可是，那不是真的，我是最糟糕的。有老鼠，你听见了吗？它的脚步声——它们要来给予我应得的东西。"

"那不过是其他牢房里的人坐不住了，而且老实说，孩子啊，让他们敲打砖块也总比让他们相互打架要好。来，你看见这个了吗？

"看不见。"

"我现在就剩下最后一根火柴了，所以你看仔细一点儿。那就是圣犹大。远在你出生以前，我就把它戴在脖子上了。换句话说，我思考这个已经好多年了。正义并不意味着一个人做了错事，你就要毁了他。有时候，正义意味着你给他一个改邪归正的机会。我也在试着给你机会——噢，因为热爱……"

"等等，再说一遍。"

"我需要药膏。"

"不，是另一句话。关于正义的，噢，天哪，我现在明白了。"抛开D.T.，上个星期在那个没有一点儿贵重物品的屋子里，尼基说每个人都罪有应得。查理早就觉得那一定是另一种比喻——最终没有人逃脱——不过如果不是这样，那就解决了时间顺序的问题了：当其他后人文主义者们逃向各自的命运时，尼基会留在光明处。"那就是为什么你用的是炸弹而非刀子。那就是为什么你偷了火药……一次出现多个受害者。"

"好家伙。我们当中的一个人一定是有执念，我认同你这一点，查理。可是你正在一步一步地走远。文章说只有几克，这连个玩具娃娃都炸不坏。"

只是查理的心已经几乎不在这里了：他正在往黑暗里越陷越深。他再一次想起了科兹温格尔太太说的关于单位的重要性。他听见了从地板传来的说话声。"那么你需要多少火药才能一次杀死三个人，或者把整个屋子炸掉？要以公斤来计算吗？"

"查理，这并不好笑。这种东西只要一公斤，你就可以毁掉一个街区。"

"不过那够不够装满一个行李袋呢？"

普拉斯基听起来有点儿焦虑，这还是头一次。"现在你说的可是整个街区啊。"

"我亲眼见过游骑兵队的袋子，去后面那个小屋子的时候。糟糕，我甚至还帮忙开路，把地板弄干，为粉丝们开的路。而昨天我离开尼基时，他正在去给比利叔叔送请帖的路上。好像是第二天还是当晚的恶魔弟弟行动。背包里边装满了黑火药，有好几公斤呢。"

"不过还是要有动机啊，查理。给我说说这么做的动机是什么。"

"因为他和萨姆相爱啊。你说过那就是最好的动机。他们相爱，而她被枪杀了，然后尼基认为这在某种程度上是汉密尔顿-斯威尼一家的错，不过他卷入其中也有错。他和她在发生关系，好吗？"

"那不是一回事。"

然而查理明白，他本来可以把自己也炸死的，如果他真的足够爱她，或者真的想赎罪的话。"或许不是,我他妈知道就好了。不过我告诉你,那就是他关于正义的理念——让一切见鬼去吧。这个叫作恶魔弟弟的家伙会去东三街,然后他会想办法把比利·斯里-斯迪克斯也引到那儿去。一旦他们三个人都走进屋子,尼基就会送他们到来世。而你依然没有把那些警察派过去。"

"我手下没有警察可以派遣,查理。现在我们都处于停电之中。这么一个故事,没有一丁点儿证据,我可做不到。"

"我就是你的那一丁点儿证据。为什么你就是不听我的呢?你一定得听我说啊。"

再一次传来了重击声。就像是一个巨人在敲城堡的门。随后传来声音:"天哪,孩子,我真的希望你可以在灯灭之前把这一切都组合起来。"

市区及市区以北——大约晚上八点

离开警察局之后,基斯做的第一件事情就是找一部公共电话。他知道不用去日间托管营去接任何人了;课后辅导项目开启和结束的时间,他至今都很难记得住,现在才在他脑海里闪过。可是没有人接电话,他只好打车直接去学校,万一孩子们依然在前门的台阶上等待着……事实上,他们没有这么做。事情什么时候会像基斯想的那么简单呢?然而,他持续不停地敲门,最终还是有人来开门了。街灯已经亮了起来,一个哨子在黄昏中闪闪发亮。它挂在一个穿着运动短裤的男孩身上,那个人每一句话都以疑问的语气结束。或许事情其实很简单?会不会因为老爸晚了两个小时,威尔和凯特决定干脆走路回家呢?还是像上次一样,他们去了爷爷的家呢?即便是基斯引以为豪的好脾气都快要完全消失了。怒火一涌而出,还伴随着一丝担忧。可能会有不利的情况出现,他甚至可能会用"教育失职"这个说法。不过,当他提出这一点的时候,那个男孩把他带回了助理主任顾问的办公室,以便能够联系上孩子的妈妈,基斯知道他被将军了。不,他是反应过度了;他们确实很可能已经回家了。他现在也认为应该做好自己的事,没必要再一次把里根牵扯进来。

不过那个家——那间公寓,说实话——就像地下室一样,死气沉沉的。他没有收到留言消息,在冲动之下打过去她那边的电话也无人接听。突然,他好像看见了整座城市里到处都是没有用过的电话,听筒就像是在空房间里上吊的人，吊在电话线上。当然了，如果孩子们在过去的十二个小时之内尝试过打来电话，那么结果也会是无人接听的。假如他是威尔，他会想要去哪里呢？那张警觉的脸后面总是藏着不为人知的故事。可是威尔也是里根的孩子，理性应当高于一切，而既然没有人在里根那儿，那么，基斯合理猜想他们应该是去了他们爷爷家里等着，因为那边至少一定会有仆人让他们进去，而去那边路程也更近，如果你走公园抄近道，到日间托管营才不到一公里半。没错，他们会在比尔和菲利希亚的家里等着，或者他们还在路上，在这种情况下，或许他能够赶上他们，免得即将成为前妻的那位通过电话了解到任何情况。

考虑到他是穿着乐福鞋赶路的，当他到达中央大道寻找孩子们的时候，夜幕已经降临。一些通了电的小装饰物在阴影中发着光。美国梧桐绿中带金的色泽使得其叶子能够掩盖住灯光。其他树叶在仲夏之时就都干枯了，化成了脚下的泥土。慢跑的人带着一身汗水擦肩而过，向穿着正装半跑半走的男人得意地笑着。他这些年来已经绕着水库独自慢跑过不知道多少遍了，但常常只是为了成为一个绕着水库慢跑的人。仔细想想，他生活中的不少事情都是根据这个原则来完成的。或许这就是人们认为他肤浅的原因吧。或者，如果说这个说法有点夸张，他们认为基斯比自己……平面化。里根也是如此，威尔也不例外。仿佛除了自我与身份以外，他完全没有形成第三个东西，于是，他就需要稍微被管理一下，以免惹上麻烦。而这种被当成青少年对待的感觉难道跟他过往的举止没什么关系吗？在分开以前，他有那么一段时间把自己封闭在内心深处，几乎不与成年人的世界接触。

之后，似乎为了表明他从未回来过，他一直以来都作为目标的那间亮着灯的塔楼公寓达科他和圣雷莫暗了下来，车道以及所有的金色梧桐也一样。完美，这是断电事故。他什么东西都看不见。他害怕如果继续走下去，会踩到坑洞弄断脚踝，于是他停下来，把手按在头上，用力呼吸，等待电灯恢复供电。

然而，电力没有恢复。

还是没有恢复。

时间一分一秒地流逝，他感觉到自己体内好像开了一个孔，一个黑光灯泡在搜寻着明亮的生活胶卷。他的孩子们就在那里，甚至可以说他们就在他的前方，在公园的对面。人在黑暗之中可能会受重伤。他有没有提醒过他们这一点呢？大概是没有的，说不定他一直都在回避这个话题；说不定他在很久以前就已经失去了与威尔、凯特之间的联系，只是把他们作为儿子和女儿的标志而已，就像孩子们晚上偷偷溜出去之前在床上堆起来的枕头一样。

不过这很奇怪，不知为何在恰当的情况下，这种肤浅竟可以成为一种资本。因为基斯并没有跪倒在沥青路面上喊——我的女儿！我的儿子！——而是做出了一个决定。他脱掉了自己的夹克，再一次跑起来。这下真的跑起来了，越过那些该死的路面坑洞，朝着中央公园西的车辆照明灯喊出他们的名字。"威尔！凯特！"他听起来一定像个疯子；受到车头灯惊吓的鸟儿们像跳蚤一样突然散开，朝着月亮飞去。可是，又有谁会在意他的声音呢？这就像是基斯·兰普莱特并没有加深内疚，反而变得比原来更加肤浅。他的内疚，不比脆弱的膝关节疼痛更甚。他的肤浅，就像现在摩擦在地面上的鞋底一样薄。

上西区——晚上九点二十八分

危机管理的首要法则，就是要度过最初的三秒钟——一旦你懂得了某种处理事情的办法，你就会忘记最初的时候害怕未来的感觉。因此，当顶层公寓停电的时候，里根开始数数。而当她数到三的时候，她就知道整座城市都停电了；要不是这样，外面的光污染应该能够照亮图书室的窗帘。

说得委婉些，她的弟弟并不是那种能够静观其变的人。他的感受从来不会有所改变。因此他去到了阳台，想象着他在那儿听见的撞击声和随后的漆黑都是全世界针对自己的阴谋。即便是他通过敞开的门喊出"没有危险"的时候，他的声音也有一点儿颤抖，仿佛他不是很相信自己所看见的。或者说什么都没看见，可能情况就是如此。

"发生什么了……"

是爸爸，就在里根的左后方，不知为何声音变小了。她转过身，向着眼前的漆黑伸出双臂。她碰到了身体：那是肩膀。手是凉的，她抓住那双手，摸索着把对方引到一张椅子上。"没事的，爸爸。只是停电而已。你还记得1965年那一次吗？很快就会恢复供电的，最多几个小时。"

一声警报响起。"外面没有人。"威廉再次叫喊。

"我们知道外面没有人，威廉，这个世界并不是以你为中心的。现在，你可以进来帮我一下吗？"她对坐着的爸爸说不必担心，她会找到一些光源的。她依然什么都看不见，不过，她记得北面的墙壁上好像有一个烛台。"埃默里。我猜那儿应该还有蜡烛的吧？"

然而，当她放开父亲的手时，他又开始小声地抱怨着（发生了什么？）她不得不接着说。"跟着我的声音，爸爸。只不过我得试探着走，非常小心，这样我才不会撞上任何东西……"事实上，在漆黑之中她所触碰到的东西都立马掉在了地上。她肯定是撞到了书架。不过她摸索着找到了那个坚固的旧书柜，那是她在很久以前从格林威治的曾祖父那儿带过来的。"好啦，烛台似乎是空的，所以我现在得从抽屉里找一些替换蜡烛。埃默里、威廉，你们其中能有个人可以去帮一下爸爸吗？"

中间的那个抽屉里除了几份报纸以外空空如也，不过在右边的那个抽屉里有一些蜡纸和完整的灯芯。她往里抓了一把。不知为何，她身上还带着她的美发师的打火机。砂轮只产生了一些火花。一次……两次……她用指尖划着打火机，发现出火口有一点儿绒毛，于是把绒毛拔掉继续尝试。最后，终于打着了火，点亮了蜡烛，烛光亮得让她眯起了眼。她转过身，看见爸爸还坐在他的椅子上，威廉就在法式落地窗的另一边，并没有向他走过去。她用这一根蜡烛点亮了另一根，然后把它们放在烛台里，举在高处，却没有看到任何迹象表明有其他人来过这儿。

"他去哪儿了，里根？"威廉问道，"埃默里去哪儿了？"

光线几乎照不到远处的那面墙。"可能是去找手电筒了吧？"

"更有可能是在去往宾州车站的路上。那个该死的恶魔弟弟。"

"他去宾州车站做什么？"

"别想这个了，里根。就等着电力恢复吧。他显然是逃跑了。"

"要逃避谁呢？我们吗？就算如此，那又怎样？"

"我打算跟着他，就这样。"

"你要做什么呢，难道要逮捕他吗？"

"你总是纵容他，你从来没有注意到吗？"他现在非常靠近了，伸手就可以摘下一根蜡烛——也让她看清楚了，他现在不可理喻，"是时候要有人来阻止他了，不能让他就这么跑了。"

她想要问他在哪里下车，还有他是怎么想到"纵容"这个词儿的，她认为那是阿尔切尔博士的标志，但是他已经走向门口了。"爸爸——"她说，仿佛她父亲还是那个有求必应的人，还是小时候她崇拜的一脸严肃的人。可是，烛光把这一份坚实感侵蚀掉了，现在的他是一个困惑的老男人。而威廉三世，那个她以为已经将其带回安全地带的弟弟，此刻却拿着蜡烛走远了。

在路上——晚上九点五十八分

尼基保证，会面结束以后，他们会一路去芝加哥。或者至少要去到南本德市。而在纽约警察开始寻找他们以前——那些笨警察终于弄明白他们要找的人不止一个了——他们就已经潜伏在加拿大的马尼托巴了。D. 特里蒙斯心想，他们做得太过分了，就像那件事情几乎没有发生过似的。可是，过去几个月以来降在他们身上的诅咒却没有因为尼基的决定而消除。如果说有什么不同，那就是嚷着要在广场开舞会的墨菲或者甘普森或者任何人似乎是在额外地花费心思，想要搞坏 PHP。

比如说，货车就在那里。D.T. 第一次看见它的时候，他开玩笑地说那是一捆铁皮和老橡胶轮胎，而尼基说，不，把它们结合在一起的是世界上最重要的一股力量，那就是人的意志。他一定是从不知道哪本书上抄过来的；他有许多这样的表达，全是那些听着令人印象深刻的词汇，会使你想要追随他，即便你并不确定这些话的含意，甚至，你也不确定他是否知道那是什么意思。不过那些书籍现在只是二十三公斤的纸箱，在路面的坑洞上颠簸着，使得货车的最高时速没法超过七十五公里。随后，就在车子即将逃脱之际，他们不得不停靠在路边让索尔呕吐。运河街的边上，此刻正是交通高峰。他们位于荷兰隧道远处的一个加油站。一个小时以后，他们到了一个零售商店外的停车场——那是什么鬼地方来着？

"帕西波尼。"答案从马路对面货车车窗那儿传过来。随后尼基又吹起了口哨，那是走了调的《回到我们出发的地方》。当然他会吹着口哨，拿着烟卷，在仪表板上铺开他的地图，就着街灯查看。身边还有一个不知道从哪里找到的电池闹钟。D.T. 帮索尔走到草地上，新泽西的这些没吃饱的虫子在四周鸣叫，就像是他脑袋里的思绪一样混乱。因为这是另外一回事：查理不见了（一如往常），而臭丫头却在终于要离开的时候不知去向了。最后，就只剩他们三个人了，最初的三人组，也是真正的后人文主义者。在最初的时候，这听起来也许很酷：你只需要三个人就可以改变世界。看看布尔什维克或者吉米·亨德里克斯的体验乐队就知道了。可并不是，因为尼基在最后关头开着货车打算逃跑。要知道，太阳开始下山的时候在曼哈顿这么没胆可一点儿都不酷，同样地，当你帮你的朋友处理膝盖上的伤口时，闻着衣服上那干脓的气味也不够酷。从这里到加拿大，如果你去过，你就会知道这一路上每隔大概六十四公里就有一个车站，而这也并不酷。因为在场的任何人都有可能见过他，一个绿色头发的黑人拽着一个男孩，戴着手套捂着肚子，一直拽到那块有粉红色痕迹的地方。

  事实上，那完全就是胡说八道。如果 D.T. 对自己诚实，就会意识到现在满满的疑惑都可以追溯到昨天晚上，当时尼基把他引到了车库的隔间里，然后破天荒让他看了看后面有什么东西。你只需要看看它的尺寸，那隆起的鼓包，了解一下它将会带来什么样的痛苦。在他努力做出赞赏的表情时，他不知道臭丫头会不会也看到了——如果说那就是决定性因素的话。她一直表现得很古怪，至少从 5 月开始就这个样子了。那时候在 D.T. 看来，你只是做了不得不做的事情，而他们几乎不认为尼基能免除责任。可是这种对恶魔弟弟的迷恋正在让他们远远超越战术、文化、变革甚至是复仇，而且很难说尼基是什么时候逾越了底线的，或者说要到什么程度才会停止。D.T. 在半夜之后醒了过来，反复回想着比利消失以后，他们一直保持着的秘密行动。那天清晨，索尔在客厅抱怨着，尼基在屋后给保险装置接电池，而 D.T. 以更换机油为由把小货车开到了布朗克斯。除了堆积如山的药品，他想象不到还会有什么东西如此强有力，强有力到足以把比利·斯里-斯迪克斯再一次哄到村子里去。尽管如此，D.T. 还是准备去提醒他，在接下来的二十四个小时以内尽可能远远地待在郊区。看到废弃的工作室没有灯光，他折返回来。比利大概再也不会回到那儿去了，不过关于那个男朋友的记忆，也就是那个穿着花呢衣服的温柔的同乡，似乎对 D.T. 意味着什么。当你让一个以上的人待在一个房间里时，气氛会变得很压抑。可是独自一人的情况下，几乎每个人都会觉得很难受。这或许就解释了当 D.T. 起初只得用望远镜做侦察，而不是直接去阁楼敲门的时候，那个男朋友的反应。而现在他被困在了这里，闻着呕吐物的臭气，拖着沉重的躯体进入了货车——就像抬起索尔时一样沉重。奇怪了，星星什么时候变得这么明亮了？他向着东边转过身，或许不是东边，那家百叶窗紧闭的零售商店上方的天空和别的地方没有差别，都一样昏暗。宛如空荡荡的宇宙，宛如这个星球上明亮的一面都消失不见了。

他们朝着高速公路开车回去的时候,他没有和尼基提起这一点。相反,他宣称呕吐物里有血了。

从医学上来说那是一个好的迹象,尼基说:"就如同你得了感冒要去除病源时一样,效果很好。"

"除非是像坏疽一样的东西正在侵蚀你烧伤的手,"D.T. 指出,"在这样的情况下,就迹象而言,很令人不安。"

借着收费站的光线,他脱掉了手套。如果放在以前,索尔是不会让他碰手套的。在炸掉了手指的地方,伤口周围的组织是黑色的,肿胀已经扩散到了他的肩膀。臭丫头本应该像南丁格尔一样做护理工作的。可是在那之后的好几个月里,她却在那儿和尼基做爱。或许她正是因为无法再忍受这种背叛了,或许她已经发现自己也不过是替代品链条当中的一环而已。臭丫头想要尼基;尼基想要萨姆;萨姆想要小情人。尼基从未见过那个人,但就是很讨厌他;而索尔,即便是在萨姆出现以后,他对臭丫头的爱也从未停止过。那是他当晚从货车上偷来的点 32 口径手枪,但索尔从来没有想到这个可能性,所以在"地窖"的最后一颗焰火发出嘶嘶声之前,手枪又回到了汽车座椅下面。爱情是每个人的盲点,或者说爱情与恐惧是每个人的盲点,它们的力量似乎都被低估了,纯真的感情可以冲破最完善的体制。而随着他们更深入地向美国行进,即便是尼基也好像觉察到了自己通过单纯的意志力把 PHP 团结起来的能力在变弱。他现在只剩下两三根烟来抵消药效了。

"喂,尼基?"D.T. 终于说话了,"我们在这儿还能看到城市的灯光吗?"

"我咋知道?"

"只有你拿着地图啊。"

尼基重新把收音机打开,开始调频听新闻。当然了,想要知道他多大程度上是为了做做样子,那是不可能的。或许他已经听到了自己要寻找的答案,那就是他如此自信他的行动会发生的原因——或者说已经发生了。D.T. 最大的忧虑是,在某种程度上,事情已经比他所推测的要严重,超过了比利和叔叔的范围。噢,让这件事萦绕在你的脑袋里真是太糟糕了,而且你知道自己对此已经无能为力了。然而他并不确定,要是他们被要求停止,他会不会好受一些。如果 D.T. 现在放下一直举着的手,拿根烟,是不是不合时宜?再开一瓶啤酒,然后又开一瓶吗?即便做为最忠诚的核心成员,知道你刚刚摧毁了一群人的生命,对于一个过时的人道主义者来说,良心也会受到极大的谴责。

或者实际上，即便知道你只是杀了一个人，你也还是会这么想。

市中心——晚上十点零一分

默瑟觉得已经向北走了很远的距离，当他站在一栋阴暗的顶层公寓前犹豫不决时，才意识到刚才错过了一个转弯的路口，这让他退回到了中央大街的一片黑暗之中。密集的车头灯把路标照亮了。"要是走左边的路会不会快一些？从休斯敦到市郊是一条直线。"

杰妮似乎在退缩，不过那或许是错觉吧。"默瑟，你真不会挑时间，这时候还就方向的问题做无聊的争论。"然后她道歉了。有件事情她希望自己有勇气告诉他，不过那是五个街区或者十五分钟以前了——那时还没有停电。"即便是停电解除了，我也无法带着你一路到汉密尔顿-斯威尼家里去。我做了决定，我要去一趟东村。"

他等待着对方的解释，可是并没有。"你打算把我带到城市的每一个偏僻的街区，不是吗？"

"我没有要带任何人。你想要在哪儿下车我都可以放下你。不过我已经想了很久。我知道要去哪里找查奥斯队长，布鲁诺卖过给我一幅画，我记得支票寄送的地址。而你也听到那个男孩说的话了。"

老实说，默瑟一直都在试图借助这次停电把那些话从脑海里抹去。然而，他早就该意识到的，她不会让事情变得简单。"那种情况下查理说什么都有可能。"他说，"他惹上了警察，而且显然对真相有所隐瞒。"弗利广场有一点儿堵车——两个穿着白色背心的家伙发生了一场小冲突——他们只能向左驶去，他松了一口气。

"我们读到的难道不是同一篇文章吗？'N.C.'？关于火药的？"

"我家里的男人都是军人，杰妮。我可以告诉你，三克零散的火药没什么用，除非你身边有一把老式短枪。"

虽然听起来更像是一个假设，但是她好像变得温和些了。事实上，她只是在积攒力量。

"你从来都没有打错过字吗？或者从来没有听说过什么谣传？我们知道那个女孩的爸爸是做烟火的，我们知道他遇到了安全问题，而现在我们听说那儿有一个炸弹。你是不是很难相信尼基·查奥斯为了伤害你的男朋友弄了些炸药呢？哦，抱歉，不是男友，是室友。"

他抹平了衬衫上的皱褶，竭力地维护着自尊。"你为什么不把车干脆停在拐角这里。我去看看有没有巴士可以坐。"

"我说啊，默瑟，既然你可以直接找到威胁的源头，又何必摸黑在市郊乱跑呢？"

"那是警察要做的。"他说着，打开了门，把脚迈上了路沿。可是他站起来的瞬间，就发现自己的推理已经结束了。早些时候这里有一场抗议，阻塞了附近的交通，现在蓝色的灯光正在把其他一切事物推到一边。后面整座警察大楼的人都在涌向曼哈顿下城，不知道要做什么事情。保护银行，阻止隧道里的谋杀，用表面上的忙碌进行合理的推诿。他说话的语气开始变得像杰妮·阮一样。但是，不管督察说了什么，都有一群人正在路上要去检验那个男孩的故事，这似乎很牵强。如果他真的思考一下"烟火工"，那么这个故事其实没有他所希望的那么荒谬。"你在做什么？"听见身后有警报声，他问道。

"这是一个计时器。我把手表设置了午夜提醒。"

"杰妮，他们不会单纯因为停电就忘记炸弹这回事的。普拉斯基会做正确的事情。他午夜以前就会出现。"

"你为何这么肯定？"

"你不了解他。"他这么说，是因为真实的原因，也就是普拉斯基在新年前夕的时候展示过的善意，更不可靠。感觉他想说服的人其实是他自己，而非别人。

"假设你是对的，"杰妮说，"而且警察就在那儿，我们可以在街边停车，徒步走一走。或许他们并不在那儿。而且如果那儿有炸弹的话——"

"我跟你说的就是炸弹，拜托，这是一个坏主意。"尼基·查奥斯可能会把自己炸掉，默瑟并不在乎，而杰妮还很可能被说服不要去阻止他。在这个最后的紧要关头，其他受害者都在默瑟的考虑之外。但是你该如何称呼那些对自己的反思进行反思的人呢？因为，在默瑟能够说出这些话以前，他已经退回到车子里边，再一次把车门关上了。威廉是"N.C."要找的那个人，这意味着威廉到头来也将不得不出现在那里。而如果是这样的话，那么默瑟能有什么选择呢？如果他足够爱威廉，他就不得不阻止这件事情发生。

得行动了。

不过现在，游行的人群、路上的车流、警察的巡逻车、四处的行人，大停电正迫使他们向西，向西，直到半个城市都夹在他们和目的地之间。杰妮刹住车，然后开着车朝河边高速行进。没有交通信号灯。熄灭了的街灯快速地在窗外掠过，水映照着月光。她告诉他，她要穿过第十四街抄近路返回，因为旧肉品加工区的鹅卵石街道开始冲击车子的悬架了。他们以近百公里的时速开了约半个小时。她前倾身体，凝视着一片漆黑，俨然是一个小精灵。

"我问一下，"他说，"你有没有和尼基·查奥斯见过面？"

"只在电话上联系过。不过我知道他是什么样的人。"

"而我们是打算冲进去那里的，凭着我们那了不起的说服力，期待着他改变想法吗？要是出了问题，你有办法保护自己吗？"

"好办法总是留给有准备的人。"她说道。而他要提醒她的是，她将不得不作为执行者，他只关心威廉，这时他发现铺路石上有一个大水坑。这说不通啊，他在想，居然有人在城里这个荒凉的地方打开了消防栓——突然，他发现风挡玻璃上面形成了一个水幕，车子有一种轻飘飘的感觉，一声巨响让他停止前进，这时有什么东西往他的后脑勺上面一撞。他的意识还在向前飞行，仅仅有时间为情人做祈祷。随后，默瑟·古德曼失去了意识，陷入了更深的黑暗。

上西区——晚上十点十分

就在撞上照明灯之前，他看到了灯后那不知所措的身影：那是威廉·汉密尔顿-斯威尼。基斯和他有好几年没见面了，他变得更瘦了，不过依然有着那些贵族的特点。基斯抓住他的手臂，感觉有点儿黏。那是正在硬化的蜡。偏偏遇上了他。"嘿——你是从楼上来的吗？我的孩子们在不在那儿？"

威廉迟迟没有回答，好像是在摆脱某种幻想。他看起来比基斯出汗还多。附近的看门人继续沿着人行道摆放出一列安全照明灯。烟雾在升腾，就像注射器里的血液。每个灯之间都保持着一定的距离，看起来他们都在听从相同的传唤，走出门迈入夜色。可是在他身后，也就是威廉盯着看的地方（他之前到底去了哪里？）只有一些鸟儿。

"哎，我是基斯，你的姐夫。他们在上面吗？你有没有看见他们？"

威廉回过神来，说："孩子们不在那儿，不过里根在。"这是所有可能的答案当中最糟糕的，"但是你不应该到这儿来的，基斯。她说你们俩已经分手了。"

基斯跑得太疾，这会儿才感觉到累，身体一侧痉挛，他开始有点儿气喘。不过他努力地让自己的声音保持平稳。一直以来，里根都渴望着她弟弟回来。要是他把威廉吓跑了，她就再也不会接受他了。"一言难尽。我还是亲自告诉她好了。"

威廉走向前一步看着他。虽然在照明灯的光影中看不到多少东西，但基斯感觉到很不自在。之前他们最后一次对视是在威廉主动作为伴郎发言的时候，当时基斯在片刻间感觉到了这个男孩有着某种吸引力。里根对于这个孩子的情感影响着他——她所爱的一切，他没有办法不爱。为了她，他在威廉逃离宴会厅之后沿着走廊追了上去。他差点儿就抓到他晚礼服下的肩膀了。随后，一个侧身的假动作，威廉消失在了防火门之外，一走就是二十年。半辈子以前，也就只有四五百米的距离？仿佛从那儿以后，他们就一直朝着这个时刻赛跑。好吧，威廉终于开口了；电话这时还能用，他会进去给她打电话。

在那昏暗的大厅，基斯瘫坐在了一个类似宝座的位子上，大概没有人在上面坐过，而威廉则俯身靠在看门人的桌子上拨号。他看起来在电话另一头遇到了一些阻力。"告诉她是关于孩子们的事。"基斯说。随后威廉挂断了电话，也坐下来等待，这时那个名叫米格尔的看门人回到里面去了。基斯平时和他闲聊的棒球话题现在派不上用场。不管是谁，能做的也就只有看着大平板玻璃窗外的影子。这就像在审判路易十六的法庭上一样，等待着宫殿墙倒塌，然后来人把他们押上断头台。现在掉头回去还来得及，基斯提醒自己，可实际上没有时间了；一扇门打开了。里根的手电筒光从威廉的脸上扫到他的脸上。干脆把事情了结了吧，他心想，然后解释说孩子们不见了。

当手电筒光打到墙面镜上的时候，光线变成了两道，一切都安静了。"基斯，你弄丢了他们？"

她这话听起来就好像是他故意为之一样，而实际上他不过是晚了一点儿去接他们罢了。她瞥了威廉一眼，威廉只好同情地耸耸肩。

"这种时候，你弄丢了他们。"她转向米格尔，"车子还在外面等着吗？"

"已经走了，女士。你的叔叔，他在我去找照明灯的时候把车开走了。"

"那个浑蛋！"威廉勃然大怒，"我怎么跟你说的？"

不过，里根已经冷静下来了。她吩咐她的弟弟到楼上去，同时叫了一辆出租车。"这很重要，威廉。我们得有一个人留下来。不能把爸爸单独留在这里。"

要是以前的威廉，一定会叫她滚蛋，不过事实上他沉默了一会儿，其间她把手电筒的灯头拧得更紧了，关掉又打开之后递给了他。"那是我的孩子，你的外甥和外甥女。拜托了。"她表现得十分严肃，目的很明确，一定有某种东西改变了威廉的内心，因为他言听计从，接过手电筒之后就消失了。她朝门外走去，这时基斯意识到了要是自己不说些什么的话就会被丢在这里了。他能想到最好的话题是："你打算怎么找出租车啊？"她并没有回答，也没有阻止他跟着自己走出去。

果然，交通还是非常拥挤，没有一辆出租车是空载的。接着，一声轰鸣从几个街区之外传来，声音大得足以令建筑物颤抖得支离破碎。很难看清楚方向；似乎是从四面八方而来的。不过他还是试着跟了上去，而在假装没听见的数秒以后，她走到了他身后。看着黑影在前方来来往往，他赶紧躲在了角落。是摩托车，隆隆作响地朝哥伦布环岛驶去，就像一支正要入侵的军队，数量得有好几百。它们把其他的车辆都挤到了一个车道上。在漆黑的大街上，他可以看见那些出租车亮起的标志，它们有时候就像救护车一样驶过。当然，这是违法的，可是每一个人赖以生存的那些规则现在似乎都暂时不适用了。抛开这一切不说，这还是给了基斯一点儿希望。他走到了越来越少的骑自行车的人以及迎面而来的出租车中间，多少有点儿希望让后者撞上自己的嫌疑。他跳进第一辆停下来的车子，在里根还没来得及说话之前，他就告诉司机自己口袋里有两张五十美元，带他们去那位女士想去的任何地方——请开快一点儿。

地狱厨房街区——晚上十点二十七分

西区的机车党们不需要飞驰的文森特暗影摩托来召唤他们，也不需要任何像这样子的正义联盟废物。他们只是在某种程度上认为当电灯熄灭之时，某种行为便会发生，在整个曼哈顿，他们促成了老大的到来。车头灯在失控的汽车上晃来晃去，高速地向着狭窄的道路冲过去，就像是在玩某种大型的懦夫博弈游戏（成为俱乐部中的一员意味着永远不要让别人知道你在想碰撞保险之类的东西。戴头盔是做作的行为。你要表现得像死亡不存在一样）。而在老大那里，正如预言所说，昨晚的聚会最好还是永远不要结束。摩托车在外面一排排地停放着，骑手们在那儿传递着莱茵戈德的酒瓶子。通过物品的声音来判断，有两个或者更多的人已经在装货平台上激动起来了。一把折弯的勺子堵住了楼下的门锁。像往常一样，里面的笼子是打开的，用一根链条系着，你要借助哈雷摩托的车头灯才能看得见。车子不知道被谁直接开进了通道，车头向外停在了楼梯脚，就好像是当时机成熟的时候，老大就会像最后的救世主一样下来把它骑走。车子的发动机把废气排放到这个破旧的薄荷糖工厂的每一个角落，可是有谁会抱怨呢？甚至除了老大以外，也不知道还有谁住在这里——而且说回来，这也不是那些机车党思考这个的方式。

六楼的房间大门敞开，月光照了进来，可是如果老大在这里的话，没有人能够在漆黑之中找得到他。他总是很神秘，比如说：他是白人还是黑人？（或者可能是脸上带着刺青的半个毛利人？）还有，他是怎么在没有家具、没有电话，只有一个缺了门的冰箱（有人在还没停电的时候想起来）的情况下生活了这么久的？巨大的阴影时隐时现，昨晚留下的杂物咯吱作响。瓶子滚到了楼梯井，没了声音，过了两秒钟之后，在五层楼下面破裂了，有一个小妞一直在喊，混账东西！

然而，实际行动发生在屋顶。爬过了黑漆漆的楼梯井之后，在这里，有足够的光线开派对——圆圆的月亮，不可思议的星星，在手推车里头点起的篝火，还有一点点车头灯的光——不过低能见度加上醉酒，再加上在屋顶，你非常需要保持平衡。不同程度喝醉的机车党们玩转刀子的游戏，把点着的香烟夹在指关节之间来测试忍耐力，争论着为什么会大停电，然后又聚在屋顶北侧看十个街区外市郊的一个仓库熊熊燃烧。两个金发的莱茵少女把她们的衬衫脱掉，随着收音机里循环播放着新乐队的音乐在月光中裸舞。基佬音乐，有人小声抱怨地说，不过并没有人去在意。

篝火旁边在一个倒放着的垃圾桶上面，准备的酒很快就要消耗完了。他们派了几个站都站不稳的人下楼去多搞一点儿。他们去了下一个路口那个杂乱的酒铺，夹板架子上似乎每一样东西都有三件。三卷单层的厕纸；三罐沾满了灰尘的过期黑豆；三包真空密封的咖啡粉；三盒蟑螂药。好多年来，这家店铺真正的生意就是给那个老大和他的人供应啤酒。现在机车党们在用他们的拳头敲打那扇金属安全门，不过店里面没有动静，直到有人突发灵感。

回到薄荷糖工厂，一台引擎转动起来。一辆摩托车嗡嗡地开到了街上，就像一只充满了毒液的蜜蜂。摩托车看起来要直接撞过安全门，不过在最后一秒却停了下来，骑手把车倒了过来把后轮胎几乎抵在门口。有人递过来一根链条，不到一分钟，摩托车就跟门绑上了。这些机车党真有胆量啊！给他们发几个中介牌照的话，说不定就都成百万富翁了。发动机启动，踩下油门，随着一下响彻整个第十大道的响声，金属片开始翻折和撕裂，就像被固定住的飞蛾的翅膀，然后随着骑手的拖拽，在街道上发出火星。

他为自己的胜利绕场一周庆祝，这时一辆车突然停下，跳出来一个拉丁裔的人。机车党们四散而逃，跑到猎枪的射程之外。拿着猎枪的那个男人用尖厉又难懂的英语告诉他们，他们已经让他花了一千美元的修理费，并且叫他们有多远滚多远。

有那么一瞬间，事情可能会变得很严重。那个拉丁裔，或者说是机车党们，决定了自己的命运，这取决于谁该负责任。又或者说他们都不需要负责任，毕竟是这座城市让他们碰撞在一起的，每一个人都不过是在捍卫自己。他们退缩了，饥肠辘辘地去寻找食物。

这时，杂货店的老板走进了自己的店铺，把身后的门锁上，然后找了一张凳子坐下，在漆黑之中哭泣。猎枪就像一条宠物狗一样，他紧握着——太晚了，谁知道呢？可能还有其他故意搞破坏的人。至于那些机车党——他再也不会信任他们了。绝对不会。在街对面，他们还在从外围蜂拥而来，机车党一浪又一浪聚集到燃着火光的上西区，就像是热导导弹一样。而在屋顶上，赤裸胸部的少女还没有停止跳舞——啊……吓坏了！——等待着最高首领，他们的沃旦，骑车出来，召集死者。

— — — — — — — — — —

91

下西区——晚上十点二十七分

说到杰妮，完全不知道她在漆黑之中等待着什么，水不断地击打着她面前破裂的风挡玻璃。或者说她很清楚地知道，如果她真的是在等待什么。最后一次撞击肯定是撞在了消防栓上了。安全带在她向前冲的过程中救了她，不过在弹回去的时候她受到了严重的冲击，而这影响了她的时间感。可能已经过去了十分钟，或者是一分钟。随后有一个声音，像海盗的信号一样在提醒她。醒来。她转过身，惊讶地发现自己只不过是脖子有点儿疼。附近的街口有一道闪光照在了副驾驶座位上的人身上。"你没事吧？"她问。等了一会儿，没有回复。

随后默瑟抬起手摸了摸后脑勺，仿佛很惊讶地发现脑袋还在。

"我昏过去了一分钟，"他缓缓地说道。或者说看起来很慢。"没有骨折，如果你要问这个的话。不过这吓死人了。你的车后头有什么，是轮胎撬棒吗？"

"壁球拍，"她说，"布鲁诺的。"

或许他惊呆了，理解不过来。"那么你呢——你还好吗？"

"你是说除了我很可能丢掉一份工作这件事以外吗？"

"这就是为什么人们不在鹅卵石路上面飙车，而且还是停电的时候。杰妮，你当时在想什么呢？"

"我在想，似乎对于我来说，我们或许应该抓紧时间，这很合理。然后我就不知道了。出于那些水的缘故，我没看见。现在我们可以结束这个话题吗？"

默瑟打不开他这边的门，于是不得不从驾驶座上爬出去。但是，看起来她那边的事故好像更严重。水从车头灯照着的消火栓里直往上喷射，一道银色的水柱瞬间消失不见，然后重重地往下击打。前轮胎上方有一团小小的火焰，闪烁了一下就消失了。水柱倾泻在车前灯上，看起来就好像是喷漆在燃烧一样。而在底下，则是变了形的引擎罩。是的，布鲁诺以后再也不会和她说话了。她的鞋子和衣服都湿了大半，她走到喷水的范围之外。这时她才发现倒在路边的一个身影，就像是一棵被保险杠撞倒的树苗。她头一次感到心里沉重的一击。哎呀。

默瑟立刻奔到那个人身旁，举止看起来很奇怪——他在确认是否有流血，她这才意识到。"请告诉我他还在呼吸。"

她撞到的人身材高挑修长，穿着一件敞着衣领的衬衫。他的脸在微光的映照下，显得很憔悴。或者说那是痛苦的表现？默瑟的手放在车前灯的光线下。只是水而已。"他看起来不碍事，却完全没有反应。"

"我们应该叫一辆救护车。"

"拿什么叫？这里的公用电话全都没了听筒。"

她要亲自载他去急诊室，她说，如果他能坐得进这辆小车的话。

"载什么载。"钥匙还插在点火器里面，不过在默瑟把钥匙拿到手之前，他就发现引擎无法启动了。原因可能是火花塞湿了，他说，不过唯一能确认的办法就是等着看它们是否会变干。那么东村怎么办？现在距离半夜大概还有一个小时。现在还有足够的时间吗？

她想，自己真的太倒霉了，居然停在了城市里没有医生的荒凉之地。或者说是几近荒凉吧，因为在十字街那里又出现了一团火焰，而她能闻到煤油的气味陆陆续续传来。"好的，不错。他妈的。你在这里待一会儿。我马上回来。"

估量了一下车前灯和火光之间的距离，她转进了一条通往河边的街道。这个街区曾经是一个活跃的港口，不过现在她在黑暗中四处搜索，感觉这里就像是抢劫者的乐园。湿润的杂草齐腰高，长到了人行道的缝隙中。这儿没有一个行人，除了那个她可能杀掉的、出于热心想要拯救的人以外。她到底在寻找什么呢？找下了班的护理人员吗？还是随便弄几片止痛药？又或者找一个愿意让你借用电话的亲切的老太太？主意一个比一个蠢，然而，杰妮显然还是需要相信有一只看不见的手在起作用，进行平衡。现在这个混乱的状态随时会崩溃，而她真实的未来将会回归到她身边，那是一个她的人生得到救赎的未来，或者是理查德·格罗斯科夫的人生得到救赎的未来。也有可能，她本来就应该是打破这个现在的人。往回走吧，不过那一阵煤油气味又出现了。狗在吠叫，玻璃碎了一地。这已经超越了正义或慈善了，现在是恐惧在驱使着她前进。随后，又一次碰撞让她滚到了草地中间。她摔倒在地上的部位有一阵轻微的痛楚，不过无关紧要了，因为她的身上，在星光的映照下，隐隐约约可以看见那个绊倒了她的物品：一辆被遗弃的购物车。

当然了，每一个解决方案都有可能引发新的问题。在这种情况下，购物车在街上会发出声响。她宁愿不要引起注意，可是在她离开默瑟的地方附近，磨平了的沥青路面上突出一块一块的铺路石。当轮子碰到这些石头的时候，她觉得这和用撬棍敲打金属片没有什么区别。不过算了吧。她缓了一口气，然后快速奔跑起来，推着身前那一辆购物车，朝着在变亮的路口进发。

"快点儿，帮我把他弄进这里面。"

"购物车？"

"我只能找到这个。"

"你不应该这样子搬弄一个人的。"

"默瑟，我审视了这个地方。撇开人们的力量不说，当你看到那些火把逼近的时候，我真的不想待在这里。"她把购物车朝一侧倾斜。根本没有办法能够轻轻地把一个成年人的身体放到里面，需要他们俩一起用力才能办到——用脚把车轮固定住，然后将把手拉起来——这样才能再次把车子摆正。她希望能弄到一块硬纸板或者旧衬衫，用来垫一下那个家伙的脊椎，不过如果他是内出血的话，他就不会在意这些了。接着他们稍微争论了一会儿，到底是去最近的医院还是继续前往东区，甚至还为了要不要带上一对壁球拍而吵了几句。她的看法是，带上球拍她会更有安全感，而他认为，见识过她赤手空拳的能力之后，他感觉不带球拍相对安全一点儿。然而，火光已经非常近了，于是她也就不再和他争执这个。"来吧。快推。"

本以为增加的重量会让这辆该死的购物车安静一点儿，可是实际上却增大了响声。她让默瑟和她一起推动把手，找到了一个快慢适中的速度。"别再抱怨了，"她说，"你这是在暴露我们。"不过在不断接近的嘈杂声中，在链条的叮当声以及更多的火焰之中，他并没有听清楚她在说什么。他急切地想要弄清楚发出这些声音的是抢劫团伙还是革命分子，又或者是那些想找回应有权利的市民。"推！"她大喊，然后车把手突然向前移动，她差点儿没抓牢。她没有想过默瑟·古德曼还是有两下子的。无论如何，不管是谁把这地狱之火带到街上来，他们都一定会被这诡异飞驰的购物车，或者更诡异的后面跟着跑的二人组吓呆，因为就在另一次碰撞要变得不可避免之际，声音变小了，火焰分开了，而他们跟前的默瑟和杰妮以及车上那个人，在不受影响的情况下，被允许通过了。

上东区——晚上十点四十九分

为了不推挤到对方，他们在上楼梯和迈进走廊的时候都很小心，他们经过的邻居都紧锁大门，害怕下面大街上的骚乱——除非这些邻居自己也加入了骚乱。不管怎样，都有一种要撤离的气氛。那个男人还在摸索自己的钥匙，而那个女人已经找到了。（她拿着钥匙意味着什么？）随后，她的手电筒扫过敞开的大门,照进门厅,他多么希望自己能为她的到来做好准备。倒是有一件事他几乎能肯定是做过的,那就是让这里看起来给人一种感觉:他没了她也能生活。事实上,这一束挑剔的手电筒光似乎都照在了那些废物上面,而他从她离开以来就一直没有动过这些东西。那幅裱在画框里的彩绘,那一盘新英格兰卵石,门口旁边的那一排鞋子,现在多了他的一双乐福鞋。另外,一切都没有改变意味着,那些应急物资依然在她一直存放的地方,也就是在走廊壁橱的下层架子上。他刚想起来这点,她就把他自己的一支手电筒递给了他。打开开关,就有了第二道光。"威尔?"他叫道,"凯特?"没有回应,"我跟你说了他们不在这儿。"

"现在我知道了。"

两道手电筒光分开。她进一步探索房间,他则转向了厨房。没有任何迹象表明今天早上之后有任何人触碰过那台跟室温一样的电冰箱,而且冰箱门上也没有便笺。当他原路返回到他们的——他的——卧室时,房间有光。里根坐在了那张马鬃大床上,背对着他,身边有一个地址簿。他犹豫着要不要打扰她,不管她在想什么,可是随后他看见她把床边的电话拿到耳边。"紧急服务一直信号繁忙。"

"孩子们有没有可能已经回到了布鲁克林了?"

"我刚才给家里和奥塔尼那边打过电话了,没有人接。而且你已经打过电话了,记得吗?你说你试过每一个地方了。他们并没有地铁票。"

"他们说不定会向别人借。"

"然后到处跑。他们可能丢下你去看比赛了。"

"门票在我的口袋里。"

"他们要拿到并不困难,基斯。那是大都会赛事啊。"她没有转身,也没有拿走放在褐黄色床罩上的手电筒,不过,周围的事物变得越来越清晰了,"该死的,你上哪儿去了?"

"让工作耽误了。"对萨曼莎他也是用同样的借口推脱,不过如果告诉里根他今天已经和警察打过交道,那么随之引起的各种问题是他不想回答的。反正她似乎也没有注意。她正解开衬衫的纽扣。

"好吧,我不打算再穿着这套衣服出去摸黑了。我过去锻炼经常穿的那些毛衣去哪儿了?威尔有没有运动鞋在这里?"他的手电筒照着她,她一边摘下银耳钉,把它们丢在了床上,然后把崭新的高跟鞋脱掉。她打扮是为了让和她过夜的人留下深刻的印象——发现自己收集了不少信息，他觉得尴尬，于是转身走向衣橱，在漆黑之中把毛衣抛过去。随后他发现了自己的慢跑短裤。他把自己的手电筒放在床上两个人中间，然后把自己的腰带和长裤脱掉了。当他脱下衬衫的时候，他们的目光碰上了。她的蕾丝衬裙和胸罩之间，是窄窄的肚脐；他身上只剩内裤。他在想，他们就像是在玩真心话大冒险的小孩一样——接下来，考虑到事态的严重性，他羞愧难当。"怎么了？"他说，"如果我也换衣服的话，会拖慢你的节奏吗？"

她没有理会他，穿上了运动裤。

"可是你到底打算做什么呢？"

"如果警察不接电话，那么我就亲自去找他们。"

"如果你找不到呢？"

"那我就把这座城市翻过来。"

毫无疑问，她无视了他，不过他看到了一个再次表现自己的机会，毕竟严格来说自己还是她的丈夫。"那你等我一分钟，我也要把自己的跑步鞋找出来，"他说，"因为你说得没错，外面的情况可能会变得更糟糕，而且我一定不会让你独自游荡在外。"

上东区——早些时候

那个夏天，几乎每隔一个下午，威尔和凯特就会留在托管处：妈妈为了解救爷爷在办公室里辛苦工作，而爸爸就做自己的事情。然而这一天，他们在常规托管营结束之后被带到了自助餐厅。没有了平常学校里的午餐时的女服务员和咔嗒作响的盘子，某些事情就变得更清楚了。比如说那份寂寞，就有一种往巧克力牛奶里面呕吐的味道。这种事威尔感得格外明显，他是这里最大的孩子，因为太过骄傲而不愿和年纪小的孩子玩。因此他妹妹一个人练习在手工课堂上学到的翻花绳。"别闹。"每一次她的肘部不经意地碰到他的时候，他都这么说。然后，那些准时的父母或者保姆来了，助理主任顾问就会进来把另一个或者一群孩子带走。

一开始大概有四十个孩子在这里，接着剩下二十八个，然后十五个，五个。再下来就只剩下他和凯特了。他们被带出了自助餐厅，就像是惯犯的假释被驳回一样。在托管处的门口，助理主任顾问问威尔，是否能确定他们的爸爸知道今天要来接他们。确信,威尔非常肯定。昨天晚上他听到了妈妈在厨房的电话里说的,而当时他假装没有听到,不是吗?她至少要求爸爸重复了两次——她"晚上有事",不要迟到。还有,要让爸爸记住自己的责任,有时候光是重复是不够的。

在六点三十分的时候,托管处的孩子们被带到了外面学校门前的台阶上,在下班高峰期火炉一般的炎热中等待家长来接,让看门人好去里面开始打扫卫生。天空像往常一样,非常晴朗。一路向北看去,空中弥漫着烟雾。爸爸还是没有来。威尔已经能够看出来结局如何发展了:打电话,一脸尴尬,搞砸妈妈的计划(或许这是爸爸想做的)。可是他们难道就不能自己走吗?他都快十三岁了,看在上帝的分儿上。当助理主任顾问上厕所的时候,威尔走近一位头发蓬松的实习顾问,指了指街区尽头的一个人影。"我想我看见他了。那就是我们的爸爸。"而当凯特开口要反驳他的时候,他用力地掐了她一下。她的大叫看起来足以让实习顾问分心了,他并没有多看刚才提到的那个人。这也是好事,因为现在威尔才分辨出祈祷的披肩和圆顶小帽。他拉着妹妹走下了台阶。

徒步去旧公寓也不过是十五分钟的路程,尽管凯特不断抱怨她脚疼会让你觉得时间放慢了一千倍。像这样没有事先打个招呼就过去,他感到有一点儿紧张,不过从大街上就能看得出来没有人在家。尽管天色越来越暗,可屋里却没有开灯。很可能爸爸已经把他们忘得一干二净,然后一个人去看棒球比赛了。威尔却把备用钥匙落在了妈妈那边。其实他随时都可以要求管理员让他进去的,不过那样的话就会意味着让爸爸摆脱了困境,而这个困境是他应得的。于是,他决定徒步返回布鲁林。如果他们每一分钟走过一个街区,那么他们就能够在八点之前抵达布鲁克林大桥。或者,好吧,可能八点半之前吧。这能有多困难呢?

他没有考虑到的是,凯特每五个街区就要停下来上厕所,或者找饮水器喝水,又或者用威尔最后的零钱给她买一份贝果。在四十二街的时候,她让他们在图书馆停了下来,这样她就可以坐在门前休息二十分钟,揉一揉酸痛的脚。她知道他们爷爷的名字被刻在了三楼的墙上,她一直都喜欢这一点,就像是把名字的首字母缝进内衣物一样。他突然想到可以帮她把这次步行变成一个游戏,标记出所有路过的私人建筑;人们从门廊里头看着,他也不知道他们有什么意图。他和凯特已经走得太远,不能回头了,可是,他们似乎丝毫没有向布鲁克林靠近，而且他连打个电话的钱都没有了。只有想到爸爸在日间托管营紧锁的门外疯狂地踱着步，才能让他继续前行——因为最终，这将是伸张正义。

看吧，威尔甚至在他确切地发现真相之前，就已经在怀疑什么事会发生了。现在他不知道这是否就是在去年秋天父母分居之前，他逃课回到公寓的原因。他爬到床上看书，然后就在那儿睡着了。他被客厅传来的声音惊醒，似乎有人受伤了。不过，即便是孩子们也懂得快乐与痛苦的区别；如果说这是痛苦，那为什么威尔会兴奋呢？他轻轻地走到了门前，恨自己还想听得更清楚些，可是或许就是妈妈和爸爸在那儿，一切都还好，虽说依然很恶心。然而，地板嘎吱作响，这让他僵住了。接着传来了父亲的声音。听起来他似乎在对那个不知道是谁的女人生气。而如果他发现的儿子在偷听他们的话，他会怎么做呢？威尔撤回到自己的小房间里，然后爬进了洗衣篮，拿一沓旧床单盖住了自己。他就在那儿等待着，几乎透不过气来，直到听见他们离开了为止。然后他又等了十分钟，确信他们不会回来。

现在他们又继续行进了，眼前的建筑物就像是在聚会上喝醉了酒的珠光宝气的女士一样。他牵着凯特走过了亮着灯的美甲店、干洗店以及犹太人开的面包房，每次走完几个街区就告诉她现在就剩下几个街区了。她说她又要撒尿了，而且她觉得累了。他把她那塞得满满的背包背在肩上，背包和他自己的行李袋碰在一起。路牌上的数字越来越小了，看起来他们或许可以走到布鲁克林了。可是在走过十四街之后的某个地方时，他能感觉到好像有什么一闪而过，而他们身边的一切，除了路上的车辆，都是漆黑一片的。

他愣在了市区人行道中间，花了整整一分钟，才想明白发生了什么。突然安静了，车辆在大街上突然停了下来，由此判断，感到害怕的并不只有威尔一个人。他能感觉到人们在他身后、身旁走动，现在每个人都成了潜在的威胁。连绵不断的警报声，让远处看起来显得很压抑。"没事的，"他颤抖着跟凯特说，"只是某个地方保险丝烧断了而已。"

"我想要回图书馆去。"

"那是一个半小时以前啊，凯特。"

"可是我真的要去。"他想起来在前面曾经见到过一个停车场，于是跟她说她只能躲在车子之间小便了。他负责站岗，当她小便完了，就跟她说她是个正直的人，并且抓住她的手，解释说这意味着什么。然后他们再次出发。

他们一定是在向南走，因为前面的贸易中心上方有些许灯光在闪烁。然而他们走得越远，夹在中间的建筑就越高，直到他再也看不到那些闪光。他们在村子里东面很远的地方。在这里，车辆在没有信号灯的十字路口快速通行，车头灯照亮了一道道奇特的街景：垃圾桶、行人的膝盖、肆意喷涌的消防栓。在一个街区，有一个男人肩上扛着一台电视机，从一片漆黑之中走了出来。在另一个街区，响起了音乐。在一道公园铁围栏的后面，一些满身汗水的黑人随着迪斯科音乐扭动着。他让凯特看向别的地方，不过自己却忍不住扭过头盯着大门看。当他这么做的时候，一个只戴着一顶牛仔帽、穿着一条护裆的男人站在那儿，观察着他们的一举一动。

威尔吓坏了。他急忙在围栏尽头右转，随后再右转。他凭着感觉找方向，尽量不要转到不断加剧的混乱之中，也不要走到灯光之下，因为那样会让他们看起来像是走失的小羚羊。然而，十五分钟之后，当他向左转了两次，想要纠正他们的路线时，电网就发生故障了。他开始觉得自己变成了他在《邪术国度》里的那个角色——灰袍巫师，注定要在曾经伟大的文明之中，独自流浪于昏暗的迷宫。或者并非独自流浪，因为当他再度回首的时候，发现一个穿着运动服、戴着黑帽子的男人就在他们身后不到一个街区的地方。

另一位母亲

在长岛上，拉蒙娜·维斯伯格对着她的电视机伸长了脖子，新闻演播室每隔几分钟就会放出城市各处的影像。被砸坏的店面，被烧坏的车辆，暴徒团伙在漆黑中蹲守在门廊。所有区都一片漆黑，每次画面切换回主持人的时候，他都会这么重复着。那么你的摄像机是怎么能够继续工作的呢？拉蒙娜想知道，不过莫里斯·戈尔德已经断定那里一定是有发电机的。随后他变得有点气愤，回到厨房去又调了一袋冰茶，"万一棒球赛会回来呢。"这一个半小时以来，她一直都在尽力不破坏她不关注扬基队的假象。但是她拒绝站起来帮助他，因为它又来了，这座城市在荧幕的另一边闪烁，而她凭着母亲的直觉知道，她的查理就在外面某个地方。

最近这几个月，莫里斯也就这一点开导过她——这不是她的过错，男孩子必须吸取教训。尽管称其为"开导"或许并不合理，因为他的方法更加……怎么说呢，就是你会提出问题。是不是真的……难道她不认为……

通常，她都会像一个通情达理的女人那样回应，而不是像她变成现在这样充满了负罪感。而且她内心的一部分知道他是对的。实际上查理已经是成年人了，离家出走确实是他的错。为了掩盖她本不应该感受到的悲痛，她试着去调整。在起初不知所措、伤心欲绝的几个星期过去以后，她花了更长的时间努力地去适应新常态。或者说是试着从问题核心的缺失中分散自己的注意力（现在她明白了）。她美发预约的次数是平时的两倍，在双胞胎被邀请去的那些生日派对上全程露出僵硬的微笑，还把戴维最初心脏病发时医生开出的安定片药方一续再续。她甚至开始让莫里斯·戈尔德在那些过来吃晚饭的日子里留下来过夜，对此他们两人都正式公开承认。在美国独立纪念日的长周末，有一窝松鼠在他的空调管道里死掉了，随着空气湿度一天一天地增加，显然是时候让修理工人来修一修了。他们两个就坐在窗式空调旁的长沙发上，看着其他时区播送的迟来的球赛，尽管她几乎不了解什么是 RBI[a] 和 APR[b]。

不是那样的。

莫里斯回来了，手里拿着一个玻璃杯。他用勺子轻轻敲了敲杯子，冷凝的水蒸气从杯壁上滑落。他不知道要放多少糖，似乎怎么加都不够，不过她还是接过了茶，然后让他把她的脚放在他的膝上。

[a] 棒球术语, runs battled in, 俗称"打点"，即通过击球手得分。

[b] 棒球术语, adjusted pitching runs, 衡量投球手防止得分的统计方式。

第五频道新闻台正在报道抢劫已经蔓延到了布朗斯维尔、哈莱姆、华盛顿高地以及下东区。现在记者说，官方正在大力镇压，并且希望能在早上恢复供电。他是一个五官端正的黑人，穿着防风夹克，戴着领带，站在联合爱迪生电气公司总部外面一片亮得很突兀的区域。在他的身后，那些看起来像是抗议者的人被按着脑袋押进警车里。小心他们的头啊！她在想。那个记者并不是站在某个地方的摄影棚中，还有那些瘦成电线杆一样的孩子被戴上手铐，在聚光灯前游行示众，然而谁又会说这些并非只是特效呢？

"那个布朗斯维尔到底是在哪里？"

自从她和戴维为了让小孩能有一个玩耍的院子而搬到这里来以后，她脑海里的地图，就像这座城市一样，已经破碎不堪了。不过，她还是搞不懂事态是如何绕开上西区，从地狱厨房"蔓延"到哈莱姆的。莫里斯按摩着她的脚，他认为布鲁克林的某个地方就发生着这样的事情，为什么呢？他仿佛并不知道为什么。图书馆里有些书谈到了这些嗑药的年轻人。她了解到他们如何在市中心最贫穷、最荒凉的地方聚集，他们如何最终成为瘾君子或者妓女，或者两者兼有。这令她想到自己一直以来对查理要求太严格了，不过这个时候莫里斯又会切换回疑问的语气：有没有可能这只是 70 年代的问题？她从来没有向他承认自己曾投票给吉米·卡特——一位被他指责为支持放纵文化的总统。而现在她不知道他有没有说错，如果这位总统不是那么软弱。莫里斯依旧不清楚怎么做脚部按摩，而且有时候她希望他能被她骗过去，然后开始大喊大叫。

新闻快讯结束，很快就到了广告时间——即便是在市政紧急的状态下，花生酱也一定要卖出去——当一个长长的罐子出现在屏幕上的时候，她听见大厅里有人在咯咯地笑。她叫了一下那对双胞胎的名字，听到两个人飞快地跑上楼梯，然后在顶上停了下来。她又叫了他们一遍。"亚伯，伊兹。我是不是说过，不许你们偷偷溜下床吗？"

当他们紧张地用无声的语言商量时，花生酱广告的音乐响起。接着："我们睡不着。戈尔德叔叔可以给我们念一个故事吗？"

不，戈尔德叔叔不行，她把话说出口了，可是莫里斯已经把手撑在膝盖上要站起身来了。"别担心。我会搞定这些胆小鬼的。"

他走开的时候，她回忆起往昔的场景，这本来应该是戴维做的事，而现在孩子们也仅仅是假装还记得他罢了。查理是他们当中唯一知道如何哀悼的。不过她又应该做些什么呢：让他喝醉，把车撞坏，让他随意往来？看看报纸上的那个女孩的事情吧！她依然想要相信，在查理陷入那种麻烦之前，在他嗑了药之前，或者出卖自己的肉体之前……她没办法再想下去了。而且她突然就明白了，她不可能是今晚唯一一个为了她最爱的人而屏住呼吸的人。黑暗只让一件事情更为清晰：你不顾一切都想见到的人，才是对你来说真正重要的人。有时候在早上，当门前送上报纸的时候（她把戴维的订阅续约了，因为这比向《新闻日报》的接线生解释她希望中止订阅要简单），她都会从熟睡中起来，深信来的人会是他。她会穿着她的睡衣下楼，把门打开，然后发现她的儿子就在石板走廊上。即便是他无精打采地站着，也显得很高，而且当她把他抱在怀中的时候，他会发抖。每一个情人都有母性，每一位父母都盼着孩子回家。从孤儿院的那个女人把襁褓中的小婴儿交给她的那一刻开始，她就努力地这样对他。他的脸红红的，长着一头美丽的红棕色头发。她不顾戴维的反对，戴了一个十字架，想要说服女修道院院长，表明他们是善良的天主教徒。当那个女人放手的时候,她开始想,自己到底在做什么。现在拉蒙娜把白天的自己又提升了一个层次,而报纸不过是一种回忆。她不会再次感到那天早上的空虚,当时她甚至走下去开门,对着一片片被露水打湿的草坪,鸟儿飞下来啄食种子,视野里没有其他人。她想,干脆就坐在长沙发上一直看守着好了,但愿坏事情不要发生在这些聚集在城里每一个角落的年轻黑人身上。也希望不要发生在她的儿子查理身上。他在哪里呢?

上东区——晚上十一点十一分

大停电或许已经给其他每个地方都埋下了反抗的种子,不过在几个小时之内,列克星敦大街就逐渐恢复了原状。一些咖啡馆甚至把放上了蜡烛的桌子拉到了人行道上,从箱座里一眼就可以看清这个夜晚里发生的蠢事。当一个拉美裔小孩骑着他的小自行车撞上了其中一张桌子时,那里的一对夫妇把他抱了起来,拍了拍灰尘,然后让他坐下来喝格拉巴酒。基斯停了下来,问他们有没有看见一个女孩和一个男孩路过;女孩六岁,男孩十二岁,不过他看起来更像十岁。可是里根并不期待答案,因为她已经在很多个街区听过了十几种这样的回答方式:没有,抱歉,没见过。试着搞清楚下一辆警车会在哪里出现会更好。它们常常会经过,只是都在一百米开外的十字路上。不过,当下一次警报响起的时候,她判断错了;灯光在她身后从东向西经过,就在小酒吧的另一边。"你为什么不试着挥手示意,让它停下来?"她哀求着,再次走到基斯身边。

"你没看见我挥着双臂跳来跳去吗?"他说。

"我怎么会看得见呢?"

"问题是,我们来错了地方。"

"我不知道你为什么会这么想。"

"稍微像警察那样思考一下吧,里根。你的警力预算刚被削减了百分之十五,突然就停电了,而你必须去阻止这座城市变得疯狂。那么你要把你的力量集中在哪里呢?不会是上东区。"

"这里有贵重的房产。"

"对,还有人在保护它。看门人、保安,还有管家……警察会觉得他们应该去那些更危险的地方。"

"你什么时候变成专家了，基斯？不过没关系。我们需要的是像你儿子一样思考。而如果你稍微停一停，就会明白他想要去有人的地方，因为那样他才会感到安全。"

"你觉得我没有在想他吗？我告诉你，我随时都准备好了进入犯罪地带。但是我们要先决定好是去找孩子们，还是去找警察。"

"为什么我们不分头找呢？各找各的？"

"我已经跟你说过了，不可以。"

在公寓的时候，她就应该坚决反对的——他再也不可以为她决定这些事情了——但事实上，她的决心正在动摇。现在，下一个十字路口中间响起了一声刺耳的警笛，而在她的大脑能够厘清自己的感受之前，威尔的运动鞋就已经带着她向前走了。

只不过那并不是警笛，而是一个穿着旱冰鞋的女孩在指挥交通。在她身后经过的车头灯照射下，她身上薄薄的衣服变成了半透明的。她里面什么都没穿，而里根看都不用看就能知道基斯会目瞪口呆。拜托了，她想。这还是个孩子啊。当然了，他们在旧卧室里面换衣服的时候，他看起来就像一个孩子，不过难道她不依然渴望他走到身边，把手放在她身上吗？你可以让人们为自己的所作所为负责，却不能让他们为自己的为人负责，而基斯就是这样的：呼唤，渴望，不顾道德的欲望。但是等一下——大道旁的那些停车灯——那是不是一辆没有标志的警车？

当她走近时，那个司机缩在他的座位上。显然，他也在色眯眯地盯着那个轮滑女孩。大块头，就着她的手电筒可以看出，他穿着一件夏威夷衬衫。不过在仪表板上的确有一个警报器，像个暗沉的雪景球。她不得不说了三遍"打扰一下"他才有反应。"女士，请把你的手电筒拿开。"

"警官——"

"是警探。"

"我需要你的帮助。"

"你没看见我在工作吗？"

再一次，没看见，不过等到他从车上走出来的时候，基斯已经赶上来了。"我们的孩子失踪了。"他脱口而出，"两个孩子。我们认为他们一定是在这附近的某个地方。"

警探从他胸前的口袋里拿出一包香烟，往车上敲了敲，抽出其中一根。"你有失踪人口报告吗？"

"你说什么？"

"那是你需要的，一份失踪人口报告。"

"我他妈需要的是找到我的孩子。"基斯说。

警探放下了打火机，没有给香烟点上火，然后打量了他一下。里根心里也想要开骂，可是基斯迟来的情感爆发只会让情况更糟。"亲爱的——"

"不，说真的，我要向谁提交报告呢？你是我们这一个小时以来见到的第一个警察——如果你真的是警察的话。而且我应该什么时候提交报告呢？他们才刚走丢了几个小时。"

"那么你怎么知道他们失踪了呢？说不定他们在吃比萨呢。"

"在这么混乱的环境中吗？"

"拜托。你一定有无线电的。你就不能问一下你的同事们，看看有没有人见过他们吗？"

警探朝着十字路口挥了挥手。"看到了吗？看到那些车辆和司机了吗？"当里根转身去看的时候，一方面是她并不想看着基斯遭到惩罚，另一方面是不想让他们发现自己有多么恐惧。她一直都假设她所在的这座城市本质上是仁慈的，可是现在它正在暴露其更深层次的混乱，逐渐变得毫无意义。"你们这种人的麻烦就在于此。"警探说。

"那是什么意思？"

"你们这些人喝着葡萄酒，跑步穿着专用的衣服，你们觉得自己的问题比任何人的都重要。可是，现在这里有成千上万的纽约人需要回家呢。"

"所以，你就坐在车里打手枪吗？"

"你是想被押回市中心吗，伙计？那就是你想要的吗？"

"求你了，警官。我的丈夫不知道自己在说什么。"

警探的态度变得缓和了。路过车辆的灯光让他的眼镜看上去略带色彩，几乎是蓝色的。"听着，我能帮你们做到的是，如果你们的孩子到早上还不出现，那么你们就去当地的分局要一张表格。但同时，我们手头都很忙。现在，如果你们不介意的话……"他回到那一辆不像警车的车子里，突然开走了。

"好吧，这跟计划的不一样。"基斯说，那一辆车一边在街上缓慢地行驶着。

"在你插手进来自作主张之后就不一样了!"

"你没有跟我说不要啊。"

"我跟你说了又有什么区别呢,基斯?反正你从来都不听。"

"这不公平,你知道的。"

"我说了,我们分头行事。你不听我的。"

"我是出于对你的关心。"他说。他已经变得不平静了。

想想看,她都已经准备好原谅他了!"一切事情对于你来说总是这么简单,不是吗?每一件事情发生了就发生了。那么谁去承担责任呢?"

"我们在这里争吵什么呢,里根?"

"你就不能道歉吗?为什么承认错了就这么困难呢?"

"我从来都搞不懂我们到底要闹到什么地步。"

她继续走起来,离开十字路口,并没有做出回应。她能够感觉到基斯注视着她的背影,在盯着她的脖子后面。"后脑勺长了眼睛"这个说法并不能很好地描述这种想了解一个男人的强烈情感——他在想什么,他用什么姿势站着,他的心情有多激动。还有想要被了解的情感。她试着告诉自己这只是影子搞的鬼;他完全不知道你内心的想法!不过,她又是怎么知道他不会跟上她,走到更漆黑的地方呢?还有,他如此轻易地放弃,让她就这么离开,为什么会让她感到这么伤心呢?

另一位父亲

确实,当他出去检查市政事务的时候,事情有时会陷入困境。这是次级联盟棒球场的开幕之夜,新泽西州的卡西米尔·普拉斯基纪念日。演出规模很小,他相信里佐能够处理好。然而,小卡尔米内·西齐亚罗可能会在第一次点火之前就开车出去,看看效果。内地有一部分观众非常渴望狂欢的氛围,以至于周边数公里的交通造成拥堵——人们干脆把车停在了路边,关掉引擎,注视着那一大片烟火。而当卡尔米内的车开不过去了,他就下车继续步行,一边从观众中间溜进去,一边观察着人们的脸。他是唯一一个没有望向天空的。

这次不一样。

不到两个小时以前,他在商店外面,帮助来自纽卡斯尔的赞贝利,用两块大木板装满货车,为剩余的货物签署文件。当周围变得一片漆黑的时候,他已经被堵住了。他的第一反应是松了一口气,因为他已经把需要做的事情都完成了。随后他想起了萨姆,她还连着呼吸机呢。虽然电话一直都在 8 号房,但是他没办法让那个该死的医院里任何一个人来接电话。所以他现在就在通往皇后区大桥的高架引道上,所有喇叭都在同一时刻鸣响起来,不过,这显然毫无意义,因为任何人都无路可走了。其他司机探出车窗想看看河对面发生了什么,然而,浮现在眼前的只有市中心白色的老房子。堵车又堵了十分钟之后,卡尔米内拿定主意了,把卡车丢下,步行去出口匝道,跟着一公里多以外的警车的蓝色闪光。

到了大街上以后,他才想到自己的安全问题。这些天在高架桥下驾驶时,甚至在白天也要把车门紧锁。远离了在高速公路上面的车辆,现在的空气充满了烟味,黑暗无边无际地在蔓延。没有公用电话,只有一些人在人行道上时断时续的火光周围缩成一团。赶紧从他们中间走过去。有两个人在车后面闻着什么东西——那是一辆马车吗?——抬起头来看看这个老糊涂在做什么。或者他可能只是在幻想:最近几个月以来,他感觉就像回到了最初被戴绿帽的日子,走到哪里都被人盯着看。就是那个人,那个丈夫,那个父亲。

但是不幸啊,夜晚扰乱了时间。一切事情更像是混在一起了,而不是按照固定的顺序。目前,即便他摇了摇头,用剩下的体力继续向下一个堵车的地方进发,他的内心深处还是想起了他的老父亲过去常常带他来这一段大马路,因为他们需要更多的瓦楞铁皮来搭棚屋,或者很多盘千米长的金属丝。在那个时候之前,卡尔米内的整个世界只在下东区,街区一个接一个全是三个房间的公寓,被晾衣绳上的衣物串联起来。在他的爷爷去世以后,他们被收留在楼下的一间寄宿公寓里,卡尔米内就被关在其中,他变得更加内向。他构想出自己的第一次演出,在他床后一小块隐秘的墙壁上用彩色铅笔画了出来,就是直接的结果。(这是否就是萨曼莎用她的杂志找到的解决办法呢?)可是随后他的父亲突然出现,深入他内心的孤独,把他载到河的另一边,然后他听见小贩们说,卡尔米内·西齐亚罗!这一定是小卡尔米内……后来,他们把路面拓宽为八车道。临街面也不一样了,不仅是因为停电而漆黑一片,还因为本不该有建筑的地方矗立着一个个四四方方的影子,而本该有建筑的地方却留下了空缺。这边是拉菲图五金店,里面有数不清的装着螺钉的小抽屉。那边是一家计时旅馆,窗边站着其貌不扬的女孩子,现在他才明白这些人是妓女，所以说这里或许也没有太多变化。黑暗只是摘下了面具，让心灵的眼睛变得敏锐。裂开的石灰墙上，记忆中的铅笔画下蜡红色的记号，就像几尺开外的车尾灯一样清晰。

不过，这也将未来拉得更近了，以一座桥的形式，在夜色中画出更深的黑色。当他沿着桥的斜坡往上走的时候，里面的一道路堑让他找回了驱使他来这里的感觉——他一定是做了什么事情对抗那些他不太信任或者放不开的力量。这就是为什么他从来没有告诉过记者关于在夜里沿着高速公路的紧急停车带散步、思考艺术的事情。这听起来像是违背常理的事情。你不可能成为自己的听众，就像你不可能参加自己的葬礼。现在，理查德这个可怜虫不见了，萨姆可能正在离开，而上天从来没有接受过他的呼唤。此刻，卡尔米内站在桥上，被他遗忘的星星从大梁上坠落，在被车灯照亮的汽车上闪着光。他的背部开始疼了——这活儿并不简单。看不见地平线，这让他怀疑自己还能不能到达要去的地方，而他身后，他来的地方或许也不在了。他无法确定当他回来的时候，要是他会回来，他的卡车不会变成一个没有外壳的烧焦的底盘。他也无法确定到时候远处的岸上不会有一列骑警等着阻挡一切来者。他还无法确定一旦他周围的每一辆车都返回到长岛，他们不会把桥炸掉然后给曼哈顿来一次维京风格的葬礼。不过在火光后面，卡尔米内提醒自己，反正一切事物都会死亡——除了他的女儿。所以他会坚持拖着脚步走在这座桥上，借着残存的光线，去往另一个可能的世界，试着想象如果自己能够到达另一边，那么这么做就有意义。

东村——晚上十一点十三分

虚心的人有福了，查理想起来，因为窗外有一个拿着大砍刀的酒鬼在包厘街跳来跳去。在东三街的拐角处，一张日式床垫被烧得只剩骨架。人们围聚在一起，手里拿着看起来像是车用天线的东西，末端扎着肉制品。巡视员不得不拉响警报器把他们赶走，即便那样他们大多也只是瞪着旋转的蓝灯，不为所动。谁又能责备他们呢？警车来到这里的目的是要抓人的，而坐在警车里——铐在了后座——让查理被视作阶级叛徒。随后不知道什么肉，热狗或者是人造阳具，撞在了他的头旁边的玻璃上，他对那个跛子深感同情，他的特制手柄固定在方向盘和手刹上面。使人和睦的人有福了……"那是什么?""没什么,查理说。什么都没有。

在漆黑中,冷冰冰的法伦斯泰尔门口外,手铐被摘掉了。"不要见怪,好吗?"督察说着,把钥匙放回口袋里。"铐手铐是标准程序,事实上我已经为你打破了十多条规定了。不过对于你的不便,我还是要道个歉。"

查理很讨厌自己当了笨蛋,不过当他跟随着普拉斯基那摇摇晃晃的手电筒光时,还是忍不住揉搓自己的手腕。用耳朵贴着前门听了一分钟之后,普拉斯基绕到了地下室的一扇窗户旁。他伸手去碰了碰夹板。"你能感觉到吗?这个有点弹性。"查理的决心也是一样。当时他最重要的是用尽全力逃跑。如果这一次他再逃跑,那么这里就没什么能够阻止得了他。

然而他却拽起了夹板,钉子发出了声音,非常刺耳。他不得不借用普拉斯基的拐杖,撬开其余的木头,在那些阴影中间弄出一个空洞。"为什么我不能也有一个手电筒呢?"

可是他们已经争论过了,这里只有一支手电筒,而督察并不打算让查理拿到。"你明白这都是出于好意,对吧?我还没有接受你所说的话。"他拿他的手电筒照着窗台,就像是一只发抖的手在摸索着掉出来的玻璃碎片或者钉子。"我估计你知道怎么进去。你进去以后直接去前门让我进去,然后我们一起去检查,看看会发现什么。"

事情并没有如想象中那样发展。督察本来应该把查理的指控转告给特警队,他们会和军情六处以及直升机在这里会合,行李袋会被带出来,然后是尼基和索尔——如果索尔还在这儿。而查理则会在安全距离外看着,这样他们就不会发现是谁告发了他们,再接下来……萨姆会活下来。他明白,这个完全难以置信的故事加上这次大停电,致使计划出现了偏差,不过他并不期望真的成为进去的那个人,而且还是独自进去,剩下的时间肯定不多了。"要是有人在放哨怎么办?"他问。

"我不愿意打破你的幻想,可是我不认为这样的情况会发生。里面非常安静。"

查理曾经亲眼见到过地下室,他被迫进入的那间,里面几乎没有家具,可是当他双手开始摸索的时候,他的记忆变得似乎不再可靠。他竖起耳朵听,督察是对的:这次大停电就像死一般寂静。这并不意味着没有人或者什么东西潜伏在里面。事实上,安静的潜伏或许正是你所想要的。他希望那该死的手电筒能照到这里,但是他怕得甚至连回头小声说句话都不敢。再说了,谁能断言督察还在那里啊。谁能断言索尔·格兰迪还没有从他藏身的地方跑出来,堵住普拉斯基并把他塞进货车里。人类可能做出任何事,那么,就只有两种合理的做法了:要么做最坏的打算,要么给足信心。此时此刻,几乎可以肯定,这里不存在可以信任的东西。查理已经把他的一次机会毁在了对于生命尊严的某种无意义的空想上。即便是这些他为了冷静下来而哼唱的颂歌也是一种宣传,就像尼基一直说的那样。这些宣传有足够多的漏洞去将任何人想要的任何事物合理化。如果说真有什么过失,那也是查理的过失。但是,他不能像诱饵一样坐在这里,于是他对着自己的吸入器吸了一口,然后找到楼梯,找到残垣,找到前厅。当他把门打开时——感谢上天——督察就在另一头,或者说是他的手电筒光就在查理眼前晃来晃去。

"这边走,他们应该就在那儿。"

督察在后面的台阶上放慢了速度,在查理走过的不平整的地面上也一样,那里有长满铁锈的旧自行车车架藏在高高的草丛中。流浪猫在嚎叫,不知道是出于热情还是愤怒。有人从一栋不显眼的大楼那儿冲他们叫喊,要他们离她的房子远点,不然她叫警察了。"没事的,女士,"警官发出嘘声,"我们就是警察。"不过现在他还是把手枪拿了出来。这并不完全是一次秘密行动。

在那个小房子的外面,借助手电筒的光只能看到窗户上的锡纸,薄薄的灰尘以及一片漆黑。门口旁边的地上有一把崭新的挂锁。还有其他不一样或者不见了的东西,不过查理说不上来具体是什么。普拉斯基把手电筒贴在手枪上,推开门喊"别动",光线扫过四周……并没有发现什么东西。煤渣砖砌出来的隔断已经被拆除转移了。就连那张地毯也不见了。只剩下一堆吉他弦以及一个大鼓,上面用拉丁文写着"虚无"(希伯来语 Nihilo)。

普拉斯基轻轻敲了敲那个鼓。里面是空的。"就这样吗?这就是你所说的大阴谋吗?"

查理从来没有想过尼基不会在这里,也没想过最近的这些顿悟或许真的不可靠。他一边想,一边发了疯似的检查任何可能会藏有炸弹的地方。尼基太自恋,不可能自杀。或许他并没有和这艘船一同沉没,而是把火药安放在了更加安全的地方,然后跑掉了。还有足够的时间去搜查整个房子吗?"不,不,再给我一点儿时间。"

他带路回到后面的楼梯,然后一层一层地往上走,等待着爬得十分缓慢却还要占着手电筒的督察。房子的内部看起来很不真实,就像是一具躯体只剩下一副骨架一样。熏黑了的地板、碎裂的砖块……查理在这里的每一件事情都像是梦。仿佛他就是那个躺在床上的人,打着吗啡点滴。这里没有地方可以藏得下一个背包。他希望至少能找到那一包照片,向警官证明他不是疯子,证明这里真的有一个PHP。可是,他们只在阁楼里才找到一些东西,最后却发现那只不过是他昨天落下的杂物。当时他想着,不过离开一个小时而已,就留下了睡袋和他的衣服,还有萨姆的那台没有胶片的相机。他伸手去把皮带拿起来,绕在脖子和肩膀上,忍受着紧绷感。窗户紧闭,这里像个汗蒸屋。烟囱被砖头堵住了,不过,这让他想起来上面还有一层。

他已经爬了一半通往屋顶的梯子,督察问道:"你觉得你在往哪儿走?我爬不上去。"

"那就在这里等着。不过我需要那支手电筒。"

"查理,这个晚上我已经看得够多了。我好奇过、冒险过,现在失败了。"

"求你了——你说你会给我一个机会的。我相信你。"

又过了一会儿。随后,让查理惊讶的是,普拉斯基把手电筒递过来了。

查理准备从梯子顶部退下来,却突然感到爬得太高了。他不得不手脚并用地下来,像个婴儿一样。拿着手电筒也没发现那儿有什么可靠的证据,除了一个坏掉的鸽子笼。穿过那些板条和电线,就能看见大街上的人造光了——车辆和火焰以及其他手电筒的光——更远处,尼基做梦都想看到的整个金融区完全看不见了。或者说是几乎整个区:两个幽灵般的塔顶上闪着红灯,即便是停电,它们也一直亮着,毕竟那是对飞机的警告信号。朝着市中心远望,他能够辨认出帝国大厦——星空下的一根黑条,还有如针一般细的克莱斯勒大厦。有什么东西在它们中间闪烁着微光。一个发着金光的菱形进入了他的视野。

"告诉我,你在那上面发现了什么?"有一个声音从他身后的天窗传来。

"没什么。"他必须承认,"我发现没什么。"

"没有一个东西叫作'没什么',孩子啊。告诉我你看到的东西。"查理放平了手电筒,仿佛那微弱的光线能够一直照射到市郊。这让他想起了他爸爸带他去自然历史博物馆看过的展览。如果你按下按钮,那些房子顶部就会发射出一道光;八秒以后,它就会到达月球。远处摩天大楼那金色的楼顶周围,看起来好像在冒烟——那就是引起闪光的东西,灰色盖着金色——只是它并不像烟雾该有的样子。它没有悬浮或者上升，反而像一张面纱来回挥动。该死的。车库里不见了的东西，此刻就在屋顶上，正是索尔的那些鸟。它们就在那儿，在一两公里外的塔上盘旋，像奥兹国那些会飞的猴子，不顾一切地想要告诉他什么事情。"我看到一栋大楼，它的警示灯还亮着，"他说道，"就是那个有金色塔顶的。"

"你说的是那栋汉密尔顿-斯威尼大楼。"

那一刻，查理对于今晚的危机有了新的理解。以前没有摩天大楼的时候，他们经常说什么来着？大楼越高，越接近……噢，上帝。

92 贝斯以色列医院——晚上约十一点五十分

1965年的最近一次停电之后，曼哈顿九家主要的医疗中心，有八家都在发电机的现代化方面做了大量的投入。猜猜哪家没有这么做吧。没错，贝斯以色列医院直到现在都还依赖着一个老旧的柴油发电机，而且还是事后才添加在锅炉房旁边的。文件上的城市应急计划包括如果电力供应中断，那么联合爱迪生公司会进行一次礼节性的拜访，以保证主电路可以被切换。可是，今晚没人拜访，整座高层建筑瞬间黑灯。随后有一个门卫主动去医院的地下二层，找到了手动旁路开关——伴随着一阵之前没有的隆隆声，上面楼层的灯光恢复了。窗框颤动着。一人份的什锦水果罐头在倾斜的托盘上滚动着。尽管被层层地板以及厚底鞋减弱了，这一阵隆隆声还是惊动了手术大厅的护士们，她们窃窃私语着。

星期三晚上通常是一个星期里面最漫长的时段，事情发生时大多数的内科医生都在威斯彻斯特吃晚饭。至于那些警察，他们当中许多人将会在接下来的几个小时内被召回到市内。他们会在等候区组成小队，讨论谁负责什么，不过说实话，那些护士才是这颗短路了的心脏的起搏器。她们的首要任务就是检查九百三十七张住院病床，保证设备已恢复运行。这是一项艰巨的任务，但是这些壮实的东欧和西印第安女人已经对程序烂熟于心了，如果你对她们有意见，她们可以让你的日子变得非常难过。她们检查病人的生命体征，更换葡萄糖点滴，她们还要为使用呼吸机的病人换上手动呼吸气囊，因为电力恢复以后呼吸机会乱套。她们迈着轻快而庄严的步伐在走廊上移动，就像是一听到铃声就行动的消防员一样。

话说回来，好几个小时过去了，才有人查看817B房，原因解释起来加倍困难，或者说是三倍困难，因为八楼的护士——玛格德琳娜、芳婷、玛丽还有玛丽·帕特——她们对于里面的病人关怀可谓无微不至；她已经在里面住了一百九十三天了。在凉爽的晚上，如果她的父亲忘记关窗，她们就会关上，然后到了早上，她们又会把窗打开，想着她理当会想看看窗外。她们会用金黄色的海绵给她擦洗身体，就是丈夫们周末在家庭旅行车上会用的那种。她们给她擦干身体，更换衣服，喂她吃食。芳婷和玛丽·帕特给她唱歌；其他人并不擅长唱歌。不过所有人都摸着她的手或者脸颊，跟她说"你好吗""已经很长时间了"，还有"休息一下吧，睡美人"。这是芳婷想出来的昵称。或许这是经过深思熟虑的，这就是为什么她花了这么长时间才过来：一个事物离我们越近——离我们更多人越近——它就越容易被人忽视。

午夜之后，芳婷终于要把新的输液架推进去了，可她才刚推开门就被吓到了。很难说她首先看到的是什么：角落里坏掉的呼吸机，病床边显现的金黄色皮肤的大块头。病号服从背后裂开，露出了墨黑的爪子或者翅膀，从脊椎骨延伸到脖子和头颅。芳婷意识到，这肯定就是那个想射杀她的男人——吊带袜杀手。为了完成工作，他回来了，他一双手继续着紧扼的动作，一边转过头来看是谁在喘息。刺青蔓延到了他的半张脸上；她从来没见过任何类似这样的东西。他的耳朵上挂着一把小匕首。随后，他继续干他的活，就像强大的捕食者并不在意如她一般弱小的猎物。

早在1月的时候，警队的那个腿脚不好的小个子警察就曾在换班时间把护理人员都召集起来，告诉她们要特别看管好睡美人。大概就是因为她的白色皮肤，他们才会重视她更甚于其他病人。虽然那些报纸并没有提到她的名字，但他们已经把她写成了一个故事，讲述这座城市到底哪里出了问题。要知道在东佛拉特布什区大晚上从火车站走回家的路上，你会更经常听见枪声，而且没有人会在乎。某位匿名的慈善家会很快地站出来为这个女孩付医药费。不过那都是芳婷意识到自己对女孩负有责任之前的事了，现在她真切体会到了自己的失败。白天早些时候就有人说过这里有骚乱，她本应该明白，该多留心的。她紧紧地抓住输液架，仿佛那是一个鱼叉。她试着不去考虑那个男人的双手能够对她做些什么。随后那双手又动了起来，然后她听出了一种声音，就像是有人把空牛奶盒揉成一团。她瞥见了手动呼吸泵的蓝色袋子。接着那个男人说话了，完全就像他们彼此相识一般："你要接替我还是怎么样？我的胳膊要断了。"

他如此从容，让她放下戒备，迅速走进房间。前一刻她还做不到。他到底把她当成了什么人？他在这里做什么？这并不是他的……她振振有词地说："你没权这么做！"

"好吧，护士小姐，我们中最好有个人能搞定，因为你们的呼吸机已经坏了几个小时了。"可是当他把袋子递给她的时候，她本能地拍开他的手，然后那个蓝色的生命维持气囊就掉在了地板上。她心中的其他忧虑在脉搏监视器发出长鸣之前就消失了。她手脚并用，在地上摸索着，随后站了起来，用透明塑胶口罩盖住女孩的鼻子和嘴巴，玩儿命似的给袋子充气。喘了几口气之后，她命令那个闯入者把拇指放在那个女孩的手腕上。

"计数啊，"她说，"我说停你再停。"

她的胸部距离他宽大的肩膀只有不到十五厘米，他的手臂从过小的衣袖里露了出来。众多刺青当中有一个纳粹标记，她假装没有看见。十五秒以后，她计算出每分钟四十四跳的心率，这跟心电图的显示一致。机器不再发出警报。空气流入流出。塑胶口罩上结出雾气。在呼吸机的透明罐上，她看见了自己生气的样子。"探视时间已经结束，你懂的。结束了。"

"我不是来探视的。我是病人。"

"真是这样吗？"

"我想，你们给我穿上这套衣服就意味着我可以随意在大厅里走动。而这里的萨曼莎碰巧是我的一位老朋友。你该庆幸我过来探望她，不然，我也不会听见电力恢复后那台脉搏器发出可怕的警报声。"

她无法看他的脸，说："你本该去叫护士的。"

"你看这里有电话吗？"

"这里有一个呼叫按钮。我们都接受过专业训练，而你呢？"

"该死的，即使没有证书，我也看得出她没了呼吸啊。我在水槽旁边发现了这东西，然后就一直坐在这里，看着她漂亮的脸，按压气囊。"芳婷想知道，这个冒失鬼到底何等傲慢，不过从他嘴巴和右眼周围的黑色墨水来看，很难说他一点儿也不真诚。

"这些刺青，对身体不好，你知道吧。"

"老妈总是这么说的。上帝保佑她。"

"墨水会进入你的血液，引起肝炎。"

"反正我也活不长了，亲爱的。睾丸癌。"他无端抓了抓病号服的前襟，不过又有点畏缩。"明天就要开刀了。或许他们会把左边也做了，以防万一。但是你别告诉任何人，好吗？因为那样我就不得不杀掉你，或者离开这里，二者选其一。"

她端详着他。

"还有，关你什么事，对吧？那不在你的权限内，正如这不是我的权力一样。我最好还是回到楼下去，像个好孩子那样吃我的钡餐。"

"不，"她很惊讶自己会这么说，"你留下来。你需要留下来。"在817B这里，漆黑之城上方的一丝光线中，她感觉自己就像是脱了壳的软体动物，过着令人颤抖的灰色生活。如果再来一次眼神交流或者肌肤接触，那么这个粗鲁而闪亮的男人就会知道所有她试图对这个世界、对她自己隐瞒的事情：那个晚上，她的第一任丈夫狠狠殴打她，然后她把屠刀刺进对方的身体时，她有什么感受。自那以后的每一天，心知自己的所作所为，她有什么感受。醒醒吧，不知道哪里传来的声音，非常清晰。而她在努力地清醒过来。她在努力。"我们要看看有没有损毁。我去叫医生的时候要有人保持呼吸机工作。"

当然了，她也可以让比莱去，但是她向他演示了正确的技巧，告诉他把手指放在什么地方才不会拉伤手腕的肌肉。她走到了病房门口才敢认真打量这个文着刺青、戴着长串耳饰、有着八分之一黑人血统的人。她想提醒他在做任何扫描之前，都得先把耳饰摘下来，可是当她看到眼前的转变之后就没有这么说了。他以不可能更讲究的方式再次检查了呼吸气囊的封口，认真地看着挂钟上滞后的秒针，等待着下一次挤压。

市中心（中城）——九点二十七分左右

"给你二十分钟，之后我要调用。"督察说着，关上了查理身后的门，不过这样就很难明白"二十分钟"是什么意思了。街对面银行上的钟停在了九点二十七分。在车里，收音机又坏掉了，警报器在无声地旋转。蓝色的光带扫过路边散乱的垃圾,周遭仍是一片漆黑,直到查理看见大厅外几英尺处上方的一道红色闪光。它们就在那儿,三个足球场高的地方:从数公里外的连排房屋那儿瞥见的鸟儿。时间仿若暂停。他认为,这并不是一个谜团应该终结的方式。可如果他是对的呢?多少吨的岩石坠落,才会在市中心形成一个体育场大小的坑呢?周围的公寓大楼里有多少人被碎石或者火焰吸引到外面去了呢?他依稀能听见空气中的警报声。督察推不开大楼一层的旋转门,本该有个笨蛋早早告诉他们上锁了。他翻开他的徽章,用金属的部分在玻璃上敲打。他的手电筒光几乎透不过去。"警察!"查理焦躁了起来,环顾四周,又用了一次吸入器。这些街区安静得令人害怕,没有公共汽车,没有摩托,头上也没有一架飞机。接着他听见了脚步声,硬鞋底走在硬地板上,还有发光的眼睛。

门打开的时候,他看清了那个带着手电的人,一个长着胡楂儿的胖子。他穿着的丝绒套装跑线了。以前查理每年来这里洗牙的时候,都觉得这些制服在闪闪发亮。他还记得曾经站在电梯旁边,尽量让自己不要惊慌,妈妈在一旁抓着他的手臂。现在,是普拉斯基抓着他,他咕哝着让查理闭嘴。随后,当那个小个子警官挺直身子时,有什么东西破裂了。"我们要检查一下这个场地。"他们在白天是不可能蒙混过关的。

"你们是谁,记者吗?"

"纽约警察。"

那个人把手伸过去的时候,督察把徽章收了回来。

"那这个照相机是用来做什么的?"那个人问查理。

"我的同伴是卧底——"

"我们要看一看第四十层。"查理说。面对普拉斯基那轻蔑的脸色需要勇气,不过他回想起了另外一些事情:黄铜住户名牌,以及德莫托医生诊所上面几格处,汉密尔顿-斯威尼公司,套房4000。他觉得有什么东西仿佛从没真正消失过——那些碎片就藏在里面的某个地方,等待着被重新拼合在一起。如果花一些时间继续想想这个念头,他或许会得到一些安慰,可是那个胖子还在拦着路。

"我必须要去找这栋大楼的管理员。"

"恐怕没有时间了。"普拉斯基说。

"那么,我想你需要出示搜查令。"

和这座城市的公职人员打交道，你得防止他们找到自己的定位，因为他们一旦找到了，就会誓死捍卫。不过督察用手电筒照着他的腋窝附近，在解开什么东西。他的用词还是非常礼貌，不过语气更加强硬了。"在我看来有些状况是情有可原的。我们市中心的打字机全都是电动的，更不用说在这个时间点，十一点四十五分，找一名法官有多么困难了。那么，我们来谈一谈市民的合作精神吧，你告诉我和我的同伴去顶层最快的路。不，我的意思是你亲自带我们去。不要担心你老板的事情，时机成熟时，我会告诉他你是一个非常可靠的人。"

摩天大楼原来就像一个人，它的外在形象有着各种令人印象深刻的装饰，然后弱点会突然暴露出来：在这里——安检台背后，有一扇枫木门。一碰，门就打开了。两支手电筒扫过墙壁上未上漆的部分，扫过烟灰缸、散乱的扑克牌和一桶碎片。楼梯井伸向一片无穷无尽的漆黑。查理的呼吸再一次变得急促。"你是说你们的电梯没有接上发电机吗？"

"朋友，如果有发电机，我还会拿着手电筒到处闲逛吗？"

他说得没错，不过要怎么解释顶部的警报灯呢？除非那就是查理这几个月以来一直在等待的信号，呼唤着他开始往上爬。

贝斯以色列医院——大约晚上十一点五十分

不过他们本来或许应该去圣文森特。手推车里的那个男人比她想象中的重很多，而且跨越市区的街区的路途比她想象的要远。他们刚刚才走过这座城市两个灯光区中的一个；她曾认为，构成一个区的任何事物都应该足够多（足够多的花，足够多的时尚，足够多的棒球场）。但是今晚的灯光区却没有灯光，有的只是漆黑一片，模模糊糊的人影单独或成对移动，接着，身后的警报声、撞击声以及火烧的气味逼近。她和默瑟推得越快，手推车在人行道上就越颠簸。车里的那个人似乎在晃动。他们会有规律地停下来吵两句。不过现在总算能松一口气了，他们能听见树叶在瑟瑟作响——那所大型医院的窗户全都亮着灯，这是他们看得见的唯一光源。

她没有预料到要排队，人们一直排到了第二大道。身穿制服的男人守着救护车隔区的门口。护理人员拿着写字板。"我去去就回。"她跟默瑟说完，就去和那些人说起话来。她经过那些坐轮椅的人，靠夹板固定住手臂的伤员，痛得捂住肚子的人。有一个人弯下身子对着灌木丛呕吐，另一个人头部似乎被棍棒打伤了。相比之下，那些医生动作很利索，不慌不忙。他们可能是双胞胎。一个小时以前你在哪里，她想问。而现在这里这么多人……？她认为急诊室一定人手不足——这个猜想得到了医生们的证实。每一个诊断室，每一个担架，每一个座位都是满的。除非你得了很严重的伤病，否则你可能要在这里等到天亮。"不是我，"她说道，"是和我同行的一个人。他被车撞了，之后就一直昏迷。"

"你看到车撞到了他吗？"

该怎么说呢。"可以这么说。"

"他有在流血吗？"

"我看不出来，可是——"

"只要他还有呼吸，那么他就比里面的任何一个人的状况都更好。我们会派个人过去做一个评估，不过在此之前他不得不等待。"

朝着角落走回去的时候，她想象着发生一场战役，这样就可以把这座城市的全部灾难响应组织都征召出来，就像是履行陪审团义务一样。当然，不包括消防队员，如果她面前出现一位消防队员，她会发自内心地唱出《星条旗永不落》。不过就在她试着向默瑟解释为什么他们不得不待在这里等一会儿的时候，响起了一阵声音很小的电子提示音。

"那是什么？"哔——"是你的手表，对吗？"

这是一项控诉。她把手表递给他。她感觉口干舌燥。"那是旁边的小按钮。不过午夜不一定意味着什么，默瑟。难道你不觉得如果东村有炸弹爆炸，我们会听得见吗？"

"我已经搞不清楚了。我不知道我们本来会听见什么。"

"时间点只是猜测，记住，有人可能已经先过去阻止了。你不是说过——"

"但目标并不是猜测！我们自始至终都知道威廉处于危险之中。然而我们还是来到了这里，带着这个不认识的人。"

"等等，听我说——那是警报声吗？"如果她不了解情况的话，那么她会说手推车里的那个人动了。"不，抱歉。是同一个声音。只要救护车没有从排队的人那里大量撤离……"

又响起了一次警报。又一次暂停。五秒钟。十秒。

"这简直是一出闹剧了,"他说道,"整个远行。我要走了。"

"默瑟,我们不能就这样丢下这个人让他受苦。至少要等到有医生过来。"

"别搞得好像我很冷漠似的。我告诉你,我必须去找威廉。不管怎样,我都必须要搞清楚状况。"

"我从没要求过你这么做。"她说。她已经明白他说得没错。这听起来是多么自私。"可是我想那并不是你的问题。我知道你需要了解真相。万事小心,好吗?"

默瑟快走到拐角处的时候,她注意到购物车里的那个白人正试图坐起来,看着他离开。"你醒了!"但是等她回过头,想看看默瑟的反应时,他已经消失不见了。

"你是谁?"那个人问,"我认识你吗?"

"该死的……原来你还能说话!你现在在医院。"他似乎不记得缘由,或许这是最好的,"你被车撞了。看着,我现在竖起了几根手指?"

"我什么都看不见。你为什么把灯都关了?"

"停电了。等等,别乱动,你不应该移动。"可是他已经站了起来,在购物车里,站得很高,队伍里的其他人都转过头来,目瞪口呆。在这么多人面前,他看起来一点儿也不惊讶——就像一个灵魂发现原来还有一个死后的世界一样。在某种意义上,现在确实是这种情况,杰妮刚刚才有时间去思考,他又一跃跳到地上,摔倒了。然后他站起来,开始沿着大街奔跑。他在空中的时候非常优雅,不过一到地上就完全不是那么回事了。他往南跑了半个街区,又倒下了,当时她就在后面,与他隔着几米远。后面更远处的人们在看着他们,满脸困惑。"喂,喂,"她抓住了他的胳膊,"你熟悉'希望战胜了经验'这句话吗?你差点儿就被车子碾过去了。我们必须给你做检查。"

在路过的车灯照射下,他看起来比之前年轻了,他的嘴就像小孩的一样红。她能听见他的大脑正在运转,直到发现那声音其实是有一个人试图把另一辆熄了火的车子启动。"我得回家去。"他有一点儿鼻音,像默瑟那样。傻瓜一个!她想,"如果我不能迫使他回去急诊室,那么我至少可以说服他。"可是随后又有一个更大的声音——倒不如说是一个想法,出现在了她脑海里。她怎么知道那不是她自己呢?因为那个想法是:放弃吧,而杰妮这辈子从来没有做过这种事情。

"好吧,你要怎么回家呢?显然,没人扶你,你连路都走不了。"

他试图证明他可以做到，可是他走了几米，膝盖又软了。"该死！"

她等着他求助，让他在那儿晾了一分钟。她有必要每件事都亲力亲为吗？随后她叹一口气，把他的胳膊拉到自己肩上。至少现在看起来，要到夜里更晚的时候，她才会想起来要问一下，他们要往哪里去。

上西区——早些时候

在内心深处，威廉·汉密尔顿-斯威尼一直认为，如果他当初向他父亲诚实地讲出自己的感受，那么这个世界就会不由自主地燃烧起来。而不是像现在这样，什么事都没发生。图书馆的墙壁没有倒塌，爸爸那清晰可闻的呼吸声也没有任何变化。他更进一步。"这是真的。我能肯定，里根已经想出了一百万个理由来解释为什么我不在家，她在辩解方面无人能敌，可是老爸，事实就是这么简单：你是一个浑蛋。而如果我不得不在这里熬夜——顺便一说，我只是同意帮她的忙——那么，我不希望有什么诱因让我们假装不了解对方心里在想什么。"

他父亲坐的长沙发，或者叫沙发椅的后面，有十几团小火焰在闪光。家里的用人似乎跑得比埃默里还早（假定他没有累坏他们），所以肯定是老爸自己要这么坐的，手肘搁在昂贵的靠垫上，就像某位审判者一样。不过，他所处的房间的一边没有点上蜡烛，因此他对威廉的不当行为做出的痛苦表情就没人能看见了。"不过那就是汉密尔顿-斯威尼的做事方式，对吧？我早该知道你会坐在这里一声不吭的。"

在某种意义上，无声的反对要比任何情感爆发都更糟糕。威廉走向北面墙的屉柜，表面上是在找更多光源，但实际上是在等待下一波坦白的勇气。仿佛有一种神秘的力量，最近几个星期以来他一直告诉自己的某种更高的存在，控制着他回到一切开始的地方，而现在他非常需要这个存在告诉他该做什么。他抬起头，试图让自己沉浸在书籍之中。赔罪，这是比尔·威尔逊用在大部头[a]里面的词。或许他应该用自己的沉默来从爸爸那里换取他所想要的赔罪，然而他得到的只是爸爸清了一下嗓子。真是一如既往地令人讨厌。

"讽刺的是，我这些年来不过就住在几公里远的地方。埃默里都没有提到过，对吧？不过请相信

[a] 指比尔·威尔逊在1939年出版的《嗜酒互戒》，因其第一版的厚度，该书也被称作"大部头"（Big Book）。

我，我确信他一直都知道。那些药品，全部的事。你本可以轻而易举地找到我，可是你为什么要那样做？我不在你身边，提醒你我们俩都知道的事情，这是在帮你。我们就像是生活在两个不同的城市里。你在这里享受着奢华的生活，而我在那里慢性自杀。"

谈论你最可耻的行为，把自己的阴暗面公之于众，会让你感觉更好，这是比尔·威尔逊的一条准则。然而事实上，只要他不对那些可能值得一听的事情嗤之以鼻，那么比尔·汉密尔顿-斯威尼就会占上风。而他知道这一点，他们都知道。

"老爸，其中一件事是，我的性取向。李伯拉斯[b]上电视的时候，你说他什么来着？奇怪小鸭。我知道这是意料之中，不过我要说清楚：我被男人吸引。"威廉听着自己这么说，"既然我已经把话

[b] 李伯拉斯（1919—1987），美国钢琴演奏家。20世纪60年代，电视机逐渐在美国普及，当时李伯拉斯借此时机，在电视节目里大放异彩。

挑明，那么，我要告诉你，我找到了自己所爱的人。你猜猜接下来发生了什么？我搞砸了，就这样。我撒谎，我隐瞒，我的内心冷淡而高傲。因为你，我一直放不开这一切。我放不开，因为我不知道这一切在哪里结束而余下的会从哪里开始。我紧紧地抓着不放，就像一个人遇到了海难，却不相信自己会游泳。"

他的脖子后面一阵发热，就像有人拿了一把火炬进入房间，不过当他转过身的时候，他发现身后是更深的黑暗。这里只有他和眼前那张高深莫测的脸。他觉得，这是一场意志的较量。他陷入沉默，并尽量保持了一段时间，有几分钟吧。可是，每一次冲动早晚都会变得难以忍受。

"爸爸，你有没有发现，在妈妈去世以后，你就再没有和我发生过身体接触了？搞得我好像是染上了某种疾病一样。你明明有那么多的机会，比如弄乱我的头发，或者抱抱我，甚至打我一下。可是，我得到的最好的接触就只有一次握手。我过去常常想，我记得在葬礼上有人捏了捏我的肩膀，可那个人是阿蒂叔叔。我非常清楚这听起来很幼稚，不过那时候，我还是把你当作神一样来看待，觉得你巨大的双手能够拯救我，只要我能让那双手接触到我。"

最右边的抽屉里面还剩最后一根蜡烛，以及他过去经常用来点香烟的一小盒火柴。他眯着眼看了看烟雾。

"我看明白了一件事情，就是我过去总是努力把自己放在一个待拯救的位置上，而里根通常都是骑着白马来救我的人。可是有一天，我想，如果我

能够把麻烦弄得大到她处理不了，那么，你就不得不出手。但是即便是为了里根，你都不会那么做，对吧？"

尽管他们相距已经不到两米，但是他依然不敢和爸爸对视。有一股类似氨水的气味，不过他并没有理会。

"顺便一说，不管里根决定要隐瞒什么事情，我都觉得你那天明白我是对的，我们到你这儿来的那天，就是彩排晚宴的那个时候。你一直都是有感情的，只要关乎她。而且你并不是一个愚蠢的人。你的女儿怀孕之后被抛弃了，没有好的选择，完全只能靠她自己。"他已经花了半生的精力去探寻一个公正的解决办法应该是什么样子的，"如果你不取消你的婚礼，那么你本来至少应该取消并购的。你本应该让那个家伙和埃默里受到惩罚的。不要把亲近里根、让她做主管，或者什么都好，等同于给她所需要的。她受了很多苦，常常自己催吐。你知道吗？虽然我已经十五年没见她了，可我非常清楚这件事。你喜欢把自己当成一个有责任感的人，可是当你的一个孩子把手指伸进喉咙，另一个孩子拿着积蓄去买药的时候……你大概不得不感到惊讶。而现在埃默里已经准备让你垮台了，依我看是这样的。更不必说他试图要把我除掉了。而我来告诉你的时候，你的第一直觉是什么呢？你为他辩护。"

然而，不知为何，威廉越接近正义，感觉越糟糕。人们总是会提到那么一种"状况"；或许爸爸完全不记得这回事了。或许事实上，是对于威廉逃跑的悲痛令他逐渐衰弱。这样的话，实际上是谁欠了谁呢？他所感觉到的，在那儿观察着、期待着，也反对着的那个庞大的客观意志是谁呢？或许不是别人正是他自己。或许那就是他自己的内心。

"我告诉你一些别的事情吧。我一直幻想着自己处在一条大河边，或者一道海峡边上。我可以抬头远望，在另一头看见一个更好的自己，和默瑟手牵着手——那是我前男友的名字——他们俩都看着我在这里挥手，他们过着我本应该过上的生活。从什么时候开始，从这里去那里变得不可能了？那座桥是什么时候被烧毁的？在今晚之前，我都会说是在你结婚之前的那一天，里根和祝酒词还有那一切。可是，现在我觉得就是当下。我是说，我们这么多年来第一次在这里见面，我说你从来没有触碰过我，而你的手就在这儿，一米远的地方。可是你依然跨不过来，不知是什么将我们分离。"

他在那里坐了一会儿，感受着这一次过失可能导致的结果，就像是一个人用舌头舔着白齿。时间变得很奇怪,他说不清过去了多久。空间也一样:漆黑的墙壁似乎在向后滑动,就像舞台两侧的布景一样,把他们俩留在了一圈闪烁的火光之中。一定有某种办法让爸爸受伤。让他感受到埃默里·古尔德控制之下的残酷。可是威廉一个人花了多年的时间才解开了这复杂的谜团,可以抛开这个想法:埃默里以超越他对人性理解的方式整合了资源。爸爸是不会花这些时间的,或者说他没有这么多时间。也就是说埃默里根本就不需要真的掌控一切。在某种意义上,威廉一定还是十七岁的样子,那个急着要把自己扔到命运轨道上的男孩,因为他觉得自己终于达到了,那关键的部分,那必须被看见的部分(而在其他意义上,他却逃避了,因为他连看一下都做不到)。再试一次,威廉。把这一切都联系起来。再狠狠心。

"是强奸,爸爸。她是因为被强奸而怀孕的。就是你并购的那家公司的儿子干的。那天我在你办公室要跟你说的就是这个,当时我所能想到的只有把那场该死的婚礼搞砸。毕竟是错了,我们都是——而如果我能够把篡权推迟一二十年,那又怎么样呢?不管里根和他的门徒之间如何发展,埃默里最终还是会在幕后操作。可是当我站在你面前的时候,他可控制不了我。我冷酷无情,我利用里根的痛苦来达成自私的目的。我确信,如果你拒绝发现问题,那么问题就会跑掉。爸爸,我知道你明白的。我知道你理解我。"

然而实际上,他完全不能理解。在最后,他一时冲动去触摸了他父亲的手,而对方没有道歉,或是谴责,他在打鼾。爸爸已经睡着好一会儿了,还有一股气味。这就意味着(威廉想——这也让他心碎)他将摆脱一切。

东村——中午十二点十二分

虽然他就像是俄耳甫斯一样可怜,但是默瑟忍住没有回头看医院最后一眼。即便是那辆购物车比你想的要重,即便里面的那个男人失去了活动能力,杰妮也会顾得过来的,他知道;她很像自己的妈妈,他从未遇见过这么固执的女孩。无论如何,他能为其他人做的本来就非常少,今天他除了这一点还学到什么了呢?如果威廉死了,他也不想活下去了。

然而,当他向着东南方向移动的时候,什么都没有发生,这就奇怪了。或者这么说,一切事情都发生了。脱离时间的方法似乎不止一种,现在他就陷于两个世界的中间,炸弹在一个世界里已经爆炸了,而在另一个世界还没有，在那儿威廉依然活着。可是那样只意味着更不确切的结局以及更多的心痛，默瑟甚至再也不能确定这是否是他想要的世界——如果他曾经足够爱威廉。

他衬衫的口袋里还有最后一支大麻烟。在纽约，你可以在大街上公然地抽这种东西，他从来都不太能适应这个现实，但是他现在不在乎了，反正黑灯瞎火的，没人能看见他。他把烟点着了，咳嗽了一下，又吸了一口。这一次他从未来的边缘被拉了回来。第十四街上的一家店面赫然出现一个大洞，有一些人进进出出，拉满了免费的生活用品。警报和鸣笛不协调地哀号着，可是没有人注意，直到警察出现在他们面前。

他继续向前走，穿过那些手电筒光、飘浮在空中的烟雾，尽可能紧贴大街。他几乎认不出来这就是他和卡洛斯住在一起的时候漫步回家走过的人行道，不仅仅因为停电了，还因为他不愿意承认自己看到的这么多的人和事。穿着牛仔服的男孩在玩旱冰鞋。他们所有人都像威廉一样，愿意承受一定的危险以追求欢愉。一辆摩托车嗖的一声飞驰而过，车头灯掠过熟铁栅栏。他想到了一个词——"鬼怪"，不过这大概并不适合用来描述默瑟的感受。他的感受是：这就像人肉弹球。随后刺耳的声音在漆黑中响起："喂，叫你呢。"他想，是在说我吧。是在说他。

他尽其所能地分辨方向，走向汤普金斯广场公园的北门，在那儿他曾听过追忆往昔乐队的演奏。在今晚之前，他都没想过要来这里寻找威廉，这真是奇迹；这个地方臭名昭著（他后来假装不了解这一点），人们在这里做各种糟糕的事情。门外浓重的阴影里，人们肌肤相亲，在笑声中快步走进了树林。不知道哪里响起了音乐，那个人又大声说话了："对，就是你。你还有那个东西吗？"

"还有什么东西？"

"他说'还有什么东西'。"默瑟不确定这是对他说的还是对别人说的，大家都看不见对方，"你抽的是什么？"

他犹豫了一下："我怎么知道你不是警察？"

这时，笑声肯定不只是一个人的，听上去有点儿精神恍惚的样子。默瑟递出的烟变成了一道霓虹弧光，这更多是因为他希望这能够让他们满意，然后停止这场互动，而不是出于友情。烟卷烧起来，发出清脆的爆裂声，在一张会被他的妈妈称为"混血种"的面孔上，他看见了一双清澈的眼睛。随后，就像柴郡猫一样，那些人离开了。烟卷并没有还给他，反而被传得更远了，被另外一个男人拿去吸了。默瑟的脸开始发热，可是为什么会感到尴尬呢？妈妈又不在身边看着他，就算她想也做不到。"你也知道，我一点儿钱都没有。"他嘴上这么说着，因为他内心理性的部分依然认为把这个拿出来是值得的。可是和他说话的那个人显然并不在乎。"末日就在眼前啊，老兄。"

哎哟。现在离开吧，默瑟想。麻烦的是，他已经离不开这支烟了。于是，仿佛烟里掺进了某种强力的致幻剂，他跟随着那几个人的声音和越来越小的橙色火星。有一个转弯，他绕过去的时候看到更多光线，看见成千上万的羽毛缠绕在树叶上。穿过植物，他能分辨出各种人，健壮的、毛发旺盛的、有些人没有穿衬衫。从手提式录音机里播出的音乐萦绕在树枝间。一个掉了皮的迪斯科球灯挂在了树枝中间，一个穿着皮裤、戴着列车售票员帽子的男人用手电筒照着球灯，光源就是这么来的。好吧，还有一个臭烘烘的垃圾桶被人点着了。男人们站在火焰外围，相互拥抱着摇摆。默瑟眨眨眼，看他们是否会离开。"你要啤酒或者其他东西吗？"那个拿着烟的人问。他的衬衫敞开到胸前，胸膛像铜管一样泛着光。

"我想想。"默瑟希望这样能让自己转身离开。可是他发现做不到，即便那个人已经消失在了一张长凳后面的漆黑之中。

他等待着，试着让自己显得不太突兀，尽量避免和太多或者太少人对视——他们大多数都是像他一样的黑皮肤，粉红色的舌头和手掌在闪光。关于"不去看"，他很在行。过去，在妈妈的厨房和菜园之间有一条石板小路。一个春天，大雨令石板松动了，于是你能看到每一块石板周围都有一条小小的黑色缝隙，宽度刚好可以插进去一把小刀。他把一块石板撬起来的时候，石板发出一种潮湿的、吮吸一般的声音——他发现背面全是在黑泥中蠕动的、背部有光泽的诡异小爬虫。他最害怕的一件事情，就是在他自己意识的石板下，也隐藏着某种相似的原始欲望，因此，从他一开始路过港务局的时候，他就一直在自己的思想边界巡视，夯实地面，让物品保持干爽整齐。或许（他突然想到）他阻断了自己与艺术来源之间的关系。或者会爆发？

"我给你拿这个。"那人回来了。一个酒瓶子，湿透的标签脱落下来，暗示着要默瑟伸手接过去。

"拿来了。"

"嗯？"

"你的语法不对。"那人一脸困惑地盯着他在火光映照下的侧脸。默瑟不知道威廉过去会不会这么看他：把他当作一个男孩。我不喝，他现在想这么说，正如他当时所说的一样，可是沃尔特·惠特曼会做什么呢？显然，老沃尔特会挑起重担承受压力。他把瓶子拿到嘴前，差点儿磕到了牙齿。

"你得这样子……来，我帮你……"

那人用自己的瓶子撬开了默瑟的盖子。默瑟小心地大口喝下去。里面的东西就像是山毛榉酿造的马尿，可是在过去的二十四小时里面，他遭到追捕、被盘问，差点儿撞穿了风挡玻璃，还一直没有吃东西；他的口渴是理所当然的。"你多大了？"

"你多大了？"那个人问道。

"是我先问你的。我二十五。"

"十九。"那人说。

"你才十九岁就在这里消磨时间了吗？"

"你是说和我的朋友一起吗？为什么不行？我可不是那种只看不做，晚上悄悄躲起来的人。"

"我很抱歉。我只是对于这种场合该怎么做没有什么经验。"

"我们可以先从跳舞开始。你喜欢跳舞吗？"

不再喜欢了，默瑟想，这时男人把他推到人群中。林木线以外的两栋旧式公寓之间，月光明亮而清晰，只是垃圾桶的油烟干扰着视野。你可以跳舞……收音机继续播放，不过他只会两只脚来回拖动步子，而那个男人则跳着富有表现力的旋转舞。他们越靠近火焰就越热，然后那个男人又解开了一颗他衬衫上的纽扣。狂欢的人们越来越靠近。默瑟又喝了几大口啤酒，试着抬起他拿着酒瓶的手臂作为隔挡，不过那个男人是个诱惑高手，在默瑟紧张的时候挤了过去，一边下半身靠近，一边把双手搭在肩上，一根手指轻轻地抚摩着他后脑勺的短发。他闭上了双眼，这或许可以被看作是投降，又或者是他没法看清楚。他从来就看不清楚。

随后，有一束蓝光照进了他的眼。他觉得，那种光源是他不想要理会的，可是随着外面越来越吵闹，他忍不住睁开了眼睛。在眼前这个陌生人的身后，远光灯沿着一条小道射进了公园，公园不再像默瑟想象中那样混乱或神秘。又来了一道蓝光。公园已经关闭，有人通过扩音器在说。随后像是在说：不要吃迷幻药。在人群边缘，有几个男人扑向了矮树丛，不过大多数人还是站在原地，在警察的灯光之中不知所措。在他们中间，十多米远以外的地方，他第一次注意到那里有一个孤零零的女人：她也是警察吗？看起来，他无论如何都不大可能一天里面多次遇上警察。然而，如果这不是警察呢？假如他真的就是他们一直在找的人，这些人都用了各种各样的伪装呢？

在路上——？

　　就恶魔弟弟——或者说是食尸鬼，管他私底下是什么——而言，已经够简单了。那个男人像是魔法大师，但事实上敲诈勒索不过是个人资料的一大用处而已。而他掌握的关于埃默里·古尔德的资料足以令好人哭泣。他小心地保存了一份关于他们一直以来所发生纠葛的档案，他昨天发送出去的东西，正如他在所附的信件上面写的一样，只是让人"尝尝滋味"。不过他再也不能确定自己有多希望把比利·斯里-斯迪克斯也引诱到家族大楼的高楼层里去。他也不大记得为什么。从某些角度来看，这是彻头彻尾的忘恩负义。在波士顿这个不毛之地，十三四岁的时候，他有一个梦想，那就是朝自己的头部开一枪，帮自己摆脱苦难——到了大学二年级的时候，这种苦难已经跟其他每个人的苦难没有差别。《黄铜战略》给那一切都指明了出路。大学，懒散无力，他无力抵抗残酷的现实。不能做得更好吗？那么画画吧。就这样，有段时间，为了保护比利，他投身于制造爆炸。可是他的教育必须要继续下去，因为现在他处于逃跑状态，他甚至连要跑多久都说不清，他给闹钟偷来的电池在德拉瓦河谷附近已经没电了。他通过广播来了解时间，事实上，他在听到停电信号的时候就在这么做。这也解释了市里灯光熄灭的原因——似乎也确定了他的胜利。他事先卷好了一打烟卷用来减轻药效，可是后来只好一直烧着那些烟来记录时间，直到行动开始。现在只剩下一支烟了，而他正在货车后面感受着这场暴动的氛围。或许他需要歇息一下，至少歇到早上吧，到时候他们又能重新组织起来了。他的手指不听使唤地攥成了拳头。他看到这里有一个休息站。

　　他停靠在高速公路旁边的一个斜坡上，看见一个空闲的停车场，一盏孤零零的街灯下有一些野餐桌。那个小厕所夜晚是上锁的，不过前面的那台自动售货机还亮着，等待着有人来把玻璃打碎，拿出一盒点心。不过首先，他忍不住要重新把收音机打开，然后调来调去收听来自曼哈顿进一步的消息。在这里有传福音的教士，有专辑摇滚，还有一个接一个的广告——随着药物的镇痛效果逐渐消失，他发现自己的肚子上有一道伤疤。或者说那是伤疤里的伤疤，原来的伤疤是他在那栋大楼外面的时候就有的。他确信，一旦他确定自己终于完成了某件事情的时候，伤疤就会消失——这件事就是发生在文明中心的爆炸。要么不给我，要么给了就别想拿回去，这是孩子们经常说的。抗酸药具有镇定作用。绝命毒师[a]，嘿嘿。我们会让购买一辆新车或者二手车或者厢式货车变得如此简单。他一直在调换频道。随后，在被那些毫无关联的信息轰炸的过程中，卷烟纸烧到手指的痛感让他醒了过来，回到他独自一人的现实当中。他打开车门，就这么开着，让扬声器不停地把没用的消息传到他的脑袋里，而这当中可能就会有他等了又等的有价值的东西。他所做的事情：为贫民区，为萨姆，为这一生大体上的失败而复仇。他下车加入了他的朋友们。

[a]Crystal Blue Persuasion，美国流行摇滚音乐家汤米·詹姆斯（1947—）的作品。

外面很凉爽，有一股丁香花或者类似的味道。星光明亮得足以看见D.T.已经让索尔平躺在地上。"我们在这儿安营吧。照这个情形，几个小时之内我们就可以继续前进了。"他从这个表达当中意识到了某种动摇，可是又说不清那是什么。就好像是他在危地马拉还是个小孩的那一年，因为他在商店把肥皂错买成了火腿，回来后他爸爸把他的下巴打骨折了。

D.特里蒙斯在索尔呕吐的地方检查着。"控制住，"他轻轻地说，就好像是老早排练好似的，"我知道你听说了停电的事情。"

也就是说信号其实并没有很快地消失。或许这可以解释为什么会压低声音。D.T.也感觉到了：宿命得以完成的感觉。"没错，可是谁在乎呢，D.T.？如果这座城市处在骚动之中，那么我们只会更接近我们想要去的地方。"

"难道这不会让你想知道那边出了什么问题吗？"

"我告诉你，有一样东西没有问题——那就是行动精神。"

"那个女记者并没有说过任何有关炸弹的事情。现在午夜已经过去了。"

确实有几个问题使得他没办法果断地行动。（臭丫头把他当成什么样的人呢，是某种怪物吗？）不过这就是为什么你要做些区分。比如说，不仅地点要对D.T.保密，还有每一件事情预计发生的真正时间点。午夜更多的是其象征性意义，如果他成功找到了比利，那么 7 月 7 日的打击就是非常理想的，可是每个体系，其内部是需要一些不确定性的，只要它不会因为其自身的矛盾而崩溃就可以了。这是趋势。有时候甚至一个体系本身就会产生自己的不确定性。

"D.T.，你真是个天才。你还戴着手表吗？我真想吻你。现在到了两点半没有？"

"尼基，我只是根据现在处于宾夕法尼亚州的中部推测出来的。你们把所有能看时间的东西都弄坏了，记得吗？"

该死的。

"确实，可是比如说两点半、两点四十五分，就算是凌晨四点，又有什么区别呢？你难道不明白我们得带索尔去看医生吗？"

索尔没有说话，不过他带着恳求的眼神抬起头，就像是一条小狗认为你一定是它的主人，仅仅因为你踢了它一两脚。或许 D.T. 一直以来都是对的，或许他们应该抛弃三千年的西式思维，让出地方，方便同志好好地躺在那边的破烂地毯上。不过他有几个选择和别人分享，任何认为历史是由众多小善举形成的人。

"好了，睡一会儿，然后继续前进。你说说，索尔——要参加吗？"

不到几秒钟，索尔就竖起了他还没有受伤的大拇指，动作有点虚弱无力。

"看见没？索尔明白我们的成就有多么重要。我们得继续下去，这是你应该——等等。安静。"

"只有你在说话，尼基。一直都是你在说。"

不过他已经蹲在了驾驶座的车门旁，这样更容易听清楚新闻简报。炸弹？不，他再一次听到的只不过是停电。东部沿海地区陷入了历史上最大规模的停电中。只不过这一次找到了原因，那就是在韦斯切斯特发生了两次雷击，一种奇怪的巧合。现在他开始不断地回想，那一道纯粹巧合的闪光。那条船的橙色、白色，还有那些小瓶子。并不是说你不应该消除威胁，但是他通过观察那个坐在柱子后面焦虑的记者就知道，他从来都不是威胁。只不过是另一个醉汉，像 D.T. 一样。或者是另一个失败者，像 S.G. 一样。又或者是另一个失败的艺术家，一个可怜的空想家，而且极其容易受到惊吓。他不是想那个人去死——那个人连第三本杂志都还没有。可随后在外面的甲板上，有一个高高瘦瘦的人正在擅自离开。他低头看着那快速流动的黑水，似乎所谓的外部世界还是不存在,似乎空虚是无止境的。世界就是世界,不同于任何想要造成伤害以外的尝试。他觉得比利是个该死的人,因为比利幻想着别的东西。他可以就这么低头盯着自己的鞋子,然后把他所处的空间填满。那一刻他知道了为什么自己一定要追捕到比利,为什么一定要把他骗到现场。这意味着,车轮也会在这一瞬间同时开始转动。现在他们没有引起他的注意,因为有一个声音在说,时间将要到——索尔又开始大声地闲聊了。信号来得快,去得也快。该死的。他们说的是一个音节对吧?两点钟?还是说已经三点钟了呢?

"你们有谁听到了吗?"他等待着有人重新把注意力放在真正的问题上,可是现在 D.T. 和索尔都分别蹲了下来呕吐,而他正需要这一点来回想,或许真的有什么事情能够把他们俩关联起来。D.T. 并不像他所表现出来的那么愚蠢,大概也没有那么兴奋。或许他已经让索尔相信他们已经被出卖了,轻率地提出了一个 B 计划。或者可以回去加入臭丫头,不管她跑去了哪里。索尔病得走不动了,于是他们会想尽办法弄到这辆厢式货车,把他当作动物一样丢在这里的一片漆黑之中。"你知道,那些笨警察并不会因为你事后开溜就对你手下留情的。"

"谁说过要开溜了?"D.T. 说,"老兄,我这么跟你说吧,我们就是一条船上的。我们得帮帮索尔。"

"索尔要跟着我。对吧,索尔?"可是索尔假装昏过去了。这里到底发生了什么事情?为什么每件事情总是会崩溃?

"你可以继续,尼基——如果那是你想要的话。不过至少请把厢式货车留给我们。"

看吧,这就是他们的阴谋,如果他还在意的话。他朝着空地那边眺望远处。那儿,在亭子和流淌的小溪中间,有一个公用电话,它的灯泡烧坏了、爆裂了,或者已经不在了。他现在用自己更高级的官能感觉到,D.T. 在上次停下来呕吐的时候说自己一分钱也没有,那是在说谎。丢下他以后,他们首先要做的就是报警。如果面临搜捕,他能在树林里活多久?答案是没多久,因为他不能摆脱他对这座城市的感情。"去你的。那是我的车。"

他意识到这话是认真的。如果恶魔弟弟真的要破产了,那么这辆厢式货车以及里面的书本就是证明他存在的所有证据,而他是不会放弃它们的,即便这辆车怎么说都应该属于索尔。在这个想法最终确定下来之前,他要切断各种可能性。

"别这样，尼基。反正你也绝对不会开车。为什么不把钥匙给我呢？"

"我不能给你钥匙，"他重复着，"它们是我的。"

"你知道你自己在说什么吗？"

他差点儿就上当了。但是有人说过，一致性就像是妖怪，如果你打算在这个世界上做成一件事情，那么你就不能让它绊倒你。尼基·查奥斯一直尝试让他们不要轻易相信别人，这已经多长时间了？他们甚至连叛变都要请求允许。他一直都跟他们说，关键是意志的力量。在他们反应过来之前，他迅速地回到了驾驶座，关上车门，在更为漆黑的环境中摸索着钥匙。有人用手掌像僵尸一样拍着车窗，有人在大喊。随后，引擎发动了，他在碎石地上摆尾行驶，留下了他的前助手 D.T.，还有一脸悲伤的可怜的索尔·格兰迪。最后，月光下只剩下了一道长长的飞尘。

小意大利区——？？

这并不是打算震惊全世界。可是，根据那个人的回忆，他们慢吞吞的节奏确实是一点儿一点儿地加快了。他的名字叫迈克。年龄二十七？不，是二十八。老家在西弗吉尼亚州，最近几年则住在湾脊区。被问到他们后来为什么前往唐人街的时候，他结结巴巴的。他解释说，他不得不在短时间内找一个新的地方，而且他手头很紧。他的工作是阅读政府报告，然后将它们缩写，现在几乎拿不到工资。他今晚走路回家，就为了省下一张地铁票。但是情况可能会变得更糟糕：他的几个表亲都是在游乐场工作的。无论如何，他单打独斗是没问题的，他并不觉得痛苦……不过杰妮认为迈克还是有一些痛苦的，至少说是有些悲哀。他时常会停下来，向着一片漆黑看过去，她的脸所在的地方。

他们走进这座城市最老旧、最狭窄的地方，这时他们遇见了一个更加危险的街区。几十个年轻男人聚集在街角，穿着紧身衬衣，有几分像是哥伦布骑士会的人，被停靠在路旁的车灯照着。她的直觉是向东转，和那些人保持一段距离。混乱的人群已经开始排成了一列。在纽约，有一种很奇怪的现象，人们在迷惑或者愤怒或者恐惧的时候，会不自觉地排成长队，她现在也一定是这样的。在她走得更近一些的时候，她看到从店铺门口有什么东西被人们一个接一个地传出来。这会不会就是骚乱前期井然有序的阶段？还是说这家面包店老板的冰箱由于停电而无法工作了，于是决定把这当作是一次搞促销的机会呢？不管怎样，在一分钟之内，就有人递给了她一个纸盘。然后又来一个，上面盛着大大的淡黄色的甜奶酪蛋糕。愉快的叹息声盖过了喇叭声。"我真该死。"她回到迈克身边，他靠在停车收费表上面，"来，吃吧。补充点能量对我们都有好处。"

这种意大利式的奶酪蛋糕是用乳清干酪或马斯卡彭奶酪做的，和杰妮记忆中其他几次吃过的一样好，不过也更复杂一点儿，有一种越品尝就越浓郁的甜味。因为没有叉子，她不得不用手指。在她体验着这丰富细腻的口感时，身边的那位新手似乎也想起来了。"我的女朋友过去常常做的味道很像这个。只不过那是乌兹别克的美食。"他补充说，仿佛这个味道把他带回了过去。他吃下了最后一口，然后找垃圾桶。"小小的薄卷饼，放了这种甜奶酪。跳了一个晚上的奥德赛舞蹈，在凌晨两点的时候，我们回到家，直接把它们从冰箱里拿出来吃。"

他继续走下去，全凭自己的力量。"现在，这就是我的生活，又是自己一个人。我从来没想过自己会一个人住在曼哈顿的地下室，不过，我想这座城市的一切都会和我想象的不一样。"他转身向着她，"如果你感到无聊，我很抱歉。老掉牙的故事了。"

不会，她想说，继续吧。不过在前方传来了一阵高亢的哀鸣，那是爆裂声，还有蓝色和红色的大火。"更多的光！"一个孩子在布鲁姆或者格兰德大街的另一头大喊。一个老男人弯下腰，点燃了一根长火柴，照亮他前方的黑暗。火柴的顶部爆发出上万点火星，就像是一个倒挂的瀑布，火光照亮了安全出口的低处，然后消失在夜晚之中。简单却又真实：在任何时候，唐人街的街头小贩都会叫卖，麻将玩家在打麻将，水箱里的鱼在海鲜餐厅的门口无所事事。早在唐朝的时候，特别的场合下需要放烟花。一阵回忆。是不是又想起了那个在黑暗中看着她的男人？"什么事。"

"没事。"他说，"正好这里就是我所在的街区。"随着灯光暗淡下来，他指向一个路牌，她不知道有这么一条街道。或者说是小巷——沥青路一直铺到了那些大楼的门前。他躲进了越来越小的阴影之中，而她也在后面跟随着。对于像她爸爸那样的人来说，从远处看，人口过多似乎是城市生活的一大问题，但实际上，你不得不留心的是废弃的问题。几个街区以外，人群挤满在炽热的烟火下面,而这里的灯全都灭了,所有商铺都关闭了。她应该确保他是安全的。钥匙发出叮当声,然后在门口停下了。"我想我们就在这儿分开吧。"

片刻之后,她说:"我至少要看到你安全地进去。"

"可是你不能站在这里等啊。可能会有疯子突然出现。"

她知道他们都几乎不了解对方,可是如果最近的经历有什么意义,那么迈克才应该是要紧张的那个。"那么看起来我不得不和你一起进去了。"

"我的地方非常不起眼。"

"为你的诚实加分。"她说,一边跟着他进入门厅,里面要比街上还要热十度。这里闻起来就好像是有人在养牛一样。从两三段楼梯上面传来了一个老人在用中文唱歌的声音,不过没有月亮或者星星,她什么都看不见。显然这对于迈克来说并不是问题,他把她的手放到了一段向下延伸的栏杆上面。得小心点儿,楼梯很狭窄。

走了十几步楼梯之后,他们进入了一个房间,里面只亮着热水器底下的一盏信号灯。据她所知,这是一个很普遍的小单间。这儿有一小架子书,一个小冰箱。靠着一面墙,有一个小厨房。"我给你倒杯水吧。"她说。可是迈克已经躺在床上,发出一阵呻吟声。她找不到他把杯子放在哪里,于是只好拿起一块抹布,在水槽里打湿,然后拿过去,给他敷在额头上。他抓住她的手腕,现在他的手不那么抖了。在那一刻,她很害怕。他说道:"你不必继续下去了,杰妮。"

"噢,别说了。"

"我是说,那辆购物车的事情,那已经超过你该做的了。"

"那是我欠你的。"接着她咬着嘴唇。他依然抓着她的一只手,可是她不知道,如果他放手自己会不会离开?她要在漆黑之中走四十多个街区回家吗?她为什么要在意这个呢?这并不比她现在做的事情风险低。"首先我是有责任的。迈克,我就是撞倒你的那个人。"

那只手垂了下去。"不是吧?你说过那是个意外——"

"是意外。"

"我可能早就死掉了。该死的。我就知道有问题。"

"你没事的,你自己也这么说了。你只不过是稍微摔了一下。如果你回想一下,你就知道我没有撒谎。我只是……省略了。"

"你所做的就是用虚假的借口推脱。你是在哪里下车的？"

她控制住她的怒气，把抹布有汗的一面重新叠起来，可是他又坐了起来，不让她把抹布放回自己的额头。"看吧，你之前还告诉我怎么一路从阿帕拉契亚过来的，"她说，"好吧，想象一下你在洛杉矶市郊长大，爸爸做飞机设计，妈妈几乎不会说英语。我的一生都在试图从为我安排好的地图里逃出去。你知道乌托邦的概念吗？"

"你在转移话题。"

"我没有，我只是在试着做解释。我直到二十几岁都向往着一个更美好的世界。在那以后我不得不把这个梦想缩小为一座城市。然后一步一步地，变得什么都不是了。不过我想我花了太多精力在自己的脑袋里想象着为人们做点什么，以至于最终没有重视在我面前的人们。这也使得最终遇上了你。"

"杰妮，你有没有让别人检查过你的生命体征？因为你在说的话完全不着边际。"

好吧，很显然，因为需要进一步分析才能让这些话有意义：默瑟和威廉，普拉斯基和查理，此外还有那些晚上，她去理查德的公寓，对方会把长沙发上一沓一沓的报纸挪开，为她腾出伸展的空间。总是会有更多需要分析的地方，多到喘不过气来了。"我想你应该从来没有读过《奥义书》。"

"我对于亚洲人并没有狂热的兴趣——如果你是这么看我的话。我明白你是——"

"美国人。我父母是越南人。"

"我还打算说你是一个自以为聪明的人，或者是一个总想纠正错误的人。可是我不明白，那些话和你用车撞倒我然后走进我的公寓里唠唠叨叨有什么关系。"

她脑袋里在反复考虑着什么东西。"或许我也不理解自己。"

他又在床上沉默了一会儿。"你是说，你摆脱不了你对于那个晚上的看法，而我也将不得不坚持我自己的看法。"

"不，我不是那个意思。我是说，不管我从哪里开始说，也不管我怎么做解释，这对于我们俩解决愧疚的问题都毫无帮助。有的时候，或许跟随你的直觉会更好，也就是说不管你有多真实，多自由，多糟糕，都和其他任何人没什么两样。我的意思是，我们在这个公寓里，你带着身上的瘀伤，而你觉得我脑袋一定是出了问题，可是你至少还活着啊。现在你明白我说的话了吗?"她伸出手去触摸他那悲伤、苍白又困惑的脸。随后,说不定她自己也困惑了,她俯下身,嘴对嘴地亲吻了他。

市中心——凌晨两点十九分

这只不过是他的骨科医生提醒过的动作而已。小孩在前面,服务员在中间,而普拉斯基就缩在后面,无尽的旋转楼梯间都被他的呼吸烘热了。事实上,他的脚始终无法顺利迈上下一个台阶,而是愚蠢地在边上敲打着。如果他考虑得再周全些,他早就带上一些花生来补充能量了。还有水,还要多一把手电筒。在他们一开始爬楼梯的时候,查理就向服务员要求征用他的手电筒,可是普拉斯基,因为之前欺负过这个家伙而感到过意不去,所以就说不用了,这是一个错误的决定。现在,如果那个孩子回头瞥一眼,那么他就将会看到两道白光,而不是普拉斯基拖着他虚弱的身体冒险。

更不用说的就是他的退休金了。开车来这里的路上,那台双向无线电一直在呼叫不在值班的人员到最近的警区报到。直到那个时候,普拉斯基可能只是违反了某些程序,可是现在他已经是完全失职了。或者说在楼下亮出手枪这一点,就是 D 类重罪了。这是为了什么呢?情节如此疯狂,以至于电影院都不会上映,更不用说内务部了。毕竟,如果查理依旧每爬几段楼梯就要吸一下吸入器,那么这个炸弹的真实性有多少呢?再一次传来了信天翁的回响。他们这个组合,一个残疾人,一个哮喘病人。而当他们继续爬的时候,查理松开了扶手,撑着墙壁继续走——他恐高。

不过他辩解:你不得不权衡可能性和后果。楼上哪怕只有一公斤的火药,就可能会把附近街区的建筑群都炸塌,这些房子都是经济景气的那些年超建出来的。灰烬、尘埃、落石、火焰。他并没有想过炸弹会放在这么高的地方。即便如此,普拉斯基在把那个孩子领出拘留所的时候,第一件事情就是给雪莉打电话,提醒她可能需要一段时间。不,他无法解释,亲爱的,现在不能——只是没有回应。随着电话响了又响,他知道她终于这么做了,去了她姐妹在费城的家。这下他要道歉的人又多了一个,而且还是他唯一的家人。

现在他双手紧紧地抓住了栏杆,用他多年来在后院锻炼的大腿肌肉拖着自己上去。电梯服务员停在了楼梯平台,气喘吁吁的,可是普拉斯基却一路催促着他。而当查理往上走了六段楼梯,趁着再一次歇息的空当,把服务员那光线越来越微弱的手电筒拿到自己手上的时候，普拉斯基也由着他。现在谁还在乎什么内务部啊？过度劳累的肌肉，他的心神，都感觉比过去几年更加自由。至少在这一点上面，过去了解他的雪莉或许会表示认同。现在他把手伸过楼井的实心墙壁，下面是八百万层楼，是海港以及垃圾填埋场，伸到她现在所在的地方，一对车头灯在新泽西高速公路上向南奔驰。回来吧，他想。我会好起来的。前提是他最终不用坐牢或者死掉。等到查理抢到的手电筒光线越来越弱的时候，即便是漆黑也显得不再重要了。拉里·普拉斯基拿着自己的手电筒。他看到了服务员靠着的门上的数字，喘着气说："四十。往后退。"他说完，拔出自己的武器，走了进去。

他并不确定自己期待什么，但不会是这个：一块上面有几份通知的告示牌，一台坏掉的电扇，以及一阵奇怪的嗡嗡声，好像是发动机的声音。他到处都无法找到声音的来源，另外，门厅看上去空荡荡的。"我们这是在哪儿？"

"不知道。"服务员喘着气说，"我在今天早些时候带过一些记者上来这里。可是除了记者招待会以外，我想自从1975年以来就没有任何人真正使用过这一层楼。高管们全部都搬到了三十层，这样他们才能开始装修。"

"你就不能提前十段楼梯告诉我这一点吗？"

"你有手枪啊。"

那一阵嗡嗡声越来越大，而当普拉斯基转过身的时候，他用手电筒找到了一扇本来应该关紧的窗户，现在却像门一样打开了一个斜角。有什么东西从手电筒照着的玻璃上跑了出来，掠过走廊飞了过来。它很大很黑，仿佛是蘸上了焦油一样。而在他们三个人闪避的时候，一个新的声音从阴影之中传出来，是一位女性。"噢！"手电筒来回晃动着，当它停下来的时候，照向了一个穿着游骑兵队主场球衣，蹲在楼梯顶门的女孩子。

东村——大约凌晨两点

……接下来你会感觉到的是——

绝望。完全的绝望。

你在暗示一种悲剧感，而你感觉这并不足够。

那就是我们在谈论的话题吗？

是的。

默瑟想，我很抱歉，不过我似乎没了头绪。

这是很多年以后，同时，也不是。他在东村公园里，背靠一个变压器箱，在警方的蓝色灯光之下遮挡着自己的眼睛。同时，他还身处某个地方的一个铺着深红色地毯的房间里面，坐在一张折叠椅上，对面是同样坐着问他问题的男人。在他离开的时候，这个虚构的采访者又换人了——现在他是一个瘦小的黑发男人，两鬓发白，姿势拘谨，胸袋里装着一台收音机。只是他的脸（当然现在看回来，这也是本体状态，是默瑟对于自己明智的极大同情）模糊不清。

你说过——

巡逻警车的一道白光划破了夜空。它扫过了穿着不同衣服在一旁等待着看会发生什么事情的人们，有一些不知道哪里来的烧焦的纸张飘过。其间，那个虚构的采访者在往回翻动着自己的笔记。他显然有一份记录，记下了每一个在默瑟脑海里一闪而过的想法。他的膝上叠起来的拍纸簿肯定有足足两打之多。灯光后面有一个通过扩音器放大了的声音，其中说到一个词"分散"。隔着采访者，默瑟听不大清楚。诚然，他选择了一个奇怪的时间点。

你是为了自己这么说的，诗人的工作，"在很大程度上"是你所用的字眼儿，就是找到要歌颂的事物，可是所歌颂之物也必须有根有据，要有一个其存在的背景。而按照你的说法，这个背景必须是"一种没有任何东西的直接的感觉"，也就是说悲剧感。然而你所拥有的只不过是"年少者的自爱自怜"。

我说过那句话吗？

我可以告诉你日期——如果你想知道的话。这是在1977年10月底说的。

可是现在才7月啊。

嗯……

那个采访者把头埋进了那些档案的迷雾之中。然而，默瑟想知道，自己现在有没有这种悲剧感呢？当他看着这里的人群散开的时候，他感觉到的孤独真的是一种反常现象，还是正常现象呢？散开的人群已经停下来了。事实上，其中一个旁观者正走向巡逻警车：是那个孤独的女人，他以为是伪装警察的那个。她的态度像牛仔一样冷酷、坚决，如果说她还隐藏着什么，他无法指出来，啤酒的那股劲儿直冲他的脑门。"举起手来！举起手来！"警车上的人说。现在借助垃圾桶的火光，可以在发亮的引擎罩上看清楚她的映象。她很高挑，在蓝光和橙光的映照下，却显得异常娇小。她把手伸下去拉高了她的迷你裙。或者说，是他做的。默瑟知道接下来会发生什么。

随后，第一泼尿溅在了巡逻车的引擎罩上，相较于引擎声、阿巴乐队的音乐和周围男人的低语，这声音清晰可闻。声如雷鸣。当缉捕队打电话通知默瑟的母亲，说她儿子在搜查中被抓捕了之后，他可以清楚地看到他母亲的表情。公然猥亵、持有管制药物、拒捕……不，不是那个儿子，是好的那个。然而，他还是忍不住要赞美所发生的事情。那位异装癖者在众目睽睽之下当着黑色风挡玻璃耐心地把最后一滴尿液甩干。然后，在那些树下的某个地方，有人朝着警车扔了一个瓶子，没有扔中，在小路上砸碎了。下一个中了，打破了一个车灯。你得把这个瓶子交给穿着迷你裙的那个男人。即使是警报器坏了以后，即使是扩音器再次发出嘶嘶声的时候，她／他都没有让步。更多扔来的瓶子四处爆裂。

于是那一辆警车连忙倒车，引擎在哀鸣，惨遭砸坏的车灯还在旋转着。人们竖起了中指以示问候，而当他们离开之后，人们就欢呼起来。随着人们挤进警察退出的空间，欢呼声不绝于耳，大家都参与其中，打起了节奏，这时那些逃进灌木丛里面的人回来了。有人爬到了一张长凳上面，发出了一声吼叫，大概几个街区以外的人都听得见。

"他们以为那些老规矩仍然适用，可是他们搞砸了，不是吗？"人们呼喊着回应，默瑟不大分得清哪一个才是自己的声音——只知道那一个现在正劝诫人群的声音不是那个异装癖者的，他已经找不到那个人了。这里有力量，这里有归属感。而最终："今晚，我们要光复这座城市。"

已经有一个编队陆续地向公园大门走去，仿佛在外面可能会有其他警察要对峙。或者不应该说是编队，这更像是一股自然形成的力量，一股地下喷泉爆发的压力。那个家伙是对的：现在外面的街道都是他们的了，如果说刚才还不是的话。不仅是东村的同性恋者，当默瑟看过去的时候，他发现了朋克摇滚歌手，周围还有几个拉丁裔，甚至有两三个脏兮兮的老流浪汉站在了队伍中间，向着月亮吼叫。

可是随后在休斯敦街的转角，他们遇到了同样的吼叫，朝着另一个方向前进。这是今天早些时候的那场关于法律与秩序的示威游行，现在规模已经扩大到十倍了。蜡烛和手电筒以及火把，浸透了煤油的T恤衫绑在了扫帚柄上，像小船一样在一片漆黑的海洋里摆动。或者说是一艘大船，像"飞翔的荷兰人"一样，过去不知道多少个小时漫无目的地出没于市中心，等待着和什么东西相撞。在休斯敦街这里，他们找到了。在林荫大道的两头，人们唱起了圣诗。拿回来！很难说是哪一头先唱起来的，因为另一边接上的时候，更像是回声而非呼应。拿回来！拿回来！默瑟并没有喝得太醉，所以注意到了他们对谁要去拿回来，从谁的手上拿回来，其实没有一个说法。不过这或许是一个优势，因为到了第五或者第六次重复的时候，说来奇怪，另一头的人群逐渐被合并了。在一片漆黑之中，很难将放荡不羁的流浪汉和小资产阶级区别开来——或者搞清楚自己会落入哪一个阵营当中。似乎这两个部分终于对齐了，确定了方向，正如多数的集体意识一样，恢复原状。

—｜—｜—｜—｜—｜—｜—｜—｜—｜—

93

市中心——凌晨两点二十三分

问题是，她绝非有意要这么做。你要相信她是一个好人——这就是那天她想告诉记者的话。她记得那些话就像口香糖一样塞满了她的嘴巴，来不及说完：一个好人，经历了童年，然后青春期……好了，现在她明白了，这就是博取同情的经典手法，就算是描述杀人犯你都可以说一样的话。她搭便车到了纽约的第一个冬天，遇见了索尔，而他们就住在厢式货车的后面，直到那之前，她仍是个连苍蝇都不会伤害的人。即便她发现那些愚蠢的小蚂蚁在他肩膀上爬行，也会把它们抓起来丢到后窗外，而不会去捏死它们，因为生命就是生命，这是她妈妈教她的。后来，她和萨姆因为都有一位嬉皮士妈妈而走到了一起。在勒诺拉的咖啡馆外面露营，喝着咖啡，直到女服务员把她们赶走。她们还玩桌游，臭丫头总是赢的那个，当然了，可是谁一直在记录得分呢？每一个后人文主义者至少都有一位疯狂的父母——至少在先知查理加入进来之前是如此，而后者的爸爸去世了。按照臭丫头的经验，一位疯狂的父母可能会引起两种反应，其一为叛逆，其二为认同。她自己的妈妈对了解宇宙有一种狂热的欲望，而她很好地传下去了。所以说臭丫头基本上是一个好人。

老实说，虽然索尔一直都是满腹牢骚，但他也是个好人。天哪，他们在1974年的冬天是多么可怜。他们不得不偷偷摸摸地通过卫生间进入地窖夜店，或者有时候守门的机车党会让他们代为充当保镖半个小时左右，以冲抵掉服务费。他们会待到亮灯的时候，有人出来打扫，然后比莱会喊话说你不一定要回家，但是你不能待在这里（尼基后来说，这几乎拯救了每一个听到这话的人，其价值相当于读一个学期的《存在与时间》）。除了让他赖以度日的音乐之外，这家夜店热得让人出汗，也充满了活力，如若不然他们就只能待在那一辆厢式货车里，不得不穿上所有衣服，然后在一堆罩单下面挤成一团来取暖。有时候她会听见人们在外面闲逛，尽管粘在窗户的那张纸上很清楚地写着："没有钱，没有广播。"索尔睁着眼躺下几个小时，轻轻地抱着她，身边放着他的廉价小手枪。她想，没有人闯进来，这很幸运，因为她绝对相信索尔会开枪（她那时并不知道每个人都相信这一点）。而在早上他们要把所有东西都收拾干净，因为如果索尔的老板发现他们在车上睡觉，会把他开除的。那时候生意不大好，整座城市分崩离析，见诸各大报纸头版，而且非常寒冷，仿佛太阳快要烧尽了。即使索尔按小时领工资，也不够用来给他们租一个房间，而他拒绝了回去和住在廉租房的妈妈一起生活。格林伯格女士非常可怕。波兰人，嫉妒心很强，还严重酗酒。没有人知道格林伯格先生去哪里了。那都是借口。在成为后人文主义者之前的那段时间，一贫如洗、努力奋斗，还有那出奇的寒冷——现在回味起来甚至感觉很亲切。

还有一点：尼基·查奥斯，她欠了他人情。只有他注意到了她和索尔脸色苍白，也注意到了他们走进夜店之后，大概需要二十分钟才不再哆嗦，于是他把他们带到了自己家里。好吧，或许那说不上是家——他擅自占用了，对吧？——不过至少他准备了暖气，让人可以待下去，或者说是别人准备的。尼基那时候从来不讲关于资助人的事。他会把这些故事编来编去，讲述关于已经成为传奇的追忆往昔乐队的事情，而他的双眼会发光，亮出那白净的牙齿，然后臭丫头忍受过的所有痛苦都会消失。这就好像传奇褪下了一点儿光芒，给尼基的短发洒上一点儿金色。而当他开始讲关于加入乐队的事情，讲到索尔在第130公立学校学到的那些东西（臭丫头十五岁就退学了，她妈妈深信她是被洗脑了）并且把他安排在车库的音板后面时，索尔开始站得更直一点儿，仿佛自己重新获得了荣耀。

因为一个或者全部这些理由，尼基说的任何话都对臭丫头有影响，而且他采取了非常强硬的态度，认为嬉皮士没有弄清楚任何定义就急着行事会导致精神瘫痪。比如说，要是一列火车正在会撞死两个人的轨道上飞驰，如果你拉动控制杆，火车就会驶向另一条只会撞死一个人的轨道，你会怎么做？要是人数更多呢？假设一百万对上几十万人会怎样？要是火车等同于自由人文主义的体制会怎样？控制杆呢？要是精神瘫痪就是整个结局会怎样，是一个诱饵，是三张扑克的游戏呢？这个体制把所有的威胁都留在了封闭的车厢内。如果把行动的可能性掩藏起来，那么你可能在不负有责任的情况下被认为有罪，或者在没有获得自由的情况下负有责任，或者只有在不承认自己的罪行方面拥有自由。几个月以来，这些术语——罪行、责任、自由——成为臭丫头所呼吸空气的一部分。可是她那时候并没有想到行动意味着什么，除了放火。她喜欢就这样听尼基说话。不管他要说什么，她都会听的。

只有在尼基和萨姆之间产生了联系之后，她才开始怀疑自己是不是这么一个好人。因为老实说，她非常生气。看着他把她的朋友拉到一边，私底下辩论后人文主义的理论和实践，她产生了萨姆其实不是她朋友这个想法，她就是这样暴露了她内心对尼基的情感。不是说她没有预见这一点。就好像她决定逃往纽约一样，纵使妈妈很疯狂，纵使臭丫头前景很暗淡，可他们头上有屋顶，桌子上有食物。把注定失败的事情放在可靠的事物之上，这算不算是一种叛逆，或者认同？很难说，因为她妈妈并不是独自一个人。有一半时间她会带上自己的小笤帚；另一半时间她在等待火星人。无论如何，臭丫头都希望尼基的黑眼睛可以偶尔看向她。去年秋天在布朗克斯的第一次大爆炸，事实上人们可能真的会受伤……这并没有让她打消念头。如果说有什么不一样，那就是她对于肉体的渴望更进一步了，因为她觉得某些真实的东西处于危险之中。她想要让尼基的刺猬头一直扎着她的大腿内侧。当她醒来的时候，她就会变得强大而纯粹。可是无论什么时候他们发生性关系，尼基似乎总是心不在焉。而当她发现萨姆的小情人一走，尼基原来也在和萨姆发生关系的时候，她感觉自己被掏了心，被撕裂了，就好像是刀子插进了柔软白皙的身体，直到把整个人掏空。正如对于索尔一样，她知道（尽管尼基可能会说，这是比较过后的选择。自从在演出上第一次和她见面之后，索尔就喜欢上萨姆了）。那并不意味着臭丫头和索尔之间没有爱情。在不得不相互依赖以生存的人之间会产生一种纽带，而在永不放手这个意义上，索尔是极其忠诚的。事实上，她把这一点看作是他爱慕尼基的核心，一种非意识形态的而是本能的忠诚。而以他自己粗暴的方式，索尔感觉到她在遭受疼痛。他在黑暗中好几次问过她，在床上——或者更准确地说，是在地板上——问她还好不，而她说还好，这是显然的，他到底在说什么啊？可是屋子里的气氛现在变得不稳定了，仿佛每一个人都拿着武器对准了其他人。

圣诞节那一天，索尔身穿游骑兵队的运动衫，行李袋鼓鼓的，一回来就陷入了这种氛围之中。只要有任何东西没有和其他物品拴紧，他就习惯将其顺走，可是即使去掉他那粗劣的伪装，她从尼基盘问他的方式就能知道这桩盗窃是早有预谋的。而以相似的方式，她早在索尔说出来之前就想明白了袋子里面的秘密。作为一个颠倒在贫民区所发生事情的手段，这是绝妙的，可是这也要基于萨姆没有打小报告的前提下——尼基早就应该从"爱好者杂志"得知忠诚是不存在的。果真，萨姆之后失败了。诚然，是那些假期的缘故，可是这感觉像是一个证明，而臭丫头没办法向尼基抱怨，因为一提到萨姆，就连他也不能相信了。在那些后人文主义者当中，D.T. 总是看起来最暧昧的一个人——当他说"革命"的时候，你几乎能听出那吓人的引号来——不过她最终还是向他吐露了她的担忧，而令她惊讶的是，他也有相同的感受。他们都看见过萨姆拍摄他们 12 月初的轰炸行动。在她相机里面的影像以及他们从她爸爸手中解放出来的东西之间，她大概有足够多的东西把他们全都打发出去很长一段时间。或者至少尼基和索尔。

于是在除夕，当先知查理说漏了嘴，说他本应该和他最要好的朋友萨姆·西齐亚罗在市郊见面的时候，她在地窖夜店昏暗的地下室里引起了 D.T. 的注意。他假装喝得很醉，没法出去再演奏下半场了，这意味着外面只有鼓、贝斯，以及几个故障的闪光罐来掩盖这个可怕的秘密——尼基是临床音盲——可是乐队已经几乎是事后才想到的。

她记得在上西街的一侧路过汉密尔顿-斯威尼的聚会。在拐角处附近，有一道道花纹一样的脚印压在未铲的雪上面，那是许多人不断踩在别人的路径上形成的。或者是一个人在这些路线上反反复复，无法决定是否走进去而形成的。随后，臭丫头和 D.T. 由原路返回，穿过公园绕着路走，以防万一，而当他们再一次靠近这条街的时候，先知的第一个预言被证实了。萨姆坐在一张长凳上，等待着会去那个聚会的某个人——没有其他的理由要来市郊这么远的地方。谁知道萨姆会透露些什么呢？谁知道还有没有人可能会做什事呢？

提议从厢式货车拿走手枪的人是 D.T.，以防萨姆需要确认他们是认真的。可是在公园里面，两个朋克青年来来回回地把枪递过来递过去，就像是在拍默片一样，而萨姆告诉他们少来这一套，说他们是在犯傻。"我是说，我们都已经做出了自己的选择，不是吗？"在这里你可以听见尼基的回声，听见他们在地下室里低声交谈的回声，只是和他所指的意思变得相反了。而在那一刻，对于臭丫头来说，有的事情也改变了。那把枪恰好传到了她手中，这时萨姆的双手在她面前张开，宛如月光下的鸟儿。"很简单的事，"她说，"我还是你的朋友。"

那把枪好像是自己走火了，她以为保险是开着的，臭丫头以后会跟自己这么说的，但是说真的，萨姆一直都是一个威胁。她索取一切，而臭丫头几乎什么都不要——只是与每个人的想法似乎相反，她要的是自己的意志。这是可以肯定的。那么她是否了解她开枪之后会发生什么呢？或许这就是她一直以来所想要弄明白的。而她的朋友就在那儿，在雪地上，血如泉涌，发出了刺耳的叫声，好像是快要死去一样。光线不是很充足，只能看见 D.T. 接过枪，拿到萨姆的耳边，扭过头开了第二枪。这是因为第一枪打得太糟糕了，他会说，而有时候你要做好事不得不残忍。结果证明 D.T. 自己也做得太糟糕了，可是当时他们并不知道，只是向着地铁跑去，指望着雪会掩盖掉他们的踪迹。确实是会的，假如这里面都是草、混凝土和一些泥土的话。可是臭丫头开始明白自己在上面做标记的载体究竟是什么。或者说，难道这座城市实际上不是一个集合体吗？这个集合体包含了每一个生活在这里的人，他们的自私、无知、懒惰、猜疑以及不近人情，还有她自己爱过的一切事物。

她在装货平台上差点儿把这一切都泄露给那个长着络腮胡子的记者。他说他对关于生存的事还是略知一二的。她低下头看着那一张油腻的蜡纸在自己的手里翻来翻去。她想要告诉他，那一刻她感觉到枪跳了一下，知道一切为时已晚的时候，她是近乎愉悦的。即使是现在她或许还不能完全相信这一点……可是当她张开口的时候，却找了个理由说要离开。

她想要忏悔的冲动会在接下来一直伴随着她。当那名记者被发现死亡的时候，她凭直觉就知道杀他的人是尼基。这样就变成她要为两条人命负责了，这两个人的一生似乎不大幸福，但依然是人命。而他的黑火药是打算用来摧毁剩下的事物的,可是已经没有什么东西值得他去这么做了。然而在发生冲突的那个夜晚,有些事情又改变了。她认为,查理已经看见了她一直以来经历的事情。她上了阁楼,打算夺取他的童贞,作为赔礼道歉,随后还想把他的无知也一同夺走,或许他们可以一起做点什么来阻止恶魔弟弟。或者说是兄弟。

或许她依然能够去阻止,即使是靠她自己一个人。这就是她今天下午来到汉密尔顿-斯威尼大楼的原因。只是四十楼并没有蓝图上写着的办公室,只有这一个大型记者室。等到那些摄影师都出去了,她就把自己锁在里面,然后四处寻找那个炸弹。她不断地想象有嘀嗒响声,可就是找不到尼基把它放在了哪里。最后,她开始明白这是她命中注定的——独自一人死在这里。于是她把灯关上,然后在漆黑中躺下,等待着结果的到来。责任、罪行和自由,灾难、羞愧和新生。她还没有意识到世界上的其他地方也都变得漆黑一片了,直到有人说话的声音惊醒了她,吸引她去到门厅。而现在,随着手电筒光再次从她面前移开,她看见了查理·维斯巴格尔正站在一个敞开的窗台上,用双手抵住窗框。那个拿着手电筒的跛子正向着他冲过去,或者说是蹒跚地走过去,嘴里喊着"别"。可是查理不大可能听得见,因为外面有上万只海鸥或者鸽子在盘旋。他一点儿也看不见,因为他闭上了双眼,仿佛他直接和宇宙相连了。弄得好像他真的是一个对上帝诚实的先知一样,即将要采取行动永远地改变他们所有人的生活。

"这里"——凌晨两点半

爆炸声从附近传来,她就像是处在空无一物的围墙中。或者说一波又一波的响声正在压倒她要做出的改变,在她所渴望的这座城市里面。这是对其他人的冲击,一万座高楼崩塌入海,就像是一台收音机突然之间不能调谐,或者像是内心里的什么东西在破裂。而且,一切事物总是在破裂,因而崩溃同样值得庆祝:玻璃重重地摔在灶台上,勺子掉在了玻璃桌上,随后还有一阵阵的笑声。于是杰妮深深地吸了一口气。把这些叶子收集起来放在橱柜里,然后尝试做一些准备。你现在相信什么呢?你相信这沸腾的漆黑就是一个地下室。你相信下面的人知道一些你不知道的事情。摸索着走出黑暗,不管遇到什么人,都再次拉到自己的一边。在这不合时宜的时候,她无力再说什么,可是舌头也是一种语言,即便是尝起来毫无味道。"你走了,"她说,喘了口气,我发誓……

而他能确切知道她错了吗?有可能他从来就不在这里。这是他在这个房间度过的第一天,他不愿意再移动了。迷你冰箱的温度,伏特加的灼烧,对此他非常坚定。可是要怎么解释现在另一个正在进入她的人呢?胸腔对着胸腔,柔软的小乳房,嘴对着他的嘴。你怎么会浑身疼痛,可又不阻止她把手伸向你的腰带呢?他感觉像一个笼子,在打开,在感受。作为一头被囚禁的憔悴的老虎,每次看到他,都要付出很大代价。涌入的欲望就像一种压力,一种饥渴,毫不费力地把她摁到墙上。这头训练有素的老虎会用嘴衔住一只鸽子而不折断一根羽毛。还是说他是被衔住的那一个呢?很难弄明白任何事情,除了漆黑之中她的身体,她的气味,她的小舌头,进入耳内的温热呼吸。他很害怕自己依然在地板上,可是发现她牛仔裤的纽扣已经准备好了被解开,在手中那湿滑的热气之下,接近那团深处的欲火。准备好了回到他过去常常漫游于其中的树林,在你迷失并找到自己的雾中。她的呼吸就如贝壳里的大海,找到它,找出里面藏了什么,找到在外面秘密消失的症结。

我是说我以为你死了。我以为,我在看着他死。

在那一刻,她的白色内裤就像蜡烛一样在漆黑中燃烧起来。她头朝天花板,那里有灯光扫过矮窗。她上面同时还有另一个人,随后他们又会合了。她感觉到膝盖在床垫上摩擦,不过奇怪的是,他们之中一个人移动另一个人的时候,她感觉到背部也有摩擦感。他们就像是自己在爬梯子,就像是小孩们在交错地荡秋千,越推越高。你的内心有一股力量从来没有表达出来过,或许这是无法表达的。而这一定就是为什么有的时候"我去"会是最美丽的字眼。当一侧肩膀被咬的时候有一道白光,一群上涌的亮点遮住了他们所见的东西,这儿没有尽头……然后再一次,她只是自己一个人。在这个世界里可以自由地发出所有声音。

东村——凌晨两点三十分

一声像灯泡爆裂一样的枪击声让正在潜心聆听的默瑟猛地回过神来。他右方的一个停车计费表被砍掉了头。在 A 大道的拐角处,一些拿着小手电筒的男人在叫喊:"不!不是那边!这边!"在叫喊声中他几乎听不清他们在说什么,(拿回来!拿回来!)不过随着整个人群向西涌动,他被追上了。

一路沿着休斯敦街,破烂的垃圾桶喷射着火焰。在更远的地方,他发现了一个电话亭,竖在一条小街的入口对面,很可能是用来阻挡警察的,还有一道用锯木架摆出来的路障。在叫喊声中不时能听到金属罐的破裂声。在百老汇的拐角处有一家莫代尔商店,在一批青年的攀爬之下,其大型安全门无法坚持很长时间。当大门倒下来的时候响起了一阵咆哮,而当玻璃板像帷幕一样掉在地上的时候又响起了一阵咆哮。一个高挑的男人冲进了火光中,他的T恤上布满了白点。他一路踮着脚尖,就像一头黑豹从一棵树冲向下一棵树,手里拿着一根球棒。随后有门球杆以及网球拍。有人向默瑟手里塞了一件东西,而当他举到面前的时候,他看到的是一根球棒。

在他旁边,一个和他年龄相仿的男人在和一个裹着头巾的女人争吵。"拜托!"她在说。"要是有人闯进公寓怎么办?"

"不要管我,"那个男人回应。"我等这个已经等了好多年了。你知道枪在哪里,你可以坚守岗位。"

他们身边一个留着胡子的白人向每一个愿意听的人讲授黑格尔的历史理论,一直挥舞着高尔夫球杆,有条不紊地敲打停放汽车的窗户,就像手拿小锤子的珠宝匠。一个男孩问还有没有多余的高尔夫球杆。"滚开,孩子,"那个人说,"这是一场革命,并不是购物狂欢。"

火焰催生火焰,并且不断升级。随着人群涌进拉瓜迪亚广场,熟食店和报摊成为攻击的目标。一些人突然停了下来,对邮筒进行报复。一帮人不知怎的打开了一辆出租车的远光灯,并把车吊了起来,就像世界上最大的手电筒,光线扫过全是人的华盛顿广场。喷漆——无论对错,法西斯滚出我的城市!——在凯旋门上开花。至于那些真正的法西斯分子,也就是说那些警察,他们在外围到处都是,只是收到了命令要退下。

早些时候,默瑟观察过他们试图封锁第十四街的那家杂货店。监察员请求了支援,而高层在对策上面犹豫不决,女人们不断推着购物车出现,车上装满了奶粉和纸尿裤。一些人在门口大笑或者吹口哨。其他人以三美元一节的价格出售电池。还有人攻击这些奸商,用手指戳他们的脸。收拾残局的守夜人大叫道,"噢,那些浑蛋,那些畜生,那些臭杂种!"警察在来来回回地巡逻,可是默瑟当时就觉得试图恢复秩序是没有意义的,因为秩序本身就存在着深层的问题。

现在他试验性地挥了一下球棒——那声音听起来很残忍。大学广场上发出了响亮的警报声，鼓点也敲打了起来，除非那是他的心跳。人群涌入办公室，把打字机和一车一车的散落的文件搬了出来。默瑟发现自己正扛着一张人体工程学办公椅，感觉就像是拿到了奖杯似的，直到一两个街区之后，他的手臂开始累了。前面就是联合广场，人们把它叫作针筒公园，说不定威廉就在那儿呢？可是并没有。现在不要那样。接着，他拿起球棒砸向一台停车计费表。表头还在上面，可是那块小玻璃裂开了，零钱掉了一地。在他周围的男人之间响起了一阵欢呼。那些光头仔看起来都变白了，不过他或许也一样。这个物质世界不断地融化进漆黑之中，默瑟对于自己是谁的最后一点儿感觉似乎也随之荡然无存了。虚构的采访者也不在了，没有人会问他感觉如何，可是如果还有一个默瑟在回应，那么他可能会把这称之为解脱，那一定是对于第一次 C.L. 在训练营把自己扔出飞机的解脱，仿佛他突然就从高空向下看，把自己交给重力。

可是放弃自我是否真的可能呢？他发现自己就在人群的前面，一无所有的前方赫然出现了什么东西：一堆石灰岩在月光下发光。他不需要看凿在过梁上的铭文就知道那写的是什么。因为他可以感觉到这座建筑正在让他回归自我，将他钉在过去，做出评价；那是温塞斯拉斯-知更鸟女子学校。

上西区——早些时候

威廉拿起枝状烛台，烛光下他父亲紧闭的眼帘看起来就像是旧窗户的玻璃，上面很薄，越往下逐渐变厚。沉重的身躯看起来很不自在，膝盖骨朝向一侧。面对各种责任，装睡是极好的防守方式，就像是一个四岁大的小孩，捂住自己的耳朵然后反复地说我听不见。只是有多少是装的呢？爸爸的裤子在裆部的颜色要更深一些，长沙发椅的天鹅绒摸起来湿漉漉的。威廉把手指凑到鼻子前。没错，那是小便。好吧，这浑蛋。该死的。让仆人处理吧。不过，这里并没有仆人。把蜡烛拿近一点儿，熟睡中的父亲没有反应。这里非常闷热。他试着在一只耳朵附近打响指，然后另一只。只有当他抓紧了爸爸那枯槁的上臂时，那双老窗户才打开了。"威廉？是你吗？"仿佛刚才的一个半小时——或者过去这十五年——从来没有发生过似的。他什么都没有听见。

电话还能用,他可以呼叫医生——如果他找得到号码——可是他内心的一部分还坚持认为爸爸在假装。然而,他不得不主动地将爸爸拉起来,让他站稳,可是随后他的眼皮再一次摇摆不定,这双蓝眼睛在昏暗的环境中惊慌失措。

"威廉?"

他叹息。"来吧,老头子。我送你去你的房间。"

当然了,他并不知道所说的房间在哪里,不过在某些时刻爸爸的步态会变得流畅,而威廉反而感觉自己在被引导,走过一些楼梯和另一条走廊,到了一个像会议中心一样的卧室。那张床看起来没睡过,或许他和菲利希亚每个晚上都会去一个新的房间吧,就像富裕的贝都因人一样。他让爸爸站在一个衣柜的镜子前面,嘱咐他脱掉衣服,然后转过脸。下面驶过的汽车车灯从白色窗帘之间斜斜地照进来。高亢的鸣笛在街道上回响。这个豪华的外壳如蛋壳一样单薄——他非常了解这一点,如果说没有其他的话。不过,当你在里面的时候,这就非常有说服力了。而他感觉如此无力。比如说,不要回头去看绕在脚踝的短裤,他父亲的手臂麻痹了,停在衬衫的纽扣那里不动,即便似乎并没有人在看着。他过去常常想象爸爸的头会像蓝胡子[a]的其中一位妻子一样掉下来,如果他连领带都不会松开的话。现在他只不过是一个可怜的老头子,一撮粗糙的毛发从他汗衫的领口那里长出来,还有下摆处湿漉漉的那一块。威廉把烛台放下,然后帮他保持平衡。"不,爸爸,不,别坐在床上,你要去——"

[a] 法国诗人夏尔·佩罗笔下童话中的主人公,接连杀害了自己的妻子们。

"是你吗,威廉?"

他尽力地用浴室的毛巾吸干了床罩上的尿液。他又铺上几条毛巾,让爸爸坐在上面。这对于一个男人的身体来说真糟糕。总有一天这也会发生在威廉身上的,只是按照他现在的活法,大概是活不长了,所以不要让任何人说没有一线希望。他跪下来把鞋带解开,把绕在脚上的短裤拉下来,又帮忙脱掉了汗衫。他将一条毛巾披在爸爸的肩上,从梳妆台那里拿上一条干净的三角裤送他进浴室。他让门就这样开着,希望借助这烛光爸爸能顺利脱掉衣服,不至于摔倒,摔坏髋骨。无论如何,威廉都不打算给他父亲更换被尿湿的内裤。他以前给男人脱过衣服,很多男人,可是有一些底线即使是他也不会逾越的。

在刷牙声响起的时候,他借蜡烛的火点了一支烟。这些致命的圆筒,这些小小的依赖品,在帮助你熬过那些你不想要熬过去的各种事情方面非常有用。这就是为什么它们在中途之家会这么受欢迎。每一次他吸入的时候,一团热气就会充斥着这个整洁的房间。不过这里已经热得难以忍受了。他将一些烟灰弹在了地毯上,去她的菲利希亚,然后向着窗帘那边走过去透透气。

她会觊觎这个地方的原因是显而易见的。这个高度意味着你可以看见一切。这个房间外面没有阳台,不过当他探身出窗外的时候,他可以一路看到北边公园外面红色的火光,看见哈莱姆和布朗克斯在夜里燃烧。那是他应该身处的地方:在他的工作室,锁上三道门闩,来了一场大火,并且他的真名下没有登记一台广播和电话,因此任何人都没有办法提醒他将会被烧成灰烬。

随后他转过身发现爸爸穿着干净的内裤站在床边,好像不知道那是做什么用的。"哦,我的妈呀。"威廉走过去帮他掀开被单睡进去。似乎还需要一些仪式,但是该做些什么?弯下腰来,在额头上亲一口,仿佛爸爸真的是一个孩子?他甚至已经看不见脸庞了。在他的梦里,这总是一张病榻。"我不恨你,你知道的。"他这么说。爸爸的台词应该是,"我非常抱歉"。可是在这一刻,威廉看到了父亲眼中的自己,蜡烛和窗帘在背后打着光,而他明白了爸爸在想的很可能更接近于"为什么恨我?"还是老一套的父子之间的废话,好像这个世界上就没有其他东西一样——没有姐妹,没有情人,没有母亲。而事实上接下来的是再次响起的鼻息声。随他吧。

只不过后来,当威廉把所有蜡烛吹熄,只剩下一根用来照明返回图书室的路时,一个低沉而沙哑的声音从阴影处传来。"梳妆台上有给你的东西。"

这是他想象出来的吗?威廉想听听还有没有更多的话,不过鼾声又响起了,世界回到了本来的样子,而他在梳妆台上所能找到的是一个带锁的红木小盒子,爸爸过去常常把他的袖扣和衬衫扣存放在里面。不过盒子并没有上锁,里面有一封信,正面用草书写上了他的全名。纸张发黄,看上去肯定有些年头了,不过只能辨别出里面一抹阴影。他开始觉得,一切事物里面都有阴影。或许最好就是不要看得太仔细。然而,他已经知道了,不管这份文件是什么,他都很有可能会借着烛光熬夜仔细阅读直到天亮,假设天还会亮的话。

贝斯以色列医院——凌晨两点三十五分

等到那些陌生人出现的时候，呼吸机已经修理好了，尽管每一次风箱摩擦玻璃的中途都会发出令人焦虑的短而尖的声音。可以想到，焦虑的人就是比莱，他依旧坐在门边的椅子上，借助为垂死之人保留的敏锐感觉，他知道时间已经很晚了。似乎走廊上那个没刮胡子的家伙也是这么想的。比莱有一种不寻常的感觉，他不确定自己是否能够打得过那个人，如果要走到那一步的话。可是随后他们都意识到了什么——那就是比莱意识到这一定是萨姆的父亲，而那位父亲则认定了现在情况非常严肃。比莱嘟哝着站了起来。"她就交给你了，首长。"

即使是这条特别宽阔的走廊，要让这个文身大汉从卡尔米内·西齐亚罗身边挤过去而不用迫使他让开，也根本是不可能的。他体重不可能少于三百磅（约一百三十六公斤），而卡尔米内也不是瘦得像竹竿一样，过去半年内还增重了十五或者二十磅，全是靠吃垃圾食品。他花了好几个小时来这里了，并不准备退后。

卡尔米内坐在了还有余温的椅子上，即便是等候室外面的自动售货机，也不会让他再起来了。这是一个他可以长时间坐着的地方，不用过多地思考任何事情。有些事情他现在并没有在考虑：他飞身挡在他女儿和枪之间，而不是在新泽西装载烟花船。过了几个小时，他身边就多了不少施利茨啤酒的空瓶子，电话铃声让他从床上离开。那个把他妻子带走了的男人，那张像迪克·克拉克一样年轻的脸又浮现在他眼前，就在他接起电话前的一刻，在新的一年第一天的凌晨四点。她的酸奶制造器，他以为她第一次说的是这个。可是之后多年，他一直都只是对她的话听一半不听一半。他总是嚷嚷着要更多的空间……而即使是在她离开以后都得不到。婴儿肥消失了，萨姆长成了她母亲的模样，就连她休息时噘起嘴的方式也一模一样。你对她已经尽全力了，那位记者这么说。为她的教育做出了许多牺牲。可是理查德最终明白了什么呢？什么都没有。卡尔米内对他女儿的给予也从来没有尽心尽力，他认为这都是他的错——或者说，如果他考虑一下的话，会这么认为，事实上他没有。那么她呢？除非那些医生是可以相信的。

现在来了一位医生，看起来像年轻时的贾瓦哈拉尔·尼赫鲁。"让我们来看一看，"他说着，查阅着携带的资料。"啊，西齐亚罗。"他每一个发音的清晰干脆暴露了他假装的热情。卡尔米内生动地想象着把那些文档塞到那个男人的喉咙里面。不过他没有这么做，而是提出了一个每次见到新医生都会问的问题，仿佛那或许能改变答案似的。这要持续多久？

"植物人状态吗？"尼赫鲁问。卡尔米内已经习惯了那个挠挠头然后转身离开的动作，不过这次医生并没有这么做。有些案例，奇迹一般的案例，病人会醒过来，不过这个数字并不乐观。而卡尔米内并不信仰宗教，对吧？不，他没有想过这个。她可能会就这样持续好几年，可是没有这些机器，她或许就已经死去了。"我很抱歉。"那个男人接着说，仿佛另一个深感悲痛的人控制了他的喉咙，可是当他试图接触卡尔米内的手臂时，卡尔米内想到的就只是把他放倒在地板上，按在那些设备的滚轮底座中间，用听诊器鞭打他，打到他几乎无法呼吸。

萨姆并不痛苦，当然了——尼赫鲁确信这一点。有时候卡尔米内觉得自己看到的痛苦表情只不过是一连串的肌肉反射，只是他自己脑补的。那些医生在不断地让他安心：她不暖也不冷，不生气也不原谅，而且肯定没有遭受痛苦。现在好几个月过去了，和哀悼灵魂相反，他试着将她看作是一个容器、一个外壳。护士涂在鼻孔周围的有光泽的凡士林，他涂在嘴唇上的唇膏，都不大能够阻止得了皮肤皱裂。脱水是一大危险，褥疮是又一大危险，体重减轻是持续性的危险。他每一次探视至少都会拉开一次被单，检查她的双腿，这是你真正期望看到的地方。每一次他都会想象，多亏了那些医生，她的情况才保持了稳定（那些医生现在每隔十分钟就会来检查她的情况，你可以设置好你的手表，因为据说早些时候她的呼吸机就出过问题）。然而每一次，这份想象都会少一些。他又查看了一遍。腿毛长回来了，看起来就像是一个瘦男孩的腿。脚踝细得像铅笔一样。不管他们怎么说，她就是在受苦，而这是父亲的罪过，因为他违背了为父之道，现在却由她来偿还。

他不得不做的就是请求他们拔掉机器，没有人能够责备他。他终于明白了，尼赫鲁的表达太不成熟了。自从1月以来他们一直都在以这样或那样的方式进行暗示。她永远都不会好起来了。但是卡尔米内知道他会责怪自己。他余下的人生，仿佛就像是浸泡在尘埃和砒霜之中，点燃了火，抛射出火花。

尼赫鲁带着一位同事回来，假装不再看见卡尔米内。那位同事在检查呼吸机的连接时皱起了眉头。尼赫鲁在图表上做了小记号，然后讲了一下这台机器断开了多长时间,以及进一步脑损伤的可能性。卡尔米内不太听得清楚,因为窗外又唱起了圣诗。三个节拍:一二三。今天早上他在齐格"博士"的节目里听说了那场示威游行。声势一定非常浩大,可是当他起来去看的时候,外面一片漆黑,除了八百米开外的办公大厦上面有一个小光点,像一只眼睛在看着他——看到他的内心。甚至看到在这场停电当中,其他每一个人都渴望接受在某种程度上,维持她活着的技术也失灵了。机械错误,其中一项,她的时间,上帝的意志,不再遭受痛苦。这是出于好意。真正的问题是,他是否有足够的勇气。他是否有勇气坐在这里,看着自己的女儿像上钩的鱼儿一样喘气,并且不转过身去?因为如果他这么做,那么他就不打算在结束以前离开这个房间了。

不要,外面的人群在叫喊,这时医生们又回去了。不要这样做,也可能是不要往回走。他曾经认为牺牲就意味着放弃自己的生命。不是的。这意味着放弃她的生命。而且他希望这会比任何事情都更令人心痛。比她的痛苦更甚,如果说她痛苦的话,用这痛苦毁灭自己。他想全身撒满黑火药,从外部吞噬自己,但不会毁灭核心,他的内心将永远尖叫下去。那些其他的父亲都很勇敢——亚伯拉罕、耶和华。现在这里的是卡尔米内·西西亚罗,正伸手去拿面罩。

查理·维斯巴格尔的四个幻觉

第一个幻觉,作为其他幻觉的开端,具有先前所有幻觉的狭隘性——它们从来没有超越查理脑袋的限制。这意味着它们根本就算不上是幻觉。总之,和这个不一样。因为现在的外部世界正在自我变革。看起来是一扇窗户,现在正变成一扇门。

第二个是声音,说话声。那个声音说,你不得不决定是否要跨过去。要醒过来。但是有一个问题:那些鸟儿在堵塞着门口,因此他没办法清楚地看见外面有什么。其他人被臭丫头的出现分散了注意力(他本来或许也会被吸引住的,在不同的条件下),他闭上眼睛,攀上了窗台。照相机的带子勒得他透不过气来。他不需要看就知道离街上有多远,而这些鸟儿似乎生气了。它们就在窗户外面像复仇机器一样嗡嗡叫,它们搅起来的一股风把他的头发吹乱了。但是他不能让自己睁开眼睛。或者说他可能并不需要这么做。或许这会减弱下一个幻觉，那个正在脑海里展开的幻觉。

第三个与未来有关。他飘浮在市中心上空，他下方的那座办公大楼成了一个古老的废墟，方圆几个街区内的一切都成了废墟。再远一点儿，金融区完整的墙外，是那个海港。海水一开始很平静，波光粼粼，可是随后就在来自西北方的某种压力之下翻滚起来。当查理从曾经是汉密尔顿-斯威尼大楼的顶部转过身时，看到三十多公里外的地方有一对小太阳，蓝中带金，非常明亮。它们移动得太快，不足以做任何事情来阻止它们——只是足够让他明白7月14日只是开端，明白克格勃或者巴解组织或者其他组织将会受到指责，攻击，回击，再回击，直到最终他所了解的一切都毁灭。时间的尽头看起来会是什么样子？他的妈妈，在厨房的窗户那里，看着天空变得像镁光灯一样白。他那些在睡觉的兄弟，变成了灰烬或者空气。一切他本该爱上却没有爱上的，一切他在每一刻忘记选择的，因为这显然是一个人仅有的生活：长岛的天际线和桥梁以及草地，还有将来要刻上他爸爸名字的花岗石板，全都归于死寂。在这个未来里，萨姆也死去了。还有他完全一个人度过的这些最后时刻。而如果他跨过去，选择了另一个未来，那又会如何呢？

查理·维斯巴格尔的四个幻觉中的最后一个只不过是关于他错在哪里的一丝迹象。他一直在寻找一种方法来改变，不过这永远也不会来自外界。葛兰姆西·尼基给了他，还有马克斯，甚至他那本不知道在哪里的《圣经》中也有。"从来没有人见过上帝。"唯一可以做出的改变自始至终都在他的内心，指示与祈祷之间的界线变得不可救药地肮脏。他一直等待着一根手指给他指引。你要表现得好像这里没有任何比你自己更大的事物，没有正义或仁慈或团体精神或任何东西，而且将来也不会有。或者你可以尝试以某种方式创造它。这里存在悖论，你可以就这样消失，而他也的确消失了一会儿，不过随后他又感觉到手电筒光照在自己的眼皮上，而且他可以听见督察拐杖的橡胶头敲打地板的声音，一次、两次，来拯救他，而当他睁开眼的时候，他一下就辨认出白色光斑以外的那个胖胖的服务员以及臭丫头。不要这么做！现在还不是时候！可是时间不过是上帝的语言。或者他会告诉他们，只是他不想自己的遗言变成废话，而且现在没有时间去判定这是不是废话。说真的，甚至没有时间再害怕了，查理转而面对外部世界，羽毛抚摩着他的脸庞，他喘了最后一口气，并投身于那些鸟儿之中，在这时，那些翅膀，那些手臂，同样也是虚无的。

市中心——凌晨两点二十分

　　有一会儿，基斯一直在放缓步子，和路人大声地交谈，好让里根听见他还在后面，让她知道她并没有成功让他放弃。不过最后，他还是不再打扰了。他一直都明白，在外面这一片漆黑之中，没有人会注意到两个小孩子。从各方面来考虑，停电之前他的做法大概还比较有效：把手拢在嘴前喊出他们的名字。"威尔！凯特！"在前方半个街区，刹车灯的洪流附近，里根僵住了。他引起了注意。不过那正是关键，很快她也做了同样的事情。"威尔！凯特！"

　　他们是一个独特的队伍，她在前头，他在后头，被街道分隔开。如果不是他们声音交叉的方式以及身上臭烘烘的气味，他们可能会被认为是陌生人。（威尔、凯特。威尔凯特。等等！）车辆缓慢地开过，但是没有按喇叭，而且有时候还能提供一点儿能见度。比如他就能看见他们现在距离五十三街的绅士俱乐部和第三大道不到一个街区。如果她向左转，那么他们就会经过那个地方。新年前夜，他就在那里站在雪中，决定了不去市中心和他的情妇见面。他希望能有时间在那儿停一停，可是当里根直接往前走的时候，他仅仅来得及在安全出口和垃圾桶中间喊出他孩子们的名字。

　　整整一个小时，他们往返于东西南北，路过了越来越多不大可能找得到的地方。路过了同名的广场，S.R.O.的入口通道，联合国的白色墓地。他从来都没有想过这些事物之间有任何联系，可是在漆黑之中它们全都令人惊讶地紧密挨在一起。或许曼哈顿的广阔只是一个谎言，你用它来为自己的无足轻重，自己的无能为力，自己大叫却无人回应的事实而辩护。当里根走进中央车站的时候，一种压迫感已经悄然而至，里面甚至比外面的黑夜更加漆黑。"威尔！凯特！"回应的是他从未听见过的寂静。天花板不见了，但是大厅两侧朦胧的星光透过拱顶窗户，照亮了那些像秃鹫一样的形状，在出发时刻表下面挤成一团。或者有可能这些是强盗，要警惕他们的存在。他们沙沙作响，准备好把出口拦住，不过他抢先一步，"威尔！凯特！"他发现没有自己不愿意跟随她进去的地狱——

他们再次走到暖和的户外。路过一片影子，他认出是图书馆，还有后面的公园，学者们会在那里非法购买违禁品。第六大道上有一起车祸；有人撞上了店铺门面。警察快速地穿过迪斯科般红红蓝蓝的灯光，不过他们似乎专注于有一半悬在碎玻璃外的那辆车，而里根并没有理会他们。下一个街区，如果没记错，应该会有一连串的色情场所和限制级影院，不过大停电将它们抹去了，而且没有了鲜活的肉体，客流量就少了。不过更远一点儿，人又多了起来。他能够看清楚人脸了。随后，突然，在黑压压的一片办公大楼中间有了光线。

时代广场总是会有灯光，没错，不过那应该是来自上方华盖的白炽灯。相反，这盏灯很亮，从四十二街走到百老汇，他可以看到光线是从两个吊在起重机上的特大号圆盘照射过来的，离地面有好几层楼高。下面有成千上万的人挤满了平时汽车走的街道。安全岛会将人群一段一段地分隔开，每一个上面都有一个高台，覆以红色，顶部有一个旧式的马戏团铁笼。其中一个关着一头黑豹，另一个里面有一只站在树枝上的秃鹰。最靠近他和里根的，十几米远的地方，是一头坐在小凳子上也有三米高的黑熊。基斯在城市里的这些年，看过足够多的电影片场，知道这肯定是一个，不过规模类似于塞西尔·B.戴米尔的作品，或者苏联版本的《战争与和平》。再说那些摄像机在哪里？在他身边的是普通人，还是雇来演群众的演员呢？他们有没有人看见过他的儿子呢？

他正要询问，这时一段音乐在军队招募中心的上方响起。他没有注意到，那里有一整个唱诗班列队在上面，穿着只能看到肩膀的灰色长袍。身着礼服的指挥背对他们打着手势，仿佛在他的指挥下，广场上的其他人都安静了，除了一个购物袋在迎风飘扬。基斯可以大喊，大概整个广场的人都能听见，但是他感受到某种巨大的压力要他保持安静。里根一定也是这样的，因为她也停止了叫喊。

现在开始的歌曲缓慢且悲伤，用的不是他们的母语。从那些低音提琴来看，他猜测是俄语。建筑群把声音送向天空，模糊了边界。基斯不知道兰普莱特的族谱中有没有斯拉夫人，因为这首哀歌呼唤着他，如果说这就是哀歌的话。这是安魂曲。突然，他想要站在悬崖峭壁上，眺望一些巨大的事物——就跟他过去常常播放《最好的苏格兰笛和鼓》唱片一样，在一天结束的时候花上几分钟去思考，孩子们会捂着耳朵跑向公寓最深处的角落，而他则站在窗户旁,内心的颜色就像被光线穿透的玻璃杯中的威士忌。在下面的大街上,高峰时段的人们赶着回家。他自己的个人生活就像是一件洗到缩水的衬衫……不过现在他乐于接受这样的窘困。为什么他总要从自己不属于的地方奔向自己抵达不了的地方?要怎么做才能待在他所在的地方呢?他几乎想要成为自己的幽灵,在这个世界上投下自己的阴影,让别人走进去。他还想要里根在他身边——她在那里,只有几步的距离。灯光照在她的脸上,她并不企图隐藏落下的眼泪。她僵住在那儿,音乐让他们忘记了时间。她将忍住许久的话表露了出来:基斯觉得自己能听见她的内心。亲爱的,她在想。我很害怕。

他想告诉她不必害怕,不过他也不能向她隐瞒自己的恐惧,这样才算公平。

他们能去哪儿呢?这里会发生什么事情?

我不知道,他想。谁知道呢?里根,可我不得不相信,他们会没事的。我们会找到他们的。

我希望我足以坚强到相信这一点,她想。

这是令人困惑的,而他一直都说不上为什么。可是你很坚强啊,他想,你是我认识最坚强的人。你是唯一坚强到能够带着我熬过去的人。

带着你熬过去什么?

这迫使他更认真地想。她需要他更认真地想。而如果他可以认真想这个问题又不被她听见,那么他怎么到达她的内心呢?熬过这个,里根。熬过没有保护的人生。

随后,突然,音乐结束了,有人喊:"停!"歌曲终了,头顶上圆盘的光熄灭了,他们的脸上掠过阴影。在重新聚集的黑暗之中,那头熊沮丧地吼了一声,仿佛是在说,我一直都知道。随后,时代广场,那疯狂的纪念碑,从他们身边消失了,这真的差点令基斯心碎。他找不到她的手。"我很抱歉,"他只说了这句话,"我非常非常抱歉。"

"不,是我把你硬拉进来的。"里根说,不知道站在哪里。

"我是说这一切。一直都是。"不过这喊出来,听起来更像是利己的说法。

随后她紧紧地抓住他的手。"我们以后可以再谈这个,基斯,但是这对我们找到孩子们并不会有所帮助。"这是新旧两个里根的集合体,诚实、负责、坚韧——她只会在最极端的情况下让你看到这个真实的自我。每个人或许都是这样的。他真的希望他可以看见她的脸。"现在我们能做到最好的，就是回爸爸家里，然后在那儿待着。给他们一个固定的目标。休息几个小时，放松脑袋，而如果他们在天亮以前还没出现，那么我们就再打电话。但是不要再有一些神奇的想法了，好吗？"她再一次握紧了他的手，很难说母性和夫妻关系孰轻孰重。她开始带着他渡过剩下的难关，他现在很激动，就像是在梦中一样。整座城市似乎在延伸，在叹息。他听见了翅膀拍打的声音，一群鸟儿在头上飞过，好像不称职的造物主再也无法将这个世界缝合起来。仿佛异教徒的规则正在崩溃，让位于接下来的事物，无论那是什么。不过大概这就是她说的神奇想法的含义吧。

格林威治村——凌晨三点二十二分

从前，默瑟·古德曼有一个自己的愿景。这是在搬去和威廉一起住之后最初几个月的事情，当时他上床几个小时之后都还睡不着。他只好清醒地躺着，设想一座城市，人们在里面可以真正地交流各自的渴望、失望以及梦想，因此超越未知与不可知的假象。可是后来，默瑟开始怀疑这种虚幻感本身就是一种假象。因为关于威廉，他有很多从来都不了解的事情。他的作品就在那儿，那份他从来都不谈及的手稿。他起初开始回避的原因之一，就是这个世界与他所设想的小说之间的矛盾越来越多。在他的脑袋里，这本书的长度和复杂度不断地增长，其负担几乎到了要排挤掉现实生活的程度，而不是唤起它。可是怎么可能让一本书庞大到就像人生一样呢？这样的一本书要给生活中的每一个小时各分配三十多页（因为这是默瑟一个小时的阅读量）——那相当于一天八百页。乘以三百六十五天就等于每年大约二十八万页；算它每十年三百万页吧，或者平均每个人一生两千四百万页。一本两千四百万页的书，默瑟起草四十页就已经花了四个月——极其不完美的一本书！照这样下去，他要花二百四十万个月才能完成。一生不停地写作，那也要活两千五百次，或者需要两千五百个作家的一生。那数量大概等于——两千五百——所有存在过的好作家，从荷马算起。很明显，他不如荷马，甚至连埃里卡·琼都比不上。他一直都为了错误的理由写作，为了未来，为了《巴黎评论》，为了《时代周刊》封面（这是文化成就的顶峰，就古德曼家的其他人而言）——为了任何事情，除了他曾在纸墨当中发现的自由。

这曾导致他下了第一次决心把他的梦想城市和野心抛诸脑后，向北进发。

可是它不断地回来，不是吗？那些旧的愿望、恐惧和幻想，就像一个你永远都走不出的迷宫——不是因为它建造的方式，而是因为你的身份。一直以来他都认为自己是自由的，事实上他始终与命运或者任何与自由相反的事物相连，这股力量让他回归失败。学校其中一扇高高的窗户那里，有灯光在闪烁。有一个掌握自己人生的人，默瑟对他的了解不比其他任何人多，也不比对自己的了解多。他也不了解在身后追赶着的四个光头仔。甚至他们可能根本就不是什么光头仔，而是下了班的海军陆战队，或者是掉头发的人而已——在月光中，很难看到光头以外的地方。当他们走到台阶底下的时候，他绷紧了身体。一个人打开了打火机，有火花但是没有点着。随后默瑟的回归感和暧昧感都涌上来了。和那些光头一样，有那么一会儿，它们都是赤裸的意识，在彼此面前颤抖。同性恋者，他们都在想。乡巴佬。黑人。不过再一次，这只是幻觉：他们并不是跟着他。有一个人问："那是什么，棒球棍？"

另一个人大笑。"别挡道，朋友。我们有生意要照顾。"

说话的那个人手里拿着一块煤渣砖。不，是一个汽油罐。噢，他们打算……而且他们一定以为他是……可是那种傲慢，那种漠视，动摇了他内心的某种东西，只会加强他的憎恨。"这个地方对你做过什么？"他听见自己在问。"这只是一所学校。"

"你在开玩笑吗？你觉得那些统治阶级最初是从哪里学到他们比我们优秀这个想法的？"

"我是说对你个人而言做过了什么。"

"这与个人无关，虽然这对你可能有关。你觉得他们会接受你这种人吗？"

"好吧，事实上，政府在这一方面做出了很认真的努力。我在这儿工作过一段时间——"

"认清现实吧，兄弟。看看周围。整座城市就像一个黑心工厂似的。或许他们用一点点你害怕失去的东西就把你收买了，一张工资支票或者一台彩电，可是你永远都不知道他们在哪里。同时，你的兄弟就在某个地方的牢房里堕落。你的姐妹正往孩子们的麦片里倒水，因为她们买不起牛奶。你真的要我在一场骚乱里头给你全讲完吗？简而言之，你被牢牢地套在了某些东西上面，而你永远也不会得到爱的回馈。"

这是受过奇怪的教育所做出的判断，不过那不是主要问题。主要问题是其中多数观点都是正确的。如果说温塞斯拉斯‑知更鸟不是现有秩序下的一个兵工厂，那它到底是什么？这种秩序既不公正也不真实。而且只要这个世界一直都不变，那么他就还是倒霉的默瑟。于是他站在一边，后面的暴徒重新专注于把门打破。完全是一片混乱。暴徒们从四面八方涌进大厅和教室，泼洒汽油，焚烧图书馆的木板、油画和书籍。随后转移到市政厅、华尔街、帝国大厦以及汉密尔顿‑斯威尼大楼。太阳已经升起几个小时了，城市里已经看不到过往的痕迹了。

只是这并没有发生。事实上默瑟没有站到一边，而是再次抬头看着上方那扇亮着的窗户。可能是朗瑟堡博士，那个不承认自己是同志的老家伙，在和马修·阿尔诺德在烛光下谈心。也可能只是一位看门人。然而，在所有关于自由主义启蒙运动观念的僵化思想当中，存在着凡人。如果你不能先摧毁他的肉身，那么你可能就无法拯救他的灵魂，可是你这么做又几乎肯定救不了他。他认为这很荒谬——他是否真的在为私立预科学校辩护？尽管如此，默瑟还是在没有把握的事情上浪费了许多时间，而当那个男人试图把他推到一旁的时候，他推了回去。

接下来就是推撞。随后他就倒在了坚硬的水泥地上，那个光头仔压住了他。他伸出拳头——这不是像电影里头的那种爆裂感，而是像在梦里一样失去了肉身。这种感觉很棒。虽然很奇怪，但是一拳打在鼻子上的感觉真好。

他反复地打出拳头，又承受着猛击，几乎就像是另一个人，在和自己开战，享受着自己血液的味道。现在他周围的人群互相打起来了。这里来一拳打在下巴上，为了梦里高贵的、有价值的、有益的事物；这里又来一拳打在耳朵上，为了那些梦所承担的所有痛苦。他知道自己已经头晕了，开始感受不到嘴里的血腥味以及脸上的疼痛。他预感到铺路石会在他脑袋附近飞过，不过那个家伙的同伴们一定同样也很难搞清楚谁占优势。但是，随时……星光暗淡了下来。

随后一阵响声将黑夜撕成两半，就好像是一个保龄球飞快向球瓶滚过来。汽油罐在沥青路上摔得粉碎，球棒在挥动，人群正在散开，有一个似乎很熟悉的声音，在命令这些光头仔回去，并将他们那个躺在一两米外的人行道上呻吟的朋友带回去。当默瑟转过头时，那个人正在被拖走。起初，他以为今晚有人最终会被枪杀——不过那把发出声音的枪是直接指向空中的，就像发令枪一样。不，伤到那个光头仔的是默瑟自己的拳头。那把小手枪，像个影子，滑入了等待着的手袋。手袋也滑下去了。在大街中间的那些暴徒恢复了他们的游行，如果说他们曾经停止过，而且似乎根本没有注意到这里发生的任何事情。他最终会迎来一个怎样的未来，这很难说。

随后，在他头顶很远的地方升起了一团火焰，而在那上面，烟雾中飘浮着维纳斯·德·尼龙的头部。她此刻正坐在学校门前的台阶上，优雅地交叉着双腿，用一种略带兴致的眼神看着他。她的假发非常整齐。"你看起来像见了鬼似的。"

默瑟坐了下来，抱着膝盖。他全身都受了伤，尤其是他的鼻子，感觉就像断了一样。他说话时都带着鼻音。"天哪，那是你吗？你真了不起。"

"如果每一个这么说我的男人都给我五美分，我都可以去阿鲁巴岛过退休生活了。"

他突然想到什么东西。"不，等等。你也在那个公园，是不是？"

"现在你只是在猜测。"

"我没想到你可以啊。"她是不是女神？还是魔鬼？这是幻觉吗？当余烬再次燃烧时，那张脸是悲伤的，而且不知怎的，在口红和胭脂之下，是极度的衰老。

"没有人会这么做，默瑟，直到他们被逼得太过分了。"

他把一口血吐在了身边的人行道上。"我猜今晚我被逼得太过分了。"

"真搞笑，"她说，"因为我本来想说你只是孩子气。顺便一说，我希望他们没有把你打得屁滚尿流。尽管看起来他们得到了其他一切东西。"

"有那么糟糕吗？"

他没有得到回应，他想，既然火焰已经熄灭，那么他们彼此也就看不清对方了。他站了起来。

"可是如果你在这里，那么威廉在哪里呢？"

"我应该去找他吗？无论如何，他从来都不会跟大伙儿一起的，如果你还记得的话。"他当然记得，默瑟想，一边弯腰捡回被踩坏的眼镜，又摸了摸那块几乎打坏他脑袋的石头。这一定也不是维纳斯喜欢的地方，因为她站了起来，擦拭着她的超短裙。"我要回家了。肖肖娜情况不大好。"

"等等，"他说，"我还是不得不找到他。有一件事情我要说。"

"看吧，你就是个孩子。如果你知道怎么运用它，就真的不会这么不招人喜欢。"

"可是你曾经是他的朋友。我还能去哪里找呢？"

"如果把这当作是地球上的最后一夜，那么问问你自己会去哪里。"她没有回头看，只是挥了挥手，再见。那双长腿正朝着联合广场走去，随后只留下一股淡淡的香烟味。天可能要亮了，因为他发现手里的石头原来是一块砖。他把它竖在了石灰岩台阶的中间——朗瑟堡博士早上可能会被它绊倒，至少会知道或者想知道它离那块玻璃有多近——随后又回到了街上。他身边响起了各种嘘声，就像是一个平底锅放进了冷水中一样，默瑟·古德曼蹒跚向北前行，向着他的家，或者说是曾经的家出发。

布鲁克林高地——凌晨两点三十五分

到了他们走下出租车时，公寓里的空气极其闷热，因为没有电用来降温。威尔点着了几根蜡烛，开始打开窗户。布鲁克林一片沉寂。凯特也非常困倦。如果那个穿着女士内衣、戴着黑色帽子的男人最后没有追上他们，并且问他们要去哪里，她真的不知道她怎么才能到达。或者换句话说，如果她不是这么累，他又怎么能追得上呢。威尔一直叫她加紧脚步，可是她已经准备随时躺倒在人行道中间了。此刻她坐在又大又新的皮革沙发上，手脚都贴在上面。她能听见她哥哥在厨房里打开冰箱的声音，将那些玻璃容器敲来敲去，发出咯咯的响声。随后他站在她跟前，在昏暗的光线中，可以看到他手里拿着一杯饮料。"来吧，小妹。该刷牙了。"

"你也没有刷牙。"

"有人要熬夜等妈妈。"

"你保证她会回家吗？"

"当然她会回来的，在某个时候。她只是不会料到我们在这儿，就这样。"他的声音有点奇怪，他的呼吸闻起来很像桑托斯夫人。"今天晚上她不用照管孩子。"

"你要惹上麻烦了。"

"什么，这个吗？"他看着手里的饮料，就好像是别人塞给他的一样。"反正冰箱里的所有东西都会坏掉，还不如有人利用起来呢。来吧，我让你睡大床。"

每个人都知道，自从那次搬家以后，妈妈的床就成了凯特睡觉首选的地方。它最好的地方不是尺寸大，而是房间两侧的窗户。光线透过它们在另外的两面墙上形成了淡金黄色的形状，那是下面的街灯和车灯，还有其他建筑和河对面建筑的灯光。而当凯特在半夜醒来时，它们提供了充足的光线，让她可以看清楚自己的手臂，知道自己是真实的。她最喜欢下雨，雨滴沾在窗户上，就像贴上去的宝石一样。不过今晚没有下雨。今晚妈妈不在，也没有灯光。你知道有时候当你正准备睡着，突然有人将你惊醒，接下来有多难入睡吗？好吧，她就是这样的。威尔把门留开了一条缝。她就躺在那儿听着他等待。就在她以为他可能像桑托斯夫人那样睡着了，她可以起床到处走动时，她听到了更多饮料倒进玻璃杯，然后小冰块冒气泡的声音。

威尔有许多不该做的事情。他喜欢把它们储存起来，然后当每一个人都忘记了，他就拿一个出来，就像是一位叔叔，用他的手臂和声音来分散你的注意力，让你忘记你给他的二十五分硬币不在他的左手而在另一只手，也就是那只悄悄伸进他口袋里的手。瞧！硬币没了。威尔最喜欢的观众是妈妈。瞧！他会说。爸爸让我们自己坐地铁！或者瞧！爸爸给我们每个人的房间都买了电视机！那没什么，凯特有自己的秘密。比如，妈妈还爱着爸爸。这就是为什么妈妈会为了这种事情对他这么生气。又如，她知道假装不知道那些不该做的事情会有什么好处。

不好的是，没有电灯，就没有东西可以看。这就是为什么她起来走到两扇窗户中间的角落。起初她看见河对面的高楼顶上有两道粉红色的闪光。不过，星星逐渐出现，可以看见下面更多不同高度和形状的大楼，挤成一团，好像是小孩子跟在大人们的脚边。天空变得越来越亮了吗？他们离开了这么长时间吗？还是说这只是她的眼睛开始适应黑暗了？

随后她发现外面窗台上的不是石头，而是颜色像石头一样的鸟儿。她惊呆了，没法再回去睡觉。在下面他们等待爸爸的小公园里有两棵树：上面的不是叶子，而是鸟儿。那上面一定有上千只鸟儿。即使她向漆黑之中退后了一步，她也明白如果它们是来找她的，那么抵抗将毫无意义。

当她再次鼓起勇气去看的时候，那数量甚至比她所想象的还要多。现在增援部队从天上下来，成串飞到了公寓前面和屋顶，寻找着不存在的空间。这些建筑看着很像脸庞，可以移动，充满活力，有各种各样的鸟儿，鸽子、麻雀、椋鸟、猎鹰，就在这扇窗户外面，她借着月光认出了一只蓝色的长尾小鹦鹉。几只猫头鹰俯冲向运动场上的设施，成群的海鸥栖息在上面，就像海港上的泡沫，而像小点一样的乌鸦在粉红色灯光的脉动下变大了。现在她明白这对她来说太多了。她觉得它们并无恶意或善意，或许除了那只长尾小鹦鹉，它扭过头往回看着她，似乎在警告她要保持安静。她照做了。有没有任何人醒来看到这个？她是醒着的吗？外面的鸟儿就像城市里的人一样多，而它们都集合起来了，等待着什么人或者什么东西出现在那个运动场上，不知为何那里成为中心。随后，一只长着乌黑羽毛以及五米多长翅膀的巨型秃鹰停在了滑梯顶部，把头转了二百七十度。她猜它是在发出行军命令：兄弟姐妹们！也可能是在告诉它们，说它们可以解散了，它们在这里的工作已经完成了。

这时她才想起他们去年冬天在那儿找到的那只鸟儿，当时有她和妈妈，还有威尔和威尔的朋友肯恩。噢，她在想。其他鸟花了这么长时间才找到它坠落的地方。它们会生她的气吗？不，她断定不会。它们只是过来——当他们去参加奶奶葬礼时，爸爸因为凯特和堂兄妹在海外退伍军人协会的大厅里争抢食物而大吼大叫，妈妈当时是怎么说的来着？向他们致以敬意。等到早上，当光线照进来把她照醒时，那些鸟儿就会散开了，所以没有人会相信她说的话。不管怎样，作为半个汉密尔顿-斯威尼家族的人，她是不会相信的。

/ — / — / — / — / — / — / — /

94

金融区——早上八点四十六分

随着岁月流逝，十年又十年，威廉对于1977年大停电的记忆越来越模糊。电灯熄灭的时候，他姐姐正在严厉地跟他说话——这一点他是记得的。他还记得，她说的每句话都刺痛了他。那些话依然难以理解，就像过往一样，他学会了不要念念不忘。

后来一天早上，他发现自己身处世贸中心七号楼的一家债券交易公司的办公室，监督着一些肖像画的悬挂工作，那些肖像是在瘟疫年代拍摄下来的。20世纪80年代的任何事物,任何市中心的事物,近来都获得了一种千禧年的标记——尤其是在那些负责市中心废墟的人中间。用技术名词来说,叫作客户。"不服从"成了他的格言,但是如今暗房冲洗并不便宜,租金也一样(各种负债冲击了爸爸的财产)。另外,任何可能指控过他出卖自己的人不是抢先一步就是死掉了。而且,梅第奇没有资助过拉斐尔吗?他父亲没有补贴过罗斯科给孩子的治疗费用吗?"低一点儿。"他跟挂画的工人说。那位工人瘦瘦的,蓝眼睛,从本宁顿出来工作两年了,现在拿着六十五美元的时薪。威廉从盒子里又倒出了一块苦涩的力克雷戒烟口香糖。随后,他跪下去撬开最后一个板条箱,发现自己一直在留意那个孩子卷起的衬衫下露出的背。

当你到了一定年纪,遇上一些旧事物时,你可能都不会有什么感觉。他一定已经见过这些景象上千次了,在报章杂志海报上:老朋友和情人,大多数都不在世了,恶意地盯着自己。好吧,或许说他没有感觉是不准确的,可是就算一层一层的麻木背后有一丝一毫的感觉,都只不过像去看牙医一样。你感觉到压力,却没有痛楚。当然,他一直都对镜头远处的脸敬而远之。

正是这种节制,或者说"成熟",最终让他在20世纪70年代的一连串个人和职业灾难之后赢得了艺术世界的尊重。早在《艺术论坛》宣称他是一位天生的摄影师以前,他就开设了一间暗房,把他所有的硬毛刷扔进塑料袋,然后把它们放在路边,等待周二的垃圾收集。默瑟本来会反对的,不过他那时候在欧洲的某个地方。这或许就是为什么上一张未完成的油画再也没有进展:没有了默瑟,纽约就没有人相信这种艺术了。威廉自己作为一个画家的思考能力已经渐渐丧失了。不过,他还是做了最后一次尝试——在1981年的夏天——凭着记忆作画。他放弃了平时偏爱的方法:示意雇来的模特站在前面一点一点脱光。这一次他把报纸附在画布上,涂成黑色,黑色的厚度不至于让人分辨不出上面的广告。他将一块三角形的白衬衫碎布钉在上面——在偏离中心的地方,用大大的订书钉。他一向都喜欢用实物来表现效果,而非相反的方式。让这块布料来代表身体,做成躯干的形状。可是到了绘画的部分,他不怎么画得出那张脸,因为那天晚上实在是太黑了,尽管他努力去看。他感觉自己画画就像惠斯勒[a]创作

[a] 美国艺术家(1834—1903),他的作品常与音乐标题结合,旨在强调色彩与音乐之间的通感联想。

《黑与金的夜曲》，在抽象表现主义原型的烟花上费尽心思。约翰·拉斯金，据说是他的好朋友，他将这幅画比作"一罐颜料扔向公众的脸"。谁需要这种挑衅？不过，现在对于威廉来说，他似乎陷入了某种虚构之中，有什么东西迷失了。他的毒瘾，确实，不过还有其他，可能是贵重的东西。"你满意吗？"那个挂画工人问，这时那东西的名字就在他被口香糖麻痹了的舌根处颤动。

在1987年年初，也就是他第一次在西海岸举办个展之前，他戒了烟，也戒了红肉和性放纵。几年前开始，他对待性爱就已经更加谨慎了，虽然他推迟了去做检查的时间。他不想传播任何东西，可是他也不想被证实：问题出在他身上。威廉的政治纲领，就当他有这个东西吧，大致上可以叫作反死亡主义。死亡显然是非常愚蠢的，每一个人都可以反对。逐渐地，朋友们就联合起来了。然后被击败。而威廉接受诊断后——在他再一次不顾后果地放纵嗑药和1979年在澡堂的那一次堕落之间——本来也该被击败的，只不过发生了一件有趣的事情。他们让他用药，他的状况起起落落，不过，他活下来了。他活下来了。这就像在一个在等候室里，他们一直不叫你的名字。直到这天早上，当他洗澡时低头，他看见了自己胸前的伤口，这意味着当前的药物已经不起效果了。其他药物之前也失效过，可是他已经知道这次不一样了。距离去看医生还有一个星期，他的犹豫更多的是出于软弱而非恐惧。不管是否有人在1999年或者2000年，或者在儒略历上的这一年打上完结的字样，威廉还是活了下来。他从来都没有指望见到2001年的春天。"你满意吗？"那个孩子又问了一遍。满意什么？他正想这么说，突然意识到那个人指的是挂画是否对齐的事情。

"可以了，"他说，"我可以接受。"

时间虽然远没有用完，却已变得碎片化了。他的一部分在和那个挂画工人击掌，送他到电梯，主动提出要带他和他的男朋友去巴尔塔萨尔餐厅吃早饭；他的另一部分则在一万公里外的美国，正从洛杉矶的个展飞回来，没有跟那里的任何人提及检查结果。不过他重要的那一部分还在中央公园西路，1977年停电半个小时以后，他眯着眼看着那个身影拼了命地要冲出黑夜。现在想起来，那张脸很熟悉，不过在那一刻，基斯的脸就像你在梦里看到的人一样。假设里根是对的——假设一周四个晚上的小组会议依然没能让他，威廉·汉密尔顿-斯威尼三世，明白自己并非这个宇宙的中心，他或许有那么一瞬间想象过，这块布克兄弟衬衫的碎布是只为他而来的信使。一个可怕的幽灵或者天使，它将给他带来更多的寿命。

市中心——凌晨三点二十五分

只有当肾上腺素开始失效时，普拉斯基才发现，一直以来都是肾上腺素驱动着他：驱动他不堪重负的身体走上三十九段楼梯，冲向窗户。肾上腺素——好吧，还有那个电梯服务员，穿着游骑兵队球衣的女孩——在一切结束之后，支撑他回到车里。在钥匙插进点火装置以前，结果就已经很清楚了：这个夜晚并没有奇迹般地让他痊愈。他双腿的痉挛在不断加重。这是精神紧张。他在服务台那里给联邦检察官办公室的老朋友打了电话，要求他提醒局里注意四十层的现场。这看起来很明智，尽管他违背了自己多年来不向司法妥协的原则——不让自己的部门干涉进来，询问各种会使你被开除的程序性问题。局里已经提醒过他（被凌晨三点的电话吵醒而不大高兴），如果他偏要打算这么做，那么重要的是尽可能地远离他当前的位置。然而，光是从口袋里摸出一片阿司匹林就已经耗尽了普拉斯基的力气。

幸好，他多次练习过如何打开安全盖。倒在他手掌的六片药沾满了灰尘，可能已经过期了，不过他还是闭上眼睛，硬生生地吞了下去。如果他让自己的双腿造成了永久性的损伤，雪莉是永远不会原谅他的。该死的，反正她可能永远都不会原谅他了。他试着揉了揉双腿，可是不像她揉的那样有效果。疼痛缓缓侵蚀，他的两条大腿内部感觉到深深的刺痛。

逐渐地，阿司匹林稍微起了一点儿缓解作用。他这才发觉乘客座位那里传来一阵哽咽。要是其他晚上，车上绑的罪犯就算用比中央C高四个八度的调子演唱《踮脚走过郁金香》，也不会吓到普拉斯基，但是现在这个声音可以让你汗毛倒竖。首先，他几乎忘记了他还有另外两个人要想办法处理；其次，他们其中一个——那个男孩——在哭泣。这里有一个关于拉里·普拉斯基的秘密：关键时刻，最后的回合，命悬一线，他是十月先生，可是在更加亲密的程度上，也就是生命存续的主要因素，他并不清楚自己在做什么。显然那个穿着球衣保持沉默的女孩也不知道他在做什么。他能想到的就是给那个孩子抽一口烟。

那个男孩收起了眼泪鼻涕口水："哈？"

普拉斯基把注意力集中在汉密尔顿-斯威尼大楼顶部的红色信号灯，它们刚好在风挡玻璃的上沿之外。现在他的注意力不在疼痛上面。"我在杂物箱里放了一包，以备不时之需。如果你想要找点什么，可以试试这个。"

　　那个男孩咕哝着说他哮喘的事，可是普拉斯基还能为他做什么呢？伸手过去抓住他的手吗？他大概会被起诉，如果他还没被起诉的话。"好吧，我要一根。"他说，"我通常抽烟斗。我的妻子能接受，因为她喜欢这股味道，让她想起她的祖父。不过我带着一身烟味回家后，得睡在沙发上。这些是给证人准备的，你看到人们如何敞开心扉时，会感到惊讶的。"

　　那一包烟可以追溯到新年前夕，或许是年纪大显得烟劲儿更强了，或许，他只是太长时间没有抽烟了，因为上一次他被烟呛得这么厉害时，他还是个孩子，为了抽上一口，他偷偷溜到了帕塞伊克的车库外面。它能做到阿司匹林做不到的事情。他的腿开始不听使唤，他的思绪又回到四十层，再次看到了自己如何在关键时刻掉链子。他的身体让他失望，那个男孩自己从窗户跳出去了。普拉斯基重新站了起来，将那些鸟儿击退，（或者说它们已经在离开？）然后凝视着下方远处汽车的闪光。他敲了敲他的手电筒，让它再次亮起来。天哪，原来闪光的是一个窗户清洁工平台的板条，就在窗台下三四米的地方。那个男孩就躺在上面，双眼紧闭。他不可能知道那儿会有一个平台接住他，不是吗？环境太暗了，更不消说那些鸟儿。不过他两只手里分别拿着一个闹钟。而在他身旁，大概是一步远的地方，有一个行李袋，里面有松散的金属丝从拉链中间露出来。

　　信号灯再次照在风挡玻璃的上沿。普拉斯基说，实质上是在恳求："查理，我知道想把一切埋藏在心底是什么感觉。"

　　后座的女孩打断了他："他看起来想要谈论这个吗？我觉得，他不想谈。"

　　看来普拉斯基再也没办法从任何人嘴里套出任何话了。他大概能想象得到自己被解除职务的情景，而在链条的上端，他的上司又已经被他们的上司解除了职务。然而有些东西让他固定在了恰当的位置。当他感觉到其他车辆在漆黑中移动时，他不禁伸手从侧袋里拿出了望远镜。

　　给局里打电话时，他期望来的是穿着西装开着黑色车子的联邦探员。然而，从小巷子出来的是纯白的厢式货车，一共六辆，没有警报器——只是开足了马力。他们以完美的队形停在了汉密尔顿-斯威尼大楼前面，车头对着路边，这样他们的远光灯就可以瞄准广场对面了。一个金发小伙从第二辆车上跳出来,有一瞬间,他似乎看向了普拉斯基。他弯腰去拿自己的对讲机,然后来回地在车头灯之间走动。他们都戴上了面罩帽——除了那个拿着对讲机的。拿起警棍,亮出多功能腰带,他们消失在了玻璃后面,只留下厢式货车以及一些橙色的路锥。如果你是路人,那么你可能会以为这里正在进行紧急维护。

"那是谁?"后座的女孩问。

"我觉得不要问比较好。"

"反正也没什么大不了的。"查理终于说话了,"她没能活下来。"

谁没能活下来?普拉斯基想问。接着他想起了那个男孩被他们拉回来时的模样。他们把延长线绕在他腋窝下,将他提到窗户,同时一直在说一些鼓舞的话——现在不要向下看,你做得很好——但是这毫无实际意义,直到回到里面他才睁开了眼。似乎他在外面所看见的东西改变了他,某个让他害怕不敢眨眼的东西。

普拉斯基还在探寻结果,这时有人敲了敲车顶。一道白光在另一边半开的窗户上出现,虽然他还没看到有人靠近。"我可以问一下你们在做什么吗?"

"纽约警察。"普拉斯基伸手去拿自己的盾形徽章,却发现自己把它收在了别的口袋里。找到了。"你不介意把这东西拿开吧?别对着我的眼球。"

那道白光犹豫了一会儿,才移动到路面上。一个看着像运动员的男人蹲伏着,想透过窗户看进来。他很年轻——太年轻了,还有一身止汗膏的味道。他的连体衣拉开到了肚脐,露出一条领带,仿佛处理完这件事以后他还要回他的第二人生去打卡上班。即便现在灯光微弱,他那一头披在衬衫领口的金发也显得非常有光泽。很难说为什么这会让普拉斯基感到惊讶。"我看到你的警徽了,很好,或许坐在车里也算是你的工作。可是他们又是怎么回事?"

后座那个女孩再次开口时,普拉斯基有些尴尬。"蠢货,你觉得是谁打电话说有危险的?如果不是他,你就不会在这里。"

"啊。这么说你就是那位大名鼎鼎的副督察拉里·普拉斯基。"

"我正要拘捕这两个人,"他说,"可是我本来不应该牵扯进来的。"

"我们有途径获取信息。比如说,你已经提前退休了。我想在我的小队圆满完成工作的同时,我得下来向你表示祝贺。只是我发现你还没有退休。

为什么呢，拉里？"

问得好。

"已经退休了。现在是早上四点。把这事忘掉吧，你永远也不会再见到我的脸了。相信我，这对你未来的计划没有好处。"

当然那些连体衣不可能再出现了——普拉斯基不是刚刚才抽完他的烟吗？——可是他们就在这儿，多于厢式货车能容纳的人数上限，正带着医疗队出发，尽管那可能是一个累赘。那个行李袋。教堂唱诗班已经开始在夜里出来哀悼，除非那也是他的想象。

"你们两个暴徒也是。我不应该说这个的，但是美国政府和一些特定的海外政府有一个小小的异地协定。你知道那些家伙会对囚犯做什么吗？除非你打算用你的余生去弄明白，不然就记住：这里什么都没有发生。明白吗？你会确保他们理解这一点对吧，警探？这是一个噩梦。"他并没有等待回应。又敲了一下车顶，然后他离开了，普拉斯基现在确信这个年轻人执行的命令超过了他自己的等级。这肯定意味着——他要试着去和那个幽灵唱诗班接触——肯定意味着这真的发生了。他依然可以看见那两个一模一样的闹钟，指针停在了两点二十六分，而银行上面的钟显示九点二十七分。他或许永远也搞不明白这中间的几个小时间发生了什么。

不过，当第一辆厢式货车离开时，他发现自己不需要这么做。他不用再想象有答案了。他将离开，然后忘记发生过的这一切。这从未发生。

"正如我所说的，查理，"——"我知道这是什么感觉。你需要做的是一步一个脚印。先从睡觉开始。回家洗个热水澡，然后睡觉。"

"你不打算带走我们了吗？"女孩听起来很失望。

"不管你有什么想坦白的，老实说，我都不想听。那个家伙是对的。最好就是没有人知道你们跟这件事有关联。"

"你的意思是，最好没有人知道你也关涉其中吧，"查理咕哝着说，"是你向电梯那个家伙拔枪的。"

"这是你重新做人的机会，孩子。不要吹毛求疵了。"合唱的声音正在消失。当他转动钥匙的时候，他对引擎的状况大吃一惊。

"你想让我开车吗？"女孩问道，然后说，"你的腿……"

"腿没事。"他将变速器调到 D 挡，踩下油门的时候咬紧牙关，"告诉我可以在哪里放下你们。你们肯定在什么地方有个家。"

"事实上——"她说。

这时男孩打断她,说:"没错。"事实上,他想被丢在某个地方。

上西区——凌晨四点二十七分

起初,在昏暗朦胧的晨光中,或者只是在更多的湿气之中,爸爸的大楼对面长凳上的物品看起来像是一袋垃圾,或者是一堆破布,或者是这个城市里上百万种废弃物中的一种。继续走,里根这么告诉自己,因为帮助其他任何人是属于胆小者的故事。只有私利,只该追求自己的欲望。她看着自己的丈夫,已经穿过中央公园西路了。不过这几乎正是新年前夕那些救护车所在的地方。或许在这一刻,岛上另一边有人正路过两个满脸迷茫的小孩,不知道要不要上去帮忙。不管怎样,长凳上的这个东西像极了人形,她已经后退到路边了。

"里根,搞什么?"基斯在她身后说,而她却告诉他上楼去看看威廉和爸爸在不在,"我一分钟之内赶上来。"他停了一下,她继续说:"拜托了。"她整个晚上一直在寻找任何他接受她独自行事的迹象……而现在,令她惊讶的是,他接受了。去吧。她蹲在长凳旁边。这个东西确实是人,下巴抵住胸口,像地铁醉汉那样缩成一团,可是她只闻到烟味和汗味。她有一种冲动想要触摸他,可是胆量又不够。"喂。"而当他抬起头时,她的心咚咚地响。他只不过是一个孩子:头发剪得很随意,皮肤白皙,脸部凹陷。他胸前搭着一根相机带。"喂,"她说,现在语气更加柔和,"你迷路了吗?"

"别烦我好吗?"他说,"我要在这里集中精力。"

可这就是因果,一定是的。"我父亲就住在街对面。你要不要进去躲一躲,那儿很安全,至少等到电力恢复吧?"

没有再说一句话,男孩起身扬长而去,走向了公园入口的阴影处。她只是在把事情弄得更糟。"你需要什么,我们什么都有,"她跟着他在后面喊,"有食物,可以洗澡……"

他停了下来,问:"那有没有收音机?用电池的那种。"

"我保证我们可以给你找到一台。重要的是你不要待在外面这么漆黑的地方,这很危险。来吧,让我来帮你。"

她让他走在前面进了大厅。面容憔悴的米格尔站了起来,她向他点了点头,示意:没事的。男孩先到了楼梯井,然后带着一种年老所特有的疲惫开始爬楼梯。她一直抱有某种希望,想着威尔和凯特会找到去顶层公寓的路,可是当她到了那里的时候,一切都静悄悄的。远处有一条拖船发出了世界上最孤独的声音。男人们一定是在楼上。同时,那个男孩停下脚步,研究起了罗斯科组画。对于里根来说,这不过是家具的一部分,不需要特别驻足观赏,不过,当她站在他身边,试着表明她不会逼着他去他想去的地方时,这变成了一幅完全不一样的油画。画面中心的蓝色实际上是一朵受伤的紫罗兰,尽管这或许是威廉点亮的上百万根蜡烛造成的效果。无论如何,这种热度对画没有好处。对那个男孩也是,因为他的呼吸已经不顺畅了。"听起来很糟糕。去喝点水吧。"

"只是哮喘而已。"他说,"我一定是把吸入器丢在什么地方了。"

"喝水不会有害处的。厨房在这边。"

她已经想不起来上次这里没有仆人是什么时候了。她不得不四处走动,打开橱柜找到玻璃杯,而当她拧开水龙头时,没有水流出来。他们在十七楼,没有电力把水抽上来。她可以感觉到男孩在看着她的背影。在没有灯的冰箱里她找到了一个水壶,伸了一根手指去尝尝。"柠檬水可以吗?稍微有点儿暖。"

"没问题。"他说。他的脸涨得通红。然后他问:"为什么你要这么做?"

"我不知道。"她承认。不过她有种感觉,好像在什么地方见过他。她应该问一下他的名字。相反,她给自己倒了一点儿柑曼怡甜酒,那是她在橱柜搜寻了一圈后找到的。甜得令人作呕,不过从好的一面来讲,这股酒劲儿直冲脑门。男孩将他的相机放在柜台上。他们非常安静地坐下了,沉默了一到两分钟。随后她问他在街上做什么——"如果你不介意我打听一下。"趁着他还没有回答,她又喝了一口,"我是说,我很肯定你有你的理由。大多数人都是这样的。但是你并非在那儿睡觉,对吧?因为会被抢劫,街上已经乱套了。"

他的凝视令人不安,于是她转过身,开始把自己打开的橱柜门都关上。"我刚经历过。今晚我的孩子从日间托管营回来的路上走丢了,我和我的丈夫走了有十多公里路去找他们。可是我一直在想,他们一定是去了某个安全的地方。"那边有一张小桌子,可以让做饭的人坐下来写菜单,而在放着几个相框的小柜子上面,有一张在温尼珀索基湖拍的照片。她递给了那个男孩。"这就是他们,我的孩子。"他那白皙的皮肤,稍稍有点激动就会变红。

"等等。这是你的丈夫?"

"前夫。或者说差不多吧,我们分居了。他本来应该去接他们的。"接着最奇怪的事情发生了:男孩伸手去拿她的杯子,在那一刻,他们的手指触碰到了。当她放开杯子后,他将剩下的甜酒倒进了他的柠檬水里,一口喝了下去。他闭上眼睛,待了一会儿,没有说话。最后他说:"我们都应该回家。"

"你说什么?"

"你说这儿不是你想待的地方,对吧?孩子总是想回家的。"

"你还好吗?你脸色有点苍白。"

他们盯着对方看了一会儿。当然她觉得自己了解他。他也失去了某个人。他们是一样的,他和她。"你可以告诉我电话在哪儿吗?"

电话室是楼梯底下的一个小房间。男孩小心地关上玻璃折叠门,而她出于谨慎则退到了门口远处。透过玻璃,她可以看到他耷拉着肩膀,脸转向了墙壁。我在这个有钱人的家里,他可能会在话筒里这么说,把胶布和枪带过来。不过她确信他在和父母说话。她想,他是在叫父母来接他。

一分钟之后他出来,头发更加凌乱了:"轮到你了。"

"什么?"

"你的孩子,"他说,"打电话回家吧。不停地打。"

她不能向这个男孩解释各种理由,让他明白再次给一间没人的公寓打电话是不合逻辑的。可是说实话,除了走过去接过话筒,她又能做什么呢?现在电话间里的味道就像是威尔的运动袜一样难闻。她正要把门关上时,他提醒了她关于收音机的事情。"带电池的那种。你保证过的。"

"沿着过道经过几扇门之后有一个健身房。我想那儿有一台。"然后男孩就走开了,而里根则接过了听筒。每一声响铃都像一块石头掉进黑水之中,泛起涟漪,九圈或十圈,向外扩散,没有碰到任何硬物。可是随后,令人难以置信的是,威尔就在电话那头,他并没有打招呼,而是说:"妈妈?那是你吗?"

不知怎的,他的声音听起来很模糊,仿佛她内心的情感爆发模糊了她的听力。"威尔,宝贝儿,你在哪里?天哪。"

"呃……是你给我打的电话,记得吗?"可是她今晚给很多地方打了电话，已经不记得这是哪一个了，"新公寓那个？高楼？大池塘？想起来了吗？"

"我是说，你一整晚都到哪儿去了？你妹妹还好吧？我受不了了，我们一直在找——"

"凯特在你的床上睡着了。"睡着了，"我们没事。天哪，如果你想生某人的气，就找做错事的那个人吧。"

"我希望你能留在原地。"她说，惊讶于自己的坚定。

"现在大概是早上四点，妈妈，我们能去哪儿？"

"别说了，不要再这么说了。我马上离开爷爷家。"

"你在爷爷家做什么？他还好吗？"

"一切安好，可是我说不准你爸爸要多久才能叫来出租车。"

"爸爸在那儿？"

"当然在了。"她曾经听有个人把太空轨道运行描述成持续的自由落体。现在他的沉默就有点像那种状态，她在宇宙里的一个小小玻璃舱中坠落。随后她撞上了某个硬物：是基斯。这段时间他一直都在生基斯的气。"亲爱的？"

"我不明白他为什么一定要来。他就是那个放我们鸽子的人。"

"威尔，爸爸最爱的就是你们。"她停了一下，意识到这是对的，"我们都爱你们，不要这么绝情嘛。"

"可以。可是如果你进来的时候我睡着了，就不要叫醒我。今晚简直像地狱一样。"他挂了电话，只有这么一次，她感谢菲利希亚·古尔德，感谢她强迫身边的每一个人保持优雅。她不知道为什么她依然这么害怕让别人听到自己哭，只知道太阳很可能即将在某一刻升起，而且过去对于赤裸裸地表现情感并不宽容的世界将会触碰到未来世界，就像高空杂技演员找到了下一个秋千，或者像是一个睡着的人在醒着的时候想起自己。

当她找到基斯时，他在大厅里的螺旋式楼梯上，正从二楼下来。他正准备报告她的父亲正在睡觉，而威廉在看书，这时她在这空旷的空间大叫说终于找到他们了。

"在布鲁克林，"她说，"在新的住处。"

他在离地板还有几个台阶的地方坐了下来。

"我告诉威尔我们都在路上了。我想你会想见到他们的。"她说。

他的视线正好和她的在同一高度，只是被楼梯的镂空扶手分隔了。他想见到他们，他说。非常想。

这意味着把里根带回来的男孩留下来，等着有人接他。威廉可以看好他，确保他不会偷走任何银器，不过她觉得自己应该至少告诉他他们要离开了。这是她必须亲自去做的，她说，出于某个原因，她下定了决心，不要让他和基斯见面。即便她丈夫反对，他也并没有提出来。（现在事情已经发展到这个地步了吗？这是好还是坏呢？）

早些时候，她以为威廉在演戏，假装不记得去顶层公寓的路，不过昏暗的光线重新排列了侧边的通道，有那么一会儿她自己也迷路了。随后她前面响起广播声，她走过了两个储藏室和一个雪茄室，找到了健身房。烛光照在跑步机和两个磅秤上，它们在墙上的影子看起来像苦行的工具。有那么一刻，她几乎为菲利希亚感到悲哀。接着她看见了那个男孩。他坐在摔跤垫上，盘起腿，低下头听着收音机。他在外面的长凳上就是这么做的，她意识到：他在向什么地方发出他的请求。

现在他不是败给了喋喋不休的谈话节目——他想要从节目里获得什么消息——就是睡着了。透过T恤，可以看到他脊椎骨的小突起。又暖又湿，不过没有发热。看着她的手放在上面，那仿佛是别人的手，记忆中的手。

然后二十年就过去了，这一切都变得毫不相干。她从小睡中醒了过来，已经是下午时分后半段了。现在是春天，她身体的碎片从一个阳光充足的房间角落飞下来，组成了现在的她。她左手的痉挛是因为关节炎。她梦里听见的飞机隆隆声实际上是女仆在走廊上使用的吸尘器。一扇敞开的窗子外面，公交车长叹，鸟儿叽叽喳喳地叫。不过，即便她已经分辨出了这些事物，她还是躺着的，枕着一个沾满汗水的枕头躺着。没有人试着扶她起来。凯特在市中心的一家公司里长时间地工作，通常会在周日早午餐的时候作为探访者来看她；基斯下午在拉伊市；他退休了，玩起了高尔夫和共和党政治（其实是同一样的东西），而威尔……威尔变成了一台住在西岸的应答机器——她偶尔会抓到一个奇怪的时间，他不得不接电话，可是不说话。然而，里根不会交换自己造就的生活。她把弟弟带回来了，而且他似乎还会再待一段时间。

她婚姻的第二幕要比第一幕好得多。公司最终的崩溃不仅将她和基斯放在了平等的地位，还让她可以自由地搞清楚自己要做什么。在他的敦促下，她发出了简历，然后在第二年被皇后区贝塞的圣玛丽儿童医院雇用为社区关系主任。钱生钱从来就不能令她满足,这份工作才可以。更重要的是,她学会了和自己相处,现在她明白了这是学会和其他人相处的前提。有时候在傍晚,她看着杂志,抬起头会发现基斯就在斜对面的椅子上,就这样看着她。"什么事?"她会问,而他则会说:"没什么。"不过带着一丝疑惑。你可以在这基础上打造生活:两个知道对方弱点的人选择坐在一起,穿着袜子,在灯光下阅读杂志,只关心刚刚过去的一天,或者即将到来的一天。只有在快睡觉的时候,她才会发现自己沿着杂草丛生的小路回到现在的生活分离出来的地方。而她经常会进入曾经有过的一种幻想里,幻想重新找到了儿子或者女儿,仿佛那一整晚是一个复杂的设计,要让她知道自己想要的并非自己所想的。

在她的手下面,那个男孩没有动。仅仅几秒钟的时间,事情就有可能会朝着不同方向发展,而且不管之后发生什么,那都会变成她的未来以及她当前的梦。但是她开始相信,或者记得自己相信过,她不得不做出选择:十七年前未选择的路,或者通向她真实的孩子的路,而不是虚构的。这个男孩有自己的生活,她也一样。认为她不曾有过自己的生活,是错误的。

不过,她还是将手放在他背上多待了几秒。她想试着记住他头上岔开的苍白线条。她抓住这种情绪,直到情绪充满了身体,然后释放出来。她已经二十三个小时没有睡了,眼睛干涩。外面的天空亮了,或者还没有完全亮。白天工作的女仆很快就会来了。她在那个男孩的一只手下面,放了一张便条:

> 把这里当家一样吧。威廉(我弟弟)在楼上,可以帮你解决吃的问题。如果你有任何需要,打我这个号码。

不过,她知道他是不会打给她的。她永远也不会再见到他了。看过了最后一眼,她准备回到现实,广播里那个疯子还在喋喋不休,她仿佛做了一场梦。

最后一次播送

"……无论如何,我们都在这里,手搭着肩膀。最后我站在了一个戴着阿拉伯头饰的女人和一个哈西德派教徒中间，当我摸到后者的时候，对方似乎很紧张。隧道？比我所能想象的更热。火苗几乎烧不到涂鸦和列车留下的奇怪的褐色残渣，就像在枪管里一样。顺便一说，原来它有自己的气味，蘑菇味、汗味和金属味都混在了一起。你之前就已经闻到过了，只是你以为那是其他东西。当左边的墙壁变成一片漆黑的时候，我开始问我自己，我们是不是被带进了埋伏圈。到月台了。身后那个人将手从我的肩膀上拿开。所有小灯泡正四散而去。我们只不过是另一批要回家的上班族而已。随后我上去了，走过一个敞开的出口。地面之上，一切事物都处于不稳定状态。整个公寓楼区跟列车上一样漆黑，很明显，这里有一种末日审判的感觉。我就不说大街上的人们了；你们也都有各自的经历。但是我要说，在走了许多个小时，走过许多个街区以后，我发现 WLRC 的窗户里面有灯光——纽约啊，不要听任何人说齐格不把你的需求放在第一位——我马上想到就是入室盗窃。随后我想起来车站有一个发电机。现在是早上四点四十五分，运河下方的街区就像鬼城一样，我透过窗户都能听见音乐：咚咚咚。然后楼梯顶又响起了音乐。

"当电力恢复的时候，找时间去听一张迪斯科唱片吧。尽管我不希望会发生，但是当厄立特里亚发生战争，孩子们挨饿的时候，任何因素都有可能阻止你起舞。唱片上每一面看起来都是一首单曲，它们连续延长成线条，刻满了十二英寸的盘面。这一面大概唱了一半，旁边的唱机转盘上有另一张唱片在等待，因此可以做到无缝切换。直播间被废弃了，烟灰缸里有一支在燃烧的香烟。我猜沃尔夫曼·杰瑞，我们做午夜到四点节目的那个家伙，一定就在附近的某个地方。我打算坐下，等诺丁格过来告诉我，我是因为惹是生非而被拉黑，或者我依然能够继续做直播。

"为了消磨时间，我挑选了几封一直堆放在电台的信件。推销唱片，对，不过也有宣传片和亲笔签名，没完没了的自我推销。我在想，或许你们这些疯子有人会把裸露上身的照片寄过来，或者至少是死亡威胁——类似这样的东西。不过每次我确认唱片还剩多少时间时，唱针和旋转标签之间的凹槽就会变得更小了。两英寸，一英寸。孩子们，你们一定会很震惊，知道齐格'博士'紧张了。这个电台自 1923 年起就在不间断地播送。很快有人就得来切换唱片，不然就只能静音了，唱针撞在凹槽上的声音令人讨厌。现在我们要接近真相了，就好像距离中心还有半英寸，四分之一英寸，有人在唱片套上潦草地写着'快速消逝',现在节拍随时都会停下来,于是,在最后一瞬间我向前探身切换了控制器。顺便一说,任何一个白痴都做得到,按下按钮,打开开关,这样你就又获得了七分四十秒的人生。这不意味着迪斯科不再差劲。让我先喝口水。

"啊。好一些了。我刚刚在说什么?成就,我聊的是成就。我的成就感持续的时间大概就跟吸一口烟差不多。因为我对于所发生事情的设想发生了转变:电台里一个人也没有。沃尔夫曼·杰瑞不在,诺丁格不在。这意味着只有我一个人在控制机器。我要说,这给我很大的压力,没有什么地方会比一个空荡荡的广播电台更令人毛骨悚然了,而话筒还是热的,声音得很大,因为你听不见其他声音。假如此刻吊带袜杀手或者萨姆之子正在悄悄地从身后靠近我,我是听不见的。你可以说自己非常害怕,害怕到不敢转身……

"不过等一下。起初是谁将这张唱片放上去的?这是谁的烟头?我开始怀疑——现在不要笑,你们这些人——我怀疑这个地方是不是闹鬼了。我之前提到过几个月以前被击倒的那个家伙吧?他是怎么来看我的?四年没有音信,突然就出现在门口,喝得烂醉,拿着一张照片,问了几个问题。说起来我或许还有点高兴:你太过分了,朋友,我没有什么可以给你的。我不敢相信我从来没有提过这件事。这些药丸一定是在蚕食我的理智。不管怎样,现在我有一种奇怪的感觉:他就在这个工作室里面。或者是某个人。他随时都有可能飘到我跟前,或者闪现,或者以任何幽灵的方式,我不知道,因为我一直以来都确信它们只是我们逃避面对自己的一种方式——只是为什么呢?孩子们,为什么我会这么害怕?或许,是因为我刚刚在一座想让我死的城市里摸黑步行了十公里?

"或者也可能是因为,当你开始做正事的时候,齐格'博士'总是那个胆小鬼。是的,我不想让听众里的那些有抱负的节目主持人失望,可是这个直播间只不过是一个防备手段,使你免受其他人的恐怖秀之害的一层玻璃。胡闹是使我这个朋友惹上麻烦的原因。而且我感觉他此刻就近在咫尺,准备对我动手,在我耳边低语,就好比,如果事情真的如你所说的那么绝望,齐格,那为什么不鼓起勇气,为了坚定的信念扣动扳机——你知道吗?我已经不再想听了。所以我逃回了WLRC的休息室,里面只有一个壁橱和一张沙发。我在节目开始前还有几分钟时间,可以回忆一下,把我今天早上要传递给你们的信息整理起来。就在这时,厕所传来一声巨响。噢,齐格,我在思考。

这段时间你以为只有你在，其实还有一个同事。不然就是一个不法之徒。

"什么——你期待着一个真实的鬼故事？我可能是个胆小鬼，不过我也是经验主义者。我去敲了敲门，空心的钢铁门，我不确定为什么。不过，现在我想起来了，整个录音室只有两扇窗户，而厕所就占了一扇，所以，其他人可能也担心非法闯入吧。这就可以解释为什么我这边的门有一个可以上锁的门闩。记住，我刚刚走过十五场骚乱，发现自己太害怕了，不想加入。但我再也不是胆小鬼了。我非常敏锐的直觉告诉我，三分半钟之后又要切换唱片了，无论如何这都是我回隔间之前要解决的，也就是你正在听到我讲话的地方。于是我深呼吸了一口气。

"纽约啊，如果你还在那儿，现在就带上我吧。肩并肩，肩抵着铁门再听一遍那喧闹。现在推。

"我用了几秒钟才明白门那边是怎么回事。那扇我从外面看到的窗户是打开的。到处都是卫生纸，吸满了水。在那儿，有一只受伤的鸽子在地上打滚。它被困在了其中一个粘鼠板上。这么多年来，电台周围放满了这些东西，因为我们一直都遭受鼠患。或者说我们认为是鼠患。忠实的听众会知道齐格的公理是在羽毛之下，鸽子和老鼠是一样的动物。现在到处都飘着脏兮兮的羽毛；现在能做的就是将它踩上一脚了结了。太残酷了。你会说。而我会回答你，不，这正是文明的本质。在害虫咬你的孩子、污染你的粮食之前，欣然地把它踩死。

"可是当我抬起脚的时候，那只鸟向着厕所猛冲去，就好像它知道终点就在眼前。它不太能飞起来，因为一只翅膀依然粘着粘鼠板，它咕咕地叫，非常哀伤的声音，但也暗含着一种绝对的紧迫感。我该怎么办？现在唱片只剩下几分钟了，我得回直播间，而我并不想让这东西留在这儿受苦。

"你有没有试过捡起一只鸽子呢？这一只鸽子很惊慌，还在我手上拉屎了，于是我将粘鼠板翻转过来，我记得这是一种驯鹰术，只不过手头没有小块食物。这只鸟出人意料地轻，不过它的翅膀很有力量，这让我非常紧张，我的本能是轻轻拿住粘鼠板，不过那样它可能会掉到地上。于是我将它拿起来，和躯干保持一定距离，避免被它啄到，然后爬到了摇摇晃晃的马桶座圈上面。等到它的翅膀不再扑腾的时候，我慢慢地将鸟和粘鼠板伸到气窗外，然后是我的头。太阳才刚刚升起来，街道开始变得清晰了，我赞美仪表板上的耶稣像，赞美早晨的朝霞，可是我没有时间和你谈心啊，纽约。我将那只翅膀和胶水分开，然后还要处理它的脚，不过很温柔，以免扯坏任何东西，这又引起了它的一阵慌乱，突然我对自己所处的位置感到非常愤怒。我不知道我所指的是厕所还是这座城市，或者是作为一个人之类的，不过我大声叫道'别动，该死的'——如果它没有完全停下来，那么我告诉过你的一切就都是骗人的，拔呀拔，鸟腿分开了，接着我想都没想就松开手，结果它就这么……掉下去了。我的鞋子踩在了马桶里面，在我说这些话的时候袜子还是湿的，可是我才不在乎，因为我刚刚结束了一个活物的生命。但是在四层楼的下面，距离人行道还有一两米的时候，这个该死的东西想起了自己的翅膀，拍打了几下然后逃向了天空。我没有时间整理自己，正如他们说的，唱片要放完了，《慢速消逝》，是这张，于是我拖着一只湿掉的鞋，跌跌撞撞地回到了直播间，向话筒探身过去，上气不接下气，这就是你们进来收听到的地方，不管你们是什么人，还有为什么我两个小时里大部分时间都在这里，做着这份广播工作。

"好的，你难倒我了，或许事情并不是这样发展的。或者这是其他方面的幻想曲——无所谓了。重要的是这个故事所传递的信号，那就是：齐格'博士'对你们的判断是错误的，女士们先生们。我的大多数事实都是正确的，注意了，不知怎的，我所描绘的图画还是千疮百孔，因为我从来就没有真正相信过你们能改变。即使是现在他们也在改写历史，他们会找到各种方法告诉你，你所看到的并不存在。这座糟糕的无政府大城市，人们在抢劫。最好还是相信开发商和警察。可是纽约啊，不要让任何人告诉你，你并没有在昨天晚上变成其他东西，哪怕是短暂的。这已经足够让我认为自己也能改变。所以，我想让你帮我一个忙。现在是早上五点五十八分，我想让你把你的广播关掉。我知道我本来应该要在这里待到七点钟，但是如果你们每一个人都关掉我的节目，现在就这么做，那么我就可以闭嘴了，而且没有人会知道。就像彼特·潘一样，只不过是颠倒过来而已：如果你不再鼓掌，那么我就可以从门口走出去。或许我们还会在外面碰面呢，你和我。我们不必认出对方，我们只要不说话就可以了。这就像是从头开始。所以现在就请站起来吧，纽约，拜托了，拜托了——"

西区——早上五点五十八分

早上这个时段，几辆来自曼哈顿仅存的工厂的卡车应该塞满了炮台隧道，车辆正在改道驶向地面街道，可是后备不足。任何指望着离开这座城市的人都已经离开了。而让普拉斯基改道的，是想到不得不再次进入黑暗，太阳终究还是升起来了。关掉广播之后，他抄近路穿过钱伯斯街去了大桥，很快就开到了港口上方，接着上了高速公路。一架一架的人行天桥一闪而过。韦拉扎诺大桥的指示牌变脏了，不过上面的字依然清晰可辨。车内只有经过沥青路面伸缩缝时发出的声响。其他每个地方，水上、窗户上、生锈的链条上，都有光线。

随后，当他抵达里士满港时，公路上的蛇形路灯一下子就打开了。路灯后面的天空颜色就像橡皮擦一样——夏天的天空经常都是这样的，这跟填埋垃圾产生的废气有关系——所以天空的明亮度没什么值得大书特书的。但是，此时这让人哽咽。保龄球馆外的霓虹球瓶歪歪斜斜闪着光。一块轮式字母板上面的灯泡突然亮了起来，工作日十点开放，指的要么是恶作剧爱尔兰酒馆，要么是隔壁的希腊东正教堂。在分叉路入口前面的洗车场隔区里，两块海绵像肮脏的牧羊犬一样在快速旋转，它们的脏辫子伸向并不存在的车辆。

他车库门的遥控开关一定也出了故障，因为他开进去的时候车门在上升，接着又下降，又再次上升。他可以看见里面停着雪莉的雷鸟，这很奇怪，除非帕蒂昨晚从费城过来将她接走了？他停在了私人车道。他使劲关上了车门，即便是自己都觉得声音太大了，还吓到了邻居们私人树篱上的几只鹩鹩。他可能也有一点儿害怕。还记得那句"今天是你人生中的最后一天"吗？那句话有一些令人讨厌的地方。"待在这儿。"他透过窗户向着乘客座上依然沉默的身影说。他站在那儿看着车库门上升又下降，上升又下降，然后才走进屋里。

"雪莉？"他问，一边出于习惯把自己的左轮佩枪放在了前门旁那张桌子的带锁抽屉中，不过随后，他重新考虑了一下，又检查了保险。厨房里，咖啡机的加热元件由于电力恢复而打开了，昨天的咖啡飘散出熟食店的气味，可是没有人在那儿。他们的卧室也是空的，床也没有睡过的痕迹。他上了楼梯，重重地斜靠在栏杆上，几乎没有注意到外面又有一下关门声。他们曾经把楼上这个房间做为卧室,直到五年前,雪莉抱怨房间太大——这是一种不伤害他的感情的方式——他们叫来了搬家工人,将所有东西都搬到了楼下一个更小的房间,那本来是留给儿子或者女儿的卧室。现在她把旧卧室叫作"雪莉自己的房间"。她喜欢坐在帕帕森椅上,披着毛毯,一边喝茶一边看书。从来都不拉上的窗帘拉上了,房间里有一股蜡烛的味道,普拉斯基在那张圆椅上找到了他的妻子,她蜷缩着睡着了,耳朵里还戴着她那晶体管小收音机的耳机。

他一瘸一拐地走向她,地毯吸收了所有响声,当他足够近的时候,伸手将耳机取下。里面没有声音。要么是电池耗尽了,要么是她关掉了。"雪莉?"他拉开了一边的窗帘。光线通过水池反射到天花板上,形成了一些波动的白色线条,在这个小房间里抖动。他想靠得更近一些,不过他现在几乎没办法跪下去。他站在那儿低头看着,尽管感觉上她才是高高在上的那个。

她睁开眼睛。蓝色的双眸依然令人吃惊。"你晚上是不是熬夜了?"她问。这不是一个气冲冲的提问,但她或许已经超脱了愤怒。

"我打过电话。我以为你可能去了派翠西亚那里。"

"你为什么不去睡觉呢,拉里?我们早上再把事情好好谈谈。"

可是他不能就这么睡觉。她自始至终都在这里,离汉密尔顿-斯威尼大楼只有十几公里。"现在就是早上,"他说,"什么事情?"

"你知道什么事情。"

"看着我,亲爱的。"他接过话说,"从现在起,事情将会变得不一样。我将会变得不一样。"

"拉里,你要我怎么相信你?"他们看着对方看了很长一段时间。不过,他不太读得懂她的表情。因为这也是需要努力的,他什么时候忘记了?随后,她抬起手去抓他运动夹克的袖子。"我不敢相信你还穿着这件衣服,都这么热了,"她说,"你知道自己丢了一个纽扣。"

他希望她可以一直抓着自己的手臂,不过说什么都已经太晚了。他一瘸一拐地走回窗户旁,从口袋里拿出徽章。太阳似乎很渴望见到这个东西。你如何证明自己的身份:用闪光的金属。他推开纱窗,侧身将徽章扔出去,熟练得连他自己都感到惊讶。它划出一道弧线,皮套拍打着,就像受伤的翅膀,然后有那么一会儿,消失在光线里,最后扑通一声掉进了水池。"喂!"那里有一个女孩的声音,"差点儿砸到我的头啦!"

她在一棵开花的梓木下面；透过层层绿叶，他只能看到一件游骑兵队的球衣。"老头？"她大叫道，"是你吗？我现在可以进来吗？"

他转身看着雪莉。"亲爱的，如果我们要搬到北部去，你记得你曾说要找些事情来消磨时光吗？有个人我觉得你应该见见。"

海岸另一边——三周后

他一直都觉得机场能够让自己镇定下来。感觉介乎其中。这么多人，看上去各不相同，他们在候机楼来去匆匆。自上次失足之后，他在近似流亡的十年之间在这些地方待过几个月，几乎跟他在飞机上的时间一样多。亚特兰大。特古西加尔巴。迈阿密。即便是在可怕的奥利机场，只要能不像其他人那样匆匆忙忙，就会超群拔类，不同凡响。而且，无意义的匆忙只会浪费时间，而他则会用这些时间为自己的回归做准备，而不是游手好闲。他的容貌不值一提。他的双眼显得无神无力。帽子盖住了他脱发的脑袋。他的行李尽可能既简单又实用，而且上面没有他的名字。他可能会坐在别人的登机口前，装成前往克利夫兰的推销员模样，公文包里装满了地毯的样品。或者是肯特州的拍卖师，斯波坎的面包师。或者在一个休息室的吧台随便和任何一个看上去非常孤独的人谈话，从他嘴里说出来的每一个字都没有分量，也不会造成任何影响。关键是设定一个目标，不管如何随意，以最大的限度：比如，目标人物会给他买一杯饮料，或者帮他把行李提到登机口。他如何调整这些目标，达到最大可能的同时，又能避免因为失败而导致自己多年前制定的严厉惩罚呢？通过耐心的估计同行旅客的秘密。他相信，那是一些可以束缚人的秘密。秘密总是可以轻易获取。有这么多不同的秘密，而且在人们的内心——由于它们的秘密性——它们都有着相同点，都是丑闻。这个是性爱，这个是喝酒，或者其他的，无趣的丑事。

鉴于他最近的失败，这些相同点是否还能掩盖一切呢？抵达洛杉矶机场，准备开始下一段旅程的时候，埃默里·古尔德开始怀疑。

当他走下出租车，走到大厅外面明亮的人行道上时，看到一群惊慌的乘客，拿着登机卡，聚集在服务台周围。那群人足够坐满一架飞机了。他立刻就明白了，在这个系统性故障的时期，还会有进一步的周折。落基山机场昨天有一台主机发生故障，导致一些转机延迟，进而影响了其他航班。所有的节点都发生了级联效应。由于他习惯性地提前几个小时办理了登机手续，而且这种特殊的突发状况自有其妙处所在，于是他决定待在边上，研究最近令他比对个人更困惑的事情：人群的心理状态。然而当他走到附近的路桩，想要坐上去时发现已经有人在那儿了，是一个亚裔矮个子女人。她的行李就搁在脚边，运动鞋几乎够不着地面。令他惊讶的是她给人一种亲切感，仿佛她是和他一起的。她警觉地扫视了一下上方，大多数人都不会注意到他的接近。当然了，从她的角度来看，他似乎是在寻找同伴。他划了一根火柴，弯着腰吸烟。"很精彩的表演，不是吗？"

"是吗？"现在她的警觉性已经消失了一部分，"当然，我想是的。"

她拒绝了他的烟之后，他将火柴收起来，放进了口袋。深吸了一口烟，再一次评价她。不，她看起来是一个有希望的实验对象，如果他能弄明白她可能愿意被要求做什么事情的话。"做生意，还是来玩？"

她似乎很困惑。"什么？"

"恕我冒昧。我在工作的旅途上发明了一个消遣时间的小游戏。我看着一个同行的乘客，然后试着去猜：他是来这儿做生意还是玩的。然后我就找他确认自己猜得对不对。"

"哦。我只是出来探亲一个星期。我不确定这算是哪一种。"

"家人确实挺让人心累的。"

她看起来有一点儿尴尬。"我们这里的所有人本来都是计划好昨天坐DC-10飞回纽约的，据我所知现在这个航班还在威奇塔补充燃料。这个月我是第二次通宵了。"

他又吸了一口烟，精神为之一振。那会是什么呢？除了和女仆遭遇，以及在过道的制冰机那里遇到的人，他已经好一段时间没有跟有血有肉的人说话了。大概是他的反应变慢了。不过这样锻炼一下也是好的。不管怎样，她的遗憾并不要紧；关键是如何利用这个遗憾。"碰巧，"他说，"我就来自纽约。几个星期以前就过来了，在大停电之后。你一定也经历了。"

她看着他。

"看吧，我就知道你有些故事，"他继续说，"可是我真的搞不懂你这个年纪的人，明明前头有大好人生，竟然要费心回去。事实上，我坚定要搬家的原因就在于，整座城市，显然已经没救了。"

"真有趣，因为不久之前，我还有过这样的想法，那些好人会回去接管。"她突然停下了。不过她的声音里还是有一丝伤感?"不管怎样,我除了回去,没有多少选择。我这个月底就要开始读研究生了。不过你呢?有更好的发展方向吗?"

"香港。"他说,这是真的,暂时来说。因为这是临时计划的,所以他长时间滞留在他所憎恨的城市里,躲在可怜的机场酒店中,等待着联邦探员可能来敲门,同时在打电话。他设想自己的新生活会在南方,不过众所周知,埃默里·古尔德和他的赞助者吵了一架。一位老伙伴将他匆忙伪造出来的简历给了那家在亚洲的商业银行。亚洲,他试着乐观地看待这个地方。或许这是更乐观、更努力的说法,不过他现在意识到自己要让她确信什么,以此证明自己。"我想你还没去过吧?"

"我从未去过门多西诺以西的地方,从三岁起就没有过。"她的措辞稍微坚定了一点儿。或许他对于女人的看法一直以来都是错误的。她显然很聪明。从那些放肆的暴徒后面传来的是机场广播吗?他尽量让语气显得温柔、值得信赖。

"你看,你的行李已经打包好了,如果你想把最后几个星期的自由时光用在真正的冒险中,而不是这么快回去那个艰难的城市的话。"现在无法回头了,要小心。"那儿有跨太平洋航班在登机,即使是现在……"

"你试过这么匆忙地改签机票吗?"

"这叫心血来潮,不过或许我可以帮到你。"

"你说得对,这就是心血来潮。"一阵伤感再次涌上心头。她犹豫。她感到了压力。

"可以说我的人生很幸运,"他说,"既幸运又有紧迫感。没有什么比帮助一个有着相似欲望的年轻人更能让我感到快乐。你至少可以在秋天返校前多增长一些对这个世界的认识。我们都经受过同样的事情,你和我。无论如何,这不算是礼物,更像是一笔贷款。"

"我不知道要怎么偿还。你都还没有告诉我你的名字呢。"

"或者我可以安排一张不限日期的回程票。我们这种人真正需要的,不就是一张不定期机票吗?"除了立刻确信他还是以前的自己,他已经看到了一个五年或十年或十五年的未来,这个恩惠,通过他在丛林和平原布下的密网,回到他的身边。他被迫彻底改变自己——除非一个人总是在改变着自己——他需要在这个新地方撒播下帮助的种子,人们可以帮他将他的理想变作现实。否则这都是为了什么呢？他依然留心地保持着香烟的余烬，令人晕眩的余烬。边缘的边缘的边缘……

"先生，你真乐于助人，这么冲动，"她说。她拨弄着行李上的拉环。随后她耸了耸肩。"不过我们不一样。即使我可能要花很长时间去了解有什么不一样，我仍然要回去搞明白。所以再次谢谢你，不过我应该去买一个甜面包和一份杂志。看起来我可能还要等一段时间。"

在他反应过来之前，她就从路桩上离开，走进了推推挤挤的人群，他们都挤在机场搬运工周围。她仿佛不曾真实存在过一样。埃默里全神贯注，试图走到机场搬运工那里，或者穿过人群，追上那个女孩。毕竟他可能做错了什么。他不曾想过自己会这么快地加入其中。不过，埃默里·古尔德极其强硬，已经稍微避开了人群，开始从起皱但是还很漂亮的袖子上解开纽扣。在户外，你可以逃脱任何惩罚，只要你别低头看。

地狱厨房——永远

现在距离黎明还有一点儿时间。威廉·汉密尔顿-斯威尼坐在自己几乎看不见的日式床垫上，爱抚着那个孩子落在中央公园西路的大楼厨房的尼康马特相机。他已经好多年不碰相机了，不过他知道按钮不会就这样工作，除非你先推一下那个控制杆。你拨动控制杆的时候，它会发出一种嗒嗒的声音。快门动了，咔嚓，咔嗒。他本来应该先检查一下有没有在浪费胶卷的，不过有时候当他像这样子玩上瘾了，几乎就不可能停下来了。接着，他对按钮的着迷转移了，将取景器举到眼前。自从他回来之后，阁楼的窗户变得足够明亮了，他认出了那只坐在窗台上的猫，可是当他叫出她的名字时，她却不看向他。她再也不属于他了，如果曾经属于的话。取景器扫到了床垫上的黑色靠垫，他父亲的信在那上面，折成了三等份。他有点想用火柴将它烧掉，不过那有什么好处呢？一些话已经深深地印在他的脑海里，烧也烧不掉，除非把自己的脑袋也摧毁了，而他发现自己不愿意这么做。咔嚓。

冒更少风险的人……内心的整个世界……说真的，这些措辞所指向的问题被省略了。这并不是说他关于父亲心里想什么这个问题做出了错误的判断，而是他自己的情感世界一直都在排挤其他的每一个人。这是持续的挣扎，要将其他人视作人，而不是把他们当作外来客。和他相近的人此刻可能就在这个城市的不同地方醒着，和他感受着一模一样的痛苦……他可以思考，但似乎记不住。而对于你完全没有经验证明的事情，用"记住"这个词是不是恰当呢？或许可以叫作假定，或者叫想象。他将镜头转回到窗户的方向，那只猫还没有离开，她的尾巴在晃动。一个想法即将成形，最终却没有。

随后，外面的楼梯井有一阵骚动。很可能是某个落单的机车党。他走进来的时候有好几个人在楼梯平台上昏倒了，而你通过脚下的液体以及他们打鼾散发出的气味就可以判断，那天晚上曾经有很多很多人在这里，在做机车党会做的事情。可是当有什么东西弄响了另一侧玻璃上的锁时，他突然害怕了起来。天窗的光线被一个头很大的男人挡住了。当门旋开的时候他才意识到那个大头是头发的效果——那个男人是默瑟——而且仅有百万分之一秒的时间让自己看上去正常一点儿。在纽约城，还有什么能比一个将相机举在眼前的人更正常的呢？小小的聚焦圆对准了破碎的眼镜。一只发青的眼睛。一撮胡须。皲裂的嘴唇。就好像威廉把镜头倒转过来，他才应该是站在那里，瞠目结舌的那个。他应该说不出这样的话。"好吧，看来有人度过了难忘的一晚。"

一阵难以忍受的沉默。随后，仿佛威廉不在那儿一样，默瑟慢慢地走向窗户和厄撒打招呼。透过取景器，房间的阴影似乎大得无法跨越，但威廉站起来，走了过去。他可以闻到默瑟的汗味，还有一丝——那是大麻的味道吗？他将手伸向他的肩膀，试着压抑激动之情。

"不，说真的。发生什么了，默瑟？"

默瑟退到了威廉伸手可及的范围之外。"你无权来这里。"

"可是我想见你啊，"威廉说，这话是真的。如果他们可以看着对方的脸，那么事情就会更简单一些。简单一些或者困难一些——非此即彼。

"噢，仅此一次，威廉，我们可以不要再假装你知道自己想要什么了吗？你纯粹就是一时冲动。而一旦你有了冲动要从这里滚回去，那么你就会再一次离开。"默瑟一直左右躲闪，想要走到门口。最后，他终于挣脱了。"我再出去一趟。当我回来的时候，我希望你已经走了。"

他重重地把门关上，玻璃好像都要裂开了。不过楼梯处的脚步并没有向下走，而是朝着屋顶而去。只剩下威廉像个笨蛋一样站在这里。不知怎的，窗玻璃之间有水，在一个角落形成了水珠，而其他地方则留下了怪异的斑纹。窗外,默瑟的煤渣砖花盆成了花的墓地。天空变成了深深的紫灰色,就像瘀伤的颜色。再一次,那个想法即将成形。关于展现与口述的问题。不过如何对做手势之物做手势呢?咖啡——所谓的想法就是这个吗?

五分钟以后,潮湿的楼梯再一次在他的脚步之下吱吱作响。顶层的门是半掩着的,瓶子集中放在最高的一级台阶。这是他过去常常来享受孤独的地方。就像所有大型油画一样,他的城市也需要一个足够遥远的地方,可以退一步看问题。他可能会在这里遇上比莱,甚至可能坐在他身边喝啤酒,依旧能获知某种本质。他在那方面是行家,现在依然是。不过他的城市正在改变。会有一拨一拨新的开拓者,就像躺在防潮纸上的机车党一样,用睡觉来熬过大停电。或者不像他们一样,谁知道呢?而默瑟去了哪里呢?他在尼克博克薄荷糖标志那个巨大的字母"O"上面,像印度人一样盘坐在那儿,两三米高的地方,宛如一颗图钉,将此刻和过去钉在一起。现在光线足够亮了,可以看到他闷闷不乐,一个孤独的成年人。

威廉站在下面。"喂,看看我们,都熬夜了。"这句俗语在他听起来总是觉得很夸张,可默瑟以前从来没有——即使是在他们最早约会的时候——成功熬到天亮。现在他不说话。

"不管怎样,我给你带了点东西。"威廉踮起脚尖,把从楼下拿上来的一大杯咖啡放在默瑟身边。随后,他弯腰向前以保持平衡,跑到了支撑着O形指示牌的斜梁上。他坐在了字母的另一边,大概一个手臂的距离,咖啡就放在他们中间。这是速溶咖啡,不过闻起来很香,他忍不住想要试一下。匿名戒毒互助会让他习惯了从最大的焦味最浓的壶里喝最劣质的饮料。他突然想起来要给他这位不作回应的情人讲一讲互助会的事情,于是他讲起来。自从戒毒以来,他几乎每一天都坚持去。"有点像是用一种瘾来替代另一种。不过有了一点效果。三十天保持清醒。我想你在给我念暴动法案之前应该了解这一点。"

默瑟看向别处。光线平稳地在他周围升起,仿佛是用某种滑杆操纵的一样。物体有了影子。向南望去,那是世贸双子塔,远一点儿的那座藏在近一点儿的后面,就像妈妈身后的小孩一样。威廉举起相机。又放了下来。

"另一件事,我去看了我爸。我的意思是,我不仅仅是看他。我昨晚大部分时间都和他坐在一起。他有点儿神志不清了。"

听到这里,默瑟终于转过来看着他。一只眼已经肿得睁不开了,另一只眼差不多是黑色的。

"事实上，这让事情变得更简单了。我指的是神志不清，而不是清醒的状态。虽然我猜这已经让爸爸变得很脆弱了，那些不将他的最大利益放在心上的人可能会伤害到他。我大概就是这一类人。不管怎样，我们可能会更多地见面了，很不错，对吧？"一片红光出现在北边灰色塔的顶部，"我说得这么痛快，这是好事，默瑟。"

"我还有什么可说的，威廉？你显然不知道空等你的爱人来电，一等就是半年是什么感觉。"

威廉不知道曝光时间是否足够拍下默瑟看他的脸色。"那帮我理解一下吧。"

"理解什么？理解每一次电话铃响的时候，我的心情如何紧张吗？理解我有多么希望你死在某个地方的排水沟里面吗？因为我那时就知道这是会发生的。你回来就不断地敲门，像这样子说服我让你进来。可是你什么时候让我进来过呢，威廉？"

啊。那么就这样了：默瑟不再对基本的窘境浑然不觉。他发现了其准确范畴——他的身体就是为一个人所建造的住所。可是威廉现在从对默瑟的渴望当中感受到，他发现了一扇门。那扇门，一直以来都是从里面锁上的。咔嚓。

"我告诉你这件事情，不是因为我指望着你带我回来，默瑟。我只是想让你知道你给了我什么。我大概是太迟钝了，所以没有明白。我知道有些事情我搞不明白，因为我太迟钝了。"

远处那一道模糊的红光随着地球自转而向着世贸中心的东侧下降而去。这样一来，大楼看起来仿佛着了火一般。逼真，他这么想。书写在光芒之中。接着，想法变得荒谬起来了：色情文学。书写在色情作品之中。

"你是要逼我说是吗？"

"说什么？"

"没有，你是对的，这大概没什么差别。"他伸手想去触碰搁在边上的那只温暖的手，可是那只手从下面溜走了，默瑟跳回屋顶，只留下了那杯咖啡。他是想让威廉害怕自己可能就这样从屋顶上飞身而下，就像卡通里的走鹃似的。或者张开双臂过另一种生活。当然，在这个生活里面，两者都是不可能的——默瑟会在栏杆处停下，触碰纽约的第一缕晨光——不过威廉依然还没打算接受仅有的可能性。他想要将默瑟·古德曼定格下来，就像通过取景器看到的那样，背对着正在消失的城市。在那些大楼后面，有一条红线正在升起，曲线的前沿一直保持着向外弯曲。上面的那些小黑点可能是早起的第一批鸟儿，或者晚归的最后一批……或者是从上千个焚化炉里飘落出来的灰烬，或者是视角的盲点，他不知道是哪一种，不过可以肯定其中有一个讯息，如果他可以足够仔细看的话。一种征兆，一幅景象，一个结束或开始。他下一秒没有按下快门，又下一秒，之后又一秒。因为威廉觉得，如果他能利用得好，如果他可以不再尝试超越自己，这其中的一个时刻将会是举足轻重的。

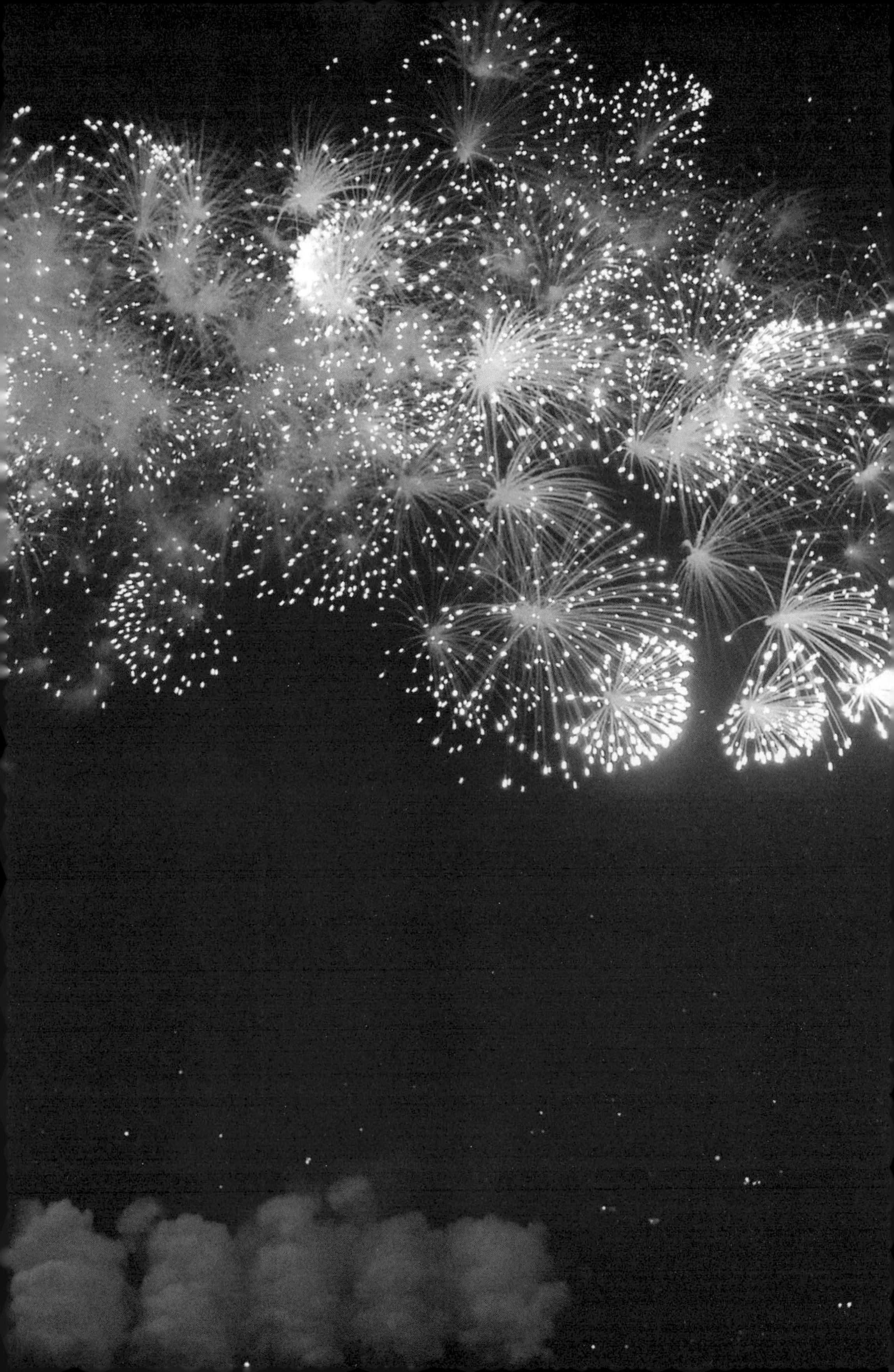

POSTSCRIPT

—

后记

这座城市，不要把它看作城市
它就像死了一样
                    ——巴尔扎克
                    《思考，主体，节选》

收件人：reganlamplighter@hotmial.com

主题：回复：遗产处理／证据三

2003年8月27日，凌晨4:52

附件：TCWNTLUWBLD.doc

首先，妈妈，我要向你道歉，尤其抱歉迟复您在7月14日发来的邮件。你几乎一切都说对了，包括这件事情比我估计的还要长多久。我似乎需要相信一份工作要比看上去的更简单，才能着手去做。至少此时绝对是这样，因为我们所讨论的不只是一项工作。最近这几个星期，我一直在笔记本电脑前工作，从白天到半夜，只是为了将我的笔记本上的内容打出来。不过好消息是，到这封邮件写完的时候，工作就完成了。而且我终于选定了一种表现三联画第三部分的方式，来真实地反映威廉叔叔的追求。奥根布里克将我介绍给了他在莫里山认识的一位计算机程序员。现在有一款小软件在记录着我的每一次按键，包括现在这些。

你会注意到苏联不会在1989年崩溃，以及约翰·特拉沃尔塔正在成为自由世界领袖的所有痕迹都已经从附件里面剔除了。关于那一点你也说对了，我因为你对第一个空想计划的反应而向你发火，我感到很抱歉。我当时状态很不好，觉得你对于威廉死后展览的抵触让你无法看清我需要什么。在艺术上，我要为自己辩护一下，我认为自己真的是在试图展示事物的可能性。但是当然了，我明白你无法证明大多数事物，这似乎违反了规则，而规则是你应该宁愿做梦。另外，地球生命的本质如此令人惊叹地复杂。它最终将更干净、更诚实，以某种方式将本体论的问题搁置，保留了一些自由。我的意思是，你和我都知道这一切是真实发生过的——我这里有文件记录——不过我发现即使在法庭上，文件也越来越无法说服那些不可说服的人。想想合法赔偿的问题，更不必说更大的影响了，或许给那些依然需要把"证据三"当成某种童话的人留点余地会更好。当然，对我来说这是一条通往某个地方的路，不是我去年冬天所在的那个烂地方。

我意识到，我现在又陷入了那个习惯里，你已经指出过。聪明是一种防御机制。"理智化"，或者我是不是应该称之为顺应时势？我不愿提及的事实是，我们在夏天长期分开以后，茉莉亚明天晚上抵达，按照我现在的时间算起，也就是今晚（你可以通过邮件的时间戳了解到我睡得有多好，不过我很

POSTSCRIPT

高兴地向你报告：没有做噩梦）。当我想到她的飞机降落，她的声音，想起自从我们上次说话以来她改变了她不计代价的想法——要让我遵守三个月的戒律——我就感到紧张。不过有时候紧张会是好事，我希望这一次就是这样的。事实上，我十分想念她，妈妈。想念她。

但不管怎么说，关于你邮件的第一部分，计划是这样的：玻璃橱窗。那些像装着鲨鱼的 D. 赫斯特（胡斯特？）装置。奥根布里克正在照我的规格做十六个这样的容器，又长又矮，框架用的是再生木材。"证据三"的材料将会分散地永久封存在里面——所有 1977 年的档案、同好杂志以及格罗斯科夫的手稿，等等，还有威廉叔叔在 2001 年秋天的信件和采访文字稿，当时他正重新和他日记里所说的"老朋友"获取联系（字面上有一种不确定的讽刺意味）。坚持给其他人的纽约留有余地这个想法，你就能够在这些玻璃橱窗里看到我追踪的书面记录，尽管并非全部。它们会在画廊的前室排成一行，按你走进来的方向。

在另一个更大的房间里面，墙壁保留着大片空白。房间中央，朝着四个方向会有一排排的椅子，还有四台投影仪。展览开幕的晚上，奥根布里克将会按下他电脑上的"播放"按钮，然后我前面提到的那款小软件就会像自动演奏钢琴一样运行。在接下来的十天里面，墙壁上会投放投影里的附件页面，每一面墙上有二百二十多页，那情景就好像是幽灵在写作一样。随后，在展览的中间点，也就是当整个文件都"打印"到墙壁上之后，程序就会开始倒放，在最后的十天，一封信接一封信、一页接一页地，全部消失。

在那段时间，画廊日夜开放，奥根布里克已经安排好了：人们可以随时来随时走。在那之后，我猜他会卖掉那些玻璃橱窗，假设联邦政府不会突然进来，然后将这些东西扣押在五十一区或者他们想要埋藏真相的地方。扣除他的佣金之后，所有收入都会加到威廉叔叔的遗产里面，然后转给你。不过我已经告诉奥根布里克了，我的那部分内容不归他，附在这里（希望你不要介意，我会将这封邮件贴为后记）。到 9 月 30 日，你的收件箱就会保有唯一的副本。在那之后会如何，我留给你自己裁决。对我来说，让所有幽灵得到安息是最重要的。我感觉已经做到了。

至于我们的旅行计划，茱莉亚安排我们在 12 日，也就是开幕之夜的第二天回洛杉矶。我知道她是对的，是时候了。不过在某种程度上，尽管我现在正感受着不可思议的对生活的感激——尽管我不想再让她离开——我还是希望我们可以留在纽约，等"证据三"展览结束。我发现自己很好奇，尤其是想知道谁会坐在那些椅子上。多半会是奥根布里克那些穿着黑色牛仔裤的学徒，可能还有一些新闻界的朋友。尽管这很疯狂，但是我想默瑟·古德曼或许也会来。显然，我只在感恩节那天见过他一次，可是我和他打电话时发现他善解人意，而且很热心。另外（尽管你可能已经知道了），据说他和他的丈夫雷夫最终从巴黎飞了过来，帮助威廉叔叔做饭、打扫，以及偶尔带他去哈德孙河边的新公园看日落。我还邀请了普拉斯基夫妇，向他强调了那里会有容纳轮椅的空间。或许查理·维斯巴格尔也会收到我的邮件，然后放下波士顿的少管所的工作，请几天假。我想和他见面。我最希望的就是，有机会重新介绍你，妈妈。

这给我带来了最意想不到的事情：我最希望看到的关注展览的人（不算茱莉亚）是你和爸爸。或许你自始至终都知道这个夏天的结果会如何——或许这就是你帮忙安排这间公寓的原因——不过我发现自己已经不生你们俩的气了。事实上，我一直在努力接近你们。

尤其是我回想起了大停电之后的那个早上，你们俩从布鲁克林高地一起回来的情景。你还记得吗？凯特当时在新床上打着呼噜，像往常那样用被子裹着自己。我横躺在床尾，假装睡觉。到处都有灯光。爸爸发现了窗台上的酒瓶，我在夜里喝了半瓶酒（这个——老实说——我大概是故意放在那里的）。我双眼睁开一条缝，看见他向你转身，摇了摇酒瓶，而你耸了耸肩。拜托，基斯，就让他们睡吧。你穿了我的运动鞋。你过去都是这样脱鞋的，用脚踢掉鞋子，然后用手去拿。我看着你换下那件白色的V字领运动衫，爸爸似乎很惊讶地发现那是他的衣服。随后你爬到床上，在我和凯特中间睡了。我现在想知道你是不是想让他觉得自己在接受考验。是去还是留？不管怎的，他所做的事情都会跟着他。不管怎样，凡事都会有约束。我突然想到，成年其实就是一个人想要如何约束自己。

我记得，凯特那边的床上还有一点儿狭窄的空间。他蹲下来解开鞋带，然后侧身躺了下来，小心翼翼地，好像我们随时都会醒过来让他离开。就在那时我想起了九岁还是十岁，当我问他是否真的相信上帝时，他给我讲了一个故事，关于凯特出生的故事。一开始我还不明白其中的关联。可是一切在分娩的最后阶段都慢下来了，他说，那些定期走进等候室的医生看起来很忧虑。有人提出如果接下来几分钟以内状况没有改变，他们那就会选择做手术。你已经筋疲力尽了,我想,而且他们担心这么长时间的分娩可能会让婴儿陷入危险。"我不确定我要不要相信。"爸爸说,"可是那位医生离开以后,我进了洗手间,将自己锁在一个隔间里,跪倒在地上。"他有没有告诉过你这个?祈祷是一种典型的交易。"请让这个婴儿平安无事,请让里根平安无事,我愿意放弃其他一切我在乎的东西。"

撇开存在的问题不说,上帝似乎坚守了他的契约,不过多年以后,现在我觉得爸爸总是觉得自己或多或少违约了。我不是在找借口,只是说我可以表示同情。不过,上帝真的会要求他放弃在乎的东西吗——那个想要一切的人?或许爸爸在停电的那个晚上明白了,事实上他并不在乎其他的任何东西,至少不像他在乎我和凯特那样在乎。还有你,我觉得他还是在乎的。我知道,至少,在我假装睡觉的那个早上,我可以感觉到他很僵硬地侧身躺着,试着去感受他身边的人。

现在我一个人在这里,几乎是以同样的姿势,在西十六街这个太漂亮的公寓里。当太阳在外面的人行道上升起时,我寻找着,我感受着。我想象着自己在布鲁诺·奥根布里克画廊,在某个地方,透过墙上的一条缝隙,看着爸爸和你在阅读着这些文字。我试着想弄明白,自己希望他们在这里说些什么。文字布满墙壁,接着墙壁又开始变回白色,然后这个该死的东西就消失了。我在想象,我们所有人都在这个地方。这是一个私人空间,不过大得足够给其他人留有余地。爸爸在那儿,还有茱莉亚,还有凯特、默瑟和萨曼莎以及先知查理。而你就在我的身边,妈妈,我们手拉着手,等待着结尾的到来。我们都彼此了解,大概不需要大声说什么话。不过我猜,我想在最后留给你们每个人的——提供一些关于人生价值的证据,反面的证据——可以简单地归结为:你是无限的。我看见了你。你并不孤独。

鸣谢

这本书是共同努力的成果。

首先，非常感谢本书的编辑戴安娜·特杰莉娜·米勒，还有代理人克里斯·帕里斯-兰姆。

其次，非常感谢他们的同事：安迪·基弗尔、丽贝卡·嘉德娜、威尔·罗伯茨，以及格纳特公司的所有人；玛吉·欣德斯、奇普·基德、保罗·博加尔兹、尼古拉斯·拉蒂默、玛吉·索瑟德、艾米·瑞恩、莉迪亚·布克勒、安德鲁·米勒、卡罗尔·卡尔森、安迪·休斯、罗密欧·恩里克斯、奥利弗·芒迪、洛李尔·奥利弗、贝琪·萨利、罗宾·戴瑟、卢安·沃尔特、桑尼·梅塔以及克诺夫出版社的所有人；英国编辑亚历克斯·鲍勒、乔·皮克林以及在凯普的所有人。

以下人员提供了进一步的支持和鼓舞：纳奥米·勒博韦茨，圣路易斯的《洞察女性》；华盛顿大学的全体教员；布莱恩·莫顿；纽约大学创意写作项目的全体成员；纽约艺术基金会；马修·埃尔布隆克；斯科特·鲁丁、伊莱·布什、西尔维·拉比诺、C.马克思·麦吉以及《百万》杂志；早期读者巴兹·波尔、贾尼斯·克拉克、乔丹·奥尔珀特、弗里多林·施莱，还有尤尔根·克里斯蒂安·基尔；盖里·色诺维奇、罗恩·希卜舒什，还有纽约公共图书馆（尤其是戴维·史密斯和杰伊·巴克斯戴尔）提供的事实根据；帕蒂·史密斯、路·里德、克拉什、斯普林斯汀、谁人乐队、传声头像乐队、富戈齐；伍德里路96号（D.T.、M.M.、沃克·兰伯特、克里斯·艾克勒、巴顿·西弗、努里亚·费勒、达伦·卡雷洛、凯文·穆林、运动乐队）；MDG、NYC、维琪和克劳德·肯尼迪、比尔和克里斯提·霍尔伯格、雷切尔·科里、阿莫斯和沃尔特·霍尔伯格。

最后，永远感激伊莉斯·怀特。

[775]

图书在版编目(CIP)数据

燃烧之城 / (美) 加思·里斯克·霍尔伯格著；霍尔，黄瑶译. -- 上海：上海文化出版社，2023.7
ISBN 978-7-5535-2235-7

Ⅰ. ①燃… Ⅱ. ①加… ②霍… ③黄… Ⅲ. ①长篇小说—美国—现代 Ⅳ. ① I712.45

中国版本图书馆 CIP 数据核字 (2021) 第 035378 号

City on Fire
by Garth Risk Hallberg
Copyright © 2015 by Garth Risk Hallberg
Originally published in the United States by Alfred A. Knopf, a division of Penguin Random House LLC, New York.
Simplified Chinese edition copyright © 2023 United Sky (Beijing) New Media Co., Ltd.
All rights reserved.

著作权合同登记号 图字：09-2020-980 号

出 版 人：姜逸青
选题策划：联合天际·文艺生活工作室
责任编辑：顾杏娣
特约编辑：刘默　王书平　张琦
封面设计：艾藤
美术编辑：冉冉

书　　名：燃烧之城
作　　者：[美] 加思·里斯克·霍尔伯格
译　　者：霍尔　黄瑶
出　　版：上海世纪出版集团　上海文化出版社
地　　址：上海市闵行区号景路 159 弄 A 座 3 楼　201101
发　　行：未读（天津）文化传媒有限公司
印　　刷：北京联兴盛业印刷股份有限公司
开　　本：710×1000　1/16
印　　张：49.25
版　　次：2023 年 9 月第一版　2023 年 9 月第一次印刷
书　　号：ISBN 978-7-5535-2235-7/I.862
定　　价：228.00 元

本书若有质量问题，请与本公司图书销售中心联系调换
电话：(010) 52435752

未经许可，不得以任何方式复制或抄袭本书部分或全部内容
版权所有，侵权必究